SEULE !

I

Livraisons 1 et 2 Gratuites — Livraisons 1 et 2 Gratuites

SEULE !!!

Grand Roman Inédit

Par ADOLPHE D'ENNERY

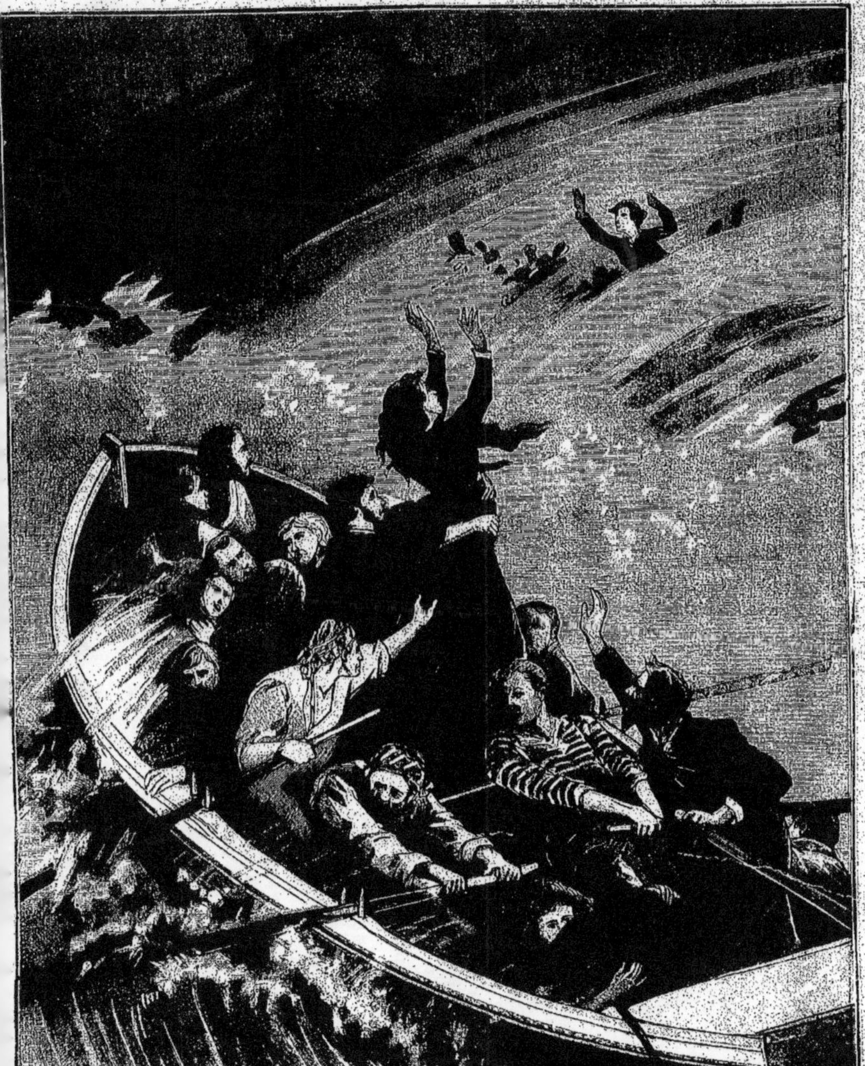

Jules ROUFF et Cie, éditeurs, 14, Cloître Saint-Honoré, PARIS

ADOLPHE D'ENNERY

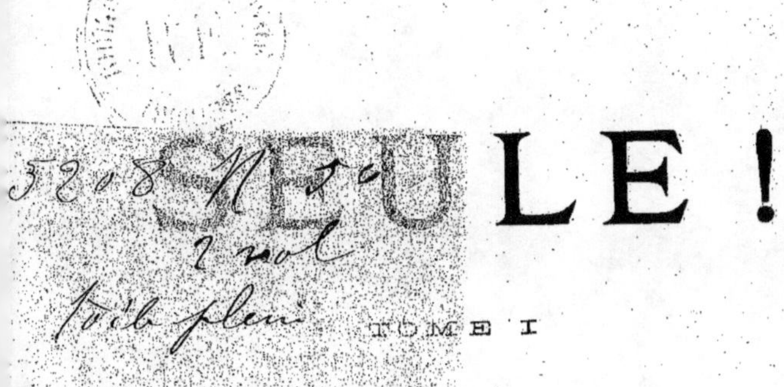

SEULE !

TOME I

PARIS

JULES ROUFF ET Cie ÉDITEURS

CLOITRE SAINT-HONORÉ

ADOLPHE D'ENNERY

SEULE !

TOME I

PARIS

JULES ROUFF ET Cᵢₑ ÉDITEURS

CLOITRE SAINT-HONORÉ

SEULE !

Par ADOLPHE D'ENNERY

Jules ROUFF et Cie, Éditeurs, 14, Cloître Saint-Honoré, PARIS

SEULE !

PREMIÈRE PARTIE

I

LE LIVRE DU BORD.

Le trois-mâts *l'Abeille*, capitaine Aubert, allait quitter le port du Havre, le 10 avril 1802, ayant à bord, outre dix-huit hommes d'équipage, un certain nombre de passagers, à destination du Canada.

L'Abeille était un vieux navire à voiles qui, à l'époque de son lancement, avait été armé en course. Aussi la partie de l'arrière, primitivement destinée aux officiers du corsaire, se trouvait-elle mieux aménagée qu'elle ne l'était d'ordinaire sur les navires marchands qui prenaient, occasionnellement, des voyageurs.

Tandis que le second du navire envoyait, par le porte-voix, les commandements de l'appareillage, le capitaine apportait une espèce de registre dans la pièce qui servait à la fois de salon et de réfectoire, et le déposa sur une table. C'était le livre de bord sur lequel chacun des passagers vint inscrire son nom.

A son tour se présenta un jeune homme d'environ vingt-cinq ans, à la physionomie distinguée et ouverte et dont la tournure et les manières élégantes attiraient l'attention et inspiraient, à première vue, un sentiment de bienveillance et de sympathie.

D'une main ferme il traça ces deux mots :

Georges Ravergy.

Personne ne se présentait plus et le capitaine allait refermer le livre, lorsqu'il s'arrêta subitement :

— Le numéro 22 n'a pas signé, dit-il — et, s'adressant au second du navire, il ajouta :

— Cardovan, faites prévenir le numéro 22.

Le numéro 22, c'est-à-dire la cabine qui portait ce numéro, était occupée par une jeune fille qui, deux jours avant, s'était présentée au capitaine pour retenir son passage à bord de *l'Abeille*.

— Impossible, avait répondu celui-ci : nous sommes au complet depuis hier.

— Mais il faut que je parte, s'écria la jeune fille, que je parte le plus tôt possible !....

— Le plus tôt possible, dit le capitaine, ce sera dans une huitaine. La mise à la voile du plus prochain navire en partance pour le Canada n'aura lieu qu'à cette époque. A ces mots, la jeune fille était demeurée atterrée...

— Je vous en supplie, monsieur, dit-elle au capitaine, prenez-moi à votre bord. Si la place vous manque, si vous n'avez pas une seule cabine disponible, je passerai les journées sur le pont et les nuits à fond de cale.

— Les journées sur le pont et les nuits à fond de cale, répéta le capitaine; songez-vous, mon enfant, aux souffrances que vous auriez à subir?

— Souffrir ! Oh ! cela m'est bien égal !.... pourvu que j'arrive....

Ah ! si vous saviez, s'écria-t-elle, si vous saviez quel épouvantable malheur peut amener un seul jour de retard ! — Si vous saviez que de souffrances, que de larmes et quel désespoir éternel !.... Vous auriez pitié de moi, monsieur, vous ne me repousseriez pas !...

Et, en disant ces mots, elle tomba agenouillée, les bras tendus vers le capitaine.

Celui-ci demeura muet pendant un instant, puis regarda attentivement la jeune fille dont les traits exprimaient une si grande douleur, un si profond désespoir, qu'il en fut vivement ému :

— Relevez-vous, mon enfant, dit-il, et cessez de vous désespérer. Je n'ai que vingt et une cabines à mon bord ; elles sont, comme je vous l'ai dit, toutes retenues, mais nous chercherons, nous inventerons un moyen... enfin... nous créerons une vingt-deuxième cabine que vous occuperez....

La jeune fille jeta un cri de joie et, saisissant la main que lui tendait le marin, elle la porta à ses lèvres en disant :

— Vous me rendez la vie !... monsieur !...

Quelques instants après avoir reçu l'ordre que venait de lui donner le capitaine d'amener le numéro 22, le second du navire reparaissait, accompagnant la passagère dont nous venons de parler.

C'était une adorable jeune fille, resplendissante de grâce, de charme et de beauté. Elle avait dix-huit ans à peine. Sa taille élancée se devinait souple et gracieuse, sous une robe de laine flottante qui, n'étant pas resserrée au-dessous des seins, ainsi que l'étaient celles des femmes de cette époque, retombait droite jusqu'au sol, comme un péplum romain, et faisait ressembler cette belle fille à une jeune prêtresse de l'antiquité. Ses cheveux, d'un blond doré, étaient relevés à la grecque, suivant la mode du temps et contrastaient d'une façon étrange avec ses sourcils noirs et ses yeux d'un brun foncé, cerclés d'une légère teinte de bistre.

Son visage, empreint d'une tristesse profonde, était d'une blancheur et d'une matité singulières et l'on eût pu, en l'observant de près, y distinguer la trace de larmes fréquentes et douloureuses.

Arrivée près de la table autour de laquelle se tenaient tous les passagers, la jeune fille s'arrêta inquiète et se demandant pourquoi on l'avait fait appeler.

Ses yeux, qui semblaient interroger tout ce monde, rencontrèrent les yeux de Georges Ravergy fixés sur elle avec une persistance prolongée, mais qui n'avait rien de blessant. Les regards du jeune homme semblaient dire, en effet :

— Tous ceux qui nous entourent vous admirent parce que vous êtes belle; moi, c'est la tristesse de votre âme qui m'émeut et m'attire. Vous souffrez et mon cœur compatit à votre souffrance. La jeune fille baissa la tête et une vive rougeur vint colorer son visage. A ce moment, le capitaine s'approcha d'elle et lui dit :

— Je vous ai fait prier de vous rendre ici, mademoiselle, parce qu'il faut que vous inscriviez votre nom sur le livre de bord, ainsi que l'ont déjà fait tous vos compagnons de voyage.

— Mon nom?... dit la jeune fille troublée; puis, prenant la plume que lui présentait le capitaine, elle écrivit, après un instant d'hésitation, ce seul mot : THÉRÈSE.

— Thérèse, dit en souriant le capitaine Aubert, ce n'est pas tout à fait assez, mademoiselle, veuillez ajouter, je vous prie, votre nom de famille : le nom de votre père.

— Non, non, s'écria-t-elle vivement, ne me demandez pas cela, monsieur... Je ne veux pas... je... je désire ne pas l'écrire.

— Pardon, répondit le capitaine, il s'agit ici d'une formalité... indispensable à laquelle je ne puis permettre à personne de se soustraire.

— Et si je refusais d'écrire ce nom?

— Si vous refusiez, mademoiselle, comme il est interdit à tout capitaine de navire de recevoir à son bord aucun passager dont il ne pourrait faire connaître l'état civil, je me verrais forcé de vous confier aux soins du pilote chargé de nous conduire hors du port, avec ordre de vous ramener à terre.

— Ne donnez pas cet ordre, monsieur! s'écria Thérèse suppliante. Si votre devoir exige que vous connaissiez ce nom, il n'est pas indis-

pensable, je pense, que tout le monde, ici, le connaisse; permettez
donc qu'au lieu de l'inscrire sur ce livre, je vous le dise à vous, monsieur le capitaine, mais à vous seul.

— Soit ! dit le capitaine, et il emmena la jeune fille à l'écart.

Après un entretien de quelques minutes, tous deux se rapprochèrent des passagers.

La jeune fille avait la démarche chancelante, la tête courbée vers
la terre. Le capitaine, encore sous le coup d'une vive émotion, fit un
effort sur lui-même et, d'une voix grave et imposante, il prononça
ces mots :

— Vous resterez parmi nous, mademoiselle Thérèse, et vous ne
serez pas tenue d'inscrire sur notre livre de bord votre nom de
famille... que vous m'avez confié.

Je m'incline devant la détermination que vous avez prise de ne le
point divulguer publiquement et, connaissant le motif impérieux qui
vous fait garder le silence, sachant quelle cause terrible et mystérieuse vous fait entreprendre un long et périlleux voyage, quelle tâche
sacrée vous voulez accomplir, je demande pour vous, à ceux qui
m'écoutent, l'estime profonde et la vive sympathie dont vous déclare
digne le capitaine Aubert.

Un murmure d'acquiescement unanime accueillit ces paroles et
Thérèse, après s'être silencieusement inclinée, se dirigea vers sa cabine.

A cet instant, un brusque mouvement de roulis fit pencher le navire et perdre l'équilibre à quelques passagers.

Le bâtiment virait de bord.

— Nous sommes en route, dit le capitaine, que Notre-Dame-
des-Flots nous donne bon voyage !

Et, en vrai Breton qu'il était, le marin se signa d'un mouvement
rapide, autant par habitude que par réelle dévotion.

Au bout d'un quart d'heure, *l'Abeille* avait toutes ses voiles
dehors et roulait doucement avant de parvenir à prendre le vent,
puis, légèrement couché à tribord, le navire présentait sa voi-
lure à la brise qui le poussait au large, avec une bonne vitesse de
huit nœuds à l'heure.

Les passagers qui étaient montés sur le pont pour assister à la
sortie du bassin, s'empressaient de le quitter, chassés par le vent qui
fraîchissait et par le tangage qui jetait quelque trouble dans les estomacs peu solides.

Il ne resta bientôt plus sur la dunette que le timonier qui manœuvrait la roue du gouvernail et Georges Ravergy.

Ce dernier était allé s'appuyer sur l'un des bastingages du mât d'artimon, les regards dirigés vers l'horizon.

Enveloppée dans sa mante, Thérèse avait gravi l'escalier et, pour la première fois, se hasardait sur le pont.

Après quelque hésitation, elle s'était risquée sur la dunette à l'extrémité de laquelle la jeune fille alla s'asseoir, appuyée sur le plat-bord et protégée contre les jaillissements de la lame par le couronnement de la poupe.

Et là, le corps penché, elle tendait ses mains jointes vers cette terre de France qu'elle n'apercevait plus qu'à travers un voile de pleurs.

Georges regardait avec émotion cette jeune fille qui s'en allait, seule, sans appui, sans défenseur, à l'autre bout du monde! Cette enfant qui aurait à surmonter, prochainement sans doute, des obstacles et des périls redoutables.

Témoin de la douleur qu'elle ressentait en s'éloignant de la terre, il se demandait quelle impitoyable fatalité avait pu l'arracher à ces êtres chéris vers lesquels semblait s'élancer son âme.

A ce moment, des voix s'élevaient en chœur sur le gaillard d'avant, les matelots chantaient! Eux aussi envoyaient leurs adieux au pays, leur pensée à ceux dont ils se séparaient pour longtemps, pour toujours peut-être. Et ils disaient :

> — Gabier, monte à la grande lune
> Et dis-nous ce qu'on voit encor
> De notre bord.
> — Je vois notre plage et la dune,
> Le vieux clocher, nos humbles toits
> Et puis, sur la grève, je vois
> Nos petits enfants et leurs mères
> Tous à genoux,
> Au ciel adressant des prières
> Les bras encor tendus vers nous!...
> — Alors, matelots, bon courage!...
> Et bravons les flots en courroux.
> Viennent la tempête et l'orage,
> Nous aurons le ciel avec nous!...

Puis, gaîment, tous les marins reprenaient en chœur :

> Allons, matelots, bon courage!...
> Et bravons les flots en courroux.
> Viennent la tempête et l'orage,
> Nous aurons le ciel avec nous!...

Il se fit ensuite un moment de silence, interrompu tout à coup par un cri plaintif, désespéré, et une voix frêle comme celle d'un enfant se fit entendre, qui semblait venir du point le plus élevé de la mâture.

Ce n'était point un chant qu'exhalait la voix du jeune mousse, on eût dit plutôt la plainte douloureuse d'une âme en peine, errante à travers l'espace. Et cette voix *pleurait* les paroles suivantes :

> Pauvre exilé, ma souffrance est extrême !...
> Je suis ici, mais mon cœur est là-bas,
> Il est resté près de tous ceux que j'aime,
> A mon retour les reverrai-je, hélas !
> S'ils ne sont plus, cette douleur amère
> Sera ma dernière douleur,
> Avec eux, en quittant la terre,
> Ils auront emporté mon cœur !...

Émue jusqu'au fond de l'âme par ce chant lamentable et peut-être aussi par quelque mystérieuse ressemblance de cette infortune avec son infortune à elle, la jeune fille s'était subitement levée et, d'une voix noyée de larmes, elle redisait :

> S'ils ne sont plus, cette douleur amère
> Sera ma dernière douleur,
> Avec eux, en quittant la terre,
> Ils auront emporté mon cœur !...

Violemment secouée par une poignante émotion, elle essaya de marcher, mais ses pas étaient si mal assurés, si chancelants, que Georges s'élança vers elle.

Au même instant, le capitaine, qui venait de reparaître sur le pont, s'approchait aussi pour la soutenir.

Thérèse, comprenant leur pensée, essuya furtivement ses larmes, les remercia tous deux en leur adressant un sourire contraint et douloureux, puis elle se dirigea vers sa cabine.

Ravergy et le capitaine la suivaient du regard et, quand elle eût disparu :

— Pauvre enfant !... dit Georges. Elle cache au fond de son âme le secret de quelque mystérieuse histoire, de quelque terrible malheur.

— Oui, répondit le capitaine qui, on se le rappelle, avait reçu la confidence de Thérèse, oui, il s'agit, en effet, d'un terrible malheur, d'une épouvantable catastrophe que cette courageuse jeune fille va tenter de conjurer.

C'est votre existence que vous me sacrifiez. (Page 15.)

II

APRÈS LA TEMPÊTE

Commencé dans des conditions exceptionnellement favorables, le voyage se continuait, sans incidents, par un temps merveilleux de calme absolu.

Pendant les quinze premiers jours de navigation, grâce à une

brise douce et ininterrompue, *l'Abeille* avait marché à peu près dans sa plus grande vitesse.

Le capitaine Aubert avait prédit à ses passagers une traversée exempte de tempêtes et il semblait que cet heureux pronostic allait, en effet, se réaliser.

Mais le destin en avait décidé autrement !

Un matin, à l'heure où tous les autres passagers sommeillaient encore, Thérèse était montée sur le pont.

Elle s'était approchée, tout embarrassée, du maître d'équipage, vieux loup de mer, à l'écorce rude, mais au cœur loyal et franc.

Elle voulait lui adresser une question et s'arrêtait hésitante. Rudec, c'était le nom du marin, devinant son embarras, lui dit avec un bon rire :

— Je gage que vous avez quéque chose à me demander, mamzelle?

— En effet, monsieur, je voudrais savoir... s'il nous faudra beaucoup de temps encore pour arriver au terme de notre traversée.

— Ça dépend, mamzelle, de la brise... et de la mer — si elles restent bonnes filles toutes les deux, comme elles le sont à cette heure, *l'Abeille* continuera à filer un joli nombre de nœuds à l'heure et nous arriverons tôt... si elles se fâchent toutes les deux, si la brise, en colère, grandit, rugit et souffle en tempête, la mer, devenue furieuse à son tour, fera danser la coque de notre navire comme une simple coquille de noix et pourra, dans sa colère, nous jeter à cent lieues de notre route.

— Grand Dieu ! s'écria Thérèse, remplie d'épouvante.

— Mais ne vous effrayez point, mamzelle, c'est pas aujourd'hui que ça nous arrivera... non, non, c'est pas...

Et, en parlant ainsi, Rudec avait relevé la tête et considérait le ciel. Il cessa de parler et demeura les yeux fixés sur l'horizon.

Son visage s'était rembruni, et, quand son regard se reporta sur la jeune fille, celle-ci le trouva empreint d'une expression de surprise et de déception. L'air, cependant, était demeuré calme et doux, le ciel très pur et très éclatant de lumière.

— On dirait, dit Thérèse, que vous êtes devenu subitement inquiet.

Le marin leva silencieusement le bras et, pour toute réponse, montra un petit point noir qui venait d'apparaître au loin.

— N'est-ce que cela? dit la jeune fille en souriant.

— Que cela, dit Rudec en secouant gravement la tête.

— Un tout petit nuage.

— Oui, un tout petit nuage qui dévore l'espace, franchit vingt lieues par minute et porte dans ses flancs la foudre et l'ouragan !...

Le nuage s'avançait en effet et grandissait en s'avançant. Rudec n'avait pas été seul à l'apercevoir.

A ce moment, Cardovan, le second du navire, cria d'une voix forte :

— Pare à virer !

Au même instant, plusieurs matelots trébuchaient, surpris par un violent coup de tangage.

— Hé, Rudec ! s'exclama le second ; on dirait une lame de fond !...

— Gare au grain ! répondit le maître d'équipage.

Le second commanda :

— Carguez les bonnettes de hune, vous autres !

Un second coup de mer lui coupa la parole. Rudec proposa :

— Si je faisais tout de suite prendre un ris ?

Sur un signe, les matelots sautèrent dans les haubans.

Le navire, fortement secoué, dansait à présent sur la mer soudainement démontée et soulevée comme par une éruption volcanique sous-marine. C'était une effroyable tempête !

Rudec et Cardovan se souvinrent que Thérèse se trouvait, tout à l'heure, auprès d'eux et ils se tournèrent de son côté.

La jeune fille était restée à la même place, calme, impassible. Rien ne trahissait, en elle, l'inquiétude ou l'effroi.

— Vous n'avez donc pas peur, mademoiselle ? dit Cardovan.

— Peur ?... non...

C'est pourtant un violent ouragan que nous subissons là.

— Nous avons le vent arrière, a dit le timonier, il nous pousse vers le but de notre voyage, et sa violence n'a rien qui m'effraye : nous arriverons plus vite !...

— Mais la tourmente, en se prolongeant, peut mettre le bâtiment en danger ?...

— Mieux vaut le danger que le retard, dit énergiquement la jeune fille.

.   .   .   .

La tempête devenait effroyable, elle continuait à se déchaîner avec une violence croissante. *L'Abeille* courait les plus grands périls.

Les passagers se tenaient groupés dans le carré, dont le capitaine avait fait barricader la porte, pour arrêter l'invasion des paquets de mer qui balayaient le pont.

Aux mortelles angoisses, aux affolements de la peur, s'ajoutait, pour ces malheureux, enfermés dans cette salle, l'ignorance de ce qui se passait au dehors.

Haletants, l'oreille déchirée par les sinistres craquements des mâts, le cœur bondissant à chaque nouvelle convulsion du navire sur les flancs duquel les lames s'abattaient, comme autant de gigantesques massues, ils se tordaient au milieu des plus mortelles angoisses.

Il faut avoir été témoin d'une de ces scènes d'horreur, il faut avoir passé par de semblables transes, pour se rendre compte des poignantes émotions qu'ils ressentaient, enfermés dans leur prison flottante.

Parfois, le navire avait des soubresauts moins violents et chacun d'eux reprenait espoir.

Mais ce n'était là qu'une accalmie de quelques secondes et l'on retombait dans des transes encore plus violentes.

La lampe suspendue au plafond, dans les brusques mouvements que lui imprimait le navire, bondissant au gré des flots, projetait des clartés sinistres sur le lugubre tableau.

La flamme éclairait de lueurs blafardes ces visages sur lesquels se reflétaient la terreur et le désespoir poussés jusqu'à l'affolement. Des plaintes lamentables s'exhalaient de toute part !

Seuls Georges Ravergy et Thérèse demeuraient silencieux et recueillis et, comme à leur première rencontre, c'est-à-dire à la première apparition de Thérèse sur le navire, les regards de Georges demeuraient fixés sur le visage de la jeune fille et semblaient dire cette fois :

— Vous êtes sublime de résignation et de courage !

Thérèse leva vers le ciel ses yeux où éclatait la foi et qui semblaient répondre :

— J'espère en Dieu !

Le ciel ne devait pas réaliser cette pieuse espérance.

L'Abeille avait terriblement souffert. La grande vergue était brisée, le beaupré amputé. Deux des embarcations avaient été emportées par la mer. Une seule restait, qui n'était ni la plus grande ni la plus solide, et la coque du navire fatiguée, usée, menaçait de se désagréger complètement. Des fissures apparaissaient déjà et la moitié de l'équipage ne les calfeutrait qu'à grand'peine.

Le capitaine, brisé de fatigue, était venu se reposer, un instant, auprès de ses passagers qui, l'entourant anxieux, l'assaillirent de quesitons, l'adjurèrent de leur dire quelle était la situation réelle : leurs interrogations, leurs cris se succédaient sans relâche.

Le tumulte cessa tout à coup.

Le second venait de reparaître. Son visage bouleversé était d'une pâleur livide.

— Capitaine, prononça-t-il d'une voix pleine de terreur, la coque est défoncée à bâbord. Le navire fait eau de toute part! Nous coulons!

Au silence de mort qui avait accueilli, d'abord, ces terribles paroles, allait succéder un tumulte de cris et d'imprécations.

Le capitaine Aubert, stoïque à ce moment suprême, étendit la main pour imposer silence.

D'une voix énergique il dit :

— Le navire est en perdition! Il ne nous reste plus qu'un espoir : rencontrer un bâtiment qui vienne à notre secours!... Il faut retarder autant que possible la catastrophe qui nous menace.

Et il ajouta :

— Tout le monde aux pompes. C'est pour le salut de tous!...

Qui pourrait exprimer la scène d'épouvante, de désolation, qui suivit? Tous ces malheureux destinés à une mort horrible, condamnés à l'attendre, sans pouvoir fuir, se tordaient les bras et poussaient des cris déchirants.

— Aux pompes! aux pompes! ordonna le capitaine en s'élançant sur le pont.

Au milieu de l'effarement général, Thérèse et Ravergy gardaient tout leur sang-froid.

— Venez, dit la jeune fille à ceux qui l'entouraient. Luttons jusqu'à l'heure suprême, aidons-nous, pour que le ciel nous aide.

Transporté d'admiration, Georges saisit la main de cette jeune fille qui donnait à des hommes l'exemple de la résolution et de la force d'âme. Et, à son tour, il répéta :

— Aux pompes!... pour le salut de tous!

— Cardovan, dit le capitaine, faites faire les signaux de détresse. C'est, hélas! le dernier espoir!

Entraînés par l'exemple, tous les passagers s'étaient mis à l'œuvre, secondant de leur mieux les matelots et les relayant quand la fatigue les accablait.

Après une heure de travail énergique, on constatait que l'eau baissait dans la cale.

Le courage renaissait et, avec lui, allait se réveiller l'espérance, lorsqu'un bruit sinistre se fit entendre.

C'était comme un sourd brisement, un déchirement de bois... le flanc du navire s'ouvrait largement et livrait passage à la vague.

Tout était perdu!

— Aux chaloupes! cria une voix.

Et vingt autres répondirent :

— Aux chaloupes! aux chaloupes!

Mais deux d'entre elles, comme on le sait, avaient été enlevées par la tourmente. Il n'en restait plus qu'une seule!

— Seize personnes seulement peuvent y prendre place, dit le capitaine.

— Pas une de plus, sous peine de la faire sombrer, ajouta le lieutenant. Seize, y compris quatre rameurs et un homme à la barre.

— Cardovan, dit le capitaine, vous désignerez les quatre matelots, vous choisirez les plus robustes et vous prendrez vous-même le commandement de la chaloupe. Apportez ici le livre et le cachet du bord, une plume, du papier et de l'encre, hâtez-vous.

Au bout de quelques minutes qui parurent mortellement longues aux malheureux secoués par l'anxiété, le second du navire revenait.

— Nous avons vingt-deux passagers, dit le capitaine, sur lesquels onze partiront dans la chaloupe, — faites vingt-deux billets; onze seront revêtus du cachet du bord; les autres resteront en blanc.

Puis s'adressant aux passagers, il ajouta :

— Vous êtes tous égaux à mes yeux et je n'ai le droit de décider de la vie ou de la mort d'aucun de vous. — Dieu décidera!

Pendant l'opération, tous les passagers avaient les yeux anxieusement fixés sur l'officier qui apposait le cachet, gage de salut.

Quand tout fut prêt, le capitaine laissa tomber, dans son chapeau de toile goudronnée, un à un, chacun des carrés de papier, à mesure qu'on les pliait.

Rudec, pendant ce temps, avait fait mettre l'embarcation à la mer, on y avait placé quelques vivres.

Les quatre matelots désignés se jetèrent dans la chaloupe et préparèrent les avirons.

Le vieux maître d'équipage se tenait à l'échelle pour faire embarquer ceux des passagers que le sort allait favoriser.

Sur la dunette, on procédait à l'effrayant tirage au sort, au milieu d'un silence lugubre, d'un silence de mort.

A mesure qu'un des passagers amenait un billet revêtu du

cachet, le capitaine inscrivait le nom de celui que le sort avait favorisé.

Thérèse se présenta à son tour et sa main tremblante saisit un des papiers.

— Blanc ! s'exclama-t-on.

Un cri déchirant s'arracha de sa poitrine.

Jusqu'à ce moment, malgré les dangers, la tempête, malgré les flots envahissant le navire et menaçant de tout engloutir, Thérèse était demeurée calme et résignée, répétant mentalement : J'espère en Dieu ! mais maintenant que sa dernière chance de salut venait de s'évanouir, elle s'abandonnait au plus violent désespoir ; ses yeux étaient hagards, sa bouche contractée, et, saisie d'un tremblement convulsif, elle disait :

— C'est fini, c'est fini, je ne pourrai plus rien, rien ! et là-bas, où mon retour devait tout sauver, voilà que tout s'écroule ! tout va sombrer : la vie, l'honneur, tout ! tout ! tout !...

Et, tombant à genoux, la pauvre fille s'écria, les mains jointes et tendues vers le ciel :

— Seigneur, vous savez bien que ce n'est pas pour moi que je demande à vivre. Permettez que je puisse accomplir ma tâche et après, rappelez-moi, je partirai sans larmes, sans amertume et sans regret, mais jusque-là, Seigneur, laissez-moi vivre !

Une main s'appuya, à ce moment, sur l'épaule de Thérèse.

Une voix calme et douce articula ces mots :

— Ne pleurez plus, Dieu vous a entendue.

Thérèse se retourna vivement. Georges Ravergy était devant elle.

Il lui présenta un billet portant le cachet du bord et lui dit :

— Vous vivrez, soyez heureuse !

Thérèse, transportée de joie, de bonheur, saisit le billet en criant :

— Ah ! c'est le salut, c'est la vie pour eux tous !...

Puis, s'arrêtant et les yeux fixés sur ceux de Georges :

— Mais... ce... ce billet... est le vôtre !...

— Oui, dit simplement Georges.

— C'est votre existence que vous me sacrifiez !

— Oui.

— Oh !... je ne dois pas... je ne peux pas accepter un pareil sacrifice.

— Acceptez-le sans crainte ; rien ne m'attache à la vie, personne ne pleurera ma mort ; allez où le devoir vous appelle.

— Le devoir, balbutia Thérèse, vous savez donc ?

Georges, se rappelant les paroles du capitaine Aubert répondit :

— Je sais qu'un horrible malheur, qu'une épouvantable catastrophe menace des êtres qui vous sont chers... est-ce vrai ? dites :

— C'est vrai.

— Est-il vrai que, seule au monde, vous puissiez empêcher ce malheur, conjurer cette catastrophe ?

— C'est vrai, c'est vrai, dit en sanglotant la jeune fille.

— De quel droit alors, hésitez-vous entre un inconnu et ceux qui attendent de vous leur salut ou leur perte ?... Votre devoir est de vivre pour eux, ma volonté, à moi, est de mourir pour vous...

Et, comme, sans répondre, elle attachait sur lui ses regards remplis d'égarement, de stupéfaction et de reconnaissance :

— Emmenez-la, dit Georges à Rudec, témoin de ce débat.

Le vieux marin prit Thérèse dans ses bras et l'emporta dans la chaloupe, qui se détacha, presque aussitôt, du flanc du navire.

A ce moment suprême, une douloureuse clameur s'éleva dans l'air.

Ceux qui avaient l'espoir d'être sauvés envoyaient un dernier adieu aux infortunés qui attendaient la mort.

Le capitaine avait ajouté à la liste des passagers qu'emportait la chaloupe ces quelques mots :

« Le navire coule. Nous recommandons nos âmes à Dieu. A bord de *l'Abeille*, le 20 avril 1802. »

La feuille de papier roulée fut introduite dans une bouteille cachetée que l'on jeta à la mer. . . . .

Le bâtiment sombrait toujours. Ceux qui étaient restés à bord se réfugièrent, affolés, dans la mâture.

Georges, seul, appuyé sur le bastingage, suivait du regard la chaloupe qui s'éloignait à force de rames.

Les yeux fixés sur la barque qui emportait Thérèse, il se hissa sur le plat-bord et, cramponné aux cordages, il envoya un dernier adieu à celle qui, debout dans la chaloupe, tendait les bras vers lui.

— Pensez quelquefois à moi, cria-t-il, pensez à Georges Ravergy...

— Toujours ! toujours ! répondit-elle, en sanglotant.

— Adieu, Thérèse ! adieu !... Je vous aimais.

Une lame passa sur le navire et recouvrit le naufragé comme un immense linceul.

Un cri déchirant parvint encore jusqu'à lui, un cri poussé par Thérèse en voyant son sauveur disparaître dans les flots.

Et le navire, sombrant tout à fait, s'engloutit dans l'abîme.

Trois cadavres : ceux d'une femme et de deux pauvres petites filles... (P. 18.)

III

LA FAMILLE VALOMER

L'instant est venu de dévoiler le mystère dont s'était entourée cette jeune fille qui, si énergiquement, avait refusé de faire connaître le nom de sa famille.

3. — SEULE!

L'instant est venu aussi de dire au lecteur quels sombres événements et quelle terrible fatalité avaient imposé à cette enfant l'obligation d'entreprendre seule, sans soutien, sans défenseur, un si lointain voyage, semé des périls les plus redoutables.

Le navire que nous avons vu sombrer aurait dû, tout d'abord, débarquer Thérèse au Canada; mais Québec n'était pas le but définitif que voulait atteindre notre héroïne.

C'est dans la nouvelle Californie, c'est à Sacramento, qu'elle devait se rendre.

Il lui faudrait, à travers mille dangers, parcourir des contrées encore inexplorées à cette époque, sillonnées par des peuplades sauvages, et remplies d'animaux féroces. Ces dangers de toute sorte devaient être aggravés encore par son inexpérience, sa jeunesse, sa candeur, et sa beauté elle-même.

Mais avant de continuer cette émouvante odyssée, il nous faut, pour la clarté de notre récit, retourner de quelque temps en arrière.

. . . .

Trois mois avant le jour où Thérèse avait pris passage à bord de *l'Abeille*, la rue Saint-Louis-en-l'Ile, à Paris, était en un violent émoi.

Vers une heure de l'après-midi, on venait de voir passer le commissaire de police du quartier, accompagné de son secrétaire et de plusieurs agents.

Le bruit s'était répandu qu'un crime épouvantable avait été commis dans la maison portant le n° 17.

La foule s'était précipitée vers cette maison, mais n'avait pu y pénétrer.

Des agents avaient reçu la consigne de garder rigoureusement la porte.

Pendant ce temps, l'officier de police et les agents, conduits par une servante qui était allée les quérir pour constater le crime, s'arrêtaient, saisis d'horreur, sur le seuil d'une chambre servant de cabinet de travail.

Trois cadavres : ceux d'une femme et de deux pauvres petites filles, — gisaient sur le carreau, dans une horrible mare de sang.

Les trois victimes avaient péri de la même façon. Toutes trois avaient la gorge coupée, la carotide tranchée. La mort avait dû être subite, instantanée.

Il résultait du récit de la vieille domestique que sa maîtresse et ses deux enfants habitaient la maison depuis plusieurs années; mais que Mme Delaverne avait parlé de donner congé, à la suite du départ de son mari pour les « pays étrangers », selon l'expression de la servante.

Le matin du jour où le crime avait été commis, Mme Delaverne était restée longtemps occupée à écrire dans le cabinet de son mari. Elle avait ses deux petites filles auprès d'elle.

Vers onze heures, un homme s'était présenté demandant à parler à Mme Delaverne; celle-ci avait donné l'ordre d'introduire le visiteur, et la servante avait quitté la maison pour se rendre au marché voisin.

Vers midi, elle avait, comme de coutume, mis le couvert et servi le déjeuner. Elle entra chez sa maîtresse pour lui annoncer qu'elle était servie.

On sait quel horrible spectacle s'offrit à ses regards.

Frappée de terreur, folle d'épouvante, elle s'enfuit appelant au secours.

Les voisins, accourus de toute part, ne purent que constater l'abominable crime qui venait d'être commis.

Et l'on s'était hâté de prévenir le commissaire du quartier.

Ce magistrat, les constatations étant terminées, avait fait transporter les corps des trois malheureuses victimes dans la chambre à coucher, où on les avait étendues sur le lit et recouvertes d'un drap.

Puis, il était retourné, avec les agents, dans la pièce où le crime avait été perpétré, afin d'y perquisitionner.

Il s'était fait accompagner par la servante, pour que celle-ci pût, au besoin, lui fournir quelques renseignements, pendant les investigations auxquelles il allait procéder.

L'un des agents avait ramassé sous le bureau l'arme dont s'était servi l'assassin.

C'était un rasoir encore maculé de sang.

Le commissaire procéda alors à l'examen des différents objets qui se trouvaient sur le bureau.

Il y trouva, d'abord, sous enveloppe, quelques papiers timbrés, des actes de procédure, de poursuites exercées par huissier à propos d'un billet à ordre souscrit au profit de M. Delaverne. Toutes les pièces paraissaient être au complet, le billet seul manquait.

Un lettre attira ensuite l'attention du commissaire. Cette lettre était adressée à Mme Delaverne.

Sur le bureau se trouvait également une bourse vide. Le vol avait été, sans doute, le mobile du crime.

Il chargea un des agents de continuer la recherche de tous les objets pouvant servir de pièces à conviction. Puis, s'asseyant devant le bureau, il ouvrit la lettre et prit connaissance de son contenu.

A mesure qu'il lisait, la physionomie de l'officier de police prenait une expression d'étonnement, de stupéfaction.

— Jamais, dit-il, un crime n'a été commis avec semblable audace et semblable imprévoyance de la part du criminel.

L'instruction de cette affaire ne sera ni longue, ni difficile, elle n'exigera ni bien grande habileté, ni profonde expérience, car le coupable, dédaigneux des errements de ses pareils, semble, en vérité, avoir pris ses mesures pour ne point échapper aux recherches de la justice.

Loin de prendre les plus vulgaires précautions pour déjouer ces recherches, le misérable a poussé son audacieuse impudence jusqu'à signer de son nom ses infâmes menaces et jusqu'à indiquer même sa demeure !

Ayant ainsi parlé, le commissaire plia soigneusement la lettre, la glissa dans la poche intérieure de son habit qu'il boutonna, du haut en bas, pour ne pas perdre ce précieux document.

Il fit ensuite quérir une voiture et partit, accompagné de son greffier et de deux policiers, pour se rendre au n° 20 de la rue Dauphine.

Or, voici ce qui avait eu lieu dans cette maison pendant que le magistrat, comme nous l'avons vu, procédait à la constatation du crime :

Dans un très modeste appartement composé de trois pièces et situé au 4ᵉ étage, se trouvait la famille Valomer.

Cette famille était composée de Jacques Valomer, de sa femme et de leur fille.

Jacques Valomer était un honnête commerçant que la tourmente révolutionnaire avait totalement ruiné.

Agé de quarante ans à peine, il avait encore assez de forces, assez d'énergie et de courage pour lutter contre la fortune contraire ; mais la santé précaire de sa femme était une cause perpétuelle de dépenses et de pertes de temps qui, sans cesse renouvelées, épuisaient les ressources du ménage.

Quant à Mˡˡᵉ Valomer, nous n'avons pas à tracer son portrait. Le lecteur la connaît.

C'est la belle et courageuse jeune fille que nous avons vue sur le navire *l'Abeille*. C'est elle qui refusait de divulguer le nom de son père et on saura, tout à l'heure, quelle terrible fatalité imposait à Thérèse une sorte de renoncement au nom de sa famille, une espèce de désaveu de sa naissance.

Cette famille, si longuement et si durement éprouvée qui, la veille encore, se désespérait, plongée dans une sombre tristesse, dans le dénûment le plus complet, était, aujourd'hui, radieuse d'espérance et souriait joyeusement à l'avenir.

Voici quelle était la cause de cette joie, de ce bonheur passagers.

Valomer venait d'apprendre à sa femme et à sa fille l'heureux revirement survenu, le jour même, dans leur existence.

Poursuivi, depuis longtemps déjà, avec une persistance cruelle, par un créancier inexorable, il avait appris le départ de ce créancier pour un lointain voyage et, dans l'espoir d'obtenir la suspension des rigoureuses poursuites exercées au nom de l'absent, il s'était hasardé à écrire une lettre bien humble, bien suppliante, à Mme Delaverne.

— Delaverne!... répéta vivement Thérèse qui, tout à coup, était devenue très pâle.

— Est-ce que tu la connais? demanda Valomer.

— Moi... non... non, répondit Thérèse toute troublée.

— C'est la femme de notre créancier, continua Valomer. En me présentant devant elle, j'étais ému, tremblant, mais elle, avec une douceur, une bonté angéliques, m'arrêta dès les premiers mots et, me présentant le billet de deux mille francs souscrit par moi, elle me dit :

« Je sais que... M. Delaverne, après vous avoir offert un crédit que vous n'aviez même pas sollicité, vous a fait souscrire l'engagement que voici.

« Cela est vrai, madame.

« Je sais qu'après vous avoir promis tous les délais que vous seriez contraint de lui demander, il a, tout à coup, changé de résolution pour des motifs... que je connais...

« Et... ces motifs, madame ?...

« Il vaut mieux que vous les ignoriez... sachez seulement que la promesse qui vous avait été faite primitivement sera religieusement observée; vous prendrez, pour vous acquitter, tout le temps qu'exigera votre situation, et, afin que vous en soyez le seul arbitre, reprenez ce billet dont vous rembourserez le montant lorsqu'il vous sera loisible de le faire.

« Ah! madame, me suis-je écrié, vous me rendez à la fois bien heureux et bien fier !... bien heureux du temps que vous nous accordez pour payer notre dette, et bien fier de cette confiance dont je saurai me montrer digne, je vous le jure !...

« Alors, pour toute cette joie que je vous donne, dit Mme Delaverne, vous ne refuserez pas, je l'espère, de me rendre un service, auquel je tiens... beaucoup.

« Je le promets, madame.

« Eh bien, veuillez remettre à Mlle Valomer ce gage de ma sympathie.

En disant ces mots, elle vidait, dans mes mains, une bourse remplie de pièces d'or.

Et comme je restais stupéfié et muet, elle ajouta :

« Dites à votre fille que c'est de ma part... à moi... Dites-lui que c'est Mme Delaverne qui la prie d'accepter ce petit commencement de sa dot, et qui s'estimera heureuse d'avoir quelque peu contribué au bonheur de la pure et honnête fille qu'elle est...

— Mais d'où te connaît-elle si bien, ma Thérèse chérie? dit Mme Valomer étonnée.

— Je l'ignore, répondit-celle-ci qui, cette fois, rougissait et se tenait les yeux baissés.

— Peu importe, dit Valomer, ne songeons plus maintenant qu'au bonheur qui nous arrive. Tenez, voilà le billet souscrit par moi et deux mille francs que cette généreuse dame a voulu absolument donner à ma fille.

En disant ces mots, il déposait sur la table son effet et les pièces d'or, et il ajouta :

— Grâce au ciel, nous sommes tout à fait hors de peine. Plus d'inquiétude pour le présent, et, comme on m'a promis de me procurer, bientôt, une occupation lucrative, nous serons heureux à l'avenir...

— Heureux, après tant de désespoir, après tant d'amertume et de larmes ; heureux, enfin ! dit en soupirant avec joie Mme Valomer.

A ce moment, un coup de sonnette retentit à la porte.

Thérèse s'empressa d'ouvrir.

Trois hommes parurent sur le seuil.

C'était le commissaire de police, accompagné de deux agents.

— Qui êtes-vous, messieurs, et que désirez-vous? demanda Jacques.

— Vous le saurez tout à l'heure, dit le commissaire. Pour le moment, veuillez répondre aux questions que je vais vous adresser.

— Vous vous nommez Jacques Valomer?

— Je répondrai, monsieur, lorsque vous m'aurez dit qui vous êtes et de quel droit vous m'interrogez.

— Je suis le commissaire de police du quartier Saint-Louis et je vous interroge au nom de la loi.

— Le commissaire! dirent en même temps Valomer, sa femme et sa fille, également saisis d'étonnement.

— Et moi, monsieur le Commissaire, je suis un honnête homme, dit Jacques Valomer, je n'ai rien à démêler, je crois, avec la Justice; que peut-il y avoir de commun entre vous et moi?...

— Monsieur, dit le magistrat, vous vous êtes présenté, ce matin, chez Mme Delaverne.

— Cela est vrai; après?...

— Cette visite lui avait été annoncée par une lettre que vous lui aviez adressée la veille!

— C'est encore vrai.

— Une lettre de menaces violentes, de menaces de mort.

— Cela est faux, monsieur, s'écria Jacques. Jamais je n'ai adressé aucune menace à cette dame... une menace de mort! moi!... Allons donc, monsieur!...

— Voici cette lettre, dit froidement le commissaire, sortant de sa poche celle qu'il avait trouvée chez Mme Delaverne, et il lut ce qui suit :

« Madame,

« Votre mari, dont je suis le débiteur, m'avait formellement pro-
« mis de m'accorder tous les termes et délais que me feraient solli-
« citer de lui la douloureuse situation dans laquelle se trouve, hélas!
« ma famille. Depuis lors, notre malheur s'est encore aggravé et,
« oublieux de sa promesse, M. Delaverne a fait exercer contre moi de
« rigoureuses poursuites.

« J'ai voulu invoquer la parole qu'il m'avait donnée, j'ai appris
« que M. Delaverne était parti pour un lointain voyage. Les ordres
« laissés par lui à son huissier sont d'une implacable rigueur et me
« voilà menacé de voir sans asile et sans pain ma fille et ma femme
« dangereusement malade.

« Je tends vers vous, madame, mes mains suppliantes, ayez pitié
« des deux malheureuses créatures... ayez pitié, je vous en supplie;
« songez qu'un désespoir comme le mien peut pousser aux résolu-

« tions les plus extrêmes, il peut engendrer la folie, et peut-être même
« le crime.

« J'irai, demain, implorer votre réponse, madame, ne vous mon-
« trez pas inflexible; c'est une question de vie ou de mort. »

— Avez-vous écrit cela?

— Je l'ai écrit et c'était bien l'expression de ma pensée.

— Vous avouez donc?...

— J'avoue que si Mme Delaverne était demeurée sourde à mes
prières, à mes supplications, je me serais peut-être tué sous ses
yeux.

— Père!...

— Jacques!...

S'écrièrent les deux femmes qui s'élancèrent ensemble à ses
côtés.

— Étrange bizarrerie du sort, dit amèrement le commissaire,
s'adressant à Valomer; vous songiez à vous tuer et c'est Mme Delaverne qui est morte!

— Morte! s'exclamèrent les trois autres personnages.

— Oui, morte assassinée, ainsi que ses deux pauvres petits enfants, qui auraient pu reconnaître l'assassin et témoigner contre lui.

Frappés de stupeur, les membres de la famille Valomer demeuraient muets, anéantis.

Ce n'était pas seulement l'horreur inspirée par cet abominable
crime qui causait leur épouvante; une terreur vague les envahissait
tous les trois.

Un rapprochement secret, monstrueux, se faisait dans l'esprit de
chacun d'eux.

Ils entrevoyaient vaguement une effrayante corrélation entre le
meurtre et la présence de Valomer dans la maison des victimes, quelques instants avant l'accomplissement du crime.

Le commissaire rompit le morne silence qui s'était fait :

— Jacques Valomer, dit-il, une terrible accusation s'élève contre
vous et des preuves indéniables établissent votre culpabilité.

— Quelles preuves, monsieur, quelles preuves? s'écria Valomer.

— Après votre lettre de menaces, la mort des trois malheureuses
victimes.

— Je suis innocent, monsieur, je suis innocent!

— Cherchons, cependant, se dit maître Gardelle... (P. 32.)

— Nous avons trouvé, sur le bureau de M. Delaverne, un dossier d'actes judiciaires parmi lesquels devait se trouver aussi un effet souscrit par vous.

A ces mots, les yeux de la mère et de la fille de l'accusé se portèrent, instinctivement, sur le billet que Valomer, en arrivant, avait déposé sur la table avec les pièces d'or.

Les regards du commissaire avaient suivi les leurs.

4. — SEULE!　　　　　　　　　　　　　　　　　4.

Il saisit le billet.

— Comment se fait-il que nous retrouvions ce billet ici, chez vous?

— Mme Delaverne me l'a généreusement rendu...

— Et... dit avec un doute ironique le magistrat... elle vous a... prié d'accepter l'argent que vous possédez là... vous qui étiez, hier encore, plongé dans le plus complet dénûment.

— Oui, elle m'a... prié de l'accepter, prononça avec une grande énergie Valomer.

— Et quelques minutes après, reprit le commissaire, un inconnu serait venu égorger votre généreuse bienfaitrice et ses deux infortunées petites filles?

Eh bien, sachez-le donc, le concierge et la servante qui vous ont vu entrer dans la maison, affirment que pas un être humain n'a pénétré chez Mme Delaverne entre l'instant où ils vous en ont vu sortir et l'instant où j'ai constaté le crime!... Que répondez-vous à tout cela?...

— Rien! rien! rien!... s'écria Valomer, d'une voix déchirante et désespérée.

— Comment, tu n'as rien à répondre, Jacques? dit sa femme affolée.

— Rien? balbutia en pleurant sa fille. Est-ce bien possible, mon père?

— Ah! mon Dieu!... Est-ce que vous aussi, vous me croyez coupable? s'écria Jacques. Est-ce que tant d'années d'honneur, de tendresse et de dévouement ne vous disent pas : ton mari n'est pas un voleur et un meurtrier! Ton père n'est pas un misérable assassin! Ah! si vous me soupçonnez aussi vous deux, qu'on m'emmène et qu'on me tue, j'ai assez de la vie...

— Non, non, pardonne-moi, Jacques...

— Pardonne-nous, père.

Et les deux femmes, l'entourant de leurs bras, baignaient son visage et ses mains de leurs larmes.

— Parle, réponds, défends-toi, disaient-elles.

— Eh! que voulez-vous que je dise?... Toutes les présomptions, toutes les preuves s'élèvent contre moi, elles m'étreignent, elles m'accablent, elles m'écrasent, et il me reste à peine assez de force pour crier : Je suis innocent! Je suis innocent!!!

— Jacques Valomer, prononça d'une voix grave le commissaire qui, lui-même, ne pouvait maîtriser entièrement son émotion, je ne suis ni votre accusateur, ni votre juge, d'autres apprécieront la valeur de

vos moyens de défense ; mon devoir à moi est de constater le crime
et de mettre en état d'arrestation celui qui paraît en être l'auteur.

Cette constatation est accomplie. Des preuves irrécusables s'élèvent contre vous :

Jacques Valomer, au nom de la loi, je vous arrête !...

Nous n'essayerons pas de décrire la scène de désolation et de larmes que fit naître la déchirante séparation qui suivit ces paroles prononcées par le magistrat.

Au moment où l'on emmenait l'accusé, la pauvre malade était tombée évanouie, glacée, presque morte...

Sa fille s'était élancée vers elle, lui prodiguant ses secours, la couvrant de baisers et de larmes.

Lorsque la malheureuse femme recouvra ses sens, elle promena ses yeux hagards autour de la chambre déserte, et, se rappelant alors le terrible drame qui venait de s'accomplir, elle éclata en sanglots.

— Il est perdu. Il est perdu ! s'écria-t-elle... Ils le tueront !

.   .   .   .

Nous ne nous étendrons pas longuement sur les débats du procès criminel qui allait avoir lieu.

Les preuves les plus accablantes pesaient sur Jacques Volomer et nul ne mettait en doute sa prochaine condamnation.

IV

LE VERDICT

Sous ce titre : *Le crime mystérieux de la rue Saint-Louis-en-l'Ile ; trois victimes, horribles détails*, les gazettes avaient annoncé l'arrestation de l'assassin, et le nom de Jacques Valomer semblait destiné à figurer désormais dans les annales judiciaires des grands criminels, ainsi que vinrent y figurer, plus tard, les noms odieux de Papavoine et de Tropmann.

On vouait à l'exécration publique ce misérable qui, père lui-même, avait égorgé, avec une férocité inouïe, de pauvres enfants, sous les yeux de leur mère, impuissante à les défendre.

Trois personnes seules demeuraient fermement convaincues de l'innocence de Jacques : sa femme, sa fille, et un jeune avocat qui portait un nom célèbre. Son père : Maître Gardelle, avait su mériter le titre enviable de « Défenseur des pauvres ».

En se chargeant de la défense d'un homme déjà condamné à l'avance dans la pensée de tous, le jeune avocat n'avait pas eu seulement en vue le soin de sa réputation naissante.

Habitant la même maison que la famille Valomer, il était, le jour de l'arrestation, monté chez les deux pauvres femmes, plongées dans la désolation. Il avait été remué profondément par l'immense douleur dont il était le témoin, et rapportait de cette visite, au cours de laquelle il avait fait ses offres de service d'une façon désintéressée, une opinion entièrement favorable au prévenu.

Lorsque la chambre des mises en accusation eut conclu au renvoi de Jacques Valomer en cour d'assises, l'avocat demanda l'autorisation de communiquer avec son client.

Dès la première séance, sa conviction fut complète.

Pour lui l'innocence de Jacques Valomer ne faisait pas le moindre doute. Ce malheureux, selon lui, était victime d'une terrible fatalité.

Mais cette fatalité devait, hélas ! l'écraser jusqu'à la fin.

Le jury, malgré l'éloquent plaidoyer du jeune défenseur, déclara l'accusé coupable d'un triple assassinat... coupable avec préméditation. Le verdict restait muet sur la question des circonstances atténuantes !...

C'en était fait !...

La Cour allait prononcer l'arrêt.

Le président, après un quart d'heure de délibération, d'une voix solennelle et grave, articula ces mots :

— « Ouï le Ministère public dans son réquisitoire et l'avocat dans la défense de l'accusé ;

« Ouï la déclaration du jury, laquelle est affirmative sur toutes les questions et muette sur les circonstances atténuantes,

« La Cour condamne Jacques Valomer à la peine de mort.

A ce moment un cri terrible retentit.

Ce cri, c'est Thérèse Valomer qui l'a poussé.

— Mon père est innocent ! dit-elle. Mon père est innocent !

Et, malgré les gardes qui veulent la retenir, elle s'est précipitée dans la salle, en se frayant un passage à travers les assistants, et vient tomber dans les bras de son père.

On les sépare. On entraîne le condamné et la foule des spectateurs s'écoule lentement, très impressionnée, mais très persuadée de l'entière culpabilité du condamné.

Le condamné, cependant, n'était pas coupable.

. . . .

Jean Valomer avait trois jours francs pour se pourvoir en cassation.

Plus que jamais convaincu de l'innocence de l'homme que le jury avait condamné et qu'attendait l'échafaud, maître Gardelle avait passé la nuit à chercher un motif de cassation.

Par un prodigieux effort de mémoire il avait reconstitué tous les débats, scruté tous les incidents, mais sans y découvrir la moindre irrégularité.

Le lendemain, cependant, il se rendait à la prison du condamné pour lui faire signer le pourvoi.

Il faut renoncer à décrire la scène qui eut lieu entre ces deux hommes dont l'un, en proie au plus violent désespoir, protestait de son innocence, tandis que l'autre qui l'avait énergiquement défendu, s'efforçant de relever son courage, lui disait :

— Je sais que vous êtes innocent. La condamnation qui vous frappe serait un crime. Elle ne peut être maintenue; vous avez signé votre pourvoi, il faut que je trouve un moyen de faire casser le jugement, et je vous défendrai de nouveau!... La lumière se fera sur cette mystérieuse affaire et vous serez sauvé.

Il suppliait le malheureux de ne pas perdre courage, cherchant ainsi à lui donner un espoir qu'il ne ressentait pas lui-même.

En quittant la prison, maître Gardelle se proposait de se rendre auprès de la famille Valomer.

La veille il s'était imposé le douloureux devoir de reconduire chez elle l'infortunée jeune fille qu'il avait fallu emporter de force, pour lui faire quitter la salle d'audience où elle venait d'entendre prononcer la peine de mort contre son père.

Jamais plus cruelle mission n'était incombée à l'avocat!... Maître Gardelle l'avait accomplie avec l'élévation d'âme d'un ministre de Dieu.

Il apportait à l'accomplissement de cette pénible tâche toute l'énergie, tout le dévouement dont il se sentait capable, et sa conscience, cependant, ne le laissait point en repos.

Il se demandait s'il avait bien réellement et, jusqu'au bout, accompli son devoir envers cet innocent que venait de frapper la loi! Était-ce donc uniquement par l'éloquence de sa parole qu'il aurait dû défendre son client?

Non, cent fois non, se répondait-il.

La Société exigeait le châtiment du crime et la Justice avait

trouvé un coupable, ou plutôt un prévenu contre lequel s'élevaient toutes les preuves propres à justifier une condamnation.

La vindicte publique avait lieu d'être satisfaite.

Que pouvait-on demander au delà ?

Rien, pour ceux qui acceptaient comme réelle et positive la culpabilité de Jacques Valomer.

Mais tout autre était la situation pour ceux qui ne partageaient pas cette conviction.

Tout autre devait être celle de l'avocat Gardelle, qui était convaincu, lui, de l'innocence du condamné.

Et il se demandait si, en même temps que les magistrats exerçaient des perquisitions et des poursuites, il n'aurait pas dû, lui, exercer des recherches plus approfondies et suivre une autre voie qui, peut-être, l'eût mis sur la piste du véritable criminel.

Il aurait dû, pensait-il, s'enquérir de tous les familiers de la maison des victimes, scruter leurs relations avec la famille Delaverne, découvrir les motifs d'intérêt ou de haine qui avaient pu motiver, peut-être, une horrible vengeance.

Irrésistiblement entraîné par cette pensée qui l'obsédait sans relâche, maître Gardelle se dirigea vers la maison des trois malheureuses victimes. Quel pressentiment, quelle vague espérance le guidaient ?

Il avait fait signer, par le condamné, le pourvoi en cassation, mais on sait qu'il avait mis son esprit à la torture sans trouver aucun vice de forme.

En sorte que, s'il découvrait quelque indice révélateur, il serait trop tard pour qu'il pût s'en faire une arme au profit du condamné.

Et cependant, il se dirigeait toujours vers la demeure de la famille Delaverne.

Après la procédure et la condamnation à mort, la loi ne reconnaît, en dehors d'un vice de forme, qu'un seul motif de cassation : la production *d'un autre coupable.*

L'existence de ce coupable n'était pas douteuse pour le jeune avocat, mais en quel lieu et par quel moyen le découvrir ?

Ce n'était certes pas dans l'asile, témoin de son horrible forfait, que le misérable se serait réfugié. Quel entraînement, quel pouvoir mystérieux avait cependant conduit maître Gardelle, inconscient, à la maison du crime ?...

Il se trouvait, en effet, en pleine rue Saint-Louis, devant la porte du n° 17.

Il en franchit le seuil, gravit, quatre à quatre, les marches de l'escalier et sonna à la porte de l'appartement où il était venu, une fois déjà, pendant l'instruction.

La servante entre-bâilla la porte; elle reconnut l'avocat et ne s'effaça pas pour le laisser passer.

— Vous me reconnaissez? dit maître Gardelle.

— Oui, répondit la servante d'un ton rude, c'est vous qui avez défendu l'assassin?

— Vous savez que cet homme a été condamné.

— A mort! Oui, j'ai témoigné contre lui, le misérable...

— Mais tout n'est pas fini.

— Comment? Est-ce qu'on ne va pas guillotiner le scélérat? s'exclama la servante indignée et furieuse.

— Tout condamné a le droit de se pourvoir en cassation.

— Alors ça va donc recommencer?

— Oui!... Et c'est pour cela que je suis venu vous trouver.

— Qu'est-ce que vous me voulez? demanda sèchement la servante.

— Entrons, je vais vous l'expliquer.

Maître Gardelle pénétra dans le cabinet de travail et le dialogue suivant s'établit entre lui et la servante.

— Vous étiez, je le sais, très dévouée à votre chère et bonne maîtresse.

— Très dévouée... Je ne l'ai jamais quittée depuis son enfance jusqu'au jour où je l'ai trouvée là... elle et les deux pauvres petites,... égorgées... mortes!... mortes!...

Et, à ce souvenir, la vieille servante ne put retenir ses sanglots et ses larmes.

— Puisque vous les aimiez à ce point, vous tenez à ce qu'elles soient vengées?

— Oh! oui, oui, et j'ai frémi de colère en vous entendant parler si bien devant le tribunal, qu'on croyait que vous alliez sauver le meurtrier!

— Et à cause de cela, vous ne m'aimez guère sans doute?

— C'est vrai!

— Pourtant, ce que je veux comme vous, ce que je poursuis de toutes mes forces, de toute mon énergie, c'est la vengeance des victimes, c'est le châtiment du coupable; mais du *vrai* coupable.

— Du... vrai coupable?... Vous croyez donc que le condamné ne l'est pas?

— Le condamné n'est pas le véritable assassin.

— Allons donc ! c'est vous qui osez dire ça ! vous, que tout le monde connaissait à l'audience, et qui êtes, disait-on, le fils du brave et digne M. Gardelle qu'on appelait : L'avocat des pauvres ?

— Je suis son fils, ma bonne femme, son fils qui lui a juré de ne défendre, comme il l'avait fait lui-même, que des causes honorables et justes...

— Vous lui avez juré ça ?

— Je l'ai juré à son lit de mort, et je tiendrai mon serment.

— Alors j'ai confiance, répondit la servante, qu'attendez-vous de moi ?

— Tous les papiers de Mme Delaverne ont, sans doute, été emportés par la justice, après la constatation du crime.

— Non. Le commissaire de police a trouvé tout de suite, sur ce bureau, tous les renseignements, toutes les preuves dont il pouvait avoir besoin ; il a saisi la lettre de l'accusé, le billet qui établissait sa dette, et la bourse vide que j'avais vue pleine d'or le matin même.

La lettre de menaces indiquait le nom et l'adresse de celui que vous avez défendu.

Il ne fallait rien de plus à la justice, et vous trouverez, dans ce meuble, la correspondance de ma pauvre maîtresse.

— Il y a là, sans doute, quelques lettres de M. Delaverne ?

— Je ne le crois pas, monsieur.

— Comment ? pourquoi ?

Parce que, depuis le départ de mon maître, madame n'en a reçu qu'une seule, c'était la veille du crime, et j'ai vu madame déchirer cette lettre et la jeter au feu, en disant : non, je ne partirai pas... nous ne partirons pas, mes filles et moi.

— C'est singulier, dit Gardelle...

— Et comme je regardais madame avec étonnement, elle ajouta : Je répondrai demain.

— Et le lendemain, elle mourait sans avoir écrit cette réponse ?...

— Non pas, monsieur l'avocat, le lendemain, dès le matin, madame s'était mise à ce bureau, elle resta longtemps, bien longtemps, à écrire une lettre qu'elle me donna pour la porter à la poste... Elle était adressée à M. Delaverne, à Sacramento, Nouvelle-Californie.

— Cherchons, cependant, se dit maître Gardelle, et il parcourut, un à un, tous les papiers qui se trouvaient dans le secrétaire.

— Comme j'avais à lui faire une importante communication qui intéresse également
Mᵐᵉ et Mˡˡᵉ Valomer... (P. 38).

Il n'en trouva aucun qui offrît quelque intérêt : des reçus, des
mémoires acquittés, des lettres sans importance, rien de plus.

Déçu, découragé, l'avocat s'était assis et, le coude appuyé sur
le bureau, le front sur la paume de la main, il réfléchissait, les yeux
fixés sur le parquet.

A ses pieds, se trouvait le panier de bureau, contenant quelques
morceaux de papier déchirés.

Machinalement, il jeta les yeux sur ces débris, puis il se baissa et en saisit un sur lequel était écrit ce seul mot : Mortes !...

— Mortes !... répéta-t-il tout bas ; mortes !...

Il prit vivement un second papier et y lut ceci : Votre *déshonneur !*

Sur un troisième était écrit : *Mes filles et moi.*

... Votre déshonneur !... mortes !... mes filles et moi !... répétait-il...

Une clarté soudaine se faisait dans son esprit... tout un drame terrible, épouvantable, se déroulait tout à coup, devant ses yeux... il se sentait pris de vertige.

Il recueillit d'autres fragments de la lettre qui portaient, les uns, des mots tremblés, les autres des mots raturés... Tous, d'ailleurs, presque illisibles, détrempés qu'ils étaient par des gouttes d'eau : par des larmes peut-être !...

— Connaissez-vous cette écriture ? demanda-t-il anxieusement à la servante.

— Ça ? répondit celle-ci, regardant à peine les parcelles de papier, je sais ce que c'est...

— Quoi donc ? parlez, parlez vite !...

— Rien, des morceaux du brouillon de la lettre que madame écrivait le matin du crime.

— Vous en êtes bien sûre ?...

— Certainement, elle a déchiré ce brouillon et m'a donné la lettre que j'ai portée à la poste.

— Et cette lettre était bien adressée à M. Delaverne ?...

— J'ai lu l'adresse de mes yeux : A M. Delaverne, à l'hôtellerie Internationale...

— A Sacramento ?...

— Nouvelle-Californie ! c'est bien ça !

— Ah ! s'écria le jeune avocat, c'est une lumière divine !... c'est une révélation que le ciel nous envoie !... Je savais bien, moi, que ce brave et digne homme n'était pas coupable !... non, Jacques Valomer n'a pas égorgé cette femme et ses enfants.

C'est elle, c'est cette mère désespérée qui s'est condamnée à mourir avec ses deux pauvres petites filles... ces mots à demi effacés par des pleurs,... raturés... presque illisibles... parmi lesquels apparaissent nettement ceux-ci : « ... *mes filles et moi...* » « *votre déshonneur...* » « *serons mortes...* » ces mots qui seraient sans valeur aux yeux d'un tribunal et n'éveilleraient dans l'esprit des juges que de vagues présomptions, ces mots me disent, à moi, que la preuve positive, irrécusable, est là-bas, entre les mains de M. Delaverne, de ce mari, de ce père de famille coupable, sans doute, de quelque crime dont l'infamie a conduit au suicide et au meurtre de ses enfants une mère affolée par le désespoir.

Redevenu plus calme, maître Gardelle réunit avec soin les précieuses parcelles de la lettre et partit.

Il se rendit, en toute hâte, à la demeure de Mme Valomer et de sa fille.

L'animation de son visage frappa, tout d'abord, les deux infortunées.

— Vous avez d'importantes nouvelles à donner à ma mère, s'écria Thérèse.

— D'importantes nouvelles, oui, oui, répondit maître Gardelle ; je sais qui a commis le crime.

— Vous connaissez le coupable ! s'écria Thérèse,... alors, nous sommes sauvées,... nous sommes sauvées, ma mère !

— Attendez, ne nous livrons pas à une joie trop hâtive, c'est une espérance que je vous apporte... une espérance qui se réalisera, je l'espère ; mais qui peut également s'évanouir.

— Parlez, expliquez-vous, de grâce, s'écrièrent ensemble les deux femmes.

— Écoutez-moi donc :

Le crime épouvantable, le triple meurtre pour lequel a été injustement condamné Jacques Valomer, a été commis par une femme !

— Par une femme !

— Par la mère des deux petites filles, — oui, elle a eu l'horrible courage d'égorger ses enfants et de se tuer ensuite.

— Et vous dites que vous avez la preuve de ce que vous avancez ?

— Je dis que j'ai de graves indices, capables de fortifier encore la conviction où nous sommes de l'innocence du condamné, mais vous allez juger vous-mêmes si ces indices suffiraient à convaincre des consciences moins prévenues que les nôtres en sa faveur.

Mme Delaverne, affolée, sans doute, et réduite au plus violent désespoir par quelque action déshonorante, par quelque crime commis par son mari, a résolu de mourir, de se soustraire, elle et ses enfants, au déshonneur... Elle a fait part, écoutez bien ceci... Elle a

fait part de sa terrible résolution à M. Delaverne et lui a écrit, à ce sujet, une lettre que, dans le trouble de son esprit, elle a vingt fois raturée, et dont les mots tracés d'une main tremblante et agitée ne se déchiffraient qu'avec peine.

Devenue plus maîtresse d'elle-même, Mme Delaverne a récrit, c'est-à-dire : recopié cette lettre, dont elle a envoyé la copie à son coupable mari, puis elle en a déchiré le brouillon.

Or, ce sont des fragments de ce brouillon que je possède.

Tenez, les voici, regardez et lisez...

Tirant alors de sa poche les quelques parties du brouillon qu'il avait recueillies, maître Gardelle les plaça sous les yeux des deux femmes.

— Oui, oui, dirent-elles, dévorant ces papiers du regard : *serons mortes — mes filles et moi —* c'est cela : mes filles et moi serons mortes... et là... *déshonneur...* votre déshonneur.

— Et ici, dit Thérèse, dont les regards plus jeunes et plus pénétrants déchiffraient les mots à travers l'effacement qu'avaient produit les larmes : *Réparation... Jacques Valom... mourir ensuite...* tenez, voyez, c'est bien cela...

— Et vous dites que ce ne sont là que de vagues indices ?

— Pour la justice, oui ; ces mots épars, tracés fiévreusement, sont d'une écriture peu semblable à celle de Mme Delaverne.

Rien ne prouve qu'ils aient été écrits par elle — que les parents, les amis de l'accusé ou son défenseur lui-même ne les aient pas tracés pour combattre la conviction des juges.

Ce qu'il nous faudrait, et nous serions bien réellement sauvés, si nous la possédions, c'est la preuve irrécusable, c'est la lettre elle-même, cette lettre envoyée au mari, cette lettre dont les timbres de France et d'Amérique garantiraient l'authenticité.

— C'est en Amérique, dites-vous, qu'il faudrait aller la chercher ?

— Hélas ! oui, un long et périlleux voyage, pour l'accomplissement duquel le temps ferait complètement défaut et que, d'ailleurs, M. Delaverne pourrait rendre inutile et sans résultat aucun, en refusant de livrer la lettre accusatrice de sa femme.

Thérèse, à ces mots, avait pâli, elle s'était troublée, comme une fois déjà, nous l'avons vue se troubler et pâlir au nom de M. Delaverne. Elle surmonta toutefois cette émotion et, d'une voix qu'elle s'efforçait de raffermir, elle répondit :

— Les fatigues et les périls ne sont rien quand il s'agit d'une cause sacrée : de la vie ou de la mort d'un père.

— Que dis-tu? s'écria Mme Valomer... Tu parles de la vie ou de la mort... d'un père !.. songerais-tu donc?...

— A partir, oui, ma mère...

— Toi!... toi! ma fille!...

— Quoi, mademoiselle, dit à son tour l'avocat, vous voudriez affronter de pareilles fatigues... de semblables dangers?...

— J'oserai tout pour sauver mon père, — mais songes-y donc, mère bien-aimée; quel parent, quel ami dévoué aurions-nous qui pût accomplir cette tâche?... nous sommes seules au monde à présent qu'il n'est plus là, lui, notre soutien, notre appui, notre salut, notre vie enfin...

— J'admire votre pieux dévouement et votre sublime courage, mademoiselle, dit l'avocat, mais alors même qu'il serait possible à madame votre mère de les mettre à l'épreuve, ma conscience m'imposerait le devoir de l'empêcher de donner son consentement.

— Et pourquoi? pourquoi, monsieur?

— Parce que, hélas! ce consentement serait aussi inutile que le seraient eux-mêmes tous les efforts que vous tenteriez, toutes les fatigues que vous auriez à subir, tous les dangers que vous auriez à surmonter. Il vous faudrait des mois pour accomplir un semblable voyage et l'implacable loi ne nous donne que des jours...

— Que des jours!...

— Oui, des jours bien peu nombreux, hélas! au bout desquels l'arrêt devient exécutoire, et lorsque arriverait cette lettre qui devrait être le salut... elle arriverait trop tard.

Ah! si j'avais pu trouver une raison, un moyen, un prétexte même de cassation, nous aurions été renvoyés devant une autre Cour — là, j'aurais obtenu des délais... des remises... cette lettre aurait pu nous arriver en temps utile et nous aurions été sauvés; mais je n'ai rien trouvé... rien!... rien!... rien!...

V

LE JURÉ

A cet instant, par la porte que, sous le coup de la profonde émotion qui l'agitait, Me Gardelle avait laissée entre-bâillée, un homme parut.

Il était correctement vêtu de noir et paraissait âgé d'une soixantaine d'années. Ses traits portaient l'empreinte d'une sénilité précoce, les rides dont était creusé son visage trahissaient de profondes douleurs, et les larmes amères qui l'avaient souvent sillonné.

Il fit quelques pas et s'inclina en disant :

— Je viens de me présenter chez M⁰ Gardelle, à l'étage au-dessous de celui-ci. On m'a dit que M. l'avocat se trouvait chez Mme Valomer. Comme j'avais à lui faire une importante communication, qui intéresse également Mme et Mlle Valomer, j'ai pris la liberté de me présenter ici.

— De quoi s'agit-il, monsieur? demanda M⁰ Gardelle et, regardant plus attentivement l'inconnu, il ajouta :

— Mais, si je ne me trompe, monsieur, vous faisiez partie du jury... qui a condamné hier, l'accusé...

— Que vous défendiez... Oui, monsieur, répondit l'inconnu.

Mme Valomer, à la pensée qu'elle avait là, devant elle, un des hommes qui avaient condamné son mari, fut tout à coup secouée par un violent accès de colère, de révolte et de haine.

Ses mains crispées s'appuyèrent sur les bras du fauteuil, elle se redressa toute droite, l'œil étincelant, pâle, frémissante, et s'écria :

— Il était innocent, monsieur, il était innocent! et vous avez ordonné sa mort!... et vous l'envoyez à l'échafaud, lui, la probité, l'honneur, la vertu même!... Vous êtes des assassins, entendez-vous?... des assassins... des...

Et, succombant à l'émotion violente qui l'agitait, elle retomba sur le fauteuil en sanglotant.

Le juré avait courbé le front sous ce flot d'amères paroles.

— Madame, dit-il, je respecte votre douleur; mais vos violents reproches ne sauraient m'atteindre.

Je faisais, il est vrai, partie du jury qui a condamné votre mari; mais seul parmi les jurés, j'ai refusé de le déclarer coupable, seul, j'ai énergiquement protesté en sa faveur et proclamé son innocence.

— Vous avez fait cela!... s'écrièrent en même temps, la mère et la fille!... Vous vouliez l'acquitter, le sauver...

— Je le voulais, je le jure devant Dieu!...

— Ah! soyez béni, monsieur, soyez béni!

Et toutes deux baignaient de leurs larmes les mains de l'inconnu.

— Hélas! dit celui-ci, ma voix n'a pas trouvé d'écho parmi mes collègues, et la sentence de mort a été prononcée... Étonnés de ma résistance, ébranlés peut-être par l'énergie de ma conviction, quelques-uns d'entre eux m'ont offert de signer, avec moi, un recours en grâce, qui eût obtenu, peut-être, une commutation de peine... j'ai repoussé cette offre.

— Et vous avez bien fait, dit M⁰ Gardelle, une grâce, une commutation de peine impliquent l'existence du crime, elles en sont une confirmation réelle.

— Et c'est un acquittement complet, c'est une proclamation d'innocence qu'il vous faut. Monsieur l'avocat, mon opinion est conforme à la vôtre; il faut que l'innocence de M. Valomer soit reconnue et proclamée; il faut que votre mari vous soit rendu, madame...

Et se tournant vers Thérèse qui écoutait ces paroles, avec une émotion croissante :

— Il faut, ajouta le vieillard, que vous puissiez embrasser votre père,... votre père vers lequel, hier, je vous ai vue tendre, désespérément les bras; votre père dont vous avez crié l'innocence, à ceux qui venaient de le condamner, aux magistrats qui venaient de prononcer la sentence de mort! mais cette condamnation n'est pas sans appel, vous recommencerez ce procès, monsieur l'avocat.

— Le recommencer! plaider à nouveau... ce serait mon vœu le plus cher, le plus ardent! Si nous avions, devant nous, tout le temps, tous les délais que fourniraient le pourvoi en cassation et le renvoi devant une autre cour, je répondrais du succès, car, apprenez-le, monsieur, une preuve existe de l'innocence de Valomer, une preuve positive, irrécusable.

— Qui vous arrête alors? s'écria le juré.

— Hélas! c'est au fond d'un pays lointain presque inexploré jusqu'à ce jour, à plus de deux mille lieues de la France, qu'il faudrait aller conquérir cette preuve.

— Et vous n'avez personne qui puisse entreprendre ce long et pénible voyage? dit tristement le juré.

— Si fait, dit résolument Thérèse, il y a quelqu'un qui n'hésiterait pas à partir... mais...

— Mais, hélas! dit l'avocat, alors même que son sublime dévouement pourrait être accepté, la noble et courageuse enfant qui veut, au péril de sa vie, entreprendre cette rude tâche, ne reviendrait que trop tard!... le fatal arrêt serait, depuis longtemps, exécuté...

— Même si vous obteniez la cassation de cet arrêt?... même si vous étiez renvoyé devant une autre cour?... demanda vivement le juré.

— Mais il n'existe aucun moyen de cassation, s'écrièrent ensemble l'avocat et les femmes éplorées.

— Et si je vous en apportais un, moi, répondit avec fermeté le juré, la tête haute et l'œil étincelant.

— Vous!... vous!... Monsieur?...

— Écoutez-moi... appelé à la cour d'assises, ainsi que vous le savez, en qualité de juré, j'étais arrivé à l'audience entièrement prévenu contre Jacques Valomer.

J'avais suivi, jour par jour, la marche de l'instruction et les preuves de culpabilité m'avaient paru accablantes!

Mais dès la première audience, à la vue de celui que l'on accusait d'un crime horrible, je me sentis saisi d'un premier doute!...

Cet homme, dont les yeux rougis par les larmes étaient pleins de douceur et de bonté, dont le visage respirait la franchise, la loyauté, et qui, en face de l'accusation, relevait la tête avec une dignité exempte de défi ou de bravade; cet homme fit sur moi une impression soudaine et profonde.

Puis vint l'interrogatoire qui affermit encore ma première impression.

Lorsque le président flétrit avec horreur ce meurtre odieux d'une mère et de ses deux petites filles, l'accusé, d'une voix où vibraient à la fois l'émotion et la dignité, ne répondit que ces simples mots :

— Je suis père, monsieur le président.

Lorsque ce dernier, cherchant à éveiller les remords du coupable, le pressait d'avouer son crime :

— Je suis père, répondait-il encore, ma femme et mon enfant ont été toute la joie, toute l'adoration de ma vie; est-ce que je pouvais songer à égorger la femme et les enfants d'un autre?

A partir de ce moment ma conviction était faite.

Et s'interrompant, le juré leva les yeux comme s'il eût évoqué un souvenir douloureux et déjà lointain.

— Ne savais-je pas, d'ailleurs, prononça-t-il avec amertume, que la justice n'est point infaillible?

N'avais-je pas, pour m'affermir dans ma conviction, l'exemple de nombreuses erreurs judiciaires?

Et, à ce moment même où j'assistais, en qualité de juré, à l'un de ces débats dans lesquels l'accusé défend son honneur et sa vie, j'avais présente à l'esprit, je revoyais une scène d'une nature non moins poignante, non moins douloureuse...

SEULE !

Silencieusement, s'agenouillèrent en pleurant devant lui... (P. 44.)

— Ah! dit M⁰ Gardelle, vous aviez été déjà témoin d'un drame judiciaire semblable au nôtre? D'un assassinat juridique pareil à celui qui nous menace?

— Oui, répondit le juré, j'ai assisté à ce drame!...

Et le tremblement de sa voix disait quelle douloureuse émotion ce souvenir évoquait en lui.

Il passa la main sur son front, et reprit :

— Ce jour-là, il y avait devant le jury un homme sur lequel pesait une accusation infamante. Il ne s'agissait pas de sa vie, mais de son honneur!... de son honneur, plus précieux encore à ses yeux que sa vie elle-même.

Ce n'était pas de l'échafaud qu'il était menacé, mais du bagne où, pendant des années, s'il était condamné, il irait croupir au milieu de bandits avérés et d'infâmes repris de justice.

Cet homme contre lequel, par une fatalité inouïe, s'accumulaient des charges accablantes, était innocent!

— Innocent!... s'exclama-t-on.

— Oui, innocent comme l'est Valomer!... Et, pendant l'interrogatoire qu'on lui fit subir, ce malheureux se débattait désespérément contre les preuves dont on l'accablait.

Comme M. Valomer, il avait des rages sourdes, comme lui, il était père de famille.

Il avait une fille, un ange que la honte attendait, s'il était déclaré coupable.

Et, en regardant l'accusé d'hier, en lisant sur son visage toutes les tortures de son âme, pendant que le ministère public le vouait à l'exécration, je revoyais cet autre accusé d'autrefois, j'éprouvais toutes les souffrances qu'il avait ressenties, toutes les tortures qu'il avait subies, toutes les rages dont il avait dû contenir l'explosion, pendant ce long martyre.

Et lorsque, les débats terminés, le président ayant prononcé l'arrêt fatal, je vous ai vue, mademoiselle, vous redresser, l'œil en feu, les bras tendus vers le condamné, lorsque je vous ai entendue criant d'une voix déchirante : « Mon père est innocent!... rendez-moi mon père!... » Ce cri a retenti jusqu'au fond de mes entrailles, il a bouleversé ma raison, il a brisé mon cœur, c'était le cri d'indignation, le cri de désespoir que ma fille avait adressé à mes juges...

— Votre fille!... s'écrièrent les trois auditeurs.

— Eh ! bien, oui, ma fille!... oui, je suis cette victime de la justice humaine, et j'ai fait dix ans de bagne!... Oui, pendant dix années, j'ai traîné le boulet infâme!...

Ah! j'ai cruellement souffert! j'ai versé bien des larmes et lorsque vint, enfin, l'expiration de cet infernal supplice, je rentrai dans le monde, j'avais payé ce qu'on osait appeler ma dette à la société!

Abrité sous un nom d'emprunt, je me mis à me créer, dans l'intérêt de ma fille, une personnalité nouvelle, à conquérir un autre honneur pour remplacer l'honneur dont on m'avait dépouillé, et j'y suis parvenu, puisque le condamné d'il y a quinze ans siégeait hier parmi les citoyens arbitres de la vie ou de la mort de leurs semblables.

— Et vous voulez tenter aujourd'hui d'assurer le salut de celui que vous n'avez pu sauver hier?... s'écrièrent Mme Valomer et sa fille...

— Je le veux... et à nous deux, monsieur l'avocat, nous y parviendrons, je l'espère.

— Mais quels moyens comptez-vous employer?

— Vous m'avez dit que le temps seul vous faisait défaut pour vous procurer la preuve de l'innocence du condamné.

— Je l'ai dit, et je crois pouvoir affirmer que j'y parviendrais si...

— Si vous parveniez d'abord à faire casser le jugement. Ne savez-vous pas que la loi défend qu'un homme frappé d'une peine infamante fasse jamais partie d'un jury.

— Si fait... je... je m'en souviens... je le sais... dit, d'un air troublé, l'avocat.

— Eh bien, vous me dénoncerez, maître Gardelle...

— Vous dénoncer!

— Vous me dénoncerez, moi, le condamné, le flétri, moi Urbain Raimbaud, le galérien, qui n'avais pas le droit de siéger parmi d'honnêtes citoyens, vous me dénoncerez et l'arrêt sera cassé.

Le cœur palpitant d'espérance et de joie, l'âme remplie d'admiration, de reconnaissance, Thérèse et sa mère avaient religieusement recueilli chacune des paroles que venait de prononcer cet homme, ce sauveur qui offrait généreusement sa considération, son honneur, pour racheter la vie de l'innocent condamné.

Lorsqu'il eut cessé de parler elles s'approchèrent l'une et l'autre et, silencieusement, s'agenouillèrent en pleurant devant lui...

— Bon courage et bon espoir, dit-il en les relevant. J'ai accompli

le devoir que me dictait ma conscience, c'est à votre avocat qu'il appartient d'agir maintenant...

— Vous voulez que je vous accuse!... que je vous dénonce, dit
Gardelle.

Mais c'est un rôle odieux que vous me demandez de remplir !

— C'est un devoir impérieux que votre profession vous impose
et vous l'accomplirez, répliqua avec énergie le juré. Vous êtes l'a-
vocat, le défenseur d'un homme injustement condamné. Un moyen se
présente de sauver cet homme, vous saisirez ce moyen, sous peine
de trahir le mandat sacré dont vous êtes investi.

— Vous avez raison, dit Me Gardelle, je ne faillirai pas à ma
mission, mais il faudra que je vous dénonce publiquement, vous, que
j'estime, que j'admire, il faudra que je vous dénonce d'avoir usurpé ce
titre de juré dont l'aveugle justice vous a déclaré indigne.

— Oui, prononça le juré, elle m'a rayé du nombre des honnêtes
gens, et je veux me venger d'elle en la forçant de rayer un honnête
homme du nombre des assassins.

Et puis, ajouta le brave homme, avec un sourire de douce résignation, ne vous préoccupez pas de moi outre mesure, la justice
humaine n'est pas la seule qui guide mes actions et mes pensées, il
en existe une autre qui me tiendra compte, ailleurs, de tout le mal
que l'on m'a fait ici-bas et du peu de bien que j'aurai pu rendre en
échange.

— Allons, se dit mentalement l'avocat, il paraît que, malgré l'o-
pinion de nos grands philosophes d'aujourd'hui, la croyance en Dieu
peut encore être bonne à quelque chose.

— Ne parlons plus de moi, dit le juré, occupons-nous du condamné et examinons quelle va être sa situation.

— Grâce à vous, monsieur, dit Mme Valomer, grâce au noble et
généreux sacrifice que vous faites, mon mari peut être sauvé, et nous
vous bénissons, ma fille et moi, nous vous aimons de toute la force
de notre âme.

— Oh! oui, oui, s'exclama Thérèse, de toute notre âme...

— Pour que l'infortuné vous soit rendu, que reste-t-il à faire?
demanda le juré à Gardelle.

— La situation est maintenant claire et précise:

La preuve de l'innocence de M. Valomer existe, nous en sommes
sûrs, mais elle existe, ainsi que je vous l'ai dit, à deux mille lieues
d'ici. Nous étions sans espoir de nous la procurer en temps utile,
lorsqu'en offrant de vous immoler vous-même au salut de l'innocente

victime, vous êtes venu relever notre courage et nous rendre l'espérance.

Le juré demeura silencieux pendant quelques minutes, il songeait aux obstacles sans nombre, aux chances diverses, aux périls que présentait un aussi long voyage.

On sait, en effet, qu'à cette époque, c'est-à-dire il y a près de quatre-vingts ans, on était loin, bien loin encore de posséder les chemins de fer et les bâtiments à vapeur.

— De quel côté du globe, demanda-t-il, est situé le pays dont vous parlez?

— Dans la Nouvelle-Californie : c'est à Sacramento qu'il s'agit de se rendre.

— A Sacramento! répéta le juré, oui, oui, un terrible voyage...

— On devra débarquer d'abord à Québec et, pour n'avoir pas à affronter les tempêtes qui viendraient vingt fois assaillir le navire si on voulait doubler le cap de Bonne-Espérance, il faudra quitter la mer et continuer le voyage par terre, quitter le pays des Esquimaux pour se rendre à Montréal, puis, à travers les forêts vierges, gagner la contrée des Sioux, le Missoury, traverser les montagnes Rocheuses, le désert de sables, pour arriver enfin à Sacramento!

— C'est-à-dire mille périls à travers ces contrées sauvages. Et quel homme vigoureux et dévoué espérez-vous trouver qui consente à risquer sa vie?

— Si courageux qu'il soit, dit Thérèse, si dévoué qu'il puisse être, aucun homme ne parviendrait à accomplir cette tâche! Arrivé au terme de ce long voyage il se trouverait en face d'un obstacle plus insurmontable cent fois que tous ceux qu'il aurait rencontrés jusque-là.

— De quel obstacle parles-tu? interrogea Mᵐᵉ Valomer.

Thérèse répondit :

— Les fragments de lettre de Mᵐᵉ Delaverne recueillis par M. Gardelle, le drame terrible qui s'est accompli après l'envoi de cette lettre, disent assez quel en devait être le contenu. En annonçant à son mari sa volonté de mourir avec ses deux enfants, Mᵐᵉ Delaverne lui écrivait, bien certainement, quelle était la cause de cette fatale détermination, et cette lettre, qui justifie mon père, doit accuser M. Delaverne de quelque faute grave, de quelque crime peut-être, commis par lui.

Pensez-vous qu'il consente, bénévolement, à remettre à un inconnu cette accusation portée contre lui? cette sentence prononcée contre lui, par la morte? Non, mille fois non... jamais il n'y consentira.

— Et ce qu'aucun autre ne pourrait obtenir, tu penses que tu l'obtiendrais, toi! dit d'une voix éplorée Mme Valomer... tu penses que tu parviendrais à convaincre cet homme... Allons donc, tu es folle, ma pauvre chère enfant!... Et elle ajouta en sanglotant :

— Tu ne me quitteras pas... Je refuse... Je le défends... Ah! mon Dieu!... voilà, qu'à son tour, elle me serait ravie... Essaye donc de partir, essaye donc de t'arracher de mes bras; et, la pressant avec force contre sa poitrine, elle ajouta :

Il faudra qu'on me tue pour te séparer de moi!

— Votre mère a raison, mon enfant, dit le juré qu'une vive émotion agitait.

— Ma mère se trompe, répondit énergiquement Thérèse, s'il existe une chance de salut... *Je sais* que cette chance est en moi!... en moi seule!...

— Vous connaissez donc M. Delaverne, demanda Me Gardelle.

— Je le connais, dit la jeune fille un peu troublée.

— Tu ne m'as jamais parlé de lui, dit Mme Valomer, étonnée.

— Pourquoi l'aurais-je fait?... Mon père, tu le sais maintenant, était dans une situation d'affaires entièrement désespérée; pour ne pas aggraver l'état de ta santé il m'avait recommandé le silence. Et je ne t'ai pas dit que, touché de notre misère, profondément ému, disait-il, par ma tristesse et par mes larmes, M. Delaverne était venu à notre aide et avait prêté cet argent dont mon père s'est reconnu débiteur!

Plus tard, ajouta Thérèse d'un ton qui laissait percer une secrète amertume, ses bonnes intentions se sont subitement modifiées; l'interêt... désintéressé qu'il semblait nous porter a fait place à de rigoureuses poursuites que son départ précipité pour un lointain voyage a seul suspendues.

— Comment espérez-vous, alors, obtenir qu'il consente à vous donner cette lettre si compromettante pour lui? demanda le juré.

— Je réveillerai, à force de supplications et de prières, l'intérêt qu'il me... qu'il nous portait autrefois. J'aurai des accents qui retentiront dans son âme, des larmes qui attendriront son cœur... Et je réussirai, vous dis-je, je réussirai, parce qu'il le faut, parce que JE LE VEUX!

En prononçant ces dernières paroles, la jeune fille, transfigurée, apparaissait, aux yeux de ceux qui l'entouraient, animée d'une si fière énergie, d'une si indomptable volonté, d'un dévouement si sublime que les doutes s'évanouirent, les objections disparurent, excepté chez sa mère, qui n'acceptait pas qu'elle pût être séparée de sa fille.

— Après tout, fit observer l'avocat, M. Delaverne s'est réfugié dans un pays où ne sauraient l'atteindre ni l'opinion du monde ni la vindicte publique. Il n'existe aucune loi d'extradition entre ces contrées et la France, et si cette lettre dénonce quelque méfait commis par lui, il pourrait s'en dessaisir sans courir aucun danger.

— Je partirai ! se dit Thérèse triomphante, mon père sera sauvé.

Ce n'était pas sans motif que Thérèse avait, tour à tour, pâli et rougi lorsqu'il avait été question de M. Delaverne.

Ce n'était pas sans raison qu'elle espérait obtenir de lui cette lettre, si compromettante qu'elle pût être, alors même que, sous aucun prétexte, et à quelque prix que ce fût, il n'eût consenti à la livrer à tout autre.

Voici, en effet, ce qui s'était passé entre elle et lui.

Ce monsieur Delaverne, moitié banquier, moitié homme d'affaires, jouissait d'une considération basée, principalement, sur l'estime et le respect qu'inspiraient la bonté, la grâce et l'inépuisable charité de Mme Delaverne.

Le mari d'une femme aussi accomplie, le père de deux adorables petits anges, ne pouvait être, aux yeux du monde, que d'une parfaite honorabilité.

Et M. Delaverne était parfaitement honoré !...

Aussi Jacques Valomer, à bout de ressources, n'hésita-t-il pas à s'adresser à ce ménage si hautement estimé, dans l'espoir d'obtenir du mari un emploi pour lui-même et, de la femme, du travail de couture ou de broderie pour sa fille.

Mais, si l'opinion publique s'était montrée clairvoyante et juste au sujet de l'un des deux époux, elle s'était complètement égarée au sujet de l'autre.

Abrité derrière les vertus de sa femme, M. Delaverne donnait un libre cours aux passions les plus effrénées, aux vices les plus dégradants. Pour détourner les soupçons de sa femme il attribuait aux exigences de ses affaires ses fréquentes absences consacrées, en réalité, à de ruineuses parties de plaisirs et de débauches.

Le jeu l'avait, plusieurs fois, mis à deux doigts de sa perte. La chance, adroitement corrigée par lui, l'avait, autant de fois, remis à flot ; mais, presque riche aujourd'hui, il pouvait crouler demain, irrévocablement.

Lorsque Valomer se présenta, amenant avec lui sa fille, afin que M. Delaverne la conduisît auprès de sa femme, celui-ci, à la vue de

— Ouvrirez-vous maintenant ? (P. 54.)

Thérèse, ne retint qu'à grand'peine une exclamation de violente surprise et de joie. Prêt à s'élancer vers elle, il la dévorait du regard
et ses lèvres murmuraient : Elle !... Elle !... Elle !...

Ce n'était pas la première fois, en effet, qu'il se trouvait en face
de Thérèse.

Un jour, au bois de Boulogne, il avait rencontré, donnant le bras
à une femme d'un certain âge, une jeune fille dont la merveilleuse

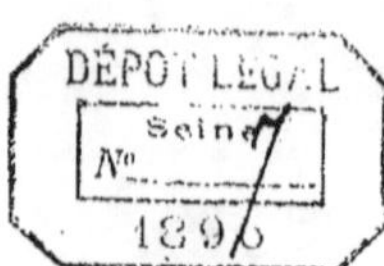

beauté l'avait ébloui, fasciné. Il l'avait longtemps suivie, admirant l'élégance de sa démarche, la grâce et la souplesse de sa taille, comme il avait admiré, déjà, le charme irrésistible de son visage.

Voulant, à toute force, connaître son nom et sa demeure, il s'obstina à suivre les deux femmes; mais la plus âgée, souffrante, sans doute, avait fait s'arrêter une voiture qui passait et toutes deux avaient disparu!...

Depuis lors, l'image de l'adorable jeune fille demeura, sans cesse, présente à l'esprit de M. Delaverne.

Cent fois il revint à l'endroit où avait eu lieu cette première rencontre. La jeune fille ne reparut jamais.

Toutes les démarches, toutes les recherches qu'il fit dans Paris demeurèrent sans résultat.

Et l'image adorée ne pouvait être arrachée de son cœur.

C'était donc de l'amour?

Qui, mais amour des sens, amour charnel. Ce n'était pas son cœur, son âme, l'angélique douceur de sa voix qu'il aspirait à conquérir, c'était *Elle*, c'était la perfection de son corps, le charme de son visage, ses mains blanches et fines, l'or de ses cheveux. Il voulait tout cela. Il la *voulait* enfin et cette passion violente, indomptable, le dominerait irrésistiblement tant qu'elle ne serait pas assouvie.

Bien des jours s'étaient écoulés sans amener aucun résultat et, lorsqu'il désespérait de la revoir, voilà que, tout à coup, elle apparaissait devant lui et, cette fois, sollicitant son aide, implorant son secours.

Il s'était bien promis, lorsqu'on lui avait annoncé M. Valomer, d'éconduire sans ménagements le visiteur; mais on comprend qu'à l'aspect de l'adorable jeune fille si inopinément retrouvée sa détermination fut aussitôt modifiée.

C'était elle!... et elle était pauvre!

Belle et pauvre! Ces deux mots firent surgir, subitement, dans son esprit, tout un plan savamment combiné.

— Je n'ai pas d'emploi à vous offrir, dit-il à Valomer, mais je connais votre situation digne de tout intérêt, je connais aussi votre parfaite honorabilité et je consens, de grand cœur, à vous prêter l'argent qui vous sera nécessaire en attendant que nous trouvions à vous occuper d'une façon lucrative, et, le faisant asseoir à son bureau, il lui dicta les termes d'une reconnaissance... c'est-à-dire d'un billet à ordre de deux mille francs, qu'il lui compta aussitôt.

— Quant à mademoiselle votre fille, ajouta-t-il, nous nous occuperons d'elle... un peu plus tard. Mme Delaverne est absente en ce moment; elle lui fera savoir, prochainement, le jour et l'heure où elle pourra la recevoir.

Les choses s'arrangeront au mieux entre elle et mademoiselle; nous n'aurons, cher monsieur, à nous en occuper ni l'un ni l'autre.

Il serra la main de M. Valomer qui se confondait en chaleureux remerciements et, saluant Thérèse avec une bienveillante dignité, il ajouta :

— A bientôt, mademoiselle, vous n'aurez qu'à vous nommer pour être introduite auprès de Mme Delaverne.

Le père et la fille s'éloignèrent ravis, transportés de joie.

Et M. Delaverne se disait :

— Belle et pauvre!...

Oui, incomparablement belle; et plongée dans une misère si noire, si désespérante, qu'il devra être facile de triompher des scrupules et des résistances.

Quelques jours plus tard, un billet arrivait à Mme Valomer ainsi conçu : « Mme Delaverne recevra avec plaisir Mlle Valomer, demain, de 2 à 4 heures. »

Ce lendemain était un dimanche, et, chaque dimanche, Mme Delaverne avait l'habitude de conduire ses deux petites filles à Versailles, chez leur grand'mère.

Elles y restaient, toutes les trois, à dîner et Mme Delaverne ramenait ses enfants à Paris vers neuf heures du soir!...

Thérèse se hâta de se rendre à cette prétendue invitation de Mme Delaverne.

Ainsi que l'avait annoncé M. Delaverne, on s'empressa de l'introduire dès qu'elle se fut nommée.

On la conduisit dans une sorte de boudoir et, bien qu'il fît encore grand jour, Thérèse s'arrêta toute surprise en voyant les contrevents des fenêtres fermés et la chambre éclairée comme en pleine nuit.

Elle interrogea, d'un regard étonné, le domestique.

— Madame est un peu souffrante, dit celui-ci, le grand jour l'incommode. Elle prie mademoiselle de vouloir bien l'attendre quelques instants. Et, après ces mots, le domestique se retira.

Saisie d'une vague inquiétude, Thérèse, après quelques instants d'attente, songeait à se retirer.

Ce fut M. Delaverne qui parut. Il était pâle, ému et, d'une voix qui tremblait un peu, il prononça :

— On vous a dit, mademoiselle, que Mme Delaverne est devenue... subitement souffrante?

— On me l'a dit, en effet, monsieur, — veuillez, je vous prie, lui exprimer tous mes regrets, je reviendrai une autre fois.

— Du tout, répondit vivement M. Delaverne, elle vous prie de rester... de l'attendre et... si son état se prolongeait, elle désire que je vous fasse part de ses intentions... à votre égard.

— Ses intentions...

— Permettez-moi, d'abord, mademoiselle, de vous dire quelles seraient les miennes.

— Les vôtres, monsieur ?...

— Ou plutôt quels sont mes désirs, mes aspirations.

— Je ne comprends pas, monsieur.

— Écoutez-moi. Vous venez, si j'ai bonne mémoire, solliciter quelque... vulgaire travail de couture ou de broderie?

— C'est en effet le but de ma visite.

— Mais, dit M. Delaverne, en prenant avec douceur et très respectueusement la main de Thérèse, qu'il garda dans la sienne : des mains comme celles-ci ne sont pas faites pour une occupation de ce genre... une taille gracieuse et souple comme la vôtre ne doit pas se tenir courbée sur un ouvrage fatigant et ingrat... et, en parlant ainsi, il avait entouré de son bras la taille de la jeune fille.

Thérèse, la rougeur au front, se dégagea vivement et se dirigea vers la porte.

— Adieu, monsieur, dit-elle d'une voix sèche et brève et, comme elle allait sortir, M. Delaverne s'élança, lui barrant le passage.

— Non, dit-il, je ne veux pas que vous partiez ainsi, je ne veux pas que vous emportiez de moi une opinion mauvaise et, si je me suis laissé entraîner au delà de ma volonté, permettez-moi, du moins, de me justifier.

Si quelques paroles de pure galanterie ont pu vous offenser, si ma main a saisi la vôtre, si mon bras, irrésistiblement entraîné, a entouré votre taille adorable, sachez-le donc, mademoiselle, ce n'est pas votre visite d'il y a quelques jours qui a pu égarer ma raison au point de me faire oublier les convenances et le respect. Je n'ai pas été maître de moi tout à l'heure, parce que, depuis longtemps, mon rêve le plus doux, le plus cher, était de me trouver seul à seul avec vous, parce que, depuis longtemps, vous êtes mon unique pensée, mon unique rêve, parce que, depuis longtemps enfin, je vous aime.

— Ah ! dit Thérèse, avec une hauteur pleine d'ironie : Depuis... longtemps, monsieur ?... vous m'aimez depuis longtemps ?... Était-ce, je vous prie, longtemps avant votre mariage ? longtemps avant la naissance de vos deux filles ? Mais je n'étais alors qu'une enfant, et vous ne pouviez songer à demander ma main.

— Non, mademoiselle, non ; mon amour, je l'avoue, est moins âgé que cela. Il est jeune et fort et veut être assouvi à tout prix. Et, pour que vous m'aimiez un peu, à votre tour, aucun sacrifice ne me coûterait. Votre père n'est point heureux, votre mère est malade, laissez-moi compléter l'œuvre de bienfaisance que j'ai commencée. Laissez-moi assurer leur repos, leur bien-être, qui ne vous coûteront, à vous, qu'un peu de charité, un peu de compassion pour mon immense amour.

— Pas un mot de plus, dit Thérèse. Laissez-moi sortir de cette maison.

— Partir !... lorsque je vous tiens en mon pouvoir... oh ! non, mille fois non, répondit Delaverne qui donna un double tour à la serrure et mit la clef dans sa poche.

Tremblante, effarée, Thérèse jeta alors ses regards autour d'elle. Cette porte fermée, ces volets hermétiquement clos et le silence absolu qui régnait dans la maison, tout lui disait quel piège abominable avait été préparé. Elle se sentait perdue.

— Monsieur, s'écria-t-elle, ayez pitié de moi, ayez pitié, ne me condamnez pas au désespoir, à la honte qui serait ma mort et celle de ma mère.

— Vous ne mourrez pas et vous serez à moi, dit Delaverne, la saisissant dans ses bras.

— Jamais ! s'écria Thérèse, s'arrachant à cette étreinte, jamais !... puis, illuminée d'une inspiration soudaine, elle ajouta d'un accent plein d'énergique dignité :

Au nom de votre femme et de vos enfants, au nom de votre honneur, monsieur, je vous demande d'ouvrir cette porte.

— Je vous ai dit que je refusais...

— Eh bien, je vous dis, moi, que je vous y forcerai, que vous allez ouvrir cette porte à l'instant même... et, prenant un des candélabres d'une main et, de l'autre, montrant la porte, elle ajouta...

— Ouvrez, monsieur, ouvrez...

— J'attends que vous m'y forciez, dit, avec ironie, Delaverne.

Alors, faisant un pas en arrière et s'approchant de la fenêtre entièrement calfeutrée, Thérèse dit :

— Nous allons bien voir si vous refuserez encore ; et, en prononçant ces dernières paroles, elle approcha le candélabre d'un rideau qui, tout aussitôt, se mit à flamber.

— Que faites-vous, malheureuse ! s'écria Delaverne, rempli d'épouvante.

Et, du ton le plus impassible, montrant l'incendie qui se propageait avec violence, la jeune fille répondit :

— Ouvrirez-vous maintenant ?

Sans répondre, sans l'écouter, M. Delaverne s'était élancé vers la porte, l'avait ouverte et criait :

— Pierre, François, venez, venez vite, le feu !... le feu !...

La flamme, à ce moment, avait couru d'un rideau à l'autre et menaçait d'embraser la chambre tout entière.

Les domestiques accourus, s'empressaient, avec leur maître, d'arracher les tentures en feu ; une servante apportait de l'eau que l'on jetait sur les étoffes qui, foulées aux pieds, ne s'éteignaient qu'à peine.

Au bout de quelques instants, cependant, on était maître du feu ; et, respirant longuement, M. Delaverne chercha des yeux la jeune fille.

Thérèse avait disparu.

— Elle l'avait bien dit, murmura-t-il, qu'elle sortirait pure de cette maison... mais, patience, tout n'est pas fini entre vous et moi, ma belle Thérèse !...

J'ai des armes, je m'en servirai.

L'effet qu'avait souscrit Valomer était un billet à vue !... c'est-à-dire à échéance immédiate. Delaverne fit, dès le lendemain, présenter cet effet et ordonna, qu'en cas de non-paiement, bien prévu, les poursuites les plus rigoureuses fussent exercées.

La famille Valomer était, on le sait, dans un état voisin de la misère et Delaverne espérait que Thérèse, épouvantée, vaincue par le désespoir de sa mère qu'elle verrait à la fois malade et menacée d'être chassée de sa demeure, viendrait solliciter humblement sa pitié qu'il lui ferait chèrement payer.

Ses ordres, comme on l'a vu, s'exécutaient ponctuellement lorsqu'un événement d'une bien autre importance, un grand événement politique vint renverser cette odieuse combinaison.

Delaverne, nous l'avons dit, était une espèce de banquier faiseur d'affaires, il avait entre les mains des titres, des valeurs de toute sorte appartenant à sa clientèle et dont il se servait abusivement en de hasardeuses affaires de bourse.

La France était en guerre avec la Prusse, et des bruits, répandus par les Allemands, affirmaient que notre armée venait de subir un terrible échec.

Spéculant honteusement sur le malheur de la patrie, et persuadé d'une grande baisse sur toutes les valeurs, Delaverne avait vendu celles dont il était dépositaire.

Or, l'affaire dont il était question, était une grande bataille, que venait de livrer Bonaparte aux Prussiens et dans laquelle leur armée avait été littéralement écrasée.

Les fonds publics éprouvèrent subitement une hausse considérable et Delaverne avait vendu, livré à bas prix les titres de ses clients.

C'est par centaines de mille francs qu'il eût fallu les racheter et, dans l'impossibilité d'opérer ce rachat, Delaverne avait été forcé de s'enfuir pour échapper à l'arrestation, à la condamnation pour abus de confiance et pour vol de valeurs qui lui avaient été confiées.

C'était le bagne, c'était vingt années de galère qui l'attendaient.

Les poursuites contre Valomer avaient été continuées, même après cette fuite soudaine, et nous avons vu comment Mme Delaverne y avait mis fin.

La généreuse femme était morte presque aussitôt; résolue à se soustraire au déshonneur qu'allait attirer, sur elle et sur ses filles, l'infamie de son mari, et la lettre que l'infortunée avait écrite à ce dernier pouvait, seule, désormais, prouver l'innocence de Valomer, accusé de l'avoir assassinée.

Cette lettre, qui était le salut de son père, Thérèse avait résolu d'aller la chercher à l'autre bout du monde, au delà des mers: à Sacramento !

Elle avait résolu d'aller implorer l'homme odieux et lâche qui avait tenté de la déshonorer.

Tant de malheurs l'ont frappé, se disait-elle, que son âme, si coupable qu'elle fût, devait en être abattue. L'exil, la perte de son honneur, la mort terrible de sa femme et de ses enfants lui auront arraché tant de larmes, il aura tant souffert qu'il ne sera plus sans pitié pour ceux qui souffrent.

Et, lorsqu'une voix intérieure lui disait : et si le malheur n'a servi qu'à aigrir son cœur, si cette âme révoltée est devenue plus criminelle encore, elle répondait mentalement :

— Je veux sauver mon père !

Et lorsque la voix ajoutait :

— Et si cet homme, si ce misérable veut te *vendre* cette lettre, et non te la donner ?...

Elle répondait : Je veux sauver mon père !... Dussé-je mourir ensuite.

Ainsi s'explique le mystère dont s'entourait cette jeune fille, que nous avons vue à bord de *l'Abeille*, cette Thérèse qui refusait de faire connaître son nom de famille : ce nom de Valomer, couvert de réprobation et de honte.

Ainsi s'explique, également, son courage héroïque au milieu des dangers de la tempête, et son désespoir immense en présence d'une mort qui paraissait certaine, inévitable et qui allait l'empêcher d'accomplir sa tâche de dévouement filial.

. . . .

Après la visite si inattendne et si heureuse du juré qui était venu apporter à Mᵉ Gardelle un moyen infaillible de cassation, le jeune avocat s'était mis en campagne et, dès le lendemain, il arrivait tout heureux du résultat de ses premières démarches.

Il avait vu le Président de la Cour suprême auquel il avait nettement exposé la situation réelle du condamné et le moyen de cassation que l'un des jurés était venu lui apporter si généreusement.

Le magistrat, vivement impressionné, s'était écrié :

— Si les choses sont bien ce que vous venez de me dire, vous avez cause gagnée, mon cher avocat, nous casserons le jugement et nous renverrons votre client devant une autre Cour. Mais la cassation de l'arrêt rendu en première instance, est peu de chose en elle-même et vous n'auriez obtenu qu'un simple délai sans résultat, si vous n'aviez à produire aux nouveaux juges que nous vous donnerons, d'autres preuves, des preuves nouvelles, capables de les convaincre et de faire absoudre votre client.

— Nous en aurons une, monsieur le Président ! Une preuve irrécusable, une lettre écrite par la prétendue assassinée, une lettre par laquelle cette infortunée déclare qu'elle-même s'est donné la mort après avoir, de sa main, tué ses deux enfants !...

— Vous avez cette lettre ?

— Nous l'aurons, monsieur le Président.

— Ah ! s'il en est ainsi, s'écria le magistrat, béni soit le ciel qui épargnera à la justice une bien épouvantable erreur !...

... Envoyant à sa mère un dernier adieu... (P. 61.)

Me Gardelle venait de faire part de cet entretien au juré et à
Thérèse.

— Alors, dit celle-ci, il n'y a plus un jour à perdre, il faut, au
plus tôt, que j'aille chercher cette lettre... il le faut... et... je parti-
rais dès demain, dès aujourd'hui... si... nous avions...

Et, baissant les yeux, elle rougit et demeura honteuse et muette...

— Vous partiriez, dit avec bonté le juré, si vous aviez l'argent né-

cessaire pour acquitter les frais de ce terrible voyage. Soyez sans
inquiétude à ce sujet, mon enfant. Je ne suis pas bien riche; mais j'ai
là trois mille francs que je réservais pour vous les offrir, en prévision
de votre départ.

— Quoi, monsieur!... après tout ce que vous avez déjà fait pour
nous... vous voulez encore...

— Il s'agit, dit le vieillard, d'assurer le salut du malheureux condamné, il s'agit de sauver votre mère d'un désespoir qui la tuerait.

Ne me permettez-vous pas de vous y aider un peu?

Thérèse, sans prononcer une parole, prit l'argent de ses mains
qu'elle couvrit de baisers et de larmes.

Le brave homme, lui-même, ne put s'empêcher d'en essuyer furtivement quelques-unes qui s'échappaient de ses yeux et, relevant
Thérèse qu'il pressa sur sa poitrine :

— Bon courage, mon enfant, lui dit-il, nos vœux et nos cœurs
vous suivront.

— Et vos prières aussi? demanda Thérèse.

— Et nos prières aussi, dit le vieillard.

— Maintenant, dit l'avocat, il faut perdre le moins de temps
possible.

L'appel en cassation et le jugement que rendra la cour n'em-
ploieront que quelques jours. Renvoyés devant un autre tribunal, j'ob-
tiendrai, à force de démarches, de ne passer qu'à la session qui suivra
les vacances judiciaires.

Nous pourrons ainsi gagner trois ou quatre mois.

— Et ce n'est pas trop pour l'aller et le retour de ce long voyage
que bien des obstacles imprévus peuvent entraver.

— Je suis prête à partir, dit Thérèse, ma détermination était
prise et, déjà, je me suis informée du départ de la diligence. Elle doit
se mettre en route pour le Havre, demain matin, à dix heures.

J'ai fait, à l'avance, et en secret de ma mère, tous mes préparatifs.

— Moi, dit Mᵉ Gardelle, j'ai tracé votre itinéraire très exact et
très détaillé.

— Demain matin, dit Thérèse, je partirai, mais il me reste à accomplir une tâche plus pénible, plus douloureuse à elle seule que ne
le seront peut-être tous les obstacles que vous prévoyez... Il me reste
à annoncer mon départ à ma mère... il me reste à me séparer d'elle...

Le lendemain, une heure avant l'instant fixé pour ce départ,
Thérèse entrait dans la chambre de Mᵐᵉ Valomer.

— Maman, lui dit-elle, il faut que nous ayons ensemble un entretien bien sérieux, bien grave, il faut que tu me promettes de te montrer courageuse et forte.

— Quel nouveau malheur viens-tu donc m'annoncer, répondit la mère devenue subitement plus pâle, plus défaillante encore qu'elle ne l'était depuis que durait sa longue maladie.

— Ce n'est pas d'un malheur qu'il s'agit, dit vivement Thérèse, c'est, au contraire, d'un bonheur que le ciel nous envoie, mais pour la réalisation duquel il faut que nous prenions, toi et moi, une détermination énergique.

D'un air triste et incrédule, la malade répondit avec résignation :

— Parle-moi donc de ce... bonheur, dont la pensée attriste ton visage, et met dans tes yeux ces larmes que tu t'efforces de retenir.

— Eh bien, apprends que le jugement qui a condamné mon père sera cassé, nous en avons la certitude...

— Qui le fait espérer, qui l'a dit? interrogea fiévreusement la malade.

— Le Président de la Cour l'a affirmé lui-même à Mᵉ Gardelle. L'affaire sera renvoyée devant un autre tribunal, et nous aurons trois mois, au moins, pour... nous procurer... la lettre...

— Ah! oui, la lettre!... s'écria Mᵐᵉ Valomer, la lettre qui est là-bas, à deux mille lieues de la France !... La lettre que tu veux aller chercher, toi!... Ah! le voilà le bonheur, le réel bonheur que tu viens m'annoncer!... C'est ton départ!... Thérèse, tu vas m'abandonner!

— Je vais te quitter pour te rapporter la joie, le salut... son salut à lui, entends-tu, mère chérie, son salut, c'est-à-dire son retour auprès de nous ; et nous serons comme jadis, réunis tous les trois, heureux, bien heureux ensemble!...

— Oui, bien heureux, s'écria d'une voix pleine de désespoir la malade, bien heureux si tu ne succombes pas en route, bien heureux si je ne suis pas morte lorsque tu reviendras! Ah! les pauvres mères à qui le ciel donne des enfants qu'on leur arrache quand elles ne peuvent plus vivre sans eux ! les pauvres mères! les pauvres mères!

— Mais que ne donnerais-tu pas toi-même, s'écria Thérèse avec force, que ne donnerais-tu pas pour arracher mon père à l'échafaud!...

— Je donnerais ma vie, là, tout de suite, qu'on me la prenne et qu'on l'acquitte, lui... mais ta vie à toi!... Ah! je ne peux pas!... Je ne peux pas...

Et des sanglots étranglèrent sa voix, des torrents de larmes coulèrent de ses yeux.

— Mère! souviens-toi que c'est un devoir sacré que je vais accomplir; je t'en conjure, ne m'enlève pas le courage dont j'ai tant
besoin... Voyons, tu comprends bien, tu sais bien qu'il faut que nous
le sauvions.

Il y eut un moment de silence après lequel Mme Valomer releva
la tête et, d'un air qu'elle s'efforçait de rendre impassible, elle dit
froidement :

— Quand pars-tu?

— Aujourd'hui!...

— Ah!... et se levant droite et raide comme si elle eût été mue
par un ressort, elle ajouta d'une voix brève et rauque :

— Alors, il faut préparer tes vêtements, ton linge... il faut...

— Tout est prêt, maman...

— Ah! Tu as fait cela en secret?...

— Je voulais abréger, pour toi, la douleur de notre séparation...

— C'est donc... avant ce soir que tu vas partir?

— C'est... tout à l'heure, maman...

Alors, je n'ai plus qu'à te dire adieu, à t'embrasser pour la
dernière fois... pour la dernière!...

Et cette énergie factice qui la soutenait, il y a un instant, l'abandonnant tout à coup, elle tomba sur son fauteuil et dit en sanglotant :

— Non, non, je ne peux plus lutter, je suis sans force... et mon
cœur se déchire!...

Hélas! on croit savoir combien on aime ses enfants; mais c'est
quand on s'en sépare que l'on comprend à quel point ils sont chers!

— Je t'en conjure, maman, aie pitié de moi, ne m'enlève pas le
peu d'énergie qui me reste!

— Eh bien, soit, je serai calme, je serai forte... Je te le promets,
je ne pleurerai plus...

Il était neuf heures passées.

La diligence partait à dix heures.

Me Gardelle et le juré parurent ensemble.

Mme Valomer, en les voyant, fit un suprême effort, et d'une voix
brève et saccadée, d'une voix étranglée par les sanglots qu'elle refoulait dans sa gorge, elle leur dit :

— Vous savez, messieurs, je n'en doute pas... la détermination
de ma fille... elle part... aujourd'hui... tout à l'heure... et ses forces
la trahissant, elle s'écria : elle s'en va! elle s'en va!... Je ne la reverrai
plus.... elle, son père, j'aurai tout perdu, tout... et elle tomba brisée,
anéantie, presque morte!...

— Madame, dit avec douceur le juré, un devoir sacré vous l'enlève, Dieu vous la rendra.

Mme Valomer releva lentement la tête, regarda autour d'elle et, voyant sa fille à ses genoux, elle ouvrit silencieusement ses bras dans lesquels Thérèse se jeta sans prononcer elle-même une parole.

Elles se tinrent longtemps embrassées.

Me Gardelle s'approcha, il prit Thérèse par la taille et l'éloigna doucement de sa mère.

Celle-ci demeurait silencieuse, immobile. Elle était évanouie.

— Maman! s'écria Thérèse.

— Partez, partez vite, dit le juré, emmenez-la, monsieur Gardelle, évitons à la pauvre mère de nouveaux déchirements. Je reste, je lui donnerai des soins; partez à l'instant.

L'avocat entraîna la jeune fille.

Celle-ci, arrivée sur le seuil de la porte, se retourna envoyant à sa mère un dernier adieu, noyé dans les sanglots et les larmes.

. . . .

Quelques minutes après, Mme Valomer reprenait ses sens.

Elle regarda autour d'elle et comprit ce qui s'était passé pendant son évanouissement.

— Je vous remercie d'être resté près de moi, monsieur, dit-elle au juré. Oui, je vous remercie de votre pitié... mais vous avez, chez vous... des parents, une famille qui vous attend... qui s'inquiète peut-être... Adieu donc, monsieur...

— Vous voulez que je vous quitte, que je vous laisse seule...

— Oui, seule!... toute seule, à présent, dit-elle avec amertume. Le père dans un cachot, attendant la mort. L'enfant parti pour longtemps, pour toujours peut-être!... Qu'est-ce que je fais donc sur la terre, moi?

— Madame, si vous le permettez, je vous emmène chez moi, près de ma femme et de ma fille...

— Quoi, monsieur, encore ce nouveau bienfait?

— Vous ne nous quitterez pas jusqu'au retour de votre Thérèse. Allons, vous acceptez, n'est-ce pas? nous l'attendrons tous ensemble... nous serons quatre à prier pour elle...

— Ainsi soit-il! dit la pauvre désespérée...

VI

EN DÉTRESSE

Retournons maintenant aux naufragés de *l'Abeille*, que nous avons quittés au moment où le navire s'engloutissait dans la mer, tandis que les passagers, que le sort avait favorisés, s'éloignaient, entassés dans la chaloupe.

Par une déplorable fatalité, les matelots chargés de procéder à l'embarquement avaient jeté, à la hâte, quelques provisions de bouche et quelques armes dans l'embarcation, sans songer à emporter les instruments indispensables pour la navigation, en sorte que ces infortunés, qui venaient d'échapper à une mort immédiate, retombaient dans un nouveau péril, condamnés qu'ils étaient à naviguer sans guide, sans direction connue et au gré des vents!...

La découverte de ce malheur inattendu avait jeté les marins dans le découragement et la stupeur.

Le lieutenant Cardovan, devenu capitaine, depuis qu'il commandait à bord de la chaloupe, n'avait pu retenir une exclamation de douloureuse déception en apprenant qu'on ne l'avait pourvu, pour guider sa marche, ni d'octant ni de boussole.

Au cri qu'il avait involontairement laissé échapper, tous s'étaient tournés, anxieux, vers le capitaine qui, assis à la barre, et s'efforçant de ressaisir son calme, consultait l'horizon comme s'il eût espéré découvrir une terre quelconque vers laquelle il pût diriger la chaloupe.

Mais rien n'apparaissait, pas une pointe de terre, pas une voile! Aussi loin que pouvait porter la vue, la mer immense. Rien que le ciel et l'eau!

— Monsieur le capitaine, dit l'un des passagers, il nous a semblé, tout à l'heure, qu'une exclamation de colère ou d'alarme était sortie de vos lèvres. — Auriez-vous conçu quelque inquiétude nouvelle ?

— Aucune, répondit froidement Cardovan qui avait résolu de laisser ses compagnons d'infortune dans l'ignorance de ce qui se passait.

A quoi bon, se disait-il, donner à ces pauvres gens de nouveaux sujets de terreur; s'ils doivent subir de nouvelles souffrances, ils l'apprendront assez vite.

— Nous n'avons rien de nouveau à redouter... Je vous l'affirme, dit-il.

— Toute notre confiance vous est acquise, dit le passager ; vous êtes notre capitaine, notre guide, notre salut...

— Oui, dit Cardovan, je suis votre capitaine; c'est moi qui commande ici, mais c'est Dieu seul, maintenant, qui nous conduit.

A ces mots, prononcés à haute voix et avec intention, les quatre matelots, qui en avaient compris le véritable sens, répétèrent avec tristesse :

— C'est Dieu seul qui nous conduit maintenant.

De tous les voyageurs réunis sur ce frêle bâtiment, la personne la plus résignée, la plus calme, était Thérèse Valomer.

Elle attendait, patiemment, la fin de cette nouvelle épreuve.

Elle était sans terreur, sans inquiétude même, persuadée que la Providence ne l'avait pas arrachée au péril de mort si imminent à bord de *l'Abeille* pour qu'elle succombât, à quelque temps de là et avant l'accomplissement de sa mission.

— Puisqu'elle m'a conservé la vie, se disait-elle, c'est que je dois accomplir, jusqu'au bout, la sainte tâche que je me suis imposée.

Sa pensée se reportait sur celui que le ciel avait fait l'instrument de son salut; sur ce jeune homme qui, si généreusement, s'était dévoué pour elle et lui avait sacrifié sa vie.

Elle se rappelait, dans tous ses détails, chacune de leurs rencontres à bord, chacun des incidents qui les avaient rapprochés l'un de l'autre.

Elle revoyait ce premier regard si pénétrant et si doux qui avait amené à son front une rougeur qu'elle sentait se renouveler en y songeant. Elle se demandait, étonnée, pourquoi elle rougissait maintenant qu'elle était seule?

Elle se souvenait de l'instant où, vivement émue, à bord de *l'Abeille*, par le chant douloureux d'un petit mousse qui lui rappelait d'une façon si poignante le malheur de ceux dont elle s'était séparée, elle se dirigeait en chancelant vers sa cabine, et elle revoyait le jeune homme s'élançant pour la soutenir. Elle revoyait ce regard plein de sollicitude qui, déjà, l'avait fait tressaillir. Et elle se demandait, étonnée, pourquoi elle tressaillait encore en y songeant.

Elle entendait cette voix si mélancolique et si tendre, qui, après le tirage au sort, lui offrait sa vie pour préserver la sienne.

Des larmes de reconnaissance, de tendresse, inondaient son visage et elle se rappelait le déchirement de son cœur qui semblait s'arracher de sa poitrine et voler vers lui, lorsque, s'engloutissant dans l'abîme, il lui criait :

— Pensez à moi !... Je vous aimais !!!

Et, dans l'exaltation de sa reconnaissance, elle s'écriait à son tour :

— Non, votre souvenir ne s'effacera jamais de mon cœur, et, puisque vous m'aimiez, moi aussi je vous aime.

Oui, elle l'aimait, celui qu'elle avait vu mourir sous ses yeux, elle l'aimait d'une tendresse sainte et sacrée, faite d'admiration et de reconnaissance.

Elle l'aimait, comme s'ils n'eussent été séparés que pour peu de temps, et se fiançait à lui...

Saintes fiançailles d'une union qui, pensait-elle, se réaliserait prochainement au ciel, car elle pressentait à quel prix l'homme odieux, qui tenait entre ses mains le salut de son père, exigerait sans doute qu'elle le payât, — c'était au prix de son honneur qu'elle s'était juré de racheter au prix de sa vie.

Mais il n'était pas aussi rapproché qu'elle le supposait l'instant qui devait les réunir au ciel, elle et son généreux sauveur.

Il était encore loin, bien loin, le terme de son voyage.

Ils étaient nombreux les obstacles qui lui restaient à franchir et nombreuses aussi étaient les douloureuses épreuves qu'elle aurait à subir.

L'une d'elles n'allait pas tarder à se révéler.

Celui des naufragés qui avait interpellé le capitaine au moment où il avait constaté l'absence des instruments indispensables pour se guider en mer, était un ingénieur des mines nommé Armandier. — Il se rendait à la Nouvelle-Californie pour le compte d'une importante maison de banque de Paris.

Bien qu'elle fût mère et que son enfant n'eût encore que dix mois, Mme Armandier avait voulu accompagner son mari.

L'ingénieur semblait être un homme énergique et grave. Le capitaine jugea qu'il pouvait compter sur lui et se décida à lui révéler la déplorable découverte qu'il venait de faire et la situation dans laquelle ils se trouvaient tous.

Bien que son cœur fût profondément ulcéré en apprenant la terrible nouvelle, M. Armandier sut garder une attitude calme, un visage impassible.

— Courage, cria le capitaine... (P. 72.)

— Qu'espérez-vous encore, demanda-t-il, maintenant que l'embarcation marche au hasard ?

— Vous voulez la vérité, répliqua le marin, je vais la dire : vous savez que je n'ai aucun moyen de faire le point et de diriger notre chaloupe vers une terre quelconque, *l'Abeille* a coulé à pic par le 47e degré de latitude Nord et le 34e de longitude Ouest. Nous n'avons pas fait beaucoup de chemin et nous devons nous trouver à peu près à la hauteur des Açores.

Eh bien ! j'espère que nous serons aperçus par quelque navire, venant de l'une de ces îles et se dirigeant vers un port du nouveau monde. Il se pourrait aussi que, poussée par le vent, la chaloupe se trouvât bientôt en vue d'une des îles qui composent le groupe des Açores. — Voilà ce que j'espère.

— Comptez sur moi, dit M. Armandier. Je vous aiderai à soutenir, à réconforter, au besoin, le moral de nos compagnons d'infortune.

— Mais ce n'est pas tout, dit Cardovan ; afin de prendre dans la chaloupe le plus de monde possible, on n'a pu embarquer que les provisions strictement nécessaires, et comme personne ne peut malheureusement prévoir pendant combien de temps nous serons condamnés à errer à l'aventure, il faut nous rationner et ménager nos vivres.

— Je me charge, dit M. Armandier, d'informer tout notre monde de cette indispensable mesure, à laquelle personne, j'en réponds, ne tentera de s'opposer.

— Et vous consentirez, demanda le marin, à vous charger du partage des rations ; de la distribution des vivres ?

— J'y consens, dit M. Armandier.

Quelques instants après, sans laisser soupçonner la situation terrible créée par l'absence où l'on se trouvait de tout moyen de se guider en mer, l'ingénieur avait fait comprendre aux naufragés la nécessité de se rationner.

Après la fatale journée qui venait de s'écouler, après les douloureuses émotions, les angoisses que l'on venait de subir, personne n'avait songé d'ailleurs à manger.

M. Armandier avait surtout insisté sur l'espérance qu'avait le capitaine d'arriver, prochainement, en vue de l'une des îles des Açores, et tous les regards, instinctivement, se mirent à fouiller l'espace, espérant y découvrir les bienheureuses îles. Mais rien n'apparaissait.

Le soleil baissait à l'horizon, embrasant la mer de ses derniers rayons.

La brise du soir se levait, rasant la plaine immense dont elle semait les flots de franges d'écume chatoyante, avec des effets de lumière qui se succédaient à mesure que les rayons se projetaient avec plus ou moins d'intensité.

C'était un de ces merveilleux couchers du soleil en pleine mer, devant lesquels s'extasie le voyageur frappé d'admiration.

Mais à ceux qui, entassés dans la chaloupe, subissaient les plus sombres anxiétés, ce magnifique spectacle donnait l'impression d'une sourde inquiétude, d'un douloureux serrement de cœur.

Pour ces naufragés, abandonnés aux caprices des éléments, c'était l'annonce de la nuit, pendant laquelle ils navigueraient dans les ténèbres, s'éloignant peut-être de la côte où serait le salut, ou bien passant inaperçus des navires qui leur eussent porté secours.

Loin de se livrer à la contemplation admirative qu'inspire d'habitude aux passagers et aux marins ce merveilleux spectacle, les naufragés de *l'Abeille* courbaient le front, tristes et découragés. Au lieu de l'hosanna montant vers l'infini, c'était une prière suppliante et désespérée qui s'exhalait de tous ces cœurs qui redoutaient la terreur des ténèbres et la perspective d'une nuit d'angoisses.

. . . .

Le marin, qui avait charge d'âmes, ressentait, bien plus pour les infortunés qui l'entouraient que pour lui-même, de sombres appréhensions, à l'approche de la nuit.

Surmontant cette impression, Cardovan voulut distraire ces malheureux des douloureuses pensées dont ils étaient agités.

L'heure était venue, d'ailleurs, de relever un peu leur moral en réconfortant le physique.

Les estomacs, en effet, commençaient à crier famine.

— Vous savez tous, dit le capitaine, que la nécessité s'imposant de nous rationner, j'ai fait choix de l'un d'entre nous pour présider à la distribution des vivres.

— Oui !... oui ! approuvèrent toutes les voix.

Le marin reprit :

— Voici donc, monsieur Armandier, le moment de vous assurer de la quantité et de la nature des provisions que l'on a embarquées à la hâte et que l'on a prises assurément au hasard.

M. Armandier avait quitté sa place et se dirigea vers le milieu de l'embarcation où l'on avait arrimé, tant bien que mal, les quelques caisses et baricauts qui contenaient les vivres de différente espèce.

Il se mit à inscrire sur son portefeuille la quantité et la nature des provisions contenues dans chacune des caisses et dans les petits barils à mesure qu'un matelot, qu'il s'était adjoint, les lui indiquait. Il écrivit successivement :

— Une caisse de salaisons : sardines, harengs, morue ; une

caisse saucissons, pâtes de viande salées; un sac contenant trois jam-
bons fumés; trois barils de biscuits de mer.

Tout à coup, le matelot cessa d'annoncer. Il semblait chercher
quelque chose.

Puis il se redressa, parla tout bas à M. Armandier dont le visage
s'était subitement assombri.

De nouveau, le matelot s'était baissé et on le voyait déplacer les
caisses, les barils, et chercher sous les banquettes, derrière les piles
de cordages qui masquaient l'avant de la chaloupe.

M. Armandier attendait, très angoissé et s'efforçant de cacher à
ses compagnons la violente émotion qui le torturait.

— Eh bien? demanda-t-il.

— Rien!... Rien, nulle part, répondit le matelot.

Alors, le capitaine Cardovan s'informa à son tour, avec vivacité,
comme s'il eût eu le pressentiment d'un malheur.

— Combien avons-nous de baricauts de liquide?...

— Aucun, prononça le matelot.

M. Cardovan eut un geste de consternation :

— Nous n'avons pas d'eau !

VII

LE SUPPLICE DE LA SOIF

Jamais exclamation d'épouvante et d'horreur ne retentit plus violente que celle qui s'arracha de toutes les poitrines quand on apprit
qu'on avait oublié d'embarquer la provision d'eau.

Ces infortunés qui, tout à l'heure, essayaient de surmonter les
appréhensions dont ils étaient assaillis à l'approche des ténèbres,
passèrent brusquement de l'inquiétude à la plus profonde consternation.

Pas d'eau!... Et dans quelques heures, malgré toute la force de
volonté, malgré toute l'énergie qu'on pourrait déployer, toute la résignation qu'on appellerait à son aide, il serait impossible de lutter
contre le supplice qui se préparait, plus terrible cent fois que ceux
que l'on avait subis déjà.

Chacun comprit que, si un secours providentiel n'arrivait pas, on allait, à bord de cette chaloupe perdue sur l'Océan, passer bientôt par toutes les écrasantes souffrances de la soif.

La soif qui tue, après une agonie effroyablement longue: l'agonie d'un être plein de vie que dévoreraient, sans relâche, des flammes intérieures!

Tous demeurèrent subitement abattus, anéantis.

La soirée, puis la nuit, s'écoulèrent au milieu d'un silence lugubre.

Nul ne dormait à bord de la chaloupe. Chacun des infortunés qui la montaient se sentait envahi, déjà, par le double supplice de la faim et de la soif.

Le lendemain, épuisés par la fatigue et le besoin, les naufragés se partagèrent quelques vivres qui leur rendaient un peu de force; mais à quel prix, grand Dieu! Ces aliments, conservés dans le sel, ravivaient et décuplaient la soif qui déjà les brûlait.

Cette seconde journée resta silencieuse et morne, comme celle qui l'avait précédée. Chacun semblait étudier en soi les progrès du terrible mal précurseur de la plus épouvantable agonie.

Quelques sourds gémissements se faisaient entendre et tout rentrait dans le silence.

Seules, trois personnes n'exhalaient ni plaintes ni lamentations.

La première était Thérèse Valomer, qui domptait sa souffrance physique en songeant aux souffrances morales des deux êtres qui attendaient son retour.

— Qu'importe que je souffre, se disait-elle, je sais bien que je ne mourrai pas ici, j'ai ma tâche à accomplir.

La seconde personne était le capitaine Cardovan, plus profondément affligé du sort de ses passagers que de son propre sort et qui constatait anxieusement la marche fatale de ses compagnons vers la mort.

La troisième était l'ingénieur Armandier, que l'amour conjugal et la tendresse paternelle tenaient perpétuellement en éveil, épiant les progrès du mal sur sa femme et sur son enfant et demandant au ciel de prendre sa vie, à lui, en échange de celle des deux malheureuses créatures.

Il voyait, avec désespoir, le pauvre petit gisant inerte, sans mouvement et bientôt sans vie, sur le sein aride de sa mère, et lorsqu'il cherchait à le ranimer, à le réchauffer sous ses caresses et ses baisers, sa femme lui disait en secouant tristement la tête:

— Dieu nous l'avait donné... Dieu nous le reprend!... Encore

quelques heures et je ne le verrai plus... plus jamais... et, d'un accent plus ferme, elle ajoutait :

A moins que je ne le suive... Et je le suivrai.

La nuit, de nouveau, vint étendre son linceul sur cette lamentable scène de désolation. Nuit, comme la précédente, sans sommeil et sans repos, c'est-à-dire sans une minute d'apaisement d'une soif dévorante et des horribles tortures qui, déjà, accomplissaient leur œuvre de destruction.

Pour la troisième fois, depuis que l'on avait abandonné l'*Abeille,* le soleil vint éclairer l'affreux spectacle de quinze créatures humaines subissant un supplice si terrible qu'ils invoquaient la mort comme une délivrance, comme un bienfait du ciel.

Quelques-uns, brûlés par la soif, essayaient d'apaiser les spasmes qui leur déchiraient la gorge en plongeant dans la mer leurs mains qu'ils portaient ensuite avidement à leurs lèvres. L'eau saumâtre, au lieu de l'éteindre, alimentait l'incendie qui les dévorait.

Des cris rauques, des gémissements étranglés, des plaintes stridentes, témoignaient des souffrances croissantes, pour lesquelles, hélas! il n'était point de soulagement.

Depuis le retour du jour, c'est-à-dire depuis près d'une demi-heure, M. Armandier, accroupi près de sa femme et de son enfant, les regardait immobiles tous deux.

Il se demandait si la cause de cette silencieuse immobilité était un sommeil béni, que le ciel leur avait envoyé et qu'il devait respecter pour qu'il durât le plus longtemps possible, ou si c'était, hélas! la fin suprême de leur martyre.

Après une nouvelle attente, il se décida à prendre doucement la main de sa femme; une légère pression répondit à son étreinte.

— Elle vit, se dit-il, et, comme pour le regarder, elle avait fait un mouvement, l'enfant parut se réveiller, il souleva sa tête, ouvrit de grands yeux et, reconnaissant les traits de son père, il le regarda en souriant!...

Quel changement étrange, incompréhensible, avait pu s'opérer en lui?... Par quel miracle cette frêle petite créature si près d'expirer, la veille, semblait-elle, à présent, avoir recouvré une partie de sa force, de sa vitalité?

Ivre de joie, Armandier serrait énergiquement, cette fois, la main de sa femme.

Tout à coup un cri sortit de ses lèvres : cri de stupéfaction, de stupeur. La brusquerie du mouvement qu'il venait de faire avait forcé sa femme d'allonger le bras duquel M. Armandier vit s'élancer un jet de sang.

Il comprit!... il s'expliquait ce qui avait eu lieu.

C'était bien un miracle, non du ciel, mais un miracle sublime de tendresse maternelle.

Cette mère martyre s'était ouvert une veine et, à défaut de son lait, tari par la souffrance, c'est de son sang qu'elle nourrissait son enfant.

— Ah! ma pauvre chère femme! qu'as-tu fait? s'écria M. Armandier... qui s'empressait de panser le bras de sa malade.

Soudain une détonation retentit au loin.

— Écoutez! écoutez! s'écria le capitaine, ce doit être le canon d'un navire que la brume nous empêche de distinguer, mais qui nous a aperçus, lui qui est pourvu de longues vues.

— Mais, alors, dit Thérèse, il vient à notre secours, et nous sommes sauvés.

— Oui, répondit Armandier, c'est le salut!

— Le salut! s'écria d'une seule voix tout l'équipage, le salut! et ces désespérés qui, tout à l'heure, se croyaient perdus sans ressource, oubliaient leurs tortures et, les bras tendus vers le ciel, remerciaient, avec une joie délirante, la Providence qui les avait regardés avec compassion.

Et tous, remplis d'espoir, interrogeaient l'espace, cherchant à découvrir le navire qui leur avait envoyé ce bienheureux signal.

Rien n'apparaissait!... Pas un navire, pas une voile à l'horizon!

Le bruit se fit entendre de nouveau, mais, cette fois, plus prolongé et se répétant comme s'il eût été répercuté par plusieurs échos.

Les marins se regardaient stupéfaits; ce n'était plus le bruit du canon, mais bien, plutôt, celui du tonnerre.

Le tonnerre! c'était impossible, puisque le ciel était d'une pureté complète.

Une fois encore le même bruit se répéta. Le doute n'était plus permis, c'était la foudre et, à l'extrémité de l'horizon, apparaissait, subitement, une longue ligne noire.

— Mes amis, dit le capitaine, nous avions conçu, hélas! une espérance trop complète, mais elle ne sera pas déçue tout entière. Si ce n'est pas encore le salut, c'est du moins un grand secours, un grand soulagement que nous envoie le ciel.

Un violent orage se prépare, l'eau va tomber par torrents, et nous pourrons en recueillir assez pour nous désaltérer à présent et pendant le temps qu'il faudra naviguer pour atteindre la côte.

Et pendant que Cardovan parlait, on voyait la ligne noire qui s'était montrée à l'horizon, s'élargir et s'étendre comme une immense voile entre la mer et le ciel.

De gros nuages, teintés parfois de couleur rougeâtre, se déroulaient, portant la foudre dont les grondements se succédaient, à présent, sans relâche.

Sur l'ordre du capitaine on amena la voile qui, faite de grosse toile, solidement tisse, était imperméable. On l'étendit horizontalement, les coins et les côtés relevés de telle sorte qu'elle pût servir de réservoir et l'on défonça les baricauts dans lesquels on conserverait une bonne provision d'eau.

Tout était prêt, maintenant, pour recevoir cette bienheureuse pluie si opportunément annoncée, si ardemment attendue.

Un cri de joie se fit entendre : quelques gouttes de pluie venaient de tomber sur la voile. D'autres plus larges tombèrent ensuite lourdement dans la mer, comme des balles de plomb. L'orage s'étendait, il embrassait la voûte céleste tout entière.

De toutes les poitrines aspirant déjà l'humidité de l'atmosphère s'échappèrent des soupirs de soulagement et de bonheur...

Enfin le nuage le plus noir, le plus épais, creva subitement et la pluie tombait en avalanche !

Elle tombait, en effet, mais à l'avant de la chaloupe et à cent mètres des naufragés.

— Courage, cria le capitaine, vingt solides coups d'aviron et nous serons en plein au milieu de ce bienfaisant déluge !...

Et les quatre marins, ranimés par l'espérance, se mirent à ramer avec une vigoureuse ardeur.

L'embarcation filait, franchissant la distance avec une vitesse surprenante... et n'atteignait pas, cependant, l'épais rideau de pluie.

Le vent venait de l'arrière et chassait les nuages devant lui aussi vite que marchait la chaloupe.

Les matelots ramaient, ramaient toujours et toujours l'avalanche fuyait devant eux !

Les naufragés, les bras et le cou tendus vers cette eau bienfaisante qui tombait si près d'eux exhalaient des sons inarticulés. Et les quatre marins, brisés, rompus, abandonnèrent les avirons et roulèrent exténués au fond de la barque !

Quatre naufragés s'élancèrent à leur place, en même temps que

— Sauvez-moi! sauvez-moi...! (P. 79.)

les autres, instinctivement et sans commandement du capitaine, jetaient à la mer les lourds cordages, les barriques et jusqu'aux provisions.

Et la chaloupe allégée se mit à dévorer l'espace!... On approchait
du but, on le voyait, on le sentait bien à l'humidité plus intense de
l'air, aux fines parcelles d'eau qui, déjà, raffraîchissaient les cheveux
et le visage des naufragés...

— Courage! cria le capitaine qui, lui-même, manœuvrait une des rames, nous y voilà, mes amis, encore quelques coups d'aviron et...

Un violent coup de vent lui coupa brusquement la parole.

C'était une de ces sautes de vent bien connues des marins qui, rasant la mer, annoncent la fin d'un orage.

Les nuages qui roulaient très bas se mirent à marcher en un mouvement plus accéléré, désagrégés par la brise qui, maintenant, soufflait avec force.

D'autres nuages qui les remplaçaient disparaissaient à leur tour, en s'élevant. Bientôt la déroute des nuées s'accentua tout à fait, une vive clarté illumina la mer et la pluie cessa de tomber!...

Le dernier espoir des naufragés s'évanouissait.

Un même cri de douleur s'arracha de toutes les poitrines et l'affolement, l'épouvante, le délire s'emparèrent de ces désespérés.

Ce fut, alors, un tumulte indescriptible.

L'air retentit de gémissements, de malédictions.

Et du milieu de ces cris, de ces imprécations, une voix s'éleva, calme et résignée, qui disait :

— Soyez béni, Seigneur!

Tous les regards étonnés se tournèrent vers celle qui parlait ainsi: C'était Thérèse Valomer qui, debout, les yeux vers le ciel, continua :

— Soyez béni, Dieu tout puissant qui, après nous avoir sauvés du naufrage et de l'engloutissement de *l'Abeille*, nous avez donné la force de supporter les tortures de la faim et de la soif, soyez béni vous qui nous avez fait survivre à toutes les déceptions et à toutes les souffrances, soyez béni et secourez-nous encore!

— Soyez béni, répéta d'une voix faible et toute mouillée de larmes la mère du petit enfant à qui son dévouement sublime avait conservé la vie et qu'elle tendait vers la jeune fille en répétant avec elle, soyez béni, Seigneur...

Ni le courage, ni l'espoir, ainsi qu'on le voit, n'avaient abandonné Thérèse. La pensée du devoir sacré qu'elle voulait accomplir la soutenait encore. Elle revoyait sans cesse son père que menaçait l'échafaud et sa mère qui lui avait dit: Aussi longtemps qu'il vivra, je vivrai; s'il meurt, je mourrai.

Elle voulait les sauver l'un et l'autre; mais si son âme soutenue par la foi, gardait son énergie et sa force, son corps n'allait-il pas succomber, vaincu par les privations, écrasé par la fatigue?

Sa résignation pleine de courage et de piété n'avait pas eu le pouvoir de relever le moral des êtres qui l'entouraient; mais elle leur avait inspiré le respect; peut-être aussi, avait-elle réveillé, en eux, quelque pieux souvenir de leur enfance, car tous avaient cessé de gémir et de récriminer contre le ciel; ils ne se résignaient pas, mais ils souffraient en silence, silence né de l'accablement, morne présage d'une fin prochaine.

Mais, soudain, tous les yeux s'étaient rouverts, toutes les têtes s'étaient soulevées... Un cri venait de retentir...

— Terre! Terre! avait clamé Cardovan, d'une voix vibrante.

— Terre!... balbutiaient tous les naufragés, tous ces réveillés de la mort.

L'énergique capitaine n'avait pas quitté la barre, il voulait mourir à son poste... il laissait errer sur la mer ses regards découragés qui s'étaient fixés sur un point où les flots se soulevaient comme s'ils eussent déferlé sur une épave flottante, ou bien encore sur un récif à fleur d'eau.

Le marin n'eut que le temps de donner un coup de barre pour éviter un bloc de glace qui rasa la chaloupe.

Puis, à ce bloc en succéda un autre, puis deux, puis trois, puis dix, jusqu'au moment où Cardovan distingua, se dessinant d'une façon nette et précise, une plaine immense couverte de neige.

— Terre! s'était-il écrié.

Et ce mot magique avait ranimé les matelots déjà engourdis dans le dernier sommeil.

— Terre!... Terre! répétaient-ils et chacun d'eux se mit en devoir de faire sortir les autres naufragés de cet état d'assoupissement contre lequel les malheureux n'avaient plus la force de lutter.

— Nous sommes sauvés! répéta le capitaine.

La chaloupe était, en ce moment, soulevée par une lame et rejetée dans un courant qui l'emportait avec rapidité.

Les naufragés avaient recouvré le sentiment de la vie.

Chacun d'eux faisait des efforts pour se redresser, encouragé par la voix de Cardovan qui ne cessait de répéter :

— Nous sommes sauvés!

Tout à coup un choc se produisit; la chaloupe était allée s'échouer de l'avant dans une petite anse formée par deux banquises.

Alors, commença une scène indescriptible de sauve-qui-peut.

Les matelots avaient, les premiers, sauté sur la banquise et cassaient à coups de hache des morceaux de glace qu'ils portaient avidement à leur bouche.

Puis, désaltérés, ils tendaient la main à leurs compagnons pour les aider à monter sur la banquise.

Le débarquement s'accomplit, non sans peine, car il fallait transporter, à bras, les femmes incapables de se soutenir.

Chacun, maintenant, se ressaisissait.

Après avoir calmé les ardeurs de la soif, au moyen de morceaux de glace ou avec de la neige dont on s'emplissait la bouche, on se réunit en conseil.

Suivant l'avis du capitaine, c'est sur la côte du Labrador que l'on devait avoir atterri.

Il fut décidé qu'après s'être réconfortés, les matelots se mettraient à la recherche d'habitations ou d'indigènes.

On se sépara en deux troupes. Les uns, les matelots, se dirigèrent vers l'intérieur, tandis que les plus valides des naufragés suivirent le long de la côte.

Les autres, trop affaiblis pour les accompagner, restèrent à attendre leur retour, campés sur la banquise.

On s'empressa d'établir le campement où les femmes, qui se ressentaient encore des souffrances qu'elles avaient subies pendant cinq jours, pourraient se trouver à l'abri du vent et du froid.

Le capitaine donna l'ordre aux matelots de transporter à terre tout ce que contenait la chaloupe et de hisser l'embarcation sur la banquise.

Au bout d'une heure, le travail était terminé. La chaloupe et sa cargaison de vivres étaient transportées à l'endroit désigné.

La voile servit à faire une tente soutenue par les avirons que l'on avait enfoncés dans des trous pratiqués dans la glace recouverte de neige.

La chaloupe servit de refuge aux femmes. Toutes s'y installèrent, à l'exception de Thérèse qui voulut se joindre à ceux qui allaient explorer la côte.

Mais la pauvre enfant, que n'abandonnait pas son courage, avait trop présumé de ses forces.

Après une demi-heure de marche sur la glace, harassée, brisée de fatigue, elle fut forcée de s'arrêter. Elle engagea ses compagnons à continuer leur route, tandis qu'après un instant de repos elle retournerait au campement...

Les matelots s'éloignèrent et, bientôt, Thérèse se trouva isolée sur cette masse de glaçons qui, en se soudant les uns aux autres, avaient formé une espèce de côte factice ayant la consistance de la terre ferme.

Une brise froide rasait la banquise. Thérèse fut secouée par un frisson.

Mais telle était son anxiété de savoir si l'on ne découvrirait pas quelque habitation où l'on pût se procurer des moyens de transport, et si elle-même n'apercevrait pas quelque navire auquel on ferait des signaux, qu'elle ne se préoccupa point des atteintes du froid.

Peu après, cependant, le sang de ses veines se figeait et le froid menaçait de la glacer jusqu'aux moelles.

Des yeux, elle parcourait l'espace.

La côte s'étendait au loin vers le nord.

Basse et plate par intervalles, elle était coupée d'îlots de glace affectant des formes bizarres, comme si, dans un affaissement du sol et son envahissement par la mer, des sommets de montagnes et des pics conoïdes ou taillés en arêtes vives fussent restés seuls au-dessus, dominant les flots.

Devant elle, Thérèse avait à perte de vue la mer que le soleil levant diaprait merveilleusement.

Immobile et comme rivée à ce sol de glace, elle promenait ses regards sur cette immensité, jusqu'à ce que ses yeux ne pussent supporter plus longtemps l'éblouissant chatoiement de tous ces feux que les premiers rayons du jour allumaient sur la plaine liquide.

Le froid la pénétrait de plus en plus. Elle se sentait envahir par un engourdissement contre lequel, instinctivement, elle voulut réagir ; mais il était trop tard.

Elle se leva, essaya de marcher, ses pieds lui parurent d'un poids énorme, en même temps que ses jambes manquaient de force.

Elle eut la sensation que son sang ne circulait plus et qu'elle était tout à coup privée de sensibilité.

De sourds bourdonnements emplissaient son cerveau ; ses tempes se serraient, comme si le crâne eût été près d'éclater.

Et, tandis que se produisaient ces effets physiques, Thérèse était prise d'hallucinations provoquées par l'intensité du froid si vif, si pénétrant dans ces latitudes.

Un phénomène cérébral se produisit en elle qui fit disparaître de son esprit et de ses regards la réalité que vint remplacer un sombre mirage.

La vaste plaine de glace prenait, tout à coup, un aspect étrange, effrayant : Sur toute son étendue, s'agitait une foule d'hommes et de femmes grossissant de minute en minute, tumultueuse, vociférante, et semblable à la foule des grandes émotions populaires.

Et tout ce monde se dirigeait précipitamment vers l'extrémité de la plaine, où s'élevait un lugubre échafaud... La guillotine !!!

La foule hurlait, impatiente, autour de l'horrible instrument de supplice.

Puis, le tumulte cessait tout à coup. Un morne silence régnait à son tour.

Soutenu par les aides de l'exécuteur, apparaissait alors le condamné auquel un prêtre adressait une suprême exhortation.

Le sinistre cortège s'arrêtait au pied de la plate-forme. Le prêtre embrassait celui qui allait comparaître devant le Juge suprême, les aides s'emparaient du condamné et le poussaient violemment.

Un coup sourd, un jet de sang, et c'était fini !

Haletante, affolée, Thérèse faisait de violents efforts pour crier, sans parvenir à arracher un son de sa gorge.

Et l'hallucination continuant, la malheureuse entendit une voix qui disait :

— Le même supplice est réservé à ton père qui t'attend... cours, hâte-toi de rapporter la preuve ; hâte-toi, le temps presse ! hâte-toi, ou l'innocent va mourir comme est mort celui-ci. Hâte-toi !... hâte-toi !...

Alors, Thérèse, aiguillonnée par ces mots, harcelée par ces voix, faisait de vains efforts pour courir !

Ses pieds ne pouvaient se détacher du sol où ils semblaient être incrustés dans la glace.

Tout son corps tremblait et frémissait d'horreur...

Les bras tendus, elle implorait le ciel.

Un râle s'arrachait de sa poitrine et se perdait dans l'espace.

À la fin, dans un effort désespéré, la malheureuse parvint à faire quelques pas. Mais, tout à coup, elle s'affaissa de nouveau et demeura immobile, comme frappée de mort.

De loin, les naufragés, partis à la découverte, l'avaient vue et se précipitaient pour lui porter secours.

Le capitaine Cardovan et deux des matelots couraient en avant. Leurs compagnons les virent s'arrêter brusquement, comme s'ils se fussent trouvés devant un obstacle infranchissable.

Les marins venaient d'apercevoir une longue fissure qui se produisait sur la glace, à quelques mètres en avant de l'endroit où ils se trouvaient. Ils s'étaient arrêtés. connaissant le danger.

N'osant plus avancer de crainte que la retraite ne leur fût coupée, ils faisaient signe à la jeune fille de venir, de courir à eux.

Ils lui criaient :

— Hâtez-vous !... Hâtez-vous !

Comme ils ne recevaient pas de réponse, de nouveau les trois marins crièrent afin d'attirer l'attention de Thérèse, puis tous trois se précipitèrent à son aide.

En quelques bonds, ils eurent atteint l'endroit où ils avaient remarqué la fissure.

Tous trois allaient s'élancer, quand ils s'arrêtèrent, épouvantés, et poussant des exclamations et des cris d'alarme.

Un formidable craquement s'était fait entendre, prolongé, strident, et suivi par un bruit sourd, roulant, comme si des monceaux de pierres se fussent subitement écroulés de distance en distance.

Aussitôt après, l'eau jaillit par la fissure qui, s'élargissant, laissa un espace infranchissable au milieu de la banquise.

Et avant que les marins fussent revenus d'un premier moment de stupéfaction, le bloc sur lequel se trouvait Thérèse se mettait en mouvement.

— Elle est perdue ! s'écria le capitaine Cardovan.

A ce moment, les trois marins étaient rejoints par leurs compagnons restés en arrière. Ils arrivaient juste à temps pour assister à ce spectacle effroyable d'une banquise qui se détache et s'émiette en des blocs entraînés par les flots.

Un immense cri de terreur et de pitié s'éleva quand on vit le glaçon, sur lequel se trouvait Thérèse s'éloigner, emporté par le courant, et Thérèse prisonnière sur ce bloc flottant.

La malheureuse avait fait un effort pour se redresser, au moment où le bruit et les cris l'avaient fait sortir de l'état de torpeur où elle se trouvait.

Elle avait compris quel péril la menaçait.

Alors, l'instinct de la conservation lui fit retrouver un peu de forces... elle poussa des cris. Les bras tendus vers ceux qui assistaient, terrifiés et impuissants, à ce spectacle, elle leur criait :

— Sauvez-moi ! Sauvez-moi !...

Revenus de leur effarement, les naufragés s'élancèrent vers le campement improvisé.

En quelques instants, la chaloupe fut portée à bras d'hommes et mise à l'eau.

On prit la voile et les avirons.

Tous ces hommes, animés d'un même sentiment, travaillaient avec une activité fébrile.

Mais quelque hâte qu'ils apportassent à cette pénible besogne, il s'était écoulé bien du temps avant qu'ils fussent prêts à se mettre à la poursuite de la banquise que l'on n'apercevait plus que de loin, de bien loin.

On se mit cependant à ramer avec une ardente énergie, mais on s'aperçut, tout à coup, que la banquise venait de s'engager dans un courant qui l'entraînait avec une rapidité vertigineuse...

Thérèse n'apparaissait plus qu'au milieu d'une brume si épaisse qu'on la distinguait à peine ; quelques minutes encore et la banquise disparaissait tout à fait, emportant l'infortunée jeune fille... SEULE ! bien seule cette fois !...

Où allait-elle ?

VIII

CHEZ LES ESQUIMAUX

Le Groenland, le Labrador et les bords de la mer Polaire étaient, à cette époque, habités uniquement par des tribus nomades d'Esquimaux, peuple bien primitif encore de nos jours et qui, au temps où se passe notre récit, c'est-à-dire il y a quatre-vingt-dix ans, ne vivait que du fruit de sa pêche et de quelques rares échanges de fourrures.

La pêche se pratique principalement au milieu d'archipels de glaçons qui se trouvent tout le long de la côte jusqu'à la partie basse du Canada.

C'est au sein de ces archipels que les Esquimaux viennent capturer les phoques, dont la chair sert à leur alimentation et la peau à la fabrication de cuirs dont ils se font des bottes et qui servent également à radouber leurs embarcations de pêche ou de chasse.

Car cette capture du phoque tient à la fois de la chasse et de la pêche.

L'Esquimau s'arme, pour ce genre particulier de sport utile, d'un harpon auquel est attachée une longue corde fabriquée avec de la peau de rennes, taillée en lanières.

C'est, ainsi qu'on peut en juger, à peu près l'engin dont se servent les baleiniers pour harponner le cétacé et le laisser filer au

SEULE !

... Soulever la jeune fille et à l'emporter dans son *uniak*. (P. 84.)

fond jusqu'à ce qu'épuisé par la perte de son sang, il remonte à la surface.

L'Esquimau, installé dans le trou ménagé dans son *umiack*, canot ponté aux deux extrémités, pagaie lentement au milieu des glaçons, à la recherche du phoque qu'il essaiera de surprendre au moment où l'amphibie sort de l'eau.

Très habile à cette chasse, l'Esquimau lance son harpon, et, s'il a réussi à atteindre le gibier, il le tire à lui avec précaution, ainsi que fait le pêcheur à la ligne qui veut noyer une carpe.

Le phoque, une fois blessé, cesse d'être l'animal à l'œil doux et à la physionomie paterne que nous connaissons.

Rendu furieux par la douleur, et, comme si l'intelligente bête se savait irrémédiablement perdue, le phoque blessé ne songe plus qu'à vendre chèrement sa vie.

Il multiplie les bonds et cherche à sauter sur le canot et on en a vu, affirment les navigateurs, qui luttent corps à corps, pour ainsi dire, avec l'Esquimau.

D'autres fois, quand celui-ci n'a pas aperçu de phoques dans l'eau, de pêcheur il devient chasseur.

C'est sur les glaçons qu'il ira chercher le gibier.

Pour cela, il amarre son bateau à un piquet fixé dans la glace et se met à la recherche de la cavité que les phoques ont l'habitude de creuser et où ils trouvent un abri, comme l'ours blanc dans sa caverne de glace.

Quand le chasseur a acquis la certitude que le trou est habité, il amasse de la neige en quantité suffisante pour se faire un abri, sorte de tumulus dans lequel il a ménagé une ouverture.

Assis sur un bloc, il attend, avec la patience d'un chasseur à l'affût, que le phoque sorte ; à peine l'animal a-t-il laissé voir sa tête que le harpon décrit une courbe dans l'air et va retomber dans le trou, la pointe en avant. Le phoque se trouve ainsi atteint en plein corps.

Rarement, toutefois, l'Esquimau peut le tirer immédiatement à lui. Le pauvre animal se débat et il est prudent de le laisser retourner au fond où il expire bientôt.

Il est alors facile de le hisser.

Par un temps relativement doux pour ce rude pays, puisqu'il ne faisait guère que vingt degrés de froid, un Esquimau se trouvait à l'affût au bord de l'un de ces trous dont nous venons de parler, lorsque son attention fut attirée par un fragment de banquise qui, amené par le vent, s'arrêtait au milieu de plusieurs blocs de glace.

Il crut avoir distingué un corps étendu sur cette banquise : un phoque sans doute.

Quittant, en toute hâte, son poste d'affût, il se mit à pagayer de façon à diriger l'embarcation vers le petit îlot.

Il procédait, selon la coutume des pêcheurs de phoques, avec prudence et lenteur, évitant de faire clapoter l'eau.

Quand il fut à proximité de la petite banquise, il laissa arriver et saisit son harpon.

Mais au moment où il se dressait à demi pour viser, il poussa une exclamation de surprise, sorte de cri rauque comme un violent hoquet.

Le *umiak* s'était arrêté dans une petite anse formée par deux anfractuosités du rocher de glace ; l'Esquimau se mit à l'eau et, grâce aux deux paires de bottes dont il était chaussé, il contourna l'îlot, afin de trouver un endroit accessible.

Une fois sur la banquise, il courut à l'endroit où gisait le corps... C'était le corps de Thérèse!...

Frappé de la jeunesse et de la beauté de la pauvre créature étendue, inerte et comme morte, devant lui, l'Esquimau poussa une exclamation de pitié.

Puis il s'agenouilla et prit une des mains de la jeune fille, pour essayer de réveiller en elle un mouvement de sensibilité. Mais il reposa, découragé, la main qui était restée sans mouvement dans la sienne. Il voulut s'assurer que la malheureuse créature respirait encore ; et, rejetant sur son dos le capuchon de peau de bête qui lui couvrait la tête, il appuya son oreille sur la poitrine de la jeune fille.

Un éclair de joie jaillit de ses petits yeux noirs et perçants.

Il avait senti battre le cœur et avait entendu le bruit de la respiration, très faible et saccadée.

Notre pêcheur de phoques vit qu'il n'y avait pas de temps à perdre pour sauver la jeune fille que le froid avait saisie et qui, faute de soins immédiats, allait passer de vie à trépas, sans avoir repris connaissance.

L'Esquimau est de petite taille, mais trapu, et possède une force musculaire qui lui permet de charger un phoque de grande taille sur ses épaules. Celui que le hasard envoyait au secours de Thérèse n'eut pas de peine à soulever la jeune fille et à l'emporter dans son *umiak*.

Il l'étendit sur le pont du canot et joua de la pagaïe vigoureusement, de façon à aborder le plus vite possible à proximité de sa demeure.

Quand il fut arrivé à l'endroit où il avait l'habitude de donner le signal à sa famille, au retour de la pêche, afin qu'on vînt l'aider à transporter son canot au campement, l'Esquimau fouilla dans une des tiges de ses bottes, en tira un petit instrument fabriqué avec un os de renne et donna un coup de sifflet, tenu et strident.

A ce signal, on eût pu voir sortir de dessous terre deux individus vêtus comme l'Esquimau, lesquels se précipitèrent à la rencontre du pêcheur, suivis par trois enfants qui criaient à tue-tête :

— Kinnab!... Kinnab!

C'était toute la famille du pêcheur, composée de la femme, de la sœur de ce dernier et de trois enfants : deux garçons et une petite fille. Mais il était bien difficile, à première vue, de savoir à quel sexe appartenaient ces cinq individus.

La femme, dans le pays des Esquimaux, est à peu près vêtue de la même façon que l'homme.

Ainsi que lui, elle porte des bottes de peau de renne ou de phoque. Son costume est composé d'une jaquette serrée à la taille et d'un pantalon retenu autour des reins par une courroie.

La jaquette est ornée d'un capuchon plus profond, pour la femme, ce qui permet à celle-ci d'y placer l'enfant en bas âge, quand on est obligé de voyager à pied. En outre, le costume de la femme est orné d'une queue qui descend, par derrière, jusqu'à mi-jambe et part des épaules. La famille de *Kinnab* (car c'était le nom de notre pêcheur), en arrivant devant le canot, se mit tout de suite à l'eau, pendant que Kinnab racontait son aventure.

Tous se mirent à la besogne pour tirer le canot à sec; puis les deux femmes se chargèrent de transporter Thérèse dans le campement, pendant que Kinnab et ses enfants tiraient le canot après eux.

Kinnab et sa femme habitaient une maison de neige, sorte de hutte tapissée à l'intérieur de peaux de baleine et de phoque, cousues ensemble, durcies, et soutenues par des os de baleine, en guise de poutres.

On ne pouvait pénétrer dans cette hutte, qu'en s'y glissant à quatre pattes.

Ces huttes sont des espèces de forteresses contre l'attaque des ours blancs qui, lorsque la faim les tourmente, en font le siège et se ruent, par bonds furieux, sur le dôme de neige qu'ils cherchent à démolir à coups de griffes.

Les Esquimaux, ainsi assiégés, s'arment alors de longues lances et, par l'ouverture, trop étroite pour que l'ours puisse passer, ils attaquent l'animal dont ils visent les yeux, qu'ils parviennent à atteindre et à crever.

L'animal, devenu subitement aveugle, s'enfuit et on se met alors à sa poursuite, pour l'achever.

La femme et la sœur de Kinnab réussirent, non sans peine, à faire passer le corps de la jeune fille par l'ouverture servant de porte à la maison de neige.

Elles la transportèrent, avec précaution, au milieu de la hutte et l'étendirent sur une peau d'ours, pour la soigner sans retard et combattre la congestion pulmonaire qui s'annonçait par les symptômes ordinaires.

Kinnab avait emmené avec lui ses trois enfants, afin que les deux femmes restassent seules avec la malade.

Il s'agissait de pratiquer de vigoureuses frictions, sur le corps glacé, avec de l'huile de phoque tiédie.

Au bout d'un quart d'heure, la malade avait fait un mouvement; on était parvenu à activer la circulation du sang.

Mais ce n'était là que le commencement du traitement et, dans l'état où se trouvait la malade, il était urgent, pour essayer de la sauver, d'attaquer vigoureusement le mal.

En effet, les symptômes devenaient de plus en plus alarmants, à mesure que Thérèse recouvrait la sensibilité.

La respiration haletante devenait plus courte et sifflante. L'oppression augmentait aussi et il y avait à craindre que la malade ne succombât dans une crise de suffocation.

L'une des deux femmes sortit de la hutte pour aller prévenir Kinnab de ce qu'il y avait à faire, sans retard.

Pendant ce temps, l'autre femme préparait, dans deux récipients placés sur une pierre chaude, le *wissekapuka,* une tisane faite d'une infusion de la plante qui porte ce nom, et le *skaggemiter,* bouillon de poisson.

Ces deux spécifiques sont employés pour ramener la chaleur intérieure et préparer les pores du corps pour une médication plus active.

Quand on fut parvenu à faire absorber ces deux boissons à Thérèse, celle-ci passa, presque sans transition, de l'état à peu près comateux, à une agitation provoquée par la fièvre.

La pauvre enfant fut prise de délire; elle appelait désespérément sa mère et faisait des efforts pour se redresser.

Elle avait les yeux grands ouverts, avec une expression d'effarement. Et, dans son délire, elle s'adressait aux deux femmes comme si
elle eût parlé à des personnes de connaissance.

Elle s'écriait, dans l'intervalle des suffocations :

— Vous me sauverez; je veux vivre!...

Puis, tout à coup, elle refermait les yeux, comme accablée par
un sommeil irrésistible.

C'est après une de ces crises que Kinnab était entré dans la
hutte pour annoncer que tout était prêt et qu'il fallait transporter la
malade à l'endroit où on appliquerait à son cas la médication énergique qui, seule, pouvait la sauver.

Les Esquimaux, atteints de refroidissement, se guérissent en provoquant une transpiration abondante.

Kinnab avait préparé la cabane en peau de bête dans laquelle,
lorsque lui ou l'un des siens était menacé de fluxion de poitrine, on
provoquait chez le malade la transpiration salutaire.

Il avait placé, au milieu de cette cabane, une pierre ronde et y
avait entretenu un feu ardent, jusqu'à ce que cette pierre fût rougie.

Thérèse fut portée dans ce réduit et la sœur de Kinnab s'y enferma avec elle.

Lorsque la malade fut dévêtue, la femme de Kinnab passa à sa
belle-sœur un vase d'eau qui, versée sur la pierre ardente, emplit le
réduit d'une vapeur intense et humide.

La sœur de Kinnab sortit alors de la cabane qui fut hermétiquement close de toutes parts.

On y laissa Thérèse le temps nécessaire; puis les deux femmes
la retirèrent de cette étuve et la roulèrent dans un amas de neige,
qu'avant de s'éloigner avec ses enfants, Kinnab avait recueillie tout
exprès.

L'opération terminée, Thérèse fut enveloppée dans une peau
d'ours blanc et ramenée dans l'intérieur de la hutte.

La pauvre enfant s'endormit profondément.

Sa respiration devenait plus normale; son sommeil calme et profond annonçait que la médication avait produit l'effet salutaire qu'on
en attendait. Thérèse était sauvée.

La nuit était venue et Thérèse dormait encore profondément.

Kinnab et sa famille prirent leur repas du soir, composé exclusivement de poissons crus, conservés frais dans la neige.

Puis on décida que chacun, à son tour, veillerait l'étrangère, pendant que les autres dormiraient.

La Providence, qui vient de préserver une seconde fois les jours de Thérèse Valomer, s'était manifestée, déjà, cinq jours auparavant, lorsque avait eu lieu le désastre de *l'Abeille*.

La chaloupe qui portait ceux des naufragés que le sort avait favorisés, était loin déjà du lieu où venaient de s'engloutir le bâtiment et tous ceux qui le montaient, lorsque, du sein des flots, surgirent, à la surface, quelques débris du navire, au milieu desquels apparut une forme humaine émergeant à son tour.

C'était Georges Ravergy!...

Soutenu par un inconscient instinct de conservation, haletant, brisé, respirant à peine, le malheureux se débattait, essayant de nager. Épuisé, vaincu, il allait s'engloutir de nouveau, et pour jamais cette fois, lorsque sa main rencontra une épave : un fragment du grand mât. Il s'y cramponna avec frénésie et parvint à s'y établir solidement.

— Seigneur, dit-il, est-ce le salut que vous m'envoyez, ou bien n'est-ce qu'une prolongation d'agonie? Ordonnez de moi ce qu'il vous plaira, Seigneur; mais faites que le sacrifice de ma vie ne soit pas inutile à celle que j'ai voulu sauver.

Et, en disant ces mots, il parcourut du regard l'immensité de la mer. Loin, bien loin à l'horizon, il distingua encore la petite voile blanche de la chaloupe qui n'apparaissait plus que comme l'aile d'un alcyon.

Il envoya à Thérèse un suprême adieu, et s'absorba, tout entier, dans la pensée de celle qui, bien réellement, emportait sa vie.

C'est avec cette pensée qu'il voulait mourir; c'est ce nom adoré qu'il voulait prononcer au moment où s'exhalerait son dernier soupir, où s'envolerait son âme toute remplie d'elle.

Mais il n'était pas dans la destinée de Georges Ravergy de mourir ainsi.

Pendant la nuit qui suivit il lui sembla entendre au loin un bruit de voix humaine... Il écouta anxieusement.

C'était la voix d'un commandant de navire, donnant des ordres aux marins de son bord!...

Une forme noire se détacha d'abord au milieu de l'obscurité; le navire se rapprochant, ses feux projetèrent leur clarté sur la mer.

Georges poussa des cris de détresse qui furent entendus à bord du bâtiment.

Georges poussa des cris de détresse... (P. 88.)

Le capitaine fit aussitôt mettre à la mer une embarcation qui se dirigea, à force de rames, vers l'endroit où se trouvait le naufragé.

Georges Ravergy était sauvé, sauvé miraculeusement, comme, de son côté, l'avait été Thérèse Valomer!

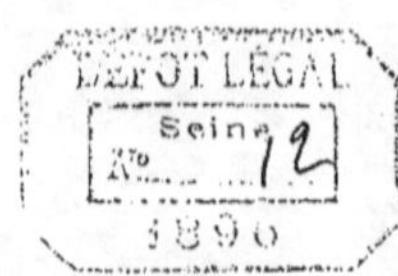

DEUXIÈME PARTIE

I

LA PATRIE EN DANGER

Ce n'était pas un simple hasard qui avait mis en présence, sur le même navire, Georges Ravergy et Thérèse Valomer. Alors même qu'ils n'eussent pas pris passage, l'un et l'autre, à bord de *l'Abeille*, ils se seraient certainement rencontrés pendant le long voyage que chacun d'eux avait entrepris, car chacun d'eux voulait atteindre le même but, chacun d'eux était parti de France à la recherche du même homme : à la recherche de M. DELAVERNE.

Il nous faut, pour expliquer ce fait, remonter à quelques années de là.

En juillet 1793, Georges avait alors dix-huit ans, le drapeau noir flottait à l'Hôtel-de-Ville depuis la mémorable séance dans laquelle l'assemblée législative avait déclaré LA PATRIE EN DANGER.

Un an après que ce cri d'alarme eut résonné au cœur de tous, les enrôlements continuaient, avec la même activité et un redoublement d'enthousiasme, à mesure qu'il devenait nécessaire de combler les vides dans les armées improvisées qui s'étaient rendues aux frontières, tant au Nord, où il fallait couvrir Valenciennes et Lille, qu'à l'Est où l'invasion se ruait formidable, comme une mer montante.

La journée du 20 octobre 1793 vit se renouveler les scènes d'enthousiasme et d'effervescence populaires qui s'étaient déjà produites alors que la nation se levait tout entière pour repousser l'ennemi qui nous attaquait en masses profondes et semblait devoir nous écraser.

Ce jour-là, en effet, la nouvelle s'était répandue, dans toute la ville, avec la rapidité d'une traînée de poudre, que le général Darlande, qui commandait une armée républicaine, avait abandonné le drapeau national pour passer aux Autrichiens et les entraîner contre nous.

Au cri d'indignation, avec lequel on avait accueilli cette sinistre nouvelle, succédait un cri de désespoir et de rage, quand on apprenait, coup sur coup, que nos volontaires étaient refoulés jusqu'au Rhin, que Landau était assiégé étroitement et que Wissembourg était tombé au pouvoir de l'ennemi.

La foule, comme en 1792, se portait aux sections, animée des mêmes sentiments patriotiques.

Il y avait des groupes nombreux sur les places, dans les carrefours, et principalement dans les rues avoisinant l'Hôtel-de-Ville.

De minute en minute le flot humain grossissait sur la petite place, devant Saint-Germain-l'Auxerrois.

Un citoyen, debout sur un banc, lisait à haute voix les dépêches apportées par les estafettes.

Par moments, une immense clameur couvrait sa voix. On criait :

« Aux armes ! Tous aux frontières ! Vaincre ou mourir ! » Et, dominant toutes ces exclamations, s'élevait ce cri : « Vive la Patrie ! »

Puis, tandis que cette formidable poussée de patriotisme enflammait tous les cœurs, *la Marseillaise* appelait, de toute part, les citoyens aux armes ; des bataillons se formaient composés de volontaires de tout âge, depuis le vieillard jusqu'à l'adolescent. En attendant de marcher à l'ennemi, on se précipitait, en masse, pour s'enrôler.

Quand le citoyen qui lisait les dépêches eut, comme précédemment Danton, poussé le cri : « Citoyens, la patrie est en danger ! » en quelques minutes on put voir se dresser sur la place une estrade, formée par la réunion de deux tables superposées.

On avait enlevé chez les papetiers du voisinage, tout ce qu'il y avait de registres, d'encriers et de plumes.

A ce moment, il se produisit un mouvement de houle, dans cette mer humaine. On criait :

« Place, place au citoyen officier municipal ! »

Tout le monde s'écartait pour laisser passer le cortège en tête duquel s'avançait, à cheval, l'officier municipal portant un drapeau tricolore. Il était précédé de tambours et de trompettes.

Quand il fut arrivé à l'endroit de la place où se trouvait l'estrade improvisée, d'un geste de la main il réclama le silence.

Puis, d'une voix de tonnerre, il jeta ces mots :

« La patrie a besoin d'hommes et d'argent ! »

Aussitôt, comme réponse à cet appel, on se pressait, on s'écrasait littéralement pour arriver jusqu'à l'estrade, afin d'inscrire son nom sur les registres d'enrôlement, ouverts en permanence.

Les files de volontaires se succédaient, en chantant. On vit des vieillards accompagnant avec fierté leurs fils qui, après eux, allaient entrer dans la carrière.

Des femmes poussaient leurs maris vers l'estrade ; d'autres se dépouillaient de leurs bijoux et les déposaient, avec leurs bourses, sur les tables où s'entassaient les offrandes à la patrie.

Dans la foule, on se prenait par les bras, sans s'être jamais vu auparavant et tous, unis dans une même pensée de sacrifice, pour la défense de la patrie, fraternisaient dans un sublime mouvement de superbe abnégation.

Une véritable bousculade avait lieu au pied de l'estrade, malgré les exhortations au calme et à l'ordre, que ne cessaient de renouveler quelques citoyens du quartier qui s'étaient donné à eux-mêmes la charge de faire le service d'ordre.

A force de recommandations et en faisant constamment appel aux sentiments patriotiques qui devaient présider à cette majestueuse manifestation, ils avaient réussi à établir un courant dans cette masse humaine.

On se présentait à présent, par petits groupes, pour l'inscription. Puis, cela fait le plus rapidement possible, on cédait la place à d'autres.

C'est ainsi qu'on vit arriver à leur tour, en un groupe, une demi-douzaine de jeunes gens qui s'arrêtèrent au bas de l'estrade.

Les plus pressés avaient déjà signé leur nom, quand vint le tour des deux derniers de la petite troupe.

Ceux qui se trouvaient là ne purent s'empêcher de remarquer ces deux jeunes gens que, vraisemblablement, seul le hasard avait dû rapprocher pendant l'émotion populaire, pensait-on, à en juger par le contraste de leurs physionomies, de leurs allures et de leurs costumes.

L'un, distingué d'allure, très soigné dans sa mise, appartenait évidemment à une classe élevée de l'ancienne société, où la tourmente qui avait renversé et emporté la monarchie venait de faire le nivellement.

Il paraissait âgé de dix-huit ans à peine et déjà, comme si son intelligence eût mûri avec précocité, une expression de fermeté caractérisait son visage.

Par instants, une flamme s'allumant tout à coup dans ses yeux, témoignait de la patriotique émotion qui emplissait son âme.

Son compagnon était un grand garçon d'une vingtaine d'années, au teint hâlé par le travail en plein champ et en plein soleil, ainsi que le donnaient à supposer les hardes de paysan dont il était vêtu.

Il était chaussé de sabots encore maculés de boue.

Etait-il intelligent ? C'est ce qu'on ne pouvait guère lire sur sa physionomie sans mobilité, ni dans ses yeux où ne se reflétaient pas, comme chez son compagnon, des pensées viriles.

Autant le premier semblait réprimer les ardeurs de son tempérament surexcité par le spectacle grandiose auquel il prenait part, autant l'autre paraissait indifférent à tout.

Autour d'eux, hommes et femmes faisaient des commentaires sur leur compte, en voyant ces deux volontaires d'aspect si différent et qui se donnaient néanmoins le bras comme eussent pu faire deux amis intimes.

— C'est sans doute le seigneur et le paysan, dit une petite bourgeoise toute rondelette et qui des deux mains croisées se cramponnait amoureusement au bras d'un volontaire qui venait de s'enrôler. Et lui de répondre :

— C'est peut-être des camarades d'enfance, des frères de lait, même. Aujourd'hui les voilà frères d'armes, pour le service de la patrie.

Un individu qui les écoutait, haussa les épaules, en mâchonnant :

— Ce gringalet-là m'a l'air d'un fils de ci-devant.

Le jeune homme dut entendre, car, passant devant celui qui venait de le qualifier d'aristocrate, il le toisa d'un air de fierté et, s'approchant de la table, il prit une plume et signa « Georges » ; puis, après une courte hésitation, il ajouta « Ravergy ». Et levant la main vers le ciel, il poussa le cri de : « Vive la Patrie ! Vive la Nation ! »

Un murmure de sympathie avait accueilli ces paroles patriotiques répondant à une intention de méfiance.

A ce moment Georges Ravergy passait la plume à son compagnon qui la repoussa, disant :

— A quoi ça me servirait, du moment que je ne sais pas signer mon nom, et il ajouta :

Puisque vous êtes là, signez pour moi, citoyen !... Je m'appelle Claude... Claude Michot. Je suis le dernier ; après moi, plus de Michot de la famille.

On se pressait à présent autour de ce paysan qui avait jusque-là paru tout à fait indifférent à ce qui se passait autour de lui.

Pendant que Georges Ravergy signait pour lui, le brave garçon donna, en quelques mots, la mesure de son courage froid et de son dévouement à la patrie.

Interrogé sur son pays et sa famille par la petite bourgeoise qui s'était faufilée tout près de lui, Claude Michot répondit :

— Nous étions cinq avec le père. Ils sont partis les uns après les autres. Chaque fois qu'il tombait un des frères, le père disait :

« A un autre : c'est à ton tour, mon gars ! »

Et le gars décrochait le fusil de chasse et partait !

La dernière fois le père a voulu accompagner Mathurin qui s'en allait, à son tour. Et le vieux n'est pas revenu !

On regardait avec sympathie et attendrissement ce pauvre diable de paysan qui racontait si simplement une héroïque histoire. Il continua :

— J'étais seul, et j'ai pensé que c'était mon tour ! Me v'là ! Par exemple, faudra qu'on me prête un fusil, parce que le père a emporté le dernier qui restait chez nous.

Il eut un geste d'énergie pour ajouter :

— Si je ne sais pas manier la plume, je tire proprement un coup de fusil. On verra ça là-bas, quand j'y serai !... D'abord, je me suis promis d'en mettre tout de suite cinq par terre.

Il fit le mouvement de coucher en joue :

— Un pour Jean-Pierre qu'est parti le premier ! un pour Denis, le second ; un pour Mathurin. Pour le père, il m'en faudra deux.

Après ça, tant que j'aurai du sang dans les veines et de la poudre dans mon fusil, ce sera pour la patrie.

Et passant brusquement son bras sous celui de Georges Ravergy, qui avait écouté, tout frémissant d'enthousiasme pour cette noble cause de la défense du sol sacré de la France envahie, le paysan dit à son compagnon :

— A présent que nous voici enrôlés tous les deux, je ne vais plus vous quitter, d'abord parce que je ne sais pas où aller, puisque je ne connais personne ici ; ensuite, parce que je veux être dans le même bataillon que vous. Pour lors donc, conduisez-moi.

Georges Ravergy consentit à accepter ce brave garçon pour compagnon.

Au surplus, dès le même jour, les volontaires devaient se trouver à l'endroit où se formeraient les bataillons que l'on dirigeait immédiatement à la frontière.

Donc les deux nouveaux enrôlés n'avaient plus qu'une nuit à passer à Paris.

Georges conduisit son compagnon dans une auberge de la rue de l'Arbre-Sec qui se trouvait dans le voisinage.

Au moment où il allait falloir se séparer, après avoir pris rendez-vous pour quelques heures plus tard, Georges Ravergy demanda au paysan la permission de partager sa bourse avec lui.

— C'est pas de refus ! répondit Claude Michot... J'accepte, parce que je n'ai pas un sou vaillant, comme on dit. Je suis parti avec quelque peu de provision de lard et des fruits dans ma besace... Par exemple, citoyen, ajouta-t-il, je ne sais pas quand je pourrai vous rendre l'argent que vous allez m'avancer, parce que chez nous, il n'y a plus rien ; le chaume est détruit, un coup d'orage y a mis le feu, la veille que je suis parti. Mais c'est égal, quand j'aurai déposé le fusil, après la guerre, je reprendrai la bêche, pour gagner ma vie et payer mes dettes. En attendant, citoyen, vous pouvez compter sur moi, à la vie à la mort. Les Michot n'ont qu'une parole.

En prononçant ces mots, le paysan tendait ouverte sa main, à la peau rude. Georges Ravergy y mit sa main fine et soignée :

— J'accepte, dit-il, que nous soyons camarades. Puisque nous nous sommes rencontrés par hasard...

— C'est que sans doute ça devait être ! interrompit le paysan.

Cette conversation avait lieu dans la grande salle commune. Georges et le paysan étaient assis à une table et l'aubergiste leur servait un broc de vin frais, quand la salle fut tout à coup envahie par une bande de volontaires, en tête desquels marchait un petit tambour battant avec rage le pas accéléré.

Quand toute la bande fut réunie dans la salle, le petit tambour exécuta un roulement prolongé, qui se termina par deux coups secs appliqués sur la peau d'âne.

Celui qui venait de conduire la bande était un enfant de treize ans, à l'air décidé et chez lequel, on le devinait à la flamme qui éclairait son regard, le courage avait une rare précocité.

Il avait tout à fait l'allure martiale et, à la façon dont il décrocha son tambour, pour s'asseoir dessus, comme s'il eût été en halte, pendant une étape, on eût dit un vieux troupier rompu au métier.

L'aubergiste lui servit un verre de vin où il allait tremper ses lèvres, quand, s'adressant à Georges Ravergy et à Claude Michot, en face de qui il avait pris place, il leur dit :

— Citoyens, voulez-vous boire avec moi, au salut de la patrie et à la gloire de la République ?

— Tout de même ! répondit le paysan en levant son gobelet d'étain.

— Et toi, citoyen ? demanda l'enfant en regardant Georges qui, distrait, n'avait pas imité son compagnon.

A la question que lui adressait le petit tambour, Georges répondit d'une voix vibrante d'émotion :

— Je suis et je serai toujours avec ceux qui défendront la patrie et combattront pour sa gloire.

En même temps il choquait son verre contre celui de l'enfant.

Claude Michot regardait ce dernier avec un étonnement mêlé d'admiration instinctive pour ce petit bonhomme qui était encore l'âge où avec des camarades on joue aux soldats.

— Comment que tu t'appelles, petit gars ? lui demanda-t-il.

— Joseph Bara ! répondit le jeune garçon.

— Mais tu n'es pas volontaire ; quel âge as-tu donc ?

— J'ai treize ans et je suis volontaire.

Et, se redressant d'un air d'orgueil, Joseph Bara ajouta :

— C'est moi qui suis chargé de conduire la compagnie.

— Et où allez-vous ? s'informa Georges Ravergy prenant la parole à son tour.

— Nous allons en Vendée, combattre les aristocrates qui sont nos ennemis tout comme les Autrichiens et les Prussiens.

Bara, en prononçant ces mots, appuyait un regard scrutateur sur le visage de son interlocuteur, comme s'il eût soupçonné celui-ci d'incivisme.

Georges Ravergy comprit le sens de ce regard.

Un flot de sang monta à son visage et, d'une voix que l'émotion altérait, il répondit au regard du jeune patriote, par ces mots :

— Il faut plaindre ceux qui ont le triste courage de porter les armes contre leur patrie !

— Les plaindre, jamais !... les combattre jusqu'à l'extermination, voilà le devoir de tout bon citoyen ! répliqua le petit tambour avec une véhémence extrême.

Pas de quartier pour ceux qui ne vous en font pas ! ajouta le jeune garçon, en se levant pour accrocher son tambour au baudrier.

Et, s'armant des baguettes, il exécuta un premier roulement, puis il se mit à battre le rappel.

Aussitôt les volontaires se levèrent et, précédés par le petit tambour, allèrent se former par files devant l'auberge.

— Vous... vous ?... Enrôlé !... Vous, s'écria le marquis... (P. 103.)

Le tambour avait, à cette époque d'effervescence, une action irré-sistible sur la foule.

Les volontaires eurent bientôt un public nombreux pour les voir défiler.

Et, comme cela se renouvelait chaque fois qu'un détachement se mettait en marche pour rejoindre, on acclamait les jeunes gens qui partaient, tambour en tête, pour la Vendée.

13. — SEULE !   13.

Quand la troupe fut réunie, la foule cria :

— Vive le bataillon de Vendée !

Joseph Bara répondit :

— Vive la République !

Georges Ravergy quitta Claude Michot pour se rendre chez son père.

— C'est égal ! fit le paysan, c'est un fier petit bonhomme que ce Bara.

— L'aubergiste et sa femme se trouvaient là, écoutant.

— Il fera son chemin, s'il ne se fait pas tuer ! dit le mari. Tu te rappelles, citoyenne Béraud, que nous avons eu, chez nous, Marceau...

— Le petit Marceau ?

— Oui, qui n'avait pas encore de barbe au menton.

— Eh bien,... est-ce qu'ils l'ont tué ?

— Heureusement que non ; et j'espère bien qu'il vivra encore longtemps pour la patrie...

— Alors qu'est-ce qui lui est arrivé au sergent Marceau ?...

— Il lui est arrivé qu'il vient d'être nommé colonel... Oui, après moins de deux ans qu'il s'était enrôlé... V'là ce qui s'appelle faire son chemin... Eh bien, ce petit tambour nous reviendra peut-être colonel ou même général...

Et se tournant vers le paysan :

— Voilà qui doit vous donner du courage et de l'espoir à vous autres !

Et l'aubergiste rentra dans la salle, suivi par sa femme, tandis que le petit tambour Joseph Bara continuait à battre le rappel.

II

LE MARQUIS DE RAVERGY

La levée en masse et l'élan formidable de la Nation, décidée à tous les sacrifices pour le salut de la patrie, jetaient la confusion et le désarroi parmi les familles qui, restées secrètement à Paris, conservaient leur fidélité aux princes qui représentaient la dynastie déchue et la monarchie chassée de France.

Ceux qui n'avaient pas émigré au plus fort de la Terreur faisaient à présent, en toute hâte, leurs préparatifs de départ, aimant mieux déserter la patrie que la défendre.

De ce nombre était le marquis de Ravergy, dont les ancêtres avaient toujours servi, soit dans les armées de terre, soit dans les escadres de la marine royale.

Devenu veuf, le marquis avait quitté la carrière militaire pour se consacrer à l'éducation de ses deux enfants, Blanche et Georges.

Avant qu'elle eût atteint sa quinzième année, la jeune fille avait été emportée par la consomption qu'elle avait héritée de sa mère.

De toute cette famille, il ne restait plus que le marquis et son fils à qui devait revenir, un jour, le titre et la fortune des Ravergy.

Le marquis avait réalisé et mis à l'abri, à l'étranger, le capital qu'il possédait.

C'était un homme au caractère froid, à l'âme énergique et capable des plus grandes résolutions.

Forcé de faire capituler ses principes et sa morgue aristocratique pendant les sombres journées de la Terreur, il avait retranché la particule, afin de démocratiser son nom.

Il considérait cette résolution prudente comme un sacrilège à la mémoire de ses ancêtres.

Il avait l'habitude de dire à son fils :

— Si j'étais seul au monde, j'irais de moi-même leur porter ma tête sur l'échafaud !... Mais je dois vivre pour toi, mon fils, pour toi à qui je remettrai intact le nom que j'ai reçu de nos ancêtres, quand nous aurons reconquis le droit de reprendre publiquement nos titres et nos privilèges.

Georges n'avait pas l'habitude de discuter les volontés de son père. Pendant son enfance il s'était soumis respectueusement à toutes ses volontés.

Mais, en prenant de l'âge, le descendant des seigneurs de Ravergy avait senti germer en lui des idées d'indépendance. Et, s'il ne rompait pas en visière avec l'autorité paternelle, du moins il ne se soumettait plus qu'en apparence à la façon de voir, d'apprécier et de juger, du marquis.

C'est ainsi qu'en dépit des recommandations à la prudence que ne cessait de lui faire son père, Georges suivait assidûment les séances des assemblées ; souvent il se rendait aux sections, pour y entendre les orateurs en renom.

Il ressentait une grande admiration pour ceux qui exaltaient la gloire et la grandeur de la patrie et parlaient de l'émancipation de la Nation mûre pour la Liberté.

Le récit des exploits des armées improvisées, comme celui de leurs héroïques insuccès, le remuaient profondément et faisaient vibrer en lui la fibre patriotique.

Vingt fois il s'était mêlé à la foule qui se portait devant l'Hôtel-de-Ville pour entendre la lecture des rapports envoyés par les commissaires qui accompagnaient les armées en campagne.

Les noms de Hoche, Marceau, Desaix, Kléber, Bernadotte, Masséna, qui, naguère encore sergents dans les armées du roi, entraînaient maintenant, à l'ennemi, les armées de la République, proclamés et livrés à l'enthousiasme du peuple, retentissaient dans le cœur du descendant des Ravergy, chez lequel se développait, chaque jour, l'ardent amour de la patrie.

Pendant que son fils s'abandonnait ainsi aux élans de son âme si française, le marquis avait des conciliabules secrets avec des individus qui conspiraient contre l'état de choses actuel.

C'était, le plus souvent, dans une maison de Saint-Louis-en-l'Ile, que se tenaient ces réunions clandestines.

Là aussi on donnait aux habitués lecture des rapports qui étaient envoyés par le chef de l'armée dite des princes

D'après ces rapports, le moment n'était pas éloigné où les coalisés anéantiraient les hordes qu'ils avaient à combattre et rétabliraient la monarchie, pour le plus grand bonheur de la Nation revenue de son égarement.

Mais il avait bientôt fallu en rabattre.

Aussi le marquis de Ravergy avait-il fait, déjà, tous ses préparatifs pour quitter Paris, quand son fils rentra.

— Je vous attendais, Georges, lui dit-il avec une vivacité qui contrastait avec son caractère froid et sa morgue habituels; j'avais grand besoin de vous voir, afin de vous communiquer mes intentions.

Le jeune homme avait écouté en silence et domptant, avec peine, la profonde émotion que venait d'éveiller en lui le spectacle héroïque dont il venait d'être témoin.

Il attendait que son père s'expliquât.

Le marquis ajouta, du ton d'autorité paternelle qui lui était habituel:

— J'ai l'intention de quitter Paris, aujourd'hui même et la France aussitôt que possible.

Georges eut un mouvement de surprise.

Mais, sous le regard dont l'enveloppa le marquis, il courba la tête sans répondre.

Le marquis continua :

— J'ai déjà achevé mes préparatifs, occupez-vous des vôtres, sans tarder. Car il se peut, — malheureusement, — que nous restions quelque temps absents de France.

Comme Georges n'avait pas bougé de place et ne se pressait pas d'obéir, le marquis, très nerveux, ajouta :

— Hâtez-vous, je vous prie; je me suis assuré deux places dans la diligence qui partira à quatre heures pour Calais où nous nous embarquerons pour l'Angleterre.

Il se mit à marcher à grands pas, parlant par saccades.

— Toutes les dispositions sont prises pour que nous n'éprouvions pas de retard dans ce voyage. Certes il y a des dangers à courir, car la côte est gardée. Mais une barque nous prendra, de nuit, pour nous transporter à bord du navire anglais qui nous déposera sur la côte la plus voisine de la Grande-Bretagne. Nous y retrouverons ceux qui nous ont précédés sur la terre étrangère, où ils reçoivent l'hospitalité en attendant qu'ils aient reconquis leur patrie.

Puis s'interrompant :

— Je vous ai dit de vous hâter, Georges. Comment se fait-il que vous n'ayez pas obéi?

— Je ne partirai pas, mon père, dit Georges, d'une voix calme et assurée.

— Vous dites?... s'écria le marquis.

— Je ne partirai pas.

— Vous refuseriez de me suivre en Angleterre?

— Mon devoir est de ne pas quitter la France! répliqua Georges très pâle et surmontant avec effort l'émotion qu'il éprouvait à l'idée de ne pas se soumettre à la volonté de son père.

— Vous partirez avec moi! prononça le marquis d'un ton qui ne devait pas, pensait-il, souffrir de réplique.

— Cela m'est impossible, mon père!

— Vous vous révolteriez contre votre père !...

Et le marquis, les bras croisés, le visage contracté par l'effort qu'il faisait pour contenir sa colère croissante, s'exclama :

— Georges, il est de mon devoir de vous mettre en garde contre un entraînement insensé, contre une exaltation factice que vous prenez pour du patriotisme.

Soudainement radouci, M. de Ravergy ajouta d'un ton paternel :

— De toute notre famille, il ne reste plus que nous, mon fils ; je ne suppose pas que, méconnaissant mon affection pour vous, oublieux de ma sollicitude, de ma tendresse paternelle, vous ayez le triste courage de condamner un vieillard à la plus horrible douleur : celle de perdre, en vous, son unique enfant.

— Vous ne pouvez douter ni de mon affection, ni de la vénération que j'ai pour vous, mon père...

— C'est bien. J'oublie ce qui vient de se passer entre nous ; j'oublie les paroles prononcées, tout à l'heure, par un Ravergy ! J'espère qu'à l'avenir vous saurez mieux employer votre ardeur et réserver votre enthousiasme pour ceux qui portent haut dans leur âme l'amour de la France et veulent arracher la patrie à la horde barbare qui la déshonore.

Et maintenant que je vous ai ramené, je l'espère, au sentiment de votre devoir, partons, Georges, partons à l'instant.

— Non, mon père, non, ce n'est pas, là-bas, ce n'est pas à l'étranger, que m'appelle « le devoir ». C'est à la frontière, où les volontaires vont s'élancer, courageusement, opposant leurs poitrines aux ennemis qui envahissent la France !

« Je les ai vus, ces citoyens courageux et dévoués, s'empressant de s'enrôler. Ils partent sans armes, sans munitions, mus par un noble patriotisme. Vous m'avez parlé d'honneur, mon père, l'honneur sera pour ceux qui refouleront l'étranger et donneront leur sang pour sauver la patrie.

Le marquis eut un geste impérieux pour interrompre son fils ; mais Georges, redoublant de véhémence, s'écria :

— Vous avez traité de factice l'enthousiasme dont je suis animé. Détrompez-vous, mon père : j'ai assisté à l'élan général, plein d'admiration pour ces Français que ni leur âge avancé, ni leur extrême jeunesse n'arrêtaient. Lorsque j'ai vu des mères accompagner leurs fils aux tables couvertes de registres d'enrôlement, lorsque j'ai vu des femmes apportant leur argent et leurs bijoux en offrande à la patrie, j'ai senti mon âme tressaillir ; et, entraîné par ce noble exemple, moi aussi, j'ai inscrit mon nom.

— Vous... vous?... Enrôlé!... Vous, s'écria le marquis, — vous, un Ravergy... Malheureux!... malheureux!

Les poings serrés, le marquis chancela comme si le sang lui eût tout à coup afflué au cerveau.

— Malheureux!... répéta-t-il les bras levés, en un geste de malédiction.

Georges, effrayé de cet emportement dont il redoutait les suites pour son père, essaya de le calmer.

Mais le marquis le repoussant :

— Vous avez osé inscrire le nom illustré par vos ancêtres, à côté des noms de ces révoltés... Vous avez oublié que ceux dont vous descendez ont versé leur sang sur les champs de bataille, pour le service des rois, leurs maîtres, et cela de générations en générations, depuis des siècles.

« Gontran de Ravergy suivit le roi Louis IX en Palestine. Il est mort devant Damiette!

« En 1660, Charles de Ravergy fut le compagnon de Tourville, dont il partagea les exploits!

« En 1677, Edme de Ravergy était capitaine de pavillon du comte d'Estrées, commandant les escadres de Sa Majesté devant Tabago. Edme de Ravergy a été tué à son poste de combat!

« Gaston de Ravergy aida puissamment Condé à conquérir la Flandre.

« Partout où il s'agissait de la gloire de la France, se trouvait un Ravergy pour marcher à l'ennemi.

« C'est avec leur sang versé pour le roi et pour la patrie, qu'ils ont marqué leur place dans l'histoire de leur pays.

« Pour continuer ces nobles traditions de la famille, il s'est encore trouvé un Ravergy, mon frère, qui fit de son corps criblé de blessures un rempart à la reine que la foule, ivre de sang, voulait assassiner.

« Celui-là a ajouté un titre de plus à tous ceux que notre famille avait déjà à la reconnaissance du pays.

Le marquis s'interrompit après avoir parlé avec une animation croissante.

Et, dardant sur son fils des regards brûlants de colère, il s'écria :

— Et vous avez osé disposer de ce nom qu'on vous avait légué comme un dépôt sacré, pour le dégrader, pour l'avilir.

Georges répondit d'un ton calme et ferme :

— J'ai fait ce que me commandait ma conscience, mon père!

— Votre conscience eût dû vous commander le respect pour la mémoire des grands morts de la famille.

— Plus que personne je suis plein de vénération pour ceux qui ont contribué à la gloire de la France.

« J'estime qu'ils ont fait leur devoir en servant les souverains auxquels ils avaient juré fidélité.

« Les grands souvenirs que vous venez d'évoquer ont fait tressaillir mon âme, tandis que vibrait en moi le sentiment patriotique au récit des exploits de mes ancêtres.

« Vous me les avez représentés comme des vaillants faisant partout, sur les champs de bataille, face à l'ennemi.

« C'étaient des soldats!

« Ils avaient avant tout, même avant leur attachement pour le souverain, la haine de ceux qui portaient les armes contre la France.

« C'est dans cette tradition de la famille que j'ai cherché la ligne de conduite à suivre.

« C'est pour imiter ceux que vous venez de me donner en exemple, que je me suis fait soldat de la France.

« Et vous n'aurez pas à rougir de moi, mon père, car, à l'exemple des Ravergy d'autrefois, je ferai courageusement mon devoir.

« Plaise à Dieu que je ne trouve jamais en face de moi, les armes à la main, que des ennemis, des étrangers, devrais-je dire, que je pourrai combattre sans douleur, sans désespoir et sans regret; plaise à Dieu que, pour le salut de la France, mon bras ne rencontre pas de Français à frapper!...

— Il ne me convient pas de discuter avec vous sur un pareil sujet, dit le marquis. Vous vous êtes, à partir d'aujourd'hui, soustrait à mon autorité, qui ne vous pesait pas lourdement, je suppose.

« S'il vous plaît de vous engager dans une voie si odieusement opposée à celle que j'espérais vous voir suivre, vous êtes libre !

« Moi, je demeure fidèle aux principes dans lesquels m'ont élevé ceux dont je vénère la mémoire.

« Je ne me sens pas le courage de vous accabler, en ce moment où nous allons nous séparer, peut-être pour toujours.

Le visage du marquis tout à l'heure contracté par la colère, se voilait à présent d'une expression de douleur.

Le cœur du père s'attendrissait.

— Plaise à Dieu, mon fils, prononça-t-il, que vous n'ayez pas à regretter, amèrement, un jour, ce fatal entraînement !

La grand'mère du petit tambour leva les yeux vers le ciel, en exhalant un soupir... (P. 108.)

Pendant quelques secondes, le père et le fils gardèrent le silence, tous deux subissant une même émotion à l'idée qu'ils allaient se séparer.

Tout à coup, comme s'il eût voulu chasser une sombre pensée peut-être même un pressentiment, le marquis passa la main sur son front.

Puis il ouvrit ses bras à son fils.

14. — SEULE!   14.

Georges se jeta au cou du marquis, et leurs cœurs battirent à l'unisson, pendant qu'ils échangeaient un dernier adieu.

. . . .

Deux heures plus tard, la diligence qui emportait le marquis de Ravergy était obligée de s'arrêter pour laisser défiler les bataillons de volontaires qui se mettaient en route au son du tambour et en chantant *la Marseillaise*.

La foule qui les accompagnait répétait en chœur l'entraînant appel aux armes du chant de guerre et de liberté.

Tous les voyageurs qui se trouvaient dans la diligence mêlaient leurs acclamations à celles de la foule, en véritables patriotes qu'ils étaient.

Le marquis se trouvait sur la banquette, à côté du conducteur.

Ce dernier agitait son chapeau et manifestait son enthousiasme par des cris d'encouragement à l'adresse des volontaires.

Tout à coup, s'apercevant que le voyageur qui se trouvait à côté de lui gardait le silence et ne paraissait pas partager l'animation générale, il l'apostropha par ces mots :

— Ah ! çà, citoyen, pourquoi ne cries-tu pas avec nous : « Vive la Nation ! » Pourquoi ne chantes-tu pas *la Marseillaise* ?

Le marquis fut au moment de tourner le dos au questionneur ; mais, par bonheur, il put contenir son impression.

— C'est que je suis pressé d'arriver et ce défilé va forcément nous occasionner un retard.

— Tant pis ! s'exclama le conducteur, s'il y a du retard.

Laissons passer les premiers ces braves volontaires qui vont faire de bonne besogne, je t'en réponds, citoyen !... Ils vont en Vendée rejoindre l'armée des *bleus*. Les *blancs* n'ont qu'à se bien tenir. Il leur en coûtera de s'être révoltés contre la Nation !

— Ah ! ils vont en Vendée ! dit le marquis dont le visage s'assombrit tout à coup...

— Oui ! répondit le conducteur.

Et quand on y réfléchit, c'est horrible tout de même de voir tous ces braves forcés de combattre des Français comme eux, des frères qui devraient se tendre la main et n'avoir qu'une seule et même pensée : la gloire de la patrie !

Au lieu de cela, on va se canarder, s'attendre à l'affût, chercher à se surprendre et s'acharner les uns contre les autres, comme des bêtes féroces, jusqu'à ce que la victoire reste à l'une des deux armées.

La victoire !... un mot qui sonne mal, quand c'est le sang français, rien que celui-là, qui aura coulé pour l'obtenir.

Ces mots résonnèrent dans le cœur du marquis, comme un écho des paroles que lui avait adressées son fils.

Il laissa errer son regard sombre sur cette multitude du sein de laquelle s'élevait une immense clameur pour fêter ces volontaires qui se rendaient en Vendée.

Et, reportant sa pensée vers Georges, il s'abîma peu à peu dans une profonde méditation.

Il en fut tout à coup tiré par un violent tumulte.

La foule était devenue houleuse, augmentée sans cesse par des flots humains qui venaient s'y ajouter à chaque débouché de rue.

Cette fois, une masse compacte marchait, formant une haie vivante, de chaque côté d'une troupe qui venait de déboucher d'une rue adjacente pour se joindre à la colonne principale.

En tête de cette troupe, un petit tambour battait la charge, comme s'il se fût exercé pour les combats à venir.

— Tiens ! citoyen, regarde donc le petit tambour ! dit le conducteur de la diligence, s'adressant au marquis.

— Un enfant ! ne put s'empêcher de s'exclamer ce dernier.

Mais le conducteur n'avait pas entendu l'exclamation.

Sautant à bas du siège de la diligence, il était allé se mêler à la foule, afin de voir de plus près le petit tambour à l'air si martial.

La tête de colonne s'était arrêtée.

On en profitait pour serrer la main aux volontaires et les acclamer.

Ceux qui faisaient escorte à la deuxième troupe, entouraient le petit tambour.

On l'interrogeait.

Des femmes lui prenaient à deux mains la tête et l'embrassaient sur les joues.

Mais tout à coup le jeune garçon se dégagea du milieu de ceux qui l'avaient entouré dès qu'on avait fait halte.

Il parvint à rejoindre une bonne vieille qui, appuyée au bras d'une femme de la campagne, avait marché dans la foule qui escortait le bataillon.

— Allons, bonne-maman Bara, lui dit-il en s'efforçant de rire, faut pas se faire du chagrin.

Et, comme la vieille femme l'embrassait en lui posant ses deux

mains tremblantes sur la tête, l'enfant la regarda avec une indicible
expression de tendresse.

Et on put l'entendre murmurer :

— Ne pleure pas, citoyenne bonne-maman, on se reverra bientôt.

La grand'mère du petit tambour leva les yeux vers le ciel, en
exhalant un soupir qui signifiait :

— Oui, nous nous reverrons... là-haut !

La colonne s'était ébranlée pour reprendre sa marche interrompue.

Le petit tambour embrassa une dernière fois l'aïeule et reprit sa
place, en tête du bataillon de Vendée.

. . . .

Le marquis n'avait pu, sans éprouver une vive émotion, assister
à ce touchant spectacle. Il essuya furtivement une larme, et lorsque
sa main laissa retomber le mouchoir qui venait de l'essuyer, le gentilhomme se dressa, tout à coup, pâle et frémissant... une nouvelle
colonne de volontaires s'arrêtait à deux pas de la diligence et, en tête
de cette colonne, marchait un jeune homme à l'allure martiale et
fière.

C'était Georges de Ravergy !...

Les regards du père et du fils se rencontrèrent.

— Vive la nation libre et glorieuse ! cria le fils.

— Vive le roi ! murmurèrent sourdement les lèvres du père.

— La France d'abord, s'exclama Georges qui avait compris la
pensée du marquis. La patrie au-dessus de tous, la patrie avant tout !...

Le père et le fils échangèrent un dernier regard rempli de douloureuse tristesse et la colonne se remit en marche.

. . . .

III

LE POSTE D'HONNEUR

Nous sommes en Vendée ; mais ce n'est pas la terrible guerre
des blancs et des bleus, ce ne sont pas les luttes fratricides de cette
sombre époque que nous voulons retracer.

Nous ne redirons pas les sanglantes batailles dont chaque
victoire arrachait à la mère-patrie autant de larmes qu'une défaite,
puisque vainqueurs et vaincus étaient ses enfants.

Nous ne relaterons ici que les épisodes dans lesquels apparaît Georges de Ravergy et qui doivent faire connaître au lecteur, d'une façon plus complète, celui qu'il a vu sacrifiant généreusement sa vie au salut de Thérèse Valomer, comme il avait sacrifié, déjà, sa tendresse filiale au salut de sa patrie.

Les généraux Kléber, Menou et Marceau rivalisaient d'audace et d'intrépidité, avec Stofflet, Cathelineau, Charette, d'Éblée et La Rochejaquelein.

Georges Ravergy et le paysan Claude Michot avaient fait partie d'un contingent qui devait combler les vides d'une demi-brigade fortement éprouvée, dont il fallait renouveler les cadres.

Les vieux de ces bataillons décimés avaient accueilli avec méfiance ces volontaires, qu'en raison de l'extrême jeunesse de la plupart d'entre eux, ils avaient surnommés les « blancs-becs ».

Mais, dès les premières rencontres avec les Vendéens, la compagnie dite des « blancs-becs » avait vaillamment fait ses preuves.

Georges Ravergy s'était particulièrement distingué et, pour son baptême du feu, avait été nommé caporal.

Deux mois plus tard, il était cité à l'ordre du jour du bataillon et gagnait les galons de sergent.

Dans une chaude affaire, aux environs de Machecoul, il avait été promu sous-lieutenant.

Claude Michot, lui, restait simple soldat, mais le brave garçon était ravi de voir son compagnon monter en grade.

— Si ça continue, disait-il le jour où, avec les camarades de la compagnie, on avait arrosé l'épaulette du nouveau sous-lieutenant, si ça continue comme ça, tu seras bientôt général.

Et cela avait continué.

Chaque jour amenait une nouvelle rencontre, une nouvelle bataille.

A l'issue de l'une d'elles, Claude Michot, qui déclarait n'avoir rien fait pour cela, bien qu'il se fût battu comme un lion, Claude Michot était nommé caporal.

Lorsque ces rencontres avaient lieu, on mettait presque toujours la compagnie des « blancs-becs » en ligne.

— Ces moutards-là sont de toutes les fêtes ! grognaient les vieux du bataillon en les voyant défiler pour aller au feu.

Un matin, le canon tonnait.

C'était l'artillerie de campagne qui ouvrait le feu contre l'avant-garde d'un corps vendéen commandé par le marquis de Bonchamp.

L'action s'était engagée avec une égale impétuosité de part et d'autre.

L'armée de Kléber, composée de quatre mille hommes seulement, venait de remporter, déjà, d'éclatants succès, lorsque le général fut informé, par des coureurs, qu'une troupe importante de Vendéens se portait au secours des généraux Bonchamp et Cathelineau, qu'il combattait présentement.

Si l'on ne parvenait pas à arrêter, dans leur marche, ces troupes de renfort, les républicains auraient à soutenir une lutte tellement disproportionnée que les quatre mille hommes de Kléber seraient infailliblement écrasés par le nombre.

La demi-brigade dont faisait partie Ravergy avait été mise, comme troupe de réserve, à l'abri du feu, dans un pli de terrain couvert, d'un côté par un bois touffu de grands genêts, et de l'autre par des coteaux.

Tout à coup on vit, débouchant d'un chemin creux, en arrière du champ de bataille, un peloton de cavalerie commandé par un officier, traverser la plaine, et se diriger vers l'endroit où il savait trouver le général Kléber...

Celui-ci mit aussitôt son cheval au galop pour se porter au devant des cavaliers.

A peine avait-il échangé quelques paroles avec l'officier, qu'il repartait à fond de train, suivi par son état-major.

Cette fois il arrivait droit sur les troupes de réserve.

Le chef de la demi-brigade donna l'ordre de battre aux champs.

Mais, levant son sabre, Kléber fit signe aux tambours de cesser le salut au général en chef.

Et arrêtant son cheval court, devant le groupe d'officiers :

— Citoyen, dit-il au commandant de la réserve, il me faut un de vos bataillons,... le plus solide...

— Ils le sont tous, citoyen général !

« Les troupes que j'ai l'honneur de commander sont celles qui ont teint de leur sang tous les champs de bataille, aussi bien dans la campagne de l'Est que dans celle-ci. Ces soldats, vous les reconnaissez sans doute ; ce sont ceux qui sont sortis de Mayence avec les honneurs de la guerre.

« Si vous avez besoin d'un bataillon, vous n'avez qu'à désigner le premier venu. »

Chacun des officiers présents leva aussitôt le bras droit, comme pour se désigner au choix du général.

L'un d'eux, s'approchant jusqu'à la tête du cheval que montait Kléber, se hasarda à dire :

— Citoyen général, j'ai dans mon bataillon trois cents hommes qui brûlent de prendre part à la bataille ; et, désignant le sous-lieutenant Ravergy, le commandant ajouta :

Voici un de mes officiers ; c'est le sous-lieutenant Ravergy, à qui le citoyen général Marceau a donné l'épaulette, à la suite d'une action d'éclat qui a permis aux hussards de sabrer l'ennemi avant que celui-ci eût eu le temps de se reconnaître.

— Je sais ! dit Kléber.

Commandant, prononça-t-il, allez faire mettre votre bataillon en ligne.

Lorsque l'officier supérieur et le sous-lieutenant Ravergy se furent éloignés précipitamment pour aller faire exécuter cet ordre de Kléber :

— Faites former le carré, commanda Kléber en arrivant sur le front du bataillon.

L'ordre exécuté avec rapidité, le général en chef, se dressant sur ses étriers, s'écria :

— Officiers et soldats, je vais vous envoyer à un poste d'honneur !

« Il s'agit de me donner le temps de faire face à l'ennemi, qui, trois fois plus nombreux que nous, cherche à nous envelopper !

« Il nous attaque, déjà, de trois côtés à la fois...

« Et je viens d'apprendre qu'un corps de Vendéens, conduits par La Rochejaquelein, s'avance à marche forcée, pour nous entourer complètement !... Si vous ne les arrêtez pas dans le défilé de Torfou, il ne nous restera même pas la ressource de nous replier.

« Nous serons tous morts ou prisonniers de ces bandits !...

« Vous allez donc occuper ce défilé et y arrêter l'ennemi, comme autrefois, aux Thermopyles, les trois cents Spartiates de Léonidas arrêtèrent l'innombrable armée de Xerxès ! »

Puis il ajouta d'une voix ferme :

— Officiers et soldats, vous vous ferez tuer, s'il le faut, mais vous aurez sauvé l'armée !

Une immense acclamation salua ces dernières paroles tombées des lèvres de Kléber.

Le chef de bataillon mit sabre au clair et commanda dans un cri d'enthousiasme :

— En avant, pour la patrie et pour la liberté !

La troupe s'ébranla, défilant devant Kléber, tête nue, en poussant vers le ciel l'hymne dédié à la patrie en danger :

> « Allons, enfants de la Patrie,
> « Le jour de gloire est arrivé ! »

. . . .

La voix formidable du canon couvrit la voix des trois cents hommes qui, sur l'ordre de leur chef, marchaient résolument à une mort certaine.

Tous, depuis le commandant jusqu'au dernier des jeunes volontaires de la compagnie des « blancs-becs », prenaient les proportions de ces héros qui ont leur place marquée dans les annales militaires de la patrie.

Le sous-lieutenant Ravergy fermait la marche à la tête de la troisième section de sa compagnie.

Le défilé de Torfou, étranglé entre deux collines boisées, aux abords couverts de buissons épineux, ne permettait le passage qu'à quelques hommes de front.

La tactique des Républicains devait consister à faire prendre position à deux des compagnies, chacune sur une des collines qui surplombaient, à droite et à gauche, l'étroit passage, afin d'arrêter l'ennemi par des feux croisés.

La troisième compagnie, celle du sous-lieutenant Ravergy, devait rester en arrière et se tenir prête à fermer par une barrière humaine le passage aux Vendéens, s'ils réussissaient à en forcer l'entrée.

En retournant auprès des soldats de sa section, pour leur faire part des dispositions que venait d'arrêter le chef du bataillon, Georges Ravergy fut accueilli par des murmures.

Ces jeunes gens qui brûlaient de combattre, se plaignaient d'être les derniers à prendre part à l'action.

— Silence ! prononça Ravergy d'une voix ferme.

Le poste qu'on assigne à la troisième compagnie est véritablement le poste d'honneur; car lorsque les Blancs arriveront sur nous, c'est qu'ils auront marché sur les cadavres de nos camarades !...

Alors, mes amis, vous saurez que ce sera à nous d'arrêter les Vendéens, à nous seuls !

— Oui !... Oui !... s'exclamèrent les « Blancs-becs » d'une même voix.

Et tous, dans un même transport d'héroïsme, poussèrent vers le

— Voilà un fusil pour venger le camarade... (P. 117.)

ciel ce Chant du départ des volontaires qui allaient combattre, pour
la première fois :

> « *Mourir pour la Patrie,*
> « *C'est le sort le plus beau, le plus digne d'envie !* »

. . . .

Le commandant vint s'assurer par lui-même que ses ordres
avaient été exécutés.

15. — SEULE !   15.

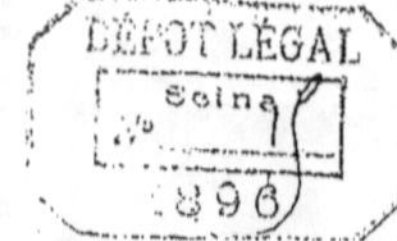

Quand il se présenta devant la compagnie des « Blancs-becs » une longue acclamation l'accueillit.

Il serra la main au capitaine, au lieutenant et au sous-lieutenant, sans prononcer un mot.

C'était comme un suprême adieu échangé, avec la douloureuse conviction qu'on ne se reverrait plus.

Le vieil officier, qui servait la patrie depuis nombre d'années, sut renfermer en lui l'émotion qu'il éprouvait à la vue de ces jeunes gens qu'une mort inévitable attendait.

Et c'est d'une voix mâle, qu'en les saluant de la main, il prononça ces mots :

— Nous allons faire notre devoir, pour la France et pour la République...

Il fut interrompu, tout à coup, par le crépitement d'une fusillade soutenue.

— Adieu, adieu, camarades ! s'exclama-t-il en s'éloignant pour se porter du côté où les soldats de la première compagnie avaient ouvert le feu contre l'avant-garde des Blancs qui venait de s'engager dans le défilé.

. . . .

Alors la lutte s'engagea, de part et d'autre, avec acharnement.

Abrités sous la futaie, les Bleus pouvaient aisément viser.

Chaque coup de fusil abattait son homme.

— Tirez aux chefs ! avait dit le commandant du bataillon.

Et les officiers vendéens tombaient, les uns après les autres, dès que les soldats républicains avaient pu les apercevoir.

La cocarde blanche des Vendéens servait de point de mire aux tireurs.

Le coup qui atteignait le but visé était toujours mortel.

Les blessés et les morts encombraient maintenant la première partie du défilé.

Les Blancs de La Rochejaquelein se servaient de ces monceaux de cadavres, comme des barricades, pour s'abriter contre les balles qui tombaient en pluie serrée, faisant des brèches énormes dans cette masse humaine, à laquelle ceux des leurs qui suivaient coupaient la retraite.

Il fallait passer, ou mourir.

Grâce aux lugubres barricades derrière lesquelles ils se pressaient, les Blancs pouvaient engager avec les Bleus embusqués dans le bois ou à couvert dans les buissons, un combat de tirailleurs.

Eux aussi visaient les chefs.

Tout à coup, en effet, le bruit se répandit dans la compagnie des Blancs-Becs, que le commandant du bataillon avait été tué, un des premiers.

Le capitaine de la première compagnie avait pris le commandement du bataillon.

Mais le brave soldat ne fut pas longtemps debout.

Après lui, ce fut le tour du capitaine de la deuxième compagnie de tomber sous les balles vendéennes.

Dans leur fureur à venger leurs officiers, les Bleus faisaient payer cher à leurs adversaires leur résistance acharnée.

De nouvelles barricades de corps sanglants s'élevaient de distance en distance, à mesure que les Vendéens parvenaient à pousser plus avant dans le défilé.

Ceux qui s'affaissaient étaient aussitôt remplacés.

Les râles des agonisants, les cris des blessés, les plaintes, les appels de ceux qu'on écrasait impitoyablement pour avancer toujours, ajoutaient à l'horreur de cette tuerie, entre Français.

Mais, bien qu'ils fussent plus à couvert, les soldats républicains tombaient, eux aussi.

Ils avaient affaire à des paysans qui, en chasse, ne manquaient jamais le gibier.

Leurs balles allaient atteindre, derrière les troncs d'arbres et dans les taillis, les Bleus dont le nombre diminuait, rapidement.

Et, bien que pour un de ces braves qui succombait, plusieurs Vendéens étaient couchés par terre, les Blancs devaient, infailliblement, avoir le passage libre, quand le dernier de leurs adversaires aurait cessé d'exister.

L'issue fatale ne pouvait manquer d'être proche.

Il ne restait plus, après moins d'une heure de lutte, que quelques hommes des deux compagnies qui avaient occupé les collines.

Tous les officiers de ces compagnies avaient été mis hors de combat.

Les survivants de la troupe héroïque, tout en continuant de faire le coup de feu, battaient en retraite pour aller se joindre à la compagnie des Blancs-Becs, la seule qui n'eût pas encore été entamée.

A ce moment, un aide-de-camp de Kléber accourait pour se renseigner sur la situation dans le défilé et exhorter, de la part du général en chef, les vaillants soldats à une résistance désespérée.

— Il n'y a plus que nous! déclara le capitaine de la compagnie de réserve en montrant une centaine d'hommes qui attendaient, l'arme au pied.

— Il faut tenir jusqu'au dernier ! s'exclama l'aide-de-camp ; c'est l'ordre que vous envoie le citoyen général Kléber.

— C'est bien ! répondit stoïquement le capitaine.

— On tiendra...

Et, après avoir salué du sabre l'aide-de-camp qui s'éloignait, se tournant vers ses hommes :

— Vous avez entendu, mes amis, c'est à notre tour de mourir !

La position qu'occupait, à ce moment, la compagnie, eût été inexpugnable, si elle eût pu être défendue par une troupe suffisante.

Mais ce qui restait de l'héroïque bataillon pouvait y tenir quelque temps à peine...

Des rochers servaient de redoutes naturelles derrière lesquelles on pouvait fusiller, presque à bout portant, ceux qui essaieraient de s'engager dans la gorge étroite.

Et si, par des prodiges d'énergie et d'audace, ils y parvenaient, ils se trouveraient inévitablement pris entre deux feux, feux plongeants des plus meurtriers.

Et, plus loin, les attendraient des hommes placés en embuscade, tout prêts à les charger à la baïonnette.

C'était le rôle réservé, dans cette action désespérée, à la section que commandait Georges Ravergy.

Des cris de fauves en fureur poussés par les Vendéens, signalèrent l'approche des Blancs qui, ne trouvant plus de résistance, se précipitaient pour s'engouffrer dans le défilé.

La fusillade commença, précipitée, incessante.

Les balles sifflaient, passant, serrées, au-dessus de la petite troupe de Georges Ravergy, à laquelle le sous-lieutenant avait fait mettre genou en terre.

La résistance à laquelle ils ne s'étaient pas attendus, jetait la confusion parmi les soldats de La Rochejaquelein.

Le chef vendéen, irrité de ce qu'il perdait ainsi un temps précieux, alors qu'il était attendu sur le champ de bataille, voulut faire escalader à ses hommes les positions occupées par les Bleus.

Il lança deux détachements à l'assaut des rochers d'où partait cette fusillade meurtrière.

C'est alors que, de part et d'autre, on eut l'occasion de déployer toute l'énergie et toute la hardiesse imaginables.

Les Vendéens, rompus à cette guerre d'embuscades et de tirailleurs, grimpaient comme des chèvres, saluant les balles, et s'accrochant aux moindres aspérités.

Derrière ces premiers assaillants, d'autres se succédaient.

Le courage et l'énergie que les Bleus déployaient ne devaient pas leur donner la victoire sur des ennemis qui se renouvelaient toujours...

Le capitaine des Blancs-Becs avait succombé, assailli, à la fois, par trois adversaires, contre lesquels il s'était défendu jusqu'à ce qu'un coup de crosse l'eût abattu, sans vie.

Le lieutenant rallia autour de lui la poignée de combattants qui avaient survécu après tous ces assauts furieux.

Ils résistaient, superbement, accablés par le nombre, tous ces jeunes volontaires à qui on avait demandé un suprême effort.

Et quand ils eurent vu leur chef tomber mourant, ils se ruèrent sur les Vendéens, décidés à ne pas faire quartier à ceux qu'ils pourraient atteindre et frapper.

Ravergy, seul survivant de tous les officiers du bataillon, avait pris le commandement de ce qui restait des trois cents soldats qui avaient reçu la mission de sauver l'armée.

— Nous allons mourir ici jusqu'au dernier! s'écria-t-il en brandissant son sabre. Pour la patrie!... et vive la France!

— A l'affût, camarades! criait de son côté le caporal Michot. A l'affût comme pour tirer le gibier.

Et toi aussi, citoyen lieutenant, prends un fusil et des cartouches!... Ton sabre ne te sert plus à rien!... Nous ne faisons plus la guerre!... Nous sommes en chasse contre des bêtes féroces.

Un coup de feu renversa un des volontaires, auprès du caporal.

Claude Michot s'empara de l'arme que le mourant laissait échapper de ses mains.

— Voilà un fusil pour venger le camarade, dit-il à Ravergy.

Et, se baissant pour vider la giberne du mort :

— Prends ces cartouches, ajouta-t-il. Il y a dans chacune d'elles la vie d'un de ces bandits de Vendéens.

Le sous-lieutenant avait chargé l'arme. Il ajusta un des ennemis qui arrivait, baïonnette en avant, sur le caporal Michot.

Le coup partit et le Vendéen roula, au pied de celui qu'il allait frapper.

— Tu m'as sauvé la vie! balbutia Claude Michot saisi d'émotion.

A présent, c'est à mon tour de te protéger, de te défendre, de te sauver!...

Et d'un coup de crosse, il abattit un officier des Blancs, lequel, l'épée haute, chargeait le sous-lieutenant.

En quelques minutes, les assaillants qui s'étaient hasardés sur les rochers, étaient précipités dans la gorge.

— A l'affût, continuait de crier le caporal Michot. Vous savez qu'il faut tenir le plus longtemps possible !

Les Blancs-Becs obéirent ; et grâce au moment de répit que leur laissait le succès qu'ils venaient d'obtenir, chacun chercha à s'embusquer pour arrêter la marche en avant des Vendéens.

Le sous-lieutenant Ravergy et Claude Michot s'étaient mis à l'affût, comme disait l'ex-paysan, entre deux rochers qui les abritaient à droite et à gauche ; et de cette façon, ils pouvaient viser ceux des ennemis qui hasardaient le moindre pas en avant.

— Nous allons les canarder d'importance ! disait Claude Michot, chaque fois qu'une des balles avait abattu son homme.

Et, froidement, comme si réellement lui et son compagnon eussent été en chasse, il disait à Ravergy :

— A toi celui-là ! citoyen lieutenant !... A moi l'autre !

Les deux coups partis, on rechargeait aussitôt.

Tout autour d'eux la fusillade continuait.

— Bravo les Blancs-Becs ! criait Michot ; visez bien, ajoutait-il, comme si ceux à qui il adressait cette recommandation eussent pu l'entendre.

Mais, d'instant en instant, le crépitement de la fusillade devenait plus faible.

Et le sous-lieutenant Ravergy disait à son compagnon :

— Comme ils savent mourir !

— Eh bien ! et nous donc, quand ce sera notre tour !

Claude Michot s'interrompit poussant une exclamation ; une balle avait frappé le sous-lieutenant Ravergy en pleine poitrine.

— Ce n'est rien ! dit aussitôt l'officier sans s'émouvoir. Je suis encore debout. Je puis lutter encore...

Et il se remit tranquillement à recharger son fusil.

Pendant plus d'une heure, les quelques survivants de la section continuèrent à tenir les Vendéens en échec.

Mais les détonations devenaient de plus en plus rares du côté des Bleus !...

Ravergy et son compagnon s'aperçurent que les coups de feu s'éloignaient, ainsi qu'il arrive lorsque l'on continue à tirailler, tout en battant en retraite.

— Sacré tonnerre ! jura Claude Michot, on dirait que les camarades ont lâché pied.

Le sous-lieutenant Ravergy s'était redressé, se découvrant au
risque d'être atteint par les balles qui sifflaient et s'écrasaient sur
les rochers, tout autour de lui.

Il poussa un cri déchirant.

— Ils sont morts ! Ils sont morts ! ne cessait-il de répéter, le bras
tendu vers les cadavres qui jonchaient le sol...

— Et ceux qui sont encore vivants, s'en vont par là-bas ! prononça Claude Michot furieux et montrant le poing aux fuyards.

Quant à l'officier, l'œil en feu, désespéré de ce que ceux qui
avaient juré de se faire tuer sur place avec lui, lâchaient pied, cherchant le salut dans la fuite, il s'élança pour les ramener à leur poste.

— Malheureux, leur criait-il, vous fuyez lâchement, vous trahis-
sez la patrie !

Et dans un superbe mouvement de stoïcisme :

— Poitrine en avant, prononça-t-il d'une voix entraînante. S'il
nous faut mourir, regardons la mort en face !

— Sacré tonnerre, hurla le sergent Michot ; est-ce qu'il y aurait
des lâches, parmi les Blancs-Becs ?

Alors on eût pu voir ce spectacle inouï d'une poignée de soldats,
tout à l'heure affolés, entourer maintenant leur officier et entonner
le chant de guerre que les volontaires de 1792 avaient fait entendre
sur tous les champs de bataille, quand ils marchaient pour repousser
l'invasion :

> « *Contre nous de la tyrannie*
> « *L'étendard sanglant est levé.* »

Puis, brusquement ramenés au sentiment du devoir envers la
la patrie, ces jeunes hommes s'apprêtèrent à vendre chèrement leur
vie.

Tout à coup Ravergy s'écria:

— Je n'ai plus de cartouches !

— Sacré tonnerre, répondit Claude Michot, je viens de mettre
ma dernière dans le canon de mon fusil.

Il ajouta d'un ton d'inébranlable résolution :

— Et celle-là, citoyen sous-lieutenant, je la garde pour me faire
sauter le caisson, car je ne veux pas tomber vivant au pouvoir de
ces bandits de Vendéens !

— Alors, à la baïonnette ! commanda Georges Ravergy.

Les deux camarades se jetèrent dans les bras l'un de l'autre; le fils du marquis et celui du vieux paysan Michot s'étreignirent, pendant une seconde, se sentant égaux à l'heure de la mort, comme la grande révolution les avait rendus égaux devant la Loi!

Et c'est aux cris vingt fois répétés de « Vive la Nation, vive la Patrie, vive la liberté », que ces deux vaillants quittèrent la place où ils s'étaient tenus embusqués, pour, cette fois, faire tête, baïonnette croisée, aux assaillants qui gravissaient la pente de la colline.

Soudain, une immense clameur s'éleva à l'autre bout du défilé et une détonation retentit, suivie de plusieurs autres.

C'était une batterie que Kléber avait fait établir et dont la mitraille balayait le défilé.

Grâce à la résistance du bataillon auquel il avait confié le salut de son armée, le général républicain avait eu raison, avec ses quatre mille hommes, de plus de vingt mille Vendéens.

Victorieux, Kléber s'était porté au secours de ces braves, dans l'espoir d'en sauver quelques-uns.

De son côté, Marceau avait pu opérer un mouvement tournant, et ses hussards sabraient l'arrière-garde des Vendéens, pendant que Kléber en faisait mitrailler l'avant-garde.

La Rochejaquelein se mit alors en pleine retraite; mais la cavalerie des Bleus sut bientôt changer cette retraite en déroute.

— Que reste-t-il du bataillon? avait demandé Kléber. Qu'on rallie les survivants; je tiens à honneur de les féliciter au nom de la patrie!

Quand cet homme au cœur de bronze vit s'avancer tout ce qu'il restait des trois cents braves, c'est-à-dire: un officier, Georges Ravergy portant sur l'épaule un fusil et accompagné d'un caporal et d'une douzaine de soldats, il se sentit remué jusqu'au fond de l'âme.

Il se découvrit devant ces braves.

Et, d'une voix pleine d'émotion, il leur dit:

— Vous avez bien mérité de la patrie! C'est devant toute l'armée, que votre héroïsme a sauvée, que je veux vous féliciter.

Georges Ravergy avait fait un mouvement, comme pour protester; il étendit les bras vers le défilé et prononça d'une voix non moins ému:

— Général, ceux qui ont sauvé l'armée sont là-bas, couchés sur la terre qu'ils ont arrosée de leur sang!... La patrie dont vous êtes le glorieux représentant leur doit des funérailles dignes de leur courage et de leur dévouement.

Mais Joseph Barra est blessé à mort. L'enfant patriote tourne ses yeux mourants vers l'officier qui l'a relevé
et le soutient dans ses bras... (P. 126.)

— Oui, dit Kléber, nous ferons à ces braves défenseurs de la patrie des funérailles dignes de leur héroïsme ; mais nous n'oublie-rons pas ceux qui leur ont survécu :

Soldats, votre régiment va être complété ; des compagnies nouvelles vont être formées dont chacun de vous sera caporal.

— Vive la République ! répondirent en chœur les douze braves.

— Caporal Michot, ajouta le général, vous aurez les galons de sergent.

— Merci, mon général, dit Michot ; et son regard interrogateur, qui allait de Kléber à Ravergy, semblait dire : Eh bien, et lui ?...

— Le sous-lieutenant Georges Ravergy, dit Kléber, est nommé lieutenant.

Ravergy s'inclina, en signe de remerciement ; mais il put à peine balbutier quelques syllabes inintelligibles.

Tous les yeux se tournèrent de son côté. Il était pâle, chancelant, se soutenant à grand'peine et tomba à demi évanoui dans les bras de Michot, qui s'était élancé pour le soutenir.

— Ah ! tonnerre ! s'écria le brave garçon ; misérable que je suis ! Je l'avais oublié !

« Mon général, depuis plus d'une heure, celui que vous venez de nommer lieutenant a une balle dans la poitrine.

— Une balle ? dit Kléber.

Et, descendant de cheval, il s'empressa d'ouvrir lui-même l'uni-forme de Georges.

— Oui, oui, dit-il, une balle, là, à deux doigts du cœur !... et le sang coagulé couvre la poitrine tout entière !

« Comment n'avez-vous pas songé à panser, tout de suite, cette terrible blessure ? Comment avez-vous eu la force, mon pauvre ami, de continuer à vous battre malgré la souffrance que vous deviez endurer ?...

— Général, articula Ravergy, d'une voix qu'il s'efforçait de raf-fermir, vous nous aviez dit : Je vous confie le salut de l'armée. Et quand cette balle m'a frappé, la mort fauchait autour de moi. Deux cents de nos braves soldats étaient tombés et, avec eux, tombait aussi le lieutenant. Mon devoir était de le remplacer ; est-ce que je pouvais songer à ma blessure ? L'ennemi s'acharnait avec rage et le capitaine tombait à son tour !... Il ne restait plus que moi pour commander. Je me suis raidi contre la souffrance. J'ai pris la place de mon capitaine en me jurant de l'occuper tant que j'aurais un souffle de vie... et...

— Et vous la garderez, mon brave ! s'écria Kléber. Au nom de la République, lieutenant Ravergy, je vous nomme capitaine !...

Un cri d'approbation s'éleva de toutes parts, auquel répondit, au grand étonnement de tous, une espèce de beuglement, suivi d'un sanglot formidable, d'un mélange bizarre de larmes et de rire.

C'était Claude Michot qui, riant et pleurant à la fois, s'écriait à tue-tête :

— Capitaine ! nous v'là capitaine !... Ah ! je m'en fiche pas mal, à présent, des balles et des boulets ! je n'ai plus rien à craindre, ni rien à souhaiter, nous sommes capitaine !!...

. . . .

. . . .

Un mois plus tard, la blessure de Ravergy étant complétement cicatrisée, il prit le commandement d'une compagnie récemment organisée.

La guerre de Vendée sévissait, alors, dans toute son énergie, dans toute sa violence.

Bonchamp, d'Esblée et La Rochejaquelein étaient parvenus à réunir 40,000 hommes prêts à tomber, par surprise, sur l'armée républicaine.

Loin de soupçonner les intentions de l'ennemi, le général Beaupuy se laissa surprendre, et la déroute eût été complète sans l'énergie de Kléber qui, cette fois, commandait en sous-ordre, et l'intrépidité de Marceau, dont les hautes capacités militaires reçurent leur consécration pendant cette mémorable journée.

L'attaque avait été si soudaine que ce n'était plus une bataille, mais une effroyable mêlée.

Les Vendéens avaient attaqué sur trois points à la fois, refoulant devant eux les Bleus, qui reculaient en désordre.

Ravergy et le sergent Michot, à la tête de leur compagnie, déployèrent leurs hommes de façon à barrer la route et s'avancèrent au-devant des fuyards.

— Halte ! cria d'une voix impérieuse le capitaine Ravergy, ainsi qu'il l'avait fait naguère au défilé de Torfou.

— En joue ! commanda le sergent... et les fuyards s'arrêtent sur place, stupéfaits de se voir menacés par des Français.

— On ne fuit pas en présence de la compagnie : Ravergy, dit celui-ci.

— Nous étions au défilé de Torfou, ajouto le sergent... Non, on ne fuit pas lâchement en notre présence...

A ces mots, dominés par cette mâle énergie, tous ces hommes, un instant démoralisés, font volte-face. La déroute était enrayée.

Marceau, pendant ce temps, était parvenu à établir la colonne qu'il commandait dans une position favorable. Au moyen d'un rideau de cavalerie, il a pu cacher à l'ennemi les dispositions qu'il a prises.

Et lorsque les Vendéens, en masses compactes, s'élancent, en poussant des cris assourdissants, selon leur habitude, le rideau de cavalerie se disperse à droite et à gauche, et Marceau démasque ainsi les batteries qu'il a fait établir en arrière de la colonne. Il crible de mitraille les Vendéens qui, écrasés, se retirent en désordre, chargés par les hussards, qui en font un horrible carnage.

Le capitaine Ravergy qui, aidé de son compagnon le sergent Michot, a ramené sa compagnie au feu, les voit passer comme une trombe.

En avant, un tout jeune garçon brandit son sabre et charge avec fureur.

— Sacré tonnerre ! s'écrie le sergent Michot, c'est encore ce moutard de Bara...

— Il va se faire tuer, s'exclame Ravergy, qui voit le vaillant petit hussard aux prises avec deux Vendéens.

— Le diable de moutard se démène comme un démon ! crie Claude Michot.

Mais tout à coup Ravergy et lui poussent une même exclamation de terreur et de colère.

Joseph Bara avait réussi à faire prisonniers les deux Vendéens après les avoir désarmés.

Mais, au même moment, l'héroïque enfant s'est trouvé soudainement séparé de son escadron.

Pendant ce temps, les Vendéens ont fait un retour offensif.

Bara est bientôt entouré, menacé des baïonnettes qu'on dirige sur sa poitrine.

Il se défend, seul contre plus de vingt adversaires, et son indomptable courage frappe d'étonnement tous ces hommes, saisis à la fois d'admiration et de pitié.

— Sacré tonnerre ! citoyen capitaine, hurle le sergent Michot, ils vont le tuer... Il faut sauver le moutard.

Mais déjà Georges Ravergy s'est élancé à la tête de ses soldats.

Il vole au secours de cet enfant patriote qui va succomber.

Tout à coup un cri d'horreur s'échappe des poitrines de tous ces braves qui se sont précipités au secours d'un brave.

Le hussard Bara est jeté bas de son cheval ; il s'affaisse, frappé à la poitrine de deux coups de baïonnette.

Les Vendéens lui ont dit : « Crie vive le roi et tu auras la vie sauve ! » Et le jeune héros a répondu à cet ordre par le cri de « Vive la République ! »

Dans leur élan Georges Ravergy et ses Bleus ont dispersé les Vendéens. Mais Joseph Bara est blessé à mort.

L'enfant patriote tourne ses yeux mourants vers l'officier qui l'a relevé et le soutient dans ses bras...

— Je te reconnais, citoyen, dit-il dans un souffle, adieu, adieu !...

Et faisant un suprême effort pour élever la voix, il meurt en poussant, une dernière fois, le cri de « Vive la République ! »

La mort du jeune Bara fut un deuil pour l'armée, qui l'avait vu charger toujours en avant de l'escadron.

On pleura l'enfant qui s'était présenté, l'un des premiers, à l'appel de la patrie en danger et qui devait avoir, un jour, sa statue érigée à Palaiseau, sa ville natale.

. . . .

N'ayant pu sauver ce jeune héros qui avait préféré la mort à la honte de renier la foi républicaine, Ravergy et ses hommes firent le serment de venger sans retard sa mort.

Tous se précipitèrent à la poursuite des Vendéens, dont ils firent une effroyable boucherie.

Ravergy, dont la blessure récemment cicatrisée menaçait de se rouvrir, s'arrêta, pendant un instant, et se trouva séparé de ses hommes sur la lisière d'un bois.

Un coup de feu partit et, au même instant, le hennissement douloureux d'un cheval blessé se fit entendre.

Georges, guidé par le bruit, arriva dans une clairière et se trouva en présence d'un officier de l'état-major vendéen.

Le cavalier était engagé sous son cheval qu'une balle avait atteint mortellement.

Prompt à s'élancer, Ravergy se jeta sur l'officier qui cherchait à se dégager ; et, lui mettant la pointe de son épée sur la poitrine :

— Vous êtes à ma merci, prononça-t-il ; je pourrais, imitant ceux que vous commandez, vous tuer sans pitié.

— Faites, monsieur, réplique froidement l'officier ; — tuez-moi, si votre conscience de républicain ne se révolte pas à la pensée de frapper un compatriote hors d'état de lutter.

— Un compatriote qui combat contre sa patrie, dit Georges.

— Un Français fidèle au serment qu'il a fait à son roi, — dit l'émigré ; puis, du ton le plus calme, il ajouta :

— Je suis sans défense, monsieur, et j'attends que vous décidiez de ma vie ou de ma mort.

Georges Ravergy releva son épée. Il répliqua en aidant le cavalier désarçonné à se remettre sur ses jambes :

— Relevez-vous, monsieur.

— Je vous remercie, monsieur, de l'assistance que vous m'avez donnée.

Celui qui prononçait ces paroles, d'un ton d'exquise politesse, portait l'uniforme noir avec bottes molles qu'avaient, pour la plupart, adopté les émigrés et qui les distinguait des officiers autrichiens et prussiens, dans les états-majors de Wurmser et de Brunswick.

Sa taille bien prise ajoutait à l'élégance de sa personne.

C'était un homme d'environ vingt-cinq ans, d'une mâle beauté et dont la physionomie respirait une haute intelligence.

Son visage avait cette carnation chaude que donne le hâle de la mer et ajoutait un caractère d'énergie à ses traits d'un dessin très pur ; son front large s'encadrait dans une abondante chevelure.

Dans le regard dont il enveloppa l'officier républicain qui venait de faire acte de générosité à son égard, se reflétait une âme fière et noble.

Georges Ravergy rompit le silence.

— Monsieur, dit-il d'un ton ferme, si vos préférences politiques vous ont poussé à vous joindre à ceux qui n'ont pas hésité à armer des Français contre des Français et à s'allier à l'étranger, moi j'ai fait le serment de défendre mon pays contre ceux qui veulent porter atteinte à sa liberté et aux institutions que la France s'est données.

« Nous sommes ennemis. Si le hasard, au lieu de nous mettre en présence ici, nous eût fait nous rencontrer dans la mêlée, nous nous serions jetés l'un sur l'autre avec fureur ; aucun de nous deux n'aurait songé à ménager son adversaire.

— Que prétendez-vous donc ? interrogea l'émigré.

— Je prétends croiser loyalement le fer avec vous, voilà tout.

— Un duel ?

— J'ai lieu de croire que vous êtes gentilhomme...

— Oui, monsieur, gentilhomme et royaliste...

— Et moi, monsieur, je suis gentilhomme et républicain.

— En garde, donc! prononça l'émigré.

Le capitaine Ravergy, à peine les fers croisés, attaqua furieusement son adversaire.

L'émigré parait avec un calme et une aisance qui témoignaient d'une longue habitude de l'escrime.

L'issue de ce duel n'était pas douteuse. Il était évident que l'émigré pouvait choisir son moment pour porter un coup mortel à son adversaire inexpérimenté.

— Vous êtes courageux, monsieur, lui dit-il, et si l'impétuosité pouvait suppléer au manque d'habitude dans le maniement de l'épée, il est probable que je serais un homme mort.

« Mais vous n'êtes pas fort à l'escrime...

— En garde, monsieur, en garde! répondit Georges Ravergy

L'émigré croisa, de nouveau, le fer et chargea vigoureusement, en s'écriant:

— Mais couvrez-vous donc, monsieur; vous ne voulez pourtant pas me forcer à commettre un assassinat!

Les forces de Ravergy s'épuisaient visiblement.

Il essaya de porter un coup droit et se fendit à fond. Mais, prompt à la parade, l'émigré lia l'épée et désarma son adversaire qui s'écria :

— Frappez, mais frappez donc, monsieur, puisque je suis à votre merci.

L'émigré salua de l'épée, et s'adressant à l'officier :

— Vous tuer? Vous qui tout à l'heure m'avez fait grâce de la vie... Jamais, monsieur, jamais, et en prononçant ces mots d'une voix ferme et, d'un ton d'énergique résolution, il jeta son épée.

Puis, s'adressant à l'officier frappé de stupéfaction :

— Je suis votre prisonnier, dit-il; conduisez-moi à votre général; je suis prêt à vous suivre!

Alors, ce fut au tour de Ravergy de s'écrier :

— Jamais!

Et il ajouta :

« Vous ne devez pas ignorer que, si l'on considère les Vendéens comme des belligérants, il n'en est pas de même des émigrés!...

— Partez, monsieur, vous êtes libre... Partez ! L'émigré tressaillit. Un flot de sang
empourpra son visage. (P. 130.)

— Je le sais, monsieur ; nous sommes hors la loi ! prononça l'é-
migré en inclinant la tête...

Georges Ravergy l'interrompit :

— Vous comprenez alors, dit-il, que je me refuse formellement
à vous accepter comme prisonnier...

« Vous conduire au camp de ceux que vos amis ont surnommés

les Bleus, ce serait vous conduire à la mort!... Je ne commettrai pas
cet acte d'odieuse cruauté.

« Partez, monsieur, vous êtes libre... Partez!

L'émigré tressaillit. Un flot de sang empourpra son visage. Il
demeura pensif, profondément absorbé, comme si, à ce moment, un
combat intérieur se fût livré en lui.

Puis, il prononça d'une voix ferme et résolue les paroles suivantes :

— Je ne rejoindrai pas ceux qui vont continuer cette horrible
guerre entre les enfants d'une même patrie!...

« Je ne porterai plus les armes contre la France!...

Après avoir dit ces mots, il se baissa, ramassa son épée et en
brisa la lame.

D'un même mouvement spontané, les deux adversaires se serrèrent la main.

Au moment où ils allaient se séparer, l'émigré dit à l'officier :

— Me direz-vous, monsieur, avec qui j'ai eu l'honneur de croiser
le fer?

L'officier tira un carnet de sa poche et en détacha un feuillet sur
lequel il écrivit son nom.

L'émigré avait fait de même.

Ils échangèrent les deux papiers.

— Dieu veuille, monsieur, dit l'émigré, que nous nous rencontrions de nouveau, quand cette épouvantable guerre civile aura pris
fin!...

— Dieu le veuille! répondit l'officier d'un ton de mélancolie.

L'émigré porta les yeux sur le feuillet de papier et lut tout haut :

GEORGES DE RAVERGY.

L'officier courba le front, et dit :

— Je suis le fils du marquis de Ravergy!

A ce moment un bruit de voix se fit entendre, dans l'épaisseur
du bois.

— Partez, monsieur; voici mes soldats qui reviennent!

L'émigré serra de nouveau et affectueusement cette fois la main
de l'officier et s'éloigna avec précipitation.

Georges Ravergy le suivit du regard jusqu'à ce qu'il l'eût vu hors
de danger.

Alors, jetant les yeux sur le feuillet de papier que lui avait remis l'émigré, il y lut ce nom :

VICOMTE DE CHATEAUBRIAND.

C'est avec l'illustre auteur du *Génie du Christianisme* que Ravergy venait de faire assaut de générosité.

Maintenant que nous avons dit quel brave et loyal soldat, quel ardent patriote était le généreux sauveur de Thérèse, il ne nous reste plus qu'à apprendre au lecteur par suite de quel dramatique événement le capitaine Ravergy, abandonnant la glorieuse carrière qui s'ouvrait devant lui, allait se mettre à poursuivre cet infâme Delaverne, à la recherche duquel notre héroïne s'était courageusement dévouée.

IV

LA COLONNE MOBILE

Le Directoire, qui venait de succéder à la Convention, avait décidé de porter le coup mortel à la Chouannerie qui désolait la Bretagne et une partie de la Normandie, et d'en finir, une fois pour toutes, avec l'insurrection vendéenne.

Hoche fut désigné pour aller prendre le commandement de l'armée qui campait dans les environs de Brest.

Il emmenait avec lui, pour en augmenter l'effectif, des troupes déjà éprouvées par d'incessants combats.

Diplomate très souple autant qu'il était grand homme de guerre, le général Hoche ne voulut pas user de rigueur envers les populations soulevées.

Ce sont les chefs qu'il voulait frapper sans pitié, tandis qu'il renvoyait dans leurs foyers les paysans faits prisonniers.

Le nouveau régime ouvrait le champ aux espérances des émigrés, à ce point que la presse royaliste s'enhardissait à juger les hommes et les événements, comme si l'on eût été à la veille d'une restauration monarchique.

C'est ainsi que des agents secrets distribuaient en Vendée des gazettes destinées à jeter le découragement parmi les « Bleus ».

Un jour que le sergent Michot était allé en maraude avec quelques-uns des camarades de la compagnie, il rapporta un papier imprimé que lui avait remis un vieux paysan rencontré dans le village.

Le Vendéen avait accueilli les soldats républicains avec empressement, les invitant à boire du poiré, chez lui.

On avait causé comme des amis, raconta Michot au capitaine Ravergy. Le vieux paysan déplorait cette guerre acharnée entre Français; et il lui avait remis la gazette, en disant : « Tu feras lire ça à tes hommes; ils auront ainsi des nouvelles de Paris. »

— Tu vas me raconter ce qu'il y a là-dedans, citoyen capitaine; car ce n'est pas ici que j'ai pu apprendre à lire.

Georges Ravergy avait déplié la gazette qui avait pour titre :

LA PETITE POSTE DE PARIS

Dans un article intitulé *Avant-Coureur* et rédigé avec plus de fiel que d'esprit, le journaliste, après avoir comparé la Révolution française à Saturne qui dévore ses enfants, faisait le procès du Directoire, régime, écrivait-il, qui imposait à la France républicaine tous les sacrifices, toutes les charges de la Monarchie, sans donner au peuple, tant éprouvé, les bienfaits que lui réserve une prochaine Restauration.

— Tu vois, citoyen capitaine, que ces scélérats de « Blancs » n'ont pas perdu l'espoir de nous ramener leurs princes ! Et ce serait pour ce beau résultat que toi et moi nous nous serions enrôlés et que nous aurions si souvent risqué de nous faire trouer la peau.

Eh bien ! on verra à empêcher ça.

Claude Michot avait repris la gazette qu'il froissa dans ses mains, avec colère.

Le capitaine Ravergy était habitué aux emportements de son compagnon. Il souriait des fureurs du sergent quand celui-ci parlait des Anglais qu'il appelait « des poissons rouges » et qu'il ne demandait, ajoutait-il, qu'à accommoder « au bleu ».

Claude Michot était très fier d'avoir trouvé cette plaisanterie et ne laissait jamais échapper l'occasion de la rééditer.

Mais ce qui surtout mettait en rage le sergent de grenadiers, c'était qu'on laissât sa compagnie dans l'inaction.

Et il avait coutume de s'écrier : « Est-ce qu'on va nous laisser ici, tout le temps, pour voir si le printemps s'avance. »

C'est qu'on était en Floréal, et, selon l'expression du sergent Michot, le printemps « s'avançait » effectivement.

Dans ce beau pays désolé par la guerre civile, les troupes foulaient les récoltes sorties merveilleusement de terre.

On s'égorgeait dans les verts pâturages que les troupeaux épouvantés avaient fuis, chassés par la mitraille.

On se poursuivait, l'arme au poing, dans les vergers, dans les vallons enchanteurs, tout le long des ruisseaux fleuris.

La mitraille et les balles hachaient les jeunes branches des arbres, tout frissonnants dans le bocage, au souffle des brises printanières.

La nuit, pendant ces combats acharnés, les bombes sillonnaient l'espace sous le firmament constellé d'étoiles, et les cris des blessés allaient réveiller, dans son nid, la couvée saisie d'effroi.

Déplorable contraste entre le renouveau de la nature et ces scènes de mort qui avaient pour théâtre les champs, les prés, les bois, rajeunis après le long sommeil de l'hiver.

Les grand'gardes guettaient l'ennemi au passage, cachés dans les buissons où rouges-gorges et fauvettes donnent, au réveil, leurs concerts d'amour.

Après chacun de ces combats meurtriers, qui se renouvelaient presque chaque jour dans le beau pays de l'Ouest, que de corps sans vie, dans les blés; que de morts et de mourants sous les pommiers en fleurs !

. . . .

Tandis que le sergent Michot se plaignait avec tant d'amertume qu'on ne songeât pas à utiliser le courage et le dévouement bien connus de la fameuse compagnie de grenadiers du capitaine Ravergy, celui-ci était tombé, degré par degré, dans une profonde tristesse.

L'exaltation patriotique s'était peu à peu calmée dans l'inaction, en même temps que tombait la fièvre du combat; le fils du marquis de Ravergy ne comptait plus les accès de sombre mélancolie.

Quand le service ne le retenait pas auprès des soldats de sa compagnie, il cherchait la solitude et s'absorbait dans de longues et douloureuses méditations.

Souvent, il regardait dans le passé, évoquant ses souvenirs, depuis les jours si heureux de son enfance entourée de la sollicitude maternelle jusqu'à ce jour fatal où il avait résisté énergiquement à la voix de son père, — le seul parent qui lui restât, — et dont il s'était séparé peut-être pour toujours.

Depuis trois ans qu'il avait répondu à l'élan de son âme animée de sentiments patriotiques, il était sans nouvelles de l'émigré.

Que de fois, pendant ces tourments et les inquiétudes que lui faisait éprouver l'absence de nouvelles du marquis, que de fois n'avait-il pas été saisi d'une mystérieuse terreur, d'un sombre pressentiment!

Il se disait qu'en quittant la France, l'émigré, obéissant à la voix de sa conscience, avait voulu, en s'exilant, faire acte de fidélité à cette famille royale qu'il avait servie, aimée et dont il déplorait la chute; mais cette preuve de fidélité n'impliquait pas que le gentilhomme pût jamais consentir à grossir les rangs de l'émigration militante et à prendre part aux coupables tentatives qui auraient pour but de restaurer, par les armes et avec le secours de l'étranger, cette famille royale que la nation avait à jamais proscrite.

La nouvelle avait, un jour, circulé au bivouac, que les « Blancs » avaient fait fusiller en bloc plus de cinq cents prisonniers républicains, et que le général Hoche avait décidé de tirer vengeance de cet acte d'odieuse cruauté.

Cette terrible nouvelle avait causé à Georges Ravergy une violente émotion.

Il se demandait, en frémissant, ce que le marquis faisait à l'étranger.

Un tremblement l'agitait jusqu'au fond du cœur, comme s'il eût eu de nouveau le pressentiment qu'un affreux malheur planait sur lui.

Que n'eût-il pas donné pour avoir des nouvelles de l'émigré? mais comment? Par quel moyen? Il se souvenait alors d'une des dernières recommandations que lui avait adressées son père et qu'il avait négligé de mettre à profit :

« Je ne veux pas te laisser sans ressources pécuniaires à Paris, lui avait dit le marquis en l'embrassant une dernière fois; voici l'adresse d'un homme qui possède toute ma confiance.

« Tu pourras t'adresser à lui toutes les fois que tu auras besoin d'argent! »

Jamais Georges Ravergy n'avait eu recours à la bourse de celui auprès duquel l'avait accrédité l'émigré.

Jamais il ne lui était venu à la pensée de regarder le papier sur lequel le marquis avait écrit l'adresse de cet homme.

Mais, tourmenté comme il l'était à présent, le capitaine Ravergy se demandait s'il ne pourrait pas s'adresser à lui, afin d'avoir des nouvelles de son père.

Sous l'empire de cette pensée, Georges Ravergy prit le portefeuille qu'il portait toujours sur lui, et tira d'une des poches l'adresse suivante :

DELAVERNE

Rue Saint-Louis-en-l'Ile.

Mais comment faire parvenir une lettre à cet homme qui était, vraisemblablement, en correspondance avec les émigrés?

Ne serait-ce pas se compromettre?

Et, répondant à une idée qui lui traversait à ce moment l'esprit, le capitaine républicain pensait :

— Non! Quelles que soient les convictions politiques de mon père, quelque fidélité qu'il garde à la monarchie, jamais il ne conspirera contre son pays, jamais, surtout, il ne portera les armes contre la France !

C'est dans cette conviction, qu'il attendait la fin de cette lutte fratricide entre Français.

Or, afin d'arriver plus promptement à la complète pacification de la Vendée, le général Hoche avait mis en pratique, dans l'Ouest, la tactique qui lui avait si bien réussi dans l'Est.

Le jeune général, qui avait donné tant de preuves de son activité, en faisant traverser à son armée les Vosges, par une effroyable tempête, afin de tomber sur les derrières de l'armée ennemie, lançait dans toutes les directions des colonnes mobiles.

Il arrivait ainsi à isoler les généraux vendéens et à les battre séparément, avant qu'on ait pu leur porter secours.

Seule, la colonne dont faisait partie la compagnie du capitaine Ravergy semblait vouée à l'inaction.

Cette colonne avait son campement sur une hauteur d'où l'on voyait, presque chaque jour, des masses de troupes passer, au loin, dans la campagne.

De temps en temps aussi, les soldats de la colonne campée, se portaient sur le passage des camarades pour fraterniser.

Chaque fois, le sergent Michot s'en revenait plus furieux que jamais. Il s'emportait contre ce « blanc-bec » de Hoche qui, disait-il, ne devait pas s'y connaître en fait de braves, puisqu'il laissait « moisir » le capitaine Ravergy et lui.

Dans son impatience de voir arriver l'ordre de lever le camp, il allait bavarder, un peu partout, et principalement à la cantine où, on le sait, viennent se centraliser toutes les nouvelles.

C'est là, entre deux « pichets » de cidre, qu'il apprit, par le planton du colonel, que l'on allait « plier bagage », le jour même.

Claude Michot avait aussitôt couru annoncer à Georges Ravergy :

— Cette fois, ça y est, citoyen capitaine ; c'est à notre tour à marcher.

L'ordre de se mettre en route était arrivé au chef de la colonne, juste comme les soldats attendaient l'heure de la soupe.

Mais pas un qui maugréât contre l'obligation où l'on allait se trouver de se serrer le ventre jusqu'à nouvel ordre.

— En route, camarades ! criait le sergent Michot à sa section, nous mangerons où et quand nous pourrons !...

Quand la colonne se trouva prête à partir, le colonel fit former le carré, et transmit aux officiers réunis devant lui les ordres du général en chef.

Et s'adressant au capitaine Ravergy :

— Citoyen capitaine, lui dit-il ; votre compagnie est désignée pour être d'avant-garde.

Il ajouta :

— Camarades, ce que j'ai à vous communiquer va vous surprendre, mais c'est l'ordre formel du général.

Écoutez donc, et que chacun de vous se pénètre bien de la responsabilité qu'il assumerait s'il n'observait pas rigoureusement les recommandations que je vais lui adresser.

Il continua en élevant la voix, de façon à être entendu par les soldats qui formaient le carré :

— Le citoyen général Hoche ordonne d'éviter toute rencontre avec l'ennemi.

Un sourd murmure ayant accueilli ces paroles, le colonel, — un des officiers que Hoche avait ramenés avec les troupes ayant servi sous ses ordres dans l'Est, s'empressa d'ajouter :

— C'est l'ordre du général qui sait ce qu'il fait, entendez-vous, camarades ! Donc, il faudra éviter de rencontrer les « Blancs », et, s'ils vous offrent le combat, se retirer, battre en retraite, sans tirer un coup de fusil.

Un second grognement protesta avec un redoublement d'énergie.

— C'est l'ordre du général ! répéta l'officier.

Le colonel connaissait parfaitement le pays. Il donna les indications nécessaires au capitaine Ravergy, afin que celui-ci évitât de traverser les villages et se dirigea lui et ses hommes vers le littoral de la mer...

Le but de cette marche mystérieuse et hâtive ne fut plus un secret pour personne.

— Les voilà! Les voilà! (P. 140.)

Chacun, dans la colonne mobile, était convaincu qu'on allait s'opposer, de vive force, à un débarquement des Anglais, qui amenaient des émigrés destinés à commander l'armée secrètement réorganisée des Vendéens.

Parmi ces émigrés, disait-on, devait se trouver un membre de la famille royale, le comte d'Artois lui-même.

— Alors, s'écria joyeusement Michot, nous allons en découdre.

18. — SEULE!   18.

Et il ajouta :

— J'ai assisté, déjà, à une tentative de la même espèce, à Quiberon. Nous y étions, le capitaine Ravergy et moi, pas vrai, capitaine ?

— Oui, dit tristement Ravergy, et d'épouvantables scènes se sont déroulées devant mes yeux pendant cette déroute des nobles sur cette plage de Quiberon.

Les Anglais, ces éternels ennemis de notre France, désireux d'éterniser la lutte entre les citoyens de la même patrie, avaient offert une escadre qui devait débarquer sur notre côte deux cents émigrés qu'ils promettaient de soutenir de leurs armes. Mais en nous trouvant prêts à les recevoir, après avoir battu, déjà, les Vendéens, auxquels ils venaient se joindre, les Anglais s'empressèrent d'abandonner leurs alliés.

Il y eut, alors, un horrible massacre... La lutte ne pouvait se prolonger. Les vaincus, mis en fuite, n'avaient plus d'autre espoir que d'atteindre, à la nage, les chaloupes qui les avaient amenés et qui s'en retournaient, à force de rames, vers l'escadre qui, prudemment, s'était tenue hors de portée de nos batteries.

J'ai vu les émigrés, affolés, nager vers les chaloupes chargées de matelots anglais, les atteindre et, malgré leurs cris de désespoir, leurs prières, leur rage impuissante, je les ai vus repoussés à coups d'aviron.

J'en ai vu qui s'accrochaient au plat-bord des embarcations et dont on hachait les mains à coups de sabre, dont on trouait la poitrine à coups de baïonnette, qu'on assommait à coups de gaffe, eux les frères, eux les alliés...

J'ai conservé de ces scènes de carnage, une horrible impression. Elle est toujours là, dans ma mémoire, ajouta-t-il en se frappant le front. Puissé-je n'avoir plus à assister jamais à un pareil spectacle...

Et cependant ce n'est pas fini !

— Non, dit Michot, il paraît que c'est la même petite fête qui va recommencer ; eh bien, qu'ils y viennent, les habits rouges et messieurs les nobles, on les exterminera tous... jusqu'au dernier.

— Jusqu'au dernier !... répéta sourdement Ravergy. — Jusqu'au... dernier !...

Et deux larmes s'échappèrent de ses yeux.

Il songeait à son père...

V

LA NUIT DU 10 FLORÉAL

Il était neuf heures du soir quand la colonne, après avoir fourni la seconde étape, arriva à l'endroit où le chef de la demi-brigade devait faire bivouaquer ses troupes, pour attendre les ordres.

Pays aride, mais site singulièrement pittoresque, éclairé qu'il était, d'une façon intermittente, par les rayons de la lune, quand le vent d'ouest faisait courir les nuages.

Le lieu choisi pour le campement était une plaine placée entre deux monticules rocheux, véritables forteresses naturelles qui commandaient toute la côte, et d'où des batteries de position eussent pu tenir à distance des escadres ennemies.

Entre ces deux hauteurs le sol fléchissait en une pente continue jusqu'à la mer.

Le défilé étranglé entre les deux mornes débouchait à proximité d'une petite baie encaissée au milieu de roches marines disposées en hémicycle; petit port de refuge pour les bateaux de pêche surpris par le gros temps.

Lorsqu'il eut donné ses ordres pour les grand'gardes, le chef de la colonne passa l'inspection du campement et, après avoir constaté la bonne tenue de la compagnie d'avant-garde, il frappa familièrement sur l'épaule du jeune officier qui, pendant cette marche forcée, avait donné l'exemple de la résistance à la fatigue :

— Je suis satisfait de toi, capitaine Ravergy, dit-il; tes grenadiers sont aussi dispos que s'ils venaient de se lever au camp.

Et il ajouta :

— Tu vas leur faire distribuer une ration double de cidre et de café, car il se pourrait bien qu'on ait besoin d'eux cette nuit.

A ce moment une rumeur se fit entendre et se communiqua, de compagnie à compagnie, dans toute l'étendue du camp.

— Voici le général! s'écria le sergent Michot qui était allé se renseigner.

C'était, en effet, le général Hoche qui, ayant mis pied à terre à l'entrée du camp, l'avait traversé rapidement, accompagné par un seul officier d'ordonnance.

Il s'approcha du groupe formé par le chef de la colonne, le capitaine et le sergent.

— Colonel Dumoulin, dit-il, je suis en retard d'un quart d'heure sur vous, car je m'étais proposé de venir vous attendre ici.

— J'ai fait mon possible pour arriver à l'heure, citoyen général. C'est que nous n'avons pas flâné en route; et le capitaine Ravergy, ici présent, a conduit l'avant-garde comme s'il s'agissait de surprendre l'ennemi... Malheureusement, nous n'avons trouvé personne ici. D'ailleurs, ajouta le colonel Dumoulin, nous avions ordre de ne pas prendre contact, si nous avions trouvé la place occupée par les « Blancs ».

— Nous ne tarderons pas, je pense, répondit Hoche, à dédommager ces braves de l'inaction et de cette excessive prudence qui leur a été imposée... Suivez-moi, colonel.

Et ils s'éloignèrent ensemble.

Quelques instants après, Hoche et le colonel Dumoulin se dirigeaient vers un rocher dont la masse imposante se détachait sur un fond de ciel éclairé par les rayons de la lune.

Arrivé au sommet, toujours accompagné par le colonel, Hoche, tourné du côté de la mer, semblait interroger l'horizon.

Tout à coup, un cri s'échappa de ses lèvres et, le bras étendu vers l'océan, il s'écria :

— Les voilà! Les voilà!

Qu'avait-il aperçu?

Ravergy et le sergent Michot dirigèrent leurs regards vers le point qu'indiquait le général; mais un nuage épais et noir passa subitement sur la lune et tout fut plongé dans une profonde obscurité.

— Ils viennent, répéta tristement Georges.

— Eh! oui, dit, au contraire, joyeusement, le sergent. C'est les Anglais qui ne s'attendent pas à nous trouver ici et nous allons leur tailler de solides croupières. Est-ce que ça ne vous met pas la joie au cœur, à toi qui détestes les habits rouges?

— Non, dit le capitaine, je ne sais ce qui se passe en moi, j'ai l'âme oppressée comme si je pressentais un malheur, un grand malheur.

— Un malheur! répondit Michot tout ému... Alors je ne te quitte pas d'une semelle.

— Tu te tiendras à ton poste et moi au mien, mon garçon, le devoir avant tout.

— Mon devoir de soldat, dit le sergent, j'ai pas l'habitude d'y manquer, tu le sais bien, citoyen capitaine; mais il y en a un autre que je me suis juré de remplir et je n'y manquerai pas davantage.

— Un autre? interrogea Georges étonné. Et quel est ce devoir?

— Je vais vous le dire, capitaine, répondit le brave garçon devenu, subitement, humble et respectueux. Avant de vous connaître, je n'avais plus, sur la terre, ni père, ni mère, ni frères, ni amis!... Je me trouvais seul, tout seul au monde. J'étais comme un malheureux caniche errant, abandonné, qui flaire à droite et à gauche, allant de l'un à l'autre, comme pour chercher un maître auquel il puisse s'attacher. Un jour, je vous ai rencontré et, rien qu'en vous voyant, je me suis senti attiré vers vous, plein d'admiration et de respect. Vous m'avez, tout de suite, parlé avec douceur, avec bonté. Plus tard, vous m'avez tendu la main et, quand sont venus les jours de bataille, vous m'avez généreusement secouru... Alors je me suis senti remué jusqu'au fond du cœur. Je me suis donné, tout entier, à vous, et je me suis dit: v'lan!... ça y est, mon bonhomme, tu n'es plus le pauvre chien abandonné, v'là ton maître : aime-le bien, c'est tout ce qu'il te reste à aimer sur terre. Et je vous aime bien, ajouta-t-il en pleurant, et si un danger vous menace, j'en veux ma part... Voilà... mon capitaine!...

Sincèrement ému à son tour, Georges, sans lui répondre, serra affectueusement la main de Michot.

— Vous m'acceptez comme bon serviteur? dit celui-ci.

— Non... comme ami.

— Alors, à la vie, à la mort! s'écria gaiement Michot... Mais pour le moment c'est à la mort des Anglais que nous allons travailler.

Hoche et le colonel, à cet instant, descendaient du haut du rocher.

— Il y a du nouveau, s'écria Claude Michot.

— Ils ont l'air de se presser...

Les voilà qui viennent de ce côté!... Non!... Il n'y en a qu'un!

— C'est notre colonel!

Le chef de la colonne accourait, en effet.

Il tomba comme une bombe entre le capitaine Georges et le sergent Michot.

— Bonne nouvelle, camarades! s'exclama-t-il le visage rayonnant, je crois que, cette fois, nous pourrons nous distinguer.

— C'est-il du poisson d'Angleterre que nous attendons? demanda Michel, déjà tout frémissant de joie...

— Mieux que cela!

Et le colonel ajouta avec un gros rire :

— On va te servir un plat de premier choix, mon garçon !... un prince !

Je vais vous mettre au courant en deux mots, afin que tu saches, citoyen capitaine, à quoi je me suis engagé pour toi !...

Écoute aussi, blanc-bec, car tu auras ta partie à exécuter dans la petite surprise que nous ménageons à quelqu'un qui se figure, en ce moment, que c'est lui qui va mettre en défaut la vigilance des soldats de la République.

Vous avez vu, tous les deux, que le général Hoche m'a emmené avec lui sur le sommet du rocher...

Il voulait s'assurer, de visu, comme disent les savants de l'Institut, de l'exactitude de certains renseignements qui lui étaient secrètement adressés de Paris.

Je puis d'autant mieux vous mettre au courant de la chose, que je me suis porté garant qu'il n'y avait pas deux hommes dans toute l'armée, qui soient plus aptes que le capitaine Ravergy et son sous-ordre, le sergent Michot, de mener à bien la petite expédition que je vais vous confier.

— Alors, dites bien vite ce qu'il s'agit de faire !

— Le général Hoche a reçu l'avis qu'un personnage de très haute importance avait décidé de mettre le pied sur le sol français.

— Un personnage... un grand émigré, alors ! dit Michot.

— Oui, blanc-bec, un de ceux qui sont allés se joindre aux étrangers pour envahir, avec eux, le sol sacré de la patrie !... Un de ces princes qui espèrent reconquérir la puissance souveraine qu'ils prétendent tenir de droit divin, dussent-ils pour cela marcher sur des milliers de cadavres de patriotes,... de Français !...

Celui qui s'est mis en tête d'accomplir cette belle équipée, n'est autre que l'un des frères de Capet, le ci-devant comte d'Artois en personne !...

— Et c'est nous qui allons le recevoir? s'exclama le sergent Michot transporté de joie !... Ah ! le citoyen général a bien fait de nous choisir !... Il peut compter que, mort ou vivant, nous lui amènerons l'Artois en question !...

— Silence, blanc-bec !... Laisse-moi dire à ton capitaine quel est le plan que le ci-devant prince et ses âmes damnées, les chefs de la chouannerie, ont combiné en Angleterre et espèrent mettre à exécution en France...

— Quand cela? demandèrent d'une même voix Georges Ravergy et le sergent Michot.

— Cette nuit même !

La lettre qui est parvenue au général Hoche, émane assurément d'un affilié qui a l'absolue confiance des chefs qui commandent les « Blancs », car les renseignements qu'il fournit et les détails qu'il donne sur le plan, sont d'une grande précision.

Pas mal combiné, du reste, ce plan de débarquement.

Jugez-en : afin de détourner notre attention du véritable projet et nous attirer sur un tout autre point que celui où devra s'effectuer le débarquement, l'escadre anglaise est chargée de se diriger, à force de voiles, vers le golfe de Gascogne. C'est une façon de nous faire supposer que les habits rouges descendront sur les côtes, soit près des Sables-d'Olonne, soit même plus bas.

Il est évident que ce serait une façon habile de nous donner le change ; et que, s'il n'eût été renseigné par un faux frère des émigrés, le général Hoche eût marché du côté du golfe de Gascogne, avec toutes ses forces, à la rencontre des Anglais, et pendant que nous aurions été occupés là-bas, le ci-devant d'Artois et les principaux chefs de la clique « Blanche » descendaient ici, où les bataillons vendéens se formaient comme par enchantement !

Tout le pays se soulevait, car il paraît que plus de dix mille hommes sont déjà prêts à prendre les armes aussitôt que le ci-devant comte d'Artois aura mis le pied sur la terre de France.

Alors tous les « Blancs » marcheraient rapidement sur Paris, renverseraient le gouvernement et restaureraient la monarchie.

Voilà ce que l'on a écrit, de Paris, au général Hoche, et c'est ce qui vous explique, mes camarades, pourquoi nous avons dû arriver ici à marches forcées !

Aussitôt, le général Hoche a pris ses dispositions pour déjouer le plan du ci-devant d'Artois.

En même temps qu'il nous faisait lever le camp pour nous envoyer ici attendre de nouveaux ordres, il échelonnait des troupes dans tout le pays qui devait se soulever.

Au lieu d'être joué, c'est maintenant lui qui jouera les autres.

Avant de pouvoir se réunir en bataillons, les Chouans seront écrasés et le coup aura raté !

Quant à l'escadre anglaise, elle en sera pour sa petite promenade du côté du golfe de Gascogne.

Nous l'avons vue cette escadre anglaise.

— Malgré l'obscurité ? demanda Georges Ravergy étonné.

— Oui !... Les navires avaient leurs feux allumés... Et si nous avions pu douter encore des renseignements parvenus au général Hoche, ce fait seul de naviguer avec leurs feux allumés, aurait suffi à prouver que ces bons Anglais cherchaient bien à nous donner le change en nous attirant du côté où ils dirigeaient l'escadre.

— Mais alors à bord de quel navire le comte d'Artois aurait-il pris passage?

La lettre adressée au général nous donne encore des renseignements précis à ce sujet.

Un petit lougre, ayant à bord le ci-devant d'Artois et ses amis les plus fidèles, arrivera, en longeant la côte de Bretagne, jusqu'à Larret.

On attendra le moment le plus sombre de la nuit pour mettre à la mer les deux embarcations qui porteront cette poignée d'hommes et les quelques soldats qui seront chargés de les protéger, au cas où les pêcheurs de la côte, — il y en a qui sont de bons citoyens, — voudraient faire aux émigrés une réception qui ne serait pas de leur goût.

Le colonel Dumoulin s'interrompit pendant quelques secondes, puis il reprit :

— Le général Hoche m'a demandé une compagnie d'élite pour aller s'emparer de ces audacieux et les faire prisonniers.

Il lui fallait, m'a-t-il dit, non seulement des hommes courageux, énergiques, déterminés, — parbleu! il n'y en a pas d'autres dans les armées de la République, — mais des hommes habiles à faire la guerre de surprise; car il ne s'agit pas de tomber sur ces gens-là et de leur donner l'éveil, ce qui leur permettrait de pousser les chaloupes au large et d'échapper, à la faveur de la nuit.

Il fallait également que cette troupe fût commandée avec intelligence.

« J'ai votre affaire! ai-je répondu au général. » Et quand j'ai eu désigné les grenadiers de la compagnie, Hoche s'est écrié : « Je connais le capitaine Ravergy; je l'ai vu à l'œuvre! J'ai toute confiance en lui! »

— Et il a raison le général, d'avoir confiance en nous! interrompit le sergent Michot.

On va lui prendre le ci-devant et les chefs des Chouans, comme on prend des souris dans une souricière!... Et cela, sacré tonnerre! en deux temps, trois mouvements.

— Mon cher capitaine, nous avons vu le lougre qui louvoyait, en attendant le moment propice pour opérer le débarquement.

Une exclamation d'horreur s'arracha de la poitrine de l'émigré. Le marquis de Ravergy
venait de reconnaître son fils. (P. 149).

Donc, d'ici deux heures au plus tard, il faut que tu aies fait prisonnière toute la bande...

— Nous allons nous mettre à l'affût, comme pour les lapins,
s'exclama Claude Michot, et, s'il en échappe un seul, je veux qu'on
m'oblige, pour me punir, à crier : « Vive le Roi ! »

Quelques minutes plus tard, le capitaine Ravergy, à la tête de ses grenadiers, s'engageait dans l'étroit défilé conduisant à la petite baie où devaient aborder les chaloupes.

Jamais chasseurs allant se placer à l'affût ne procédèrent avec plus de précaution et dans un silence aussi profond.

Les grenadiers passaient un à un et allaient se poster aux endroits que leur avait indiqués leur capitaine.

Bientôt il y eut un homme derrière chaque rocher; des soldats étaient étendus dans les anfractuosités du sol.

Le sergent Michot s'était blotti dans une sorte de caverne que la mer avait, à la longue, creusée dans le roc.

De l'endroit où il se trouvait, il lui était facile de voir toute l'étendue de la baie.

Quant à Georges Ravergy, il avait choisi son poste d'observation, derrière un des rochers qui surplombaient les autres et cachaientle débouché du défilé.

On avait procédé, pour prendre ainsi position, avec toute la prudence et, partant, toute la lenteur voulues. La cloche de l'église de Larret envoyait, dans l'espace, les douze coups de minuit, quand la compagnie du capitaine Ravergy se trouva complètement prête à recevoir ceux qui croyaient débarquer en toute sécurité.

Il avait été convenu, entre le capitaine Ravergy et le sergent Michot, que celui-ci donnerait le signal de l'attaque, lorsqu'il aurait vu les émigrés débarqués et que les chaloupes auraient poussé au large pour retourner vers le lougre.

Il était indispensable que l'on procédât de la sorte, afin de pouvoir entourer la troupe, l'empêcher de battre en retraite, de regagner la mer et de se rembarquer à bord des chaloupes.

De cette façon on la ferait prisonnière sans coup férir et l'on pourrait sans peine désarmer cette poignée d'hommes.

Dans les instructions qu'il avait données au jeune officier chargé de cette importante expédition, le colonel avait expressément recommandé de ne tirer sur les émigrés qu'à la dernière extrémité.

On sait que parmi ceux dont allait s'effectuer le débarquement, devait se trouver le comte d'Artois!...

On comprend que, dès lors, le général Hoche voulait, non des morts, mais des prisonniers.

Et le sergent Michot, après avoir arrêté avec son chef tout ce qu'il y avait à faire, avait regagné son poste d'observation.

Demeuré seul, Ravergy, à la pensée du terrible événement qui allait s'accomplir, sentit se réveiller en lui le sentiment d'angoisse qui, déjà, était venu l'assaillir... Un sombre pressentiment agitait son âme et son cœur se serrait avec violence.

Il n'acceptait pas cependant qu'au nombre de ces Français, devenus ennemis de la France, que parmi ces hommes qui rêvaient son asservissement, pût se trouver celui dont le nom lui brûlait les lèvres, dont l'image se dressait obstinément devant ses yeux.

Il n'acceptait pas, enfin, que le marquis de Ravergy, que son père pût se présenter tout à l'heure, les armes à la main, pour combattre les défenseurs de la mère patrie.

Il repoussait énergiquement cette image et, s'efforçant de ne croire qu'à l'arrestation et à la condamnation prochaine d'émigrés inconnus de lui, il murmurait douloureusement :

— Les malheureux!... les malheureux!...

. . . .

De gros nuages éteignaient constamment les rayons de la lune.

A la faveur des ténèbres, une embarcation s'était détachée du flanc du lougre, se dirigeant vers la côte.

Bientôt, elle allait aborder dans la petite baie encaissée entre les rochers.

Dans le silence de la nuit, on pouvait percevoir un faible bruit de rames prudemment manœuvrées et le murmure de l'eau indiquant que la barque trace son sillage dans les flots.

Les « Bleus » attendaient anxieusement le signal.

Mais, malgré l'exaltation contre les émigrés et la haine instinctive vouée à l'Anglais, un frisson passait dans tous ces cœurs de patriotes, à l'idée que l'on allait faire prisonniers des émigrés à qui la Convention n'avait pas voulu reconnaître la qualité de belligérants.

Cependant, esclave de son devoir de soldat, chacun attendait le moment de s'élancer, soit pour couper la retraite à ceux qui, à la première alerte, tenteraient de se réfugier dans l'embarcation, soit pour attaquer de front les émigrés, dès que ceux-ci se trouveraient réunis sur le rivage.

On avait dit aux soldats de la République qu'il s'agissait pour eux de rendre un signalé service à la Patrie, en s'emparant de la personne de l'un des Princes qui avaient pactisé avec l'étranger et fait couler tant de sang français.

Aussi n'était-il pas un de ces soldats à qui l'on avait indiqué ce qu'il aurait à faire, qui se fût, malgré son impatience à agir, laissé emporter hors des bornes de la plus extrême prudence, de peur de compromettre la réussite de l'entreprise.

Claude Michot, tapi dans la caverne qu'il avait choisie comme poste d'observation, prêtait l'oreille ; et un frémissement agita tout son être, quand il entendit la quille de la chaloupe faire gémir le sable du rivage.

L'ennemi abordait.

Les uns après les autres, les hommes qui se trouvaient dans l'embarcation sautèrent sur la plage.

— Quinze ! compta mentalement le sergent Michot.

Quand le dernier eut quitté l'embarcation, tous se rangèrent sur le rivage. Ils étaient armés de fusils, à l'exception du chef qui, l'épée nue, les passa rapidement en revue.

— Messieurs, dit celui-ci, assez haut pour que Claude Michot pût l'entendre, nous reprenons possession de notre patrie, au nom de Sa Majesté Louis XVII. Avec l'aide de Dieu, nous conserverons la France à notre auguste souverain.

Et, s'adressant aux marins qui attendaient des ordres, le chef des émigrés leur adressa, mais en anglais cette fois, ces paroles :

— Allez dire à Son Altesse Royale, monseigneur le comte d'Artois, qu'Elle peut venir sur la terre de France, où ses fidèles Vendéens l'attendent pour La conduire triomphalement à Paris !

La chaloupe poussa au large.

C'était le moment qu'attendait Claude Michot.

Le sergent fit entendre le signal convenu.

Dans la même seconde les soldats se précipitèrent avec promptitude et précision et se mirent à exécuter le mouvement tournant qui leur avait été commandé.

Des cris de surprise et de colère s'élevèrent aussitôt. Mais, loin de fuir, les émigrés se groupèrent autour de leur chef.

Celui-ci brandit son épée en s'écriant :

— Nous avons été trahis, défendons-nous, tant qu'un seul d'entre nous restera debout !

Celui qui avait ainsi rallié autour de lui ses compagnons pour mourir avec eux, était un homme de taille élevée, à la physionomie énergique et fière.

D'une main, il tenait l'épée nue ; de l'autre, il arrachait de sa ceinture un pistolet.

— En avant, messieurs, cria-t-il, en avant pour l'honneur et pour le Roi !

A ce moment, Georges Ravergy arrivait pour sommer les émigrés de se rendre, afin d'éviter l'effusion du sang français.

Il put entendre le chef de ces hommes résolus s'écrier :

— On ne nous prendra pas vivants. Prisonniers, c'est la honte et la mort qui nous attendent ! Sachons mourir ici, face à l'ennemi !

Et il poussa, de nouveau, le cri de « Vive le Roi ! »

— Vive la Patrie !... Vive la République !... Mort aux traîtres ! répondirent les grenadiers en se précipitant baïonnettes en avant !

Mais Georges Ravergy se fraya un passage. La voix vibrante du chef vendéen l'avait fait tressaillir.

Au son de cette voix, il avait éprouvé une commotion si violente qu'il semblait que son cœur allait éclater dans sa poitrine.

Il se jeta au-devant de ses soldats, leur donnant l'ordre de ne pas attaquer.

On eût dit qu'il voulût faire de son corps un rempart au chef des émigrés.

Brusquement, il détourna, de la poitrine de ce dernier, le coup de baïonnette qu'allait lui porter le sergent Michot.

Mais au moment même où il sauvait l'émigré, celui-ci braquait sur lui le canon de son pistolet.

Tout à coup un rayon de lune éclaira le groupe des combattants.

Une exclamation d'horreur s'arracha de la poitrine de l'émigré.

Le marquis de Ravergy venait de reconnaître son fils.

Le malheureux lança loin de lui l'arme dont tout à l'heure il menaçait son fils ; un bruit rauque déchira sa gorge comme un sanglot contenu.

Son visage était décomposé, ses yeux hagards, ses lèvres contractées, il semblait que sa raison s'égarait soudainement et qu'il allait accomplir quelque acte de folie.

Georges comprit ce qui se passait dans l'esprit de cet homme qui avait failli devenir le meurtrier de son enfant.

Et son regard suppliant cherchait à faire comprendre au marquis que toute manifestation de sa part serait un danger pour chacun d'eux.

Alors, surmontant l'émotion qui lui déchirait le cœur, le jeune officier républicain, appuyant la main sur le bras de son père, prononça ces paroles :

— Vous êtes mon prisonnier !

A ces mots, qui lui rappelaient le sort réservé aux émigrés qu'on prenait les armes à la main, le marquis, si violemment agité déjà par l'émouvante scène qui venait d'avoir lieu, promena autour de lui ses yeux hagards; il semblait chercher à s'emparer d'une arme, afin de mettre fin à ses jours.

Puis, comme si une pensée de résignation eût tout à coup traversé son esprit, le vieux gentilhomme courba le front.

Mais ses compagnons, surpris de voir leur chef se rendre, alors qu'il leur avait donné l'ordre de se défendre jusqu'à la mort, se révoltèrent à l'idée d'une capitulation qu'ils considéraient comme une lâcheté et comme une trahison.

Tous se jetèrent, avec des cris de rage, sur les soldats qui s'apprêtaient à les désarmer, se vouant ainsi à une mort certaine.

Le marquis de Ravergy, à la vue de ses compagnons qui allaient donner stoïquement leur vie, pour ne pas se parjurer et pour tenir le serment de fidélité qu'ils avaient fait aux princes de la famille royale, poussa un cri de désespoir :

— Laisse-moi mourir avec eux! — s'exclama-t-il, cherchant à se dégager de l'étreinte de son fils.

— Je veux que tu vives, mon père! — prononça tout bas Ravergy.

Et, se jetant au cou du marquis, il l'entraîna, aidé par le sergent Michot, loin de cet étrange champ de bataille, où les vainqueurs s'acharnaient à faire prisonniers des adversaires qui ne demandaient qu'à mourir!

Quand la fusillade eut cessé et que les grenadiers républicains eurent rejoint le capitaine Ravergy, tous les compagnons du marquis étaient étendus, face au ciel, sur la terre de France qu'ils avaient espéré reconquérir à leurs princes. Tous étaient morts!

Le vieux gentilhomme, qu'on avait condamné à vivre, était maintenant comme transfiguré.

Après avoir passé par les effroyables émotions qu'il venait de subir, en se trouvant en présence de son fils, devenu son adversaire, après avoir vu mourir tous ses compagnons d'armes, il se redressa, refoulant ses sanglots, contenant les larmes prêtes à jaillir.

On eût pu croire qu'il se résignait à son sort, quand, s'adressant à son fils, il lui dit :

— Capitaine, je suis votre prisonnier! Faites votre devoir!

Il s'était placé à côté de l'officier, la tête haute, le regard assuré et la démarche droite et ferme.

En le voyant si énergique, si fier et si résolu, lui, — le vaincu,

— à côté de ce jeune officier au regard sombre, au front courbé, on eût pu se demander lequel des deux était le prisonnier de l'autre.

C'est qu'à ce moment, leurs âmes tressaillaient d'une même émotion.

Et, si on eût pu lire dans la pensée de chacun d'eux, on eût compris qu'à cette heure d'effroyable épreuve, chacun d'eux nourrissait la même pensée de sacrifice : la pensée de sauver l'autre.

— Je subirai mon sort, — se disait le père ; mais qu'on ignore toujours le lien qui nous unit, car le malheureux enfant serait perdu!

Et le fils pensait :

— Fût-ce au prix de ma vie, je veux que mon père vive!

Puis à cette exaltation de l'âme succédaient de nouvelles, de plus violentes angoisses.

L'effroyable réalité apparaissait dans toute son horreur, à ce fils qui, soldat, était contraint de se conformer aux ordres qu'on lui donnerait.

Il avait voulu sauver son père d'une mort immédiate, et, pour cela, il n'avait eu d'autre moyen que de faire le marquis prisonnier de guerre.

Mais, à présent, comment conjurer le sort qui attendait ce Français, ce traître à la patrie, pris les armes à la main?

Comment dépeindre les angoisses de l'infortuné à mesure que se raccourcissait la distance qu'on avait encore à parcourir pour arriver à l'endroit où campait la colonne!

Comment dire tous les déchirements de cette âme affolée qui implorait une inspiration du ciel et retombait toujours plus profondément dans le désespoir!

Pendant cette lugubre marche au milieu des ténèbres, le père et le fils étaient obligés de garder le silence, en présence de ces soldats qui, animés par la lutte acharnée qu'ils venaient de soutenir, se pressaient pour examiner de près ce prisonnier, ce chef qui avait survécu à ses soldats.

La moindre parole imprudente échappée, soit au prisonnier, soit au capitaine Ravergy, eût été immédiatement interprétée d'une façon menaçante.

Torturé par les surhumains efforts qu'il s'imposait pour ne pas laisser éclater sa douleur, Ravergy en arrivait, degré par degré, à un état d'esprit voisin de la démence.

Inconsciemment, il laissait déborder de son cœur le désespoir qui le torturait et, de sa bouche, s'échappaient des paroles qui pouvaient le trahir...

Le marquis de Ravergy, comme s'il lisait dans la pensée de son fils, se rapprochait furtivement de lui, cherchant à lui recommander la prudence, à lui rappeler les ordres rigoureux qu'il avait reçus et l'impérieux devoir qui lui était imposé.

— Prends garde, lui murmurait-il à l'oreille.

Et comme, en disant ces mots, sa main s'appuyait sur le bras de Georges, le malheureux père comprenait, au tremblement convulsif qui l'agitait, tout ce qu'il ressentait de douleur et de désespoir...

La marche de la petite colonne s'arrêta tout à coup.

Plusieurs officiers à cheval accouraient, de toute la vitesse de leurs montures, au-devant de la compagnie de grenadiers.

— Halte! commanda machinalement le capitaine Ravergy, comme un homme qui se réveille en sursaut.

— Halte! répéta-t-on, de section en section, jusqu'au dernier rang de la compagnie.

C'était le général Hoche, accompagné de quelques officiers de son état-major, qui venait se rendre compte, par lui-même, du résultat de l'opération, dont il n'avait pu suivre qu'imparfaitement les péripéties, du haut du rocher où il s'était tenu.

— Eh bien, capitaine Ravergy, demanda-t-il, où sont les prisonniers?

Il ajouta, d'un ton sévère :

— J'avais donné des ordres formels, pour qu'on évitât le combat. Je voulais des prisonniers!

— Vous n'en aurez qu'un, pour cette fois, général! prononça le marquis de Ravergy, d'un ton calme et ferme.

Et il ajouta, montrant son fils :

Respectueusement soumis à vos ordres, le capitaine... dont je suis le prisonnier, n'a pas commandé l'attaque. Ceux qui m'accompagnaient ont valeureusement engagé le combat. Tous ont payé de leur vie cette héroïque résistance.

— Et le ci-devant comte d'Artois? interrompit Hoche.

Le marquis répondit, d'un ton de hauteur :

— Son Altesse Royale est fort heureusement en sûreté...

— J'avais cependant des renseignements précis! prononça le général Hoche en se tournant vers les officiers de son état-major.

Et, brusquement, il ajouta, le bras tendu vers la mer où l'on apercevait, au loin, les feux de l'escadre anglaise :

... Il pressait l'officier sur sa poitrine... (P. 157.)

— Oui, voilà bien, là-bas, l'escadre que l'on m'avait annoncée, comme devant faire une diversion, dans le but de faciliter le débarquement du comte d'Artois, dans la baie de Larret!

— Trahison! odieuse trahison! s'exclama le prisonnier, en serrant les poings dans un mouvement de colère.

Il ajouta, s'adressant, d'un ton d'amertume, au général républicain :

20. — SEULE! 20.

— Ah! vous avez été bien servi, général, et je crois comprendre d'où sont venus ces... précieux renseignements... Je sais quel est l'auteur de l'infâme trahison dont nous sommes victimes. Bah! ajouta-t-il avec une insouciante résignation, le sort en est jeté et, si je n'ai pas pu partir avec mes compagnons, les vôtres se chargeront bientôt de m'envoyer les rejoindre.

A partir de ce moment, il sembla que tout lui fût devenu indifférent et qu'il n'attendît plus que le dénouement fatalement prévu. Mais il fut subitement tiré de la froide impassibilité qu'il s'était imposée, et c'est en frémissant qu'il entendit le général Hoche dire au jeune officier :

— Capitaine Ravergy, je vous confie la garde du prisonnier; vous me répondez de lui, ne l'oubliez pas!

Georges Ravergy s'inclina en signe d'obéissance.

La violente émotion que venaient de faire naître en lui les paroles du général le mettait hors d'état de répondre.

Quelques instants après le général Hoche retournait au camp, laissant marcher son cheval au pas, comme s'il eût voulu arriver en même temps que la compagnie de grenadiers.

La colonne mobile bivouaquait dans un hameau, à deux kilomètres de Larret.

Selon son habitude, depuis qu'il avait été chargé de la pacification de la Vendée, Hoche avait ordonné à ses soldats de respecter les églises et les presbytères.

Comme à l'approche de la colonne, toute la population s'était enfuie, les « Bleus » avaient pris possession des maisons et s'y étaient installés le plus confortablement possible.

Seul le curé n'avait pas imité ses ouailles.

Pendant tout le temps qu'avait duré l'action qui s'était terminée par la capture du marquis de Ravergy et la mort de ses compagnons, le curé s'était tenu en prières.

Et maintenant, il venait demander au général républicain de l'autoriser à rendre les derniers devoirs à ceux qui étaient morts.

Hoche ne lui laissa pas le temps de formuler sa demande :

— Monsieur l'abbé, lui dit-il, j'ai besoin de faire occuper militairement votre presbytère.

— Vous êtes le maître, monsieur le général!

— Nous avons un prisonnier auquel j'assigne pour prison votre demeure, jusqu'à l'heure où le conseil de guerre, que je vais faire convoquer, aura prononcé sur son sort.

Le curé s'inclina.

Pendant cette terrible guerre de Vendée, les adversaires ne se faisaient pas de quartier.

Le Vendéen pris les armes à la main était passé par les armes sans jugement, en réciprocité de terribles supplices que les « Blancs » faisaient subir aux républicains qui tombaient en leur pouvoir, pendant la bataille.

C'est contrairement à ce qui se faisait d'habitude, que le général Hoche avait décidé que le prisonnier fait à Larret passerait devant le Conseil.

Il supposait, non sans raison, que celui auquel le comte d'Artois avait confié la mission de le précéder sur la terre de France et de préparer la levée en masse des Vendéens, ne pouvait être qu'un personnage de haute importance et qu'on en pourrait tirer quelques révélations utiles.

On allait vite en besogne à cette époque. Fait prisonnier à minuit, le marquis de Ravergy allait comparaître, moins de deux heures plus tard, devant le conseil de guerre que le général Hoche avait voulu présider lui-même.

Et, à moins d'incidents extraordinaires, l'exécution du jugement aurait lieu au petit jour.

Lorsqu'il eut reçu de son général l'ordre qui le constituait gardien du prisonnier, dont il répondrait, le capitaine Ravergy avait échangé avec son père un regard empreint d'une double signification.

Le regard de Roger exprimait une espérance que son père repoussait avec énergie.

C'était, du moins, pour l'un et pour l'autre, la certitude de pouvoir, jusqu'au dernier moment, se témoigner la tendresse depuis si longtemps refoulée douloureusement dans le cœur de chacun d'eux.

La présence du curé était pour le marquis une consolation.

Il se disait qu'un prêtre l'assisterait à ses derniers moments, car il ne doutait pas que l'ecclésiastique n'obtînt l'autorisation de le visiter dans sa prison, puisque c'était Georges qui en avait la garde.

En arrivant au presbytère, le marquis avait été conduit dans une chambre située au premier étage et qu'une porte dissimulée dans la boiserie faisait communiquer, par un couloir étroit et sombre, avec un logement occupé par le bedeau et d'où l'on pénétrait dans la sacristie de l'église. C'est sur le conseil de l'ecclésiastique que Ravergy avait choisi cette chambre, — la plus confortable, avait dit le curé.

Une section de grenadiers sous le commandement du sergent Michot avait été désignée pour garder militairement le presbytère.

Le reste de la compagnie était resté au bivouac.

Au moment où le marquis pénétrait dans la chambre, il se tourna vers son fils qui l'avait accompagné et qui se tenait sur le seuil, ayant derrière lui le sergent Michot et plusieurs grenadiers; il lui adressa ces paroles :

— Je vous rendrai la tâche facile, monsieur le capitaine, car, je vous le jure, je n'ai aucun désir de tenter une évasion...

— Il ne faudrait pas essayer ça! interrompit brusquement Claude Michot, en tapant de la paume de la main sur la batterie de son fusil.

D'un geste, Georges imposa silence au sergent, tandis que, de son côté, le marquis adressait au sergent un regard dédaigneux.

Et, s'adressant de nouveau au capitaine, il ajouta :

— On ne cherche pas à s'évader, quand on a eu le malheur de survivre à des compagnons dont on avait fait serment de partager le sort.

Et si je suis encore de ce monde, ajouta-t-il, c'est parce que le destin a voulu que vous vous trouviez en face de moi... monsieur le capitaine.

Georges, ému jusqu'au fond du cœur, demeurait silencieux, atterré.

L'attitude calme et résignée de son père le livrait aux plus horribles déchirements de l'âme, lui qui savait bien quel sort fatal lui était réservé.

Brusquement, il donna l'ordre à ses hommes de se retirer.

Le sergent Michot n'obéit qu'en grommelant, très étonné d'entendre le capitaine déclarer qu'il se chargeait, personnellement, de la garde du prisonnier et allait s'installer dans la chambre voisine, dont nous avons parlé.

Aussi Claude Michot, après avoir chargé le caporal de placer des sentinelles à toutes les issues, revint-il, à pas de loup, au premier étage. Et comme il arrivait à la chambre dont nous avons parlé, il ne put retenir une exclamation de surprise.

Le capitaine Ravergy avait disparu.

VII

LE DEVOIR !

Ainsi qu'il fut facile au sergent de s'en assurer en écoutant à la porte, Georges Ravergy, une fois seul, était allé rejoindre le prisonnier.

Au bruit qu'il fit en entrant, le marquis s'était précipité, les bras ouverts, au-devant de son fils en s'écriant :

— Je t'attendais,... Georges ! mon pauvre enfant !

Et, l'émotion lui coupant la parole, il pressait l'officier sur sa poitrine dans une longue étreinte, pendant laquelle leurs cœurs, transportés d'une même douloureuse émotion, battaient avec force.

Ce fut le père qui, le premier, recouvra assez d'énergie pour entamer l'entretien.

Il desserra les bras et se dégagea doucement de l'étreinte de son fils.

— Georges, prononça-t-il en essayant de donner à sa voix une énergie que démentait son cœur, Georges, je t'exhorte au courage, dont je veux, dont je dois te donner l'exemple...

Quelle horrible fatalité a placé en face l'un de l'autre le père et le fils, les armes à la main et prêts à s'égorger !...

— Est-ce bien la fatalité, Georges ? dit le vieux gentilhomme en secouant la tête avec tristesse.

N'est-ce pas plutôt la Providence qui a voulu nous réunir... encore une fois ?... La dernière... sans doute !

— La dernière !... La dernière !... s'écria Georges.

Et comme l'officier, frappé d'accablement, courbait le front et avait peine à retenir ses sanglots, le marquis lui prit les mains et, les serrant avec force dans les siennes, il ajouta doucement :

— Oui, c'est la Providence, mon enfant, qui a permis que je revoie et que je reconnaisse ici que c'est toi, Georges, toi dont l'âme noble et loyale avait le mieux compris les devoirs envers la Patrie !...

— Oh ! mon père ! mon père !...

— Je comprends, à présent, tout ce qu'elle a d'horrible, d'épouvantable, cette guerre qui place des Français en face des Français et les aveugle au point d'en faire d'implacables ennemis ; cette guerre criminelle qui expose le père à devenir le meurtrier de son enfant !...

— Éloignez ces souvenirs, mon père, et occupons-nous de vous, de vous seul.

— Non, mon sort est décidé, mon fils, je suis prêt à mourir et je ne renie pas, cependant, les croyances de ma vie entière. Je me souviendrai, jusqu'au dernier moment, de la devise que mes aïeux m'ont transmise et que voici :

Dieu et le Roi !

— Et moi, mon père, voilà celle que m'a dictée ma conscience :

Dieu et la Patrie !...

Chacun de nous a suivi la voie qu'il croyait juste, sainte et sacrée et ce n'est pas le hasard, c'est le ciel lui-même qui a voulu qu'au jour de la lutte nous nous trouvions l'un en face de l'autre, afin que le fils, resté fidèle aux lois et aux institutions de son pays, puisse sauver son père...

— Tu veux tenter de me sauver ! c'est-à-dire : exposer ton honneur de soldat et ta vie.

Je ne l'accepte pas, je le défends, entends-tu, je le défends...

Et d'ailleurs, ajouta-t-il avec une expression d'abattement et de dégoût de la vie, que ferais-je désormais en ce monde où j'ai vu tomber tant de nobles cœurs que j'avais fait le serment de conduire au triomphe ou de mourir avec eux ?...

Va, ma vie est finie. — La tienne, au contraire, commence brillante et glorieuse. — Du fond de mon exil, je t'ai suivi pas à pas.

Le drapeau sous lequel tu t'es enrôlé abrite, je le reconnais, des vaillants qui se sont illustrés, déjà, dans des journées à jamais mémorables et, malgré moi, mon cœur a parfois tressailli de fierté au récit de ces hauts faits merveilleux... funestes pour la cause que je servais ; mais à jamais glorieux pour notre France !...

Il faut fatalement que l'un de nous deux disparaisse !...

Je suis fier de t'avoir donné la vie, je me maudirais d'être l'auteur de ta mort !

A ce moment, un craquement se produisit dans la boiserie.

Un bruit de pas étouffés se fit entendre.

Georges s'élança vers la porte de la chambre voisine.

Elle était vide.

. . . .

Le Conseil de guerre était réuni, et un officier d'ordonnance du général Hoche venait chercher le prisonnier, avec une garde spéciale.

Le capitaine Ravergy recevait, en même temps, l'ordre de ne pas quitter son poste, au presbytère, où on lui ramènerait le prisonnier après le prononcé du verdict.

A la vue de son père au milieu du peloton de soldats chargés de le conduire devant ses juges, Georges éprouva un horrible déchirement de cœur.

Un tremblement convulsif agita ses membres et la pâleur mortelle dont se couvrit son visage menaçait de trahir la torture de son âme.

L'officier d'ordonnance était sorti le premier de la chambre du prisonnier qui, s'approchant de son fils, lui dit tout bas en s'éloignant :

— Souviens-toi de ma volonté dernière.

— Je me souviens que tu es mon père, murmura Georges.

Il savait que les événements allaient se précipiter ; que la réunion du Conseil de guerre n'était qu'une formalité et qu'après la condamnation, — inévitable, — on ne tarderait pas à procéder à l'exécution du condamné.

Il fallait donc agir avec la plus grande promptitude, si l'on voulait combiner un plan et le mettre à exécution pour sauver l'émigré.

Décidé à tout tenter dans ce but, Georges, après le départ du marquis, songeait à se mettre à la recherche du sergent Michot, lorsque celui-ci se présenta, subitement, devant lui.

— Que veux-tu ? demanda le capitaine.

Le sergent se plaça bien en face de lui et, le regardant avec des yeux de bon gros chien, attendant les ordres de son maître, il répondit d'une voix pleine de douceur et de soumission :

— J'attends que tu me dises ce que nous allons faire pour essayer de le sauver.

— De qui parles-tu ? dit en tremblant Georges.

— Tu le sais bien, inutile de le nommer.

— Tu nous écoutais donc ?

— Vous parliez si haut que quelques-unes de vos paroles arrivaient jusqu'à ceux qui se tenaient en bas. Un mot que tu as dit m'a fait bondir !... J'ai eu peur que les camarades vous entendent, et je suis monté dans la chambre qui est là, à côté, pour te prévenir, si c'était nécessaire. Vous m'avez entendu, tous les deux, vous vous êtes méfié, vous avez parlé plus bas et je me suis sauvé.

A présent, dis-moi à quoi je peux servir et ce que nous allons faire pour sauver ton père.

— Brave garçon !... s'écria Georges ; mais ne sais-tu pas quels dangers peuvent te menacer ?

— Je ne sais qu'une chose, dit Michot, et je vais te la dire :

Je te connais, et je me connais aussi, vois-tu... Or, si ton père mourait sans que nous ayons remué ciel et terre pour le sauver, tu serais capable d'en mourir de chagrin, et moi, en te voyant mort, je me ferais sauter le caisson. Voilà, mon capitaine.

Pour toute réponse, Georges prit la main du sergent qu'il serra cordialement.

— C'est bon, dit celui-ci, nous voilà d'accord et je vais te dire ce que j'ai ruminé :

— Tu as un projet, déjà ?

— Oui, et je ne le crois pas mauvais.

— Parle, explique-toi.

— Le jugement qui va être rendu... nous le connaissons d'avance. Pour un ci-devant, pour un émigré pris les armes à la main... mon pauvre capitaine,... c'est la mort.

— La mort !

— Eh bien, c'est par nous... Je veux dire : c'est par toi que sera commandé le peloton qui doit exécuter l'arrêt...

— Oui, par moi... c'est le fils qui ordonnerait la mort de son père !... Est-ce qu'une pareille monstruosité serait possible ?...

— Nous empêcherons bien qu'elle ait lieu et voici comment : Le peloton en question est composé de mes anciens copains, des hommes à moi... Et si je leur dis : Camarades, le ci-devant que nous sommes chargés d'expédier dans l'autre monde a tenu cette nuit notre brave capitaine, notre ami Georges, au bout de son pistolet pendant la bataille ! J'étais là, près de lui, et je l'ai vu jeter au loin son arme et cesser de se défendre au risque d'être tué sur place, plutôt que de frapper notre Georges Ravergy.

Eh bien, moi qui vous parle, je vous dis que si j'étais chargé de tirer sur ce brave ci-devant, la main me tremblerait si fort, si fort, que la balle de mon fusil passerait bien sûr à deux pieds au-dessus de sa tête, voilà ce que je ferais, mes amis... et vous ferez ce que vous voudrez.

— Et tu penses ?...

— Je pense... non, je suis sûr qu'ils me répondront, tous, nous ferons comme toi, Claude Michot.

SEULE !

... Se présentant devant le marquis, il lui dit que le moment était arrivé. — Je suis prêt ! répondit
le condamné. (P. 168.)

— Et ensuite ?

— Ensuite ?... le citoyen ci-devant qui sera volontairement tombé, n'aura qu'à ne pas bouger. Les hommes qui l'emporteront et le curé de l'endroit se chargeront du reste. Tous les prêtres de la Vendée sont du parti des blancs, celui de ce canton ne refusera pas de nous aider, il fera se déguiser le ci-devant en paysan et ton père sera sauvé, voilà mon plan, qu'est-ce que tu dis de ça, mon capitaine ?...

— Je ne puis que t'approuver, mon bon Michot. Va, cours, agis au plus vite, répondit Ravergy, ce n'est pas seulement la vie de mon père, c'est toute mon espérance, tout mon bonheur, c'est toute ma vie que je mets entre tes mains.

— Voici le prisonnier qu'on ramène, dit Michot, et il s'éloigna rapidement.

A ce moment, en effet, l'officier commandant l'escorte arrivait et remettait le prisonnier à Ravergy en disant :

— Capitaine, vous attendrez ici les ordres que vous fera parvenir le général Hoche, au sujet du condamné.

Georges Ravergy réprima le tressaillement qui avait agité tout son être, en entendant prononcer le mot « condamné ».

Bien qu'il n'espérât aucun acte de clémence de la part de ceux qui composaient le conseil de guerre, ce mot avait retenti profondément dans son âme.

Mais l'espérance qu'il entretenait en lui vint aussitôt atténuer la secousse qu'il venait de subir.

Il regarda passer le condamné que le lieutenant et ses hommes reconduisaient dans la chambre qui lui servait de prison.

Et le regard qu'il adressa à l'émigré semblait dire : « Tu ne mourras pas, mon père ! »

Quelques instants plus tard, Georges Ravergy retournait auprès du marquis.

Mais celui-ci ne lui laissa pas le temps de l'interroger :

— Georges, ainsi que nous nous y attendions tous deux, c'est... la Mort ! prononça-t-il d'une voix qu'aucune émotion n'altérait... Je ne faiblirai devant leurs fusils, pas plus que je n'ai faibli devant les juges qui viennent de me condamner ! Je ne renouvellerai pas les exhortations au courage que je t'ai adressées. J'attends de toi que tu acceptes virilement la situation qui nous est faite, ainsi que je l'accepte moi-même...

Ne m'interromps pas, mon enfant, car nous n'avons probablement que quelques courts instants à rester ensemble, et il faut que je te lègue, avant de mourir, le soin, que dis-je, la mission de me venger d'un misérable,... d'un traître infâme, qui s'est fait une arme de la délation, afin de se mettre à l'abri du châtiment qu'il avait mérité et que, vivant, je ne lui eusse pas épargné..

Ce lâche se nomme Delaverne. Il habite Paris. Tu le trouveras au numéro 17 de la rue Saint-Louis-en-l'Ile.

Grave bien ce nom et cette adresse dans ta mémoire; et le jour où le service militaire te le permettra, venge-moi de ce misérable.

— Delaverne! répéta Georges, mais n'est-ce pas celui à qui je devais m'adresser dans le cas où j'aurais eu besoin d'argent?

— Lui-même!

Et le marquis ajouta:

— J'avais, comme plusieurs de mes amis, confié en partant pour l'émigration, presque toute ma fortune à cet homme, dont nous avions fait le confident de nos projets et de nos espérances, trompés par ses sentiments de royaliste exalté sous lesquels il dissimulait les plus odieux projets.

A lui seul, nous avions fait part de notre résolution de débarquer secrètement dans la petite baie de Larret. Lui seul connaissait le plan que nous avions combiné et la diversion que devait opérer l'escadre anglaise. Lui seul a donc pu nous dénoncer!

Georges Ravergy poussa une sourde exclamation de rage.

— Tu me vengeras de cet homme, mon fils! répéta le marquis d'une voix forte. C'est tout ce que je te demande, tout ce que j'exige de toi!

L'officier avait écouté, frémissant d'indignation.

Tout à coup il sembla prendre une décision qu'il avait jusque-là hésité à formuler.

— Mon père, dit-il, c'est toi-même qui te vengeras du délateur infâme qui, escomptant ta mort, se croit, à cette heure, grâce à son odieuse trahison, assuré de l'impunité!

— Que dis-tu?

— Je dis, mon père, que tu ne subiras pas l'odieuse condamnation que l'on vient de prononcer contre toi.

— Pauvre enfant! murmura le condamné, avec une expression de profonde tristesse.

Mais Ravergy laissa déborder l'espérance qui emplissait son cœur.

— Oui, dit-il, le terrible verdict restera sans effet, mon père!...

Avec l'aide de la Providence, le marquis de Ravergy ne tombera pas sous les balles de fusils français.

Le marquis l'interrompit doucement.

— Ce serait folie, dit-il, de nourrir un espoir qui ne saurait se réaliser.

Songe plutôt à garder en ton cœur le souvenir de celui qui, bientôt, aura payé de sa vie, — une vie à jamais désenchantée, — l'honneur et la gloire, oui, la gloire ! d'avoir accompli jusqu'au bout un devoir sacré.

Il faut que le marquis de Ravergy meure fidèle à la cause qu'il a toujours servie ; mais je veux que l'honneur de son fils, du capitaine républicain Georges de Ravergy, demeure pur et sans tache.

Écoute-moi, Georges. Tout à l'heure, le général Hoche, qui avait voulu présider lui-même le conseil, a tout fait pour obtenir de moi, son prisonnier, que je lui dise mon nom...

Ma réponse a été invariablement celle-ci : « Que vous importe le nom, c'est l'homme que vous voulez frapper !... C'est l'émigré, c'est le royaliste dont vous voulez la vie. Prenez-la ! Je n'ai rien à vous dire. » Et, comme tu le vois, la trahison de la patrie, dont on m'accuse, ce prétendu crime que l'on m'impute, pour n'avoir pas déserté la cause de mon roi, ce prétendu crime ne rejaillira pas sur toi après ma mort.

— Je t'ai dit, mon père, que nous tenterions, mes amis et moi, de t'arracher au supplice ; je te dis, à présent, que nous réussirons. Tout est combiné, tout sera prêt avant l'heure fatale et, pour que le succès soit assuré, je ne te demande qu'une seule concession, le sacrifice... momentané d'un peu du juste orgueil de notre race. Et Georges fit part au marquis du plan imaginé par son fidèle Michot, du concours assuré d'avance du peloton qu'il commandait et de l'aide indubitable de l'ecclésiastique du canton.

— Tu veux, répondit le marquis, avec une dédaigneuse fierté, tu veux qu'après avoir accepté que de braves soldats, tes compagnons, tes amis, risquent de se compromettre et d'encourir un châtiment terrible en me laissant la vie, tu veux que moi, ton père, moi le marquis de Ravergy, je m'abaisse à jouer, pour sauver ma vie, cette misérable comédie de la mort !...

— Je t'en supplie, mon père, ne me réponds pas par un refus ; je t'en conjure, au nom de ce que tu as de plus cher, au nom de mon repos, du bonheur de ma vie...

— Tu oublies de me dire : au nom de ton honneur, répondit gravement le marquis, de ton honneur de soldat, car tu aurais désobéi à la sévère loi de la discipline; tu aurais trahi ton devoir en ne te déclarant pas le fils du condamné, dont on te confiait l'exécution.

— Que comptes-tu donc faire, dit Georges d'une voix tremblante, que décides-tu donc, mon père?

— Tu le sauras bientôt, dit avec émotion le marquis. Et, voulant épargner à son fils éploré de nouvelles émotions, de plus longues angoisses, il ajouta :

— Ne désespère pas, Georges. Ah! combien je regrette, à présent, toutes ces années d'autrefois, où je n'ai pas su comprendre tout ce qu'il y avait de tendresse dans ton cœur et dans le mien lui-même, dans le mien que glaçait un déplorable orgueil!

Et, levant les yeux au ciel, vers lequel secrètement aspirait son âme, il dit avec une profonde émotion :

— Cette erreur de ma vie passée, ce malentendu de nos deux cœurs sera réparé... un jour....

— Le jour où nous nous retrouverons, après ta délivrance, mon père.

— Oui... après ma délivrance, répondit le marquis, songeant toujours à sa fin prochaine.

Et ces paroles qu'il interprétait comme un acquiescement au plan qu'on devait mettre à exécution, firent passer un frisson de joie et de bonheur dans l'âme de Georges.

Dans un transport d'amour filial, l'infortuné se jeta au cou de son père, et appuya frénétiquement ses lèvres sur les joues de celui que ces baisers soulageaient de toutes les amertumes, de toutes les souffrances morales qu'il subissait.

Mais l'épreuve était trop forte, même pour cette nature énergique.

Si bien trempé qu'il fût, le cœur de ce père s'amollissait dans les larmes qu'il se sentait impuissant à maîtriser plus longtemps.

Le martyr redevenait homme; sa force d'âme s'évanouissait dans un irrésistible attendrissement.

Il voulait épargner à son fils le spectacle d'une douleur qui n'eût fait qu'exaspérer la sienne, et le marquis prit le parti de mettre fin à l'épreuve.

— Georges, dit-il, d'un instant à l'autre, le général Hoche peut ordonner l'exécution de mon arrêt. J'ai besoin de me recueillir. Je désire être seul.

— Te quitter, mon père?

— Il le faut! Au surplus ne m'as-tu pas communiqué tout ce que tu avais à me dire?

— J'obéis, mon père; mais souviens-toi de nos conventions, du plan arrêté entre nous.

— Je ne l'oublie pas, mon enfant... Je me souviens de tout...

— Au revoir donc, mon père, dit Georges, au revoir! et il embrassait le condamné, tandis que celui-ci étendait les mains sur sa tête, en formulant une prière mentale.

Quand la porte se fut refermée derrière celui qui se retirait plein de confiance et d'espoir, le marquis de Ravergy put enfin donner un libre cours à l'émotion qui l'étreignait.

— Ah! pauvre, pauvre enfant! balbutia-t-il, la poitrine haletante, la gorge serrée.

Et, pendant quelques instants, il tint les bras tendus, les yeux fixés sur cette porte derrière laquelle venait de disparaître celui qu'il ne devait plus revoir en ce monde.

Puis il reporta sa pensée vers les êtres aimés qui l'avaient précédé dans l'éternité, et son âme se trouva subitement réconfortée par de pieux et glorieux souvenirs. Remontant ensuite, par la pensée, le cours des années et des siècles, il retrouvait dans sa mémoire les noms de ses ancêtres et les hauts faits auxquels avaient pris part les illustres représentants de la famille de Ravergy.

Et chacun de ces souvenirs semblait raffermir son cœur qui s'était laissé, un instant, surprendre et envahir par l'émotion.

Toute sa force d'âme lui revenait à mesure qu'il parcourait les étapes d'un passé glorieux.

Il se redressa tout à coup superbe d'énergie et de stoïcisme, le front haut, le regard assuré, comme s'il eût étudié l'attitude qu'il voulait avoir devant les soldats républicains chargés de fusiller le descendant de toute une lignée de preux tombés, face à l'ennemi, pour le service du Roi!

Ainsi qu'il l'avait supposé, le moment était proche où il allait marcher au supplice.

En ce temps de luttes acharnées, de haines implacables et de sanglantes représailles, on était expéditif dans l'exécution des verdicts prononcés par les Conseils de guerre.

L'attitude que le marquis de Ravergy avait tenue devant ses juges était bien de nature à fortement impressionner le général

Hoche, qui avait le culte du courage et le respect des opinions sincères et de la fidélité au serment.

Sa généreuse nature s'accommodait mal avec la rigueur des
ordres qu'il était contraint d'exécuter.

Aussi avait-il voulu épargner au condamné une longue agonie.

Il avait décidé que l'exécution de la sentence aurait lieu au petit
jour, sans déploiement de forces, afin que cette mort d'un ennemi,
mais d'un brave, ne fût pas un vain spectacle pour les soldats...

Il était trois heures du matin quand il envoya au capitaine Ravergy l'ordre de conduire le condamné à l'endroit où devait avoir
lieu l'exécution...

La section des grenadiers chargés de garder le prisonnier devait
former le peloton, et c'était le capitaine Ravergy qui commanderait
le feu.

Jamais, alors qu'il exposait sa vie dans les combats meurtriers,
le jeune officier n'avait éprouvé la moindre défaillance.

Jamais les hommes qu'il entraînait à sa suite au plus fort des
sanglantes mêlées, ne l'avaient vu reculer d'une semelle devant les
baïonnettes ennemies.

Aussi ne s'expliquait-on pas l'expression angoissée de son visage
et l'émotion qu'il ne parvenait à dissimuler qu'à grand'peine, alors
qu'il s'agissait de passer par les armes un des ennemis acharnés
de la République.

Ravergy redoutait, en effet, de voir avorter le plan conçu par le
sergent Michot.

Sa voix tremblait quand, se présentant devant le marquis, il lui
dit que le moment était arrivé.

— Je suis prêt ! répondit le condamné.

Et il alla se placer, d'un pas ferme, au milieu de l'escorte qui
l'attendait rangée devant la porte du presbytère.

Mais au moment où le peloton de soldats s'ébranlait, le condamné demanda qu'on le conduisît auprès du général Hoche.

Tout autre que le capitaine Ravergy se fût certainement refusé à
accéder au désir de l'homme qu'il avait reçu l'ordre de faire fusiller.

Mais Georges, profondément étonné de ce désir exprimé par son
père, s'empressa d'accéder à sa demande.

— Avez-vous, dit-il en tremblant, quelque révélation à faire, dans
l'intérêt de votre salut ?

— Oui, répondit le marquis.

... On se relevait pour veiller, nuit et jour, auprès de l'inconnue. (P. 176.)

— En ce cas, je vais envoyer prendre les ordres du général.

Il dépêchait aussitôt le sergent Michot auprès du général en chef.

Claude Michot rapportait, quelques instants plus tard, l'ordre d'amener le condamné au Quartier Général.

— Vous avez demandé à faire des révélations ?... dit Hoche. Avancez ; qu'avez-vous à m'apprendre ?

22 — SEULE !   22.

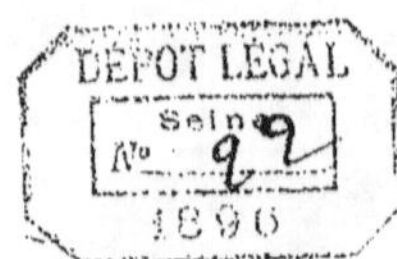

Le jeune général attendit, très impressionné par l'air si digne, si calme, de celui qui allait mourir.

— J'ai, en effet, dit le marquis, à vous révéler, monsieur le général, un secret que je m'étais promis de ne pas divulguer. J'ai aussi une grâce à implorer de votre justice.

— Parlez, dit le général.

— Malgré vos instances réitérées, monsieur le général, j'ai refusé de faire connaître le nom de ma famille.

— Et ce nom?...

— Je me nomme le marquis de Ravergy.

— Ravergy! s'écria Hoche.

— Et je vous supplie de ne point ordonner que le capitaine Ravergy, mon fils, soit contraint de commander le feu qui doit tuer son père.

Un long silence suivit ces mâles et solennelles paroles, et le général Hoche, maîtrisant l'émotion qui l'agitait, fit appeler, à son tour, le capitaine Ravergy.

Le secret que venait de lui révéler le marquis avait profondément ému le jeune général.

Il admirait tout ce qu'il y avait de dignité et de froide résolution dans l'attitude du condamné.

Il comprenait tout ce qu'il y avait aussi de poignante douleur dans l'âme de ce malheureux père.

Surpris et inquiet, Georges arriva devant le général. Il l'interrogeait du regard, et comme celui-ci demeurait silencieux, ses yeux se fixèrent sur ceux du marquis de Ravergy.

La douloureuse tendresse qu'ils exprimaient, les larmes qu'il y voyait prêtes à s'en échapper, emplirent son cœur d'épouvante.

C'était un éternel adieu qu'il lui semblait y lire.

Un désespoir immense envahit son âme, encore une minute et il allait se jeter éperdu dans les bras du condamné en criant :

— On ne nous séparera pas... nous mourrons ensemble!... Mais, comme s'il eût deviné sa pensée, Hoche rompit le silence et dit :

— Capitaine Georges Ravergy, embrassez votre père !

— Mon.. mon père! répondit avec effarement celui-ci...

— J'ai dévoilé ce mystère, dit le marquis en lui ouvrant ses bras, et tous deux s'embrassèrent dans une longue et dernière étreinte, pendant laquelle le général donnait, à voix basse, l'ordre à un officier de procéder à l'exécution de la sentence, en remplacement de Georges Ravergy.

Et s'approchant du condamné :

— Monsieur le marquis, dit-il, l'heure a sonné, puisse le ciel vous pardonner le coupable aveuglement que vous allez expier.

On emmena le marquis de Ravergy.

Georges avait bien compris que son père, en faisant connaître son nom, en divulguant le lien qui les unissait l'un à l'autre, avait entièrement renoncé à la chance de salut qui lui avait été offerte.

Désespéré, brisé, après de déchirants adieux, il avait été reconduit par un officier, que venait de désigner le général, au presbytère naguères occupé par le marquis.

Arrivé dans cette chambre, qui avait servi de prison au malheureux condamné, Georges tomba affaissé sur une chaise, et la tête plongée dans ses mains, écrasé par sa douleur immense, sentit s'évanouir toute sa force, tout son courage.

Il va mourir, se disait-il, il va mourir! Et d'abondantes larmes coulèrent de ses yeux.

Puis, se raidissant contre sa faiblesse et relevant énergiquement la tête, il n'eut plus qu'une seule pensée, un seul souvenir :

— Tu me vengeras, avait dit le condamné.

Et il prononça, d'une voix ferme et résolue :

— Je te vengerai!...

Et, tandis que le fils se livrait, tout entier, à ses sombres projets de vengeance, le père, martyr de sa foi politique, marchait au supplice l'âme calme et sereine, comme à une délivrance.

Le funèbre cortège s'avançait lentement.

L'aube blanchissait la plaine de ses pâles lueurs; les buissons semblaient sortir de terre, à mesure que se dissipait la brume printanière. Là-bas, comme pour marquer le but qu'on allait atteindre, les grands arbres se dessinaient, à la lisière du bois, dans les grisailles du matin.

Et, à travers l'espace, sur l'aile de la brise embaumée, la pensée du condamné s'envolait, emportant une prière pour le pauvre affligé qu'il allait laisser orphelin.

. . . .

Tout à coup une détonation lointaine déchira le silence.

Georges Ravergy, comme réveillé en sursaut, bondit, les bras levés, le visage contracté, debout, les pieds fixés au sol et le corps agité par d'effroyables convulsions.

Puis, poussant un cri terrible, cri de désespoir, le malheureux chancela et tomba, masse inerte, comme si les douze balles qui venaient d'abattre le marquis de Ravergy l'eussent atteint lui-même en plein cœur.

. . . .

Deux heures plus tard, le général Hoche prenait ses dispositions pour faire occuper toute la côte, dans la crainte d'un soulèvement de la population fanatisée.

Il appela, pour grossir les forces dont il disposait et qu'il jugeait insuffisantes, plusieurs des colonnes mobiles qui parcouraient le pays.

Mais, à la grande surprise de l'État-major, tandis qu'il appelait de nouvelles troupes, il renvoyait à l'armée du Nord, sur la frontière menacée d'une nouvelle invasion des coalisés, la compagnie commandée par le capitaine Ravergy.

Au moment du départ, Hoche lui avait serré la main, en lui rappelant qu'avant d'appartenir à sa famille, le soldat appartient à sa patrie.

— Oui, se dit mentalement Ravergy : à la patrie d'abord, à la vengeance après !...

Le soldat que nous avons vu, si sombre, si désenchanté, avait désormais un but dans la vie.

Et partout où il fut envoyé, sur tous les champs de bataille, en Italie, où il se distingua dans l'armée commandée par le général Bonaparte ; en Égypte, où il se retrouva sous les ordres du général Kléber ; puis à Rivoli, où il se battit comme un lion, enlevant un drapeau, sous les yeux de Masséna ; partout le fils du marquis de Ravergy était soutenu par le souvenir du serment fait à son père.

Mais un temps assez long devait s'écouler avant qu'il pût se mettre à la recherche du misérable traître et peu s'en fallut même que la promesse qu'il avait faite ne pût être réalisée.

En effet, la compagnie de grenadiers, commandée par le capitaine Ravergy, se trouvait à l'affaire de Marengo, si mal engagée contre des forces infiniment supérieures que les hommes tombaient fauchés comme des épis de blé.

Le sergent Michot, qui avait continué à faire, à la fois, son éducation militaire et son éducation intellectuelle, jugeait la situation singulièrement grave.

— Il sera bientôt difficile de tenir ici, dit-il ; n'est-ce pas ton avis, capitaine Georges ?

— Nous tiendrons, tant qu'on ne nous aura pas envoyé l'ordre de battre en retraite.

— Battre en retraite! s'exclama le sergent; encore faudrait-il pouvoir s'en aller!

Regarde de ce côté, puis de cet autre, et par ici, et par là! ajoutait Claude Michot, en pointant du doigt, à mesure qu'il indiquait l'endroit.

L'ennemi, en effet, avait eu l'avantage dans ses attaques successives, et opérait, avec rapidité, un mouvement dans le but d'envelopper la division dont faisait partie la compagnie de grenadiers du capitaine Ravergy.

Des volées de mitrailles couchaient par terre des lignes entières de soldats.

Après chacun de ces ouragans de feu et de fer, le capitaine Ravergy commandait le fameux « serrez les rangs », et le sergent Michot, qui ne le quittait pas d'une semelle, disait en sourdine :

— Serrez les rangs!... Serrez les rangs! Mais, tout à l'heure, si cela continue, il n'y aura plus de rangs à serrer; il ne restera que nous deux à nous serrer l'un contre l'autre!...

A ce moment, les deux compagnons, qui ne s'étaient pas quittés depuis le jour où ils se présentaient à l'appel de la Patrie en danger, se trouvaient encore rapprochés l'un de l'autre et le même projectile les avait en même temps atteints et couchés par terre.

Tous deux étaient grièvement blessés; et lorsque après la victoire qui, — grâce à l'arrivée de Desaix, — était restée aux Français, on releva les corps qui jonchaient le champ de bataille, peu s'en fallut qu'on ne les classat, l'un et l'autre, parmi les morts auxquels on donnait hâtivement la sépulture.

Le chirurgien qui les vit arriver à l'ambulance déclara qu'ils n'en valaient guère mieux.

L'officier avait été traversé, de part en part, par une balle.

Le sergent avait été atteint à la tête; la balle lui avait fendu le crâne.

A l'hôpital, on les avait placés à côté l'un de l'autre, et, quand ils avaient la force de parler, ils échangeaient quelques mots.

C'était, chaque fois, pour Claude Michot, l'occasion de renouveler à celui qu'il avait pris en si grande affection, ce qu'il lui avait déjà tant de fois répété, à savoir qu'il se consacrerait à lui corps et âme.

Le pauvre diable de paysan, que nous avons vu se dégrossir peu à peu, éprouvait une violente inquiétude au sujet de son camarade; la fièvre que l'on n'arrivait pas à combattre menaçait d'emporter le blessé, dans un violent accès.

Claude Michot se livra, d'abord, au plus profond désespoir,
puis, se calmant tout à coup, et, s'adressant à Dieu lui-même, il
lui dit :

— Vous êtes le grand général en chef, Seigneur, si vous rappe-
lez Georges Ravergy, souvenez-vous que le sergent Michot veut
suivre son capitaine.

La jeunesse de Georges, autant que les soins qu'il reçut, le tira
de la situation presque désespérée où il se trouvait.

La blessure que le sergent Michot avait reçue à la tête était plus
lente à se guérir.

La paix venait d'être signée. Ravergy obtint un congé de convalescence et se mit en devoir de tenir le serment de vengeance
qu'il avait fait à son père.

A force de recherches, de démarches, il parvint à découvrir que
M. Delaverne, qui avait pris la fuite pour se soustraire aux poursuites
qu'on allait exercer contre lui, s'était réfugié à Sacramento...

Sans tarder, il résolut de partir, se séparant avec regret du
brave Michot que le chirurgien-major déclarait formellement hors
d'état de quitter l'hôtel.

Aux lamentations du pauvre sergent, qui déplorait de ne pouvoir
suivre son capitaine, il répondit par la promesse de l'appeler auprès
de lui dès son retour et pour ne plus le quitter !

Et il partit pour Sacramento.

C'est ainsi que Georges Ravergy et Thérèse Valomer se rencon-
t èrent à bord de l'*Abeille*, à la recherche, tous deux, comme nous
l'avons dit, du banquier Delaverne : Georges, pour venger la mort de
son père et Thérèse pour sauver l'honneur et la vie du sien.

Pendant quelques instants, cependant, Georges avait renoncé à
l'accomplissement de ce devoir.

Subitement épris de la merveilleuse beauté de Thérèse, il s'était
intéressé à sa profonde douleur et, lorsque, après le tirage au sort, elle
avait été désignée pour rester sur le bâtiment en perdition, lorsque, enfin, elle avait été condamnée à mourir, il se sentit pris d'une
immense compassion.

Il se souvint de la confidence que lui avait faite le capitaine du
navire.

Il savait que cette jeune fille avait pour mission d'empêcher que
d'épouvantables malheurs vinssent écraser des êtres qui lui étaient
chers.

Et, lorsqu'au moment suprême, il avait entendu Thérèse s'é-
criant, les mains levées vers le ciel :

— Laissez-moi vivre, Seigneur, jusqu'à ce que j'aie pu les sauver et je mourrai ensuite sans regret !...

Une soudaine résolution avait surgi dans son cœur, et il s'était
dit :

— Mieux vaut, mille fois, le salut de ceux qui vivent que la vengeance de celui qui est mort.

Si mon père condamne ma générosité pour cette enfant, il me
pardonnera : J'aurai payé cette générosité de ma vie !...

Et il avait donné à Thérèse sa place sur le canot sauveteur, en
échange de la sienne sur le navire qui allait s'engloutir sous les
flots.

Le ciel, comme on l'a vu, n'avait pas accepté ce généreux sacrifice et Georges Ravergy avait été recueilli à bord d'un navire
espagnol

VIII

AMEN !

Nous avons laissé Thérèse, revenue à la vie, grâce aux soins empressés que lui avaient prodigués Kinnab et sa famille.

Tout donnait à penser que le mal était enrayé, et la guérison
pouvait être prochaine. Mais, après la terrible secousse qu'avait
éprouvée la pauvre enfant, la convalescence devait être entourée des
plus grandes précautions, afin d'éviter une rechute qui pouvait être
mortelle.

Un secours providentiel venait en aide à la pauvre malade et con-
jurait l'agitation qui pouvait exaspérer la fièvre et provoquer un dénouement fatal.

Le ciel voulut que sa mémoire ne se réveillât que lente et gra-
duelle. C'est à travers un voile épais qu'elle entrevoyait vaguement
les terribles dangers qu'elle avait courus.

Elle se sentait sauvée, c'est-à-dire à l'abri de ces redoutables périls et ne voyait rien de plus.

Dans ces fugitifs éclairs de raison, les dramatiques événements
du passé lui échappaient complètement et l'effort qu'elle tentait pour

réveiller ses souvenirs ramenait en elle l'abattement et la plongeait, de nouveau, dans un profond sommeil.

La réaction, que l'on avait provoquée, par une médication violente a pour résultat ordinaire, dans les maladies de ce genre, la cessation de l'engourdissement de l'âme, le réveil de l'intelligence; mais l'effet, cette fois, semblait être tout autre et inquiétait vivement Kinnab et les deux femmes.

La malade avait, en effet, retrouvé le jeu régulier de ses poumons, cela indiquait que la congestion avait cessé d'exister; mais, bien que la fièvre fût tombée, la jeune fille demeurait presque continuellement en état de somnolence.

Et quand, par moments, elle entr'ouvrait les yeux quand il semblait qu'elle allait enfin se réveiller tout à fait, de ses paupières mi-closes ne s'échappaient que des regards vagues et sans reflets d'intelligence qui faisaient supposer que le cerveau était encore enveloppé de ténèbres.

Comme nous l'avons dit, c'est la Providence qui avait permis qu'il en fût ainsi.

Quelle n'eût pas été, en effet, la douleur de Thérèse, à quel violent désespoir ne se fût-elle pas abandonnée, si la malheureuse enfant eût eu conscience du temps si précieux qui s'était écoulé, des jours perdus pour l'accomplissement de sa mission, pendant que la maladie, qui l'avait terrassée, la retenait, clouée, dans cette hutte perdue au milieu de ce pays désolé, toujours couvert de glace!

Dans les conditions de faiblesse et d'épuisement où elle se trouvait, une rechute l'eût indubitablement emportée.

Il y avait déjà quatre jours que, dans la hutte, on se relevait pour veiller, nuit et jour, auprès de l'inconnue.

C'était un spectacle touchant de voir ces êtres à l'aspect grossier, presque des sauvages, agenouillés devant la pauvre créature et guettant l'instant où elle ouvrirait les yeux.

Les enfants, déjà initiés à la vie si rude qui, plus tard, serait la leur, témoignaient, par leur tristesse et leur silence, de l'intérêt qu'ils portaient à la malade.

Kinnab ne s'absentait que pour peu de temps, et uniquement afin de renouveler la provision de poissons, indispensable à la subsistance de la famille.

Et, dès qu'il avait mis à l'abri son bateau, il venait, en toute hâte, remplacer les deux femmes et leur permettre de prendre un peu de repos.

— Adieu!... Adieu! s'exclama-t-elle en s'éloignant, adieu, vous qui avez eu pitié de moi!...
(P. 184.)

On sait avec quel empressement il s'était porté au secours de la naufragée, lorsqu'elle lui était apparue évanouie, presque morte, sur le bloc de glace.

Depuis lors, cette nature abrupte, sauvage, avait fait preuve d'une grande sensibilité, quand on l'avait vu attendre avec anxiété le résultat de cette énergique médication que l'on faisait subir à la malade.

23. — SEULE!   23.

C'est que le pêcheur de phoques s'était pris d'une paternelle affection pour cette jeune fille que le hasard avait amenée à proximité de l'endroit où il pêchait, ce jour-là.

C'était par miracle qu'il avait pu la sauver et il s'entretenait avec sa famille de la surprise dont il avait été frappé en la voyant; de son émotion quand il avait supposé que cette créature était morte de froid; de sa joie enfin, lorsqu'il avait constaté que son cœur n'avait pas cessé de battre.

Aussi, lorsque venait son tour de veiller, il demeurait en contemplation inquiète devant la frêle jeune fille, comme eût pu le faire un père en proie à la plus grande anxiété.

Avec quelle expression de sollicitude il regardait ce visage si amaigri et si pâle et comme il s'efforçait, lui, l'homme rude, de ne s'approcher qu'avec précaution de la couche qu'il avait, avec ses fourrures les plus moelleuses, improvisée pour la mourante!...

Il ne cachait pas à sa femme et à sa sœur l'inquiétude qu'il éprouvait, chaque jour plus profonde, de voir que la situation de la patiente ne se modifiait pas davantage.

Cependant, le matin du cinquième jour, comme il avait passé à son chevet plusieurs heures en proie à l'anxiété, Kinnab crut remarquer qu'un changement notable s'était opéré dans la physionomie de la jeune fille.

Il semblait que le visage eût pris un aspect plus animé, comme si une chaleur bienfaisante eût attiédi le sang et ramené la vie dans ses chairs glacées.

Aussitôt, avec des gestes de joie, le pêcheur était allé faire part de son espoir aux deux femmes et, immédiatement, toute la famille se réunissait autour de la couche de l'inconnue, afin de s'assurer de la bonne nouvelle.

Thérèse, effectivement, avait fait plusieurs mouvements précurseurs du réveil.

Bientôt, elle ouvrait ses grands yeux que ne voilait plus l'insurmontable somnolence.

Elle promenait autour d'elle son regard empreint d'une expression de surprise mêlée d'effroi.

Elle passa la main sur son front et sur ses yeux, comme cherchant à se souvenir.

Puis, elle essaya de se mettre sur son séant.

Tous les assistants tendirent, d'un même mouvement, les bras, afin d'empêcher que la jeune fille se redressât, car, à son effarement, on comprenait qu'elle était secouée par une grande frayeur.

Et, de fait, Thérèse avait complètement recouvré le sentiment.

Les ténèbres se dissipant, elle retrouvait le souvenir et, avec lui, toutes les angoisses qu'elle avait subies, depuis qu'elle avait assisté au naufrage de l'*Abeille*.

Les Esquimaux eurent alors l'intuition de l'état d'esprit dans lequel se trouvait l'inconnue. Tous s'efforcèrent de faire entendre à la malade qu'elle était en sûreté chez eux.

Ils lui parlaient, donnant, afin de la mieux rassurer, la plus grande douceur à leur voix.

Ils devaient assurément choisir dans leur idiome les phrases les plus bienveillantes, les expressions les plus caressantes, à en juger par les sourires et par l'expression de leurs physionomies.

La bonté et la sincérité émeuvent de quelque part et de quelque façon qu'elles se manifestent, et ces demi-sauvages réussirent à se faire comprendre par celle dont ils voulaient calmer la frayeur et qu'ils désiraient convaincre de leurs bonnes intentions à son égard.

Thérèse, en effet, ne tarda pas à se sentir plus à l'aise en présence de ces êtres étranges dont la vue l'avait, tout d'abord, si fort épouvantée.

L'angoisse disparaissait de son regard et, instinctivement, elle remercia des yeux ceux qui l'avaient soignée, comme elle pouvait en juger.

Même, la pauvre enfant, en retrouvant un peu de force, après un long état de langueur, voulut exprimer de vive voix sa reconnaissance.

Elle adressa à ses étranges hôtes des paroles affectueuses, disant combien elle était touchée de la sollicitude dont elle avait été l'objet.

Et comme, charmés par cette voix si douce, attirés par ces yeux encore empreints d'une expression de souffrance, Kinnab et sa famille se rapprochaient, captivés instinctivement par ces paroles dont ils ne comprenaient pas le sens, mais dont la musique les ravissait, Thérèse renouvela ses remerciements avec une effusion plus vive encore.

Puis, elle passa, tout à coup, de l'expression de sa reconnaissance à ce qui l'intéressait par-dessus tout.

Elle eût voulu apprendre de ceux qui l'avaient sauvée, s'ils n'avaient pas vu ses compagnons de la chaloupe.

Il lui importait, en outre, de savoir dans quelle contrée elle avait été recueillie et si elle pourrait trouver le moyen de se faire conduire à Québec.

Et comme ceux à qui elle s'adressait l'écoutaient avec étonnement, sans que rien de leur physionomie redevenue immobile, indiquât qu'ils eussent compris, Thérèse renouvelait ses questions et devenait de plus en plus pressante.

Quelque persistance qu'elle y mît, quelque effort qu'elle tentât pour se faire comprendre, elle ne tarda pas, hélas! à acquérir la conviction que ses sauveurs ne comprenaient pas un mot de son langage et qu'il lui faudrait se résigner à exprimer sa pensée, uniquement par le regard et les gestes.

Tout le reste serait pour eux lettre morte.

Cette découverte plongea la pauvre enfant dans de nouveaux tourments.

Seule!... plus seule que jamais, puisqu'elle se trouvait dans un pays inconnu et lointain, n'ayant aucun moyen de se procurer les renseignements qui lui seraient indispensables pour continuer le long voyage qu'elle avait entrepris, l'infortunée se sentait prise d'affolement.

Mais, de même qu'à bord de la chaloupe, alors qu'elle et ses compagnons subissaient les tortures de la soif et demeuraient exposés aux dangers les plus menaçants, elle avait élevé son âme, bénissant le Seigneur, elle le bénît encore, le remerciant de l'avoir fait échapper à la mort, sur le glaçon flottant.

Et, à partir de ce moment, soutenue par la pensée qu'elle devait, qu'elle voulait réussir dans sa sainte mission, Thérèse s'étudia à donner à sa mimique, son unique ressource, pour se faire comprendre, le plus d'expression possible.

Elle cherchait, la douce créature, à tirer le meilleur parti de ce langage mimé qui est compris partout et de tous.

Elle espérait, — tant était ardente sa volonté de réussir, tant était inébranlable sa confiance dans le succès de sa courageuse entreprise, — elle espérait parvenir bientôt à se faire comprendre par ses hôtes et à obtenir d'eux les précieux renseignements qu'elle en attendait.

Il semblait, par moments, qu'elle dût arriver à ce résultat si ardemment souhaité, à voir avec quelle attention les Esquimaux suivaient chacun de ses mouvements, cherchant à comprendre la signification exacte des signes qu'elle faisait.

C'était principalement de Kinnab qu'elle cherchait à se faire comprendre. Elle n'avait d'espoir qu'en lui pour lui fournir le moyen de gagner Québec.

Aussi, quand le pêcheur, de retour à la hutte, s'approchait d'elle avec toutes les marques d'intérêt et de respect qu'il lui était possible d'exprimer, Thérèse lui prenait les mains et les étreignait, les gardant dans les siennes.

Et, quand elle avait ainsi remercié l'Esquimau, elle lui faisait signe qu'elle allait mieux ; elle lui mimait, le plus intelligemment qu'il lui était possible de le faire, que ses forces renaissaient.

Et, se levant, elle marchait dans la hutte, sans se soutenir, comme d'ordinaire, au bras de l'Esquimau, afin de prouver à celui-ci qu'elle serait bientôt en état de se remettre en route.

Mais Kinnab secouait la tête ; et, après avoir échangé avec volubilité quelques paroles avec sa femme et sa sœur, sans doute pour leur traduire la pensée de Thérèse, tous trois répétaient, en même temps et d'un air inquiet, le signe négatif par lequel l'Esquimau avait répondu tout d'abord, à la mimique de la jeune fille.

Thérèse crut comprendre qu'il s'agissait de précautions à prendre pendant sa convalescence.

Elle en acquit bientôt la certitude.

Un matin, elle se leva après avoir passé une nuit plus agitée que les précédentes.

Elle avait été hantée par le souvenir de son père enfermé dans la cellule des condamnés à mort et par la pensée de la pauvre femme, sa mère, qu'elle avait laissée minée par la maladie et le désespoir.

Ce matin-là, elle prit Kinnab par le bras et, le conduisant à l'ouverture qui servait de porte à la hutte, essaya de lui faire comprendre qu'elle voulait sortir.

L'expression de son visage dénotait la volonté ferme de ne plus rester enfermée dans la hutte.

Toute la famille de l'Esquimau se joignit au pêcheur pour exhorter la convalescente à attendre encore et leur pantomime très expressive faisant entendre parfaitement le danger qu'il y aurait pour la jeune fille à se départir de la prudence qu'on l'avait obligée à observer.

A l'imitation de Thérèse, les deux femmes levaient les yeux au ciel et joignaient les mains d'un air suppliant, comme pour exhorter la convalescente à prendre patience encore.

Ces êtres primitifs et bons parvinrent même à faire patienter celle qui, à présent, ne cessait de manifester son anxiété et s'abandonnait à sa douleur en versant d'abondantes larmes.

Kinnab avait étalé devant la jeune fille, qui se lamentait, de belles fourrures de martre et de vison, et lui faisait comprendre que les deux femmes allaient en confectionner un vêtement bien chaud, pour remplacer la robe trop légère que portait la convalescente.

Rien ne saurait donner une idée de la joie des Esquimaux, quand, par un signe, Thérèse eut répondu qu'elle avait compris et qu'elle acceptait avec reconnaissance.

Aussitôt, les deux femmes voulurent tailler le vêtement ; mais Thérèse, désormais assurée qu'elle pourrait quitter la hutte dès qu'elle serait assez chaudement vêtue, se chargea elle-même de le confectionner.

Ce fut, pour elle, pendant deux jours, une occupation qui devait mettre un temps d'arrêt aux violentes préoccupations de son esprit.

Elle s'attela à cette besogne avec une ardeur fiévreuse.

. . . .

L'espérance avait, miraculeusement, activé sa convalescence.

Thérèse avait pu faire sa première sortie.

A l'heure où l'Esquimau avait l'habitude de préparer ses engins de pêche pour aller se mettre à l'affût des phoques et des morses, la courageuse jeune fille se trouva sur pied et fit signe à son hôte qu'elle voulait, ce jour-là, l'accompagner.

Force fut à Kinnab, vaincu par une insistance qui menaçait de tourner à l'exaltation, d'accéder au désir manifesté avec tant d'énergie.

Les deux femmes voulurent accompagner la jeune fille, afin d'être prêtes à lui porter secours, si elle venait à ressentir quelque indisposition ou à éprouver une faiblesse.

C'est dans ces conditions que l'on se rendit en troupe à l'endroit même où, quelques jours auparavant, le bloc de glace flottant sur lequel se trouvait Thérèse évanouie, était venu se souder à la banquise en face de laquelle l'Esquimau pêchait.

Kinnab fit comprendre à la jeune fille, par une mimique expressive que c'était en cet endroit qu'il l'avait aperçue et sauvée.

Thérèse, très émue, joignit les mains devant l'homme à qui elle devait de ne pas être morte.

Puis, étendant le bras vers l'immense plaine liquide, elle montra le bateau de pêche, afin de faire comprendre aux Esquimaux, très attentifs à ses moindres mouvements, qu'elle avait été passagère à bord d'un navire ayant fait naufrage.

Le lendemain, le surlendemain encore, elle revint au même lieu, elle y passa des heures, presque des journées entières, interrogeant l'immense plaine liquide qui s'étendait devant elle.

Elle espérait que la Providence lui enverrait le secours imploré, — un navire qui passerait à proximité de la côte, auquel on pourrait faire des signaux et qui l'embarquerait pour la conduire au but de son voyage.

Hélas! il lui fallut, après des jours d'attente inutile, renoncer à cet espoir, et l'infortunée se trouva saisie de la fièvre d'anxiété dont elle avait déjà subi les violentes atteintes dans la hutte de Kinnab, après avoir recouvré le sentiment.

Et, oubliant que ceux à qui elle s'adressait ne pouvaient comprendre ses paroles, la malheureuse créature s'écriait :

— Je veux partir! Chaque jour que je passe ici m'enlève l'espoir que j'ai de sauver mon père!

Et Thérèse se tordait les mains dans des accès de douleur sans fin.

Une nouvelle anxiété vint tout à coup la frapper.

La pensée lui vint que, pendant qu'elle gisait dans la cabane de Kinnab, inconsciente du temps qui passait, des jours, des semaines, des mois peut-être, s'étaient écoulés!...

Et cette anxiété s'exaspérait, jusqu'à l'affolement lorsqu'elle se rappelait que son absence ne pouvait se prolonger au delà de quatre mois, sous peine de trouver, au retour, son père mort sur l'échafaud, sa mère morte de désespoir et de honte!...

Elle essaya d'interroger les Esquimaux sur le nombre de jours qu'elle avait passés auprès d'eux.

Elle employa dans ce but toutes les ressources qu'elle pouvait imaginer pour se faire comprendre.

Vingt fois, et vainement, elle renouvela les mêmes signes, les mêmes gestes, ces braves cœurs multipliaient, de leur côté, leurs efforts d'intelligence sans parvenir à saisir sa pensée.

Hélas! aucune expression rassurante ne se manifesta sur le visage attristé du pêcheur.

Kinnab n'avait pas compris.

Lui fallait-il perdre tout espoir de ce côté. Elle retombait dans la plus cruelle incertitude.

Plus que jamais elle redoutait que sa maladie ne se fut très longtemps prolongée.

Comment arriverait-elle à combler cette lacune dans ses souvenirs.

Ce doute l'épouvantait. Elle faisait de nouvelles tentatives tant auprès de Kinnab que de la femme et de la sœur de l'esquimau.

Chaque fois elle croyait avoir réussi à se faire comprendre, mais il lui fallait, de nouveau, se rendre à l'évidence.

Thérèse se dit qu'elle ne pouvait plus tarder à prendre une résolution définitive.

Un matin, après qu'elle eut, une dernière fois, accompagné Kinnab à la pêche, elle décida de ne plus accepter plus longtemps l'hospitalité de l'esquimau.

Maintenant, elle voulait quitter, sans retard, cette hutte, cette contrée, ce désert.

— Il faut partir... se disait-elle, il le faut...

Et, de nouveau, elle fit comprendre à ces braves cœurs, qui lui avaient donné une si généreuse hospitalité, qu'elle était décidée à les quitter.

Il comprirent et, tout en exprimant, par la tristesse peinte sur leur visage, combien ils déploraient sa résolution, ils s'y résignèrent.

Désormais ils n'avaient plus qu'à tout préparer pour le périlleux départ de la pauvre et frêle créature à laquelle ils s'étaient si promptement et si vivement intéressés.

La femme et la sœur de Kinnab, voulant éviter que la convalescente souffrît du froid, ajoutèrent à la pelisse de fourrure qu'elles lui avaient donnée, un bonnet de peau imperméable qui devait la protéger contre les rafales de neige.

De son côté, Kinnab emplissait de quelques provisions un sac en cuir de renne et y joignait une gourde en bois de sa fabrication et contenant une sorte de boisson fermentée qui, prise à petits coups, désaltérait et servait à la fois de cordial réconfortant.

Grâce à la prévoyance de ces bonnes gens, Thérèse pourrait lutter, pendant quelques jours, contre la faim et le froid.

Dieu ferait le reste...

Au moment de se séparer de ceux à qui elle vouait une reconnaissance éternelle, Thérèse Valomer ne put contenir son émotion et retenir ses pleurs. Elle porta les mains à son cœur.

— Adieu !... adieu ! s'exclama-t-elle en s'éloignant, adieu, vous qui avez eu pitié de moi !... adieu !... adieu !

«Seigneur exaucez-moi! » — Amen ! dit gravement une voix qui fit tressaillir Thérèse.
(P. 190.)

Toute la famille voulut accompagner de loin celle qui leur témoignait une si vive et si touchante reconnaissance.

Ils suivirent longtemps du regard la pauvre créature qui ne
cessait, tant qu'elle put les apercevoir, de se retourner pour leur
envoyer des baisers, à travers l'espace, et leur adresser des signes
d'adieu !

Où allait-elle?...

24. — SEULE !   24.

Quel espoir pouvait-elle avoir de rencontrer quelqu'un qui pût la comprendre et lui servir de guide, dans ce pays qui paraissait n'être habité que par de rares familles de pêcheurs à demi sauvages?

La courageuse enfant se disait que, peut-être, les autres naufragés qui l'avaient vue emportée sur un glaçon flottant se seraient mis à sa recherche, montés sur leur chaloupe, et qu'elle les rencontrerait en longeant la côte.

Dans cet espoir elle avait dirigé, tout d'abord, ses pas vers la baie la plus voisine; puis, l'une après l'autre, elle avait visité toutes les petites anses qui se succédaient, peu distantes les unes des autres.

Mais rien n'apparaissait. Toujours et partout la même solitude, toujours le même silence lugubre.

Seule!... elle était seule au milieu de glaçons sans fin!

Et cependant elle persistait à marcher, sans se demander ce qu'elle allait devenir dans cet immense désert, dont l'effrayante monotonie ravivait ses angoisses et ses terreurs.

Et alors que tant d'autres plus vigoureuses eussent déjà renoncé à cette lutte contre les dangers et la fatigue, elle retrempait son énergie dans la pensée sans cesse présente : poursuivre son but jusqu'à complet épuisement de ses forces, jusqu'à l'extinction de sa vie. Et elle marchait toujours.

Elle scrutait, autour d'elle, l'horizon, sans voir poindre une voile sur la mer, ni un être vivant dans les plaines désolées qui s'étendaient à perte de vue.

C'étaient d'immenses nappes de neiges éternelles, des grottes de glace, des rocs abrupts formés par l'amoncellement des glaçons.

Nulle part le moindre vestige d'habitations humaines.

Les animaux eux-mêmes semblaient avoir fui ces contrées arides et désolées.

Partout la solitude dans toute sa tristesse, dans toute son horreur!

Thérèse, qui s'était remise en route dès le matin, marchait déjà depuis plusieurs heures, sans avoir songé à prendre un peu de repos.

La pensée ne lui était même pas venue de toucher aux provisions dont on l'avait munie. C'est à peine si, pour se soutenir, elle avait absorbé quelques gorgées du cordial préparé par l'Esquimau.

Le temps s'écoulait et Thérèse, réellement naufragée au milieu des glaces comme elle l'avait été en pleine mer, continuait d'errer au hasard, le long de cette côte désolée.

De sombres réflexions venaient à présent attrister encore son esprit.

Elle se demandait si elle ne perdait pas inutilement un temps précieux en continuant sa marche au bord de la mer et s'il ne valait pas mieux pénétrer dans l'intérieur du pays.

Il semblait qu'avec cette résolution, elle eût retrouvé une nouvelle vigueur. Et elle reprit sa course.

Elle allait, sans trêve ni merci, parcourant de grandes distances, cherchant une habitation où elle trouverait un être humain qui pût lui servir de guide.

Elle marcha pendant toute une mortelle journée, sans avoir rien aperçu.

La nuit arrivait, et avec elle cette terreur instinctive de l'isolement, de l'abandon au milieu du désert... Et de quel désert, grand Dieu !...

Un frisson parcourut tout son être, sous la pelisse de fourrure dont elle s'enveloppait instinctivement, comme pour se protéger contre une attaque, contre un danger.

Seule au milieu des ténèbres ! Seule pendant toute cette mortelle nuit, l'infortunée entendait les râles du vent semblables à des plaintes de géants, passer au-dessus de la caverne dans laquelle elle avait cherché un abri, et les sinistres craquements des blocs de glace qui s'effondraient avec fracas.

Enfin l'aube apparut pâle et blafarde.

Thérèse ne voulait pas attendre le jour pour se remettre en marche.

Elle se précipita hors de la caverne.

Comme elle s'en éloignait hâtivement, marchant dans la clarté que la lune à son déclin projetait encore sur la neige durcie, il lui sembla apercevoir, dans le lointain, comme de petites élévations sur le sol.

Ce pouvait n'être que des accidents de terrain ; néanmoins Thérèse se dirigea vers cet endroit, activant sa marche et buttant contre les fragments de glace qu'elle trouvait presque à chaque pas.

Et tout en multipliant ses efforts pour avancer, elle se demandait si ce qu'elle avait vu n'était pas l'effet d'un mirage.

Dans ce paysage de glace, éclairé par les pâles rayons de la lune, laquelle ressemblait à une tache blafarde dans le ciel gris, n'était-ce pas l'illusion qui se produit pour les marins aussi bien que pour les voyageurs dans le désert.

Plus Thérèse avançait, plus les dômes qu'elle avait vus, ou cru voir, semblaient s'éloigner et se dérober à ses yeux.

Tantôt c'était un pli de terrain qui les lui cachait; tantôt une sorte de réverbération de la lune qui les faisait miroiter, dans un lointain presque fantastique.

Thérèse s'arrêta, haletante, comme saisie de vertige.

Sa tête s'égarait, ses idées se troublaient, et elle se demandait, dans la fièvre de ses pensées tumultueuses, si ce n'était pas sa raison qui l'abandonnait après tant de malheurs, tant de secousses, tant de cruelles déceptions !

Cependant elle se remit à marcher.

Après la nuit de terreur et d'angoisse qu'elle venait de passer, ses forces s'étaient épuisées dans cette marche hâtive qui durait depuis la naissance de ce second jour.

Quelque énergique résolution qu'elle appelât à son aide, l'infortunée sentait bien qu'elle était arrivée à la limite extrême de ses forces.

Un nuage semblait s'étendre sur ses yeux.

Elle voulut réagir contre la défaillance et passa fiévreusement la main sur ses yeux, comme pour enlever le voile qui obscurcissait sa vue.

Le vertige s'emparait d'elle.

Elle se sentait vaincue, terrassée.

Et, pendant que son corps épuisé se refusait à une plus longue résistance contre la faiblesse et l'épuisement qui menaçait de devenir fatal à bref délai, l'esprit de la malheureuse créature s'exaltait, formant des résolutions énergiques qu'elle n'avait plus la force de réaliser.

Devant cette impuissance à poursuivre la sainte tâche qu'elle s'était imposée, la fille du condamné n'opposait plus au désespoir cette confiance en la force mystérieuse qui l'avait guidée et soutenue jusque-là.

Sa foi en une intervention de la Providence, qui avait été son égide contre les défaillances et l'avait préservée des atteintes du découragement, cette foi s'affaiblissait et allait s'évanouir à jamais.

Une fois encore, cependant, elle voulut se raidir, résister à sa fatigue, à sa faiblesse, à son épuisement.

Elle voulut parler, sa voix râlait, inintelligible, au fond de sa gorge.

Elle voulut prier, un effroyable tumulte se faisait dans sa tête, étouffant la pensée!...

Elle voulait marcher, ses pieds cloués au sol, incrustés dans la neige, ne pouvaient s'en arracher, ses genoux rompus, brisés, refusaient de la soutenir et elle se sentit tomber lourdement, comme si le sol se fût effondré sous le poids de son corps.

Elle s'affaissa et, cette fois, un cri déchirant s'arracha de sa poitrine.

Le soleil montait à l'horizon, projetant des rayons blafards sur le fantastique décor au milieu duquel s'était déroulé cette scène de désespoir et d'épouvante.

— Mourir!... Seule!... Seule!...

En poussant, comme dans un râle, cette sinistre exclamation, au milieu des sanglots qui l'étouffaient, Thérèse levait les yeux vers le ciel.

A ce moment, le nuage qui obscurcissait sa vue se dissipa et la pauvre martyre, frappée d'étonnement, de stupeur, vit au-dessus de sa tête une croix de bois fixée dans le sol!...

Une croix, au milieu de ce désert de glace! Une croix dans cette immense région qui n'était que rarement traversée par des tribus errantes de demi-sauvages!...

C'était, sans nul doute, une hallucination, un rêve de son cerveau violemment surexcité, et, pour s'en convaincre, Thérèse se traîna vers le signe de rédemption, dont la trompeuse image allait, certainement, s'effacer et disparaître à ses yeux.

Elle s'en approcha près, bien près... et la croix ne disparaissait pas.

Elle étendit la main... non, ce n'était pas un rêve, ce n'était pas une vaine illusion.

Alors de ses deux bras elle entoura cette croix de bois grossièrement taillée, dont le pied était fixé dans le sol, au milieu d'un socle de neige.

Elle appuya ses lèvres sur la croix et se mit à prier :

— Dieu tout-puissant, dit-elle, vous qui consolez les affligés, ayez pitié de moi.

« Vous qui lisez au fond de mon cœur, vous savez à quel terrible sacrifice je suis résolue, pour acheter la preuve de l'innocence de mon père!

« Faites qu'il soit rendu à celle qui mourra s'il meurt!

« Et quand j'aurai accompli ma tâche, reprenez-moi, Seigneur! »

Puis, embrassant de nouveau la croix, elle dit les bras levés vers le ciel :

« Seigneur exaucez-moi! »

— Amen! dit gravement une voix qui fit tressaillir Thérèse.

Cette voix humaine avait retenti jusqu'au fond de son cœur.

Tremblante, elle se retourna.

En face d'elle, les bras croisés sur la poitrine, se tenait un religieux portant la robe des missionnaires.

Thérèse, toujours à genoux, semblait frappée de stupeur.

— Relevez-vous, mon enfant! lui dit le missionnaire avec douceur.

IX

L'APPEL ENTENDU

L'apparition de ce religieux, au moment même où elle s'adressait désespérément à la Providence, semblait, à Thérèse, tenir du mirable.

Pendant quelques secondes, la pauvre fille s'était crue sous l'empire d'une hallucination.

Mais le missionnaire était, à présent, près d'elle et l'aidait à se relever.

Il portait la robe de l'ordre des Trappistes.

Sa barbe, longue et grisonnante, lui donnait un air vénérable.

Malgré l'intensité du froid, il avait la tête nue et son crâne chauve ajoutait à l'expression d'austérité de sa physionomie.

Après avoir relevé la jeune fille, qui tremblait encore de surprise et d'émotion, il lui dit de cette voix grave qui avait fait tressaillir Thérèse :

— Vous avez imploré le secours de la Providence; elle vous a exaucée, puisqu'elle m'a envoyé près de vous!...

Et comme Thérèse l'interrogeait des yeux, il ajouta :

— J'ai entendu les paroles que vous avez prononcées tout à l'heure; j'étais là, au seuil de cette hutte de neige qui me sert d'abri, pendant le séjour que je fais dans ce lieu de campement.

Et si je ne me suis pas porté tout de suite à votre secours, c'est
que je ne voulais pas interrompre la prière que vous adressiez au
ciel!...

Thérèse joignit les mains, en s'exclamant :

— Ah! c'est lui qui vous envoie à mon aide!

— Venez, mon enfant, dit le missionnaire en la soutenant pour
l'aider à marcher; il vous faut, avant tout, prendre un repos indispensable, après les longues fatigues et les souffrances que vous pa-
raissez avoir subies.

— Oui, répondit Thérèse, de bien longues fatigues, de bien
cruelles souffrances que je vous dirai, mon père.

. . . .

Quand Thérèse eut fait au religieux la confidence des terribles
événements qui l'avait décidée à entreprendre un si périlleux voyage,
le missionnaire se sentit au cœur une grande émotion.

Il se réjouissait, intérieurement, de l'occasion qui se présentait à
lui de faire acte de charité et de dévouement.

Il se dit que son premier devoir était de ramener l'espérance en
cette pauvre âme affligée et d'en chasser les appréhensions et les angoisses.

Et comme Thérèse exprimait son désir de se remettre en route le
plus tôt possible, le missionnaire lui fit observer que, dans l'état de
faiblesse où elle se trouvait, il y aurait imprudence à s'exposer à de
nouvelles fatigues, sans avoir pris au moins quelque repos.

— Au surplus, mon enfant, ajouta-t-il, il me faut le temps de me
procurer un traîneau et un attelage de rennes; c'est l'unique moyen
de locomotion dont on puisse disposer dans cette contrée éternellement couverte de neige.

. . . .

L'intérieur de l'habitation de neige dans laquelle le religieux
avait conduit Thérèse était un sanctuaire.

Modeste sanctuaire, à la vérité, où le missionnaire n'avait pu
réunir que quelques rares objets de piété; mais où l'on se sentait
dans une atmosphère de prières et de pieuses méditations.

De même que dans la hutte de Kinnab, des peaux séchées ta-
pissaient les murs construits avec de la neige durcie, en guise de
pierres et de ciment.

Une place était réservée pour un autel tout à fait primitif que le
religieux avait établi de son mieux avec du bois de sapin coupé dans

les maigres oasis de végétation qui se trouvaient disséminées dans ces vastes étendues arides et désolées.

Un crucifix en ébène et ivoire surmontait le tabernacle où le missionnaire enfermait, précieusement, un ciboire en or, enrichi de pierreries, objet d'art conservé là comme une sainte et précieuse relique.

Le missionnaire avait réuni tout ce qu'il avait pu, soit se procurer, soit fabriquer lui-même, des accessoires dont le prêtre se sert pour officier.

Thérèse en pénétrant dans ce pieux asile se sentit doucement impressionnée. Il lui sembla qu'elle n'était plus abandonnée à tous les hasards de la vie errante qu'elle venait d'affronter.

Un immense soulagement détendait ses nerfs et sa poitrine, qui se dilatait, aspirait avec délice l'air vivifiant et pur de ce séjour béni.

Mais, bien plus que son corps, bien plus que ses nerfs, l'âme de Thérèse se sentait calmée, raffermie.

L'espérance renaissait en elle et, en même temps, se réveillait aussi, plus ardente, plus déterminée, la volonté d'accomplir sa tâche.

Elle calculait le temps écoulé, déjà, depuis son départ de France, les jours perdus en luttes déplorables contre les éléments, contre la tempête et, aussi, les jours pendant lesquels la souffrance l'avait tenue clouée dans la hutte de Kinnab.

Et ceux qu'elle avait passés à errer dans le désert de glace. Dans ce désert où elle allait mourir si le saint missionnaire n'était venu à son secours.

Elle disait à son sauveur la sombre et lamentable histoire de son infortunée famille, elle lui faisait comprendre que chaque heure passée par elle dans l'inaction, dans le repos, rapprochait son père de l'échafaud.

Elle disait l'attente anxieuse de sa mère, son désespoir et ses larmes à l'instant de leur séparation et elle ajoutait en pleurant :

— Elle me voyait chaque jour, à chaque instant de la vie! Tristes ou consolées nous échangions nos pensées ou confondions nos larmes.

Et maintenant, mon Dieu, maintenant quelle doit être sa vie?...

— J'entends, parfois, la nuit, sa voix désespérée qui me crie : Où es-tu, ma fille bien-aimée! quelles souffrances, quelles tortures subis-tu en ce moment?... Quels périls te menacent?... Quels gouffres s'ouvrent sous tes pas?...

Le campement vers lequel se dirigeaient Thérèse et son pieux compagnon... (P. 197.)

Et la pauvre enfant, laissant éclater ses sanglots et couler ses pleurs, se disait :

— Elle me croit morte, peut-être, elle me croit morte!...

Et si Dieu me ramène, que de temps va s'écouler encore avant mon retour!...

Que de jours dans une vaine attente, que de nuits de cruelle insomnie!

25. — SEULE!   25.

Ah! si mon âme pouvait s'élancer vers elle et lui dire : je ne suis pas morte, maman, je vis, j'existe et je t'aime!

Ah! si j'avais, du moins, un moyen de la rassurer, de lui transmettre cette confiance que votre charité vient de faire renaître en moi, mon père!... Mais non, rien, rien qui puisse lui venir de moi!

Plein de compassion, le pieux anachorète avait écouté et il dit :

— Que n'écrivez-vous à votre mère, mon enfant?

— Écrire?... Ici? dit Thérèse étonnée.

— Oui!... J'ai tout ce qu'il faut pour cela.

Il conduisit Thérèse dans un réduit ménagé derrière le sanctuaire.

Là se trouvait une table, dans le tiroir de laquelle il y avait un encrier fait d'un fragment de crâne de phoque, de l'encre fabriquée avec des pommes de pin macérées dans le jus de plantes alcooliques et des plumes taillées, qui provenaient d'ailes d'oiseaux de mer.

— Voici du papier, dit le missionnaire en arrachant une page d'un gros cahier déjà à moitié couvert d'écriture...

Écrivez, mon enfant, ajouta-t-il en approchant un escabeau afin que la jeune fille put s'asseoir devant la table.

— Mais, demanda Thérèse, comment cette lettre pourra-t-elle arriver à sa destination?

— Confiez-moi le soin de la faire parvenir, dit le prêtre.

Parfois des Européens sont poussés sur cette côte, par la tempête, comme vous l'avez été vous-même, parfois aussi des missionnaires traversent cette contrée pour retourner en France; à ma prière, ils se chargeront, soyez-en sûre, de votre message et le feront parvenir à votre mère.

— Ah! mon père! s'exclama Thérèse l'âme pleine de reconnaissance et de joie, c'est bien Dieu qui m'a fait vous rencontrer!

— Écrivez, écrivez, mon enfant, répéta le religieux avec émotion.

Et, pendant que Thérèse écrivait les dramatiques événements qui s'étaient accomplis depuis qu'elle avait pris passage à bord de *l'Abeille*, le missionnaire, agenouillé devant le crucifix de l'autel, priait avec ferveur.

. . . .

Quelques heures de repos avaient réparé les forces de Thérèse; l'espoir de parvenir enfin au terme de son voyage lui avait rendu toute son énergie.

— Le missionnaire jugea qu'il était temps de s'occuper des préparatifs du prochain départ de la jeune fille.

Il savait que le voyage serait de longue durée et combien court était le temps accordé à la jeune fille pour rapporter en France la preuve de l'innocence de son père.

Hâtivement il mit dans un sac de cuir des provisions et fit un paquet de quelques objets.

Thérèse le regardait, l'âme remplie de reconnaissance.

Son cœur tressaillait à l'idée qu'elle serait bientôt en route pour la Nouvelle-Californie.

— Mon père, dit-elle, en tournant vers le religieux ses yeux voilés de pleurs, Dieu vous récompensera de votre charité et du secours que j'ai trouvé auprès de vous...

— Dieu et... ma conscience! répondit le missionnaire en courbant le front.

Quand ils eurent quitté la maison de neige, le missionnaire et Thérèse se dirigèrent vers ces petits dômes que la jeune fille avait aperçus le matin comme dans un mirage.

C'était un campement d'esquimaux, composé de quelques huttes rapprochées les unes des autres.

— Je vous conduis, mon enfant, auprès de bonnes gens qui, j'en suis certain, vous feront le même bon accueil que vous avez reçu de Kiunal et de sa famille...

— Ce sont alors aussi des pêcheurs de ce pays, dit Thérèse et, pas plus que ceux qui m'ont recueillie, ils ne comprennent pas notre notre langue?

— Mais je parle leur idiome, moi ; répondit le missionnaire ; et j'ai l'espoir que, bientôt, les enfants que je m'évertue à catéchiser, pourront s'exprimer en français.

« D'ailleurs, il ne sera pas nécessaire que vous puissiez vous entretenir avec les esquimaux auprès desquels nous nous rendons.

« Certes, vous trouverez en eux de braves gens, très doux, très primitifs, mais qui gardent, hélas ! avec une obstination opiniâtre, les ignorantes et superstitieuses traditions de leur race !

— Combien ils doivent vous vénérer et vous aimer ! dit la jeune fille ; vous dont ils ont pu apprécier la charité et la paternelle bonté d'âme.

— Je n'aspire à aucune récompense en ce monde, dit, avec tristesse le missionnaire. J'accomplis un rigoureux devoir... une triste mission...

— Mission de dévouement que vous vous êtes donnée...

— Mission que m'impose ma conscience! prononça le religieux d'une voix sombre et douloureuse.

Puis, faisant un effort pour éloigner sans doute, une pénible pensée, il parla, de nouveau de ces peuplades d'esquimaux qu'ils allaient rencontrer dans le campement voisin, il dit combien il avait dû mettre de persévérance dans ses exhortations, dans les leçons de morale qu'il avait essayé de leur inculquer et ses vaines tentatives pour leur faire adopter la façon de vivre des peuples civilisés.

Il n'était jusque-là parvenu, à grand peine, qu'à de faibles résultats, tant il était difficile, disait-il, de déraciner des habitudes profondément invétérées.

— Vous en avez fait des chrétiens, mon père? demanda Thérèse.

— J'y travaille, du moins, avec ardeur et avec l'autorité que je suis parvenu à prendre sur l'esprit de ces grands enfants...

« Déjà, ajouta le missionnaire, j'en suis arrivé à les réunir, le dimanche, pour écouter les lectures saintes que j'ai traduites à leur intention.

« Je cherche ainsi à leur inculquer des principes bien différents de ceux qui se sont perpétués chez eux, de générations en générations.

— Ils sont dociles, assurément?

— Oui, comme des enfants... Au moment où je viens de les sermonner; mais ils retombent bientôt dans les mêmes fautes, dans les mêmes erreurs.

— Et pouvons-nous espérer, mon père, qu'ils me fourniront les moyens de continuer mon voyage?

— Ils se mettront, vous pouvez en être certaine, entièrement à ma disposition. Ils offriront tout ce qu'ils possèdent et se procureront, au besoin, dans les campements voisins, ce qui pourra leur manquer; c'est-à-dire: un traîneau, deux rennes et deux braves terre-neuves qui pourront nous être d'un grand secours.

— Deux terre-neuves, dit Thérése étonnée.

— Oui, deux vigoureux chiens de cette bonne et courageuse espèce, grâce auxquels nous repousserons victorieusement les mauvaises rencontres que nous pourrions faire.

— Vous avez dit: *Nous* repousserons... Vous me ferez donc la grâce de m'accompagner, mon père?

— Ma fille, dit le missionnaire, mon devoir est de soutenir les faibles et de consoler ceux qui souffrent: vous souffrez et vous êtes faible. Je ne vous quitterai que le jour où vous n'aurez plus besoin de mon aide.

Le ciel avait-il enfin pris Thérèse en pitié?... allait-elle cesser d'être SEULE... toujours SEULE, pour accomplir sa lourde et périlleuse tâche?...

. . . .

Le campement vers lequel se dirigeaient Thérèse et son pieux compagnon était occupé par une famille d'esquimaux.

Très nombreuse famille, en vérité, car son chef, — un vénérable vieillard, voyait déjà sa quatrième génération.

Il avait eu six enfants, trois filles qu'il avait mariées et **gardées** auprès de lui, et trois garçons qui avaient amené leurs femmes, épousées dans des campements voisins, vivre auprès de leur aïeul.

Cette famille formait, à elle seule, une véritable population, puisqu'elle ne comptait pas moins de quarante membres : pères, mères, petits-enfants et arrière-petits-enfants.

L'aïeul se nommait Barrouk.

De taille peu élevée comme tous les individus de la race à laquelle il appartenait, il avait été robuste; mais l'âge avait courbé ses épaules sur lesquelles il portait, autrefois, sans effort, un morse tout entier.

Ses jambes cédaient, maintenant, sous le poids du corps; et quand Barrouk, assis devant le feu, dans la hutte, au milieu de sa famille, rejetait sur son dos le capuchon de sa veste de fourrure, sa chevelure d'un blanc de neige encadrait, d'argent, le visage basané et creusé de rides, de celui qui avait été, en son temps, un des plus hardis chasseurs et pêcheurs, de toute la contrée.

Sa famille l'avait en grande vénération, chacun lui témoignait le plus tendre amour filial.

Ses fils qui étaient déjà grands-pères apprenaient aux petits à considérer, à leur exemple, l'aïeul comme un oracle qu'il fallait écouter et dont les préceptes avaient toujours eu force de loi dans la famille.

Chaque fois qu'un rejeton lui naissait, c'était, pour toute la famille, l'occasion de fêter l'aïeul.

On se rendait, en troupe, dans sa hutte pour l'informer que « l'arbre comptait un rameau de plus ».

Le vieux Barrouk, assis sur un gros coussin de fourrure, comme un roi sur son trône, assistait alors au défilé de toute sa famille, les plus jeunes en tête et tous se suivant par rang d'âge.

A chacun l'aïeul adressait une parole, en tendant le bras droit, comme pour bénir celui qui, en passant, s'inclinait devant lui.

Quand tous les membres de la famille s'étaient rangés de chaque côté du chef, on venait présenter à celui-ci l'enfant nouvellement né.

L'aïeul le prenait et le plaçait sur ses genoux, et, — au milieu d'un silence religieusement observé — il parlait longuement, s'adressant tantôt aux uns, tantôt aux autres ; puis, aussi, appuyait ses regards sur le visage du nouveau-né comme s'il lui eut parlé à son tour.

Et, solennellement, il donnait un nom à l'enfant.

Après cette cérémonie, toute la famille se transportait dans la hutte de l'accouchée, portant les présents qu'on lui destinait ; modestes présents qui consistaient, pour la plupart, en quelques ornements, bijoux ou amulettes grossièrement fabriquées avec des défenses de morses, des ongles de phoques, ou des plumes d'oiseaux aquatiques.

Mais ces cérémonies avaient été singulièrement modifiées depuis l'arrivée du missionnaire dans la contrée.

Tout d'abord, le religieux avait rencontré des résistances qui eussent été insurmontables pour tout autre.

Les Esquimaux avaient regardé comme un ennemi cet homme qui parcourait les campements, visitait les huttes, suivait les uns à la pêche, les autres à la chasse, et, de temps en temps, à jour fixe, les réunissait pour prononcer en leur présence des paroles qu'ils ne comprenaient pas, et qu'il lisait dans un livre que cet homme ne touchait qu'avec un profond respect.

Par curiosité, les Esquimaux avaient bien voulu assister à ces scènes si nouvelles pour eux ; mais, peu à peu, ils avaient subi l'autorité du missionnaire, d'autant plus que celui-ci commençait à s'exprimer dans leur idiome.

A partir de ce moment, le religieux prit, à leurs yeux, les proportions d'un homme surnaturel.

On l'écoutait ; on accédait aux désirs qu'il manifestait. Et comme il parlait doucement aux petits, on lui confiait les enfants à instruire, car il avait su faire comprendre que, dans le pays où il était né, l'on vivait d'une moins rude et plus heureuse façon.

Quand il fut plus familiarisé encore avec la langue des Esquimaux, le missionnaire leur faisait des récits qui les intéressaient vivement.

C'est ainsi qu'il parvint à leur donner une idée bien sommaire à la vérité, de notre façon de gouverner et de rendre la justice. Il les initiait peu à peu à notre commerce, à notre navigation, en un mot à tout ce qui constitue la civilisation européenne.

A son arrivée dans cette contrée si triste, si aride, si désolée, le missionnaire avait été bien accueilli par Barrouk et sa descendance, à laquelle il était parvenu à inspirer ensuite une grande vénération.

Les jeunes de la famille, à la voix du religieux chrétien, rompaient assez facilement avec les vieilles traditions de leurs ancêtres.

Il en était arrivé à réunir autour de lui bon nombre d'auditeurs quand il prêchait, dans la langue du pays, la sainte doctrine qu'il voulait propager.

Aussi son œuvre de prosélytisme commençait-elle à se répandre.

Il cherchait surtout à donner le sacrement du baptême aux enfants nouveaux-nés, pour arriver, plus tard, à convertir les parents.

Et, de jour en jour, le vieux Barrouk avait vu son autorité de patriarche diminuer, à mesure que le missionnaire prenait plus d'empire sur les esprits.

L'aïeul et son fils aîné demeuraient seuls rebelles aux prédications du saint homme.

Le vieillard s'irritait de cet antagonisme, et méditait de ressaisir son autorité sur les siens et de ranimer l'ancienne foi religieuse qu'on voulait leur faire abandonner.

L'aîné des fils, Riteb, fut admis dans le complot qu'ourdissait secrètement l'aïeul, et se chargea, quand le moment serait venu, de faire rentrer les dissidents de la famille dans l'obéissance des traditions sacrées.

La révolte ainsi préparée devait éclater dès que le missionnaire s'absenterait pour une des tournées de prédication qu'il avait l'habitude de faire dans une région voisine.

Or, le prêtre ayant annoncé son départ, le vieux Barrouk et Riteb se promirent de profiter de son absence pour mettre leur projet à exécution.

Sans retard, après que toute la famille se fut agenouillée pour recevoir la bénédiction du religieux et que l'on eût, en cortège, accompagné l'apôtre jusqu'à l'extrémité du campement, Riteb profita de ce que toute la famille se trouvait réunie pour prendre la parole.

Il s'agissait de ressusciter l'ancienne foi de ces adorateurs des astres célestes et de leur faire adorer, comme naguère le soleil, la lune et les étoiles : dieux du jour et de la nuit !

Il s'agissait de leur faire renier, d'un seul coup, tous les sages enseignements du prêtre, en les amenant à exécuter une monstrueuse pratique religieuse énergiquement flétrie, condamnée par le missionnaire et qui consistait à donner la mort aux vieillards trop affaiblis par l'âge pour qu'il leur fût possible de se livrer au travail.

Or, le vieux Barrouk, lui-même, aspirait à se voir déchargé du lourd fardeau de la vie.

Il souhaitait ardemment que sa descendance rachetât son apostasie passagère en lui ouvrant de sa main, teinte du sang paternel, la porte du divin séjour.

Et c'est pour obtenir ce résultat, si vivement souhaité, que Riteb apostropha, comme il suit, ceux qui l'entouraient :

— Vous avez renié les dieux dont vos ancêtres ont célébré le culte, de toute éternité.

Vous avez écouté les pernicieux conseils qu'une voix étrangère et impie vous a donnés. Mon devoir, à moi, l'aîné de tous aujourd'hui, et le chef de demain, est de vous ramener à la foi de nos pères.

Vous y reviendrez, afin que l'aïeul, en mourant, ne vous maudisse pas, vous qui aurez manqué au plus saint des devoirs envers lui.

Un murmure de protestation s'éleva du milieu du groupe des jeunes gens prêts à résister et à répliquer aux objurgations dont ils étaient l'objet.

Mais Riteb s'était d'avance armé contre l'opposition qu'il prévoyait.

Il usa de toute l'autorité que lui donnait son titre de premier né pour réprimer ce commencement de révolte.

Il s'adressa à ses fils et à ses petits-enfants, leur demandant à qui ils devaient d'être au monde et si c'était l'étranger qui leur avait enseigné la désobéissance envers leur père.

Il ajouta, voyant que ses enfants impressionnés courbaient le front :

— Ceux à qui nous avons, nous autres, toujours gardé la vénération qui leur était due, reposent en paix sous la terre ; et le Dieu du jour et le Dieu de la nuit les couvrent de leur lumière sacrée !

Allez-vous refuser à l'aïeul l'honneur et le devoir qu'il attend de nous ?

Aux murmures de protestation avait succédé le silence.

Riteb redoubla d'éloquence pour faire tomber les dernières hésitations.

SEULE !

L'apôtre n'apparaissait pas seul. A son côté, se tenait une créature merveilleuse, si adorablement belle...
(P. 208.)

Au surplus, il avait affaire, lui, supérieur par l'intelligence, à des êtres d'un esprit faible, incapable d'une longue résistance.

Pour faire germer le grain qu'il y avait semé, le missionnaire avait dû exercer une surveillance incessante.

Et le missionnaire n'était plus là.

Riteb détruisait à présent le bon résultat obtenu au prix de tant de patience et de persévérance, profitant avec habileté de ce que les ouailles n'étaient plus sous les yeux du pasteur.

Ayant félicité les membres de la famille de leur retour dans la voie dont ils n'auraient jamais dû s'écarter, il les mit au courant de ses propres aspirations et de la suprême volonté du vénérable chef de la grande famille.

— Barrouk, notre aïeul vénéré, est vieux, bien vieux, il traîne à grand'peine, depuis longtemps, ses membres paralysés ; bientôt il ne pourra plus sortir de la hutte, et il faudra que nos regards comtemplent ce douloureux spectacle !...

Les dieux ne le veulent pas !...

Un grand silence accueillit ces paroles que Riteb avait prononcées d'un ton plein de conviction et d'autorité.

Il ajouta :

Rappelez-vous les prescriptions de vos pères et les saintes paroles que vous avez entendues dans votre enfance :

« L'aïeul ne doit pas se survivre à lui-même... »

— C'est la loi... la sainte loi de nos dieux !...

Et le divin soleil a dit :

— Celui qui sera courbé sous le poids des années, celui qui sentira ses dernières forces le trahir, celui dont le regard ne supportera plus ma lumière qu'avec peine, celui qui ne pourra plus se présenter, chaque matin, droit, énergique et fort, en face de moi devra quitter la terre.

« Je l'attends.

« Qu'il vienne se régénérer dans mon royaume, en se réchauffant, de près, à la chaleur de mes rayons.

« Une sève nouvelle coulera dans ses veines et il vivra d'une vie éternellement jeune, éternellement heureuse dans le séjour des dieux.

— Vous souvenez-vous encore de tout cela, dit Riteb, vous en souvenez-vous ?

— Oui, répondirent les assistants.

— Alors, suivez-moi tous, car le père veut que nous mettions fin à sa souffrance... le père nous attend...

Et la tribu, hésitante encore, mais à demi convaincue, suivit avec soumission Riteb vers la hutte de Barrouk.

La demeure qu'habitait le grand aïeul était située au milieu du campement.

Comme elle était trop petite pour contenir toute la famille que Riteb avait entraînée à sa suite, on choisit trois représentants dans chaque groupe de parents : le père, un adolescent et un enfant.

C'étaient comme des délégués qui représenteraient la famille et porteraient au vieillard les vœux que tous formaient pour lui.

Barrouk reçut les siens avec une joie sereine et les fit asseoir en rond autour de lui.

Puis, il prit la parole, s'exprimant d'une voix calme et douce :

Il pressentait, leur dit-il, la grave et sainte cérémonie religieuse qu'ils venaient lui annoncer.

Il l'acceptait, comme un bienfait et en appelait, de tous ses vœux, la prompte exécution.

Et il accompagnait d'un ineffable sourire ces paroles prononcées d'une voix ferme et calme.

Quand il eut achevé de parler, le vieillard se leva.

Tous se précipitèrent pour soutenir ses pas chancelants.

Il remercia, de la tête et du geste, ceux qui se portaient à son aide.

Et, doucement, il ajouta ces mots :

— Barrouk n'a plus rien à faire parmi vous qu'affligerait la vue de sa vieillesse souffreteuse.

Escorté par ceux qui avaient pu trouver place dans la hutte, l'aïeul sortit pour aller se montrer au reste de la famille assemblée devant la maison de neige.

Il passa devant chacun des groupes, s'arrêtant avec joie devant les jeunes gens et les enfants.

Il leur adressait des recommandations, parlant de la félicité que l'on éprouve lorsqu'au déclin d'une grande carrière, on se trouve entouré de ceux que l'on a vus naître et grandir.

A le voir et à l'entendre, on ne pouvait douter que son âme ne fut dégagée de toute préoccupation, de tout regret.

On eût pu croire, au contraire, qu'il se réjouissait, comme s'il se fut agi, pour lui, de présider une fête de famille.

Et, quand il eut fait le tour de l'assistance, il dit que chaque groupe pouvait se retirer dans sa hutte et s'occuper des préparatifs dont il avait été chargé, pour l'accomplissement du grand acte qui allait avoir lieu.

Resté seul avec les deux ainés de ses enfants le vieillard s'entretenait avec eux avec le même calme d'esprit que s'il se fut agi de choses habituelles de la vie.

Il leur ordonnait d'agir promptement, afin que tout fut terminé avant le retour du missionnaire.

Riteb et son frère se mirent aussitôt à la part de travail qui leur incombait, parce qu'ils étaient les deux plus âgés de la famille.

Après avoir reconduit l'aïeul dans sa hutte, ils en ressortirent, munis d'outils de terrassement.

Ils se mirent à tracer un cercle au milieu de l'espace qui séparait les maisons de neige, et qui formait une petite place au centre.

Puis il creusèrent un trou, suffisamment large et profond pour qu'un homme put s'y tenir assis, sur un escabeau, et que la tête et le cou émergeassent de l'orifice.

Lorsqu'ils eurent achevé ce travail, les deux Esquimaux prirent une peau de phoque et se mirent à y tailler une lanière étroite, qu'ils trempèrent dans de l'huile de morse, afin de la rendre plus souple et plus flexible.

Après quoi, les deux hommes appelèrent à haute voix tous les membres de la famille.

Alors sortirent de chacune des huttes du campement, les hommes les femmes et les enfants, portant tout ce qu'ils possédaient d'ustensiles destinés à la confection de leur bien sommaire cuisine. Ils apportèrent aussi des victuailles, peu variées d'ailleurs, que fournissaient les ressources restreintes du pays.

Quelques pièces de venaison, séchées au feu et salées, provenant de la dernière chasse à l'ours blanc, dont on s'était partagé la chair et que l'on conservait précieusement ; des tranches de phoque marinées dans l'huile, et du poisson cru conservé dans la glace.

Les femmes apportaient des boissons fermentées dans des outrés fabriquées avec de la peau de morse raclée et séchée au feu.

Toute la ribambelle des enfants escortait, en poussant des cris de joie, et gambadant autour du trou béant, dont ils mesuraient des yeux la profondeur.

C'était le banquet du suprême adieu.

On disposa, avec une sorte de symétrie bizarre, les plats autour du trou, à une distance calculée.

Quand tout fut ainsi prêt, Riteb et son frère indiquèrent la place que chacun des convives devait occuper.

Puis ils allèrent chercher, dans sa hutte, l'aïeul qui devait occuper ce que l'on considérait comme la place d'honneur.

Le vénérable veillard les attendait. Quant ils apparurent, Barrouk se leva pour se porter au-devant d'eux.

— Père! prononça l'aîné, tout est prêt!

— Bien, Riteb, bien, mon fils! répondit l'aïeul en appuyant sa main débile sur l'épaule de celui-ci.

— Je suis prêt, moi aussi! ajouta-t-il en marchant entre les deux Esquimaux, pour sortir de sa demeure.

Quand il fut dehors, il promena un regard affectueux sur toute cette assistance qui le saluait par de bruyantes exclamations.

Il demanda le silence, et se mit à parler lentement, comme s'il eut prononcé un discours préparé et étudié à l'avance.

On l'écoutait religieusement, et quand il eut cessé de parler, une immense acclamation s'éleva.

Puis Barrouk, toujours appuyé sur le bras de son fils aîné, se dirigea vers le trou.

On l'aida à y descendre et quand il eut pris place sur l'escabeau il dit aux siens qu'ils pouvaient maintenant s'asseoir et prendre part au festin.

Riteb et son frère s'assirent, les jambes croisées, à droite et à gauche du vieillard dont le visage était tourné vers le soleil.

Pendant les premières minutes, on n'entendit que le bruit des mâchoires qui fonctionnaient avec énergie.

On déchirait les viandes à belles dents, avec un appétit qui ne se rallentit que lorsque l'on eut fait disparaître la presque totalité des mets préparés, cependant, avec profusion.

Le festin s'acheva par de copieuses libations.

Riteb avait présenté à l'aïeul une coupe faite d'une partie de crâne d'ours fixée sur un pied en bois de sapin.

Cette coupe était pleine, jusqu'aux bords, d'une boisson dans laquelle le vieillard trempa ses lèvres, à plusieurs reprises.

Puis il fit signe que l'on pouvait se livrer aux réjouissances.

On vit alors tous ceux qui avaient pris part au festin, se lever et se livrer au plaisir de la danse, en s'accompagnant, en guise de musique, de chants languissants et monotones.

Les enfants, eux aussi, dansaient et chantaient, avec toute espèce de contorsions particulières à leur âge.

L'instant suprême approchait et l'aïeul toujours digne et calme, levait, par moments, les yeux vers l'astre du jour dont les rayons, ne parvenant pas à percer les voiles d'un épais brouillard, présentait l'aspect d'un globe de feu suspendu dans l'espace.

Tout à coup, sur un signe de Riteb, les danses et les chants cessèrent.

Tout le monde s'assit, autour de la cavité dans laquelle se trouvait l'aïeul dont le visage prenait un aspect recueilli.

C'était le moment qu'attendaient les deux fils de Barrouk pour mettre à exécution la plus saisissante partie du programme de cette cérémonie commencée par un festin et continuée au milieu de danses joyeuses !...

L'un des frères tira de dessous sa fourrure la lanière qu'il avait préparée et qu'en attendant le moment d'en faire usage il gardait roulée autour de sa taille.

Il la tendit à Riteb qui, l'ayant montrée à toute l'assistance silencieuse et recueillie, fit un nœud coulant qu'il passa au cou de Barrouk.

L'aïeul s'inclina à droite et à gauche comme pour encourager ses deux fils qui tenaient, chacun, un bout de la lanière.

De la main restée libre, ils prenaient, chacun à son tour, la coupe que le vieillard vidait à petits traits, quand il s'interrompait de parler.

Car Barrouk entretenait les siens et leur parlait avec la paisible sérénité du grand philosophe de la Grèce antique parlant à ses disciples au moment de mourir.

On écoutait l'aïeul avec la plus religieuse attention.

C'était un spectacle qui ne manquait pas de grandeur dans sa simplicité biblique et au milieu du cadre étrange où il se déroulait.

Quand il en eût absorbé les dernières gouttes du liquide qu'elle contenait, le vieillard lança la coupe loin de lui, en disant à ses deux fils :

— Barrouk est prêt !

D'un signe, alors, Riteb fit comprendre à son frère que l'instant était venu d'accomplir, envers l'aïeul, ce qu'ils considéraient comme un saint et suprême devoir et chacun d'eux se mit à tirer à lui la courroie qu'il tenait à la main, de façon à serrer lentement et graduellement le nœud coulant qui entourait la gorge du vieillard.

Celui-ci, en même temps, croisait les bras sur sa poitrine. et, levant les yeux vers le firmament, regarda en face l'astre du jour que le brouillard embrumait encore.

Tout à coup, chassés par le vent, les nuages se dissipèrent et le soleil radieux éclaira de sa plus éclatante lumière le lugubre spectacle.

Le patient avait fermé les yeux, il les rouvrit subitement. Ils semblaient maintenant hagards, profondément terrifiés, et son visage était d'une pâleur livide.

Que se passait-il en lui?

Était-ce la souffrance qui le torturait?

Non.

Était-ce la strangulation qui opérait son œuvre?

Non.

Une sorte de miracle s'accomplissait... Au moment où le soleil, « le dieu » des Esquimaux, venait d'apparaître aux yeux de celui qui allait mourir, une subite évolution s'était opérée en lui...

Ses regards éblouis, fascinés, croyaient voir l'au-delà de la mort et la terreur du néant, l'insurmontable instinct de la conservation s'éveillait dans son âme.

Il voulait vivre !...

Il essayait de crier, mais la courroie serrait sa gorge. Elle serrait encore, elle serrait toujours et le vieillard, révolté contre la mort, allait expirer lorsqu'une voix menaçante se fit entendre.

— Arrêtez ! malheureux ! arrêtez ! criait impérieusement cette voix.

Tous demeurèrent immobiles et frappés d'effroi à l'aspect du missionnaire qui apparaissait devant eux, terrible, le bras levé comme pour les menacer de la colère du ciel.

L'apôtre n'apparaissait pas seul.

A son côté, se tenait une créature merveilleuse, si adorablement belle aux yeux de ces êtres rabougris et difformes qu'ils croyaient voir, en elle, l'ange du seigneur dont leur avait souvent parlé le saint homme.

Sur un signe du prêtre, Thérèse s'approcha du malheureux Barrouk.

Les yeux de la jeune fille étaient mouillés de larmes et son visage était empreint d'une si touchante bonté que le vieillard joignit les mains comme pour prier...

Aidée par le missionnaire, elle le fit sortir de sa tombe anticipée.

Le saint homme, alors, s'approcha de l'aïeul et lui dit :

Une longue étendue de neige se déroulait, sous le ciel gris, se perdant au loin, dans
un rideau de brumes. (P. 213.)

— C'est Dieu, le Dieu juste; celui qui préside aux destinées humaines, qui m'a envoyé, pour vous empêcher de disposer de l'existence qu'il vous a donnée et que, seul, il a le droit de reprendre.

Et, prenant Thérèse par la main, il ajouta :

— Voici la messagère dont il s'est servi pour me ramener auprès de vous plus tôt que je ne voulais le faire et assez promptement
pour qu'il me fût possible de vous sauver.

Puis, il interpella tous les membres de la tribu, tous les descendants de Barrouk et leur dit :

— Souvenez-vous que nul n'a le droit d'attenter à l'existence d'autrui. Celui qui vous a donné la vie saura bien la reprendre lorsque le temps en sera venu.

Parce que le vieillard, affaibli par l'âge, ne peut plus travailler, vous pensez qu'il ne doit plus vivre !... mais n'étiez-vous pas faibles et incapables de tout labeur pendant toute votre enfance ?

Il a travaillé, pour vous, pendant les longues années que vous avez mis à grandir, vous travaillerez pour lui, pendant les quelques jours qu'il mettra à s'éteindre, et vous n'aurez acquitté, envers lui, qu'une partie de votre dette.

Vous vous prépariez à mettre fin à l'existence de l'aïeul, de même que l'on abat un arbre qui ne donne plus de fruits, eh bien, regardez cette enfant, elle aussi a un père, accablé, brisé, aujourd'hui, par la souffrance et le malheur et, pour calmer cette souffrance, pour combattre ce malheur, toute jeune, toute frêle qu'elle est, elle a bravement entrepris un immense voyage, elle a traversé la mer, elle a bravé des périls sans nombre et subi des fatigues et des douleurs écrasantes...

Et elle était SEULE, entendez-vous ? sans autre soutien que sa foi !...

Et la rude tâche à laquelle s'est bravement attelée cette noble et sainte fille est loin d'être achevée.

Elle m'a aidé à vous ramener dans le chemin sacré du devoir, vous m'aiderez à lui faciliter l'accomplissement de son œuvre.

Je vous demande de lui procurer les moyens de poursuivre la longue route qui lui reste à parcourir et de hâter son périlleux voyage.

— Nous ferons cela, dit le vieillard.

— Nous le ferons avec joie, ajoutèrent ses deux fils.

— Moi, dit le religieux, je lui servirai de guide et d'appui.

Je l'accompagnerai dans son lointain voyage jusqu'à ce qu'elle ait rencontré des gens de sa patrie et de la mienne qui lui seront de plus fermes soutiens.

L'aïeul et ses deux fils promirent au religieux qu'on lui procurerait un traîneau solidement construit et un attelage de rennes vigoureux.

Et, comme le missionnaire allait leur témoigner sa satisfaction :

— Ne nous remerciez pas, dit le vieillard, grâce à vous, nos yeux se sont ouverts à la lumière.

Allez, sans crainte, avec la jeune fille, aussi loin que votre charité croira devoir la suivre ; vous nous trouverez, cette fois, à votre retour, respectueux et soumis à votre voix.

Tout ce qui venait d'avoir lieu était une énigme incompréhensible pour Thérèse, puisque le missionnaire et les Esquimaux s'étaient expliqués dans le langage du Groënland.

Le missionnaire dut, alors, expliquer à Thérése ce qu'elle n'avait pu comprendre.

Elle apprit avec une grande joie l'aide inespéré qu'allaient lui donner ces braves gens.

— C'est par reconnaissance qu'ils agissent ainsi, dit le missionnaire, c'est réellement grâce à vous que ce vieillard a été préservé de la mort et qu'un crime a été épargné à ses fils.

Sans vous, sans notre rencontre et le désir que j'avais de vous procurer les moyens de continuer votre voyage le pauvre aïeul aurait cessé d'exister.

Dans cette contrée dont les habitants, sont encore à demi sauvages, on considère comme un devoir de mettre à mort les vieillards que l'âge condamne à l'inaction.

— Mais c'est une chose horrible !

— Les Esquimaux pensent, au contraire, que c'est l'accomplissement d'un acte pieux.

Et le vieillard auquel on vient annoncer que le temps est venu, pour lui, de quitter la vie...

— Se résigne à son sort ? s'exclama Thérèse stupéfaite.

— Il s'en réjouit, mon enfant ! Il fixe lui-même le jour de sa mort et assiste à tous les apprêts. Ses deux plus proches parents doivent se charger de l'exécution.

A défaut de parents, cet honneur, — car ce rôle de bourreau est ici considéré comme un grand honneur, — revient de droit à l'ami le plus intime.

Si nous avions tardé de quelques minutes, le vieux Barrouk aurait rendu l'âme, étranglé par ses deux fils ; et on s'occuperait, en ce moment, à ensevelir ses restes mortels dans la fosse creusée à cet effet.

Thérèse frissonnait d'horreur. Elle avait bien cru à quelque cérémonie du culte païen ; mais jamais elle ne se fut douté qu'elle venait d'assister à la fin d'un festin de funérailles présidé par celui qui allait mourir.

— Quelle atroce coutume ! dit-elle.

— J'avais, depuis mon arrivée ici, travaillé constamment à combattre les odieuses cérémonies du culte des Esquimaux ; je croyais être parvenu à faire briller un peu de lumière dans ces faibles intelligences ; mais il a suffi de quelques excitations pour faire retomber ces malheureux dans leur fanatisme barbare.

J'espère cependant que, cette fois la leçon leur sera profitable.

Les jeunes Esquimaux s'étaient empressés de mettre en bon état le traîneau que possédait l'aïeul.

Riteb, et son frère parcouraient les campements du voisinage, afin de se procurer les rennes dont se servent les indigènes comme bêtes de trait.

Deux heures après l'arrivée du religieux et de Thérèse au campement de la famille de Barrouck, tout était prêt pour que l'étrangère pût se mettre en route.

Riteb et son frère étaient de retour. Ils avaient pu se procurer deux rennes très entraînés, avait-on assuré, pour de longs voyages.

L'instant du départ était venu. Le missionnaire assembla toute la famille de Barrouk, afin qu'elle pût recevoir les adieux de l'étrangère.

Le vieillard lui exprima, en termes très touchants, que le moine traduisit, toute l'émotion et la joie qu'il éprouvait de ce que Dieu avait envoyé, en sa personne, un de ses anges auprès de lui.

Il l'accompagnerait de ses vœux et de son souvenir, pendant le long voyage qu'elle allait faire.

Thérèse, touchée de ces marques de sympathie et des vœux qu'on formait pour l'heureuse issue de son voyage, se sentait attendrie.

Barrouk et toute la famille d'Esquimaux, se mirent à l'accompagner jusqu'à la limite du campement où Riteb et son frère attelaient les deux rennes au traîneau.

La jeune fille put voir que l'on avait avait placé d'abondantes provisions dans ce traîneau et qu'on y avait joint, ce qui l'étonna, deux haches et un harpon.

Le missionnaire l'aida à prendre place dans le véhicule.

Thérèse s'informa :

— Qui avez-vous choisi pour me servir de guide, mon père ?

Elle regardait alternativement les Esquimaux réunis autour du traîneau.

Mais le religieux ne la laissa pas longtemps dans l'attente.

— C'est moi qui vous accompagnerai, mon enfant ; lui dit-il.

— Vous, vous, mon père ?

— Je serai votre guide, votre défenseur, au besoin.

En achevant ces mots, il fit entendre un sifflement strident et prolongé. Presque aussitôt apparurent en jetant de formidables aboiements deux énormes chiens de race Terre-neuvienne, deux redoutables molosses qui, sur un ordre de leur maître, vinrent se ranger de chaque côté du traîneau.

— Et pour vous protéger, pour vous défendre, ajouta le missionnaire, voilà deux braves et solides serviteurs dont je réponds, comme de moi-même.

— Pensez-vous donc, dit Thérèse, que nous ayons à redouter quelques dangereuses rencontres.

— Le ciel nous en préservera.., je l'espère — répondit gravement le prêtre.

Il l'espérait...

Dans le langage des Esquimaux il prononça quelques paroles de recommandations à ses ouailles, prit place dans le traîneau, à côté de Thérèse, et saisit les guides que lui présentait Riteb.

Thérèse tendit les bras vers ceux qui la saluaient, une dernière fois de leurs acclamations.

Le vieux Barrouk lui renouvela les vœux qu'il formait pour que son voyage ne fut troublé par aucun accident fâcheux.

Les femmes et les enfants multipliaient les marques de sympathie et d'attendrissement à l'adresse de la jeune et belle étrangère qu'ils ne devaient jamais revoir.

Ils lui criaient :

« Mitaleh! mitaleh! »

Ce que le missionnaire traduisit ainsi :

« Bonheur!... Bonheur! »

Le traîneau s'ébranla et les rennes prirent la vigoureuse allure qui leur était habituelle.

Bientôt, on eut perdu de vue le campement.

Une longue étendue de neige se déroulait, sous le ciel gris, se perdant au loin, dans un rideau de brumes.

Thérèse était, de nouveau en route.

Quelles épreuves nouvelles l'attendaient encore?...

CHAPITRE X

EXPIATION !

Après tant d'événements qui s'étaient succédé depuis qu'elle avait réussi à se faire admettre comme passagère à bord de *L'Abeille;* après tant de souffrances qu'elle avait supportées courageusement; après tant de cruelles déceptions et de violents désespoirs; après tant d'heures d'anxiété, tant de sombres découragements succédant à des espérances toujours déçues, Thérèse Valomer ne pouvait croire à la réalité de l'événement heureux qui se produisait pour elle.

Elle se croyait sous l'impression d'un rêve qui allait, hélas! bientôt prendre fin. Elle se demandait, si tout ce qu'elle voyait n'était pas l'effet d'une hallucination et si elle ne voyageait pas uniquement en imagination, enfin si elle ne subissait pas un nouvel accès de cette fièvre qui l'avait déjà accablée.

Tandis que, lancés à fond de train, les rennes traversaient les plaines immenses, Thérèse éprouvait une douce sensation d'être ainsi transportée dans l'espace, avec cette allure vertigineuse.

Et lorsque celui qui, pendant cette première étape, avait fait dépenser aux courageux animaux tout ce qu'ils pouvaient donner de force et d'énergie modérait leur train afin de les laisser souffler, Thé-rèse sembla se réveiller d'un assoupissement peuplé de rêveries bien-faisantes, et se sentir tenaillée à nouveau par l'impatience d'arriver.

Le regard qu'elle adressa au religieux exprimait l'inquiétude.

Mais ses yeux ayant rencontré ceux de l'homme qui se chargeait d'elle avec tant de dévouement, elle y lut une paternelle exhortation à la patience.

Et comme il laissait maintenant flotter les guides, elle se rassura et son anxiété disparut.

Au surplus, une pensée nouvelle s'agitait en son âme pleine de gratitude pour celui qu'elle considérait comme un envoyé de la provi-dence.

Jusque-là, en effet, absorbée dans ses sombres préoccupations, elle s'était accrochée au secours inespéré qui lui arrivait, sans réflé-chir à la sainte mission qu'accomplissait le religieux.

Elle ressentit alors une soudaine admiration pour cet exilé volontaire qui, n'y étant pas contraint par un impérieux devoir, consacrait sa vie pour aller prêcher la vérité sainte, affrontant des dangers sans nombre et prêt à mourir pour le triomphe de sa foi religieuse.

Elle regardait avec une sorte d'extase, cet homme qui lui apparaissait maintenant comme un saint.

— Mon père, lui dit-elle, si les prières d'une pauvre créature pouvaient être entendues et accueillies là-haut, combien serait grande et prompte la récompense pour tant d'abnégation, tant de dévouement ignoré, tant de piété, tant de vertu!

— Que parlez-vous de récompense, mon enfant! Je n'implore, hélas! que le pardon!

— Le pardon? Vous?...

— Oui, mon enfant!... J'expie!

— J'expie, répéta le moine; et ce ne sera pas assez de toute une existence de prières et de remords incessants pour apaiser ma conscience et mériter ce pardon!

— Vous parlez d'expiation,... mais quelle faute avez-vous donc commise, mon père?

— Ce n'est pas une faute, hélas! répondit tristement le missionnaire. C'est un crime!

Thérèse étouffa une exclamation de surprise et d'effroi.

— Un crime, murmura-t-elle, tremblante, un crime.

— Oui, prononça le missionnaire, d'un ton d'humilité; et je veux ajouter à l'expiation que je me suis imposée, en faisant devant vous la confession de l'acte odieux dont je me suis rendu coupable!...

— Mon père, balbutia Thérèse troublée, épargnez-vous cette souffrance!

— Laissez-moi parler, mon enfant!... et lorsque vous m'aurez entendu, vous si sainte et si pure... priez pour moi.

Et pendant que l'attelage qui, déjà, avait parcouru un très long espace, ralentissait sa course et soufflait haletant au milieu du nuage de buée qu'il exhalait et que, derrière le traîneau, les deux chiens marchaient, tête baissée, le museau plein d'écume et la langue pendante, le missionnaire commença ainsi son récit:

— Avant de me consacrer à la prière éternelle, je poursuivais une de ces carrières qui nécessitent une âme inaccessible à toute tentation mauvaise, une âme à l'abri des défaillances humaines.

— Vous étiez donc, magistrat, mon père?

— Oui!... J'appartenais à la classe de ces juges dont c'est la fonction d'instruire les affaires criminelles, dont c'est le devoir de faire rendre à la liberté le prévenu qui fait éclater son innocence à ses yeux, et de renvoyer devant les juges celui qu'il croit coupable.

Et s'animant, il ajouta :

— Le magistrat qui forfait à ce devoir sacré ; qui se laisse attendrir par des supplications d'où qu'elles viennent et qui laisse sombrer sa conscience, est un lâche ; un misérable, un criminel !

— Mon Dieu, que vais-je apprendre ! pensa Thérèse.

Le missionnaire, après un court silence, reprit d'une voix redevenue calme et grave :

Laissez-moi vous dire, mon enfant, que le plus brillant avenir s'ouvrait devant moi. On s'accordait à me reconnaître les qualités qui doivent distinguer les hommes de la profession que j'avais choisie. On plaçait bien haut, alors, mes sentiments de droiture et d'équité, je me sentais heureux et fier de toutes les nobles qualités que l'on se plaisait à me prêter !

Le plus brillant avenir semblait, enfin, s'ouvrir devant moi.

Si je m'étends sur ces détails, mon enfant, c'est pour vous faire comprendre de quelle hauteur je suis tombé dans l'abîme ! fit en s'interrompant le religieux.

— Mon père, supplia Thérèse les mains jointes, épargnez-vous la douleur d'évoquer des souvenirs cruels à votre cœur...

— Non, mon enfant, je ne m'épargnerai pas une souffrance qui ajoute à mon expiation. Quelle que soit la douleur que ces souvenirs ravivent en moi, quelque déchirement que j'en éprouve, j'irai jusqu'au bout de ma confession...

— Mais, fit observer la jeune fille, l'évangile ne dit-il pas que le repentir sincère absout...

— Quelque immense que soit le mien, jamais il n'atteindra l'énormité de mon crime.

Force fut à Thérèse de se soumettre au désir si fermement exprimé.

Elle s'apprêta à écouter, tandis que, peu à peu, les rennes se remettaient d'eux-mêmes à leur allure ordinaire.

Le missionnaire reprit donc :

— Une circonstance se présenta qui devait me fournir une nouvelle occasion de mettre en lumière la pénétration de mon esprit.

Je fus chargé de l'instruction d'une affaire qui ne pouvait manquer d'avoir un très grand retentissement.

Il s'agissait de détournements au préjudice de l'Etat, commis, selon toute apparence, par quelque personne assez haut placée.

C'est au monastère de La Trappe que j'allai chercher un refuge... (P. 224.)

On aurait pu soupçonner tout d'abord un fonctionnaire que l'estime, dont il jouissait, fit bientôt mettre hors de cause.

C'est alors que les soupçons se portèrent sur un employé supérieur de la direction des finances.

Dès que j'eus été saisi du dossier, je m'y attelai, afin de l'étudier assidument.

28. — SEULE!   28.

L'affaire était d'une gravité telle que c'est par dix ans de galères que le Code pénal punit un forfait de cette nature.

La voix du missionnaire devenait de plus en plus sourde.

Thérèse se sentait envahie par une insurmontable émotion.

Le moine missionnaire arrivait à ce moment où la confession qu'il s'était imposé de faire, allait devenir pénible et douloureuse.

— Mon enfant, dit-il, je passerai sous silence les hésitations que j'éprouvai à faire comparaître devant moi la personne soupçonnée; je sentais combien cette comparution pouvait porter atteinte à la réputation d'honorabilité de l'employé.

Je comprenais que c'était trop pour un innocent d'avoir pu, même pendant une seconde, être soupçonné.

Je dus mettre toutefois un terme à mes hésitations et appeler en mon cabinet celui qu'une lettre anonyme me désignait comme étant le coupable; on me donnait, dans cette lettre, des indications sur la façon dont on avait dû pratiquer les détournements, au moyen de faux que, seul, l'employé qui avait le contrôle des livres, avait pu commettre, car, concluait mon correspondant anonyme, s'il n'avait été le coupable, il n'eut pas manqué de dénoncer à qui de droit les faux constatés par lui.

— Ne doit-on pas, mon père, se méfier de ce genre de dénonciation dont l'auteur veut taire son nom?

— Certes, mon enfant, en principe on doit faire peu de cas d'une lettre anonyme.

Mais, en matière de délits ou de crimes, les magistrats ont coutume d'user de tous les renseignements, de tous les indices qui leur sont fournis dans l'intérêt de la justice et de la société.

Thérèse n'avait pu se défendre d'une certaine agitation; elle prévoyait que les soupçons portaient sur un innocent; elle songeait à la situation de son père victime d'une erreur judiciaire. Et l'infortunée sentit se réveiller ses propres angoisses.

Mais ces pénibles souvenirs se calmèrent peu à peu, quand le missionnaire eut repris sa confession.

— L'interrogatoire me laissa indécis sur le parti à prendre, dit-il. Celui que j'avais interrogé d'une façon très nette, très précise m'avait paru se troubler à certains moments, puis — sous mon regard scrutateur — faire des efforts pour se ressaisir.

Les soupçons prenaient rapidement consistance dans mon esprit.

D'autre part, cette lettre anonyme inquiétait ma conscience. Je l'avais, sur mon bureau, toujours ouverte devant moi; je ne pouvais m'empêcher d'y porter les yeux, attirés par cette écriture qu'on avait déguisée, je n'en pouvais douter.

— C'était plus qu'un pressentiment; c'était une suggestion qui bientôt ne me laissa plus un instant de répit.

Je me mis à étudier cette écriture, comme eut fait l'expert le plus consciencieux. Et, au bout de quelques jours, je crus avoir des indications précises...

— Vous aviez reconnu l'écriture? demanda Thérèse.

— Je le redoutais, du moins; oui, j'avais une secrète terreur de ne pas me tromper... Et cependant, quand je réfléchissais, tout en moi protestait contre le soupçon qui mettait mon âme à la torture.

Patiemment, avec la plus minutieuse attention, je comparai l'écriture de la lettre anonyme avec l'écriture au moyen de laquelle on avait falsifié les comptes dans les livres des recettes de l'Administration des Finances.

Il y avait entre elles de si singulières similitudes, que j'en fus bouleversé...

Mon devoir était de faire subir un interrogatoire à la personne dont, bien que soigneusement déguisée, j'avais cru reconnaître l'écriture dans la lettre anonyme.

— Eh bien?...

— Eh bien, c'est ce que je ne pouvais me résoudre à faire, mon enfant!

— Vous ne le pouviez pas, et pourquoi?

L'exclamation échappée à Thérèse alla frapper au cœur le missionnaire, comme un énergique reproche.

Un flot de sang monta au front du religieux.

Et cet homme rivé à son repentir éternel, courbant le front, pensa : « Voici le châtiment! »

Le malheureux fit un effort de volonté pour commander à son émotion.

Et il continua :

— Au moment où je subissais une influence mystérieuse et néfaste, je sentis se révolter en moi le sentiment de justice et de droiture profondément enraciné dans mon cœur. Je refoulai mon hésitation qui, pensai-je, avait trop duré et je pris l'énergique résolution d'aller trouver, chez lui... celui que je soupçonnais, hélas! d'avoir écrit la lettre anonyme.

L'homme que je venais interroger était absent... et...

— Eh bien? dit Thérèse.

— Je m'aperçus bientôt au trouble avec lequel je fus accueilli par... la personne qui me recevait... je m'aperçus que mes soupçons n'étaient que trop fondés.

Mais je dissimulai mon émotion, refoulant en moi la douleur qui me déchirait le cœur. Je me contentai de montrer la lettre, en disant : « Je sais de qui émane cette dénonciation, je veux — car c'est mon devoir de magistrat — je veux savoir d'où celui qui a écrit ces lignes tient les indications qu'il me donne... Je veux savoir et... je saurai!

Alors, avec une explosion de désespoir, on m'apprit que celui que je voulais interroger avait quitté la France, profitant d'un congé sollicité.

On ajoutait, que je ne pouvais vouloir le malheur de toute une famille, la mort, de ceux qui ne pourraient supporter la honte qui les attendait, si le coupable était traduit en justice et condamné!...

On faisait appel à mon cœur, on me traçait un horrible tableau des conséquences effroyables qu'aurait la comparution devant la Cour criminelle du coupable...

— Vous le connaissiez donc ce coupable? demanda Thérèse, en voyant l'agitation du religieux arriver à son comble.

— Je le connaissais trop, hélas! Je pouvais l'envoyer devant les juges, c'était le devoir d'un magistrat intègre; c'était ce que criait ma conscience... Et je n'eus pas la force de résister aux prières de... celle qui, éplorée, s'était agenouillée devant moi!...

Elle!... à mes genoux!... elle!

Je n'eus pas la force de la repousser, de me dérober à ses larmes, aux supplications qui devaient m'entraîner à l'abîme. Et...

— Et vous avez cédé?...

— Oui. J'eus cette défaillance, cette lâcheté, dont j'ai longtemps porté la peine et que j'expierai jusqu'à mon dernier jour.

— Mais celui que vous sauviez des galères... c'était donc un ami... bien cher à votre cœur?

— C'était mon père!

L'effet fut foudroyant.

Thérèse, cramponnée des deux mains au traîneau, paraissait avoir été subitement frappée de stupeur et d'épouvante.

Elle ne pouvait maintenant détacher ses yeux de cet homme qui lui faisait une si poignante confession.

Jusque-là, elle avait ignoré quelle était la nature des remords qui désolaient cette âme vouée au repentir. Mais elle se demandait à présent, au prix de quelle capitulation de conscience, le missionnaire avait sauvé son père du châtiment réservé aux voleurs et aux faussaires.

Elle tremblait d'avoir deviné.

Aussi éprouva-t-elle une sensation de soulagement, quand reprenant son récit, son compagnon lui apprit que, prétextant d'une maladie subite qui nécessitait un repos absolu, il avait obtenu du chef du Parquet qu'on le déchargeât de l'instruction de l'affaire.

— J'espérais, continua le religieux que, faute de preuves suffisantes contre l'accusé, l'affaire finirait par être classée.

— Il n'en fut rien ? demanda Thérèse.

— Malheureusement non ! Le magistrat qui m'avait succédé dans l'instruction de l'affaire, crut trouver la preuve de la culpabilité de celui sur qui pesaient faussement les soupçons et que j'avais, ainsi que je vous l'ai dit, déjà interrogé.

— Et l'innocent?... l'innocent ? demanda Thérèse angoissée.

— L'innocent a été envoyé en Cour criminelle...

— Et condamné ?

— Oui !... Condamné ! prononça le moine avec effort.

Puis, comme si tous les remords qui emplissaient sa conscience eussent fait explosion à la fois, le repentant s'exclama en proie à une agitation croissante :

— J'aurais dû, quittant la retraite dans laquelle je vivais, sauver ce malheureux!... Je le pouvais !... Il était encore temps!...

— Et vous avez hésité, mon père ?

— Ah! mon enfant, cette fois encore, je trouvais, entre mon devoir et le crime que j'allais commettre en laissant condamner un innocent, je trouvais deux femmes agenouillées devant moi! ma sœur qui, une première fois avait réussi à m'épouvanter, et ma mère, ma mère qui me disait, au milieu de sanglots déchirants, « Si tu veux me voir mourir sous tes yeux, fais un pas de plus, et c'est en passant sur mon corps que tu iras dénoncer ton père! »

— C'est affreux !.... C'est affreux ! balbutia Thérèse.

— Voilà le crime qui m'a coûté quinze années de torture morale, de désespoirs chaque jour plus aigus, de remords sans cesse plus violents !...

Oui, quinze ans de repentir et de prières pour celui que j'avais laissé flétrir et traîner aux galères !...

Quinze ans d'expiation !

Thérèse, le front penché, comprimait son cœur de ses mains jointes, en proie elle-même à une violente douleur.

Elle se reportait, par la pensée, à ce jour néfaste où elle avait assisté à la condamnation de son père et son cœur saignait à l'idée des souffrances qu'avait dû éprouver cet autre innocent, innocent comme Jacques Valomer !

Elle sentait son âme se briser, en songeant que ce malheureux avait peut-être une femme qui, — comme sa mère à elle, — avait passé par des transes mortelles pour tomber ensuite dans le plus profond désespoir !

La voyant ainsi repliée sur elle-même comme si elle eut détourné ses regards de lui, le misssionnaire lui dit :

— Je comprends ce qui se passe en vous, mon enfant !... Je devine la pensée qui s'agite en votre âme, à vous que rien n'a pu arrêter quand il s'agissait de sauver un innocent !... Vous me reprochez ma faiblesse, vous condamnez celui qui a reculé devant le devoir à accomplir !...

Eh bien, sachez donc, que, pendant tout le temps qui s'écoula entre la mise en accusation et la comparution devant le Tribunal criminel, je fus en proie au plus violent combat intérieur. A la fin la conscience révoltée l'emporta dans un suprême effort !...

Non ! je ne voulais pas laisser s'accomplir ce crime judiciaire qui allait coûter l'honneur et la liberté à un innocent !... Coûte que coûte, j'étais décidé à le sauver.

Il en était temps encore, pensai-je, puisque l'on était au jour de la comparution et que l'affaire était classée la troisième.

Je courus au tribunal. Haletant, je pénétrai dans la salle des audiences, résolu à aller trouver le magistrat qui occupait le siège du ministère public.

Une effroyable surprise m'attendait : l'affaire avait passé avant son tour, par ce fait que la première et la seconde avaient été renvoyées à une autre session.

J'arrivai au moment où le verdict était prononcé; j'entendis ces mots : Condamne l'accusé Urbain Raimbaud à dix ans de galères.

— Urbain Raimbaud, s'écria Thérèse, se rappelant le nom du Juré qui, si généreusement, avait secouru son père.

Le missionnaire continua :

— A ce moment un cri terrible retentit, une jeune fille se précipita les bras tendus vers le condamné en disant...

— Elle disait, acheva Thérèse, mon père est innocent, rendez-moi mon père...

— D'où savez-vous cela? qui vous l'a appris? demanda le missionnaire.

— Qui? dit Thérèse; mais c'est Urbain Raimbaud lui-même.

— L'homme que ma coupable piété filiale a perdu? dit le missionnaire, hors de lui, presque fou. Vous le connaissez... vous l'avez vu?... Il se nommait réellement...

— Il se nommait Urbain Raimbaud lorsqu'un arrêt injuste l'a frappé; et quand, ayant subi sa peine, son supplice de dix années, il osa rentrer dans le monde, il prit pour se soustraire à sa honte imméritée un nom nouveau, le nom de Jacques Delamarre.

— Jacques Delamarre! répéta le religieux comme s'il eut voulu se graver ce nom dans la mémoire.

Puis, tout à coup, il regarda à la dérobée la jeune fille avec une vague inquiétude.

On eut dit qu'il se demandait si cette infortunée était en pleine possession de sa raison.

Tout ce qu'il venait d'entendre dépassait l'imagination.

Quoi! cet homme dont la mort avait été annoncée par les gazettes, d'après un rapport officiel, cet homme existerait!

Thérèse devina ce qui se passait dans l'esprit de son compagnon.

— Oui, dit-elle, Urbain Raimbaud existe!

Aussitôt elle dit au missionnaire tout ce qui s'était passé après la condamnation de son père, à elle, le noble dévouement du juré pour rendre possible la revision du procès, les secours qu'il avait prodigués à sa mère, à elle-même, toute cette histoire enfin, de noble abnégation, de pure et sainte charité qui avait fait dire à cet homme de bien :

— Périsse ma réputation, l'estime que j'ai acquise depuis ma sortie du bagne... Je ne laisserai pas mourir un innocent.

— Ainsi, dit le missionnaire attéré : cet homme sublime de charité et d'abnégation que j'ai perdu, misérable que je suis, c'est lui qui a tout sacrifié pour vous sauver, vous et les vôtres !...

Ah !... béni soit-il ! — béni soit le ciel qui permet qu'aujourd'hui, je puisse, en vous secourant, à mon tour, m'associer à son œuvre si généreuse et si noble !...

C'est un adoucissement à mes remords que la pitié divine semble m'envoyer.

Désormais, mon enfant, je ne vous quitterai plus, que vous n'ayez accompli la tâche sacrée que vous avez entreprise !...

Ne repoussez pas, parce qu'il vous vient d'un coupable repentant, le secours que je vous offre. Je ne suis pas indigne de toute pitié, de toute miséricorde: j'ai tenté, mais vainement hélas; de réparer mon crime.

J'obtins, de mon père, qu'il s'exilât de France, qu'il partît pour un pays lointain où nous devions, ma mère et moi, aller le rejoindre plus tard, je sacrifiais ainsi ma carrière, tout mon avenir; mais cette tardive résolution devait échouer.

— Il ne m'était pas réservé de faire cesser le supplice du malheureux que j'avais envoyé aux galères... Quand je m'informai de lui, on me montra un rapport sur lequel figurait son nom, avec cette mention « décédé ».

— Mort!... Mort au bagne!... Mort au milieu des misérables, des criminels, lui, innocent! m'écriai-je.

Et le châtiment!... commmença pour moi.

Le remords le plus profond, le plus déchirant s'empara de mon âme pour ne plus en sortir jamais.

— Cet infortuné, cependant, n'avait pas cessé de vivre, dit Thérèse, puisque à la fin d'un long supplice de dix années, il a pu se créer, sous un nom d'emprunt, sous le nom de Jacques Delamarre, une personnalité nouvelle, puisqu'il a pu enfin nous tendre une main secourable.

— Oui, répondit tristement, le missionnaire, après l'erreur judiciaire, l'erreur des employés et des surveillants du bagne est venue, à son tour, s'abattre sur lui.

Et lorsque je fus convaincu, faussement convaincu hélas! que je ne pouvais plus rien pour lui qui devait avoir trouvé au ciel, la juste réparation réservée aux martyrs de ce monde, je pris la résolution de me réfugier dans la prière et dans le silence du cloître.

C'est au monastère de La Trappe que j'allai chercher un refuge, chez ces religieux qui se sont fait une loi du silence éternel et qui vivent dans l'austérité la plus absolue.

C'est dans cette retraite que je voulais attendre la fin de mes tourments; et quand j'échangeais avec ceux dont je partageais la vie de mortification, l'unique phrase qu'il nous fut permis de prononcer: « Frère, il faut mourir! » mon âme s'épouvantait, malgré mon repentir, à la pensée de comparaître devant le Juge suprême.

Mais il n'était pas écrit dans ma destinée que je dusse finir mes jours dans ce monastère où j'avais déjà creusé la fosse où devaient être ensevelies mes dépouilles mortelles.

La Révolution se déchaînait en France. La Terreur envoyait à

Et, s'agenouillant de nouveau, il reprenait sa prière interrompue. (P. 230).

l'échafaud la noblesse et le clergé. Les monastères étaient envahis, les religieux traqués comme des bêtes fauves, cherchaient un refuge à l'étranger.

Certes, la mort ne pouvait m'épouvanter dans l'état d'âme où je me trouvais... Je l'eusse acceptée comme une délivrance, comme la fin des remords dont j'étais dévoré ; mais l'expiation n'avait pas assez duré et je voulus vivre pour me repentir plus longtemps.

29. — SEULE !   29.

Le monastère fut évacué à l'approche des soldats républicains.

Mes compagnons se dispersèrent un peu partout.

Désormais je pouvais disposer de ma personne.

C'est alors que me vint la pensée de quitter la France.

Mais en m'expatriant, je désirais que mon séjour à l'étranger ne fût pas un simple déplacement qui me permettrait d'attendre, en sécurité, que des jours meilleurs revinssent pour la France.

Je visais un but plus élevé.

Je me dis qu'il me restait une autre façon d'expier que celle qui consistait à m'enfermer dans la retraite et à prier pour celui que j'avais laissé condamner injustement.

Un champ plus vaste s'ouvrait à mon expiation.

Je me dis que ce serait un rôle qui me réhabiliterait un peu devant ma propre conscience et devant le Juge suprême, que d'aller prêcher la foi à des peuplades ignorantes et sauvages, et que chaque prosélyte que je ferais me gagnerait un peu de la miséricorde divine.

Je partis pour le Nouveau-Monde, dont je parcourus les vastes étendues, traversant plaines et forêts, vivant de la vie des errants, sans que jamais j'eusse, un seul jour, détourné ma pensée de la mission que je m'étais donnée.

Voilà des années que je prêche la morale chrétienne, tantôt aux Peaux-Rouges, tantôt aux Groënlandais, tantôt aux peuplades canadiennes.

J'ai couru mille dangers.

Vingt fois, j'ai vu le tomahawk d'un Sioux levé sur moi. Vingt fois menacé d'être scalpé, j'ai courbé la tête, sans pousser une plainte, sans implorer ma grâce.

Est-ce à ma résignation que j'ai dû d'échapper à la mort. Toujours est-il qu'au moment où je croyais arrivée ma dernière heure, survenait quelque événement qui faisait surseoir à mon supplice.

Et je pensai que celui qui voyait mon repentir jugeait que l'expiation n'avait pas assez duré.

Peut-être aussi étais-je destiné à vous venir en aide, à vous servir d'appui et de protecteur, à vous seconder enfin dans l'accomplissement de votre sainte mission, car voici, en effet, l'étrange événement qui s'est produit lors de notre rencontre :

J'avais quitté, la veille, le campement de Barrouk et j'allais entreprendre une excursion dans le nord de la contrée, quand il me sembla que mes deux chiens éprouvaient d'instinctives inquiétudes.

Tous deux tournaient autour de moi et me regardaient fixement, comme s'ils eussent voulu attirer mon attention.

Supposant que peut-être ils avaient faim ou soif, je leur présentai quelque nourriture et une écuelle en bois où, à leur intention, je faisais d'ordinaire fondre de la neige.

A ce moment, comme s'ils eussent compris que leur maître parlait d'eux, les deux terre-neuviens agitaient violemment leur panache aux longs poils crépelés et gambadaient de chaque côté du traîneau.

— Vous voyez, mon enfant, ces deux intelligents animaux écoutent et comprennent, dit le moine en se baissant pour caresser les chiens.

— Oui, reprit-il, ce sont des compagnons fidèles et dont je ne me sépare jamais.

Ce sont eux qui m'ont empêché de partir vers le nord, quand j'en avais l'intention bien arrêtée, et cela en se refusant à me suivre quand je les appelais, et en s'obstinant à rester couchés devant la hutte, la tête obstinément tournée vers la plaine neigeuse, où, sans doute, un instinct étrange, un flair d'une finesse miraculeuse leur faisait deviner un être humain en détresse.

Je me tournai du côté qu'ils semblaient indiquer et fis quelques pas dans cette direction, ils se précipitèrent alors à ma suite, puis me précédèrent, le nez au vent, semblables à des chiens suivant une piste.

Ils poussaient de joyeux aboiements, ils marchaient, marchaient toujours, et je crois que si j'avais voulu suivre une autre route, ils m'auraient barré le chemin, ramené à celle qui conduit à la croix au pied de laquelle je vous ai rencontrée, mon enfant !

Thérèse se pencha vers les deux intelligents animaux qui approchaient leurs grosses bonnes têtes à portée de sa main, pour recevoir ses caresses.

.   .   .   .

Pendant que la jeune fille, encore sous l'impression de cette dernière partie du récit du missionnaire, caressait de la main les intelligentes bêtes, son compagnon disait, en concluant :

— Maintenant, je vais pouvoir vous servir de guide, mon enfant, car ainsi que je vous l'ai dit tout à l'heure, j'ai parcouru autrefois toutes ces contrées qu'il nous faudra traverser pour arriver dans la ville de Sacramento.

Le voyage sera long, ajouta-t-il, et je me demande, en vérité, comment vous seriez parvenue à surmonter toutes les difficultés qui se seraient présentées.

— De quelque nature qu'eussent été ces difficultés, elle ne m'eussent pas arrêtée, mon père !

Le missionnaire hocha la tête, en répliquant :

— J'admire l'énergie que vous mettez au service de votre volonté. La nature vous a douée, mon enfant, d'un admirable courage, d'une inébranlable énergie.

— Ce courage, je le puise dans le malheur de ceux qui m'attendent, et l'ardeur qui m'anime, je la conserverai jusqu'à l'entier accomplissement de mon devoir.

Grâce à vous, mon père, les difficultés s'aplaniront...

Puis, Thérèse se prit à réfléchir, le regard dirigé vers l'horizon qui s'estompait dans la brume.

Le voyage devait durer longtemps, lui avait dit le missionnaire, et ces mots lui revenaient à présent à l'esprit.

Combien de temps lui faudrait-il pour arriver au terme de cette longue et périlleuse route?

Elle n'avait aucune idée de la distance qu'elle aurait encore à parcourir. Et maintenant que son compagnon lui avait parlé des difficultés qu'elle aurait eu à surmonter s'il lui avait fallu voyager seule, elle voulait se renseigner.

Déjà plusieurs heures s'étaient écoulées depuis qu'on avait quitté le campement des Esquimaux. Le jour baissait rapidement, et la plaine couverte de neige s'étendait toujours au loin, sans limite apparente.

— Où sommes-nous donc, mon père? demanda Thérèse. Rencontrerons-nous bientôt une ville sur notre route? Excusez-moi de vous interroger, mais vous comprenez mon anxiété.

— Malheureusement, dit-il, nous aurons encore un long chemin à parcourir avant de trouver, non pas une ville, mais une simple station...

Il ajouta :

— Nous allons quitter la partie du Canada couverte de glaces et de neiges, pour entrer dans le Canada boisé, où la végétation est celle des climats tempérés.

— Et quand y arriverons-nous?

— Demain seulement ! Car, ajouta le religieux, nous ne voyagerons pas pendant la nuit. Les courageux animaux qui ont fourni une si longue course auront besoin de prendre de la nourriture et du repos...

— Il nous faudra donc passer la nuit dans cette plaine? interrompit la jeune fille.

— Non, mon enfant. Nous atteindrons bientôt un bois de sapins où nous ferons halte pour laisser reposer les rennes.

Il indiqua la direction de ce bois.

— C'est là-bas, dit-il.

— Et demain, nous arriverons à Québec? demanda Thérèse.

— Oh! non, non.

Et pointant l'index dans la direction de l'Est :

— Québec est loin, bien loin, opposée à la route que nous suivons. Ici, continua-t-il, en ramenant la main indicatrice dans une autre direction, ici est Montréal.

— Mais, s'informa Thérèse surprise, pourquoi ne pas aller à Montréal?... Ne trouverais-je pas là un bâtiment qui me transporterait où devait me débarquer le navire *l'Abeille?*

— Votre temps est limité, ne l'oubliez pas, répondit le moine.

Or vous risqueriez d'attendre à Montréal, peut-être pendant plusieurs mois un bâtiment à destination du Mexique, et c'est alors à Vera-Cruz qu'il vous faudrait débarquer, pour remonter de là jusqu'à la Nouvelle-Californie.

— Alors par quelle voie pourrons-nous arriver à Sacramento?

— Par la voie de terre. Ne vous ai-je pas dit que je connaissais le pays, pour l'avoir parcouru en tous sens, du nord au sud, et de l'Atlantique jusqu'aux côtes que baigne l'océan Pacifique?

Fiez-vous donc à moi du soin de vous mener à bon port.

La fille du condamné garda le silence.

Il lui fallait se résigner à subir les lenteurs qu'elle prévoyait.

Et pendant que le traîneau était emporté dans la direction du bois, que l'on distinguait maintenant, elle s'absorbait dans de douloureuses réflexions.

Il faisait nuit lorsqu'on eut atteint la lisière d'un petit bois, peu épais, peu touffu, où il fallait faire halte.

Le moine détela les rennes, afin que les pauvres bêtes pussent se repaître de l'écorce des sapins et des branches qui se trouvaient à portée de leurs museaux.

Après quoi les voyageurs durent prendre quelque nourriture, qu'ils partagèrent avec les deux chiens accroupis à leur côté.

Repas frugal à l'extrême, que Thérèse ne consentit à prendre que sur l'insistance de son compagnon et pour alimenter ses forces, en prévision des fatigues qu'elle aurait encore à supporter.

Puis il fallut songer à un repos absolument nécessaire, et le traîneau fut converti en fauteuil pour que la jeuue fille pût y reposer le plus commodément possible.

Son compagnon la couvrit d'une peau d'ours pour la garantir du froid.

C'est ainsi que la courageuse enfant, brisée par les émotions et succombant à la fatigue, s'endormit, sous la garde des deux chiens qui, le museau allongé sur les pattes de devant, s'étaient étendus à côté du traîneau.

Cette nuit-là, le missionnaire la passa presque entière en prières.

Il ne s'interrompit que pour s'assurer que la jeune fille dormait profondémennt.

Et, s'agenouillant de nouveau, il reprenait sa prière interrompue.

. . . .

Le lendemain on se remit en route dès l'aube.

De l'autre côté du bois, la plaine de neige continuait à se dérouler à mesure que le traîneau était emporté au galop des rennes.

Mais à présent des bouquets de sapins se succédaient plus nombreux et plus rapprochés.

Le moine s'entretenait avec Thérèse qui, anxieuse de savoir comment se continuerait le voyage, se faisait renseigner sur les pays que l'on aurait à traverser, multipliant sans cesse ses questions.

Le religieux s'exécutait de bonne grâce, d'autant plus que c'était, pensait-il, un moyen d'occuper l'esprit de la jeune fille et de la distraire de ses sombres préoccupations.

— Nous allons nous éloigner du Canada, dit-il, pour entrer dans les vastes territoires occupés par des tribus d'Indiens.

— Des sauvages ! prononça Thérèse soudainement alarmée.

— La plupart de ces tribus sont inoffensives, dit le missionnaire, et vivent paisiblement de chasse et de pêche.

D'aucunes, même, entretiennent des relations de bon voisinage avec nos compatriotes, à l'extrémité de nos possessions canadiennes.

Et pour rassurer la jeune fille, il ajouta :

— Plusieurs religieux ont élu domicile sur le bord du Lac Michigan et y ont fondé un petit monastère.

C'est là que nous trouverons le moyen de continuer notre route. Car lorsque nous aurons dépassé les steppes où nous voyageons à cette heure, il ne nous sera plus possible de faire usage du traîneau.

Mais ne vous inquiétez pas, mon enfant; pour remplacer le véhicule qui ne nous sera plus d'aucune utilité, nous trouverons...

— Une voiture ? demanda Thérèse avec vivacité.

— Peut-être. Mais, à coup sûr, les religieux du lac nous procureront des montures, mules ou chevaux, d'allure très vite et qui sont très résistants.

— Et plus loin, après ces territoires peuplés d'Indiens?

— Thérèse, en prononçant ces mots, ne pouvait parvenir à dissimuler son impatience.

— Après, répondit le missionnaire, nous aurons fait une bonne partie du chemin. Nous arriverons bientôt dans des pays que parcourent les employés des commerçants du Canada. Ces employés voyagent souvent en troupe et vont même jusqu'au Pacifique, dans le but de faire des échanges avec les Indiens.

Nous aurons peut-être la chance rencontrer des compagnons de voyage.

Pendant cette seconde journée, Thérèse se montra moins inquiète, sachant que l'on allait bientôt quitter cette contrée à l'aspect sinistre qui l'impressionnait douloureusement.

D'autre part les renseignements que lui donnait son compagnon la rassuraient un peu.

Aussi le missionnaire se prêtait-il avec empressement à cette conversation, répondant à toutes les questions que lui adressait la jeune fille.

Maintenant la grande préoccupation de Thérèse était de savoir si l'on serait obligé de passer encore la nuit dans le désert de glace.

Son compagnon la rassura encore à ce sujet.

Et lui montrant, de la main, une longue ligne qui serpentait, coupant la plaine, il lui dit :

— Ce que vous voyez est un des nombreux affluents du Saint-Laurent. Au-delà nous trouverons le pays en pleine végétation.

— Et combien de temps nous faudra-t-il encore pour arriver au bord de ce cours d'eau?

— Nous y arriverons, j'espère avant la nuit...

Tout à coup le missionnaire cessa de parler, comme si la voix lui eût manqué subitement.

Les deux chiens s'étaient arrêtés et, le cou tendu, semblaient écouter.

Leur maître les regardait et son visage prit une sombre expression d'inquiétude.

Il siffla pour appeler les chiens qui, en trois bonds eurent rejoint le traineau.

Mais a ce moment les rennes eux-mêmes semblèrent en proie à une vive agitation.

Les pauvres bêtes étaient, comme saisies de terreur.

Elles eurent un mouvement comme pour s'arrêter et l'on put voir qu'elles tremblaient, lamentablement.

Jusque-là Thérèse n'avait pas remarqué l'expression de la physionomie de son compagnon.

Mais en voyant celui-ci agiter les guides et exciter de la voix les animaux devenus subitement récalcitrants, elle eut le pressentiment d'un danger.

Elle se redressait à demi, pour interroger, quand elle vit les chiens, s'arcboutant net, comme font ces animaux qui, ayant flairé un ennemi de leur race, se préparent au combat, et poussent un sourd grondement.

Thérèse avait senti un frisson lui parcourir tout le corps.

— Que nous arrive-t-il, mon père ? balbutia-t-elle en se dressant debout à côté de son compagnon...

Et comme celui-ci hésitait à répondre, elle ajouta d'une voix hachée :

— Pourquoi les rennes ne veulent-ils plus avancer ?... pourquoi vos chiens s'arrêtent-ils eux aussi ?... Pourquoi grondent-ils ?... Sommes-nous menacés de quelque danger ?

Et parcourant des yeux la plaine, elle dit :

— Je ne vois rien cependant, rien nulle part...

Mais à peine avait-elle prononcé ces mots qu'elle poussait une exclamation déchirante qui se confondit avec les hurlements prolongés des deux chiens et les bramements de terreur des rennes.

Des loups en troupe pressée venaient de déboucher de l'intérieur d'un bois et se mettaient à la poursuite du traineau.

Ils galopaient furieusement, la gueule sanglante, affamés et terribles, gagnant de vitesse l'attelage de rennes lesquels maintenant, fuyaient affolés en jetant dans l'air des cris d'épouvante.

Thérèse s'était accrochée au bras du missionnaire, saisie d'effroi.

Elle criait :

— Nous sommes perdus !... Ce sont des loups, des loups furieux !... Voyez, ils vont nous atteindre !... Ah ! nous sommes perdus, nous sommes perdus, mon père !...

Elle s'interrompit, en poussant un cri terrible.

Les loups se précipitaient de toutes parts sur le religieux. (P. 239).

En quelques bonds les loups pouvaient parcourir la distance qui les séparaient encore du traineau.

On distinguait dans leurs gueules béantes leurs crocs énormes et pointus saillir menaçants des gencives. Le poil hérissé, les yeux injectés de sang, et brillants comme des tisons ardents, les terribles carnassiers, par une manœuvre rapidement exécutée, cherchaient à entourer le traineau.

30. — SEULE! 30.

Le missionnaire ne songeait pas à cacher à la jeune fille que le danger était terrible et qu'il fallait s'armer d'énergie, de résolution, en ce moment où il s'agissait d'échapper à une mort épouvantable.

— Il faut nous défendre, mon enfant ! prononça-t-il d'une voix ferme.

— Et s'armant du harpon et d'une des haches que les Esquimaux avaient placés dans le traineau, il s'apprêta·à soutenir l'assaut furieux qu'il prévoyait.

— Mon père ! s'exclama Thérèse, c'est la mort,... la mort qui nous attend, n'est-il pas vrai ?

Ce n'est pas pour ma vie, ce n'est pas pour moi-même que je tremble, reprit-elle, frémissante et les yeux pleins de flamme ; non pas pour moi !...

— Ne désespérons pas encore !...

— Je ne me désespère que pour ceux qui m'attendent et...

Je défendrai ma vie,... tant qu'il me restera un peu de force pour lutter...

Et se baissant, elle s'empara de la seconde hache et se redressa dans un mouvement plein d'énergie.

A ce moment Thérèse était transfigurée.

L'empreinte de la douleur et de l'angoisse avait subitement disparu de son visage.

Ses yeux s'étaient animés tout à coup, pleins d'une sauvage énergie.

Elle avait, d'un brusque mouvement, rejeté sur ses épaules les pans de sa pelisse de fourrure et, le buste en avant, elle semblait attendre le moment de s'élancer.

Un courant de feu succédait au frisson qui l'avait secouée quelques instants auparavant, et, miraculeusement, son bras d'enfant trouvait assez de force pour brandir l'arme qui allait lui servir à défendre sa vie.

Témoin stupéfié de cette transfiguration, le religieux s'écria :

— Bien, ma fille, ayons la foi et le courage...

— Dieu soit béni ! prononça Thérèse, pour l'énergie qu'il souffle en mon âme, pour la force qu'il met en mon bras !

La voix s'arrêta tout à coup dans sa gorge.

Un terrible spectacle s'offrait à ses yeux.

Les deux chiens avaient, brusquement, fait volte-face et se précipitaient à la rencontre des loups.

.   .   .   .

Le choc fut terrible. Comme s'ils eussent eu l'instinct de faire une diversion pour permettre aux voyageurs d'échapper par la fuite, les deux chiens semblaient avoir attendu le moment d'attaquer.

Et tels des soldats d'arrière-garde se sacrifient, tenant jusqu'au dernier homme, pour sauver l'armée, les vaillantes bêtes s'étaient jetées avec fureur sur la troupe des loups.

Comment décrire l'acharnement de ce combat de deux contre vingt, où l'adresse et le courage luttaient contre le nombre.

Dès le premier contact, deux loups avaient été mis hors de combat; étranglés ils agonisaient sous le piétinement des chiens.

La gueule sanglante, chiens et loups s'abordaient, cherchant à se déchirer quand ils parvenaient à s'accrocher, on les voyait rouler, se relever, et avec des bonds furieux multiplier les efforts pour se dégager.

Quand il avait vu les chiens faire ainsi tête à la bande de carnassiers, le missionnaire avait poussé une exclamation comme si c'eut été le salut assuré.

De la voix, il excitait les chiens.

Puis se tournant vers la jeune fille :

— Il faut profiter du temps que nous donne cette diversion, pour tâcher d'arriver à ce cours d'eau là-bas.

Le salut est là,... là seulement, nous serons à l'abri de la poursuite.

— Mais que pourront ces deux chiens, seuls contre tant de loups?

— Ils arrêteront la poursuite, j'en ai la conviction.

Et regardez, mon enfant !...

A ce moment, en effet, l'un des chiens attaqué à la fois par deux loups, en avait étranglé un et renversant l'autre l'éventrait rageusement, excité encore par les hurlements du vaincu :

— Ah ! pourquoi faut-il que nous abandonnions ces braves défenseurs s'exclama Thérèse saisie de compension.

— Il le faut ! et d'ailleurs peut-être auront-ils raison du reste de la bande dont une partie déjà, est hors de combat.

Le moine avait secoué les guides pour augmenter l'allure de l'attelage. Mais, déjà d'eux-mêmes les rennes cherchaient instinctivement leur salut dans la fuite.

Ils dévoraient l'espace.

De la voix, les deux voyageurs continuaient de les encourager, craignant qu'ils ne pussent résister longtemps à l'effort et qu'ils ne s'arrêtassent avant qu'on eût pu atteindre le cours d'eau.

De temps en temps Thérèse, se retournait pour voir ce qu'il en advenait des deux chiens.

Soudain elle poussa un nouveau cri qui alla retentir jusqu'au plus profond du cœur du missionnaire.

Une autre troupe de loups galopait droit sur le traîneau, attirés par les hurlements de leurs congénères.

— Ah! malheureuse, malheureuse enfant! s'écria le religieux qui ne pensait qu'au salut de l'infortunée dont il s'était fait le guide.

Mais Thérèse, après un premier moment d'effroi, avait retrouvé toute son énergie.

— Nous nous défendrons ! dit-elle en brandissant la hache.

— Il nous reste encore encore un espoir! prononça le moine.

— Un espoir, dites-vous ?

— Oui! L'odeur du sang peut détourner ces carnassiers. Au lieu de nous attaquer ils iront peut-être à la proie qui s'offrent à eux!...

Ne savez-vous pas que lorsqu'ils sont affamés, ces animaux d'une même race se livrent des combats acharnés et cherchent à s'entre-dévorer.

Et de fait, à ce moment, une partie de la troupe se détachait pour aller se jeter sur les cadavres des loups étranglés et sur ceux que les chiens avaient seulement blessés.

Mais d'autres continuaient la poursuite.

Ils gagnaient du terrain. Bientôt ils furent si près du traîneau que les deux voyageurs purent entendre siffler leur souffle et craquer leurs mâchoires pleines de bave.

Cette poursuite acharnée augmentait leur rage. Par moments on eut dit qu'ils allaient parvenir à sauter sur le traîneau et assaillir les voyageurs corps à corps. Mais à coup de harpon, le missionnaire parvenait à les tenir à distance, permettant ainsi aux rennes de prendre, de nouveau, un peu d'avance.

Toutefois, les loups revenaient à la charge, plus ardents à la poursuite, à mesure qu'on les repoussait plus vigoureusement.

Mais à présent le missionaire et Thérèse pouvaient espérer opposer une résistance énergique, jusqu'à ce que l'on eut atteint le cours d'eau. Au delà, ainsi que l'avait dit le moine, ils se trouveraient en sécurité, et désormais à l'abri des assauts furieux que ne cessaient de leur livrer les redoutables carnassiers.

Les loups redoutent l'eau comme ils redoutent le feu.

Comme si un souffle d'espérance eut ravivé son courage, Thérèse regardait maintenant sans terreur ces gueules béantes qui la menaçaient.

La frêle créature semblait, dans son attitude d'amazone antique, défier ces bêtes en fureur prêtes à se jeter sur elle, s'ils parvenaient à atteindre le traîneau.

Mais voilà que, tout à coup, les rennes ont hésité et semblent arrêtés dans leur course folle.

Il a suffi de ces quelques secondes d'hésitation, pour que les loups aient pu gagner du terrain.

Les voilà débordant de chaque côte du traîneau, faisant des bonds prodigieux pour se cramponner des griffes.

Deux d'entr'eux y sont parvenus. Encore un effort, et ils auront réussi à sauter dans le traîneau.

Les autres sont tenus en respect par le harpon dont le religieux se sert comme d'une lance.

L'homme de la prière est devenu un athlète intrépide.

Il apparait, à ce moment, comme un de ces gladiateurs qu'un caprice de César, condamnait à défendre sa vie contre des bêtes féroces...

Mais ce n'est pas son existence qu'il défend. Dans cette lutte horrible s'il redouble d'acharnement à mesure que le péril devient plus imminent, ce n'est pas pour échapper à la mort.

L'homme qui a consacré sa vie à une expiation sans fin, ne songe qu'au salut de cette pauvre enfant, — martyre de la pitié filiale.

A chaque nouveau coup qu'il porte, il pense à celle qui n'a plus qu'en lui :

Et il s'écrie :

— Aidez-moi!.... Soutenez mon énergie !... Faites que mon bras conserve la force de frapper, ô mon Dieu?

Malheureusement chaque minute qui s'écoule emporte un peu de sa vigueur.

Et derrière lui, l'héroïque créature, sublime de courage et soutenue par la volonté d'accomplir sa mission, multiplie les efforts, à la fois, contre deux loups cramponnés au traîneau.

Elle frappe, elle frappe sans cesse...

Mais un cri de douleur a retentit tout près d'elle. Elle se redresse, son compagnon a chancelé, lâchant le harpon.

Un des loups, dans un bond prodigieux a réussi à atteindre son adversaire.

L'animal s'est accroché des griffes à la robe du moine. Il l'a renversé et le tient, écrasé sous son corps.

C'en est fait!... Encore une seconde et les crocs du carnassier s'enfonceront dans la chair.

Thérèse n'a pas perdu une seconde.

A deux mains elle brandit la hache et trouvant une force surnaturelle, elle frappe à coups redoublés, broyant le crâne de l'animal.

Puis l'arrachant tout couvert de sang, de dessus la poitrine du missionnaire, elle le pousse hors du traîneau, tandis que le moine se dresse sur les genoux.

Et enveloppant d'un regard plein d'une ineffable expression :

— La Providence avait permis que je puisse vous porter secours, dit-il.

« A votre tour vous m'avez sauvé!

Hélas! cette parole n'était pas prononcée que les deux infortunés qui croyaient avoir échappé à la mort, virent tout à coup s'évanouir l'espoir qui les ranimait.

Les rennes avaient fait un violent écart comme pour se jeter hors de la direction qu'ils avaient suivie jusque là.

Le traîneau cahoté avait failli verser.

En même temps, les deux voyageurs avaient cherché la cause de ce brusque changement de direction, et une même exclamation de découragement s'arrachait de leurs poitrines.

Une troisième bande de loups arrivait à fond de train pour couper la retraite aux rennes affolés.

Cette fois, il n'y avait plus d'espérance. La défense devenait impossible contre cette nouvelle attaque. C'était le dernier coup de grâce.

Que pourraient l'énergie de Thérèse et les forces réunies des deux voyageurs contre ces terribles adversaires qui venaient s'ajouter aux autres.

Car à présent, tous les loups qui n'avaient pas succombé dans le combat accouraient pour prendre leur part de la proie.

Ils se présentaient de trois côtés, et le moment était proche où ils entoureraient le traîneau.

Il semblait qu'il n'y eut plus qu'à attendre la mort, à moins d'un miracle.

Et pourtant, dans cet instant où tout espoir paraissait perdu, où le missionnaire, lui-même, courbait le front, croyant arrivé le terme de son expiation, Thérèse Valomer se redressait, toujours énergique, toujours ardente, toujours prête pour la lutte.

Oui, à ce moment où elle n'avait d'autre perspective que d'être assaillie de partout à la fois, d'être arrachée du traîneau et d'être déchirée par ces bêtes affamées qui se disputeraient son corps tout pantelant, la fille du condamné ne désespérait pas!

Même, à voir le missionnaire affaissé sur les genoux, le front courbé, comme s'il eût, en priant, attendu le moment suprême, on eut pu croire que c'était à la faible créature qu'incombait le rôle viril.

— Je ne dois pas mourir ici!... Je ne le veux pas... Je ne mourrai pas...

Et en parlant ainsi, elle appuyait énergiquement sa main sur sa poitrine, comme si son cœur eût tressailli sous l'empire d'une sainte inspiration.

Le religieux sembla tout à coup sortir d'un état de méditation extatique.

Il se releva,

Et d'une voix grave qu'aucune émotion n'altérait, il prononça ces mots avec une mâle assurance :

— Non, vous ne mourrez pas!...

Pour détourner le terrible danger qui vous menace, pour que les loups ne s'attaquent plus à vous et aux rennes, il faut leur donner une autre proie...

— Que voulez-vous faire dit Thérèse, quelle est cette proie que vous voulez donner à ces horribles carnassiers?

— Je vais vous le dire, répondit le missionnaire.

— Urbain Raimbaud, ma victime, a donné sa réputation, son honneur pour vous aider à sauver votre père... moi, je vais donner ma vie.

Et s'emparant de la hache et du harpon, le missionnaire, après avoir excité les rennes en poussant de grands cris, afin de leur faire prendre le galop, sauta à bas du traîneau.

Le véhicule était déjà loin, quand Thérèse se redressa sur ses genoux. Ce qu'elle vit faillit la rendre folle.

Les loups se précipitaient de toutes parts sur le religieux.

— Mon Dieu, ayez pitié de lui! implora Thérèse.

Le dénouement imprévu et terrible de ce drame de la poursuite acharnée, avait frappé de saisissement et d'horreur celle qui en avait eu l'affreux spectacle.

Thérèse, les bras tendus, poussait des cris déchirants.

Elle appelait, implorait, suppliait.

Et ses cris, ses prières, ses supplications se perdaient dans l'espace.

Tout à coup le traîneau, changeant brusquement de direction, faisait une courbe et contournait un terrain boisé.

Maintenant elle ne pouvait plus apercevoir le missionnaire qui, pour détourner les loups de leur poursuite, les avait tous attirés sur lui-même.

La malheureuse éprouva alors une immense douleur. Toute son énergie, toute l'exaltation qui l'avait soutenue jusque-là, tomba tout d'un coup et des larmes jaillirent de ses paupières.

Des sanglots montaient de sa poitrine, déchirant sa gorge. Et son cœur se brisait au choc des souvenirs qui l'asssaillaient, pour lui rappeler tout ce qu'avait fait pour elle ce compagnon dont elle était réduite à présent à pleurer la fin épouvantable.

Et par une de ces évolutions soudaines de la pensée, Thérèse se reportait vers cette autre scène qui revenait souvent à sa mémoire, quand elle avait vu l'homme qui s'était sacrifié pour elle, se débattre au milieu des flots.

Dans son affliction, elle réunissait, dans un même souvenir qui déchirait son âme, ces deux êtres qui avaient péri pour elle.

Quelle cruelle et impitoyable fatalité s'attache donc à moi, pensait-elle, pour qu'ainsi succombe chacun de ceux qui ont compassion de mon malheur!

Mis en déroute, les loups qui avaient survécu à la tuerie, s'étaient élancés à la poursuite du traîneau et allaient inévitablement l'atteindre, quand les rennes arrivèrent sur le bord de la petite rivière.

Dans leur affolement, ils n'avaient pas hésité à se jeter à la nage, mettant ainsi un obstacle entre eux et les loups que leur horreur de l'eau arrêta brusquement sur le bord de la rivière.

Le traîneau transformé en un frêle esquif disparaissait à demi, sous le poids du corps de Thérèse.

Quand il fut arrivé au milieu du courant, le hasard voulut qu'il rencontrât un lit de sable sur lequel il put glisser, grâce aux efforts désespérés que multipliaient les deux rennes.

C'est ainsi que les courageuses bêtes purent atteindre l'autre bord et reprendre, au hasard, leur course, traînant toujours le véhicule qui cahotait contre des obstacles; pierres, touffes d'herbes ou buissons épineux, sur le sol couvert d'une végétation sauvage.

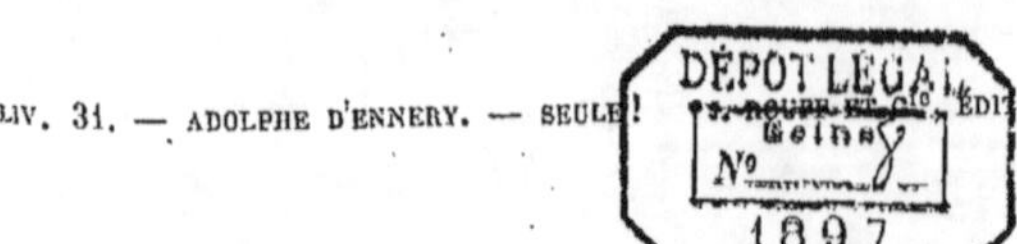

Elle était entourée par un grand nombre d'individus à moitié nus et dont le corps était couvert de tatouages bizarres. (P. 247.)

Qu'était devenu, pendant ce temps, le missionnaire que nous avons laissé au moment où les loups étaient près de se précipiter sur lui.

Certes, il n'avait jamais eu la pensée qu'il pût se défendre longtemps contre tant d'adversaires qui s'acharneraient contre sa personne.

Sa seule préoccupation avait été de tâcher, en les attirant par ses cris, que les carnassiers laissassent le traîneau s'éloigner.

Et s'il prolongeait, en se défendant à outrance, le combat duquel il ne pouvait sortir vainqueur, c'était uniquement dans le but de donner aux rennes le temps de prendre assez d'avance pour ne pouvoir plus être rejoints.

Aussi, tenant une hache d'une main et le harpon de l'autre, s'était-il campé de façon à résister au premier choc.

Et de fait, de deux coups vigoureusement appliqués, il avait étendu à ses pieds les deux premiers assaillants.

Puis, après ce succès inespéré, il s'était précipité sur la troupe, courant ainsi au devant du danger.

Pour lui, c'était le moment suprême de l'expiation. Et, en recommandant son âme, il pensait :

— Celui qui juge, absout, ou punit, a pris en pitié celui qui n'a cessé de se repentir !

En permettant que je meure en accomplissant une œuvre pie, il m'envoie une suprême félicité !... Qu'il en soit béni !

L'heure de la rédemption n'avait pas sonné pour ce repentant que les remords n'abandonnaient pas ?

Toujours est-il qu'un miracle qui, seul, pouvait sauver le missionnaire se réalisa.

Alors qu'il n'avait à espérer aucun secours, dans cette immense solitude, ce secours lui arriva, à l'improviste, comme s'il lui fut tombé du ciel.

Au moment où la bande des carnassiers revenait sur lui, avec une nouvelle fureur, des coups de feu retentirent.

En même temps plusieurs loups, atteints par les balles tombaient poussant des hurlements de douleur.

Revenu de sa surprise, le religieux cherchait des yeux d'où lui arrivait ce secours inespéré, quand il vit tout à coup déboucher d'un bois voisin une troupe d'hommes armés de fusils et qui escortaient un traîneau, attelé de deux couples de chiens.

Ces sauveurs qui se précipitaient à son secours étaient les passagers et les matelots qui s'étaient trouvés avec Thérèse dans la chaloupe de *l'Abeille* et qui, après s'être mis inutilement à la recherche de la jeune fille, se rendaient à Montréal pour, de là, gagner Québec.

Ils avaient, à leur tête, le brave second de *l'Abeille*, le capitaine Cardovan.

Dans le traîneau se trouvait la femme de l'ingénieur Armandier, cette mère sublime qui, sur la chaloupe où tous subissaient les horreurs de la soif, avait sauvé son enfant, en le nourrissant de son sang, faute de lait dans ses seins taris.

Le pauvre petit être était couché sur les genoux de sa mère, quand on avait aperçu les loups contre lesquels luttait, avec un courage admirable, un homme revêtu de l'habit monacal.

L'ingénieur Armandier et l'un de ses compagnons étaient alors restés auprès du traîneau, pour garder la femme et l'enfant tandis que le capitaine Cardovan entraînait les autres passagers au secours du religieux.

C'est ainsi qu'au moment où il croyait arrivée sa dernière heure, celui qui, par son dévouement, avait sauvé Thérèse Valomer était lui-même secouru et sauvé par les anciens compagnons de la jeune fille.

Il s'en était fallu, ainsi qu'on le voit, de peu de temps, pour que le capitaine Cardovan et ses compagnons n'eussent retrouvé celle à la recherche de qui ils s'étaient mis, et pour cela avaient parcouru toute la distance qui sépare le Labrador du Haut-Canada.

S'ils eussent rencontré Thérèse, que de tourments, que de dangers, que de désespoirs eussent été épargnés à l'infortunée créature !

CHAPITRE X

PRISONNIÈRE DES PEAUX-ROUGES

Nous avons dit que le traineau dans lequel se trouvait Thérèse, avait été emporté dans une course folle, par les rennes saisis d'épouvante.

Ainsi aiguillonnées par leur terreur des loups, les pauvres bêtes avaient instinctivement suivi le bord de la petite rivière, dans ses nombreuses sinuosités.

Thérèse en était maintenant réduite, pour ne pas tomber, à se cramponner à l'avant du véhicule qui menaçait de se briser, à chaque cahot.

Il était évident que cette course pleine de dangers, durerait aussi longtemps que les rennes auraient la force de traîner le véhicule.

Un chemin venait aboutir au bord de l'eau. L'attelage s'y engagea et le traineau put glisser plus facilement.

Ce chemin serpentait au milieu d'épais buissons et, finalement, s'enfonçait sous bois.

Enfin, à bout de souffle, les rennes tombèrent épuisés, bramant l'agonie.

Force fut à Thérèse d'abandonner le traineau à demi brisé. Elle prit la résolution énergique de continuer la route à pied.

N'était-elle pas d'ailleurs soutenue par l'espoir que le chemin devait aboutir à un endroit habité.

Et tandis que les deux animaux qui avaient partagé ses dangers et son épouvante râlaient lamentablement, la courageuse fille prenait dans le traineau le sac de provisions qu'y avaient placé les enfants de Barrouk.

Puis elle s'engagea dans l'étroit chemin, avec la ferme volonté de ne s'arrêter que lorsqu'elle serait arrivée à l'autre extrémité.

Elle parcourut ainsi une grande distance tout d'une traite, la tête pleine du souvenir de ceux qui, à Paris, allaient, pensait-elle, attendre qu'elle eut réussi et se demandaient avec angoisse si elle réussirait.

Et les pensées qui se succédaient dans son esprit, l'aiguillonnaient pour lui faire surmonter la fatigue.

Parfois il lui arrivait d'interrompre, tout à coup, sa marche, pour écouter si elle ne percevrait pas quelque bruit lointain qui lui eut fait espérer qu'elle approchait d'un lieu habité, d'un village, peut-être.

Mais un silence lugubre planait sur cette forêt dont elle s'attendait à chaque instant à atteindre la lisière et qui, au contraire, devenait de plus en plus épaisse.

Epaisse et sombre, car le jour baissait et il y avait à présent de grandes étendues d'ombre dans les profondeurs de la futaie.

Thérèse n'en continua pas moins à marcher, sans se préoccuper de la nuit qui allait la surprendre dans les bois, sans même s'apercevoir que le chemin se rétrécissait, à mesure qu'elle pénétrait plus avant.

Bientôt elle ne trouva plus devant elle qu'un sentier dans lequel il ne lui était plus possible d'avancer qu'après s'être frayé un passage en écartant à droite et à gauche les broussailles envahissantes.

C'est alors seulement, dans la crainte de fatigues nouvelles et plus grandes, que Thérèse dut se décider à prendre un peu de nourriture et de repos.

Après ce court arrèt, l'infortunée se levait, de nouveau, et avec l'énergie dont il lui avait déjà fallu s'armer tant de fois, depuis le commencement de ces terribles épreuves, elle se lança résolument au milieu des broussailles.

Ce fut une interminable lutte, pendant la nuit noire, sous un dôme ininterrompu de feuillages superposés qui cachaient la vue du ciel constellé d'étoiles.

Thérèse avait marché tout le jour, elle continua de marcher toute la nuit, surmontant des difficultés sans nombre.

Seule, au milieu des ténèbres, comme elle l'avait été au milieu de l'immense étendue de glaces et de neiges.

Le jour naissant la trouva brisée de fatigue, mais toujours ardente de courage pour continuer cette marche qu'elle ne pouvait se décider à interrompre. Tout à coup le ciel apparut dans une éclaircie, audessus des grands arbres.

Thérèse redoubla d'efforts pour sortir des broussailles et une exclamation de surprise et de joie s'échappa de ses lèvres.

Elle se trouvait au bord d'une clairière, en forme de cirque.

Le sol, en cet endroit, avait dû être fréquemment piétiné, car l'herbe n'y poussait plus. En outre, de grosses pierres y étaient disséminées qui paraissaient avoir subi l'action du feu; puis, de distance en distance, des restes de bois carbonisé sur des lits de cendres. Et de ci de là des ossements d'animaux indiquant qu'on avait fait à cette place de copieux repas.

Thérèse, après un premier moment d'indicible émotion, se mit à parcourir la clairière.

Partout elle trouvait des vestiges du passage d'une troupe qui avait campé là.

Ne pouvait-elle supposer que des voyageurs avaient l'habitude de faire une halte dans cette partie de la forêt? En admettant cette supposition, il y avait pour la jeune fille lieu d'espérer que la ville d'où partaient ces voyageurs, se trouvait de l'autre côté de la forêt.

Thérèse calcula donc qu'elle devait avoir parcouru la moitié de la distance. Cet espoir ranima son énergie et, pendant quelque temps, elle retrouva des forces nouvelles pour poursuivre son voyage.

Deux jours durant, la courageuse jeune fille ne discontinua pas de marcher, ne s'arrêtant que lorsqu'elle n'en pouvait plus de fatigue ou qu'elle était tenaillée par la faim.

Après la clairière, elle avait trouvé un chemin mieux tracé qu'elle n'avait pas hésité à prendre. Mais en vain avait-elle espéré, d'heure en heure, arriver à l'extrémité de cette forêt. Il lui semblait, au contraire, qu'à mesure qu'elle avançait, les futaies qui se succédaient devenaient plus épaisses, plus profondes.

Si le courage et l'énergie de Thérèse défiaient toute défaillance, il n'en était malheureusement pas de même de ses forces physiques.

Il arriva un moment où les effets de la fatigue se manifestèrent brusquement, irrésistiblement.

Thérèse éprouva un engourdissement qui ne lui permettait plus de mouvoir ses jambes. Il semblait qu'atteints de paralysie, ses pieds ne pussent plus se détacher du sol.

La pauvre fille dut s'arrêter et s'asseoir. Une immense lassitude s'empara d'elle, laquelle après avoir envahi le corps, atteignait le cerveau.

Après avoir essayé de réagir contre cet état de somnolence. Thérèse finit par y succomber.

Elle s'étendit sur le bord du chemin et ne tarda pas à s'endormir profondément.

.   .   .   .

Quand, après un sommeil lourd qui avait duré plusieurs heures, Thérèse se réveilla, elle crut qu'elle était en proie à un horrible cauchemar.

Elle passa vivement la main sur son front et sur ses yeux et poussa un cri de surprise et d'effroi, cherchant à se redresser pour prendre la fuite.

Elle était entourée par un grand nombre d'individus à moitié nus et dont le corps était couvert de tatouages bizarres.

Il y avait là des hommes d'âges différents, lesquels poussaient des cris gutturaux pour témoigner leur joie à propos de la capture qu'ils venaient de faire.

A un mouvement de Thérèse pour se relever, on l'avait aussitôt entourée, de façon à lui enlever tout espoir d'échapper à ceux au pouvoir de qui elle était tombée.

Elle put bientôt se convaincre qu'elle ne réussirait pas à se faire comprendre, quand, ayant supplié qu'on lui laissât continuer sa route, elle vit les physionomies de tous ces individus auxquels elle s'adressait, prendre des expressions de surprise et d'hébêtement.

Ils la regardaient mimer ses supplications en joignant les mains, secouée par une insurmontable terreur ; mais leur impassabilité prouvait qu'ils ne comprenaient pas plus la signification des gestes, qu'ils n'avaient compris les paroles suppliantes que la jeune fille leur avait adressées.

Thérèse, disons-le tout de suite, avait été rencontrée par des hommes appartenant à une des nombreuses tribus de Peaux-Rouges, la plupart nomades, qui occupaient tout un immense territoire s'étendant depuis le Lac Michigan jusqu'au pied des Montagnes-Rocheuses.

Quelques-unes de ces tribus étaient inoffensives, tandis que d'autres, plus nombreuses, étaient continuellement en guerre, soit avec des tribus de Peaux-Rouges, soit avec les colons qui venaient s'établir dans ces contrées pour y fonder des établissements, des comptoirs et des villles.

Les Indiens dont ces derniers voulaient conquérir les territoires, les appelaient les « Visages-Pâles ». Et lorsqu'ils étaient vainqueurs, ils ne faisaient pas quartier à ces ennemis qui n'étaient pas de leur race, pas plus qu'ils n'épargnaient les prisonniers de même sang qu'eux.

Les uns comme les autres étaient impitoyablement mis à mort, après avoir été préalablement scalpés ; et on leur faisait subir d'atroces supplices.

La tribu des Peaux-Rouges qui avait capturé Thérèse s'était fait redouter entre toutes, par l'humeur guerrière qu'on lui connaissait et la férocité dont elle faisait preuve pendant les combats.

Chaque jour des détachements partaient en maraude à une assez grande distance du camp.

C'était une de ces troupes qui avait surpris la jeune fille pendant son sommeil.

A mesure qu'elle reprenait son sang-froid, et cherchait à se ressaisir, Thérèse se rendait compte de sa situation.

Elle n'avait, se disait-elle avec effroi, échappé à un danger que pour tomber dans un autre. Et qui sait si celui-là n'était pas tout aussi dangereux.

Après avoir failli devenir la proie de loups affamés, elle se voyait à présent prisonnière de sauvages.

...Il appuya la main sur l'épaule de Thérèse comme s'il eut fait acte de prise de
possession de la prisonnière. (P. 252.)

Qu'allait-il lui arriver? quel serait son sort, au milieu de ces individus dont l'aspect était bien fait pour épouvanter?

De même que chez les esquimaux, n'allait-elle pas se trouver
dans l'impossibilité de se faire comprendre?

Là-bas, du moins, dans le pays de glace, elle avait eu la bonne
chance d'être recueillie par des êtres compatissants, dont elle avait pu
éprouver la bonté.

Ce qu'elle voyait était loin de la rassurer.

Les sauvages qui l'entouraient n'avaient pas l'aspect calme et paterne des pêcheurs de phoques.

Ils étaient remuants, agités à l'extrême, brusques dans leurs mouvements, leurs physionomies énergiques, la vivacité de leurs regards, ces étranges tatouages qui donnaient une expression de férocité à leurs visages, produisaient la plus sombre impression sur l'esprit de Thérèse.

Aussi quand elle vit les mains de ces sauvages s'approcher d'elle, l'infortunée ne put se défendre d'un mouvement de répulsion.

Elle se rejeta en arrière et un tressaillement agita tout son corps, en même temps qu'elle s'écriait :

— Par pitié, laissez-moi,... laissez-moi ! permettez que je parte tout de suite !

Des ricanements et des gestes qui manifestement exprimaient la joie, répondirent à la prière qu'elle venait d'adresser à ceux qui l'entouraient.

Elle comprit hélas ! que ce serait en vain qu'elle renouvellerait ses prières pour tâcher d'attendrir ces Indiens.

Elle ne s'était malheureusement pas trompée ; ceux à qui elle s'adressait pour obtenir d'eux qu'ils lui rendissent la liberté, étaient incapables de saisir le sens de ses paroles.

Les rires et les manifestations joyeuses avec lesquelles on avait accueilli ses supplications, prouvaient en outre que ces individus se réjouissaient, comme s'ils eussent fait une capture importante.

Elle était prisonnière et, — elle n'en pouvait douter, — on allait exercer auprès d'elle la plus grande surveillance, à en juger par les précautions qu'on prenait déjà, afin d'empêcher toute tentative de fuite de sa part.

En effet, les Indiens s'étant munis de lianes flexibles, se mettaient en devoir de lui entraver les jambes et de lui lier les mains.

Les quelques femmes qui se trouvaient là, lui parurent, d'ailleurs, plus féroces encore que les hommes eux-mêmes.

Elles ne semblaient vouloir lui épargner aucune brutalité et prenaient un cruel plaisir à serrer les liens dont on lui entourait les bras.

Thérèse supportait ces souffrances physiques sans se plaindre

Elle les eut supportées encore bien plus violentes, si elle eut pu conserver l'espoir de s'enfuir de ce lieu maudit où son mauvais destin l'avait conduite.

La nouvelle de sa capture avait dû être communiquée à d'autres troupes de la tribu, car — au moment où, après l'avoir ligotée, on la remettait sur ses jambes — elle put voir accourir, de toute part, des sauvages qui poussaient des cris et agitaient leurs armes, comme des guerriers qui après une victoire, vont se partager les dépouilles de l'ennemi.

Thérèse, à ce moment, put croire que sa dernière heure était arrivée, quand elle vit que les nouveaux venus se précipitaient vers elle, l'assourdissant de leurs cris et se pressant, se bousculant, comme s'ils se la disputaient.

C'est donc au milieu d'une véritable mêlée que Thérèse fut poussée et presque portée.

Que pouvait-elle espérer obtenir de ces êtres sauvages qui se montraient si acharnés à s'emparer de sa personne.

Pendant qu'on l'entraînait ainsi, l'infortunée se demandait ce qui alllait lui advenir.

De toutes les épreuves par lesquelles la malheureuses avait déjà passé, celle-ci était bien la plus cruelle.

Jamais encore, se dit-elle, elle n'avait couru un pareil danger.

Et cependant elle ne pouvait croire que tout fut fini, que toute l'énergie qu'elle avait déployée, que tout ce qu'elle avait surmonté jusque là, n'aurait servi de rien et qu'elle était destinée à succomber avant d'avoir accompli sa tâche.

Elle se rappelait ce que son compagnon lui avait dit des moines établis sur les bords d'un grand Lac.

Qu'au moment où l'on avait été surpris par les loups, l'intention du religieux n'était-elle pas d'aller demander l'hospitalité au petit monastère...

« Nous y trouverons un véhicule ou, tout au moins des montures. afin de pouvoir continuer notre voyage; » avait-il dit.

Donc ces moines habitaient encore le pays, et il y avait chance de les rencontrer.

Et Thérèse se demandait si ces religieux n'avaient pas sur l'esprit des Peaux-rouges, l'influence qu'avait su prendre son ancien compagnon sur l'esprit des Esquimaux.

S'il en était ainsi, l'intervention de ces religieux ne lui ferait pas défaut et elle sortirait encore de cette nouvelle épreuve, comme des autres.

Elle se berçait de cet espoir, l'infortunée, pendant qu'autour d'elle le tumulte devenait plus alarmant.

Qu'elle n'eût pas été sa terreur si elle avait pu comprendre le sens des paroles violentes qu'échangeaient ceux qui l'entouraient.

On ne parlait, en effet, de rien moins que de la dépouiller, d'abord des fourrures dont elle était vêtue et de se partager ses hardes.

Si cette motion eut prévalu, la pauvre créature se fut bientôt trouvée dans un état complet de nudité et exposée, vierge pudique, aux regards pleins de passion et de luxure dont on l'enveloppait.

Et tous ces êtres sauvages chez lesquels la beauté de son visage provoquait une si vive impression ne cessaient de répéter ce mot :

« Kaïnara !... Kaïnara !...

Tout à coup, comme si ce mot de Kaïnara eut mis le feu à sa passion et allumé ses sens, un indien débouchant de derrière un taillis, se fraya un passage au milieu de l'escorte.

Et repoussant avec une sorte d'autorité les sauvages qui se tenaient le plus près de la prisonnière, il appuya la main sur l'épaule de Thérèse comme s'il eut fait acte de prise de possession de la prisonnière.

Celui qui venait de mettre ainsi fin aux convoitises dont la jeune fille était l'objet, exerçait une certaine autorité dans la tribu, car à sa vue tous s'étaient écartés en se disant les uns aux autres :

« Lao-Paw !... Lao Paw!... » comme si ce nom commandait la soumisssion.

Le Peau-Rouge qui portait le nom de Lao-Pow justifiait par son aspect et son attitude, l'espèce de crainte dont il paraissait être l'objet.

Il était de taille athlétique et semblait très orgueilleux de sa force musculaire.

Lao-Paw était parent du chef, sur lequel il exerçait une grande influence.

On redoutait sa colère, et chacun de ses désirs avaient la force d'un ordre.

Il avait rêvé de devenir le chef suprème, parce que celui qui devait être l'héritier direct du pouvoir avait longtemps refusé de prendre femme dans la tribu.

Et comme cet héritier présomptif était brave et toujours le premier au combat, Lao-Paw espérait qu'il succomberait dans une des fréquentes rencontres avec l'ennemi.

Or, si Rama-Dama (c'était le nom du fils du vieux chef), emporté par sa fougue, était tué à la guerre, le commandement revenait, de droit, à l'homme qui semblait avoir jeté son dévolu sur Thérèse.

Et, comme si le mot « Kaïnara », qui tout à l'heure avait attiré son attention sur la scène qui se passait, eut rallumé dans son âme quelque passion mal éteinte, il avait entouré la jeune fille de ses bras, comme s'il eût saisi une proie qui pourrait lui échapper.

La malheureuse captive, dont les membres étaient emprisonnés dans des liens, ne put protester que par un cri d'horreur contre l'acte révoltant que, dans l'impossibilité de se défendre, elle était forcée de subir.

Vainement se débattait-elle dans les bras qui se serraient de plus en plus autour d'elle; vainement cherchait-elle à dérober son visage au contact de cette face hideuse qui s'en approchait; vainement détournait-elle ses yeux de ses regards aux éclats fauves, empreints d'une passion sauvage, l'infortunée se sentait menacée d'un outrage dont ne pourraient la préserver ni les prières, ni les larmes.

Dans la situation où elle se trouvait, elle ne pouvait guère espérer secours de la part de ceux qu'elle venait de voir obéir à l'individu sinistre dont la vue la frappait de terreur.

Et cependant, Thérèse jeta un cri de détresse, auquel répondit tout à coup, une clameur provenant de l'intérieur de la forêt.

Aussitôt, comme s'il eût éprouvé un grand mécontentement, Lao-Paw décocha à la jeune fille des regards pleins de colère.

Mais il desserra ses bras, dans lesquels il l'avait tenue emprisonnée.

A ce moment, on vit s'avancer une multitude de sauvages, chantant, dansant et brandissant leurs armes, et, au milieu de cette troupe, un homme de taille élancée, dont la tête était surmontée d'une sorte de diadème en magnifiques plumes d'oiseaux rares.

Il tenait à la main un javelot, dont la pointe, très acérée, était tournée vers le ciel.

A sa ceinture pendaient des chevelures scalpées, témoignant de sa bravoure dans les combats.

Celui qui s'avançait ainsi entouré et acclamé, était Rama-Dama, le chef de la tribu.

Il avait été prévenu de la capture que l'on avait faite, et voulait voir la jeune fille au visage pâle, dont on avait exalté la beauté devant lui.

Rama-Dama ne put s'empêcher de manifester sa surprise et son contentement.

Et, regardant la prisonnière, dont le visage baigné de pleurs se tournait vers lui avec une expression d'infinie douleur, il murmura, lui aussi :

— Kaïnara! Kaïnara!

Thérèse, à la vue de celui à qui tous ceux qui l'accompagnaient donnaient des marques de respect, sentit un rayon d'espoir réchauffer son cœur.

Elle s'était dit aussitôt qu'il devait être le chef de tous ces hommes et qu'elle pouvait espérer l'attendrir sur son sort, si elle parvenait à se faire comprendre de lui.

Les hommes de l'escorte du chef s'étaient précipités pour la voir et l'entouraient en manifestant une grande joie.

C'était à qui s'approcherait le plus près, pour mieux la dévisager.

Les plus hardis touchaient ses mains croisées et attachées derrière son dos.

Mais Thérèse n'éprouvait plus la même épouvante. Ces hommes qui l'environnaient ne lui paraissaient pas animés d'intentions cruelles à son égard.

Elle les regardait avec une expression de douceur et de tristesse, espérant qu'ils comprendraient sa douleur.

Pendant ce temps, Lao-Paw s'était approché du chef et s'entretenait avec lui, accompagnant ses paroles de grands gestes.

Par moments, il tendait le bras pour désigner la prisonnière.

Il semblait qu'il la réclamât comme devant lui appartenir de droit, et Rama-Dama réfléchissait avant de répondre.

Cependant le chef se décida à parler, et ce qu'il dit devait être singulièrement agréable à son interlocuteur, car on vit Lao-Paw exprimer sa joie par des exclamations de triomphe et une mimique qui n'était rien moins que rassurante pour la captive.

En compagnie de son parent, Rama-Dama s'approcha de nouveau de Thérèse et donna l'ordre qu'on la conduisit, à sa suite, dans l'intérieur de la forêt.

Il prit, avec Lao-Paw, la tête du cortège.

Derrrière lui venait la prisonnière, que deux jeunes femmes soutenaient pour l'aider à marcher.

Autour d'eux, les sauvages se livraient aux manifestations de joie habituelles après un combat dont on était sorti vainqueur et lorsqu'on retournait au camp de la tribu, amenant des prisonniers faits sur la tribu ennemie ou sur les « Visages-Pâles ».

C'est, ainsi escortée par les Indiens, et précédée du chef Rama-Dama et de Lao-Paw, que Thérèse traversa une partie de la forêt, jusqu'à ce qu'on fût arrivé à l'endroit où campait la tribu.

On y avait abattu une grande quantité d'arbres afin de pouvoir construire les huttes et les cabanes.

C'étaient comme autant de petits bivouacs autour du camp principal occupé par le chef et ses guerriers.

Quelques bouquets d'arbres qu'on avait épargnés, à cet effet, séparaient les unes des autres, les habitations.

Plusieurs allées conduisaient au campement, et étaient maintenant encombrées par les Indiens qui accouraient pour voir la prisonnière.

Au milieu de ce vaste cirque s'élevait une hutte plus spacieuse que les autres et, décorée de peaux de bêtes, de chevelures et d'armes, trophées que le père de Rama-Dama avait légués à son successeur.

Cette habitation plus luxueuse était le wig-wam du chef.

L'intérieur de la hutte était partagé en deux parties égales, formant deux pièces dont l'une servait spécialement au chef pour y réunir, lorsqu'il le jugeait nécessaire, les principaux membres des différentes familles.

C'était également dans cette pièce qu'il faisait comparaître devant lui ceux qui avaient commis un acte méritant le blâme où le châtiment.

La seconde pièce servait d'appartement particulier au chef et à sa famille.

Quand Rama-Dama accompagné de son parent Lao-Paw, parut à l'entrée du campement, une jeune femme ayant à ses côtés deux enfants, un garçon âgé d'environ six ans et une petite fille plus jeune, se tenait devant le wig-wam du chef, entourée d'autres femmes accourues auprès d'elle et qui lui formaient ainsi une sorte de cour.

Rama-Dama se précipita vers elle, suivi de Lao-Paw. La vue de ce dernier parut produire une impression mauvaise sur la jeune femme, car lorsqu'il s'approcha pour la saluer, elle lui tourna le dos d'un air de dédain, pour écouter Rama-Dama qui lui parlait avec une grande volubilité, en lui désignant de la main la prisonnière.

A ce moment Thérèse était amenée devant la jeune femme.

CHAPITRE XI

KAÏNARA

Le chef avait pris place à côté de sa femme, à qui on allait présenter la prisonnière.

Mais avant qu'il eut eu le temps de donner l'ordre qu'on laissât s'approcher la captive Thérèse s'avançait et se jetait à genoux devant celle qui lui paraissait être l'épouse du chef et s'écriait :

— Ordonnez qu'on me délivre, vous qui devez être toute puissante ici !... Pitié !... Pitié !...

Elle parlait par saccades et d'une voix pleine de larmes. Son visage exprimait les plus poignants tourments de l'âme.

Elle regardait avec effarement et désespoir celle à qui elle adressait sa supplique, dans l'espoir qu'elle saurait faire comprendre ce qu'elle éprouvait.

Tout à coup, comme elle s'écriait de nouveau : « Ayez pitié de moi ; ayant compassion d'une infortunée ! » il lui sembla que celle à qui elle s'adressait désespérément avait fait un mouvement de surprise et qu'en l'écoutant, comme si elle eut compris, la femme indienne eut réprimé un tressaillement.

Et de fait Kaïnara (c'était le nom de l'épouse de Rama-Dama) ne pouvait, depuis que Thérèse parlait, détacher ses yeux, de cette malheureuse qui lui adressait de déchirantes supplications.

Il semblait même qu'elle se fit violence pour ne pas s'élancer vers la prisonnnière et la débarrasser elle-même des liens qui entravaient ses jambes et comprimaient ses bras et ses mains.

De son côté, Thérèse éprouvait, une impression qu'elle ne pouvait définir à la vue de cette jeune femme dont le regard s'appuyait obstinément sur elle, avec une singulière expression où il y avait à la fois de l'émotion et de la tristesse.

L'infortunée se demandait si la providence n'avait pas fait un miracle en sa faveur, en permettant que cette femme put la comprendre.

Elle crut qu'elle devait renouveler ses supplications et parler des épreuves qu'elle avait subies et des souffrances de son âme.

C'était, en effet, l'épouse du chef, celle qu'elle avait entendu nommer Kaïnara. (P. 264.)

Elle se traîna sur les genoux afin d'être plus près de Kaïnara.

— Vous qui êtes souveraine ici, s'exclama-t-elle, ordonnez, par grâce, que l'on me laisse libre... Si vous saviez quelle douleur emplit mon cœur; si vous pouviez vous douter de l'immense désespoir dont mon âme est torturée, à l'idée qu'on voudrait me retenir prisonnière, ah ! vous ne permettriez pas qu'on me garde ici vous me rendriez cette liberté que j'implore !...

33. — SEULE!   33.

Puis, comme Kaïnara n'avait plus fait un mouvement et que ses regards n'avaient plus à présent la même expression de surprise et d'intérêt qu'elle avait cru y remarquer en elle tout à l'heure, la pauvre enfant leva les yeux au ciel, en balbutiant :

— Ah ! je m'étais donc trompée, mon Dieu ; elle ne me comprend pas !... C'eût été un miracle, et vous n'avez pas voulu qu'il s'accomplît !

Elle répétait :

— Elle ne me comprend pas !... Tout ce que je pourrais dire ne toucherait pas son âme !..,

Et Thérèse poussa un long gémissement, comme si un dernier espoir se fut envolé de son cœur.

Mais soudain, la suprême prière qu'elle allait adresser à l'épouse du chef, expira sur ses lèvres.

Le regard de Kaïnara venait de chercher son regard, et, à l'éclair qui jaillit des yeux de l'indienne, Thérèse éprouva une vive commotion.

— Elle avait cru lire dans les yeux de la jeune femme une réponse à ses supplications.

On semblait lui faire comprendre qu'elle ne devait pas désespérer.

Même, comme elle tenait les yeux fixés sur les yeux de Kaïnara pour tâcher d'y lire la pensée de celle-ci, l'épouse de Rama-Dama porta vivement la main à la hauteur de son visage et elle appuya fugitivement l'index sur sa bouche.

Ce signe qui commandait le silence n'avait pas échappé à Thérèse.

Au surplus, si elle eut pu douter encore de l'intérêt qu'elle avait déjà inspiré à la femme du chef, elle allait en avoir une preuve certaine.

En effet, après avoir parlé bas à Rama-Dama, Kaïnara avait donné l'ordre que l'on détachât les liens qui empêchaient la prisonnière de marcher.

. . . .

Le chef de la tribu avait consenti à ce qu'on débarrassât la prisonnière des liens qui la blessaient. Elle eut pu croire, à ce moment, que l'on songeait à lui rendre la liberté.

Mais elle fut bientôt détrompée, en voyant l'effet que l'intervention de Kaïnara avait produit sur les subordonnés de Rama-Dama.

Les Peaux-Rouges manifestaient leur mécontentement par des gestes de menace à l'adresse de la prisonnière.

Lao-Pow se montrait irrité de ce que son parent eut permis que l'on traitât la fille des « Visages-Pâles » avec pareils ménagements.

Il lançait des regards courroucés sur Thérèse et sur Kaïnara.

A son instigation le Chef fit signe à cette dernière de se retirer.

Kaïnara obéit et emmena ses deux enfants.

Thérèse l'accompagna des yeux, dans l'espoir que la femme du chef la rassurerait par un regard ou un signe.

Mais Kaïnara ne s'était pas retournée; et Thérèse se demandait si elle la reverrait, si elle pourrait lui parler.

Elle s'était sentie moins isolée, moins abandonnée, tant qu'elle s'était trouvée en présence de cette jeune femme dont la physionomie exprimait la pitié. Et maintenant que cette femme n'était plus là, devant elle, Thérèse se sentait ,de nouveau, en danger !

Si elle eut pu douter encore des intentions menaçantes de tout ce monde à son égard, elle acquit bientôt la triste certitude qu'on la traiterait sans le moindre ménagement.

Sur l'ordre de Rama-Dama on la dépouilla de la fourrure qui qui recouvrait ses épaules, du capuchon en peau de lynx que la femme de Kinnab lui avait confectionné, des bottes qui servaient à préserver les chaussures qu'elle avait aux pieds.

Le chef et Lao Paw se partagèrent ses dépouilles.

Une des femmes présentes, avait arraché le peigne qui retenait ses cheveux, et la magnifique chevelure de Thérèse roula en flots d'or sur ses épaules, encadrant son visage d'ange éploré.

Jamais souffrances de l'âme ne s'étaient reflétées aussi poignantes que dans ses beaux yeux levés vers le ciel !

Jamais les plus grands peintres de « La Passion », n'avaient mis pareille expression sur le visage de leurs « Vierges des douleurs »!

Lao-Paw dardait des regards pleins de flammes sur la malheureuse créature, comme si c'eût été une proie qu'on lui préparait et sur laquelle il n'allait pas tarder à se jeter.

Sous les regards de feu de cet homme, Thérèse sentit toute son énergie lui revenir.

Mais hélas! malgré son courage que pouvait-elle, pauvre et frêle créature contre cet homme qui l'eut broyée dans ses embrassements et rendue inerte contre l'assouvissement de sa passion !

Le chef avait donné l'ordre qu'on emmenât la captive à la hutte qui devait lui servir de prison.

Lao-Paw se mit à la tête des forcenés chargés d'exécuter cet ordre.

Ces hommes s'étaient donné pour tâche de jeter l'épouvante dans le cœur de leur victime. Ils l'entouraient, brandissant leurs toma-kawks comme s'ils allaient lui broyer le crâne.

Quelques-uns armés de leurs couteaux faisaient le simulacre de la scalper.

Les femmes mêlées à la troupe hurlante, voulaient prendre leur part de l'atroce plaisir auquel s'acharnaient ces bourreaux sans sans entrailles.

La hutte vers laquelle on traînait Thérèse était isolée au milieu d'un bouquet d'arbres séculaires.

Tout autour se trouvait une triple rangée de huttes et de cabanes.

C'était là que Thérèse devait attendre que l'on eut décidé de son sort.

Elle éprouva un moment de terribles angoissès, quand elle vit que l'on apportait des lianes flexibles comme des cordes.

Elle se demandait, avec terreur si l'on ne faisait pas les prépara-tifs de son supplice.

Mais elle éprouva une impression de soulagement quand elle vit qu'il ne s'agissait que de l'attacher au tronc d'un arbre qui servait de poutre au milieu de la hutte. »

Lorsqu'ils l'eurent solidement liée, par le milieu du corps, les Peaux-Rouges se retirèrent. Lao-Paw était resté là, devant elle. Thé-rèse détourna vivement la tête afin de ne pas voir cette face qui lui faisait horreur.

Tremblante, elle se demandait si ce n'était pas là le geôlier qu'on avait préposé à sa garde.

Lao-Paw s'était approché et se mit à lui parler avec volubilité accompagnant ses paroles d'une mimique, par laquelle il cherchait à faire comprendre sa pensée.

Il avait saisi le tomahawk qu'il portait à la ceinture ét, après l'avoir levé avec un geste de menace sur la tête de Thérèse, il l'abaissa tout à coup et le jeta aux pieds de la prisonnière, en même temps qu'il plaçait la main droite sur sa poitrine.

Ce que Thérèse crut comprendre l'épouvanta.

Et quand Lao-Paw se fut éloigné, l'infortunée subit une crise de violent désespoir.

Dans son exaltation poussée jusqu'à la folie, elle déchirait ses doigts à essayer de se débarasser des liens qui l'entouraient, l'obli-geant à rester assise, sur une grosse pierre placée au pied de l'arbre.

C'est dans cette position que la captive était condamnée à passer de longues heures, pendant qu'en son esprit s'agitaient les pensées les plus douloureuses.

.   .   .   .

Des colonnes de fumée s'élevant entre les branches, indiquaient que les sauvages étaient occupés à la confection de leur nourriture.

Thérèse n'avait pris aucun aliment depuis la veille et, se trouvait dans cet état d'insurmontable affaissement pendant lequel on se sentirait mourir de faim.

Une odeur âcre de graisse brûlée saturait l'air et faisait songer à ces repas de cannibales dont la chair humaine rôtie au feu de bois, compose le menu.

Thérèse était seule, depuis plus de deux heures, livrée aux plus douloureuses réflexions, quand elle entendit que l'on venait vers elle.

C'était encore Lao-Paw accompagné de deux jeunes filles portant des mets fumants dans des grandes calebasses ornées de peintures primitives.

Dans l'une de ces calebasses il y avait de la viande : un morceau de venaison provenant de la part de chasse de l'indien.

L'autre calebasse contenait un mélange fortement pimenté de riz et de tubercules odorants.

En outre, Lao-Paw plaça devant la prisonnière une gourde pleine d'eau additionnée d'eau-de-vie.

Parlant avec volubilité et d'un ton de maître, il invita la captive à prendre la nourriture qu'il lui offrait.

Quand elles eurent posé les calebasses à portée de la main de Thérèse, les deux jeunes filles se retirèrent en gambadant, suivies par Lao-Paw qui ne cessait de se retourner pour regarder encore la fille blanche.

.   .   .   .

Pendant cette première journée de captivité, Thérèse Valomer avait passé par les mêmes impressions, par les mêmes angoisses, les mêmes tortures qu'elle avait, déjà, tant de fois subies depuis son départ de Paris.

Elle voyait maintenant arriver la nuit, avec effroi. Et quand les premières ombres s'étendirent dans les profondeurs de la forêt comme un immense voile qui, peu à peu, enveloppait les grands arbres, Thérèse fut saisie de terreur !

Elle retenait son souffle, sursautant à chacun de ces bruits vagues que l'on entend, la nuit, au fond des bois.

Le moindre craquement de branche sèche que le vent achevait de détacher, était pour la pauvre créature, une cause d'épouvante.

L'idée lui venait que cette forêt était peut-être peuplée d'animaux féroces qui chassent, pendant la nuit, pour surprendre le gibier endormi. Le bruit des feuilles sèches que le vent déplaçait la faisait tressaillir. Elle se figurait des reptiles rampant tout près d'elle et cherchant leur proie !

Après les transes qu'elle avait éprouvées, pendant la nuit passée dans la caverne de glace, au milieu du silence lugubre qui régnait dans ces vastes plaines couvertes de neige, elle ressentait d'autres nouvelles terreurs, dans cette forêt qui s'étendait au loin.

La brise sèche qui, maintenant, agitait les branches, la faisait tressaillir comme naguère encore la bise qui passait, en sifflant, sur les glaçons sans fin.

Pendant toutes ces frayeurs subites, toutes ces angoisses qu'elle ne pouvait surmonter, l'infortunée n'avait plus que la ressource de se recommander à la miséricorde divine.

Thérèse pria pendant toutes ces longues heures qui, pour elle, s'écoulaient avec une lenteur mortelle.

Quand, enfin, elle eut vu poindre le jour, elle sentit son épouvante quelque peu allégée.

Qu'allait-il survenir pour elle, dans cette seconde journée qui commençait ?

En songeant que sa captivité pourrait se prolonger au-delà du temps qui lui était accordé pour accomplir son voyage, Thérèse se sentait devenir folle !

Chaque heure qu'elle ne pouvait employer à l'accomplissement de sa mission, mettait en péril le succès qu'elle espérait.

Et elle faisait, mentalement, avec effroi, le compte des journées écoulées depuis qu'elle avait quitté Paris pour aller s'embarquer au Havre.

Jusqu'au moment où il lui avait fallu abandonner " L'Abeille " il s'était d'abord, écoulé dix-huit jours.

En outre elle avait passé cinq jours et cinq nuits dans la chaloupe.

Le missionnaire qui aurait pu la renseigner sur le temps qu'elle avait passé dans la famille de Kinnab, n'était pas allé chez le pêcheur de phoques.

Il y avait donc là une lacune. Puis elle reprenait le compte des jours, à partir du moment où elle s'était mise en route avec le religieux. Que de temps perdu, hélas !.

Elle avait en y songeant des transports de révolte contre la fatalité dont elle était poursuivie.

Et dans l'excès de son désespoir, elle meurtrissait la chair de ses mains, essayant de rompre les liens qui lui enlaçaient le corps.

Si, du moins, se disait-elle, elle avait une arme ; cette hache qui lui avait servi à se défendre contre les loups !

Mais rien !

Et l'infortunée regardait autour d'elle, répétant :

— Rien !.. Rien !.. Rien !..

. . . .

Le jour naissait salué par les gazouillements confus des oiseaux. Après la nuit d'angoisses qu'elle avait passée, Thérèse pouvait-elle espérer voir cesser brusquement sa captivité ?

N'était-elle pas tombée, dans une de ces tribus nomades de Peaux-Rouges et n'allait-on pas l'emmener dans des territoires lointains.

Parvint-elle, par miracle, à prendre la fuite, comment trouverait-elle la direction pour se rendre en Nouvelle-Californie ?

De toutes les parties du camp, des hommes en armes s'enfonçaient dans la forêt.

Tout à coup Thérèse tressaillit. Rama-Dama accompagné de Lao-Paw, tous deux montés sur des chevaux fringants et armés d'arcs et de flèches, s'arrêtaient devant la hutte.

Le chef interpella la prisonnière et, aux regards dont lui et son compagnon l'enveloppaient, en parlant avec volubilité comme s'ils eussent débattu les conditions d'une affaire quelconque, Thérèse ne pouvait douter qu'ils ne s'entretinssent à son sujet.

Elle éprouva un grand soulagement quand elle les vit s'éloigner allant rejoindre une troupe nombreuse qui défilait à quelque distance.

Que se passait-il donc dans le camp et où allaient tous ces hommes qui semblaient se diriger vers un même point.

Dans l'état d'esprit où elle se trouvait, l'infortunée souhaitait ardemment qu'un combat entre tribus ennemies vint la délivrer.

Elle espérait que ceux dont elle était prisonnière seraient attaqués par des troupes de la garnison des forts dont lui avait parlé le missionnaire.

Thérèse était plongée dans ses réflexions, quand elle entendit qu'on marchait avec précaution tout près de la cabane.

Elle écouta, inquiète et contenant les battements de son cœur. Mais bientôt elle ne put retenir une exclamation de surprise et de joie, en voyant se glisser hors d'un taillis, une femme qui, de la main, lui fit signe de garder le silence.

La prisonnière avait tout de suite reconnu celle qui, la veille, l'avait prise en pitié et avait rallumé l'espoir en son cœur.

C'était, en effet, l'épouse du chef, celle qu'elle avait entendu nommer Kaïnara.

La jeune femme s'était arrêtée pour écouter et fouiller du regard les profondeurs de la forêt, comme pour s'assurer qu'elle ne risquait pas d'être surprise.

Pendant quelques instants, Thérèse put regarder l'indienne et admirer l'étrange beauté de celle dont elle avait déjà, la veille, éprouvé les sentiments d'humanité.

Kaïnara, par l'expression de sa physionomie, différait des autres femmes de la tribu. Et, cette différence ne portait pas sur de simples détails, mais bien sur tout l'ensemble de sa personne.

En effet, tandis que l'on pouvait remarquer chez les autres femmes, une souplesse et une certaine volupté d'allure, provenant des déhanchements pendant la marche, chez Kaïnara cette souplesse particulière était remplacée par une grâce naturelle qui rendait la démarche plus normale, plus pudique.

Mais c'était principalement dans le teint que l'on eut pu trouver une notable différence, malgré que les tatouages et les fards couvraient presqu'entièrement la peau.

Les femmes indiennes avaient toutes cette carnation bronzée, aux reflets roux qui a valu à la race la désignation de "Peaux-Rouges". Chez Kaïnara, la chair avait une teinte simplement cuivrée, comme si le hâle, l'air vif et les ardeurs du soleil eussent bruni un épiderme primitivement plus clair.

Bien différente aussi était l'expression de la physionomie.

Les yeux de Kaïnara étaient bleus et d'une grande limpidité. Chez ses compagnes, le regard avait des fixités pleines de dureté et, parfois, une vivacité qui devenait aisément menaçante et cruelle.

Si on eut cherché à lire dans les yeux de l'épouse du chef Rama-Dama, peut-être y eut-on trouvé un reflet de mélancolie bien extraordinaire chez une femme dépourvue des délicatesses de sentiment que développe d'ordinaire la civilisation.

— Blanche! Kaïnara blanche! — Une minute après, ce tatouage, que les Indiens savent
rendre indélébile avait reparu. (P. 269.)

Telle fut l'impression soudaine que ressentit Thérèse pendant
que Kaïnara, le cou tendu, le corps un peu ramassé sur lui-même,
écoutait, comme une gazelle en alerte qui s'apprête à prendre la
fuite au premier bruit.

Kaïnara paraissait avoir environ vingt-cinq ans.

Au bout d'un instant, rassurée sans doute sur la crainte d'être
surprise, la jeune femme se tourna vers la captive et, cette fois, elle

34. — SEULE!   34.

ne se contenta pas de lui témoigner par un signe des yeux l'intérêt qu'elle lui portait.

C'est les bras tendus qu'elle s'approcha d'elle ; c'est avec une spontanéité touchante qu'elle saisit les mains de Thérèse et les garda dans les siennes, tandis que ses regards, d'une infinie douceur mêlée de tristesse, exprimaient la pitié.

Mais déjà, haletante d'émotion, Thérèse s'était écriée :

— Ah ! je n'espérais plus vous voir ; j'avais cru m'être trompée dans l'interprétation que j'avais donnée au signe que vous m'adressiez, comme à votre regard, qui cherchait à me rassurer.

Puis s'interrompant, elle ajouta d'un air désolé :

— Mais je vous parle et vous ne me comprenez pas hélas !

Thérèse eut une exclamation étouffée et la voix s'arrêta dans sa gorge, sous l'influence de la surprise et du saisissement.

Kaïnara avait écouté avec une singulière expression, elle semblait être dans le ravissement.

Et en entendant la prisonnière se désoler de ne pouvoir se faire comprendre, l'épouse de Rama-Dama avait fait signe qu'elle comprenait.

Thérèse ne pouvait croire à tant de bonheur.

Tremblante de s'être trompée, elle demanda :

— Vous avez compris ce que je vous ai dit ?

— Oui !... Oui !... répondit Kaïnara. Compris... compris.

Elle répéta avec une joie d'enfant :

Oui !... Oui !... Compris.

Et elle pressait les mains de la prisonnière ; elle regardait sa carnation blanche et semblait chercher à se souvenir.

Puis elle appuya son regard sur les yeux de Thérèse, et de nouveau, elle sembla fouiller profondément dans sa mémoire.

Au bout d'un instant, elle se mit à comparer sa main avec celle de la prisonnière, non pas avec l'étonnement qu'eut manifesté une femme de la race des Peaux-Rouges, mais avec une attention qui dénotait moins la curiosité qu'un sentiment de tristesse.

Ce fut pour Thérèse un trait de lumière et un rayon d'espérance.

Il se pouvait qu'elle se trouvât en présence d'une infortunée qui, elle aussi, aurait subi la captivité dans cette tribu !

Jusque là, dans l'impossibilité de faire comprendre son désespoir, n'ayant aucun moyen d'attendrir, ignorante du sort qui lui était réservé, mais sachant bien qu'elle n'avait pas de commisération à attendre de la part de ces êtres sauvages qui, la veille, l'avaient traitée si durement, elle ne pouvait, avait-elle pensé, espérer sa délivrance que par le fait d'un miracle.

Et ce miracle se réaliserait !

Quoi ! elle aurait quelqu'un à qui dire ses infortunes, quelqu'un qui la comprendrait, qui la consolerait, qui trouverait peut-être moyen de l'aider à s'évader, de sortir de cette hutte qui lui servait de prison, de ce camp de Peaux-Rouges où elle avait pour geôliers tous les membres de la tribu !

Etait-ce possible ? Ne rêvait-elle pas ?

Non ! celle qui allait devenir la confidente de ses malheurs était bien là, devant elle, la regardant, émue, comme si elle eut compati à ses peines et trouvé le moyen de les adoucir.

Et Thérèse, dans le délire de ses esprits rendus à l'espérance, n'avait plus de voix pour exprimer sa reconnaissance à cette âme qui se mettait en communication avec son âme.

— Ah ! puisque vous me comprenez, puisque vous avez eu déjà pitié de moi,... vous viendrez à mon secours ; vous ne m'abandonnerez pas ! Vous ne me laisserez pas mourir ici de désespoir, vous me sauverez,... vous me sauverez !

Thérèse, à son tour, s'était emparée des mains de Kaïnara et les porta à ses lèvres ; mais la femme du chef, se dégageant, jeta les bras autour du cou de la prisonnière qu'elle attira sur son cœur, en disant :

— Parle !... Parle !... Oui,... encore !... Parle... encore !

Elle s'était accroupie devant la jeune fille, et ses yeux dans ses yeux, la regardait avec une infinie douceur. Elle semblait attendre que les mots sortissent de ses lèvres, comme si les paroles qu'elle prononcerait eussent dû être, pour elle, une musique délicieuse.

Thérèse partageait l'émotion dont Kaïnara lui donnait le touchant spectacle. A présent, une joie immense refoulait le désespoir qui, tout à l'heure encore, emplissait son cœur.

Les quelques mots de français qu'elle venait d'entendre prononcer par cette femme vivant au milieu d'une tribu de Peaux-Rouges, lui donnaient l'explication du signe que lui avait fait Kaïnara et du regard si éloquent dont elle l'avait accompagné.

Elle avait éprouvé un saisissement de surprise lorsqu'elle avait vu la femme du chef écouter attentivement les paroles et les exclamations par lesquelles, dans son affolement, elle exprimait sa douleur.

A présent elle avait l'explication de l'intérêt qu'avait paru lui témoigner Kaïnara. Ces quelques mots qu'elle venait de bégayer, comme l'eut fait un enfant, ces mots français résonnaient délicieusement en elle.

Elle les considérait comme la réponse aux prières qu'elle avait adressées là-haut, aux supplications déchirantes qui n'avaient cessé de s'exhaler de son âme.

Ne devait-elle pas les interpréter, ces mots qui lui rendaient l'espoir, comme la récompense de son dévouement, comme une preuve que son amour filial avait trouvé grâce devant la Providence.

« Parle!... Parle encore!... »

Elle les avait aspirés, elle les avait bus, ces mots; et maintenant, ivre d'espérance, elle se disait qu'elle avait désormais une amie à qui confier ses peines, à qui dire l'étendue de son désespoir, avec la certitude qu'elle trouverait un écho dans le cœur de cette femme qui attendait, qui réclamait ses confidences.

— Que je vous parle?... s'exclama-t-elle. Vous voulez que je vous parle encore? Oui, je vous dirai tout ce que je souffre et alors, vous qui avez un cœur compatissant, vous ne repousserez pas la prière d'une pauvre désespérée...

Kaïnara écoutait avec une physionomie si expressive, qu'on pouvait croire qu'elle répétait mentalement les mots à mesure que les prononçait Thérèse.

— Désespérée? interrompit-elle.

— Oui, répondit la prisonnière : je vous dirai à quel point je suis malheureuse,... quel désespoir je renferme là !

Elle appuyait la main sur son cœur.

— Là? répéta Kaïnara en posant le doigt sur la poitrine de la jeune fille.

— Vous avez compris? demanda anxieusement Thérèse.

— Oui!... malheureuse!... Quelle peine?... Parle?

Elle s'exprimait avec difficulté et l'on pouvait se rendre compte de l'effort de mémoire qu'elle faisait pour formuler sa pensée.

Thérèse vit bien qu'elle ne parviendrait à obtenir de réponses plus complètes qu'à condition de l'aider le plus possible.

Elle prit le parti de parler très lentement, en espaçant les mots, en les répétant au besoin, afin de donner à son interlocutrice le temps d'en bien saisir le sens.

— Voulez-vous savoir la cause de mon malheur ? prononça-t-elle.

— Oui !... Oui !... répondit avec vivacité Kaïnara.

Et comme pour graver ces mots dans sa mémoire, elle répéta :

— Oui, pourquoi,... pourquoi... malheur ?

— Parce que je suis ici.

— Ici ?

— Oui, ici, et,.. prisonnière ! Qu'ai-je fait à ceux de votre tribu pour qu'ils me traitent en ennemie ?

En parlant ainsi, Thérèse montrait les lianes qui entouraient son corps, et elle attendit, inquiète, ce qu'allait répondre la femme du chef des Peaux-Rouges.

Kaïnara ne répondit que par un geste. Elle se contenta d'appuyer le bout du doigt sur la main de Thérèse, indiquant que c'était à la couleur de sa peau qu'elle devait d'avoir été traitée comme une captive.

— C'est parce que je suis une blanche ? dit Thérèse.

— Oui, blanche,... blanche,... répondit Kaïnara avec tristesse.

Puis d'une voix douce et attendrie elle ajouta :

— Kaïnara... aussi, blanche...

— Blanche ! vous, Kaïnara ? dit avec étonnement Thérèse.

— Oui, oui, petite, toute petite... Kaïnara blanche... et, en disant ces mots, elle plongea sa main dans une calebasse remplie d'eau, qu'on avait apportée à la prisonnière pour qu'elle pût se désaltérer.

Au bout d'un instant elle retira sa main de l'eau, la frotta énergiquement et, montrant avec orgueil sa peau dont elle avait momentanément fait disparaître le tatouage, elle s'écria :

— Blanche ! Kaïnara blanche !...

Une minute après, ce tatouage, que les Indiens savent rendre indélébile avait reparu.

Une expression de joie animait le regard de Kaïnara.

Elle entourait Thérèse de ses bras, manifestant la tendresse d'une sœur pour une sœur plus jeune. Et elle parvint à dire :

— Ici toujours avec Kaïnara et Kaïnara heureuse !

Thérèse jeta un cri de détresse :

— Rester ici, dit-elle, plutôt mourir.

— Puis, haletante, le visage exprimant l'angoisse la plus poignante :

— Mais vous n'avez donc pas compris, dit-elle, que je veux être libre, qu'il faut que je parte à tout prix...

Kaïnara cherchait à la calmer. Peu à peu les mots lui venaient ; elle parvenait plus facilement à construire ses phrases.

— Toi bien,... ici,... avec moi,... libre comme moi...

Et avec une joie d'enfant qui fait une confidence elle répéta :

— Moi aussi... moi aussi !...

Elle montrait, de nouveau, ses mains et s'écriait :

— Moi aussi,... blanche,... blanche comme toi !

Et elle ajouta :

— Plus maintenant !... Avant, c'était... avant, oui, avant !

Thérèse considérait les mains et le visage de celle qui se disait de race blanche.

— C'est donc le soleil qui a bruni votre chair ? demanda-t-elle, reconnaissant qu'effectivement Kaïnara n'avait pas la peau entièrement bronzée des autres femmes de la tribu.

— Oui,... soleil,... soleil ! répondit la jeune femme, tout en frottant l'épiderme de ses mains, qui reprenaient la teinte chaude avec la transparence rose qui distingue généralement la mulâtresse.

— Regarde ! dit-elle avec un mouvement de joie tout enfantine, Kaïnara... blanche !

— Et puisque vous parlez le même langage que moi, vous êtes donc Française aussi ?

Kaïnara garda le silence, elle semblait réfléchir profondément, et, tout à coup, un cri s'échappa de sa poitrine...

Elle se souvenait :

— France !... France ! prononça-t-elle.

— Française et chrétienne, sans doute, demanda vivement Thérèse.

Et Kaïnara, après un nouveau silence, après un nouvel instant de réflexion, prononça : chrétienne !... et, comme si elle cherchait encore, elle ferma les yeux, puis, les rouvrant, illuminés d'une lueur vive, elle balbutia, d'abord, quelques syllabes incohérentes, quelques mots sans suite et, tout à coup, avec cette volubilité de l'enfant qui récite une leçon apprise par cœur, la femme du chef des Peaux-Rouges se mit à dire la prière que, toute petite, elle répétait chaque soir.

Et quand elle eut achevé la prière qu'enfant on lui faisait, sans doute, répéter et qui, depuis, s'était effacée de sa mémoire, Kaïrana dit à la captive :

— Sœur ! sœur avec toi !...

— Alors, s'écria Thérèse avec véhémence, puisque nous sommes sœurs, c'est votre devoir de m'aider à recouvrer ma liberté...

Mais Kaïnara, distraite à présent, n'écoutait plus. Elle avait entendu qu'on venait, et se disposait à aller se mêler à une troupe de femmes, de jeunes filles et d'enfants qui marchaient en procession autour du campement, procession quotidienne, laquelle est dans les habitudes des Peaux-Rouges et qui a lieu lorsque le soleil arrive au zénith.

La femme du chef ne pouvait s'abstenir de paraître à cette manifestation religieuse du culte des Indiens.

Au moment de s'éloigner, elle jeta ces mots comme une promesse à celle qu'elle quittait :

— Kaïnara, femme de Rama-Dama... parlera à Rama-Dama ! pour sœur à elle...

Et après avoir une dernière fois regardé la captive, avec une expression d'affectueuse tendresse, elle disparut derrière les arbres.

. . . .

Longue, mortellement longue, fut cette journée pendant laquelle Thérèse se rappelait, avec inquiétude, tout ce que lui avait dit Kaïnara...

Cette perspective de liberté que lui avait fait entrevoir la femme du chef ne pouvait que la plonger dans de nouvelles appréhensions.

Ce serait, se disait-elle, la liberté de vivre dans la tribu.

Oui, Kaïnara obtiendrait pour elle, sans doute, qu'elle ne soit plus attachée à un arbre, mais en serait-elle moins pour cela gardée à vue ?

N'avait-elle pas entendu cette femme qui s'intéressait à elle, lui dire qu'elle voulait l'avoir toujours auprès d'elle.

L'espoir qu'on avait fait luire à ses yeux s'évanouirait donc et l'alliée qu'elle avait cru trouver en Kaïnara, lui échapperait, se déroberait au moment d'aider à sa délivrance !

— Non ! s'exclama Thérèse, mettant ainsi fin à ces réflexions qui se succédaient désespérantes, non, cela ne sera pas !

Elle se disait qu'elle ferait comprendre à Kaïnara ce qu'elle attendait d'elle : elle parlerait à la fille blanche, à la Française, à la chrétienne, le langage qui va au cœur.

Ce n'était plus à la femme de Rama-Dama qu'elle s'adresserait, mais à l'enfant que l'on avait, sans doute, dérobée à sa famille, forcée de vivre dans cette tribu et qui y avait, à la longue, pris place comme les autres femmes qui en faisaient partie et qui lui avaient inculqué leurs mœurs.

Il fallait la ramener à présent à l'époque où elle était tombée entre les mains des Peaux-Rouges, lui faire remonter le cours des années, l'obliger à se souvenir, réveiller en elle des sentiments endormis depuis longtemps.

Tâche ardue peut-être et qui exigerait de l'énergie et de la persévérance.

— J'aurai tout cela ! s'exclama Thérèse sentant se réveiller en elle tout son courage.

Alors, décidée à mettre en œuvre toute la volonté dont elle se sentait capable elle voulut aussi reprendre des forces.

Pour la première fois, depuis qu'elle avait été conduite dans cette cabane, elle consentit à toucher aux mets que Lao-Paw lui avait fait apporter.

Elle trempa ses lèvres dans la boisson fermentée que contenait la gourde que l'on avait placée auprès d'elle.

Puis, elle se résigna à attendre le retour de Kaïnara.

Elle se dit qu'elle avait déjà lutté et surmonté, par miracle, bien des difficultés et qu'elle lutterait encore tant qu'il lui resterait un souffle de vie.

Dans sa conviction, la mort seule pourrait l'empêcher de continuer son voyage.

Elle avait attendu ainsi, se préparant à conquérir l'assistance de Kaïnara par la persuasion en faisant vibrer en elle les fibres endormies.

Vers l'après-midi, un grand tumulte eut lieu dans le camp ; c'étaient les femmes et les enfants qui se portaient au-devant des chasseurs, afin de les débarrasser du gibier abattu pendant la matinée.

Thérèse vit passer la troupe qui se pressait et, au milieu, elle aperçut Kaïnara qui tenait un de ses enfants par la main, tandis qu'à la façon des sauvages elle portait le plus jeune à califourchon sur la hanche.

— Elle va tenir sa promesse, pensa Thérèse. Et elle se résigna encore à la patience, dans la certitude que Kaïnara ne l'avait pas oubliée.

Elle en eut la preuve quelques instants plus tard, quand elle vit venir des hommes qui la débarrassèrent de ses liens.

...Celle-ci vit tout à coup passer, rampant comme un reptile, un des Peaux-Rouges de la tribu. (P. 279.)

L'un deux était précisément ce Lao-Paw qui décidément semblait s'être donné pour tâche d'être toujours le premier à s'occuper d'elle.

Il présidait à l'opération avec un contentement visible; et ses yeux étincelèrent de joie quand, s'étant approché pour couper la dernière liane qui retenait Thérèse encore attachée à l'arbre, la jeune fille lui adressa un regard de remerciment.

35. — SEULE!   35

C'est sur l'ordre de Rama-Dama que Thérèse avait été débarrassée de ses liens et avait été conduite devant le chef.

Donc, se disait l'infortunée, Kaïnara avait déjà obtenu quelque chose pour moi :

Et se rappelant que la jeune femme lui avait promis qu'elle serait en liberté auprès d'elle, Thérèse se dit qu'elle pourrait aller et venir à sa guise, dans le camp, qu'elle y serait maîtresse de ses actions et qu'il ne s'agirait peut-être que de bien choisir le moment favorable pour s'évader.

Aussi, était-elle transfigurée sous l'influence de cette pensée qui l'avait réconfortée, quand elle parut devant le chef de la tribu auprès de qui se tenait Kaïnara.

A l'imperceptible sourire qui s'ébaucha sur les lèvres de la jeune femme, Thérèse comprit que sa protectrice lui avait tenu parole.

Kaïnara avait obtenu, en effet, tout ce que Rama-Dama pouvait accorder, sans déroger aux lois en vigueur dans la tribu et que le chef, en prenant le commandement, s'engageait solennellement à faire respecter et à respecter lui-même.

Désormais la captive blanche allait-être traitée à l'égal des femmes de Peaux-Rouges. C'est ce que Kaïnara lui apprit pendant qu'elle la faisait assister à côté d'elle au partage du gibier.

Pour toute autre que la malheureuse créature, c'eut été un spectacle qui ne manquait pas d'originalité, que cette scène pendant laquelle le chef Rama-Dama présidait au partage.

On avait, sur ses indications, fait des lots de cerfs, de daims, de biches, de faons et de moindres pièces, que les familles composant la tribu se distribuaient, d'après le nombre de personnes qu'il y avait à nourrir dans chacune d'elles.

Immédiatement après le partage, le femmes s'occupaient de dépouiller les bêtes de leurs ramures, de leurs pieds cornus, destinés à servir d'ornements pour les wigwams.

Après quoi, on se mettait à boucaner le gibier que l'on voulait conserver.

A cet effet, les indiens allument de grands feux de bois vert, dont ils obtiennent la fumée épaisse nécessaire à cette étrange cuisine.

L'opération terminée en commun, chaque groupe de famille se retire dans son wigwam, pour préparer le repas du soir

Ce soin incombe aux femmes, pendant que les hommes remettent leurs armes en état, après qu'ils en ont fait usage pour la guerre ou pour la chasse.

Kaïnara avait obtenu du chef que la fille blanche coucherait devant le wigwam qu'elle occupait avec ses deux enfants.

C'était une grande faveur car la hutte du chef était séparée des autres, et personne n'avait le droit d'en approcher, pendant la nuit, à l'exception toutefois des hommes qui avaient la garde du campement et qui étaient chargés de veiller à la sécurité de la tribu.

Thérèse put se convaincre que ces hommes remplissaient leur devoir avec une régularité et une discipline complètes.

Déjà pendant qu'elle reposait, au seuil du wigwam de Rama-Dama, elle se demandait, même libre de ses mouvements et débarrassée de ses liens, comment elle pourrait parvenir à tromper la vigilance de tels gardiens.

En effet, la nuit venue, Thérèse put voir que ces Peaux-Rouges prenaient leurs dispositions pour passer la nuit, couchés par terre, de façons qu'il n'eût guère été possible de marcher au milieu de ces corps étendus sans toucher du pied, l'un ou l'autre d'entre eux.

C'était comme une suite de fortifications humaines qu'il eût fallu franchir, soit pour pénétrer au cœur du camp, soit pour en sortir.

Thérèse, épuisée par les émotions qu'elle avait éprouvées pendant cette seconde journée de captivité, n'avait dormi que d'un sommeil agité ; et chaque fois qu'elle se réveillait en sursaut, la vue de ces hommes étendus et de ceux qui veillaient, lui faisait passer des frissons dans le cœur.

Non qu'elle éprouvât de l'effroi, comme lorsqu'elle s'était trouvée, pour la première fois, au milieu d'eux, épouvantée par leur cris et leurs manifestations hostiles ; mais bien parce qu'elle songeait aux difficultés à surmonter pour s'évader.

A part cette surveillance qui avait continué pendant la journée comme elle avait eu lieu pendant la nuit, Thérèse avait la liberté de circuler dans le camp, où dès le troisième jour, elle cessait d'être, pour les Peaux-Rouges, un objet de curiosité.

Il lui semblait même que l'on cherchât à s'attirer ses bonnes grâces ; et ces mêmes individus qui, trois jours auparavant, l'avaient si durement traitée et épouvantée par leurs cris, aujourd'hui lui apportaient des fruits sauvages qu'ils avaient cueillis à son intention.

Les femmes qui, naguère encore, s'étaient montrées si acharnées, l'accompagnaient pendant qu'elle parcourait le campement.

Il n'était pas jusqu'aux enfants qui ne se montrassent joyeux de se trouver auprès d'elle.

Mais Thérèse n'était préoccupée que d'une chose : son évasion.

Et si elle avait accepté avec empressement l'offre de parcourir l'emplacement occupé par la tribu, c'était afin de voir s'il n'y avait pas quelque chemin par lequel elle pourrait s'évader.

Elle cherchait ainsi à s'orienter, sachant bien que si elle parvenait à s'enfuir, ce ne pourrait être que pendant la nuit.

Tout ce qu'elle vit n'était guère fait pour lui donner confiance dans le succès.

Elle avait constaté que la tribu campait au milieu de la forêt, et que, même parviendrait-elle à tromper la vigilance de ses gardiens, il lui faudrait errer dans les bois, sans savoir quelle direction prendre.

Elle se disait que seule Kaïnara pourrait lui fournir les indications nécessaires.

De son côté, l'épouse de Rama-Dama avait hâte de se retrouver avec sa protégée, afin de s'entretenir avec elle dans la langue qu'elle avait parlée, dans son enfance.

Ç'avait été pour elle une véritable joie de chercher à se souvenir des paroles capables d'exprimer sa pensée. C'était un véritable triomphe quand elle était parvenue à assembler les mots, à construire une phrase à laquelle son interlocutrice pouvait lui répondre.

Thérèse se prêtait d'autant plus volontiers à ces conversations qu'elle constatait les progrès rapides qu'en trois jours Kaïrana avait faits et espérait arriver à toucher le cœur de la jeune femme en lui révélant l'état de son âme.

Certes, elle ne se dissimulait pas que Kaïnara vivant depuis nombre d'années au milieu de ces êtres dépourvus de sensibilité et menant une existence brutale, avait dû se façonner forcément à leur genre de vie, prendre leurs habitudes et se mettre au diapason de leur rudesse et de leur dureté de cœur.

Mais d'après ce qu'elle avait déjà vu, elle ne doutait pas qu'elle ne réussît à réveiller la sensibilité chez la femme du chef indien et à amener celle-ci à compatir à ses infortunes.

Et bien qu'elle eût hâte de l'intéresser à son sort et d'obtenir d'elle qu'elle l'aidât à recouvrer sa liberté, Thérèse estimait qu'il lui fallait se résoudre à attendre,

C'était, pensait-elle, en s'intéressant elle-même à Kaïnara, qu'elle amènerait celle-ci à se dévouer à elle.

En d'autres circonstances, c'eut été une question de curiosité pour elle de se faire raconter l'aventure à la suite de laquelle une enfant de race blanche était tombée dans cette tribu, et l'histoire de sa vie, depuis qu'elle en faisait partie.

Mais, dans la situation où elle se trouvait, c'était une nécessité absolue: une question de liberté pour elle, de salut pour ceux qui l'attendaient en France.

Au surplus, puisque, momentanément, — elle l'espérait du moins, — elle était obligée de subir cette captivité, il lui fallait employer le seul moyen qu'elle eût de l'abréger.

D'ailleurs, Kaïnara ne devait lui laisser aucune illusion à ce sujet.

En lui apprenant qu'elle avait obtenu de Rama-Dama un soulagement à sa captivité, elle ne lui avait pas caché que ce serait à elle à présent de prendre le meilleur parti afin de mériter qu'on la traitât moins rigoureusement dans la tribu.

Kaïnara ne faisait en cela que rapporter, avec quelques ménagements, toutefois, ce que lui avait dit dit le chef.

Rama-Dama lui avait, en effet, rappelé que nul ne pouvait se soustraire aux traditions qui avaient force de loi dans la tribu.

D'ailleurs, Kaïnara ajoutait qu'elle était heureuse de voir que sa protégée était plus calme et lui paraissait moins triste.

Et comme, en dépit de la résolution qu'elle avait prise de contenir son émotion et de mettre un frein à son désespoir, Thérèse n'avait pu s'empêcher de verser quelques larmes :

— Il ne faut pas pleurer, lui avait dit Kaïnara, plus jamais, Kaïnara... toujours avec toi...

— Ah ! je le voudrais ! s'exclama Thérèse répondant à une pensée qui venait de lui traverser l'esprit.

— Tu peux,... tu peux ! répondit la jeune femme qui naturellement n'avait pu saisir le véritable sens de ces paroles.

La conversation entre Kaïnara et la captive avait lieu pendant que les femmes de la tribu allaient renouveler à un ruisseau voisin la provision d'eau.

Elles portaient, pour la plupart, sur l'épaule, des cruches fabriquées avec une terre rouge et poreuse ; d'autres s'étaient munies de grosses calebasses de forme allongée, enfin quelques-unes se mettaient à deux pour porter des outres.

Kaïnara, en les voyant passer, s'était jointe à elles, emmenant Thérèse dans le but de la familiariser avec les habitudes de la tribu.

Thérèse était dispensée de porter un récipient. Il semblait qu'on lui fit subir une sorte d'apprentissage de la vie qu'elle aurait à mener par la suite.

Le petit cours d'eau serpentait dans la forêt, avec de nombreuses sinuosités, tantôt contournant un bouquet d'arbres de haute futaie, et dont le feuillage se réflétait dans ses eaux limpides, tantôt coulant entre d'épais buissons.

Il arrivait ainsi que, même en se trouvant à peu de distance les uns des autres, on ne se voyait pas.

C'est ainsi que Kaïnara pût conduire sa protégée dans un endroit où de grandes herbes à flèches cotonneuses et des joncs bordaient de chaque côté le ruisseau.

Là, elles s'assirent, et se trouvèrent alors absolument cachées.

Thérèse eut un frisonnement dans les veines, en se voyant ainsi, seule avec Kaïnara, et à la pensée qui lui vint soudainement, que, si la femme du chef le voulait, rien ne serait plus facile que de suivre tout le long, le ruisseau, jusqu'à ce que l'on soit sorti de la forêt.

Cela paraissait à Thérèse d'autant plus possible, que les autres femmes étaient occupées, plus loin, à remplir les cruches, les calebasses et les outres et qu'on les entendait chanter tout en accomplissant cette besogne.

Aussi la captive saisit-elle le bras de Kaïnara, en disant à celle-ci :

— Puisque vous êtes blanche, vous n'êtes pas née dans cette tribu?

— Non!... Non...

— Alors vous y avez été amenée, et l'on vous y aura gardée de force.

Kaïnara fit un signe affirmatif...

— Comment ne vous êtes-vous pas échappée...

— Échappée... soupira Kaïnara.

— Vous n'avez pas pu, pas osé..., pas voulu?... Quoi?...

— Trop petite!... articula lentement Kaïnara.

— Mais lorsque vous êtes devenue plus âgée...

— Pas pu...

— Vous n'avez pas pu dites-vous?

Et saisissant l'occasion, Thérèse s'empressa d'ajouter :

— Regardez,... nous sommes seules ici;... personne ne nous voit; rien ne nous serait plus facile que de nous éloigner, en nous tenant courbées dans ces herbes.

Kaïnara écoutant sans répondre, Thérèse continua :

— Vous êtes venue bien souvent au ruisseau, comme aujourd'hui...

— Oui,... oui!... souvent...

— Et vous n'avez pas profité de cela pour vous enfuir d'ici ?...

— Pas possible ! Jamais possible.

En prononçant ces mots, à voix basse, la femme de Rama-Dama, montrait du doigt à sa compagne une place, à peu de distance d'elles, où les flèches des joncs étaient agitées bien qu'il n'y eut pas à ce moment de brise assez forte pour les mettre en mouvement.

— Regarde ! répéta Kaïnara.

Au bout de quelques secondes, l'ondulation se produisit plus près de la place où se trouvait Thérèse, et celle-ci vit tout à coup passer, rampant comme un reptile, un des Peaux-Rouges de la tribu.

— Lao-Paw ! dit tout bas Kaïnara !

Mais l'Indien qu'on venait de nommer n'était pas le seul qui se trouvât en ce moment aux abords du ruisseau.

En se levant Thérèse, put en voir plusieurs autres sortir des taillis.

En outre, Kaïnara lui indiqua du doigt l'un d'eux qui grimpé sur un arbre et, à l'abri entre deux grosses branches feuillues, s'était tenu en observation, prêt à se laisser glisser à terre afin de s'élancer à sa poursuite, si la captive blanche avait fait mine de vouloir prendre la fuite.

— Tu vois,... tu vois ! prononça Kaïnara à voix basse.

Thérèse comprit et un frémissement agita tout son être.

Elle venait d'avoir la preuve qu'elle était et continuerait d'être étroitement surveillée.

Plus que jamais elle reconnaissait la nécessité d'avoir l'aide de Kaïnara, sans quoi il lui faudrait renoncer à toute tentative d'évasion.

— Oui ! Je le vois, dit-elle à la jeune femme, je vois que vous avez été malheureuse aussi,... malheureuse comme moi !...

— Oui,... malheureuse,... avant quand Kaïnara... petite...

— Vous étiez donc tout enfant lorsqu'on vous a amenée ici ?

— Oui,... enfant, tout enfant !

Elle cherchait à se rappeler et, lentement, elle se mit à compter sur ses doigts, jusqu'à sept...

— Vous n'aviez que sept ans ? s'exclama Thérèse.

— Oui, oui... sept ans !

Elles gardèrent toutes deux le silence pendant quelques instants, toutes deux émues et se regardant avec compassion.

— Pauvre femme ! murmura tout à coup Thérèse, rompant le silence...

.Et, regardant Kaïnara, elle lui demanda :

— Comment vous trouvez-vous dans cette tribu? A la suite de quelles circonstances y fûtes-vous amenée?... Ah!... dites-moi votre histoire; Par ce que j'éprouve, par ce que je souffre ici, depuis que j'y suis retenue captive, je m'imagine ce qu'à dû éprouver et souffrir la pauvre petite, quand elle s'est trouvée au milieu de cette tribu sauvage.

Et s'apercevant qu'elle s'exprimait avec trop de volubilité pour que Kaïnara put saisir le sens des phrases, Thérèse en revint à son système de procéder par interrogations, aidant ainsi la mémoire un peu lente de la jeune femme et donnant à celle-ci le temps de répondre.

Elle reprit donc, parlant cette fois d'une façon plus calme plus lente.

— Dites-moi qui vous êtes; car Kaïrana n'est pas le nom que vos parents vous ont donné, n'est-ce pas.

— Pas le nom...

— Vous souvenez-vous de l'autre? De celui que vous portiez?...

— L'autre?... Oui!... Marie!

— Et les yeux de la femme du chef étincelèrent comme si, en sa mémoire, se fussent, à ce moment, agités d'autres souvenirs.

Thérèse pensa que le moment était venu d'aider énergiquement au réveil de cette mémoire qui remontait vers les choses passées.

— Et c'est d'un ton de douce affection qu'elle dit à Kaïnara :

— Vos parents vous avaient nommée Marie, cherchez maintenant à vous rappeler comment se nommaient vos parents et dans quelle ville ils habitaient.

Après avoir réfléchi pendant quelques instants, Kaïnara répondit :

— Marie... Marie, pas autre nom...

— Vous avez oublié celui de votre père... Cherchez bien...

Kaïnara secoua la tête et poussa un soupir...

— Cherchez à vous rappeler.

— Attends... s'écria Kaïnara.

Puis tout à coup :

— Papa Darnis! dit-elle.

Puis, elle faisait signe qu'elle avait oublié le nom de l'endroit qu'habitait sa famille...

Mais elle avait gardé, gravée dans son esprit, la scène qui avait précédé son enlèvement.

SEULE !

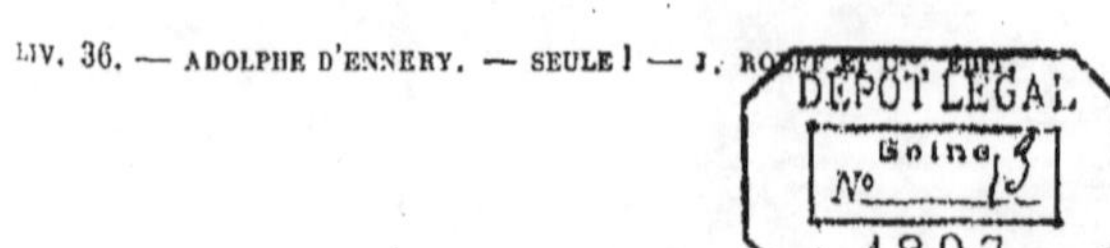

Et comme un de ces hommes, plus féroce que les autres, avait levé sa hache pour lui fendre la tête, elle avait poussé un cri déchirant. (P. 287.)

A présent qu'elle cherchait à réveiller ses souvenirs, elle avait comme une vision du passé.

Son visage exprimait une vive émotion et ses yeux s'animaient.

En même temps, par un de ces phénomènes fréquents de la mémoire, Kaïnara, en se reportant vers l'époque où on l'appelait « Marie », retrouvait une plus grande facilité à s'exprimer.

Mais c'était à la façon de parler des enfants qu'elle allait avoir recours pour raconter à la captive blanche les faits dramatiques à la suite desquels, elle était devenue, elle aussi, prisonnière des Peaux-Rouges.

CHAPITRE XII

LES AVENTURES D'UNE ENFANT

Voici la dramatique histoire que Thérèse était parvenue à se faire raconter par la femme de Rama-Dama... C'était au temps où les Européens qui étaient venus s'établir dans le Nouveau-Monde, cherchaient à créer un plus grand nombre de comptoirs et de factoreries, afin d'élargir le cadre de leurs opérations commerciales.

Dans ce but, chaque année, on empiétait un peu plus sur le territoire des Indiens, que l'on refoulait au Nord, vers les immenses plaines qui s'étendent au pied des Montagnes-Rocheuses, et à l'Est, dans le vaste territoire qui s'étend des plaines du Missouri et de l'Arkansas jusqu'à la Cordillière des Andes.

Quelques hardis colonisateurs poussaient des pointes fort avant au milieu des plaines et des forêts, y établissaient des camps et formaient des compagnies pour repousser les attaques des Indiens.

Il se livrait alors, entre Blancs et Peaux-Rouges des combats acharnés et lorsque les premiers, grâce à la puissante supériorité que leur donnaient leurs armes à feu, étaient parvenus à garder le champ de bataille, ils étaient obligés de se prémunir contre de vigoureux retours offensifs.

Le territoire conquis, était aussitôt défriché et l'on y élevait des bâtiments, à la hâte, quitte à les remplacer plus tard par des maisons plus solidement construites.

C'est ainsi que devaient, d'ailleurs, se fonder les premières villes, devenues depuis de florissantes cités.

Les grands-parents de Kaïnara était partis de France pour aller chercher fortune dans le Nouveau-Monde.

Ils avaient commencé par s'établir en Louisiane et faisaient le commerce d'échanges avec les peuplades d'Indiens soumises qui campaient sur les deux rives tout le long du Mississipi.

Après quelques années, pendant lesquelles leurs affaires avaient prospéré, les Darnis songèrent à passer la main à leur unique enfant Robert Darnis qui venait de se marier avec une jeune fille, née à la Louisiane, de parents français.

Le jeune couple était allé fonder un établissement dans les environs de Jefferson qui commençait à devenir une ville.

L'habitation de Robert Darnis se trouvait à l'extrême limite du Missouri, tout près du territoire dont on n'avait pas encore entrepris de déloger les tribus indiennes qui l'infestaient.

Robert Darnis était venu s'établir là, afin d'échanger quelques produits manufacturés, des verroteries et de l'alcool principalement, contre des peaux de buffles, de la laine vierge et des mulets.

Son habitation était entourée d'un fossé avec une palissade qui permettraient, au besoin, de tenir contre une attaque venant des peuplades qui couraient le pays environnants, cherchant leur vie, un peu partout, et attendant le passage des caravanes qui s'en revenaient à Jefferson, à Saint-Louis et aux autres localités où il y avait des établissements commerciaux.

Il se trouvait, d'ailleurs, dans l'habitation de Darnis, un nombreux personnel d'employés et de domestiques noirs, esclaves que les parents de la jeune madame Darnis avaient donnés à leur fille, en la mariant.

Très humain, Robert Darnis avait su se faire aimer par ces nègres, victimes des marchands de bois d'ébène, selon l'expression par laquelle on désignait les spéculateurs qui s'enrichissaient en faisant « la traite ».

Quand à la jeune femme, c'était un véritable culte que professaient pour elle ses esclaves dont plusieurs l'avaient vue naître.

Aussi la désolation avait été grande à l'habitation, quand on y apprit que Mme Robert Darnis était morte en mettant au monde une petite fille.

A partir du jour où il avait perdu l'épouse pour laquelle il avait une véritable adoration, Robert Darnis avait cherché la consolation auprès du berceau de sa fille, qu'il voulut appeler Marie comme se nommait sa mère.

Le père ne rêvait plus que d'acquérir une grosse fortune pour son enfant.

Il avait confié le soin d'élever la petite Marie, à une négresse fort entendue et très dévouée, laquelle avait, par le fait de ses fonctions, tout le personnel nègre sous ses ordres.

C'était surtout pendant les fréquentes absences que faisait Robert Darnis, pour les besoins de ses transactions commerciales, que la négresse, prenant son rôle au sérieux, faisait acte d'autorité sur les gens de sa race.

Jamais colon blanc obligé de se faire craindre, jamais commandeur d'habitation pour lequel le fouet était toujours le maître argument, ne se montrèrent aussi exigeants, aussi sévères, que cette femme, pour ceux qu'on lui avait donné le droit de considérer comme ses subordonnés.

Elle n'eut pas consenti à se coucher avant d'avoir fait la ronde autour de l'habitation, afin de s'assurer par elle-même que tout était tranquille et qu'elle pouvait dormir en toute sécurité, au pied du lit de la petite fille confiée à ses soins.

L'enfant qui n'avait pas connu sa mère, qui voyait son père s'absenter souvent, s'était attachée à la vieille négresse qui faisait toutes ses volontés et la gâtait comme eut pu faire la plus faible des mères.

Avec les années la petite Marie était devenue une jolie fillette, ayant la carnation chaude, particulière aux enfants créoles. Une abondante chevelure noire ajoutait encore à sa beauté. A sept ans, plus grande qu'on ne l'est à cet âge, forte également en proprortion et d'une intelligence très développée, la fillette promettait de devenir une très belle jeune fille.

En attendant, elle faisait la joie de son père, de même qu'elle avait été son ange consolateur.

La vieille négresse la quittait de moins en moins à mesure qu'elle grandissait, la surveillait avec une vigilance jalouse, comme si elle eut redouté pour l'enfant dont on lui confiait la garde, quelque malheur imprévu.

Bien qu'il ne fut jamais rien arrivé et que l'on n'eut jamais entendu parler de la présence d'Indiens dans les environs, elle n'en continuait pas moins à faire faire, chaque soir, le tour de l'habitation par le petit bataillon de nègres qu'elle avait à sa disposition.

Quant aux employés sur lesquels elle n'avait aucune autorité, mais dont, par sa bonté, elle avait su s'attirer l'affection, ils riaient de ses terreurs, quand elle racontait que les Peaux-Rouges étaient plus cruels que les bêtes féroces, plus habiles à ramper que les serpents, plus adroits que les singes, et surtout qu'ils faisaient rôtir leurs prisonniers pour les manger, après qu'il leur eussent arraché la peau de la tête avec toute la chevelure.

On avait beau lui dire que c'était là de vieilles histoires, mais qu'à présent les indiens étaient au fin fond de leurs territoires et qu'il n'y avait plus à craindre de voir se renouveler les attaques qui avaient eu lieu dans le temps passé, la vieille négresse hochait la tête, en disant qu'il valait mieux avoir toujours les fusils chargés.

Les scènes dont l'habitation fut depuis le théâtre, devaient malheureusement donner raison à la vieille négresse.

Un soir, c'était pendant une des absences de M. Darnis, comme on avait fait la ronde habituelle et qu'employés et domestiques étaient allés se coucher avec la certitude que cette nuit-là se passerait comme les autres, la négresse s'était, ainsi qu'elle faisait d'ordinaire, étendue sur un matelas qu'elle plaçait devant le lit de la fillette.

C'était pendant l'été et, par les nuits tièdes, on laissait les fenêtres ouvertes jusqu'à ce que l'air du matin succédant, on les fermait par précaution contre les vapeurs humides qui naviguent alors dans l'atmosphère.

Or, pendant qu'elle écoutait dormir la petite fille, la négresse dressa tout à coup l'oreille.

Puis, se levant pour aller à la fenêtre, elle s'y pencha jusqu'à moitié corps, afin de mieux écouter, car il lui avait semblé entendre marcher tout près de l'habitation.

Tout autour de la maison, le terrain avait été défriché et laissé sans culture, comme si, autour d'une fortification on eut réservé une zone militaire. C'était là une précaution que les premiers pionniers venus dans le pays, prenaient, afin de ne pas être surpris par les sauvages.

Les nègres veillaient à tour de rôle, chacun, quand c'était son heure, montait la garde, prêt à donner l'alarme s'il y avait lieu de le faire.

Comme elle supposait que ce pouvait être l'homme de garde, qu'elle avait entendu marcher, la négresse appela doucement d'abord, et ne recevant pas de réponse, elle éleva la voix, sans obtenir un meilleur résultat.

Alors, saisie de terreur, elle avait poussé de grands cris, afin de jeter l'alarme, en même temps qu'elle se précipitait vers l'escalier et en descendait rapidement les marches.

Mais elle n'avait pas mis le pied dehors qu'elle se sentait saisir et entraîner.

Bientôt elle roulait inerte et sans vie à côté de l'homme de garde. Tous deux avaient été étranglés.

Selon leur coutume barbare, les Peaux-Rouges les avaient scalpés.

Au cri d'alarme poussé par la négresse avait répondu un sifflement.

A cet appel, une nuée de sauvages s'était abattue sur l'habitation, l'assiégeant partout à la fois et, finalement, la prenant d'assaut, malgré la résistance désespérée qu'opposèrent les employés et les nègres en petit nombre, car beaucoup avaient été surpris et tués pendant leur sommeil.

Les survivants, voyant l'inutilité d'une résistance qui n'eut fait qu'augmenter le nombre des victimes, avaient pris la fuite afin de ne pas être faits prisonniers par les Indiens, sachant quel horrible sort leur serait réservé.

Les Peaux-Rouges, maîtres de la place, se livrèrent au pillage, emportant tout ce qu'ils pouvaient.

C'est ainsi qu'ils pénétrèrent dans toutes les pièces de la maison, et arrivèrent dans la chambre où se trouvait la petite Marie.

Kaïnara se rappelait parfaitement qu'en voyant les visages bariolés de dessins qui se penchaient sur elle, elle avait éprouvé une grande frayeur et avait appelé la négresse à son secours.

Elle ajouta qu'elle avait joint les mains, en tremblant, suppliant qu'on ne lui fit pas de mal.

Et comme un de ces homme, plus féroce que les autres, avait levé sa hache pour lui fendre la tête, elle avait poussé un cri déchirant. Mais, au même instant, elle avait vu l'un des Indiens arrêter la main qui tenait la hache levée, et l'empêcher de retomber. Celui qui l'avait préservée de la mort, Kaïnara l'appelait le « vieux » dans le cours de son récit.

C'était, en effet, le chef de la tribu. Il avait voulu voir la petite fille au visage pâle et était arrivé juste à temps pour la sauver. Il la prit dans ses bras et chercha à la rassurer.

Après avoir mis à sac l'habitation, les sauvages songèrent à se retirer en emportant leur butin.

Ils traversèrent la plaine rapidement, pour gagner le bois où ils avaient campé pour préparer leur expédition.

Le chef avait gardé l'enfant qu'il emporta dans ses bras.

En faisant le récit de cette partie de sa dramatique histoire, Kaïnara paraissait éprouver encore une vive reconnaissance pour celui qui avait arrêté le bras prêt à la frapper.

Mais quelque marque de bonté qu'il lui donnât, quelques bonnes paroles qu'il put lui adresser, quelques paternelles caresses qu'il lui prodiguât, afin de la consoler, l'enfant, dans son affolement, poussait des cris terribles, appelant par son nom la vieille négresse.

Elle avait gémi, pleuré, sangloté, aussi longtemps qu'elle en avait eu la force, puis elle s'était affaissée, épuisée, dans les bras du vieil Indien, et y était restée sans mouvement, épuisée et comme privée de sentiment.

A ce moment Thérèse avait interrompu Kaïnara, en s'écriant :

— Ah ! je comprends tout ce que vous avez dû éprouver de terreur et de désespoir ; je me représente la douleur de la pauvre enfant qui se trouvait abandonnée à la merci de ces hommes dont la vue devait l'épouvanter, comme elle m'a épouvantée moi-même, lorsqu'en me réveillant je me suis vue entourée par eux.

« Il me semble entendre vos cris, Kaïnara, quand vous appeliez désespérément celle que vous ne deviez plus revoir...

« Oui, tout ce que vous avez éprouvé, je l'éprouve en ce moment !... Et je me demande comment vous n'êtes pas morte de douleur, comment vous n'êtes pas devenue folle de terreur !... »

Kaïnara courba le front. A ce moment, elle se rappelait les cris de désespoir qu'elle avait poussés, les souffrances qu'elle avait éprouvées, toutes les tortures que son âme d'enfant avait subies.

Elle raconta ensuite comment elle avait été emmenée, tantôt à travers des plaines immenses, tantôt dans des forêts dont on ne voyait jamais la fin. Ce voyage avait duré plusieurs jours et plusieurs nuits, pendant lesquels la pauvre enfant ne retrouvait la sensibilité et le souvenir que pour gémir et se désespérer.

En l'écoutant, Thérèse tremblait, à l'idée que pareil sort pourrait lui être réservé.

C'est en tremblant qu'elle se rappelait ce que Kaïnara lui avait dit de l'impossibilité où elle avait été de tenter une évasion. Elle ajouta avec tristesse :

— Ah ! je comprends que vous n'ayez pu, à l'âge que vous aviez, essayé de fuir... Et puis où seriez-vous allée ? Comment auriez-vous pu vous diriger pour retourner à votre habitation !...

« Vous étiez gardée, comme je le suis en ce moment, et vous n'auriez pu faire un pas sans être reprise aussitôt, de même qu'à

« La tourterelle demande ta fille en mariage. » (P. 293.)

cette heure si je m'élançais hors de ce bois, je n'aurais pas la possibilité d'arriver bien loin... »

— Non!... pas loin! répondit Kaïnara, pas loin!

Thérèse comprenait bien qu'une enfant âgée de sept ans n'eut pu
tenter de s'enfuir; mais elle se demandait comment la pauvre petite
avait pu se faire à la vie de ces sauvages.

— Vous ne pensiez pas à votre père? demanda-t-elle; vous n'espériez donc pas qu'il se mettrait à votre recherche et qu'il pourrait vous retrouver?

Kaïnara fit signe qu'elle avait espéré, en effet, pendant les premiers jours.

— Et vous avez pris patience?

— Oui! dit-elle.

— Vous avez cessé de pleurer et de vous désoler?...

— Oui! répéta la femme du chef.

— D'ailleurs le vieil Indien avait sans doute cherché à vous consoler.

— Le « vieux » était bon! prononça Kaïnara.

Elle ajouta que le chef la gardait toujours auprès de lui quand il était dans son wig-wam; il voulait qu'elle couchât dans sa hutte, sur des peaux de chèvres à longs poils. Et quand on était en marche, comme il avait un cheval, il la prenait avec lui et la mettait sur le garrot de la bête.

En outre, pour la divertir, il faisait venir devant le wig-wam les enfants de son âge, garçons et fillettes, et il leur ordonnait de causer et de chanter.

De cette façon il avait fini par distraire la pauvre petite.

Peu à peu celle-ci consentait à partager les jeux des jeunes sauvages.

Il faut bien reconnaître que c'est une grâce que la Providence fait aux enfants, de leur donner la faculté d'oublier et de se faire rapidement à un nouveau genre de vie, à se familiariser avec des habitudes nouvelles.

Ce fut ainsi, qu'insensiblement, la fille de Robert Darnis vit se tarir ses larmes et diminuer son chagrin, malgré la terreur que, dans les premiers jours, provoquait chez elle la vue de ces hommes tatoués et à l'aspect féroce.

Quand elle ne jouait pas avec les enfants, des femmes l'emmenaient avec elles pour la promener. On cherchait à lui apprendre la langue que parlait la tribu.

On lui donnait des fruits qu'on l'emmenait cueillir. On lui apprenait comment on pêchait dans la rivière au moyen d'engins fabriqués devant elle.

Tout cela parvenait à la distraire un peu plus, chaque jour.

Si le temps est un grand maître, selon le dicton, il est aussi et surtout un grand consolateur.

Avec le temps, la fille de Robert Darnis se consola; elle oublia la

vieille négresse qui l'avait soignée depuis sa naissance; après avoir
pensé que son père, dès son retour à l'habitation, s'était probablement mis à sa recherche et qu'elle allait le voir arriver pour la
reprendre et l'emmener, la pauvre enfant s'était résignée; elle n'avait
pas eu l'horrible douleur de penser que son père avait pu mourir de
désespoir, en l'appelant, ou succomber dans un accès de folie
furieuse!

La fillette grandissait sous l'œil paternel du vieux chef.

On put voir que, grâce à la précocité des créoles, sa taille se
développait; elle prenait des formes gracieuses et son visage devenait de plus en plus charmant à mesure que les traits se modelaient
d'une façon plus nette et que les yeux prenaient plus d'expression.

Comme la chemise dont elle était vêtue s'était déchirée pendant
la marche, le chef l'avait enveloppée dans un morceau d'étoffe qui se
trouvait parmi des pièces de cotonnade et de toile, dans le butin fait
pendant le sac de l'habitation mise au pillage.

Mais il allait bientôt falloir prendre un parti et savoir ce que l'on
ferait de la petite captive que le chef avait prise tout de suite en si
grande affection.

Dans une des incursions que la tribu avait faite dans les plaines,
on avait pris au lasso un certain nombre de chevaux et, parmi eux,
un petit poulain qui suivait sa mère.

Le chef avait exigé que le petit animal fut mis dans sa part de
prise. Il le destinait à sa petite protégée.

Il voulut que le jeune poulain fut bien nourri et soigné et on lui
hachait de l'herbe, afin qu'il put la mâcher.

Cependant arriva le moment où, la fillette ayant atteint sa neu-
vième année, le vieux chef désira qu'elle fût tatouée et portât le pagne
long, comme les autres jeunes filles de la tribu.

Pendant les deux années qu'elle avait passées au milieu des
Peaux-Rouges, la fille de Robert Darnis avait changé de nom. Le
vieux chef avait voulu que cette cérémonie eut lieu, avec toutes les
réjouissances auxquelles les Peaux-Rouges se livrent, à l'occasion
des fêtes, pour célébrer des victoires, des mariages ou des funérailles.

Toutes ces réjouissances se résument en danses, en festins et
principalement en copieuses libations jusqu'à ce que l'ivresse s'en
suive.

Le fils et l'héritier du vieux chef se nommait Rama-Dama; il
avait environ vingt-cinq ans et s'était, dans toutes les rencontres avec

l'ennemi, montré très courageux, très habile, et en tout point digne d'être le chef de la tribu.

Lui aussi s'était pris d'affection pour l'enfant des « Visages Pâles ». Il aimait à la contempler ; et c'est lui qui avait insinué au vieux chef la pensée de la faire tatouer et de l'obliger à se vêtir à la façon des filles de la tribu.

Arrivée à cette époque de sa vie, Kaïrana fit comprendre à Thérèse combien elle avait eu de peine à se laisser tatouer la peau, quelles souffrances elle avait dû endurer.

Ce fut également Rama-Dama qui avait exigé qu'on lui donnât le nom de Kaïnara.

A cette occasion, le vieux chef avait fait préparer un grand festin, et pour se procurer les viandes nécessaires, on était allé chasser pendant toute une journée.

Rama-Dama avait été proclamé le roi de la chasse, ayant abattu le plus grand nombre de pièces de gibier.

En outre, il avait poursuivi dans les bois des oiseaux à riches plumages, et en avait tué un certain nombre, afin que ce plumage pût servir à orner les cheveux, le cou, les bras et les jambes de Kaïnara.

Le vieux chef entretenait chez son fils, l'affection que ce dernier témoignait à la fille blanche.

Kaïnara observa que déjà sa chair n'avait plus la même blancheur ; le hâle l'avait teinté de brun cuivré. Après qu'on l'eut tatouée, la nuance de sa peau se rapprochait, de très près, de celle des femmes indiennes.

En outre elle avait grandi et s'était développée, à ce point qu'à treize ans, elle avait déjà la taille et les formes des jeunes filles en âge d'être mariées.

Plusieurs de celles de la tribu étaient recherchées par des prétendants ; et ce fut pour Kaïnara, un grand étonnement, quand elle assista, à côté du chef, à une scène étrange et dont on dût lui expliquer la signification, car elle comprenait alors et parlait couramment l'idiome des Peaux-Rouges.

C'était, à ce qu'elle apprit, la cérémonie de la demande en mariage, cérémonie bizarre mais qui ne manquait ni d'originalité, ni d'une certaine solennité.

On croirait difficilement que chez ces peuples sauvages, qu'on serait tenté de supposer plutôt disposés à s'accoupler comme des fauves, il était indispensable, à l'époque où se passe les événements que nous racontons, que le consentement de la famille fut obtenu, *sans restriction*, pour qu'il put être procédé à la cérémonie du mariage.

Par conséquent, lorsque deux jeunes Peaux-Rouges après avoir « flirté » pendant un certain temps et « s'être étudiés », étaient suffisamment épris, le prétendant, absolument comme chez les nations civilisées, était autorisé par la jeune fille à formuler sa demande.

Mais il ne suffisait pas qu'il obtint le consentement du père et de la mère de celle qu'il recherchait. Chez les Peaux-Rouges, la vieillesse est très vénérée et c'est l'aïeul qui même de nos jours, décide, en dernier ressort, s'il y a lieu de recevoir le prétendant dans la famille.

Quand le jeune homme se présente dans la cabane qu'habitent les parents de celle qu'il veut obtenir pour épouse, il est accompagné de son père qui a eu soin de se munir de cadeaux. Ces présents consistent le plus souvent en peaux de martre, de lynx et d'ours, et en menus objets de verroterie.

Le père du prétendant a fait une toilette de circonstance, en renouvelant les plumes de sa coiffure, l'étoffe de son pagne, et aussi en remplaçant les couleurs dont est bariolé son visage, par un fard plus brillant.

C'est le jeune homme qui se charge de porter les cadeaux. Aux objets que nous avons indiqués plus haut, s'ajoutent deux colliers en porcelaine et une tourterelle vivante, enfermée dans une cage.

Le père tient dans sa main droite un calumet et dans la gauche un arc détendu en guise de canne.

La demande en mariage a sa formule spéciale et invariable.

Le jeune homme s'incline devant la famille assise en rond autour de l'aïeul, et prononce ces mots en présentant la cage dans laquelle se trouve l'oiseau :

« La tourterelle demande ta fille en mariage. »

Il regarde alors le vieux parent qui, impassible, a écouté. Il y a là, pour le prétendant un moment de vive anxiété.

Il s'agit, en effet, de savoir de quelle façon l'aïeul va fumer.

S'il avale, par trois fois la vapeur, c'est le consentement absolu, sans restriction et la famille se jette aussitôt sur les cadeaux qu'elle se partage séance tenante.

Dans le cas où le vieux parent refuserait son consentement, il lui suffirait, pour exprimer sa volonté, après avoir avalé trois fois les bouffées de fumée, de laisser échapper la bouffée suivante sans l'avaler.

La plupart du temps ce refus n'est pas sans appel. Il suffit quelquefois pour le provoquer que le vieux parent, après s'être adressé aux divinités de son culte, pour leur demander de l'éclairer, ait fait de mauvais rêves.

Si dans ses songes il a vu ses aïeux qui lui ont parlé de la patrie perdue, il en conclut que les esprits sont opposés au mariage projeté.

Les bons rêves sont ceux pendant lesquels on voit des oiseaux, des biches blanches et des berceaux d'enfant.

Pour conjurer les mauvais songes qui ont été la cause d'un premier refus de l'acccpter pour gendre, le jeune homme doit suspendre pendant huit jours, un collier rouge au cou d'un homme en bois de chêne, représentant l'esprit malfaisant.

Après ce laps de temps il renouvelle sa demande et est agréé.

Alors la joie est grande dans toute la tribu, car un mariage est, ainsi que nous l'avons dit, l'occasion pour tous de se livrer aux plus grandes réjouissances.

Aussitôt après le consentement obtenu, la famille du jeune homme se livre aux préparatifs, pendant que la fiancée est emmenée dans une cabane spéciale, dite de « purification » dans laquelle elle devra rester huit jours, sous la surveillance des matrones de la tribu.

Pendant ces huit jours, le fiancé ne verra pas l'objet de sa flamme; mais, en revanche, il chassera sans discontinuer, afin de tuer le plus de gibier possible, car le luxe du festin nuptial consiste à présenter aux convives un grand nombre de mets.

Tandis que le fiancé court les bois et les plaines à la poursuite du gibier et que la fiancée se purifie, les amis des deux familles abattent avec acharnement et en s'y encourageant par des chants de guerre, les arbres qui se trouvent sur l'emplacement où devra être construite la cabane destinée aux nouveaux mariés.

Tout autour de la cabane, on défriche et on sème des plantes médicinales et du maïs pour la confection d'une pâtisserie dont les Peaux-Rouges sont très friands.

Ici encore on tire des présages, selon le temps que met le maïs à germer.

S'il pousse vite, on en conclut que le nouveau ménage vivra dans une félicité parfaite : Et la progéniture sera nombreuse si les oiseaux viennent planer au-dessus de la cabane.

Enfin, la veille de la cérémonie nuptiale, toute la tribu se réunit pour assister à des amusements. C'est le tour des loustics de la tribu d'inventer des plaisanteries et des surprises, pour la plus grande joie

de l'assistance. Il y a aussi des jongleurs qui rivalisent d'adresse,
jonglant avec des tomahawks, des couteaux à scalper, voire des arcs
et des flèches, envoyant en l'air les deux objets séparément et recevant l'arc tout bandé.

Jeunes et vieux prennent un plaisir extrême à ces divertissements.

Aux jongleries succèdent des scènes de pantomime qui ont pour
artistes principalement des jeunes filles qui exécutent devant les fiancés des scènes de la vie de ménage.

Cette pantomime se termine toujours par les soins qu'une jeune
mère donne au nouveau-né.

Puis, aussitôt après, les parents des deux côtés s'approchent des
fiancés.

C'est le moment solennel. On met dans la main gauche de la
jeune fille une gerbe de maïs et dans la main droite du fiancé un pied
de chevreuil. Chacun de la main restée libre, tient un bout d'un roseau de six pieds de long.

On fait cercle autour des deux jeunes gens et le plus âgé de la
famille tranche le roseau en deux parties égales que se partagent les
deux famillles.

Le mariage est accompli.

Mais alors on sépare brusquement les deux époux, les jeunes
filles emmènent la mariée dans la cabane nuptiale. C'est là qu'ira
bientôt la rejoindre son mari, accompagné par les jeunes gens de la
tribu.

A la porte de la cabane on fait, à ce moment, un tapage assourdissant qui peut rappeler le « charivari » dont l'usage s'est conservé
dans plusieurs de nos campagnes, en France.

Ainsi que nous l'avons dit, toutes les cérémonies, chez les Indiens, se terminent par des libations, on absorbe une boisson de maïs
fermenté jusqu'à ce que les assistants, ivres-morts, roulent sur le sol
et s'endorment.

Ce n'est qu'au soleil levant que les fanatiques du plaisir, s'éveillent
pour retourner dans leurs cabanes respectives.

Les femmes se purifient avant de reprendre leurs travaux ordinaires.

Puis tous ensemble, hommes, femmes et enfants, vont se prosterner devant l'image, grossièrement sculptée dans un bloc de chêne,
du Grand Manitou.

Thérèse avait écouté, d'un air indifférent, la partie du récit concernant la cérémonie du mariage chez ces indiens. En provoquant le récit de Kaïnara, elle n'avait eu en vue que de témoigner à la jeune femme l'intérêt qu'elle lui portait.

Elle espérait, en outre, réveiller chez l'épouse de Rama-Dama de tendres sentiments, en lui parlant de ses parents, de la douleur qu'ils avaient dû éprouver, qu'ils ressentaient peut-être encore.

Elle supposait même qu'elle pourrait décider Kaïnara à s'évader avec elle, en faisant luire à ses yeux l'espoir, la possibilité de retourner à l'habitation de son père et de le retrouver.

Que n'eut-elle pas tenté, l'infortunée, pour voir cesser cette captivité qui, si elle se prolongeait, serait, elle tremblait en y pensant, la cause d'irréparables malheurs!

Mais elle n'osait interrompre le récit que, maintenant, Kaïnara semblait prendre plaisir à lui faire des événements de sa vie dans la tribu de sauvages.

Comment eut-elle pu deviner qu'en lui parlant de ses émotions et des surprises qu'elle avait éprouvées, la femme de Rama-Dama avait un but dissimulé!

Et pourtant celle qui avait été Marie Darnis ne cherchait qu'à la préparer doucement à accepter son sort, comme elle-même s'était conformée à sa destinée.

Elle lui dit, entre autres choses concernant son adolescence, que le voile s'était, chaque année, fait plus épais pour elle, entre le passé douloureux et le présent qu'on avait cherché à lui rendre aussi peu pénible que possible.

Elle raconta comment, un jour, le vieux chef lui avait donné à entendre que bientôt elle serait jalousée par toutes les jeunes filles de la tribu, parce qu'elle aurait, si elle le voulait, le premier rang parmi elles.

— Je comprends! interrompit Thérèse.

Kaïnara répondit qu'elle avait été seule à ne pas comprendre à quoi faisait allusion le vieux chef, son protecteur, son père adoptif.

Elle ajouta qu'elle aurait bien dû se douter, cependant, des intentions que nourrissait le fils du chef, à voir toutes les attentions que Rama-Dama avait pour elle.

Il avait avec elle de longues conversations sous prétexte de la perfectionner dans l'idiome des Peaux-Rouges. Ces prétendues leçons se donnaient pendant les promenades qui se prolongeaient, car Rama-Dama conduisait son élève à de grandes distances du campement.

Puis, en un tour de main, il le renversa à ses pieds, au milieu d'un tumulte
d'acclamations. (P. 303.)

En outre, il lui apprenait à pêcher dans le ruisseau et s'asseyait
à côté d'elle au milieu des roseaux, lui tenant la main pour lui indiquer le moyen de prendre le poisson.

Puis, une autre fois, il lui enseignait la manière de préparer la
boisson de maïs. Pour elle, il dénichait les jeunes tourterelles, faisant
parade de son agilité à sauter de branche en branche.

38. — SEULE!   38.

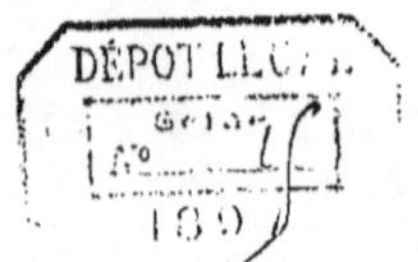

Enfin, le soir, en présence du chef, il lui apprenait à lancer le javelot et à se servir de l'arc.

Le moment approchait où Kaïnara devait être instruite du sort qui lui était réservé.

Le vieux chef lui avait annoncé qu'elle aurait bientôt à se prononcer, et il lui parla de son fils en termes très élogieux.

Il lui dit qu'étant très âgé et ne se sentant plus l'énergie nécessaire pour continuer à partager les fatigues et les dangers de ses compagnons, il allait, de son vivant, donner l'héritage du commandement à ce fils.

Il lui dit que Rama-Dama était digne de lui succéder.

La nouvelle s'était répandue que Rama-Dama allait être proclamé chef, et il était à présent très entouré par les jeunes gens, même par Lao-Paw qui lui faisait hypocritement bon visage, bien qu'il le détestât parce qu'il était jaloux de lui.

Kaïnara apprit encore à Thérèse, que Lao-Paw l'avait recherchée et poursuivie de ses assiduités. Il espérait arriver à se faire accepter pour époux, et alors que tous les autres prétendants s'étaient retirés quand ils avaient connu les intentions de Rama-Dama, seul il avait persisté. Il ne se gênait d'ailleurs pas pour dire que le chef d'une tribu ne pouvait prendre pour femme qu'une personne de sa race.

Aussi ne désarmait-il pas.

Kaïnara s'était animée en parlant de ce Lao-Paw pour qui elle se sentait une grande répulsion.

— Ennemi !... Ennemi ! prononça-t-elle d'une voix émue.

Thérèse avait saisi le bras de Kaïnara et celle-ci sentit que la main de la jeune fille était agitée d'un tremblement.

— Oui, ennemi, ennemi ! répéta la jeune femme.

Elle raconta alors la scène qui s'était passée dans le wig-wam du chef. Lao-Paw s'y était présenté avec une cage dans laquelle se trouvait une tourterelle vivante, et s'asseyant en face du chef, il avait prononcé ces paroles :

« La fille des « Visages Pâles » n'a pas de père, c'est toi qui lui en tiens lieu, puisque tu l'as adoptée. C'est à toi que la tourterelle demande Kaïnara en mariage. »

Il n'attendit pas longtemps la réponse. Le vieux chef s'était mis le tuyau de son calumet entre les lèvres et aspirait par trois fois la vapeur qu'il avala. Puis après la quatrième aspiration il envoya un long jet de fumée au visage du prétendant.

Lao-Paw se retira furieux et se promettant de se venger.

A peine était-il sorti de la cabane, que Rama-Dama s'y présentait.

— Et il a été accepté tout de suite, lui ! dit Thérèse avec vivacité.

— Oui !... Rama-Dama était bon ! répondit Kaïnara.

Pendant que la fille de Robert Darnis parlait, Thérèse n'avait pu se défendre d'une impression qui la faisait tressaillir. Prisonnière, de même que l'avait été Marie Darnis, elle se voyait exposée à ce qu'on l'obligeât, elle aussi, à se plier aux mœurs, aux habitudes, à la vie des membres de la tribu.

Et cette pensée la ramenait brusquement aux plus mauvais jours qu'elle eut traversés au cours de ses périgrinations.

Le récit de Kaïnara l'épouvantait. Elle comparait sa situation à celle de l'enfant qu'on avait enlevée, privée de l'affection des siens.

Et réfléchissant qu'après tant de larmes, tant de crises de désespoir, la pauvre petite avait fini par se soumettre, par accepter l'existence nouvelle au milieu des Peaux-Rouges, Thérèse se trouvait plus malheureuse cent fois que l'infortunée Marie Darnis.

Elle n'avait pas le droit de préférer la mort à la vie qu'on voudrait lui faire subir.

Elle n'avait pas le droit de s'y soustraire par le suicide. C'était la liberté qu'il lui fallait pour sauver son père de l'échafaud.

Et même il lui fallait cette liberté tout de suite. Puis lorsqu'elle réfléchissait qu'elle ignorait la distance qu'elle aurait encore à parcourir pour arriver au terme de son voyage, l'infortunée sentait le délire s'emparer de son cerveau.

A tout prix elle devait sortir de ce camp de Peaux-Rouges.

Tout son sang lui affluait à sa tête et elle avait peur de devenir folle.

Kaïnara qui l'observait devina les angoisses de Thérèse ; et se rappelant ce qu'elle avait souffert elle-même, sa bonne âme eut voulu pouvoir laisser une espérance à cette infortunée. Elle ne put que lui rappeler qu'elle lui avait recommandé d'avoir de la patience.

Elle ajouta que Lao-Paw avait, lui aussi, une grande influence sur l'esprit de Rama-Dama.

Elle fut même sur le point de dire à Thérèse ce qu'elle avait le plus à redouter de la part de cet homme ; mais elle se retint voyant combien la captive était agitée et paraissait avoir l'esprit troublé.

Elle se contenta, pour le moment, de reprendre son récit, remettant à plus tard d'éclairer la pauvre fille sur les intentions de Lao-Paw.

Procédant avec habileté et par insinuations, elle se donna en exemple à sa nouvelle amie.

Elle lui parla de la façon dont avait été célébré son mariage avec le fils du chef : cérémonie qui avait coïncidé avec la remise du pouvoir entre les mains de Rama-Dama.

Elle fit l'énumération des cadeaux qu'elle avait reçus, savoir : un jupon d'étoffe fabriquée avec de l'écorce de mûrier, et un corsage en étoffe semblable, le tout orné de magnifiques plumes d'oiseaux; une mante pour l'hiver en peau de lynx, des mocassins brodés en poil de porc-épic; des bracelets et un collier en coquillages; des anneaux pour ses oreilles.

Elle termina l'énumération, en parlant avec une douce émotion du berceau dont le vieux chef lui avait fait présent.

Le berceau ! Ce mot, ce seul mot expliquait, pour Thérèse, la résignation dont, à ses yeux, avait fait preuve cette infortunée devenue aujourd'hui une indienne comme toutes les autres : elle comprenait comment cette fille blanche avait pu se faire aux habitudes de ces sauvages et ne plus jamais songer à quitter cette tribu où, enfant, elle avait été choyée, où, femme, elle était adulée.

Du jour où Marie Darnis était devenu mère, tout souvenir du passé s'était évanoui.

Une existence nouvelle avait commencé pour elle, à partir du moment où elle avait entendu les premiers vagissements de l'enfant qu'elle mettait au monde

Elle avait trouvé dans l'amour maternel l'adoucissement aux terribles épreuves de l'amour filial.

CHAPITRE XIII

ANXIÉTÉ !

Il y avait déjà quatre jours que Thérèse était tombée au pouvoir des Peaux-Rouges et subissait la captivité dans la tribu.

Kaïnara ne manquait pas une occasion de lui témoigner de l'affection.

Elle eut voulu pouvoir la distraire de ses préoccupations et adoucir les tourments dont elle savait le cœur de l'infortunée dévoré.

Elle cherchait à l'attacher à elle, par une affection égale à la sienne, et ne cessait de lui répéter combien elle avait eu à se féliciter d'avoir rencontré dans le vieux chef un protecteur dont elle vénérait la mémoire aujourd'hui qu'elle avait l'âge de raison.

Elle reprit le récit qu'elle avait interrompu la veille, uniquement afin d'avoir l'occasion de reparler du vieillard qui avait été si bon pour elle, et cela dans l'espoir que la captive se résignerait à rester auprès d'elle où elle trouverait chez Rama-Dama un protecteur.

Elle raconta à Thérèse qu'après qu'il eut cédé le commandement de la tribu à son fils, le vieux chef s'était éteint après avoir recommandé à Rama-Dama d'ensevelir son corps dans la terre où reposait ses aïeux.

Et depuis, chaque fois que revient l'été, Rama-Dama conduisait sa tribu sur le territoire où se trouve la sépulture des chefs de sa famille.

Kaïnara apprit également à la captive que le terrritoire où le père de Rama-Dama était enseveli, se trouvait à une assez grande distance de la forêt où campait, en ce moment, la tribu.

Thérèse écoutait attentivement, comme si elle eut eu le pressentiment que ce que lui racontait la femme du chef pourrait lui être utile.

— Parlez!... Parlez!... dit-elle.

Kaïnara ne demandait pas mieux, ne fut-ce que pour tâcher de lui faire oublier ses peines.

Elle lui dit que pour arriver à ce territoire il fallait traverser des forêts et des grandes plaines.

Autrefois, lui avait dit Rama-Dama, la tribu était une des plus nombreuses de toute la contrée; mais la guerre ne lui avait pas été favorable et c'est ainsi, qu'obligée de céder son territoire aux vainqueurs, elle était devenue nomade.

Depuis quelques instants Thérèse réfléchissait.

Puis tout à coup elle s'informa de l'époque où Rama-Dama se mettait d'ordinaire d'ordinaire en route pour obéir à la dernière volonté de son père.

Kaïnara ayant répondu que ce serait très prochainement, Thérèse s'informa de la direction qu'on avait l'habitude de faire prendre à la tribu.

L'infortunée se raccrochait déjà à l'espoir qu'on la conduirait peut-être dans la voie qu'elle devait suivre pour arriver en Nouvelle-Californie!

Kaïnara répondit que lorsqu'on était arrivé dans le territoire où se trouvaient les sépultures des anciens chefs de la tribu, on voyait de très hautes montagnes.

Elle ajouta que Rama-Dama lui avait raconté que, dans son enfance, il était allé sur ces montagnes et que, de l'endroit où il se trouvait on apercevait la mer, une mer immense.

Thérèse se rappela ce que lui avait dit le missionnaire, concernant les pays qu'il faudrait traverser pour atteindre la Nouvelle-Californie, et le nom de Montagnes-Rocheuses revint à sa mémoire.

Elle savait, en outre que la terre californienne était baignée par l'Océan Pacifique.

Une flamme d'espérance réchauffa son cœur.

Flamme éphémère, hélas! et qui s'éteignit bientôt dans d'autres appréhensions.

En effet, dès le lendemain elle allait éprouver de nouvelles surprises et de nouvelles inquiétudes.

Comme d'habitude Kaïnara était venue la prendre dans sa cabane pour s'entretenir avec elle. Mais contrairement à ce qu'elle avait fait les jours précédents, depuis que la captive était autorisée à se promener, la femme de Rama-Dama l'avait emmenée avec elle au wig-wam du chef, et l'avait fait asseoir, à côté d'elle, sur le seuil comme pour la faire assister à un spectacle,

Rama-Dama lui aussi, avait pris place à côté de Kaïnara et paraissait attendre.

— Que va-t-il se passer ici? demanda tout bas Thérèse saisie d'une inquiétude instinctive.

Kaïnara lui répondit que ce qu'elle allait voir était une coutume dans la tribu.

Mais, en prononçant ces mots, la femme du chef regardait Thérèse à la dérobée pour juger de l'impression qu'elle pouvait ressentir.

Mais rien dans la physionomie de la captive ne trahissait l'inquiétude qu'elle avait au cœur. Thérèse ne parut pas éprouver d'étonnement de se trouver là; elle n'avait d'espoir que dans l'aide que consentirait à lui donner Kaïnara et elle attendait le moment où elles se retrouveraient seules pour faire une suprême tentative auprès d'elle.

Au surplus, elle s'était imaginé que le spectacle auquel on la forçait d'assister correspondait à quelque cérémonie en usage dans la tribu.

Elle n'éprouva donc aucune surprise quand elle vit apparaître, tout à coup, dans l'espace réservé, devant le wig-wam du chef, un certain nombre de sauvages qui défilèrent, en tournant leurs regards vers elle.

En tête du cortège, marchait Lao-Paw qui, pour la circonstance, avait orné sa tête de plumes éclatantes, renouvelé le fard de son visage et remplacé l'anneau de fer qui, d'ordinaire, traversait ses narines, par un anneau en métal brillant.

Il paraissait très infatué de sa belle prestance et de sa force physique qu'il faisait valoir en tendant les muscles de son torse, de ses bras et de ses jarrets.

Il prit un air vainqueur en passant devant Thérèse qu'il enveloppa d'un regard plein de flamme.

Ceux qui le suivaient semblaient n'être là qu'en qualité de figurants et pour faire, par la comparaison, ressortir les avantages physiques de leur chef.

Après le défilé, vinrent les jeux athlétiques.

Le prix pour le vainqueur était un collier de grosses perles en porcelaine bleue que Rama-Dama montra aux huit concurrents.

Il s'agissait de lutter deux à deux, d'abord ; et les quatre lutteurs qui, dans le premier assaut auraient terrassé leurs adversaires, seraient seuls admis au second assaut. Les deux derniers vainqueurs devaient enfin lutter l'un contre l'autre pour le combat final.

Lao-Paw était l'un de ces deux lutteurs. Il toisa son adversaire d'un air de dédain.

Puis, en un tour de main, il le renversa à ses pieds, au milieu d'un tumulte d'acclamations.

Proclamé vainqueur, Lao-Paw vint recevoir, de la main du chef, le prix qu'il avait gagné.

Il prit le collier et, après l'avoir appuyé sur son cœur, il s'avança vers Thérèse et le déposa à ses pieds.

Mais, contrairement à ce qu'attendaient les assistants, la captive ne se baissa pas pour prendre le présent que lui faisait le vainqueur.

Les jeunes filles surtout qui avaient regardé d'un œil d'envie le collier, laissèrent éclater un cri d'étonnement. Il n'en était pas, en effet, une seule qui n'eut été flattée d'être choisie par Lao-Paw.

Kaïnara intervint pour expliquer que la fille des « Visages-Pâles » ne comprenait pas l'intention qu'avait eue Lao-Paw, et celui-ci reprit le collier qu'il passa à son cou.

Sur un signe de Rama-Dama, des musiciens firent irruption dans l'enceinte formée par les assistants venus de tous les points du camp.

Étrange orchestre qui allait accompagner les danses qui, dans l'ordre des divertissements, devaient succéder à la lutte athlétique.

Plusieurs des musiciens frappaient l'un contre l'autre des morceaux de bois sec creusé de façon à produire des effets de castagnettes. D'autres soufflaient dans des roseaux percés de trous et dont ils obtenaient toute une gamme de notes stridentes. Quelques-uns frappaient avec une baguette sur des calebasses munies d'une peau réduite à l'état de parchemin.

C'était la partie instrumentale, car l'orchestre se complétait de chanteurs des deux sexes qui s'égosillaient à accompagner et à exciter les danseurs dans les trémoussements et les contorsions qui constituent la danse des sauvages.

Six couples se présentèrent pour prendre part à la danse et rivaliser de grâce, d'entrain et de résistance, jusqu'à ce qu'un couple fût proclamé digne de recevoir le prix.

Lao-Paw se surpassa cette fois encore et les autres danseurs s'étaient arrêtés, épuisés et haletants, qu'il continuait à se trémousser, soulevant sa danseuse et la replaçant devant lui après qu'il lui eut de cette façon donné le temps de souffler et de se reposer.

Quand l'orchestre eut cessé de jouer, les six danseuses défilèrent devant Lao-Paw et chacune lui donna la fleur de nénuphar qu'elle avait tenue à la main, pendant la danse.

Lao-Paw fit un bouquet de toutes ces fleurs et alla le déposer aux pieds de Thérèse.

— Prends !... Prends ! souffla Kaïnara à l'oreille de la captive.

Mais, ainsi qu'elle avait fait pour le collier, Thérèse laissa les fleurs de nénuphar à ses pieds.

Il y eut, à la suite de cet acte dédaigneux de la captive, une grande agitation parmi les assistants. On entourait Lao-Paw pour l'encourager à tirer vengeance de celle qui persistait à repousser ses avances.

Lao-Paw ne pouvait contenir sa colère. Il s'avança vers le chef et lui adressa des paroles qui firent trembler Kaïnara.

Celle-ci profita de ce que Rama-Dama écoutait les récriminations de Lao-Paw, pour conseiller tout bas à Thérèse de revenir sur la décision qu'elle avait prise.

— Ennemi !... Ennemi ! ne cessait-elle de répéter.

— Mais que me veut-il donc, cet homme ? demanda la captive.

— Toi !... toi !...

Thérèse eut un mouvement d'horrible répulsion.

— Moi ?... Jamais ! dit-elle frémissante.

A quelques pas devant elle, venait de se dresser un sauvage qui, le couteau à scalper
entre les dents et le tomahawk au poing, la regardait d'un air menaçant. (P. 306.)

Et voyant que Rama-Dama avait l'air d'approuver ce qui lui disait Lao-Paw, l'infortunée se rappela ce que Kaïnara lui avait dit de
l'influence néfaste que cet homme avait su prendre sur l'esprit du
chef, son proche parent.

Ah ! qu'elle eût voulu pouvoir se trouver seule avec Kaïnara,
afin de lui dévoiler ce qu'elle lui avait caché jusque-là, lui faire com-

39. — SEULE ! 39.

prendre qu'elle était partie de France pour sauver son père de la mort, la supplier d'intercéder pour elle auprès du chef.

Dans le désarroi de ses esprits affolés, elle espérait amener Kaïnara à lui faciliter la fuite.

Thérèse put croire un instant qu'elle allait avoir l'occasion de s'entretenir avec sa protectrice.

En effet, les assistants s'étaient retirés sur un ordre du chef Lao-Paw les avait suivis.

De son côté, Rama-Dama avait quitté sa place pour entrer dans le wig-wam, laissant Kaïnara auprès de la captive.

Mais tout à coup la jeune femme se retirait à son tour, appelée par Rama-Dama.

Thérèse se trouva seule, sans personne pour la garder. L'idée subite lui vint : s'enfuir !

Elle s'était levée, regardant tout autour d'elle. Haletante, elle fit quelques pas, puis s'arrêta pour écouter.

Rien !... Aucun bruit dans le voisinage de l'enceinte. Il semblait que le camp eut été soudainement abandonné.

Rama-Dama avait tiré le rideau de cuir de buffle qui servait à fermer l'entrée de sa cabane. De ce côté, nul bruit, comme si le chef et Kaïnara se fussent endormis.

N'était-ce pas l'occasion que faisait naître la Providence et dont elle devait profiter ? se demanda Thérèse qui, dans son affolement, était saisie de vertige.

De nouveau, elle fit quelques pas pour sortir de l'enceinte. Déjà, elle cherchait par où elle devait s'éloigner. Devant elle, il y avait un espace, sorte de chemin dans l'intervalle des huttes, un chemin tracé au milieu de grandes herbes. En se courbant, il lui serait possible, pensait-elle, de gagner le bois et de s'enfoncer dans la forêt.

C'était folie de supposer qu'on ne se mettrait pas à sa poursuite. Ce serait un miracle qu'on ne la rattrappât pas dans cette forêt que les Peaux-Rouges connaissaient si bien, dans toute son étendue.

Mais, n'avait-elle pas été sauvée par un miracle quand Kinnab l'avait trouvée sur le glaçon ; est-ce qu'un autre miracle ne s'était pas accompli en sa faveur quand elle avait échappé aux loups ?

Et, sans plus réfléchir, sans plus hésiter, elle allait s'élancer quand, tout à coup, elle se rejeta en arrière, saisie d'effroi, et retenant un cri de terreur prêt à s'échapper de ses lèvres.

A quelques pas devant elle, venait de se dresser un sauvage qui, le couteau à scalper entre les dents et le tomahawk au poing, la regardait d'un air menaçant.

Puis, aussitôt, d'autres Peaux-Rouges sortaient de l'herbe, de chaque côté du chemin, et tous maintenant avançaient vers elle...

Elle se retourna pour les fuir; mais derrière elle deux sauvages armés comme les autres, lui coupaient la retraite.

L'infortunée demeurait clouée sur place. Et les sauvages approchaient; bientôt ils l'eurent entourée.

Thérèse poussa un cri terrible, appelant Kaïnara à son secours. Soudain, elle se sentit soulevée de terre.

Deux sauvages la tenaient solidement dans leurs bras, tandis que les trois autres brandissaient le tomahawk au-dessus de sa tête.

Folle de terreur, la malheureuse ne cessait d'implorer ceux qui s'étaient emparés de sa personne et l'emportaient en poussant des clameurs de triomphe.

Thérèse put croire, à ce moment, que c'en était fait d'elle et que tout ce qui lui arrivait s'accomplissait par ordre du chef.

C'était sans doute, se disait-elle, la punition qu'on lui infligeait pour avoir repoussé les avances de Lao-Paw. On l'abandonnait aux mains de ces hommes féroces qui n'auraient pas pitié d'elle, qui ne se laisseraient attendrir ni par ses prières, ni par ses larmes, et qui, dans leur joie de la tenir comme une proie qu'on leur livrait, étoufferaient ses cris de désespoir.

C'en était fait d'elle si l'on ne venait pas à son secours; et, de nouveau, elle se mit à appeler désespérément Kaïnara.

Ce fut l'homme terrible, l'homme dont on lui avait dit de redouter l'inimitié, de craindre la colère, ce fut ce Lao-Paw exécré qui se présenta.

Il s'était élancé, traversant l'enceinte, au pas de course, et se précipita sur ceux qui enlevaient la fille blanche.

Elle le vit tirer le tomahawk de sa ceinture et fondre sur les sauvages, en poussant son cri de guerre.

En quelques bonds il fut sur eux. Mais, par une tactique habile, les sauvages paralysèrent son élan furieux.

Deux d'entre eux firent volte-face pour tenir Lao-Paw en échec, pendant que les autres fuiraient emportant leur prisonnière.

Lao-Paw accepta le combat à un contre deux, et l'on put le voir attaquer ses adversaires avec la plus grande impétuosité.

Après les avoir désarmés l'un après l'autre, il eut à lutter avec eux, corps à corps, jusqu'à ce qu'il eut réussi à les envoyer rouler, épuisés et désormais dans l'impossibilité de faire un retour offensif.

Après avoir mis deux des sauvages hors de combat, Lao-Paw s'élança à la poursuite des autres.

Il les gagna bientôt de vitesse et manœuvra de façon à les ramener dans l'enceinte, en les poussant devant lui et en les chargeant avec fureur.

Thérèse, à bout de forces, n'ayant plus de voix pour appeler à son secours, succombait à l'effroi.

Affaissée sans mouvements, dans les bras qui l'étreignaient, elle jeta un regard désespéré vers le wig-wam.

A ce moment, le chef et Kaïnara reprenaient leurs places pour assister aux dernières péripéties de ce combat dans lequel un homme se croyait assez vigoureux pour avoir raison de trois adversaires.

Et de fait Lao-Paw réalisa des prodiges de force et d'adresse, venant à bout successivement des sauvages qui, désarmés et terrassés, durent lui abandonner la captive comme prix de la victoire.

Pendant le combat, tous les parents et amis de Lao-Paw s'étaient réunis pour acclamer le vainqueur.

Celui-ci tenait Thérèse par la taille; il l'enleva et, l'étreignant dans ses bras, il la porta à la place qu'elle avait occupée précédemment entre le chef et Kaïnara.

Puis tirant de sa ceinture le tomahawk qu'il y avait placé après sa victoire sur les cinq sauvages, il le posa aux pieds de Thérèse, ainsi qu'il avait fait du collier et des fleurs de nénuphar.

C'est seulement alors que Thérèse comprit qu'à son insu on lui avait fait remplir un rôle dans une pantomime qui complétait le spectacle qu'on lui avait donné et dont Lao-Paw avait été le principal acteur.

Mais elle vit avec terreur que, plus que jamais, l'homme qui la convoitait, s'acharnait à lui faire accepter son amour.

Alors, perdant la tête, en dépit des regards suppliants que lui adressait Kaïnara, elle ne se contenta pas, cette fois, de laisser devant elle, sans y toucher, le tomahawk dont on lui faisait hommage. Elle le repoussa du pied loin d'elle en s'écriant :

— Jamais!... Jamais!

Il y eut un mouvement de stupeur dans l'assistance quand on vit la captive se lever, frémissante, et tendre les bras vers le chef comme pour implorer sa protection.

Puis, rompant tout à coup le silence qu'ils avaient observé tous, hommes, femmes, enfants, poussèrent de véritables vociférations à l'adresse de la fille au « visage pâle » qui osait résister aux désirs de Lao-Paw.

Rama-Dama dut user de son autorité pour arrêter l'effervescence empêcher ces forcenés de se jeter sur la prisonnière et de l'immoler sur-le-champ.

Mais tout en intervenant pour que la captive blanche ne fut pas brutalisée, frappée même, le chef ne dissimulait pas sa mauvaise humeur.

Lui aussi se trouvait atteint par l'injure qu'on faisait à toute la tribu, dans la personne de Lao-Paw, à qui, d'ailleurs, il venait de donner l'assurance que la fille des « Visages pâles » céderait, ou qu'il lui infligerait le châtiment réservé aux prisonnières de sa race.

C'est cette promesse faite à Lao-Paw qui avait tant épouvanté Kaïnara.

Elle savait que la parole de Rama-Dama était sacrée et que rien ne pouvait le faire revenir sur l'arrêt qu'il avait prononcé.

Aussi allait-elle employer toute la force de persuasion dont elle était capable pour amener la jeune fille à ne plus opposer de résistance.

D'autre part elle chercherait à calmer la colère de Rama-Dama, non dans l'espoir de le faire revenir sur sa parole, mais pour tâcher d'obtenir qu'il laissât à la prisonnière le temps de réfléchir et de se décider à témoigner de meilleurs sentiments à l'égard de Lao-Paw.

Celle qui avait été Marie Darnis ne pouvait se faire à l'idée que la jeune fille de sa race qui avait eu le malheur de tomber au pouvoir des Peaux-Rouges, aurait à subir de nouvelles épreuves, si elle persistait dans son entêtement à ne pas se soumettre aux coutumes en vigueur dans la tribu.

Non! Elle agirait auprès de Rama-Dama d'abord; puis, s'il le fallait, elle tenterait d'apaiser le courroux de Lao-Paw et de l'amener à abandonner ses projets sur la prisonnière.

Elle s'abaisserait, se disait-elle, jusqu'à implorer cet homme qu'elle avait refusé de prendre pour époux et dont elle s'était ainsi fait un ennemi qui ne lui pardonnait pas de l'avoir dédaigné.

Elle s'humilierait, au besoin, pour sauver cette malheureuse dont elle s'était promis d'être la protectrice.

Et en songeant qu'elle se verrait réduite à faire cette démarche, Kaïnara se sentait tressaillir.

Elle se rappelait combien elle avait eu à se défendre contre la persistance des assiduités de Lao-Paw.

Elle se souvenait de l'avoir surpris la guettant, blotti dans les roseaux, pendant qu'elle se livrait, en compagnie de jeunes filles comme elle, au plaisir de la pêche.

Mais, à cette époque, elle se savait bien gardée par Rama-Dama et à l'abri des tentatives de Lao-Paw.

Une fois, cependant, — c'était pendant les jours de retraite pour la purification, — les deux matrones qui gardaient la cabane dans laquelle elle était enfermée s'étaient relâchées de la surveillance qu'elles étaient tenues d'exercer.

Vers le soir, l'une d'elles s'était absentée et n'avait pas reparu. L'autre, après avoir vainement attendu son retour, avait vu se diriger vers la cabane une jeune fille qui portait une calebasse pleine de boisson fermentée.

— Pour qui cela? avait demandé la vieille femme, avide de cette boisson.

— Pour toi, si tu veux! lui fut-il répondu, insidieusement; par la jeune fille qui avait ajouté :

— Viens avec moi. Puisque tu es seule ici, personne ne te verra!

La matrone s'était laissé tenter et avait abandonné son poste de confiance.

C'était un piège que Lao-Paw avait préparé dans l'espoir qu'il pourrait surprendre Kaïnara pendant son sommeil. Il avait profité de ce que toute la tribu était en liesse, pour mettre son projet à exécution.

Mais Kaïnara veillait. Ayant entendu du bruit aux abords de la cabane, elle avait appelé doucement, afin d'attirer l'attention des matrones.

Ce fut une voix d'homme qui répondit. Et cette voix prononçait ces mots :

« Lao-Paw aime Kaïnara; il l'aime à en perdre la raison; et il veut Kaïnara!...

A ces mots qui ne lui laissaient aucun doute sur les intentions de l'homme qu'elle avait refusé de prendre pour époux, Kaïnara s'était reculée précipitamment. Lao-Paw l'atteignit au fond de la cabane.

Il renouvelait ses protestations d'amour, la pressait de répondre à sa passion qu'il ne pouvait plus maîtriser, disait-il.

Il jurait par le Grand Manitou qu'elle lui appartiendrait coûte que coûte et qu'aucune puissance au monde ne pourrait l'empêcher de la posséder.

D'abord, saisie de terreur, Kaïnara tenta de lui faire entendre raison; elle lui reprocha avec une extrême véhémence et sa conduite envers elle et sa révolte contre le chef.

Finalement, n'étant pas parvenue à son but, elle le menaça de la colère de Rama-Dama.

— « Je le tuerai! » s'écria Lao-Paw, pour toute réponse.

Aussitôt, ne résistant plus à la passion dont il était dévoré, il se jeta sur la jeune femme et l'enlaça, l'étreignant avec la fureur d'un fauve qui tient sa proie.

La malheureuse devait succomber, si l'on ne se portait pas, à temps, à son secours, quand, tout à coup, au dehors, des chants se firent entendre.

Bientôt ceux qui venaient ainsi, en chantant, seraient arrivés assez près de la cabane pour qu'un suprême appel de Kaïnara pût être entendu par eux.

Lao-Paw eut un moment d'hésitation, dont la fiancée de Rama-Dama profita pour se dégager de l'étreinte de son agresseur.

Vivement elle s'empara du couteau à scalper que Lao-Paw avait à la ceinture, et l'en menaça d'un air de virile résolution.

En même temps, elle criait à Lao-Paw décontenancé:

« Pars!... Il est temps encore d'échapper à la colère de Rama-Dama! Si tu restes ici un instant de plus, un seul, c'est moi qui te tuerai! »

L'Indien poussa un rugissement de rage et sortit avec précipitation.

Kaïnara avait été sauvée par sa propre énergie. Le lendemain, la retraite de purification ayant pris fin, on procédait aussitôt à la cérémonie du mariage.

Devenue l'épouse du chef, Kaïnara était désormais à l'abri des tentatives de Lao-Paw. Elle eut la générosité de garder le secret sur ce qui s'était passé dans la cabane de purification.

Au surplus, Lao-Paw allait dissimuler le ressentiment qu'il lui gardait.

On sait qu'il espérait toujours qu'un événement dont pourrait être victime Rama-Dama si impétueux dans les combats, lui donnerait la souveraineté sur la tribu.

En attendant qu'il devînt le chef, il se faisait respecter et craindre.

Il n'était pas jusqu'à Rama-Dama qui n'évitât le plus possible de se trouver en désaccord avec lui.

Lorsque le fils du vieux chef eut manifesté son intention de prendre pour épouse la fille blanche qui avait été élevée dans la tribu, Lao-Paw n'avait pas hésité à blâmer tout haut son heureux concurrent qui ne pouvait, sans fouler aux pieds les traditions et déroger aux usages, épouser une fille qui était de la race des « Visages-Pâles ».

Rama-Dama l'avait calmé en lui promettant que la première femme ou fille blanche que l'on capturerait lui appartiendrait, s'il la voulait pour épouse.

C'était en vertu de cette promesse que Lao-Paw avait tout de suite jeté son dévolu sur Thérèse.

On a vu avec quelle autorité dédaigneuse, il avait écarté tous ceux qui entouraient la prisonnière.

Dès le premier jour, il avait voulu être seul à s'occuper de la captive et s'était chargé de lui envoyer des mets et la boisson qu'il avait fait préparer tout exprès pour elle.

Quand Thérèse avait été autorisée par le chef à vivre et à circuler librement dans le camp, Lao-Paw l'avait suivie dans les promenades que Kaïnara faisait faire à la captive.

Il était d'usage, dans la tribu des Peaux-Rouges, que toute prisonnière de la race des « Visages-Pâles » avait huit jours pour accepter un des prétendants qui la rechercheraient en mariage.

Pendant ces huit jours, on la traitait comme les autres jeunes filles de la tribu et chacun des prétendants avait le droit de chercher à se faire bien accueillir par elle.

On n'ignorait pas, dans la tribu, la promesse que le chef avait faite à Lao-Paw, et les jeunes gens qui, ainsi qu'on l'a vu, s'étaient mis sur les rangs pour obtenir le consentement de Thérèse, avaient simplement consenti à remplir le rôle de comparses, afin de permettre à Lao-Paw de se montrer à la fille blanche, supérieur à tous et digne de son choix.

On comprend, par ce qui précède, la fureur du prétendant évincé et la véhémence avec laquelle il apostropha le chef pour rappeler à celui-ci sa promesse et le sommer d'avoir à faire acte d'autorité en cette circonstance.

— « Justice aura son cours ! » avait répondu Rama-Dama d'un ton calme et ferme.

Le chef avait élevé la voix afin que tous les assistants pussent entendre les paroles qu'il prononçait. Aussi, une immense clameur d'approbation s'éleva-t-elle lorsqu'on vit Rama-Dama donner des ordres afin que la captive blanche fût emmenée dans la cabane dite de « purification ».

— Ah! c'est Dieu qui vous envoie! s'exclama Thérèse en se précipitant au-devant de sa
protectrice. (P. 319)

En se retirant, accompagnée par les matrones chargées de la
garder, Thérèse avait adressé un regard de détresse à sa protectrice
et Kaïnara y avait répondu par un regard exprimant l'inquiétude et
la douleur.

Et quand Thérèse eut disparu à ses yeux, elle se tourna vers
Rama-Dama, en disant tout bas à celui-ci :

— Toi qui es le chef, tu peux tout !... A toi qui est le maître, je

40. — SEULE!   40.

demande que tu m'accordes la permission de te parler de la prisonnière !

Rama-Dama s'était incliné devant le désir exprimé par sa femme, comprenant le sentiment de compassion dont était animée Kaïnara pour une personne de sa race.

Thérèse avait été conduite, ainsi que nous venons de le dire, dans la cabane affectée à la retraite de purification, formalité à laquelle, on le sait, les fiancées ne pouvaient se soustraire.

Pendant le trajet, un grand nombre de femmes et de jeunes filles avaient escorté la prisonnière, en faisant entre elles force commentaires sur les refus successifs que la fille au visage pâle avait opposés à la demande de Lao-Paw.

On s'entretenait également, dans cette foule, avec une grande animation, des conséquences qu'allait avoir l'attitude de la captive blanche.

Pendant qu'on enfermait la prisonnière, Lao-Paw s'était retiré au milieu de ses amis et pérorait avec une grande véhémence, affirmant d'un ton de colère qu'il exigerait que le chef lui accordât la réparation à laquelle il avait droit.

Profondément blessé dans son amour-propre, il ne cachait pas, avec une expression de froide cruauté dans le regard, qu'il aurait sa vengeance contre celle à qui il avait voulu faire un suprême honneur.

Amis et courtisans de Lao-Paw applaudissaient à ces paroles. Tous approuvaient qu'il eût exigé le châtiment de la fille blanche et attendaient, disaient-ils, du chef que ce châtiment eut lieu dans toute sa rigueur et dans les délais habituels.

Comme dans la tribu, tout événement était prétexte à festins, danses et orgies, les amis de Lao-Paw parlaient déjà entre eux des préparatifs qu'ils allaient faire, en vue de la grande cérémonie.

Pendant que, dans le camp, tout le monde s'occupait ainsi de l'événement qui venait de se produire, Kaïnara essayait d'intercéder auprès du chef, en faveur de l'infortunée, cherchant à la soustraire, s'il le fallait, au cruel châtiment qui l'attendait.

Elle se mit à plaider, avec énergie, la cause de la pauvre fille que son mauvais destin avait amenée dans la forêt où elle avait été capturée.

— Pourquoi refuse-t-elle de se soumettre à nos usages? répliqua le chef.

Et il ajouta :

— Que ne l'as-tu éclairée, Kaïnara, sur ces usages dont, tu l'as vu tout à l'heure, Lao-Paw réclamait avec énergie l'observation.

— Mais tu peux tout, puisque tu es le chef !

— C'est parce que je suis le chef que je dois être le premier à respecter nos tradition et nos coutumes.

Tu ne dois pas attendre de Rama-Dama, qui a le droit de punir, qu'il donne le mauvais exemple.

Et comme la jeune femme insistait, suppliante, le chef lui imposa silence par ces mots :

— J'ai fait une promesse à Lao-Paw ; ne pouvant la tenir, je lui dois justice ! ..

— Ah ! ce Lao-Paw,... interrompit Kaïnara frémissante au souvenir de l'attentat dont elle avait failli être victime.

Elle tremblait d'indignation et l'on eut pu lire dans ses yeux la colère qui l'envahissait.

Elle dut faire un effort sur elle-même pour ne pas révéler à Rama-Dama l'odieuse tentative dont elle avait failli être victime.

Le ton sévère dont le chef avait répondu à ses supplications ne lui laissait pas d'espoir.

A tout prix, elle eut voulu sauver la jeune fille, et quand elle avait vu Lao-Paw se présenter comme prétendant, elle avait espéré que l'accord se ferait entre lui et la fille blanche.

Et lorsqu'elle avait dit à Thérèse qu'elle la garderait toujours auprès d'elle et qu'elle serait bientôt en état de liberté dans la tribu et l'égale des autres femmes, Kaïnara faisait allusion au mariage de la prisonnière avec Lao-Paw.

Mais à présent que, par un refus formel, Thérèse s'était mise sous le coup d'un terrible châtiment, Kaïnara désespérait du salut de sa protégée.

La captive avait réveillé en elle des souvenirs de son enfance ; en lui parlant des êtres qui lui avaient été chers, elle avait fait tressaillir son cœur.

La femme de Rama-Dama entrevoyait une perspective de douces joies.

Elle se disait qu'elle aurait une compagne de sa race avec laquelle elle pourrait s'entretenir et se créer une existence toute nouvelle au milieu de ces sauvages.

Et maintenant que la parole sévère du chef ne lui laissait plus l'espoir de gagner auprès de lui la cause de la prisonnière, Kaïnara se reprochait de n'avoir pas mis celle-ci tout de suite au courant des usages auxquels il faudrait qu'elle se soumît et de ne lui avoir pas dit à quoi elle s'exposerait en refusant de s'incliner devant la loi en vigueur dans la tribu.

Peut-être eut-elle réussi, pensait-elle, à amener ainsi la jeune fille à surmonter la répulsion qu'elle ressentait pour Lao-Paw. Elle le lui avait, au contraire, représenté comme l'ennemi dont il fallait se méfier.

Pendant que ces idées s'agitaient en son cerveau et y jetaient le trouble, Kaïnara eut tout à coup la pensée qu'elle pourrait peut-être réparer le mal dont elle s'accusait.

Il ne s'agissait pas d'obtenir la grâce de la prisonnière, mais simplement un sursis qui donnerait le temps de réfléchir et d'agir ensuite.

S'adressant au chef, elle lui dit :

— Rama-Dama est juste ; il ne voudra pas punir l'étrangère qui ignore quelles sont nos lois.

Le chef demeurant impassible, Kaïnara continua :

— C'est ma faute ! Tu l'as dit, Rama-Dama, pourquoi n'ai-je pas instruit la captive du sort réservé, chez nous, aux femmes des « Visages-Pâles » ? Rama-Dama voudrait-il que Kaïnara eut à se reprocher toute sa vie d'avoir commis cette faute ?

— Que désire Kaïnara ?

— Voir la prisonnière.

— Rama-Dama peut t'accorder cela. Mais qu'espères-tu de cette entrevue ?

— Avant tout Kaïnara réparera la faute qu'elle a commise. Elle dira à celle qu'elle n'avait pas prévenue de ce qu'il fallait faire pour vivre libre dans la tribu ; elle lui dira qu'il faut revenir sur sa décision de repousser Lao-Paw.

— Et tu crois réussir ? demanda le chef.

— Kaïnara l'espère !...

— Soit !... Je permets que tu communiques avec la prisonnière aussi souvent que tu le voudras.

Kaïnara s'était reprise à l'espoir qu'elle pourrait faire revenir sa protégée sur sa décision, lorsqu'elle saurait quel sort la menacerait en cas de refus d'éPouser Lao-paw.

— Va, dit Rama-Dama, et puisses-tu réussir !... car si l'étrangère s'obstine dans son refus, le chef ne pourra faire grâce. Il se doit aux lois de sa tribu et serait coupable envers le Grand Esprit devant lequel il a juré de respecter ces lois.

Et il reprit :

— Ce respect de la volonté des chefs, mon père en me transmettant le commandement de la tribu, me l'avait transmis comme il l'avait reçu de son père.

Je t'accorderai tout ce qu'il m'est permis d'accorder ; tu verras la prisonnière, tu tâcheras de vaincre son obstination et veuille le Grand Manitou que tu y parviennes. Si elle refuse, la prisonnière est condamnée...

— A mourir !... Oui, Kaïnara sait cela ! interrompit la jeune femme en frémissant d'horreur.

— Mais ce qu'elle ne sait pas, c'est le motif qui a fait prendre aux chefs cette détermination. Ce motif, je vais le dire à Kaïnara, tel que je l'ai appris de la bouche de mon père.

Et il raconta :

— C'était à l'époque où les « Visages-Pâles » faisaient une guerre acharnée à nos tribus. Ils nous chassaient de nos territoires dont ils voulaient s'emparer. Ils ne faisaient pas grâce quand quelques-uns d'entre nous tombaient entre leurs mains. Ils massacraient nos femmes et nos enfants !

Et nos pères ont juré, pour eux et pour leurs descendants, que les victimes seraient vengées et qu'il ne serait fait grâce qu'aux filles des « Visages-Pâles » qui deviendraient les compagnes des serviteurs du Grand-Esprit.

C'est ainsi que Kaïnara est devenue la femme de Rama-Dama. C'est ainsi que celle que tu défends ne sauvera sa vie qu'en s'unissant à Lao-Paw.

— Va, souviens-toi que le temps presse et que ta protégée devra se décider avant que, trois fois encore le Grand Esprit ait fait reparaître le soleil !

— Trois fois ! répéta la jeune femme.

— Oui ! trois fois !...

— Mais Rama-Dama qui est le maître ne peut-il accorder plus de temps ?...

— Rama-Dama est le chef et doit respecter la loi.

Il ajouta :

— Quand la lumière éclairera le ciel, on commencera les préparatifs pour la cérémonie, qui sera le signal de...

— De la mort ! s'exclama Kaïnara en levant les bras au-dessus de sa tête en signe de désolation.

— La mort, si Kaïnara n'a pas réussi... Mais au lieu d'être le signal funèbre, les préparatifs que je vais ordonner serviront à la cérémonie de son mariage avec Lao-Paw, si elle consent à se soumettre...

Kaïnara ne trouvait pas d'arguments pour continuer à plaider la cause de Thérèse. Elle n'avait plus qu'un espoir pour sauver cette infortunée, c'était d'arriver à lui faire accepter Lao-Paw pour époux.

. . . .

« Quand le soleil aura reparu trois fois », avait dit Rama-Dama, la captive blanche subirait le châtiment qui lui était réservé et auquel il était impossible de la soustraire.

Donc, après cette journée de violentes émotions, Thérèse n'aurait plus que deux jours à vivre, si Kaïnara ne parvenait pas à la convaincre.

Aussi la femme du chef voulut-elle mettre à profit le temps si court qu'elle avait devant elle pour atteindre le but qu'elle se proposait.

Profitant de l'autorisation de pénétrer à toute heure auprès de la prisonnière, elle se rendit, aussitôt après avoir quitté Rama-Dama, à la cabane où était enfermée Thérèse.

Les matrones qui gardaient la captive étaient les mêmes qui avaient la charge de rester avec les fiancées pendant la « retraite de purification. »

C'était l'usage adopté depuis que l'on avait décidé de sacrifier au Grand Esprit les prisonnières de race blanche.

Celles-ci étaient effectivement considérées comme fiancées à la mort; et on leur laissait le temps de se purifier le corps et l'âme, avant de comparaître devant le Juge suprême.

En recevant la femme du chef avec toutes les marques de respect, les matrones très graves lui parlèrent de l'état d'agitation dans lequel se trouvait la recluse, depuis qu'on l'avait confiée à leur garde.

Thérèse, d'après les renseignements qu'elles donnaient à Kaïnara, s'était, en entrant dans la cabane, jetée à genoux et avait prononcé tout haut des paroles nombreuses, désespérées, en tenant les bras levés vers le ciel.

— Elle priait! interrompit Kaïnara.

Les matrones ajoutaient qu'après être restée longtemps ainsi, la captive s'était relevée et avait marché, parcourant l'intérieur de la cabane, comme une bête fauve qui aurait cherché par où elle pourrait s'échapper.

Kaïnara n'avait pu s'empêcher de plaindre la pauvre créature qui, disait-elle, ignorait qu'elle ne quitterait cette cabane que pour marcher à la mort.

— Tu viens sans doute lui apprendre le sort qui lui est réservé, dit une des matrones.

— En ce cas, ajouta la seconde matrone, entres, elle t'attend, car elle ne cesse de t'appeler, à grands cris.

A ce moment, en effet, des exclamations provenaient de l'intérieur de la cabane, et Kaïnara put entendre que sa protégée l'appelait désespérément à son secours.

Vivement, elle pénétra dans l'intérieur de la cabane.

— Ah! c'est Dieu qui vous envoie! s'exclama Thérèse en se précipitant au devant de sa protectrice.

Elle avait saisi les mains de Kaïnara dans ses mains tremblantes, ajoutant avec une expression d'angoisse :

— J'ai prié le Seigneur de me délivrer; et s'il vous envoie, à cette heure, c'est qu'il a écouté mes supplications et accueilli mes prières !...

S'il vous envoie, c'est pour que vous me rendiez la liberté !... Parlez, oh ! parlez-moi, Kaïnara; dites-moi que vous êtes parvenue à attendrir le chef, et que vous avez réussi à toucher son cœur; dites-moi que je vais pouvoir partir, quitter ce camp. S'il en est ainsi que je l'espère, dites-le moi bien vite, ne me laissez pas plus longtemps dans l'anxiété !...

Parlez,... parlez, Kaïnara !

L'infortunée haletait, angoissée; la voix s'étranglait dans sa gorge; les paroles ne sortaient que par saccades de sa bouche contractée.

Kaïnara avait gardé le silence, tremblante à l'idée de la violente déception que sa réponse allait faire subir à la prisonnière.

Il lui en coûtait de ne pouvoir annoncer qu'elle apportait une bonne nouvelle.

Et comme Thérèse la pressait de parler, s'écriant :

« N'est-ce donc pas la liberté que vous m'apportez, Kaïnara ! »

Elle répondit :

Liberté... si tu veux !

— Que signifient ces mots ?... Il y a donc une condition à cette liberté? quelle condition?...

Mais par pitié, Kaïnara, ne me laissez pas plus longtemps dans le doute qui me désespère!... Parlez!... Si le chef a mis une condition à ma liberté, dites-la moi!...

— Lao-Paw ! répondit Kaïnara avec une expression qui fit tout de suite comprendre à Thérèse ce qu'on exigeait d'elle.

— Lao-Paw ! s'écria-t-elle en se tordant les mains dans l'excès de sa douleur; mais ce n'est pas la liberté que l'on m'offrirait alors, c'est la mort à laquelle on me condamnerait, en m'obligeant à accepter cet homme...

Oh !... ne me parlez plus de cela, Kaïnara !... Ce serait la mort, vous dis-je; et s'exaltant au point que son visage avait d'affreuses contractions et que ses yeux saillaient hors des orbites démesurément ouvertes, comme si la malheureuse créature allait tout à coup tomber en état de démence.

La femme du chef prit un air suppliant; les mains jointes, elle essayait de faire comprendre à Thérèse, en s'exprimant par lambeaux de phrases et par des mots qu'elle cherchait à réunir, tout ce qu'elle avait tenté en sa faveur auprès de Rama-Dama.

— Et vous n'avez obtenu que cette condition horrible, que je repousse de toutes les forces de mon âme, comme je l'ai déjà repoussée, comme je la repousserai toujours !...

Et comme Kaïnara courbait le front, Thérèse continua :

— Si je me condamnais à épouser Lao-Paw ne serais-je pas forcée de rester ici, au milieu de ces indiens ?

— Oui, dit Kaïnara.

— Eh bien, chaque minute qui s'écoule et m'empêche de partir, me rapproche du plus épouvantable malheur.

Et elle s'écriait :

— Vous n'avez donc pu comprendre à mes larmes, à mon désespoir, aux supplications que je vous adressais pour que vous intercédiez en ma faveur, vous n'avez pu comprendre quand je vous disais que je ne saurais pas vivre ici, quelle que soit la sympathie qui m'entraînait vers vous que j'avais rencontrée par miracle, au milieu de ma détresse.

Non, vous n'avez pu comprendre Kaïnara, que j'avais un motif tout puissant, irrésistible de vouloir continuer ma route, d'aller loin, bien loin d'ici et que j'aurais voulu même vous emmener avec moi, dans ma fuite !...

Eh bien, sachez-le donc, Marie Darnis, vous qui êtes de ma race, de mon pays, vous qui devriez adorer le même Dieu que moi, sachez le donc, le malheur qui pèse sur moi est si grand, si terrible, que je n'aurais pas même le droit d'échapper à Lao-Paw, en m'arrachant la vie, en mourant de ma propre main !...

C'est sur cette estrade que sera placée la victime qui doit servir au sacrifice... (P. 327.)

Kaïnara courba tristement la tête en disant :

— Mourir... oui, toi épouse de Lao-Paw... ou bien... toi... mourir.

— Ai-je bien compris? La mort?... La mort m'attend, si je refuse Lao-Paw?...

Kaïnara répondit affirmativement en inclinant la tête.

— La mort, répéta Thérèse. Dieu sait que ce n'est pas pour moi que je la redoute.

— Écoutez-moi, Kaïnara, ce n'est plus à la femme du chef que je veux parler; c'est à Marie Darnis que les sauvages ont enlevée et séparée de son père!...

— Père! répéta la jeune femme secouée par un tremblement convulsif... Père!...

— Que Marie Darnis se figure, pour un instant, que son père, à son tour, a été fait prisonnier par les sauvages...

Vous comprenez bien ce que je veux dire.

— Oui!... père... prisonnier, prisonnier... comme toi!...

— Maintenant que Marie Darnis se figure qu'elle peut délivrer son père, elle seule...

— Seule!... comme toi?...

— Et que si elle ne quitte pas tout de suite la tribu, le père de Marie Darnis mourra... mourra, vous avez bien compris.

— Oui!... prononça la jeune femme avec un frémissement d'horreur.

— Alors que ferait Marie Darnis?... Répondez!... Répondez-moi!

— Partir... Kaïnara... partir, répondit celle-ci avec un geste qui exprimait une résolution farouche...

— Ah! s'exclama Thérèse, la femme de Rama-Dama n'hésiterait pas; elle volerait au secours de son père; elle s'enfuirait d'ici...

— Oui!... oui!... fuir...

— Eh bien, moi... je veux, je dois sauver mon père... de la mort; de la mort, entendez-vous, Marie Darnis! Si je ne parviens pas à m'enfuir de ce camp, à continuer le voyage que j'ai entrepris,... il mourra,... oui, on le tuera!

Puis s'attendrissant :

— Et j'ai une mère, une mère qui attend que je retourne auprès d'elle, une mère qui, elle aussi, mourra de désespoir, si je ne parviens pas à recouvrer la liberté!... Si je ne reviens pas en France.

La pauvre Thérèse n'avait réussi qu'à plonger sa protectrice dans la plus douloureuse perplexité.

En effet, la femme de Rama-Dama devait bientôt lui faire comprendre l'impossibilité où elle se trouvait de lui rendre la liberté.

Thérèse resta, pendant quelques instants sans mouvement et sans voix, comme si elle eut été foudroyée par l'épouvante.

Elle s'était raccrochée à l'espérance en voyant la femme du chef apparaître devant elle, au moment même où elle l'appelait à son secours, et voilà que, tout à coup, cet espoir s'écroulait; il avait suffi pour cela de deux mots prononcés par celle que l'infortunée avait pu considérer comme le bon ange envoyé par la providence.

Toutefois, après cet état de torpeur qui n'avait duré que l'espace de quelques secondes, Thérèse retrouva toute son énergie et le courage viril qui lui avait permis de supporter tant d'épreuves, d'émotions et de fatigues.

Maintenant qu'elle n'ignorait plus le sort qu'on lui réservait, elle voulut savoir ce qui lui restait encore de temps à vivre.

Elle exhorta donc Kaïnara à ne pas lui cacher la vérité; et lorsqu'elle eut appris combien le châtiment qu'on voulait lui infliger était proche :

— Deux jours,... deux jours seulement! murmura-t-elle entre ses lèvres.

Puis saisissant les mains de Kaïnara, elle s'écria :

— Vous savez que je ne peux pas mourir et vous savez pourquoi, Marie Darnis!... Eh bien, répondez-moi : existe-t-il un moyen de m'évader?... Dites, et quel qu'il soit je le tenterai, avec confiance, avec courage.

Et comme Kaïnara, très abattue, courbait le front sans répondre, Thérèse la suppliait de mettre fin à son affreuse perplexité.

— Un moyen! un moyen, quelque danger qu'il puisse présenter!. Mais par pitié, cherchez Kaïnara, cherchez!...

Puis laissant éclater son indignation contre cet acharnement à la condamner, la malheureuse s'exclama :

— Ce sont des assassins, des monstres altérés de sang! Quel sentiment les pousse donc à immoler une infortunée?

— Vengeance! prononça Kaïnara.

— Une vengeance, dites-vous? Ils veulent se venger?... De quoi? Quel est mon crime?

Vous devez savoir pourquoi ils veulent se venger, pourquoi ils m'ont condamnée?...

— Oui! Kaïnara sait!...

Et Kaïnara fit comprendre à Thérèse que les blancs, les Européens, voulait-elle dire, avaient commencé ces luttes meurtrières, qu'ils étaient venus prendre possession des territoires des Peaux Rouges, qu'ils avaient chassé, égorgé des tribus entières et que c'était leurs ancêtres, leurs femmes et leurs enfants que ceux-ci voulaient venger — moins cruels, cependant, que ces étrangers qui prétendaient leur apporter la lumière et leur faire adorer le vrai Dieu, ils épargnaient, eux les *sauvages*, les enfants et les femmes qui devenaient jeurs prisonnières, mais à la condition formelle, irrévocable, que les femmes ou les filles tombées en leur pouvoir s'uniraient à eux par le mariage et deviendraient leurs compagnes; si elles refusaient, elles le deviendraient de force et seraient ensuite irrévocablement condamnées à mourir.

— Alors, répondit d'une voix résignée, Thérèse Valomer, je n'ai plus qu'une seule prière à vous adresser, une seule chose à obtenir de votre pitié.

— Que demande ma sœur? articula Kaïnara.

— Une arme, pour abréger mon supplice, dit Thérèse, et elle se dit tout bas :

Pour sauver mon honneur.

Par quel miracle cette pensée d'honneur féminin, de pudeur virginale fut-elle comprise ou, plutôt devinée par Kaïnara élevée, depuis son enfance, au milieu d'une tribu de sauvages?

Nul ne saurait le dire et Thérèse elle-même fut profondément surprise, profondément émue lorsque la jeune femme sauvage lui prenant la main, lui dit, avec des larmes dans les yeux :

— Oui... morte... morte plutôt!... et, l'attirant à elle, Kaïnara la prit dans ses bras, l'embrassa doucement et répéta en secouant la tête...

— Jeune fille... morte plutôt...

L'âme de la petite Marie Darnis, se réveillait, sans doute, dans le cœur de Kaïnara et dictait à cette créature transfigurée une résolution énergique.

Une voix intérieure, la voix de la conscience, lui criait que le supplice qu'on allait faire subir à la captive blanche serait un crime.

Elle se refusait à devenir complice de ce crime odieux.

Sa physionomie qui naguère encore exprimait l'abattement, prit un air de résolution et d'énergique volonté.

Thérèse, en voyant sa protectrice ainsi transfigurée se reprit à espérer.

— Vous me sauverez!... Vous me sauverez! s'exclama-t-elle...

— Oui, répondit la femme du chef; Kaïnara... courageuse... Kaïnara forte comme toi!...

CHAPITRE XIV

LES FÊTES DE LA MORT.

Depuis l'instant où Rama-Dama avait donné l'ordre d'emmener la captive et de la garder à vue dans la cabane de purification, tout le monde, dans la tribu, s'attendait à assister, dans les délais ordinaires, à la grande cérémonie du sacrifice humain.

Ce sacrifice que le chef, en la circonstance présente, ne pouvait se dispenser d'ordonner, était de nature à exciter la curiosité des membres de la tribu, car seuls quelques anciens avaient assisté à l'immolation en l'honneur des « Esprits vengeurs », des « Visages-Pâles » que la tribu avait faits prisonniers.

Et ces vieux Indiens racontaient, avec d'épouvantables détails, la façon dont on avait torturé les prisonniers.

C'en était assez pour exciter la curiosité de ceux qui n'avaient encore assisté qu'à des sacrifices d'animaux lorsqu'après une défaite, le chef voulait apaiser la colère céleste et se rendre les Esprits favorables.

Les vieux Indiens qui avaient qualité de prêtres dans la tribu, étaient chargés du cérémonial.

Dès que Rama-Dama eut prononcé sur le sort de la prisonnière, les prêtres avaient été prévenus d'avoir à tout préparer, afin que la funèbre cérémonie se fît exactement d'après les traditions.

Il s'agit d'abord de choisir l'emplacement pour l'immolation. Il le faut spacieux afin qu'il puisse contenir tous les membres de la tribu, car personne ne peut se soustraire à ce spectacle quelque répugnance qu'il éprouve ou quelque émotion violente qu'il redoute.

Quand on a fait choix d'un endroit dans la forêt, on y abat les arbres sur toute l'étendue nécessaire.

Au milieu de l'espace vide on dresse une sorte d'estrade au moyen de pieux et de planches taillées grossièrement dans des troncs d'arbres.

L'estrade est ensuite ornée de branches feuillues, de flèches de roseaux et de fleurs dont on fait de grandes gerbes.

C'est sur cette estrade que sera placée la victime qui doit servir au sacrifice ; mais, en attendant, les prêtres sont tenus de la purifier, et pour cela, ils y font brûler des feuilles de tabac et des racines d'érable.

Les fonctions sacerdotales se transmettent de père en fils ; mais les prêtres ne sont pas, malgré leur caractère, dispensés de prendre les armes, quand il y a rencontre avec l'ennemi.

Avant l'action, ils adressent aux Bons Esprits des prières, leur promettant des offrandes, s'ils sont victorieux. Puis ils vont se mêler aux autres guerriers.

Vainqueurs ou vaincus, ils iront encore prier devant le morceau de bois grossièrement sculpté, et qui représente le dieu qu'ils ont l'habitude d'invoquer.

Pour en revenir à la cérémonie du sacrifice humain, nous dirons que, comme pour toutes les cérémonies qui peuvent avoir lieu dans les tribus de Peaux-Rouges, celle-ci est un prétexte à réjouissances nombreuses, avant, pendant et après leur durée.

D'abord on s'y prépare par des festins dans chaque famille, par des danses et des chants ; c'est pour ainsi dire une répétition.

On peut alors prévoir ce qui se passera le jour de la grande cérémonie.

En effet, pendant les deux jours qui l'ont précédée, on s'occupe, dans chaque famille, des mets que l'on offrira pour le festin de la mort, et surtout et avant tout des boissons fermentées et spiritueuses que l'on boira en l'honneur des Esprits.

Il semblerait que plus on boit et plus on a de chance de se rendre les Divinités favorables, car les Peaux-Rouges absorbent de ces boissons à l'excès, au point que presque toute la tribu, après chaque cérémonie est en état complet d'ivresse.

Ces boissons sont préparées avec le suc de l'érable et des infusions d'une tige de l'arbrisseau appelé le sumac.

Quand la fermentation est jugée suffisante, on ajoute de l'alcool à un degré très élevé.

Les Peaux-Rouges, dans les échanges qu'ils font avec les *mestizos* qui viennent du Mexique et parcourent les territoires que baigne le Mississipi, se procurent de grandes quantités d'alcools de qualité très inférieure dont ils font un grand abus.

La préparation des boissons est réservée aux femmes.

Les hommes vont alors à la chasse afin de se procurer le gibier qui devra être servi en grande abondance dans le festin de la mort.

Le menu de ces repas se compose, outre le gibier qui sera le mets de résistance, de soupes, de poissons et de lézards grillés.

Les légumes y figurent également : canne-berges, pommes de maïs et de jeunes tiges d'un roseau nain, que l'on mange à la façon des asperges en les trempant dans de l'huile de noix.

Les desserts sont des gâteaux de maïs et de fruits sauvages.

En guise de café dont se délectent les peuplades de l'Amérique du Sud, les Peaux-Rouges des territoires du milieu et du Nord, boivent après le repas, une préparation obtenue par des infusions chaudes d'une petite noisette que l'on concasse.

Les jeunes filles et les garçons s'en vont par bandes pêcher dans les nombreux cours d'eau qui sillonnent les forêts, et il est rare que la pêche ne soit pas abondante.

Le poisson le plus estimé pour ces repas extraordinaires est une petite couleuvre d'eau, très jolie et qu'on dépouille avec précaution, car la peau sert à orner les ceintures et les larges colliers de plumes que femmes et jeunes filles portent en guise de collerettes.

Les repas indiens sont d'autant plus beaux qu'il y a plus grande abondance de mets et aussi plus grande variété dans leur choix et leur préparation.

C'est ainsi que le même gibier est cuisiné de plusieurs façons; que ce soit du cerf, du peccari ou du chevreau.

Les oiseaux sont servis toujours rôtis mais on les farcit d'herbes odoriférantes et on les arrose avec de l'huile de noix.

Naturellement l'amour-propre s'en mêle, — même chez les sauvages, — et chaque famille rivalise d'invention pour obtenir la palme.

C'est par le fait de cette rivalité que les grands festins sont toujours des événements dans une tribu de Peaux-Rouges, absolument comme chez les peuples civilisés.

Mais c'est principalement pour ces repas de « la mort » que les indiens se mettent à la besogne avec la plus grande ardeur.

On dirait même, à les voir danser et chanter par groupes, dans toute l'étendue du camp, qu'ils s'entraînent pour le grand jour.

Quand arrivera ce grand jour, dès le matin commenceront les processions, d'abord partielles, chaque famille faisant le tour de son wig-wam en chantant des prières en l'honneur des Manitous.

Tel était le spectacle épouvantable auquel Lao-Paw et ses amis se réjouissaient
à l'avance d'assister bientôt. (P. 331.)

Puis on se réunira pour la procession générale tout autour du
camp, procession à laquelle devra assister la victime destinée à être
sacrifiée.

A partir du moment où la condamnation a été prononcée, la
captive devient un objet de respect pour toute la tribu.

On est tenu de ne lui plus adresser la parole, qu'avec des marques de déférence; elle est à présent sacrée pour tous, par ce fait qu'elle appartient au Grand Esprit.

Pendant les deux jours qui précèdent la cérémonie, on lui servira les mets les plus rares et les plus succulents, des fruits à profusion, et les matrones se jetteront avec avidité sur les restes du repas, par superstition.

L'infortunée victime est conduite en grande pompe devant la statue du manitou. Les hommes défilent les premiers avec leurs armes qu'ils posent devant leur dieu afin que celui-ci leur donne le pouvoir d'exterminer leurs ennemis; puis c'est le tour des femmes d'offrir des fruits et des légumes, afin que l'Esprit fertilise la terre; enfin les jeunes filles passent devant la statue présentant leurs colliers pour que le manitou les change en talismans ayant le pouvoir mystérieux de provoquer l'amour chez les jeunes gens.

Le défilé a lieu avec accompagnement de musique et se termine par des danses lascives destinées à charmer les divinités.

La procession terminée, on ramène la prisonnière dans la cabane où elle devra attendre que, le lendemain, on vienne de nouveau l'y chercher, cette fois pour la conduire au supplice.

On est, en effet, arrivé à la veille du grand jour et pendant toute la nuit, on se livrera à toute sorte de réjouissances, en attendant le lever du soleil.

Le chef préside le grand festin, entouré des plus anciens de la tribu, tandis que, tout autour, hommes et femmes, groupés par famille, se partagent les mets servis en abondance et les arrosent si bien et si souvent, pendant le repas, qu'il est rare que, l'ivresse aidant, on ne s'endorme pas sur place.

C'est après cette nuit d'orgie que la victime est immolée, avec d'épouvantables raffinements de cruauté sous prétexte de complaire au Mauvais Esprit qui, comme le Bon Manitou doit avoir sa part dans le sacrifice.

La victime est hissée sur l'estrade, car elle ne peut faire de mouvements, ayant les pieds et les mains solidement attachées au moyen de lianes épineuses.

Un des sauvages, désigné par le chef, monte à côté d'elle; et avec une adresse prodigieuse la scalpe et jette sa chevelure au pied de la statue du manitou.

Toute ruisselante du sang qui inonde son visage et l'aveugle, la malheureuse créature sert alors de cible vivante à des guerriers qui, tour à tour, la criblent de flèches et de courts javelots lancés avec une extrême précision afin de ne pas amener la mort, car le coup de grâce sera donné par le chef qui, brandissant son tomahawk brisera le crâne de la patiente, mettant ainsi fin à sa longue et affreuse agonie.

Tel était le sort réservé à Thérèse.

Tel était le spectacle épouvantable auquel Lao-Paw et ses amis se réjouissaient à l'avance d'assister bientôt.

Tous les préparatifs avaient été menés en grande hâte. L'emplacement choisi se trouvait être assez près de la cabane de purification pour que la prisonnière put entendre abattre les arbres et dresser l'estrade.

Elle tendait l'oreille, indifférente au bruit et aux chants des travailleurs, et uniquement préoccupée de savoir si elle n'entendrait pas venir sa protectrice.

Kaïnara n'avait pas reparu pendant toute la journée que Thérèse avait passée dans des transes incessantes. Vingt fois elle s'était demandé si la femme de Rama-Dama pourrait tenir la promesse qu'elle lui avait faite en la quittant.

Puis elle reprenait courage, en se rappelant l'état d'exaltation de la jeune femme, son énergie, l'air de résolution dont son visage était empreint.

Thérèse avait passé la nuit à attendre, espérant que Kaïnara trouverait le moyen de venir pour la rassurer et lui faire part de son plan d'évasion. Nuit d'angoisse, pendant laquelle la malheureuse sentait sa raison prête à lui échapper.

Le matin ne mit pas un terme à ces angoisses, aux souffrances et aux terreurs de Thérèse, car elle ne vit pas davantage celle qu'elle attendait depuis la veille.

Les heures s'écoulaient avec une rapidité qui l'épouvantait.

— Plus qu'un jour, mon Dieu! ne cessait-elle de répéter dans son désespoir.

Tout à coup son cœur tressaillit et elle poussa une exclamation d'espérance. On pénétrait dans la cabane.

C'étaient, hélas! les deux matrones préposées à sa garde qui lui apportaient des mets préparés tout exprès pour elle, des gâteaux de maïs et du lait de chèvre dans des écuelles de bois.

Elles lui firent comprendre qu'elle devait manger et se retirèrent avec des marques de respect.

De nouveau Thérèse se trouva seule, en proie aux plus cruelles tortures de l'âme.

Au dehors, un grand mouvement se produisait; il semblait à Thérèse qu'une troupe nombreuse entourait la cabane; elle se demandait, saisie d'effroi, si l'on n'avait pas avancé l'heure du supplice et si tout ce monde assemblé ne venait pas la chercher pour la conduire à la mort.

Les matrones entrèrent de nouveau et lui firent signe de les suivre. Comme elle refusait d'obéir, les deux femmes la saisirent, chacune par un bras, et l'emmenèrent de force.

Elle vit alors un grand nombre d'individus, qui l'attendaient et et qui se mirent à entonner des chants qui ressemblaient à des cantiques.

Thérèse éprouva un tel saisissement qu'aussitôt tout son corps fut agité par un frisson. Elle ne s'était donc pas trompée, pensait-elle; c'était bien à la mort qu'on allait la mener; tout ce monde ne pouvait s'être assemblé que pour assister à ses derniers moment, se repaître les yeux de la vue de l'horrible spectable et couvrir de leurs cris de joie ses cris d'agonie.

Comment se dérober; quelle résistance opposer? Hélas! la malheureuse était bien obligée de s'avouer à elle-même que tout ce qu'elle pourrait tenter ne retarderait pas d'une minute l'exécution de la sentence, si le chef l'avait déjà prononcée contre elle.

Refusât-elle de marcher, on la traînerait, on la porterait; mais elle n'en subirait pas moins la peine à laquelle on l'aurait condamnée.

D'ailleurs, à ce moment où elle se croyait arrivée au dénouement que lui avait annoncé Kaïnara, elle se sentait prise de vertige.

Il semblait qu'au travers d'un voile, placé devant ses yeux, elle ne vit plus que vaguement, comme dans un songe.

Tout ce monde semblait tourbillonner : êtres surnaturels dans un paysage fantastique.

Bientôt l'infortunée n'eut plus conscience de la réalité. Elle obéissait machinalement, comme dominée par une volonté à laquelle elle ne pouvait opposer de résistance.

Thérèse était, à ce moment, en un état voisin de l'hallucination.

Et quand les deux matrones l'eurent entraînée à la place qu'elle devait occuper dans le cortège, elle se laissa conduire comme eut fait un enfant.

La troupe, assemblée pour la cérémonie, s'ébranla, aux sons des instruments et aux chants monotones des prêtres qui conduisaient la procession.

Thérèse marchait, le front incliné, les bras pendants, les mains jointes, comme une martyre résignée dont la pensée plane au-dessus des préoccupations d'ici-bas.

. Et cet état d'abattement, de somnolence extatique de l'âme, dura tout le temps que prit la procession pour arriver à l'endroit où l'on avait élevé l'estrade qui devait servir à l'immolation.

Tout à coup le voile de brume qui enveloppait le cerveau de Thérèse se dissipa. L'infortunée avait soudainement conscience de la réalité.

Elle voyait, elle entendait, et le spectacle qui s'offrait à ses yeux la glaçait d'épouvante.

Là, devant elle, ce bûcher orné de feuillages et de fleurs, et, à côté, l'image hideuse du dieu auquel on allait offrir sa vie en sacrifice.

Elle eut la vision de son supplice; elle se vit soulevée et jetée sur ce monceau de branches d'arbres, comme sur un bûcher. Un cri d'horreur s'étrangla dans sa gorge contractée par l'effet de l'affolement et de la terreur.

Mais les chants, les monotones psalmodies couvrirent ce cri étouffé. Tout ce monde avait les yeux fixés sur elle et leurs regards, dans lesquels l'infortunée lisait le sort affreux qu'on lui réservait, augmentait sa terreur et son désespoir.

C'était l'agonie d'un être plein de vie, l'agonie du condamné au pied de l'échafaud.

Dans son affolement, Thérèse eut la pensée de chercher parmi tous ces individus qui l'entouraient, cette Kaïnara qu'elle avait vainement attendue, cette Kaïnara en qui elle avait mis son suprême espoir et qui l'abandonnait.

Soudain, elle fit un mouvement pour se rejeter en arrière, comme à l'aspect d'une bête féroce.

Lao-Paw était là, à quelques pas, dardant sur elle des regards chargés de haine, tandis qu'une joie féroce éclatait sur son visage.

Il était là, devant elle, cet homme dont elle avait repoussé l'amour et bravé la colère. Il était là, attendant de prendre sa revanche.

Altéré de vengeance, il paraissait impatient de voir arriver le moment où il pourrait se délecter à la vue du sang de sa victime, tressaillir de joie aux cris que la douleur et l'épouvante arracheraient à celle qu'on allait faire périr sous ses yeux.

Alors la malheureuse se sentit perdue sans rémission possible, perdue, si elle ne se précipitait pas vers cet homme, si elle ne se jetait pas à ses genoux, si elle ne lui criait pas : « Je suis à toi, prends-moi ! »

Kaïnara ne lui avait-elle pas dit que c'était le seul moyen de conjurer le danger de mort?

— Eh bien !... mieux vaut mourir ! se dit-elle.

Tout à coup, Thérèse est, de nouveau, saisie par les bras. Ce sont les deux matrones qui la mènent devant le morceau de bois, au bout du quel grimace la face sculptée à l'emporte-pièce du manitou.

On la pousse, l'obligeant à se prosterner devant le fétiche, et l'infortunée, s'imaginant que c'est la dernière étape avant le supplice, passe en cette seconde par toutes les tortures, toutes les terreurs, jetant des cris de désespoir au milieu des sanglots qu'elle ne peut plus contenir.

Mais sanglots et cris cessent quand on la relève au bout de quelques instants et que la procession, interrompue, recommence.

Le cortège, qui s'est reformé, prend cette fois la direction de la cabane et Thérèse est, de nouveau, enfermée. C'est seulement alors que l'infortunée se rend compte de la cérémonie à laquelle on l'a obligée d'assister.

Mais elle sait à présent que ce n'est pour elle qu'un sursis de quelques heures.

Heures d'inénarrables tourments, de désespoir et de rage impuissante.

Et quand, épuisée, mourante, elle n'a plus de voix pour prier, plus de larmes à verser, l'infortunée reporte encore sa pensée vers cette Kaïnara qui l'abandonne.

Elle ne peut se faire à l'idée que celle qui a pleuré avec elle, qui a ranimé son courage, qui lui a promis qu'elle tenterait tout, oui, tout, pour la sauver, ait pu changer d'idée et se désintéresser de son sort !

Et, pendant que le temps marche, que les heures succèdent aux heures, elle attend, elle espère encore.

Le soir, les deux matrones, gardiennes impassibles et silencieuses, lui apportent sa part du festin de la mort.

Et ces deux femmes se retirent, laissant la malheureuse en proie aux plus effroyables déchirements.

Cette fois on l'enferme dans sa cabane comme dans une cellule de condamné à mort.

L'ouverture, par laquelle elle aurait pu au besoin communiquer avec ses gardiennes qui se tiennent dans une des deux pièces dont se compose la cabane, est maintenant bouchée au moyen d'un cuir de buffle, durci et ayant la résistance du fer.

C'est en vain à présent que, dans un moment de folie, elle chercherait à se précipiter sur ses gardiennes, à les renverser dans son élan et à tenter de sortir de sa prison.

C'en est fait! C'est la mort, la mort dont rien ne semble pouvoir plus la sauver.

. . . .

Au dehors, le tumulte est maintenant à son comble. Toute la tribu est en pleine réjouissance. On chante, on danse en l'honneur de la victime, jusqu'à ce que les derniers rayons du soleil couchant aient cessé de dorer les cîmes des grands arbres de la forêt.

Alors, c'est à la clarté sinistre de grands feux que, pour la tribu des Peaux-Rouges, continuera la série des réjouissances funèbres, par le grand festin de la mort.

A ce moment, les chants ont pris fin; la musique cesse aussi et, au délire des danses effrénées, succède le calme et le silence, pendant que chacun s'accroupit à la place qu'il devra occuper pour le festin.

Les groupes se sont formés par familles.

Rama-Dama et les siens en occupent le centre.

Un peu plus loin, Lao-Paw a choisi sa place au milieu de ses amis. C'est dans ce groupe que les libations se succèdent sans discontinuer.

Des jeunes filles versent, dans les coupes de bois et dans les calebasses peinturlurées, la boissson fermentée dont l'alcool donne l'ivresse.

Pendant les premières heures toute cette multitude s'est jetée sur les mets qu'on dévore avec avidité.

Mais ce n'est là que le commencement de l'orgie, qui se continuera jusqu'aux premiers rayons du jour qui doivent marquer l'heure du sacrifice humain auquel ce festin est destiné à servir de prologue.

Kaïnara s'est levée; elle se mêle aux jeunes filles qui ne cessent de verser l'alcool à pleines coupes.

Rama-Dama parle à ses guerriers des hauts faits de leurs ançêtres. Il boit à la mémoire des Grands Chefs, dont il est chargé de continuer les traditions.

L'orgie ne tardera pas à battre son plein.

Déjà les têtes s'échauffent, les cerveaux s'exaltent et cent voix, s'adressant au chef, réclament la mort de la captive blanche.

C'est le moment que choisit Lao-Paw pour exprimer sa colère et laisser éclater la haine qu'il éprouve pour la fille des « Visages-Pâles ».

Il parle du bonheur qu'il ressentira à assouvir sa vengeance et réclame, comme une faveur qu'on ne peut lui refuser dit-il, de faire fonction de bourreau.

Et se levant, il se met à exécuter la danse des guerriers qui s'apprêtent à scalper les prisonniers qu'ils ont faits pendant le combat.

Kaïnara a tressailli à ce spectacle qui la fait trembler pour les jours de la pauvre captive.

Mais la courageuse femme de Rama-Dama a surmonté cette impression.

Comme les autres elle applaudit à cette horrible pantomime.

Elle mêle sa voix aux voix qui acclament le sinistre acteur de cette scène effrayante.

Même, elle s'est levée et saisissant le vase à deux anses qui contient la liqueur fermentée faite de maïs, de suc d'érable et d'alcool, elle va emplir la calebasse de Lao-Paw.

Elle a maintenant des sourires pour celui dont elle a refusé de devenir l'épouse.

Elle l'excite à boire et il semble qu'elle-même éprouve déjà les premières atteintes de l'ivresse, car c'est avec des frissonnements lascifs qu'elle s'approche de Lao-Paw pour lui verser l'alcool.

Le tumulte sans cesse grossissant est arrivé à son comble.

A la pantomime que vient d'exécuter Lao-Paw ont succédé d'autres scènes. Les chants reprennent par intervalles.

C'est le moment où la fête de la mort arrive à son apogée de délire et de folie.

Tandis que les anciens continuent de faire de copieuses libations, les jeunes gens des deux sexes s'unissent par les mains pour une danse effrénée qui ne cessera que lorsque les danseurs auront roulé sur le sol, épuisés de fatigue et abattus par l'ivresse.

Cette danse est une sorte de sarabande dont la mesure lente au début devient de plus en plus rapide et se termine par une course folle à travers le bois.

La longue ligne formée par les danseurs se déroule avec mille ondulations, coutournant les troncs d'arbres, formant des dessins bizarres.

...Kaïnara l'a transpercé du javelot, au moment où il allait donner l'alarme. (P. 340.)

A la clarté blafarde projetée par les feux qui à présent commencent à perdre leur intensité et vont bientôt tomber tout d'un coup faute d'aliment, on dirait, à voir tous ces corps qui semblent se poursuivre dans le clair-obscur des sous-bois, une bande de faunes et de dryades cherchant les solitudes mystérieuses dans les profondeurs de la futaie.

.   .   .   .

Thérèse avait passé ces terribles heures de nuit, dans l'obscurité de cette étroite cellule où elle devait attendre l'heure suprême.

Quand le bruit de l'orgie arrivait à ses oreilles, à travers l'espace, la malheureuse créature avait d'effroyables convulsions de désespoir.

Dans ces moments de délire furieux, elle se jetait, les bras en avant, contre la porte de cuir qui bouchait l'entrée de la cabane.

Efforts impuissants qui ne faisaient qu'augmenter sa douleur et dans lesquels elle épuisait ses forces et usait son énergie.

Elle les renouvelait, ces efforts, avec l'acharnement que met le malheureux atteint de démence à se ruer sur la porte du cabanon.

Elle criait, elle appelait, elle implorait tour à tour, jusqu'à ce que sa voix s'éteignit dans sa gorge, jusqu'à ce que le souffle vint expirer gémissant, sur ses lèvres.

Et pendant les anéantissements qui suivaient ces violents accès contre lesquels elle s'efforçait de réagir, Thérèse percevait les bruits du dehors qui la rappelaient à l'horreur de sa situation.

Ces chants, cette musique accompagnant les danses folles, ces voix qui clamaient, étaient pour elle autant de présages de sa mort prochaine.

Ces gens assemblés pour les réjouissances et l'orgie, autant de gardiens qui veillaient à ce que leur proie ne pût leur échapper; autant de furieux qui se précipiteraient à sa poursuite, si par miracle elle réussissait à forcer la porte de sa cellule.

C'était donc bien décidément la fin, pensait-elle, dans son délire, et toutes les espérances qu'elle avait conçues étaient venues s'évanouir dans cette cabane d'où il lui était impossible de sortir.

Tout à coup, la porte de cuir s'ouvrit, et avant que Thérèse eut eu le temps de se lever, une main s'appuyait sur son épaule et une voix prononçait ce mot :

— Viens!

Thérèse se releva d'un bond, elle avait reconnu la voix.

Kaïnara était là, devant elle, répétant :

— Viens!... Viens!...

— Ah! c'est Dieu qui vous envoie! s'exclama Thérèse. Partons, partons tout de suite!

Elle s'élançait, folle d'émotion ; Kaïnara la saisit par le bras pour lui montrer les deux matrones couchées par terre et dormant d'un profond sommeil.

Ces femmes avaient eu leur part de l'orgie, et c'était Kaïnara qui leur avait apporté de l'alcool pour les enivrer.

— Regarde !... Regarde ! répéta la femme de Rama-Dama lorsqu'elle eut fait franchir à Thérèse le seuil de la cabane de purification...

La pâle clarté du petit jour éclairait un tableau saisissant.

Tout autour de la cabane, dans le bois, devant les huttes, partout, gisaient des corps qui paraissaient inanimés. Ce pêle-mêle d'individus que le sommeil avait surpris dans les poses et les contorsions des corps que l'ivresse a saisis et foudroyés, donnait l'impression d'un champ de bataille couvert de morts.

Il fallait prendre de grandes précautions pour éviter de heurter ces corps.

Kaïnara avait pris Thérèse par la main afin de la guider dans cette marche au milieu de la tribu endormie.

Toutes deux s'arrêtaient à chaque instant, craignant de réveiller quelqu'un de ces individus qu'en passant elles avaient frôlé du pied.

A chacune de ces haltes, Thérèse était secouée par un frisson ; saisie de terreur, elle s'appuyait instinctivement sur Kaïnara également tremblante d'effroi et dont le cœur battait avec violence.

C'était sa vie qu'elle jouait pour sauver celle de la captive. Au moindre bruit qui réveillerait l'un des Peaux-Rouges l'une et l'autre courraient le même danger. Si quelqu'un de ces hommes se dressait tout à coup devant elles, toutes deux étaient perdues et subiraient le même sort.

Et il leur fallait, dans ces conditions, traverser une partie du camp avant d'avoir atteint l'endroit où Kaïnara voulait conduire la fugitive, afin de continuer l'exécution du plan qu'elle avait combiné pendant les deux jours qui venaient de s'écouler.

Elles avaient déjà passé entre plusieurs groupes de dormeurs, quand Kaïnara posa une main sur le bras de Thérèse.

De l'autre main elle lui indiquait plusieurs hommes couchés à côté les uns des autres.

Parmi eux se trouvait Lao-Paw.

Thérèse eut un haut-le-corps pour se rejeter en arrière. Mais brusquement Kaïnara l'obligea de ne plus bouger.

Il lui avait semblé qu'un des dormeurs venait de faire un mouvement.

Prompte à prendre une résolution d'une effrayante énergie, la femme de Rama-Dama se baissa et vivement s'empara d'un des javelots jetés sur le sol.

Et se redressant elle attendit, frémissante, prête à se servir de l'arme.

A ce moment l'Indien qu'elle craignait de voir se réveiller ouvrit les yeux tout grands. Mais avant qu'il n'ait eu le temps de pousser un cri, Kaïnara l'a transpercé du javelot, au moment où il allait donner l'alarme.

L'Indien a poussé un sourd gémissement puis est resté immobile comme si la mort eut été instantanée, foudroyante.

Folle de terreur, Thérèse s'est précipitée pour ne plus voir ce corps couvert du sang qui s'échappe de la blessure. Elle va fuir oubliant toute prudence, quand Kaïnara la rejoint et l'entraîne loin de ce groupe, loin de Lao-Paw qui, en quelques bonds, pourrait les atteindre, si le malheur voulait qu'il se réveillât.

Jamais fuite ne présenta plus de danger; jamais évasion n'eut moins de chance de succès.

Mais Kaïnara n'avait pas vu d'autre issue pour sauver la captive et elle n'avait pas hésité à la tenter.

Il lui avait fallu attendre, au milieu de transes mortelles, que l'ivresse eut raison des membres de la tribu, et elle avait craint que le jour ne parut avant qu'elle n'ait pu réaliser son projet.

Lao-Paw avait été le dernier à s'endormir et elle tremblait que cet homme robuste ne résistât à l'effet de l'alcool qu'elle avait additionné de suc de plantes soporifiques.

Et maintenant elle redoutait de perdre dans cette marche difficultueuse un temps précieux.

— Viens !... Viens !... répétait-elle à la fugitive dont l'effroi qu'elle subissait paralysait les mouvements.

Et Thérèse faisait un nouvel effort pour avancer.

C'est ainsi, qu'après avoir passé par d'inénarrables émotions, les deux fugitives arrivèrent à l'endroit où Kaïnara avait à l'avance tout préparé pour l'évasion.

Là se trouvait une vaste hutte abritant les deux chevaux du chef, deux animaux pleins de feu et qui servaient de montures à Rama-Dama et à Kaïnara lorsque la tribu était en marche pour parcourir de longues distances.

Une des deux bêtes était harnachée et avait sur la croupe la selle en fourrure moelleuse avec étriers en bois, qui servait à Kaïnara.

A ce moment où elle pouvait se rendre compte de l'immense

dévouement de celle qui avait tout risqué pour la sauver, Thérèse se sentit remuée jusqu'au fond des entrailles.

— Comment vous remercier? balbutia-t-elle avec une émotion qui étouffait sa voix.

O Kaïnara, ô Marie Darnis, pourquoi ne pas m'accompagner dans ma fuite, pourquoi ne pas vous soustraire à cette existence.

La jeune femme l'interrompit.

— Kaïnara est mère! dit-elle.

— Que le Seigneur vous rende ce que vous faites pour moi!... Qu'il vous bénisse, vous et ceux que vous aimez et qui vous retiennent ici!... Adieu, adieu, Marie Darnis, adieu!... adieu!

Et dans un transport de reconnaissance Thérèse se jeta au cou de la femme de Rama-Dama et l'étreignit, en pleurant, sur son cœur.

Kaïnara dut s'arracher à cette étreinte.

— Pars!... pars! prononça-t-elle d'un ton qui dénotait l'inquiétude.

Elle soutint Thérèse, afin qu'elle put se hisser sur le cheval et elle lui indiqua la façon de se tenir en selle et de se servir des étriers.

Puis elle prit le cheval par la bride pour le mener jusqu'à la lisière du bois.

Là elle indiqua à la fugitive le chemin qui conduisait aux Montagnes-Rocheuses, puis étendant le bras :

— Va! dit-elle... Kaïnara n'oubliera pas!...

— Adieu!... adieu! répondit Thérèse au moment où le cheval, dont elle avait lâché la bride, partait à fond de train.

. . . .

Kaïnara jeta un dernier regard vers la fugitive à qui elle avait pu, grâce à son énergie, rendre la liberté.

Et elle aussi murmura dans un soupir étouffé :

— Adieu!... adieu!...

CHAPITRE XVI

LA POURSUITE

L'homme que Kaïnara croyait avoir tué n'était pas mort sur le coup.

Après être resté assez longtemps en état de syncope, il avait recouvré ses sens.

Dans son agonie il était parvenu à arracher de sa poitrine l'arme dont on l'avait transpercé.

Il faisait de violents efforts pour se redresser et poussait des gémissements et des cris qui réveillèrent Lao-Paw.

A la vue de son ami qui, tout couvert de sang, tendait les bras vers lui, il se précipita pour lui porter secours ; il le pressait de questions, mais le moribond ne pouvait plus parler ; des flots de sang s'échappaient de sa bouche.

Il ne put qu'étendre le bras pour attirer l'attention de Lao-Paw sur la cabane de purification.

Entre deux gorgées de sang rejetées, il balbutia dans un souffle expirant le nom de Kaïnara.

Lao-Paw le soutenait pour le maintenir sur son séant ; l'agonisant se tourna avec effort et parvint à lever le bras pour indiquer le chemin qu'avait suivi la femme du chef.

Puis il retomba : il venait de rendre le dernier soupir.

Alors sans prendre le temps de jeter l'alarme, Lao-Paw s'était rendu à la cabane, et après avoir constaté la disparition de la captive, il s'élança comme un tigre à la recherche de la fugitive, courant dans la direction qu'on lui avait indiquée.

Un cri de rage déchira sa poitrine quand il vit que le cheval de Rama-Dama avait disparu.

Sautant alors sur l'autre bête, avec la légèreté et la souplesse d'un cavalier consommé, il la lança au galop dans le sentier qu'avait dû forcément suivre, pensait-il, la fugitive pour gagner la lisière de la forêt.

Dans sa fureur à activer l'allure du cheval, Lao-Paw laissait des lambeaux de sa chair aux épines des buissons, et les branches basses le cinglaient avec violence.

Mais il n'en continuait pas moins à presser des genoux et des talons les flancs de la vaillante bête qui, poussant des hennissements de douleur, passait comme un cheval fantôme entre les arbres.

Quand il fut arrivé ainsi au bout du sentier, Lao-Paw parcourut du regard la plaine qui s'étendait devant lui et aperçut la fugitive, rapidement emportée par le cheval de Rama-Dama.

Il fallait rattraper l'avance que le fougueux animal avait prise et, sans donner à sa monture le temps de souffler, Lao-Paw la remit au galop, l'excitant de la voix, couché sur le garrot, afin de diminuer le poids de son corps.

La poursuite commençait, poursuite effrénée, pour laquelle il semblait que les deux animaux rivalisassent d'ardeur avec ceux qui les montaient, à en juger par leurs hennissements répétés, comme en échangent les chevaux sauvages qui s'excitent à la course et se provoquent à la lutte à outrance.

Du même sang, également vites et tous deux fortifiés par un long repos, ils pouvaient fournir une longue course, sans que ni l'un ni l'autre parvienne à obtenir un avantage sérieux.

Le cheval de Rama-Dama conservait son avance, en dépit des efforts de Lao-Paw pour enlever sa bête.

Il semblait que l'animal que montait la fugitive, ne sentant pas la main, en se retrouvant dans la plaine et foulant l'herbe des pâturages où il était né, eut galopé en animal domestiqué qui a reconquis sa liberté.

Il dévorait l'espace sans que Thérèse eut, un seul instant, songé à précipiter son allure, en l'attaquant, soit par la bride, soit par les talons.

Lao-Paw, au contraire, ne cessait de demander à son cheval de nouveaux et plus vigoureux efforts. Et grâce à son énergie et à sa façon de monter en cavalier habitué à faire la chasse aux chevaux sauvages, il avait fini par faire rendre à sa monture tout ce qu'elle pouvait donner.

La bête affolée gagnait maintenant du terrain à chaque foulée.

Lao-Paw pouvait se croire désormais certain de reprendre la fugitive; et dans la joie du triomphe, il poussait des cris terribles, avec l'intention de terrifier la jeune fille et de lui faire perdre les arçons.

Jusque là, en effet, Thérèse avait pensé que les Peaux-Rouges de Rama-Dama ne s'étaient pas mis à sa poursuite et elle se fiait sur la vitesse de son cheval pour la mettre bientôt hors de danger.

Les cris qui lui arrivaient à travers l'espace vinrent tout à coup l'épouvanter.

Elle se retourna, et en se voyant sur le point d'être serrée de près par le cavalier qui lui donnait la chasse, elle fit appel à tout ce qu'elle avait d'énergie.

A son tour elle cherchait à pousser son cheval.

Aux cris de Lao-Paw elle répondit par des cris de terreur qui affolèrent sa monture.

Alors cette jeune fille qui n'ayant jamais monté à cheval se trouvait dans la nécessité de faire prendre à l'animal l'allure la plus rapide, lâcha la bride, se cramponna des deux mains à la crinière, et instinctivement se coucha sur le cou du cheval afin de ne pas perdre l'équilibre.

Dans cette position, elle continuait à frapper de vigoureux coups de talon les flancs du fougueux coursier qui bondissait à ces attaques incessantes.

Tous les efforts de Lao-Paw ne réussirent qu'à lui faire garder le terrain que l'animal qu'il harcelait avait pu gagner dans un redoublement de vitesse.

Les deux chevaux conservaient maintenant leur distance, sans avantage appréciable ni pour l'un, ni pour l'autre.

Et cette poursuite continua dans les mêmes conditions jusqu'à ce que les deux bêtes, couvertes d'écume et soufflant avec violence, les poumons épuisés et les jarrets tremblants, ralentirent l'un et l'autre leur allure, malgré les vigoureuses attaques dont on ne cessait de les accabler.

On avait traversé, dans toute sa largeur, une plaine immense, bordée au fond par un rideau d'arbres.

Plus loin, on se retrouvait encore en plaine, après avoir traversé une partie de bois qui s'avançait en promontoire dans un océan de hautes herbes.

Mais à présent, le sol était coupé de distance en distance de petits cours d'eau que les chevaux étaient obligés de franchir.

A chacun de ces obstacles qui retardaient la poursuite, Lao-Paw poussait des cris de rage et sa fureur débordait en terrifiantes menaces.

Dans sa précipitation à se mettre à la poursuite de la fugitive, il n'avait pas songé à prendre son javelot. Il n'avait comme armes que le couteau à scalper et le tomahawk passés à sa ceinture.

Thérèse poussa un cri déchirant en voyant l'arme prête à retomber sur elle et à lui broyer le crâne. (P. 347.)

C'est grâce à cela que Thérèse avait pu continuer de fuir, étant donnée l'impossibilité où se trouvait Lao-Paw d'abattre le cheval d'un coup de javelot.

Mais quel allait être le dénouement de ce drame rapide où le sort de la fugitive dépendait uniquement de la vitesse et de l'endurance d'un cheval déjà à moitié épuisé.

44. — SEULE!   44.

Thérèse aurait-elle, d'autre part, la force de supporter plus long-temps l'excessive fatigue qu'elle subissait; n'allait-elle pas peut-être perdre l'équilibre en franchissant un obstacle, et redevenir ainsi prisonnière de l'indien?

Ramenée en captivité dans la tribu que son évasion avait mise en émoi, on lui ferait subir le terrible supplice dont elle avait vu les effrayants apprêts.

Et cette fois Kaïnara ne pourrait plus rien; qui sait même si la malheureuse femme, convaincue d'avoir préparé et facilité l'évasion, ne serait pas, elle aussi, condamnée et immolée avec elle?

Ces réflexions passaient dans l'esprit de la fugitive comme autant d'éclairs qui enflammaient son cerveau, relevaient son courage et avivaient son énergie.

C'était pour elle une chance de salut si elle parvenait à échapper au cavalier lancé à sa poursuite, la mort certaine si son cheval était rattrapé.

Aussi redoubla-t-elle d'efforts pour essayer d'exciter l'ardeur de la pauvre bête dont, elle s'en apercevait avec terreur, les forces diminuaient rapidement.

Thérèse affolée se redressa sur la selle, et d'un mouvement rapide se retourna pour voir s'il lui restait quelque chance de conserver l'avance sur le cavalier qui la poursuivait.

Un cri de terreur s'arracha de sa poitrine. Elle avait reconnu Lao-Paw.

Il n'était plus qu'à une courte distance et continuait à enlever son cheval avec fureur.

Et pendant qu'il réussissait à affoler l'animal, Thérèse perdait la tête et, saisie de vertige, se cramponnait désespérément à la crinière de sa monture qui continuait à baisser de pied.

Il n'y avait désormais plus de lutte possible entre les deux montures également rendues, mais dont l'une seule était menée par une main vigoureuse.

Le moment était proche où le cavalier serait arrivé à hauteur de la fugitive et pourrait la saisir.

Deux longueurs séparaient encore les deux chevaux; il suffisait d'un effort, d'une poussée de quelques secondes, pour les regagner.

Lao-Paw avait arraché de sa ceinture le couteau à scalper et s'en servait pour labourer les flancs du cheval.

La douleur fit faire à l'animal deux bonds formidables qui le portèrent à l'encolure de l'autre.

Lao-Paw avait saisi son tomahawk.

Il le brandit au-dessus de la tête de la fugitive.

Thérèse poussa un cri déchirant en voyant l'arme prête à retomber sur elle et à lui broyer le crâne.

A ce moment une détonation d'arme à feu éclata. Lao-Paw laissait échapper le tomahawk et portait les mains à sa poitrine ensanglantée.

Puis presqu'aussitôt il roulait à bas de son cheval.

Au bruit de la détonation, le cheval que montait Thérèse s'était arrêté court, tandis que, débarrassée de son terrible cavalier, l'autre bête, affolée, toute couverte d'écume et de sang, faisait un écart et repartait au grand galop.

La fugitive avait été providentiellement sauvée de la mort au moment même où le tomahawk de l'Indien allait lui broyer la tête.

Lao-Paw gisait sous ses yeux, la poitrine percée d'une balle, et râlant son dernier souffle.

Le moribond était secoué par une dernière convulsion, puis, tout à coup, le corps restait sans mouvement.

Lao-Paw était mort.

Instinctivement, Thérèse avait repris les rênes et pressé de ses talons le flanc du cheval. L'animal se défendait, refusait d'obéir, soufflant et hennissant avec force, la croupe frémissante, les naseaux en feu.

En vain, Thérèse s'efforçait-elle de lui faire reprendre sa course interrompue, la bête se dressait sur ses jarrets tremblants, frappant avec fureur la terre de ses sabots et avec l'instinct de ses congénères qui flairent le danger et se mettent en garde contre les attaques soudaines, le noble animal mit les naseaux au vent et dressa les oreilles.

A quelques pas de lui, l'herbe avait ondulé comme si un corps eut rampé dedans. Thérèse tressaillit : reptile ou sauvage, bête ou être humain, c'était, pensait-elle avec effroi, un ennemi qui allait se présenter, un ennemi contre lequel elle ne pourrait se défendre ni éviter par une fuite précipitée.

Mais elle n'eut pas le temps d'essayer de tourner bride pour se dérober à l'attaque qu'elle redoutait.

Du milieu de l'herbe se dressait un homme dont la vue lui fit pousser une exclamation de surprise.

Au lieu d'un sauvage ou d'un animal dont la vue l'eut terrifiée, elle avait devant elle un homme d'une autre race que celle des Peaux-Rouges à en juger par son visage qui, bien que fortement basané n'avait pas le caractère ni les tatouages qui distinguent la physionomie des Indiens.

En outre, l'individu qu'elle avait devant les yeux était couvert de vêtements à l'Européenne.

En la voyant, l'homme leva son fusil, l'agitant en l'air, comme le chasseur heureux qui vient de voir tomber la pièce qu'il a tirée.

Thérèse tremblait de tous ses membres, ne pouvant se remettre de l'émotion et de la terreur qu'elle venait d'éprouver.

Sous l'empire de cette insurmontable épouvante, elle regardait avec effarement celui qui s'avançait vers elle et qui lui criait :

— Il était temps!...

Le cheval piaffait et se cabrait, effrayé par cette apparition.

Vivement, l'homme le saisit par les naseaux, en disant à la jeune fille qu'il voyait se cramponner à la crinière, de peur de perdre l'équilibre.

— N'ayez pas peur, je le tiens ; il ne bougera plus.

Il ajouta, caressant l'encolure de l'animal dont il avait eu si promptement raison :

— Ça me connaît ! à présent, il sera doux comme un vrai mouton.

C'est seulement alors que l'Européen se mit à dévisager celle qu'il avait devant lui.

La jeunesse et la beauté de Thérèse lui arrachèrent une exclamation de surprise et d'admiration.

— Une Européenne !... Comment vous trouvez-vous ici ?... Ma belle demoiselle ?... Que vous est-il arrivé et pourquoi ce coquin de sauvage vous donnait-il la chasse, si bien qu'il vous aurait tuée, si je ne m'étais pas trouvé là, à bonne portée pour ne pas le manquer ?

Thérèse subissant la réaction d'une terreur folle, était maintenant comme anéantie, sans voix et n'ayant plus guère conscience de la réalité.

Aux questions dont on la pressait, elle ne répondait que par des monosyllabes incohérentes.

— Ne vous troublez pas comme ça, lui dit son sauveur ; ne tremblez pas, mademoiselle, il n'y a plus de danger.

Il ajouta, après avoir jeté un regard sur le cadavre à moitié enseveli dans l'herbe :

— C'est bien ce que je pensais : il a son affaire !...

Et, se tournant vers Thérèse :

— Vous n'avez plus rien à craindre de votre ennemi, je vous le répète !

Puis, s'interrompant :

— Après tout, je vous parle et peut-être bien que vous ne comprenez pas ce que je dis ?

— Je vous comprends ! articula Thérèse d'une voix faible.

L'homme eut un cri de surprise et de joie.

— Vous comprenez ma langue à moi, la superbe langue que l'on parle chez nous,... dans notre belle France. Ah ! sapristi, je suis encore plus content de vous avoir sauvée !

Il avait des éclairs de bonheur dans les yeux et la joie la plus vive éclatait sur son visage.

Et c'est avec émotion qu'il s'informa :

— Vous êtes Française, une vraie Française, alors ?

— Oui ! répondit la jeune fille.

— Ah ! tant mieux !... Ça me fait un rude plaisir de trouver, ici, une compatriote.

Mais après avoir manifesté sa satisfaction, le sauveur de Thérèse se reprenait à la regarder avec ébahissement.

Il se demandait comment une jeune fille de cet âge se trouvait ainsi seule dans ce pays lointain.

Tout ce qu'il avait vu du drame rapide, dont il avait, si heureusement pour la jeune fille, changé le dénouement, dépassait son imagination.

Il restait là, bouche bée, les yeux écarquillés, absolument frappé de stupeur.

Mais déjà Thérèse commençait à se remettre du saisissement qui paralysait sa mémoire et, pendant quelques instants, lui avait enlevé jusqu'à l'usage de la parole.

Maintenant, elle se rendait compte de la façon providentielle dont elle venait d'échapper à la mort.

Elle porta les mains à son cœur pour en comprimer les battements ; son visage perdait peu à peu son expression d'effarement pour exprimer la reconnaissance qui emplissait son âme.

Elle passa la main sur ses yeux, comme pour chasser une horrible vision ; et elle supplia d'une voix pleine d'anxiété :

— Ne m'abandonnez pas, monsieur ; par pitié, ne m'abandonnez pas !

— Vous abandonner?... Vous à qui j'ai eu la chance de rendre le service de vous débarrasser de cette canaille d'Indien qui allait...

Il s'interrompit voyant la terreur que produisait sur la jeune fille le souvenir du terrible danger qu'elle avait couru.

— Allons, c'est bon, reprit-il aussitôt, nous n'en parlerons plus.

— Merci!... merci!... balbutiait Thérèse que chacune des paroles de son sauveur rassurait davantage.

— Seulement, reprit le Français d'un air embarassé, j'aurais quelque chose à vous demander : c'est de ne plus me remercier tant que ça. Une fois, c'était tout ce qu'il fallait...

Et puis, autre chose : il n'est pas nécessaire de continuer de pleurer comme vous avez fait tout à l'heure, quand vous me disiez de ne pas vous abandonner!... Je n'ai qu'une parole, voyez-vous ; et si vous me connaissiez, vous sauriez que lorsqu'une fois je l'ai donnée, je ne la reprends jamais!... V'là qui est donc entendu, pas vrai?

Je ne sais pas, continua-t-il, ce que vous êtes venue faire dans ce pays où il pousse des sauvages, comme des champignons dans les bois de chez nous ; ni où vous allez, ni qui vous êtes ; mais suffit que vous soyez femme et Française, pour que je me mette à votre service.

Et, s'animant :

— Vous abandonner, mais ça serait une lâcheté ; mais il faudrait pour ça que je n'aie pas de sang dans les veines, — pas une goutte, entendez-vous ça, mademoiselle !

Thérèse écoutait avec émotion, avec bonheur, cette voix qui ranimait en elle un souffle d'espérance.

Et pendant qu'on l'assurait d'une assistance et d'une protection qu'elle n'avait plus espéré rencontrer, la pauvre enfant s'écria :

— Oh! maintenant, j'aurai de la force,... j'aurai de l'énergie!...

— Faut conserver tout ça, prononça l'inconnu...

Et, pour commencer, ajouta-t-il d'un ton délibéré, nous n'allons pas rester ici...

— Oh! non, non, pas ici ; approuva Thérèse en détournant la tête de peur d'apercevoir le cadavre de Lao-Paw. Partons, monsieur ; conduisez-moi où vous voudrez, mais éloignons-nous de cet endroit... de grâce, ne restons pas ici!...

— C'est dit ; nous allons partir tout de suite.

Le brave homme avait pris le cheval par la bride et le forçait à avancer malgré une nouvelle tentative de résistance de l'animal.

Mais, ajouta-t-il, nous ne pourrons pas aller bien loin, je vous en avertis.

Thérèse eut un mouvement d'inquiétude.

— J'ai hâte de me remettre en route ; j'ai perdu beaucoup de temps ; hélas !... A présent, il faut le rattraper, ce temps, je ne puis interrompre le voyage que j'ai entrepris.

L'homme hocha la tête en disant :

— Je comprends tout ça, et nous causerons de ce voyage, plus tard, si vous le voulez bien... Mais, pour le moment, il y a quelque chose qui presse plus que tout le reste... Je vous parle dans votre intérêt, voyez-vous, parce que depuis que je cours un peu partout, dans toutes les directions, en haut et en bas et à droite et à gauche, je commence à le bien connaître, ce maudit pays où nous sommes.

Il y aurait de quoi marcher des mois et des mois si on voulait le parcourir en entier ; et, quand, tout à l'heure, je vous ai vue reprendre votre courage et votre énergie, je me disais en moi-même que vous aviez joliment raison ! Et moi qui ai de l'expérience, je vous demande la permission de vous donner les conseils que je croirai bons...

— Et je les suivrai ; interrompit vivement Thérèse. Oui, je vous obéirai, monsieur, puisque vous voulez bien vous intéresser à moi...

Elle ajouta :

— Est-ce que je ne vous dois pas de vivre en ce moment !...

— C'est bon !... C'est bon ! En v'là assez sur ce chapitre-là ! grommela ce singulier individu qui ne voulait absolument pas qu'on lui adressât de remerciements, pour une action qu'il considérait comme toute naturelle.

Pour lors, puisque nous voilà d'accord sur tout, halte ! fit l'inconnu en arrêtant brusquement le cheval.

On était arrivé au bord d'un étroit ruisseau qui serpentait au milieu des hautes herbes.

— Nous allons nous arrêter ici ! dit le compagnon improvisé de Thérèse, afin de nous reposer, vous d'abord ; et aussi pour laisser cette pauvre bête prendre un bon moment de repos, manger de l'herbe fraîche et boire à ce ruisseau, mais tout ça après que je l'aurai bien bouchonné, car elle sue sang et eau, comme on dit, la pauvre bête ?

Il passa le plat de la main sur l'encolure du cheval, afin d'en faire couler l'écume qui la marbrait de larges plaques fumantes.

— Si vous avez un long trajet à faire, dit-il à Thérèse qui n'avait qu'à regret consenti à s'arrêter, il faut absolument que l'on ménage ce cheval. Et pendant que je vais m'occuper de lui, vous allez vous reposer un brin, à cette place, là !...

Il aida Thérèse à descendre de cheval et il la porta sur le bord du ruisseau à un endroit où l'herbe avait été récemment foulée.

— Tenez, dit-il, vous ne serez pas trop mal là-dessus. C'est la place où je m'étais assis pour faire un bout de sieste comme on dit dans ce pays, quand j'ai entendu des cris... C'était ce diable d'Indien qui hurlait comme un chacal. Quand je me suis redressé sur les genoux et que j'ai pu voir le tableau, j'ai vite pris mon fusil et je me suis traîné à quatre pattes, pour me trouver sur votre passage...

Ça n'a pas manqué !... Mais il n'était que temps...

Lorsque Thérèse se fut assise, son compagnon prit une poignée d'herbes et se mit à bouchonner le cheval, tout en parlant.

— C'est tout de même une chose qui n'est pas ordinaire, mademoiselle, que de se rencontrer comme ça, deux compatriotes, dans ces pays de sauvages, au milieu de cette plaine; pas ordinaire du tout, répéta-t-il. Et moi qui ai vu tant de choses, depuis que je voyage, je suis encore à me demander si c'est bien Dieu possible qu'au lieu du gibier que j'attendais, j'aie tiré ce grand diable d'Indien...

Et il n'était que temps;... répéta-t-il encore. Une seconde de plus et... pauvre demoiselle, je n'aurais pu que vous venger !... Sans compter que, pour la première fois de ma vie, ma main tremblait et il me semblait que je n'y voyais pas clair. Et quand le coup est parti... je vous réponds, que j'ai senti quelque chose comme si tout dégringolait dans ma poitrine.

Mais ne parlons plus de ça, puisque tout a bien fini pour vous !

Pendant qu'il parlait, Thérèse le regardait attentivement.

Pour la première fois depuis qu'il s'était précipité à son secours, elle se demandait à quel homme elle avait affaire.

Son sauveur qui lui avait parlé, avec tant de simplicité et de naturel, se dérobant aux témoignages de reconnaissance, lui avait donné confiance.

La pensée ne lui était pas venue, un seul instant, que ce pût être un aventurier courant le pays.

Tout de suite, elle l'avait supplié de ne pas l'abandonner, sans réfléchir qu'un voyageur ne se détournerait pas de sa route, pour lui servir de compagnon et de guide.

Alors, il prit le cheval par la bride... (P. 360.)

Elle n'avait éprouvé aucune de ces craintes instinctives dont une autre n'eut pu se défendre.

Et, pourtant, l'aspect de l'inconnu n'avait rien qui put, à première vue, lui attirer une entière confiance.

C'était un homme encore jeune, portant sur sa physionomie les traces qu'y impriment d'ordinaire, les fatigues et les privations de la vie errante.

Sou bonnet de laine rouge, dont l'usure avait effacé la couleur primitive, couvrait une abondante chevelure inculte, à ce qu'on en pouvait juger par les mèches qui pendaient de chaque côté du visage et de la nuque.

Ses joues et son menton disparaissaient sous une barbe épaisse et crépue.

Seuls, dans cette physionomie plutôt sombre, les yeux avaient un éclat particulier, dénotant une volonté énergique et une inébranlable résolution.

Le costume que portait cet homme était un pittoresque assemblage de hardes disparates qu'on eut dit avoir été achetées à l'étalage d'un fripier.

Qu'on se figure une carmagnole de bure râpée, recouvrant un tricot à rayures jadis bleues, comme en portent les matelots.

Autour du cou, une cravate à bouts flottants.

Le pantalon était de grosse toile à raies rouges et bleues alternées dans la longueur; le bas des jambes disparaissait dans des demi-bottes aux tiges fendues formant entonnoir.

Le singulier personnage, dont nous esquissons à grands traits la physionomie et le costume, portait en bandoulière, à droite, un sac regorgeant d'ustensiles, à gauche, une gourde avec un bouchon de liège.

Un havre-sac, sanglé sur le dos, complétait cet étrange accoutrement peu fait pour prévenir en faveur de celui qui en était affublé.

On sait que notre personnage était armé d'un fusil, ce qui n'était pas non plus pour rassurer ceux qui pouvaient le rencontrer, à l'improviste, au détour d'un sentier dans une forêt, ou encore étendu dans les grandes herbes, comme un malfaiteur attendant quelque voyageur à surprendre et à détrousser.

Tel était l'individu qui s'était trouvé miraculeusement au milieu de la plaine dans laquelle Lao-Paw s'était lancé à la poursuite de notre héroïne.

. . . .

Après avoir consciencieusement donné au cheval tous les soins que réclamait son état de fatigue, l'homme mena l'animal boire au ruisseau, puis il le laissa manger, en liberté, après lui avoir toutefois entravé une jambe de devant, au moyen d'une corde qu'il portait, enroulée autour de la taille, en guise de ceinture.

Thérèse l'avait regardé avec attention pendant qu'il était occupé à ces différentes besognes.

En le voyant traiter le cheval avec une bienveillante sollicitude, elle sentit s'évanouir en elle jusqu'au dernier vestige d'inquiétude.

Elle craignait même, à présent, que celui qui venait de lui sauver si courageusement la vie, refusât de l'accompagner longtemps encore.

Obligée de se conformer au désir de son sauveur et de prendre un peu de repos avant de se remettre en route, elle récapitulait tous les événements qui lui étaient survenus.

Et à mesure qu'elle se représentait les efforts qu'il lui avait fallu faire, les obstacles qu'elle n'avait pu surmonter que par miracle, la courageuse créature se sentait animée d'une nouvelle énergie.

Il lui semblait que si ce nouveau compagnon consentait à ne pas l'abandonner, elle supporterait désormais, victorieusement, les épreuves qu'elle aurait encore à subir.

— V'là qui est fait ! dit l'homme revenant auprès de Thérèse, à cette heure, nous allons causer un brin tout en nous reposant.

Thérèse pouvait maintenant exprimer sa reconnaissance en toute liberté. Elle le fit avec une émotion communicative qui paraissait remuer profondément cet individu à l'aspect rude et grossier.

Il répondait qu'il n'avait fait que son devoir et qu'il se trouvait assez récompensé puisqu'il avait réussi à sauver un de ses semblables.

Il ajouta même que cette rencontre était la première chose heureuse qui lui arrivait, depuis qu'il avait quitté la France, et qu'elle allait mettre un terme à son ennui d'être continuellement seul.

Et il s'exclamait avec une grosse bonhomie.

— Savez-vous bien, mademoiselle, que c'est une chance pour moi que vous vouliez bien m'accepter pour compagnon de voyage et pour guide.

Je ne sais pas encore où vous allez, ni combien il vous faudra de temps pour y arriver ; n'importe où que ça soit, je saurai bien trouver le chemin.

Cette promesse réconforta tout à fait Thérèse.

Jamais elle n'avait osé espérer autant et son cœur tressaillait de joie.

Elle entrevoyait, de nouveau, la possibilité d'accomplir sa mission, après avoir eu tant de motifs de désespérer.

Elle retournerait en France avec cette preuve, qu'elle serait allée chercher au bout du monde.

Et, dans une vision, dans un rêve, elle se voyait, rapportant la preuve de l'innocence de son père, anxieuse, sur le devant d'un navire qui la ramenait d'Amérique, les yeux cherchant à percer l'horizon pour y découvrir les bienheureuses côtes de France.

Puis, débarquant en toute hâte pour courir à la diligence, son impatience dévorant l'espace, au-devant des chevaux qu'elle eut voulu pouvoir exciter de la voix, en leur communiquant l'ardeur dont elle était elle-même dévorée.

Enfin elle arrive!... C'est le jour du jugement qui, cette fois, sera sans appel!...

Elle s'élance vers le tribunal!... Elle s'écrie :

« Ne le condamnez pas, il est innocent; voici la preuve... la voici !... »

La voix de son compagnon a, tout à coup, rompu le charme sous lequel se trouvait Thérèse; la vision s'est évanouie pour faire place à la réalité.

Une idée lui traverse l'esprit :

Vous vous rendiez sans doute dans quelque partie de ce pays, dans une ville et, peut-être, dans quelque habitation, dit-elle, et vous me quitterez bientôt?

— Moi? l'interrompit l'étrange personnage de l'air le plus naturel; je ne sais pas où je vais !...

Thérèse eut un mouvement de surprise; elle fixa, avec inquiétude, les yeux sur le visage de celui qui venait de lui faire cette singulière réponse.

— Comment... vous ne savez pas... balbutia-t-elle, en quel lieu vous vous rendez?

— Non, je vais au hasard dans ce pays tout comme j'irais dans un autre. Je vis au jour le jour, sans avoir rien qui m'appelle, rien qui m'attache... ah! si fait, depuis... tout à l'heure, j'ai quelqu'un qui m'intéresse... J'ai vous, mademoiselle.

— Moi, dit Thérèse qui écoutait avec un profond étonnement. Et elle se sentait tout inquiète et troublée.

Elle se demandait, sous le coup d'une crainte subite, si celui qu'elle venait de rencontrer n'était pas un pauvre être atteint de démence.

Et, déjà, l'infortunée avait peur de voir s'évanouir l'espoir qui, tout à l'heure, la consolait de tout ce qu'elle avait subi et souffert!

Elle n'osait plus interroger de peur qu'une nouvelle réponse ne vint la confirmer dans ses appréhensions.

Ce fut l'inconnu qui rompit le silence :

— Ça vous étonne, dit-il, de m'entendre parler comme je le fais. Vous vous demandez, peut-être, si ce bonhomme qui se promène en vagabond, à mille lieues de son pays et qui n'a rien qui l'attache à ce monde, n'est pas un bandit ou peut-être bien un fou.

— Thérèse, à ce mot, ne put s'empêcher de tressaillir.

— Oui, c'est ça, dit l'homme qui l'observait, j'ai deviné, vous me croyez fou... Eh bien, détrompez-vous, celui que vous avez devant vous, n'est ni un fou, ni un bandit. C'est tout simplement un pauvre diable sans parents, sans amis, qui erre à l'aventure dans ce pays lointain, tout comme il le ferait dans son propre pays. Car, ajouta-t-il d'une voix triste, il serait aussi abandonné, aussi isolé, là-bas, au milieu de la foule, qu'il l'est ici, dans le désert où nous sommes.

N'ayez donc pas crainte de moi, ayez plutôt un peu de pitié, je tâcherai que vous soyez forcée d'avoir pour moi un peu d'attachement...

— Mais, s'écria Thérèse, ne vous dois-je pas, déjà, une grande reconnaissance, ne m'avez-vous pas sauvé la vie?

— C'est vrai; mais ça ne m'a pas donné beaucoup de peine, ni coûté bien cher : quelques grains de poudre et une balle de plomb, voilà tout et si, pour si peu, vous vous sentez, déjà, un peu d'attachement pour moi, eh bien, prenez-moi à votre service, *mademoiselle...*

— A mon service! s'écria Thérèse, mais je suis pauvre, très pauvre... Je ne possède rien, absolument rien...

— Bon, dit le brave homme, c'est pas comme domestique que je m'offre à vous...

— Comme ami, alors?

— Pas tant que ça, tout de suite... Prenez-moi, d'abord, comme un pauvre chien, sans maître, que vous rencontrez sur votre chemin et qui se met, dès à présent, à vous suivre, prêt à déchirer à belles dents ceux qui s'attaqueraient à vous. Est-ce dit, mademoiselle?

— C'est dit, et mille fois merci, répondit Thérèse, en serrant affectueusement la main de cet ami tombé du ciel.

— Mais vous-même, demanda celui-ci à brûle-pourpoint, pourquoi êtes-vous venue dans ce pays, si loin du nôtre? Car, enfin, je n'ai pas encore songé à vous le demander.

Thérèse hésitait, cherchant la réponse qu'elle devait faire.

— Voyons, reprit l'homme, il n'est pas possible que vous soyez venue si loin sans ami, sans quelqu'un de votre famille.

On vous a séparée sans doute de vos parents avec qui vous étiez partie de France?

— Non, balbutia Thérèse.

— Comment?... Vous seriez partie toute seule... à votre âge!

— Seule!... oui... seule!

— Pardonnez-moi de vous interroger, mademoiselle; mais c'est par intérêt, vous pouvez me croire, rien que par intérêt pour vous.

Voyons, répondez-moi, qu'est-ce que vous êtes venue faire ici, toute seule?

Thérèse eut une nouvelle hésitation.

Elle se consultait, très perplexe.

Elle se demandait si elle devait dire à cet homme, qui l'avait sauvée, la vérité toute entière.

— Je suis partie, dit-elle, pour accomplir une tâche sacrée. Je suis partie seule parce que mon père n'était, hélas! pas libre de m'accompagner et parce que ma mère malade, presque mourante, n'aurait pu supporter la millième partie des fatigues et des souffrances que j'ai déjà subies, et qu'il me faudra subir encore sans doute; mais, je vous l'ai dit, la mort seule m'empêchera de poursuivre ma route et d'accomplir ma mission.

— Dites : *notre* mission, mademoiselle, répondit l'homme, car à partir d'à présent, je vous appartiens corps et âme, tout ce qui vous touche m'intéresse. Ça me fait du bien, voyez-vous, d'avoir un but à poursuivre... C'est vrai que je ne le connais pas, mais c'est égal, j'y vais tout de même, et de tout cœur, vous me le ferez connaître quand le moment en sera venu. Jusque-là, commandez, ordonnez, s'il faut vous suivre, dites-moi : Ici, Médor, et j'accourrai.

S'il faut vous défendre, dites-moi : Mords ça, Médor... et je mordrai ferme, allez...

C'est, qu'en vérité, ce brave garçon s'enthousiasmait pour le voyage qu'il allait faire, en compagnie de sa jeune compatriote.

Il y avait à peine quelques instants qu'il l'avait rencontrée et déjà, comme on l'a vu, il lui parlait avec une sincère affection, un véritable dévouement.

Il l'avait sauvée et il se considérait comme étroitement lié à elle, par le service même qu'il lui avait rendu.

— Voyons, dit-il, comme s'il eut parlé à une amie de longue date,
nous allons causer de « notre » voyage.

Avant tout, ajouta-t-il, il faut me dire quel est le pays où nous
allons.

— La Nouvelle-Californie! répondit Thérèse.

— Hein?... Vous avez dit?

— Je vais dans la Nouvelle-Californie? répéta la jeune fille.

— Connu!... J'y ai déjà passé... Eh bien! j'y retournerai, voilà tout!

— Vous êtes allé dans ce pays; alors vous savez quel chemin,
quelle direction il faut suivre pour y arriver?

— Je le sais parfaitement, dit l'homme.

Thérèse, à ses mots, se redressa, ardente, les yeux pleins de
flammes :

— Partons, le plus tôt possible, prononça-t-elle. Ne perdons pas
ici un temps si précieux pour moi!...

— Partons, je vous en prie! répéta-t-elle très agitée. J'ai hâte de
me mettre en route!... Tout retard pourrait amener un malheur irréparable.

— Mais c'est que nous avons encore loin à aller, bien loin; il
nous faudra voyager longtemps...

— Je vous l'ai dit, aucune fatigue ne saurait m'arrêter...

Et d'un ton suppliant :

— Ne me refusez pas ce que je vous demande; ne me refusez
pas de vous mettre en route le plus tôt possible.

— Oh! ne tremblez pas ainsi, mademoiselle; vous ordonnez,
j'obéis... Vous avez dit : ici, Médor! et me voilà; c'est entendu, nous
partirons bientôt,... mais il faut laisser reposer encore un peu ce brave
cheval qui m'a joliment aidé à vous sauver. Si la courageuse bête
n'avait pas galopé si vite et si longtemps, cette canaille de Peau-Rouge
vous aurait rattrapée bien avant que vous n'arriviez assez près de
l'endroit où j'étais couché, prêt à m'endormir!...

Je n'aurais pas entendu les hurlements du sauvage qui vous
poursuivait; et, ma foi, ma pauvre demoiselle, je ne serais pas en
train de causer tranquillement avec vous à cette heure!...

— C'est bien, dit Thérèse, j'attendrai.

L'inconnu avait pris place à côté d'elle :

— D'ailleurs, lui dit-il, nous aurons fait un bon bout de chemin
avant la nuit; vous pouvez compter sur moi; j'espère que vous ne courrez
plus de danger. En tout cas nous serons là, ajouta-t-il en frappant
la crosse du fusil jeté sur l'herbe à côté de lui.

Puis, moitié sérieux, moitié sourirant :

— Par exemple, ma pauvre demoiselle, on vivra comme on pourra, au hasard de la chasse et de ce que nous pourrons trouver de légumes et de fruits en route.

Je serai votre cuisinier, car je me doute bien que vous n'avez pas été habituée à ce travail... Moi, ça me connait depuis longtemps !...

— Je ne suis pas une ingrate, dit Thérèse, mais comment pourrais-je jamais reconnaître tant de bonté et de sollicitude.

— Pas besoin de récompense ! C'est moi qui vous dois tout, au contraire, et vous le comprendrez quand le moment sera venu où je pourrai vous narrer l'histoire de ma pauvre existence.

Quand nous nous sommes rencontrés, vous sous le couteau d'un sauvage et moi le fusil à la main, j'allais peut-être, au lieu de décharger mon arme dans la poitrine du Peau-Rouge, me loger, dans la tête, la balle de mon fusil.

Vous avez détourné le coup, si bien qu'en vérité, nous nous sommes sauvé la vie l'un à l'autre, dit-il en riant, et, depuis ce moment, depuis que je me trouve avec vous si jeune, si charmante, si intéressante enfin, je me sens rattaché à l'existence. C'est comme un autre cœur, un cœur tout neuf qui bat dans ma poitrine et me voilà tout à fait d'aplomb, bien décidé à marcher aussi longtemps qu'il le faudra : du nord au sud, de l'est à l'ouest et à recommencer comme ça, pendant des semaines, des mois, des années s'il le faut, jusqu'à ce que nous ayons atteint, tous les deux, le but que vous poursuivez.

. . . .

Rassurée et le cœur renaissant à l'espérance, Thérèse, que la fatigue et les violentes émotions qu'elle avait subies accablaient, tomba dans un profond sommeil.

Une heure s'écoula ainsi et, lorsqu'elle rouvrit les yeux.

— En route ! s'exclama l'inconnu en se levant d'un bond.

Il avait pris son fusil et le chargeait méthodiquement.

— Il ne faut pas vous étonner que je prenne cette précaution... Si je n'avais pas eu une balle là-dedans, vous savez : ça y était, il n'était que temps.

Puis il aida Thérèse à monter sur le cheval, s'assura que la selle ne bougerait pas et que les étriers étaient solidement attachés.

Alors, il prit le cheval par la bride et lui fit traverser le cours d'eau en s'écriant :

— En route pour le pays de l'or !

— Tu pleures, mère chérie ! Mme Delamarre ne put répondre ; elle avait la poitrine pleine de sanglots.
(P. 367.)

TROISIÈME PARTIE

I

LA FAMILLE DU JURÉ

Il nous faut, maintenant, et il nous faudra, plus tard, abandonner, de nouveau, Thérèse Valomer et revenir à Paris.

Je prie instamment le lecteur de ne pas s'en irriter.

Il comprendra aisément que l'intérêt de ce récit ne réside pas, tout entier, dans les diverses péripéties du voyage de la jeune fille.

Il ne suffit pas de savoir quels périls la menacent, quels obstacles se dressent sur sa route, et au prix de quels efforts, de quelles souffrances elle parvient à les surmonter, il faut aussi se bien rendre compte des événements qui se produisent dans sa famille pendant l'odyssée de notre héroïne.

Il faut pouvoir comparer les progrès de sa marche, les jours qu'elle est forcée d'y dépenser avec les jours qui séparent encore le malheureux condamné d'un second jugement; c'est-à-dire : d'une condamnation définitive, de l'échafaud enfin, si sa fille ne revient pas, à temps, avec la preuve de son innocence.

Or, le lecteur se souvient que, sur la généreuse insistance de l'homme de bien qui faisait le sacrifice de sa réputation de grande honorabilité, de son avenir même, pour sauver la tête d'un innocent, Mme Valomer avait accepté l'hospitalité dans la famille du juré.

Celui-ci avait laissé son adresse au portier, afin que ce dernier pût faire parvenir à Mme Valomer les lettres qui arriveraient pour elle.

Le portier prit la carte et, par habitude, lut des yeux le nom et l'adresse qui s'y trouvaient gravés.

URBAIN DELAMARRE

Rue Saint-Roch, N° 1.

M. Delamarre, pour l'aider à marcher jusqu'au fiacre qu'il avait fait stationner devant la porte de la maison, offrit son bras à la pauvre dame qui pouvait à peine se soutenir.

Il la fit monter dans la voiture et prit place auprès d'elle.

Quand le véhicule eut commencé à rouler, Mme Valomer jeta, par la portière, un regard voilé de larmes sur cette maison d'où elle avait vu partir son mari pour la prison, sa fille pour un si lointain et si périlleux voyage.... et un douloureux soupir s'arracha de sa poitrine.

Il lui semblait, à ce moment, qu'elle avait pour toujours quitté cette demeure et qu'elle était à tout jamais séparée des deux êtres adorés pour lesquels, pauvre malade, elle avait tant demandé à Dieu de la laisser vivre.

Témoin de cette douleur muette, celui qui venait de se condamner lui-même à une existence exposée, désormais, à de cruels déboires, se sentait le cœur saisi d'une immense pitié pour cette malheureuse femme qui n'était soutenue que par une vague espérance.

Avant tout il avait voulu l'arracher à un isolement dans lequel la pauvre créature se fut ensevelie dans une longue et douloureuse attente.

Elle n'avait plus de famille auprès d'elle, il allait lui donner la sienne.

Elle était accablée par le désespoir, il allait la confier à la sollicitude et aux soins de sa femme et de sa fille, deux âmes d'élite, bonnes et compatissantes, qui seraient pour la pauvre affligée deux amies prêtes à partager sa peine et à pleurer avec elle.

Mais à présent qu'il avait accompli ce qu'il regardait comme un devoir sacré, il songeait qu'il lui faudrait bientôt consoler à leur tour celles à qui il allait confier une mission d'anges consolateurs.

C'était à deux futures infortunées qu'il amenait celle-ci; c'était à leurs cœurs condamnés à souffrir qu'il allait demander d'adoucir des souffrances qu'elles-mêmes éprouveraient bientôt.

Lorsqu'il était parti de chez lui, après s'être affermi pendant toute une nuit d'insomnie et d'agitation dans la pensée qui lui était venue, son seul but était de porter des paroles de consolation à la famille du condamné qu'il croyait innocent.

Il voulait aussi accomplir un acte que lui dictait sa conscience, en déclarant qu'il avait refusé d'apposer son nom au bas du fatal verdict.

Dans ces conditions, il n'avait pas crû devoir associer sa femme et sa fille à la douloureuse émotion qu'il ressentait.

Ne savait-il pas qu'il réveillerait de terribles souvenirs dans la mémoire de sa femme qui avait déjà supporté tant de secousses, subi tant d'épreuves.

A quoi bon raviver ces souvenirs chez l'épouse pour qui les dix années de peine infamante qu'il avait injustement subies avaient été dix années d'incessantes tortures morales, dix années de martyre, pendant lesquelles la malheureuse espéra et attendit vainement qu'on fît tomber les chaines qui rivaient un innocent au boulet d'infamie.

En quittant sa maison pour se rendre chez les Valomer, il avait embrassé cette compagne adorée, sans que rien put trahir l'émotion qu'il ressentait.

Et quand sa fille lui avait présenté son front, comme elle le faisait chaque fois qu'il s'absentait, il avait maîtrisé les battements précipités de son cœur.

La vue de sa propre fille lui avait rappelé celle qu'il avait vue la veille à la Cour d'Assises, et qu'il se représentait, affolée, se précipitant pour arracher des mains des gardes son père qui venait d'être condamné à mort.

En entendant la voix de son enfant qui lui disait : « au revoir, père chéri », il croyait entendre une voix d'au-delà qui le pressait d'accomplir l'acte que lui avaient inspiré son cœur et sa conscience.

Et maintenant que c'était un fait accompli ; maintenant que, le voulut-il, il ne pouvait plus reprendre les paroles qu'il avait dites devant la femme et la fille du condamné, ces paroles qu'il avait autorisé l'avocat à répéter à qui de droit, afin d'obtenir la cassation du jugement, M. Delamarre n'eut pas, un seul instant, la pensée de se reprocher d'avoir écouté, en la prononçant, la voix de sa conscience.

Il se rendait bien compte des dangers qu'aurait à surmonter Thérèse, des retards qu'elle pourrait subir et qui rendraient peut-être inévitable l'horrible catastrophe !...

Mais il se répondait noblement : « — Quoiqu'il arrive, j'aurai fait mon devoir ! »

. . . .

On sait, par la carte que le juré avait remise au portier de Mme Valomer, que c'était dans la maison formant l'encoignure de la rue Saint-Honoré et de la rue Saint-Roch, qu'habitait la famille Delamarre.

Elle y occupait tout le premier étage, composé de deux appartements.

Du plus petit, M. Delamarre avait fait ses bureaux : Là se trouvaient une pièce dans laquelle se tenait l'employé, et le cabinet spécial où M. Delamarre recevait les personnes qui venaient s'entretenir d'affaires avec lui, et la caisse.

Au moment où nous introduisons le lecteur dans l'appartement de la famille Delamarre, la maîtresse du logis est, en compagnie de sa fille, dans une petite pièce de travail attenant au salon.

Mme Delamarre n'a pas encore atteint la cinquantaine, et l'on devine qu'elle a dû vieillir avant l'âge. On remarque, en effet, sur sa physionomie, l'empreinte des sombres préoccupations qui ont agité sa vie. Ses cheveux ont blanchi hâtivement. Ses yeux sont soulignés par une teinte de bistre, et la cavité de l'orbite semble avoir été creusée par les larmes.

Sa fille offre un contraste frappant avec sa mère.

Mlle Jeanne Delamarre a dix-sept ans, tout en elle respire l'enjouement, la grâce, le charme des jeunes filles de son âge.

Cette belle et radieuse enfant n'est pas, on l'a bien compris, celle qui, jadis, avait si énergiquement, et en plein tribunal, protesté contre l'injuste condamnation de son père. Celle-là, l'aînée des deux enfants du condamné, était morte.

On verra, plus loin, dans quelles terribles circonstances !...

Celle dont nous parlons maintenant, avait grandi, presque orpheline, auprès de sa mère presque veuve, qui répondait, en secouant tristement la tête, lorsque l'enfant s'informait de son père :

— Il est parti pour un lointain voyage : Dieu le ramènera, un jour, auprès de nous.

Et il était revenu, courbé sous le poids écrasant des tortures et de la honte du bagne, et lorsqu'après cinq ans de travail et d'efforts surhumains, il s'était fait une nouvelle fortune et un nouvel honneur, le cri de sa conscience et la révolte de son âme allaient remettre en question cette réputation chèrement acquise, ce nouvel honneur laborieusement reconquis !...

Oui, tout cela allait s'effondrer devant cette déclaration qu'il allait faire publiquement :

Je m'appelle Urbain Delamarre. Je suis un homme que votre aveugle justice a envoyé aux galères, il y quinze ans !

Condamnée au long et cruel abandon que lui imposait le supplice de dix années que devait subir son mari, Mme Delamarre avait voulu se faire de son enfant une compagne, une amie, et, plus tard, une confidente de ses peines et de ses douleurs. La jeune fille s'y était prêtée, heureuse de pouvoir confier à une mère tendre et indulgente toutes ses pensées, toutes ses impressions, en attendant de plus sérieuses confidences.

Et le jour n'était pas éloigné, où elle aurait à prendre, à son tour, cette mère bien aimée pour confidente et pour conseillère.

. . . .

Tandis que M. Delamarre amenait à son foyer la pauvre Mme Valomer, Mme Delamarre et sa fille l'attendaient, silencieuses et un peu inquiètes.

— Ne te semble-t-il pas, comme à moi, mère chérie, qu'il tarde bien à rentrer? dit tout à coup Jeanne.

— Ton père aura été retenu plus longtemps qu'il ne le supposait, mon enfant, répondit Mme Delamarre, en jetant machinalement les yeux sur la pendule.

Elle ajouta ?

— D'où vient l'impatience où je te vois, chère petite ?

— En nous quittant, père m'a paru triste, préoccupé, et j'ai hâte de le revoir.

— Allons, dit Mme Delamarre, retourne à ta broderie, mon enfant, cela te fera patienter !

Mais au lieu de reprendre son ouvrage, la jeune fille alla se poncher à la croisée et y demeura longtemps, fouillant la rue de son regard.

Mme Delamarre s'était remise à lire son journal qu'elle parcourait quand Jeanne l'avait interrompue.

La feuille donnait tous les détails de l'affaire Valomer, avec les dramatiques incidents qui s'étaient produits à l'audience.

Cette lecture l'impressionnait vivement : elle lui rappelait un autre jugement, une autre condamnation prononcée jadis, et, en se retournant, Jeanne put voir qu'elle essuyait furtivement une larme.

Vivement la jeune fille courut à elle en s'exclamant :

— Tu pleures, mère chérie!

Mme Delamarre ne put répondre; elle avait la poitrine pleine de sanglots.

— Mais que lisais-tu donc qui ait pu te faire pleurer. Qu'y a-t-il dans ce journal qui puisse t'impressionner à ce point.

Mme Delamarre répondit avec émotion :

— Je lisais ce procès.

— Quel procès?... Est-ce l'affaire dans laquelle mon père faisait partie du jury?

— Oui, précisément...

— Alors, pourquoi lire des choses qui te font de la peine? N'est-ce pas assez que mon père soit revenu, tout bouleversé, du tribunal?... Pauvre père, ajouta Mlle Dalamarre, je ne l'avais jamais vu si agité, si sombre!...

Il a passé toute la soirée à réfléchir et tenait la tête penchée, les yeux fixes, comme s'il eut éprouvé une grande douleur...

Pourquoi ça, mère chérie?... T'a-t-il dit le motif de cette préoccupation, de cette tristesse?

— Non, mon enfant! non...

La jeune fille n'insista pas.

Elle avait pris le journal, et ses yeux se portèrent tout de suite sur un endroit où des traces de larmes se voyaient sur le papier.

C'était le passage où l'on rendait compte de l'incident qui avait si fortement impressionné l'assistance, et qui s'était produit lorsque Thérèse Valomer avait crié que son père était innocent et voulait se frayer un passage pour aller se jeter dans les bras du condamné que les gardes entraînaient.

— Ah! c'est affreux,... c'est affreux! s'exclama Mlle Delamarre, et je comprends, chère maman, que cette lecture t'ait vivement impressionnée... Tu plains cette jeune fille!... Mais si son père était coupable!... Et il faut bien qu'il le soit, puisque le jury l'a reconnu tel et que les juges l'ont condamné à la peine de mort!...

Mme Delamarre refoula dans sa poitrine le cri de révolte prêt à s'en échapper.

Un flot de sang afflua à son cerveau, marbrant ses joues de deux plaques rouges.

Ses yeux étincelèrent, et, pendant quelques instants, elle dut garder le silence, de peur qu'à son émotion, à son trouble, sa fille ne devinât ce qui se passait en elle et quels affreux déchirements elle subissait.

Mais Jeanne ne pouvait interpréter ce silence et cette émotion que lui inspirait la situation de la fille du condamné à mort.

— Ah! mère chérie, prononça-t-elle avec attendrissement, quelle âme est la tienne, quel trésor de bonté Dieu a mis en ton cœur.

Et de nouveau elle embrassa avec effusion la pauvre femme qui s'efforçait de retenir ses larmes.

Les bras tendus vers Mme Delamarre, elle s'écriait : — Bénissez-moi, sainte créature...
(P. 375.)

Ce fut à présent Mme Delamarre qui engagea sa fille à retourner à la croisée pour voir si son mari ne revenait pas.

Elle voulait ainsi se donner le temps de se remettre de la violente émotion qu'elle avait été obligée de renfermer en elle-même.

Mais à peine la jeune fille s'était-elle penchée à la fenêtre qu'elle s'écriait :

— Mère chérie, voilà une voiture qui s'arrête devant la porte...

Puis, avec un éclat de joie :

— C'est lui!... c'est lui ! ajouta-t-elle.

Mais aussitôt sa voix changea d'intonation pour exprimer la surprise.

— Il n'est pas seul; dit-elle. Il aide quelqu'un à descendre de la voiture,... une dame !

— Une dame? s'exclama Mme Delamarre étonnée.

— Oui, mère, une vieille dame qui a l'air d'éprouver une grande fatigue ou une grande faiblesse, car mon père semble s'efforcer de la soutenir... Regarde !

Mais déjà Mme Delamarre avait quitté sa chambre pour passer dans le salon.

Sa fille l'y rejoignit et put voir qu'elle était occupée, devant la glace, à faire disparaître les traces des larmes qui venaient de sillonner son visage.

Au bout d'un instant, la porte du salon s'ouvrait et M. Delemarre entrait, donnant le bras à Mme Valomer qui, la tête penchée, semblait vouloir se dérober aux regards.

La pauvre femme était pâle et tremblante.

Jeanne avait, sur un signe de son père, avancé un fauteuil sur lequel on s'empressa de faire asseoir la malade, à qui M. Delamarre adressa ces mots :

— Prenez, je vous prie, madame, tout le temps de vous remettre et j'aurai alors l'honneur de vous présenter ma famille.

Mme Valomer remercia d'une voix éteinte. Mais c'est à peine si elle put articuler quelques paroles pour s'excuser, les forces lui faisaient défaut et son émotion était si grande qu'elle dut appuyer la tête sur le dossier du fauteuil.

Elle avait ressenti une violente secousse au cœur en se trouvant devant ces deux femmes qui, elle le comprenait, étaient destinées à être bientôt victimes de la sublime générosité du chef de la famille.

La malheureuse femme oubliait, en ce moment, sa propre infortune pour ne songer qu'au malheur qui planait sur ces deux êtres et qui éclaterait, aussitôt que ce père de famille avouerait avoir usurpé le titre de juré, alors que la loi le déclarait indigne de remplir cette grave fonction...

M. Delamarre devina assurément ce qui se passait en elle, car il s'approcha pour, tout bas, l'exhorter au calme que nécessitait son état de faiblesse.

Mme Valomer, après quelques instants de repos, ayant fait un effort pour essayer de se lever, M. Delamarre en profita pour procéder à la présentation.

— Restez assise, dit-il, Mme Delamarre et moi nous vous en prions.

Puis, s'adressant à sa fille qui s'était jusque-là tenue discrètement à l'écart :

— Mon enfant, lui dit-il, retire-toi pendant quelques instants; tout à l'heure je te rappellerai...

Jeanne s'inclina et sortit, refermant la porte derrière elle.

Alors M. Delamarre, se tournant vers sa femme, prononça d'une voix calme, en montrant Mme Valomer :

— Mon amie, j'ai supplié madame d'accepter notre hospitalité.

Mme Delamarre approuva par un mouvement pour s'approcher de la malade, tandis que M. Delamarre ajoutait :

— Tu comprendras que j'aie insisté, quand je t'aurai dit dans quelles conditions se trouve madame.

— Oh ! par pitié, monsieur... essaya Mme Valomer.

— Je n'ai jamais eu et je ne dois avoir rien de caché pour la compagne de ma vie, dit M. Delamarre.

— Et j'approuve d'avance tout ce que tu as fait, en la circonstance présente, comme j'approuverai toujours ce que tu auras jugé utile de faire !

En prononçant ces mots Mme Delamarre avait tenu ses regards fixés sur son mari, dont la physionomie l'avait tout d'abord vivement impressionnée et dont le calme affecté l'inquiétait à présent.

Habituée à lire dans la pensée de l'homme qui, depuis tant d'années, partageait sa vie, elle cherchait à comprendre ce qui avait pu faire agir son mari, sans que celui-ci lui eut, au préalable, fait part de ses intentions.

M. Delamarre reprit :

— Tu apprendras tout à l'heure le motif qui m'a conduit chez madame. Qu'il te suffise, pour l'instant, de savoir que je lui ai offert l'hospitalité quand j'ai vu qu'elle allait rester seule, que son état réclamait des soins de tous les instants et, qu'en outre, elle aurait besoin de consolation et d'encouragement.

— Madame n'a pas de famille? s'exclama Mme Delamarre saisie de compassion.

— Personne!... Plus personne! balbutia Mme Valomer en faisant un effort pour contenir les sanglots qui l'oppressaient.

Ce fut le tour de Mme Delamarre de l'exhorter au calme et à la résignation.

— Soyez donc la bienvenue parmi nous, madame, lui dit-elle en prenant les mains tremblantes que, dans un mouvement de reconnaissance, l'étrangère tendait vers elle.

Elle ajouta :

— Mon mari vous a ouvert toutes grandes les portes de la maison; nous nous efforcerons de vous en rendre le séjour aussi heureux qu'il nous sera possible de le faire.

M. Delamarre remercia sa femme par un regard d'approbation.

— Je te sais gré, mon amie, dit-il, d'avoir si bien interprété ma pensée...

Et, sans hésitation, il ajouta :

— J'ai maintenant la conviction que ce que j'ai fait... tu l'eusses fait à ma place !

Il me reste donc qu'à t'apprendre le nom de la personne à qui j'ai voulu, en la recevant dans le sein de notre famille, prouver à quel point je prends part à l'immense malheur qui l'a frappée, et que je veux, fut-ce au prix des plus grands sacrifices, détourner d'elle et des siens.

— Je sais, répondit Mme Delamarre très émotionnée, quel homme de bien et quel homme d'honneur tu as toujours été, je sais que tu ne prends conseil que de la droiture de ton cœur.

— Cette fois, dit M. Delamarre, je n'ai eu à consulter que ma conscience !

A ce moment, Mme Valomer se redressa avec effort.

Et s'adressant à la femme de son bienfaiteur :

— C'est à moi de vous dire qui je suis, madame, prononça-t-elle.

Je ne dois pas vous laisser ignorer plus longtemps quelle est celle que vous avez accueillie dans votre maison.

Vous avez devant vous la femme d'un condamné à mort; la femme de Jacques Valomer !

Avant que celle à qui s'adressaient ces paroles eut eu le temps de se remettre de sa surprise et de surmonter le saisissement qu'elle éprouvait, M. Delamarre s'écriait :

— Jacques Valomer est innocent du crime pour l'expiation duquel il allait porter sa tête sur l'échafaud!... Il fallait sauver l'innocent!... Seul un homme pouvait empêcher que la sentence fut exécutée... Il l'a fait!

Mme Delamarre était à présent secouée par d'irrésistibles tres-
saillements...

— Et... cet homme... c'est toi !... s'exclama-t-elle.

— Oui !... C'est moi ?

Maintenant tu vas écouter ce qu'il me reste à t'apprendre...
ajouta M. Delamarre d'une voix redevenue calme.

Il reprit aussitôt :

— Lorsque fut prononcé le jugement inique, j'étais sorti du
tribunal avec l'inébranlable conviction que je venais d'entendre condamner un innocent à la peine capitale.

Pendant tout le temps qu'avait duré son interrogatoire, je l'avais
vu, cet homme, se débattant contre les preuves que l'accusation avait
accumulées contre lui.

Il luttait, non pas comme un coupable qui essaie de se dérober
au châtiment, mais comme un innocent qui se sent perdu et n'a
d'autre ressource que de crier son innocence, sans pouvoir la prouver !

Dieu sait si je connais cette horrible situation, s'il y a au monde
quelqu'un qui sache mieux que moi, qu'on peut envoyer un homme
d'honneur pourrir au bagne après avoir imprimé sur sa chair, en
lettres de feu, le sceau d'infamie et de flétrissure qu'il devra garder
jusqu'à sa mort !

Mme Delamarre dissimulait son trouble en cachant son visage
dans ses mains.

Elle avait écouté, silencieuse et angoissée, ces paroles qui, une
à une, rouvrait saignante la blessure qu'elle avait au cœur.

Tout à coup elle découvrit son visage et releva la tête..

— Qu'as-tu fait pour empêcher l'exécution de la sentence ? inter-
rogea-t-elle.

Un seul moyen se présentait : faire casser le jugement !

— N'était-ce pas l'affaire de l'avocat défenseur ?

— Oui, peut-être !... Mais un jugement ne peut être cassé sans
que l'avocat ait prouvé qu'il existait un vice de forme dans la
procédure.

C'était ce vice de forme qu'il était indispensable de trouver et
que maître Gardelle, l'éloquent défenseur de Jacques Valomer, avait
en vain cherché depuis la condamnation de son client.

— Il y avait là, devant moi, une épouse et une fille, toutes deux
affolées, mourantes; elles suppliaient l'avocat de sauver le condamné...
Ah ! tu connais ces désespoirs-là ! s'exclama M. Delamarre, en s'em-

parant des mains de sa femme et les serrant avec force dans les siennes.

— Eh bien ! demanda Mme Delamarre anxieuse.

— Pendant quelques secondes, je regardai maître Gardelle, puis tout à coup je lui dis : « Et si vous parveniez à faire casser le jugement... » L'avocat ne me laissa pas achever ma pensée : « Jacques Valomer serait sauvé »!... s'écria-t-il.

Il m'affirma qu'il existait une preuve de l'innocence du comdamné... Que le temps qui manquait pour se procurer cette preuve la cassation du jugement inique pouvait seule le procurer... Alors, je n'hésitai plus.

— Qu'as-tu donc fait ? demanda Mme Delamarre, violemment angoissée.

Je me suis souvenu et j'ai fait mon devoir !

— Achève !...

— J'ai fourni à l'avocat le moyen de cassation qu'il avait vainement cherché. J'ai dit que le verdict qui condamnait Valomer était nul, parce que l'un des membres du Jury n'avait pas le droit d'en faire partie, parce que c'était moi, moi qu'une sentence semblable à celle qui venait d'être prononcée avait frappée jadis.

— Ah ! s'écria avec épouvante sa malheureuse femme éplorée, tu as dit cela !... Tu as déclaré cette honte !... Tu as proclamé l'infamie dont ils nous ont couverts ! Tu as eu cet horrible courage !...

Puis se reprenant tout à coup et, comme divinement inspirée, elle prononça : Tu as eu cette sublime abnégation... et tu as bien fait ! dit-elle, d'une voix forte, et les yeux levés vers le ciel, elle ajouta :

Oui, tu as bien fait !... Que les hommes te jettent au visage ton injuste condamnation, moi je suis fière de toi et je t'aimerais de toute mon âme, si cette âme n'était à toi tout entière !...

— Je n'attendais pas moins de toi, ma chère et bien-aimée femme, dit M. Delamarre. De toi qui as eu tous les courages, tous les dévouements, toutes les abnégations, en attendant que l'innocent qui subissait sa peine vous fut rendu à toi et au dernier enfant que ciel nous ait laissé...

Mme Valomer avait écouté, les mains appuyées sur les bras du fauteuil, le corps penché en avant, les yeux fixés sur cette femme qui se révélait à elle aussi sublime que l'avait été l'homme qui venait de se sacrifier pour sauver un innocent.

Et avant qu'on eût pu l'en empêcher, elle se jeta aux pieds de cette femme, qui lui apparaissait comme une sainte ayant au front l'auréole du martyre.

Les bras tendus vers Mme Delamarre, elle s'écriait :

— Bénissez-moi, sainte créature, bénissez aussi l'enfant qui n'a écouté que son amour filial ; bénissez la pauvre fille que rien n'a pu arrêter quand elle a vu luire l'espoir de sauver son père ; oui, bénissez ma fille, car les prières d'un ange tel que vous seront écoutées.

Et, la pauvre femme courbait le front pour recevoir cette bénédiction qu'elle implorait pour elle et pour celle qui, là-bas, là-bas, bravait les tempêtes, les neiges du désert glacé, les rencontres d'hommes sauvages, de tribus féroces sur son passage, et qui, rencontrant partout de terribles périls et d'épouvantables menaces de mort, marchait, marchait toujours en se disant : Le sauver ou mourir !

Mme Delamarre releva celle qui était devenue son hôte, sa compagne, doucement elle l'obligea à s'asseoir.

Et elle lui dit :

— Femme infortunée de Jacques Valomer, vous ressentez, hélas ! tout ce que j'ai ressenti moi-même. Les souffrances que j'ai endurées vous les subissez à votre tour !

J'ai longtemps pleuré... j'ai prié et j'ai espéré.

Espérez à votre tour ; et puisse la Providence vous épargner le long désespoir qui, pendant dix années, m'a torturée ; puissiez-vous voir finir bientôt cette épreuve et retrouver le bonheur, au milieu de ceux qui vous sont chers.

La voix de Mme Delamarre s'éteignit dans les larmes.

La pauvre mère succombait sous le poids d'un cruel souvenir qui, depuis dix ans, n'avait cessé de la hanter et que ce qu'elle avait entendu raconter du dévouement de la fille de Jacques Volomer ravivait en elle.

M. Delamarre s'était retourné pour cacher l'émotion qui l'agitait.

Et pendant quelques instants, un lugubre silence régna dans ce salon où trois affligés s'abandonnaient à leur douleur.

Ce fut M. Delamarre qui rompit le silence.

— Nous n'avons plus, désormais, qu'à attendre et à espérer ! dit-il.

Il ajouta :

— Maître Gardelle a dû faire, aujourd'hui, le nécessaire ; maintenant le sort de Jacques Valomer ne dépend plus de moi. Thérèse Valomer est allée chercher la preuve de l'innocence de son père, nos vœux et nos prières doivent l'accompagner, dans le voyage au-delà des mers qu'elle a courageusement entrepris.

Au-delà des mers ? fit Mme Delamarre avec un mouvement de surprise.

— Oui, madame, répondit la mère de Thérèse, oui, au-delà des mers ?

— Et... seule.

Seule ! une enfant de dix-huit ans à peine, une enfant qui ne m'avait jamais quittée et qui va s'exposer.... si loin, mon Dieu, si loin !... Mais rien n'a pu la retenir, rien !

Et moi sa mère,... j'ai consenti à cette séparation !... Est-ce que... vous n'auriez pas fait comme moi, madame ? interrogea la pauvre femme en regardant Mme Delamarre.

Oh ! oui... vous auriez consenti ; vous vous seriez sentie mourir de désespoir et, ainsi que moi, vous auriez promis à cette pauvre enfant de tout faire pour vivre jusqu'à son retour !... Ai-je besoin que vous me le disiez ? Mes peines ont été les vôtres et nos cœurs sont faits pour se comprendre... Oh ! Thérèse, Thérèse ! s'exclama Mme Valomer, reportant tout à coup sa pensée vers l'enfant qu'elle n'avait pu embrasser et presser sur son cœur, et qui s'était dérobée à cette suprême caresse de peur que la pauvre femme ne pût résister à cette dernière épreuve...

Thérèse, ma fille, mon ange adoré ; te reverrai-je jamais !...

Et se tournant vers M. Delamarre.

— Vous étiez là, monsieur, quand elle a profité de mon évanouissement pour partir... sans que j'aie pu la bénir !...

Puis, joignant ses mains tremblantes :

— Vous avez eu pitié de moi.., et si ma pauvre Thérèse réussit, si Jacques nous est rendu... vous nous aurez sauvés tous les trois, car je ne lui survivrais pas, moi,... et Thérèse... Oh ! oui, je la connais,... Thérèse aussi mourrait de douleur.

Ah ! si la pauvre mère avait pu se douter de la torture que ses paroles faisaient subir à l'âme de chacun de ces deux êtres qui avaient perdu l'aînée de leurs enfants et qui dévoraient, en silence, leurs larmes, en l'écoutant parler de sa fille. Quels regrets n'eût-elle pas éprouvés ?

Mais Mme Valomer ne devait apprendre que plus tard l'épouvantable drame dont elle réveillait le souvenir.

Elle continua à se lamenter sur le sort de son enfant, suppliant M. Delamarre de la renseigner sur les pays que Thérèse aurait à

— Remettez-vous, maître Gardelle, se contenta de répondre M. Delamarre... (P. 379.)

parcourir, sur le temps pendant lequel il lui faudrait attendre le retour de sa fille.

A toutes ces questions, M. Delamarre répondait de façon à apaiser les inquiétudes de cette malheureuse mère.

— Espérez ! tel était le mot par lequel il terminait chacune de ses exhortations.

48. — SEULE !   48.

— Espérez ! répétait Mme Delamarre en levant les yeux au ciel.

. . . .

M. Delamarre avait ouvert la porte du salon et appelé sa fille.

Jeanne, au moment d'entrer, s'arrêta sur le seuil, impressionnée par la tristesse dont elle voyait l'expression peinte sur tous les visages.

Son père alla la prendre par la main, et, la conduisant devant la mère de Thérèse, il lui dit :

— Ma fille, à partir d'aujourd'hui tu devras considérer madame comme faisant partie de la famille.

C'est à toi que nous confions, ta mère et moi, le soin de veiller à ce que notre hôtesse se trouve chez nous absolument comme chez elle.

Mlle Delamarre s'inclina, tandis que son père continuait :

— Les attentions, les prévenances, les petits soins que tu as pour ta mère, tu les auras également pour celle qui va vivre de notre vie comme une amie, une parente affectionnée.

La jeune fille répondait par un sourire à chacune de ces recommandations. L'aimable enfant éprouvait une instinctive sympathie pour cette dame qui allait faire un séjour prolongé au sein de la famille.

Et dans l'ignorance où elle était du motif qui avait poussé son père à offrir une aussi large hospitalité à l'étrangère, elle se façonnait tout de suite, au rôle qui lui était dévolu.

C'est ainsi que s'approchant de Mme Valomer, elle lui dit :

— Je ferai de mon mieux, madame, pour que vous vous trouviez aussi bien que possible auprès de nous, et je remercie mon père d'avoir compté sur mon empressement.

Mme Valomer tendit les deux mains à Mlle Delamarre, en disant au père de la jeune fille :

— C'est un dernier bienfait dont vous me gratifiez, monsieur, après tous les autres !

Et attirant Mlle Delamarre tout près d'elle :

— Mon enfant, laissez-moi vous embrasser...

Elle appuya ses lèvres tremblantes sur le front de la jeune fille.

Cette petite scène avait fait diversion aux violentes émotions qui l'avait précédée.

M. Delamarre y mit fin en engageant Jeanne à s'occuper, sans retard, de tout faire préparer dans la chambre qu'on destinait à leur hôtesse.

Puis, il se retira pour laisser les deux femmes s'entretenir des infortunes qui les avaient rapprochées.

II

M. DELAMARRE

Ce même soir, maître Gardelle se présentait chez celui qui l'avait autorisé à dévoiler son terrible passé afin de sauver le condamné à mort.

M. Delamarre reçut l'avocat dans son cabinet avec autant de calme que s'il se fut agi de traiter quelque affaire ordinaire.

— J'avais hâte de vous revoir, maître Gardelle, dit-il à l'avocat.

— Vous me voyez vivement impressionné de me trouver devant un homme dont le grand cœur, s'il était connu, commanderait le respect et l'admiration de tous.

— Remettez-vous, maître Gardelle, se contenta de répondre M. Delamarre en présentant un siège au jeune avocat.

Puis, de l'air le plus calme :

— Eh bien ? interrogea-t-il.

— J'ai déposé le pourvoi en cassation.

— Le jugement sera cassé, voilà ce qu'il fallait obtenir tout d'abord. Maintenant mon rôle dans cette affaire est terminé... Il ne me reste plus qu'à attendre les conséquences de...

— De votre belle action ! interrompit maître Gardelle.

Mais il ne faut pas que, pour assurer le salut d'autrui, vous ayez à jamais compromis votre avenir.

— En vous donnant le moyen de faire casser le jugement, je savais en quel péril je mettais l'estime et la considération que j'avais su acquérir. Je savais que m'exposais à retomber au rang des misérables soumis à la honteuse surveillance qu'entraîne la peine infamante qu'ils ont subie.

Maître Gardelle avait accepté avec empressement le moyen qu'on lui offrait de faire casser le jugement ; mais à présent que c'était un fait accompli et que la vie de Jacques Valomer n'était plus immédiatement en jeu, la conscience de l'avocat se révoltait à la pensée de condamner à une honte imméritée l'honnête homme qui s'était sacrifié pour obéir au cri de sa conscience.

— Jacques Valomer, je l'espère, vous devra la vie, dit-il, mais il serait monstrueusement injuste que ce fut à la perte de votre honneur qu'il fut redevable de son salut. Et j'ai la ferme conviction que personne ne se méprendra sur le noble sentiment qui vous a dicté votre généreuse conduite. ·

— Les honnêtes gens me plaindront, sans doute, dit M. Delamarre.

— Ils vous admireront, comme je vous admire...

Mais, ajouta maître Gardelle, il ne suffira de cette stérile consolation; il est de mon devoir, à moi, de prendre en main la cause de l'innocent qui a subi la peine à laquelle une fatale erreur judiciaire l'avait condamné. Oui, il faut que la lumière soit faite, et ce sera la gloire de ma carrière si je puis réussir à faire éclater votre innocence.

— Vous entreprendrez hélas ! une besogne bien dure...

— Difficile à mener à bonne fin, j'en conviens. Mais je ne l'entreprendrai pas moins avec tout le dévouement, avec toute l'énergie dont je suis capable.

— Du jour où votre prétendue indignité sera déclarée par la Cour de Cassation, vous m'appartiendrez. Et à partir de ce jour, j'aurai deux hommes à faire réintégrer dans tous les droits dont l'aveugle justice les a privés.

. M. Delamarre hocha tristement la tête.

— Il sera plus facile, maître Gardelle, dit-il, de sauver la tête de Jacques Valomer que de me rendre la considération que j'aurai perdue !

— Vous vous trompez, je l'espère; dit maître Gardelle et j'espère aussi qu'un aide puissant secondera mes efforts.

— De qui parlez-vous?

— Je parle du magistrat qui présidera l'audience de la Cour de Cassation, le jour où y arrivera, à son tour de rôle, le pourvoi de Jacques Valomer.

— Et que pense le magistrat ?

— Lorsque je me suis présenté chez lui pour lui apprendre quel était le moyen de cassation que je comptais invoquer, et que me fournissait votre sublime dévouement, il demeura d'abord stupéfait, il me regarda avec insistance et me fit répéter ce que je venais de lui dire : Il semblait croire, enfin que je n'étais pas en pleine possession de mes facultés mentales.

Et, comme j'insistais avec énergie, comme je m'écriais :

— Si vous doutez, monsieur le Président, de l'incapacité de
M. Delamarre de remplir les fonctions de juré, je l'amènerai devant
vous et cet homme généreux, cette noble victime d'une erreur judiciaire se dépouillant, devant vous, de son vêtement, vous montrera la
marque infamante que le bourreau a imprimée sur son épaule.

— Oui, répondit d'une voix douloureuse, M. Delamarre, oui, je
ferai, s'il le faut, ce que vous avez dit, je subirai ce surcroît de honte
pour ne pas laisser assassiner Jacques Valomer, plus infortuné encore
que je ne le suis moi-même.

Puis, redevenu calme, impassible, M. Delamarre demanda :

— Et que vous a répondu le Président ?

— Cet homme, a-t-il dit, d'abord, est peut être un coupable
repentant qui veut racheter son passé...

— Non, me suis-je écrié, cet homme est une malheureuse
victime, un noble cœur, condamné pour un crime qu'il n'a pas
commis, et qui veut empêcher la justice d'en commettre un elle-même,
il veux sauver un innocent de l'échafaud, au prix de son propre honneur, au prix même de l'estime de la considération dont il a su entourer sa femme et sa fille...

— Père de famille, s'est écrié le Président... Ah ! si tout ce que
vous dites est exact, maître Gardelle, celui que vous défendez ici est
plus qu'un honnête homme injustement frappé, c'est un martyr !...

— Et vous consentirez, monsieur le Président, ai-je dit, à nous
accorder votre puissant appui ?...

— Hélas ! m'a-t-il répondu, en secouant tristement la tête, à quoi
pourraient aboutir tous vos efforts et tous les miens ? La loi, vous le
savez, monsieur l'avocat, la loi n'admet pas la réhabilitation du
du condamné par la cour suprême !

— Je savais cela, dit tristement, M. Delamarre et je n'espère
plus rien. Ce que j'ai fait, je le ferais encore, parce que je pense que
l'homme qui laisse commettre un crime qu'il pourrait empêcher à
quelque prix que se soit, se rend complice de ce crime.

— Rien ne nous empêchera, du moins, de proclamer votre innocence et votre abnégation, votre admirable dévouement et, à défaut
d'une réhabilitation prononcée au nom de la loi, nous aurons reconquis pour vous l'estime et l'admiration de tous les honnêtes gens.

— Que le ciel vous entende, dit M. Delamarre, mais avant de

songer au sort que l'avenir nous réserve, occupons-nous de l'infortuné Valomer. Que pense, à son sujet, monsieur le Président?

— Il estime, ainsi que moi, que tout dépend de l'issue, heureuse ou fatale, de ce long et périlleux voyage, courageusement entrepris paa la fille de Valomer.

Si elle rapporte, victorieusement, la lettre écrite à son mari par cette pauvre mère qui s'est donné la mort, à elle et ses deux enfants, nul doute que l'acquittement du prétendu coupable ne soit prononcé; mais que d'obstacles à redouter? Quels dangers de toute nature peuvent entraver la marche de cette enfant, voyageant seule, toute seule, au-delà des mers, à travers les forêts ou les déserts.

Et quand ces dangers rencontrés à chaque pas n'entraîneraient pas la mort de la frêle jeune fille, ils peuvent, hélas! imposer de longs retards à son voyage.

— Aussi vais-je me préoccuper, avec la bienveillante intervention du magistrat que j'ai su intéresser au triste sort de la famille Valomer, d'obtenir les plus longs délais possibles.

Il réfléchit un instant et continua :

— Nous aurons, d'abord, le temps qui devra s'écouler avant que le jugement de cassation ne soit rendu.

— Et après? demanda M. Delamarre qui, oublieux du malheur qui lui était personnel, ne cherchait plus qu'à se renseigner sur les chances de salut de la famille Valomer.

— Après, l'affaire sera renvoyée devant une autre Cour. Nouveau délai.

— Qui exigera une nouvelle instruction,

— Oui, plus ou moins rapidement menée; et nous tâcherons qu'elle soit conduite le plus lentement possible.

— Et ensuite? répéta M. Delamarre.

— L'instruction close, nous tâcherons que l'affaire ne vienne au rôle qu'après les vacances.

— S'il était possible d'obtenir cette remise, on gagnerait ainsi environ quatre mois, peut-être plus encore, et alors, nos chances de succès s'accentueraient beaucoup et grâce aux remises et aux lenteurs que nous pourrons susciter, nous arriverons peut-être gagner cinq mois entiers!...

M. Delamarre était devenu pensif. Il semblait qu'une réflexion douloureuse se fut tout à coup agitée en son esprit.

— Et si, par malheur, Thérèse Valomer ne revenait pas!... dit-il en regardant l'avocat d'un air anxieux, ou si, par malheur, elle revenait trop tard !

Maître Gardelle courba le front et garda le silence. Il avait compris la pensée de son interlocuteur : si Thérèse Valomer revenait trop tard, le sacrifice de M. Delamarre aurait été fait en pure perte et tout une famille serait peut-être à jamais vouée au malheur, sans que cette lamentable situation eut profité à personne.

Mais M. Delamarre eut bientôt chassé ces sombres réflexions et retrouvé le calme dont il s'était fait une loi de ne pas se départir.

— Je vous serais obligé, maître Gardelle, de me tenir au courant de l'affaire qui nous intéresse tous deux...

Il y a également ici une pauvre femme...

— Mme Valomer ! interrompit l'avocat.

— Oui, Mme Valomer, qui n'aura pas un instant de repos, vous le comprenez, jusqu'à ce qu'il y ait une solution.

Elle voudra être renseignée le plus fréquemment possible, et c'est sur vous que je compte pour cela.

Vous viendrez, maître Gardelle, aussi souvent que vous le pourrez, ou du moins chaque fois que vous aurez quelque chose à m'apprendre.

Mme Valomer aura besoin de vos encouragements et vous l'exhorterez à la patience.

Mieux que personne vous saurez l'entretenir dans l'espoir que vous lui avez donné.

— Je ne négligerai pas de remplir ce devoir qui m'incombe, à moi tout le premier, vous l'avez bien dit. Je serai pour Jacques Valomer et sa femme le messager qui transmettra les nouvelles de l'un à l'autre.

M. Delamarre l'interrompit pour s'informer :

— Mais j'y pense, après la cassation du jugement, quand vous pourrez de nouveau communiquer avec Jacques Valomer...

— Eh bien !

— Lui ferez-vous part de la tentative de sa fille ? Ne serait-ce pas provoquer chez ce malheureux la plus affreuse perplexité ? Non !... non ! cela n'est pas possible. Jacques Valomer doit ignorer...

— Je partage absolument cette opinion, dit maître Gardelle.

A son tour l'avocat était devenu pensif et soucieux. Il n'avait pas encore réfléchi à cette situation embarrassante que le juré venait de lui faire entrevoir.

Et comme il réfléchissait, M. Delamarre lui dit :

— Vous aurez à trouver l'explication que vous donnerez à Jacques Valomer; mais je désirerais, maître Gardelle, qu'il ignorât mon intervention...

— Comment,... vous voudriez...

— Épargner à ce malheureux homme la douleur qu'il ne manquerait pas d'éprouver; interrompit M. Delamarre.

Et il ajouta :

— Il sera toujours temps qu'il sache par quels moyens on sera parvenu à faire proclamer son innocence, à quel prix on aura obtenu son acquittement.

L'avocat demeurait interdit, stupéfait de tout ce qu'il avait entendu depuis qu'il s'entretenait avec M. Delamarre.

Jamais abnégation de soi-même n'avait encore atteint ce degré de grandeur sans ostentation, avec cette simplicité antique.

— Voilà qui est donc bien convenu, maître Gardelle, et nous ne reviendrons plus sur ce point. Maintenant, causons un peu de la pauvre femme à qui j'ai donné l'hospitalité, dit M. Delamarre.

— Mme Valomer trouvera chez vous tous les soins que réclame son état, toutes les consolations qu'on peut donner en pareil cas...

— Ce sera notre seule occupation, notre unique besogne...

— Dites la mission que vous vous êtes donnée !

M. Delamarre reprit après l'interruption :

— J'ai dit notre seule occupation, car dans quelques jours j'aurais bien du temps à moi, dont je ne dispose pas à présent.

Il se mit à parler avec le plus grand calme, avec la plus entière liberté d'esprit, du dessein qu'il avait formé et qu'il voulait réaliser sans retard.

— J'ai maintenant, dit-il, un grand et impérieux devoir à accomplir, pour lequel, monsieur l'avocat, je me permettrai de faire appel à vos lumières et à votre aide.

— De quoi s'agit-il, répondit maître Gardelle ?

— Pour l'exploitation, pour la mise en œuvre de l'industrie que j'exerce, il m'a fallu, à moi qui sortais du bagne, dénué de ressources, il m'a fallu, dis-je, recourir à une commandite.

— Oui, je comprends cela.

— Vous comprenez également, alors, que mon premier devoir soit de tout avouer à mon commanditaire, d'établir mon bilan, de régler les comptes de l'entreprise, de rembourser à mon associé les sommes avancées par lui et de lui verser, enfin, la part de bénéfice

Pour subvenir aux frais de son entretien, le commis en librairie faisait des copies...
(P. 387.)

qu'il a droit d'exiger en rompant tout rapport avec un homme jadis condamné aux galères.

— Mais vous n'êtes pas coupable!

— Nous sommes, vous et moi, convaincus de l'injustice de l'arrêt rendu contre moi, oui, j'ai le droit de relever la tête et de dire : Je suis innocent, mais qui ajoutera foi aux paroles du forçat? Tous les condamnés peuvent s'écrier : Je suis innocent!... Comment, plus que

les autres, arriverais-je à ébranler la conviction publique. Mon jugement a été prononcé, ma peine a été subie, la flétrissure infâme m'a
été imprimée par la main du bourreau et la loi n'accorde même pas
la réhabilitation à l'innocent condamné !... Vous voyez bien, vous,
l'homme de loi, qu'il ne me reste qu'à baisser la tête et à subir jusqu'au bout ma triste destinée.

Maître Gardelle ne trouvait rien à répondre, rien à conseiller, il
assistait, remué jusqu'au fond des entrailles, à cette scène pendant
laquelle un homme, jouissant de la considération la plus grande, en
pleine possession de lui-même et avec un stoïcisme incomparable, se
préparait à la mort civile qui l'attendait !...

Le jeune avocat se disait qu'il avait contribué lui-même à l'existence de cette situation terrible à laquelle il ne voyait qu'une déplorable issue.

Il était partagé entre le sentiment qui l'avait poussé à faire son
devoir et la douleur d'avoir été contraint d'accepter le sacrifice que
cet homme de bien s'imposait pour l'aider dans l'accomplissement
de ce devoir.

Cruelle situation, en effet, qui le mettait dans l'obligation, pour
sauver un innocent menacé de l'échafaud, de préparer le pilori pour
un autre aussi innocent que le premier.

M. Delamarre comprit tout ce qu'il y avait d'agitation dans cette
conscience mise à une si rude épreuve.

— Maître Gardelle, prononça-t-il doucement, vous avez fait ce
que devait faire un homme d'honneur. L'offre que je vous ai faite
spontanément, vous l'avez acceptée de même; l'un et l'autre nous
avons accompli notre devoir. Vous ne devez pas plus éprouver de
remords que je n'éprouve moi-même de regrets.

Et comme le jeune avocat ne se rendait pas à ce raisonnement,
M. Delamarre, pour apaiser cette conscience agitée, prononça d'une
voix calme et grave :

— Maître Gardelle, si, par compassion pour moi, par pitié pour
ma femme, pour ma fille, votre âme se révoltait contre l'accomplissement du devoir, je dévoilerais moi-même la prétendue indignité qui
me frappe et annule le jugement rendu contre Valomer.

— Quoi, dit Gardelle, c'est dans ce but que vous veniez me trouver,
lorsque je vous ai vu pour la première fois ?

— Non... Lorsque après la condamnation de Valomer je me trans-
portais chez vous, ce n'était pas avec l'intention de dévoiler mon fu-
neste projet. Je n'avais d'autre but que de vous encourager à défendre

de nouveau ce malheureux, je voulais dire à sa famille : Ne mau-
dissez pas tous ceux qui composaient le Jury, qui l'a condamné, un
homme l'a déclaré innocent et je suis cet homme !... Là se bornait, je
le répète, le but de ma démarche.

Mais vous m'avez appris qu'il existait une chance de salut pour
cet infortuné et que, pour arracher Valomer à la mort, il vous fallait
fournir au tribunal une cause de cassation qui vous faisait défaut et
une voix irrésistible, sacrée, m'a crié : Tu peux sauver cet homme où
le laisser mourir. Ma conscience a répondu : je le sauverai.

C'est à vous-même à présent, c'est à l'avocat que j'en appelle : me
reconnaissez-vous le droit d'acheter le repos et le bonheur de ceux
qui me sont chers au prix de la vie d'un homme ?

— Non... murmura Gardelle...

— Alors, accomplissons, tous deux, notre devoir et que Dieu juge
et prononce...

— Que Dieu juge et prononce, reprit l'avocat.

. . . .

On sait, maintenant, quel homme était M. Delamarre, nous allons
dire quel homme il avait été jadis, et les tristes événements dont fut
agitée son existence, alors qu'il s'appelait Urbain Raimbaud.

Fils d'un ancien employé aux Gabelles, mort en le laissant orphelin sans fortune, Urbain s'était trouvé de bonne heure aux prises avec
les difficultés de la vie. Mais le tempérament énergique dont il était
doué devait l'empêcher de s'abandonner au découragement, en même
temps qu'il répugnait à sa nature droite et loyale de chercher des ressources contre la misère dans des moyens inavouables et illicites.

Il accepta bravement la lutte pour la vie.

A vingt ans il n'avait encore réussi qu'à trouver un modeste
emploi chez un libraire du quartier latin qui, faute de pouvoir lui
donner des appointements, le nourrissait et le logeait dans une mansarde dont la location dépendait de la boutique et du petit appartement qui composaient le rez-de-chaussée.

Pour subvenir aux frais de son entretien, le commis en librairie
faisait des copies auxquelles il consacrait les heures prises sur son
sommeil.

Et quand ce travail supplémentaire venait à lui manquer, — ce
qui n'arrivait que trop souvent, — Urbaid Raimbaud employait son
temps à lire des ouvrages d'étude qu'il empruntait à la bibliothèque
du libraire.

C'est ainsi qu'il arrivait à combler les lacunes de son éducation que la mort de son père ne lui avait pas permis d'achever.

Tant de persévérance et de courage devait attirer au jeune homme la sympathie de ceux qui en pouvaient juger.

Au nombre de ces personnes se trouva un vieux savant pour lequel il copiait des manuscrits, que le jeune Urbain lisait et qui l'intéressaient vivement.

Un soir que son « vieux client », comme il l'appelait, le surprenait plongé dans cette lecture, Urbain s'excusa de n'avoir pas achevé la copie.

Mais au lieu de se montrer contrarié de ce retard, le vieillard sourit et, avec une paternelle douceur, demanda au jeune homme s'il avait compris ce dont traitait le manuscrit.

La réponse du copiste combla de joie le vieux savant.

— Vous vous passionnez donc comme moi pour les sciences pratiques, mon ami? demanda-t-il ; eh bien, venez me voir et vous assisterez au cours que je fais, le soir, à mon unique élève.

Urbain Raimbaud n'eut garde de manquer au rendez-vous.

Le lendemain soir, sitôt la boutique fermée, au lieu de remonter dans sa mansarde, il se rendit à l'adresse que lui avait donnée son futur professeur.

Il arriva, tout essoufflé, au quatrième étage qu'habitait M. César Marbot (c'était le nom de l'homme de science), dans une maison de la rue Madame.

Le savant l'attendait et, au coup de sonnette bien timide, il vint ouvrir et, conduisant Urbain par la main, il le fit pénétrer avec lui dans un petit salon très confortablement tenu, malgré l'encombrement de livres qu'on y voyait.

Et s'adressant au jeune homme :

— Laissez-moi vous présenter mon élève, lui dit-il.

Urbain Raimbaud eut un mouvement de surprise et resta tout interdit, ne trouvant pas même la formule banale usitée en pareil cas.

L'élève de César Marbot était une jeune fille de quinze à seize ans, petite brune fort éveillée dont la physionomie ouverte réflétait l'intelligence, la franchise et la décision.

— Ma petite nièce, mademoiselle Joséphine Marbot, qu'à la mort de ses parents, mon frère me chargea d'élever, car il était officier dans la marine royale et ne pouvait, par conséquent, se charger lui-même de ce soin.

Quand le grand père de Joséphine mourut pendant une croisière dans la mer des Indes, j'ai hérité de mademoiselle que voici, qui tient le ménage, soigne le vieux parent et veut bien suivre le cours que lui fait le professeur.

Elle est très gaie, ce qui ne l'empêche pas d'apprendre les choses sérieuses que je lui enseigne, et vous rivaliserez bientôt, je l'espère, d'amour pour l'étude.

Pour rester dans la vérité absolue, nous devons reconnaître que le commis de librairie, pendant cette première soirée, ne fut pas très attentif au cours du savant professeur.

Il ne cessait de regarder l'autre élève, à la dérobée, et parfois leurs regards ce rencontraient.

Curiosité réciproque assurément, mais qui ne pouvait manquer de dégénérer en une sympathie partagée.

Au bout de quelque temps, Urbain était invité à dîner chez son professeur, et la jeune fille prenait grand plaisir dans la société de son compagnon d'études.

Bien qu'absorbé dans la science qui était toute sa vie, César Marbot ne tarda pas à remarquer que ses deux élèves ne faisaient pas seulement de progrès dans leurs études, mais qu'ils en faisaient aussi dans leurs relations de douce camaraderie.

Loin de s'en offusquer, il en éprouva une grande satisfaction.

Au bout d'un an, il avait acquis la certitude que les deux jeunes gens s'aimaient.

— Allons, allons! pensait l'excellent homme; je crois que je pourrai mourir à présent sans regret; ma nièce aura quelqu'un qui me remplacera auprès d'elle !

César Marbot ne savait pas si bien pronostiquer. L'année suivante il sentit les forces lui manquer, précisément un soir que ses deux élèves attendaient qu'il leur fît le cours comme d'habitude.

Urbain et Joséphine se regardèrent avec tristesse; tous deux avaient compris que, pour leur vieil ami, la fin était proche.

Et lui aussi eut conscience de son état. Il dépérissait rapidement et voulut prendre ses précautions afin que la mort, qu'il sentait venir à grands pas, ne le surprît point avant qu'il n'eut assuré l'avenir des deux jeunes gens.

Or, un dimanche que Joséphine avait préparé le repas du soir et attendait l'invité de toutes les semaines, son oncle l'avait appelée auprès du fauteuil qu'il ne quittait guère plus que pour se mettre au lit.

Et il lui dit avec un bon sourire qui éclaira son visage :

— Eh bien, ma chère petite nièce, il me semble qu'il est temps que nous procédions aux fiançailles.

Qu'en penses-tu? ajouta-t-il en prenant les deux mains de la jeune fille pour appeler sa confidence.

— N'ai-je pas toujours été obéissante, oncle Marbot? répondit Joséphine. Cette fois encore, j'obéirai!

— Avec plaisir?... Dis-le franchement.

— Oui... avec plaisir, oncle Marbot!

— Alors, c'est entendu!...

Urbain sonnait à ce moment et, à l'empressement que mit la jeune fille à ouvrir la porte, l'oncle Marbot comprit qu'il allait faire deux heureux.

— Je n'aurai pas la peine de lui annoncer la bonne nouvelle, pensa-t-il en entendant les deux jeunes gens chuchoter dans l'antichambre.

Le souper fut, ce soir-là, le repas des fiançailles.

Dès le lendemain, Urbain faisait toutes les démarches en vue du mariage que l'oncle Marbot voulait voir célébrer le plus tôt possible.

Le notaire s'occupa, en même temps, du contrat de mariage et du testament.

César Marbot instituait sa petite nièce légataire universelle.

Le mariage fut célébré après les délais expirés.

Les nouveaux époux occupèrent à deux la petite chambre de jeune fille où Joséphine avait eu à peine de place pour elle seule.

Il n'y eut rien de changé dans l'ancien ménage, sinon que le professeur ne faisait plus son cours et passait maintenant les soirées à causer avec les nouveaux mariés.

Causeries utiles, pendant lesquelles il leur faisait des recommandations pour le présent, et leur donnait des conseils pour l'avenir.

Il voulait, jusqu'au dernier moment, être bon à quelque chose, disait-il, puisqu'il ne laissait pas de fortune qui pût donner l'aisance.

— Tu la trouveras là-dedans, peut-être un jour, Urbain, ajoutait-il en montrant sa bibliothèque de manuscrits.

Quand, pour lui, l'heure dernière eut sonné, César Marbot s'éteignit, sans souffrance, entre ses deux enfants.

Urbain atteignait alors sa vingt-troisième année et sa femme avait dix-neuf ans accomplis.

Le vieux savant ne laissait, par testament, que la modeste petite rente dont il vivait.

Mais parmi ses anciens amis il s'en trouva un qui s'inquiéta de la situation des jeunes mariés et promit de chercher pour Urbain Raimbaud une position lucrative dans une des administrations de l'État. La petite rente laissée par l'oncle Marbot n'allait plus suffire aux dépenses du ménage. L'année de son mariage, la jeune femme mit au monde un enfant, une petite fille à laquelle on donna le nom de Césarine en souvenir du vieux parent dont la mémoire était toujours présente.

C'était la joie qui entrait dans le ménage avec les premiers vagissements si doux au cœur d'une mère; mais c'était aussi la gêne en perspective, si l'emploi qu'on attendait tardait par trop.

La jeune mère économisait le plus possible, allaitant elle-même sa fille dont elle n'avait pas voulu se séparer.

Ce ne fut qu'au bout d'un an qu'Urbain Raimbaud fut admis aux Finances en qualité de surnuméraire. Il déployait tant de zèle dans son modeste emploi et y fit si bien preuves de connaissances spéciales qu'il fut désigné pour le premier emploi de titulaire qui deviendrait vacant. Il finit par l'obtenir et la gêne commença à disparaître laissant la place libre au bonheur.

L'enfant grandissait, les années s'écoulaient pour toute la petite famille, chacune amenant des joies nouvelles et fortifiant les deux époux dans leur espérance de jours encore meilleurs.

Césarine était devenue une jolie fillette et promettait d'être une demoiselle accomplie.

— Elle va bientôt avoir quinze ans, disait le père, et nous n'avons pas encore le premier sou de la dot qu'il faudra lui donner.

C'était à présent sa seule préoccupation, car il avait monté en grade et de commis principal, il allait bientôt passer sous-chef dans son bureau. La jeune fille avait seize ans et continuait à tenir tout ce que promettait l'enfant.

Lorsqu'il était devant elle question de cette dot qui faisait l'éternelle préoccupation de son père, Césarine disait d'un ton qui frisait la mélancolie :

— Je ne vous quitterai jamais, jamais; pourquoi alors me parler de choses qui me font de la peine ?

— Paroles de jeune fille, d'enfant gâtée, qui n'a pas encore entendu bavarder son cœur faisait Urbain à l'heureuse mère touchée des sentiments de sa fille.

Mme Raimbaud devint mère pour la seconde fois, après plus de quinze années d'intervalle entre la naissance de son premier et de son second enfant.

— Encore une fille ! s'était exclamé Urbain Rambaud quand on lui eut présenté l'enfant à embrasser.

Césarine était radieuse. Il semblait qu'à présent elle eut eu l'esprit débarrassé d'une constante préoccupation.

Plus d'air de mélancolie, plus de sombres pensées voilant tout à coup l'esprit.

A la façon dont la sœur aînée se mit tout de suite au rôle de « petite maman » qui lui incombait, on pouvait voir qu'elle se proposait d'élever sa sœur Jeanne dans les principes et avec la même sollicitude qui lui avait été prodigués à elle même.

Charmant tableau, toute ensoleillé, sur lequel, hélas ! ne devaient pas tarder à se projeter des ombres sinistres.

Sur cette famille pour laquelle il semblait que le bonheur de vivre ne dut jamais cesser, se déchaînèrent tout à coup d'effroyables malheurs, des calamités sans nom.

Urbain Raimbaud fut accusé d'un crime que la loi punit des Galères. Il s'agissait du détournement d'une somme, somme importante, effectué à l'ordre d'un faux, au préjudice de l'État.

Et du jour au lendemain l'homme estimé, respecté, dont on citait la conduite comme irréprochable, devint aux yeux de tous un misérable appartenant désormais à la vindicte publique.

On vint l'arracher à cette famille qui l'adorait pour le traîner devant les juges.

Jeté en prison, le malheureux y passa de longs mois attendant sa comparution devant le tribunal. Des événements survenus pendant l'instruction en avaient ralenti le cours. Ces retards provenaient du désistement du magistrat instructeur, remplacé, comme on l'a appris par le récit du missionnaire à Thérèse Valomer, parcequ'il ne voulait ni faire condamner un innocent, ni accuser le véritable coupable qui était son père...

Pendant des mois de détention préventive, Urbain Raimbaud n'avait pu communiquer avec sa femme, ou voir ses enfants.

De leur côté Mme Raimbaud et Césarine avaient vécu dans de mortelles angoisses.

Les deux infortunées se résignaient parfois avec l'espoir que l'innocence du chef de famille serait proclamée solennellement à l'audience.

Aussi attendaient-elles avec anxiété le jour du jugement.

... Les gardes la repoussaient, formant une barrière infranchissable entre elle et le prisonnier. (P. 397.)

III

CÉSARINE RAIMBAUD

A partir de l'arrestation et de l'incarcération de son père, Césarine Raimbaud s'était donné pour mission de consoler sa mère

et de tâcher de lui communiquer l'espoir qu'elle gardait au fond de son cœur.

Elle exhortait l'infortunée à ne pas se laisser abattre par la douleur. Il était impossible que la prévention ne fut pas abandonnée, disait-elle.

— Il nous reviendra bientôt, dans quelques jours assurément, quand on aura reconnu qu'il n'est pas coupable.

Mais les jours et les semaines s'étaient écoulés sans que l'on eut des nouvelles du prévenu ; et quand Césarine vit que la détention préventive se prolongeait et qu'elle eut appris que l'instruction suivait son cours, une transformation complète s'opéra en cette jeune fille jusque là si réservée et timide.

A l'insu de sa mère, Césarine Raimbaud s'était tenue constamment au courant de la marche du procès, et elle déploya, dans ces terribles circonstances, une énergie dont ne purent avoir raison ni les difficultés, ni les rebuffades, ni même les menaces.

D'abord, la pauvre enfant s'était imaginé que ses larmes attendriraient les magistrats, qu'elle serait admise auprès d'eux et qu'elle pourrait plaider la cause du prévenu.

Mais il lui fallut abandonner cette espérance qu'elle avait entretenue jusque là, quand, s'étant présentée au domicile des juges elle s'était vue évincée.

Alors elle se rendit au Grand Châtelet et, s'armant de courage, elle se présenta devant le procureur.

Comme elle avait annoncé qu'elle venait pour l'affaire du prévenu Urbain Raimbaud, elle fut introduite dans le cabinet du magistrat du roi.

— Que savez-vous de l'affaire du Ministère des Finances ? lui avait demandé le magistrat.

La réponse de Césarine frappa de stupeur le procureur.

— Je sais que celui que vous avez fait jeter en prison, est un honnête homme ! s'était écriée la jeune fille avec une fermeté si énergique, si convaincue, si violente même qu'elle paraissait provoquée par quelque dérangement d'esprit.

Toutefois le magistrat l'avait interrogée avec bonté.

— Vous affirmez, lui dit-il en la regardant ; mais quelles preuves pourriez-vous fournir à l'appui de cette affirmation ?

— M. Raimbaud est un honnête homme, répéta la jeune fille... et je vous dis, monsieur le procureur du roi, qu'il n'est pas capable d'avoir commis le crime pour lequel on l'a jeté en prison...

— Mais cela ne suffit pas, mademoiselle ; quand on fait une déclaration aussi catégorique, on doit pouvoir prouver son dire :

Puis s'interrompant, le magistrat interrogea :

— Vous avez dit, tout à l'heure, que vous connaissiez le prévenu ;
je vais alors prendre des mesures pour que vous soyez citée comme
témoin...

Le magistrat avait pris, dans le dossier de l'affaire, le feuillet sur
lequel était inscrit les noms des témoins.

Il s'informa :

— Comment vous appelez-vous, mademoiselle ?

Sans hésitation, la jeune fille répondit :

— Césarine Raimbaud !

Le magistrat réprima un mouvement de surprise.

— Césarine Raimbaud, répéta-t-il en écrivant.

Puis il dit à la jeune fille :

— Raimbaud est le nom du prévenu... Vous lui êtes alors attachée par quelques liens de parenté ?

— Je suis sa fille !

— Sa fille !...

— Oui, monsieur le procureur !... Vous voyez que je dois le connaître et que je ne peux pas me tromper quand je vous dis que c'est
un honnête homme !...

Et comme le magistrat gardait le silence, Césarine Raimbaud
interpréta favorablement ce silence :

— Ah ! je savais bien, monsieur le procureur, que vous m'écou-
teriez ; je savais bien en venant ici que vous me rendriez mon père.

La réponse du magistrat avait produit un effet foudroyant sur
l'infortunée.

— Je regrette, dit-il, non sans une certaine émotion, je regrette
d'avoir à détruire vos illusions. Le témoignage, les affirmations d'innocence d'une fille en faveur de son père ne pèsent que d'un bien
faible poids dans la balance de la Justice.

Je ne puis, pour ma part, vous écouter plus longtemps, et me
vois forcé de vous prier de vous retirer.

Et, en disant ces mots, il sonna pour appeler le garde qui se
tenait dans l'antichambre.

Césarine insistait, répétant :

— Vous ne pouvez le garder en prison, monsieur, non, vous ne
le pouvez pas, puisqu'il n'est pas coupable !

Et comme la pauvre enfant s'obstinait à rester, il fallut que le garde la prit par le bras et la fit sortir.

Consignée à la porte du cabinet, elle passait à attendre, de longues heures dans les couloirs, les corridors et les escaliers du Grand Châtelet.

Il lui fallut bientôt s'abstenir d'importuner inutilement le magistrat.

Mais elle continua à aller au Grand Châtelet où elle se tenait maintenant aux abords de la salle affectée à l'audience.

Qu'espérait-elle ?

L'avocat chargé de défendre le prévenu était un débutant qui ne visait qu'à se tailler un succès personnel dans cette affaire qui devait avoir du retentissement.

C'est à lui que Césarine dut avoir affaire pour renouveler les affirmations si catégoriques qui l'avaient fait éconduire sans pitié par le procureur du Roi.

Le futur défenseur de Raimbaud se montra, vis-à-vis de cette infortunée, d'une froideur qui l'eut désespérée, si elle ne s'était à l'avance armée de courage pour toutes les démarches.

Son insistance à parler de la non-culpabilité du prévenu finit par faire naître une idée dans la tête de l'avocat.

Il vit jour à obtenir d'emblée une réputation d'éloquence, en mettant en scène, dans sa défense, l'intérieur de cette famille, le désespoir de l'épouse, les larmes des enfants; il y avait là, se disait-il, de quoi faire un tableau saisissant.

Il donna donc à Césarine rendez-vous à son étude et la jeune fille s'empressa de s'y rendre.

Elle avait trouvé, se disait-elle, le moyen d'avoir des nouvelles du prisonnier.

Mais elle apprit avec douleur que l'avocat n'avait pas encore communiqué avec le prévenu, qu'il avait été chargé de défendre.

Toutefois, il promit qu'il le verrait dès le lendemain et lui transmettrait des nouvelles de sa famille.

Il prit des notes sur les renseignements que lui donnait la jeune fille, et quand celle-ci se fut retirée, le défenseur d'Urbain Raimbaud possédait tous les éléments nécessaires pour faire une biographie émouvante de son client.

C'était d'ailleurs tout ce qu'il désirait, aussi éconduisit-il bientôt la jeune fille, affirmant qu'il n'avait plus de renseignements à lui demander.

Césarine s'était alors adressée au greffe de la prison, afin d'avoir des nouvelles de son père.

Elle trouva chez l'employé du greffe une compassion qu'elle n'avait pas rencontrée jusque là.

Ce brave homme, habitué à voir tant de pauvres femmes et d'enfants venir s'informer de prisonniers tenus au secret, se sentit ému en entendant Césarine le supplier de ne pas la renvoyer sans l'avoir écoutée.

Elle apprit que le prévenu quittait la prison, à certaines heures, pour aller à l'instruction et qu'elle pourrait, en se tenant sur son passage, peut-être apercevoir son père.

La malheureuse se posta près de la porte et quand elle vit sortir la voiture cellulaire elle se mit à courir; mais vainement, hélas! Elle ne ne put apercevoir son père, et s'en retourna en proie à une grande douleur qu'elle dissimula toutefois devant la pauvre femme qui se consumait dans le plus sombre désespoir.

Elle crut avoir enfin trouvé un sûr moyen de voir le prisonnier, peut-être même de lui adresser quelques mots.

Elle avait remarqué que la voiture cellulaire s'arrêtait devant une porte donnant sur le quai, et que l'on faisait descendre là les prisonniers mandés par le magistrat instructeur.

Un jour donc elle se mit en faction, le dos appuyé au parapet, comme si elle se fut arrêtée pour se reposer. Le factionnaire ne fit pas attention à elle, et elle put attendre l'arrivée de la voiture cellulaire.

Son cœur battit tout à coup, avec violence, quand elle aperçut le lourd véhicule débouchant de la rue sur le quai.

Elle attendit que la voiture se fut arrêtée.

Et au moment précis où l'on en faisait descendre Urbain elle se précipita, en criant :

— Mon père!... Mon père!...

Elle ne put en dire davantage, les gardes la repoussaient, formant une barrière infranchissable entre elle et le prisonnier.

Celui-ci n'eut que le temps d'adresser un regard plein de tendresse à sa pauvre enfant qui tendait désespérément les bras vers lui.

Chaque jour, Césarine revint au même endroit, à l'heure où la voiture cellulaire devait venir; mais ce fut en vain! On faisait, depuis lors, pénétrer le véhicule dans la cour.

Mais elle savait que son père était là, tout près et que sa pensée s'envolait vers elle, à ce moment.

Et pendant tout le temps qu'avait duré cette instruction si exceptionnellement longue, Césarine Raimbaud n'avait jamais manqué, un seul jour, de chercher à se renseigner sur la marche de la procédure.

Convaincue qu'on ne pouvait condamner son père innocent, il lui tardait maintenant que le jour de l'audience arrivât.

Ce jour là, se disait-elle, on lui rendrait son père.

Cette espérance entretenait en elle l'énergie dont elle s'était armée.

Elle laissait maintenant à sa mère les soins à donner à la petite Jeanne, afin de consacrer tout son temps aux démarches qu'elle persistait à faire, pour tâcher d'améliorer le sort de l'accusé.

Elle était retournée au greffe de la prison, cette fois pour apporter quelques douceurs à celui qui devait tant souffrir pendant cette instruction prolongée.

Elle était parvenue à ce que l'on fît pour elle certains écarts au règlement si sévère de la prison. Le greffier ayant fermé les yeux sur cette irrégularité, un des gardiens avait consenti à remettre un petit paquet au prisonnier.

Césarine y avait joint une lettre.

« Nous avons du courage, père chéri, écrivait-elle, et nous attendons ton retour auprès de nous pour te faire oublier tout ce que tu souffres en ce moment.

Elle ajoutait, faisant allusion à la courte scène qui s'était passée devant la voiture cellulaire :

« Depuis le jour où j'ai réussi à te voir, pendant quelques secondes, je n'ai pas cessé de chercher le moyen de t'apercevoir, ne fût-ce que de loin, afin que tu saches bien que nous ne t'abandonnions pas, que notre pensée était sans cesse avec toi!

« Chaque jour je passe devant la prison, j'attends la sortie de la voiture dans laquelle je suppose que tu te trouves.

« Chaque jour aussi j'erre dans ces longs corridors du Grand Châtelet et je m'arrête devant la porte de cette salle des audiences où sera bientôt proclamée ton innocence!

« Bon courage, père, Dieu te rendra bientôt à notre tendresse, et tu retrouveras dans la société la place qui t'est due, l'estime et la considération qu'une vie honorable comme la tienne a su te mériter. »

Tout ce qu'elle avait écrit au prisonnier était bien ce qu'elle pensait.

Elle voulait éclatante la réhabilitation due à son père.

Aussi attendait-elle dans la plus absolue confiance en son acquittement lorsqu'arriverait le jour où il comparaîtrait devant ses juges.

C'est en errant comme elle le faisait chaque jour aux abords du Grand Châtelet qu'elle apprit, par le garde qui l'avait prise en compassion, que l'affaire arriverait le lendemain à son tour de rôle.

De grand matin elle s'était rendue au tribunal, afin de pouvoir trouver une place dans la salle d'audience.

La foule se pressait à la porte comme pour les affaires à grande sensation.

Des places avaient été demandées et réservées, et tout un public d'élite garnissait déjà la salle, lorsqu'on ouvrit les portes, à l'heure des débats.

Césarine avait eu toutes les peines du monde à se frayer un passage au milieu des rangs pressés qu'il lui fallait traverser pour arriver dans la salle.

Mais lorsqu'elle y fut parvenue, une véritable barrière humaine l'empêchait de voir. En vain suppliait-elle qu'on lui permît de passer, des grognements répondaient à ses supplications.

Au moment où les magistrats entraient en séance, il y eut une bousculade et la jeune fille à moitié écrasée fut portée, par le mouvement de houle, dans les premiers rang des spectateurs qui se tenaient debout sur le passage que devaient suivre les témoins pour aller à la barre, lorsqu'ils y étaient appelés.

C'est donc, cachée par un double rang de personnes qui la masquaient complètement, que Césarine put voir l'accusé conduit par deux gendarmes se rendant au banc des accusés.

A la vue de celui dont plusieurs mois de détention avaient profondément altéré le visage, la malheureuse enfant avait peine à contenir les gémissements prêts à s'échapper de sa poitrine.

Des larmes montaient à ses paupières, voilant les regards qu'elle tint constamment fixés sur l'accusé, pendant que le président faisait subir à celui-ci un long interrogatoire.

Et chacune des réponses qui sortaient de la bouche d'Urbain Raimbaud, les éloquentes protestations de son innocence dont il les faisait suivre, résonnaient au cœur de Césarine et la confirmait dans la ferme conviction que son père sortirait de ces débats, non seulement acquitté, mais réhabilité.

Que lui importait qu'un témoin vînt charger l'accusé et que le ministère public accumulât des charges contre lui; est-ce qu'elle n'était pas certaine que tout ce qu'elle entendait débiter n'était que mensonges et calomnies qui ne tiendraient pas debout contre les arguments de la défense?

Ah ! si elle eut pu répondre à ce magistrat qui accablait ainsi l'accusé, avec qu'elle violence elle le traiterait d'imposteur.

C'était maintenant, l'âme remplie d'anxiété, qu'elle regardait tour à tour les juges et les membres du jury, comme pour lire sur leurs physionomies l'impression que pouvaient faire sur eux le terrible réquisitoire du ministère public.

Ces regards semblaient dire : « Tout ce que vous entendez là est faux. Celui qu'on va juger est un honnête homme digne de siéger parmi vous ! »

Et reportant ses yeux vers son père contraint d'écouter ces paroles dont chacune devait faire bondir son cœur et enflammer son cerveau, Césarine pensait :

— Aie le courage de supporter ces outrageantes paroles qu'on te jette à la face ; c'est à force de tendresse et d'amour, c'est avec nos baisers que nous effacerons les traces que ton long martyre aura imprimées sur ton visage, père chéri !

Tout à coup, l'attention de Césarine fut ramenée aux débats. Dans une péroraison d'une extrême véhémence, le Ministère public adjurait les membres du jury de se montrer sans pitié pour le coupable qui méritait un châtiment d'autant plus grand que son intelligence et la position qu'il avait occupée ne laissaient admettre qu'il pût bénéficier de circonstances atténuantes.

En entendant le magistrat appeler toute la sévérité du jury sur l'accusé, Césarine Raimbaud avait senti le sang lui affluer au cœur.

Et, de nouveau, elle avait tourné ses yeux pleins de flammes vers ces juges à qui l'on conseillait, pensait-elle, une action infâme.

Et, toute frémissante de colère, elle dut faire un effort violent sur elle-même pour ne pas leur crier :

« N'écoutez pas cet homme, ne l'écoutez pas, car il ment !... Ne l'écoutez pas, car ce serait pour vous le remords de toute la vie si vous condamniez mon père ! »

Et, dans l'agitation poignante qui la torturait, des mots sans suite, des sons inarticulés s'échappaient, à son insu, de sa poitrine.

— Silence, donc, lui dit d'un ton bourru l'un de ses voisins, vous allez nous empêcher d'entendre ce que va dire l'avocat pour défendre ce coquin-là !

Césarine ressentit un horrible déchirement au cœur.

A ce moment, le défenseur de l'accusé se levait et commençait sa plaidoirie, comme un acteur débitant un rôle dont il aurait étudié tous les effets.

Les rôdeurs de prisons ne manquaient pas de se tenir en permanence dans les cabarets borgnes
et autres bouges... (P. 408.)

Après un exorde soigneusement préparé, l'avocat prononça ces mots : « Je vais vous faire connaître l'homme sur lequel on fait peser une pareille accusation ; je vais vous montrer Urbain Rambaud dans sa famille... »

Césarine était maintenant suspendue aux lèvres de celui qui, en termes émus, parlait du père de famille plein d'amour pour sa compagne et élevant sa tendresse paternelle jusqu'à l'adoration.

Ces paroles réconfortaient son âme mise au supplice par le violent réquisitoire qu'elle venait d'entendre prononcer.

Et pendant que l'avocat continuait à représenter l'accusé comme un père incomparable, comme le plus vertueux des époux, Césarine, se tournant vers les juges, semblait dire : « Voilà celui qu'on accuse d'un crime ; est-il possible d'admettre qu'il ait pu le commettre ?... »

Puis, elle se remettait à écouter l'avocat qui, à présent, multipliait les arguments pour démolir l'accusation.

Et quand, dans une péroraison véhémente, le défenseur eut demandé, non pas compassion, mais justice, pour l'accusé, Césarine Raimbaud joignit ses mains tremblantes et tout son corps fut agité par un long tressaillement.

Maintenant, il lui semblait que tous les assistants étaient convaincus que l'accusé était une de ces victimes sur lesquelles pèse la fatalité.

Elle se persuadait à elle-même qu'il n'y aurait tout à l'heure qu'une voix pour acquitter son père.

C'était un tressaillement de joie qui l'avait secouée, quand le président des assises avait commencé le résumé des débats.

Le président avait terminé son résumé ; le ministère public avait déclaré n'avoir rien à ajouter et l'avocat du prévenu s'était contenté de dire qu'il s'en rapportait à la conscience des jurés.

Les débats étant clos, le président donnait lecture du résumé des débats.

En voyant les jurés se retirer dans la salle affectée à leurs délibérations, Césarine Raimbaud les avait suivis du regard jusqu'à ce que la porte se fût refermée après leur passage.

Dans la salle, les commentaires allaient leur train, des conversations s'engageaient très animées entre gens qui n'étaient pas du même avis.

Césarine put entendre des paroles qui lui faisaient bondir le cœur d'indignation.

D'aucuns, parmi ceux qui se trouvaient assez près d'elle pour qu'elle ne perdît pas un mot de leur conversation, s'offraient à parier que l'accusé ne s'en tirerait pas à moins de dix ans de travaux forcés.

Ces deux mots accolés jetaient l'esprit de la malheureuse enfant dans une terrible agitation.

Les galères !... Son père condamné au bagne !

Ces mots résonnaient dans son cerveau comme des coups de marteau.

Et autour d'elle, pas une voix ne s'élevait pour combattre le sinistre pronostic ?

Personne n'acceptait donc de tenir pour l'acquittement de l'accusé ?

Césarine était en proie à une horrible anxiété qui lui déchirait le cœur, quand la voix de l'huissier réclama tout à coup le silence pour annoncer que la Cour rentrait en séance.

Elle avait réussi à se rapprocher du tribunal et se trouvait à présent au second rang des spectateurs. Elle pouvait, là, voir et entendre mieux qu'elle ne l'avait fait pendant le cours des débats.

Quand les juges parurent pour reprendre leurs places, une violente contraction du cœur et un tremblement qu'elle ne pût surmonter fit osciller le corps de la pauvre fille.

Le cou tendu, les yeux fixes, la malheureuse attendait le moment où le verdict serait prononcé, qui devait décider du sort de son infortuné père.

Un silence lugubre planait dans cette salle.

Tout à coup, le président appuyant la main droite sur son cœur, d'une voix grave et profondément émue, déclarait que l'accusé était reconnu coupable du crime pour lequel il avait comparu devant les juges.

Césarine Raimbaud porta la main à sa gorge où s'étranglait une exclamation qui se perdit dans le murmure confus qui accueillit le verdict.

La malheureuse n'avait plus rien entendu.

Ces mots . « Oui, l'accusé est coupable ! » elle les répétait mentalement, au milieu de bourdonnements qui emplissaient son cerveau.

« Coupable !... Coupable !... Coupable ! » avait-elle bien entendu ? N'avait-elle pas perdu la raison ?

Anéantie ! Césarine subissait, sans pouvoir le surmonter, un état de prostration, d'où elle sortit tout à coup, comme réveillée en sursaut de sa torpeur, par le bruit qui se faisait autour d'elle, quand on vit l'accusé apparaître pour entendre prononcer le jugement qui le condamnait à dix ans de galères.

Cette fois, la fille du condamné avait entendu distinctement.

Elle n'essaye plus de contenir la révolte de son âme et la violence de son désespoir.

Se frayant un passage à travers la foule, la malheureuse s'était précipitée dans l'enceinte réservée aux témoins

Et le cri déchirant, le même cri de révolte et de désespoir qui devait, quinze années plus tard, sortir de la bouche de Thérèse Valomer, s'arracha de la poitrine de Césarine Raimbaud.

— Mon père est innocent!... Mon père est innocent! rendez-moi mon père!...

Et comme on voulait l'empêcher d'aller plus loin, on la voyait se débattre avec fureur en continuant de crier .

— Rendez-moi mon père !

Cette scène déchirante avait bouleversé le cœur de tous les assistants.

On plaignait l'infortunée qui avait eu le courage d'assister aux débats, soutenue par l'espoir que son père serait acquitté.

Un grand tumulte se produisit quand le président eut donné l'ordre d'emmener le condamné.

En voyant son père entre les deux gendarmes qui le tenaient solidement par les bras, Césarine était parvenue, dans un accès de rage qui décuplait ses forces, à repousser ceux qui essayaient de la retenir.

Traversant la salle, d'un pas précipité, elle arrive jusqu'à la barre.

Elle tend les bras vers son père... Elle supplie que, du moins, on lui permette de l'embrasser.

Elle appelle, elle crie jusqu'à ce que, épuisée, elle chancelle et tombe épuisée, mourante.

On a pu l'entourer et lui dérober la vue du condamné que les gendarmes poussent hors de la salle d'audience.

L'huissier et les gardes du Palais de Justice enlèvent Césarine et la portent dans la pièce affectée aux témoins.

La pauvre fille est dans un état lamentable, et il semble, à voir son visage convulsé et ses yeux fixes entre les paupières démesurément ouvertes qu'elle ait perdu la raison.

Un médecin accourt et lui donne les soins que réclament son état.

Quelques-unes des personnes qui assistent à cette scène, s'offrent pour accompagner chez elle la fille du condamné, quand elle pourra marcher.

Mais dès qu'elle a recouvré ses sens et l'usage de la parole, Césarine déclare qu'elle n'a besoin d'aucun secours.

Une pensée unique emplit son âme : elle veut revoir son père ; elle ne peut se faire à l'idée qu'ils seront séparés pendant les dix années de bagne que le condamné devra subir.

Elle quitte la pièce où on l'a soignée, accompagnée par le vieux gardien qui l'avait renseignée sur le jour où devaient avoir les débats qui venaient de prendre fin.

C'était un ancien soldat, père de famille et qui, saisi de pitié, cherchait à consoler la pauvre enfant, avec de bonnes paroles.

— Ah ! de grâce, monsieur, suppliait Césarine, vous qui avez été si bon, dites-moi si cette condamnation est définitive, car, je vous le jure, monsieur, mon père n'est pas coupable... Oh ! non, et ce sera un crime de le séparer de sa famille. Parlez, monsieur, par pitié, dites-moi ce qu'il faut que je fasse. Rien ne m'arrêtera pour empêcher que mon père subisse cette peine horrible... Dites-moi s'il faut que j'aille voir les juges ; j'irai ! Je me jetterai à leurs genoux !...

— Ce serait peine inutile, ma pauvre enfant ; les juges ne peuvent rien quand la condamnation est prononcé.

— Mais alors, à qui m'adresser ?...

— Je ne puis que vous conseiller une chose : Allez voir l'avocat qui a défendu votre père.

— Que pourra-t-il faire ?

— Peut-être faire casser le jugement ; en tout cas, il tâchera peut-être de trouver un moyen.

Le brave homme hocha tristement la tête, sachant combien serait terrible une déception.

Césarine Raimbaud pria qu'on lui donnât quelques indications sur les démarches à faire pour voir le condamné.

— Ça ne sera pas facile, lui fut-il répondu ; et puis ça vous crèvera le cœur, mon enfant, si vous assistiez au départ... de la « chaîne ».

Le mot n'était pas plutôt sorti de sa bouche, que le vieux gardien regretta de l'avoir prononcé.

— La chaîne ! s'exclama la jeune fille ; qu'est-ce que cela ?...

— C'est l'expression dont on se sert pour...

— Mon père sera donc enchaîné ? interrompit Césarine épouvantée.

Enchaîné comme un criminel ! lui,... lui ! Oh ! grand Dieu !

Puis de nouveau sa tête s'égarant, la malheureuse fille s'écria :

— J'irai trouver l'avocat, les juges ; j'irai trouver le roi lui-même, le roi qui est le maître ; j'irai implorer la reine qui est mère !... J'irai partout, partout ; et tant que j'aurai la force de parler, de supplier, on n'enchaînera pas mon père avec des forçats ! On ne l'enverra pas au bagne où il mourrait de honte et de désespoir !...

. . . .

Césarine était retournée auprès de la malheureuse femme qui attendait, dans une anxiété mortelle, qu'elle vînt lui annoncer l'acquittement de l'accusé.

Hélas ! l'infortunée n'eut pas besoin d'interroger sa fille. Le visage convulsé de Césarine, les larmes qui s'échappaient de ses yeux, lui apprenaient le sinistre dénouement.

— Condamné !

Elle n'eut pas la force d'ajouter un mot, et tomba à genoux, écrasée, mourante. Césarine, vainement, cherchait à la ranimer.

Vainement elle implorait de sa mère une parole, un regard... Lorsque l'infortunée revenue à elle se souleva à demi, sa bouche restait muette, ses yeux demeuraient fixes et remplis d'égarement, il semblait que la folie envahissait son cerveau.

Alors, une pensée subite, une pensée pieuse traversa l'esprit de Césarine et, sans prononcer une parole, elle alla prendre sa petite sœur pour la présenter à sa mère.

Et s'agenouillant en face de la désespérée, elle plaça l'enfant dans ses bras, en suppliant :

— Mère adorée, songe à nous qui t'aimons !... Dieu ne permettra pas que nous subissions une pareille douleur ; Dieu est juste, lui !

Et pendant quelques minutes, ces trois misérables êtres demeurèrent enlacés, dans une même étreinte de désolation silencieuse.

. . . .

Tout ce qu'avait prévu le vieux gardien du Grand Châtelet devait se réaliser de point en point.

Le pourvoi d'Urbain Raimbaud fut rejeté. En vain Césarine s'était-elle présentée chez les juges, elle ne put parvenir à se faire admettre auprès d'eux.

Elle ne se découragea pas et se rendit à Versailles pour remettre une supplique à la reine et dut s'en retourner sans avoir même obtenu que la banale promesse que le pli qu'elle confiait à un huissier serait remis au secrétaire des commandements de Sa Majesté.

Alors elle retourna à la prison où le condamné devait, elle s'en était enquis, attendre que le lieutenant de police eut donné des ordres à son sujet.

Mais elle ne reçut plus au greffe l'accueil que les employés lui avaient fait précédemment, par pitié pour sa douleur.

Elle fut obligée de passer des heures entières dans la rue, mêlée à des gens qui attendaient la sortie des prisonniers.

Quelques-unes des conversations qu'elle entendit dans les groupes la jetèrent dans le plus grand désespoir.

Il y était question, en effet, du départ prochain de *la chaîne* pour le bagne de Toulon.

A l'époque où se passaient les événements dramatiques qui font l'objet de notre récit, les voitures cellulaires n'avaient pas encore remplacé la charrette découverte qui servait au transport des forçats jusqu'au bagne où ils devaient subir leur peine.

Le départ de *la chaîne* était un spectacle des plus impressionnants et qui attirait toujours un public nombreux avide de violentes émotions.

Par les geôliers et d'autres employés de la prison, on savait, à l'avance, le jour où les forçats quitteraient leurs cellules pour être dirigés sur le bagne.

Les rôdeurs de prisons ne manquaient pas de se tenir en permanence dans les cabarets borgnes et autres bouges où se débitaient à bas prix de la nourriture et des boissons sophistiquées.

Il y avait des privilégiés qui obtenaient d'assister aux formalités qui précédaient le départ.

Quelque étrange que cela puisse sembler, le jour du départ de la chaîne était, paraît-il, un jour de distraction, presque un jour de fête pour les autres prisonniers.

Et comme, en manière d'exemple, on leur permettait de regarder par les fenêtres de leurs cellules, ce qui se passait dans la cour, pas un n'eut voulu manquer à ce spectacle.

Même avec un cynisme révoltant, ils accueillaient avec d'écœurantes railleries, les misérables désignés pour faire partie du convoi de forçats.

... On transportait, sur un brancard, le cadavre de Césarine Raimbaud au domicile
de la femme du forçat. (P. 416.)

Dès que la cloche a sonné le réveil, le gardien chef, accompagné de sous-ordres, ouvre la cellule de chacun des prisonniers dont
il a la liste.

Ceux qu'on vient ainsi prendre à leur réveil, sont placés sur
deux lignes et encadrés par des gardes, de façon à ne pouvoir tenter
de s'échapper.

Lorsqu'ils sont arrivés dans la cour, on les fait mettre en ligne sur un seul rang et chacun est tenu de répondre à l'appel de son nom.

Cette première formalité accomplie, il est procédé à la distribution des hardes que le forçat devra porter au bagne.

Jusque là rien qui mérite d'être signalé; mais bientôt va commencer le « ferrage », qui constitue à lui seul un premier et terrible châtiment.

Généralement un convoi est composé d'une douzaine de forçats qui sont tous liés à la même chaîne; de là l'expression consacrée.

Voici comment, à l'époque de notre récit, se pratiquait le « ferrage ».

Chaque forçat ayant été appelé à son tour, un forgeron de chiourme lui essayait un carcan, collier de fer auquel attenait une chaîne.

Alors on rivait le collier au cou du forçat. Opération cruelle, véritable torture et qui n'était pas, en outre, sans danger pour celui qui la subissait.

En effet, pour river le carcan au cou du prisonnier, le forgeron se servait d'une enclume portative, et c'est à grand coup d'un maillet de fer qu'il rivait le collier.

Il suffisait, comme on peut s'en rendre compte, que le patient fît le moindre mouvement pour que le maillet lui broyât le crâne.

Chaque coup portant sur l'anneau qu'on voulait river, faisait sauter le patient dont les muscles subissaient alors d'affreuses contractions.

On raconte même que ces secousses étaient quelquefois si violentes qu'elles déterminaient des lésions internes dont le forçat mourait peu de temps après son arrivée au bagne.

Le « ferrage » terminé on faisait monter les forçats dans la charrette où ils étaient placés dos à dos et on les liait à une grosse chaîne qui tenait toute la longueur du véhicule.

Impossible, comme on voit, de tenter une évasion, pendant la route; mais par surcroît de précaution, un soldat armé d'un fusil se tenait le pied appuyé sur l'extrémité de la chaîne, et était de cette façon averti des moindres mouvements imprimés à la chaîne et se trouvait prêt à faire feu sur celui ou ceux qui auraient essayé de se débarrasser du carcan, d'une façon quelconque.

Voilà dans quelles conditions les forçats faisaient, par étapes, le voyage jusqu'à destination.

Qu'on s'imagine les souffrances physiques que subissaient ces misérables exposés, l'été, aux ardeurs du soleil; l'hiver, à la rigueur du froid, dans une charrette découverte, cahotant sur le pavé des routes.

On s'arrêtait pour laisser reposer les chevaux et permettre aux sinistres voyageurs de prendre la nourriture réglementaire.

Et ce terrible voyage durait pendant de longues semaines.

. . . .

Mêlée aux groupes qui stationnaient devant la prison, Césarine Raimbaud entendait raconter toutes ces choses horribles qui l'épouvantaient pour son malheureux père.

Mais il lui était réservé de souffrir plus cruellement encore.

Un matin que, comme d'habitude, elle quittait sa mère pour aller se poster devant la prison, Césarine éprouvait une émotion d'une tout autre nature que celles ressenties depuis les malheurs qui avaient fondu sur elle et les siens.

Au moment de partir, elle avait appuyé, sur les deux pauvres êtres dont elle partageait l'infortune, un regard empreint d'une indicible expression de tendresse.

Et, dans un mouvement spontané, prenant à deux mains le visage de sa mère, elle avait embrassé celle-ci avec une sorte de frénésie, comme si elle n'eut pu se rassasier de lui prodiguer ses caresses.

Et comme Mme Raimbaud cherchait doucement à se dégager, elle lui avait dit, d'une voix suppliante :

— Mère chérie, ne me repousse pas; il me semble que je ne pourrais jamais t'embrasser assez... aujourd'hui.

Puis elle prit la mignonne créature inconsciente du malheur qui l'avait frappée, et elle se mit à la presser dans ses bras; et elle la couvait tendrement des yeux, murmurant de douces paroles qu'on ne comprenait pas à l'oreille du petit ange qui la regardait en souriant.

Mme Raimbaud avait voulu retenir sa fille auprès d'elle.

— Pourquoi retourner là-bas, lui disait-elle; hélas! pas plus que moi, tu ne pourras rien.

Reste, Césarine; nous pleurerons ensemble; nous prierons toutes les deux.

N'est-ce pas tout ce nous pouvons faire?... Reste, mon enfant, car chaque jour amène pour toi une torture nouvelle.

Dieu me préserve, chère fille, de chercher à te consoler d'une affliction dont on ne se console jamais; comment chercherais-je à apaiser ton désespoir quand je meurs du mien!...

Et, s'interrompant, l'infortunée ajouta en levant les yeux au ciel :

— Songe que tu devras peut-être un jour me remplacer auprès de cette chère petite... Il faut donc que tu sois forte, Césarine, pour la mission qui pourrait t'incomber bientôt...

A cette allusion au chagrin qui mine et auquel on finit par succomber, la jeune fille ne répondit que par un long et douloureux soupir qui s'arracha de sa poitrine.

— C'est à toi d'être forte, ma mère, dit-elle, au bout d'un instant... Oui, à toi ! répéta-t-elle en se dirigeant vers la porte.

— Tu veux donc absolument sortir ? lui dit une dernière fois Mᵐᵉ Raimbaud ; qu'espères-tu donc ?

Césarine porta les mains à son cœur :

— J'ai le pressentiment... que je verrai mon père ! répondit-elle.

— Pauvre chère enfant, comme tu l'illusionnes et quelle nouvelle déception tu te prépares là...

Moi,... je n'espère plus rien !...

— Laisse-moi partir !... supplia Césarine en joignant les mains...

— Allons,... puisque tu le veux absolument.

Elle prit sa petite fille dans ses bras ; et l'enfant se mit à tendre ses mains vers sa sœur qui s'était arrêtée au moment d'ouvrir la porte.

Vivement Césarine se précipita pour embrasser une dernière fois Mᵐᵉ Raimbaud et l'enfant qui lui souriait toujours.

Puis elle partit sans vouloir se retourner, comme si elle eut craint de ne plus avoir le courage de s'en aller, si sa mère l'adjurait de nouveau de rester auprès d'elle.

Césarine avait descendu précipitamment l'escalier ; une fois dans la rue elle se mit à courir comme poursuivie par cette idée fixe qu'elle allait voir son père.

Au moment où elle arrivait à la tête du pont qu'il lui fallait traverser pour se diriger vers la prison, elle fut arrêtée par un encombrement de voitures que des agents faisaient ranger.

Des curieux en grand nombre stationnaient là, avec l'intention manifeste de former la haie.

Force fut à Césarine de s'arrêter comme tous ceux à qui les agents refusaient le passage sur le pont.

D'ailleurs, à ce moment, de l'autre côté du fleuve, on pouvait voir tout le monde courir et entourer une charrette qui avait peine à passer au milieu de la foule qui s'amassait de plus en plus compacte et tumultueuse.

A ce moment, le véhicule s'engageait sur le pont, escorté et suivi par ceux qui avaient réussi à forcer la ligne des agents.

Sur l'autre rive, dans les groupes, on s'entretenait du spectacle auquel on allait assister ; mais Césarine Raimbaud n'écoutait pas les conversations, très pressée de voir cesser l'encombrement et d'avoir le passage libre pour se diriger vers la prison.

Tout à coup cependant son attention fut attirée par les exclamations que poussait la foule groupée au débouché du pont.

On criait :

— Le voilà !... Le voilà !

A mesure que la charrette avançait, les cris redoublaient.

Refoulée par la houle humaine, la fille du condamné cherchait à se frayer un passage.

Elle fut portée par une poussée jusqu'aux premiers rangs, comme la charette passait.

Soudain la malheureuse jeta un cri qui domina le tumulte.

Elle venait de reconnaître, sur le lourd véhicule, son père...

Son père enchaîné, debout entre deux gardes-chiourmes.

De toutes parts s'éleva ce cri sinistre :

— Voilà le forçat !

Puis l'on se mit à acclamer ironiquement le malheureux que l'on amenait sur la place de Grève, le forçat que l'on allait marquer au fer rouge en place publique, avant de l'envoyer au bagne.

Devant cette foule sans pitié qui l'accablait d'injures, Urbain Raimbaud se redressait, effroyablement pâle, au milieu de cet ouragan d'imprécations.

Il promenait un regard empreint d'une expression de douloureux reproche sur ces gens qui l'injuriaient, comme pour proclamer hautement son innocence à la face de cette populace qui se pressait pour assister à son martyre.

Il n'eut pas l'horrible souffrance de distinguer, dans cette cohue, la pauvre créature ballottée dans ces remous incessants et qui disparaissait submergée par le flot humain grossissant à mesure qu'avançait la charrette.

Et la voix de l'infortunée se perdait dans le tumulte assourdissant ; ses cris de désespoir étaient couverts par les vociférations de ces milliers d'individus qui se précipitaient vers la place de Grève.

Mais déjà cette place était envahie par une foule avide de l'horrible spectacle qui allait se dérouler à l'endroit même où fut décapité Louis de Luxembourg, connétable de France ; où le roi Charles IX et Catherine de Médicis avaient assisté à la pendaison en effigie de l'amiral de Coligny tombé sous les coups des catholiques fanatisés ; où Ravaillac avait été écartelé ; où enfin les ascendants de ces gens qui se pressaient là aujourd'hui autour d'un innocent condamné au bagne, avaient assisté au supplice de la marquise de Brinvilliers, l'empoisonneuse, de Cartouche le chef de bande et de cette grande victime, Lally, baron de Tollendal, dont la mémoire devait être réhabilitée.

Au milieu de la place avait été construite à la hâte, dès le matin, une estrade, et l'on voyait sur la plateforme le bourreau de Paris qui donnait des ordres à ses deux aides.

L'un d'eux se mit aussitôt à attiser le feu dans un réchaud en fer tandis que l'autre enduisait de graisse le sceau armé de sa tige, avant de le faire rougir.

Quand la charrette fut arrivée à proximité de l'estrade, le bourreau et l'un de ses aides descendirent les quelques marches qui séparaient la plateforme du sol, afin d'aller recevoir le forçat des mains des gardes de la prison.

A ce moment on put voir la multitude, comme une mer montante, déferler jusqu'au pied de l'estrade.

Prise et roulée par la populace qui, de tout temps, a formé le public spécial des supplices et des exécutions, Césarine fut entraînée, emprisonnée dans un des groupes qui avaient réussi à occuper les places immédiatement devant l'estrade.

En vain eut-elle voulu s'arracher du milieu de ceux qui l'entouraient, elle n'eut réussi qu'à se faire écraser ou étouffer.

Mais la malheureuse ne songeait pas à tenter de se frayer un passage, pour fuir ce lieu maudit. Elle était comme clouée devant cet échafand que l'on avait dressé afin que le forçat y subît publiquement le supplice de la « marque. »

Les yeux fixés sur cette plateforme où dans quelques instants allait apparaître son père, elle attendait comme si elle n'eût pas eu conscience de ce qui allait se passer sous ses yeux.

Après l'immense douleur qu'elle avait éprouvée en entendant les injures et les vociférations dont on avait salué le passage du condamné ; après l'agitation qui l'avait secouée et la fièvre qui dévorait son cerveau, elle était à présent sous l'influence d'une sorte de somnambulisme et d'insurmontable suggestion, qui la retenait immobile, captivée, impuissante à détourner ses regards.

Tout à coup, Césarine fut rappelée à la réalité par d'immenses clameurs déchirant ses oreilles,

Le condamné gravissait, poussé par le bourreau et son aide, les marches de l'échafaud.

Il apparut sur la plateforme ; et pendant quelques secondes, on put voir son corps chanceler, violemment agité par une effroyable convulsion des muscles.

Saisi aussitôt par la poigne solide du bourreau, le malheureux fut jeté à genoux et maintenu par l'un des aides, la tête pendante, tandis que l'autre valet du bourreau faisait une entaille à la chemise, déchirait l'étoffe et mettait à nu le cou et l'épaule du forçat.

Urbain Raimbaud essayait de se débattre, écrasé par les deux mains de colosse qui le maintenaient.

On pouvait l'entendre crier que c'était un crime, et des rugissements de rage impuissante s'arrachaient de sa poitrine.

A ce moment où on le donnait en pâture à la curiosité d'une foule convaincue qu'elle avait sous les yeux un de ces misérables indignes de toute commisération, la victime d'une erreur judiciaire se révoltait.

Il en appelait à la face du ciel de la condamnation inique, odieuse, qui le frappait.

Il criait :

— Je suis innocent !... J'ai une femme, j'ai des enfants que l'on a, comme moi, condamnés à la honte, à l'ignominie !...

Il cherchait à relever la tête ; mais la main de l'aide tomba comme une masse sur son cou.

Au même instant le bourreau avait saisi par la poignée le sceau rouge comme un tison ardent

Il le montra au public. Puis le fer rouge décrivant une courbe dans l'air, s'abattit sur l'épaule nue.

La chair fuma...

Un cri de douleur retentit.

Urbain Raimbaud eut un mouvement instinctif pour se baisser sous la morsure brûlante du fer.

Alors du milieu du groupe où elle était retenue comme dans un étau, Césarine s'élança vers l'échafaud, en poussant des cris de démente furieuse.

Elle tendait les bras ; elle appelait son père.

On s'était écarté d'elle comme d'une folle.

Elle poussa un dernier cri d'horreur en voyant celui qu'on venait de marquer se redresser frissonnant de douleur, la face horriblement contractée, les yeux hagards roulant au milieu des orbites :

Césarine Raimbaud tendit les bras, ses mains se crispèrent, et dans une courte agonie, sa tête se renversa, et un son rauque s'étrangla dans sa gorge.

Soudain la malheureuse créature s'affaissa et son dernier soupir se confondit avec les cris que la souffrance arrachait à son père.

. . . .

Ceux qui s'étaient trouvés à côté de la jeune fille quand elle se précipitait vers l'échafaud en appelant désespérément son père, renseignèrent le lieutenant de police, sur l'identité de la défunte.

Et en même temps que la charrette reconduisait le forçat à la prison, on transportait, sur un brancard, le cadavre de Césarine Raimbaud au domicile de la femme du forçat.

Il nous faut renoncer à dépeindre l'écrasante douleur de l'infortunée mère devant ce corps sans vie, qu'elle cherchait à ranimer sous ses baisers, suppliant celle qui ne pouvait plus l'entendre, de répondre à sa voix.

Comment la malheureuse créature put-elle résister à cette immense douleur; par quelle volonté supérieure ne succombât-elle pas à son désespoir?

A cette âme tant éprouvée, la Providence envoya la seule consolation que puisse écouter une mère.

L'affligée entendit une voix qui l'appelait, une voix qui semblait venir du ciel.

C'était l'enfant qui se réveillait dans son berceau et appelait auprès d'elle sa « maman ».

Essuyant ses larmes, Mme Raimbaud se releva pour aller bercer la petite fille afin de l'endormir à nouveau.

Puis elle retourna à sa chère morte, étendue sur le lit; et la désespérée retenait ses sanglots de peur de réveiller l'autre.

Alors, cette mère infortunée s'agenouilla entre ses deux enfants qui dormaient, l'une du sommeil des anges, l'autre du sommeil éternel.

. . . .

Le lendemain, la femme du forçat, tenant sa petite fille dans ses bras, conduisait à sa dernière demeure la courageuse créature qui était tombée morte devant l'échafaud où l'on venait de marquer son père innocent et de le flétrir à jamais.

Elle était morte de douleur comme si, — en la rappelant à lui, — le Seigneur eut voulu lui épargner de plus redoutables épreuves.

Il ne s'était trouvé personne pour se joindre à la femme du forçat derrière ce pauvre convoi d'une martyre.

— Je n'ai jamais commis de crime, je n'ai même pas une faute à me reprocher,
dit le numéro 8. (P. 423.)

Quand la fosse eut été comblée, Mme Raimbaud s'agenouilla et
fit agenouiller à côté d'elle l'enfant qui, pauvre inconsciente, ne cessait de demander où était son père, où était sa grande sœur.

Et la malheureuse mère répondait :

— Prions pour eux !

. . . .

Ce même jour avait lieu le départ de « la chaîne » et Urbain

Raimbaud faisait partie du convoi qui se mettait en route pour le bagne de Toulon.

Et de même qu'elle n'avait pas voulu que la mère de Césarine succombât à sa douleur, de même, la Providence permit que le malheureux homme ne perdît pas la raison.

Le forçat était resté, le visage plongé dans les mains, pendant que la charrette se dirigeait vers la barrière pour prendre la grande route.

Quand on eut franchi la porte de cette ville où il avait été si heureux, Urbain Raimbaud leva les yeux au ciel en murmurant :

— Mon Dieu, faites que je puisse les revoir un jour !

V

LE COMPAGNON DE CHAINE

En arrivant au bagne où il devait passer dix années, Urbain Raimbaud, après la formalité de l'écrou, vit son nom remplacé par un chiffre.

Pendant dix ans, il n'allait être pour tout le personnel du bagne que le NUMÉRO 8.

On lui donna pour compagnon de chaîne, un forçat qui avait déjà, selon l'expression consacrée dans les lieux de détention « tiré la moitié de son câble ».

Lorsque les deux hommes eurent été, ainsi, accouplés par la même chaîne pour la journée de travail qu'ils devaient fournir l'un et l'autre :

— A combien? demanda brièvement au n° 8 son compagnon.

— Dix ans ! répondit Raimbaud en regardant l'individu dont il allait avoir à subir l'écœurante compagnie et avec lequel il lui faudrait s'entretenir; qu'il le voulût ou non.

La vue de ce sinistre compagnon fit sur le malheureux homme une impression de dégoût mêlée d'une sensation de crainte instinctive...

Ce forçat, — qui eut soin de renseigner immédiatement celui qui allait traîner le boulet avec lui, — se nommait Mordoche et portait le n° 13.

C'était un homme de moyenne taille, trapu, aux épaules puissantes, et qui devait posséder une grande force musculaire.

Sa physionomie exprimait la résolution, l'énergie, la violence.

Il prit, pour parler à son compagnon de chaîne, le ton que se donne un *ancien* de collège avec un *nouveau*.

— Puisqu'on nous a attelés ensemble, mon garçon, dit-il nettement, il faudra marcher comme je te guiderai, si tu veux que nous soyons d'accord.

A cette façon de lui imposer sa volonté, Urbain Raimbaud se dispensa de répondre.

Et Mordoche ajouta ·

— On verra à te dérouiller la langue, l'ami, pour savoir ce que tu penses.

Cette fois, Urbain Raimbaud crut devoir prendre immédiatement position en face du cynique compagnon qu'on lui avait donné.

— Je pense que je vais subir la peine à laquelle j'ai été condamné ; répondit-il simplement.

Mordoche eut un grognement et Urbain Raimbaud qui le regardait à ce moment vit que son compagnon fronçait les sourcils d'un air de mécontentement.

— Alors, tu seras un véritable petit agneau? grommela le forçat ; mais nous savons, nous autres vieux loups, qu'ici les agneaux deviennent bien vite des « moutons »... Et je te préviens que nous les mangeons, les moutons !... Prends garde, l'ami, si tu tiens à ta peau, il faudra que tu tâches de faire bon ménage avec nous !

C'est sous l'impression de l'horreur qu'il éprouvait de la promiscuité avec ce misérable et des menaces que lui avait adressées son compagnon de chaîne, que le malheureux vit commencer pour lui l'horrible existence qu'il était condamné à subir pendant dix années.

Torturé par les affreuses souffrances morales auxquelles il craignait de ne pouvoir résister, Urbain Raimbaud s'absorbait dans de longues méditations, cherchant à s'isoler au milieu de ces êtres avilis et se faisant une loi du silence.

Les rudes travaux auxquels il était assujetti et qui l'avaient épouvanté tout d'abord, en brisant maintenant son corps étaient devenus, au bout de quelques mois, un dérivatif aux tortures de son âme.

Et quand, après, la terrible corvée pour laquelle il avait épuisé ses forces, il lui était permis de prendre le repos réglementaire, le malheureux se jetait sur la planche qui lui servait de couche et le sommeil interrompait, pour peu de temps, hélas ! le cours de ses sombres pensées.

Un silence de mort régnait dans le dortoir, jusqu'à l'heure où le brigadier de chiourme passait, afin de s'assurer que l'on faisait bonne garde dans la salle.

Mais à partir de ce moment, les forçats avaient coutume de se tenir éveillés. C'est alors qu'ils communiquaient entre eux, soit directement avec leur compagnon de chaîne, soit par l'intermédiaire des autres, lorsqu'ils étaient séparés.

C'était, en effet, pendant la nuit et à la barbe des gardes-chiourme que se combinaient les plans d'évasion. Et il n'est pas d'exemple qu'un forçat, même s'il ne faisait pas partie du complot, ait dénoncé ceux qui projetaient de s'évader.

Ainsi que Mordoche l'avait catégoriquement déclaré à son compagnon de chaîne, on mangeait le « mouton » ; ce qui, dans l'argot des bagnes, signifiait que celui qui serait soupçonné d'avoir accepté le rôle de dénonciateur était d'avance condamné à mort ; son procès était promptement instruit !

Soupçonné le matin, il était condamné et exécuté la nuit même, et lorsque, le jour étant venu, il ne se levait pas pour répondre à l'appel, on constatait qu'il était mort subitement.

Si l'on se fut donné la peine de faire pratiquer l'autopsie, on eut découvert que le mort avait succombé par suite de lésions internes, et que ces blessures provenaient des coups qu'il avait reçus.

Or, depuis son arrivée au bagne, Urbain Raimbaud, par son attitude réservée, par le silence dans lequel il se renfermait systématiquement, par le peu d'empressement qu'il mettait à répondre aux avances que lui faisaient les forçats de sa section, était sérieusement menacé d'être tenu en suspicion.

Mordoche surtout, le surveillait constamment. Ce scélérat était doué d'une très grande perspicacité et ses camarades qui lui reconnaissaient des aptitudes spéciales, s'en rapportaient entièrement à lui du soin de surveiller et d'observer le « nouveau ».

Or, Mordoche, plus qu'aucun autre, avait de bonnes raisons pour s'assurer si le n° 8 possédait l'étoffe d'un traître ou celle d'un complice.

Ce forçat nourrissait, en effet, depuis qu'il était inscrit sous le n° 13, l'espoir qu'il recouvrerait la liberté avant d'avoir fait ses vingt ans de travaux forcés.

Il n'avait cessé de travailler à son évasion, et des années s'étaient écoulées sans qu'il eût pu tenter de l'exécuter.

Un jour, il avait fait partie d'un complot avec six autres camarades bien décidés à exécuter le plan qu'ils avaient combiné en
commun.

Tous les sept devaient filer, les uns après les autres, après s'être
débarrassés de leurs chaînes en faisant sauter l'anneau qu'ils portaient rivé à la cheville.

Pour faciliter l'évasion, ils avaient projeté, en outre, d'étrangler
le garde-chiourme préposé à la surveillance du dortoir, de s'emparer
de la clef qui ouvrait toutes les portes et de suivre les galeries qui
conduisaient à une cour. Ils n'auraient plus alors qu'à escalader les
murs pour se trouver libres et prendre la fuite.

Malheureusement, celui à qui était dévolu par le sort, la tâche
d'étrangler le garde-chiourme n'avait pas eu la main assez sûre et
l'alarme avait pu être donnée à temps.

Le forçat étrangleur fut condamné à vingt ans de travaux forcés
à faire après l'expiration de sa peine.

Mais telle était le degré de solidarité entre les complices que le
condamné eût-il dû porter sa tête sur l'échafaud, ne les eut pas dé-
noncés, même avec la certitude qu'il lui serait tenu compte de cette
délation.

Après la tentative avortée, la section avait été l'objet d'une surveillance tellement étroite que plusieurs années s'étaient écoulées
avant que Mordoche put s'occuper à nouveau de préparer une évasion.

Un second projet n'eut pas plus de succès. Cette fois les complices devaient tenter de fuir, par la mer.

C'était un plan des plus hardis, d'autant plus qu'il devait être
réalisé en plein jour, alors que la surveillance était plus active.

Mordoche et ses compagnons avaient dû renoncer à cette tentative,
au dernier moment, sur l'avis qui leur fut donné que le complot était
découvert et qu'on faisait bonne garde.

A partir de ce moment, Mordoche avait pris l'énergique résolution de préparer à lui seul son évasion, sans mettre aucun compagnon dans le secret de ses projets.

L'arrivée au bagne du forçat auquel on l'avait accouplé modifia
ses dispositions, en ce sens qu'il lui vint l'idée de se faire un allié du
nouveau venu et d'obtenir que le n° 8 l'aidât à réaliser son plan
d'évasion.

L'attitude de son compagnon de chaîne, ne l'avait pas découragé
et, s'il s'était donné pour tâche de surveiller le n° 8, il ne désespérait

pas de le gagner à sa cause, en faisant miroiter à ses yeux la possibilité de recouvrer, lui aussi, sa liberté.

Mordoche commença par user de diplomatie.

— Ici, vois-tu, l'ami, dit-il à Urbain, un matin que la chiourme conduisait la section aux travaux, il faut savoir, comme on dit, prendre son mal en patience..., parce qu'on peut toujours espérer « changer de domicile », ajouta-t-il, en ébauchant un sourire qui fit grimacer sa face basanée et sillonnée de rides profondes.

Urbain Raimbaud ne sourcilla pas.

— Comment ? reprit Mordoche, voilà tout l'effet que ça te produit ?...

— Je n'espère rien..., je n'ai rien à espérer ; répondit le n° 8.

— A ce que tu crois, l'ami ?... Parce qu'il n'y a pas encore longtemps que tu moisis dans ce bagne. Mais c'est quand tu auras tiré, comme ton camarade, la moitié de ton câble, que tu commenceras à trouver que c'est agréable de changer d'air.

Puis s'interrompant :

— D'abord, nous en recauserons...

— Et depuis cette entrée en matière, Mordoche faisait naître, chaque fois qu'il le pouvait, l'occasion de s'entretenir avec son compagnon de chaîne.

Mais celui-ci écoutait avec une indifférence si marquée qu'à la fin Mordoche laissa éclater sa mauvaise humeur, par ces mots lancés à brûle-pourpoint :

— Ah ! ça, est-ce que tu es entré ici pour te mettre en retraite ? à te voir comme tu es avec ta figure de saint, est-ce qu'on ne croirait pas que c'est le repentir qui t'a poussé à supplier le gouvernement de t'envoyer au bagne, afin que tu puisses faire pénitence, comme il y en a qui vont à La Trappe ou à La Grande Chartreuse.

— Je n'ai pas à me repentir ! prononça le n° 8 en relevant la tête tandis que sa physionomie prenait une expression de suprême dignité.

Mordoche ne put s'empêcher de le regarder avec étonnement.

Puis le naturel reprenant le dessus :

— Dis-nous tout de suite que tu es un petit Saint-Jean et que c'est à cause de ta vertu qu'on t'a envoyé au bagne, pour apprendre à travailler.

Urbain Raimbaud ébaucha un haussement d'épaules, pendant que Mordoche continuait :

— Tu es innocent comme l'enfant qui vient de naître, n'est-ce pas ?

— Je n'ai jamais commis de crime, je n'ai même pas une faute à me reprocher, dit le n° 8.

— Parbleu!... fit ironiquement Mordoche.

Puis, trouvant le joint pour sonder son interlocuteur.

— Eh bien, si ces coquins de juges t'ont condamné dans ces conditions-là, — et ils en sont bien capables, ces imbéciles, — ajouta Mordoche, ce serait une raison pour que tu désires prendre de la poudre d'escampette.

— Non!

— C'est-à-dire que tu n'y as peut-être pas encore songé?...

— Pareille idée ne me viendra pas...

— Parce que tu crois peut-être que c'est chose impossible?... Difficile, c'est certain, mais pas impossible.

Tu verras ça.

— Jamais! interrompit Urbain Raimbaud avec fermeté.

— Alors, c'est sans doute que tu n'as plus rien à espérer de mieux?

Urbain Raimbaud eut un mouvement pour répondre et un flot de sang lui afflua au visage.

Un éclair jaillit de ses yeux, comme s'il allait laisser éclater toute la douleur qui emplissait son âme. Mais il maîtrisa tout à coup l'émotion qui le déchirait.

Vivement il passa la main sur son visage; puis la flamme de son regard s'éteignit et un voile de tristesse couvrit ses traits.

Mordoche n'avait rien perdu de ce changement dans la physionomie du n° 8.

Oh! oh! pensa-t-il, voilà du nouveau et du bon!

Puis, tout haut et avec insinuation :

— Je comprends..., quand on n'a personne qui vous tienne au cœur, pas le sou, avec la perspective de crever de faim, parce qu'on n'emploie pas les pauvres diables qui ont fait leur apprentissage au bagne..., oui, je comprends, l'ami, que tu te contentes de l'ordinaire de l'établissement!...

Mais on pourrait s'entendre pour que tu aies la vie meilleure que tu ne l'as jamais eue!... Hein?... Qu'est-ce que tu dirais si l'on te donnait un jour de quoi vivre à ton aise, te promener la canne à la main, au lieu de travailler pour le gouvernement qui te paie ta peine, par procuration, en coups de bâton que nous distribuent ces gredins de gardes-chiourme?

— Je n'accepterai pas!

— Toujours parce que tu ne crois pas la chose possible, je m'en doute!... Aussi je vais te donner le temps de réfléchir à ton aise.

Et pendant quelque temps, en effet, Mordoche sembla ne plus s'occuper de son compagnon de chaîne.

De temps en temps, pendant les courts repos qu'on accordait à la chiourme, il se contentait de dire au n° 8, d'un air de compassion :

— Tu sais, l'ami, tu as joliment mauvaise mine et tu t'affaiblis de jour en jour ; je vois ça, moi qui te porte de l'intérêt ; aussi, je te dis que si ça continue comme ça, tu n'en auras pas pour longtemps et il faudra que j'aide à te coudre dans le sac.

Vilaine besogne, sais-tu, pour un camarade!... Enfin, ménage-toi, c'est un conseil d'ami...

Puis s'interrompant :

— Après tout, tu ne tiens peut-être pas à vivre!

Urbain Raimbaud ne pouvait s'empêcher de tressaillir, chaque fois que son compagnon de chaîne faisait allusion à l'état de dépérissement qu'il remarquait chez lui.

Le malheureux reportait alors sa pensée vers les siens dont il n'avait pas de nouvelles.

— Mourir ici! pensa-t-il. Mourir sans les avoir revues ; mourir en leur léguant l'infamie et la honte!

Il avait peur que le sinistre pronostic de Mordoche se réalisât. Il tremblait de succomber à la fatigue incessante, à l'épuisement qu'amenaient, chaque jour un peu plus, les rudes travaux dans lesquels il dépensait toutes ses forces.

Et cette crainte qui le poursuivait sans cesse, ajoutait à son supplice de chaque jour.

Mordoche l'entretenait dans cette idée d'une mort fatale, prochaine, s'il ne parvenait pas à reprendre le dessus sur le dépérissement.

Le sinistre individu comptait, par ce moyen, arriver à obtenir ce qu'il n'avait pu obtenir jusque là de son compagnon par la persuasion ou l'intimidation.

Un jour, il put croire qu'il réussirait à capter la confiance du n° 8 et qu'il pourrait s'en faire un complice.

A l'occasion de la fête de la Reine, la chiourme avait été dispensée de tout travail et on lui avait accordé l'autorisation de se promener dans le bagne.

Ce jour-là, également, un grand nombre de visiteurs circulaient dans les cours et achetaient aux forçats des objets fabriqués par eux,

...Urbain Raimbaud l'avait brusquement quitté pour se porter au devant d'une des visiteuses... (P. 426.)

afin de se procurer quelques sous pour augmenter la masse qu'ils trouvent au jour de leur libération.

Mordoche et le n° 8 n'étaient plus enchaînés l'un à l'autre, et chacun des deux était libre de se promener et de répondre aux questions que leur adressaient les visiteurs curieux, comme toujours, de se faire raconter l'histoire des forçats.

54. — SEULE!   54.

Les gardes-chiourme se prêtaient volontiers à ces *a parte* qui, d'ailleurs, leur rapportaient des pourboires.

Or, Mordoche put voir que le n° 8 qui se trouvait à ce moment à quelques pas de lui, avait tout à coup pâli et chancelé comme s'il eut été près de défaillir.

Et avant qu'il eut eu le temps de s'informer de la cause de cette défaillance, Urbain Raimbaud l'avait brusquement quitté pour se porter au-devant d'une des visiteuses qui s'avançait à sa rencontre et paraissait, elle aussi, en proie à une grande émotion.

Cette dame était entièrement vêtue de deuil. En s'approchant du forçat elle avait, à ce que put voir Mordoche, échangé avec lui quelques paroles; puis aussitôt le n° 8 avait fait un mouvement, en portant ses deux mains à sa poitrine, comme s'il eut éprouvé une violente souffrance au cœur.

Et de fait, cette visiteuse était la femme du forçat et la malheureuse créature apprenait à Urbain Raimbaud la mort de leur fille aînée.

En recevant ce coup terrible, Urbain Raimbaud avait failli mourir, et un cri de douleur et de rage était venu expirer sur ses lèvres.

Il avait eu toutefois la force de volonté, ce père infortuné, de contenir son désespoir, à l'exemple de la courageuse femme qui le suppliait de l'imiter dans sa résignation.

— Tu dois vivre pour nous, avait murmuré la mère de Césarine; si Dieu a rappelé à lui notre bien-aimée fille que nous pleurerons tout le temps de notre existence, il nous donnera la force de supporter ce coup terrible.

— Courage donc, mon pauvre ami; songe à l'enfant qui nous reste et qui doit ignorer toujours le malheur qui l'a frappée.

Quand la cloche eut sonné pour annoncer le départ des visiteurs, Urbain Raimbaud échangea un regard avec celle qui s'éloignait, un regard qui scellait la promesse que les deux infortunés s'étaient faite l'un à l'autre de se résigner à cette séparation qui devait durer encore longtemps.

Mᵐᵉ Raimbaud emportait l'assurance que son mari ne s'abandonnerait pas au désespoir.

De son côté, le forçat avait obtenu de sa femme que celle-ci quitterait Toulon le jour même et ne chercherait pas à le revoir, avant l'expiration de sa peine, voulant ainsi lui épargner de nouvelles et violentes émotions.

En voyant revenir auprès de lui son compagnon de chaîne, le

visage horriblement convulsé et les yeux rougis par les larmes qu'il cherchait à retenir et qui lui brûlaient les paupières, Mordoche avait éprouvé une jois secrète.

— Je le tiens! se disait-il.

Il avait la conviction maintenant qu'il parviendrait à faire vibrer une corde en cet homme qui s'était montré jusque là si indifférent et si impénétrable.

Mais à sa grande surprise, le n° 8 était retombé dans son silence habituel et dans le calme qu'il affectait.

Alors Mordoche prit le parti de s'ouvrir catégoriquement à lui au sujet de ses intentions.

La section à laquelle ils appartenaient l'un et l'autre avait été détachée pour faire des terrassements à l'une des extrémités du bagne, où l'on devait élever des constructions.

Les forçats employés à ces travaux très rudes étaient autorisés à prendre, plusieurs fois, du repos pendant la journée.

Ils en profitaient pour dormir, jusqu'à ce que le bâton des gardes-chiourme vint les réveiller pour la reprise du travail.

Or, Mordoche ayant décidé qu'il attaquerait avec le n° 8 la question qui le préoccupait si fort, s'étant assis à côté de son compagnon, lui dit avec brusquerie :

— Écoute, l'ami, ce que j'ai à te dire, et j'espère bien que tu seras tout à fait de mon avis et que tu accepteras l'offre amicale que je vais te faire.

Il parlait d'un ton d'autorité qui fit une certaine impression sur Urbain.

— Te figures-tu qu'un homme qui a de la fortune consente à passer encore des années ici, à traîner le boulet et à se rompre les muscles comme nous le faisons tous les deux?

Eh bien, non; il ne sera pas dit que Mordoche tirera encore huit ans dans ce bagne, alors qu'il a deux cent mille livres qui dorment dans un coin!

— Deux cent mille livres! ne peut s'empêcher de s'écrier Urbain Raimbaud.

Voilà que ça commence à t'intéresser, l'ami; oui deux cent mille livres tout rond! De quoi vivre en grand seigneur!...

Pourquoi me regardes-tu comme ça; est-ce que tu crois que je me vante, par hasard, quand je te dis ce que je possède de fortune?...

Oui, je suis riche à deux cent mille livres, et... je yeux que tu aies ta part de cet argent!

— Que signifie...

— Cela signifie qu'un service doit toujours être payé, entends-tu l'ami, quand on se respecte...

Mais déjà Urbain Raimbaud s'était ressaisi; et ne voulant plus continuer la conversation, il s'était placé de façon à tourner le dos au forçat.

Mordoche l'empoigna par l'épaule et d'un brusque mouvement l'obligea à lui faire face de nouveau.

— Tu en sais trop long à cette heure pour que je ne t'oblige pas à apprendre le reste et que tu n'ignores plus à quoi t'en tenir.

Je veux que tu me rendes un service; et, afin que tu sois bien sûr que je ne te trompe pas et que je te paierai le prix dont nous allons convenir entre nous, il faut que je te dise comment il se fait que je possède ces deux cent mille livres.

C'est une histoire qui n'est pas ordinaire, tu verras; et quand tu l'auras écoutée tu te diras que Mordoche est un rude gaillard avec lequel il ne faut pas plaisanter et qu'on ne mène pas comme on veut.

Mais le temps accordé pour le repos s'était écoulé. Le garde-chiourme en prévint les forçats en levant son bâton et en le brandissant comme fait un tambour-major.

Force fut à Mordoche de remettre à plus tard le récit qu'il s'était proposé de faire à son compagnon de chaîne.

Il n'était pas facile de causer longuement pendant le travail. Ce ne fut que le lendemain, à l'heure du repas de midi, que Mordoche put trouver assez de temps pour s'entretenir avec le n° 8.

V

LE RÉCIT DE MORDOCHE

— Si tu veux poser pour l'honnête homme, commença Mordoche en entamant son récit, c'est ton affaire. Chacun son idée là-dessus. Mais moi qui n'y vais pas par quatre chemins pour dire ma façon de penser, je t'avoue, là, franchement, que je suis un scélérat...

Au mouvement instinctif que fit Urbain Raimbaud, le forçat ajouta avec le plus grand cynisme :

— Si je suis ici, ce n'est pas que je l'aie volé, mais bien parce que j'avais volé, la nuit, avec effraction, et... que ce n'était pas la première fois qu'il m'arrivait de prendre mon bien où je pouvais le trouver...

— Le bien d'autrui, voulez-vous dire.

— Va pour le bien d'autrui si ça te plaît; je ne veux pas te contrarier pour si peu... D'abord parce que ça ne fait absolument rien à la chose.

Donc, reprit Mordoche, comme je me trouvais tout à fait sans le sou et que j'avais pris l'habitude de vivre à l'aise, je me mis en quête d'un bon coup à faire...

— Ne pouviez-vous, de préférence, chercher à travailler.

— Travailler?... Mais c'est mourir de faim en s'échinant... Et puis tu te figures donc qu'il ne faut pas travailler sérieusement pour réussir un coup... Sans compter que l'on y joue sa peau ou ou tout au moins sa liberté.

Et s'interrompant pour regarder en face l'homme qui avait répliqué avec tant de raison.

— C'est tout de même comique l'ami, que ce soit un faussaire comme toi qui fasse de la morale à un gaillard de ma trempe, dit-il.

Car on sait pourquoi tu as été envoyé ici; oui tu as volé tout aussi bien que moi-même: mais il y a une fameuse différence entre celui qui vole avec effraction, comme un soldat qui enfonce un poste ennemi, et le faussaire qui se contente de gratter du papier ou de contrefaire une écriture; celui-ci est encore plus canaille puisqu'il est un hypocrite par-dessus le marché.

Tu vois l'ami qu'avec ta manie de jouer l'honnête homme avec moi, tu t'es fait moucher!... Mais passons là-dessus; c'est une affaire réglée, n'y pensons plus!... Maintenant écoute mon histoire qui en vaut la peine.

Je te disais donc, reprit Mordoche, que je cherchais une vraie bonne affaire qui me donnerait la forte somme. Il ne coûte pas plus de voler deux millions que quarante sous; le tout est de savoir où les trouver ces deux millions... Eh bien! l'ami, le hasard m'a procuré l'occasion de savoir où je pourrais mettre la main sur un bon magot.

— Le hasard?

— Oui; il y en a qui appelleraient ça la Providence. Mais n'importe: va pour le hasard. Donc, je me promenais dans le jardin du Palais-Royal, avec un tas d'autres qui parlaient d'affaires de commerce et de spéculations de finance!... J'écoutais deux messieurs qui causaient d'opérations qu'ils avaient faites la veille. L'un d'eux tenait un carnet à la main sur lequel il traçait des chiffres avec un porte-mine en or...

En or!... Entends bien ces mots : en or!

Il me fascinait ce porte-mine et je me demandais si je n'allais pas m'arranger pour le faire passer de la main de cet agioteur dans la mienne, quand ces deux richards s'arrêtèrent, et j'entendis que l'un disait à l'autre : « Mon cher Daubertin, j'ai encaissé les deux cent mille livres, elles sont à votre disposition dans ma caisse ».

— Je suis obligé de m'absenter demain, je les ferai prendre chez vous après-demain seulement, mon cher Morand.

Mordoche s'interrompit pendant quelques secondes, puis il reprit :

— Le magot n'allait rester qu'une journée dans la caisse de ce brave M. Morand. Donc il fallait « travailler » tout de suite.

Je n'avais qu'à peu près trente-six heures pour prendre mes renseignements et me procurer les instruments nécessaires pour le travail que j'allais avoir à faire.

Urbain Raimbaud était révolté du cynisme de ce misérable qui lui racontait un crime comme s'il se fut agi d'une action des plus méritoires.

— Eh bien, reprit Mordoche, les trente-six heures m'ont suffi.

D'abord il fallait savoir où habitait ce cher Morand.

Rien de plus facile. Je n'ai eu qu'à filer le quidam pour connaître son adresse.

Il demeurait dans une belle maison de la rue Saint-Sulpice, au numéro 17.

C'était déjà quelque chose. Le portier auquel je m'adressai une heure après que j'avais suivi mon homme, me répondit en entrebaillant le vasistas : « C'est au premier étage, le nom est écrit sur la porte. »

Je te dirai tout de suite que ce M. Morand était un riche spéculateur qui vivait de la façon la plus simple, la plus modeste et n'avait pour le servir qu'une bonne à tout faire.

J'en savais assez pour pouvoir « travailler ». Rien de plus aisé que de pénétrer dans la demeure de mon client avant que l'on eut fermé la porte de la rue et de me cacher jusqu'à la nuit.

Le portier et Mme son épouse étaient de vieilles gens qui ne pouvaient guère me gêner dans ma fuite, quand j'aurais réussi à déloger le magot.

Restait à me procurer des instruments de *travail* : une pince monseigneur, un marteau, un ciseau à froid, une scie pour métaux et un excellent poignard. Toute la trousse, de travail quoi!

Je savais où trouver la chose, il suffisait de l'enlever au nez et à la barbe d'un marchand fripier de ma connaissance.

Urbain Raimbaud fit un geste de révolte et de dégoût.

— Eh bien quoi?... Ça te fait faire la grimace; on voit bien que tu n'es pas du métier!... Je vais tout de même continuer parce que je tiens à me déboutonner. Je te dirai ensuite le motif qui me décide à t'honorer de ma confiance.

Urbain Raimbaud ne protesta pas; et Mordoche continua ironiquement :

— J'oubliais que tu es innocent!... ou du moins que tu prétends l'être.

C'est toujours la même ritournelle pour les nouveaux qui entrent ici. Tous se disent innocents de la peccadille pour laquelle on les a envoyés en changement d'air au bord de la Méditerrannée. Tous excepté un et celui-là, c'est moi, qui n'ai pas joué la comédie de la vertu persécutée.

Si je me trouve ici, c'est que je n'ai pas pu enfoncer les juges et que les hommes rouges ont été plus malins que moi. Ces canailles d'honnêtes gens, n'ont pas mordu à mes protestations d'innocence, et, une fois condamné, une fois amené au bagne, j'ai franchement pris mon parti et j'ai dit aux camardes : je suis des vôtres et ça je ne l'ai pas volé...

Je continue mon récit :

J'étais donc muni de mes instruments de travail; il ne me restait plus qu'à m'introduire dans la place et à enlever le magot, ce qui n'était pas commode étant donné le peu de temps que j'avais devant moi.

Le concierge m'avait indiqué l'étage et la porte et je montai bravement l'escalier... Jusque là, j'étais tranquille; j'étais libre de sonner... J'avais un prétexte tout trouvé. Je venais, aurais-je dit à mon homme, lui demander de me trouver un bon placement pour une somme d'argent, fruit de mes économies.

Plein de confiance, il me ferait entrer dans son bureau, je guignerais l'endroit où se trouvait la caisse, je verrais tout de suite comment je devrais m'y prendre ensuite pour faire le coup.

Mais au moment où j'allais tirer le pied de biche, j'entends marcher dans l'appartement. Je monte à l'étage supérieur et, penché sur la rampe, je vois ce bon M. Morand qui sortait de chez lui. A la porte il s'arrête pour donner des ordres à la domestique qui l'accompagne, ces ordres c'était comme si le brave financier avait dit à la domestique : « Je sors pour toute la soirée, il viendra un bon garçon du nom de Mordoche qui a besoin d'argent.

« En mon absence tu le recevras avec toute l'amabilité qui lui est due et tu le laisseras puiser dans ma caisse autant que ça lui fera plaisir. »

Et s'interrompant :

— Voyons, numéro 8, qu'est-ce que tu aurais fait à ma place? parbleu ce que j'ai fait moi-même. Te présenter une heure plus tard à la demoiselle, une plantureuse fille avec des yeux de luronne qui dénotaient un tempérament sérieux... pour qui s'y connaît. La luronne me reçut avec politesse et, comme elle ne demandait pas mieux que de causer...

J'ai tout de suite reconnu qu'elle était Provençale et, note bien ceci : de Toulon! où j'avais fait, déjà, cinq ans de villégiature.

Je lui dis qu'établi dans ce beau pays, j'avais amassé une vingtaine de mille livres que je voulais confier à son maître pour les faire valoir.

En qualité de concitoyen, j'attendais d'elle des renseignements sincères sur son patron.

Elle m'affirma que je pouvais, en toute sécurité, lui confier mes économies et, pour la remercier, je lui offris de l'emmener dîner avec moi.

— Impossible de sortir, dit-elle : mon maître est absent, il ne reviendra que ce soir très tard et je reste pour garder la maison.

— Alors, puisque nous sommes pays, si nous dinions ensemble, ici, tous deux à la cuisine? répondis-je ; c'est moi, bien entendu, qui payera la dépense.

— Accepté, dit la belle.

Et nous voilà, la luronne et moi, à mettre le couvert, pas à la cuisine, mais bien dans la salle à manger de cet excellent M. Morand et, tandis que la brave fille va aux provisions, je m'introduis dans le bureau de Morand et je tombe en arrêt devant la caisse... Imagine-toi un charmant coffre-fort qui ne demandait qu'à s'ouvrir, une simple opération d'apprenti voleur, quoi !... Et il devait y avoir, là dedans une liasse de billets de caisse ou des tas d'or que je pouvais prendre aussi facilement que je pourrais t'étrangler, si tu me mettais dans la nécessité de me débarrasser de toi...

En prononçant ces mots, Mordoche appuyait sur le visage de son interlocuteur un regard féroce.

... A mesure que les bouteilles se vidaient, la tête de la belle s'emplissait de fumées...
(P. 433.)

— Mais, ajouta-t-il avec un ricanement, tu ne me gênes pas pour
le moment et je te conseille de t'arranger pour que ça n'arrive pas...

Bref, quand la grosse fille remonta de la cave avec des vivres et
un panier de vins assortis, j'avais pris toutes mes mesures. Nous
voilà donc à table; je passe sur le festin; un balthasar, quoi!...
Naturellement, j'ai arrosé ferme, à mesure que les bouteilles se vidaient, la tête de la belle s'emplissait de fumées, si bien qu'à la fin du

repas, elle s'endormait entièrement grise et ne pouvait plus rien voir
de ce que je faisais.

— Vous avez forcé le coffre-fort? s'exclama Urbain Raimbaud.

— En deux temps et trois mouvements.

— Et la domestique était endormie?...

— Elle avait son plein; moi j'avais le magot. Le tout alors était
de le mettre en sûreté. — C'est pourquoi j'ai tout de suite brûlé la
politesse à la belle fille qui sommeillait toujours.

J'étais riche ! prononça Mordoche. J'avais deux cent mille
livres et j'allais pouvoir m'habiller comme un prince. J'allais festoyer
chez les traiteurs de la haute avec de jolies filles, avoir dans mon
gousset de belles pièces d'or à l'effigie de notre bien-aimé roi Louis XVI,
et me payer tous les plaisirs, tous les bonheurs réservés aux heureux
de la terre.

Mais, hélas! une bêtise m'a mis, tout à coup, des cailloux
sous les pieds pour me casser le cou.

Urbain Raimbaud l'interrompit par ces mots :

— Vous avez commis un crime, rien d'étonnant à ce que vous en
ayez porté la peine.

— Garde ta morale, l'ami; je n'en fais pas aux autres et j'entends
qu'on ne m'en fasse pas, dit Mordoche, et il ajouta : Le gredin d'agioteur avait porté plainte, et sa domestique à qui j'avais bêtement néglig-
de tordre le cou en m'en allant, avait donné si exactement mon signalement à la police, que j'ai été reconnu ; on m'a confronté avec la demoiselle, et ça n'a pas été long de m'envoyer devant les magistrats.
Condamnez-moi, leur ai-je dit, mais vous m'arracheriez la langue que
vous ne me feriez pas dire où j'ai caché mon argent.

— Mais cet argent n'était pas à vous, malheureux?

— Ah ! vraiment?... Il me coûte vingt ans de chaîne et tu prétends qu'il n'est pas à moi... Je l'ai bien gagné, ce me semble !...
Aussi je veux en profiter, en jouir à mon aise, je le veux !

Urbain Raimbaud ne put cacher son indignation.

— Comment, dit-il, vous n'avez donc jamais eu une pensée de
repentir depuis votre condamnation.

— Si fait, je me suis repenti ; et il ne se passe pas de jour que je
ne me repente encore...

— C'est une bonne pensée...

— Oui, je me suis repenti de m'être fait pincer comme un imbé-
cile.

Et maintenant je veux m'en aller d'ici.

— Vous évader?

— Ni plus ni moins et tu m'y aideras, enfin nous nous évaderons ensemble.

— Vous vous trompez, dit Urbain, je ne m'évaderai pas avec vous.

— Bah ! des bêtises ! tu reviendras sur cette détermination.

— Jamais.

— Tu y reviendras quand je t'aurai dégoisé tout ce que j'ai à t'apprendre. Tu viendras avec moi, ou sinon... En disant ces mots, le forçat enveloppait son interlocuteur d'un regard farouche.

Le misérable commençait à craindre d'en avoir trop dit. Les soupçons qu'il avait eus autrefois sur le malheureux Urbain qu'il croyait être un « mouton », c'est-à-dire un délateur, lui revenaient à l'esprit.

A chaque nouvelle exhortation, dont il était l'objet de la part de celui qu'il avait tout lieu de croire aussi criminel que lui-même et, en plus, hypocrite, Mordoche sentait augmenter sa haine pour son compagnon de chaîne.

Quelques jours s'étaient écoulés ; Mordoche et Urbain Raimbaud étaient internés au Morillen, employés au curage du port, besogne exténuante, surtout au moment des grandes chaleurs si terribles à Toulon.

Malgré le peu d'humanité avec laquelle on traitait les forçats, on avait reconnu qu'il était impossible de les faire travailler, sans leur accorder quelque repos, de onze heures à deux heures, sous peine de les voir tomber d'épuisement ou d'insolation.

Urbain Raimbaud et Mordoche se trouvaient dans la catégorie des forçats dits « à la fatigue » ; ils avaient, rivé à la chaîne, un anneau de fer « la manille » ; à cet anneau était attachée la chaîne à neuf maillons servant à l'accouplement des forçats.

La nuit, pour se refaire des lourdes fatigues de la journée, ils devaient se coucher sur un lit de camp où la chaîne appelée *ramas* les maintenait dans une immobilité complète.

Les employés préposés à la garde des prisonniers se composaient de « comes », argousins ; demi-comes, sous-argousins, et enfin « caps ». Ces derniers étaient des « piqueurs » chargés des travaux.

Deux « rondiers » de garde se tenaient de planton aux grilles des salles, nuit et jour ; l'un portait les clefs, l'autre comptait et fouillait les prisonniers chaque fois que ceux-ci se rendaient aux terrassements ou dans les chantiers.

Au moment du coucher d'autres rondiers faisaient sonner les fers, afin de s'assurer qu'ils n'étaient ni cassés ni entamés.

Dans l'intérieur de l'arsenal les gardes étaient armés du sabre et ceux qui se trouvaient à l'extérieur avaient la carabine toujours chargée.

A la porte de l'arsenal étaient placés des canons chargés à mitraille.

Malgré ce luxe de précaution les évasions étaient plus fréquentes qu'on ne pourrait le supposer. Mordoche n'avait, ainsi que nous l'avons dit, reculé ni devant les nombreuses difficultés à surmonter ni devant les dangers auxquels il allait s'exposer.

Après s'être convaincu qu'il ne parviendrait jamais à s'assurer la complicité de son compagnon de chaîne, il méditait d'empêcher celui-ci de mettre obstacle à son évasion.

De jour en jour la haine qu'il avait vouée au numéro 8 devenait plus aiguë.

Une fois même il avait été sur le point de se porter à des actes de brutalité et n'en avait été empêché que par les gardes qui faisaient leur ronde dans le dortoir.

Tel était l'état d'âme de ce misérable exaspéré par la pensée constante de jouir de l'argent qu'il avait volé.

Or le moment était proche où il allait pouvoir mettre son projet à exécution.

Une nuit qu'il avait, à plusieurs reprises, essayé de se redresser malgré la difficulté de se mouvoir sous le « ramas », il s'était aperçu que son compagnon ne dormait pas.

— Oh! oh! pensa-t-il, voilà mon cafard qui me surveille! et il avait aussitôt repris la position réglementaire.

— Mais le lendemain, il avait dit à brûle-pourpoint au numéro 8 :

— Inutile de mentir, la nuit dernière tu n'as pas fermé l'œil. Donc tu me surveillais; eh bien, moi, je te dis que, dans la situation où nous sommes tous les deux, quand on surveille un camarade, c'est qu'on à l'intention de moucharder...

— Vous me soupçonneriez?... Regardez-moi bien en face et demandez-vous si un homme comme moi est capable de remplir le rôle infâme que vous me prêtez.

Étonné, Mordoche répliqua :

— A t'entendre on croirait presque tu es un vrai honnête homme?...

— Je vous ai dit que j'avais été condamné innocent?

— Innocent?... Et tu ne veux pas aller crever les hommes rouges qui t'ont joué ce tour abominable. Cré nom du diable! Mais à ta place je braverais tout les sabres, les fusils les canons, pour sortir d'ici!... Je n'aurais pas une minute d'hésitation : il faudrait que je m'évade ou qu'on me tue !

En parlant ainsi Mordoche fixait attentivement Urbain. Il le vit courber le front, tandis que des larmes roulaient de ses paupières, inondant son visage.

— Tu pleures, dit-il saisit de stupéfaction; mais c'est donc vrai que t'as un cœur toi et de la peine dedans?

— De la peine?... Dites un désespoir qui me brise, une douleur immense qui me dévore et me déchire. Et si je passe des nuits sans sommeil, c'est que je souffre horriblement, en pensant aux pauvres êtres dont je suis séparé...

— Ta femme?... Tes enfants!... Tu souffres de ne pas les voir, et quand je te propose de filer avec moi, tu refuses?... Et tu dis que le désespoir te tue... Allons donc!... tu mens!...

Urbain Raimbaud releva vivement la tête :

— Ah!... ne me parlez pas de ma famille... ne me tentez pas... ne me tentez pas! s'exclama le malheureux soudainement saisi de vertige.

— Au contraire, je veux te parler de ceux que tu aimes, que tu pourrais revoir bientôt si tu le désirais réellement, et qui t'en voudraient, j'en suis sûr, s'ils savaient que tu as pu t'évader, aller les rejoindre et que tu as préféré les laisser dans le malheur, dans le chagrin, dans la misère, quoi!

— Ne me tentez pas, répéta sourdement Urbain Raimbaud.

Mordoche, pour un instant, se relachait de la haine qu'il avait vouée à celui qu'il soupçonnait d'hypocrisie.

— Tiens, je vais être franc avec toi, dit-il tout à coup; je ne te portais pas dans mon cœur depuis que tu m'avais fait des sermons qui ne me convenaient guère. Mais à cette heure écoute bien : oui, je veux te tenter, je le veux, parce que si je réussis à filer, tu pourras filer en même temps que moi. J'ai tout ce qu'il faut pour ça.

Et après s'être assuré que personne ne pouvait le voir, Mordoche prit la main du forçat et la portant à hauteur de sa poitrine :

— Tâte là, sous l'aisselle! dit-il.

— Je sens un corps dur, comme une bosse...

— C'est bien ça, tu ne te trompes pas. Maintenant je vais t'expli-

quer la chose. Ce que tu prends pour une bosse est tout simplement
un ciseau à froid...

— Que vous avez réussi à cacher?

— Comme tu vois, je l'ai placé dans une poche fabriquée avec
la peau de ma personne... Ah! ça n'a pas été commode ni agréable
je t'en réponds de se détacher ainsi la peau ; mais je le voulais et...
ça y a été. Voilà ce qui s'appelle avoir de la volonté. Bref, je suis
paré pour l'évasion, grâce à cet instrument dont je me suis emparé
en travaillant dans le chantier.

— Mais comment vous servirez-vous de ce ciseau?

— Je t'ai déjà dit que, dans ma jeunesse, j'avais été apprenti
forgeron. Ça m'a servi d'apprendre ce métier. Avec l'outil que j'ai
là et en employant une grosse pierre en guise de marteau, je prati-
querai facilement une entaille à l'un des chaînons, une simple petite
morsure, quoi! ça suffira. Ensuite, en me servant de mon ciseau
comme d'un levier, je le passe dans le chaînon entamé, et d'un coup
sec donné à faux je brise ce chaînon absolument comme s'il était en
verre. Et voilà, ce n'est pas plus malin que ça... As-tu compris?

— Oui! prononça Urbain Raimbaud d'une voix sourde.

— Tiens!... De quel ton tu me dis ça? fit Mordoche dont le
visage reprit aussitôt une expression de défiance.

— C'est que je réfléchis d'abord au danger que vous allez
courir...

— Songe plutôt, reprit Mordoche, à la bonne et joyeuse vie que
je mènerai une fois sorti de cet enfer, et cette vie de grand seigneur.
Je te propose de la mener avec moi. Me diras-tu encore que tu
n'acceptes pas?

— Je vous le dirai plus que jamais, répondit Urbain.

— Comment!... La liberté que je me charge de te donner, le
bien-être, ma fortune que je consentirai à partager avec toi, tu
repousserais tout cela?... Alors, ajouta Mordoche d'une voix où per-
çaient le soupçon et la menace; je veux savoir pourquoi — entends-tu? — je le veux.

— Eh bien! soit, je vais vous l'apprendre. — D'abord, quoi que
vous ayez refusé d'y croire, supposez pour un instant que je sois un
honnête homme...

— Bon, je le suppose... Après?...

— Supposez que, vaincu par vos instances, entraîné par l'amour
de la liberté, séduit par les offres généreuses que vous me faites,

supposez, dis-je, que je parvienne à m'évader du bagne avec vous, quelle serait alors mon existence ?

— Celle d'un joyeux compagnon, dépensant, avec moi, l'argent à pleines mains, achetant tous les plaisirs, tous les bonheurs de la terre, quoi !

— Non, non, telle ne serait pas ma vie, à moi... Forçat en rupture de ban, contraint de me soustraire aux regards de tous ceux qui m'ont connu, je justifierais l'injuste condamnation qui m'a frappé... Je légitimerais la honte qui pèse sur ma femme, sur mes enfants que je condamnerais ainsi à un déshonneur perpétuel...

— Et si tu restes au bagne, demanda Mordoche, si tu fais bêtement les années de réclusion que tu as encore à subir, seras-tu plus estimé, plus honoré quand tu en sortiras?

— Non, mais fort de ma conscience, libre d'agir, de me montrer, je pourrai rechercher le misérable qui a commis le crime pour lequel j'ai été condamné. Dieu aidant, je retrouverai sa trace, je l'accuserai, je le ferai condamner à son tour, et cette condamnation qui effacera la mienne rendra l'honneur à ma famille et me consolera de toutes mes souffrances, de toutes mes tortures, de toutes les larmes que m'auront fait verser dix années du plus épouvantable supplice !...

Et lorsqu'il prononçait ces douloureuses paroles, il y avait dans la voix du malheureux Urbain une si touchante expression d'amertume, un si profond désespoir que l'âme de Mordoche le forçat, depuis si longtemps endormie, en fut subitement remuée.

Il demeura silencieux pendant quelques instants et, lorsqu'il se reprit à parler à Urbain, il semblait que ce fut non plus à son compagnon de chaîne, mais à un homme profondément respecté qu'il adressât la parole.

— Vous avez peut-être raison, *monsieur*, lui dit-il; mais vos idées ne peuvent pas être les miennes. Lorsque vous sortirez du bagne vous retrouverez une femme et des enfants qui vous attendent et qui vous aimeront; moi, je n'ai que moi seul au monde, ce n'est pas grand chose de bon, mais j'y tiens, parce que je n'ai que ça à aimer. On vous a mis dans la tête. et peut-être bien, dans le cœur, des sentiments que je ne connais pas...

— Vous avez eu un père, je suppose, dit Urbain.

— Oui, un père qui me battait quand je volais maladroitement.

— Et une mère?...

— Une mère qui pleurait de me voir battre. Et elle en est

morte!... Tenez, ne parlons plus de ça... J'ai souffert trop longtemps, j'ai, là-bas, de quoi être heureux et je veux en profiter... et c'est la nuit prochaine que je mettrai mon plan à exécution.

— La nuit prochaine?...

— Oui, et pour commencer je me mets tout de suite à l'ouvrage.

En disant ces mots, il sortit le ciseau à froid de dessous son aisselle, et prit une grosse pierre qui se trouvait à portée de sa main.

— Qu'allez-vous faire? demanda Urbain Raimbaud saisi d'inquiétude.

— Regardez. Oh! je peux travailler tranquillement devant vous, à présent que je vous connais bien, je suis sûr que vous ne me dénoncerez pas, et Mordoche, au moyen du ciseau à froid et de la pierre servant de marteau, donnait une entaille au maillon passé à l'anneau de la « manille ».

Ce travail terminé, et cela en ouvrier expérimenté, il reprit la conversation, tout en replaçant le ciseau dans la poche pratiquée sous le bras.

— Voilà qui n'est pas trop mal fait, dit-il, et mon ancien patron, s'il m'avait vu, serait fier de son apprenti.

— Mais, interrompit Urbain Raimbaud, vous vous exposez à un châtiment terrible.

— Un châtiment, lequel?

— Si vous étiez repris, vous seriez inévitablement condamné à perpétuité.

— Il me restera l'espoir de mieux réussir une autre fois.

— Ce n'est pas tout; en admettant que vous parveniez à quitter Toulon, votre signalement sera envoyé dans toutes les directions, dans les ports, à toutes les brigades de gendarmerie, aux commissaires de police et aux agents de la sûreté, aux douaniers même. Il vous sera bien difficile de parvenir à échapper au formidable et invisible réseau que forme autour de l'évadé cette active surveillance.

— Cela ne m'inquiète pas; je me moque de cette surveillance et je saurai la déjouer. Que je réussisse seulement à sortir de Toulon et cela suffira.

Et s'interrompant pour montrer l'entaille faite au maillon :

— Vous voyez ça, dit-il, presque rien n'est-ce pas? Eh bien avec une toute petite pesée, clac, le fer pètera comme par enchantement, comme on dit, et cette nuit, comme je vous l'ai dit, je donnerai congé du logement que le gouvernement m'a accordé gratis pour vingt ans...

Mordoche est atteint en pleine poitrine et tombe comme une masse. (P. 446.)

. . . .

Lorsqu'après la journée de travail, les deux compagnons de chaîne rentrèrent, les « rondiers » de service à la grille, se mirent en devoir de faire comme d'habitude, secouer les fers afin de s'assurer qu'ils étaient intacts.

En voyant s'approcher d'eux les « rondiers » Urbain Raimbaud et Mordoche éprouvèrent une même impression de frisson dans les moëlles.

Le regard que leur jeta l'argousin les fit tressaillir.

Mais l'impression fut pour tous deux de courte durée. Depuis longtemps il n'y avait pas eu de tentative d'évasion, et les surveillants avaient hâte d'accomplir leur même besogne de tous les jours pour aller se reposer.

Le « rondier » ne prit même pas la peine de frapper sur les fers de nos deux forçats et passa en disant à Mordoche qui lui présentait lui-même la double chaîne :

— C'est bon !... c'est bon !

Puis il avait fait demi-tour, militairement, pour se retirer.

Mordoche exhala un soupir de soulagement.

Une fois la grille fermée, les forçats devaient se coucher. Mordoche et Urbain Raimbaud s'étendirent côte-à-côte, et le premier se montra très pressé de s'endormir, pendant que les garde-chiournes attachaient le « ramas. »

Le plus profond silence ne tarda pas à régner dans le dortoir.

Tous les forçats, éreintés par le travail de la journée, s'endormirent presqu'aussitôt couchés. Mordoche seul veillait.

Accablé de fatigue, Urbain était plongé dans un profond sommeil. Il se voyait, comme dans son rêve de chaque nuit, au sein de sa famille, le jour où on était venu l'en arracher. — Il se débattait contre les hommes de police et, juste au moment où Mordoche faisait éclater le maillon de chaîne qu'il avait précédemment scié, Urbain s'écria en se réveillant en sursaut :

— Arrêtez ! arrêtez !

Mordoche, convaincu que son compagnon de chaîne voulait empêcher sa fuite et criait pour le dénoncer, entra en fureur et, violemment, asséna sur le crâne du malheureux un formidable coup de sa chaîne.

Raimbaud poussa un sourd gémissement et dit à demi-évanoui :

— Que vous ai-je fait, pour que vous vouliez m'assassiner ?...

— N'appelliez-vous pas nos gardiens pour mettre obstacle à ma fuite ? J'ai voulu vous forcer au silence.

— Et vous avez tué peut-être, un homme qui, jamais n'aurait eu la lâcheté de vous trahir.

— Ah ! misérable gredin que je suis, dit Mordoche, mon caractère soupçonneux m'a aveuglé. J'ai commis un crime inutile. Eh bien vous serez vengé, monsieur ; que les argousins viennent, qu'ils me punissent, je les attends.

— Non, dit Urbain d'une voix faible.. puisque vous vous repentez... éloignez-vous, partez, je vous pardonne...

Mordoche, que l'espoir de la liberté enivrait et devant les yeux de qui miroitaient les deux cent mille livres, qu'il avait enfouis en un lieu secret, ne se fit pas presser longtemps de partir. Il adressa un repentant adieu à son compagnon de chaîne et se mit en devoir d'accomplir son évasion.

Le plus facile était fait ; la difficulté pour le forçat consistait maintenant à se faufiler hors du dortoir, sans éveiller l'attention des gardiens.

Il attendit le moment propice.

Avec un sang-froid incomparable il parvint à gagner le bout de la salle en rampant le long du mur ; c'était un trajet de cent pas environ.

Il s'arrêtait à chaque instant, prêtant l'oreille et retenant son souffle.

Puis n'ayant perçu aucun bruit, il se remettait à ramper avec un surcroît de précautions à mesure qu'il avançait.

Comment parvint-il à entr'ouvrir la porte, à sortir, à refermer cette porte à l'extérieur, sans avoir fait le moindre bruit, sans avoir été aperçu ? Cela tient du miracle.

Enfin il respire à pleins poumons les premières bouffées de l'air libre !

Toutefois il n'est pas au bout de son périlleux voyage.

Il lui fallait à présent gagner le toit, franchir une double grille haute de vingt pieds, sauter à bas d'une muraille hérissée de pointes de fer et traverser, en rampant, l'arsenal, pour gagner une issue qu'il connaissait et qui donnait sur un terrain vague.

Une fois arrivé là, Mordoche pouvait se considérer comme hors d'atteinte.

Mais le moindre faux mouvement, le moindre choc, et il était perdu.

Son plan avait été soigneusement conçu, tous les obstacles prévus.

Il passe non loin d'une sentinelle qui ne bouge pas.

Il est haletant ; son cœur commence à battre avec violence.

Ses mains et ses genoux sont ensanglantés ; la sueur inonde son visage.

Il continue à avancer.

Sans faire sonner la cloche de la grille, — incroyable tour de force, — il monte par la corde et enveloppe le battant d'un morceau d'étoffe qu'il a coupé dans son vêtement de forçat.

Et se balançant au bout de la corde, comme eut pu faire un acrobate, il s'élance sur la toiture.

De là il se dirige vers un mur qu'il réussit à franchir avec le plus grand bonheur.

Tout à coup le bruit de la chute d'une pierre a donné l'éveil à l'une des sentinelles.

Mordoche s'arrête...

Il attend... Il écoute !...

On ne l'a pas aperçu, mais on le devine...

Une horloge dans le lointain sonne trois heures...

Déjà les premières lueurs de l'aurore éclairent le sommet des Alpes.

Mordoche aperçoit la silhouette de la sentinelle.

Le soldat regarde de son côté ; impossible maintenant de faire un mouvement sans être aussitôt découvert.

Mordoche n'ose plus bouger de place...

Quel parti prendre ? Retourner en arrière ? Alors tous les efforts accomplis auraient donc été inutiles.

Le forçat ne peut se résigner à abandonner la partie.

La sentinelle a repris sa marche pour faire les cent pas, et lui tourne le dos. Mordoche peut donc avancer encore, sans être vu...

Mais le petit jour va naître ; bientôt, si le forçat ne se presse, il lui sera tout à fait impossible de réussir à s'évader.

Il calcule qu'il n'a plus qu'une vingtaine de minutes devant lui.

Il n'y a donc pas à hésiter.

Mordoche s'arme de courage et reprend sa marche périlleuse.

Une fois arrivé au bas du mur, il se dit qu'il pourra, d'un bond, se jeter sur la sentinelle et lui briser le crâne d'un coup bien appliqué de son ciseau à froid dont il se servira comme d'une arme terrible.

Le ciel s'éclaire de plus en plus.

N'importe. Mordoche sait que s'il est pris après avoir tué la sentinelle, c'est la mort qui l'attend. Mais il a, pense-t-il, des chances de se sauver.

Il est exténué, brisé, il ne reculera pas cependant.

Il s'est approché; quelques pas à peine à franchir. Il regarde la sentinelle qu'il voit de dos.

Avec un peu de chance il aura réussi à assommer le soldat qui n'est pas sur ses gardes.

Il avance toujours, tenant son ciseau entre ses dents.

Instant terrible ! Mordoche est haletant. Il mesure du regard la distance qui le sépare encore de la sentinelle.

Rien qu'une seconde d'hésitation et il est perdu.

A ce moment des cris d'alarme retentissent, poussés par une autre sentinelle.

De toutes parts arrivent aux oreilles du forçat ces mots qui le glacent d'épouvante :

« Aux armes !... aux armes ! »

Puis des coups de sifflet, aigus, stridents, se font entendre.

On hisse aussitôt le pavillon d'alarme que l'on appuie des trois coups de canon réglementaires pour annoncer qu'un forçat s'est évadé.

La sentinelle a aperçu Mordoche, et le couche en joue.

Le forçat fait un bond formidable, armé de son ciseau; mais en même temps un coup de feu éclate.

Mordoche est atteint en pleine poitrine et tombe comme une masse.

On accourt de tous côtés.

Le forçat respire encore; on s'empresse autour de lui pendant que deux des argousins se détachent pour aller chercher une civière.

. . . .

A la première alerte, les rondiers se précipitèrent dans le dortoir afin de savoir quel était le forçat dont les trois coups de canon venaient d'annoncer l'évasion.

— C'est le n° 13 ! s'exclama l'un des argousins.

En même temps on se jetait sur le compagnon de chaîne de Mordoche.

— Voilà le complice, s'écria le chef des rondiers en levant son bâton sur Urbain Raimbaud.

Oui, tu peux feindre de dormir, scélérat, hurla l'argousin, nous connaissons le système : ton compte est bon.

Tous les forçats avaient été réveillés en sursaut, par le bruit des détonations, seul le n° 8 ne bougeait pas.

On le secoua violemment sans résultat.

— Mais il ne dort donc pas ? dit le chef des rondiers.

Tous les argousins s'approchèrent.

— Il est évanoui ! prononça l'un d'eux.

— Peut-être bien mort ! fit un second.

Et un troisième de s'écrier :

— Le n° 13 lui aura fait son affaire avant de déguerpir, de peur qu'il ne nous donne l'éveil.

— C'est bien possible, approuva le rondier ; le n° 8 est un bon sujet... Il n'y aurait rien d'étonnant...

— Il n'est pas mort ! affirma un des argousins qui avait approché son oreille de la poitrine du forçat.

— Alors il est étourdi. Il faut prévenir le chirurgien, commanda le rondier ; mais nous allons tout de suite le transporter à l'infirmerie. On pourra peut-être encore le sauver.

Urbain, faute de civière, fut porté à bras d'hommes à l'infirmerie, pendant que l'un des argousins courait en avant pour prévenir le chirurgien de service.

En arrivant à l'infirmerie, les rondiers apprirent que l'on était à la poursuite de l'évadé.

Urbain Raimbaud fut placé sur un lit de camp, et le docteur qui se mit à l'examiner attentivement, constata que le forçat avait reçu un coup sur le crâne ; la peau était déchirée et les cheveux étaient mouillés de sang.

Immédiatement il indiqua les soins à lui donner.

On parvint à faire reprendre connaissance au blessé.

En recouvrant le sentiment, Urbain Raimbaud promena des regards effarés autour de lui.

Il cherchait à se souvenir.

Tout à coup il poussa un cri.

— Parti !... balbutia-t-il, en proie à une violente émotion, et il retomba évanoui.

A ce moment, l'attention se portait vers l'entrée de l'infirmerie où il y avait un grand tumulte.

On venait d'apprendre qu'on avait réussi à reprendre l'évadé, qu'il était blessé dangereusement et qu'on le portait sur une civière.

Quelques minutes plus tard, ceux qui transportaient Mordoche accompagnés par les argousins pénétraient dans l'infirmerie.

Mordoche fut placé sur le lit qui se trouvait à côté de celui sur lequel gisait son ancien compagnon de chaîne.

— C'est le n° 13!... c'est le n° 13! répétaient les infirmiers.

Mordoche avait perdu connaissance ; le misérable était couvert de sang.

Le chirurgien s'approcha et déclara qu'il allait sonder la blessure.

La mort d'un forçat est bien peu de chose pour les employés du bagne ; toutefois l'humanité commandait qu'on fît tout pour tâcher de sauver le blessé.

Le chirurgien ayant sondé la plaie eut un mouvement significatif.

— Peu d'espoir! dit-il à ceux qui l'entouraient.

Nous allons faire le nécessaire, mais je doute fort qu'il passe la nuit.

Maintenant on allait prodiguer des soins aux deux forçats qui, après avoir traîné la chaîne ensemble, se trouvaient encore l'un près de l'autre, blessés tous deux.

A force de soins, on était parvenu à faire reprendre connaissance à Mordoche.

Même, dans la nuit, il se produisit une assez grande amélioration dans son état.

Il put prononcer quelques mots et sa première pensée fut de s'informer du n° 8.

En apprenant qu'il l'avait pour voisin de lit, son visage sembla s'animer et prit une expression de joie.

— Est-ce qu'il est en danger? demanda-t-il.

On lui dit que le blessé n'était pas, quant à présent, en péril de mort.

— Oh! mon Dieu, quel bonheur! balbutia Mordoche.

C'était la première fois de sa vie qu'il prononçait le nom du seigneur.

On en conclut que, se sentant mourir, il se repentait de ses forfaits.

— Je demande en grâce dit-il, qu'on me permette de causer un instant avec mon ancien compagnon, pour qu'il me pardonne d'avoir voulu le tuer.

Ne me refusez pas, ne me refusez pas! suppliait-il avec des larmes dans la voix.

Tout à coup il regarda sa femme. L'instrument dont il se servait pour creuser la terre
venait de rencontrer un obstacle. (P. 456.)

On accéda à son désir, et le directeur de l'infirmerie permit que
l'on plaçât les deux lits l'un contre l'autre, afin que les deux blessés
pussent s'entretenir.

En apprenant que le forçat demandait à lui parler, Urbain Raimbaud consentit avec empressement à l'écouter.

Les infirmiers se tenaient à distance, les yeux fixés sur ces deux

hommes qui s'entretenaient à voix si basse que l'on ne pouvait percevoir que le murmure des deux voix.

Urbain Raimbaud s'était soulevé afin de mieux écouter.

— Monsieur, lui dit Mordoche, j'ai mon compte;... on a beau me soigner, c'est comme si on ne faisait rien. Je n'en ai pas pour longtemps, je le sais; à peine quelques heures, et... encore! Aussi ne perdons pas de temps.

— C'est de votre famille que je veux vous entretenir; je désire que l'argent que j'ai caché ne soit pas perdu; c'est à vous que je donne le magot...

Approchez; il y a peut-être des oreilles aux écoutes.

Urbain Raimbaud, déjà à moitié redressé, s'approcha un peu plus.

Son visage était maintenant tout près de celui de Mordoche.

— Écoutez donc, reprit ce dernier, et surtout ne m'interrompez pas, car je souffre le martyre en ce moment; il me semble que j'ai un tison dans la poitrine...

Et de fait le moribond haletait et sa voix s'altérait rapidement.

Il dut reprendre haleine pour continuer :

— Gravez bien dans votre mémoire les détails que je vais vous donner.

— Soyez certain que je n'oublierai rien de ce que vous allez me dire.

— Dans deux ans au plus tard vous serez libre.

— Oui, dans deux ans !

— Je reconnais que vous êtes un brave cœur qui mérite de voir sa famille heureuse; c'est pour ça que je vais vous dire où j'ai caché le magot.

Urbain Raimbaud ne put s'empêcher de faire un mouvement, et si, à cet instant Mordoche eut put voir le visage de son ancien compagnon de chaîne, il y eut remarqué l'expression de joie qui s'y peignit subitement.

La confidence qu'il recevait faisait sur Urbain Raimbaud une impression qu'il ne cherchait pas à dissimuler.

Il allait, pensait-il, apprendre ce qu'il avait, à différentes reprises, demandé vainement au forçat de lui dire.

Mordoche respira longuement, afin de reprendre un peu de souffle; puis il prononça ces mots, d'une voix déjà presque éteinte :

— Vous trouverez mon trésor dans le cimetière de la commune de Montmartre... C'est tout près de Paris, au nord; enfin vous vous informerez.

— Bien !... En quel endroit du cimetière ?

— Dès que vous serez entré vous tournerez à gauche...

— A gauche, répéta Urbain Raimbaud.

— C'est presque dans l'angle, à dix pas du mur.

— Bien !

— Vous verrez une tombe sur laquelle se trouve...

— Une inscription ? Laquelle ?

— Non, c'est un marbre... une statue... celle d'un nommé comte Raymond de Saint-Hilaire...

Urbain Raimbaud répéta :

— A gauche, dans l'angle, à dix pas du mur... la tombe du comte Raymond de Saint-Hilaire.

— Bien ; maintenant, voici le reste : vous fouillerez du côté de la tête ; il y a des lierres très serrés qu'il faudra dégager juste au milieu de la pierre...

— Continuez !...

— Vous creuserez la terre...

— A quelle profondeur ?

— Un pied... à peu près... et vous trouverez un paquet...

Tout à coup Mordoche cessa de parler.

Un râle déchira sa gorge.

Il voulut prononcer quelques mots, mais la voix vint expirer sur ses lèvres convulsées.

Il fit un effort et dans un souffle haletant :

— N'oubliez pas... dit-il... Adieu !... adieu !

Puis il se tut de nouveau.

Tout ceux qui s'étaient tenus à distance s'approchèrent au moment même où le forçat Mordoche exhalait son dernier soupir.

Urbain Raimbaud regarda celui qui venait de mourir et on eut pu l'entendre murmurer :

— Dors en paix et que le ciel te pardonne !

Cette même nuit Urbain Raimbaud éprouva un mieux sensible, et dès le lendemain, pendant qu'on procédait aux préparatifs de l'enterrement de Mordoche, il quittait l'infirmerie.

CHAPITRE V

PEAU NEUVE.

Les deux années que la victime d'une terrible erreur judiciaire passa au bagne, ne furent marquées pour le malheureux par aucun incident.

Après la mort de Mordoche, il avait été pressé de questions, tant sur les confidences qu'avait pu lui faire le numéro 13 concernant son projet d'évasion, que sur la conversation *in extremis* qu'il avait eue avec le moribond, Urbain Rambaud dut se faire violence pour cacher la vérité.

Mais son attitude et la façon dont il s'était toujours comporté depuis son entrée au bagne lui gagnèrent les sympathies des argousins ainsi que du haut personnel.

Le docteur qui l'avait soigné devint même un de ses protecteurs et s'informait souvent de lui.

Grâce à cette protection, le forçat fut dispensé des rudes travaux de fatigue; puis, au bout de quelque temps, il fut admis à servir d'aide infirmier.

C'est dans ces conditions qu'il allait achever son temps.

Il lui tardait, pour deux motifs, de recouvrer sa liberté. Outre qu'il avait hâte de retourner auprès de sa femme et de son enfant, une autre préoccupation s'agitait constamment en son esprit, depuis que Mordoche lui avait indiqué l'endroit où se trouvait l'argent volé à M. Denis Morand.

— Je donne cet argent à ta famille, car je veux qu'elle soit heureuse; lui avait dit le forçat.

Or Urbain Raimbaud, en acceptant ce don, n'avait jamais eu la pensée de profiter de cette fortune que sa conscience lui faisait un devoir de rendre à celui à qui Mordoche l'avait dérobée.

Enfin l'heure tant attendue sonna pour le malheureux qui venait de passer dix ans au bagne, lui l'honnête homme, au milieu de scélérats, d'assassins, de bandits, de voleurs, de faussaires.

A tout jamais flétri par une condamnation inique, il voulut que tout le passé fut pour lui et les siens enseveli dans l'oubli.

Mort civilement, il allait renaître avec une identité nouvelle qu'il se créerait.

Urbain Raimbaud ne devait plus exister, dit-il à sa femme qui était venue attendre à Toulon, la sortie du bagne, de son mari.

— Nous changerons de nom ajouta-t-il ; nous resterons peu de jours en province, parce qu'il faut que je sois à Paris le plus tôt possible.

— Cela sera d'autant plus facile, lui répondit la pauvre femme, que l'on te croit mort.

Elle lui apprit alors que lorsqu'il avait été blessé, on avait parlé, dans les gazettes, d'une tentative d'évasion qui avait été fatale à deux forçats, dont on donnait les noms.

— Mais, en me voyant, ceux qui m'ont connu...

— Hélas! mon pauvre ami, ils ne te reconnaîtront pas... car moi-même j'hésitais, quand je t'ai vu...

En dix années, ta physionomie s'est complètement modifiée, ton visage n'a plus la même expression, tes cheveux ont blanchi... Oh! non... on ne te reconnaîtra pas, tu peux en être certain.

De fait, Urbain Raimbaud était absolument méconnaissable.

Pendant les dix ans que son mari avait passés au bagne, Mme Raimbaud avait vécu de son travail, voulant garder intact le petit avoir, — quelques milliers d'écus, — qu'à force d'économie, l'ancien employé aux Finances avait pu mettre de côté.

C'est en apprenant de sa femme qu'elle avait conservé — sans y toucher — cette petite somme, que Raimbaud lui fit part de la confidence qu'il avait reçue de Mordoche. Il lui raconta comment le forçat avait réussi à dérober une si forte somme et à la cacher.

— Nous pourrions être riches, conclut-il, si je voulais accepter pour toi le don...

Urbain Raimbaud n'acheva pas sa pensée... Sa femme avait eu un geste expressif.

— Ah! je savais bien, fit-il en s'interrompant, ce que tu allais me répondre.

Et il fit part à sa femme de l'idée qui lui était tout de suite venue quand Mordoche lui avait raconté l'histoire du vol pour lequel il avait été, comme récidiviste, condamné à vingt ans de travaux forcés.

Ma résolution est bien prise, dit-il, j'irai à Paris ; c'est là seulement qu'il me sera possible de trouver à travailler... C'est une nouvelle existence qui va commencer pour nous.

C'est avec la ferme conviction qu'il parviendrait à ses fins que l'ancien forçat partit pour la grande ville si pleine de ressources.

Urbain Raimbaud avait trouvé dans les manuscrits que lui avait légués le vieux savant des idées nouvelles à exploiter.

Il s'était attaché plus particulièrement à l'une d'elles, laquelle, il n'en doutait pas, devait profiter aux petites bourses.

Il s'agissait d'une de ces inventions destinées à avoir un grand retentissement et qui devait, en outre, donner la fortune à l'inventeur.

Mais ce n'était pas avec la petite somme dont il disposait qu'Urbain Raimbaud pouvait faire les frais que nécessiterait l'établissement d'une usine et le lancement de l'affaire.

— J'ai la fortune là... là, disait-il à sa femme en tapant sur le manuscrit laissé par le vieil oncle. Et dire que, faute du capital indispensable, il me faudra laisser inappliqué tout ce beau travail que notre bienfaiteur à tous deux à mis tant d'années à faire.

— Faute d'un capital! répétait en soupirant la pauvre femme.

— Je comprends ta pensée, mon amie; s'écria Urbain Raimbaud... Ce soupir veut dire que je pourrais le trouver, qu'il est à ma disposition ce capital...

Mais je comprends aussi que tu consentirais à vivre dans la misère jusqu'à la fin de nos jours plutôt que de me voir m'approprier l'argent volé!...

J'ai même trop tardé à remplir mon devoir d'honnête homme, ajouta l'ancien forçat. Et c'est ce que je vais faire le plus tôt possible.

En arrivant à Paris, Urbain et sa famille étaient descendus dans un hôtel de faubourg en attendant d'avoir trouvé un modeste appartement. Il se fit inscrire sous le nom d'emprunt de Delamarre.

Quelques jours plus tard, n'y tenant plus, dans son impatience de rapporter la somme volée à qui de droit, l'ancien compagnon de chaîne de Mordoche se rendit au lieu que lui avait indiqué le forçat.

Le cimetière de la commune de Montmartre était en dehors de la barrière; c'était un des plus anciens et depuis longtemps on n'y enterrait plus que les personnes ayant des concessions à perpétuité; aussi n'y rencontrait-on que de rares visiteurs.

Le jour où Urbain Raimbaud s'y rendit, il se trouva presque seul dans l'allée principale. Comme il avait l'air de chercher à s'orienter, un gardien s'approcha pour lui demander s'il avait besoin d'un renseignement.

— Effectivement, monsieur, je suis venu pour aller prier sur une tombe...

Il ajouta, non sans une sensation d'inquiétude :

— Pouvez-vous m'indiquer où se trouve la sépulture du comte Raymond de Saint-Hilaire?

— Parfaitement !

Et le gardien après l'avoir accompagné pendant quelques pas, lui indiqua la direction à suivre.

Puis, au moment où Urbain Raimbaud s'inclinait pour remercier, le gardien ajouta :

— C'est une de nos plus anciennes sépultures, et depuis bien des années que je suis gardien de ce cimetière, vous êtes la première personne qui soit venue rendre visite à cette pauvre vieille tombe abandonnée.

— Elle ne le sera plus, crut devoir répondre Urbain Raimbaud, impressionné d'être obligé d'inventer une histoire. Je suis resté depuis mon enfance à l'étranger et j'ai voulu qu'une de mes premières visites fut pour le lieu où repose un vieux parent de mon père.

Le ton ému dont le visiteur avait prononcé ces paroles lui gagna tout de suite la sympathie du gardien.

Il se découvrit pour répondre au salut d'Urbain Raimbaud qui s'éloigna aussitôt dans la direction qu'on venait de lui indiquer.

C'est en tremblant presque, comme un malfaiteur, qu'il s'approcha de la sépulture.

Pendant quelques instants, il ne put détacher ses regards de cette statue dont le marbre avait subi de profondes détériorations.

Puis surmontant l'hésitation qui le tenait immobile et comme cloué sur place, il s'agenouille comme pour prier et, après s'être assuré qu'il est bien seul, il sonde l'épaisseur des lierres touffus et sa main rencontre la terre.

C'est là, à moins d'un pied de profondeur, que doit se trouver l'argent caché par Mordoche.

Il s'est bien muni d'un fort couteau de poche, mais il n'ose s'en servir pour creuser la terre.

Il craint d'être surpris pendant ce travail et aime mieux remettre la chose à une autre fois et décide de revenir avec sa femme.

En outre, une idée qui lui arrive à l'improviste ne laisse pas de le tourmenter.

Depuis tant d'années que le vol a été commis, il se demande si ce M. Morand est encore vivant et s'il le trouvera à l'adresse que lui avait donnée Mordoche.

Aussi ne veut-il pas tarder d'un jour à se mettre à sa recherche.

Il se rendit donc au numéro 17 de la rue Saint-Sulpice et apprit par le concierge que M. Morand habitait toujours la maison, dont il s'était rendu propriétaire, et dans laquelle il avait établi une maison de banque considérable.

Urbain Raimbaud se sentit soulagé d'un lourd poids.

— Maintenant, dit-il à sa femme, que je suis renseigné, nous n'avons plus qu'à faire le nécessaire.

Il fut donc convenu entre eux que l'on retournerait, ensemble cette fois, au cimetière de la commune de Montmartre.

Même accueil de la part du gardien, en voyant que la dame portait deux pots de fleurs et que le mari s'était muni d'une petite pioche. Ce jour là, Urbain Raimbaud crut qu'il ne pourrait pas déterrer l'argent; en effet, le gardien avait entamé la conversation et s'était mis à marcher comme s'il eut eu l'intention d'accompagner les visiteurs jusqu'à la sépulture du comte de Sainte-Hilaire.

Fort heureusement, changeant tout à coup d'idée, il salua et se retira, au détour d'une allée; et les deux soi-disant visiteurs purent se rendre à la sépulture, sans crainte d'être dérangés, car ils étaient absolument seuls dans cette partie du cimetière.

— Ce ne fut qu'au bout d'une demi-heure de travail qu'ils parvinrent à dégager la place où il fallait creuser, de l'épais tapis de lierres qui la couvrait, et à enlever la terre.

M⁗ᵉ Raimbaud tenait tout prêt un des pots de fleurs, afin de pouvoir immédiatement boucher le trou si quelqu'un venait à passer.

Pendant ce temps son mari continuait à se servir, avec précaution, de la bêche.

Tout à coup il regarda sa femme. L'instrument dont il se servait pour creuser la terre venait de rencontrer un obstacle.

Il dut attendre quelques instants pour maîtriser son émotion.

Puis il se remit à la besogne interrompue. L'opération ne présentait désormais aucune difficulté. Après avoir rejeté la terre tout autour de l'obstacle, Raimbaud retira du trou un assez volumineux paquet enveloppé d'une toile cirée solidement ficelée.

A présent il ne s'agissait plus que de sortir du cimetière sans éveiller de soupçons.

Or, pendant que son mari se chargeait de mettre les pots de fleurs à la place d'où il venait de retirer le paquet, Mᵐᵉ Raimbaud faisait, au moyen d'épingles, une sorte de sac dans son jupon de dessous et y plaçait le paquet qui se trouva ainsi complètement dissimulé.

Tout de suite ils se mirent à ouvrir le paquet et eurent la satisfaction de constater
que la somme annoncée par Mordoche s'y trouvait... (P. 458.)

Néanmoins, ce n'est pas sans éprouver la plus violente émotion
que Raimbaud et sa femme passèrent devant le bureau et répondirent au salut du gardien.

Ainsi ces deux honnêtes gens qui accomplissaient une action
louable au premier chef, étaient inquiets et tremblants comme s'ils
venaient de commettre un crime.

Pendant tout le trajet à parcourir pour retourner chez eux, ils

éprouvèrent la même impression d'un poids sur le cœur, et ils ne retrouvèrent la tranquillité que lorsqu'ils se furent enfermés à double tour dans leur appartement.

Tout de suite ils se mirent à ouvrir le paquet et eurent la satisfaction de constater que la somme annoncée par Mordoche s'y trouvait, moins les quelques centaines d'écus qu'en avait distrait le voleur.

Mais, pas plus à la vue de cette fortune qu'il lui était si facile de s'approprier, que lorsque le forçat moribond lui avait fait don de cette somme, Urbain Raimbaud n'éprouva la moindre défaillance de conscience.

Sa femme et lui se regardèrent silencieusement comme pour se communiquer leur pensée qu'Urbain Raimbaud traduisit par ces mots :

— Je comprends que nous ne pouvons garder, même quelques jours, cet argent chez nous.

— Tu as raison, je suis d'avis comme toi assurément, qu'il faut, sans retard, le rendre à celui à qui il appartient.

Le lendemain, Urbain Raimbaud s'étant présenté chez le banquier, fut immédiatement introduit auprès de M. Morand.

D'avance, il avait étudié une contenance, ce qui ne l'empêcha pas de tressaillir intérieurement quand il se trouva en présence de l'homme dont Mordoche lui avait fait le portrait.

Mais fort de son honnêteté et soutenu par sa conscience absolument tranquille, il se remit bientôt.

Et quand, très affable et quelque peu étonné, le banquier eut prononcé la formule ordinaire :

— Je n'ai pas l'honneur de vous connaître, monsieur, car je ne ne me souviens pas d'avoir jamais été en rapport avec vous. Je vous serai donc obligé de me dire ce qui vous amène auprès de moi.

Urbain Raimbaud répondit d'un ton calme et d'une voix assurée :

— D'abord, monsieur, permettez-moi de me présenter à vous. Je me nomme M. Delamarre.

Le banquier s'inclina.

— Je vais vous apprendre, tout à l'heure, le motif qui m'amène auprès de vous. Mais je dois, auparavant, vous demander de ne pas croire à une mystification de ma part, car ce que j'ai à vous dire va vous paraître assurément très extraordinaire.

— Veuillez donc sans plus tarder me faire part de cette chose extraordinaire de nature à me stupéfier...

— Il s'agit, monsieur, d'un vol dont vous avez été victime il y a longtemps déjà.

— Oui, si longtemps même, que je n'y ai plus pensé, certain que j'étais que mon voleur ne se dessaisirait pas de l'importante somme qu'il m'avait dérobée...

C'était un bien sinistre et bien cynique scélérat qui avait certainement d'avance sa place marquée au bagne où on l'a envoyé, du reste, pour vingt ans si j'ai bonne mémoire...

— Cet homme y est mort! prononça Urbain Raimbaud.

— Ah! Eh bien?

— Je suis chargé de vous restituer l'argent que vous avait volé le forçat Mordoche décédé au bagne de Toulon.

Le banquier tressauta, frappé de stupéfaction.

— Mais vraiment, je ne sais si j'ai bien entendu,... bien compris. Vous avez dit que...

Urbain Raimbaud, après une nouvelle hésitation de quelques secondes, s'était promptement ressaisi.

— Monsieur, fit-il en regardant d'un air absolument calme son interlocuteur, ai-je eu tort de vous annoncer que ce que j'avais à vous apprendre pourrait vous étonner? Il me reste à vous dire comment il se fait que j'aie été chargé, ou pour mieux m'exprimer, comment j'ai dû consentir à me charger de cette restitution.

— Le fait est, monsieur, que je ne m'explique pas...

— Comment j'ai pu me trouver en relation avec un forçat, au point de recevoir ses confidences... et de me charger d'exécuter ses dernières volontés...

— Précisément!... A moins que vous n'ayez un emploi...

— Non, interrompit avec vivacité l'ancien forçat, je ne suis allé au bagne de Toulon que comme visiteur...

Tout d'abord le banquier avait éprouvé quelque méfiance; il se pouvait bien, se disait-il, qu'il eut affaire à un fou. Mais bientôt le ton, l'attitude et l'expression de physionomie de son interlocuteur, l'avaient rassuré.

Aussi, après la surprise qu'il venait d'éprouver, s'écria-t-il :

— Vous me voyez au comble de la joie... Retrouver un argent — une forte somme ma foi — que l'on croyait perdu et dont, je l'avoue, j'avais fait mon deuil, cela tient du miracle. Au moins, cher monsieur, me ferez-vous le plaisir de m'expliquer comment cet argent est tombé entre vos mains.

— L'important est qu'il retourne entre les vôtres; et c'est précisément ce qui m'amène.

Urbain Raimbaud eut voulu, ainsi qu'on peut en juger, éviter de donner les explications qu'on lui demandait. Mais le banquier devenait de plus en plus pressant et il était difficile de ne pas satisfaire sa curiosité.

Même l'ancien forçat se crut obligé de se défendre contre l'appréciation exagérée qu'on donnait à un acte qu'il considérait comme simplement naturel.

En effet, le banquier ayant hasardé une manifestation par trop soulignée de sa reconnaissance et de son admiration pour l'acte de probité qu'on accomplissait à son égard, Urbain Raimbaud avait répliqué nettement :

— Vous me ferez bien l'honneur de ne pas supposer qu'il me soit venu la pensée, non pas seulement en cette circonstance mais de tout temps, de m'approprier le bien d'autrui.

— Loin de moi une pareille supposition ! s'exclama le banquier.

— Je vais donc, reprit Urbain Raimbaud vous donner l'explication que vous réclamez.

Dernièrement encore j'habitais Toulon où j'étais retenu par des intérêts de famille. Un de mes amis qui était attaché à l'administration du bagne m'emmenait souvent avec lui dans ses tournées d'inspection. En passant, j'achetais aux forçats différents objets qu'ils sont autorisés à fabriquer pendant les heures de repos.

— Je sais !

Urbain Raimbaud s'était, ainsi qu'on voit, décidé à préparer une histoire absolument vraisemblable.

Il continua :

— Je m'étais intéressé au sort de quelques uns de ces malheureux, surtout de certains d'entre eux qui ne cessaient, chaque fois, de m'affirmer qu'ils étaient innocents.

Si bien que, je n'hésite pas à le reconnaître ici, je finis par croire effectivement que ceux qui me parlaient si souvent de leur innocence étaient bien réellement... victimes d'erreurs judiciaires...

— Vous ne mettez pas mon voleur au nombre de ces victimes, je suppose?

Urbain Raimbaud éluda la question, en s'empressant d'ajouter :

— Il y a au bagne des innocents,... je l'affirme,... je serais même prêt à le jurer.

— S'il en était ainsi ce serait une chose bien épouvantable ! prononça le banquier, frappé du ton affirmatif de l'inconnu.

— En outre, continua l'ancien forçat, revenant à l'histoire qu'il avait imaginée, parmi ceux qui ont mérité leur châtiment, il en est qui sont dignes de compassion, je n'ose ajouter dignes d'intérêt.

— Serait-ce le cas de mon voleur ?

— Précisément ! Cet individu me sut gré, paraît-il, des bons conseils et des exhortations au repentir que je ne cessais de lui donner, chaque fois que je m'arrêtais pour lui acheter quelque chose. J'avais essayé de le consoler et j'avais réussi moralement à le réconforter. Il m'apprit le vol qui l'avait conduit au bagne. Toutefois il m'avait paru qu'il me cachait quelque chose. Ce ne fut effectivement qu'à la longue et quand il fut certain qu'il pouvait avoir confiance en moi, qu'il me révéla ce qu'il avait fait de votre argent... Comme vous le supposez bien, je lui dis que son devoir était de vous restituer cet argent qui vous appartenait...

— Et vous avez obtenu cela de ce misérable ?

— Oui !... Je l'avais tant et si souvent exhorté au repentir qu'au moment où il se sentit frappé à mort, il supplia qu'on voulut bien m'autoriser à venir le voir avant qu'il ne rendît le dernier soupir. Grâce à mon ami, très influent dans l'administration, le dernier désir du forçat moribond put se réaliser.

Je fus donc autorisé à me rendre à l'infirmerie ; dès qu'il m'aperçut, l'agonisant tendit les mains vers moi ; je pris ces mains et les serrai non sans éprouver une grande émotion.

En le voyant souffrir, je me disais que ce malheureux expiait ; pour moi ce n'était plus un forçat ; je le considérais comme pardonné, réhabilité même, puisqu'il se repentait.

Urbain Raimbaud continua :

— Le moribond ne me laissa pas le temps de l'interroger. Il me pria de me pencher afin qu'il n'eût pas à faire un effort douloureux pour élever la voix. Il m'indiqua, au milieu de spasmes et de hoquets, l'endroit où je devais trouver la somme qui vous appartenait et qu'il me chargeait de vous rapporter.

Je lui promis de faire ce qu'il me demandait et je m'engageai à obtenir de vous que vous lui pardonneriez...

— Et vous avez bien fait de vous engager pour moi, monsieur Delamarre, s'exclama le banquier en s'emparant des mains de son interlocuteur et en les serrant avec effusion ; comment hésiterais-je à ratifier la parole que vous avez donnée pour moi à ce malheureux ?

Je vous remercie donc, mon cher monsieur, de tout ce que vous avez fait. Seulement je ne me tiens pas quitte envers vous.

D'abord comme l'amitié d'un homme de bien est chose rare et d'autant précieuse, je sollicite la vôtre, M. Delamarre.

En prononçant ces mots, Denis Morand tendait la main à l'ancien forçat. Puis il ajouta :

— Je ne connais de vous que votre nom, je désire, cher monsieur, que nous fassions plus ample connaissance.

Urbain Rambaud avait écouté en silence.

Obligé de répondre à la marque de sympathie et d'estime que M. Morand lui donnait spontanément :

— Ce que vous demandez-là m'honore, dit-il.

— Êtes-vous dans les affaires? Puis-je vous être utile à quelque chose?

— Ma foi,... peut-être bien ! répondit M. Delamarre (nous continuerons à lui donner son nom d'emprunt); le hasard pourra m'avoir servi en cette circonstance. Je vous ferai part d'une idée que j'ai eue et rien ne dit que vous ne me procurerez pas les moyens de l'appliquer.

— Vous pouvez être certain que mon concours, s'il peut vous être utile, vous est acquis d'avance.

— D'ailleurs, monsieur, il faudra bien que nous nous revoyions.

— Quand vous voudrez...

— Mais aujourd'hui même, puisque je dois vous remettre l'argent que celui dont j'exécute en ce moment les dernières volontés m'a chargé de vous restituer... de sa part !

— Je ferai prendre la chose chez vous, cher monsieur, dit le banquier, et j'accompagnerai, si vous le permettez, l'employé que je chargerai de ce soin... Cela me procurera l'occasion et le plaisir de causer plus longuement avec vous... Vous le permettez?

— Vous me voyez confus, monsieur, de votre demande...

— Vous acceptez?

— Je n'oserais refuser, cependant je dois vous avouer que nous sommes modestement logés moi et ma famille...

— Ah ! vous êtes en famille ici ?

— Oui, monsieur, j'ai amené avec moi ma femme et ma fille.

— Et vous vous êtes décidé à venir habiter Paris ?...

— Oui, pour essayer de trouver à exploiter une invention...

— Ah ! vous êtes inventeur?

— Hélas ! je crains bien que mon idée ne reste longtemps encore inexploitée...

— Mais si votre invention a quelques chances de succès... rien ne prouve qu'elle ne vous donnera pas la fortune ? Vous m'en parlerez, mon cher Monsieur Delamarre, et le plus tôt possible...

Puis s'interrompant :

— Veuillez me donner votre adresse.

M. Delamarre s'assit devant le secrétaire et écrivit son nom et son adresse sur un carnet *ad hoc* que le banquier plaça sur le bureau.

M. Morand lut :

Rue du Clos Saint-Lazare n° 3.

Et s'adressant à M. Delamarre :

— C'est là, je l'espère, dit-il, un appartement que vous n'occuperez que peu de temps, si, — comme je le pense — nous entrons en relations d'affaires, il vous faudra changer de quartier.

Et d'un ton d'intérêt :

— Quel âge a votre enfant ?

— Douze ans !

M. Delamarre s'étant levé pour prendre congé, le banquier lui serra la main en disant :

— Vous me permettez de vous présenter mon fils... André Morand. Ce me sera un plaisir qu'il assiste à la conversation que nous aurons ensemble au sujet de votre invention. André est très instruit ; j'ai tenu à lui donner une instruction très étendue.

— Vous rêvez sans doute pour lui une situation digne de son nom et de sa fortune ?

— Mon nom est des plus inconnus.

C'est le nom qu'un simple cultivateur, — mon père, — m'a légué. J'ai fait fortune... je puis dire à la force du poignet. Je suis riche aujourd'hui, mais c'est tout. Je n'ai été qu'un vulgaire banquier, et je voudrais pour mon fils une situation qui jetât quelque éclat sur le nom obscur de Morand !... Enfin, nous verrons !... En attendant, j'ai initié André à mes affaires, afin, faute de mieux, de pouvoir lui en laisser la suite...

Mais je vous retiens là à vous parler de ma famille, alors que probablement vous avez hâte de retourner auprès de la vôtre... A ce soir donc, cher Monsieur Delamarre.

— A ce soir !

.   .   .   .

Rentré chez lui, M. Delamarre mit sa femme au courant de la conversation qu'il avait eue avec le banquier.

— M. Denis Morand viendra nous voir ce soir même, ajouta-t-il, pour prendre livraison de l'argent en question, et aussi pour causer de mon invention. Il nous présentera son fils, André Morand, un excellent sujet, paraît-il.

Et appelant à lui la jeune fillette qui écoutait attentivement :

— Je lui ai dit que j'avais une fille très gentille, très charmante et que j'adorais, ma chérie, et je n'ai pas besoin, ma petite Jeanne, de te recommander de ne pas me démentir, afin qu'il ait de toi une bonne opinion, dès le premier jour...

Recommandation superflue, car Jeanne Delamarre était déjà très sérieuse, très réfléchie, pour une fillette de son âge.

Ayant vécu très retirée et toujours en compagnie de sa mère, la pauvre enfant n'avait guère eu de distractions.

Sa mère n'ayant pas voulu se séparer d'elle, s'était chargée d'être d'abord sa maîtresse d'école, puis son institutrice.

La première fois que l'enfant s'était informée de son père, la pauvre femme avait répondu :

Ton père a entrepris un long, un très long voyage, qui le tiendra éloigné de nous pendant plusieurs années.

A mesure que l'enfant grandissait et que son intelligence se développait, sa mère éprouvait plus d'embarras à répondre aux questions qu'elle lui adressait au sujet de l'absence prolongée de son père.

La femme du forçat, après la mort de sa fille aînée, avait réalisé ses dernières ressources et s'était retirée dans un village aux environs de Toulon.

C'est là que son mari devait la trouver après sa mise en liberté.

Mme Raimbaud quelques jours avant la libération de son mari, avait annoncé à sa fille que le navire qui ramenait son père était attendu dans le courant de la semaine.

Raimbaud à sa sortie du bagne avait acheté des vêtements avec l'argent de « sa masse. »

Le retour du malheureux dans sa famille fut l'occasion de scènes douloureuses et touchantes. Le pauvre père pleura sa fille infortunée qui avait succombé foudroyée par le désespoir; puis il reporta toute son affection sur l'enfant qu'il avait quittée à peine âgée de deux ans et qu'il retrouvait presque jeune fille.

C'était la première fois que ses lèvres les effleuraient. (P. 474.)

Jeanne ressemblait à sa sœur ainée et rien n'était plus attendrissant que de voir le père la presser sur son cœur en levant au ciel ses
yeux baignés de pleurs, comme pour dédier cette caresse également
à l'ange qui n'était plus.

Jeanne, comme on l'a vu, était présente quand, de retour de chez
M. Denis Morand, son père avait annoncé, pour le même soir, la
visite du banquier que devait accompagner le fils de ce dernier.

59. — SEULE !   59.

En voyant l'air de satisfaction que ne dissimulait pas M. Delamarre, Jeanne avait elle aussi éprouvé une impression de joie intérieure; habituée à voir sa mère toujours préoccupée et soucieuse, elle partageait à présent la satisfaction de la pauvre femme.

Elle pressentait que c'était une toute autre existence qui commençait pour ses parents. Aussi attendait-elle avec une impatience d'enfant la visite annoncée.

Ce fut elle qui courut ouvrir lorsque la sonnette de la porte eut retenti.

M. Delamarre la rejoignit presqu'aussitôt et recevait sur le seuil les deux visiteurs pour les présenter à sa femme et sa fille.

— Nous avions hâte, mon fils et moi, dit le banquier, de faire connaissance avec votre famille, car j'espère, que nous entamerons, dès aujourd'hui, de bonnes et durables relations.

Après que chacun eut pris place, M. Delamarre passa dans la chambre à coucher et revint presqu'aussitôt, tenant à la main le paquet qui contenait la somme volée par le forçat Mordoche.

— Voilà, Monsieur Morand, dit-il, ce que l'on m'a chargé de vous remettre. Vous plairait-il reconnaître le contenu de ce paquet?...

— Inutile, cher Monsieur Delamarre, répondit en souriant le banquier, puis-je ne pas m'en rapporter à vous?

Et se tournant vers André Morand qui avait pris place à côté de Jeanne, il ajouta :

— J'ai dit un mot à mon fils d'une invention pour laquelle vous aurez besoin peut-être d'une commandite...

— Je vais si vous le voulez bien, dit Delamarre, vous en donner un aperçu.

Il alla prendre dans un meuble qui lui servait de bibliothèque, un manuscrit qu'il plaça sur la table, en disant à M. Morand et à son fils qui tous deux s'étaient approchés de la table :

— Je vais vous prier de m'accorder quelques minutes d'attention.

Après la lecture des vingt premières pages qui contenaient un exposé très lumineux de l'affaire, le banquier l'interrompit, en s'exclamant :

— C'est une idée de génie tant au point de vue des résultats que l'on obtiendra, qu'au point de vue humanitaire.

A son tour André félicita l'inventeur, ajoutant son approbation spontanée à l'enthousiasme que manifestait son père.

Celui-ci prit aussitôt la parole et dit à l'inventeur :

— C'est chose entendue, je deviens, à partir de ce jour, votre commanditaire.

Il ajouta :

— Nous n'aurons pas à discuter les conditions, car j'accepte d'avance les vôtres.

Il faut vous mettre tout de suite à la besogne, et mon fils sera à votre disposition pour vous seconder...

Voulez-vous bien l'accepter comme employé ?

— Avec le plus grand plaisir s'empressa de répondre l'inventeur ; il est tout naturel que monsieur votre fils vous remplace auprès de moi...

Quelques jours après la première visite à la famille Delamarre, celle-ci était installée dans un assez vaste appartement dont une partie était affectée aux bureaux de l'inventeur.

C'est ainsi que l'argent volé par Mordoche avait profité au compagnon de chaîne à qui le forçat l'avait donné au moment où il expirait.

Urbain Raimbaud avait fait peau neuve, selon l'expression consacrée.

Il put bientôt se convaincre qu'aucun de ceux qui l'avaient connu avant sa condamnation, ne pourrait le reconnaître après les dix années de souffrances morales et physiques qui avaient fait de lui un tout autre homme.

Dès les premiers jours de son installation, en qualité d'employé, dans la maison de M. Delamarre, André Morand s'était pris d'affection pour la petite Jeanne, alors âgée de douze ans.

A ses instants perdus il s'était institué son professeur de dessin et de musique. Il consacrait à sa petite amie toutes les heures que ne lui prenait pas son travail de bureau. Chaque jour après la leçon le professeur, satisfait de sa petite élève, avait pris l'habitude de l'embrasser.

Cinq années se passèrent de la sorte.

André était devenu un élégant et beau jeune homme ; Jeanne une adorable jeune fille.

Une intimité, toute fraternelle jusque-là, s'était établie entre eux, et, un jour, qu'à la fin de la leçon quotidienne André, comme d'habitude, embrassait son élève, mais cette fois plus chaleureusement sans doute que de coutume, Jeanne tressaillit, se sentit rougir et, pudiquement, éloigna son visage de celui d'André.

Tous deux interdits, émus, demeurèrent silencieux, leurs regards se rencontrèrent, leurs cœurs battaient avec force et, sans se l'être dit, ils comprirent qu'ils s'aimaient.

Pour ces deux êtres si chastes et si purs, pour ces deux natures si foncièrement honnêtes et si loyales, l'amour qu'ils ressentaient ne devait pas être un secret qu'ils dussent renfermer au fond de leur âme.

Chacun d'eux ressentit le besoin d'en faire confidence; André à son père, de qui, pensait-il, viendrait le plus sérieux obstacle, à cause de la grande fortune qu'il s'était acquise; Jeanne à sa mère, dont le bienveillant appui lui semblait assuré d'avance.

Après s'être bien concertés, ils entamèrent, l'un et l'autre, non sans trembler, cette grave campagne, d'où dépendait leur bonheur et dont la marche, ainsi qu'on va le voir, ne devait pas réaliser, toutes leurs prévisions.

C'est André qui fit, auprès de M. Morand, les premières tentatives.

— Mon père, dit-il à M. Morand, je désire avoir, avec vous, un instant d'entretien et je fais appel à toute votre bienveillance, à cette tendresse paternelle dont vous n'avez cessé de me donner des preuves depuis ma naissance.

— De quoi s'agit-il? répondit avec douceur M. Morand. Parle, mon enfant.

— Il s'agit, mon père, du bonheur de ma vie que vous pouvez, d'un mot, détruire ou assurer à jamais.

— Et ce mot, le voici, dit avec gravité M. Morand :
André, tu es amoureux.

— Mon père !...

— Tu es amoureux fou d'une jeune fille charmante, adorable, douée de toutes les vertus... mais dont la famille est, malheureusement, sans fortune.

— C'est vrai, dit André, en courbant la tête.

— Et tu t'es dit, sans doute, mon père est assez riche, pour ne pas s'arrêter à cette considération ?... Eh bien ! ajouta joyeusement le banquier, tu as eu raison, mon fils : la sagesse d'une jeune fille vaut des millions, et la considération, l'estime méritée dont jouit le père de celle que tu aimes est cent fois plus précieuse à mes yeux que des sacs d'écus. Épouse Mlle Delamarre, je te donne mon consentement.

— Ah ! mon père, mon père bien-aimé, s'écria André ivre de joie et de bonheur.

— Delamarre, dit M. Morand, est absorbé, en ce moment, par

ses fonctions de juré, l'affaire de Valomer, l'assassin, semble le préoccuper profondément; dans huit jours le jugement sera rendu, et je me charge de faire, à cette époque, la demande en ton nom et au mien.

C'est de cette heureuse façon que se termina celle des deux démarches qui semblait devoir rencontrer les plus sérieux obstacles.

Nous allons voir quelle fut l'issue de l'autre.

Jeanne, ainsi que nous l'avons dit, se croyait assurée de l'appui de sa mère et n'était le pudique embarras que lui causait la confidence de son amour et la rougeur que mettait à son front un tel aveu, c'est du ton le plus naturel et le plus calme que, pleine de confiance, Jeanne eut dit à sa mère :

— J'aime André Morand, je suis aimée de lui et je te demande, mère chérie, d'obtenir, de mon père, son consentement à notre mariage.

Mais à peine avait-elle prononcé ces dernières paroles qu'elle vit, avec effroi, une pâleur mortelle envahir le visage de Mme Delamarre.

— Tu es aimée de lui et tu l'aimes! dit-elle d'une voix pleine de désespoir et de larmes... Ah! malheureuse! misérable aveugle que j'ai été...

— Sommes-nous coupables à tes yeux, ma mère?

— Vous!... non... non... c'est moi, moi seule que j'accuse... Ah! mauvaise mère que j'ai été, je n'ai rien pressenti, rien vu, rien compris... et le malheur vient s'appesantir sur nous... sur toi, ma pauvre chère enfant, et, de nouveau, des pleurs sillonnaient son visage.

Interdite et muette, Jeanne regardait sa mère. Elle ne comprenait rien à sa douleur et n'osait l'interroger.

Qu'eut-elle répondu, l'infortunée!

— Tu es aimée de lui et tu l'aimes!... s'était-elle écrié! Eh bien! tout le malheur, toute les souffrances nouvelles étaient là.

Après les tortures d'autrefois, après l'infâme condamnation de son mari, après les hontes et les larmes du bagne, quand une existence nouvelle venait effacer l'ancienne et misérable vie, quand un honneur nouveau renaissait des cendres de l'ancien honneur odieusement égorgé, voilà que l'épouvantable passé surgissait plus menaçant, car, jusque-là, c'était Urbain et sa femme qu'il avait frappés, tandis qu'aujourd'hui, il écraserait trois victimes au lieu de deux.

Le bonheur, la vie même de Jeanne, de leur fille adorée dépendait de son union avec André : de quel nom signerait-elle son contrat de mariage? De quel nom son père et sa mère déclareraient-ils s'appeler, lorsque le magistrat procéderait à l'union des deux fiancés? Sous

quel nom la jeune épousée recevrait-elle la bénédiction du prêtre?
Urbain, enfin, deviendrait-il un faussaire, ou se déclarerait-il galérien libéré?...

Cette nouvelle catastrophe, qui venait d'apparaître à l'esprit de
Mme Delamarre, était plus imminente, plus inévitable qu'elle ne le
croyait. On sait, en effet, que les confidences faites par les deux
jeunes gens à la mère de Jeanne et au père d'André, avaient lieu
pendant que se jugeait le procès de Valômer et que le juré Delamarre devait, quelques jours plus tard, publier hautement sa réelle
personnalité et, pour arracher un innocent à la mort, condamner sa
propre fille au plus profond désespoir. Jeanne, stupéfiée en voyant le
trouble et l'agitation de sa mère attendait anxieusement une explication.

— Je parlerai à ton père, lui dit celle-ci, cherchant à se calmer.
Tu connais sa tendresse infinie pour toi... sois bien convaincue, ma
fille adorée, qu'un obstacle terrible, insurmontable pourrait, seul,
l'empêcher d'acquiescer à ce mariage, qui serait le bonheur de sa
vie... le nôtre à tous...

Le lendemain Jeanne et André se communiquèrent mutuellement
les démarches que chacun d'eux avaient faites.

— Mon père s'est montré enchanté, annonça le jeune homme, et
il ne dépendra que de vos parents que nous soyons, tous deux, au
comble de nos vœux.

— Dieu le veuille! soupira Jeanne.

— Pourquoi cet air mélancolique sur votre visage, d'où naît votre
inquiétude? demanda André Morand.

Et il ajouta, avec anxiété :

— Craindriez-vous que M. Delamarre et votre mère voulussent
mettre obstacle à notre mariage?

La voix d'André tremblait en prononçant ces paroles et son visage
reflétait la douloureuse impression qu'il éprouvait à l'idée qu'il ne
verrait peut-être pas se réaliser les doux rêves qu'il avait formés.

La jeune fille avait écouté les paupières baissées; elle leva ses regards sur celui qui parlait ainsi du désespoir qui l'attendait si l'on
mettait obstacle au bonheur rêvé, ses yeux étaient pleins de tristesse,
et quand elle voulut répondre, les mots expiraient sur ses lèvres.

Il y eut un moment de silence, pendant lequel ces deux êtres également épris, se regardèrent comme pour s'encourager mutuellement...

Puis tout à coup ils se tendirent les mains, se tenant ainsi comme
enchaînés l'un à l'autre.

Et pendant la seconde qui s'écoula, ils s'étaient juré tacitement, solennellement, par un regard échangé, une éternelle fidélité, quelle que dût être l'issue de la démarche que Denis Morand avait promis de faire auprès de M. Delamarre.

Cependant la mère de Jeanne vivait dans une mortelle anxiété depuis que sa fille lui avait fait la confidence des sentiments que lui avait inspirés André.

Et bien qu'elle s'efforçât de dissimuler les préoccupations qui l'agitaient, Jeanne s'apercevait de la contrainte qu'elle semblait éprouver.

Toutefois elle espérait que ce n'était là qu'un état passager ; et quand elle se demandait quel obstacle insurmontable pourrait empêcher son père d'accueillir favorablement la demande d'André, elle se trouvait un peu rassurée sur le résultat de la démarche et les craintes de sa mère lui semblaient éphémères.

Au surplus elle serait bientôt fixée, pensait-elle ; car d'après ce que lui avait dit André, M. Morand n'avait fait d'objection qu'à propos de l'opportunité de sa démarche.

Il s'était contenté, en effet, de faire remarquer à son fils, afin que celui-ci modérât son impatience, qu'il convenait de laisser M. Delamarre tout entier à ses préoccupations du moment.

Or Jeanne se disait que la session des Assises serait close sous peu de jours.

Dans son impatience, elle s'était déjà, à plusieurs reprises, informée du nombre d'affaires qu'il pouvait y avoir encore au rôle.

C'est ainsi qu'elle apprit que la seule cause importante était une affaire d'assassinat qui ne pouvait manquer d'avoir, ajoutait M. Delamarre, un certain retentissement, à en juger par l'horreur que le crime, — trois victimes : une mère et ses deux enfants, — avait provoqué dans le public au moment où les gazettes en rendaient compte.

Déjà très soucieux depuis le commencement de la session, le juré se montrait de plus en plus impressionné, après chaque nouvelle audience.

Il arriva même que le jour où devait se terminer l'affaire Valomer, M. Delamarre, encore plus préoccupé que les jours précédents, ayant oublié d'embrasser sa fille, celle-ci l'avait rejoint dans l'escalier pour lui reprocher cet oubli et lui présenter son front.

Cette fois encore, Jeanne remarqua l'air soucieux de son père, malgré le sourire dont il s'efforça d'accompagner le baiser qu'il mit au front qu'on lui présentait.

Et en s'en retournant, un peu attristée, la jeune fille ne put s'empêcher de penser que le père d'André avait raison et qu'il fallait attendre.

Elle n'osait pas, non plus, interroger sa mère dont la mélancolie lui imposait une certaine réserve.

Après tout, pensait-elle, j'aurais vraiment tort de m'alarmer. Il serait bien extraordinaire que mes parents refusassent, pour moi, un parti aussi avantageux, aussi inespéré.

Quand elle sut que son père assistait, pour la dernière fois ce jour là, aux audiences de la Cour d'Assises, elle eut hâte d'annoncer la bonne nouvelle à André.

Profitant de ce que Mme Delamarre avait dû s'absenter, et certaine d'autre part qu'il serait seul, pendant une partie de l'après-midi, Jeanne alla frapper discrètement à la porte du bureau.

— Entrez! cria-t-on de l'intérieur de la pièce du fond où se tenait André Morand.

Doucement Jeanne poussa la porte. Puis, marchant sans bruit, elle se présenta devant l'employé de son père, en disant :

— C'est moi!... Est-ce que je ne dérange pas Monsieur André?

Celui-ci repoussant le fauteuil sur lequel il était assis, alla avec empressement au-devant de la jeune fille qui lui tendait les deux mains.

— Oui, c'est moi, répéta Jeanne, en affectant un petit air mystérieux ; je viens causer un instant avec vous...

Et, debout en face d'André, les mains dans les mains du jeune homme, les yeux sur ses yeux, elle ajouta :

— J'ai une bonne nouvelle à vous communiquer... C'est aujourd'hui que vont prendre fin ces vilaines audiences de la Cour d'Assises, qui sont une si grosse affaire pour M. Delamarre...

— Je le savais!

— Alors si je ne vous apprends rien de nouveau, du moins j'ai tout lieu de supposer que vous partagez la satisfaction que me cause cette heureuse nouvelle.

— En pouvez-vous douter, Jeanne?

Et le jeune homme accompagna ces paroles d'un soupir de soulagement...

— Comme vous j'attendais ce moment avec la plus vive impatience... Et maintenant c'est avec anxiété que je vais attendre la réponse que M. Delamarre fera à mon père !

— N'ayez aucune inquiétude à cet égard !

— Je ne pouvais pourtant pas laisser assassiner légalement un homme dont la vie
était entre mes mains ! (P. 480.)

— Dieu vous entende, Jeanne ! Car ce serait pour moi une déception qui, je vous l'ai dit, briserait à jamais ma vie, si je devais voir s'é-
vanouir mes plus chères espérances.

— Mais, fit Jeanne en l'interrompant, pourquoi parler de cela,
puisque nos cœurs se sont donnés l'un à l'autre et que rien au monde
ne saurait, désormais, nous désunir ?

Et la jeune fille, levant la tête, laissa voir son visage rendu au

sourire. En apercevant les deux larmes qui tremblaient, prêtes à tomber de ses cils, André porta à ses lèvres les deux mignonnes mains qu'elle continuait à laisser dans les siennes.

C'était la première fois que ses lèvres les effleuraient; et ce fut pour les deux amoureux, comme le baiser des fiançailles.

VI

GRAND CŒUR !

Le jour tant attendu par Jeanne et par André, tirait à sa fin et l'heure approchait à laquelle M. Delamarre avait l'habitude de rentrer, après l'audience de la Cour d'Assises.

Mais bien avant que dût sonner cette heure si impatiemment attendue, Mlle Delamarre n'avait cessé de consulter la pendule. Les yeux fixés sur le cadran, elle s'impatientait de ce que les aiguilles ne marchaient pas plus vite.

Puis, pour tuer le temps, elle prenait un ouvrage de broderie; mais après y avoir fait quelques points, elle le déposait pour s'occuper d'autre chose, ne pouvant demeurer en place et maudissant les heures si lentes à marcher... ce jour là !...

Ce jour là aussi Mme Delamarre attendait, avec émotion, le retour de son mari.

Qu'allait-il se passer lorsqu'elle lui apprendrait l'amour des deux jeunes gens, la demande en mariage qui devait avoir lieu, très prochainement, sans doute?

Quelle réponse ferait M. Delamarre au père d'André? Comment accueillerait-il cette demande ?

Avouerait-il, pour la repousser, son terrible passé?

Condamnerait-il, pour ne pas le divulguer, sa fille au désespoir en opposant simplement un refus?

De tous côtés, comme on le voit, c'était le malheur qui, de nouveau, allait s'abattre sur la maison de ces infortunés si durement éprouvés naguère. Et la pauvre femme ne songea, tout d'abord, qu'à gagner du temps, c'est à dire à éloigner le plus possible l'heure de l'inévitable catastrophe !

Et tandis que Jeanne attendait impatiemment l'arrivée de son père, sa mère anxieuse, redoutait son retour.

Il tarde bien à revenir, disait Jeanne. Ordinairement il est toujours rentré à cette heure.

— C'est vrai! Mais il n'y a pas à s'inquiéter de ce léger retard, qui peut s'expliquer par l'importance de l'affaire qui se juge aujourd'hui à la Cour d'Assises.

— La dernière, heureusement! fit Jeanne en étouffant un soupir.

Au bout d'un instant, elle reprit :

— Oui, la dernière, heureusement!... Et nous n'aurons plus à attendre... mon père, comme aujourd'hui; il sera plus souvent avec nous; il sera possible alors de lui parler de ce qui nous intéresse bien plus que les affaires judiciaires.

Et la jeune fille regardait sa mère avec l'intention de lui rappeler sa promesse...

Et comme Mme Delamarre feignait de ne pas avoir saisi le sens de cette insinuation, Jeanne ajouta :

— Nous aurons, ou plutôt tu auras, bien des choses à lui apprendre, n'est-il pas vrai, mère chérie ?

— Oh!... pas tout de suite! répondit vivement Mme Delamarre.

Au coup de sonnette qui retentit à la porte, Jeanne courut ouvrir, les bras ouverts, au-devant de son père.

Mais elle s'arrêta, douloureusement impressionnée.

Le visage de M. Delamarre était bouleversé et sa voix était altérée, tremblante, quand il dit à la jeune fille :

— Je vous ai fait attendre, ta mère et toi, mais... il m'a été impossible de faire autrement.

Il s'était dirigé hâtivement vers sa chambre, comme s'il eut voulu éviter de donner de plus amples explications sur la cause de ce retard.

— Qu'a donc mon père? pensait Jeanne.

Elle fit part à sa mère de son inquiétude.

Mais Mme Delamarre avait déjà, elle aussi, remarqué le trouble de son mari.

. . . .

Nous avons dit à quel point celui dont les fonctions de juré venaient de cesser, s'était montré préoccupé et inquiet pendant toute la soirée.

On sait également que ces préoccupations avaient continué de l'obséder le lendemain, quand il s'était absenté, après avoir prévenu sa femme qu'une affaire importante le retiendrait peut-être assez longtemps.

On n'a pas oublié que, ce jour-là, comme la veille, Mme Delamarre et sa fille étaient également inquiètes, voyant que son absence se prolongeait singulièrement.

L'arrivée et l'installation de la dame que M. Delamarre ramenait avec lui, avaient fait diversion à la constante préoccupation de Jeanne.

Chargée par son père de s'occuper plus particulièrement de leur hôtesse, la jeune fille ne pouvait se soustraire au devoir qui lui était incombé.

— Elle sera pour vous une vraie fille, avait dit M. Delamarre en la présentant à cette dame, et Jeanne voulait se montrer digne de la bonne opinion que son père avait voulu donner d'elle.

Tout d'abord, elle avait fait préparer elle-même la chambre que devait occuper « sa malade ».

Elle y avait réuni tout le confort possible; puis elle était retournée au salon pour y chercher celle que l'on confiait à ses soins.

Elle avait voulu que la dame, dont l'état de faiblesse était si grand, s'appuyât sur son bras et, à tout petits pas, elle l'avait conduite dans la chambre et fait asseoir sur un fauteuil de malade où elle pouvait se reposer comme dans un lit.

— Mon père a bien voulu me confier une mission que je m'efforcerai de remplir de mon mieux; avait-elle dit à Mme Valomer, et j'espère, madame, que vous agirez avec moi comme vous agiriez avec votre propre fille.

Elle ajouta avec douceur :

— De mon côté, je vous demanderais d'être indulgente si je ne me mettais pas tout de suite à la hauteur de la tâche à laquelle je suis si heureuse de me consacrer tout entière.

Mme Valomer prit les mains de la jeune fille pour les presser dans les siennes; puis elle ferma les yeux, comme si elle eut voulu se donner à elle-même l'illusion que c'était sa fille Thérèse qu'elle avait auprès d'elle, et de grosses larmes roulèrent sur ses joues.

Nous ne nous étendrons pas sur ce que fut, pour la femme du condamné à mort, cette première journée passée dans la famille de l'homme qui, dans un élan de son cœur, n'avait pas hésité à sacrifier sa propre réputation, parce que sa conscience lui commandait de sauver un innocent qu'attendait l'échafaud.

Il était, on le comprend, tout naturel que la malheureuse femme, tout entière à la douleur d'avoir vu partir sa fille, à son désespoir de savoir son mari condamné, il était naturel, disons-nous, qu'elle ne put distraire sa pensée de ces deux êtres chéris dont elle était séparée, sans savoir si elle les reverrait jamais.

Mme Delamarre avait compris qu'elle ne devait pas chercher à distraire cette infortunée de sa douleur.

Aussi laissa-t-elle à sa fille le soin de régler l'existence nouvelle qui commençait pour Mme Valomer.

N'était-elle pas, d'ailleurs, elle-même, sous le coup de l'horrible situation, dans laquelle plaçait toute la famille la résolution qu'avait prise M. Delamarre.

C'était une catastrophe que rien ne pouvait conjurer et dont les terribles effets ne tarderaient pas à se manifester.

Lorsque son mari l'eut mise au courant de l'inébranlable résolution à laquelle il s'était arrêté, elle ne trouva pas un mot de reproche pour l'homme de bien qui accomplissait ce grand devoir de conscience.

Elle courba le front devant la volonté de son mari.

Et de même qu'elle s'était associée à tous les lamentables événements qui s'étaient succédé pour l'époux dont elle n'avait jamais cessé d'être la compagne soumise et fidèle, de même elle voulut s'associer à l'acte de sublime abnégation qu'il s'était imposé.

— Ta conscience est pure, mon ami ; fort de ton honnêteté, de ta vie sans tache et aussi des souffrances que tu as subies, toi la victime, toi le martyr, tu peux braver l'opinion publique.

Tu as jugé de ton devoir de sauver un innocent, il ne m'appartient pas de juger de quel prix sera payé ce noble sacrifice : je t'approuve, je t'admire et je m'incline.

M. Delamarre, remué jusqu'au fond de l'âme, balbutia :

— Pardonne-moi, oh ! pardonne-moi, de vous entraîner toi et notre adorée fille, dans la chute qui m'attend.

— Ta fille est un ange ! prononça Mme Delamarre, un ange qui nous consolera au lieu de te blâmer, quand elle saura comment et pour quel motif sacré tu as disposé de notre avenir, comme du tien !

Et parlant ainsi, la malheureuse mère songeait à la confidence que lui avait faite Jeanne et qu'elle n'osait encore communiquer à son mari.

Dès le lendemain, en prévision des événements qui allaient se produire, M. Delamarre avait donné à André Morand des indications pour que l'employé pût établir la situation.

Tout autre que le fils du commanditaire eut pu croire qu'il s'agis-
d'une opération toute naturelle et n'y eut rien vu de surprenant.

Mais, en y réfléchissant, André s'était dit que ce n'était jamais à
ce moment de l'année qu'on établissait d'ordinaire le bilan et il en
était arrivé à penser que M. Delamarre devait avoir ou l'intention de
faire connaître exactement sa situation de fortune, ou bien encore de
cesser les affaires en cédant la place à un autre... à son gendre peut-
être...

Et, s'affermissant, de plus en plus, dans cette supposition, celui
qui aspirait à la main de Mlle Delamarre en tirait un heureux présage.

Il lui tardait maintenant de trouver l'occasion de faire part de ses
suppositions à Jeanne. Mais M. Delamarre était presque continuellement dans son bureau et lorsqu'il s'en absentait ce n'était que pour
peu de temps.

En outre, quand après la journée de travail André allait, comme
il en avait l'habitude, saluer Mme Delamarre, avant de se retirer, à
peine entrevoyait-il la jeune fille, et il lui était absolument impossible
de s'entretenir, même pendant quelques courts instants, avec elle.

Mme Delamarre comprenait aisément l'inquiétude et l'agitation
des deux jeunes gens.

— Hélas ! se disait-elle, il faudra bien que, prochainement, ils
apprennent toute la vérité, et Dieu sait quelles douloureuses épreuves
leur sont réservées.

D'ailleurs Jeanne ne devait pas tarder à être fortement étonnée
de ce qui se passait dans cet intérieur naguère encore si paisible,
avant que son père eut donné l'hospitalité à la dame dont on taisait
le nom.

Les fréquentes visites de Me Gardelle, ses longs entretiens avec
M. Delamarre et les conversations qu'il avait eues en particulier avec
la malade, avaient fini par intriguer singulièrement Mlle Delamarre.

Elle avait remarqué que, chaque fois que « sa malade » avait
causé avec Me Gardelle, la pauvre femme était encore plus agitée,
plus émotionnée que d'habitude.

Jeanne redoublait d'attentions et de soins, sans toutefois interroger celle qui se montrait de plus en plus touchée de la sollicitude
dont on l'entourait, mais n'épanchait pas son cœur.

Cependant, au bout de quelques jours, la mère de Thérèse était
parvenue à surmonter un peu le grand désespoir qu'elle avait éprouvé
de la condamnation de son mari et du départ précipité de sa fille.

Mme Delamarre ne négligeait rien pour ramener l'espoir dans le

cœur de l'infortunée, et c'était vraiment un spectacle touchant de voir
la femme dont le bonheur était si profondément compromis cherchant
à consoler celle à qui était sacrifié ce bonheur.

Le jour où le jugement fut cassé, M. Delamarre conduisit l'avocat dans la chambre de Mme Valomer, pour lui annoncer cette heureuse nouvelle.

Et comme la pauvre femme, secouée par l'émotion, ne trouvait
pas de paroles capables d'exprimer sa reconnaissance, M. Delamarre
lui serra cordialement les mains, en la suppliant de ne pas s'émouvoir trop profondément.

Il lui rappelait qu'elle avait promis de vivre, d'attendre avec courage le retour de sa fille qui devait précéder de bien peu l'acquittement de Jacques Valomer.

Me Gardelle joignait ses exhortations à celles de l'homme qui
oubliait ainsi sa propre infortune pour soulager celle d'autrui.

Et Mme Valomer, obéissant à ses exhortations, se montrait réconfortée par l'espérance qu'on lui donnait.

Ce même jour, en apprenant à sa femme la nouvelle que Me Gardelle lui avait apportée, M. Delamarre crut devoir faire de nouveau
appel au courage et à la résignation de la pauvre créature, mais dès
les premiers mots, celle-ci l'interrompit, en disant :

— Du jour où le sacrifice a été consommé, je me suis fait une
loi de n'y plus songer. C'est aujourd'hui un fait accompli et je suis
résignée, ainsi que tu l'es toi-même, mais...

Elle s'interrompit subitement; une pensée avait tout à coup traversé son esprit.

M. Delamarre la regardait, étonné.

— Qu'as-tu donc à me dire? demanda-t-il. D'où vient le trouble
qui t'agite?

— N'as-tu pas compris que la phase nouvelle dans laquelle nous
entrons, que la triste situation que va nous créer l'accomplissement
d'un rigoureux devoir atteint aussi notre fille? Eh bien! il faut que,
sérieusement, très sérieusement, hélas? je te parle d'elle... de son
avenir.

M. Delamarre passa fiévreusement la main sur son front et, pendant quelques secondes, il s'efforça de surmonter la souffrance qui lui
tenaillait le cœur.

Mme Delamarre reprit :

— Oui, c'est de Jeanne que je veux causer avec toi, mon ami; je
souffre, crois-le bien, d'être forcée d'aborder un pareil sujet, dans les

circonstances où nous nous trouvons, mais ne faut-il pas que cette pauvre enfant soit préparée au sort qui lui est réservé !

— Parle! prononça M. Delamarre d'une voix altérée.

— J'ai reçu, il y a quelques temps, les confidences de ma fille.

— Des confidences?

— N'était-ce pas à sa mère qu'elle les devait?... Oui, elle m'a confié qu'elle était aimée et qu'elle n'était pas insensible à l'amour qu'elle avait inspiré à M. André Morand.

— Quoi... André Morand?...

— Se prépare à te demander la main de Jeanne.

— Et tu dis... tu es certaine que Jeanne aime André?

— J'en suis pertinemment convaincue.

— A ces mots une pâleur livide envahit subitement le visage de M. Delamarre, en même temps que ses traits se contractaient affreusement. Toute son énergie, toute la force de volonté qu'il avait déployée pour prendre l'héroïque résolution, sur laquelle il ne pouvait revenir désormais semblaient l'abandonner. L'heure fatale était venue où il allait être contraint d'avouer à sa fille son terrible passé et l'insurmontable obstacle qui se dressait entre elle et celui qu'elle aimait.

— Il avait eu comme dans une vision rapide, le spectacle de la douleur immense, de l'affreux désespoir auxquels s'abandonnerait Jeanne, en apprenant l'impossibilité où se trouverait André Morand, le fils d'un homme hautement considéré, de prendre pour femme la fille d'un forçat,

— Ah! misérable que je suis! bégaya-t-il en se laissant tomber sur un siège, et des larmes brûlantes coulèrent de ses yeux.

— C'est moi, moi, disait-il, moi qui, en me dépouillant volontairement de la nouvelle personnalité que je m'étais faite, aurai condamné mon enfant au désespoir, à un malheur éternel !...

Puis se relevant tout à coup, il s'écria avec force :

— Je ne pouvais pourtant pas laisser assassiner légalement un homme dont la vie était entre mes mains !

Au prix même de notre bonheur, de notre salut à tous je devrais arracher cet homme à l'échafaud, à la mort ! J'ai fait mon devoir... que les hommes me flétrissent et me condamnent, j'aurai pour moi la justice de Dieu. Et s'armant de courage, il dit, s'adressant à sa femme :

— C'est à toi qu'il appartient de préparer notre fille à subir la douloureuse épreuve qui anéantira bientôt toutes ses chères espérances...

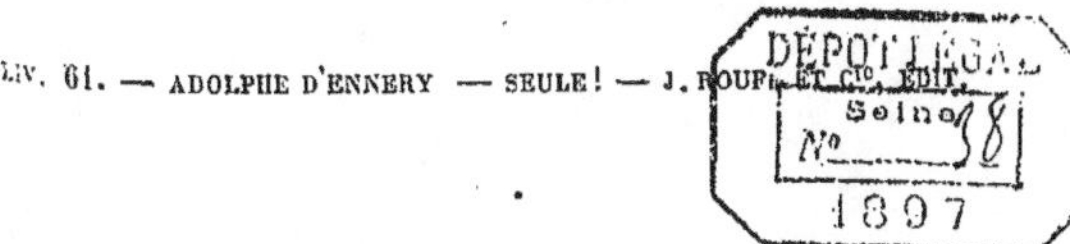

— A demain... mon... mon ami, répondit M. Delamarre en serrant la main du jeune homme. (P. 486.)

— A moi! s'exclama la malheureuse mère en levant les yeux au ciel.

— Il le faut! prononça M. Delamarre, il le faut... sans retard, ajouta-t-il car, dans quelques jours, tout Paris saura, que Jacques Delamarre, l'homme entouré aujourd'hui de l'estime publique, n'était qu'un condamné, un flétri! qu'il s'appelait, jadis, Urbain Raimbaud et que, pendant dix années, il a traîné le boulet dans un bagne! Je ne veux pas que cette terrible révélation frappe notre fille à l'improviste et sans qu'elle y ait été préparée.

Il ne faut pas qu'elle pense, un seul instant, que son père était un misérable, un infâme que la loi a justement frappé!...

Quelle autre que toi peut le lui apprendre et, surtout, chasser de son esprit et de son cœur, jusqu'à l'ombre d'un doute qui serait ma véritable condamnation et ma mort.

— Sois sans crainte, s'écria la digne femme, Jeanne ne doutera pas une minute de l'honneur et de la haute vertu de son père!...

— C'est bien, dit Delamarre, vienne maintenant M. Morand. ma réponse est prête.

— Et... cette réponse?...

— Sera celle que je lui aurais faite, dans tout état de cause, et alors même que ma conscience ne m'aurait pas forcé de dévoiler mon véritable nom pour sauver Jacques Valomer.

— Même alors, tu aurais répondu...

— Par un refus, oui — aurais-je du tromper un honnête homme? — aurais-je fait contracter à ma fille un mariage entaché de faux, frappé de nullité, puisqu'il y aurait eu, ainsi que dit la loi, erreur dans la personne? l'union de Jeanne eût été nulle, et ses enfants eussent été des bâtards.

D'ailleurs, sans soupçonner qu'un mariage put avoir lieu entre André Morand et Jeanne, j'avais déjà pris un parti qui aurait éclairé mon commanditaire.

— De quel parti parles-tu? dit Mme Delamarre.

— La déclaration que j'ai faite à l'avocat de Valomer et qui sera publiquement répandue, cette déclaration qui devra annuler le jugement rendu contre Valomer, publiera mon indignité de la qualité de juré et me rendra le nom que je portais autrefois et, en prévision du scandale qui ne peut manquer d'éclater, j'ai pris toutes mes dispositions, afin de rendre des comptes à mon commanditaire et de rompre le traité qui nous lie.

A ce moment, on vint annoncer que M. André Morand priait M. et Mme Delamarre de vouloir bien le recevoir.

— Faites entrer ! répondit M. Delamarre.

André Morand, après avoir salué, tira de sa poche un pli cacheté qu'il présenta à M. Delamarre, en disant :

— Voici, Monsieur, ce que mon père m'a chargé de vous remettre.

— M. Delamarre décacheta le pli et prit connaissance du contenu.

André cherchait à lire sur la physionomie du père de Jeanne l'impression que produiraient les lignes qu'il parcourait des yeux.

Mais le visage de M. Delamarre ne trahissait ni surprise, ni émotion.

Après avoir lu la lettre, il la plia et la mit dans sa poche.

Puis au bout d'un instant, il se contenta de dire :

— Veuillez, je vous prie, annoncer à M. Morand que j'attendrai sa visite...

Et se ravisant :

— Il conviendrait peut-être qu'à la lettre que M. votre père me fait l'honneur de m'adresser, je répondisse par lettre..

— Oh ! c'est inutile, monsieur, fit en souriant le jeune homme, mon père m'a communiqué le contenu de cette missive, il n'y a donc aucun inconvénient à ce que je lui rapporte une réponse verbale.

Peu à peu, en parlant, André se sentait plus à l'aise, et, s'autorisant de l'amitié que lui témoignaient M. et Mme Delamarre, il crut le moment favorable pour avancer lui-même ses affaires.

— Je vous ai dit, tout à l'heure, monsieur Delamarre, que je savais le contenu de cette lettre.

Mon père vous prie de vouloir bien lui accorder un entretien...

— En effet...

— Il aurait pu ajouter : un entretien d'où dépend le bonheur de son fils.

M. et Mme Delamarre échangèrent un regard, pendant que s'enhardissant, André Morand ajoutait :

— Vous m'avez fait l'honneur de me traiter, depuis que je suis occupé par vous, non pas comme un employé, mais bien comme un ami de votre famille...

— Vous le méritiez à tous égards, interrompit M. Delamarre.

— Il y a cinq ans, Mlle Jeanne n'était qu'une enfant dont je me faisais une joie de partager les jeux... Elle est devenue, depuis, une jeune fille accomplie, et l'amitié que j'avais pour l'enfant s'est changée en un sentiment plus tendre et plus cher.

Voilà, monsieur Delamarre ce que mon père vous dira demain, ce que je n'ai pu m'empêcher de vous avouer aujourd'hui moi-même.

Et regardant le père et la mère de Jeanne, André ajouta avec une émotion qu'il ne cherchait pas à dissimuler :

— Il dépend de vous, de vous seuls, que j'emporte une espérance bien précieuse, bien chère et qui, réalisée, serait le bonheur de ma vie.

— Vous vous trompez, mon ami, répondit M. Delamarre d'une voix solennelle et profondément émue : Ce n'est pas nous qui serons les arbitres de votre sort. Ce n'est pas à nous qu'il appartiendra de décider de votre avenir, de la réalisation ou du renversement de vos chères espérances... C'est à votre père, à lui seul, qu'il appartiendra de prononcer, après le grave entretien que j'aurai, demain, avec lui.

— Si, de mon père seul dépend mon mariage avec Mlle Jeanne, je suis sans crainte. Je sais d'avance quelle sera sa décision ; mon père vous respecte, vous estime et, déjà, il ressent pour votre adorable fille une affection presque paternelle. Quel obstacle pourrait encore me séparer d'elle ?

— Attendez, je vous le dis encore, répondit M. Delamarre, attendez l'issue de cet entretien et l'arrêt que prononcera M. Morand.

Je ne mets pas en doute sa sympathie pour ma famille et pour moi-même. J'ai toujours été, je le jure, un homme digne d'estime et de respect ; mais de graves circonstances, de mystérieux événements peuvent assombrir les existences les plus pures et lorsqu'il se trouvera en demeure de se prononcer, votre père se verra, peut-être, contraint d'imposer silence aux plus affectueux sentiments, parce qu'il y a des instants où la froide raison parle plus haut que la conscience. Il se peut, alors, que le cœur le plus loyal, le plus généreux et le plus juste soit contraint de s'incliner devant ce qu'on appelle : Le respect humain !...

— Monsieur, dit André, il y a, dans les paroles que vous venez de prononcer, un sens caché qui m'échappe ; mais ce que je comprends bien, ce que je sais, ce que j'affirme en toute sécurité, c'est que votre probité est au-dessus de toute atteinte, c'est que votre honorabilité est sans tache et que mon entrée dans votre famille sera, pour nous, un véritable honneur. Et il ajouta d'une voix pleine d'affection et de respect :

— A demain donc... mon père.

— A demain... mon... mon ami, répondit M. Delamarre en serrant la main du jeune homme.

Et, lorsque ce dernier fut parti.

— Pauvres enfants ! s'écria douloureusement Delamarre.

— Pauvres enfants ! répéta la mère en pleurant !

. . . .

Lorsqu'elle avait vu son père et sa mère s'enfermer dans le salon, Jeanne avait compris que Mme Delamarre allait tenir la promesse qu'elle lui avait faite d'informer son mari de l'amour des deux jeunes gens.

Aussi lui tardait-il de connaître son sort.

La pauvre enfant cherchait vainement quel motif pourrait empêcher son père d'accorder sa main à André.

Elle ne trouvait rien et se disait même que celui qui la recherchait était le fils unique d'un homme millionnaire et que pareille union devait être, aux yeux de son père, absolument inespérée.

Il n'était pas douteux, se disait-elle, en y réfléchissant, que M. Delamarre se montrât très heureux d'avoir pour gendre le fils de son riche commanditaire.

Ne se souvenait-elle pas, en effet, de lui avoir entendu dire maintes fois que s'il parvenait à faire fortune, ce serait à M. Denis Morand qu'il le devrait et il ajoutait qu'il lui en garderait une reconnaissance éternelle !

Or jamais meilleure occasion de prouver cette reconnaissance ne pouvait se présenter, pensait la jeune fille et, bien certainement, M. Delamarre allait s'empresser de la saisir.

Une seule chose l'inquiétait toutefois, c'était que l'entretien qui avait lieu entre son père et sa mère se prolongeât si longtemps.

Or comme Jeanne avait entrebaillé la porte de sa chambre, afin de voir si sa mère ne sortirait pas enfin du salon, elle avait entendu sonner et reconnu la voix d'André qui se faisait annoncer.

Vivement Jeanne s'était montrée et André lui avait présenté la lettre de M. Morand.

Elle avait compris.

Maintenant elle ne pouvait douter que son père ne consentit à accepter André pour gendre, puisque M. Morand faisait officiellement la demande.

Quelques instants après, elle revoyait André qui, en s'éloignant, lui répétait les paroles de M. Delamarre :

—C'est M. Morand seul, qui prononcera au sujet de cette union. Or, M. Morand, disait André, a, d'avance, donné son consentement ?...

Et les deux jeunes gens se livraient aux plus douces espérances, à une joie sans limite, tandis que M. Delamarre et sa femme s'aban- donnant au désespoir s'écriaient comme nous l'avons vu :

— Pauvres enfants ! Pauvres enfants !

L'heure était prochaine, où cette double situation allait, enfin, se dénouer d'une façon foudroyante !

.   .   .   .

Le lendemain, M. Delamarre s'était enfermé, dès le matin, dans son bureau et avait écrit plusieurs lettres qu'il fit porter par un com- missionnaire.

L'une de ces lettres était adressée à l'avocat de Jacques Valomer.

Dans cette lettre M. Delamarre priait M⁰ Gardelle de vouloir bien venir le voir à une heure qu'il indiquait, et il demandait une ré- ponse.

L'avocat répondit qu'il se rendrait exactement au rendez-vous qu'on lui fixait,

Lorsqu'André Morand arriva à l'heure habituelle, il trouva le père de Jeanne occupé à vérifier les livres.

Rien dans la physionomie de M. Delamarre n'indiquait qu'il fut sous le coup de quelque grave émotion.

Il reçut son employé avec la même tranquillité d'esprit, le même calme que d'habitude.

Et quand André lui eût annoncé que, selon son désir, son père viendrait dans l'après-midi, M. Delamarre répondit :

— Je désire aussi, mon cher André, que vous assistiez à la conver- sation qui aura lieu entre votre père et moi.

Et il ajouta du ton le plus calme :

— Vous serez ainsi tout de suite informé de la décision qu'aura prise M. Morand.

A trois heures je vous attendrai chez moi, dit-il en se retirant et il se rendit dans la chambre qu'habitait Mᵐᵉ Valomer. Il lui annonça le résultat des premières démarches de son avocat.

Grâce à lui, dit-il, l'affaire de votre mari est, déjà, en bonne voie

Valomer ne sera bientôt plus le « condamné à mort » ; il rede- viendra simplement « inculpé » et un jugement nouveau l'innocen- tera tout à fait, si le ciel protège le courageux dévouement de votre fille.

— Et c'est à vous que je devrai ce bonheur ! s'exclama Mᵐᵉ Valo- mer en joignant ses mains.

La procédure, reprit M. Delamarre va, maintenant, suivre son cours régulier, et nous nous efforcerons de gagner le plus de temps possible pour que Mlle Valomer ne revienne pas trop tard.

Au surplus, ajouta-il, j'attends cette après-midi maître Gardelle qui aura sollicité et obtenu l'autorisation de communiquer avec Jacques Valomer et pourra vous donner, je l'espère, des nouvelles de votre mari. Je vous ferai prévenir, dès que maître Gardelle sera arrivé.

. . . .

Trois heures sonnaient quand, à son tour, Jeanne se présenta :

— Je viens, madame, dit-elle, vous prier, de la part de mon père de vouloir bien me suivre au salon où vous vous trouverez avec ma mère et M. Gardelle.

En entendant prononcer le nom du défenseur de son mari, Mme Delamarre s'était hâtivement levée :

Je suis prête à vous accompagner, mon enfant, dit-elle ; mais je ne suis pas encore bien forte et je vous serais obligée de me donner le secours de votre bras.

Mlle Delamarre passa doucement le bras de la malade sous le sien et toutes deux se dirigèrent vers le salon ; Mme Delamarre se porta au devant d'elles et conduisit Mme Valomer au fauteuil qu'elle devait occuper à côté de l'avocat.

Jeanne, par discrétion, allait se retirer, quand son père lui dit :

— Reste, ma fille, et prends place auprès de ta mère.

La jeune fille obéit toute joyeuse. Sachant que M. Morand et son fils allaient venir, elle se disait que la permission que lui accordait son père d'assister à l'entretien était de bon augure.

Son âme frémissait de bonheur, et toute à l'espérance que ses vœux seraient bientôt réalisés, elle ne s'apercevait ni de la tristesse peinte sur le visage de sa mère ni de la contrainte que son père s'imposait.

Quand la porte s'ouvrit et que l'on annonça les visiteurs attendus, il lui passa comme une flamme dans le cœur.

Le père d'André avait le visage souriant et son premier regard fut pour Jeanne.

— Mon cher Delamarre, dit-il en serrant affectueusement la main de son associé, je suis heureux de vous rendre visite aujourd'hui. Il y a juste cinq ans, jour pour jour, que nous avons lié connaissance ensemble.

— Cinq ans ! pensa Mme Delamarre.

— Vous !... vous !... aux galères, vous avez fait dix années de bagne !
s'écria, hors de lui, M. Morand. (P. 493.)

André après avoir salué Mme Delamarre, l'avocat et Mme Valomer qu'il voyait pour la première fois mais dont il avait entendu parler par Jeanne, alla s'asseoir à côté de la jeune fille avec laquelle il se mit à causer à voix basse.

A voir tout ce monde réuni, nul n'aurait pu se douter des impressions diverses que chacun de ces personnages dissimulait sous une apparence de parfaite tranquillité.

— Oui, mon cher Delamarre, reprit le père d'André, il y a juste cinq ans que vous vous présentiez chez moi... vous vous souvenez dans quelle circonstances...

Singulier hasard, vous en conviendrez! ajouta en riant le banquier.

M. Delamarre et sa femme échangèrent un regard à la dérobée pour se communiquer tacitement la douloureuse impression qu'éveillait en eux ce rapprochement de date.

M. Morand ajouta :

— Qui nous eut dit, ce jour là, que nous aurions aujourd'hui non seulement des intérêts communs, mais aussi des relations d'amitié, telles que j'aie le plus grand désir de les voir devenir plus intimes encore.

C'est dans ce but, mon cher Delamarre, que je vous ai demandé, hier, un entretien *particulier*.

Il avait souligné ce dernier mot, faisant ainsi allusion à la présence de Mme Valomer et de Me Gardelle, qui le surprenait.

Mais M. Delamarrre après s'être incliné, répondit :

— Je connais le but de la visite dont vous nous honorez, aujourd'hui, monsieur Morand. Je sais, ajouta Delamarre, quelle preuve d'estime profonde et de sincère affection vous voulez nous donner. J'en suis plus fier et plus heureux que je ne pourrais l'exprimer; mais avant que vous ne formuliez la très honorable proposition que vous voulez bien nous adresser, je vous demande la permission de vous présenter les deux personnes dont la présence, en ce moment, et en pareille circonstance a lieu de vous étonner.

M. Morand s'inclina en signe d'acquiescement.

— Ces deux personnes portent des noms qui doivent vous être connus. L'un a la notoriété du talent, l'autre la triste notoriété du malheur.

Monsieur est le fils, déjà célèbre lui-même, du célèbre avocat Gardelle.

Madame se nomme : Marguerite Valomer!...

— Valomer? prononcèrent, en même temps M. Morand et son fils.

— Madame, dit le père, n'est pas je suppose parente de celui que l'on appelle...

— Que l'on appelle Valomer l'assassin? dit énergiquement Delamarre :

Elle est sa femme !...

— Sa... sa femme ! répéta M. Morand atterré... en même temps que la malheureuse créature sanglotait, la tête cachée dans ses mains.

— Oui, elle est sa femme, dit M. Delamarre; mais l'homme que l'on appelle : l'assassin est victime d'une erreur... Je veux dire d'un crime judiciaire, Jacques Valomer est innocent... Jacques Valomer est un martyr !...

— Qui pourra prouver cela, après la condamnation qui l'a frappé ?

— Moi ! répondit fièrement Gardelle... moi, si le ciel nous seconde.

— Et il nous secondera, dit avec énergie M. Delamarre, tandis que sa femme et sa fille s'empressaient auprès de l'infortunée Mᵐᵉ Valomer dont les sanglots étreignaient la gorge.

— Maintenant, dit M. Delamarre, vous devez être plus surpris encore que j'aie jugé nécessaire la présence à notre entretien de ces deux personnes.

— Je suis, en effet... très étonné, dit M. Morand.

— Je vais vous faire connaître les motifs qui m'ont dicté cette détermination et lorsque vous en serez informé vous pourrez librement continuer ou interrompre cet entretien... dont l'issue m'est connue d'avance.

— J'écoute, répondit M. Morand dont l'étonnement était à son comble.

Et M. Delamarre commença en ces termes :

— J'ait dit et j'affirme, de toute la force de mon âme, avec toute l'énergie de ma conscience, que Jacques Valomer n'a pas commis le crime pour lequel il a été condamné à mort.

— Je l'affirme également, dit Mᵉ Gardelle; devant Dieu, je déclare que je suis profondément convaincu de son innocence.

— De tous les jurés qui ont prononcé sa condamnation, continua M. Delamarre, un seul a refusé de le déclarer coupable. Ce juré s'était rendu chez le jeune avocat pour l'engager à poursuivre l'affaire et à défendre son client en cassation.

Mais il ne s'agissait devant cette cour, ni de discuter la culpabilité, ni de prouver l'innocence du condamné. L'arrêt qui annulerait le premier jugement ne pouvait être rendu que s'il existait dans le procédure primitive quelque vice de forme.

— Et ce vice de forme, dit Gardelle, je l'avait inutilement cherché, je désespérais de le trouver et le jugement rendu devenait définitif, et le condamné... l'innocent veux-je dire, allait monter sur l'échafaud... Quand je tenais, entre mes mains, une preuve morale, de son innocence... Oui, j'avais la conviction, la certitude, qu'en un lieu lointain existait la preuve matérielle, irréfutable que Valomer n'était pas criminel.

— Mais, dit M. Delamarre, il fallait un temps prolongé, des mois entiers pour se procurer cette preuve... La cassation du jugement primitif, le renvoi devant une autre cour pouvaient seuls fournir ce long délai, et le moyen de cassation, je vous l'ai dit échappait au jeune défenseur.

— Oui, s'exclama l'avocat, tout était perdu, lorsque l'homme, le juré dont vous parlait M. Delamarre est venu me trouver... Il m'encourageait à poursuivre mon œuvre et je le vois encore, pâle et frémissant lorsque je lui appris que je n'avais aucun moyen d'obtenir la cassation de l'arrêt rendu ; c'est-à dire : le délai nécessaire pour fournir nos preuves... Eh bien ! s'est écrié cet homme généreux, le moyen de cassation et le précieux délai qu'il doit vous fournir je vous les donnerai, moi !...

Comment ?.. par quel moyen ?.. m'écriais-je...

— Apprenez que parmi les jurés se trouvait un homme... condamné, flétri, jadis, par un jugement infâmant, un homme auquel la loi refuse le droit de faire partie d'un jury. Cet homme, innocent lui-même, comme l'est Jacques Valomer, a changé de nom, lorsqu'il est sorti du bagne, à l'expiration de sa peine, il s'appelait jadis Urbain Raimbaud...

— Il se nomme aujourd'hui Delamarre, ajouta ce dernier d'une voix douloureuse et brisée..

— Delamarre !.. répétèrent ensemble M. Morand et son fils, tandis que Jeanne, frappée au cœur par cette terrible révélation tombait dans les bras de sa mère en jetant un cri déchirant.

Ce cri alla retentir jusqu'au fond de l'âme de l'infortuné père et y réveillait l'effroyable douleur que le temps avait, à peine, assoupie.

Pour la première fois, il faisait, presque publiquement, le récit déchirant des malheurs qui l'avaient si cruellement frappé et il sentit son cœur se briser, des larmes qu'il ne put retenir inondèrent son visage. Toutes les souffrances, toutes les tortures qu'il avait subies jadis se réveillaient à la fois et venaient s'ajouter à celle qu'il subissait aujourd'hui. Il avait là devant lui, les pleurs que versaient sa femme et sa fille et il revoyait, en même temps, cette autre enfant, perdue jadis, qui n'avait pas eu la force de résister au désespoir, à la honte qui écrasaient son père, et qui, tendant désespérément ses bras vers lui, était morte en criant :

— Mon père est innocent.

Un morne silence avait succédé à cette lugubre scène. Tous subissaient la même émotion poignante.

Tous demeuraient maintenant les yeux fixés sur celui qui, courageusement, faisait cette terrible révélation :

Après un nouvel appel à toute l'énergie de son âme, M. Delamarre reprit ce lamentable récit :

— Il y a quinze années de cela : j'étais alors employé dans l'administration des finances de l'État. On découvrit, un jour, qu'un détournement de fonds avait été commis à l'aide d'un faux... et c'est sur moi que se portèrent les soupçons !

— Sur vous dirent ensemble M. Morand et son fils.

— Oui, sur moi que défendaient, que devaient innocenter toute une vie de probité, d'honneur. Le magistrat chargé de l'instruction, à demi convaincu déjà par le témoignage de ceux qui me connaissaient, par l'irréprochable honnêteté de ma vie, parut prendre intérêt à ma cause.

Je crus après les premiers interrogatoires que j'allais bénéficier d'une ordonnance de non-lieu, lorsqu'un événement étrange, incompréhensible, se produisit. Ce magistrat quitta subitement le parquet, entra dans les ordres et, je l'ai su depuis, devint missionnaire et partit pour un lointain pays.

Celui qui fut, à sa place, chargé d'instruire et de poursuivre l'affaire se montra, tout d'abord, soupçonneux, incrédule et violent.

Sa conviction était arrêtée d'avance. Je fus envoyé devant la cour criminelle et après des débats conduits avec une révoltante rapidité, ils m'ont condamné à dix ans de galères.

— Vous !... vous !... aux galères, vous avez fait dix années de bagne ! s'écria, hors de lui, M. Morand.

— Dix années de bagne ! répéta André avec un accent de désespoir.

— Oui, répondit d'une voix déchirante l'infortuné Delamarre, oui. C'est un galérien que vous avez devant vous ! C'est le forçat Raimbaud, le compagnon de chaîne d'un criminel du nom de Mordoche, lequel était infâme et dégradé à ce point qu'il considérait comme lui étant bien et dûment acquis deux cent mille livres qu'il vous avait volées.

Et ces deux cent mille livres ?... Il se croyait en droit d'en disposer à sa guise et les avait données en mourant, à son compagnon de chaîne.

— C'est-à-dire à vous qui me les avez rapportées au nom du coupable repentant !..

— Pouvais-je vous dire, hélas ! comment j'étais en possession de cet argent ?

— Non ; mais je vous connais bien, moi, et je déclare que si vous n'eussiez été l'honnête homme que vous êtes, si le verdict qui vous a indignement condamné, flétri, n'eût pas été une criminelle erreur, vous auriez pu garder ces deux cent mille livres dont la restitution spontanée devrait suffire à prouver votre honorabilité...

Je vous remercie, monsieur, dit Delamarre, de ces consolantes paroles ; mais vous comprenez, maintenant, pourquoi, tout-à-l'heure et dès votre entrée dans cette maison, je ne vous ai pas donné le temps de formuler la demande en mariage dont vous vouliez nous honorer, ma famille et moi.

— Oui, dit M. Morand, je ne le comprends que trop, hélas ! et je ne trouve pas de paroles capables d'exprimer toute la douleur de mon âme et les luttes, les combats qui se livrent dans mon cœur..

M. Morand n'exagérait pas, et l'on pouvait lire sur son visage les violentes émotions qu'il éprouvait.

— Ah ! malheureux... malheureux homme !.. famille infortunée ! ne pouvait-il s'empêcher de murmurer.

— Je vous supplie de m'accorder encore quelques instants avant de nous séparer pour toujours, dit M. Delamarre.

— Nous séparer pour toujours ? répéta M. Morand en levant les yeux sur celui qui se condamnait lui-même à cette séparation.

— Quel que puisse être l'intérêt que vous prenez à mon infortune, n'êtes-vous pas dans l'obligation de rompre toute relation avec un homme qui a subi une peine infamante ? Si dans votre pensée généreuse et juste, vous me réhabilitez, ne suis-je pas irrémédiablement condamné aux yeux du monde ?

J'avais espéré cacher à tous le malheur qui m'avait frappé. En prenant un nom d'emprunt, je m'étais fait une existence nouvelle. Je rêvais le calme, le bonheur même pour les deux êtres chéris qui me rattachaient à la vie ! Le ciel en avait décidé autrement.

Après tant d'épreuves déjà subies, d'autres m'attendaient encore que je ne puis éviter...

— Mais n'existe-t-il pas un moyen de conjurer ces cruelles épreuves ! interrompit M. Morand.

Ce que vous m'avez loyalement avoué pour me faire comprendre

que l'union que je proposais ne pouvait se conclure, ne peut-il
demeurer secret entre nous ?

— Non. C'est désormais impossible.

— Impossible !... pourquoi ?

— Parce que j'ai voulu... parce que je veux encore qu'il soit
publiquement connu, avéré que l'un des jurés qui se nomme aujour-
d'hui Delamarre a été jadis condamné par la cour criminelle sous le
nom d'Urbain Raimbaud.

— Vous !... c'est vous qui l'avez voulu !... vous qui le voulez
encore !... Mais pourquoi ? Dans quel but ?

— Je vais vous l'apprendre !

Il y eut un silence pendant lequel tous les regards se portèrent
sur celui qui s'immolait ainsi dans une confession si douloureuse.

M. Delamarre commença d'une voix qu'il s'efforçait d'affermir.

— Il s'agissait de sauver un innocent !... Pendant les débats,
j'avais acquis la conviction que l'accusé n'était pas coupable. Je votai
l'acquittement, mais je le votai seul.

L'homme innocent fut condamné !...

Celui pour lequel le jury n'avait pas admis de circonstances
atténuantes portera, si son procès n'est pas revisé, sa tête sur
l'échafaud !

— Et vous avez voulu le sauver ?... Comment ?... Par quel
moyen ? demanda M. Morand, très agité et dont les yeux interrogeaient
l'avocat présent à l'entretien.

— Il n'en existait qu'un seul, répondit maître Gardelle.

— J'avais trouvé la preuve de l'innocence de Jacques Valomer.

— La preuve certaine ? demanda M. Morand.

— Oui !... La preuve écrite ! Une lettre dont je n'avais que des
fragments de brouillon... Il m'en fallait à tout prix, l'original complet
et signé, afin que l'on n'en put contester l'authenticité.

— Eh bien..., avez-vous cette lettre ?

— J'espère l'avoir en temps utile ! prononça l'avocat.

Et maître Gardelle raconta rapidement comment Thérèse, la fille
du condamné, s'était offerte pour aller chercher, au bout du monde,
cette lettre qui devait sauver son père de la mort.

Mais pour attendre le retour de la jeune fille et suspendre l'exécution du jugement, pour empêcher enfin que le couteau de la guillotine tranchât la tête d'un innocent, il fallait obtenir la cassation du
jugement qui condamnait Jacques Valomer.

— J'avais, vainement, je vous l'ai dit, cherché un vice de forme dans la procédure. Je ne trouvais rien, rien à faire valoir lorsque M. Delamarre se présenta devant moi.

— Je n'avais pas le droit de siéger parmi les jurés me dit-il, c'est un cas de nullité de la procédure. C'est une cause de cassation du jugement... Et vous me dénoncerez...

Et comme, épouvanté pour lui des suites de cette dénonciation, j'hésitais :

— Si ce courage vous manque, me dit-il, si vous refusez de faire ce que vous ordonne votre mission, votre devoir de défenseur, je ne laisserai pas tomber sur l'échafaud une tête innocente ; je me dénoncerai moi-même.

— Et vous l'auriez fait? s'écria Morand plein d'admiration ?

— Oui, dit avec une énergique fierté Delamarre. Est-ce que je je pouvais pour conserver une considération..... qui m'était due... Est-ce-que je pouvais me rendre complice d'un assassinat juridique.

Qu'auriez-vous donc fait à ma place ?

M. Morand inclina la tête en signe d'acquiescement et de résignation.

— Je me suis conformé à la volonté de M. Delamarre, dit l'avocat et, demain, sera cassé le jugement de la cour d'assises qui condamnait Jacques Valomer à la peine de mort. Demain, Jacques Valomer redeviendra inculpé, et une nouvelle instruction aura lieu....

J'aurai rempli mon devoir et si, avec l'aide de Dieu, la vaillante Thérèse Valomer réussit dans sa courageuse entreprise, si elle nous revient avec la précieuse lettre qu'elle est allée conquérir, j'aurai le bonheur de faire acquitter Jacques Valomer.

— Et, demain, dit tristement M. Morand, le nom jusqu'ici honoré de Delamarre sera dans toutes les bouches, et tout Paris saura...

— Que Delamarre a fait dix années de galères, répondit celui-ci... et nous n'avons plus, monsieur, qu'à nous séparer, à nous dire un éternel adieu.

— Non, dit énergiquement M. Morand, non, je ne vous dis pas, moi, un adieu éternel, vous êtes toujours, à mes yeux, l'honnête homme que vous étiez autrefois, rendu plus digne encore de respect par le malheur qui vous a frappé et si je ne sens pas, en moi, assez d'héroïsme pour braver, en face, l'opinion publique, si je ne me crois pas le droit de donner aux enfants qui naîtront de mon fils un aïeul sorti du bagne, je ne suis pas, non plus, assez faible, ni assez lâche pour abandonner, à jamais, un homme que j'estime, que je respecte et que j'aime !...

Parfois aussi les deux voyageurs et le cheval disparaissaient presque entièrement,
comme submergés, dans de très hautes herbes. (P. 502.)

— Ah ! dit avec une joie immense l'infortuné Delamarre, avec de
telles paroles, vous me rendez toute mon énergie, tout mon courage,
toute mon espérance !...

— Oui, espérez, espérez, et si je ne puis devenir votre allié, votre parent, dit Morand, je reste votre ami, votre associé et pour le
mariage projeté, je vous dis ce que je dis à mon fils :

— Attendons... attendons...

63. — SEULE!   63.

Et comme tous le regardaient étonnés ;

—. Oui, attendons, reprit-il et lorsque, grâce à votre sublime dévouement, Valomer sera innocenté, l'estime publique vous reviendra, votre cause sera, déjà, à demi gagnée et nous rechercherons, alors, celui qui a commis l'acte coupable pour lequel on vous a condamné, nous le découvrirons ce coupable, et si, de notre temps, la loi ne prononce pas la réhabilitation de l'homme irréprochable injustement condamné, l'opinion publique ne vous marchandera pas la juste réparation qui vous sera due.

D'autres que vous ont subi le supplice des cachots, d'autres ont payé de leur vie ou leur foi religieuse ou leur foi politique et n'ont point eu besoin de la sanction d'une loi pour que leur nom glorieux, fut fièrement porté par leurs enfants.

Et je vous dis encore, à vous et à mon fils : attendons.

Attendre !... dit André, pourquoi attendre, mon père, puisque vous êtes ainsi que moi, convaincu de l'innocence, ou plutôt du sublime dévouement de celui pour lequel vous venez de proclamer votre sincère estime et votre profonde affection... Vous voulez rechercher le coupable à la place duquel M. Delamarre à été condamné, et si nous ne le trouvons pas, s'il a disparu, s'il est mort ce coupable, votre estime et votre affection seront-elles mortes aussi ?

L'amour que j'ai dans le cœur est plus puissant que tous les arguments de votre froide raison, plus irrésistible que de misérables conventions sociales. Le père de celle que j'aime est plus qu'un honnête homme, nous le savons, l'un et l'autre, mais vous me dites : Il faut aussi qu'il le paraisse. Eh bien je vous demande, si un homme réellement digne d'estime, de respect, et qui ne parait pas l'être, ne vaut pas mille fois mieux que tous ceux qui le paraissent et qui ne le sont pas. Je vous dis enfin, mon père, et cela, je suis prêt à le crier, à le proclamer bien haut :

Le père de celle que j'aime, fut-il coupable de quelque faute, je trouverais odieux et infâme d'en rendre responsable sa fille innocente et pure.

J'aimais Jeanne lorsque je voyais en elle, mademoiselle Delamarre, depuis que je la sais la fille d'Urbain Rambaud, je l'adore.

Elle était ma fiancée... Elle sera ma femme.

Pardonnez-moi, mon père, d'opposer, pour la première fois, ma volonté à la vôtre ; mais je sais que dans votre cœur et votre conscience, j'ai, pour moi, de puissants auxiliaires ; c'est à eux que je fais un dernier appel.

— C'est au père de Jeanne qu'il appartient de répondre, dit M. Morand en se tournant vers le malheureux Delamarre torturé par la pensée de ce qu'en ce moment devait souffrir sa fille.

Mis ainsi en demeure de venir au secours de M. Morand, Delamarre fit un suprême effort de volonté.

— Je m'associe à ce que vient de dire votre père, André ! Quelque douloureux que me soit le devoir que j'ai à remplir en cette circonstance, je ne saurais m'y soustraire.

J'estime que M. Morand, eut-il la faiblesse de céder à vos supplications, je devrais lui rappeler qu'une barrière insurmontable se dressera entre sa famille et la mienne, jusqu'au jour où je me serai lavé de l'opprobre dont je reste couvert par un jugement inique.

— Quoi !... Vous aussi ! s'exclama André en se tordant les mains dans un mouvement de désespoir.

— C'est un devoir impérieux, c'est un devoir sacré que j'accomplis, dit Delamarre.

Et, brusquement, tournant ses regards vers Jeanne qui, tremblante, s'était réfugiée dans les bras de sa mère :

— Je m'adresse à la conscience de ma fille. Je demande à cette pauvre enfant d'interroger son cœur et sa tendresse pour vous, je lui demande de songer à votre avenir après le sacrifice que vous voulez lui faire et de décider, ensuite, si elle doit, ou non, vous délier du serment que vous avez échangé.

— Mon Dieu !... Mon Dieu ! murmura Jeanne dans un souffle haletant et désespéré.

André attendait, le regard anxieux, la poitrine oppressée, les paroles qu'allait prononcer la jeune fille et qui devaient décider de sa vie.

Jeanne, sortant des bras de sa mère, se redressa, effroyablement pâle, les yeux fixes, les traits convulsés par la douleur, et, d'une voix éteinte qui s'arrachait saccadée, tremblante, de ses lèvres décolorées, elle prononça ces mots au milieu du silence de mort.

— Obéissez, André !... C'est moi qui vous en conjure !...

— Vous ! vous ! s'écria André.

— Mon père, dit Jeanne, n'avait pas besoin d'en appeler à mon cœur et à ma raison, pour que je sache accomplir mon devoir et envers lui et envers vous-même.

Et la pauvre enfant qui avait peine à résister à la défaillance qui l'envahissait, ajouta :

— André, je vous délie du serment qui nous unissait l'un à l'autre, alors que je me croyais digne de vous...

André, ne se contenant plus, se précipita vers celle dont le désespoir, contenu à grand'peine, égalait la douleur qu'il laissait, lui, librement éclater.

Et s'exaltant jusqu'à la folie :

— Non!... Gardez-le, ce serment!... Vous êtes toujours, à mes yeux, l'ange que j'ai rêvé pour compagne de ma vie... A la place d'un nom injustement flétri, vous porterez le mien, le mien que je saurai faire respecter.

Qu'on ne me parle pas de convenances, de considérations; je vous ai aimée quand j'ignorais le malheur qui s'est appesanti sur votre famille; et ce malheur, aujourd'hui, vous rend encore plus chère à mon cœur.

Que nous importe le monde? Heureux par vous, je ne veux vivre que pour vous... Je vous appartiens tout entier...

— Et moi, dit Jeanne, je ne me reconnais pas le droit d'accepter ce sacrifice, je n'ai pas non plus le droit de disposer de moi-même. A présent que je connais le terrible secret que mon père vient de nous révéler, je ne m'appartiens plus. J'appartiens tout entière aux êtres chéris dont je dois, désormais, partager les douloureuses épreuves.

Mᵐᵉ Delamarre courut à sa fille qui succombait à l'effort d'énergie qu'elle venait de faire.

Elle la reçut dans ses bras et couvrit de baisers ce visage envahi par la pâleur, ses yeux à demi fermés et voilés par des pleurs.

M. Morand voulut profiter de cette diversion pour se retirer et emmener André.

Saisissant les mains de l'ancien forçat, il les pressa avec force, en s'écriant :

— Adieu!... Adieu!...

Puis il vint s'incliner respectueusement devant Mᵐᵉ Delamarre, en disant:

— Je n'oublierai jamais, madame, cette journée où il m'a été donné d'apprécier en vous tout ce que le dévouement a de plus admirable, tout ce que la résignation a de plus touchant.

La mère de Jeanne s'inclina silencieusement.

Et M. Morand serrant une dernière fois les mains de M. Delamarre, entraîna André.

. . . .

QUATRIÈME PARTIE

I

EN ROUTE

— En route pour le pays de l'or, avait dit le brave aventurier, sauveur de Thérèse Valomer, au moment où nous les avons quittés, l'un et l'autre, s'éloignant, en toute hâte, du campement de cette tribu sauvage, dont Thérèse avait failli devenir la victime.

— Avant la nuit, avait ajouté le brave homme, nous aurons fait un bon bout de chemin et nous serons hors de l'atteinte de vos ennemis.

Ces mots avaient fait tressaillir la jeune fille de joie et d'espérance.

Le repos que lui avait imposé son sauveur, l'avait réconfortée.

Elle se sentait prête, de nouveau, à affronter les dangers et les fatigues qu'elle aurait encore à subir.

La présence de son compagnon la rassurait.

Ne lui avait-il pas donné la preuve qu'il ne reculerait devant aucun péril.

Ne lui avait-il pas dit qu'elle pourrait, en toute circonstance, compter sur son énergie et sur son dévouement.

Ne l'avait-il pas autorisée, enfin, à le considérer, à l'avenir, comme un chien de garde qu'elle n'aurait qu'à appeler pour qu'il accourut, esclave soumis et dévoué, prêt à donner sa vie pour la défendre.

A présent qu'elle réfléchissait à cette rencontre miraculeuse et aux protestations de dévouement de cet inconnu que le hasard avait placé sur son chemin, elle ne trouvait pas de paroles capables d'exprimer toute sa gratitude.

Et comme son compagnon, arrivé sur l'autre bord du ruisseau

qu'ils devaient traverser, s'était tourné vers elle, pour répéter :
« Nous voilà sur la bonne route et à l'abri du danger », le regard
qu'elle lui adressa lui parut une douce récompense du service qu'il
avait déjà rendu et un encouragement pour ceux qu'il rendrait plus
tard.

C'était, en effet, l'âme de Thérèse qui, à ce moment, se reflétait
dans ses yeux et disait à son sauveur : « Vous qui m'aidez à accomplir ma mission, *notre* mission, ainsi que vous l'avez dit, vous aurez,
certainement un jour, votre part dans cette œuvre de charité et de
dévouement. »

L'homme sembla deviner ce qui se passait dans l'esprit de la
jeune fille ; et comme s'il eut voulu se mettre à l'unisson de son désir
d'arriver le plus rapidement possible au terme du voyage qu'ils
allaient faire ensemble, il lui dit :

— Je vous l'ai promis, mam'zelle ; nous ne flânerons pas en
route ; et ça ne sera pas ma faute s'il y a du retard dans le voyage.

Comme, sans répondre, Thérèse continuait de frapper des talons
les flancs du cheval, son guide ajouta :

— La bête et moi nous marchons trop lentement à votre gré !...
Mais il faut qu'il en soit ainsi, c'est une bien longue route que nous
avons à parcourir pour arriver en Californie.

L'occasion se présentait pour Thérèse de se renseigner sur le
pays qu'on allait traverser et sur la distance qu'il faudrait franchir
pour arriver au but de ce terrible voyage.

Jusque là, l'esprit toujours en alerte, elle avait vécu dans un état
continuel d'agitation, de fièvre et de transes.

C'était la première fois, depuis qu'elle avait quitté la hutte de l'esquimau Kinnab, que l'infortunée, après des tourments sans nom et
d'effroyables terreurs, éprouvait une sorte d'accalmie qui lui permettait de chercher à se rendre compte de sa réelle situation.

Aussi se sentait-elle désireuse de s'entretenir avec son compagnon et de se renseigner sur tant de choses qui l'intéressaient et
qu'elle avait maintenant hâte de connaître.

La plaine était coupée de nombreux cours d'eau qui serpentaient
à peu de distance les uns des autres et qu'il fallait traverser, afin
d'éviter de longs détours.

Parfois aussi les deux voyageurs et le cheval disparaissaient
presque entièrement, comme submergés, dans de très hautes herbes.

— Chien de pays où il n'y a pas de routes tracées ! grommelait
sourdement le guide de Thérèse, chaque fois que se présentait une

nouvelle étendue de grands herbages à traverser, et qu'il lui fallait s'arrêter pour chercher à s'orienter.

Thérèse suivait des yeux chacun de ses mouvements. Elle écoutait, cherchant à saisir les paroles que marmottait son guide avec une mauvaise humeur contenue.

— Faut croire que les chevaux sauvages et les bisons n'ont pas passé depuis longtemps par ici, voyez-vous mam'zelle, disait-il, car ils n'auraient pas laissé intactes et droites toutes ces herbes hautes qui nous gênent tant pour avancer...

— Ne pourrions-nous éviter d'y passer? s'informa anxieusement Thérèse.

— Malheureusement non! c'est comme un océan de verdure gigantesque, qui n'est jamais fauchée et qui s'étend de tous côtés autour de nous...

— C'est vrai, dit Thérèse dont les regards se portaient de toute part sans découvrir la fin de cette prairie fantastique.

Bien qu'il cherchât à la rassurer, le compagnon de Thérèse n'ignorait pas les dangereuses rencontres qui, à tout instant, pouvaient se présenter.

Dans ces herbes qui atteignaient, en certains endroits, la hauteur d'un homme, les Peaux-Rouges se cachent souvent pour surprendre leurs ennemis en marche, ou pour attendre le passage des caravanes.

Malheur, alors, à ceux qui passaient à leur portée; ces hommes, qui rampent comme de véritables reptiles, fondent sur leur proie sans que le moindre bruit ait trahi leur présence.

Les voyageurs, ainsi surpris, sont impitoyablement massacrés s'ils tentent d'opposer la moindre résistance.

S'ils se laissent dépouiller sans se défendre, on se contente de les emmener prisonniers.

Leur sort n'est pas moins déplorable, dans ce cas, que le sort de ceux que l'on a égorgés et scalpés sur le champ. Pour les malheureux prisonniers, c'est la mort plus lente mais non moins douloureuse.

On sait, par ce que nous avons dit dans de précédents chapitres, à quel sort sont soumises et quel destin attend les femmes blanches lorsqu'elles tombent au pouvoir des Peaux-Rouges. Les femmes *mestizos* du Mexique sont vouées à un esclavage très dur dans les tribus d'Indiens.

Ceux-ci leur font expier, par des traitements odieux leur origine qu'ils jugent criminelle.

Le *mestizo* est le produit d'un croisement du nègre et de l'Indien.

Or, le Peau-Rouge ne peut admettre qu'un des leurs ait pu s'abaisser jusqu'à s'allier par le mariage avec un individu de race noire.

Mais ce n'est pas seulement le féroce Peau-Rouge que l'on est exposé à rencontrer dans les hautes herbes.

Ces immenses plaines sont parcourues par des troupeaux de chevaux sauvages qui voyagent en masses compactes, et principalement dans les territoires du Nord, par de véritables armées de bisons.

Le danger est d'un autre genre, mais plus immédiat et plus terrible encore qu'une attaque par les Peaux-Rouges.

Quand une de ces armées de bisons a traversé une plaine, celle-ci semble avoir été ravagée par un cyclone et les voyageurs qu'elle rencontre sur son passage sont renversés, meurtris, écrasés, hachés, déchiquetés de façon à n'être plus bientôt qu'un horrible mélange de boue sanglante et d'ossements broyés.

Le compagnon de Thérèse avait, depuis qu'il parcourait l'Amérique, traversé de ces plaines où avait passé cet épouvantable fléau et dont l'aspect était plus hideux, plus terrifiant, mille fois, que le plus monstrueux champ de bataille.

C'est pourquoi il grommelait, entre ses lèvres, des paroles qui eussent certainement terrifié la jeune fille si celle-ci eut pu les entendre.

Il était loin d'être rassuré, car il avait rencontré celle qu'il venait de sauver du tomahawk d'un Peau-Rouge, précisément sur un territoire infesté par les tribus nomades d'Indiens qui, chassés de toutes parts par l'invasion progressive des Européens en Amérique, en étaient réduits à se retirer vers le nord, jusqu'aux pieds de l'immense chaîne de rochers énormes : « Montagnes Rocheuses et Cordilières des Andes ».

Naguère encore, avant qu'il eut fait la rencontre de la jeune fille dont il s'était fait le « chien de garde », il vivait dans la plus grande insouciance de ce qui pouvait lui arriver.

Même ainsi qu'il l'avait donné à entendre à Thérèse, peu s'en était fallu qu'il ne se fut logé dans la tête la balle dont il avait abattu le Peau-Rouge prêt à frapper la jeune fille.

Mais depuis qu'il ne se considérait plus comme son maître, depuis qu'il s'était consacré au service de celle qu'il avait eu la

— Mais nous faudra-t-il franchir ces hautes montagnes pour arriver à Sacramento ? (P. 508.)

chance de sauver, il se rattachait à l'existence; la vie lui était redevenue précieuse, non pour lui-même, mais pour celle dont il était devenu le guide, le compagnon et, au besoin, le défenseur.

Et c'était précisément ce qui l'inquiétait et pourquoi il ne cessait de grommeler.

On avait enfin traversé cette interminable savane où l'herbe ondulant donnait l'illusion d'une mer houleuse.

64. — SEULE! 64.

A présent on allait pouvoir parcourir à découvert une assez grande étendue, avant d'atteindre la lisière d'un bois qui formait rideau dans le lointain.

Après les herbes au milieu desquelles il avait fallu se frayer un chemin, nos deux voyageurs étaient obligés maintenant de marcher sur un sol rocailleux, sec, aride, loin duquel les cours d'eau, tout à l'heure si nombreux, semblaient avoir fui pour aller se perdre dans la forêt voisine.

Le cheval éprouvait mille difficultés pour avancer et le guide était obligé de lui tenir serrée la bride au mors, pour l'empêcher de butter.

A chaque cahot, Thérèse se cramponnait à la selle et, parfois, ne pouvait retenir un petit cri, comme si elle eut craint d'être désarçonnée.

Mais aussitôt elle se remettait et redevenait maîtresse d'elle-même, courageuse et forte en comparant sa situation présente à celle que, naguère, elle avait traversée, lorsqu'elle avait été poursuivie par les bandes de loups, dans les solitudes couvertes de neiges, et plus récemment lorsque cramponnée à la crinière de ce même cheval dont elle redoutait à présent les faux pas sur le sol pierreux, elle se voyait déjà retombée au pouvoir de Lao-Paw.

Comme on était contraint, par le mauvais état du sol, de n'avancer qu'avec précaution et très lentement, Thérèse put satisfaire son désir de s'entretenir avec son compagnon.

On venait de s'arrêter pour laisser souffler le cheval. Thérèse en profita pour demander à mettre pied à terre afin, disait-elle, de soulager sa monture, mais c'était, en réalité pour avoir l'occasion d'adresser quelques questions à son guide.

— Monsieur,... dit-elle, vous êtes déjà allé en Californie, et vous connaissez la route à suivre pour y arriver ?...

— Oui, je sais par où il faut passer, mam'zelle, et vous pouvez vous fier à moi, pour vous conduire....

Puis s'interrompant :

— Mais au fait, je sais que *nous* allons dans le pays de l'or ; mais il est grand ce pays-là ; je puis vous en dire quelque chose, moi qui l'ai parcouru en toute sa longueur et sa largeur avant d'arriver jusqu'ici ; aussi il serait bon que je sache dans quelle ville de la Californie *nous* allons...

— A Sacramento ! répondit Thérèse d'une voix tremblante.

— A Sacramento ?... connue la ville ! si toutefois on peut appeler
ça une ville.

Thérèse que ces mots rassuraient, ne put s'empêcher de
s'exclamer :

— Ah ? monsieur, quel bonheur que je vous aie rencontré !

Quand je réfléchis que, même si je n'avais pas été poursuivie par
l'Indien, je me trouverais à cette heure, perdue au milieu de cette
immensité, sans savoir de quel côté diriger mes pas !

— C'est vrai que ça n'aurait pas été facile, à moins que vous
n'ayez rencontré une caravane, comme ça m'est du reste arrivé à
moi-même...

Puis s'interrompant :

— Mais, je ne veux pas vous ennuyer, mam'zelle, à vous
raconter mon histoire ! ajouta le compagnon de Thérèse en étouffant
un soupir que semblaient lui arracher de lointains et douloureux
souvenirs.

Et regardant la jeune fille qui paraissait hésiter à l'interroger :

— Voyons qu'est-ce que vous avez à commander à Médor ?... Ne
vous gênez pas !... Vous savez bien que vous n'avez qu'à parler pour
qu'il obéisse à la seconde.

— Eh bien, oui, je l'avoue, j'ai quelque chose à vous demander...

— Dites bien vite, mam'zelle...

— Il n'y a pas de route tracée, vous l'avez dit...

— C'est vrai !

— Alors, comment pouvez-vous savoir de quel côté vous
diriger ?...

— Très juste, mam'zelle ; tenez, ajouta-t-il en désignant une
ligne brisée qui coupait le ciel, regardez par là.

— Il me semble que j'aperçois comme des nuages.

— Eh bien, ce que vous voyez, c'est des montagnes.

Vivement Thérèse s'exclama :

— Les Montagnes Rocheuses, peut-être ?

— Justement, mademoiselle !

— Et c'est ce qui vous guide, sans doute ?

— C'est bien ça.

Thérèse laissa échapper un soupir de soulagement.

— Ça vous rassure, à ce que je vois.

— Oui, je craignais qu'il ne vous fut pas possible de retrouver le
chemin.

— Et vous aviez raison de craindre, car ce n'est pas chose facile, quand on a devant soi tant de plaines, de forêts et de terrains qui n'en finissent pas. Mais heureusement, quelqu'un que j'ai rencontré m'a indiqué la façon de s'orienter dans ce pays, où l'on n'a pas de guides pour vous conduire.

Ce voyageur allait comme moi en Californie, mais pas pour le même motif. Lui, il voulait ramasser de l'or. Moi, je n'avais pas le sou, mais ce n'étaient pas les mines qui m'attiraient dans le pays des pépites... Bref, le voyageur en question avait dans son bagage des cartes de ce pays. Il me les a montrées, mais comme ce n'est pas l'instruction qui m'étouffe, je n'y ai rien compris du tout... Ce n'est que plus tard, quand il m'a expliqué la chose que je m'en suis rendu compte...

Thérèse tout en écoutant, ne pouvait détacher son regard de ces cimes neigeuses qui se confondaient avec les nuages.

L'impression qu'elle ressentait en supputant l'énorme distance qui l'en séparait, se peignait sur son visage.

Son compagnon le remarqua.

— Vous trouvez que c'est encore bien loin, n'est-pas, et vous perdez patience?

Il suffit de ces quelques mots pour aviver chez la courageuse créature l'énergie qui menaçait de faiblir.

— Ne vous ai-je pas dit qu'aucune fatigue, qu'aucune épreuve, ne me coûteraient, pour arriver à accomplir ma mission?... prononça-t-elle.

— *Notre* mission, répéta l'homme ; je sais bien que vous avez la bonne volonté...

— J'aurai aussi la force, j'espère!... dit Thérèse en levant comme pour une invocation les yeux vers le ciel.

Puis dirigeant de nouveau ses yeux vers la chaîne de montagnes qui tenait tout un côté de l'horizon, elle s'informa :

— Mais nous faudra-t-il franchir ces hautes montagnes pour arriver à Sacramento?

— Heureusement que non mam'zelle, car je ne répondrais pas que nous puissions faire ce trajet avant que plusieurs mois ne se soient écoulés.

— Plusieurs mois, dites-vous?

— C'est du moins ce qu'on m'a raconté...

Il ajouta d'un air capable :

— Moi qui suis allé jusqu'au pied de ces rochers qui vous

paraissent si hauts et si énormes, je puis vous dire qu'il faudrait des mois pour passer par dessus et redescendre de l'autre côté.

Et comme son interlocutrice semblait disposée à écouter et, qu'au surplus, c'était, pensait-il, un moyen de tuer le temps et de faire paraître la route moins longue, le guide de Thérèse voulut la mettre au courant de ce que lui avait raconté le compagnon de voyage avec lequel il était allé en Californie.

On avait, du reste, traversé dans toute leur longueur les terrains rocailleux. Thérèse était remontée à cheval. Son guide se tenait à côté d'elle.

Il commença :

— Mon compagnon de route, ainsi que j'ai pu en juger, n'était pas un homme ordinaire. Il ne venait pas ramasser comme le premier venu quelques pépites d'or que l'on trouve, dans ce pays-là, à la surface du sol, il se rendait en Californie pour y découvrir..., comment diable qu'il a dit ça?... Ah! des gisements, des filons!... qui devaient se trouver profondément enfouis dans les entrailles de la terre. Il s'agissait de richesses immenses à recueillir.

Ce n'était pas seulement une grande fortune qu'il voulait recueillir; mais un grand nom qu'il espérait se faire, à la place du sien qui était simplement celui de John Mathis..., mon homme, comme vous voyez était un Anglais.

— John Mathis; répéta Thérèse.

— Bref, ce qu'il m'a raconté concernant ces fameux rochers que vous voyez là-bas, ne m'a pas donné l'envie d'y faire un tour, je vous l'assure, Pourtant, comme je vous l'ai affirmé, je fais bon marché de ma peau et je donnerais volontiers la carcasse par dessus le marché.

Sur un mouvement que fit Thérèse, son compagnon s'interrompit pour ajouter :

— C'est-à-dire qu'il y a encore quelques heures, c'était comme ça, et celui qui m'aurait débarrassé de moi-même m'aurait rendu service... Mais à cette heure, c'est autre chose, je me suis raccroché à la vie, et j'y tiens, j'y tiens ferme, parce que... parce que je vous appartiens maintenant corps et âme.

Puis il reprit :

— Pour en revenir à ce malin de John Mathis, voilà, mam'zelle, comment il était si bien renseigné; l'année d'avant, pas plus tard que ça, il s'était engagé dans une expédition pour aller explorer les pays qui se trouvent de l'autre côté de ces montagnes et qu'on ne connais-

sait pas bien à cette époque... où, pour mieux dire, qu'on ne connaissait pas du tout.

Et c'est un miracle que John Mathis et ses compagnons n'aient
pas laissé leur peau au sommet de ces montagnes qui n'ont pas
moins de treize mille pieds d'altitude!...

— Treize mille pieds!...

— Oui, les moins hautes, le pic de... le pic du... Ma foi, John
Mathis me l'a bien nommé mais je ne me rappelle plus... Tout ce que
je sais c'est que là-haut il y a de la neige qui ne fond jamais et même
les oiseaux de la plus grande taille ne montent jamais si haut...

— Alors votre compagnon a couru de réels dangers, dites-vous?

— Vous pouvez en juger, mam'zelle; ils étaient partis cinquante
pour l'expédition et il n'en restait plus que seize quand on est arrivé
de l'autre côté des montagnes.

— Seize! répéta Thérèse avec effroi.

— Oui, mam'zelle; John Mathis avait trouvé le moyen d'être
parmi ces seize là!

— Vous m'épouvantez! s'exclama Thérèse qui, instinctivement,
détourna les yeux de cette immense chaîne de montagnes.

— Je comprendrais que vous ayez peur, s'il n'y avait pas d'autre
chemin pour aller en Californie que de grimper là-haut comme des
chèvres.

Mais ce que je vous raconte là se passait l'année dernière, et,
depuis, on a trouvé une route plus facile.

Heureusement, pensait Thérèse qui ne pouvait s'empêcher de
tressaillir en songeant que si la troupe dont John Mathis faisait partie
n'avait pas réussi à découvrir un passage entre les Montagnes Rocheuses et les Cordillières, elle n'aurait jamais pu, même en surmontant tous les obstacles, en échappant à tous les dangers, arriver à
temps pour empêcher que son père ne fut condamné à nouveau et
d'une façon définitive cette fois.

Et cette pensée lui faisait passer des frissons dans le cœur.

— Oh! continuez,... continuez!... dit-elle.

— Pour lors, je vous disais donc que John Mathis et ses compagnons, au nombre de cinquante en partant, étaient commandés par
un officier que le Gouvernement des États-Unis avait choisi, à ce qu'il
paraît, parmi un tas d'autres qui voulaient être de l'expédition tout
comme s'il s'était agi d'une partie de plaisir...

Le chef en question était ce qu'on peut appeler un rude gaillard, car John Mathis qui s'y connaissait m'a rapporté le petit dis-

cours qu'il avait adressé à ses hommes quand on était arrivé à l'endroit où il fallait commencer une rude escalade à pic.

Il les avait réunis autour de lui, et il leur avait dit ces seuls mots : « Camarades, ceux qui auront la chance d'arriver là-haut auront rendu un grand service à la patrie ! » Voilà !... C'était court, comme vous voyez, mais pas très rassurant, puisque ça voulait dire, clair et net, qu'il y en aurait pas mal dans le nombre de ceux qui applaudissaient le discours du chef, qui resteraient en route pour régaler les condors...

Ce qui n'aura pas manqué sans doute d'avoir lieu, car il paraît que, là où ils perchent, ces oiseaux, qui sont les plus grands qu'on connaisse, n'ont pas toujours de quoi se mettre dans le bec.

John Mathis qui les a vus de près puisqu'il a été obligé de se battre avec l'un d'eux qui voulait lui faire la politesse de l'emporter dans son bec pour lui éviter de grimper sur les rochers, ce malin de John Mathis m'a dit qu'un de ces oiseaux n'aurait pas peur de s'attaquer à un bison ou à un ours... Aussi, quand les explorateurs, — ceux qui avaient eu la chance d'arriver au sommet, — se reposaient avant de se mettre à descendre de l'autre côté des rochers, ils ont pu voir toute une famille de condors, — le père, la mère et leurs petits, — se jeter sur les corps de leurs malheureux compagnons tombés en route et les emporter accrochés à leurs terribles serres ?...

Mais c'était pas le seul danger, comme vous allez voir. Les hommes de l'expédition avaient dû se munir de chariots et de bateaux qu'ils pouvaient démonter et remonter à volonté, selon les besoins.

Quand on était arrivé sur un plateau, on y trouvait des rivières, de vraies rivières qui coulaient avec une si grande rapidité qu'on les a appelées des « rapides »; or il fallait pouvoir naviguer sur ces rivières et on montait alors les bateaux. John Mathis m'a raconté qu'il arrivait parfois qu'au moment où l'on s'y attendait le moins la rivière cessait de couler en ligne droite devant elle faute de terrain et devenait, tout à coup, une « chute d'eau » qui emportait les bateaux et les hommes, dans une chute terrible, à donner le vertige, jusqu'au bas des rochers...

— Oh ! c'est affreux...

— Voilà pourquoi, mam'zelle, sur cinquante qu'ils étaient partis, il n'en restait plus que seize à l'arrivée... Mais tous n'avaient pas péri de la même façon; quelques-uns, voyant comment les bateaux étaient emportés, se jetaient à l'eau pour essayer de se sauver à la nage... Il paraît qu'il y avait parmi eux de bons nageurs qui y seraient bien parvenus; seulement ils avaient compté sans cette eau qui est à elle seule un terrible danger, car lorsque par malheur, comme cela arrive souvent au nageur, on en avale une seule gorgée, on est tout de suite suffoqué, étouffé net!...

— Cette eau est donc empoisonnée? demanda Thérèse intriguée.

— Non mam'zelle; c'est bien autre chose que du poison... ce qui tue. John Mathis appelait ça : la « densité »; oui, je me rappelle bien, c'est le mot, la « densité de l'eau »... C'est quelque chose comme la pesanteur... Quand on avale ce liquide, il produit dans l'estomac l'effet très réel du plomb fondu.

C'est de cette façon que les compagnons de John Mathis avaient péri.

Thérèse avait hâte d'entendre le narrateur de cette dangereuse traversée des Montagnes-Rocheuses, arriver à la découverte, heureusement faite par eux, d'un passage plus praticable pour se rendre en Californie.

Mais le narrateur s'étendait sur quelques détails qui l'avaient plus particulièrement frappé dans le récit que lui avait fait John Mathis.

— Tous, dit-il, n'ont pas péri, soit par l'eau que les nageurs avalaient, soit dans les « chutes des rapides ». Ceux-là n'étaient pas les plus malheureux parmi les victimes...

Les plus à plaindre, mam'zelle, c'étaient ceux qui devenaient fous...

— Il s'est donc déclaré des cas de folie pendant cette exploration? demanda Thérèse.

— Oui, mam'zelle. Les vivres diminuaient rapidement et l'on ne savait pendant combien de temps on resterait encore au milieu de ces rochers où il ne pousse rien qui puisse servir de nourriture. Et la faim a fait perdre l'esprit à des hommes forts, robustes et courageux.

Après tous ces accidents, il ne restait plus que seize hommes quand l'expédition arriva à un endroit où l'on pouvait enfin passer de l'autre côté.

Et même ces seize favorisés du destin n'étaient pas rassurés, car, de loin, des Indiens les guettaient au passage.

Thérèse ne put réprimer un tressaillement en se rappelant la poursuite acharnée de Lao-Paw.

— Je n'ai pas besoin de vous dire ce que sont ces sauvages, vous les connaissez suffisamment pour savoir qu'il ne fait pas bon tomber entre leurs mains.

... Nous allons manger à notre déjeuner un pâté de lézard!...(P. 517.)

Bref, nos seize survivants étaient à peine arrivés à mi-chemin de leur terrible ascension, lorsqu'une espèce de miracle se produisit à leurs yeux.

Au milieu des neiges éternelles qui les entouraient et que surmontaient, de toute part, des pics plus inaccessibles encore que ceux qu'ils avaient franchis jusque-là, ils se trouvèrent subitement en face d'une grande anfractuosité, comme disait Mathis. Les Montagnes-

Rocheuses avaient l'air de s'être éloignées subitement les unes des autres pour leur livrer passage et ils se trouvèrent en face d'un spectacle merveilleux. Tout un pays nouveau, un admirable pays dont l'aspect leur arrachait des cris d'enthousiasme et d'admiration!... Ces hommes, naguère en proie au supplice d'une fatigue écrasante, torturés encore par la faim et la soif, oubliaient, tout à coup, leurs luttes, leurs souffrances, en contemplant, du haut de ces lieux arides et désolés où ils se trouvaient, une nature luxuriante, des plaines immenses, resplendissantes de verdure.

C'était le pays enchanteur qu'arrose le Sacramento que venaient de découvrir nos aventuriers. C'était cette admirable contrée où semble régner un printemps éternel.

— J'ai pu m'assurer, par moi-même, ajouta le brave garçon, que Mathis n'avait rien exagéré. Je l'ai vu de près, ce délicieux pays où se trouvent des arbres toujours verts, couverts, en même temps, de fruits et de fleurs, où le soleil est toujours doux et tempéré, où les nuits sont pleines de parfum et, par dessus le marché, de l'or partout; des paillettes d'or dans le courant du fleuve, des pépites d'or à fleur de sol, il n'y a qu'à se baisser pour en prendre! Enfin ce pays-là, mademoiselle, c'est, comme qui dirait, un vrai paradis.

— Et l'idée ne vous est pas venue, dit Thérèse, de vous y fixer?

— Moi?... répondit sur un ton de surprise profonde cet homme étrange... et pourquoi faire?

— Mais pour y vivre heureux.

— Heureux !... ajouta-t-il en secouant tristement la tête... comment aurais-je pu l'être?

— Ne disiez-vous pas que le pays est admirable?

— Oui, c'est vrai, et puis après?...

— La vie doit y être douce et facile, puisque, facilement aussi, on peut s'y enrichir.

— Ce n'est pas la richesse qui me rendrait heureux. Être heureux à soi seul, c'est un triste bonheur.

— Vous êtes donc seul au monde?

— Tout à fait seul.

— Sans parents... sans amis?...

— J'ai eu tout ça et j'ai tout perdu... Tout... Voilà pourquoi, profondément attristé de mon isolement, j'allais me loger une balle dans la tête, quand je vous ai aperçue, poursuivie par ce gredin de peau-rouge. Sans comprendre ce qui se passait en moi, je me suis, tout de suite, intéressé à vous, et au moment où il levait le bras pour vous

briser le crâne, mon bras, à moi, s'est levé de lui-même, mes yeux
ont visé, mon doigt, instinctivement a pressé la gachette, le coup est
parti, et l'homme est tombé.

Je me suis, alors, élancé vers vous et, quand je vous ai vue de
près si jeune, si merveilleusement jolie et, en même temps, si pleine
d'épouvante, si malheureuse enfin, je me suis senti le cœur remué
comme jamais il ne l'avait été. Je vous voyais pour la première fois,
et il m'a semblé, cependant, que je n'étais plus seul au monde.

— Vous ne vous trompiez pas. Il y avait, devant vous, un cœur
qui vous était acquis par une éternelle reconnaissance.

— C'est plus que je ne mérite, mademoiselle,... attendez que je
m'en sois montré digne.

— Ne m'avez-vous pas sauvé la vie ?

— Je n'ai pas eu grand mérite à le faire. Je vous l'ai dit, j'allais
me loger une balle dans ma caboche. Je l'ai tout bonnement flanquée
dans celle d'un peau-rouge...

— Pour me sauver.

— Oui, et aussi un peu, pour me venger.

— Vous venger !

— Un de ses semblables, un peau-rouge, dans une rencontre, m'a
tué un ami, un brave compagnon, mon chien Médor... C'est même ce
qui m'a donné cette idée de m'offrir à vous en cette qualité d'animal
fidèle et dévoué ; vous avez accepté et ça me rend heureux de penser
que je peux encore être utile à quelqu'un sur terre, ça me rattache
un peu à la vie et vous voyez bien, mademoiselle, qu'en fait de reconnaissance, je vous en dois plus que vous ne m'en devez.

— Nous réglerons ce compte-là plus tard, dit Thérèse en souriant.
J'ai bien des choses encore à vous demander, j'ai bien des dangers,
bien des fatigues et, sans doute, bien des peines à vous faire partager
avec moi, puisque vous avez la charité de ne pas m'abandonner...

— La charité !... dites donc plutôt, la joie, le bonheur de vous
accompagner, fut-ce jusqu'au bout du monde et, pour commencer...
je sais que nous allons à Sacramento. Je ne connais pas bien l'endroit
dans tous ses détails ; mais John Mathis que je saurai retrouver et qui
connait, lui, le pays comme sa poche, aura bientôt fait de découvrir
celui... ou celle que vous venez chercher de si loin.

Je dis : celui ou celle, parce que je suppose bien que nous allons
en Californie pour chercher quelqu'un qui s'y trouve... Je sais que
nous remplissons une mission, mais j'ignore encore de quelle mission
il s'agit.

— Et vous désirez que je vous renseigne... à ce sujet, dit Thérèse.

Sans lui répondre directement, le compagnon de Thérèse arrêta le cheval, en disant :

— Justement, nous voici arrivés à un bon endroit pour faire une petite halte... et pour causer...

Le visage de la jeune fille s'était rembruni.

Son compagnon s'en aperçut.

— C'est vrai que nous allons perdre un bout de temps, mais il faut prendre un peu de nourriture et de repos, nous n'en irons que plus vite après, et nous rattraperons les instants que nous allons passer ici !...

Thérèse comprit qu'elle ne pouvait s'opposer à cette halte, que désirait faire son compagnon, lequel marchant à pied, devait se sentir fatigué et voulait, sans doute aussi, satisfaire sa faim.

Elle descendit de cheval.

— Je vais, dit l'homme, m'occuper du déjeuner, il est plus que l'heure, le soleil commence à s'en retourner.

Et se débarrassant du sac qu'il portait en bandouillère, il en sortit différents ustensiles qu'il plaça à terre, pêle-mêle à côté de lui.

Thérèse suivait chacun de ses mouvements, en apparence avec intérêt, mais en réalité, elle eut bien préféré supporter plus longtemps la fatigue et la faim plutôt que d'interrompre le voyage.

Voyant la peine qu'il se donnait pour essuyer un mauvais couvert en plomb qu'il voulait lui offrir sans doute, elle le lui prit des mains, en disant :

— Permettez-moi de vous aider, au moins en ce que je peux faire.

— Que voulez-vous, mam'zelle, répondit-il avec bonne humeur, je ne m'attendais pas à avoir aujourd'hui du monde à déjeuner, sans cela j'aurais pris la peine de fourbir l'argenterie.

Surtout je me serais mis en mesure d'avoir de la vaisselle en suffisance et un menu convenable. Aussi ça sera, comme on dit chez nous, à la fortune du pot...

Il ajouta en étalant un morceau de toile goudronnée entre Thérèse et lui :

— A la guerre comme à la guerre; voilà qui nous servira à la fois de nappe et d'assiette.

D'ailleurs il n'y aura pas, mademoiselle, de sauce à répandre sur les mets que je vais vous offrir.

Dans une boîte en fer blanc se trouvait une sorte de hachis de chair séchée et d'aspect peu engageant, il est vrai.

— Voilà le plat de résistance ! dit le compagnon de Thérèse.

Celle-ci surmonta l'impression peu favorable qu'elle éprouvait, s'efforçant de paraître disposée à faire honneur au repas improvisé à son intention.

— Ça, mam'zelle, dit l'homme, c'est un plat que j'ai préparé moi-même...

Il ajouta en regardant la jeune fille afin de juger de la surprise qu'elle allait éprouver, pensait-il :

— Voilà déjà plus d'un mois que j'en mange... et comme vous pouvez voir, il en reste encore suffisamment pour notre déjeuner...

Thérèse regardait cette pâte dont la couleur ne lui disait rien de bon, surtout depuis qu'elle savait qu'il y avait déjà plus d'un mois qu'elle avait été hâchée et préparée.

— Je conviens que mon plat n'a pas précisément bonne mine, lui dit son compagnon, mais vous verrez que ça n'est pas plus mauvais pour cela.

Ce que vous prenez, sans doute, pour de la viande, mam'zelle, ça n'en est pas du tout.

Sur un mouvement de surprise que fit la jeune fille, son amphitrion ajouta en riant :

— Ça n'est pas non plus du poisson.

Pas davantage de la volaille, ni gibier, ni pièce de basse-cour... Rien de tout cela !

Comme vous ne pourriez pas deviner, je vais tout de suite vous dire ce que nous allons manger :

Il prit un temps. Puis, d'un air triomphant :

— C'est du lézard !

Et avant que la jeune fille fut revenue de la surprise qu'elle avait éprouvée, son compagnon répétait :

— Oui du beau et bon lézard ; nous allons manger à notre déjeuner un pâté de lézard !...

Je comprends que, pour la première fois, rien qu'à cette idée, ça peut faire faire un peu la grimace ; mais quand on y a goûté on trouve que c'est très agréable, et lorsqu'on n'a pas autre chose à se mettre sous la dent, ça finit par paraître tout bonnement excellent.

Le gigantesque lézard dont nous allons manger le hachis a été tué par moi, à la chasse ;... de plus c'est moi-même qui ai préparé et cuisiné le plat; vous pouvez donc en manger sans crainte, mam'zelle; vous verrez que si cela ne paie pas de mine, c'est tout de même très bon au goût et très nourrissant pour l'estomac.

— Du lézard!... répétait à voix basse Thérèse se parlant à soi-même.

— Ce lézard ne ressemble en rien à ces jolies petites bêtes d'un beau vert qu'on trouve dans les haies, dans les campagnes de chez nous. Celui qui sert de nourriture aux gourmets de ce pays-ci, s'appelle l'*iguane*.

Grand deux fois comme un lièvre, il est vert foncé sur le dos et blanc sur le ventre et porte une queue aussi longue à elle seule que tout le reste de son corps.

Je vous disais, mamzelle, que celui que nous allons manger a été tué par moi *à la chasse*... Car on se met en chasse dans le pays où ce lézard se trouve, uniquement pour le tirer au *fusil* ou le prendre au collet comme on prend le lapin de garenne ou le lièvre.

— Pour les amateurs, c'est aussi fin que du poulet, et cela tient bien plus à l'estomac.

Ce sont les Indiens de la Colombie qui m'ont appris comment ça se prépare. Ainsi, mamzelle, cette chair a été hachée menue menue, comme de la chair à pâté, — après quoi on l'a fait cuire, dans la peau même de la bête, en guise de casserole.

Pour cela, les cuisiniers peaux-rouges creusent un grand trou dans la terre et y font brûler du bois sec afin que cette espèce de four se remplisse de braise.

Alors on y place l'iguane et on recouvre de cendres chaudes. Sur le four ainsi bouché on entretient un feu de bois, jusqu'à ce que l'animal soit parfaitement cuit.

On le dépouille alors, on le hache, et, ainsi préparée, la conserve peut durer pendant plusieurs mois.

Malheureusement dans cette partie de l'Amérique que nous allons traverser pour aller à Sacramento, il n'y a pas d'iguane... Nous trouverons autre chose... des sangliers, des ours de forêts... Peut-être pourrais-je vous offrir aussi un filet de bizon... sans compter que nous aurons également du gibier à plumes...

Enfin, on fera son possible pour vous procurer une nourriture agréable et variée...

Tout en parlant, notre homme avait vidé le havre-sac et plaçait les quelques ustensiles qu'il contenait sur une place qu'il avait nettoyée de son mieux en arrachant les herbes sauvages.

— V'là tout de même le couvert mis ; dit-il avec un air de satisfaction... Maintenant mamzelle, je vais vous prier de vous forcer à
manger un peu, même si le cœur ne vous en dit pas !... Il est nécessaire que vous conserviez vos forces... car il vous en faudra dépenser
pour arriver là-bas.

Par exemple, continua-t-il en s'interrompant, je n'aurai pas de
vin à vous offrir, mamzelle.

Et montrant la gourde qu'il avait placée devant lui entre deux
pierres qui devaient la maintenir en équilibre :

— Là dedans il y a de l'eau-de-vie pure que nous mouillerons
d'eau...

De l'eau !... de l'eau !... Je n'en ai pas beaucoup dans cette calebasse ; ça m'était cependant bien facile d'en prendre au cours d'eau
que nous avons passé à gué... Mais j'avoue que je n'y ai pas songé !...
J'avais bien autre chose dans la tête, je ne songeais qu'au moyen
d'échapper aux peaux-rouges, aux compagnons de celui que je venais
d'abattre qui ne devaient pas être bien loin, car ces damnés sauvages
n'ont pas coutume de voyager seuls.

En parlant ainsi, il s'était levé et parcourait, des yeux, la plaine
qui s'étendait au loin, immense et silencieuse. Par bonheur, dit-il ; il
y a, là-bas, devant nous, un joli ruisseau qui coule, au milieu des
herbes... Je ne le vois pas encore, mais je sais tout de même qu'il s'y
trouve... Tenez, mademoiselle, regardez vous-même.

Thérèse suivit la direction de la main de son compagnon :

— Qu'est-ce que vous voyez-là, dans la direction de mon doigt ?...
Des oiseaux, pas vrai ?... une bande d'oiseaux qui tournoient en s'a-
baissant ?... Eh bien, ce sont des oiseaux de passage qui sont comme
nous, en voyage, et, comme nous, ils cherchent de l'eau pour se désaltérer.

Les voilà qui s'abattent au milieu des herbes... C'est par eux,
d'ordinaire, que les peaux-rouges sont renseignés.

Vous allez entendre ici que je vous rapporte de la bonne eau
pour mouiller l'alcool que vous ne pourriez pas avaler pur.

Quelques instants après, il revenait muni d'une bonne provision
d'eau fraîche.

Il s'assit invitant la jeune fille à prendre place à côté de lui en
disant :

— Nous allons attaquer cet excellent hachis d'iguane.

Thérèse dut se conformer au désir de son sauveur. Elle consentit à manger, mais du bout des lèvres, pendant que son hôte se mettait en devoir de satisfaire la faim qui le tenaillait.

Après quelques moments de silence, notre homme poussa un soupir de soulagement qui prouvait qu'il commençait à se sentir le « creux » moins vide.

— Maintenant, dit-il, puisque vous avez quelque chose à me raconter, mademoiselle, le moment est venu de m'apprendre comment il se fait que je vous aie rencontrée en compagnie d'un brigand de sauvage qui se préparait à vous égorger.

— Vous ne vous trompiez pas, tout à l'heure, dit Thérèse, quand vous supposiez que celui qui me poursuivait faisait partie d'une tribu d'Indiens, dont j'étais prisonnière.

Et, d'une façon succincte, Thérèse raconta ce que savent déjà nos lecteurs et que nous nous garderons bien de répéter de nouveau.

Ses souffrances parmi les peaux-rouges succédant aux douleurs, aux tortures antérieures; son séjour chez les Esquimaux, et, pour qu'il sût bien qui elle était et qu'il la trouvât digne de l'intérêt qu'il lui témoignait, du secours que, déjà, il lui avait donné, et enfin, de l'appui, de la protection qu'il offrait de lui donner encore, elle l'instruisit de sa naissance, de ce qu'étaient son père et sa mère. Elle raconta le drame terrible qui s'était déroulé, écrasant cette malheureuse famille sous le poids d'un déshonneur immérité et sous la menace du supplice infamant suspendue sur la tête de Jacques Valomer!...

Elle dit sa courageuse détermination d'aller chercher à l'autre bout du monde, la preuve de l'innocence de son père, et en quelles mains enfin se trouvait cette preuve.

Et, lorsqu'elle parlait ainsi, il y avait dans ses gestes, dans sa voix et dans ses regards une telle élévation, une telle expression de sublime dévouement, que l'homme qui l'écoutait en fut ébloui, fasciné à ce point que, remué jusqu'au fond du cœur par une vive admiration, et les yeux remplis de larmes, il fléchit les genoux, et, les bras tendus vers elle, il s'écria :

— Vous êtes une sainte!... un ange du Seigneur!... Allez! allez, vous n'aviez pas besoin d'un misérable comme moi pour vous défendre!... Dieu se serait bien chargé de protéger et de sauver lui-même sa meilleure et sa plus belle créature!...

Et, tout surpris lui-même de ce langage inusité qui sortait de ses lèvres, des paroles et des pensées qui se pressaient dans son esprit et dans son cœur, il demeura muet et en extase devant l'admi-

— Dormez, mam'zelle ; je vous le répète, Médor veille. (P. 528.)

rable jeune fille qu'il adorait, mais comme on adore une sainte, comprenant bien que l'immense distance qui existait entre elle et lui eût interdit tout autre amour.

Et Thérèse, continuant le récit de sa vie, raconta son passage à bord de ce navire qui, battu par la tempête, allait être bientôt submergé.

Elle dit l'impossibilité dans laquelle on se trouvait de soustraire tous les passagers à la mort. Elle dit le tirage au sort et son désespoir en voyant que le billet qui portait son nom la désignait comme devant rester et mourir sur le bâtiment que les flots allaient engloutir !...

— Ah ! si j'avais été là, s'écria le brave garçon qui l'écoutait anxieux, si j'avais été là et que le sort m'eût favorisé, comme je me serais empressé de vous donner mon billet et de vous dire :

— Prenez et partez à ma place !...

— Un autre a agi comme vous l'auriez fait vous-même.

— Un autre ?...

— Oui, cet autre savait qu'un grand devoir, qu'une mission sacrée devait être accomplie par moi et, me présentant ce papier qui était son salut, qui était sa vie, il m'a dit :

— Prenez et partez à ma place...

— Juste ce que j'aurais dit moi-même ! s'écria le brave et digne homme.

— Un instant après, de la barque qui m'avait recueillie, j'ai vu sombrer le bâtiment et, debout sur le bastingage, celui qui me sauvait au prix de sa vie, et dont la voix, dominant la tempête, me criait :

— Pensez à moi, Thérèse !... Thérèse, je vous aimais !

— Ah ! il... il vous aimait ?

— Oui !...

— Et vous pensez souvent à lui ?

— Toujours !

— Et... et vous l'aimeriez, s'il vivait encore ?

— Je n'aimerai jamais que lui.

— Vous aurez raison, mademoiselle... oui, vous aurez bien raison de l'aimer, tout mort qu'il est, comme s'il était vivant.

Et ces dernières paroles furent dites d'une voix mélancolique et triste dont ne se rendait pas compte celui qui les prononçait.

Comment, en effet, cet homme d'une nature simple et primitive se serait-il aperçu de ce qui se passait en lui ? Comment aurait-il supposé que son admiration pour cette belle jeune fille, que la joie qu'il avait ressentie en lui sauvant la vie, que ce désir qui l'animait de se dévouer de nouveau, fût-ce au prix de son sang, que tout cela constituait un réel amour?

Il ne le soupçonnait même pas. Il ne le sut jamais!...

Il se rendait si bien compte de son infériorité, il se sentait si humble et si abrupt auprès de cette nature si charmante, si gracieuse et si noble, qu'il croyait n'éprouver pour elle qu'une admiration pleine de respect et d'humilité, que l'adoration d'une créature infime pour une créature céleste.

— Je vous remercie d'avoir eu confiance en moi, dit-il, lorsque Thérèse eut cessé de parler. Je vous remercie de m'avoir dévoilé le secret du périlleux voyage que vous avez entrepris et de la mission que vous devez... non... que *nous devons* accomplir.

Ayez bon courage, mademoiselle, votre confiance va centupler ma force et nous réussirons, je vous le jure.

Après le singulier repas au « pâté de lézard » qu'ils venaient de faire, nos deux voyageurs, réconfortés et suffisamment reposés, s'étaient remis en route. Tout entière aux souvenirs qu'elle venait d'évoquer, Thérèse se demandait avec terreur quel avait été le sort de Marie Darnis lorsqu'elle eut favorisé sa fuite.

Elle redoutait que les Peaux-Rouges, ayant découvert la complicité de Kaïnara, n'eussent fait subir à la courageuse femme les plus horribles traitements, avant-coureurs d'une mort épouvantable, et comme elle faisait part de ses terreurs à son compagnon.

— Vos craintes ne sont que trop fondées, dit celui-ci, je m'attendais bien à nous voir poursuivis par la tribu tout entière, et rien de tout cela, cependant, ne s'est réalisé, et... je pense...

— Que pensez-vous? demanda vivement Thérèse.

— Je pense que le chef Indien n'aura peut-être pas été fâché de se trouver débarrassé de ce Lao-Paw, qui était, à ce que vous m'avez fait comprendre, un turbulent, un ambitieux et quelque peu son ennemi, à lui, et qu'il aura renoncé à nous poursuivre.

— Dieu veuille qu'il en soit ainsi, dit Thérèse.

On verra bientôt que cette prédiction ne devait pas se réaliser, et que Rama-Dama, cédant à l'entraînement de la tribu tout entière, s'était mis, quoique à regret, à la recherche de Lao-Paw et à la poursuite de notre fugitive.

II

IMPRESSIONS DE VOYAGE

Thérèse qui, avant que le souvenir de Kaïnara ne fut venu l'attrister, eut accueilli avec joie la nouvelle qu'on allait se remettre en route, cheminait maintenant le front penché et le cœur douloureusement étreint.

Malgré ce que venait de lui dire son compagnon, elle ne pouvait chasser de sa pensée cette crainte qui l'avait tout à coup assaillie.

Le dévouement de cette créature qui avait spontanément et si complètement sympathisé avec elle et pris compassion d'une inconnue, ne l'avait-il pas liée à Marie Darnis par les liens d'une éternelle reconnaissance.

Et récapitulant tous les secours qui l'avaient miraculeusement préservée de terribles catastrophes, elle constatait, avec douleur, qu'elle avait été fatale à tous ceux qu'elle avait rencontrés sur sa route et qui s'étaient dévoués pour elle.

Le premier nom qui s'était présenté à son esprit, fit tressaillir son cœur angoissé.

Ravergy!... Georges Ravergy! Elle le revoyait disparaissant dans les flots et lui criant :

— Je vous aimais!

Ce fut, ensuite l'image du missionnaire, qui se présenta devant ses yeux.

Elle voyait celui-là se jetant parmi les féroces carnassiers.

Il lui semblait l'entendre prononcer ce mot qui résumait toute sa vie de repentir et de sacrifice à l'humanité :

« L'Expiation ! »

Deux martyrs avaient succombé pour elle, pour lui permettre d'accomplir sa mission.

Deux êtres qu'elle reverrait toujours par la pensée et envers lesquels elle avait contracté une dette de reconnaissance qu'elle n'avait l'espoir de payer, qu'en les retrouvant au ciel. Et, après ce tribut payé à ces deux sauveurs, Thérèse songea à celui que tout récemment elle avait rencontré, par miracle ainsi qu'elle

avait rencontré, naguère, Kaïnara, le missionnaire et Georges Ravergy.

Et en regardant cet homme qui semblait prêt, lui-aussi, à se
sacrifier pour assurer son salut, elle se demandait si elle n'était pas
destinée à lui être fatale, comme elle l'avait été aux trois autres.

Et dans l'émotion qui l'étreignait au cœur, elle se révoltait contre
le destin qui ne se lassant pas de s'acharner contre elle, sèmerait
peut-être une nouvelle victime sur la route qu'elle avait à parcourir
pour arriver au terme de son voyage.

— Épargnez-moi cette nouvelle douleur! suppliait Thérèse les
yeux levés vers le ciel et remplis de larmes.

Le jour baissait et, déjà, de grandes ombres zébraient la plaine,
à mesure que le soleil descendait à l'horizon, dorant de ses derniers
rayons les cimes neigeuses de l'immense chaîne de montagnes vers
laquelle se dirigeaient nos deux voyageurs.

Thérèse vit s'approcher auprès d'elle son compagnon qui lui dit :

— Il ne nous sera pas possible de faire beaucoup de chemin
avant la nuit, mamzelle!... Tout ce que j'espère, c'est que nous pourrons trouver un endroit abrité pour y camper, et, demain, nous nous
remettrons en route de grand matin...

— Nous allons perdre des heures! s'exclama la jeune fille.

— Il ne nous sera pas possible de faire autrement; d'abord,
parce que nous risquerions de nous écarter de la direction que nous
devons suivre, ensuite, parce qu'il ne serait pas prudent de voyager
la nuit, car nous risquerions de tomber dans quelque tribu de ces
maudits Peaux-Rouges.

Thérèse dut se rendre à ce raisonnement dicté par la prudence.

La plaine était, de distance en distance, coupée par des bouquets
de bois.

On se dirigea vers l'un d'eux qui était plus étendu que les autres.

Le soir était déjà venu, depuis une heure, quand on arriva à
ce petit bois qui donnait l'illusion d'un îlot au milieu de la mer.

— Halte! dit le guide en arrêtant le cheval.

Il ajouta parlant au pauvre animal, mais s'adressant en réalité
à la jeune fille :

— Nous ne serons pas fâchés de nous reposer un brin, n'est-ce
pas l'ami?

En même temps il aidait Thérèse à descendre de sa monture.

L'endroit ne pouvait être mieux choisi, à son dire, pour passer la
nuit.

— Pour moi qui ai l'habitude de camper, car j'ai plus souvent couché à l'auberge de la belle étoile que dans mon domicile, ça va me sembler bon de m'étendre sur cette herbe bien tendre... Mais je vous plains, mamzelle, de n'avoir pas à votre disposition un meilleur lit, ajouta-t-il en voyant un nuage de tristesse assombrir le regard de la jeune fille.

— Nous ne trouverons donc pas d'hôtellerie sur notre route? demanda-t-elle d'une voix que l'inquiétude altérait.

— Je ne peux pas vous donner cet espoir, mademoiselle.

— Cependant, il y a des voyageurs qui parcourent ce pays?

— Oui. Mais généralement on se réunit en nombre pour voyager en caravane.

— Alors, pour les haltes,... la nuit?...

— On fait ce que nous faisons en ce moment,... on campe... à la belle étoile.

— Mais... est-ce que nous sommes sur la route que d'ordinaire suivent ces caravanes?

— Oui, assurément; crut devoir répondre le guide, bien qu'il ne fut pas le moins du monde certain de ce qu'il avançait.

Mais il s'agissait de combattre l'inquiétude qu'il devinait chez la jeune fille, et il n'hésitait pas à mentir un peu.

C'est donc avec l'espoir que l'on pourrait rencontrer une caravane retournant en Californie, que la pauvre Thérèse prit ses dispositions pour passer la nuit dans le petit bois.

Son compagnon avait trouvé une place très abritée où l'on serait, disait-il, à merveille pour camper.

Le cheval fut débarrassé de sa selle et de la bride, et attaché par une corde servant de licol, à un arbre. Il avait de l'herbe en quantité suffisante pour sa nourriture et pour sa litière.

Après s'être occupé de la bête, notre homme prépara un lit de mousse pour la jeune fille. La selle fut transformée en oreiller.

— Ça ne sera pas moelleux comme du duvet, mamzelle; mais vous pourrez vous reposer tout de même.

— Je ne dormirai pas, répondit Thérèse, en s'asseyant et en s'accoudant sur la selle.

— Pourquoi ça? Vous n'aurez pas à craindre le froid ou l'humidité de la nuit...

Thérèse garda le silence, mais quelque volonté qu'elle eut de dissimuler ses impressions, elles se lisaient trop clairement sur son visage et dans ses regards, pour que son compagnon ne les devinât pas.

Il comprit qu'une inquiétude vague, un sentiment instinctif de pudeur alarmée agitait la jeune fille et que la pensée qu'elle allait se trouver seule avec un jeune homme, endormie, au milieu de la nuit dans ce lieu désert, était bien faite pour l'agiter et l'empêcher de se livrer paisiblement au sommeil.

Alors, d'un air grave et en même temps respectueux et soumis, il lui dit :

— Je crois comprendre ce qui agite votre esprit et je vous affirme, mamzelle, que vous pouvez dormir en toute sécurité. Si vous voyagez pendant le jour sous la protection de votre guide, de votre chien Médor, je vous jure devant Dieu qui m'entend qu'à cette heure de nuit, l'homme disparaît tout à fait, Médor seul veillera sur vous.

Thérèse, réconfortée par ces paroles empreintes d'énergie, de sincérité et de respect, remercia d'un regard son compagnon.

Puis elle lui tendit la main, en disant :

— Vous êtes un bon et honnête cœur.

Et le brave garçon se sentit assez récompensé par ces simples mots, dont on payait l'engagement d'honneur qu'il venait de prendre.

Il se contenta d'exhorter, de nouveau, la jeune fille à prendre un repos qui devait entretenir ses forces pour le long voyage.

Et lorsque, obéissante, Thérèse se fut étendue sur le lit de mousse et eut posé sa tête sur la selle comme sur un oreiller, son compagnon, satisfait, lui dit :

— Dormez, mamzelle ; je vous le répète, Médor veille.

Cette nuit-là fut pour le guide de notre héroïne une nuit sans sommeil.

Lui qui, pour son propre compte, n'avait jamais éprouvé de terreur, même au milieu des plus grands dangers, demeura, pendant toutes ces heures de nuit, sur le qui-vive, l'œil au guet, sans se départir un seul instant de la vigilance d'une sentinelle perdue, attentive au moindre bruit, prête à se mettre en position de défense, à la moindre alerte.

. . . .

Le voyage s'accomplissait à présent sans incidents de nature à inquiéter la jeune fille.

La confiance que lui inspirait son compagnon avait dissipé les alarmes dont elle n'avait pu se défendre pendant les premiers jours.

... On se bat là,... là, regardez ces petites colonnes de fumée.
... Il n'y a pas à s'y tromper... (P. 536.)

Sa présence auprès d'elle, les soins dont il l'entourait et surtout les conversations qu'il entretenait avec elle, lui faisaient supporter les fatigues et trouver le temps moins long.

Thérèse ne se faisait plus prier pour prendre la nourriture qu'on préparait pour elle. Et quand l'heure des repas arrivait, elle consentait à ce qu'on fit la halte nécessaire, sans manifester d'ennui de ce qu'on y perdrait un temps précieux.

Elle s'était fait une loi de modérer son impatience, se rendant compte que les fatigues de son compagnon étaient doubles des siennes, puisqu'il ne dormait que le moins possible et voyageait à pied.

Quand elle lui reprochait de se sacrifier ainsi, au risque de succomber, à la longue, à cet excès de fatigue, il lui répondait en souriant:

— La fatigue ça me connaît depuis longtemps, mamzelle. Quant à dormir, je fais ce qu'un bon chien de garde a l'habitude de faire: je ne dors que d'un œil!

En chemin, notre homme ne manquait pas l'occasion de renouveler les provisions de bouche.

— Je ne peux pas toujours vous faire manger du pâté de reptile, avait-il coutume de dire; et puis nous arrivons à la fin de ma conserve d'iguane; il n'en reste plus que pour un repas.

Il y avait déjà quatre jours que Thérèse voyageait avec le compatriote qui lui était tombé du ciel, quand à l'heure de la halte du soir, on s'aperçut qu'il n'y avait plus rien à manger.

Pendant toute la journée, on avait marché à découvert, et parcouru une plaine absolument aride dont on n'avait vu la fin qu'au soleil couchant.

En vain le guide de Thérèse avait-il guetté le passage de quelque oiseau qu'il eût abattu! Pas le plus petit volatile n'avait paru.

Il n'y avait pas eu moyen non plus de se rabattre sur quelque légume, en attendant mieux.

En outre, l'herbe même manquait, en cet endroit désolé, pour la nourriture du cheval.

Il fallait se résigner à passer la nuit, sans avoir autre chose pour tromper la faim qu'un peu d'alcool que contenait encore la gourde du guide.

Et, pas d'abri pour se reposer convenablement.

On en était réduit à camper à découvert sur la terre nue.

Force fut aux deux voyageurs de se résigner à ne faire qu'une courte halte.

On se remit en route mais le pauvre cheval, privé de sa pitance habituelle, hennissait lamentablement.

Thérèse, par pitié pour le courageux animal auquel elle devait, en partie, de n'avoir pas péri sous le tomahawk de Lao-Paw et qui partageait sa fatigue et ses privations, refusa de lui imposer le poids de son corps.

— Je marcherai! dit-elle.

Et son compagnon l'approuvant et la remerciant d'un regard:

— Tu vois, l'ami, dit-il, en s'adressant au cheval dont il se mit à caresser l'encolure, on ne veut pas te fatiguer. Si tu as la panse vide, au moins tu n'auras pas une charge sur l'échine.

Et il te faudra, mon vieux camarade, tout comme nous-mêmes, prendre ton mal en patience.

A la guerre comme à la guerre!

Comme si elle eut compris ce qu'on réclamait d'elle, la pauvre bête tourna la tête vers celui qui lui parlait, et docilement elle se remit à marcher sans gémir.

— Mais... Et vous, mademoiselle, puisque nous allons marcher pendant longtemps... est-ce que vous ne permettrez pas que je vous sois bon à quelque chose? Et puisque vous n'avez plus le dos de votre cheval pour vous porter, vous pourriez vous appuyer sur mon bras... ça vous aiderait toujours un peu...

Et comme, sans répondre, Thérèse avait passé son bras sous celui qu'il lui présentait timidement :

— Appuyez-vous... appuyez-vous ferme, dit le brave garçon enchanté de ce qu'on l'acceptât pour cavalier!... Mes bras sont solides, allez, mam'zelle; et ils sont à votre service aujourd'hui et toujours...

Malgré sa volonté de marcher sans relâche, il fallut quand même s'arrêter plusieurs fois, avant qu'on n'eut atteint l'extrémité de la plaine aride et rocailleuse que l'on parcourait.

La fatigue se faisant sentir, Thérèse s'appuyait de plus en plus pesamment sur le bras de son compagnon.

On arriva, tout à coup, à un chemin qui coupait la plaine.

Ce fut une découverte qui combla de joie le guide.

— Une route! s'exclama-t-il... Une route!... C'est une chance ça, mam'zelle, car, du moment qu'il y a un chemin tracé, c'est que d'autres y ont passé... récemment peut-être.

Thérèse, malgré la fatigue, activa le pas. Il lui tardait de mettre le pied sur ce chemin qu'on lui annonçait.

Son compagnon continuait à manifester sa joie, en répétant :

— C'est une chance!... une vraie chance!... Maintenant... il se pourrait bien que nous soyons prochainement au bout de nos tribulations!...

Et tout en marchant, il tenait les yeux fixés sur le sol comme s'il eut cherché quelque chose.

Thérèse suivait du regard chacun de ses mouvements, intriguée et brûlant de l'interroger.

A la fin elle demanda :

— Connaîtriez-vous ce chemin et savez-vous où il conduit?

— Non, mam'zelle, mais je crois avoir découvert quelque chose qui me fait grand plaisir.

Il continuait à marcher à petits pas, les yeux fixés sur le sol, suivant l'un des bords du chemin.

— Voyez vous-même, dit-il à la jeune fille, voilà bien la trace de roues sur la terre. Comme celle-ci est dure par ici, ça n'a pas beaucoup marqué ; cependant ça se voit tout de même suffisamment pour que je puisse affirmer que des voitures ou des charrettes ont roulé sur cette voie.

— Alors que supposez-vous ? demanda Thérèse.

— Je suppose, mam'zelle, que c'est le chemin que suivent les caravanes.

— Et si cela était ?

— Nous pourrions en rencontrer une !... Et l'espoir que nous aurons cette chance me comble de joie.

Thérèse à son tour regardait la terre qui, outre la trace des véhicules l'avaient sillonnée, portait aussi de légères empreintes de sabots de chevaux.

Elles les fit remarquer à son compagnon qui s'écria :

— Plus moyen de douter... une caravane a passé par ici ; et je ne crois pas me tromper, mam'zelle, en affimant qu'il n'y a pas bien longtemps...

Il s'était redressé et regardait tantôt dans une direction, tantôt dans une autre, comme s'il avait l'espoir qu'il apercevrait la file de véhicules et de bêtes de somme dont se composent les caravanes qui parcourent les états du nord de l'Amérique.

— Rien à droite, dit-il ; car avec la lune qui nous éclaire en ce moment, je vois comme en plein jour. Regardons de l'autre côté ; ce qui serait bien préférable car si la caravane se dirigeait de ce côté des montagnes, les voyageurs nous admettraient certainement en leur compagnie !...

— Que le ciel vous entende, dit Thérèse. Et, de nouveau, elle pressait de hâter la marche.

L'espoir les talonnant, les deux voyageurs s'engagèrent dans le chemin, en prenant la direction des Montagnes-Rocheuses.

Le pauvre cheval suivait assez péniblement et l'homme qui le tenait par la bride, l'encourageait à prendre patience.

Il avait retrouvé sa bonne humeur, depuis qu'il avait l'espoir qu'on rencontrerait prochainement une caravane.

Thérèse que réconfortaient les paroles de son compagnon, lui

demanda s'il avait eu déjà l'occasion de faire partie de quelque caravane traversant ce pays?

— Non!... Mais John Mathis m'a renseigné à ce sujet.

D'abord, les voyageurs se font inscrire à l'avance dans un
« comptoir », — c'est le mot employé par John Mathis. — Pour moi
je me doute que ça doit être quelque bureau, comme il y en a chez
nous, dans les ports de mer, pour louer les places à bord des
bâtiments.

Ces caravanes se composent quelquefois de voitures et charrettes, avec des mules pour porter les bagages et les marchandises...

— Ces voyageurs sont donc des marchands?

— Des marchands qui font des échanges avec les Peaux-Rouges.

Quand ces négociants ne sont pas assez nombreux, ils engagent
des hommes solides et d'attaque pour les accompagner et les aider
à se défendre au besoin.

— Se défendre?... Et contre qui?...

— Je vais vous dire ça, mam'zelle; je sais que ce n'est pas le
courage et l'énergie qui vous manquent.

Les voyageurs en caravane s'adjoignent des hommes solides et
prêts à tout, parce que les Peaux-Rouges sont de drôles de citoyens.
Ils veulent bien faire des échanges et recevoir de la marchandise et
de l'alcool contre des moutons et des peaux de bisons. Mais quand
ils peuvent se procurer pour rien la cargaison, ils ne s'en font pas
faute, les bandits!...

— Vous m'épouvantez !

— Vous avez du courage, mademoiselle, et je dois vous dire
toute la vérité. Vous saurez donc que les Peaux-Rouges attendent le
passage des caravanes et les attaquent à l'improviste, par surprise,
selon leur habitude. Et comme ils se mettent généralement à quatre
contre un, la bataille s'engage entre les voyageurs et ces pillards,
dans de mauvaises conditions pour les premiers.

Mais fort heureusement, la plupart du temps, les sauvages n'ont
que des flèches et des javelots à opposer aux fusils dont sont armés
leurs adversaires; aussi arrive-t-il que ceux-ci les canardent et réus-
sissent souvent à les mettre en fuite, après en avoir couché un certain nombre par terre. A l'heure présente, grâce aux traces de roues
que nous avons trouvées, nous sommes sûrs qu'une caravane n'est
pas bien loin en avant de nous, espérons que nous pourrons la
rejoindre sans rencontrer les Peaux-Rouges.

Animés par cet espoir, qu'ils ressentaient l'un et l'autre, Thérèse

et son compagnon ne prenaient plus que tout juste le temps nécessaire pour se reposer et chercher leur nourriture quotidienne.

Le lendemain et les jours suivants, le guide avait réussi à tirer
une biche et deux faons.

C'était des vivres assurés pour quelque temps.

Pendant la halte, notre homme qui, on ne l'a pas oublié, s'était
donné à Thérèse comme étant un bon cuisinier, faisait des conserves
de venaison, à la façon des sauvages; c'est-à-dire qu'il faisait « boucaner » les viandes dans de la fumée très épaisse et aromatisée de
bois vert.

Ainsi préparée, la viande peut se conserver fort longtemps.

Dans la peau de la biche et des faons, le guide avait taillé des
lanières qui, au besoin, pouvaient, dans son idée, remplacer avanta-
geusement les cordes les plus solides.

— Cela pourra peut-être servir un jour ou l'autre, disait-il à
Thérèse qui le regardait travailler à émincer, faire sécher et rouler
ces lanières.

Depuis qu'ils n'étaient plus obligés de traverser les plaines arides
ou les immenses étendues couvertes de hautes herbes, nos deux
voyageurs marchaient plus facilement, plus vite et avec moins de
fatigue.

Au bout de chaque journée, on calculait approximativement la
distance parcourue.

— Nous n'avons pas perdu notre temps aujourd'hui; avait l'habitude de dire le guide, en constatant que l'on voyait plus distinctement la chaîne de montagnes.

Or, un soir, au moment de la halte :

— Savez-vous, mam'zelle, lui dit-il, que voilà douze grands jours
que j'ai le bonheur de voyager en votre compagnie.

— Oui, douze jours ! répéta Thérèse avec un soupir.

— Ah ! vous avez tenu le compte, vous aussi...

— Oui !...

Et la jeune fille ajoutait, se parlant à soi-même :

— Il n'en a pas toujours été ainsi, malheureusement.

Thérèse faisait allusion à la lacune qui existait dans sa mémoire, par suite de la maladie qui l'avait tenue alitée et sans connaissance, dans la hutte des Esquimaux, elle n'avait pu se rendre
compte du nombre de jours écoulés. Mais d'autres préoccupations
venaient assaillir son esprit.

On avançait rapidement, soutenu par l'espoir qu'on pourrait rencontrer une caravane.

Si cet espoir se réalisait, le reste du voyage s'accomplirait dans des conditions tout autres.

On pourrait gagner plusieurs jours et voyager avec moins de fatigue.

Ces pensées, que son compagnon lui communiquait, entretenaient le courage de Thérèse et l'aidaient à supporter l'épreuve qu'elle subissait avec la plus grande énergie.

On avait parcouru une assez grande distance pendant deux jours pleins, quand au début de la troisième journée, le compagnon de Thérèse remarqua, sur le chemin, des traces toutes fraîches.

Un éclair de joie éclaira ses yeux.

— Regardez, mam'zelle, dit-il; voilà bien qui prouve que j'avais raison de vous dire d'espérer...

Il ajouta d'un air de conviction absolue :

— Il n'y a pas à s'y tromper, ces traces de roues ne sont pas là depuis plus d'un jour.

— Et vous en concluez? demanda la jeune fille.

— Qu'il y a une caravane devant nous et qu'elle n'a guère plus qu'une petite avance sur nous.

Je crois donc que, pour peu qu'elle ait fait halte pendant la nuit, ce qui est probable, nous pourrons la rattraper, dans la journée qui commence.

— Hâtons-nous, alors, hâtons-nous, s'écria Thérèse.

A ce moment, on longeait la lisière d'un bois qui paraissait n'être que l'avancée d'une forêt qui s'étendait au loin et dans laquelle on s'engagea résolument.

— Il s'agit de rejoindre la caravane, dit l'homme, et je suis sûr qu'il n'y a pas longtemps qu'elle a passé par ici...

Il n'avait pas achevé ces mots que, tout à coup, le bruit d'une fusillade lointaine se fit entendre, se répercutant d'écho en écho dans la profondeur du bois.

Les deux voyageurs éprouvèrent une même commotion. Ils s'arrêtèrent comme frappés par la foudre.

Pendant quelques instants ils gardèrent le silence.

Puis, d'une voix tremblante, Thérèse interrogea :

— Vous avez entendu ce bruit? D'où vient-il et que signifie-t-il?

Et comme son compagnon hésitait à répondre, elle insista :

— Ces détonations ne nous indiquent-elles pas... un danger?... Pourquoi vous taisez-vous?...

— J'attends pour me faire une opinion, mam'zelle...

— Peut-être sont-ce des chasseurs?

Le guide hocha la tête.

— Ne m'avez-vous pas dit qu'on faisait la chasse au bison dans ces contrées?...

— Oui!... certainement!... Mais pas... de cette façon...

De nouvelles détonations retentirent, cette fois comme un tir à volonté...

— C'est par là... qu'on se bat! s'écria tout à coup le compagnon de Thérèse en tendant le bras pour indiquer la direction.

Heureusement que c'est encore loin,... bien loin même;... et nous aurons le temps de...

— Que voulez-vous dire? interrompit Thérèse, agitée d'une inquiétude mortelle.

— Il ne faut pas vous épouvanter à l'avance; répondit le guide qui, en dépit de cette recommandation, paraissait lui-même très préoccupé... très inquiet.

La jeune fille le regardait, essayant de lire sur son visage.

Mais déjà notre homme avait retrouvé tout son sang-froid.

— A vous, dit-il d'un air de résolution, on peut parler comme à un homme; on peut vous dire la vérité, parce que vous avez prouvé que le danger ne vous effrayait pas...

— Parlez, prononça Thérèse d'une voix qui ne tremblait plus.

— Eh bien! oui, mam'zelle : oui, nous courons un danger... Et nous ne sommes pas les seuls que le péril menace.

Le crépitement de la fusillade reprenait à ce moment.

— Et, tenez, s'écria le guide en s'interrompant, voilà qui parle pour moi... on se bat là,... là, regardez ces petites colonnes de fumée... Il n'y a pas à s'y tromper... La caravane qui a passé sur cette route, il n'y a pas longtemps, a été surprise...

— Surprise?...

— Oui, et elle est, en ce moment même, attaquée par les Peaux-Rouges!...

— Mon Dieu!

— Voilà la vérité que je ne dois pas, que je ne peux pas vous cacher!... Si nous continuions notre route, il se peut que nous tombions au milieu des Peaux-Rouges, placés entre la caravane et nous et nous serons massacrés aussitôt.

Une même exclamation sortit de leur bouche. Tous deux s'écrièrent : — RAVERGY !!!
(P. 544.)

— Alors, il faut que nous restions ici... C'est ce que vous voulez !...

— Je veux que vous ne tombiez pas une seconde fois dans les griffes de ces misérables sauvages.

Tout à coup, comme s'il n'avait plus de temps à perdre pour prendre une résolution, le compagnon de Thérèse saisit le cheval par la bride et l'arrêta net.

— Vous voulez rebrousser chemin?

— Non!... Mais nous ne pouvons pas avancer plus loin devant nous, la route tourne et... nous tomberions en pleine bataille... Voyez, la fumée devient plus épaisse...

— Et qu'allez-vous faire, alors?

— Nous n'avons que le temps de nous jeter dans la forêt et de nous y enfoncer, afin que les Peaux-Rouges ne nous aperçoivent pas.

Vivement le guide entraîna le cheval dans le bois et s'engagea avec lui dans un sentier qui conduisait dans l'intérieur de la futaie.

Le vent apportait à présent tous les bruits de la bataille. On pouvait distinguer les clameurs des combattants, les hurlements des Peaux-Rouges, les détonations.

Thérèse et son compagnon gardaient le silence, pendant qu'ils s'enfonçaient au plus épais du bois.

Le guide manœuvrait pour contourner l'endroit où avait lieu la lutte acharnée dont il se représentait les terribles péripéties.

Et tout en s'éloignant de l'endroit où il se doutait que les voyageurs de la caravane se battaient en désespérés et probablement dans la proportion de un contre dix, le brave cœur ne pouvait s'empêcher de jeter un regard désespéré dans la direction de la route que l'on venait de quitter.

Il s'en éloignait l'âme violemment agitée, les yeux pleins de colère, la conscience tourmentée, comme s'il se fût reproché de ne pas porter secours à des malheureux dont il ne prévoyait que trop l'épouvantable sort.

Par moments, il s'arrêtait, comme si tout son sang lui eut afflué au cerveau pour lui suggérer une décision vigoureuse.

Puis, de nouveau, il continuait à s'enfoncer plus profondément dans l'épaisseur du bois.

Thérèse n'osait plus lui adresser la parole, torturée par cette idée désespérante qu'on s'éloignait du but à atteindre, en traversant, à l'aventure, cette immense forêt dont à présent on n'apercevait plus la lisière.

Mais, malgré l'horrible préoccupation qui alarmait sa pensée, elle n'avait pas été sans remarquer les hésitations du guide et l'expression tourmentée de sa physionomie.

Même il y eut un moment où son compagnon lui parut si violemment agité, qu'elle ne put s'empêcher de s'informer du motif de cette agitation.

— Vous voulez savoir pourquoi je suis furieux, pourquoi je m'arrête comme un fou, les yeux tournés par là : par là où il y a des hommes qui se font tuer, des femmes qu'on égorge sans pitié?...

Eh bien! mamzelle, c'est que je me demande si ce n'est pas une lâcheté de ma part de ne pas voler au secours de ces malheureux!...

Bien des fois, depuis que nous sommes entrés dans cette forêt où j'ai voulu vous mettre à l'abri d'un malheur qui n'eût pas manqué de vous atteindre, si nous avions continué à suivre la même route, bien des fois j'ai serré la crosse de mon fusil avec rage... le sang me montait au cerveau; j'avais les yeux qui voyaient rouge. Ah! si j'avais été seul!...

Non, je ne me serais pas arrêté...

Mais vous êtes là, mamzelle, et je ne suis plus libre de me faire tuer,... je n'ai pas le droit de me porter au secours des pauvres diables que l'on tue là-bas!...

Il faut que je me ronge le sang, que je me bouche les oreilles pour tâcher de ne pas entendre ces coups de fusil,... ces coups qu'on ne tire plus nombreux et pressés comme tout à l'heure!...

Ah! c'est que beaucoup de ceux qui tiraient, il y a un instant, ne sont plus debout, à présent!...

Thérèse eut une exclamation d'horreur :

— Morts!... Morts!... Vous pensez?...

— Est-ce que je ne connais pas la lâcheté de ces Peaux-Rouges de malheur! Ils n'auront fait grâce pas plus aux femmes, s'il y en a parmi les voyageurs, qu'aux hommes. Ils ne s'arrêteront que lorsqu'ils auront tout massacré, pour piller à leur aise.

A ce moment, le cheval se mit à hennir de terreur en battant le sol de ses sabots, comme s'il eût été prêt à prendre le galop et à s'enfuir.

Thérèse sauta à bas de l'animal qui piaffait et que le guide avait infiniment de peine à maîtriser.

— Qu'a-t-il donc? demanda le compagnon de Thérèse, saisi d'étonnement. D'où peut venir son effroi, son épouvante?...

— Ah! s'exclama Thérèse qui venait de voir une épaisse fumée enveloppant les cimes de la forêt, à peu de distance de l'endroit où l'on venait de s'arrêter... Le feu!...

— Le feu!... Oui, le feu! dit le guide, en regardant tout autour de lui.

Et, saisi d'épouvante, il ajouta :

— Ah! les misérables bandits!... Je les reconnais bien là...

— Que voulez-vous dire et de qui parlez-vous?

— De ces infâmes Peaux-Rouges. C'est une de leurs tactiques : vaincus sans doute par leurs courageux adversaires et se voyant perdus, ils auront profité de ce que le vent soufflait du côté auquel ils tournaient le dos et que regardaient leurs ennemis, et ils ont mis le feu aux premiers sapins qui se trouvaient en face d'eux, sachant bien que l'incendie allait se propager et s'étendre du côté de leurs adversaires qui ne pourraient les poursuivre, forcés de fuir eux-mêmes pour n'être pas dévorés par les flammes.

— Mais voyez, la forêt brûle de toutes parts...

— Oui, oui, ils ont mis le feu en dix endroits à la fois...

Le ciel, en effet, reflétant plusieurs incendies, paraissait s'embraser sur une vaste étendue.

Nos voyageurs allaient se trouver bientôt, s'ils ne parvenaient à atteindre la lisière de la forêt, pris dans un cercle embrasé.

— Courage! s'écria le guide en saisissant la bride du cheval. Nous n'avons pas de temps à perdre...

L'incendie est partout : là, derrière nous; ici, à notre droite; tenez, voilà des flammes là... là, aussi! ajouta-t-il en étendant le bras...

III

L'APPARITION

— Il nous reste une chance de salut, ajouta-t-il, c'est d'arriver en marchant tout droit devant nous à une clairière que j'aperçois d'ici, et qui nous abritera contre l'incendie qui ne peut y exercer de ravages.

— Marchons, alors, dit Thérèse, hâtons-nous, activez l'allure du cheval.

L'homme et la bête obéirent aussitôt.

— Je ne m'étais pas trompé, dit l'homme après quelques instants de marche, voici, tout près de nous, la clairière dont je parlais.

Mais, tout à coup, la voix s'arrêta dans sa gorge, en même temps que Thérèse laissait échapper un cri de détresse et d'effroi.

Le danger qu'on avait cru pouvoir éviter se présentait, terrible, imminent.

Au delà de la clairière encore assez éloignée, les arbres flambaient comme d'énormes torches auxquelles une main invisible eut mis le feu.

Le vent soufflait avec une violence nouvelle, emportant au loin des flammèches qui communiquaient aussitôt l'incendie dans la partie du bois épargnée jusque-là.

Et le cercle de feu se rétrécissait, trouvant à s'alimenter sans cesse.

Les grands arbres se tordaient sous l'incessante étreinte des flammes.

La brousse devenait un immense brasier. Et l'on percevait de sourds bourdonnements, des ronflements prolongés, comme si ces milliers d'arbres qui devenaient la proie du feu eussent poussé des gémissements de douleur et jeté au vent leurs plaintes désespérées.

La futaie se transformait en un vaste bûcher dont les flammes s'élevaient si haut, qu'elles semblaient lécher la voûte céleste.

L'incendie avait rapidement pris des proportions formidables.

Nos deux voyageurs, malgré l'énergie dont ils s'étaient armés, n'envisageaient pas, sans terreur, la situation dont la gravité ne pouvait plus se dissimuler.

— Ah! Dieu nous abandonne! s'exclama Thérèse en regardant son compagnon dont elle voyait les traits se contracter.

Que pouvons-nous espérer, maintenant? ajouta-t-elle en jetant un regard effaré autour d'elle.

Une épaisse fumée s'abattait, comme un immense voile de deuil, sur la forêt transformée en fournaise.

— Écoutez! Écoutez, dit subitement le guide, arrêtant le cheval qui se mit à trembler de tous ses membres.

— Qu'est-ce encore? demanda Thérèse prise d'un nouvel effroi.

De toutes les directions arrivaient, à présent, des bruits qui n'étaient ni le ronflement de l'incendie, ni les gémissements du bois vert qui se tordait sous les morsures des flammes, ni les crépitements de la brousse...

En entendant ces bruits qui augmentaient de violence et devenaient plus distincts, parce qu'ils se rapprochaient avec rapidité, le compagnon de Thérèse n'avait pu s'empêcher de frémir.

Il tendait l'oreille, et, instinctivement, son premier mouvement avait été de prendre son fusil et de l'armer, comme s'il se fût attendu à être attaqué.

— Que faites-vous? interrogea Thérèse qui avait remarqué le mouvement.

— Je me tiens en garde, mam'zelle.

— Contre qui?... Par qui pourrions-nous donc être attaqués dans cette forêt qui brûle, au milieu de ces flammes qui nous environnent... S'il se trouve des êtres humains par ici, est-ce qu'ils ne subissent pas la même terreur que nous; est-ce que, comme nous, ils ne cherchent pas à échapper à la catastrophe dont nous sommes menacés!

— Ce n'est pas ce que vous pensez... Ce ne sont pas les Peaux-Rouges que nous avons à craindre en ce moment...

S'il s'en trouve encore dans cette forêt, ils ne doivent songer qu'à échapper à l'incendie et à ce nouveau péril qui vient de surgir.

— Quel péril? dit Thérèse... mais elle comprit aussitôt, car des hurlements se firent entendre, ces mêmes hurlements qui avaient tant épouvanté Thérèse, dans la plaine couverte de neige, alors qu'elle et le missionnaire étaient dans le traîneau, poursuivis par des carnassiers affamés cherchant une proie.

Pendant quelques secondes, elle se sentit envahir par la terreur, se souvenant qu'elle n'avait échappé à une mort horrible que grâce à ce que le religieux, qui avait voulu l'accompagner dans son voyage, s'était sacrifié en attirant sur lui la bande de ces loups qui entouraient le traîneau...

C'était encore des loups qui allaient tout à coup apparaître, pensait-elle, des loups dont les hurlements la glaçaient de terreur.

— Ah! nous sommes perdus! s'exclama-t-elle en joignant les mains comme pour implorer désespérément l'intervention de la Providence.

L'homme à qui elle jetait ce cri de détresse ne trouva pas une parole pour essayer de la rassurer.

Lui aussi se demandait s'il restait quelque espoir d'échapper à la fureur des carnassiers dont il voyait maintenant la troupe arriver à toute vitesse, passant entre les arbres, et débouchant de toute part.

Mais la bande disparut, emportée dans une course folle pour revenir presque aussitôt.

Puis les loups se disséminèrent, affolés, cherchant à fuir et revenant sans cesse sur leurs pas, comme s'ils n'eussent pu trouver un passage par où sortir de la forêt.

Tout à coup et avant que nos voyageurs eussent pu se ressaisir après la terrible émotion qu'ils venaient d'éprouver, d'autres cris, d'autres hurlements, d'autres grondements retentirent, dominant les sinistres craquements des arbres et les crépitements des braises immenses qui s'amoncelaient autour d'eux.

Cette fois, il semblait que le moment suprême fût proche. Thérèse et son compagnon se regardèrent.

Et cette même pensée se réflétait dans leurs yeux :

« Nous sommes perdus ! »

C'est, qu'à ce moment, l'un et l'autre avaient conscience de l'épouvantable situation.

L'effrayant tumulte que l'on venait d'entendre augmentait sans cesse.

C'étaient des rugissements terribles, des sifflements aigus, d'épouvantables hurlements que poussaient, à la fois, tous les habitants de la forêt devenue l'immense fournaise.

La terreur prenait des proportions formidables.

Nos deux voyageurs éprouvèrent une même impression de sombre découragement.

Qu'allait-il arriver ?

Quel refuge trouver au milieu de cette forêt de flammes, contre des attaques d'autant plus acharnées et mortelles, qu'elles seraient provoquées non seulement par la férocité naturelle mais aussi par l'épouvante et l'affolement des fauves.

Les hurlements des animaux, les rugissements des fauves et les cris rauques des oiseaux de proie, augmentaient de violence.

Bientôt on vit, débouchant de toute part, les hôtes de la forêt, chassés de leurs repaires par l'incendie et poursuivis par les flammes s'élançant des buissons, en des courses vertigineuses, infernales et faisant des bonds fantastiques.

C'était comme une sarabande diabolique d'animaux de toute sorte, essayant de fuir, pêle-mêle, par toutes les issues.

Des taillis fumants s'échappaient les loups aux gueules sanglantes, les pumas plus féroces que les lions, les jaguars aux instincts de tigre, et ces terribles panthères d'Amérique, les ocelots de grande taille.

Et, se mêlant à ces carnassiers, venaient se joindre les pécaris en bandes nombreuses, les tajassous, plus redoutables que les sangliers.

Puis des vols d'oiseaux de proie passaient comme des nues emportées par le vent, en déchirant l'air de leurs cris de détresse, aigus et prolongés.

Thérèse et son compagnon se tenaient serrés l'un contre l'autre, dans un mouvement instinctif, et l'homme hardiment campé, le fusil à la main, couvrait la jeune fille de son corps, comme pour s'offrir bravement à la férocité des fauves.

La mâle énergie de son visage, la fierté de son regard qui défiait l'ennemi trahissaient une sorte de joie intérieure. Il semblait que cet homme eut été presque heureux de sacrifier sa vie en défendant Thérèse, que lui aussi eut voulu lui dire en la sauvant :

— Pensez à moi, je vous aimais!...

A ce moment, comme si l'instinct de ces fauves les eut subitement guidés, comme s'ils eussent tous, et en même temps, découvert le chemin direct qui conduisait hors de l'immense fournaise, tous ces féroces animaux se rapprochèrent les uns des autres et, au milieu de ce groupe formidable apparut un homme, un cavalier qui, les vêtements en désordre, les cheveux épars et flottant au vent, semblait le fantastique berger de ce monstrueux troupeau.

Ce fut comme une infernale vision qu'eurent, en même temps, les deux voyageurs.

Une même exclamation sortit de leur bouche. Tous deux s'écrièrent :

— Ravergy !!!...

Et, emportés dans leur course vertigineuse, le cavalier, les fauves, tous avaient disparu. . . . .

Thérèse et son compagnon se regardèrent, ébahis, stupéfiés et s'interrogeant des yeux, comme s'ils se fussent crus sous l'empire d'une hallucination.

L'homme sortit, le premier, de l'état de stupéfaction dans lequel l'avait plongé cette apparition soudaine.

Et tandis que Thérèse, dont le visage avait pris une expression indéfinissable où se confondaient la surprise, la terreur et la joie, s'écriait :

— Non !... Ce n'est pas lui,... je ne l'ai pas vu !... ce ne peut être... Georges... Ravergy!

— Vous avez dit, Ravergy ?... vous le connaissez donc? Et alors, je ne me suis donc pas trompé,... c'était bien Ravergy !

Thérèse presque folle, le suivait, cramponnée à la crinière du cheval. (P. 545.)

Non, non, ce n'est pas une vision, c'est la réalité,... s'exclama le guide tout frémissant d'émotion et de bonheur...

Claude Michot était maintenant transfiguré.

Oubliant le danger qu'il courait encore et Thérèse elle-même, il s'était élancé, de toute sa vitesse, vers la route par laquelle venait de disparaître le cavalier.

Thérèse presque folle, le suivait, cramponnée à la crinière du cheval.

Malgré l'évidence, elle ne pouvait se persuader qu'elle n'avait pas été le jouet d'une hallucination.

Ils arrivèrent ainsi à la lisière du bois, n'ayant plus à franchir qu'un étroit ruisseau pour se trouver hors de la forêt.

Leurs yeux se portèrent alors de tous côtés, sans pouvoir rencontrer même la trace des fauves et de Georges Ravergy.

Mais c'était bien lui qui venait d'apparaître comme dans un songe.

— Suis-je folle ? s'écria Thérèse, mes yeux et mon cœur ne m'ont-ils pas abusée ? Est-ce bien Ravergy que j'ai vu ?

— Mais oui, cent fois oui, mademoiselle, si ce n'était pas lui, si ce n'était qu'un rêve, une vision, comme on dit, un de nous deux pourrait croire l'avoir vu ; mais nous l'avons bien vu l'un et l'autre, nous l'avons bien reconnu tous les deux, ce cher Ravergy ; et deux personnes ne font pas, en même temps, le même rêve.

— Vous le connaissez donc ? demanda Thérèse qui se rappelait que son compagnon lui avait dit, le jour de sa première rencontre avec lui, qu'il était seul au monde que, pas plus en Amérique que dans son propre pays, il n'avait personne qui s'intéressât à lui, personne à qui il dut s'intéresser lui-même,... pas un parent, pas un ami.

— Vous le connaissez? répétait-elle.

— Si je le connais ! moi Claude Michot ! son compagnon d'armes, son ami le plus dévoué !

— Et vous affirmez que c'était lui, là-bas, tout à l'heure ?

— Je vous l'affirme, je vous le jure.

— C'était lui ! s'écria Thérèse, délirante de joie, de bonheur, c'était lui !... puis tout-à-coup, et d'une voix qui tremblait :

— Mais qu'est-il devenu ? ces horribles fauves parmi lesquels il fuyait l'incendie ne l'auront-ils pas égorgé ?

— Non, dit Claude Michot, je les connais ces animaux sauvages; terribles quand la faim les excite, ils deviennent poltrons et lâches en présence du feu, qui est pour eux un objet d'épouvante.

Vous les avez vus s'enfuyant, pêle-mêle, les plus faibles, les plus inoffensifs, côte à côte avec les plus féroces.

A leur sortie du bois, ils se seront séparés, mais sans interrompre leur fuite et il s'écoulera du temps avant que le naturel reparaissant ne réveille leurs instincts de sauvagerie et de férocité, et ne fasse d'eux, un redoutable danger pour Ravergy qui aura su, d'ailleurs, se mettre à l'abri.

— Et vous pensez que nous le reverrons?

— J'en suis sûr. Du moment qu'il se trouve dans ce désert, il ne peut y être venu que pour se rendre à Sacramento où nous allons nous-mêmes.

— A l'heure actuelle il est là-bas, devant nous, emporté par son cheval que le voisinage des fauves a sûrement rendu fou. Il a continué sa course endiablée et s'est perdu pour nos yeux, là bas, à l'horizon où la brume, ou bien un pli de terrain nous le cache; mais je vous jure qu'il est là.

Du train dont nous sommes forcés de marcher, moi à pied, et vous au pas de votre cheval, ça serait folie de penser à pouvoir le rattraper; mais je vous le répète, nous sommes sûrs, à présent, de le retrouver à Sacramento.

— Où donc vous êtes-vous déjà rencontré avec lui?

— Où je me suis rencontré avec lui?... avec Georges, mon camarade, mon frère, mon capitaine?... Le seul être, avant que je vous aie connue, pour lequel je me serais fait casser la tête et trouer la peau?

J'ai rencontré Georges, comme je vous ai rencontrée vous-même, mam'zelle; par hasard.

Et se reprenant :

— Pour mieux dire, il était écrit, là-haut, que nous devions nous connaître et que je devais m'attacher à lui, comme je me suis attaché à vous, tout de suite, sans avoir besoin de me consulter et même de me donner, comme on dit, le temps de la réflexion.

— La première fois que nous nous sommes trouvés en face l'un de l'autre, Ravergy et moi, c'était sur une place publique devant une table où un tas de braves jeunes gens s'enrôlaient. Non seulement ceux-là, mais aussi des hommes de tous les âges et de toutes les conditions, pauvres comme riches, mariés et pères de famille, un tas de de vrais patriotes, qui tous venaient apposer leurs noms sur des registres d'enrôlements, pour aller chasser, de notre pays de France, les Prussiens et les Autrichiens qui voulaient ramener un roi pour nous gouverner !

— Mais vous parlez là d'une époque déjà éloignée.

— Je vous parle des volontaires de 1792, répondit le guide en se redressant, la tête haute, les yeux pleins de feu, le visage empreint d'une expression de fierté.

— Et Georges Ravergy?

— Il était venu là, comme moi, Claude Michot, pour s'engager au service de la patrie qui n'avait pas le sou pour payer ses soldats et qui en trouvait tout de même par milliers pour prendre les armes et marcher à l'ennemi en chantant !

— Soldat !... Il était soldat ?

— Oui, soldat, comme moi ! mais lui, il avait de la fortune, un nom, un vrai, tandis que moi je ne savais même pas signer le mien, et ne possédais pas un liard vaillant ; je n'avais pour tout bien que mon fusil...

Pas celui-ci, mam'zelle ! fit en s'interrompant celui que nous appellerons à l'avenir de son nom de Claude Michot.

Puis d'un air de mélancolie, l'autre est resté là-bas, en France.

— Soldat ! répétait Thérèse.

— Et un fameux soldat, mam'zelle. Il l'a prouvé vingt fois, cent fois, et... moi aussi ! Ah ! tenez, je ne peux pas me souvenir de ce temps-là sans sentir mon cœur battre la charge dans ma poitrine, comme lorsque nous partions en avant Georges et moi... Moi toujours à côté de lui, quelquefois devant pour le protéger !

Car voyez-vous, j'avais déjà des dispositions pour la profession de chien de garde !... Médor, toujours Médor !...

Et s'interrompant, Claude Michot ajouta en souriant alors que des pleurs coulaient le long de ses joues :

— Et bien ça a été comme je l'avais pensé tout de suite, Oui, mam'zelle, nous avons vécu côte à côte, et nous avons failli mourir ensemble mon capitaine et moi.

— Votre capitaine, avez-vous dit ?

— Oui, mam'zelle, Georges Ravergy a gagné ses grades sur tous les champs de bataille, et il aurait été nommé général que ça ne serait que justice. Il le méritait tout comme les autres, et même cent fois mieux.

L'enthousiasme de Claude parlant de son ancien compagnon d'armes enflammait la jeune fille.

En entendant faire ainsi l'éloge de l'homme qui l'avait si généreusement sauvée, Thérèse tressaillait d'admiration et de bonheur.

Elle oubliait, pour quelques instants, les terribles épreuves qu'elle avait subies et éloignait de sa pensée les appréhensions de toute sorte qui l'avaient assaillie, l'âme doucement bercée par ce récit dans lequel Claude Michot relatait les faits auxquels Georges Ravergy et lui avaient pris part, et faisait du jeune homme un si pompeux éloge.

Elle était suspendue aux lèvres de ce compagnon que la Providence lui avait envoyé, et qui avait été le frère d'armes et l'ami de Georges Ravergy.

Et lui, enchanté, ravi de se savoir écouté, et devinant l'émotion qu'il provoquait chez la jeune fille, racontait avec feu tous les hauts faits de Georges.

Et passant de l'enthousiasme à l'attendrissement, il s'écriait :

— Si vous saviez quelle joie j'éprouve d'avoir retrouvé vivant le camarade que je croyais ne plus revoir jamais,... au moins en ce bas monde, comme on dit.

— C'est que ce brave Georges était toute ma famille, voyez-vous; c'est à ce point que lorsqu'il a fallu se séparer, j'en ai ressenti autant de chagrin que si j'avais perdu père et mère...

Songez donc que, depuis le jour où nous nous sommes rencontrés, jamais nous ne nous étions plus quittés. Toujours ensemble, dans l'Est, dans le Nord, en Vendée, en Italie, partout, partout !... C'est que ça compte dans la vie; surtout quand, chaque matin, on se demandait si l'on serait encore en vie le soir...

Claude Michot passa la main sur son front, en ajoutant :

— Si vous saviez aussi, mam'zelle, ce qu'il y a là-dedans de souvenirs qui me font bondir le cœur, à cette heure que j'ai retrouvé mon capitaine Ravergy comme je l'appelais devant les autres, pendant le service. Mais quand on était seul à seul, va te faire fiche la discipline, la hiérarchie.

Alors il n'y avait plus de différence entre le capitaine Ravergy et le caporal Michot, on se tutoyait, on causait ensemble comme une paire d'amis que nous étions...

Ah ! c'était le bon temps,... le bon temps et ça a duré jusqu'au jour où il a fallu nous séparer.

Puis, s'interrompant tout à coup.

— Si je le connais? Mais, j'y pense, mam'zelle, interrogea-t-il, vous connaissez donc aussi, vous, mon capitaine?

— Mais sachez, dit Thérèse, sachez que c'est lui qui, sur le navire qui sombrait, m'a donné sa place dans la barque de sauvetage en me disant : « Vivez, soyez heureuse »; lui que j'ai vu disparaître dans les flots et qui me jetait ces dernières paroles :

« Pensez à moi ! Je vous aimais. »

— Comment... votre sauveur !... c'était... c'était Georges !... Ah ! c'est donc pour cela que je me suis, tout de suite, senti prêt à vous défendre, à vous protéger, à mourir pour vous s'il le fallait !... C'est donc pour cela que j'ai ressenti... que je ressens encore pour vous cette affection que j'éprouve. Il n'y a rien d'étonnant à ce que Georges et moi, nous vous aimions tous les deux, mam'zelle, c'est comme qui dirait le même cœur qui bat dans nos deux poitrines!...

— Et vous êtes bien certain, comme moi, dit Thérèse, que ce cavalier que nous avons à peine entrevu, parmi ces fauves, au milieu de cette troupe de bêtes sauvages, et qui nous est apparu comme dans un rêve, dans une hallucination, vous êtes bien certain, dis-je, que c'était Georges Ravergy.

— Pourquoi en douterions-nous, maintenant? demanda Michot.

— Mais parce que, comme je vous l'ai dit, je l'ai vu disparaître et mourir dans les flots...

— Eh bien! et la Providence, à quoi donc servirait-elle, si ce n'est à sauver un homme capable d'un si sublime dévouement!...

Et puis, la mer ne garde pas toujours dans ses bas fonds tout ce qu'elle engloutit. Il y a des épaves qui surnagent et auxquelles on s'accroche, qui vous soutiennent sur les vagues jusqu'à ce que cette même Providence vous envoie un bateau, un navire qui vous recueille, qui vous conduise à terre et vous permette de passer, au triple galop, devant les yeux de deux amis qui se demandent : Était-ce lui? Était-ce bien lui?... Et il y a un des deux, le nommé Claude Michot, qui affirme et qui dit :

« Oui, cent fois, oui, c'était Georges Ravergy. »

— Ah! vous me rendez le courage et l'espérance, dit Thérèse; mais je ne m'explique pas comment il se fait qu'ayant vécu si longtemps et en de pareils termes avec votre brave capitaine, vous ayez consenti à vous séparer de lui.

— Consenti... n'est peut-être pas tout à fait le mot, répondit Michot.

J'avais une balle dans le bras gauche, une autre dans l'estomac et je vous prie de croire que ce n'était pas avec mon consentement qu'elles s'étaient logées là.

Voici, ajouta Claude Michot, comment nous avons été forcés de nous quitter, mon capitaine et moi; blessés tous les deux dans la même bataille et à la même heure, nous avons été portés à l'hôpital.

Par bonheur, la blessure de Georges était moins grave que la mienne et, au bout d'un mois, il quittait l'ambulance où j'étais retenu pour bien des jours encore.

Il avait à remplir un grand devoir de famille qui le forçait de quitter la France. Il devait s'embarquer au Havre et se rendre, de là, à Sacramento.

Vous savez, mieux que moi, mademoiselle, ce qui s'est passé à bord du navire et il nous dira bientôt ce qui a eu lieu après le naufrage, et comment nous venons de le revoir tout à l'heure ; car, j'espère que rien ne retardera plus notre marche et ne nous empêchera de retrouver notre ami.

Pour moi, après mon rétablissement, je me suis retrouvé si seul au monde, si abandonné que j'en ai ressenti un mortel ennui de vivre et que je me suis demandé si je ne devrais pas me faire sauter la cervelle.

J'allais peut-être m'y décider quand l'idée m'est venue de partir, à mon tour pour Sacramento à la recherche de Ravergy.

J'étais libre de tout engagement, il me manquait bien une chose : de l'argent pour vivre et payer mon passage à bord. Comment ferai-je ? me suis-je dit, et je me suis répondu : Partons toujours... nous verrons bien. Et je suis parti...

En prononçant ces mots, Claude cessa tout à coup de marcher, il tendait l'oreille, comme s'il eut vaguement perçu quelque bruit lointain.

Toutefois, il ne voulut pas en faire part à Thérèse, dont il redoutait les agitations soudaines, à la moindre inquiétude qui traversait son esprit.

Ce fut la jeune fille qui lui dit :

— Avez-vous entendu, monsieur Michot? On dirait un sourd roulement...

— C'est peut-être le tonnerre! En tout cas, il est encore loin, si loin qu'on l'entend à peine!... C'est un orage... probablement dans les montagnes!...

— Le tonnerre... au loin,... dit Thérèse, en consultant le ciel... Cependant, il n'y a pas de nuages annonçant un orage... Lorsque la foudre est tombée dans la forêt, de gros nuages noirs et très bas s'étendaient au-dessus de nous, tandis que maintenant, voyez, le ciel est pur.

— C'est vrai !

— Et puis écoutez, le roulement continue sans la moindre interruption...

— C'est vrai !...

— Ce n'est donc pas le tonnerre ?...

— Ma foi, je ne sais que vous répondre, mam'zelle.

Et il ajouta, l'oreille toujours tendue :

— Non ; le bruit ne s'arrête pas, même pendant une seconde.

Et son front se plissait, son visage devenait sombre, comme s'il eut redouté un danger d'une autre nature...

— C'est peut-être bien... là-bas, dans ces montagnes que ça gronde...

— Mais que serait-ce donc alors?...

— Quelque volcan, peut-être...

— Une éruption... s'annonce, en effet, par de sourds grondements dans les entrailles du volcan!... dit Thérèse.

— Ça pourrait bien être...

Claude Michot s'arrêta, frappé de saisissement, il avait ressenti, tout à coup une trépidation.

— On dirait à présent que la terre tremble sous mes pieds! prononça-t-il.

Cela, c'est peut-être l'éruption de quelque volcan qui se prépare...

— Et la commotion souterraine se ferait ressentir à une si grande distance des montagnes? demanda Thérèse.

— Et tenez, mam'zelle, il n'y a pas que moi qui sente trembler la terre.... Voilà le cheval qui donne, lui aussi, des signes d'inquiétude!...

L'animal, en effet, refusait d'avancer, et d'incessantes crispations faisaient tressaillir ses muscles.

Il était évidemment sous l'influence d'une grande frayeur.

En ce moment, s'élevait un nuage qui semblait sortir de terre et monter dans l'espace, poussé par le vent.

En quelques instants cette nuée s'était étendue, au point qu'elle envahissait à présent la moitié de la plaine, comme si d'une prairie en feu se fut dégagée une épaisse fumée.

Thérèse, étonnée qu'on eut interrompu la marche, allait interroger, quand son compagnon lui montrant du doigt le nuage, lui dit :

— Voyez là-bas, mademoiselle; c'est l'explication du bruit que nous entendons et que nous avions tout d'abord pris pour le roulement du tonnerre.

— Que supposez-vous donc que ce soit? Quelque nouveau danger, peut-être?

— J'espère que non, répondit Claude, dont la physionomie s'assombrissait encore.

Puis se penchant vers la terre :

— D'ailleurs, nous saurons bientôt à quoi nous en tenir.

Depuis qu'il parlait, la trépidation se prononçait de plus en plus, à mesure que s'étendait ce nuage qui semblait sortir de terre.

Le coup de feu de Claude retentit. Le chef de la formidable troupe tomba foudroyé...
(P. 555.)

Claude Michot s'agenouilla et Thérèse vit qu'il appuyait l'oreille sur le sol.

Au bout d'un instant Thérèse l'entendit s'écrier :

— Je ne m'étais pas trompé !...

— Prévoyez-vous donc un danger ?

— Attendons, répondit Claude.

La trépidation du sol augmentait à ce point que, on eut pu croire que d'innombrables batteries d'artillerie arrivaient au grand galop de leurs attelages lancés à fond de train.

Claude Michot, stoïque comme il l'avait toujours été aux jours de bataille, quand la mort le menaçait, gardait le silence, les bras croisés, le regard fixé.

Quant à Thérèse, elle se demandait de quelle nature pouvait-être ce terrible danger devant lequel on ne pouvait au moins essayer de fuir.

Tout à coup, une exclamation poussée par son compagnon interrompit les réflexions qui s'agitaient en l'esprit de la jeune fille.

— Les voilà !... Les voilà !

Et Claude Michot, le bras tendu dans la direction du nuage de poussière, indiquait du doigt une masse noire qui s'avançait comme une mer montante aux larges ondulations.

— Ah ! je ne m'étais pas trompé, s'écria-t-il.

Et comme Thérèse l'interrogeait anxieusement du regard.

— Mademoiselle, lui dit-il; nous sommes en face d'un grand péril ; mais nous en sortirons victorieux si le ciel nous seconde. Vous allez assister à un spectacle émouvant, terrible même; mais dont vous n'aurez pas à souffrir si le sang-froid ne m'abandonne pas, si mon coup d'œil ne trahit pas ma volonté et si main ne tremble pas.....

— Mais quel est-il donc ce danger?

— Il y a, là-bas, marchant sur nous une troupe immense de bisons, c'est-à-dire de taureaux sauvages, renversant, foulant aux pieds et mettant en pièces tout ce qu'ils rencontrent sur leur passage...

— Et qu'espérez-vous?

— J'espère en avoir raison avec un seul coup de fusil.

De ce seul et unique coup, si je frappe juste au but, je détournerai de vous plusieurs centaines de bêtes féroces, qui nous passeront sur le corps si mes yeux se troublent ou si ma main tremble.

A ce moment, en effet, on pouvait distinguer ces terribles animaux réunis en escadrons serrés, comme une cavalerie défilant dans l'immense plaine, au galop de charge.

Il était évident que cette masse compacte qui faisait trembler le sol, devait tout broyer sur son passage.

Impossible de s'y dérober par la fuite, quelque précipitée qu'elle put être, on serait infailliblement gagné de vitesse en peu d'instants et affreusement broyé.

La terrible cavalerie marchait toujours.

Devant cette invasion formidable la plaine se retrécissait à vue d'œil.

— Ils viennent sur nous ! s'écria Thérèse.

Et Claude, rapidement, arma son fusil, l'épaula puis, d'une voix devenue solennelle et grave, il dit à la jeune fille :

— Maintenant, demeurez immobile, soyez calme et priez !

Avec une vitesse vertigineuse, la trombe vivante avançait et les beuglements réunis de mille buffles sauvages ne formant qu'une seule et épouvantable voix, semblaient le cri de mort de la nature entière.

Cette formidable troupe était ainsi groupée : En tête s'avançait, comme un chef suprême, un buffle de la plus haute taille. Deux autres le suivaient et, derrière ceux là, s'en échelonnaient quatre, puis huit et, à la suite encore seize autres, puis trente-deux et toujours, toujours ainsi, jusqu'au complément de ce millier de bêtes sauvages et féroces.

L'avalanche vivante n'était plus qu'à cinquante pas.

La mort étendait sa faux !...

Le coup de feu de Claude retentit.

Le chef de la formidable troupe tomba foudroyé... Et les deux buffles qui le suivaient frappés de stupeur en le voyant gisant mort, firent, chacun de leur côté, pour ne pas le fouler sous les pieds, un mouvement de conversion, l'un à droite, l'autre à gauche.

Et ils continuèrent leur course, suivis, l'un et l'autre encore, de la moitié de l'immense troupeau qui, s'ouvrant et se séparant par le milieu, laissait un vaste champ libre entre les deux groupes dont la course furieuse continuait toujours.

Ils disparurent enfin, et le bruit assourdissant de leurs pas et le bruit plus terrible de leurs beuglements se perdit dans l'espace.

Le silence et le calme étaient revenus dans cet immense désert et nos deux voyageurs sans prononcer une parole se tendirent la main.

Lui, les yeux rayonnant de joie.

Elle, les yeux baignés de larmes.

Ils se félicitaient d'avoir échappé à ce terrible danger, et ne soupçonnaient pas que, moins heureux qu'ils ne venaient de l'être ; Georges Ravergy aussi s'était trouvé sur le chemin de cette formidable horde.

IV

LE VOYAGE DE CLAUDE MICHOT

Le calme étant, peu à peu, rentré dans leur âme, Claude et Thérèse s'étaient remis en route et le cheval lui-même remis de cette rude alerte cheminait d'un pas plus vif et plus ferme.

Thérèse demeurait silencieuse, cette fois encore elle avait vu la mort de bien près et elle se demandait si, à l'avenir, un secours providentiel viendrait toujours la protéger.

Le doute renaissait et, avec lui, allait revivre aussi la désespérance.

Claude s'apercevait de l'assombrissement de ses traits, il comprit qu'il serait bon de relever le moral de la jeune fille en détournant le cours de sa pensée et, d'un air qu'il s'efforçait de rendre joyeux, il lui dit :

— Je vous ai conté, mademoiselle, comment avait dû me quitter mon capitaine et le désespoir qui s'est emparé de moi quand je me suis retrouvé seul sur la terre... Voulez-vous que je vous dise aussi comment, n'ayant ni sou, ni maille, j'ai pu franchir l'immense distance qu'il avait mise entre nous et arriver jusqu'ici.

Le voulez-vous ?...

— Oui certes, répondit Thérèse, tout ce qui vous touche a bien lieu de m'intéresser maintenant.

Claude Michot commença sans autre préambule :

— Ainsi que je vous l'ai dit, Georges était parti sans attendre que je fusse rétabli...

Ah ! si on m'avait laissé libre, j'aurais joliment, pour le suivre, envoyé promener le directeur de l'hôpital, ses médecins, ses infirmiers et tout le diable et son train... Mais un hôpital c'est tout comme une prison, il n'est pas facile de s'en évader.

Donc il a fallu que je ronge mon frein, comme on dit, jusqu'à ce que ces entêtés de docteurs aient bien voulu me mettre dehors de leur diable d'hôpital.

Enfin, le fameux jour arriva tout de même. Je ne peux pas vous dire, mam'zelle, l'effet que ça m'a produit quand on est venu m'annoncer que « je n'avais plus qu'à faire mon paquet pour déguerpir. »

Ah! si vous m'aviez vu dégringoler, quatre à quatre, l'escalier. Il me semblait que je sortais de prison et que j'avais peur qu'on me reprenne, car je me suis mis à courir comme si j'avais eu tous les gendarmes de la ville à mes trousses.

Où j'allais? En vérité, je l'ignorais. Je marchais devant moi... sans raison et sans but.

Cependant, à bout de respiration, je fus bien forcé de m'arrêter. Et comme je n'avais pas trop bonne mine après un séjour à l'hôpital et que j'étais essoufflé comme un voleur qui a pris ses jambes à son cou pour s'enfuir, un gendarme s'approcha de moi.

— « Où que vous courez, comme ça? » me demanda-t-il brusquement.

— « En Californie! » que je lui réponds sans hésiter.

— « Vous vous moquez de moi! »

— « Pas le moins du monde! »

— « Vous allez... où? » interrogea-t-il à nouveau.

— « Je vous l'ai dit : en Californie. »

— « Où que ça se trouve ce village-là? »

— « Quelque part dans le Nouveau-Monde, je ne sais pas au juste. »

— « Et vous y allez à... pied? »

— « Je voudrais bien, mais il parait que c'est par eau! »

La vérité, mam'zelle, c'est que je n'en savais guère plus long que ce bon gendarme.

Il me regarda de façon à me faire supposer qu'il me prenait pour un fou. Mais ma triste mine dut plaider pour moi, car il se contenta de me dire : « Je pourrais vous arrêter comme vagabond, je me contente de vous donner le bon conseil de rentrer chez vous, tout tranquillement. »

— « Chez moi?... Mais je n'en ai pas de chez moi! »

— « Alors je vais vous emmener en prison. »

— « Impossible de vous accompagner, puisque je vais en Californie, » que je vous dis.

Il commençait à me chauffer la bile, ce soldat de la maréchaussée, si bien que je lui appris qui j'étais et ce que j'avais fait, en 1792, pour la patrie en danger. Et comme il avait, lui aussi, fait honorablement son devoir, nous n'avons pas tardé à devenir des camarades.

Il voulut même, pour me prouver sa bonne volonté de m'être

agréable, me conduire au bureau des diligences, en me disant que là j'aurais les renseignements nécessaires.

Fameux les renseignements : il fallait d'abord prendre et payer une place dans la voiture pour le Havre et là, me dit-on, je prendrais, toujours en payant, mon passage à bord d'un bâtiment.

J'étais renseigné. La diligence était attelée, toute prête à partir. Il n'y avait qu'à payer sa place et monter.

Or, mam'zelle, j'aurais eu beau les retourner, je n'avais pas six liards dans mes poches.

Thérèse se laissait peu à peu distraire de ses sombres préoccupations par le récit de Claude Michot qui, dans l'espoir d'intéresser la jeune fille, accumulait les détails.

— Oui, c'est tel que je vous le déclare, mam'zelle, j'étais comme on dit pauvre comme Job. Malgré ça, comme je voulais, n'importe comment, aller retrouver mon capitaine, ne pouvant pas, faute de quibus, payer ma place dans la diligence...

J'ai payé... d'audace, je n'avais pas d'autre monnaie à ma disposition.

On chargeait les bagages, pendant que les voyageurs étaient dans le bureau et que le conducteur s'occupait des chevaux.

Comme je me creusais la tête à chercher un moyen d'avoir une place dans la voiture, voilà que j'entends un des hommes de peine qui criait : « Qu'est-ce qui me donne un coup de main? »

Moi!... que je dis.

La réponse était partie comme un coup de fusil.

Je m'approche, l'homme me charge une malle sur l'échine, il me pousse vers l'échelle appuyée contre la diligence et qui conduisait à la place réservée aux bagages, sous la capote de la voiture.

Bravement, je grimpe à cette échelle, tout comme s'il s'était agi de monter à l'assaut, et me voilà là-haut en train de placer la malle de mon mieux parmi les bagages qui encombraient tout le dessus de la diligence.

J'allais redescendre, quand mon colis qu'on pousse manque de m'écraser. J'avais été obligé de battre en retraite, pour la première fois de ma vie, je m'en flatte, mais en me reculant, je m'étais heurté la jambe, je tombe à la renverse et ma tête, à son tour, porte si violemment, que je perds connaissance.

Pendant ce temps on continuait de charger la diligence. Moi, j'étais comme mort entre deux malles. Si bien que lorsqu'on a eu bouclé tout autour la capote, et que la diligence se mit à rouler, je me trouvais voyager comme colis.

Quand je repris connaissance, je me laissai voiturer au gré de la destinée.

Je n'étais pas à mon aise, mais qu'est-ce que je n'aurais pas enduré pour aller retrouver mon capitaine! Pendant la première heure, je ruminais dans ma tête comment je m'en sortirais quand je cesserais d'être colis.

D'abord j'ignorais le temps que j'allais avoir à rester dans la position pas commode du tout où j'étais obligé de me tenir.

Non seulement j'étais à l'étroit, mais je ne pouvais pas me risquer à faire un mouvement.

J'ai du courage et de la volonté, mais après une heure dans cette position, j'avais le dos brûlant comme si j'avais été couché sur une plaque de fer rougie au feu. J'étais engourdi par tout le corps comme si des milliers de fourmis se seraient mises à me ronger les bras et les jambes... Eh bien tout ça n'était encore rien en comparaison de ce qui se passait dans ma pauvre tête.

C'est que maintenant je réfléchissais que si je continuais à voyager ainsi gratis, ça ne serait pas parfaitement honnête.

D'un autre côté, mon cœur battait la charge dans ma poitrine, quand je pensais que je ne pouvais guère agir différemment si je voulais revoir mon capitaine et je me disais que si je ne devais pas arriver en Californie, j'aimerais mieux en terminer tout de suite.

J'en étais là de mes réflexions quand le conducteur faisant claquer son fouet j'entendis un voyageur assis à côté de lui qui demandait combien de temps encore avant le relai. « Dix minutes, » lui répond-t-il.

Dix minutes! Il ne me restait que ce temps-là pour prendre une décision.

L'étape, à mon idée, avait été au moins de deux bonnes heures. Et, d'après la conversation entre le voyageur et le conducteur, on devait rester plus de trois jours en route.

Il était évident qu'avant notre arrivée, je serais mort de fatigue, de souffrance et de faim.

Je sentais ma tête qui déménageait en songeant à tout cela, lorsque j'entendis, de nouveau, la voix du conducteur.

Il disait, cette fois, à haute voix :

« — Messieurs les voyageurs, il faut descendre, pour montrer les passe-ports au brigadier de gendarmerie».

Saisi de frayeur, je me disposais à demeurer blotti entre mes deux malles, quand j'entendis le fameux brigadier de gendarmerie disant aux voyageurs qui lui présentaient le passe-port obligatoire :

— « D'habitude, je ne le demande pas ; c'est seulement à l'arrivée au Havre qu'on exige cette formalité. Mais j'ai reçu des ordres à ce sujet... »

Et comme un des voyageurs, s'informait du motif de ces ordres, le brigadier répondit :

— « C'est que l'on cherche un malfaiteur, un assassin peut-être bien. »

— Vous voyez d'ici la situation, mam'zelle, on cherchait un scélérat, et j'étais caché sous la capote de la diligence, au milieu des bagages...

Tout se serait pourtant passé assez bien et j'en aurais été quitte pour une peur bleue, comme on dit, si le hasard qui m'a joué tant de vilains tours, ne s'en était mêlé.

— Que vous est-il donc arrivé ?

— Une chose qui n'arriverait qu'une fois sur mille. Jugez-en : l'un des voyageurs s'est senti subitement indisposé... malade... très malade même.

Et au bout de quelques minutes, on jugea qu'il ne pouvait pas, sans danger, continuer le voyage. Il lui fallait s'arrêter, au moins pour la nuit, à l'auberge du relais ; on devait faire venir le médecin, en toute hâte.

C'était une fatalité !

Donc, voilà qu'il faut, tout de suite et vivement, descendre le bagage du voyageur.

J'entendais tout ça et vous jugez de l'effet que ça me produisait. Je continuai à faire le mort. Pour le coup, mon cœur battait à défoncer ma poitrine, quand je compris, au bruit qui se faisait qu'on appliquait l'échelle contre la diligence.

Bientôt cette échelle craqua sous le poids de l'homme qui montait et qui avait une lanterne à la main.

J'entendis qu'on débouclait les courroies de la capote et bientôt je vis l'employé se glisser dessous.

La lumière éclairait l'endroit où je me tenais coi. Et j'entendais que l'employé grommelait : « Quelle diable de besogne !... Comment trouver cette malle, à cette heure ? »

Il promenait la lanterne à droite, à gauche, cherchant la carte qui portait le nom du voyageur.

L'employé poussa un cri de surprise et approchant sa lanterne de ma figure, cria :
— « Qu'est-ce que ce colis-là ? » (P. 563.)

Chaque minute me semblait longue comme une année, et je tremblais non pas parce que j'avais peur. J'en avais vu bien d'autres. Mais je me disais que, si on me découvrait, je ne pourrais pas continuer mon voyage... Sans compter ce qui m'arriverait en plus...

Je retenais autant que je pouvais ma respiration ! un simple souffle pouvait me faire découvrir.

Malheureusement, il n'y eut pas besoin de ça ; toutes les précautions que je prenais devaient être inutiles. Tout à coup, en effet, un jet de lumière éclaira l'une des malles à côté de moi. J'étais en pleine clarté !

L'employé poussa un cri de surprise et approchant sa lanterne de ma figure, cria :

— « Qu'est-ce que ce colis-là ? »

Je vivrais encore cent ans, et plus, que je n'oublierais jamais ce moment-là !

J'ai tout de suite supplié mon homme de ne pas continuer à crier et de me laisser continuer mon voyage comme je l'avais commencé... Je lui dis que j'étais un honnête citoyen...

Il répliqua d'un ton rude :

— « Honnête citoyen, vous ?... C'est pour ça que vous vous cachez là et que vous volez la compagnie des Messageries !

Allons, ajouta-t-il, en élevant la voix, levez-vous que je vous cueille, pour vous amener au brigadier... »

Il fallut obéir. Toute résistance de ma part eut été, non seulement inutile, mais eut aggravé ma situation.

Tout ce que je trouvais à dire pour expliquer ma présence au milieu des bagages, tournait contre moi.

D'ailleurs l'employé avait appelé à l'aide et un autre homme parut bientôt.

Pendant qu'à eux deux, ils parvenaient à me tirer de ma cachette et à me pousser, comme ils eussent fait d'un véritable colis, le brigadier de gendarmerie et tout le monde de l'auberge, ainsi que les voyageurs, attendaient pour voir le malfaiteur.

Et j'entendais la femme de l'aubergiste qui criait plus fort que tout le monde :

— « Il faut l'enchaîner et l'emmener cette nuit même ; je ne veux pas de cette graine-là chez nous ! »

Et voilà comment poussé, bousculé, porté même, je fus conduit dans la cuisine de l'auberge et gardé par les deux gendarmes qui accompagnaient le brigadier.

Pendant ce temps, on avait attelé des chevaux frais à la diligence. Bientôt les claquements du fouet et le tintement des grelots m'apprirent que la voiture repartait.

— « A nous deux! prononça le brigadier en s'asseyant. Qui êtes-vous? Comment vous trouviez-vous là-haut? »

Et sans attendre ma réponse, il ajouta du ton dont il eut récité une leçon et en consultant une feuille de papier qu'il avait à la main :

— « Vous vous nommez Jean Tiercelin, vous êtes natif de Mâcon, vous avez tué à coups de hache la femme Damereau pour lui voler son argent. Qu'avez-vous à répondre? Rien. Aussi je vous arrête au nom de la loi! »

La femme de l'aubergiste s'était approchée et, furieuse, elle criait :

— « Il faut lui mettre les fers aux mains et aux pieds et le ficeler comme un saucisson, pour qu'il ne s'échappe pas!... »

Elle me montrait le poing, en m'invectivant. Si on l'eut laissée faire elle se fut jetée sur moi et m'eut étranglé.

Le brigadier de gendarmerie l'écarta, en disant :

— « Je connais mon devoir, soyez sans crainte, citoyenne, son compte est bon ! »

Mais à présent je pouvais placer quelques mots pour me défendre.

Je dis au brigadier :

— « Je ne suis pas l'individu que vous cherchez, je ne suis pas natif de Mâcon et je ne me nomme pas Jean Tiercelin.

— « Qu'est-ce qui le prouve? Avez-vous des papiers?

— « Non!

— « Alors vous êtes l'assassin et le voleur.

— « Mais si j'avais volé de l'argent, j'en aurais... Qu'on me fouille! »

Le ton d'assurance et de fermeté dont j'avais prononcé ces mots, produisirent l'effet que j'en avais attendu.

— « Fouillez cet homme », commanda le brigadier.

— « Pas la peine, répliquai-je, je vais moi-même retourner toutes mes poches. »

C'est ce que je fis, mais les deux gendarmes ne m'en tatèrent pas moins par dessous ma carmagnole et ma chemise.

— « Il n'a rien sur lui ! » déclarèrent-ils.

— « Parbleu rugit la femme de l'aubergiste, il a caché l'argent volé. »

Cette fois je perdis patience et je ripostai :

— « Mêlez-vous donc de vos affaires, la bourgeoise !.., Vous n'avez pas à dire à l'autorité ce qu'elle a à faire. »

Le brigadier me regardait fixement depuis quelques moments. Il me dit :

— « Vous êtes bien sûr que vous n'êtes pas Jean Tiercelin ?

— « Aussi sûr que vous êtes un brave militaire incapable d'arrêter un homme pour un autre.

— « Nous allons bien voir, car j'ai votre signalement.

— « Est-ce qu'il y a besoin de tout ça ; c'est lui qui a haché la pauvre femme et et pour lui prendre son argent, toutes ses économies ! beuglait la maîtresse d'auberge.

— « Silence prononça le brigadier. »

Puis il lut le signalement :

« Visage ovale, teint fortement enluminé, yeux bleus, nez bourbonien, front découvert, cheveux blonds ardents, taille petite, épaules carrées, embonpoint.

— Malgré tout l'ennui que j'éprouvais, je ne pus retenir un éclat de rire, mam'zelle, dit Claude Michot. Et je répliquai :

— « Citoyen brigadier, si c'est là mon portrait, je veux être pendu !

— « Tu le seras, coquin ! cria la femme qui eut voulu m'écharper. »

— Moi, je haussai les épaules, et m'adressant au brigadier qui commençait à faire une drôle de figure :

— « Celui que vous cherchez a le visage ovale, moi, vous pouvez voir, j'ai la « lame de rasoir, » comme on dit.

— « Parbleu ! le remords l'a fait maigrir ! interrompit la maîtresse d'auberge. »

Je continuai :

— « Jean Tiercelin est rouge de figure, il a les yeux bleus, le nez bourbonien, le front découvert, les cheveux blonds ardents. Il est de petite taille, a les épaules carrées et de l'embonpoint.

Regardez-moi : je suis pâle comme un homme qui vient de faire trois mois d'hôpital, j'ai le front bas, les yeux roux, les cheveux comme vous voyez, le nez en pied de marmite, comme on dit, je suis plus grand que vous, brigadier, et en fait d'embonpoint, un vrai hareng-saur ! »

Je n'eus pas de peine à prouver que je n'étais pas Jean Tiercelin, et le brigadier allait me laisser libre, quand cette enragée d'aubergiste qui voulait à toute force qu'on me mit les fers aux pieds, s'écria, en mettant ses deux poings sur les hanches :

— « Qu'est-ce que vous faisiez parmi les bagages? Vous vouliez, parbleu, ouvrir les malles pendant le voyage... C'est clair comme de l'eau de roche... Vous êtes un voleur, d'ailleurs il n'y a qu'à vous regarder !...

— Cette fois, j'étais pincé en défaut, et j'allais avoir à répondre à une accusation absolument justifiée.

Je pris une décision rapide et j'adressai au brigadier ces mots, en me redressant d'un air de protestation :

— « Je vais vous dire qui je suis et pourquoi j'ai pris la place que vous savez, parmi les bagages. Je me nomme Claude Michot, j'ai été volontaire de 92, j'ai servi mon pays, pendant que la patrie était en danger. Vous êtes soldat, vous, et vous devez savoir ce que nous avons fait, nous autres, pour chasser les ennemis. »

— Et comme je voyais que les gendarmes m'écoutaient, je racontai ma vie, depuis le jour où je m'étais enrôlé avec Georges Ravergy.

A mesure que je parlais, la maîtresse d'auberge me regardait avec ébahissement.

Je lui dis :

— « Ce que j'ai fait là est-il bien ou mal, la petite mère? Est-ce que celui qui a porté les armes pour le service de la patrie, sans rien demander comme solde, peut devenir un voleur?... Tenez, en fait de paye, voilà ce que j'ai reçu; et je leur montrai les blessures qui ornaient ma poitrine — et j'ajoutai : regardez bien ça, et dites-moi si j'ai l'air d'un voleur.

D'ailleurs, qu'on aille demander à Kléber, à Hoche, à Bonaparte lui-même, s'ils n'ont pas vu le sergent Michot à l'œuvre, et vous verrez ce qu'ils répondront.

C'est que ces hommes-là m'ont félicité, oui, moi, simple sergent, et ils m'ont serré la main, sur les champs de bataille; eux et d'autres qui sont morts, comme par exemple ce brave Marceau ! »

— « Marceau aussi? »

— C'était la voix de la maîtresse d'auberge qui venait de m'interrompre.

La femme qui tout à l'heure demandait qu'on me mît les fers, était à présent transfigurée. Elle se trémoussait comme un beau diable en disant au brigadier :

— « Il n'a pas volé, c'est un honnête homme! Je réponds de lui, moi !... »

— Mais déjà les gendarmes m'entouraient et me priaient de trinquer avec eux.

Ce que j'acceptai de grand cœur, mam'zelle, car je mourrais de faim et de soif.

La femme de l'aubergiste allait et venait, portant d'abord un pot de vin, puis des verres ; elle était très agitée et ne sachant plus trop ce qu'elle faisait. Son visage était rayonnant, et elle me souriait à présent.

Après bien des rasades, on but le coup de l'étrier et les gendarmes se retirèrent en me serrant la main.

Moi j'allais m'en aller aussi, quand la maîtresse d'auberge m'empoignant par le bras me fit faire demi-tour, en me disant d'un ton d'autorité :

— « Je vous garde ! »

— Et avant que j'eusse eu le temps de me reconnaître, elle appelait son mari qui, impotent, n'avait pas, pendant toute la scène, bougé de dessus un fauteuil :

— « Hé, Jérôme, tu as entendu ; il a servi dans les armées, comme toi, mon pauvre vieux ; il a parlé à Hoche, à Marceau, à Kléber... »

— « Comme je vous parle ! interrompis-je.

— « Et ils vous ont félicité ?...

— « Comme je vous félicite à cette heure, d'avoir changé d'opinion sur mon compte...

— « Excusez-moi ! pria la femme.

— « C'est fait ! J'ai pas de rancune pour deux liards !... Et cela pour une bonne raison, c'est que je ne les possède pas les deux liards !

— « Et vous avez peut-être faim ?

— « Un peu, beaucoup.

— « Et je ne l'ai pas compris !... Vous allez souper ; il y a un reste de dindon, du cervelas au choux, des haricots au lard, des œufs pondus de ce matin, du fromage, des confitures. Et puis du vin clairet et des liqueurs assorties... Ça vous suffira-t-il ? demanda la maîtresse d'auberge. »

— Et tout en énumérant les mets et les liquides, la brave femme plaçait sur la table tout ce qu'elle avait de provisions.

Elle avait mis trois couverts et je l'aidai à approcher le fauteuil de l'invalide, de la table.

— « Nous allons souper !... Et puis, ajouta-t-elle, vous aurez un un bon lit bassiné au sucre... Ah ! comme je suis contente de vous avoir pour pensionnaire !

— « Pensionnaire !... Mais je n'ai pas d'argent ! je vous le répète ; et vous savez que je suis honnête.

— « Je vous en prêterai assez pour faire votre voyage, répondit la femme.

— « Jusqu'au Havre?

— « Jusqu'au Havre! Pas vrai, Jérôme que tu veux bien. D'abord, il a causé avec Hoche..., tu sais ton Hoche!... Et avec Kléber..., tu sais ton Kléber!..... Et il a connu Marceau!... ajouta la bonne femme d'une voix mouillée et en essuyant une larme...

— « Oui, je l'ai connu..., répondis-je, ému à mon tour... »

— L'aubergiste pleurait lui aussi, et bientôt tous les trois nous cessâmes de manger. Le souvenir de la mort du jeune général nous avait coupé l'appétit.

Force me fut d'expliquer pourquoi j'allais au Havre et d'accepter un prêt d'un peu d'argent afin de payer ma place dans la diligence qui passerait le lendemain.

La maîtresse d'auberge me donna sa meilleure chambre, et le lendemain, je remerciai avec effusion, cette bonne femme, en lui disant :

— « Je ne sais pas si je pourrai jamais vous rendre l'argent que vous me remettez là. Mais je vous promets, si je reviens de Californie, de m'acquitter, ou tout au moins de venir vous voir !

— C'est promis?

— « C'est juré. »

Claude Michot s'interrompit pour dire :

— Voilà, mam'zelle, comment, parti comme colis, j'ai pu arriver comme voyageur.

Thérèse avait écouté ce récit, non sans éprouver de l'émotion, en se représentant les transes subies par l'homme qu'elle avait si miraculeusement rencontré.

Et lui, touché de cette marque de sympathie, ajouta en regardant l'infortunée qui, elle aussi, avait passé par tant d'épreuves :

— Et dire, que sans le peu d'argent que m'a prêté cette excellente femme, une fois qu'elle a été sûre que je n'étais pas un coquin, je ne serais probablement pas à causer avec vous à cette heure.

Mais ce n'était pas le tout que d'avoir pu arriver au Havre! fit Claude Michot en reprenant le récit interrompu. L'argent de la maîtresse d'auberge n'avait servi qu'à payer tout juste la place dans la diligence et je me retrouvais gros Jean comme devant.

Il fallait s'embarquer n'importe comment et je flânai sur le quai. Un matelot me regardait et m'aborda.

Je lui expliquai ma situation.

....J'étais embarqué en qualité de maître-coq, à bord du brick « Apollon »,... (P. 570)

Il y avait précisément un bâtiment en partance pour le Mexique.

— Est-ce que c'est bien loin de la Californie ? demandai-je.

— Comme qui dirait la porte à côté ; me répondit le matelot.

— C'est juste mon affaire.

— Est-ce comme passager que vous voulez vous embarquer ?

— N'importe, comme passager ou comme matelot.

— Avez-vous navigué ?

— Jamais !

— Alors vous ne connaissez pas le métier ?

— Pas le moindre mot.

— Diable !... Ça ne sera pas commode...

Toutefois mon nouveau camarade se chargea de me conduire auprès du maître d'équipage du bâtiment en partance.

Un homme tout rond ce maître d'équipage, et qui, entre deux verres de tafia, me dit :

— Comme matelot, pas moyen. Comme cuisinier, on pourrait voir. Savez-vous fricoter un brin ?

— Je sais faire le rata...

— Bon !

C'était court, mais je n'en demandais pas davantage.

Mon homme, chemin faisant pour aller voir le capitaine, me fit la leçon :

— Tu m'as l'air d'un bon garçon, et je voudrais bien faire quelque chose pour toi. Alors à tout ce que te demandera le capitaine, tu répondras « oui ».

Et profitant de la leçon, je passai un examen comme cuisinier de première classe.

Naturellement je fus engagé sur l'heure, d'autant plus que le bâtiment allait lever l'ancre deux jours plus tard.

Le même soir j'étais embarqué en qualité de maître-coq, à bord du brick « Apollon », capitaine Dunoit, à destination de La Vera-Cruz.

Ah ! mam'zelle, fit Claude Michot, s'interrompant pour rire, je ne peux pas vous dire ce que l'on m'a agoni de sottises à bord, dès le premier jour.

Empoisonneur !... gâte-sauce !... marmiton de cabaret !... C'étaient là les choses les plus douces qu'on me jetait au nez !. Moi j'avais fait de mon mieux, comme je faisais l'ordinaire pour les camarades, au bivouac.

Le capitaine était furieux et ne parlait de rien moins que de me débarquer à la première escale... C'était aux Açores. .

— Les Açores ! s'exclama Thérèse au souvenir de la tempête qui avait, dans ces parages, causé la perte de « l'Abeille »

— Oui mam'zelle, c'est là qu'on allait me débarquer, si je n'avais pas supplié le capitaine de me garder et de m'employer à n'importe quelle besogne.

On engagea un cuisinier et un aide. Quant à moi, on consentit à

me garder comme laveur!... Oui, mam'zelle, comme laveur de vaisselle...

Mais qu'est-ce que je n'aurais pas accepté pour arriver où j'espérais retrouver mon capitaine, mon camarade Ravergy!...

Et s'interrompant :

— Quand je lui raconterai tout ce qui m'est arrivé, car je ne suis
pas au bout, mam'zelle, nous rirons de bon cœur, je vous assure !

Mais comme je vous disais je n'étais pas à la fin de mes peines
et tribulations ; reprit Claude Michot,

Après six jours que nous avions repris la mer, j'étais déjà employé
à toute espèce de chose, à bord. Tantôt à la cuisine pour laver la
vaisselle, tantôt sur le pont pour aider à la manœuvre, tantôt aux bastingages pour enrouler les cordages. Un tas de métiers que je cherchais à faire de mon mieux. Ce qui n'empêchait pas que je récoltais
des rebuffades de tout le monde..., sans me plaindre.

Je pensais en moi-même : je vais revoir Georges, vous pouvez me
dire et me faire tout ce que vous voudrez, ça glisse sur moi, sans me
blesser !

Pauvre brave cœur ! pensait Thérèse, émue de voir quelle affection fraternelle unissait cet homme du peuple, qui semblait né pour
le dévouement, à cet autre homme de grande naissance dont elle
avait pu apprécier la belle âme.

Il semblait qu'à mesure qu'il retrouvait ses souvenirs, Claude
Michot éprouvât grand plaisir à se rappeler toutes les situations par
lesquelles il lui avait fallu passer, uniquement soutenu par l'espoir
de retrouver son ancien compagnon d'armes.

Thérèse qui lisait dans sa pensée, se prêtait complaisamment au
désir de son compagnon, bien qu'elle fut tenaillée par l'anxiété et
préoccupée à présent de savoir si l'on rencontrerait bientôt Georges
Ravergy.

Et quand, après avoir passé rapidement sur le voyage de l'*Apollon*, lequel continuait, sans incidents notables, Claude Michot lui dit :

— Maintenant, si ça ne vous ennuie pas, je vais vous raconter
notre passage sous la ligne...

— Je vous prête toute mon attention, M. Michot! répondit Thérèse.

V

LE BONHOMME TROPIQUE.

Claude Michot, après avoir attentivement promené ses regards dans la direction où il supposait voir apparaître Georges Ravergy, continua sa narration.

— Il y avait déjà pas mal de temps, dit-il, que nous avions quitté les Açores, quand, depuis plusieurs jours, comme je montais, le matin, sur le pont pour voir si le vent était favorable et si le bâtiment filait vite, je remarquai un certain remue-ménage dans le carré de l'équipage.

Tout ce monde là semblait très affairé et on se parlait à voix basse, comme si on avait eu l'intention de se cacher de moi. Naturellement je ne voulais pas paraître m'occuper d'affaires qui ne me regardaient pas. J'étais d'ailleurs commandé pour le service des cabines...

Depuis le premier jour que j'avais mis le pied à bord du bâtiment, je n'avais pas été long à m'apercevoir que les marins pour rompre la monotonie des longs voyages, choisissent souvent quelque employé du bord auquel ils puissent adresser leurs plaisanteries et faire supporter les niches qu'ils imaginent.

Or, j'étais celui-là, parce que je voyageais pour la première fois et dans des conditions qui n'étaient pas tout à fait ordinaires.

Mais comme j'étais bien décidé à ne pas faire preuve de mauvais caractère, je supportais tout sans paraître en prendre de l'humeur.

J'avais toujours riposté gaiment, autant que possible, aux gouailleries des hommes du bord.

Je vous ai dit que j'avais remarqué un certain remue-ménage dans le carré des matelots... Pendant toute la journée ce fut la même chose, d'autant plus que le temps était favorable, la brise douce et la mer bien plus calme que les jours précédents.

Par conséquent les matelots n'avaient que peu de chose à faire comme manœuvres et le timonier, qui se tenait à la barre, n'avait pas grande occupation.

Il me semblait aussi, pendant que je faisais le service de la table, que le capitaine, son second et le lieutenant du bord, étaient en gaieté et se parlaient à mots couverts en m'indiquant des yeux.

Mais je ne faisais pas attention à cela, parce que je supposais que ces trois braves gens s'intéressaient probablement à un pauvre diable comme moi qui voyageait sur mer pour la première fois et faisait tout son possible pour se rendre utile.

Bientôt après, le maître d'équipage me donna l'ordre de me rendre à mon poste, dans le carré des passagers.

Il n'y avait qu'à obtempérer, comme j'avais l'habitude de faire quand j'étais soldat.

Qu'est-ce qui se passa à bord pendant cette nuit-là? La vérité est que je m'en inquiétai fort peu et que je dormis à poings fermés.

J'étais bercé par le mouvement du navire comme dans un hamac, et je crois que, depuis bien des années, je n'avais eu un sommeil si peu troublé.

Mais quel réveil, mam'zelle!

— Que vous est-il donc arrivé? demanda Thérèse.

— Jugez-en. Tout à coup, comme j'ouvrais les paupières et que je m'allongeais, car j'avais les membres engourdis d'être resté long-temps dans la même position, j'entendis qu'on faisait un bruit du diable sur le pont.

On criait, on jurait, on traînait des cordages, on secouait la cloche d'alarme; finalement on aurait dit qu'il y avait une révolte à bord.

D'un bond je fus sur mes jambes, comme tous les passagers d'ailleurs.

Tous voulaient aller s'informer et quelques-uns, plus pressés, montèrent les marches qui, du carré, conduisaient sur le pont. Mais là, il durent s'arrêter, ayant vainement essayé d'ouvrir la porte qui était fermée en dehors.

Alors on se mit à cogner contre la porte, appelant le capitaine. Une voix que je reconnus pour être celle du maître d'équipage, répondit:

— « Il n'y a plus de capitaine, il n'y a plus de second, ni de lieutenant!... »

Un mouvement de surprise et de crainte se manifesta, quand la même voix eut ajouté:

— « Le navire est à nous, c'est nous qui sommes les maîtres! »

— Pour le coup, continua Claude Michot, moi et tous les autres, nous avons pensé qu'il y avait eu une révolte à bord, et que les officiers et nous étions prisonniers de l'équipage, devenu maître du navire. Et tout cela était vrai!... bien vrai... pour toute la journée qui commençait, du moins.

Voici l'explication de ce mystère :

Ce jour-là avait lieu notre passage sous la ligne, ce jour-là aussi, conformément à la coutume établie dans toute la marine, le capitaine, le lieutenant, tous les chefs du navire enfin déposaient leurs pouvoirs et les matelots étaient les maîtres suprêmes à bord.

Tous les passagers, un seul excepté, ignoraient cette particularité, cette coutume et le point exact où nous nous trouvions.

Aussi, comme vous le pensez bien, l'épouvante était grande parmi les pauvres passagers, persuadés qu'une révolte avait lieu à bord.

Le seul qui savait à quoi s'en tenir et qui était dans la confidence de ce que préparaient les matelots, prit la parole pour raconter ce qui lui était arrivé, prétendait-il, dans un de ses nombreux voyages.

Il paraissait tout à fait certain de ne pas se tromper.

C'était un homme d'un certain âge, au teint bronzé, aux traits énergiques.

Sa physionomie donnait confiance aux passagers qui l'entouraient, attendant avec anxiété ce qu'il allait leur apprendre.

J'attendais comme les autres, très disposé à faire ce qu'il commanderait.

Nous l'écoutions tous avec la plus grande attention et une terreur non moins grande.

— « Oui, nous dit-il, l'équipage est en pleine révolte ; pareille chose m'est arrivée à bord d'un bâtiment sur lequel je me trouvais et qui revenait des Indes avec une riche cargaison. Quand nous avons été en pleine mer et qu'il n'y avait pas une voile en vue, les matelots se sont insurgés, ils ont ligotté les officiers et les ont jetés par dessus bord. »

Un frémissement d'horreur accueillit les terribles paroles suivantes, prononcées de l'air le plus calme.

— « Nous étions plusieurs passagers à bord, et nous aurions été traité de même façon, si nous n'avions pris sagement le parti de faire cause commune avec les révoltés et c'est précisément ce que je vous propose.

On ne peut se faire une idée de l'effet que ces mots produisirent sur les assistants.

— Oui ! oui ! s'écrièrent-ils.

L'inquiétude et l'anxiété se lisaient sur tous les visages.

On se pressait autour du passager, pour le supplier d'intervenir.

Deux dames, absolument affolées, paraissaient toute prêtes de tomber en syncope.

Mais personne ne s'occupait d'elles.

Chacun songeait au danger qu'on allait courir, et que seul le passager pouvait conjurer.

Et lui, jouant à merveille le rôle qu'il s'était donné, affectait de ne pas être certain de réussir.

Il parlait même de la rançon que voudraient exiger les matelots, comme pour s'informer indirectement de la somme dont chacun des passagers pourrait disposer.

— Je ferai tout mon possible ! dit-il de l'air d'un homme qui n'était pas certain de réussir.

Il ajoutait qu'il se chargerait de parlementer avec le chef qui avait pris le commandement du navire.

Je consentis à l'accompagner jusqu'au haut de l'escalier. On frappa et, cette fois, la porte s'ouvrit.

Tous les passagers s'étaient précipités à notre suite.

Vous ne pouvez pas vous imaginer le spectacle qui se présenta à nos yeux.

Le pont du navire était entièrement transformé. A l'avant était une grande tente ornée de tous les petits pavillons qui servent à pavoiser les jours de fête. Il y avait un espace vide, et à l'arrière se tenait le capitaine entouré de son second et du lieutenant.

Quand nous parûmes pour envahir le pont, deux hommes nous barrèrent le passage. Ils portaient des costumes de gendarmes, des costumes extraordinaires tels qu'on n'en a jamais vus de pareils dans aucun pays. Ces hommes, que je reconnus pour être deux matelots avec lesquels j'étais au mieux, depuis mon embarquement, portaient des tricornes sur lesquels, en guise de plumets, étaient fichés de petits balais qu'on avait, au préalable, trempés dans du goudron. Leurs uniformes se composaient de deux peaux de mouton attachées sur une cuirasse. Pour brassards, des tiges de bottes ; leurs gants étaient fabriqués avec de la peau de requin.

Ces gendarmes avaient pour chaussures des brodequins, l'un rouge et l'autre jaune d'où sortaient leurs jambes nues et velues.

Ils nous crièrent :

— « Halte, tas de poltrons qui n'êtes pas dignes d'être les sujets de Sa Majesté le roi dont nous sommes les vaillants gendarmes ! »

— Puis les faisant passer deux par deux, ils obligèrent les passagers à se ranger de chaque côté contre les bastingages.

Quand ce fut mon tour :

— « Toi, esclave Michot, nous avons reçu l'ordre de te mettre aux fers. »

— Vous comprenez que j'ai bondi ! Mais les deux gendarmes de cette majesté inconnue, me saisirent et malgré mes efforts, me renversèrent.

En quelques secondes on me riva des fers aux bras et aux jambes. Et comme je voulais parler, l'un des gendarmes qui tenait une poignée d'étoupe toute prête me menaça de me bâillonner.

L'autre me dit à voix basse :

— « Ne résiste pas, Michot ; tout ce que tu ferais et dirais serait inutile. Regarde et écoute. »

— C'était ce que j'avais de mieux à faire.

Je regardais le passager qui avait assisté à la révolte d'un autre équipage, cet homme riait sous cape.

A ce moment un coup de sifflet retentit, et aussitôt un autre coup de sifflet partit, comme réponse, du haut de la vergue de perroquet... C'est l'avant-dernière, presque au bout du grand mât.

Instinctivement, tout le monde avait levé les yeux dans la direction, et l'on vit descendant, suspendu des mains à une corde, un postillon dont le costume était fait en papier goudronné dans son entier, depuis les bottes jusqu'au chapeau. On s'était contenté pour donner l'illusion d'un vrai costume, de badigeonneur la veste en bleu, le gilet en rouge, la culotte en jaune, les bottes en noir ainsi que le chapeau qu'on avait orné de flots de rubans de papier de couleur. Le tout était complété par des éperons en fer blanc d'une longueur démesurée.

Tous les passagers étaient muets d'étonnement.

Moi, me souvenant de ce que nous avait raconté le passager retour des Indes, je me demandais si tous ces matelots, à la suite de leur révolte, n'étaient pas ivres et ne s'amusaient pas férocement, en attendant de se débarrasser de nous qui pourrions être des témoins dangereux, s'ils nous laissaient la vie sauve.

Mais j'étais furieux d'avoir été mis aux fers comme un forçat et je me rongeais le foie d'être obligé d'assister, sans me venger, à la scène d'orgie qui se préparait, sans doute.

Le gendarme qui m'avait recommandé de me contenter de regarder, me dit de nouveau, voyant mon exaspération, que j'avais tout intérêt à me tenir tranquille.

Je vis, dans ces paroles, la promesse que ce matelot interviendrait en ma faveur.

— « Vous é'es blanc comme lui, me dirent-ils pour me décider, et il sera enchanté
de vous engager. » (P. 584.)

J'attendis. Ce ne fut pas long.

Le particulier costumé en postillon était arrivé à mettre pied sur
le pont.

Il s'adressa à l'un des matelots qui faisait fonction de « maître
des cérémonies », — c'était le cuisinier du bord qui s'était affublé
d'un manteau en toile à voile sur lequel il avait collé un tas de déco-
rations en papier doré et argenté.

73. — SEULE !   73.

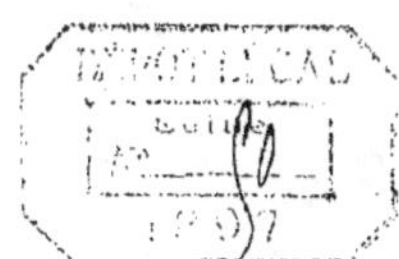

— « Ousque perche le particulier qui a eu le toupet de se dire le capitaine de ce bâtiment? »

— Sans rire, le cuisinier répondit :

— « Il est là, avec ses officiers. »

— « Conduis-moi auprès d'eux et annonce-moi ! »

— Le postillon fit quelques pas pendant que le cuisinier se présentait, d'un air d'insolence, devant le capitaine à qui il parla à voix basse.

Et je vis le capitaine marcher pour aller au-devant du postillon et s'incliner, lui... le capitaine!... devant ce matelot révolté!... au lieu de le faire jeter à fond de cale !

J'entends même ce capitaine, celui que l'on dit être, après Dieu, le maître absolu à bord, j'entends ce chef suprême à qui tout le monde à bord portait le plus grand respect, demander très poliment à son matelot :

— « Que me voulez-vous, M. le postillon? »

— « Je veux vous parler de la part de celui qui m'envoie. »

— « J'écoute avec plaisir ce que tu as à me dire. »

— « D'abord, qu'est-ce que vous êtes venu faire par ici, dans ces parages où règne en souverain, Sa Majesté, mon maître. »

— « Je voyage pour aller dans le golfe du Mexique. »

— « C'est de l'audace ! »

Et le cuisinier tire d'une de ses bottes, un papier, qu'il déplie et tend à son capitaine, en disant toujours comme s'il eut parlé à un de ses gâte-sauces :

— « Sais-tu lire? »

— Et le capitaine s'inclina pour répondre!...

— « Un peu ! » Et il ajouta :

— « Je suis l'humble serviteur de ton souverain! »

— « C'est pas tout. J'ai soif! »

— « Je vais, si tu le veux, te faire donner de la bonne eau bien claire. »

— « Je veux du rack et du plus raide.

— « Une bouteille?

— « Une bouteille! dit avec mépris le postillon. Ne sais-tu pas qu'on boite quand on n'a qu'une jambe.

— « Tu vas être servi comme tu le désires! »

Et je vois le capitaine qui donne à son lieutenant l'ordre de faire apporter des tonneaux.

Aussitôt arrive sur le pont une partie de l'équipage qui roule des barriques qui sont placées en rang et que l'équipage entoure.

Tout à coup le spectacle change et, au son d'instruments de toute sorte, je vois sortir de dessous la tente le fameux souverain en question.

En tête, des matelots habillés de costumes chamarrés de rubans de papier. Puis derrière eux apparaît le couple le plus extraordinaire, le plus grotesque.

Le postillon annonce à haute voix :

— « Sa majesté et son auguste épouse!... »

La majesté en question est habillée, jusqu'à la ceinture, d'une peau d'ours blanc, derrière son dos est attaché un manteau fait avec des herbes marines. Il a les jambes ornées de bas de soie et ses pieds sont chaussés de babouches en velours.

Sur la tête, ce souverain porte une couronne en carton et il tient à la main un trident de fer recouvert de papier doré.

La majesté n'était autre que le maître d'équipage.

Son auguste épouse était affublée d'une robe transparente en tulle ornée d'étoiles et d'une comète en papier d'argent.

Elle avait le haut du corps nu et en guise de seins deux moitiés de citrouille.

Sur sa tête un diadème fait de ronds de carottes alternés avec des ronds de navets; et flottant sur l'épaule une tignace en étoupe bouclée.

Le maître d'équipage fit signe au capitaine et à ses officiers d'approcher. Ce qu'ils firent avec une obéissance qui me fit pousser un cri de rage.

Le souverain prit la parole.

Et s'adressant à son capitaine, il lui dit :

— « Je pourrais, si j'en avais tant seulement l'envie, t'envoyer boire un coup dans la grande tasse, histoire de te désaltérer.

Mais je suis un roi magnanime. Et puis, capitaine imprudent, je puis te dire que mon auguste épouse qui vient de te favoriser d'un regard bienveillant, a un faible pour toi. »

— « Oh oui, un grand, un énorme, un pyramidal faible qui me tient là-dedans. »

Et l'auguste épouse qui n'était qu'un novice du bord, laid à faire peur et maigre comme un squelette, se mit à presser les deux moitiés de citrouille appliquées et fixées sur sa poitrine.

— « Je cède à la supplication de mon auguste épouse, continua sa majesté, je te fais grâce de la noyade, mais à une condition, c'est que tu vas verser dans mon trésor ta rançon, et une bonne!

— « La voici, majesté! » s'empressa de dire le capitaine, en tirant de sa poche, deux louis d'or qu'il alla placer dans le creux de la main de son maître d'équipage.

— « Encaissé! » s'écria le drôle en jetant les deux pièces d'or dans un vase que lui présentait un des matelots déguisé en grand seigneur.

— J'étais absolument ahuri de tout ce que je voyais, je me demandais si je ne rêvais pas.

Mais ce n'était encore que le commencement; d'autres surprises m'attendaient encore.

Quand le capitaine et ses officiers eurent donné l'exemple de la soumission à cette grotesque majesté qui n'était autre, je vous le répète, que le maître d'équipage, ce diable d'homme se crut tout permis avec les passagers.

Sur son ordre, des matelots qui étaient affublés de costumes de carnaval allèrent les prendre, un à un pour les amener devant leur chef.

Chaque passager était obligé d'obéir et de recevoir ce que le maître d'équipage appelait « le baptême ». Or, plusieurs de ces messieurs demandaient s'ils ne pouvaient pas en être dispensés.

Le maître d'équipage envoyait alors son « grand seigneur » avec le plateau et j'y voyais tomber des pièces d'or.

Alors ceux qui avaient consenti à payer la « rançon », en étaient quittes pour la peur.

On se contentait de leur verser un peu d'eau sur la tête et aussi dans les manches.

Et je pensai :

— « Est-il Dieu possible que ces gens-là en passent ainsi par les caprices de cet équipage en révolte? »

Mais mon tour était venu.

— Je n'avais jamais passé sous la ligne du tropique, on le savait notoirement et je devais être bel et bien baptisé.

Sur l'ordre du roi, je fus saisi par quatre matelots qui me forcèrent de m'asseoir sur une planche qui recouvrait un grand tonneau.

Alors, un coup de sifflet retentit, le maître d'équipage s'avança et levant son trident, il m'interrogea en ces termes :

— « C'est la première fois que tu passes par ici?

— « Oui, certainement! répondis-je.

— « Tu es venu t'aventurer dans mon royaume! » prononça d'une voix terrible le marin.

Et il ajouta :

— « Qu'on le baptise! »

Aussitôt tous les matelots tirèrent en même temps les planches et je tombai dans le tonneau, rempli d'eau, n'ayant que la tête et les pieds qui dépassaient. Le reste avait disparu dans l'intérieur de la barrique.

Et comme je poussais des cris de colère et de révolte, le bonhomme tropique, d'une voix de stentor, s'écria :

— « Le baptême! »

Au même instant je recevais un déluge de seaux d'eau sur le corps, sur la tête, en plein visage.

Ma fureur était à son comble et, tandis que je me débattais, criant, hurlant, trépignant, l'équipage entier se mit à exécuter autour de moi une sarabande infernale, accompagnée de chants et de rires et de cris qui m'exaspéraient à me rendre fou.

J'allais me jeter sur l'un de mes persécuteurs et, peut-être, tenter de l'étrangler, au risque de me faire écharper quand, par bonheur, le ciel, lui-même, vint à mon secours.

Oui, je peux dire le ciel.

Car en moins d'une minute et comme cela arrive souvent dans ces parages, le temps qui était superbe depuis plusieurs jours changea tout à coup, mais si brusquement, si complètement, que des paquets de mer semblaient devoir engloutir notre bâtiment, tandis que des coups de tonnerre et des éclairs sillonnaient le ciel, sans discontinuer.

Ce fut, à bord, un changement subit et complet de spectacle.

Il fallait voir quel remue-ménage et quel branle-bas sur le pont.

Le capitaine avait repris le commandement de son navire, et le porte-voix à la bouche il donnait des ordres.

Le roi du Tropique et les matelots déguisés, gendarmes et grands seigneurs, le bourreau et ses aides, et jusqu'à l' « Auguste épouse », grimpaient dans les haubans, prenaient des ris, et on voyait dans la mâture tout ce monde de carnaval aller, venir, sauter; de telle sorte que rien ne peut rendre l'effet de cette métamorphose.

Et pendant des heures que dura la tempête, on se demandait si l'on n'allait pas faire naufrage.

Les passagers étaient retournés dans leur cadre, sur l'ordre formel du capitaine.

Quant à moi, inexpérimenté comme je l'étais, puisque je voyageais en mer pour la première fois, je fus commandé pour garder la porte afin d'empêcher les passagers de monter sur le pont.

Grâce à cette faction, j'ai pu causer avec plusieurs d'entre eux qui me donnaient des renseignements.

Mais c'est surtout avec le passager qui avait fait le voyage des Indes que j'ai eu l'occasion de m'entretenir.

C'est par lui que j'appris que la cérémonie dans laquelle on m'avait contraint d'être un des principaux acteurs, était le « fameux baptême du Tropique », auquel doivent se soumettre tous ceux qui passent la ligne pour la première fois.

C'était mon cas; et voilà pourquoi on s'était donné le mot pour me faire subir les épreuves les plus barbares.

— J'appris alors que la cérémonie du carnaval à laquelle j'avais assisté, remontait, comme origine, à plusieurs centaines d'années; et que dans le principe, les marins voulaient s'égayer pour oublier les dangers qu'ils couraient chaque jour. C'est pour cela qu'on a imaginé ce baptême comique qu'on fait subir à tous les gens du bord qui n'ont pas encore dépassé le Tropique dans leurs voyages.

C'est aussi une façon, pour les matelots, d'obtenir des passagers qui ne veulent pas subir l'épreuve, quelques gratifications.

La tradition veut que le capitaine du navire accorde, pour la circonstance, un jour complet de congé à son équipage, de même qu'il lève les punitions pour ceux des matelots qui en ont encourus pendant la première partie de la traversée.

Le commandant se prête de bonne grâce à la fantasmagorie burlesque et il permet que l'on se relâche de la discipline pendant tout un jour.

Le passager qui me donnait ces renseignements savait ce qui allait arriver, et il m'avoua que, depuis plusieurs jours, il avait assisté aux préparatifs qui se faisaient en ce moment en cachette.

— Vous saviez donc qu'on allait me bafouer? lui ai-je demandé.

— Oui, je savais que l'on se proposait de s'égayer à vos dépens.

— Et vous ne m'avez-vous pas prévenu? je me serais tenu sur mes gardes.

— Je n'avais pas le droit de le faire, me dit-il.

Comme je lui demandais encore quelques renseignements sur la cérémonie qui avait été si brusquement interrompue par la tempête, il me répondit que ce que j'avais vu n'était qu'une variante, un peu modifiée et même adoucie, du véritable baptême de la Ligne, tel qu'il se pratique à bord de certains navires.

On n'épargne personne et les dames, subissent un baptême très mitigé auquel elles peuvent se soustraire en payant gracieusement leur rançon.

— Le mieux, ajouta le passager, est de se prêter de bonne grâce à la plaisanterie et d'être le premier à en rire et vous vous exposiez par le fait de votre résistance et de vos emportements à prolonger l'épreuve à laquelle vous aviez été condamné.

— Et qu'est-ce qu'on m'aurait fait de plus?... On ne m'aurait pas noyé, je suppose?

— « Assurément non, mais on vous aurait fait prendre un bain forcé avec toute espèce de complications et de raffinements qui n'auraient pas été de votre goût, mais qui auraient fort réjoui les spectateurs.

En vous retirant de l'eau, et sans vous donner le temps de vous reconnaître, on allait, — j'étais dans la confidence, — vous plonger dans une barrique de goudron liquide qui avait été préparée d'avance : puis, quand vous auriez été enduit des pieds à la tête on devait vous faire entrer de force dans un grand sac contenant des plumes en quantité.

On vous aurait, ainsi, transformé en oiseau, et le roi Tropique, à la grande joie de tous, vous aurait adressé un discours à sa façon.

Après quoi, on aurait mis fin à l'épreuve en vous proposant, comme moyen de vous venger, do payer à boire à tout l'équipage.

Ça devait être votre coup de grâce, me dit le passager, car on savait que votre bourse était complètement à sec. »

— C'était la vérité.

— « Aussi, le capitaine aurait, à ce moment, pris votre défense ; et, pour terminer la fête, aurait fait distribuer, en votre nom, une forte ration de vin à l'équipage. »

Et Claude Michot apprit à Thérèse que les passagers qui avaient été très épouvantés par la tempête avaient voulu, dans leur joie d'avoir été préservés d'une catastrophe, récompenser l'équipage de la rude besogne que les marins avaient dû accomplir, après avoir interrompu, aux premiers signes d'orage, leur carnaval de la Ligne.

La quête avait été productive et Claude Michot avait eu pour sa part une cinquantaine de livres, somme qu'il n'avait jamais possédée depuis qu'il s'était enrôlé.

Le compagnon de Thérèse s'était étendu, dans son récit, afin de distraire l'esprit de la jeune fille des sombres préoccupations dont elle était assaillie.

Il avait même mis une certaine gaieté à raconter ses aventures, parce que la certitude qu'il avait d'être bientôt réuni à son ancien compagnon, le mettait en belle humeur.

Après s'être interrompu pendant quelques instants, afin de mettre de l'ordre dans ses souvenirs, il reprit :

— Grâce à mes cinquante livres je me croyais bien riche quand j'ai débarqué à la Vera-Cruz, un diable de port où l'on est encore plus exposé à faire naufrage qu'en pleine mer.

Mais enfin je pus mettre pied à terre, affublé à peu près comme vous me voyez, car les vêtements que j'avais en quittant la France avaient été détériorés pendant qu'on m'administrait le fameux baptême du Tropique.

Les passagers et les matelots m'ont fourni les différentes pièces de ce vêtement. Mais depuis, ces hardes en ont tant vu avec moi, que nous sommes dans le triste état où vous nous voyez.

Enfin, à la guerre comme à la guerre ! Je me croyais au bout de mes peines, quand j'ai eu mis, comme disent les marins, le pied sur le « plancher des vaches ».

Ah ! bien oui !... Ça ne fit que continuer de plus belle. Je n'en avais pas encore fini avec les embarras, les fatigues, les privations et, par dessus le marché, avec les dangers.

D'abord j'avais, sur le port de la Vera-Cruz, fait connaissance avec des métis indiens matinés de nègres.

Quand ils ont su que je voulais aller en Californie, ils me dirent qu'ils me serviraient de compagnons, parce qu'ils venaient d'être engagés par un riche étranger, pour le servir pendant le voyage et aussi quand ils seraient arrivés en Californie, où cet étranger avait des propriétés, des mines et des maisons de commerce.

Les métis, qui étaient très liants et très familiers après boire, me proposèrent de me faire embaucher par leur maître.

— « Vous êtes blanc comme lui, me dirent-ils pour me décider, et il sera enchanté de vous engager. »

Vous supposez bien que je sautai sur cette proposition qui m'allait on ne peut mieux. Mes nouveaux amis profitèrent de mon contentement pour se faire payer à boire, et lorsque nous sortîmes du cabaret mes cinquante livres avaient disparu.

....Je m'y pris de mon mieux et je parvins ainsi à saisir la bride de la mule. (P. 590.)

Mais j'allais être, pensai-je, aux gages d'un riche particulier et ça me consolait un peu de n'avoir plus cet argent.

Les deux métis m'emmenèrent dans la maison qu'habitait le voyageur en question.

A première vue, cet homme produisit sur moi une mauvaise impression. Mais je me disais qu'il ne faut pas se fier à la mine, et que

74. — SEULE !   74.

l'on voit des coquins qui n'en ont pas l'air et, par contre, des honnêtes gens dont la figure ne vous revient pas toujours.

Mais la mauvaise impression persista quand j'entendis cet homme parler d'une voix sèche et d'un ton dur, comme s'il se fut adressé à des esclaves.

Les deux métis fléchissaient l'échine, comme des gens habitués à la basse servitude. Moi, je me tins droit, ferme et la tête haute, comme un soldat qui obéit mais ne s'humilie pas.

Le riche voyageur me soumit à un court interrogatoire, et comme je lui appris que j'avais, depuis mon enrôlement, fait la guerre un peu partout; il me dit d'un ton bref :

— « C'est parfait ! Vous savez manier les armes, ça me va. Je vous engage, d'abord pour le voyage; nous verrons à nous entendre par la suite. »

C'était tout ce que je demandais. Et malgré la mauvaise mine du richard, j'acceptai ce qu'il me proposait.

On devait se mettre en route le lendemain matin à la pointe du jour.

Le maître avait un bon cheval pour lui-même et son bagage sur trois mules que les deux métis étaient chargés de conduire. Moi je marchais à côté du cheval.

Il faut vous dire que le riche voyageur était armé jusqu'aux dents; mais cela ne lui suffisait pas, à ce qu'il paraît, pour sa sécurité, car il me donna un fusil, de la poudre et des balles.

Et, malgré que, par la suite, je n'aie pas eu à me féliciter de l'avoir rencontré, c'est tout de même grâce à ce fusil (il frappait de la main sur la crosse de son arme) qu'il m'a donné que j'ai pu vous sauver !...

Thérèse remercia d'un regard et un soupir s'exhala de sa poitrine, au souvenir qu'évoquait son compagnon.

Celui-ci eut un haussement d'épaule, comme pour indiquer que tout ce qui lui était arrivé de désagréable, lui était à présent tout à fait indifférent.

Et c'est d'un ton presque gai qu'il raconta ce qui suit :

— On s'était mis en route pour la Californie, à la pointe du jour; mais le voyage est long et souvent très accidenté.

De Vera-Cruz à Mexico, la route est très fréquentée, car tous ceux qui arrivent par mer, se mettent en caravane pour que le voyage soit plus agréable et moins coûteux; les mêmes guides servant pour plusieurs voyageurs à la fois.

Donc, ainsi qu'il le raconta, pendant cette première partie du voyage, Claude Michot était très satisfait et avait hâte d'arriver à Mexico.

Il ne se rendait pas compte de la longueur du trajet, et s'imaginait qu'au bout de quelques jours il aurait retrouvé son ancien compagnon et camarade Ravergy.

En route, il se régalait des fruits exquis que l'on trouve à profusion et qui, n'étant la propriété de personne, sont à tous ceux qui veulent se donner la peine de les cueillir.

Je me nourrissais de bananes, d'ananas, de mangots et j'avais des barbadines et des corosols pour me désaltérer, dit-il à Thérèse, en lui parlant de la magnifique végétation de ce merveilleux pays.

Quand on fut arrivé à Mexico, le riche voyageur donna deux jours de congé à son équipe de serviteurs et Claude Michot fut présenté, par les deux métis, à d'autres métis de leur connaissance, avec lesquels ils s'entretinrent dans leur jargon dont Claude Michot ne comprenait pas un mot.

— Ah! si j'avais pu comprendre, s'exclama le compagnon de Thérèse, je n'aurais pas eu à subir tout ce qui m'est arrivé par la suite. Mais aussi, ajouta-t-il en s'interrompant, je n'aurais pas eu la bonne chance de vous rencontrer.

Et poursuivant son récit :

— Nous étions donc en route, comme je vous le disais, et tout marchait très bien, si ce n'est qu'il avait fait horriblement chaud toute la journée.

Vers le soir, on pressait l'allure des bêtes, afin d'arriver à une hôtellerie qui se trouvait dans la montagne.

C'était là qu'on devait passer la nuit, pour se remettre en route au petit jour.

Le voyageur connaissait l'endroit et avait hâte d'y être rendu avant le coucher du soleil; j'ai su pourquoi depuis.

Il faut, pour arriver à l'auberge en question, passer par un chemin qui traverse une forêt... Vous en avez vu des forêts, mam'zelle, depuis que nous voyageons ensemble; mais aucune d'elles ne peut vous donner une idée de celle-là. Je crois qu'on appelle ces bois-là, une forêt vierge. Cependant il y avait un chemin tracé, mais les branches d'arbres se croisaient de telle façon et les feuillages étaient si épais, que les rayons du soleil ne pouvaient guère passer au travers.

Mais nous voilà à la lisière, on ne pouvait marcher de front. Les deux métis se sont tout de suite mis en tête avec les mules; le voyageur était au milieu et moi je fermais la marche, — comme quand j'étais à l'arrière-garde, en campagne.

Les métis s'étaient assis chacun sur le dos d'une mule et il faisaient trotter ferme les pauvres bêtes. Si bien que, sur l'ordre que me donna le voyageur, je me mis à courir pour les rejoindre et leur dire de s'arrêter.

Ah ! ouiche ! ils détalaient de plus en plus vite, au point que pour les rattraper, je n'avais qu'une chose à faire, c'était d'enfourcher la troisième mule et de piquer des deux.

Je mis mon fusil en bandoulière et je sautai à californchon sur la bête, en m'écriant : « En avant, la cavalerie ! » comme j'avais entendu le général Marceau crier à ses hussards.

Mais les deux gredins avaient pris un chemin de traverse et s'enfonçaient dans l'épais du bois, si loin qu'on ne voyait plus le voyageur.

— Quelle était donc leur intention ? demanda Thérèse...

— Pas bonne du tout, mam'zelle, comme vous allez en juger. Donc, nous voilà tous les trois au milieu des grands arbres et le jour baissait.

— Halte ! criai-je d'un ton de commandement.

Ils s'arrêtèrent, en effet, et m'attendirent.

Puis tous trois nous nous regardâmes. Moi, je n'étais pas du tout content.

— Chut ! fit l'un en mettant son doigt sur ses lèvres.

L'autre se mit à écouter.

On entendait la voix du voyageur qui nous appelait.

— « Vous entendez ! leur dis-je, il faut aller retrouver votre maître. »

— « Tout à l'heure ! me répond l'un des hommes avec un drôle de sourire qui découvrait ses gencives et laissait voir une double rangée de dents noircies par l'usage du tabac en poudre qu'ils chiquaient. »

— « Comment tout à l'heure ? C'est tout de suite qu'il faut obéir. »

— L'autre qui baragouinait un peu plus de français que son camarade, m'apprit alors que s'ils m'avaient fait engager par le voyageur, c'était uniquement pour que je puisse les aider à détrousser celui-ci qui avait beaucoup d'argent sur lui.

La surprise m'avait coupé la parole ; et comme je ne répondis pas tout de suite, ils crurent que j'acceptais ; ce qui, d'ailleurs, ne pouvait faire de doute pour eux.

Mais tous deux tressautèrent quand je leur dis d'un ton à leur donner une idée de ma fermeté et de ma résolution :

— « Mais vous n'êtes donc que des voleurs? »

— Revenus promptement de leur surprise, tous deux me répondirent tout tranquillement :

— « Oui, des voleurs!... »

— Et l'un d'eux s'empressa d'ajouter :

— « Et toi ? »

— « Moi? répliquai-je; je suis un honnête homme et je corrige les bandits. »

— En même temps, j'avais pris mon fusil que j'avais eu la précaution de charger et je me mis dans la position du soldat qui croise la bayonnette.

Les deux métis avaient dû échanger un regard, — ce dont je ne m'étais pas aperçu, — et ils se mirent à rire à gorge déployée...

— « C'était une ruse! dit l'un. »

— « C'était pour savoir si tu étais un honnête homme ! ajouta l'autre. »

— « Et pour preuve, reprit le premier, nous allons retourner auprès de notre maître qui nous appelle. »

— « Viens! fit le second en me prenant par le bras. »

— Nous étions tous les trois descendus de nos mules que nous conduisions maintenant par la bride.

On se trouvait dans une petite éclaircie du bois, où il y avait de magnifiques arbres fruitiers.

— « Nous allons boire frais, proposa un des métis. »

— « Non! Il faut rejoindre le voyageur, tout de suite, répliquai-je. »

— Mais déjà les deux métis s'étaient mis à grimper sur un des arbres aux branches duquel pendaient de très beaux fruits, à peu près comme de grosses pommes d'un jaune d'or.

Ils m'en jetèrent plusieurs et comme je mourais littéralement de soif, je commis l'imprudence de mordre à même.

Vous ne pouvez vous imaginer rien de plus délicieux, mam'zelle, que le jus parfumé et glacé de ces fruits.

Je me régalai à en manger plusieurs et j'éprouvai aussitôt dans tout mon corps une espèce d'engourdissement.

Les deux métis riaient aux éclats, à me voir tâter mes membres qui perdaient leur force, si bien qu'au bout de quelques instants, il me sembla que tout mon corps était de simple coton.

Quand je voulus marcher, mes jambes ne me soutenaient plus.

Alors j'ai eu tout à coup l'idée que, pour se débarrasser de moi, les deux scélérats m'avaient tout bonnement empoisonné.

Par exemple, j'avais conservé toutes mes idées et c'est ce qui me rassurait un peu.

Je voyais, j'entendais, je pouvais même crier, mais il m'était impossible de bouger de place.

Je voulus appeler le voyageur à mon secours. Ce fut en vain !

J'eus beau m'égosiller, on ne me répondait pas !

Je vis les deux guides descendre de l'arbre et je leur reprochai ce que j'appelai leur infamie.

Mais ils se contentèrent de me dire que j'allais pouvoir me reposer, puisque j'étais fatigué.

Je les vis prendre les mules par la bride et s'éloigner. Ils avaient eu la bonne idée de me laisser celle que je montais, après toutefois l'avoir débarrassée des bagages qu'elle portait.

La pauvre bête soulagée, se mit aussitôt à arracher de l'herbe pour la mâcher.

Bientôt après que les deux métis eurent disparu, j'entendis des détonations d'armes à feu, et je jugeai, qu'attaqué par les deux métis, le voyageur défendait sa vie.

Je comptais jusqu'à dix coups de feu.

Puis le silence se fit.

J'étais seul, abandonné dans une forêt vierge, ayant pour compagnon la mule qui, après s'être gavée d'herbe et de jeunes pousses d'arbres, s'était couchée pour digérer à son aise et se reposer.

La nuit était arrivée et je continuai à ne pouvoir faire usage de mes membres.

D'ailleurs où serai-je allé, même si j'avais pu marcher ?

Je n'aurais pu que m'égarer. Toutefois je ne perdis pas la tête, et je réfléchissais qu'il fallait m'assurer que la mule ne m'abandonnerait pas à son tour.

Comment faire ? Ne pouvant mouvoir ni bras ni jambes, je n'avais d'autre ressource que de me traîner sur le ventre.

Je me mis donc à ramper comme une couleuvre, mais comme cela m'était déjà arrivé quand j'étais soldat ; je m'y pris de mon mieux et je parvins ainsi à saisir la bride de la mule.

Fort heureusement pour moi, la pauvre bête était docile. Elle se laissa attacher à un tronc d'arbre et, pour la récompenser de sa complaisance, je m'étendis à côté d'elle.

C'est dans ces conditions assez désagréables et peut-être dangereuses, pensais-je, que j'allais attendre le jour, afin de revoir si je retrouverais mes forces, pour essayer de sortir de cette forêt.

Dans leur précipitation à exécuter le mauvais coup qu'ils avaient prémédité, les guides avaient, par bonheur pour moi, négligé ou oublié d'emporter mon fusil; et malgré que j'étais pour ainsi dire impotent, je me réjouissais de cette bonne chance.

« Mon pauvre Claude, me dis-je, tu as une mule et un bon fusil, avec ça tu pourras peut-être arriver en Californie. »

Comme vous voyez, je ne perdais pas courage. Je voulais, autant que possible me tenir éveillé, car l'idée m'était venue que la forêt devait être peuplée d'animaux féroces qui ont l'habitude de chasser pendant la nuit. Et j'étais à me demander comment je pourrais me défendre, si j'étais attaqué, dans l'état d'engourdissement où je me trouvais.

Malgré tout le courage que j'ai, je vous assure, mam'zelle, que je sentais battre mon cœur, quand une branche craquait ou que la mule, sur l'échine de laquelle, j'avais posé ma tête comme sur un oreiller, faisait un mouvement que je croyais causé par l'inquiétude que la pauvre bête pouvait éprouver.

Vous avez vu comment votre cheval a flairé le danger et comment il tremblait sur ses jambes dans la forêt en feu, et aussi pendant que le troupeau de bisons s'approchait au grand galop.

Les animaux pressentent le danger mieux que nous. Je tremblais de voir tout à coup la mule se remettre sur ses jambes et vouloir prendre la fuite. C'est qu'alors je me disais qu'elle aurait flairé quelque bête féroce.

Quand je dis que j'éprouvais de la crainte, c'est une façon de parler; car la peur et moi nous ne nous sommes pas souvent rencontrés ensemble.

Seulement, je craignais de ne pouvoir pas arriver à temps en Californie pour y retrouver mon ami Georges.

En fait, je venais d'échapper à un très réel danger de mort.

— Un danger de mort? s'exclama Thérèse.

— Oui, c'est tel que je vous le dis; sur cent, il n'en réchapperait pas un seul de ceux qui auraient goûté à ces fruits si engageants, si savoureux en apparence.

Voilà ce que John Mathis m'a raconté :

L'arbre en question s'appelle « *Le Gnougou*, » il ressemble beaucoup, comme tronc, feuillage et comme fruit, à un autre arbre aussi malsain, pour le moins, et qu'on appelle « *Le Mancenillier* » seulement le premier que je viens de nommer se trouve en bien plus grande quantité dans les forêts du Mexique et même en Californie, tandis que l'on a détruit, par ordre de l'autorité, tout ce qu'on pouvait détruire de « *Mancenilliers*, » dont la racine empoisonne la terre.

Ce n'est pas de cet arbre sous lequel, d'après les on dit, on s'endort pour ne plus se réveiller qu'il s'agit; mais de ce magnifique *Gnougou* qui produit de si beaux et de si dangereux fruits.

John Mathis, quand je lui eus dit ce qui m'était arrivé après avoir mangé de ces fruits qui nourrissent et désaltèrent en même temps, s'écria que j'avais eu une chance de pendu pour m'en être sorti avec un simple engourdissement et une grande faiblesse dans tous les membres; il m'apprit que j'aurais pu laisser ma peau sous le *Gnougou*.

— Mais comment vous expliquez-vous cela?

— Voilà comment John Mathis m'a expliqué la chose : Il paraîtrait que les *aras* bleus et jaunes sont très gourmands de ces fruits. Lorsqu'un vol de ces oiseaux s'abat sur un *Gnougou*, ils se régalent à qui mieux mieux. Ils ne mangent pas tout le fruit, comme on pourrait le croire, mais seulement la partie qui tient à la branche. Or, comme le fruit est solidement attaché, il supporte les coups de bec, d'autant plus facilement que l'*ara* mange très délicatement.

— Eh bien? demanda Thérèse intriguée.

— Eh bien, au dire de John Mathis, les aras mangent précisément la partie vénéneuse du fruit. Après cette opération, la pomme du *Gnougou* ne donne plus la mort, mais produit seulement une espèce de paralysie qui dure plus ou moins longtemps, selon la quantité de fruits que l'on a mangés.

Voilà ce qui m'est arrivé, au Mexique. Mais je n'étais pas au bout des choses plus ou moins désagréables dont j'avais déjà eu d'assez jolis échantillons. D'abord je suis resté toute la nuit et une partie de la matinée dans l'état que vous savez, et je poussai un soupir de soulagement, quand je me suis aperçu que je pouvais commencer à remuer les jambes et à me servir de mes bras.

Toutefois plus de trois heures se passèrent avant que j'aie pu me remettre en route. La bonne diablesse de mule s'était reposée et avait pris pitance. Je pus l'enfourcher sans opposition de sa part. Et comme je ne savais pas quelle direction prendre, l'idée me vint de mettre la bride sur le cou à cette bonne bête. Ce n'était pas trop mal penser, la mule devait accomplir souvent le même trajet et elle devait par conséquent, connaître son chemin... La pauvre bête, sans que j'aie eu besoin de la guider, retrouva sa route, à l'endroit même où les deux scélérats avaient abandonné le voyageur.

— Mieux que ça : un monastère, à ce que j'ai pu voir tout de suite.... (P. 594.)

Par exemple, je ne retrouvai pas plus de voyageur que sur ma main. Dans le fond ça m'était à peu près égal de faire le trajet en sa compagnie; et comme il m'avait payé d'avance la moitié du prix convenu, je ne demandais qu'une chose, c'était que la mule allât toujours son petit bonhomme de chemin, jusqu'en Californie.

Dans mon idée, la mule devait avoir une routine et forcément, elle ne pouvait que me conduire à des hôtelleries ou des auberges où elle avait l'habitude de s'arrêter. Donc le mieux était de continuer à la laisser marcher à sa fantaisie.

Ce que j'avais résolu fut exécuté; mais une première surprise m'attendait; tout à coup, comme le petit chemin faisait un coude, la mule s'arrêta et dressa les oreilles.

Il y avait un homme couché en travers de la route.

C'était un de mes scélérats de guides.

Je pensai tout de suite que le voyageur qui était, ainsi que je vous l'ai dit, armé jusqu'aux dents, avait dû se défendre et qu'il s'était débarrassé pour le moins d'un des gredins qui avaient comploté de l'assassiner.

Mais j'eus beau continuer à suivre le chemin, pas la plus petite trace ni du voyageur, ni de l'autre guide.

Qu'étaient-ils devenus? Le voyageur avait-il réussi à sortir sain et sauf de la lutte? peu m'importait. Le principal était d'arriver au terme du voyage.

Je poussai la mule qui continua son chemin. Je ne doutais plus qu'elle me conduirait à une « *possada* » c'est comme ça qu'on désigne les auberges dans les montagnes du Mexique, depuis que les Espagnols ont fait la conquête de ce beau pays et y ont apporté leur lois, leurs habitudes et leur langage. C'est toujours par John Mathis, qui savait tant de choses, que j'ai appris cela.

Claude Michot, après cette courte digression reprit son récit.

— Après que la mule eut marché encore pendant plusieurs heures, tout à coup, je vis qu'elle dressait les oreilles et tournait la tête vers un monticule que l'on apercevait, à travers les branches.

Bientôt je pus me rendre compte que le chemin aboutissait à une route taillée à vif dans le roc et qu'il fallait descendre avec précaution, afin de ne pas perdre l'équilibre.

D'ailleurs, je n'eus pas besoin de tirer sur la bride pour modérer l'allure de la mule qui devait être rompue à ce genre de voyage et se mit à marcher avec les plus grandes précautions pour qu'il ne nous arrivât d'accident, ni à elle, ni à moi.

La route conduisait à un vallon, tout ce qu'on peut s'imaginer de joli et de pittoresque. Au fond, adossé au morne,...

— L'hôtellerie, sans doute? demanda Thérèse.

— Mieux que ça: un monastère, à ce que j'ai pu voir tout de suite à la croix en pierre qui se trouvait au-dessus d'un grand portail, comme celui d'une église.

— Vous alliez enfin recevoir une bonne hospitalité et vous remettre de vos fatigues et de vos émotions.

Claude Michot se mit à sourire en regardant la jeune fille.

Puis il répondit :

— J'avais tout lieu de le supposer, mademoiselle ; et déjà je bénissais cette pauvre mule qui m'avait conduit là.

Je la flattai de la main, afin de lui faire comprendre que je lui avais de la reconnaissance. Mais sans se montrer sensible à cette caresse, elle continua à marcher pour aller s'arrêter, la tête basse, devant un mur où pendait une chaîne de cloche.

Thérèse eut un mouvement de surprise.

Oui, mam'zelle, la mule avait bien, ainsi que je le supposais, l'habitude de faire le même trajet et de s'arrêter aux mêmes endroits ; mais elle m'avait ménagé une surprise, comme vous allez voir.

En effet, je supposai que ce que j'avais de mieux à faire était de mettre la cloche en branle, parce que ce devait être l'habitude des voyageurs qui désiraient recevoir l'hospitalité dans ce monastère.

Je tirai donc sur la chaîne.

Une cloche tinta, mais à une assez grande distance du mur ; ce qui me donna naturellement à supposer que l'on ne m'ouvrirait pas tout de suite.

En effet, j'attendis, comptant les minutes et cherchant dans ma tête ce que j'allais raconter à ces braves religieux.

Ce ne fut qu'au bout d'une dizaine de minutes à peu près que j'entendis des bruits de pas derrière le mur et que la porte s'ouvrit.

Je me trouvai alors en présence d'un moine qui portait une robe de bure marron avec une croix blanche par devant et une autre sur le dos.

Je ne me rappelais pas avoir vu en France des moines portant un pareil costume.

Le religieux avait la tête nue et le crâne, chauve au sommet, était garni, sur les oreilles, de cheveux noirs.

Le saint personnage m'accueillit avec un sourire bon enfant, et me dit tout de suite :

— « Soyez le bienvenu ; nous vous attendions et vous trouverez ici bonne réception. »

Naturellement, je me demandai comment ce brave moine pouvait savoir que j'allais venir lui demander l'hospitalité.

Mais lui, sans se préoccuper de mon étonnement, m'aida à des-

cendre de la mule et me prit par le bras avec une familiarité à
laquelle j'étais loin de m'attendre.

En même temps, il sifflait d'une certaine façon, et la mule qui se
mit à trotter disparaissait bientôt derrière une allée plantée d'arbres.

Quant à mon capucin, dit Claude Michot, il était on ne peut plus
aimable et m'annonçait que je ne manquerais de rien, tout le temps
que je resterais au monastère.

— Mais je veux continuer ma route, le plus tôt possible,
aujourd'hui même; je n'ai pas le temps de flâner en chemin..., dis-je
au religieux.

Sans me laisser le temps de lui apprendre où j'allais; « — Je sais,
me dit-il, que vous vous rendez en Californie. »

— Ah! bah? qui donc vous a si bien renseigné?

Le moine se mit à rire, en me disant « — Voici nos frères qui
viennent au devant de nous! » En effet, une demi-douzaine de religieux apparaissaient à l'extrémité de l'allée. Ils avaient tous les bras
croisés sur la poitrine. Quand ils furent assez près de moi pour que
je pusse les dévisager, je poussai des exclamations de surprise,
chaque fois que je considérais l'un des visages que j'avais devant les
yeux. Je les connaissais tous! Ces prétendus moines étaient les camarades des deux guides que les métis avaient rencontrés, les camarades avec qui ils avaient causé tout bas, devant le cabaret, à Mexico,
au moment où nous allions rejoindre le richard avec qui nous devions
voyager.

— Oui, je me souviens, dit Thérèse.

— Eh bien, ces mêmes individus portaient maintenant la robe
de bure! La robe de saints religieux...

Je n'avais pas besoin d'autres indices pour comprendre que la
mule m'avait transporté au milieu d'une véritable bande de brigands.

Je me demandais si je n'allais pas casser la tête à coups de crosse
au premier de ces scélérats, qui s'approcherait de moi. Mais comme
s'ils eussent deviné mon intention, les gredins m'entourèrent, me débarrassèrent, par force, de mon arme.

Et comme je commençais à me sentir la tête chaude et que je
réclamais mon fusil, l'un d'eux me dit qu'on me le rendrait certainement, mais qu'avant tout, il y avait au monastère quelqu'un qui voulait causer avec moi.

Impossible de résister et je me décidai à les accompagner dans
une chambre où se trouvait cette personne désireuse d'avoir un entretien avec moi.

Ah ! je ne fus pas une minute à la reconnaître cette personne, ou plutôt ce scélérat.

C'était l'autre guide. Le misérable avait reçu quelques balles de pistolet dans le corps, car il était couvert de compresses et d'emplâtres.

— « Qu'est-ce que tu me veux, bandit ? » lui criai-je en m'approchant du lit sur lequel il était étendu.

— « Je veux te dire, me répondit ce gredin, que tu en sais trop long pour que nous te permettions de nous quitter.

Tu peux donc choisir entre deux choses, ou devenir notre compagnon, notre associé ou recevoir une balle dans la tête. »

— « Moi, devenir un voleur de grand chemin, un brigand comme vous tous !... J'aime mille fois mieux... »

— « Attends, mon garçon, ne te prononce pas si vite. Je te donne huit jours pour te décider. Tu ne me parais pas dépourvu de bon sens et je suis certain que ces huit jours de réflexion te feront prendre le parti le plus sage, celui de vivre de la joyeuse vie que nous menons.

Notre troupe a été malheureusement réduite depuis quelque temps par plusieurs pendaisons, que nous tenons à venger, et nous avons besoin de recruter quelques braves pour nous seconder. Tu es un solide gaillard, courageux... nous en avons la preuve. Tu pourras même un jour devenir notre chef, c'est-à-dire, le maître de toute la contrée. Réfléchis, mon garçon, et je suis sûr que tu accepteras notre offre. »

— Je n'avais pas besoin de huit jours de réflexion, mon choix était fait d'avance, j'aurais préféré mille fois mourir plutôt que de devenir un voleur de grand chemin, mais je pensai, qu'au lieu de répondre tout de suite, je ferais mieux de profiter du répit que l'on m'offrait, pendant lequel je parviendrais peut-être à m'échapper, aussi répondis-je :

— « J'accepte dès à présent, les huit jours de réflexion. Je vous dirai, quand ils seront écoulés, si j'accepte aussi le reste, c'est-à-dire votre proposition de faire partie de la bande, et voulant détourner la conversation, je demandai comment il se faisait que l'on m'attendait dans ce singulier monastère, ainsi que me l'avait dit le premier bandit qui m'avait reçu à la porte. »

Le blessé me répondit :

— « Nous pensions que ta robuste constitution t'avait peut-être fait survivre... »

— « A l'empoisonnement que vous aviez prémédité contre moi... »

— « Précisément. Nous étions sûrs, dans ce cas, que l'intelligente mule t'amènerait ici et que tu pourrais devenir pour nous, une bonne recrue. »

— L'idée me vint, alors, de leur inspirer, peu à peu confiance, et de faire croire à ces bandits que je me déciderais peut-être à devenir un des leurs, je dis d'un air d'hésitation :

— « Le fait est que, me trouvant à présent sans sou ni maille, puisque l'on m'a tout pris... je n'ai guère la possibilité de continuer mon voyage... eh bien... je... je verrai, je réfléchirai et... dans huit jours vous aurez ma réponse définitive. »

J'espérais pendant ce délai trouver le moyen de m'échapper.

Le blessé reprenant la parole me dit familièrement :

— « Maintenant, tu vas d'abord te restaurer avec de bons amis qui ne demandent pas mieux que de te donner l'hospitalité. »

— Les « bons amis » en question me conduisirent dans la salle à manger de leur monastère, et je pus me convaincre que ces gaillards vivaient comme de joyeux moines.

Je me laissai offrir un excellent déjeuner auquel je fis honneur.

Après le repas, qu'on avait copieusement arrosé d'une boisson fermentée fort agréable, je fus conduit dans le petit parc qui devait, ainsi qu'on me l'avait déclaré, me servir de prison.

Un très joli parc, avec de magnifiques arbres peuplés d'oiseaux aux couleurs vives.

Délicieux endroit, où je me serais trouvé admirablement, si je n'avais pas eu si grande hâte de me rendre en Californie.

Par exemple, les murs étaient de véritables murailles de forteresse et il ne me parut pas possible de les escalader et de les franchir.

C'était donc bien dans une prison que m'avaient conduit les moines-bandits dont j'étais devenu l'hôte malgré moi.

L'un de ces scélérats qui me parut avoir une certaine autorité dans l'association, me dit :

— « Vous pourrez vous promener ici, tout à votre aise. »

Mais on m'avait ménagé une surprise.

En effet, après m'avoir affirmé que je pourrais me promener, librement, dans ce parc, pendant la journée, le bandit se retira avec mille protestations d'amitié.

J'allais donc avoir le loisir de réfléchir sur la nouvelle situation dans laquelle m'avait jeté le hasard.

Tout d'abord je restai immobile, à l'endroit où le bandit s'était séparé de moi. J'étais quelque peu ahuri de tout ce qui m'était arrivé depuis que j'avais fait la rencontre des deux guides.

Je songeai, sans perdre temps, à la conduite que je tiendrais pour arriver à mon but : c'est-à-dire à reconquérir ma liberté, pour continuer mon voyage.

Deux moyens se présentaient à moi, le premier consistait à passer par dessus les murs, ce qui ne serait pas facile, pensai-je, mais je ne croyais pas que ce fut absolument impossible.

Toutefois, en admettant la possibilité du succès, je songeai que je ne possédais ni échelle, ni corde à nœuds, ni les matériaux nécessaires à la fabrication de ces objets indispensables pour l'exécution d'un semblable projet.

Il restait le second moyen qui consistait à gagner la confiance de mes geôliers, en feignant d'accepter de faire partie de leur bande.

Or, on m'avait dit que je pouvais me promener tant que je voudrais, et je voulus tout de suite persuader à ces gredins qui allaient bien certainement me surveiller, que je n'avais pas trop d'ennui de ce qui m'arrivait.

Donc, après que le soi-disant moine se fut éloigné, et que je fusse revenu de la colère que j'avais éprouvée, tout d'abord, je me mis à marcher dans un sentier qui conduisait au milieu du parc.

Il y avait là un très beau bouquet d'arbres qui donnait un délicieux ombrage. Des bancs de pierre étaient disposés en cercle, adossés à des fourrés d'où partaient des trilles et des vocalises de toute espèce d'oiseaux chanteurs.

Je pensai que c'était là que les bons moines, les vrais, qui avaient autrefois habité le monastère, devaient avoir l'habitude de se réunir pour causer, et respirer le frais, au moment du crépuscule.

Je m'approchai de l'un de ces bancs et après avoir jeté, instinctivement, un regard sur le taillis qui se trouvait tout contre, je m'assis pour mieux réfléchir à ce que je devais faire.

Désireux de savoir si les bandits me surveillaient, je commençai par fouiller du regard tous les buissons, les taillis et les fourrés qui se trouvaient à proximité de l'endroit où j'étais assis.

Puis, après avoir longuement regardé, je me mis à écouter, l'oreille bien tendue, de façon à entendre le moindre bruit qui se produirait.

Rien!... pas l'ombre d'un corps caché dans les buissons ou se confondant avec les troncs d'arbres très rapprochés les uns des autres; pas le plus petit bruit qui put me faire supposer qu'on se faufilait dans la futaie.

Le silence régnait dans le parc, interrompu seulement soit par le chant des oiseaux, soit par quelque petite branchette sèche se détachant et venant tomber sur le sol.

J'avais passé ainsi plus d'une heure, sans avoir rien vu ni entendu, quand je pris le parti de parcourir le parc en tous sens, afin de me rendre compte de son étendue.

Je me disais, en outre, que si j'étais réellement surveillé, ceux qu'on avait préposés à ma garde, ne manqueraient pas de m'accompagner, à distance, dans ma promenade.

Je m'enfonçai au plus épais de la futaie. Il y avait là de magnifiques arbres, des ébéniers et aussi le superbe palmiste qui, je l'ai su depuis, est terminé par une partie tendre qui s'appelle le chou-palmiste et dont les Indiens sont très gourmands.

Outre ces deux arbres très élevés, il y avait là des espèces de grands palmiers, dont le tronc est rugueux, comme s'il était couvert d'écailles de crocodiles.

Ce palmier produit une datte, très sucrée et molle, qu'on appelle « caïmite ». Quand le fruit est en pleine maturité, il s'entr'ouvre et le noyau apparaît au milieu d'une substance laiteuse qui ressemble à de la crème.

Mais, s'empressa d'ajouter Claude Michot, pour rien au monde je n'aurais goûté à l'un de ces fruits que le vent détachait et faisait tomber tout près de moi. Je me souvenais du danger d'empoisonnement que j'avais couru en mangeant les pommes d'or que les deux métis avaient cueillies à mon intention.

Aucune trace d'homme, pas un bruit dans cet endroit où l'on pouvait si facilement se cacher pour surveiller ou guetter quelqu'un.

Décidément on a simplement voulu m'ôter l'envie de m'enfuir, pensai-je; et, dans cette conviction, je cessai de regarder et d'écouter comme j'avais fait jusque-là.

Je m'étais assis sur un tapis de mousse, au pied d'un palmiste dont le feuillage en parasol eut pu, au besoin, m'abriter de la pluie, comme, à ce moment-là, il m'abritait des rayons du soleil.

Tout à coup, j'éprouvai une sensation que, sans me vanter, je n'avais jamais ressentie jusque là...

J'ai eu peur!...

— Peur? dit Thérèse.

... Il saisit et brise une grosse branche, comme un enfant briserait une paille,... (P. 604.)

— Une peur horrible : mon cœur fit un bond dans ma poitrine et tout mon sang se glaça dans mes veines, mon effroi était si grand que je me redressai pour prendre la fuite...

— Que vous était-il donc arrivé?... Quelle était la cause de cette terreur subite?

— Un cri que j'avais entendu.

— Un cri? dit, avec étonnement Thérèse.

— Oui, un cri; mais si terrible, si épouvantable que nul être humain, nulle bête féroce n'aurait pu en exhaler un semblable.

On eut cru entendre quelque monstre d'une espèce inconnue, un monstre d'une taille immense, colossale, excité par la fureur, par la rage, hurlant dans une violente colère ou dans une souffrance mortelle. Tout à coup, je vis apparaître l'être hideux qui avait jeté cet épouvantable cri.

Il avait, à première vue, la structure d'un homme gigantesque.

Sa tête était deux fois plus grosse qu'une tête humaine, et son énorme corps était porté par deux jambes disproportionnées, maigres, mais nerveuses et arquées; ces jambes, au lieu d'être terminées par des pieds, s'appuyaient sur de larges mains, aussi développées que celles de ses bras qui, étendus, descendaient bien plus bas que ses genoux.

Il était, tout entier, couvert de poils raides et durs comme la fourrure d'un sanglier.

Cette tête, deux fois plus grosse qu'une tête humaine, avait une mâchoire qui s'ouvrait, béante et profonde, pour laisser voir des crocs longs et acérés, solidement fixés dans des gencives sanglantes.

Rien de plus affreux que la face de ce monstre, avec son nez écrasé, les os de ses pommettes saillants et ses yeux, injectés et d'une mobilité extraordinaire, sous des paupières supérieures d'une peau plissée et pendante. Le front déprimé s'en allait fuyant en arrière et portait une touffe de poils raides et plantés droits.

Quand j'ai vu apparaître cette tête infernale, diabolique, entre les branches d'arbre, je n'ai pu m'empêcher de frissonner.

Le moine, ou plutôt le bandit déguisé en moine, qui me suivait d'assez loin, était accouru au bruit des hurlements aigus de ce monstrueux animal.

— C'est le gorille, me dit-il.

— Le gorille? demandai-je étonné.

— Oui, gorille ou homme des bois, c'est tout un. — Votre vue et surtout la mienne l'ont violemment excité, comme vous venez d'en être témoin.

Et, en effet, dès que l'animal avait aperçu le bandit, il était entré dans une telle fureur que l'on pouvait le voir sauter d'une branche à l'autre, empoigner le tronc d'arbre et le serrer comme pour le briser, et cela en faisant claquer ses mâchoires l'une contre l'autre, dans un accès indescriptible de rage.

Puis, tout à coup, il saisit et brise un grosse branche, comme un enfant briserait une paille, la dépouille de ses feuilles et s'en servant comme d'un bâton pour nous menacer, absolument ainsi qu'eût pu faire un homme transporté de fureur.

Le bandit me dit que ce que nous avions de mieux à faire, c'était de nous retirer hors de la portée des projectiles que le terrible animal allait bientôt lancer contre nous.

En effet, avant que nous ayons eu le temps de nous mettre à l'abri derrière les troncs d'arbres, le monstre avait cassé la branche en morceaux qu'il se mit à lancer sur nous, avec tant de rapidité, tant de force, et aussi avec tant de précision, qu'il nous eût certainement broyé la tête et brisé les membres, si nous avions tardé à nous retirer précipitamment.

Surprise, effrayée même, Thérèse demanda :

— Est-ce que l'on est exposé à rencontrer des animaux de cette nature, dans ce pays, dans les forêts que nous aurons encore à traverser?

— Heureusement, non, mademoiselle. C'est par le fait du hasard que je me suis trouvé en présence d'un être de cette espèce qui est le premier qu'on ait vu au Mexique, d'après ce que m'ont dit les bandits.

Il paraîtrait que cet animal est plus féroce et plus acharné cent fois que les lions et les tigres. D'abord il est d'une force prodigieuse, au point que, dans ses colères, il peut déraciner un arbre et le lancer sur l'ennemi qu'il attaque ou contre lequel il se défend. Même on en a vu qui, criblés de balles, les membres brisés, blessés à mort, ont lutté contre plusieurs hommes et les ont mis hors de combat avant de trépasser.

— Est-ce possible? balbutia Thérèse, violemment impressionnée.

— Tout ce que je vous dis là est absolument exact, mademoiselle, répondit Claude Michot.

Mais vous pensez bien fit, en s'interrompant, le compagnon de Thérèse, que j'ai eu la curiosité de savoir comment un pareil animal se trouvait dans le parc du monastère.

Le faux moine qui, ainsi que je vous l'ai dit, paraissait m'avoir

pris en amitié, m'apprit la chose. C'est de lui que je tiens l'histoire
de mon ami le « Gorille »...

Oui, mademoiselle, « mon ami » : le gorille en question, qui
avait voulu me tuer à coups de branches d'arbre, a changé de sentiments à mon égard, et nous avons fini par nous lier d'amitié.

Mais je dois, avant tout, vous dire comment le « Gorille » était
devenu, comme moi, le prisonnier des brigands, mademoiselle !

Claude Michot continua :

— Voilà ce que m'a raconté le bandit : Le chef de leur bande
était un ancien capitaine négrier qui avait fait la traite, — ce qu'on
appelle le « commerce de bois d'ébène » — et s'était enrichi à ce
commerce-là.

— Quoique riche, cet homme s'était associé à des misérables de
l'espèce de ceux dont vous me parlez ?

— Oui, mam'zelle, négrier ou voleur de grand chemin, c'est bien
à peu près la même chose. Le capitaine avait quitté un métier pour
prendre l'autre ; et, d'après l'expression dont se servit celui qui me
renseignait, il travaillait par amour du métier, comme on reste soldat, même quand on a fini son temps.

Or, ce capitaine qui faisait le commerce des nègres, qui sont une
marchandise qui se vend comme les bœufs qu'on va chercher aussi
dans le pays d'Afrique, avait débarqué, parait-il sur une côte qu'il
n'avait pas encore visitée. Il avait aperçu des bandes de nègres qui
se promenaient sur le rivage et avait fait aussitôt mettre une chaloupe
à la mer.

Dix de ses matelots armés de fusils et de lances y avaient pris
place, afin d'aller faire la chasse à l'homme, pour compléter sa cargaison de « bois d'ébène ».

Le capitaine en question s'appelait Baldarès ; c'était un portu-
gais.

Lorsque les onze hommes approchèrent du rivage, leur surprise devint de la stupeur : Les individus qu'ils avaient pris pour
des nègres étaient d'une espèce tout à fait particulière et dont ils
n'avaient pas encore vu d'échantillons.

Ces individus étaient couverts de poils, et au moyen de la
longue-vue on pouvait se rendre compte de leur structure.

Il y avait des mâles et des femelles ; ces dernières étaient plus
petites et quelques-unes allaitaient leurs progénitures, absolument
comme les femmes d'espèce humaine.

Le capitaine Baldarès qui avait l'habitude de voyager sur les côtes d'Afrique, pour les besoins de son commerce de « bois d'ébène », déclarait à ses matelots qu'il n'avait encore rien vu de semblable.

Si ces êtres étranges étaient des singes, des quadrumanes, disait-il, on ne pourrait pas les approcher facilement ; mais il ajoutait que si l'on parvenait à s'emparer d'un certain nombre de ces individus, — êtres humains ou singes, — on en tirerait certainement un profit plus grand qu'en vendant des nègres et des négresses.

Aussi donna-t-il aux rameurs l'ordre de faire en sorte d'attérir à l'opposé de l'endroit où la troupe était réunie, afin de ne pas lui faire prendre la fuite, et au contraire de tâcher de manœuvrer de façon à la surprendre.

On chargea les fusils, afin de pouvoir, au besoin, faire un feu de salve sur le gibier, lorsque l'on serait à bonne portée.

Mais à la surprise du capitaine-négrier et des marins qui montaient la chaloupe, au lieu de prendre la fuite comme une bande d'animaux surpris et effarouchés, la troupe se mit à marcher avec précipitation, dans la direction du lieu où la chaloupe allait aborder.

Non seulement les étranges individus ne paraissaient pas craintifs, mais leur attitude indiquait, au contraire, qu'il se préparaient au combat contre l'ennemi qui se disposait à envahir le rivage.

En effet, plusieurs, dont la taille dépassait de beaucoup celle d'un homme, eurent l'air de prendre le commandement de la troupe. Même on pouvait croire qu'ils donnaient des ordres à des subalternes, car on vit quelques-uns de ces derniers se diriger vers la lisière d'un bois voisins et en revenir, portant sur leurs épaules, — comme l'eussent fait des hommes, — de grosses branches d'arbres qu'ils n'avaient mis que quelques minutes à casser et à dépouiller de leur feuillage.

En quelques instants, ils en avaient fait de solides bâtons, dans l'intention évidente de se défendre ou même d'attaquer, quand on aurait débarqué.

C'est ce qui arriva. A peine les matelots eurent-ils abordé et quitté la chaloupe qu'on vit ces singes géants prendre leurs dispositions pour le combat.

Le capitaine-négrier avait, de son côté, donné des indications, afin de faire opérer un mouvement tournant qui eût permis d'entourer la troupe et de lui couper la retraite.

Mais les marins n'eurent pas le temps d'exécuter la manœuvre, car avec une très grande rapidité, la troupe se porta au-devant d'eux.

Les vieilles femelles furent laissées en arrière, afin de garder les petits qu'on voyait gambader de même que des enfants.

Les femelles jeunes se joignirent aux mâles, et ne furent pas les adversaires les moins acharnés et les moins habiles qui se présentaient contre les envahisseurs.

A un cri poussé par celui qui paraissait être le chef de la troupe, toutes les femelles se précipitèrent en avant, comme une cavalerie légère et avec une très grande habileté, elles évitèrent d'attaquer l'ennemi de front.

On eût dit qu'elles exécutaient simplement une diversion, afin de favoriser l'attaque qu'allaient faire les mâles.

Les marins du capitaine-négrier n'étaient pas faits à ce genre de bataille. Tout d'abord surpris, ils se disposaient à lâcher leurs coups de fusil. Le chef n'eut que le temps de les en empêcher.

— Ne tirez pas! leur cria-t-il, car vous vous trouveriez ensuite désarmés contre ces diables d'animaux qui ont l'air de savoir se battre aussi bien et peut-être mieux que des hommes, et ne vous laisserait pas le temps de recharger vos armes.

Le capitaine recommanda alors qu'on se servît des lances, afin de tenir les adversaires à distance.

Mais il avait compté sans la fureur des femelles qui se servaient de leurs griffes pour s'accrocher aux vêtements des marins et leur déchirer les chairs des mains et du visage, tout en poussant des cris assourdissants.

D'autre part, les mâles se servaient du bâton avec une très grande habileté, paralysant l'usage que les matelots voulaient faire des lances dont ils étaient armés.

Les coups qu'ils portaient ne manquaient jamais d'atteindre l'adversaire. Plusieurs matelots avaient été désarmés et obligés de lutter corps à corps avec ces hommes des bois. Mais là encore, les quadrumanes montrèrent une grande supériorité sur leurs adversaires.

Bien plus robustes et agiles, ils fussent assurément parvenu à mettre bientôt tous les marins hors de combat. Le péril était grand. C'est alors que le capitaine-négrier donna à ses hommes l'ordre de se servir des fusils.

Mais les marins n'obtirent pas tout d'abord le résultat que leur chef avait espéré. En effet, ils procédèrent comme à la guerre, attendant le moment pour coucher en joue, ce qui permit aux singes de saisir les fusils par le canon et de désarmer les matelots.

Il paraît, ajouta Claude Michot, que pour cette chasse on doit tenir le fusil toujours en joue en marchant à la rencontre de l'animal, afin de lâcher le coup lorsque celui-ci se trouve à bonne portée.

Les marins avaient affaire à des adversaires non seulement plus nombreux, mais infiniment plus forts et surtout décidés à lutter avec la plus grande énergie et un incontestable mépris de la mort.

La situation de l'équipage de la chaloupe paraissait gravement compromise, quand le capitaine fit faire un feu à volonté sur la troupe. Quelques coups bien visés mirent autant de singes hors de combat.

Il fallait profiter de ce succès et on fut obligé de se former en carré pour résister aux assauts furieux des animaux qui, bien que blessés, continuaient à se ruer sur les marins.

D'après ce que le capitaine négrier a raconté plus tard aux bandits dont il était devenu le chef, le singe qu'il avait réussi à capturer avait reçu deux coups de lance et un coup de fusil. On avait profité du déplorable état dans lequel il se trouvait pour le ligotter et le porter dans la chaloupe.

Ce fut, d'ailleurs, le seul prisonnier qu'on était parvenu à faire, car les marins profitèrent du désarroi de leurs adversaires pour battre en retraite vers la chaloupe, mettant ainsi fin à un combat dont l'issue ne pouvait, à la longue, manquer de leur être fatale.

Il paraît, toujours d'après le récit du capitaine Baldarès, que les singes n'ont cessé de lancer des projectiles que lorsque la chaloupe eut rejoint le bâtiment qui était à l'ancre.

Voilà comment mon ami le « Gorille » s'est trouvé emmené hors de son pays natal.

— Et l'on était parvenu à l'apprivoiser? demanda Thérèse.

— A l'apprivoiser, non; mais à le soumettre, à le dompter, en agissant de rigueur avec lui.

Seul, le capitaine Baldarès pouvait en approcher, au commencement de la captivité de l'animal. Et cela, parce que le « Gorille » avait, à cause des blessures qu'il avait reçues, besoin d'être soigné. Or, le capitaine lui avait prodigué les soins nécessaires.

A mesure que les plaies se cicatrisaient, l'animal se montrait moins agité; même, quand son maître s'approchait, il paraît qu'il se plaçait de lui-même dans la position voulue pour qu'on put opérer le pansement.

Quand il fut guéri, il sembla qu'il éprouvait une certaine reconnaissance pour celui qui l'avait soigné; mais seul le capitaine Baldarès pouvait l'approcher sans danger. Quant aux autres, il les recevait toujours avec des hurlements et des démonstrations de haine.

Sauvé,... par un gorille!... un animal féroce et des plus dangereux,... (P. 615.)

— Mais cet animal si féroce était donc laissé en liberté? s'informa Thérèse.

— Non!... Pendant qu'il était malade, on lui avait mis une ceinture de cuir de buffle dure comme du fer, à l'anneau de laquelle était fixée une de ces chaînes dont on se sert pour accoupler les nègres qu'on mène au marché pour y être vendus, absolument comme des bêtes de somme.

77. — SEULE !   77.

— Mais le terrible animal ne pouvait-il se débarrasser de cette ceinture?

— Impossible, mademoiselle, l'anneau se trouvait par derrière et jamais l'animal ne fût parvenu à le briser, dans ces conditions. Ce n'est pas que ce terrible homme des bois n'ait pas essayé. On avait remarqué que pour tâcher sinon de briser, du moins d'user la ceinture, il se frottait pendant des heures entières contre des troncs d'arbres.

Tous ses efforts avaient été vains et le capitaine ne se souciait guère de lui laisser la liberté dans le parc.

— Mais pourquoi ne s'est-on pas défait d'un animal aussi dangereux? demanda Thérèse.

— C'est que le « Gorille » était devenu très utile à la bande.

— En quoi pouvait-il donc être si utile?

— Mieux que cela, mademoiselle, c'était une recrue précieuse pour la troupe de bandits. Le « Gorille » a l'ouïe très fine, il entend à de très grandes distances. Aussi, chaque fois que des voyageurs se trouvaient dans les environs du fameux monastère, l'animal les flairait et aussitôt ses cris donnaient l'alarme.

Les bandits étaient prévenus et prenaient leurs dispositions pour « recevoir » les voyageurs.

Voilà même pourquoi, après la mort du capitaine Baldarès qui avait été tué dans une rencontre avec des gendarmes, les bandits avaient décidé de garder le « Gorille ».

Claude Michot reprit après une courte pause :

— Je vais vous apprendre maintenant comment cet animal farouche, qui avait quatre mains énormes et qui savait s'en servir, je vous assure, est devenu « mon ami ».

Cela vous étonne, mademoiselle, et c'est cependant l'exacte vérité.

J'y ai mis de la patience, mais je suis arrivé à comprendre la pensée du « Gorille » et à me faire comprendre de lui.

Voilà la chose : je m'étais dit que nous étions tous deux prisonniers et que puisque nous avions un sort commun, nous devions finir par nous entendre.

Et si je n'avais pas eu cette idée, il y a gros à parier que je ne serais pas ici, en ce moment, à vous raconter mes aventures.

Oui, mademoiselle, moi qui vous parle je peux dire que j'ai été paysan, militaire, matelot, cuisinier et par dessus tout « dompteur de bêtes féroces! » ajouta Claude Michot en riant.

Or donc, reprit-il, le bandit qui m'avait pris en belle amitié était le même qui avait la charge de porter la nourriture au « Gorille ». Les repas de l'animal n'étaient pas bien variés : ils se composaient toujours de légumes et du pain de maïs, dont il était d'ailleurs très gourmand.

Le lendemain de notre rencontre, j'accompagnai « notre geôlier » à tous deux, quand il se rendit à l'endroit où il avait l'habitude de placer la nourriture du singe ; ce diable d'animal n'avait pas la reconnaissance de l'estomac, comme on dit, car il nous reçut avec des cris et nous montra ses crocs, de façon à nous faire comprendre dans quel état il nous mettrait, si par hasard nous lui tombions sous la dent.

Le faux moine nous avait quittés et je restai à observer l'animal qui, de son côté, ne me quittait pas des yeux. Même il ne toucha pas à la nourriture et resta à califourchon sur une branche de l'arbre auquel il était enchaîné.

Au bout d'un instant, je m'éloignai à dessein, voulant voir s'il se déciderait à manger. Il n'en fit rien. Il me suivait toujours des yeux, en même temps que moi-même je ne pouvais détourner mes regards de lui.

Sa persistance à lui venait sans doute de la surprise que lui causait la présence d'un inconnu.

La mienne avait pour cause une idée subite qui m'était vaguement venue. Je me demandais si cet être bizarre, prisonnier comme moi, ne pourrait pas, grâce à sa force, à son agilité, m'aider à reconquérir ma liberté.

Je résolus de faire plus ample connaissance avec l'homme des bois.

Dans ce but, je fis part au bandit qui s'occupait plus particulièrement de moi et du « Gorille », de mon intention de tenter une expérience. Il s'agissait, lui dis-je, de voir si l'animal se souviendrait de la bataille que les marins du capitaine Baldarès avaient livrée à la troupe de gorilles et s'il serait possible de l'apprivoiser.

Le bandit n'était pas fâché de m'être agréable, depuis que je paraissais avoir pris mon parti au sujet de ma captivité. Il est même probable qu'il vit, dans le désir que j'exprimais, un acheminement à une prompte et bonne entente entre moi et ses complices.

Je lui fis comprendre que, pour arriver à mon but, il fallait approcher de près le quadrumane et tâcher de se familiariser avec lui ; pour le faire sans trop de danger, j'avais besoin de mon fusil.

Il me le rendit avec la poudre et les balles que l'on m'avait prises.

Dès le lendemain, je tentai ma première expérience.

Du plus loin qu'il m'aperçut armé de mon fusil, le « Gorille » m'accueillit avec les mêmes hurlements féroces que j'avais déjà entendus. Mais comme je m'y attendais, je continuai de m'approcher de l'arbre auquel il était enchaîné, sans paraître prendre garde aux cris qu'il continuait à pousser, tout en me regardant avec une expression qui eut peut-être épouvanté tout autre que moi.

Néanmoins, je me tenais sur mes gardes, le fusil appuyé sur le bras gauche, et du coin de l'œil, je regardais l'animal, j'avançai toujours, m'efforçant de demeurer calme, impassible.

Lui, saisi d'étonnement sans doute, se tint aussi impassible et calme.

Nos regards se rencontrèrent et je tins mes yeux obstinément fixés sur les siens.

Nous demeurâmes ainsi pendant quelque temps, face à face et les yeux dans les yeux.

Il fut le premier à baisser ses paupières et sa tête s'inclina!... On eût dit qu'il se reconnaissait vaincu, subjugué!...

Alors, prenant en main mon fusil, je m'éloignai de quelques pas, ostensiblement je le déposai à terre et je revins droit au gorille, l'air souriant et la tête haute.

Le gorille s'était éloigné de son arbre de toute la longueur de sa chaîne et je pus croire qu'il allait essayer de me prendre en traître et de faire un bond pour m'atteindre. Eh bien, non ; il se mit à marcher à ma rencontre, lentement, et me regardant comme je le regardais moi-même.

J'attendais, les bras croisés, me montrant aussi rassuré qu'il paraissait l'être.

Il avançait toujours. Je ne bronchai pas. Il s'arrêta. Alors je tendis vers lui ma main ouverte.

Il s'était arrêté et agitait son grand bras. Je ne comprenais pas cette pantomime.

Tout à coup, il saisit la chaîne qu'il essayait de briser. Je vis l'air de découragement de l'animal après un effort inutile.

J'avais compris. Le gorille voulait s'évader et il comptait sur moi pour l'y aider.

Je ne voyais pas le moyen de briser cette chaîne et je n'avais pas

à ma disposition un instrument capable de la limer si je me décidais
tout de suite à en débarrasser le gorille.

Je pris le parti de m'éloigner, provisoirement, laissant mon nouvel
ami profondément accablé.

Je me promenai dans le parc, me creusant la tête pour trouver
le moyen de délivrer le gorille.

Le hasard me vint en aide. Le soir, comme je rapportais mon
fusil au r âtelier, je vis un grand couteau-poignard qui pendait accroché
derrière d'autres armes. L'idée me vint de m'approprier cette lame
solide, que je pourrais facilement aiguiser sur les pierres qui se trouvaient dans le parc.

Je m'emparai du couteau-poignard que je dissimulai sous mon
tricot; puis je retournai dans le parc, non sans avoir dit à mon ami
le bandit que, toute réflexion faite, je ne me trouvais pas trop mal
de l'hospitalité qu'on m'accordait au monastère.

— « Nous nous entendrons »; répondit le gredin en me serrant
la main, comme pour sceller le pacte.

J'avais hâte de retourner auprès du gorille. Il m'attendait, je pus
m'en apercevoir au mouvement de ses bras qu'il tendit vers moi.
Cette fois, comme la veille, je posai mon fusil à la même place. Puis,
hardiment, j'avançai jusqu'au pied de l'arbre. Le gorille se pendit des
mains à la grosse branche sur laquelle il se tenait, et brusquement
se laissa tomber à côté de moi. J'avoue que j'eus un instant d'émotion
et, instinctivement, je passai la main sous mon tricot pour saisir le
manche du couteau. Précaution inutile, le gorille ne me voulait
aucun mal et, comme la veille, il prit à deux mains sa chaîne, qu'il
secoua violemment, comme s'il eut voulu la briser.

Cette fois, il n'y avait pas de doute possible : l'homme des bois
m'invitait à l'aider. Alors je saisis le couteau-poignard. Tout d'abord
le gorille fit un mouvement de défense. Mais brusquement j'appuyai
la pointe de l'arme sur la ceinture de cuir. Ce fut, pour lui, une révélation.

A partir de ce moment, il se tint tranquille, attendant ce que
j'allais faire.

Tout de suite, j'attaquai la ceinture avec le tranchant du couteau;
mais le cuir était dur comme du fer et, pour l'entamer à peine de
quelques lignes, je mis plus d'une heure. Par moments, comme je
me reposais, — car c'était une besogne fatiguante, — le gorille
essayait d'agrandir l'ouverture, en se servant de ses griffes.

Enfin ce que j'avais réussi à faire pendant cette journée me donnait à espérer que j'arriverais au résultat que je voulais obtenir. D'ailleurs, le gorille devait avoir le même espoir, car il montrait une patience qui contrastait avec les fureurs dont j'avais été témoin.

Quand, le moment où le gardien allait venir me chercher fut arrivé, je fis signe au singe de grimper pour aller se placer sur la branche. Il obéit aussi docilement qu'eut fait un animal déjà bien apprivoisé.

Mais lorsque j'eus quitté le parc, je pus entendre qu'il manifestait sa tristesse. En effet il remplaça son cri lugubre habituel par une sorte de gémissement prolongé.

Trois jours durant, je continuai la même besogne et ce fut que le quatrième jour, vers le soir, peu de temps avant l'heure règlementaire pour quitter le parc, que je réussis à couper la ceinture.

Rien ne peut donner une idée de la joie que manifesta l'homme des bois, en se sentant débarrassé de la pesante chaîne. Il exécutait des bonds autour de moi, avec des contractions de sa bouche qui découvraient ses gencives et ses formidables crocs, pendant qu'il faisait claquer ses mâchoires.

Moi, j'attendais. Tout à coup j'eus l'idée d'aller reprendre mon fusil que je jetai, en bandoulière, sur mon épaule. Il n'était que temps, car sans la promptitude que j'y avais mise, j'aurais été obligé de laisser dans le parc, l'arme qui, depuis, m'a été si utile.

— Que vous était-il donc arrivé? questionna Thérèse avec anxiété.

— Il m'était arrivé, mademoiselle, que le gorille pour me prouver sa reconnaissance, allait — à son tour — me rendre service en me faisant évader avec lui.

— Quoi?... Cette bête féroce?...

— M'a soulevé de l'un de ses longs bras, et avant que j'aie eu le temps de me reconnaître, m'a enlevé, puis retourné vivement et enfin, m'a placé, à cheval, sur ses larges épaules. Ensuite, saisissant mes deux mains, il me les a plongées dans son épaisse chevelure, en appuyant énergiquement, comme pour me faire comprendre que je devais m'y cramponner.

Après quoi, prenant son essor, il m'a emporté dans son arbre, aussi facilement que s'il n'eut eu à soulever et porter qu'un enfant.

Alors mon gorille sauta d'un arbre à l'autre, choisissant les plus élevés; et c'est dans ces conditions, qu'il me fit parcourir, avec lui, le parc, dans toute sa longueur jusqu'à ce que nous fussions arrivés devant le mur d'enceinte. Mais là se présentait une difficulté sur laquelle je n'avais pas compté, ni le gorille non plus, probablement.

Les arbres avaient été abattus de façon à laisser un espace assez grand entre eux et le mur. Comment allais-je m'y prendre pour surmonter cet obstacle imprévu? De son côté mon compagnon paraissait réfléchir. Pour lui comme pour moi c'était échouer au port.

Mais le gorille me sembla prendre une résolution, et je l'entendis qui faisait, de nouveau, claquer ses mâchoires. Puis il monta, toujours avec moi, jusqu'au sommet d'un arbre très élevé. Je pensai que ce que j'avais de mieux à faire était de me fier à lui. Et bien m'en prit, mademoiselle, puisque me voici, sain et sauf, auprès de vous.

Le gorille se suspendit par les mains qui lui tiennent lieu de pieds, c'est-à-dire que nous avions alors tous les deux la tête en bas. Comme vous pensez bien je me cramponnais des bras et des jambes, le mieux que je pouvais; c'est-à-dire que j'avais l'air de ne faire qu'un avec mon ami le gorille. Celui-ci se mit à se balancer comme un balancier de pendule, pour se donner un élan. A un moment donné, tout à coup, je me sens emporté dans l'espace; et avant que j'aie pu me rendre compte de ce qui m'était arrivé, je me trouvai, avec mon compagnon, sur le mur. Oui, mademoiselle, le gorille avait fait un saut périlleux, et était arrivé à s'accrocher au sommet de la muraille.

Le plus difficile était fait; sans perdre un moment, l'animal sauta du mur sur une branche d'ébénier planté de l'autre côté du mur, et quelques instants plus tard, nous étions tous les deux sur cet arbre; puis d'un arbre à l'autre, le gorille m'emportait dans sa fuite, sans que j'aie eu autre chose à faire qu'à me cramponner à lui.

Nous avions réussi à nous évader, et maintenant mon compagnon ne cherchait plus qu'à se mettre, le plus rapidement possible, à l'abri d'une poursuite.

Et, après une grande heure, pendant laquelle nous avions fait du chemin, je pouvais me considérer comme sauvé.

Sauvé,... par un gorille!... un animal féroce et des plus dangereux, car, de tous les quadrumanes de grande taille, le gorille est le seul qui ait la haine instinctive de l'espèce humaine.

D'ailleurs, je ne devais pas tarder à m'apercevoir que mon ami l'homme des bois, maintenant qu'il était libre, ne se souciait plus de voyager en ma société. Tant qu'il avait fallu s'éloigner de la prison que tous deux nous venions de quitter, il m'avait porté, afin que je n'aie pas à courir le danger d'être repris.

Naturellement, ce que j'eus de plus pressé, ce fut de sauter à terre, car je commençais à me trouver mal à l'aise d'être resté cramponné à mon sauveur. Il ne s'y opposa pas, et me regarda comme si réellement il eut voulu m'interroger.

C'était l'heure du repas du soir, et mon gorille avait sans doute grand faim, car je le vis arracher des plantes, comme s'il eut cherché des légumes à manger.

Moi je n'avais d'autre ressource pour me remplir l'estomac, que de me rabattre sur des fruits qui pendaient aux arbres.

Le soir arrivait. Au milieu de la forêt le jour baissait rapidement et il me fallait songer à trouver un endroit pour y passer la nuit, car si j'étais à peu près certain que le gorille ne me ferait aucun mal, je redoutais de rencontrer des fauves qui d'habitude chassent pendant la nuit.

J'avais avisé un arbre très branchu et au feuillage épais ; je pris le parti d'y grimper pour y passer la nuit.

Le gorille me laissa faire et se mit à grimper sur un arbre voisin du mien. J'étais rompu, et bien que, par prudence, je m'étais promis de ne pas fermer l'œil, je ne tardai pas à m'endormir d'un profond sommeil. Je ne me réveillai qu'au petit jour, et cela parce qu'une famille d'aras faisait un tapage du diable au sommet de mon arbre.

Ma première idée fut de chercher le gorille ; il avait déguerpi pendant la nuit!...

Je descendis de mon arbre pour sortir de la forêt et tâcher de m'orienter dans le but de retrouver mon chemin. Je marchai ainsi à l'aventure pendant toute la matinée, et j'atteignis la lisière juste au moment où une caravane passait sur la route qui se trouvait à peu de distance.

Je me mis à courir dans cette direction et je fus assez heureux pour être admis parmi des voyageurs qui se rendaient en Californie.

Mais là je devais éprouver une déception, — sans laquelle du reste je n'aurais pas eu la joie de faire votre connaissance, mademoiselle...

— Je sais, l'interrompit Thérèse, que vous n'avez pas rencontré celui que vous alliez retrouver.

— Hélas! non ; et après avoir parcouru tout le pays, visité les endroits où l'on trouve de l'or, je me dis que mon ami Ravergy avait déjà probablement terminé l'affaire qui l'avait amené et qu'il y avait lieu de supposer qu'il était retourné en France.

— Ah ! Il vit... Il respire... Il existe ! (P. 621.)

Voilà pourquoi j'ai quitté la Californie afin de traverser un autre
pays; la vérité c'est que je n'avais plus guère la tête à moi... J'étais
désespéré de n'avoir pas rencontré Ravergy. Pendant quelque temps
j'errai sur les chemins, dans les bois, dans les plaines, sans trop
savoir où j'allais. Cependant quelque chose me disait que je ne devais
pas chercher à m'embarquer pour retourner en France... C'était un
pressentiment, mademoiselle, qui ne me quittait ni jour, ni nuit... Je

comptais sur le hasard, qui m'avait tant de fois servi. Et bien m'en a
pris, puisque j'ai revu mon camarade et que maintenant, suivant
tous la même route, nous ne pouvons pas manquer de le rencontrer.

Et tendant le bras dans la direction qu'il avait vu prendre au
cavalier, Claude Michot ajouta :

— Il est là-bas, pas bien loin, notre ami !...

Ah ! je vois d'ici le bonheur et la joie qu'il éprouvera quand il
nous verra... ensemble. Quelle surprise, mademoiselle, c'est-à-dire
qu'il se demandera si ce n'est pas un rêve et s'il est bien éveillé.

Puis tapant sur l'encolure du cheval :

— Allons, l'ami, du courage, trotte un peu bonne bête... Si tu
pouvais savoir comme nous sommes pressés, bien sûr que tu ferais
un effort pour avancer plus rapidement.

Mais tout à coup Claude Michot s'interrompit dans le discours
qu'il tenait à la monture de Thérèse.

VI

TERRIBLE SURPRISE

En voyant son compagnon s'arrêter et devenir subitement sombre,
de gai qu'il était tout à l'heure, Thérèse éprouva une commotion au
cœur.

— Qu'y a-t-il, pourquoi vous vois-je inquiet, troublé? demanda-
t-elle avec une expression de violente anxiété...

— Il y a, mademoiselle, que je vois, là-bas, un cheval... sans
cavalier...

— Mon Dieu !...

— Oui, c'est bien un cheval qui vient par ici !... Mais c'est à
peine s'il peut courir !... Regardez, mademoiselle, regardez !... Là!...
Tenez, suivez la direction de ma main...

Claude Michot ne pouvait dissimuler la crainte qui venait de le
saisir. Il s'écria :

— Si c'est le cheval que montait Ravergy,... un malheur a dû
arriver à notre ami !...

— Ah!... que dites-vous là? s'exclama Thérèse en portant la main à son cœur...

— Je ne demande qu'à me tromper, mademoiselle!...

Et sans pitié pour la. pauvre bête qu'il avait épuisée, Claude Michot asséna au cheval quelques vigoureux coups de baguette.

Lui-même saisissant la bride se mit à courir.

L'autre cheval qu'on avait aperçu arrivait juste en face; par moments il s'arrêtait comme pour se reposer, puis il reprenait sa course.

Au bout d'un quart d'heure, il fut à proximité des deux voyageurs. Claude Michot s'élança vers l'animal et n'eut pas de peine à le saisir par la bride.

On put voir alors que le cheval était blessé à une jambe de derrière, le poil manquait par places et la peau présentait de fortes contusions.

— On dirait que la pauvre bête a été fortement piétinée, dit Claude Michot...

Puis, dans un cri qui témoignait de la crainte qui le tenaillait, il s'écria :

— Les bisons!... Les bisons!...

Thérèse, affreusement pâle, était plus morte que vive... Elle avait saisi la pensée de son compagnon.

Celui-ci ne s'arrêta pas à réfléchir. D'un bond il sauta sur la croupe du cheval qui fléchit sur ses jambes.

Et, l'attaquant avec vigueur des talons et de la baguette, il lui fit reprendre le chemin qu'il venait de parcourir.

Le cheval de Thérèse suivait, excité par la jeune fille qui éprouvait à présent toutes les tortures d'un sinistre pressentiment.

Par moments elle poussait une exclamation qui faisait tourner la tête à Claude Michot et celui-ci pouvait voir l'expression de poignante angoisse peinte sur le visage de la pauvre fille.

— J'espère toujours que je me trompe, dit-il à Thérèse, pour tâcher de calmer la douleur qu'il devinait, bien qu'il éprouvât lui-même la plus violente inquiétude.

Après tout, ajouta-t-il, ce cheval peut avoir appartenu à l'un des cavaliers qui faisaient partie de la caravane... Rien ne prouve que ce soit celui que montait Ravergy...

Du reste, voilà bien le chemin creux; je ne m'étais pas trompé... C'est celui-là que notre ami a dû suivre, quand tout à coup nous l'avons vu disparaître... Et, tenez, ce chemin bifurque et fait coude...

Voilà pourquoi nous n'apercevons pas encore celui que nous cherchons...

Attaquez votre cheval, mademoiselle; bientôt nous serons obligés de descendre pour faire entrer ces deux bêtes dans le chemin creux.

Puis, s'interrompant, Claude Michot s'écria :

— Les bisons ont passé par ici... La plaine est foulée et ravagée; on dirait que toute une armée a manœuvré dessus.

Effectivement l'herbe était hachée sur une vaste étendue, le sol paraissait avoir été défoncé et ravagé, comme par un ouragan qui emporte tout sur son passage.

On était arrivé à l'entrée de la voie où Claude Michot supposait devoir rencontrer Ravergy.

Thérèse était à présent plongée dans l'abattement. C'est à peine si elle avait la force de se soutenir quand son compagnon l'eut aidée à mettre pied à terre.

Ainsi que l'avait dit Claude Michot, le chemin dans lequel on venait de s'engager faisait coude, contournant un bois.

En outre, on entendait le bruit d'une eau courante. Nos deux voyageurs avaient quelque peine à marcher sur un sol couvert de pierres et de débris.

Ce ne fut qu'au bout d'un assez long temps qu'ils parvinrent à l'endroit où la route tournait brusquement.

Claude Michot ne pouvait dissimuler son émotion. Il avait parcouru du regard le chemin qui s'étendait devant lui et aussitôt tout son sang lui afflua au cœur. Il venait d'apercevoir un corps qui gisait à terre.

— Ah! s'écria-t-il, voilà bien le malheur que je redoutais!

Mais déjà Thérèse avait, elle aussi, aperçu le corps et un cri déchirant s'était arraché de sa poitrine.

Elle suivit son compagnon qui, maintenant, s'était mis à courir, affolé et appelant : Ravergy!... Ravergy!...

Et quand, haletant, il fut arrivé :

— Ah! c'est lui,... c'est lui! s'exclama-t-il en s'agenouillant.

Il avait soulevé la tête de Georges et, l'ayant appuyée sur son genou, il cherchait, anxieusement, à y trouver une expression qui indiquât que Ravergy vivait.

Thérèse l'avait rejoint.

A son tour elle s'agenouilla et se mit à prier tout bas.

Tout portait à croire que Georges Ravergy avait cessé de vivre. Une pâleur livide couvrait le visage; les yeux étaient clos, enfoncés dans les orbites ; la bouche serrée ne paraissait pas laisser échapper le moindre souffle.

— Ravergy !... mon capitaine !... mon ami !... prononçait Claude Michot d'une voix suppliante, comme s'il eut espéré réveiller le malheureux qui demeurait inerte entre ses bras.

En même temps il constatait que le corps avait dû être piétiné par les bisons.

Mais après ce premier moment d'hésitation provoqué par l'angoisse, Claude Michot avait repris espoir.

— Il n'est peut-être pas mort ! dit-il à Thérèse ; il faut lui donner les soins nécessaires.

Et, soulevant le corps de son ami, il dit à la jeune fille de l'aider à le porter sur le bord du cours d'eau qui se trouvait entre le chemin et la lisière du bois.

Thérèse était tremblante, accablée :

— Mon Dieu, dit-elle, donnez-moi la force, donnez-moi le courage !

Il faut renoncer à peindre la terrible émotion qu'éprouva Claude Michot avant qu'il n'eut acquis la certitude que son ami respirait encore.

Il n'avait cessé de le regarder, d'ausculter le cœur pour voir s'il percevrait quelque faible battement qui le rassurât.

Tout à coup, il s'écria :

— Ah ! Il vit... Il respire... Il existe !

Il sembla à Thérèse que c'était en elle que revenait la vie.

La pauvre fille se traîna sur les genoux pour s'approcher du blessé qu'elle regarda au travers du voile de larmes qui obscurcissait sa vue. Elle voulait aider à le secourir.

Le premier soin de Claude Michot, lorsque l'on eut étendu le corps de Ravergy sur le bord du ruisseau, avait été de mouiller le front du blessé et de tâcher de lui faire avaler quelques gouttes de l'alcool contenu dans la gourde.

Mais Ravergy, malgré les soins empressés de son ami et de Thérèse, ne reprenait pas connaissance et ils durent se résoudre à attendre que la nature agit plus efficacement qu'ils ne le faisaient eux-mêmes.

Le blessé, après quelques instants, parut éprouver un peu de soulagement, sa respiration devenait plus active, en même temps que Claude Michot constatait que les battements du cœur étaient moins lents et plus réguliers.

Cependant Ravergy ne reprenait pas connaissance et ne faisait pas un mouvement qui indiquât qu'il entendait les paroles qu'on lui adressait.

La syncope se prolongeant, Thérèse et son compagnon ne se cachèrent pas leur inquiétude.

— Ce n'est pas, dit Michot, en restant ici à nous désespérer comme nous faisons, que nous pourrons soigner et ranimer notre ami!... Il faut aller chercher du secours!... Il le faut, et le plus tôt possible!... Il y a déjà quelque temps, sans doute, que l'accident a dû arriver, et chaque minute de retard doit aggraver l'état de notre pauvre Georges.

— Que faut-il faire? demanda Thérèse. Je suis prête!...

— Nous allons emmener Ravergy avec nous!... Pour cela, nous emploierons les deux chevaux. Au moyen de ma courroie, je vais les attacher ensemble; puis, avec votre fourrure, j'arrangerai une espèce de couchette, afin d'y placer notre cher blessé.

Thérèse approuvait de la tête et Claude Michot se mit immédiatement à l'œuvre.

Pendant qu'il harnachait les deux montures, la jeune fille s'était de nouveau agenouillée devant le corps, toujours immobile, de Ravergy.

Elle avait pris les mains du blessé et le regardait avec une expression d'infinie douleur et d'infinie tendresse.

Et comme, à la distance où il se trouvait, Claude Michot ne pouvait entendre, l'infortunée se mit à parler à voix basse, laissant déborder de son cœur tout l'amour qu'elle y gardait à celui qui, au moment d'être englouti par les flots, lui avait révélé, dans un suprême cri d'adieu, la passion ardente qu'elle lui avait inspirée.

A ce moment où elle croyait n'avoir plus à attendre que de la Providence le secours qui rendrait la vie à Georges Ravergy, Thérèse donnait libre cours à la douloureuse émotion qu'elle éprouvait, au sentiment d'amour qui emplissait son cœur.

Elle disait à ce pauvre être étendu devant elle toutes les angoisses dont elle avait été torturée, quand elle l'avait vu disparaître dans les flots; toute la douleur qui l'avait accablée, quand elle se disait que c'était pour elle qu'il avait péri; enfin le souvenir qu'elle lui avait pieusement gardé et aussi l'espoir qu'elle irait bientôt le rejoindre au ciel!...

Et, de même qu'au moment suprême de leur séparation, elle avait, tendant les bras vers lui, répondu par un cri à l'aveu qu'il lui adressait à travers l'espace, de même, en ce moment, elle murmurait :

— A vous ma pensée, à vous mon âme! A vous qui m'aimez, je vous dis à mon tour : je vous aime!...

Thérèse s'interrompit et un tressaillement agita tout son corps. Comme s'il eut entendu et voulu répondre à l'aveu de la jeune fille, Georges Ravergy avait fait un mouvement et sa main avait tout à coup serré celle de Thérèse.

En même temps le blessé exhalait un long soupir, comme s'il allait retrouver le sentiment et la sensibilité.

Thérèse s'était redressée.

A ce moment Claude Michot s'approchait, tenant les deux chevaux en main.

— Maintenant, il s'agit de vous armer de courage, mademoiselle; vous allez m'aider à placer notre ami sur la couchette que je lui ai préparée...

En même temps Claude Michot soulevait le corps de Ravergy et le portait, tandis que Thérèse soutenait les jambes pendantes.

On parvint, non sans peine et avec mille précautions, à étendre le blessé sur la fourrure et les deux selles disposées de façon à ce que le corps fût soutenu et que la tête fût posée comme sur des oreillers.

Puis Claude Michot à droite et Thérèse à gauche des chevaux, on se remit en marche, lentement, afin que le blessé ne fût pas trop cahoté.

Claude Michot s'était ressaisi, et c'était lui qui cherchait à rassurer autant que possible la jeune fille :

— Tant qu'il y a de la vie, il y a de l'espoir! dit-il; aussi ne faut-il pas perdre courage, mademoiselle!... D'ailleurs, notre ami respire plus librement, ce ne sera peut-être pas grave; le tout serait que nous puissions le soigner convenablement...

Thérèse l'interrompit :

— Mais où trouver le secours nécessaire?... Il faudrait un médecin, puis un endroit où l'on pût s'arrêter,... mais, dans ce pays, c'est impossible.

— Détrompez-vous, mademoiselle, ce n'est peut-être pas aussi impossible que vous le craignez... Nous allons reprendre la route que nous avons dû quitter tout à l'heure et continuer à marcher dans la direction que nous suivions avant de nous jeter dans la forêt... Il n'y a pas autre chose à faire. D'ailleurs, croyez bien que je ne vais pas

au hasard. Je me rappelle que John Mathis m'a parlé d'une espèce
d'auberge qui doit se trouver à l'entrée du défilé, au pied des Montagnes-Rocheuses... Et nous n'en sommes plus bien loin.

— Mais croyez-vous que l'on y trouvera du secours ?

— J'ai tout lieu de l'espérer ; d'abord il est probable que la caravane qui a été attaquée par les Indiens allait s'engager dans le défilé.
J'espère donc que ceux qui se sont sauvés se seront arrêtés dans
l'auberge, et nous les y trouverons encore probablement...

— Dieu vous entende, mon ami !

On était maintenant sur la route et Claude Michot crut qu'il
pouvait, sans trop d'inconvénients pour le blessé, presser l'allure des
chevaux.

Mais bientôt on vit que le sol était semé de débris de chariots et
de bagages.

On était, en effet, arrivé à l'endroit où, la caravane ayant été
surprise par les Peaux-Rouges, on s'était battu avec acharnement.

— Ces maudits sauvages ont dû rencontrer des adversaires
déterminés, dit Claude Michot, et moi qui les connais, je puis vous
dire ce qui sera probablement arrivé. Quand les Peaux-Rouges auront vu qu'ils n'étaient pas les plus forts, ils ont mis le feu à la forêt
pour tâcher de griller leurs adversaires. En tout cas, ils ont pris la
fuite et si nous rencontrons quelques êtres vivants dans le défilé, ce
ne sera pas eux, soyez-en certaine.

— Alors, vous supposez que... votre ami faisait partie de la caravane qui a été attaquée ?

— Oui, ce n'est pas douteux !

Mais, bien qu'il eut donné à la jeune fille l'assurance qu'on ne
rencontrerait pas de Peaux-Rouges dans le défilé, Claude Michot ne
négligea pas de mettre de la poudre fraîche dans le bassinet de son
fusil et de s'assurer que la pierre tenait bien au chien et était en bon
état.

Ainsi qu'il l'avait annoncé à Thérèse, on ne tarda pas à arriver
à l'entrée du défilé.

Les deux voyageurs regardaient aussi loin que possible, pour
tâcher de découvrir la caravane. Mais quand on eut parcouru une
assez grande distance dans l'étroite route resserrée entre d'énormes
roches qui s'élevaient à pic, Claude Michot n'avait encore rien aperçu,
ni entendu aucun bruit indiquant que la caravane était en marche à
quelque distance.

... Les meubles, très primitifs, avaient été déplacés, comme après un pillage... (P. 626.)

Il ne put dissimuler la déception qu'il éprouvait, gardant un silence embarrassé quand, inquiète, Thérèse le questionna.

— Que voulez-vous que je vous dise, je suis tout à fait étonné de ne pas encore apercevoir la caravane, car, d'après ce que je crois, elle ne devait pas avoir une bien grande avance sur nous, répondit-il.

79. — SEULE! 79.

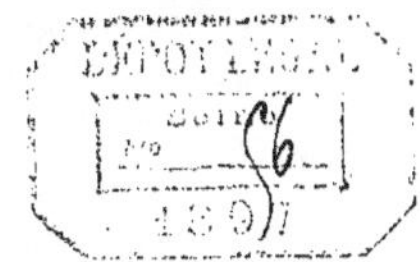

Claude Michot s'interrompit tout à coup pour pousser une exclamation de contentement.

— Voilà l'auberge, s'écria-t-il, l'auberge que John Mathis m'avait indiquée... Ah! maintenant, mademoiselle, je suis certain que nous allons pouvoir donner à Ravergy les soins que son état réclame.

On apercevait, en effet, encaissée entre deux blocs de rochers à pic, une maison construite en bois, avec une petite cour sur le devant et, derrière, un espace de terrain où se trouvaient des hangars.

Cette fois, Thérèse sentit son cœur battre avec violence, comme si, malgré l'assurance que lui donnait son compagnon, elle n'eut pu surmonter un mauvais pressentiment.

Le mouvement de satisfaction que venait d'avoir Claude Michot ne devait pas d'ailleurs être de longue durée. Le plus grand silence régnait dans les environs de cette auberge, où le compagnon de Thérèse avait supposé que la caravane s'était arrêtée.

On était arrivé devant la palissade qui fermait la petite cour, sans que personne ne se fut présenté à la porte pour recevoir les voyageurs.

Personne ne se présenta non plus, quand Claude Michot eut appelé.

La porte était ouverte. Le compagnon de Thérèse, laissant les deux chevaux à la garde de celle-ci, se précipita dans la cour qu'il traversa rapidement.

Mais il revint bientôt, l'air consterné. L'auberge était abandonnée.

— Ah! j'avais bien le pressentiment d'un malheur, s'exclama Thérèse.

— C'est vraiment une fatalité! N'importe, il faut nous arrêter ici. Au moins nous serons à l'abri et notre pauvre ami ne passera pas la nuit en plein air.

Claude Michot n'était pas homme à hésiter longtemps avant de prendre une résolution. Aussi fit-il entrer les deux chevaux dans la cour. Et laissant Thérèse auprès du blessé, il pénétra dans la maison abandonnée.

Il y régnait un désordre qui prouvait que ceux qui s'y étaient trouvés en dernier lieu, avait dû en partir en toute hâte. Les meubles, très primitifs, avaient été déplacés, comme après un pillage. Mais le principal c'est qu'il y avait un lit tout monté où l'on pourrait coucher le blessé.

C'est ce que Claude Michot s'empressa d'aller annoncer à Thérèse. Tous deux se mirent aussitôt en devoir de transporter Georges Ravergy dans la chambre où se trouvait ce lit.

Cette chambre était à l'étage supérieur de la maisonnette, et ce ne fut pas sans difficulté qu'on parvint à faire passer le corps par l'étroit escalier.

Enfin, grâce aux précautions que prirent Claude Michot et la jeune fille, le blessé fut étendu, le plus confortablement possible.

Il n'y avait pas à songer à continuer le voyage. Le plus pressé était de s'occuper de l'ami auquel il était urgent de prodiguer des soins.

Pas plus que Claude, Thérèse ne songeait à se remettre en route. Depuis qu'elle avait retrouvé Georges blessé et évanoui, la pauvre enfant semblait n'avoir d'autre préoccupation que de rester auprès de son sauveur, afin d'aider à le soigner.

Mais hélas ! elle ignorait ce qu'il fallait faire et ne pouvait donner un avis. Claude Michot, lui, avait déjà vu son camarade en état de syncope, lorsque Georges Ravergy avait été relevé blessé grièvement sur le champ de bataille, en Italie. Quoique blessé lui-même, il n'avait pas voulu qu'on le séparât de son compagnon, et il avait assisté au pansement qu'avait fait le chirurgien.

Il avait vu que, pour lui faire reprendre connaissance, le chirurgien avait dû lui introduire de force quelques gouttes d'un cordial dans la bouche. Pour cela on avait dû, au moyen d'une lame de couteau, lui desserrer les dents.

A défaut de cordial, Claude Michot pensa qu'il obtiendrait le même effet avec quelques gouttes de l'alcool contenu dans la gourde.

Il n'eut pas besoin de desserrer les dents du blessé. Celui-ci, en effet, avait à présent la bouche entr'ouverte comme par le besoin d'aspirer l'air. Il était évident que la syncope touchait à sa fin et céderait aux premiers soins donnés au patient.

C'est ce qui arriva lorsque Claude Michot eut réussi à faire couler quelques gouttes d'alcool dans la gorge de Ravergy.

Celui-ci avait presque aussitôt agité les mâchoires, en même temps que s'opérait la déglutition.

Thérèse assistait à cette première tentative qui s'annonçait comme devant être couronnée de succès.

Au léger mouvement qu'avait fait le blessé, elle avait porté les mains à son cœur, secouée par une émotion violente qui la faisait tressaillir.

Claude Michot, de son côté, avait poussé une exclamation comme s'il eut été tout d'un coup soulagé d'un grand poids.

Le pauvre garçon se tenait penché sur le corps de son ami, cherchant à étudier tous les mouvements des muscles du visage, précurseurs du réveil.

Il parlait tout bas, disant à Thérèse :

— Vous voyez que j'avais raison d'espérer, mademoiselle ; le voilà qui va bientôt revenir à lui !

Il avait à ce point la conviction que son ami n'était pas blessé dangereusement, qu'il ajouta, souriant presque :

— Je juge d'ici de sa surprise quand, en ouvrant les yeux, il nous verra tous les deux devant lui.

Claude Michot frottait maintenant les tempes de Georges, avec un chiffon imbibé d'alcool, et sous cette friction, la peau perdit sa pâleur ; la circulation du sang s'opérait d'une façon plus normale.

Même au bout de quelques instants, le visage sembla s'animer et les paupières se soulevèrent à demi.

— Voilà le moment, mademoiselle ; dit Claude Michot. Je crois que ça ne va plus tarder.

Thérèse put en effet, se convaincre, en jetant un regard sur le visage du blessé, que celui-ci retrouvait peu à peu ses sens.

Elle s'éloigna lentement vers le fond de la chambre, de peur que sa présence, si complètement inattendue, ne produisît sur lui une trop vive impression.

Appuyée sur le pied du lit et cachée par la moustiquière, elle se tenait immobile, l'oreille tendue, prête à saisir au vol la première parole que prononcerait Georges.

Elle ne percevait que la respiration saccadée de Claude qui n'était pas davantage maître de son émotion et attendait, anxieux, lui aussi.

Tout à coup le cœur de Thérèse bondit de saisissement ; elle entendait un cri poussé par Claude Michot qui s'était levé et, s'emparant d'une des mains du blessé, au moment où celui-ci ouvrait les yeux, avait prononcé ces mots, au milieu du silence lugubre qui régnait dans cette chambre :

— Georges !... c'est moi !.... Ne me reconnais-tu pas ?... Georges ! c'est Michot !... Claude Michot !

Et comme le blessé le regardait avec cette expression vague qui précède de peu le complet réveil de la pensée, Claude serrait la main de son ami, en ajoutant :

— Tu m'avais écrit de venir te rejoindre, et tu vois, je n'y ai pas manqué ; me voilà...

Et succombant à l'émotion qu'il s'était efforcé de surmonter, de crainte de trop impressionner son ami, le pauvre garçon jeta les deux bras autour du cou du blessé qu'il souleva et tint embrassé, en s'écriant :

— Ah ! mon capitaine, mon cher capitaine, quel bonheur ! Laisse-moi t'embrasser, encore, encore, encore...

Et de nouveau Claude Michot embrassait son ancien compagnon d'armes, en ajoutant avec des larmes plein les yeux :

— Ah ! ma foi, tant pis ! j'en pleure de bonheur et de joie. C'est plus fort que moi !... laisse-moi pleurer tout à mon aise ; ça me fait du bien là-dedans !

Et il se labourait la poitrine par de vigoureux coups de poing.

L'émotion de Thérèse augmentait à mesure que Claude Michot exhortait son ami à lui répondre.

La pauvre enfant était à présent saisie d'une crainte nouvelle, car le silence de Ravergy pouvait donner à supposer que celui-ci avait reçu des blessures assez graves pour troubler le cerveau.

Elle ne s'expliquait pas que, du moment que le blessé reprenait connaissance, il n'ait pas tout de suite reconnu son ancien compagnon.

Aussi ressentit-elle un profond soulagement quand la voix de Georges Ravergy se fit entendre.

Ah ! cette voix, elle la reconnut tout de suite ; elle était restée dans sa mémoire, et chaque fois qu'elle avait reporté sa pensée vers ce sauveur dont le souvenir ne l'abandonnait pas, il lui avait semblé l'entendre lui dire : « Je vous aimais ! »

Georges Ravergy répondait à présent aux appels de son ami.

Très faible, il s'exprimait lentement, avec peine, parlant d'une voix presque éteinte.

— Oui, je te reconnais, mon bon Michot !... Approche-toi ; donne-moi ta main..., pauvre ami !... C'est toi qui t'es trouvé là... pour me secourir...

— Moi, qui te cherchais, et qui t'avais cherché partout, en Californie, sans pouvoir te rencontrer.

Puis, s'apercevant de la faiblesse qu'éprouvait le blessé, Claude Michot ajouta :

— Mais nous aurons le temps de causer de toi et de moi... plus tard. Pour le moment, il ne faut pas te fatiguer la tête...

Georges fit signe qu'il voulait continuer à parler, et force fut à Michot de l'écouter et de répondre à ses questions.

— L'important, disait Claude Michot, c'est que nous sachions où tu souffres et si tu n'as rien de cassé dans le corps... Car je pense que tu as été surpris par le passage d'un troupeau de bisons, qui t'aura renversé, foulé aux pieds.

— Oui! articula le blessé... Comment n'ai-je pas été tué? sur le coup? Dieu le sait...

Et il souleva le bras avec peine, indiquant qu'il ne pouvait faire un mouvement plus prononcé...

— C'est là! dit Claude Michot... l'épaule démise, tout au plus, s'empressa-t-il d'ajouter, car s'il y avait fracture, tu n'aurais pas pu soulever ton bras...

Est-ce tout? demanda Claude. Et voyant que Georges portait la main à sa jambe...

Je comprends,... je comprends! » ajouta-t-il vivement... ton ancienne blessure s'est rouverte?

— Oui!...

— Ça devait être, parbleu; piétiné comme tu l'as été!... mais, avec des soins et du repos, on viendra à bout de tout.

D'abord, nous sommes à l'abri, c'est déjà quelque chose... Enfin, *nous* te donnerons tous les soins possibles, tu peux être tranquille.

Il avait avec intention appuyé sur le mot « nous », dans l'espoir que Georges Ravergy le questionnerait à ce sujet et qu'il aurait ainsi l'occasion d'amener, sans trop de secousse pour le malade, la présentation de Thérèse.

— Oui, reprit-il, *nous* ne négligerons rien, pour que tu sois bientôt remis sur pied et que nous puissions aller ensemble en Californie!...

Car c'est là que j'allais te chercher, oui, *nous* y allions, quand par bonheur le hasard a voulu que *nous* t'apercevions... dans la forêt qui flambait... C'est là que nous t'avons vu passer au milieu d'une troupe de bêtes féroces et qu'en même temps *nous* t'avons appelé...

— Qui *nous*? interrompit Georges que la persistance de son ami à parler au pluriel avait fini par surprendre.

— Je dis nous, parce que... je n'étais pas seul dans la forêt quand tu as traversé la clairière et que ton cheval t'a emporté à fond de train... Depuis ce moment nous nous sommes mis à suivre la direction que nous t'avions vu prendre, convaincus que tu allais en Nouvelle-Californie où nous finirions par te rencontrer.

Georges Ravergy questionna de nouveau son ami au sujet de *celui* dont il parlait, supposant qu'il s'agissait d'un homme.

— Mais... je te vois seul ici? dit-il.

— L'autre..., n'est pas loin; si tu veux... je te présenterai à cette personne,... avec laquelle je voyageais;... elle ne demande pas mieux que de m'aider à te soigner...

— Qu'elle vienne! prononça Georges Ravergy.

— Elle va venir... dit, en hésitant, Claude, mais je crains que sa vue.., dans l'état où tu es... ne t'émotionne trop vivement.

— Quel mal pourrait me faire sa présence... et quelle émotion peux-tu redouter pour moi à l'aspect de quelque brave garçon, comme toi?

— C'est que... cette personne n'est pas un brave garçon... il s'agit...

— De qui donc?

— Il s'agit... d'une jeune fille...

— D'une jeune fille, dit avec surprise Ravergy.

— Une jeune fille... que tu connais.

— Que je connais...

— Que tu as vue, du moins, un jour... un seul jour... en... en pleine mer...

— Une jeune fille! que je n'ai vue qu'une seule fois, et en mer! dit avec une agitation fiévreuse le malade!... et son nom... c'est...

— C'est, dit en tremblant Claude...

— C'est Thérèse!.,. s'écria d'une voix haletante Ravergy... Thérèse, Thérèse!

— Eh bien oui, c'est elle! dit Claude,... tirant brusquement le rideau et s'effaçant pour laisser la place libre.

— Venez, mademoiselle, dit-il en se tournant vers l'endroit où se tenait la jeune fille.

Thérèse se précipita vers Georges, et s'approchant du lit, elle se tint debout, les yeux fixés sur son sauveur, les mains croisées sur son cœur, secouée par l'émotion, pâle, tremblante et sans voix.

La vue de la jeune fille produisit sur le malheureux qui gisait sur le lit l'effet d'une apparition miraculeuse, surnaturelle.

Pendant quelques secondes il promena son regard du visage de

Thérèse à celui de Claude Michot, comme s'il eut été sous l'influence d'un rêve.

Puis vivement il passa la main sur ses yeux, en s'écriant :

— C'est vous!... ici, devant moi!... Vous que j'ai crue morte!... Vous dont je portais le deuil en mon cœur?...

— Comme je portais en mon âme le deuil de Georges Ravergy! prononça la jeune fille d'une voix hachée qui s'arrachait péniblement de sa poitrine oppressée, haletante.

— Pas d'émotions!... Pas d'émotions, mes amis! s'exclama Claude Michot en proie lui-même à l'émotion la plus violente et pleurant à chaudes larmes! faites comme moi!... du calme, du calme, mille bombes... mille tonnerres...

Les craintes du brave garçon n'étaient que trop fondées, au moins pour Ravergy, car dans l'état d'épuisement où il se trouvait, le choc eut tout de suite les conséquences redoutées.

Le malheureux que la joie secouait aussi violemment que l'avait torturé la douleur lorsqu'il avait crû ne plus jamais revoir l'ange qu'il adorait, fut pris d'un tremblement convulsif; puis, soudain, sa tête se renversa sur l'oreiller.

— M. Georges!... M. Georges!... s'exclama la jeune fille en se jetant à genoux au pied du lit.

Mais le blessé n'entendait plus. Un flot de sang avait envahi son visage, comme si une congestion eut dû se produire; ses yeux se fermèrent — et il perdit entièrement connaissance.

Épouvanté à la vue de ces dangereux symptômes, Claude Michot perdait la tête, cherchant en vain à ranimer son ami.

— Ah! voilà ce que je craignais pour lui! balbutiait-il en regardant Thérèse qui, le front appuyé sur les mains, sanglotait, en proie au plus violent désespoir.

Mais il ne s'agissait, par bonheur, que d'un évanouissement passager. — Bientôt, un long soupir s'exhala de la poitrine du malade qui, d'abord, ne prononça que des mots sans suite, quelques paroles inintelligibles...

— Il revient à lui, dit à voix basse, et avec une émotion contenue, Claude Michot.

— Écoutons, répondit Thérèse...

Et Georges murmura, d'une voix qui, peu à peu, devenait plus accentuée, plus distincte:

— Thérèse!... Thérèse Valomer!...

— Il vous appelle!... dit tout bas Claude Michot...

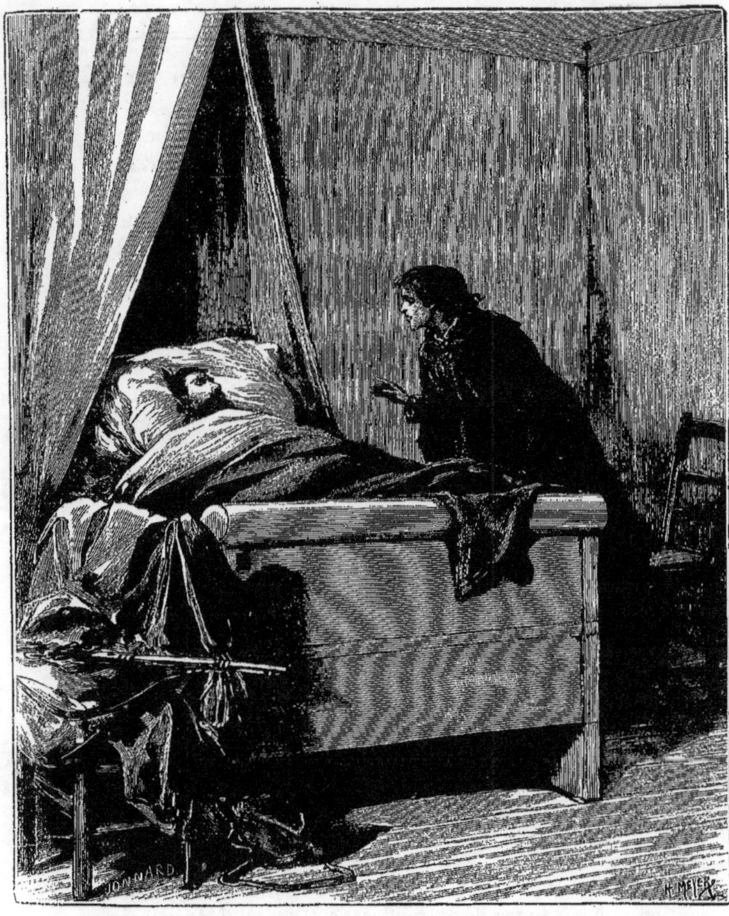

Aux questions que lui adressait son sauveur, la jeune fille répondait en s'efforçant
de contenir son émotion. (P. 636.)

Thérèse s'approcha, et prenant une des mains du malade, répondit doucement :

— Me voici près de vous!...

— Elle!... elle!... dit avez une joie délirante Georges Ravergy;
elle... ici, près de moi... Et puis...

En parlant ainsi, il promenait son regard, cherchant quelqu'un.

80. — SEULE!   80.

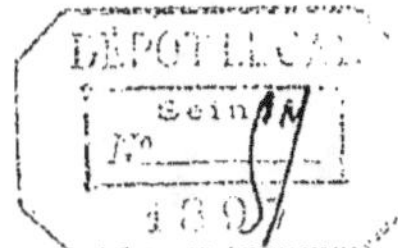

— Approchez-vous, monsieur Michot! dit Thérèse; votre ami semble vous chercher.

Claude Michot vint alors se placer à côté de la jeune fille et tous deux attendirent, silencieusement, que Georges leur adressât la parole.

Au bout d'un instant, il fit un effort; ses yeux, rendus brillants par la fièvre qui le consumait, se portèrent tour à tour sur les deux êtres aimés, réunis comme par miracle à son chevet.

Puis ces mots sortirent de ses lèvres :

— Ne me quittez pas!... Restez avec moi... tous deux... avec moi, avec moi.

Et sa voix s'éteignit, sa respiration devint plus hâtive, plus saccadée, et sembla ensuite s'éteindre tout à fait... et pour toujours!...

La terreur, le désespoir de Michot et de Thérèse étaient indescriptibles.

Frappés de stupeur, ils se regardaient silencieusement tous les deux; mais il ne s'agissait, cette fois encore, que d'une crise passagère.

Au bout de quelques instants de mortelle anxiété, Thérèse et Claude Michot constataient que le malade se ranimait peu à peu... Cette terrible crise était la dernière que devait produire la très vive émotion qu'avait provoquée chez Georges Ravergy cette rencontre inespérée des deux êtres qui lui étaient si chers.

D'une voix faible, mais cette fois pleine de douceur et d'une joie indicible, il prononça :

— Oui, il est bien vrai que c'est vous, vous que je vois auprès de moi!...

Il porta les mains à son cœur, et à l'expression qui se peignit dans ses yeux, on pouvait juger de la tendre émotion qu'il éprouvait à regarder Thérèse.

— C'est Dieu qui l'a permis! prononça la jeune fille en joignant les mains.

Et, tournant les yeux vers celui qui lui avait servi de compagnon et de guide, elle ajouta :

— Oui, Dieu que je remercie de m'avoir fait rencontrer votre ami; s'il n'était pas venu à mon secours, le noble et généreux sacrifice que vous vous étiez imposé pour moi eût été inutile et perdu!...

— Ne parlons plus de sacrifice, ne parlons plus de moi, mais de vous, de vous que j'avais tout lieu de croire à jamais perdue pour moi, de vous que je croyais morte, hélas!

La physionomie et la voix du malade accusaient une si violente émotion, que Thérèse crut devoir épargner à son interlocuteur une fatigue dangereuse.

— Plus tard! dit-elle en levant la main pour imposer doucement silence au malade et le prier de remettre toute explication à un autre moment.

Georges Ravergy s'empara de cette main que l'émotion de la jeune fille faisait trembler. Et la gardant dans la sienne, il eut un imperceptible mouvement pour l'attirer à lui.

Thérèse ne chercha pas à se dégager de la douce étreinte, et, dans la même seconde, ses yeux rencontrèrent les yeux du malade.

Fugitive seconde pendant laquelle leurs âmes tressaillirent à l'unisson, sous l'empire des mêmes impressions, tandis que la pudeur retenait sur leurs lèvres l'échange des sentiments qui les animaient tous deux.

Un délicieux poème des plus pures, des plus chastes amours, était tout entier dans le simple regard qu'échangeaient ces deux êtres qui s'étaient rencontrés en un jour de malheur, comme si une volonté d'en haut les eut destinés l'un à l'autre.

Ils n'avaient plus, désormais, besoin de se parler pour connaître leur pensée et pour être certains tous deux qu'une même sainte et profonde affection les unissait étroitement.

De leur esprit à tous deux s'évanouissaient les sombres préoccupations qui les avaient jusque-là constamment assaillis.

Après les effroyables tourmentes morales, ils jouissaient délicieusement de cette accalmie inespérée, ne redoutant plus rien de l'avenir, à présent qu'ils étaient réunis.

Thérèse n'avait maintenant qu'une pensée : consacrer tout son temps et prodiguer ses soins à celui qui s'était sacrifié pour elle.

Oublieux de leur sombre passé, tout entiers à la joie de s'être retrouvés, enivrés du bonheur de se revoir, de se parler, de s'aimer enfin sans contrainte, ces deux jeunes amoureux étaient loin de soupçonner que là, auprès d'eux et presque sous leurs regards, se déroulait un drame mystérieux et touchant : un combat que se livraient dans le cœur de Claude l'amour le plus ardent et l'amitié la plus tendre, la plus dévouée.

Observateur attentif de la scène qui se passait entre Georges et

Thérèse, Claude Michot tressaillait d'une souffrance aiguë à chaque
parole de tendresse que Georges adressait à Thérèse, et sa rude nature se sentait attendrie, à l'aspect du bonheur qu'une douce réponse
de Thérèse semblait causer à son ami.

La beauté, le charme, l'ineffable bonté de Thérèse, avaient
allumé un brûlant amour dans son cœur; la pure et sainte amitié en
chassait la jalousie.

Et cette noble amitié triomphait à la fin.

Et l'humble paysan d'autrefois, le simple soldat d'hier, s'élevant
jusqu'au plus sublime héroïsme, se disait :

— Qu'ils soient heureux tous deux! Je ne l'aimerai plus, elle, je
l'adorerai... comme une sainte.

Je le chérirai, Lui, comme un frère!...

. . . .

VII

LA CARAVANE

Le malade avait passé une nuit assez calme; le sommeil l'avait
un peu réconforté. Et Georges Ravergy eut pu à la rigueur se lever,
s'il n'avait éprouvé une douleur sourde qui l'empêchait de mouvoir
ses jambes, qui avaient été sinon fracturées, du moins violemment
contusionnées.

Georges était donc contraint de rester étendu.

Claude Michot, bien qu'il n'eut pas fermé l'œil de la nuit, s'était
dès l'aube mis en quête de trouver de quoi cuisiner quelques mets
pour la journée, et de se procurer la nourriture des chevaux.

Thérèse était venue le remplacer au chevet du blessé.

Aux questions que lui adressait son sauveur, la jeune fille répondait en s'efforçant de contenir son émotion.

Lorsque Thérèse voulut entamer le récit des événements dramatiques qui s'étaient passés à bord de la chaloupe, après le naufrage
du navire, son interlocuteur lui dit :

— Je sais tout ce que vous avez subi pendant les trois mortelles
journées que vous avez passées dans l'embarcation; je sais toutes vos

souffrances et par quel miracle vous et vos infortunés compagnons n'avez pas succombé...

— Quoi !... Vous avez appris ?...

— J'avais lieu de croire, hélas ! qu'après avoir échappé au naufrage de *l'Abeille,* après avoir supporté la soif dans la chaloupe, où d'autres avaient perdu la raison et la vie, vous aviez dû périr de froid et de faim sur le glaçon qui vous emportait en plein océan !...

— Qui vous a donc appris ?...

— Tu vas vas nous raconter cela, à cette heure que te voici en état de parler ! s'écria à son tour Claude Michot qui venait d'apparaître sur le seuil.

Il avait approché une chaise de celle sur laquelle Thérèse était assise, et continua :

— Je suis arrivé juste au moment où tu racontais à mademoiselle que, d'après ce que l'on t'avait appris, tu ne croyais pas la revoir jamais. Je connais toute cette histoire et la suite que probablement personne n'a pu te raconter... Qui donc t'a renseigné concernant les voyage que mademoiselle a fait sur le bloc de glace ?

Et toi-même mon capitaine, comment as-tu pu réussir à échapper à la mort ; car mademoiselle m'a dit qu'elle t'avait vu disparaître au milieu de la mer, submergé par des vagues hautes comme des montagnes.

Même que j'en étais arrivé à me demander si c'était bien toi que j'avais vu passer au milieu des animaux féroces, pendant que les flammes dévoraient la forêt...

A son tour, Thérèse l'interrogea à ce sujet, et Ravergy apprit à la jeune fille et à Claude comment la vague qui aurait dû l'engloutir l'avait rejeté près d'une épave à laquelle il s'était accroché désespérément ; comment aussi, pendant cette nuit funèbre, il avait été sauvé par l'équipage d'un navire du bord duquel on avait aperçu l'épave et gouverné vers l'endroit où elle flottait.

Il raconta ensuite que, pendant plusieurs jours, il était resté dans un état de prostration qui avait fait craindre pour sa vie d'abord, pour sa raison ensuite.

Le bâtiment sur lequel il se trouvait était un brick espagnol qui revenait des Antilles et devait faire escale à Québec.

Le naufragé avait été très bien soigné, et deux jours avant que la vigie eut signalé les côtes du Canada, il n'était pas encore hors de danger.

Georges Ravergy continua :

— Etant donné mon état de faiblesse et surtout redoutant pour moi une commotion au cerveau, le capitaine, sans me consulter, me débarqua à Québec.

— Fort heureusement pour nous tous ! s'exclama Claude Michot, car s'il avait pris fantaisie à ce brave marin de t'emmener en Espagne, il y a gros à parier que nous ne serions pas tous trois réunis en ce moment.

Continue, mon ami Georges, car il y a loin de l'endroit où l'on t'a débarqué à l'endroit où nous voici, et je me doute que tu n'as pas dû flâner en route.

— Je ne suis, en effet, resté à Québec que pendant quelques jours, chez un négociant français auquel m'avait recommandé le capitaine du navire espagnol.

— Un compatriote !... C'était une vraie bonne chance de l'avoir rencontré !

— Oui, mon brave Claude, car c'est lui qui s'est chargé de me faire prendre passage à bord d'un bateau qui remonte le Saint-Laurent, faisant un service régulier entre Québec et Montréal.

Le blessé continua :

— Une fois à Montréal, je me renseignai pour savoir comment il me serait possible de me rendre dans la Nouvelle-Californie.

— En Nouvelle-Californie ? s'exclama Thérèse.

— Oui, mademoiselle, quand je pris passage sur l'*Abeille*, mon intention était de débarquer à Véra-Cruz, dans le golfe du Mexique, puis de me rendre en Californie en passant par Mexico.

J'avais, je dois ajouter, hâte d'arriver à destination et je savais que, passant par Mexico, le trajet serait plus court.

Les renseignements que j'obtins à Montréal furent loin de me satisfaire. On m'apprit, en effet, que si je voulais aller en Californie par mer, il me faudrait attendre plusieurs mois peut-être avant de pouvoir prendre passage à bord d'un navire faisant escale au Canada.

Il me restait la ressource de m'y rendre en caravane.

— C'était donc possible et plus court ? demanda Claude Michot.

— Possible, oui ; mais il n'y avait pas de départ de caravane tous les jours. Il fallait attendre, me dit-on, que l'entrepreneur du voyage eut réuni assez de voyageurs pour former la caravane.

— Encore du temps perdu !

— Oui, mon brave Claude, c'est ce que je pensai et qui me contraria fort, je l'avoue, pendant les huit jours que je passai à

Montréal, pour attendre soit qu'on signalât un navire à destination du Mexique, soit qu'il se présentât un nombre suffisant de voyageurs pour former une caravane.

Aujourd'hui, je bénis le ciel de ce retard qui me désespérait, alors.

Georges Ravergy, en prononçant ces mots, appuyait un regard plein de tendre compassion sur la jeune fille.

Il se rappelait l'émotion qu'il avait ressentie lui-même lorsqu'on l'avait mis au courant de la dramatique aventure dont la jeune passagère de l'*Abeille* avait été victime.

— Excusez-moi, mademoiselle, dit-il, de réveiller en vous de douloureux et pénibles souvenirs ; mais puisque vous désirez savoir à la suite de quelle circonstances, je me trouve ici, il faut que je vous parle de personnes que vous connaissez...

— De personnes que je connais ?... A Montréal ? interrompit Thérèse.

— Oui, mademoiselle. Avant tout laissez-moi vous dire que l'entrepreneur du voyage à travers le territoire américain, m'annonça un matin que la caravane ne tarderait pas à se mettre en route.

Une dizaine de voyageurs s'étaient présentés le matin même et devaient revenir pour arrêter leur leurs places. L'entrepreneur avait envoyé prévenir quelques habitants de la ville, lesquels attendaient, comme moi, qu'il y eut une caravane en partance.

Il ajouta :

— Puisque vous n'aver rien de mieux à faire, restez à déjeûner avec moi, et vous pourrez faire connaissance avec vos futurs compagnons de voyage...

J'acceptai, et nous avions à peine achevé le repas, que les dix voyageurs se présentaient dans le bureau de l'entrepreneur.

Celui-ci n'eut pas besoin de me présenter à eux, car à peine m'avaient-ils aperçu, que tous se précipitaient vers moi, les mains tendues, en prononçant mon nom, dans une explosion générale de surprise et de joie.

— Ils te connaissaient donc ?

— C'est-à-dire qu'ils m'avaient tout de suite reconnu, et manifestaient leur stupéfaction...

— De te revoir ?...

— Surtout de me revoir vivant !...

Et s'adressant à Thérèse :

— Ceux qui venaient se faire inscrire pour la caravane étaient ces passagers de l'*Abeille* qui avaient été, comme vous, mademoiselle, admis à bord de la chaloupe.

Thérèse porta les deux mains à son cœur, secouée par une émotion soudaine et violente.

Puis elle s'exclama :

— Vivants !... Sauvés eux aussi !...

— Oui, mademoiselle, sauvés après avoir couru les plus grands dangers !...

— Encore un miracle ! s'écria Claude Michot.

Ravergy continua :

— C'est par eux, mademoiselle, que j'eus de vos nouvelles ; car ne vous voyant pas au milieu de ceux qui se pressaient autour de moi, j'avais aussitôt éprouvé un bien douloureux saisissement ; et ma première pensée fut de m'informer de vous !

Thérèse baissait les yeux et l'impression qu'elle avait au cœur se peignait sur son visage.

« Sa première pensée ! » Cette phrase avait fait tressaillir son âme.

Georges Ravergy reprit, après une courte pause de quelques secondes :

— Je ne pouvais supposer que seule, de tous ces passagers que le sort avait favorisés, vous n'ayiez pas été sauvée...

Ce que j'appris me jeta la mort dans l'âme, et je puis vous le dire aujourd'hui, je regrettai, à ce moment, de n'avoir pas péri au milieu des flots !

Thérèse et Claude Michot gardaient le silence, diversement impressionnés.

— Ce fut, continua Georges Ravergy, le second de l'*Abeille*, le capitaine Cardovan, qui prit la parole, au milieu des assistants très émotionnés, pour m'apprendre dans quelles terribles circonstances vous aviez été séparée de vos compagnons d'infortune...

— Ah ! le bloc de glace !... s'exclama Claude Michot...

— Oui, d'abord !... Maïs ce n'était pas tout ; je n'étais pas au bout des violentes secousses qui m'attendaient.

Thérèse, très émue, leva les yeux sur celui qui, en quelques mots, venait de lui faire comprendre à quel point elle occupait sa pensée et son cœur.

— Oui, reprit Georges Ravergy, en s'animant, ceux qui avaient été nos compagnons à bord de l'*Abeille* et qui, plus tard, étaient avec vous dans la chaloupe, m'ont mis au courant de la terrible situation dans laquelle vous vous étiez trouvée sur le bloc de glace.

... C'étaient précisément le capitaine Cardovan et ses compagnons qui arrivaient... (P. 645.)

Ils m'ont dit leur empressement à se porter à votre secours et leur douloureuse déception de n'avoir pu réussir à arriver jusqu'à vous. Ils m'ont dit aussi le cri d'angoisse qu'ils avaient poussé tous ensemble en entendant le craquement sinistre au moment où le bloc de glace se détachait brusquement de la banquise.

Ils m'ont raconté enfin leur douleur et leur désespoir quand l'épave sur lequel vous vous étiez agenouillée comme une martyre résignée, avait été emportée par le courant, avec une rapidité vertigineuse.

Georges Ravergy s'interrompit pour ajouter :

— Tout ce que j'apprenais me plongeait dans la plus grande désolation ; j'avais tout lieu de croire, hélas ! que nos anciens compagnons de l'*Abeille* étaient persuadés que vous aviez péri.

Et je m'écriai que peut-être le bloc de glace qu'ils avaient tout à coup vu disparaître dans la brume, avait pu être rencontré par un des nombreux bâtiments qui font, dans ces parages, la pêche de la baleine.

Ce fut le capitaine Cardovan qui se chargea de faire s'évanouir le vague espoir que je conservais.

— « Non ! dit-il d'un ton de profonde tristesse, ce que vous supposez-là n'est pas arrivé... »

— Qu'en savez-vous ? demandai-je avec vivacité.

— « Je le sais ! » me répondit-il.

— Et sans me laisser le temps de l'interroger, il ajouta avec une émotion qui se communiqua à tous les assistants :

— « Il était écrit que votre bonne action demeurait stérile et que celle pour le salut de laquelle vous aviez si généreusement fait le sublime sacrifice dont nous tous ici avons été témoins, il était écrit, dis-je, que l'infortunée n'échapperait pas à la mort ! »

— A la mort !... Elle a donc péri ?...

— « Pas en mer, comme on aurait pu s'y attendre, après ce que nous avions vu... »

— Morte !... morte ! m'exclamai-je en laissant éclater mon désespoir.

Puis me raccrochant à une espérance folle qui m'envahissait comme un pressentiment, je m'informai :

— Avez-vous au moins la certitude absolue que l'infortunée n'ait pu, par le fait d'un miracle de la Providence, échapper à la mort.

— « Ce serait alors véritablement un miracle ! » prononça le marin d'un air de doute.

— J'étais tellement abîmé dans la douleur qui me poignait, que d'un commun accord, on décida que l'on m'épargnerait une plus longue épreuve.

Mais on en avait trop dit pour que je ne voulusse pas avoir l'explication des paroles prononcées par le capitaine Cardovan.

Je le pressais de questions, et force lui fut de me renseigner.

— « Eh bien ! oui ; nous savons que la personne à laquelle vous vous intéressez, avait échappé au danger de périr par les flots. Il était arrivé ce qui se produit fréquemment en pareil cas : le bloc de glace avait dû rencontrer un courant l'entraînant vers la côte, il était allé se souder à la grande banquise qui borde les côtes du Labrador et du Bas-Canada. »

— Mais n'est-ce pas une côte désolée ?

— « Oui ! Et seuls des pêcheurs de phoques et des chasseurs d'ours blancs, habitent ces contrées dont le sol est presque continuellement couvert de glace et de neige. »

— Et c'est sur une de ces côtes que la malheureuse jeune fille aurait été jetée ! Ah ! je comprends que vous redoutiez pour elle une mort épouvantable !

Le capitaine Cardovan m'interrompit pour m'apprendre que vous aviez été recueillie par une famille d'Esquimaux qui vous avait secourue et à laquelle vous deviez de ne pas périr de froid d'abord, puis de n'avoir pas succombé à une congestion des poumons.

Mais le capitaine Cardovan ne devait pas me laisser longtemps sous l'impression de soulagement que j'avais tout d'abord éprouvée.

Il me dit que le mauvais destin qui jusque-là vous avait poursuivie, ne devait pas cesser de s'acharner contre vous.

En effet, le marin me raconta comment, après avoir quitté la hutte des Esquimaux, vous réussissiez à vous mettre en route pour continuer le voyage que vous aviez entrepris.

Thérèse, frappée de surprise, se demandait comment ses anciens compagnons avaient pu apprendre ce que le capitaine Cardovan avait raconté à Georges Ravergy.

De son côté Claude Michot s'écriait ,

— Je connais toute cette histoire-là, mon ami Georges ; mademoiselle m'a raconté même des choses qui lui sont arrivées depuis qu'elle avait quitté le Canada...

— Dans un traîneau ? demanda Ravergy.

— Je sais ça !...

— Qu'elle était accompagnée par un religieux... un missionnaire ?

— Je sais ça ! prononça Claude Michot toujours sur le même ton.

— Qu'elle avait été poursuivie par des bandes de loups ?

— Je sais encore ça ?

— Et que le missionnaire s'était sacrifié...

Cette fois Thérèse ne laissa pas à Claude Michot le temps de
répondre son éternel « je sais ça ! »

Au souvenir de l'effroyable drame auquel elle avait assisté, la
pauvre enfant avait poussé un cri.

Et c'est d'une voix pleine de sanglots qu'elle parla du dévouement du religieux, de son sacrifice sublime, de sa mort affreuse...

— Car il est mort,... mort pour avoir voulu me sauver,... lui
aussi ! s'écria-t-elle dans une explosion de douleur.

— Non ! prononça Georges Ravergy.

Rien ne saurait donner une idée de l'expression qui se peignit,
instantanément, sur le visage de Thérèse.

La joie s'y confondait avec la stupéfaction.

Puis tout à coup le doute se fit jour au milieu de cette première
impression d'immense satisfaction.

Elle crut que, voyant sa douleur, Georges Ravergy avait voulu y
apporter un soulagement passager.

— Ah ! par pitié, ne me trompez pas ! supplia-t-elle, les mains
jointes.

— Je vous ai dit la vérité, mademoiselle ; répondit Georges d'un
air de sincérité qui fit bondir de joie le cœur de Thérèse.

— Il vit !... Ah ! Dieu a donc accueilli mes prières !... Il vit !
répéta-t-elle en tombant à genoux, dans un mouvement d'extatique
reconnaissance adressée à l'Être Suprême.

Claude Michot subissait l'émotion communicative dont on lui
donnait le saisissant spectacle.

Et se souvenant du récit que lui avait fait Thérèse des terribles
péripéties de cette poursuite acharnée des loups :

— Je vois ce que c'est, mademoiselle, dit-il ; ce sont les coups de
feu que vous avez entendus quand ces braves bêtes de rennes emportaient le traîneau à fond de train ; oui ce sont ces coups de fusils qui
ont, très probablement, sauvé le missionnaire...

— Tu as raison, mon bon Michot, interrompit Georges Ravergy,
et c'étaient précisément le capitaine Cardovan et ses compagnons qui
arrivaient, providentiellement, pour empêcher que le religieux, ce

saint martyr, ne devint la proie des carnassiers féroces qui s'étaient jetés sur lui, au moment où il venait de sauter à bas du traîneau.

Thérèse l'interrompit par une exclamation qui s'échappa de ses lèvres tremblantes.

— J'ai tant prié, tant supplié, tant imploré le ciel, balbutia la jeune fille toute frémissante de l'immense joie qu'elle avait maintenant au cœur.

Et succombant à l'émotion qui l'envahissait de plus en plus, elle fondit en larmes.

— Laisse-la pleurer, Georges, dit Claude Michot, ça lui fera du bien !

Et cet homme qui, tout d'énergie et de volonté, n'avait pas la larme facile, essuyait furtivement ses yeux humides.

Ce ne fut qu'après avoir laissé Thérèse se remettre de l'émotion qu'il avait provoquée chez elle, que Georges reprit son récit interrompu.

Au surplus, Thérèse avait hâte d'entendre parler du pieux compagnon qui s'était proposé pour l'accompagner jusqu'à Sacramento.

Il ne suffisait plus, en effet, de savoir qu'il n'avait pas été victime de son dévouement; elle voulait apprendre ce qu'était devenu l'homme qui expiait si durement un moment de faiblesse de la conscience.

Aux questions qu'elle lui adressait à ce sujet, Georges Ravergy fit la réponse suivante, qui ramena une expression de tristesse sur le visage de Thérèse :

— Je vous ai rapporté fidèlement ce que je tenais du capitaine Cardovan. Après avoir accompagné ceux qui s'étaient portés à son secours, jusqu'à la route qui conduit à Montréal, il manifesta l'intention de s'arrêter à l'endroit où ils se trouvaient en ce moment.

C'est en vain que le capitaine Cordovan voulut le retenir; il s'excusa de ne pouvoir accéder au désir si bienveillant pour lui.

Il répondit qu'il n'était pas maître de son temps et qu'il se devait entièrement à une pieuse mission qu'il s'était donnée.

Et il se sépara des compatriotes à qui il devait d'être encore de ce monde, après les avoir remerciés et leur avoir encore parlé, en termes élevés, de l'impression que vous avez faite sur lui...

— Ah ! le brave homme ! ne put s'empêcher de s'exclamer Claude Michot.

Georges Ravergy avait profité de cette interruption pour se préparer à continuer son récit.

Et regardant Thérèse, dont il devinait l'anxiété, il lui dit :

— C'est tout ce que je puis vous apprendre concernant le pieux personnage...

— Que la providence avait envoyé auprès de moi pour me consoler et me soutenir, comme il vous avait inspiré de me secourir dans ma détresse et de me sauver!...

Thérèse avait prononcé ces paroles avec une expression d'infinie gratitude pour les services qu'elle rappelait.

Et Georges Ravergy reprit :

— Je suis heureux d'avoir pu vous rassurer au sujet du brave missionnaire... Je dois ajouter que, de son côté, il cherchait à rassurer vos anciens compagnons sur votre sort, en leur apprenant qu'il vous avait indiqué l'itinéraire à suivre, et que, très probablement, vous aviez réussi à gagner la route conduisant à un monastère qui se trouve près du lac Michigan. Les religieux hospitaliers de ce monastère, ajouta-t-il, se chargeraient de vous protéger et de vous fournir le moyen de continuer votre voyage.

Mais telle n'était pas la conviction du capitaine Cardovan. Et en me racontant ce que je viens de vous dire, il manifesta la crainte que vous n'ayiez pu échapper à la poursuite acharnée des bandes de loups qui infestent les steppes désolées à travers lesquelles votre traineau était emporté.

— Et le capitaine en question ne se trompait qu'à moitié ! s'exclama Claude Michot. Car si mademoiselle a pu échapper aux loups qui la poursuivaient, elle a rencontré des peaux-rouges que ne sont pas moins féroces que les loups.

Mais ce n'est pas à moi à raconter ce qui est arrivé à mademoiselle jusqu'au moment où j'ai eu le bonheur de faire sa connaissance.

D'ailleurs, continua Claude Michot, tu n'as pas achevé ton histoire, mon cher Georges !

— Ce qu'il me reste à vous apprendre, vous l'avez sans doute probablement deviné. Grâce à ce qu'une partie des naufragés de l'*Abeille* se rendaient les uns en Californie, les autres au Mexique, et que le capitaine Cardovan voulait les accompagner, dans l'espoir de trouver un commandement dans un des ports du Pacifique, l'entrepreneur des voyages par terre put former une caravane.

— Et c'est cette caravane qui a été attaquée par les Indiens ? demanda Thérèse.

Oui, mademoiselle.

— Et moi je parierais ma tête à scalper par les sauvages que ce sont ces mêmes canailles de peaux-rouges dont vous étiez la prisonnière, mademoiselle, qui ont attaqué la caravane! affirma Claude Michot.

Le compagnon de Thérèse ne se trompait pas. Voilà, en effet, ce qui s'était passé dans le campement de la tribu de peaux-rouges, après que Kaïnara eut réussi, ainsi que nous l'avons raconté, à faire évader Thérèse.

Après avoir vu disparaître son amie, emportée à fond de train par le cheval de Rama-Dama, la femme du chef était retournée dans son wig-wam, auprès de ses enfants endormis.

Le courage dont elle avait dû s'armer pour prendre la résolution que l'on sait, et l'énergie qu'elle avait dû déployer pour la mettre à exécution, s'étaient évanouis, et Kaïnara subissait à présent la réaction inévitable.

Elle éprouvait une défaillance bien naturelle, à la pensée qu'on pourrait découvrir sa participation à l'évasion, et qu'elle aurait à subir les terribles conséquences de cet acte de trahison envers les subordonnés de son mari.

Cruelle perplexité.

Aussi en entendant les clameurs qui s'élevaient, violentes et pleines de menaces, ne douta-t-elle pas que c'était son châtiment qu'on réclamait à grands cris.

Dans un mouvement inspiré par la terreur, elle avait pris ses deux enfants dans ses bras comme pour s'en faire une égide, en voyant Rama-Dama se précipiter, furieux, dans le wig-wam.

— « La prisonnière s'est évadée! » s'écria le chef.

Mais l'accusation que redoutait Kaïnara ne fut pas formulée.

Rama-Dama s'était contenté d'exprimer sa colère de ce que sa femme avait voulu prendre la fille blanche sous sa protection.

Il se reprochait avec amertume d'avoir mécontenté Lao-Paw en ne lui livrant pas tout de suite la captive qui lui appartenait de droit.

A ce moment, les hommes de la tribu se présentaient devant le wig-wam, demandant à se mettre à la poursuite de la fugitive.

Ceux qui avaient une certaine notoriété dans la tribu sommaient presque le chef d'avoir à faire lever le camp, sans perdre le temps à délibérer.

... A travers l'espace m'arrivaient ces mots prononcés en français :
— « Tirez pas !... Tirez pas !... » (P. 655.)

Un des leurs avait été tué, sans nul doute par la fille au visage pâle, et ils voulaient venger la victime.

Le corps avait été relevé et transporté devant le wig-wam. A la vue du cadavre de l'homme qu'elle avait tué, Kaïnara faillit se trahir.

Fort heureusement pour elle, Rama-Dama prit à ce moment la parole pour déclarer qu'il jurait sur les mânes des grands chefs, ses ancêtres, que le mort serait vengé.

82. — SEULE!   82

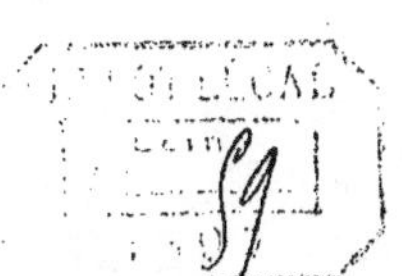

En même temps, il donnait l'ordre qu'on allât chercher Lao-Paw qu'il voulait charger de prendre le commandement d'une avant-garde qui éclairerait la marche de la tribu.

C'est alors que Kaïnara apprit, par le rapport qu'on faisait au chef, que, réveillé l'un des premiers, et peu de temps après l'évasion de la captive blanche, Lao-Paw avait sauté sur le cheval qui restait et s'était lancé à fond de train à la poursuite de la fugitive.

— Le grand Manitou le guidera et donnera des ailes au cheval ! s'était écrié Rama-Dama.

Il ajouta avec une expression de joie dans les yeux :

— Lao-Paw est bon cavalier. Il est fort et courageux. Il rattrapera l'avance que la fugitive peut avoir sur lui. Ne l'avez-vous pas tous vu gagner de vitesse le cerf qu'il poursuit ?... Il nous ramènera la captive blanche, morte ou vivante !

Le sinistre pronostic jeta le désespoir dans l'âme de Kaïnara. Ne savait-elle pas mieux que personne dans la tribu que Thérèse n'avait que peu d'avance, en effet, sur le maudit sauvage qui la poursuivait.

D'autre part ne savait-elle pas Lao-Paw animé des plus odieuses intentions et capable de se charger lui-même du châtiment à infliger à la fugitive.

Mais que pouvait-elle pour conjurer le terrible danger qui menaçait à présent sa protégée ?

Désormais son rôle de consolatrice était terminé, et elle ne pouvait que prier Dieu de protéger l'infortunée jeune fille et de la faire échapper à son acharné et impitoyable persécuteur.

Rama-Dama avait donné l'ordre de lever le camp et de tout préparer pour le départ.

A défaut de Lao-Paw, il avait chargé l'un des amis de ce dernier d'éclairer, avec les meilleurs coureurs, le gros de la tribu.

Tout le monde s'étant mis à la besogne et déployant la plus grande activité, moins d'une heure après, la tribu se mettait en marche, à la recherche de Lao-Paw qu'on espérait voir apparaître d'un moment à l'autre, dans le lointain, car personne dans la tribu ne doutait qu'il n'eut atteint et repris la fugitive.

Aussi l'étonnement de tous se manifesta-t-il, quand après plusieurs heures de marche, l'avant-garde n'avait pas encore signalé Lao-Paw.

Les coureurs se dispersèrent alors dans plusieurs directions, car il se pouvait, pensait-on, que la fugitive ne sachant pas diriger son cheval et ne connaissant pas le pays eût été emportée par sa monture, dans l'intérieur d'un des bois qui bordaient l'immense plaine.

Rama-Dama était entré dans une grande colère, à mesure que l'on marchait sans avoir encore obtenu le résultat qu'il avait espéré.

Mais bientôt sa colère se changea en une fureur éclatante, quand l'un des coureurs vint lui annoncer qu'il avait découvert le cadavre de Lao-Paw.

Toute la tribu se porta, en hâte, dans la direction qu'avait indiquée le coureur.

Une immense clameur s'éleva quand on fut arrivé à l'endroit où gisait le corps du terrible peau-rouge.

Rama-Dama s'était agenouillé devant ce corps et annonçait à ceux qui l'entouraient que Lao-Paw avait été tué d'un coup d'arme à feu.

Il montrait l'endroit où la balle avait pénétré dans la poitrine et perforé le cœur.

Un même cri de colère et de vengeance s'éleva, parmi les peaux-rouges amis du défunt.

Mais avant de prendre une décision, Rama-Dama voulut avoir l'avis des anciens de la tribu. Il les réunit donc en conseil.

D'après lui, des visages pâles étaient dans la contrée. Ce pouvait être ou des chasseurs de bisons, venus du Nord et qui dans ce cas allaient parcourir les territoires fréquentés d'habitude par les troupeaux.

Ce pouvait être aussi des voyageurs en caravane qui se seront trouvés sur le chemin de Lao-Paw et auront tué le peau-rouge après avoir délivré la fugitive qu'il ramenait probablement.

La colère fut grande dans la tribu et Rama-Dama dut donner l'ordre de se lancer en avant, afin de découvrir ceux qui avaient réussi à délivrer la prisonnière blanche, après avoir mis à mort Lao-Paw.

Les prêtres de la tribu exaltèrent le courage du guerrier qui avait, d'après eux, trouvé la mort dans une lutte inégale.

— Nous le vengerons! Telle fut la courte péroraison de l'oraison funèbre en l'honneur de Lao-Paw.

Mais il y avait une grande fermentation dans la tribu.

Les partisans de Lao-Paw y étaient, ainsi que nous l'avons dit, très nombreux et recrutés parmi les jeunes.

Déjà il y avait eu des tendances à une scission et Lao-Paw n'attendait qu'une occasion pour se mettre à la tête des mécontents et former avec eux une nouvelle tribu qui se soustrairait à l'autorité de Rama-Dama.

La mort du chef de cette sourde conjuration n'avait fait qu'exalter davantage les individus prêts à la rébellion.

Aussi, afin de calmer l'effervescence qui grandissait, Rama-Dama avait-il promis que Lao-Paw serait dignement vengé et qu'on sacrifierait à ses mânes tous les prisonniers qu'on pourrait faire quand on aurait pris contact avec les visages pâles et qu'on les aurait vaincus.

Cette promesse n'avait calmé qu'à demi le mécontentement d'une partie de la tribu.

Les amis du mort gardaient rancune au chef de s'être montré si généreux et si bienveillant envers la captive blanche, à l'instigation de Kaïnara.

D'aucuns même, parmi les plus exaltés, s'emportaient jusqu'à accuser l'épouse du chef de n'être pas étrangère à l'évasion.

Il s'en fallait de peu qu'on ne lui attribuât la mort du peau-rouge qu'on avait trouvé transpercé par un javelot.

Ces sourdes menées contre sa femme n'avaient pas échappé à Rama-Dama et lui prouvaient que son autorité serait vigoureusement battue en brèche s'il ne saisissait pas bientôt l'occasion de faire un coup d'éclat qui put raffermir cette autorité.

Cette occasion ne devait pas tarder à se présenter, car les éclaireurs signalèrent une caravane.

Les peaux-rouges ont une tactique spéciale pour l'attaque d'une caravane.

Dès que celle-ci a été signalée par les coureurs qui aussitôt se rabattent sur le gros de la tribu, le chef donne immédiatement l'ordre de faire halte afin de prendre conseil des anciens. C'est là simplement une tradition, mais à laquelle il ne déroge jamais.

Après ce conseil tenu, le chef fait trois groupes des guerriers dont il dispose. Une partie de la tribu se porte à gauche, l'autre à droite, formant deux ailes qui manœuvrent de façon à opérer un mouvement tournant.

Et pendant que la caravane est ainsi menacée d'être enveloppée, le groupe restant l'attaque de front avec une impétuosité telle qu'il est rare que ce choc formidable ne jette pas le désarroi et l'épouvante parmi les voyageurs.

Rama-Dama avait suivi la tradition et réuni les principaux guerriers de la tribu.

Mais les créatures de Lao-Paw, pressés de venger leur ami, n'avaient pas attendu la fin de la délibération.

Ils avaient pris les devants et sans se préoccuper des ordres que donnerait le chef, ils s'étaient précipités dans la direction où la caravane avait été signalé.

C'était là une faute qui devait avoir les plus graves conséquences pour le reste de la tribu.

En effet la troupe partie en avant et sans ordre, avait attaqué à découvert au lieu de prendre par le bois ou de ramper afin de surprendre l'adversaire.

Signalée à son tour par le conducteur de la caravane, cette troupe avait été accueillie par un feu roulant de mousqueterie qui y avait jeté le désordre.

Un grand nombre de peaux-rouges avaient été tués ou blessés ; les autres s'étaient alors lancés dans la forêt. Ceux-là ne songeaient plus qu'à faire une diversion en appelant à leur aide un auxiliaire terrible : le feu !

Rama-Dama ayant eu connaissance de la sanglante défaite d'une partie de ses guerriers s'était porté à leur secours avec ce qu'il lui restait de combattants.

Cette seconde attaque impétueuse, devait aller se briser contre une résistance inattendue et que les voyageurs avaient eu le temps de préparer grâce à ce qu'ils avaient pu se débarrasser de leurs premiers adversaires.

En effet, l'un des voyageurs, homme d'énergie et de résolution, avait fait disposer les voitures de façon à former un rempart à l'abri duquel on allait pouvoir viser et tirer, tout en étant peu exposé aux coups de l'ennemi dont les flèches et les javelots ne pouvaient que difficilement les atteindre.

Or la caravane que les peaux-rouges attaquaient ainsi était précisément celle qu'on avait formé à Montréal pour les passagers de « l'Abeille », et le chef qui avait pris les dispositions que nous venons de dire n'était autre que le Capitaine Cardovan.

Claude Michot s'en était douté dès que George Ravergy eut parlé de l'attaque que ses compagnons et lui avaient eu à subir de la part des indiens.

Car s'adressant à Thérèse qui écoutait avec une émotion croissante le récit de Georges Ravergy, il s'était écrié :

— C'est bien la tribu que vous connaissez ; je me doutais, d'après ce que vous m'aviez raconté, qu'en se réveillant tous ces ivrognes allaient se mettre à votre poursuite... Je ne vous disais pas mes craintes, pour ne pas vous épouvanter à l'avance... Mais je n'étais pas tranquille... Aussi j'ai éprouvé, je vous le confesse à cette heure, un véritable soulagement quand j'ai eu la certitude que nous allions rencontrer une caravane...

Puis se tournant vers Georges Ravergy :

— Et dire que je n'étais pas auprès de toi, mon capitaine, pour prendre ma part de la bataille!... C'est bien la première fois, depuis que nous nous connaissons, que tu as couru un danger sans que je l'aie partagé! ajouta Claude Michot.

C'est égal je n'ai pas besoin que tu me dises que tu t'es battu pour deux!... Alors vous avez rossé ces canailles de sauvages, comme ils le méritaient... D'ailleurs celui qui avait combiné d'improviser des fortifications avec les voitures et les charrettes n'était pas un novice, tant s'en faut... Il connaissait joliment son affaire... C'est toi, bien sûr, mon capitaine, qui as eu cette idée-là.

— Tu te trompes, répondit Ravergy, c'est le capitaine Cardovan, un homme que j'avais vu à l'œuvre pendant le naufrage de « l'Abeille », et dont le courage m'était connu. Moi, je me contentai de combattre sous ses ordres, avec ceux qui, comme moi, voyageaient à cheval...

— Tu commandais la cavalerie, alors!... Ah! je commence à comprendre comment il se fait que nous t'ayons vu passer seul, au milieu des fauves dans la forêt en feu.

— J'avais effectivement décidé que lorsque l'ennemi serait tenu en échec, je pousserais une charge avec les autres cavaliers, afin de tâcher de mettre les peaux-rouges en complète déroute.

— C'était comme ça que le général Marceau et ce brave petit Bara se jetaient sur les ennemis!...

— Je dois ajouter, reprit Georges Ravergy, que les peaux-rouges se battirent avec le plus grand courage, se ruant sur les voitures et essayant de les prendre d'assaut.

— Mais ils n'y ont pas réussi?...

— Ils se faisaient tuer à bout portant, et d'autres remplaçaient ceux qui tombaient.

— Et toi?... Et ta cavalerie?

— Moi et mes compagnons, nous attendions le moment de charger. Et, en attendant, nous tiraillions par dessus le rempart improvisé...

— Et tu n'as pas besoin de me dire que chacune de tes balles

abattait son homme ! s'exclama Claude Michot qui s'enthousiasmait à
ce récit de bataille.

— J'ai vu là un fait qui m'a fait battre le cœur de l'émotion que
j'ai éprouvée.

— Toi ?... Une émotion à la guerre ? Toi ! le capitaine Ravergy ?
Allons donc !

— Oui, mon brave Claude, et si tu avais été à ma place, tu
aurais comme je l'ai fait, relevé le canon de ton fusil au moment de
tirer...

— Tu as fait ça ?...

— Oui !... Pour ne pas tuer une femme et des enfants !

La réplique était tellement imprévue que Thérèse et Claude
Michot se regardèrent secoués tous deux par la même impression.

— Une femme ?... Des enfants ?...

Et la même pensée leur vint à tous deux :

— « Kaïnara !. . »

Georges Ravergy reprit :

— Au moment où j'allais abattre d'un coup de feu un des
indiens qu'à son tatouage et aux plumes qui ornaient sa chevelure
j'avais reconnu pour être un chef, je vis une femme, portant un
enfant sur chaque bras, traverser comme une folle l'espace sillonné
par les balles, pour s'approcher de l'homme que je tenais au bout de
mon fusil.

Ce fut comme une vision.

La femme avait fait de son corps un rempart vivant ; et il me
sembla, à ce moment, entendre des cris de détresse et des supplications.

Même, j'eus l'illusion, pendant cette suprême seconde, qu'à
travers l'espace m'arrivaient ces mots prononcés en français :

— « Tirez pas !... Tirez pas !... »

Georges Ravergy ajouta :

— Un frisson me parcourut tout le corps et je relevai l'arme qui
vacillait dans ma main tremblante.

— Ah ! c'est Dieu qui vous a inspiré cette pitié pour la femme
qui l'implorait de vous !.. Vous avez épargné celle qui m'a protégée,
celle qui m'a secourue et sauvée...

Tout me prouve, en effet, que cette femme est la fille blanche
dont je vous ai dit en quelques mots l'histoire et qui, avant d'être
enlevée par les peaux-rouges s'appelait Marie Darnis !...

Elle avait deux enfants qu'elle aimait d'une tendresse infinie.

Puis s'interrompant, Thérèse demanda avec anxiété ·

— Mais qu'est-elle devenue ?... Vous l'avez épargnée, vous ; mais d'autres n'auront peut-être pas eu la même pitié...

— Rassurez-vous, répondit Georges Ravergy, voyant que la jeune fille manifestait une grande tristesse à l'idée que Kaïnara avait peut-être reçu la mort pendant le combat !

Il ajouta :

— Lorsque le chef eut vu le mouvement que j'avais fait, il tendit les bras vers moi, vraisemblablement pour me faire comprendre qu'il m'était reconnaissant de mon acte de générosité.

Prenant un des enfants, il me le montra ; puis saisissant sa femme par la taille, il l'entraîna.

Je les vis s'éloigner avec la plus grande rapidité, afin de se mettre à l'abri des projectiles qui continuaient de décimer ce qui restait de la tribu.

Le moment était venu de profiter de notre succès et je partis avec les cavaliers afin d'exécuter une charge furieuse, pendant que le capitaine Cardovan ferait reformer la caravane.

Georges Ravergy raconta alors comment lui et ses compagnons avaient été séparés de la caravane en poursuivant les peaux-rouges et, qu'entraînés dans la forêt, ils avaient été tout à coup enveloppés par les flammes.

Chacun avait alors battu en retraite comme il avait pu afin de rejoindre la caravane, et bientôt Georges Ravergy s'était trouvé seul.

D'ailleurs il n'avait plus été maître de son cheval, car l'animal affolé s'était emballé et l'avait emporté au milieu des animaux féroces qui, eux aussi, fuyaient saisis de terreur.

— Ah ! si tu nous avais aperçus à ce moment, si tu avais entendu nos cris et nos appels, il est probable que tu ne serais pas blessé à cette heure, et nous aurions pu, tous trois de compagnie, faire route pour la Nouvelle-Californie. Tandis que nous voici obligés de bivouaquer ici, Dieu sait pour combien de temps !

Ces mots amenèrent un nuage sur le front de Thérèse.

Depuis qu'elle avait retrouvé Ravergy, les deux jours qu'elle avait passés auprès de lui s'étaient écoulés pour elle dans une sorte de fièvre et d'agitation que tempérait seulement la douce satisfaction qu'elle éprouvait de pouvoir prodiguer tous ses soins et témoigner à son tour son dévouement au blessé.

— Délaverne ! s'exclamèrent d'une même voix les deux jeunes gens. (P. 663.)

Et voilà que la pauvre enfant était brusquement ramenée à la terrible réalité et arrachée à la préocupation nouvelle qu'elle s'était donnée.

Georges Ravergy répondant à ce que venait de dire Claude Michot, s'informa du motif qui pouvait avoir décidé la jeune fille à entreprendre ce lointain et périlleux voyage.

Et comme, tout d'abord, il s'étonnait d'apprendre qu'elle se

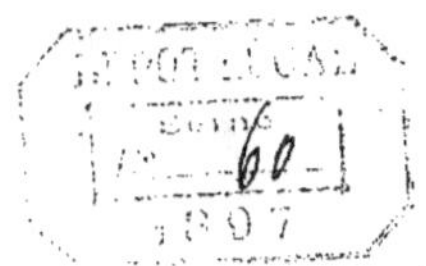

rendait dans la Nouvelle-Californie, une contrée encore peu explorée
et où s'étaient établis tout récemment quelques aventuriers uniquement occupés à chercher de l'or, Thérèse ne put dissimuler son
trouble et une poignante émotion.

Ce fut Claude Michot qui répondit :

— Oui, mon ami Georges, quand nous t'avons rencontré, nous
allions, mademoiselle et moi, dans le pays de l'or. Par exemple je ne
pourrais pas te dire au juste ce que nous allions y faire ; mais, du
moment que mademoiselle avait besoin d'un guide, je m'étais, comme
tu penses, offert tout de suite pour lui servir de compagnon, afin
d'être là pour la défendre, au besoin.

— Brave cœur ; je te reconnais bien là, mon bon Michot !...
s'exclama le blessé.

— Parbleu, j'ai fait ce que tu aurais fait certainement si tu avais
été à ma place !... D'autant plus que *nous* avons, à ce qu'il paraît,
une mission à remplir, je dis nous puisque mademoiselle a bien
voulu accepter mes services... Par exemple, je ne sais pas le premier mot de cette mission... C'est toujours pour moi comme à l'armée, vois-tu, mon capitaine ; quand le général donnait l'ordre de
marcher, on obéissait sans savoir ce que l'on allait faire. C'est tout
comme alors : mademoiselle voulait aller en Nouvelle-Californie ;
bon ! nous irons ! lui ai-je répondu... Elle a ajouté qu'elle avait une
mission sacrée à remplir : « C'est bien, mam'zelle, *nous* la remplirons
cette mission ! » Et voilà tout.

Regardant Thérèse avec un sourire, Claude Michot ajouta :

— Le général avait parlé et je n'avais pas autre chose à faire
qu'à obéir.

Georges Ravergy ne détachait plus ses regards du visage de
Thérèse.

Il cherchait à lire dans la pensée de la jeune fille pour tâcher d'y
voir le motif du trouble qu'elle ne pouvait dissimuler.

Il n'osait interroger de crainte de réveiller une douleur assoupie.
Il se remémorait les paroles qu'il avait échangées avec l'infortunée,
sur le pont du navire qui sombrait.

Il avait vu son immense désespoir et avait compris qu'il devait y
avoir dans l'existence de cette malheureuse qui se raccrochait ainsi
à la vie, un mystère qu'au moment où il se sacrifiait pour elle, il
n'avait pas cherché à découvrir.

Mais à présent qu'ils s'étaient retrouvés, qu'il savait ses sentiments partagés, il lui semblait, qu'uni à Thérèse par le lien d'un

amour réciproque, il avait le droit de connaître tout ce qui la concernait.

Aussi n'hésita-t-il plus à adresser à la jeune fille des questions au sujet de ce voyage et du motif qui l'avait rendu inévitable.

Thérèse dut surmonter la douloureuse émotion que les souvenirs évoqués ravivaient en elle.

Et comme Georges Ravergy s'excusait de provoquer ainsi l'impression qu'on ne parvenait pas à lui dissimuler, la jeune fille mit un terme à ses hésitations.

— A vous qui, sans me connaître, avez eu compassion de moi, puis-je refuser ce que vous demandez; ne dois-je pas saisir cette occasion de vous témoigner ma reconnaissance, dit-elle; à vous qui vous intéressez à moi, puis-je laisser ignorer qui je suis et le but que je poursuis?

Thérèse s'interrompit pour laisser s'apaiser l'oppression qui faisait haleter son sein et chevroter sa voix.

Puis elle ajouta :

— Vous aviez deviné, vous aviez compris au moment ou, le sort vous ayant favorisé, vous me cédiez votre place dans la chaloupe, oui, vous aviez déjà compris que ce n'était pas la peur de la mort qui me désespérait... J'avais répondu aux questions que vous m'aviez adressées et vous vous étiez contenté d'apprendre que d'autres existences seraient en danger si je périssais!...

Georges Ravergy éprouvait une douce sensation au cœur, en entendant ces paroles que la jeune fille appuyait d'un regard empreint d'une expression d'affectueuse reconnaissance.

De son côté, Claude Michot se félicitait mentalement de ce que le hasard lui eut permis de pouvoir sauver cette jeune fille que le camarade Ravergy aimait de toute son âme.

Il se disait qu'il était pour quelque chose dans leur bonheur, car il ne doutait pas que Georges Ravergy ne fût amplement payé de retour.

— Je serai leur Médor à tous deux! pensa-t-il.

Thérèse reprit :

— Je vous dirai tout ce que vous désirez savoir, et cela quelque tristes, quelque douloureuses, quelque pénibles que puissent être ces confidences, avec la certitude qu'on partagera mes peines et mes douleurs.

Ma conscience me dit d'ailleurs, que je faillirais à mon devoir, si je vous laissais ignorer plus longtemps, à qui vous avez voulu faire le sacrifice de votre existence.

Alors Thérèse apprit au blessé tout ce que nos lecteurs savent de la dramatique histoire qui fait l'objet de la première partie de notre récit.

A mesure que l'infortunée racontait les scènes de désespoir qui avaient eu lieu entre sa mère et elle, lorsqu'elle avait pris l'inébranlable résolution que l'on sait, Ravergy et Michot étaient de plus en plus captivés et leur émotion grandissait, en même temps qu'ils éprouvaient plus d'admiration pour celle qui avait tout sacrifié à son amour filial.

— Ah! c'est beau, c'est magnifique, ce que vous avez fait là, mademoiselle! s'exclama Claude Michot en regardant Georges dont le silence l'étonnait.

N'est-ce pas, mon capitaine, ajouta-t-il en s'adressant au blessé, que mademoiselle a montré un courage que beaucoup d'hommes n'auraient pas eu.

Thérèse l'interrompit :

— Que parlez-vous de courage, monsieur Michot? N'était-ce pas mon devoir de tout tenter pour arracher à l'échafaud mon père innocent?...

— Innocent! répéta Georges Ravergy, tout bouleversé de ce qu'il venait d'apprendre.

— Il existe une preuve de cette innocence, s'exclama Thérèse très animée et frémissante; il me la fallait rapporter, afin que mon père nous fût rendu; il me la faut aujourd'hui coûte que coûte, quelles que que soient les épreuves qu'il me faudra subir, quels que soient les dangers que je doive affronter encore pour arriver à mon but!...

— Mais à présent, nous serons trois! s'écria Claude Michot. Et il faudra que le diable s'en mêle, pour que nous ne réussissions pas!

Qu'en penses-tu, mon capitaine?

Cette interrogation sembla faire sortir tout à coup Georges Ravergy d'une pensée dans laquelle il était absorbé.

Mais, au lieu de répondre à la question que lui adressait à brûle-pourpoint Claude Michot, il demanda à Thérèse si elle était bien certaine que la preuve dont elle parlait existât réellement.

La jeune fille tressaillit et devint tout à coup pâle et tremblante.

Georges venait de faire naître en son esprit un doute qui l'épouvantait.

— Si cette preuve a été détruite, si je ne puis la rapporter aux juges, il n'aura servi de rien que vous ayez risqué la mort pour moi, monsieur Ravergy, il n'aura pas servi, non plus, que vous m'ayez empêchée d'être égorgée par le peau-rouge, monsieur Michot; car la mort dont vous m'avez préservée tous deux, je me la donnerais moi-même.

Thérèse s'était exprimée d'un ton de virile résolution, et sa voix jusque-là mal assurée s'était tout à coup affermie.

Mais, en même temps qu'elle formulait énergiquement sa pensée, elle semblait avoir le pressentiment qu'elle ne serait pas poussée à cette extrémité.

— Je sens là, ajouta-t-elle en appuyant la main sur son cœur, je sens que cette preuve existe et que je parviendrai à me faire remettre la lettre que je vais chercher... Oui, je le sens,... je le sens comme si c'était Dieu lui-même qui me l'affirmât.

Georges n'eut garde de rien dire qui put porter atteinte à l'énergie de cette admirable créature qu'il aimait de toutes les forces de son âme.

— C'est donc une lettre que nous allons chercher au Sacramento? demanda-t-il.

— Oui! une lettre, une simple lettre!

— Et vous ne doutez pas que l'homme qui la possède ne consente à s'en dessaisir?

Sans attendre que la jeune fille répondit, Claude Michot s'écriait :

— Est-ce que nous ne serons pas là pour l'y obliger? Je voudrais bien voir qu'il refuse de vous la donner, mademoiselle!...

— D'ailleurs, dit Georges, quand on lui aura expliqué l'importance de cette lettre, quand on lui aura dit qu'il s'agit de prouver l'innocence d'un homme et de sauver une pauvre femme, minée par la maladie et dont l'existence ne tient plus qu'à un souffle, enfin, ajouta-t-il en regardant Thérèse, quand il saura ce qu'a fait, pour sauver son père, une jeune fille sans soutien, sans appui, seule,... seule!... Quel est l'homme qui refuserait de seconder cet acte de dévouement filial?

Ravergy avait cru augmenter l'espoir de la jeune fille; il fut surpris de n'avoir obtenu qu'un résultat tout différent.

En effet, le front de Thérèse s'était rembruni, en même temps que l'expression de son visage indiquait une impresssion douloureuse.

C'est que l'infortunée venait de se rappeler à quel misérable elle allait s'adresser, pour obtenir la lettre qui devait faire éclater l'innocence de Jacques Valomer.

Elle se souvenait qu'elle s'était promis à elle-même d'accepter le prix, — quel qu'il dut être, — qu'exigerait Delavérne pour se dessaisir de la précieuse lettre.

Et cette résolution qu'elle avait prise, avec la ferme volonté de ne pas survivre à son déshonneur, cette résolution la faisait tressaillir.

En lui permettant de retrouver vivant l'être qui lui avait envoyé, dans un suprême adieu, l'aveu de son amour, le ciel lui avait permis de concevoir une espérance, et voilà que cette espérance s'évanouissait, ne laissant après elle que regrets et souffrances.

— Mademoiselle Thérèse, dit Georges, permettez-moi de vous demander quelques renseignements sur la personne qui, sans le savoir probablement, détient la preuve de l'innocence de votre père...

— Il l'ignore sans doute, balbutia Thérèse.

— Comment douter alors de la compassion de cet homme? C'est encore plus à sa conscience qu'à sa pitié que nous nous adresserons.

— Hélas! dit Thérèse, vous ne connaissez pas celui que je vais implorer...

— Que dites-vous là?... Implorer?...

— Cet homme n'a ni pitié dans le cœur,... ni conscience!... prononça Thérèse.

— Ni pitié,... ni conscience! répéta Claude Michot.

— Mais quel est-il donc, cet homme, dit Georges, quelle est sa situation dans le monde, quelle profession exerce-t-il, quel est son nom, enfin?

— Celui que je vais chercher à Sacramento, dit Thérèse d'une voix triste et grave, a été contraint de fuir loin de sa patrie, d'abandonner sa famille qu'il laissait ruinée, déshonorée par lui. .

— Et quels moyens d'action avez-vous contre ce coupable? Comment espérez-vous obtenir de lui cette précieuse lettre qui est le salut de votre père?

— Sa femme et ses enfants, abandonnés par lui, sont morts, morts par sa faute et j'espère que la douleur, que le remords auront touché son âme et qu'il ne voudra pas ajouter un crime inutile et sans profit pour lui, aux fautes et aux crimes qu'il a commis. Je vous ai dit qui il est, sachez maintenant son nom.

Il s'appelle : Delaverne.

— Delaverne! s'exclamèrent d'une même voix les deux jeunes gens.

Claude Michot n'en pouvait croire ses oreilles.

Quant à Ravergy, un flot de sang lui était monté au visage...

Cependant il se pouvait qu'il y eut seulement similitude de nom. Aussi voulut-il se renseigner tout à fait.

— Veuillez me dire, je vous prie, comment M. Valomer se trouvait en relations avec ce M. Delaverne.

— Mon père... avait eu recours à lui pour la négociation de quelques valeurs...

— Ce M. Delaverne était donc banquier?...

— Oui! répondit Thérèse d'une voix qu'altérait à présent une émotion croissante...

— Et l'adresse? Il demeurait?...

— Rue Saint-Louis...

— ... En-l'Ile? acheva Georges Ravergy.

— Mais... c'est le nôtre, c'est notre Delaverne! s'exclama Claude Michot.

Ce fut au tour de Thérèse d'être stupéfaite.

— Le vôtre?... balbutia-t-elle.

— Oui!... le nôtre, répéta Claude Michot d'une voix pleine de fureur et de haine.

Thérèse regardait alternativement les deux hommes comme pour les interroger.

— Je vais vous expliquer cela, prononça Michot dont l'emportement augmentait.

— Non dit Georges, c'est à moi qu'il appartient de mettre Mlle Valomer au courant de ce que je vais faire à Sacramento.

Et d'un signe il imposa silence à Michot.

Puis, s'adressant à Thérèse :

— Oui, mademoiselle, commença-t-il en s'efforçant de refouler l'émotion qui l'envahissait au souvenir de son père, le Delaverne qui détient la lettre que vous allez chercher, est le même homme à la recherche duquel je suis moi aussi!

— A mon tour, monsieur Ravergy, de vous demander...

— Ce que je veux à cet homme, n'est-ce pas?...

Comme vous, mademoiselle, je me suis donné une mission, une mission sacrée à l'égal de celle que vous vous êtes imposée... Et c'est pour l'accomplir que j'avais pris passage à bord de *l'Abeille*.

— Vous aviez un devoir sacré à remplir, dit Thérèse, et cependant...

— Je comprends votre pensée, mademoiselle... Permettez-moi de continuer...

Il reprit :

— Si je dis que ce devoir était sacré, c'est qu'il avait trait à une promesse que j'avais faite... J'avais promis à mon père de le venger...

— De M. Delaverne?

— De lui!... Au moment où le marquis de Ravergy, mon père, allait mourir, je lui ai fait le serment de rechercher le misérable, et... d'en tirer vengeance!... Et je m'étais promis à moi-même que cette vengeance serait terrible! que je ne m'en laisserais détourner par aucune considération...

Je m'étais donc embarqué pour me rendre à Sacramento, où je savais que s'était établi Delaverne... J'étais résolu à tuer cet homme comme on tue une bête féroce.

Thérèse ne put retenir une exclamation de stupeur :

— Quoi!... Vous alliez venger votre père, vous en aviez fait au mourant la promesse sacrée! Et pour moi... vous avez...

Georges Ravergy l'interrompit :

— Oui, mon serment était sacré, mais quand j'ai été témoin de de votre désespoir, quand j'ai compris qu'il s'agissait de la vie d'une personne, de plusieurs personnes même, eh bien! je l'avoue, je me suis senti ému de pitié, remué profondément; j'ai consulté ma conscience et elle m'a répondu qu'il valait mieux mille fois laisser vivre un coupable que laisser périr d'honnêtes gens...

— Mais... vous?... vous?... C'était votre existence que vous donniez pour sauver celles de ceux qui vous étaient inconnus...

— Je vous connaissais, vous! J'avais vu vos larmes... Et vous alliez mourir! Alors, j'ai reporté ma pensée vers mon père!... J'ai demandé à mon cher mort pardon de manquer à la promesse que je lui avais faite, et j'ai compris, au calme de ma conscience, que mon père me pardonnait!

Je n'ai plus hésité...

— Et tu as bien fait, mon capitaine! s'écria Claude Michot en levant les bras dans un mouvement d'enthousiasme pour l'acte de sacrifice qu'avait accompli son camarade.

Elle dut s'arrêter pour ne pas tomber épuisée. Force lui fut de s'asseoir sur un fragment
de rocher... (P. 672.)

D'ailleurs,... j'en aurais fait tout autant à ta place !...

Thérèse était confondue de tant d'abnégation.

Elle qui se sacrifiait avec une si sublime résignation, elle s'étonnait que d'autres eussent un pareil mépris de la mort.

Après que Georges eut cessé de parler et que Claude Michot eut
laissé éclater son enthousiasme, chacun des trois personnages avait
gardé le silence.

Tout à coup, Thérèse leva les yeux sur ses compagnons, avec une expression d'angoisse.

Et, s'adressant au blessé, elle lui dit, frémissante d'inquiétude :

— Vous avez fait le serment de tuer Delaverne?...

— Je le crois bien! s'exclama Claude Michot... Et pour ma part, je vous promets, mademoiselle, que si vous avez une rancune contre cet homme, vous serez vengée du même coup.

L'ami Georges et moi nous lui ferons payer tout cela en bloc.

— Mais ce que vous dites là m'épouvante! balbutia Thérèse, frappée du silence que gardait Georges Ravergy.

Et s'adressant plus particulièrement à lui :

— Oui, ajouta-t-elle, je suis épouvantée quand je réfléchis que si la caravane dont vous faisiez partie n'avait pas été attaquée, vous seriez déjà arrivé à Sacramento... Je suis épouvantée quand je pense que vous auriez pu déjà vous venger de Delaverne...

Je suis épouvantée à l'idée que cet homme étant mort, tué par vous, c'en était fait de l'existence des miens...

Que faute de pouvoir produire la lettre que je vais chercher à Sacramento, Jacques Valomer mourrait, innocent, par la main du bourreau !...

Et maintenant que je sais quel sacrifice vous avez déjà fait, je me demande si vous vous résignerez à en faire un second.

Georges Ravergy, très ému, allait répondre. Michot s'approcha pour lui parler tout bas.

— Rassurez-vous, dit Georges.

Je n'ai pas oublié, qu'en vous cédant, que dis-je, en vous conjurant d'accepter ma place dans la chaloupe, je vous ai dit: « Acceptez le sacrifice que je veux faire; acceptez-le sans crainte; allez où le devoir vous appelle ! »

— Oui, je les entends encore... ces paroles que vous dictait la compassion... Elles sont restées gravées dans ma mémoire et dans mon cœur.

— Eh bien, ce que je vous disais ce jour-là, je vous le répète aujourd'hui... « Allez où le devoir vous appelle ! »

— Bravo! clama Claude Michot applaudissant à la parole généreuse que venait de prononcer son camarade.

Ainsi vous voilà rassurée, ajouta-t-il en se tournant vers la jeune fille qui gardait le silence, le cœur plein de reconnaissance et d'admiration.

Maintenant vous pouvez être tranquille, dit Michot, nous vous

conduirons à Sacramento ; nous vous aiderons à découvrir l'endroit
où perche le Delaverne ; nous vous le prêterons tout le temps nécessaire pour obtenir qu'il vous remettre la lettre en question. Et quand,
vous la tiendrez et qu'elle ne pourra plus vous échapper, alors, mais
seulement alors, nous réglerons notre compte avec lui... Voilà qui
est convenu ; n'est-ce pas, mon capitaine?

— C'est ma pensée tout entière que vient d'exprimer ce brave garçon, dit Georges. Il ne s'agit plus maintenant que d'un sacrifice de
temps, d'un délai de quelques jours.

— Acceptez-le, mademoiselle ; et cette fois encore je vous répète
ce que me dictait ma conscience au moment où je vous entendais, sur
le navire qui sombrait, prononcer ces mots ; « C'est fini, je ne pourrai plus rien, rien!... Et là-bas où mon retour devait tout sauver...
voilà que tout s'écroule!... »

Ah! je les ai gardées gravées dans ma mémoire ces paroles de
désespoir!... Et aujourd'hui, comme alors, je ne veux pas que là-bas
où l'on vous attend s'écroulent l'honneur d'une famille, le salut de
votre père, et la vie de votre mère! Non !... Mieux vaudrait même
abandonner ma vengeance, plutôt que de laisser condamner un innocent.

Et d'un ton ferme :

— Delaverne vivra donc!... Vous irez le trouver et puisque vous
avez, dites-vous, la certitude d'obtenir qu'il vous remette la lettre...

— Il faudra bien qu'il la donne, mille tonnerres du diable! interrompit Claude Michot ; car on la lui arracherait de force, s'il ne vous
la donnait pas de bonne volonté.

Georges Ravergy était devenu pensif.

— A quoi réfléchis-tu, mon capitaine? lui demanda Michot.

C'est à Thérèse que le blessé adressa la réponse.

— Je réfléchis, mademoiselle, dit-il, à la condamnation qui a
frappé votre père. Je fais le compte du temps qui s'est écoulé depuis
que le terrible verdict a été rendu.

Thérèse tressaillit.

— Vous rouvrez, dit-elle, une blessure toujours douloureuse,
vous ravivez une anxiété qui me tenaille sans cesse le cœur... Le
temps qu'il m'était permis de consacrer à l'accomplissement de ma
tâche était compté d'avance et terriblement limité... J'en connaissais
la durée, mais le nombre des jours pendant lesquels mon esprit est
demeuré ensuite dans les ténèbres, pendant ces jours où la maladie
a brisé et éteint ma raison, je n'ai pu me rendre compte du temps

écoulé, en sorte que je ne sais plus maintenant si malgré les efforts les plus énergiques, je ne suis pas menacée d'arriver trop tard à mon but.

— Le calcul qui vous échappe, dit Georges est à présent facile à opérer... Je sais, moi, et la date de notre embarquement, et la date du jour où nous sommes.

— Oh ! parlez, parlez vite, alors s'écria Thérèse.

Georges Ravergy continua :

— Nous nous sommes embarqués au Havre le 10 avril,... dites-moi, mademoiselle, la date de la condamnation...

— Le 6 avril !...

— Or nous sommes aujourd'hui le 3 juin...

— Le 3 juin ! répéta Thérèse d'une voix tremblante...

Il y aura, donc, dans sept jours, deux mois que la condamnation a été prononcée, dit Ravergy... Or, si comme nous n'en pouvons douter, le jugement a été cassé, il est probable que la nouvelle instruction exigera moins de formalités, moins de recherches et d'informations que n'en a exigé la première et...

— Et que je n'ai pas un jour, pas une heure à perdre, s'écria Thérèse.

— Cette pensée est aussi la mienne et le destin ne nous aura réunis que pour nous séparer de nouveau.

— Nous séparer ! s'écria Claude.

— Attendez, dit Ravergy, laissez-moi seul, pendant quelques instants, et nous saurons s'il nous sera permis de vous accompagner ou si je suis condamné à la douloureuse contrainte de vous voir partir sans moi qui resterai cruellement désespéré loin de vous !...

Et, s'adressant à Claude qui l'écoutait avec stupéfaction :

— Emmène Mademoiselle Thérèse lui dit-il...

Et comme Claude hésitait :

— Va, je le veux, ajouta-t-il.

Thérèse et Claude Michot s'éloignèrent étonnés et inquiets.

Voici quels sentiments, quelles pensées et quelles aspirations se heurtaient, en ce moment, dans l'esprit et dans le cœur de Georges Ravergy. Aussi logique que loyal, son esprit disait qu'il n'avait pas le droit de retenir, fut-ce un seul jour, la jeune fille dont le père, à chaque minute de retard, faisait un pas vers l'échafaud.

Son cœur, frémissant d'amour, lui criait de ne pas abandonner, seule, exposée aux mille périls qu'il connaissait bien, cette chère et adorée Thérèse, objet de son immense tendresse.

— Oui, qu'elle parte, s'écriait-il, mais que je sois auprès d'elle ;

affaibli par mes blessures, torturé par ma souffrance, je trouverai à
son côté de la force pour la soutenir, je puiserai dans ses regards de
l'énergie pour la défendre et si tout me fait défaut, si la force me
trahit, si l'énergie m'abandonne, j'expirerai pour elle et près d'elle,
et je mourrai heureux.

Et il avait éloigné Thérèse et Michot afin de tenter un suprême
effort, et, déployant un courage surhumain, il s'élança hors de son
lit, se couvrit fiévreusement de ses vêtements, puis se redressant
avec fierté, la tête haute, comme il eut fait en face de l'ennemi, il
souleva ses jambes alourdies, fit trois ou quatre pas en avant... Et,
tournant sur lui-même, tomba comme une masse, écrasé, brisé,
vaincu par la douleur !...

Ses blessures s'étaient rouvertes, le sang ruisselait de toute part.
Il gisait, évanoui et pâle comme la mort.

Au bruit de sa chute Thérèse et Claude étaient accourus.

Ils n'eurent pas besoin de demander ce qui était arrivé.

Ces deux cœurs généreux avaient, tout de suite, compris quelle
généreuse expérience venait de tenter leur ami.

Ils s'empressèrent de le relever, de le placer sur le lit et, lorsqu'il rouvrit les yeux :

— Ce n'est rien, dit-il, pour les rassurer... et d'une voix mélancolique il ajouta :

— J'ai voulu savoir... Je sais !...

Claude Michot se mit à panser les blessures de son ami, et celui-ci
tout à fait calme, revenu en possession de lui-même, dit à Thérèse :

— Vous connaissez, mieux que personne, l'important, l'impérieux
devoir que vous avez à accomplir; vous savez quel prix a chaque
heure qui s'écoule, et vous pensez, ainsi que moi, je n'en doute pas,
qu'il faut, dès aujourd'hui, vous remettre en chemin.

— Oui, dès aujourd'hui, répondit Thérèse, je suis prête !

— J'aurais voulu vous servir de guide... c'est impossible, hélas !
Claude Michot me remplacera...

— Je suis prêt ! dit vivement Claude.

Puis après une seconde d'hésitation et regardant son ami :

— Et toi? que deviendrais-tu si je t'abandonnais?

— Dans l'état où vous êtes ! dit Thérèse haletante, je ne le veux
pas, je ne le veux pas !... M. Claude restera près de vous, je le veux,
je l'exige !...

— N'était-il pas votre compagnon, votre appui, votre défenseur
avant que nous nous soyons rencontrés?... Je veux qu'il le soit encore...

Et, pendant ce temps, dit Thérèse, vous serez hors d'état de vous
lever, de vous mouvoir... et...

— Et tu mourras de souffrance et de faim !... Allons donc... Je ne
veux pas, s'écria Claude. Certes, ça me fend le cœur d'abandonner à
elle-même Mlle Thérèse ; mais je suis sûr qu'elle ne voyagera pas
aussi seule, aussi abandonnée qu'elle paraîtra l'être.

Il y a quelqu'un, là-haut, qui veille sur elle depuis son départ de
France, bien mieux que ne le ferait un pauvre diable comme moi...

Ce quelqu'un-là ne lui fera pas défaut. Et je vais tout préparer
pour qu'elle puisse se remettre en route, sans retard.

Il fut convenu que Thérèse continuerait le voyage à pied, car il
y aurait eu imprudence à la laisser seule conduire le cheval indompté
du sauvage peau-rouge, et on savait qu'elle aurait à traverser une
plaine de sables mouvants, dans laquelle ne poussait aucune plante,
aucun brin d'herbe capable de nourrir l'animal, qui serait mort
épuisé de fatigue et de faim.

— D'ailleurs, il se pouvait, fit observer Ravergy, qu'elle n'eut
pas à voyager longtemps avant de rencontrer la caravane dont il avait
lui-même fait partie.

— Au fait, demanda Claude Michot, qu'est-elle devenue cette
caravane ? Elle a dû se reformer en bon ordre, puisque les Peaux-
Rouges, comme tu nous l'as raconté, ont été forcés de s'enfuir !...

— Ce n'est pas douteux, dit Georges, et comme à travers les
sables qui conduisent des Montagnes-Rocheuses à Sacramento, il
n'existe pas de chemin carrossable, il se peut, il est même très probable, que le capitaine Cardovan ait ordonné de faire un long détour
à l'extrémité duquel Mlle Thérèse pourra retrouver nos anciens compagnons de voyage.

— Alors, je vais mettre quelques provisions dans le sac et remplir d'eau fraîche une calebasse que j'ai trouvée dans la cuisine...
C'est probablement l'un des voyageurs qui l'aura oubliée... Ce qui
donnerait à supposer qu'on ne s'est pas arrêté longtemps ici, sans
doute parce qu'on aura craint un retour offensif des Peaux-Rouges.

C'est égal, ajouta Claude Michot, en s'éloignant pour s'occuper
des préparatifs de départ de Thérèse, j'aurais bien donné la moitié
de ma vie pour l'accompagner. *Elle !* oui, ajouta-t-il, mais comme
tu aurais volontiers donné l'autre moitié plutôt que de l'abandonner, *lui*, ton compte serait bientôt fait et tu crèverais ce soir, mon
bonhomme.

.   .   .   .

Quand Claude Michot eut refermé la porte derrière lui, Thérèse s'approcha du lit. Et regardant le blessé avec une inexprimable expression de tendresse, l'infortunée prononça ces mots :

— Ce n'est pas de ma reconnaissance que je veux vous parler, monsieur Ravergy. Vous m'avez, par deux fois, secourue dans des circonstances telles, que je dois penser que notre destinée à tous deux était marquée d'avance.

Aussi est-ce la Providence que je remercie, de toutes les forces de mon âme, en ce moment où nous allons nous séparer,... peut-être pour ne plus nous revoir jamais.

— Ne plus nous revoir?... Pourquoi me dites-vous cela? Si c'est un pressentiment,... permettez-moi de le combattre, et si c'est votre volonté que vous avez exprimée, laissez-moi vous dire qu'une pareille résolution de votre part m'affligerait à en mourir!

Vous venez de parler de la Providence; aurait-elle voulu me prendre en pitié quand j'allais périr dans les flots, m'aurait-elle ménagé l'immense joie de vous retrouver pour me condamner aujourd'hui au plus affreux désespoir?

Non, non, nous nous reverrons Thérèse! Et, ce jour-là, j'aurai retrouvé mon rang, ma fortune et ma famille; ce jour-là, votre père sera réhabilité, et rien, entendez-vous, aucun obstacle, aucune puissance au monde ne pourra me séparer de vous.

— Aucune puissance! aucun obstacle! murmura d'une voix sourde la pauvre Thérèse, en songeant à l'épouvantable sacrifice qu'elle se verrait, sans doute, forcée de faire!... de quel prix monstrueux il lui faudrait payer la preuve du salut de son père, elle se sentait défaillir, et la réponse qu'elle voulait formuler expira dans un frémissement de ses lèvres.

— Ah! répondez, Thérèse; par pitié répondez! supplia le blessé les mains tendues...

— Par pitié aussi, Georges, n'augmentez pas le supplice que je subis... Dieu m'est témoin que je voudrais pouvoir vous laisser un espoir dont je bénirais la réalisation!...

— Quoi!... Pas même une espérance?

— Non, pas même cela!...

— Mais pourquoi! pourquoi?

— Ne me le demandez pas, Georges; n'exigez pas que je vous révèle le secret que je refoule au fond de mon âme, car si l'obstacle qui menace de nous séparer à jamais n'est pas, un jour, anéanti par la Providence, s'il me faut accomplir l'odieux sacrifice que je redoute,

souvenez-vous de ceci : à l'heure où je vous le dévoilerai... je mourrai!...

— Mourir!... vous!... vous! Thérèse...

— Et, maintenant, ajouta la jeune fille, profondément émue,
quel que soit le destin qui m'est réservé, quelle que soit l'issue de la
lutte que je vais encore subir, lutte terrible sans doute, contre les
périls, les fatigues, les obstacles de toute sorte; mais plus terrible
encore et plus redoutable cent fois, contre un homme dont la pensée
m'épouvante, que je sorte de cette lutte, victorieuse ou vaincue, pure
ou flétrie, je vous dis en partant ceci :

« Georges Ravergy, souvenez-vous de moi... Georges Ravergy, je
vous aimais... ! »

. . . .

VIII

LA PLAINE DE SABLE

Thérèse, lorsque Claude Michot lui eut indiqué la route à suivre,
avait marché d'un pas précipité, comme si elle eut voulu s'étourdir,
après son douloureux entretien avec Ravergy.

— A présent, se disait-elle, toute préoccupation étrangère à l'accomplissement du devoir qu'elle avait à remplir, devait s'effacer de
son esprit.

Il lui fallait atteindre son but le plus tôt possible; tous ses efforts
ne seraient-ils pas inutiles si, par malheur, elle revenait trop tard en
France ?

Dans sa résolution inébranlable, elle avait hâte à présent de se
trouver en présence de l'homme qui lui avait inspiré, autrefois, une
si violente terreur, et qu'elle savait capable des plus odieux attentats.

Il lui tardait d'affronter ce danger qu'elle avait la presque certitude de ne pouvoir éviter.

Elle ne ressentit la fatigue que lorsqu'après avoir marché pendant
plusieurs heures sans discontinuer, ses jambes fléchirent sous le
poids de son corps.

Elle dut s'arrêter pour ne pas tomber épuisée.

Force lui fut de s'asseoir sur un fragment de rocher, au bord de
l'étroit chemin qui contournait les immenses rochers superposés lesquels semblaient servir de contreforts aux Montagnes-Rocheuses.

Suffoquée par la poussière, elle porta instinctivement les mains à son visage... (P. 677.)

Pendant quelques minutes, Thérèse demeura immobile, anéantie, comme une masse inerte, ainsi qu'il arrive souvent à la suite d'écrasantes fatigues, il semblait que son cerveau eut cessé de fonctionner.

Mais elle allait bientôt sortir de cet état de torpeur, rappelée brusquement au sentiment de la réalité.

Comme si elle se fut réveillée après un long sommeil, elle cher-

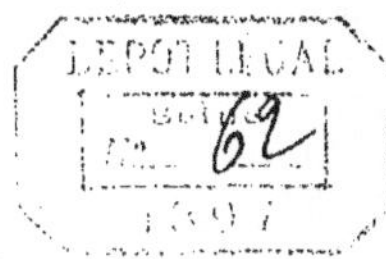

chait à se rendre compte de la distance qu'elle avait parcourue, depuis son départ de l'auberge.

Encaissé comme il l'était entre deux lignes de rochers, le défilé s'emplissait d'ombre à mesure que le soleil descendait derrière les cimes des hautes montagnes.

Thérèse se remit en marche, afin d'atteindre, avant la nuit, s'il se pouvait, le passage que lui avait indiqué Claude Michot, pour sortir de ce défilé et continuer son voyage sur la route où elle pourrait rencontrer la caravane.

Bien long, bien interminable, lui parut le trajet à parcourir à travers l'étroit chemin dont elle ne pouvait apercevoir l'extrémité.

Les rochers se succédaient toujours, et, quand à un coude, elle croyait trouver le passage qu'on lui avait indiqué, c'était, chaque fois, une nouvelle déception qui l'attendait.

Mais dans sa ferme volonté de surmonter les obstacles, rien ne pouvait abattre son courage.

Si elle s'arrêtait, par instant, pour respirer, bien vite elle reprenait sa marche interrompue.

Mais à présent elle pouvait voir que le chemin devenait plus étroit à mesure qu'elle avançait.

En outre, des fragments de roches se rencontraient sous ses pas, l'obligeant, par moment, à se porter tantôt à droite, tantôt à gauche du chemin.

Elle en conclut que le passage ne devait plus être éloigné, par lequel les caravanes passaient pour trouver la route carrossable.

Elle ne se trompait pas, en effet. Au bout de quelques minutes d'une marche hâtive, elle arriva à l'endroit où la chaîne de rochers était tout à coup brisée.

De grands arbres avaient poussé dans l'espace vide et formaient une sorte d'allée.

Thérèse poussa un soupir de soulagement et la fatigue qu'elle avait éprouvée disparut comme par enchantement.

Sans perdre une minute elle s'engagea dans cette allée, bien décidée à ne s'arrêter que lorsqu'elle en aurait atteint l'extrémité.

Le soleil avait disparu, la nuit arrivait progressivement.

Les dernières clartés s'évanouissaient du firmament et il semblait qu'un immense voile d'ombre descendît de la voûte céleste, pour envelopper la nature.

La brise du crépuscule agitait les branches feuillues des grands arbres, et, devenue plus puissante, elle emportait dans sa course rapide les oiseaux de proie qui regagnaient les hautes cimes des montagnes.

Peu à peu la voûte céleste se perlait d'étoiles phosphorescentes, jusqu'à ce que la magique illumination fût complète.

Et Thérèse à ce spectacle sentait son cœur se dilater.

Puis comme contraste à cette sensation physique, cette pensée douloureuse s'infiltrait en son esprit.

Elle songeait aux deux compagnons dont il lui avait fallu se séparer et se rappelait avec tristesse les dernières paroles qu'elle avait échangées avec celui à qui elle n'avait pu, sans mentir à sa conscience, laisser entrevoir une lueur d'espérance.

Et cependant qu'elle pensait à cette fatalité qui pesait également sur Georges et sur elle, tout un essaim de sentiments ignorés jusqu'à ce jour bourdonnait en elle, faisant tressaillir son âme.

Pour la première fois, faisant trêve aux terribles préoccupations qui n'avaient cessé de l'agiter, elle prêtait l'oreille aux doux murmures qui bruissaient mystérieusement en son cerveau et lui parlaient du bonheur d'aimer et d'être aimée.

Pour la première fois elle se sentait au printemps de la vie, bercée dans un rêve d'avenir. Délicieux mirage où se succèdent toutes les joies du cœur, depuis que la première pensée d'amour y a germé, puis les fiançailles fleuries sous le toit paternel, l'hyménée dans la chapelle consacrant l'union de deux âmes déjà unies par l'amour, les douceurs de la lune de miel avec ses entretiens de cœur à cœur, enfin le berceau où repose l'ange que l'on adorera !

Hélas ! la réaction n'allait pas tarder à se produire en cette âme qui s'oubliait à rêver un bonheur qui ne devait se réaliser jamais.

Thérèse était arrivée à l'endroit où l'allée finissait.

Elle chercha la route qu'on lui avait dit exister et conduire en Nouvelle-Californie ; mais en vain ses regards se portèrent-ils dans toutes les directions, elle ne découvrit pas de chemin tracé.

Par contre devant elle s'étendait une plaine immense sur laquelle la lune projetait des clartés d'argent qui se zébraient d'ombres quand les nuages passaient véhiculés par le vent.

Thérèse eut l'impression qu'elle avait déjà ressentie lorsque, en compagnie de l'esquimau Kinnab, elle fouillait du regard l'horizon bordant au loin la vaste plaine liquide, dans l'espoir d'y découvrir une voile.

Il lui semblait qu'elle se trouvait, tout à coup transportée au bord de l'Océan et l'illusion était si complète qu'elle croyait voir onduler les vagues sur cette plaine immense.

Après être restée quelque temps indécise sur la direction qu'elle devait prendre, Thérèse se hasarda à faire quelques pas en ligne droite et constata bientôt que cette vaste étendue qui lui avait donné l'illusion de la mer, était une immense plaine de sable.

Prompte à reprendre courage, elle pensa qu'elle trouverait une route tracée au delà de cette plaine.

Et sans plus de réflexion, elle se décida à franchir la distance qui, supposait-elle, la séparait encore de la route conduisant à Sacramento.

Après qu'elle eut fait quelques pas, la marche devint tout à coup singulièrement pénible; ses pieds s'enfonçaient, jusqu'au-dessous des chevilles, dans le sable.

Parfois elle se retournait pour se rendre compte du chemin qu'elle avait parcouru, se guidant pour cela sur l'allée d'arbres dont les rayons de la lune argentaient les cimes.

Et chaque fois, l'infortunée constatait que les arbres étaient toujours à peu près à la même distance.

Mais rien ne pouvait diminuer l'énergie de Thérèse, et malgré la difficulté qu'elle éprouvait à marcher, elle ne cessait de redoubler d'efforts.

Il faut avoir voyagé dans les déserts de sable, pour se faire une idée de la fatigue qu'éprouvait l'infortunée jeune fille, fatigue qui augmenta bientôt au point que ses jambes semblaient maintenant avoir à soulever des poids énormes.

Thérèse redoublait d'énergie, mais, plus elle avançait, plus le sable devenait profond et mouvant.

Et les grandes ondulations que, de loin, elle avait pu prendre pour des lames, devenaient à présent presque infranchissables.

Non seulement elles se multipliaient, mais sous l'action du vent qui devenait plus violent, elles prenaient corps et s'élevant par l'agglomération du sable, formaient de véritables dunes.

Puis ces dunes se déplaçant comme si une force magique les eut transportées, Thérèse se trouva bientôt au milieu d'un véritable archipel de dunes qui donnaient l'illusion d'îlots de glace flottant sur la mer.

La malheureuse enfant, perdue dans cette solitude, eut un moment de défaillance.

Il lui paraissait impossible de continuer à marcher sur ce sol que le vent agitait sans cesse.

Comme pour compléter cette terrible illusion, le vent devenait de plus en plus violent, soulevant des nuages de sable qui retombait en une pluie fine sur la jeune fille, la couvrait d'une poussière qui lui pénétrait dans les yeux et les narines et se tamisait entre les lèvres menaçant d'envahir les organes de la respiration.

Puis, tout à coup, Thérèse se sentit soulevée et portée par le vent qui soufflait en tempête.

La malheureuse poussa un cri de détresse

Après avoir échappé à tant d'autres dangers, elle se voyait perdue, ensevelie dans les replis de cet immense linceul.

Le vent l'avait roulée dans la masse de sable qu'il soulevait et poussait de son souffle puissant.

Suffoquée par la poussière, elle porta instinctivement les mains à son visage, comme pour se faire un masque qui la garantirait.

Et pendant cette agonie qui se précipitait, la pauvre enfant avait conscience de son état.

Elle sentait arriver la mort et sa pensée vivait pour lui faire voir son horrible situation.

Elle comprenait que tout était fini et les paroles prononcées par elle et que lui avait rappelées Georges Ravergy lui revenaient à la mémoire :

« C'est fini, c'est fini, je ne pourrai plus rien, rien !... Et là-bas où mon retour devait tout sauver, voilà que tout s'écroule. »

. . . .

Les tourmentes de sable prennent parfois des proportions formidables, sous l'action sans cesse plus violente, du vent de mer, soufflant en tempête, transportant les dunes comme d'énormes vagues, les émiettant pour les reformer plus loin et les multipliant sur toute l'étendue qu'il parcourt.

Puis quand l'infernal souffle s'arrête, pendant quelques instants, pour reprendre avec plus de force et une fureur nouvelle, la plaine labourée, tourmentée, simule tous les aspects que présente l'Océan Glacial.

Tantôt on dirait des vagues soudainement solidifiées et qui se succèdent séparées par les dépressions des lames.

Parfois ces vagues sont de forme cylindrique; plus loin elles affectent la forme de pyramides; on en rencontre dont les crêtes sont amincies de telle façon qu'on se figurerait voir des blocs de glace, aux arêtes tranchantes.

Que le vent, après de trompeuses accalmies, se remette à souffler, et tout aussitôt l'aspect se modifie comme par enchantement.

Voûtes cylindriques, pyramides effilées, dômes, blocs simulant les icebergs, changent de forme, et les couches de sable qui se détachent et « coulent » donne l'illusion d'une succession de chutes d'eau.

Alors aussi des nuages de poussière fine sont véhiculés au loin et laissent, en chemin, tomber des pluies de sable qui produisent d'étonnants effets de neige.

Les Peaux-Rouges ne se hasardent jamais en cet endroit, même pour attaquer les caravanes transportant des marchandises de grande valeur.

Ces tribus d'hommes qui, dans leur mépris de la mort, affrontent tous les dangers, se transmettent, de génération en génération, une légende qui explique leur terreur de la plaine.

D'après cette légende le Grand Manitou avait eu à se plaindre d'une puissante tribu qui ne lui rendait pas les hommages qui lui étaient dus, négligeait de lui offrir des sacrifices suffisants et poussait même l'impiété jusqu'à se moquer des tribus qui observent la rigoureuse célébration du culte.

Dans sa colère, le Grand Manitou s'était juré qu'il se vengerait.

C'est dans ce but qu'il inspira, un jour, au chef de la tribu maudite, l'idée d'envahir une riche contrée, merveilleusement fertile, délicieux bocage où l'on pourrait s'établir et vivre dans l'abondance de toutes les productions de la terre, du gibier fourmillant dans les bois, du poisson, des rivières ombragées dont les eaux coulaient, toujours fraîches, alimentées par des sources tombant en cascades de hautes montagnes.

Or, quand cette inspiration lui fut venue, le chef annonça qu'il conduirait la tribu au delà des montagnes couvertes de neige et que, seuls, les condors au vol puissant avaient pu franchir.

Il est dit dans la légende que pour qu'il put entraîner tout son monde, le Manitou avait donné à ce chef une grande éloquence.

Aussi n'eut-il pas de peine, non seulement à convaincre, mais aussi à enthousiasmer tous ses subordonnés.

On se mit donc en marche vers cette « terre promise », avec une ardeur qui ne faisait qu'augmenter à mesure que l'on approchait des hautes montagnes aux cimes couvertes de neige.

Même il se produisit pendant cette marche, différents incidents
que le chef de la tribu expliqua comme d'heureux présages.

Un jour, après une longue étape, la tribu avait dû s'arrêter dans
une plaine aride, où il n'y avait pas, semblait-il, possibilité de trouver de quoi se nourrir.

En outre la fatigue de tous était tellement grande que les plus
ardents jusque-là, tombaient, découragés, sur le sol.

Mais au lieu d'implorer le Grand Manitou, la tribu maudite se
répandit en blasphèmes, en invectives et en violentes démonstrations
contre leur dieu protecteur.

Le chef encourageait ses subordonnés dans cette rébellion contre
l'autorité céleste.

Alors un fait étrange se produisit, toute la tribu trouva tout à
coup des forces nouvelles; ces individus qui s'étaient arrêtés épuisés
par la fatigue et aux prises avec la faim et la soif, éprouvèrent,
comme par miracle, une sensation de bien-être.

Même ils ne voulurent pas camper pendant la nuit et se remirent
en marche.

Et à mesure qu'ils avançaient, la plaine se couvrait de végétation,
des arbres sortaient du sol tout chargés de fruits succulents qui
nourrissaient et désaltéraient à la fois.

En outre une brise soufflant à ras de terre facilitait la marche.
C'est dans ces conditions que s'écoula cette nuit, pendant laquelle la
tribu avait parcouru une très grande distance.

Les coureurs lancés en avant-garde pour éclairer la marche,
avaient signalé dans toutes les directions des masses d'hommes
qui manœuvraient évidemment dans le but d'envelopper la tribu maudite, de l'attaquer simultanément et de l'anéantir jusqu'au dernier de
ses membres.

La tribu allait avoir pour adversaires : Les *Nez-Percés* qui avaient
traversé l'immense territoire baigné par l'Océan Pacifique; les *Pieds-
Noirs* venus du Nord des Montagnes-Rocheuses; les *Pawnees*, les
Sacks, les *Foxes*, ayant quitté leur territoire du centre ; puis les *De-
lawares*, les *Sioux*, les *Shoshonces*, les *Cherokees*, les *Ottawas*, tous
marchant pour fondre en même temps sur l'adversaire qu'il fallait
exterminer, comme si un mystérieux mot d'ordre leur avait été
transmis.

Dans ces conditions l'écrasement devait être prompt et complet.

Cependant confiant dans sa bonne étoile le chef n'eut pas, un
seul instant, l'idée de tâcher d'éviter le combat.

Et pour prouver aux anciens de la tribu qu'il braverait la divinité, il tendit son arc, et visant le ciel au-dessus de sa tête, il envoya une flèche se perdre dans l'espace.

Alors, dit la légende, on vit toutes les tribus qui s'apprêtaient à attaquer, se disperser et se retirer précipitamment, laissant le chemin ouvert à l'adversaire victorieux sans combat.

Le chef de la tribu maudite se crut alors plus puissant que le Grand Manitou et, dans la conviction que tous les obstacles tomberaient devant lui il continua sa marche, afin de franchir les Montagnes-Rocheuses.

On eut pu croire que la tribu serait enfin arrêtée par des difficultés insurmontables.

Il n'en fut rien ; et comme elle s'était, sur l'ordre du chef, imprudemment engagée dans une gorge, toujours d'après la légende, des blocs de rochers se détachant des sommets, formèrent un pont pour faciliter le passage.

Il en fut de même jusqu'à ce que l'on eut atteint un plateau fort bien disposé pour le campement.

Les obstacles s'aplanissaient devant le chef passé, pour ses guerriers, à l'état de manitou.

Debout sur le plateau, il s'écria : « — Je vous avais promis de vous conduire dans un pays magnifique, le voici ! »

Ces paroles furent accueillies par une immense clameur d'admiration, à la vue du splendide paysage.

Le lendemain, dit la légende, la tribu maudite prenait possession d'un territoire où il semblait qu'elle dut s'établir définitivement.

Mais le Grand Manitou avait voulu attendre que la félicité de la tribu fut complète, pour la frapper et appesantir sur elle sa main vengeresse.

Or, une nuit, le ciel s'embrasa tout à coup de lueurs sinistres.

En même temps des grondements précurseurs d'une tempête se firent entendre.

Aux roulements de tonnerre, aux éclats de la foudre, se mêlaient les rugissements furieux du vent et des mugissements pareils à ceux d'une mer en courroux.

Mais toutes ces choses terrifiantes par elles-mêmes, n'étaient que les avant-coureurs d'un épouvantable cataclysme.

Bientôt le vent devenu plus furieux déracinait les arbres et les emportait au loin.

SEULE !

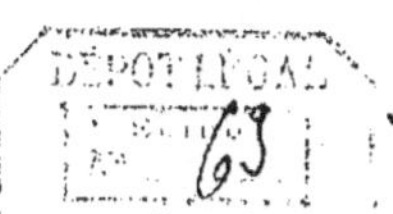

— Une femme ! s'exclama-t-il, s'adressant à ses compagnons qui arrivaient... (P. 687.)

LIV. 86. — ADOLPHE D'ENNERY — SEULE ! — J. ROUFF ET Cⁱᵉ, ÉDIT.   LIV. 86.

D'autre part la foudre tombant allumait des incendies sur son passage, lesquels détruisaient tout et coupaient la retraite à ceux qui n'avaient d'autre espoir de salut qu'une fuite précipitée.

Mais la colère du Grand Manitou n'avait pas été apaisée par ce terrible bouleversement.

Le dieu qu'on avait outragé voulait plus complet l'anéantissement de la tribu maudite.

Les flots de l'Océan qui bordait la côte se soulevant comme par le fait d'une éruption volcanique sous-marine, prirent des proportions de montagnes liquides qui, mises en mouvement par une force mystérieuse, envahirent tout le territoire jusqu'au pied des montagnes.

Et sur cette mer qui venait de s'étendre à l'endroit où, naguère encore, on voyait une contrée fertile et boisée, se déchaîna une de ces effroyables tempêtes qui font rage sur les océans.

Des trombes d'eau se succédèrent bouleversant le sol, creusant d'immenses fondrières, transportant au loin des blocs de rochers.

Puis, comme à un commandement, les éléments s'apaisèrent; la mer se retira, laissant à découvert, après sa retraite, une immense plaine de sable pour servir de linceul à la tribu maudite.

. . . .

C'est au milieu de cette plaine désolée, de cette solitude effrayante, que Thérèse allait mourir, après une agonie atroce.

Agonie d'autant plus affreuse que la malheureuse créature avait conservé toute son intelligence, et pouvait se rendre compte des malheurs qu'elle avait espéré pouvoir conjurer et qui devenaient irrémédiables.

Dans son désespoir, elle implorait encore la providence ; elle suppliait l'Être suprême de prendre en pitié les pauvres êtres qui attendaient son retour ; elle élevait son âme dans une suprême prière...

Puis, instinctivement, elle se mit à lutter contre la mort, avec cette rage du naufragé qui cherche à se soutenir sur les flots.

Désespérément elle faisait des efforts inouïs pour se dégager du flot de sable qui la recouvrait...

Comment put-elle parvenir à se redresser sur les genoux, de façon à ce que sa tête émergeât du niveau du sable?

Par quel miracle put-elle, pendant quelques secondes, se débarrasser de la poussière qui obstruait sa vue, ses narines et sa bouche?

Toujours est-il que, retrouvant la voix, Thérèse réussit à pousser des cris de détresse, des cris que le vent emportait au loin.

Mais c'était là le suprême, le dernier effort..

L'infortunée y avait épuisé toutes ses forces, tout ce qu'il lui restait d'énergie...

Elle leva les bras au ciel, comme fait le naufragé au moment de disparaître pour toujours dans les flots.

Puis elle s'affaissa, enveloppée de nouveau par un tourbillon de sable, sans avoir pu entendre des cris qui répondaient à son appel désespéré, sans avoir pu voir qu'on se portait à son secours.

En effet, un secours lui arrivait.

Surprise par la tourmente de sable qui avait fait ressentir ses terribles effets jusque sur la route qui côtoyait le désert, une caravane en marche avait été obligée de s'arrêter, afin que ceux qui la composaient pussent prendre les dispositions et les précautions indiquées en pareil cas.

Le conducteur, très expérimenté, avait recommandé avant tout le calme, afin que l'on procédat sans retard à l'établissement d'un camp pour résister à l'assaut violent qu'on allait avoir à soutenir.

Dans ces circonstances où il y avait péril de mort pour tous, le capitaine Cardovan se chargea de relever le courage de ses compagnons.

C'était, en effet, la caravane sortie victorieusement de l'attaque des Peaux-Rouges, qui avait été surprise par l'ouragan de sable pendant qu'elle contournait le désert pour se rendre à Sacramento.

Fort heureusement pour Thérèse, le conducteur de la caravane avait dû faire un assez long détour, et c'était à ce retard que notre héroïne devait de pouvoir être secourue.

Le capitaine Cardovan avait fait partie d'une expédition dans le Sahara. Après la campagne d'Égypte. Bonaparte s'était entouré de savants, afin de perpétuer le souvenir de cette campagne qu'il voulait également fertile pour la gloire militaire de la France et pour la science.

Son rêve était de découvrir les sources du Nil et il avait détaché de son état-major des officiers pour les adjoindre aux savants qui allaient entreprendre la campagne scientifique.

Cordovan était du nombre des soldats qui devaient escorter et protéger la mission et il avait assisté à ce qu'il appelait une tempête dans le désert.

Il avait fait une terrible expérience des dangers que l'on peut courir dans ces voyages sur des océans de sable qui semblent n'avoir pas de limites.

Lui aussi avait failli périr dans une de ces tempêtes du désert tout aussi violentes et terribles que les tempêtes de la mer.

La tourmente s'était produite si soudainement que l'on n'avait pas eu le temps de prendre des précautions nécessaires pour résister et attendre pour la fin de l'ouragan.

Les guides qui conduisaient la caravane s'étaient aussitôt assis, le dos tourné, du côté du vent, après s'être enveloppés de leurs burnous.

Ces hommes, habitués à observer une résignation fataliste, ne se préoccupèrent pas de savoir ce qu'il adviendrait aux voyageurs qu'ils étaient chargés de guider.

Ils attendaient la fin de la tourmente ou la mort.

Leurs chameaux accroupis, le cou allongé sur le sol brûlant, rapprochés les uns des autres par le besoin instinctif qu'éprouvent ces animaux de se grouper au moment du danger, pouvaient seuls offrir une sorte de rempart aux voyageurs.

Cardovan et ses compagnons s'étaient donc réunis et, à l'imitation des Arabes, ils s'étaient enveloppés de leurs burnous et se tenaient de façon à présenter le dos au vent qui soulevait des nuages de sable.

Et ces amas de poussière étaient devenus tout à coup si épais qu'ils avaient éteint les rayons du soleil dont le disque n'apparaissait plus que comme une boule sans éclat, et qui allait bientôt disparaître tout à fait.

Au bout d'un quart d'heure, Cardovan et ses compagnons se trouvèrent au milieu des ténèbres et passèrent par toutes les angoisses et toutes les terreurs.

Tout autour d'eux l'air embrasé était rempli d'une poussière à ce point fine qu'elle pénétrait jusqu'à la chair, après s'être tamisée à travers les burnous et les autres vêtements superposés.

C'était le « simoun », ce « vent de feu », comme l'appellent les Arabes, qui soufflait avec violence, surchauffant l'atmosphère, de telle sorte que si les voyageurs ne périssaient pas suffoqués par le sable qui envahissait les voies respiratoires, ils étaient menacés de succomber étouffés par l'insupportable chaleur.

Aussi, après avoir échappé à un pareil danger, le capitaine Cardovan ne s'était-il pas dissimulé que la caravane pouvait être complètement ensevelie sous des amas de sable qu'il voyait s'accumuler tout autour de la plaine.

Et de même que, dans le désert du Sahara, il s'était servi des chameaux comme d'un rempart, de même il fit rapidement disposer les voitures de façon à présenter un obstacle aux dunes de sable.

Mais le vent tombant tout à coup, les dunes n'avaient plus avancé et la caravane s'était ainsi trouvée préservée.

Le capitaine Cardovan était en train de rassurer ses compagnons, leur annonçant que l'on allait pouvoir se remettre en marche, quand il avait entendu des cris prolongés et des appels au secours.

Il ne lui avait fallu qu'une seconde pour convaincre ses compagnons de se porter au secours, probablement, disait-il, de voyageurs surpris, comme eux, par la tourmente de sable.

On s'était alors mis en devoir de s'orienter, afin de ne pas s'égarer dans la plaine bouleversée.

De nouveaux cris ayant indiqué la direction à suivre, le capitaine Cardovan et deux de ses compagnons s'étaient hasardés sur le sol mouvant.

— Courage!... criait Cardován; on vient à votre secours!...

Puis il ajoutait :

— Appelez!... Appelez encore!...

Mais Thérèse avait, à la fin, épuisé ses forces... L'infortunée n'entendait plus... Encore quelques instants et le dernier souffle s'envolerait de ses lèvres!...

Le capitaine Cardovan et ses compagnons ne recevant pas de réponse et n'entendant plus de cris, pensèrent qu'ils arrivaient trop tard.

Néanmoins ils voulurent, d'un commun accord, continuer leurs recherches.

Pour cela ils jugèrent qu'il fallait explorer différents points où apparaissaient des monticules de sable.

Ils se séparèrent donc, après avoir convenu de signaux pour le ralliement.

Et tout en marchant dans la direction où il voyait un pli sur le sable, le capitaine Cardovan continuait de crier :

— Où êtes-vous?... Appelez!... On vient à votre secours!

Tout à coup il s'arrêta; il n'était plus qu'à quelques pas d'un pli qui soulevait le sable.

— Il y a pour sûr quelqu'un d'enseveli là-dessous! s'écria-t-il.

Et aussitôt il fit le signal convenu pour appeler auprès de lui les deux voyageurs qui l'avaient accompagné.

Puis, sans hésiter, il se mit à écarter l'amas de sable et poussa une exclamation de surprise.

— Une femme ! s'exclama-t-il, s'adressant à ses compagnons qui arrivaient à ce moment.

Tous trois se remirent à l'ouvrage, et, au bout d'un moment, ils avaient réussi à retirer la jeune fille de la sépulture de sable sous laquelle elle avait été ensevelie vivante.

Leur premier soin fut de s'assurer qu'elle n'avait pas cessé de vivre.

On procéda de façon à faire disparaître le masque de sable qui lui couvrait le visage.

Le vent ayant dissipé les nuages, la lune éclairait maintenant, l'immense plaine, projetant ses rayons sur le corps que le capitaine Cardovan et les deux autres voyageurs de la caravane venaient de retirer de dessous l'amas de sable qui le recouvrait.

Quelle ne fut pas la stupéfaction des trois hommes quand ils eurent reconnu la jeune fille !

Mais ils durent faire trève à leur étonnement pour lui prodiguer les premiers soins et chercher à la ranimer.

— Elle vit ! s'exclama Cardovan qui, penché, venait de constater qu'un faible souffle s'exhalait des lèvres de Thérèse.

On se mit aussitôt en devoir de transporter le corps toujours inerte, à l'aide des outils, pics et pelles dont on s'était muni. Un brancard fut improvisé sur lequel on étendit la jeune fille pour la transporter jusqu'à l'endroit où la caravane avait dû s'arrêter pour camper.

Pendant le trajet, Thérèse avait repris connaissance et on put l'entendre murmurer, encore sous l'impression de la terreur : « Sauvez-moi !... sauvez-moi !... »

Le capitaine Cardovan s'étant approché répondit :

— Calmez-vous, pauvre enfant ; nous avons entendu vos cris et, grâce au ciel, nous sommes arrivés à temps.

Comme si ces paroles lui eussent tout à coup fait retrouver ses esprits, Thérèse avait ouvert les yeux tout grands et cherchait à voir le visage de celui qui se tenait auprès d'elle.

Elle ne le reconnut pas tout d'abord, car elle demanda :

— Qui êtes-vous ?... Qui dois-je remercier et bénir ?

Puis elle balbutia :

— Est-ce vous, monsieur Michot ?

— Non, mon enfant, répondit le marin ; mais ni moi, ni ceux qui avec moi vous ont porté secours, ne sommes des inconnus pour vous...

Thérèse ayant fait un mouvement pour se redresser, Cardovan dut lui recommander de ne pas bouger :

— Vous êtes encore trop faible pour marcher, lui dit-il, et nous avons hâte d'aller rassurer les compagnons dont nous avons dû nous séparer et qui sont assurément inquiets sur notre compte.

— Vos compagnons? interrogea Thérèse.

— Oui, mon enfant, et qui seront aussi surpris que nous l'avons été et aussi heureux de vous avoir retrouvée...

Depuis un moment, Thérèse avait réussi à tourner la tête vers celui qui lui parlait d'un ton si paternel.

Tout à coup elle s'écria :

— Ah! je vous reconnais!... Vous étiez à bord de l' « Abeille », aussi dans la chaloupe... Vous êtes le capitaine Cardovan...

Et retrouvant tous ses souvenirs, elle ajouta avec animation :

— Vous voyagiez en caravane, je le sais... il me l'a dit... car... je l'ai revu, lui!... Ravergy!...

— Ravergy?... Vous avez revu M. Ravergy? demanda le marin parlant avec une extrême vivacité.

Puis très anxieux :

— Où est-il?... Pourquoi, puisque vous vous êtes rencontrés, ne vous a-t-il pas accompagnée?

Tout à coup un éclair d'inquiétude traversa l'esprit du marin qui s'écria, d'une voix altérée par une douloureuse émotion :

— Comment aurait-il consenti à vous laisser voyager seule... lui! Ah! je vois, je comprends ce qui sera arrivé... Vous avez été séparés pendant la tourmente de sable et peut-être aura-t-il péri...

Thérèse s'empressa de rassurer le marin qui ne parlait de rien moins que de se mettre à la recherche de Ravergy, laissant aux deux voyageurs le soin de transporter la jeune fille au campement de la caravane.

— Non, dit-elle d'une voix pleine d'émotion, M. Ravergy n'a pas couru le danger que vous supposez... S'il ne m'a pas accompagnée, c'est qu'il ne le pouvait point. Et j'en rends à présent grâce à la providence!...

La voix de Thérèse témoignait d'une grande fatigue et d'une violente émotion. Après la terrible secousse, les terreurs et les souffrances qu'elle venait de subir, le capitaine Cardovan dut se résigner à remettre à plus tard la conversation qu'il jugeait prudent d'interrompre.

Au surplus on avait marché le plus hâtivement possible, et les trois

Et quand il eut vu la longue file serpenter sur le chemin... (P. 693.)

hommes ne tardèrent pas à être rejoints par quelques-uns de leurs compagnons qui s'étaient portés au-devant d'eux.

Les nouveaux venus entourèrent le brancard sur lequel était étendue Thérèse et une même exclamation de stupéfaction sortit de toutes les lèvres, à la vue de l'ancienne passagère de l' « Abeille ».

Mais ce n'était encore rien en comparaison de la scène qui, quel-

ques instants plus tard, se passa quand Thérèse se trouva, au milieu de ses anciens compagnons d'infortune. Elle dut leur faire l'émouvant récit des dramatiques et terribles aventures qui lui étaient arrivées, depuis qu'elle avait échappé au péril d'être dévorée par les loups.

L'émotion de tous avait été plus grande à mesure que la jeune fille racontait comment après avoir échappé miraculeusement à un danger, elle s'était trouvée aux prises avec un autre et ainsi de suite; jusqu'au moment où elle et son compagnon, Claude Michot, avaient vu passer Georges Ravergy dans la forêt embrasée.

Chacun à ce moment, oubliait les angoisses subies pendant l'attaque des peaux-rouges, pour plaindre cette infortunée.

Ce fut la femme de l'ingénieur Armandier qui se fit l'interprète de tous pour exprimer à la jeune fille l'intérêt et la sympathie qu'elle inspirait à ceux qui avaient été ses compagnons d'infortune.

Cette femme, qui, on s'en souvient, dans un sublime mouvement d'amour maternel, n'avait pas hésité de s'ouvrir les veines pour nourrir de son sang l'enfant qui allait mourir faute de lait, était bien apte à comprendre les grands dévouements et approuver les grands sacrifices.

Mme Armandier, après avoir parlé au nom de ses compagnons, s'attacha, pour son propre compte, à assurer la jeune fille que son mari et elle ne la laisseraient pas sans protection et sans soutien.

Elle pourrait, ajoutait Mme Armandier, se considérer comme faisant désormais partie de la famille, car il fallait bien s'attendre à ce que chacun des voyageurs de la caravane, irait de son côté quand on serait arrivé au terme du voyage.

Thérèse lui témoignant sa reconnaissance, Mme Armandier lui dit:

— C'est bien, nous aurons le temps de causer de tout cela, avant d'arriver à Sacramento.

D'ailleurs le capitaine Cardovan avait pris la parole pour s'informer plus amplement de Georges Ravergy.

Il répugnait à l'homme de cœur de laisser ainsi un blessé sans soins et exposé à être attaqué par les peaux-rouges.

Si on se fut rangé à l'avis qu'il émit, certes on eut fait rebrousser chemin à la caravane pour aller chercher Ravergy.

Mais il comprit qu'il ne pouvait pas exposer ses compagnons à de nouveaux périls et que le salut de tous devait primer le salut d'un seul.

Cependant tout en reconnaissant le bien fondé de l'observation

qu'avait fait le conducteur de la caravane, le capitaine Cardovan se
déclarait libre d'agir personnellement selon sa conscience.

— J'irai seul rejoindre M. Ravergy ! déclara-t-il d'un ton ferme...

En me donnant le commandement de la chaloupe de sauvetage,
mon supérieur, le capitaine Aubert, me confiait, en même temps la
mission de veiller au salut de tous les passagers.

Aussi ne puis-je me résoudre à abandonner un de ceux confiés à
ma garde à présent surtout que le danger a disparu pour les autres.
S'animant, le capitaine Cardovan ajouta :

— D'ailleurs, quel est celui d'entre vous qui n'agirait comme je
suis résolu à le faire.

Un murmure approbateur salua ces paroles énergiques.

— J'étais bien certain que vous m'approuveriez... reprit le capitaine Cardovan en serrant avec effusion les mains qui se tendaient
vers lui.

Thérèse avait écouté, très émue, les yeux fixés sur le marin.

Et quand celui-ci se fut rapproché d'elle, vivement elle lui dit :

— Je vous remercie, monsieur, de ne pas abandonner celui que
je me fusse fait un devoir de ne pas quitter, s'il ne m'y avait contrainte.

Je n'oublierai jamais, monsieur le capitaine, que c'est à vous que
je dois de pouvoir continuer mon voyage, à vous que je dois de n'avoir
pas péri...

— Vous saurez peut-être un jour de quelle gravité était pour moi,
pour toute une famille, et pour la justice elle-même, l'action généreuse
que vous avez accomplie, en me secourant, en me sauvant de nouveau,
ainsi que vous l'avez fait aujourd'hui.

— Vous avez entendu ce que je viens de dire à nos compagnons,
mademoiselle : je n'ai fait qu'une partie de mon devoir... Je ne l'aurai
accompli tout entier que lorsque j'aurai conduit M. Ravergy à Sacramento où il doit, je le sais, se rendre le plus tôt possible.

De nouveau les voyageurs de la caravane entourèrent celui dont
les paroles dictées par le plus noble sentiment avaient profondément
remué tous les cœurs.

Thérèse surmontant son émotion, s'approcha du capitaine.

— Monsieur, dit-elle, veuillez transmettre, je vous prie, à M. Georges
Ravergy, les vœux ardents que forme mon cœur pour son prompt
rétablissement.

Avant de se séparer de ses compagnons, le capitaine Cardovan
voulut attendre que l'on eut reformé la caravane.

Après s'être assuré que les voitures étaient en assez bon état pour qu'il n'y eut pas d'accidents à craindre pendant le voyage, il fit au conducteur les recommandations qu'il jugeait nécessaires, afin que les voyageurs n'eussent pas à regretter son absence.

Puis réunissant ses compagnons, une dernière fois autour de lui, il leur adressa ses adieux, en termes profondément émus.

— Mes amis, dit-il, j'espère que chacun de vous arrivera à bon port et que vous n'aurez pas à subir de nouvelles épreuves...

Je ne sais pas ce que l'avenir me réserve et si je vous reverrai; mais je n'oublierai jamais le temps que nous avons passé ensemble; je garderai le souvenir de nos communes souffrances, de nos luttes contre la fatalité, des dangers que nous avons courus, et du courage que, tous, vous avez déployé...

D'une même voix, tous les assistants acclamèrent le compagnon qui leur avait donné l'exemple de l'énergie et du dévouement.

Le conducteur de la caravane étant venu annoncer que les voitures étaient attelées et qu'il n'attendait plus que l'ordre pour le départ. Cardovan se fit amener le cheval qu'il devait monter pour se rendre à l'auberge où Thérèse lui avait dit qu'il trouverait Ravergy et le fidèle Claude Michot.

Le marin suspendit à l'arçon de la selle les deux sacs de provisions et de médicaments qu'on avait préparés à l'intention du blessé.

Il mit ses pistolets dans les fontes, plaça son fusil en bandouillère et serra une dernière fois la main à chacun de ses compagnons avant d'enfourcher son cheval.

Une fois en selle, il donna l'ordre au conducteur de se mettre immédiatement en route, afin de ne plus perdre de temps.

La caravane s'ébranla et Cardovan, la tête découverte, répondait de la voix et du geste aux saluts que lui adressaient les voyageurs, en passant devant lui.

Thérèse avait été installées dans la voiture où se trouvait la famille Armandier.

Au moment où le lourd véhicule défila devant le marin, la jeune fille tendant les bras vers l'homme qui, lui aussi, l'avait secourue et sauvée, lui adressa un dernier remerciement et un dernier adieu.

Puis, succombant à l'émotion qui l'envahissait, elle se couvrit le visage de ses mains et donna libre cours à ses larmes.

A ce moment sa pensée s'envolait vers le blessé à qui le capitaine Cardovan allait porter les vœux qu'elle faisait pour son bonheur.

. . . .

Le capitaine Cardovan attendit que toute la caravane eut défilé devant lui.

Et quand il eut vu la longue file serpenter sur le chemin, s'éloignant de plus en plus, l'homme du devoir éprouva le violent serrement de cœur que l'on ressent lorsque l'on se sépare, sans savoir si on les reverra jamais, de parents ou d'amis qui vous sont chers.

Puis il se couvrit et d'une voix pleine d'énergie, il s'écria :

— Haut le cœur, capitaine Cordovan ! tu as encore quelque chose à faire en ce monde !

Une dernière fois il jeta un regard dans la direction de la caravane.

Et, brusquement, il tourna bride, se dirigeant vers l'auberge du défilé des Montagnes-Rocheuses.

CINQUIÈME PARTIE

—

I

LE PAYS DE L'OR.

A présent que, grâce au secours du capitaine Cardovan, Thérèse s'est remise en route, il nous faut jeter un coup d'œil sur la contrée vers laquelle se dirige notre héroïne, et, plus particulièrement, sur la ville de Sacramento où elle compte rencontrer M. Delaverne.

On se souvient que Claude Michot avait raconté à la jeune fille ce que John Mathis lui avait dit du merveilleux panorama que l'on découvrait, en arrivant sur les hauts plateaux des Montagnes-Rocheuses.

De ces points élevés, le regard embrasse toute une contrée d'un aspect bien fait pour émerveiller l'œil du voyageur.

Une végétation des plus luxuriantes décore les plaines et tapisse les pentes des montagnes.

Que l'on se représente une des plus admirables vallées qui se puisse imaginer, s'étendant à perte de vue sous le regard émerveillé de l'explorateur ; soit que celui-ci se trouve sur l'un des nombreux pics des « Cordillères de Californie, » ou sur un plateau de la Sierra-Nevada.

Cette immense vallée est arrosée par de nombreux cours d'eau, lesquels, après avoir contribué à la fertilité du sol, au développement de la végétation, se déversent dans le « Rio Sacramento » qui, à son tour, va se jeter dans la baie de San-Francisco.

C'est « le pays de l'or », que baigne, à l'Ouest, l'Océan Pacifique dont il reçoit la brise qui tempère la chaleur tropicale.

Assise sur un des bords de la rivière qui lui a donné son nom,

la ville de Sacramento semble sommeiller au milieu d'un riant
bocage.

A l'époque où se passent les faits qui font l'objet de notre récit,
la ville est encore à l'état d'enfance.

Elle se compose de quelques habitations pittoresquement grou-
pées et qu'ombragent des bouquets d'arbres de haute futaie comme il
ne s'en rencontre qu'au Mexique.

Quelques années auparavant, cette ville naissante, n'était qu'un
campement que des voyageurs avaient établi là, trouvant l'endroit excellent pour une halte.

Mais ils y s'étaient trouvés si bien qu'ils y avaient prolongé leur
séjour.

Au bout de quelque temps ces premiers occupants avaient éprouvé
une rude alerte, se croyant sur le point d'être attaqués par une troupe
d'indiens.

Grande avait été leur surprise quand, au lieu de peaux-rouges,
ils virent, venant à eux des voyageurs de race blanche.

C'étaient des hommes, — on peut dire les survivants, — ayant
fait partie d'une expédition qui venait de franchir les Cordillères.

Ces voyageurs étaient dans un tel état de fatigue et d'accablement,
qu'ils ne songèrent plus qu'à s'installer définitivement dans ce pays
dont le climat fort tempéré leur promettait le plus excellent séjour.

Les nouveaux arrivés n'eurent pas de peine à s'entendre avec les
premiers occupants dont ils venaient fort à propos grossir le nombre,
pour former une colonie.

Ces derniers n'étaient pas difficiles sur le choix de leur compagnons. Ils ne leur demandaient que d'avoir, comme eux, de l'énergie
et de l'intrépidité.

C'étaient, en effet, des aventuriers qui s'étaient procuré un bâtiment pour faire la course entre l'ancien et le Nouveau-Monde.

Ils avaient parcouru dans toute leur étendue les deux Océans,
quand ils réussirent à amariner un gros brick qui avait eu toutes
les peines du monde à doubler le Cap de Bonne-Espérance.

L'équipage fut obligé, étant très peu nombreux, de laisser piller
la cargaison. Mais à bord du brick, se trouvait un passager d'une
rare audace qui vit, tout de suite, le parti qu'il pourrait tirer de la
mauvaise rencontre que venait de faire le brick.

Il s'adressa aux flibustiers, leur demandant de lui désigner leur
chef, afin qu'il put s'entretenir avec lui.

Il lui fut répondu que le chef était mort de la fièvre jaune, pen-

dant une campagne dans le golfe du Mexique, et qu'ils étaient maintenant tous chefs.

Un rayon de joie éclaira le visage du passager :

— Voulez-vous me charger du commandement? demanda-t-il
sans hésitations.

Il ajouta qu'il avait voyagé sur toutes les mers du globe, après
avoir fait de bonnes études dans la principale école navale d'Angleterre.

Les aventuriers après s'être consultés acceptèrent et le passager
quitta le brick dont l'équipage fut rendu à la liberté.

Celui qui s'était chargé du commandement du navire armé en
course, était doué d'une grande énergie, et, il se rendait sur une des
côtes de l'Océan Pacifique, pour s'y établir.

On se demandera peut-être comment un honnête homme avait pu
prendre le commandement d'une troupe d'aventuriers, pour ne pas
dire « de flibustiers ».

Le personnage en question revenait du Bengale où il était allé
recueillir une succession.

Or la dite succession avait été, depuis de longues années déjà,
« *recueillie* » par le gouvernement.

Notre héritier ainsi frustré eut pu avoir recours à la justice; mais
comme il était doué d'une bonne dose d'expérience qui lui disait combien il est imprudent de s'attaquer à plus fort que soi, comme d'autre
part il était cuirassé d'une bonne couche de philosophie, il prit la décision de renoncer à l'héritage.

Toutefois il ne devait pas perdre tout ce qu'avait laissé son parent. Il réclama des papiers de famille et obtint qu'on les lui remit,
ce qui fut fait avec d'autant plus de facilité que ces papiers n'avaient,
aux yeux des employés chargés de les vérifier, aucune valeur, ni aucune importance.

L'héritier dépossédé, lui n'était pas de cet avis ; et s'il avait entrepris le voyage au Bengale, ç'avait été à bon escient.

Il se nommait Maximo Ricardo, d'origine espagnole, il avait quitté
la péninsule pour aller étudier l'art naval en Angleterre.

Ce Maximo Ricardo avait eu, parmi ses ancêtres, un père jésuite
fort instruit, lequel avait été chargé de conduire les premiers missionnaires que le gouvernement espagnol envoyait pour fonder des
établissements sur le territoire Californien.

Le père Jésuite Ricardo ne s'étant pas contenté de catéchiser,
laissa bientôt ce soin à ses compagnons.

Malheureusement le petit bâtiment était allé à la côte... (P. 699).

Il avait un véritable tempérament d'explorateur, auquel, dans ce pays neuf, il avait l'espoir de donner carrière.

Il s'était nourri l'esprit des écrits de l'explorateur Drake, celui qui, à peine arrivé en Californie, avait découvert la richesse immense que renfermait ce sol inexploité.

C'était en 1578 que le célèbre voyageur mit le pied en Nouvelle-

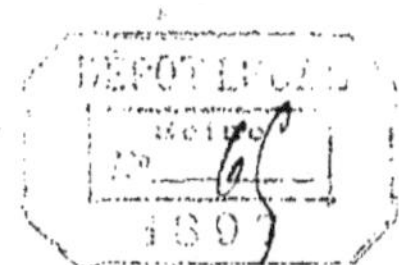

Californie ; et comme il déclarait que, dans ce merveilleux pays, on ne marchait pas sur de la terre, mais « sur de l'or, » on le considéra, comme atteint de folie.

Même on lui refusa l'aide qu'il demandait, afin de prouver ce qu'il avançait.

Comme tant d'autres grands génies méconnus, Francis Drake fut contraint, faute de ressources et d'adhérents à ses idées, d'abandonner la partie.

Il dut se contenter d'écrire une relation de son voyage, laquelle tomba plus tard entre les mains du père jésuite Ricardo.

Infiniment plus tenace que ne l'avait été l'infortuné Drake, l'homme de la mission chrétienne devint un explorateur obstiné du sol aurifère.

Il fit ce qu'auraient pu faire bien avant lui des trappeurs qui, dans tous les sens, avaient parcouru la magnifique vallée californienne, et les nombreuses tribus d'indiens qui, depuis des siècles, y passaient, sans jamais avoir songé à s'occuper d'autre chose que de la chasse et de la pêche.

Après eux l'indolente population espagnole ne s'était pas davantage occupée d'explorer le pays.

Elle vivait dans la paresse, sans s'être jamais aperçue qu'elle foulait aux pieds d'incalculables trésors.

Le jésuite Ricardo ne tarda pas à acquérir la conviction que Francis Drake ne s'était pas trompé.

Cet homme, d'un tempérament froid, calculateur profond, ne laissa pas voir à ses compagnons, qu'il était sous l'empire d'une préoccupation qui n'avait rien de commun avec la mission évangélique dont on lui avait confié la direction.

Loin d'imiter Francis Drake qui eut crié par-dessus « les Cordillères » qu'il y avait de l'or à profusion en Californie, le prudent religieux garda soigneusement son secret.

Il ne le confia qu'au parchemin, dans une relation très détaillée et très explicite des découvertes qu'il avait faites et des études dont ces découvertes avaient été l'objet.

Il attendait, sachant qu'il avait en main de quoi enrichir, à son gré, soit le gouvernement espagnol, soit la société dont il était un des membres les plus éclairés et les plus ambitieux.

Grâce au trésor qu'il ne dépendrait que de lui, de faire jaillir des entrailles du territoire californien, il rêvait le commandement suprême dans la docte et puissante Société.

Le père Ricardo ne fut pas le premier que son ambition ait perdu. Surveillé et jalousé, on ne tarda pas à le tenir en suspicion.

De là à l'accuser, ce ne fut que l'affaire d'un peu de temps. Il fut rappelé en Espagne ; et, depuis, quoi qu'il fît, il ne put jamais retourner au pays de l'or.

Se sentant mourir, il voulut se venger. Au lieu de garder par devers lui le manuscrit concernant les gisements aurifères, il l'envoya au pays de Galles à l'un de ses parents qui, depuis longtemps avait, comme on dit vulgairement, « jeté le froc aux orties ».

Le précieux manuscrit avait passé, comme on le voit, par bien des mains, avant de tomber dans celles de Maximo Ricardo, avec lequel nos lecteurs viennent de faire connaissance.

Muni de ce manuscrit qu'il avait hérité, notre homme avait rêvé de fonder une colonie à l'endroit où le père jésuite savait qu'il existait de riches gisements et mieux encore,... ainsi qu'on le verra plus tard.

Or il avait, en prenant le commandement de la troupe de flibustiers, trouvé les premiers éléments nécessaires pour l'accomplissement de son projet.

Malheureusement le petit bâtiment était allé à la côte et force avait été à ceux qui le montaient de l'abandonner.

Maximo Ricardo et ses compagnons avaient dû marcher au hasard jusqu'à ce qu'ils fussent arrivés sur le bord du Rio Sacramento, où ils avaient campé.

C'est là que nous les retrouvons, au moment où arrivait à l'ambitieux Maximo Ricardo le petit renfort d'individus qui auraient pu l'aider à réaliser son rêve de fonder une colonie dans « le pays de l'or ».

.   .   .   .

Bien des années s'étaient écoulées, sans que le colonisateur put croire qu'il allait recueillir le fruit de ses efforts.

Il avait, en effet, compté sur ses compagnons pour l'aider dans les travaux qu'il voulait entreprendre afin d'établir les premières bases d'une ville où on eut appelé des habitants des deux sexes pour faire souche de familles.

Mais il n'avait malheureusement pour compagnons que quelques individus sans énergie, sans persévérance qui après les premiers mois employés à construire quelques cabanes, se refusèrent à élever des habitations plus confortables.

Quant aux recrues que Ricardo avait faites en accueillant les explorateurs venus des Cordillères, il n'avait pas eu davantage la main heureuse.

Il ne devait pas tarder à perdre ces compagnons réduits graduellement au nombre de cinq sur lesquels trois se noyèrent en se baignant dans le Rio Sacramento. Les deux survivants disparurent, un jour, sans que Ricardo put jamais savoir ce qu'ils étaient devenus.

Le colonisateur se trouva donc seul dans la petite colonie qui, quelques années plus tard, allait voir arriver tout un monde d'aventuriers, venus de toutes les capitales de l'Europe, à la recherche de quartz aurifères, de riches pépites et du sable d'or.

. . . .

Réduit à vivre dans la solitude, Ricardo s'absorba dans la lecture du manuscrit qu'il avait hérité et dans lequel son ancêtre le « Père Jésuite » avait indiqué différents endroits où il affirmait qu'il existait des gisements d'or.

Mais ce n'était pas là le plus intéressant du précieux manuscrit.

Il s'y trouvait un chapitre dans lequel le père jésuite faisait une description absolument féerique.

Ce chapitre ne pouvait être, pour le lecteur vulgaire, que l'œuvre d'un fou. Maximo Ricardo, en le relisant pour la centième fois peut-être en était, lui aussi, à se demander si son ancêtre, en l'écrivant, n'avait pas voulu, simplement faire preuve d'une brillante imagination.

Toutefois, comme il s'y trouvait des indications pour arriver à l'endroit précis où l'on découvrirait l'immense trésor dont il était question, Maximo Ricardo se lança résolument dans la voie prescrite par le révérend Père Jésuite.

Un jour donc, après s'être muni d'un pic ferré qui pouvait lui servir, à la fois, d'instrument pour creuser et sonder, et de bâton d'appui pendant les longues marches qu'il devrait fournir, l'arrière-neveu du Père Jésuite quitta l'habitation qu'il occupait, pour entreprendre un premier voyage à la découverte des fameux gisements.

Il suivait la rive du Rio Sacramento, l'âme remplie d'amers regrets, car il se disait que jamais meilleure place n'aurait pu se trouver pour la fondation d'une ville.

L'infortuné colonisateur s'était arrêté sur une petite éminence du sol, d'où il supputait l'étendue que pourrait avoir la cité qu'il avait rêvée.

Par l'imagination, il la voyait s'allongeant sur la rive du fleuve et s'étendant dans la grande et belle vallée, si délicieusement arrosée

par des cours d'eau et caressée par la brise de mer qui en rendrait
le séjour on ne peut plus charmant.

Il voyait s'élever, — dans son rêve éveillé, — des maisons confortables, des établissements, des magasins, des écoles, des églises,
et tout ce qui constitue la ville déjà florissante et appelée à prendre
rapidement une importance considérable.

Maximo Ricardo savourait ce rêve, quand tout à coup son regard
fut attiré par une singulière réverbération qui se produisait sur le
fleuve.

Il eut l'illusion que les eaux du Rio Sacramento étaient devenues
phosphorescentes.

Etait-ce un simple effet de soleil, dont les rayons se jouaient sur
le fleuve ?

Maximo Ricardo éprouva une sensation de vertige.

Il porta vivement les mains à son front, dans un mouvement
instinctif, comme s'il eût voulu retenir les idées qui tourbillonnaient
en son cerveau.

Il avait peur d'avoir soudainement perdu la raison.

Puis, tout à coup, il se redressa, en s'écriant :

— De l'or ! Il y a de l'or là-dedans !

Et une inspiration traversa son esprit.

Dans sa conviction, le Rio Sacramento devait charrier de l'or.

Il ne s'agissait donc que de savoir d'où provenait cet or.

Maximo Ricardo se promit d'explorer la vallée dans toute son
étendue et d'étudier le lit et le bord des différents cours d'eau qui se
jetaient dans le fleuve.

Il n'eut pas à regretter le temps qu'il employa à cette exploration.

Il avait pris une direction au hasard, remontant pour en trouver
la source, le cours d'une des petites rivières, peu profondes, qui vont
grossir les eaux du fleuve.

Il suivait le bord, marchant sur des tapis de verdure fleurie,
observant, les yeux fixés sur l'eau à ce point transparente que, dans
certains endroits, on pouvait voir le fond de sable comme au travers
d'une glace.

Pour se reposer, l'explorateur s'étant assis sur l'herbe, vit que
l'eau, en se retirant après une crue, avait laissé, par places, une
couche de sable et de limon durci.

Ce qui attirait tout de suite l'attention de Maximo Ricardo, c'est
que sable et limon avaient d'étranges scintillements...

Tout d'abord, il supposa que le soleil dardant à pic faisait briller le sable fin, comme il arrive souvent après des sécheresses prolongées, dans les latitudes tropicales.

Mais ayant eu l'idée de prendre une poignée de ce sable, il vit qu'il s'y trouvait des paillettes brillantes.

Etait-ce l'or dont avait parlé Francis Drake et que, plus tard, le Père Jésuite Ricardo avait reconnu être un métal absolument pur ?

Notre explorateur n'en douta pas un seul instant; mais il voulait en avoir la preuve scientifique.

Incapable de faire, lui-même, les expériences nécessaires, Maximo Ricardo se dit qu'il attendrait l'occasion de faire procéder aux expériences, par un homme de science spéciale.

Mais il n'en continua pas moins sa course tout le long des cours d'eau, et partout il obtint le même résultat.

Marchait-il sur une étendue de sable, les semelles de ses chaussures s'incrustaient de paillettes qui, très acérées, pénétraient dans le cuir.

Prenait-il, pour l'émietter, une poignée de limon sec, par la pulvérisation il obtenait un mélange de terre et de poussière d'or.

Après chacune de ces excursions, l'héritier du jésuite Ricardo augmentait son stock de sable et de limon aurifères. Mais à mesure qu'il acquérait davantage la conviction qu'il avait découvert un trésor, il éprouvait le besoin d'en cacher l'existence.

Et bien que, depuis la disparition de ses deux derniers compagnons, il vécut absolument seul et comme séparé du reste de l'humanité, il exagéra la prudence jusqu'à enfouir le sable qu'il rapportait, chaque jour, et à le recouvrir d'une couche de terre.

Bientôt tout le jardin au milieu duquel Maximo Ricardo avait construit sa petite maison vit son sol creusé et la terre remplacée par du sable et de la poussière métallique.

C'était un gisement factice qu'avait fabriqué l'unique habitant de cette partie de la Nouvelle-Californie.

L'arrière petit-neveu du Père Jésuite, tombé en disgrâce pour avoir laissé soupçonner l'ambition qu'il nourrissait, éprouva les effets d'une exaltation fiévreuse.

Il se dit que, s'il parvenait à découvrir le lieu où gisait certainement la masse d'or, d'où s'échappaient les paillettes très légères que charriait le fleuve, il serait plus riche à lui seul que tous les monarques du monde.

Alors celui qui n'avait rêvé jusque-là qu'une fortune raisonnable qui lui permettrait, de retour en Europe, d'y vivre à l'abri du besoin, avait à présent de bien autres ambitions.

A la vue du métal recueilli chaque jour, il éprouvait des éblouissements et des hallucinations qui eussent pu faire craindre pour sa raison.

La nuit, il attendait vainement le sommeil; et pendant ces longues heures d'insomnie, il relisait le manuscrit qui était écrit en latin.

Maximo avait, on le sait, fait d'assez bonnes études, et grâce à cela, il avait pu prendre connaissance du manuscrit, sans avoir recours à un traducteur.

Cependant, un passage était resté obscur pour lui.

Il semblait que l'auteur du manuscrit y eût, à dessein, laissé une lacune qu'il voulait être seul à pouvoir combler.

Toutefois il y avait, dans ces pages, des indications dont notre ambitieux résolut de vérifier l'exactitude.

Il y était dit, que toutes les merveilles que Francis Drake avait vues dans la Nouvelle Californie, n'étaient que peu de chose en comparaison de ce qui existait dans l'immense étendue de terrain partant d'un grand fleuve pour ne prendre fin qu'au pied de rochers qui, par leur altitude, menaçaient le ciel.

Le Père Jésuite ajoutait :

« Celui qui aura le bonheur de lire ces pages et qui se sentira l'énergie nécessaire pour explorer ce vaste territoire, en bravant fatigues et privations, celui-là aura fait une conquête cent fois plus immense que toutes celles de César et des plus grands conquérants...

« Moi qui écris ces lignes qui paraîtront extraordinaires à l'homme, sous les yeux duquel elles tomberont, j'ai eu l'énergie et la volonté nécessaires pour entreprendre ce voyage à la découverte, dans des étapes dont je ne voyais pas la fin.

« J'ai traversé, seul, un territoire sur lequel il semblait que jamais un être humain n'eut passé, depuis le commencement des siècles.

« Et cette immense solitude, loin de m'épouvanter, m'attirait au contraire.

« Plus j'éprouvais de fatigue, plus je persévérais dans mon idée de savoir ce qu'il y avait plus loin.

« Aujourd'hui que je suis arrivé au but que je m'étais proposé, j'ai le légitime orgueil d'avoir accompli une tâche digne d'un conquérant.

« Que celui qui me lira le sache donc... Ce que j'ai trouvé suffirait à enrichir l'Espagne et faire de ma patrie la reine de l'univers, sans qu'elle ait jamais besoin de compter sur d'autres ressources, pour établir sa puissance et sa suprématie.

« En faisant la conquête du Mexique, le capitaine Fernand Cortez ne se doutait pas, qu'au delà du territoire qu'il a parcouru, de l'autre côté de ces montagnes qu'il n'a pas osé se risquer à franchir, il y avait d'immenses richesses à trouver, une gloire colossale à ajouter à celle dont il s'était déjà couvert.

« Lui le conquérant qui ne reculait devant aucun obstacle, il n'a pas eu l'inspiration de chercher et, comme moi, la volonté de trouver.

« Il s'est contenté d'asservir une nation, sans se demander comment s'était formée cette nation et d'où avait pu venir les hommes qui s'étaient établis au Mexique.

« Moi, je me suis dit que cette race puissante devait avoir une origine intéressante que j'ai voulu connaître.

« Et le jour où je pris cette résolution, je partis le crucifix en main, cette arme du missionnaire qui se met en campagne pour conquérir des âmes à la foi chrétienne.

« Il me semble aujoutd'hui que c'est Dieu qui m'a guidé dans le voyage que j'avais entrepris et dont le résultat a dépassé tout ce qu'on peut imaginer.

« Toi qui me lis, apprends que, si tu te décides à m'imiter, le sol que tes pieds fouleront recouvre une ville immense disparue; sache que les montagnes dont tu verras les pics s'élever vers le ciel, dans leur imposante majesté, ont subi dans leurs entrailles d'horribles convulsions et que de leurs flancs en travail est sorti l'incendie qui a tout brûlé à une très grande distance; apprends que des flots de matières incandescentes ont consumé la terre, carbonisé des forêts, vitrifié des rochers énormes; puis que des pluies de cendres brûlantes ont, en ensevelissant villes, forêts, plaines et monticules, achevé l'œuvre de destruction.

« Et depuis des siècles, tout cela dort, oublié, ignoré; l'immense linceul n'a jamais été soulevé et, de siècle en siècle est devenu plus épais.

« J'ai été guidé par une inspiration dans cette vallée du silence. Je l'ai parcourue, seul, observant, cherchant, sondant, fouillant, car il me paraissait impossible que cette partie du globe n'eut pas été habitée à une lointaine époque et j'en concluais que, tôt ou tard, en persévérant dans mon exploration, je finirais par découvrir de précieux

Un matin, en effet, Maximo, à sa grande surprise, vit une barque... (P. 710).

indices, des preuves irréfutables. — Les ruines d'une immense ville détruite, d'une population anéantie et d'incalculables richesses !...

« Je n'eus pas une heure de défaillance, pas une seconde de découragement malgré les nombreuses déceptions qui s'étaient succédé pour moi. Pour alimenter la persévérance dont je m'étais armé, je fis appel à mes études d'autre fois, aux souvenirs historiques du passé.

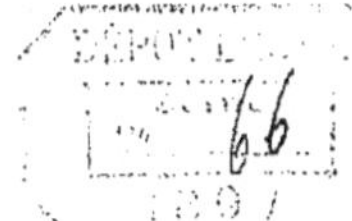

« Tout d'abord je me représentai ces tribus d'Aztèques que Ferdand Cortez avait trouvées établies au Mexique, lors de sa conquête.

« Le conquérant de la magnifique contrée dont il dotait sa patrie, était un excellent soldat, mais un savant très médiocre.

« Il ne se fut jamais inquiété de l'histoire chronologique du pays qu'il offrait à la couronne d'Espagne si son gouvernement, conseillé par les religieux, ne lui eut envoyé l'ordre de réunir tous les documents, voire même les légendes concernant la magnifique colonie qu'il avait conquise pour la placer sous la domination espagnole.

« Il apprit que les Aztèques étaient venus du nord, parce que leurs prophètes leur avaient rapporté la vraie parole des dieux. La principale divinité, celle qui était en très grande vénération dans les tribus d'Aztèques, était le dieu de la guerre.

« Ce dieu se serait, d'après la légende, montré très irrité contre les tribus qui préféraient, depuis longtemps, la chasse à la guerre, et s'étaient amollies au point qu'elles avaient laissé tomber en quenouille les grandes traditions.

« Les prophètes, — il y en avait un par tribu, — prêchèrent l'émigration. Ayant réuni les chefs des tribus, ils leur rapporte, — *très fidèlement* affirmaient-ils, — l'ordre que leur avait donné MICITZCLOPOTCHLI, le dieu de la guerre, pour les transmettre aux tribus.

« L'ordre était formulé en termes très énergiques et impérieux, dont voici la traduction:

« Je ne veux plus recevoir les hommages et les sacrifices que m'offrent des hommes indignes de porter plus longtemps des armes dont ils ne savent plus se servir que contre les animaux peureux qu'ils n'ont pas à combattre parce qu'ils ne se défendent pas.

« S'ils ne veulent que, dans ma colère, je les fasse anéantir par des hordes que j'appellerai contre eux, il faut qu'ils émigrent et retrouvent leur ancienne valeur, dans des luttes contre les obstacles qu'ils rencontreront et des combats contre ceux qui voudraient s'opposer à leur marche.

« C'est ma volonté à laquelle vous les engagerez à obéir. »

Les prophètes ajoutaient, pour compléter l'ordre qu'ils étaient, disaient-ils, chargés de transmettre intégralement :

« Vous marcherez, sous notre autorité, sans vous plaindre jamais; car, chaque fois que vous manifesteriez un mécontentement, c'est un nouveau fléau qui vous frapperait.

« Il vous faudra supporter les fatigues, la faim, la soif, les maladies, en expiation de vos fautes si nombreuses et si grandes, qu'elles ont irrité le dieu que les anciens ont vénéré, comme le plus puissant de tous.

« Vous ne prendrez de repos que juste ce qu'il en faudra pour restaurer vos forces, afin de continuer votre marche dont je ne puis vous indiquer le terme, en ce moment.

« La volonté du dieu qui préside à la guerre et décide à qui, dans les combats, doit appartenir la victoire, est que vous ne vous arrêtiez qu'à l'endroit où vous verrez « un aigle perché sur un cactus, et tenant dans ses serres un serpent. »

« Voilà la légende que les chefs Aztèques racontèrent au capitaine Fernand Cortez, ce dont il s'empressa de se contenter d'ailleurs, très pressé qu'il était d'asservir cette population qu'il voulait déposséder par la force des armes, décidé à l'anéantir si elle opposait de la résistance. »

L'auteur du manuscrit écrivait, un peu plus loin :

« Ce dont s'était contenté le capitaine Cortez ne pouvait satisfaire le père Ricardo.

« Je voulais chercher quelle était la population ayant occupé les territoires que, sur l'ordre de leur dieu, et conduits par leurs prophètes, les tribus venues du Nord, avaient envahis.

« Une chose m'avait frappé l'esprit et me décida à poursuivre mes recherches.

« Je me demandai de qui les Aztèques avaient pu apprendre l'art de construire les édifices qui faisaient mon admiration, au Mexique où ils sont en très grand nombre, soit à l'état de parfaite conservation, soit à l'état ruines imposantes.

« Pour moi ces tribus venues du Nord, outre l'architecture, connaissaient la sculpture, la peinture et même l'astronomie.

« En outre elles possédaient l'art d'écrire hiéroglyphiquement comme les Egyptiens. Comme eux elles savaient graver sur la pierre dure.

« Plus je réfléchissais et plus je me disais que des descendants de sauvages, partis volontairement ou chassés de leur pays natal, n'avaient pu atteindre un pareil degré de civilisation simplement par le fait du hasard.

« J'avais l'intime conviction que leur marche vers le Sud, avait dû se faire par étapes ayant duré, chacune, des siècles; et que ces émigrants avaient dû se civiliser progressivement, à l'imitation des populations qu'ils avaient rencontrées, combattues et asservies, pour obéir à la volonté de leur fameux dieu de la guerre, transmise par l'organe des prophètes.

« Voilà pourquoi j'ai franchi les montagnes qui forment un rempart naturel au Mexique, pourquoi j'ai entrepris de faire à mon tour, en remontant vers le Nord, le chemin que, d'après mes suppositions, avaient dû faire les tribus d'Aztèques qui allaient s'arrêter et s'établir définitivement au Mexique, à l'endroit précis où elles avaient aperçu « un aigle perché sur un cactus et tenant un sepent dans ses serres ».

« Je ne m'étendrai par sur les difficultés que présentait la marche dans un pays où il n'existait pas de chemin tracé, ni les fatigues qu'il m'a fallu subir, pendant des mois et des mois, des haltes fréquentes dans des endroits où il me semblait que j'allais être dévoré, pendant mon sommeil, par des animaux féroces descendus des montagnes, ou quittant, pendant la nuit, leurs repaires pour chercher une proie.

« J'avais la volonté et la confiance ; c'était assez pour que, pas une seule fois, ne me vint la pensée de laisser là mes recherches et de rebrousser chemin.

« Le succès, ainsi que je l'ai dit précédemment, a couronné mes efforts et ma persévérance.

« Après avoir parcouru une énorme distance, je fus tout à coup surpris de constater que le sol sur lequel je marchais ne présentait plus le même aspect. Ici, il était bouleversé comme si une catastrophe volcanique se fut produite en cet endroit dans des temps reculés, et eut tout anéanti, hommes et animaux.

« Plus loin, le sol était encore plus bouleversé. Je rencontrais à présent des blocs de rochers qui ne pouvaient, — pensai-je, — avoir été transportés là que par une force que seuls les volcans en éruption trouvent dans la violence des convulsions qui se produisent dans leurs flancs.

« Par la pensée je me transportai à Pompéi, au moment où cette ville florissante disparaissait sous une pluie de feu et de cendres.

« Pourquoi, me demandai-je, pareille chose ne se serait-elle pas produite ici, à proximité de ces montagnes aux flancs déchirés, ainsi que je pouvais le voir, et dont les pics affectaient des formes bizarres, comme si, après l'action du feu, ils se fussent refroidis en conservant l'aspect qu'ils avaient pendant la combustion !

« La fièvre de la curiosité s'empara de moi. Je poursuivis mes recherches avec une nouvelle et plus grande ardeur.

« Désormais rien ne pouvait plus m'arrêter dans mon exploration.

« Bientôt je pus me convaincre que ce que j'avais supposé existait réellement.

« En suivant la direction que m'indiquaient les blocs de rochers, je découvris des traces qui ne me laissèrent aucun doute.

« Il y avait eu là des constructions, des rues même ; et ce que je voyais me prouvait que des travaux considérables avaient été exécutés en cet endroit par des hommes nombreux et apportant à ces travaux la solidité qui fait que les constructions exécutées par les Romains, ont résisté à l'action du temps, pendant des siècles nombreux. »

Le Père Ricardo donnait, dans la suite de sa narration, des indications afin que celui de ses héritiers qui exploiterait après lui cette contrée, pût arriver à l'endroit précis où se trouvait la cité ensevelie.

Il s'étendait particulièrement sur les vestiges indiquant que des fléaux terribles avaient dévasté, dans des temps très reculés, cette contrée où se rencontraient de nombreuses traces d'éruptions volcaniques.

Il signalait des blocs carbonisés, des rochers vitrifiés, et aussi des agglomérations de matières qui, à un moment donné, avaient dû être en fusion et maintenant avaient l'apparence de lave durcie sous une épaisse couche de terre.

De là tout une végétation de broussailles et de mousses lépreuses.

L'auteur du manuscrit ajoutait :

« Qu'on marche au milieu de ces débris, de ces ruines, en tenant compte des indications que je donne ; et celui qui aura eu la persévérance de pousser jusque là une exploration si longue et pénible, sera près de recueillir la récompense de ses efforts et de son énergie.

« Qu'il continue à marcher jusqu'à ce qu'il ait découvert un rocher plus élevé que les autres de plus de deux cents pieds.

« On reconnaitra ce rocher à sa forme particulière, — on dirait, en effet, un débris de forteresse cyclopéenne, — et aussi à des vestiges de murailles, ruines de quelque gigantesque construction.

« Il semble qu'une des extrémités de cet énorme rocher sorte d'une fournaise qui se serait tout à coup éteinte.

« Qu'on s'arrête en cet endroit, car... C'EST LA ! »

Nous avons parlé d'une lacune dans le manuscrit, lacune voulue assurément par l'auteur qui n'aura pas voulu révéler un secret, mais le laisser chercher et découvrir.

En effet, après ces mots « c'est là ! » soulignés avec intention, le Père Ricardo revenait à la grande émigration des Aztèques.

Il disait avoir la conviction que ces tribus marchant du Nord au Sud, avaient dû suivre, en sens inverse, le chemin qu'il venait de parcourir et il en concluait que les ancêtres des chefs Aztèques avec lesquels le capitaine Fernand Cortez s'était entretenu, habitaient cette ville ensevelie, qu'avaient dû élever, bien avant leur arrivée, des populations desquelles ils avaient appris l'art de construire.

. . . .

Maximo Ricardo avait donc résolu d'entreprendre le voyage à l'aventure dans la contrée que son aïeul avait parcourue.

Il se disait, dans son exaltation mentale, qu'il recueillerait, quoiqu'il dût lui en coûter de persévérance et de fatigues, la récompense promise à celui des héritiers du Père Jésuite, qui aurait l'énergie et la force de volonté que demandait l'entreprise.

Jusque là, et tant qu'il avait eu des compagnons autour de lui, il avait hésité à prendre une décision qui, à présent, s'imposait à son esprit en proie à une idée fixe.

Maximo voulait savoir quelle était cette récompense extraordinaire qui l'attendait, quand il serait parvenu à découvrir ce fameux rocher indiqué dans le manuscrit du Père Ricardo.

Toutefois une autre préoccupation s'agitait également en lui, et l'entraîna, ainsi qu'on va le voir, à commettre une imprudence qui, par la suite, devait avoir pour lui les plus effroyables conséquences.

Nous avons dit qu'il s'était promis de savoir de quelle nature étaient les paillettes et la poussière métalliques qu'il avait trouvées dans les alluvions bordant les cours d'eau de la vallée.

Malheureusement pour lui, l'occasion se présenta de le faire.

Un matin, en effet, Maximo, à sa grande surprise, vit une barque qui remontait le fleuve et constata que l'embarcation contenait plusieurs personnes.

Il faut avoir vécu dans la plus absolue solitude pour se faire une idée de l'impression que ressentit Maximo Ricardo, à la vue d'êtres humains.

Il attendait avec une anxiété que la barque fut à portée de la voix pour la héler.

Et dès qu'elle eut abordé un peu au-dessous de l'endroit où il se trouvait, bien vite il se porta au devant des voyageurs.

La barque était montée par cinq hommes : un passager blanc et quatre rameurs appartenant à la catégorie des naturels du Mexique, dits « pimos ».

Les « pimos » forment une classe à part, parmi les indiens du Mexique.

Il semble qu'ils aient appartenu autrefois à la tribu des Aztèques et qu'ils aient été laissés en arrière lorsque le gros des quatre tribus émigrantes eut décidé de pousser plus au sud.

Les « pimos » se seraient alors établis dans le haut Mexique, vivant dans l'indolence, et, plus tard, ils furent employés aux bas ouvrages.

Après la conquête du Mexique par Fernand Cortez, les infortunés « pimos » ne valaient, pour les Espagnols, guère mieux que les bêtes de somme. On les utilisait aussi comme portefaix, terrassiers, bateliers, et cela moyennant un très modique salaire.

Les quatre rameurs *pimos* ayant tiré l'embarcation à sec, le passager sauta à terre et se dirigea rapidement vers Maximo Ricardo.

Les deux hommes se regardèrent, pendant quelques secondes, sans se parler. Puis Maximo rompit le silence pour s'informer de la nationalité du nouveau venu et du motif qui l'amenait dans cette solitude.

Maximo s'était exprimé d'abord en anglais et, voyant que le nouveau-venu ne comprenait pas, il avait renouvelé ses questions en espagnol.

Celui auquel il s'adressait l'interrompit, d'un ton brusque, par ces mots :

— Je suis Français, si vous parlez ma langue, nous pourrons causer; dans le cas contraire, nous en serons réduits à ne pas nous parler ou à ne le faire que par signes.

Maximo Ricardo parlait le français suffisamment pour se faire comprendre; saluant son interlocuteur, il lui dit :

— J'ignore ce que vous venez faire dans ce pays où je vis seul ; mais j'ai grand plaisir à voir auprès de moi un être humain, ce qui ne m'est pas arrivé depuis bien longtemps.

Le Français ne voulut pas être en reste de politesse avec celui qui lui souhaitait ainsi la bienvenue.

Il lui tendit la main; puis devenant tout de suite familier :

— Puisque vous êtes seul ici, dit-il, le pays vous appartient et je ne vois pas d'inconvénient à ce que nous soyons deux à l'occuper si toutefois il y a moyen d'y faire fortune un jour.

— Peut-être ! répondit Maximo Ricardo en regardant son inter-locuteur avec une expression tellement singulière que celui-ci en fut surpris.

Sans plus tarder notre aventurier, — car c'en était un, — passa familièrement son bras sous celui de Maximo en disant à celui-ci :

— Conduisez-moi donc tout de suite à votre habitation, car le seul mot que vous venez de prononcer me fait vivement souhaiter de causer avec vous; je désire, et de toute mon âme, je vous l'avoue franchement, faire fortune, et cela dans le plus bref délai possible.

— Suivez-moi donc ! répondit Maximo.

Le voyageur se tourna vers les « pimos » pour leur faire signe de l'attendre.

Et tandis que les quatre rameurs s'étendaient sur le sable, le dos au soleil, Maximo et son hôte se dirigèrent vers la maisonnette qu'habitait le descendant du Père Ricardo.

En chemin, Maximo avait raconté à l'étranger comment il était arrivé dans le pays et, par suite de quelles circonstances il s'y trouvait seul, vivant en véritable ermite.

Le voyageur français avait laissé parler son hôte, sans l'interrompre, attendant que celui-ci lui apprît en quoi consistaient les ressources qu'on pourrait trouver dans le pays, pour faire une rapide et grosse fortune.

C'est dans ces conditions, l'un parlant d'abondance, l'autre écoutant avec la plus grande attention, que les deux hommes arrivèrent à l'entrée du campement.

Maximo ayant introduit son hôte dans sa demeure, lui en fit les honneurs en allant prendre, dans un buffet de fabrication on ne peut plus primitive, des fruits et une sorte de galette de farine de maïs.

Le voyageur s'attabla et, sans plus de façons, attaqua la collation qui lui était offerte.

Et quand il eut bu quelques gorgées de l'eau claire et fraîche que Maximo lui offrait dans une écuelle en terre poreuse, il dit à brûle-pourpoint :

— Maintenant, causons un peu de nos affaires.

Maximo paraissant hésiter à répondre, l'étranger répéta sa phrase, en y ajoutant ces mots :

— Ne m'avez-vous pas dit que l'on pouvait faire fortune ici ?... Or, je ne vous cache pas que je n'ai quitté la France que dans ce but.

— Je vous ai dit « peut-être »; répondit Ricardo.

... Au grand ébahissement de l'étranger qui poussa cette exclamation d'une voix vibrante !...
— Mais... c'est de l'or !... (P. 714).

— Soit !... Mais alors expliquez-vous ; dites-moi les moyens que vous comptez employer, et je vous donnerai franchement mon avis.

— Je vais d'abord vous montrer quelque chose afin que vous me disiez sincèrement ce que vous en pensez.

Très intrigué par l'air mystérieux qu'avait pris son interlocuteur, le voyageur suivit des yeux ce dernier jusqu'à ce qu'il eut disparu par la petite porte du fond, donnant sur le jardin.

— Où diable peut-il aller chercher la preuve de ce qu'il m'a dit? se demandait notre homme, qui, très sceptique, n'avait qu'une médiocre confiance en la réalisation de cette fortune qu'on lui faisait espérer.

L'individu, seul habitant de ce pays, lui faisait l'effet d'un monomane.

En tout cas, que risquait-il après tout.

Il réfléchissait ainsi quand il vit son hôte revenir, tenant à la main une écuelle en terre qu'il portait avec précaution comme s'il se fut agi d'un objet d'art de grand prix.

— Qu'est-ce que cela? demanda l'étranger en se dressant à demi.

Sans répondre, Maximo Ricardo posa l'écuelle sur la table.

Et se tournant vers son hôte :

— Voilà! dit-il.

L'étranger saisit l'écuelle afin d'en examiner le contenu.

— Du sable, de la poussière, fit-il d'un air dédaigneux...

Et il ajouta :

— Que diable voulez-vous faire de cela?

Maximo, ayant plongé la main dans l'écuelle, en remua le contenu; puis prenant une poignée de sable il le laissa retomber en pluie dans l'écuelle, au grand ébahissement de l'étranger qui poussa cette exclamation d'une voix vibrante !...

— Mais... c'est de l'or!...

— En êtes-vous bien certain? demanda Maximo, dont la physionomie s'éclaira d'une expression de joie.

A son tour l'étranger prit une poignée dans l'écuelle, et, l'agitant dans sa main, fit jaillir des paillettes...

— C'est de l'or... de l'or! s'exclama-t-il.

Puis vivement il demanda :

— Où avez-vous trouvé ce sable et cette pousière?... Est-ce dans ce pays?... En avez-vous découvert beaucoup?...

Ces questions s'étaient succédé si rapidement que Maximo acquit la conviction qu'il avait fait une découverte merveilleuse.

Pressé de questions, il répondit :

— Si, comme vous l'affirmez, ce sable contient de l'or, je puis vous affirmer, à mon tour, que nous aurons ici une source inépuisable de fortune!

— Conduisez-moi tout de suite à l'endroit où vous avez trouvé ce sable!... Ne perdons pas une heure, une minute!... dit l'étranger.

Il s'était levé, et, tout frémissant de l'émotion qu'il ne cherchait pas à dissimuler, il prit son hôte par le bras, comme pour l'entrainer.

Mais Maximo Ricardo, cherchant à modérer son impatience, lui dit :

— Tous les cours d'eau qui sillonnent la vallée charrient du sable pareil à celui que vous avez sous les yeux.

Ayant prié son hôte de s'asseoir, il lui raconta comment il avait découvert les richesses dont il parlait.

Il ajouta qu'il avait, chaque jour, fait provision de sable et de limon séchés par le soleil, et trouvés sur le bord de petites rivières qui, en grand nombre, affirmait-il, se jetaient dans le fleuve.

— Et cette provision? demanda anxieusement l'étranger.

— Je vais vous la montrer; accompagnez-moi dans le jardin que voici.

Maximo, ce disant, avait ouvert la petite porte et faisait passer son hôte devant lui.

— Puisque nous sommes seuls, fit-il, je vais vous montrer... ma mine d'or!

En même temps il s'armait d'un pic et d'une bêche et se mit à creuser la terre.

Dans son impatience de voir le trésor annoncé, l'étranger avait saisi l'un des instruments et s'en servait pour élargir le trou.

Bientôt la couche de terre fut enlevée et rejetée de chaque côté de l'excavation.

Rien ne pourrait rendre l'expression qui soudainement se peignit sur le visage de l'hôte de Maximo, à la vue de tout le sable aurifère qu'il avait sous les yeux.

Comme saisi de vertige, il se mit à genoux pour plonger les mains dans le trou, de même que s'il eût voulu en mesurer la profondeur.

Maximo comprit sa pensée et lui dit :

— Le gisement que voici s'étend sous tout le sol de ce jardin. Mais, je vous le répète, vous n'avez là qu'un faible échantillon de l'or qui se trouve en grande profusion dans le pays...

L'étranger se redressa tout à coup.

Les paroles qu'il venait d'entendre avaient produit sur son esprit une impression saisissante.

— Il n'y a pas de l'or dans les sables seulement, dit Maximo en regardant son hôte bien en face; la terre en renferme aussi et en bien plus grande quantité.

L'important est de trouver le gisement, la mine, le filon...

N'avez-vous rien découvert de semblable? interrogea l'étranger.

— Non! répondit Maximo Ricardo.

Il ajouta :

— L'idée ne m'est pas venue de chercher... Peut-être ce que vous dites existe-t-il dans le pays...

Mais ce que je n'ai pas fait jusqu'à ce jour, nous pourrons le faire à présent que nous serons deux pour le travail et deux pour la fortune!

Le voulez-vous?

En même temps il tendait sa main ouverte. L'étranger y laissa tomber la sienne, en s'écriant :

— A nous deux tout l'or que nous pourrons découvrir dans ce pays dont vous avez pris possession et où je viendrai vous retrouver bientôt.

— Vous allez donc repartir tout de suite? demanda Ricardo.

— Oui!...

Puis l'étranger ajouta :

Je vais emporter un peu de ce sable et de cette poussière, afin de les faire laver et de savoir quelle est la quantité d'or qu'ils contiennent.

Acceptez-vous?

— Pouvez-vous en douter? Ne vous ai-je pas proposé de partager tout l'or que nous pourrons trouver dans le sable, ou extraire du sol?

— Donc, voilà qui est convenu.

Maximo emplit une des plus grandes écuelles qu'il possédait et empaqueta celle-ci dans un morceau d'étoffe de laine provenant d'un vêtement hors d'usage.

Puis il accompagna l'étranger devenu son associé jusqu'à l'endroit où attendaient les « pimos ».

L'embarcation fut remise à l'eau.

Au moment de se séparer, les deux hommes se serrèrent la main.

— Au revoir! dit l'étranger.

— Au revoir! répéta Maximo.

Les « pimos » poussèrent au large et bientôt l'embarcation, aidée par le courant, s'éloigna à force de rames.

Maximo Ricardo s'en retourna lentement, le front penché, la tète en feu.

Il la tenait donc cette fortune qu'il était venu chercher à l'aventure, dans le Nouveau-Monde.

Elle était à lui cette vallée avec ses rivières dont les eaux coulaient sur un lit d'or!

Elles lui appartenaient ces montagnes dont les flancs renfermaient sans doute des mines à exploiter.

Et, secoué par la fièvre de l'ambition, l'arrière-neveu du Père Jésuite se tenait la tête à deux mains, comme s'il eût craint de devenir fou.

. . . .

Voyons, maintenant, ce qu'était devenu ce misérable Delaverne depuis le jour où il s'était expatrié pour se soustraire aux poursuites de la justice et à la vengeance de ceux qu'il avait si odieusement trompés, volés et trahis.

On connaît le nombre des méfaits de ce criminel, dont les infâmes délations avaient fait envoyer le marquis de Ravergy devant le peleton d'exécution, et entre les mains de qui se trouvait le sort de Jacques Valomer, le condamné innocent.

En quittant la France, l'homme d'affaires des émigrés avait emporté le reste des sommes que lui avaient, on s'en souvient, confiées le marquis de Ravergy et un certain nombre de partisans des princes, au moment de rejoindre ceux-ci en Angleterre.

Delaverne avait perdu dans des spéculations hasardeuses la majeure partie de l'argent volé.

Avec ce qui lui restait du produit des détournements dont il s'était rendu coupable, il allait chercher fortune dans le Nouveau-Monde, vaste champ ouvert aux ambitieux et aux aventuriers venus de tous les points de l'Europe.

C'était principalement le Mexique qui offrait le plus de ressources. Delaverne ayant trouvé un navire en partance pour cette destination, n'avait pas hésité à se rendre à Véra-Cruz, avec l'intention de s'y établir.

Mais, dès son arrivée dans cette ville dont le climat est, à juste titre, réputé dangereux principalement pour l'européen, il avait failli succomber à une violente attaque de « vomito négro ».

Le médecin l'ayant abandonné, une vieille métis le sauva avec un remède de « bonne femme ».

Aussitôt rétabli, Delaverne s'était enfui de cette ville, pour se joindre à des voyageurs qui se rendaient à Mexico dont ils vantaient le climat très salubre.

Il ne tarda pas à se familiariser avec la langue et les coutumes en usage dans la magnifique cité, qui pouvait rivaliser avec les plus grandes villes d'Europe.

Il trouva moyen de se faufiler dans le monde des affaires; et grâce à son caractère insinuant il ne tarda pas à faire de nombreuses connaissances.

Mais ce n'était pas en s'occupant d'affaires honnêtes qu'il pouvait espérer faire la rapide fortune qu'il était venu chercher dans le Nouveau-Monde.

On jouait gros jeu à Mexico où les aigrefins étaient en grand nombre dans les cercles, les auberges et autres lieux où se réunissaient les voyageurs de passage et les riches planteurs venus du Sud, pour se livrer à la passion du jeu.

C'étaient les espagnols qui avaient, les premiers, mis les jeux à la mode; et depuis, cette passion s'était rapidement propagée et avait pris des proportions extraordinaires.

La première fois que Delaverne assista à une de ces parties où les uns s'enrichissaient des dépouilles des autres, il fut littéralement affolé en voyant les monceaux d'or que l'on jetait sur la table, pour les risquer sur un coup de dés.

Il y avait là pour lui, pensait-il, le moyen de réaliser de gros bénéfices.

Aussi ne fut-il pas longtemps à se décider à tenter la fortune.

La chance lui fut singulièrement favorable au début, car dans une seule journée il avait gagné presque une fortune.

Et cela avec d'autant plus d'agrément que ceux qui jouaient contre lui, perdaient avec une nonchalance et une indifférence qui stupéfiaient Delaverne.

— La revanche à demain, lui dit un des joueurs qui avaient été plus éprouvé que les autres.

Alléché, Delaverne n'eut garde, de manquer, comme on le pense bien, de se trouver au rendez-vous qu'il s'était empressé d'accepter.

Ce jour-là encore, la chance sembla s'être attachée à lui. Il ne cessait de gagner, doublait les enjeux, tenait tous les coups qu'on lui proposait, se mettant même à la disposition de ceux qui n'avaient plus d'argent pour tenir les coups sur parole.

Mais la chance insolente qu'il avait eue jusque là, se montra tout à coup capricieuse.

Delaverne perdit quelques gros coups, dans des conditions absolument anormales.

Naturellement il s'obstinait dans l'espoir de regagner les sommes perdues, et chaque fois c'était une nouvelle déception.

Bientôt il eut reperdu tout ce qu'il avait gagné, mais il s'en consolait en pensant qu'avec son capital encore intact il retrouverait les succès précédents.

Disons-le tout de suite, Delaverne était tombé, comme tant d'autres, dans une association de joueurs de profession qui possédaient à merveille l'art de corriger la fortune.

Il suffit à la bande d'aigrefins de quelques jours pour le dépouiller des deux tiers et plus de la somme qu'il possédait.

L'habileté de ses adversaires consistait à substituer des dés préparés, à ceux dont Delaverne se servait.

Il ne restait plus au joueur malheureux que la ressource de travailler pour vivre, en attendant que le hasard lui fournisse une occasion de réparer les pertes qu'il avait faites.

Il songea, tout d'abord, à fonder une de ces agences borgnes pour l'exploitation de l'étranger, comme il y en avait déjà à Mexico.

Il avait loué une boutique dans une des principales rues de la ville pour y installer ses bureaux, et dès le jour de l'ouverture de l'agence, il vit venir un grand nombre d'individus lui demandant des emplois et faisant des offres de service. C'étaient pour la plupart des métis fainéants à l'affût des établissements nouveaux.

Dans le nombre des solliciteurs qui affluaient plus nombreux chaque jour, se trouva un vieillard à la physionomie extraordinairement mobile, aux yeux pétillants d'intelligence.

Il s'exprimait en un baragouin moitié espagnol, moitié français, mais il parvenait toujours, grâce à une pantomime expressive, à se faire comprendre.

En le voyant entrer à l'agence, Delaverne l'ayant pris pour un des nombreux mendiants qui infestent la ville, voulut le mettre à la porte, après toutefois lui avoir donné une faible aumône.

Mais lui, tout en prenant la pièce qu'il fit disparaître dans un sac suspendu à sa ceinture, se redressa d'un air de fierté :

— Je ne demande pas la charité, dit-il ; car, si je voulais, je serais plus riche que les plus riches de ce pays.

Delaverne n'était pas éloigné de croire qu'il avait affaire à un fou.

— Tant mieux pour vous, brave homme ! répondit-il en essayant de congédier doucement l'importun.

Mais le vieil homme, sans se gêner, avait pénétré dans le bureau, pris une chaise et s'asseyait nullement intimidé par le mouvement que fit Delaverne pour lui montrer la porte.

Et tranquillement, d'une voix calme, et prenant un ton de hauteur, il prononça ces paroles :

— A Mexico, Talakis est partout chez lui et il te fait grand honneur en te rendant visite. Tu vas écouter ce qu'il vient te proposer, car c'est la fortune que Takalis t'apporte, comme il l'avait apportée à d'autres qui l'ont follement refusée.

Et le vieillard entra tout de suite en matière :

— Talakis est roi de ce pays, ses ancêtres étaient des souverains puissants qui faisaient trembler tous les peuples contre lesquels ils partaient en guerre, car leurs ennemis étaient vaincus d'avance.

Il prit un temps avant d'ajouter :

— Talakis est le seul descendant qui soit encore vivant du puissant empereur des Aztèques, le grand et fier Guatimozin que les Espagnols ne sont parvenus à vaincre qu'en appelant à leur aide la trahison.

Delaverne gardait le silence, et Talakis continua :

— Il a fallu que des nuées d'indiens, nombreux comme les arbres qui sont dans mes forêts, s'alliassent aux Espagnols maudits pour vaincre mon aïeul Guatimozin et s'emparer de cette grande ville où nous sommes et que, mon aïeul défendait avec le grand courage qui le distinguait.

Guatimozin était plus brave puisqu'il attaquait toujours l'ennemi de front, que le maudit espagnol Cortez qui était contraint, lui, d'user de ruse et de demander l'aide des traîtres indiens qui jalousaient les Aztèques parce que ceux-ci leur étaient supérieurs en toute chose.

Delaverne crut devoir interrompre son interlocuteur.

Il lui dit :

— Ainsi donc Talakis me veut du bien, puisqu'il m'offre la fortune ?

— Uniquement parce que tu es Français et que Talakis sait que les Français sont généreux dans la bataille et bons après la victoire. Talakis a appris comment les Français sont venus dans le grand pays ; non pour l'asservir, mais pour aider à son indépendance.

Très étonné que cet homme qu'il avait pris pour un dément fut au courant du rôle que les Lafayette et les Rochambeau avaient joué dans la guerre de l'Indépendance, comme alliés du grand patriote

SEULE !

... Après un assez long voyage à dos de mule, il arriva sur les bords au *Rio Colorado*. (P. 727.)

Washington, Delaverne commençait à prendre quelque intérêt à ce qu'on lui racontait.

Même il donnait à présent la réplique à celui qui se disait à l'unique descendant du dernier empereur des Atzèques, lequel avait étendu sa domination sur une immense contrée comprise entre les Montagnes-Rocheuses jusqu'au golfe du Mexique.

— Alors, dit-il, tu es un souverain, un roi, un empereur, et tu règnes sur un immense et beau pays ?

— Je règne, en effet, puisque je suis libre de ma volonté et que personne ne me peut contester le droit de disposer de mon empire...

Il eut un singulier sourire et ses petits yeux vifs étincelèrent comme deux escarboucles.

— Tu vas peut-être penser, toi aussi, que je n'ai pas toute ma raison et que le soleil de mon pays a incendié mon cerveau. Ne te défends pas d'avoir eu cette pensée, car je la lis dans tes regards.

Mais détrompe-toi ; Talakis sait ce qu'il dit et c'est un grand malheur pour ceux à qu'il a daigné s'adresser, de n'avoir pas eu en lui une absolue confiance...

C'est ta qualité de Français qui m'a amené vers toi ; et je te le répète, si tu le veux, Talakis te rendra plus riche, — et par cela même plus puissant, — que tous les souverains du monde.

Et comme Delaverne ne répondait pas, le vieillard lui dit :

— Je sais que le Français est entreprenant et énergique ; ce sont les deux conditions du succès pour celui qui acceptera de faire fortune par mon intermédiaire...

— Mais enfin, interrompit Delaverne, explique-moi ta combinaison pour réaliser cette fortune ; car je me demande, puisque c'est dis-tu en ton pouvoir, pourquoi tu n'as pas, toi-même, exploité ou fait exploiter... cette mine ?

Talakis fit un geste pour arrêter la parole à son interlocuteur.

La mine !... Oui, c'est cela même !... C'est en l'exploitant que celui que j'aurai choisi pour cela, deviendra le plus grand possesseur d'or du monde, des deux mondes, de l'univers tout entier ! s'exclama Talakis en levant les bras, dans un mouvement qui indiquait à quel degré d'exaltation était monté son esprit.

Il répéta :

— La mine !... La mine !... sache donc, que l'empire de Guatimozin, ce vaste empire dont lui-même ne connaissait pas les limites, n'était qu'une seule mine ; sous le sol des villes, des forêts et des plaines se trouvaient des gisements d'or et lorsque les Aztèques parcouraient le pays de leur souverain, ils marchaient sans cesse sur de l'or !...

En veux-tu la preuve ?... Elle se trouve tout entière dans les richesses considérables dont regorgent les monuments, les églises, les palais !...

Ces richesses, les empereurs des Aztèques les trouvaient dans la terre qu'ils n'avaient qu'à faire creuser pour y puiser des trésors immenses.

Mais l'étranger est venu, le voleur d'empires a mis le pied sur notre territoire, et tout de suite, le sol s'est refermé pour cacher l'or qu'il contient à profusion.

Le grand Guatimozin, vaincu par le fait d'une odieuse trahison des Indiens, a dit à ce qu'il lui restait de son peuple asservi : « Jamais nous ne livrerons à nos vainqueurs la richesse de notre sol ! »

Talakis avait parlé d'abondance, s'exprimant avec une grande animation.

Delaverne s'intéressait vivement à ce récit fait d'un ton qui excluait toute supposition de démence de la part de l'Aztèque.

— Et ce secret ? demanda-t-il.

— A été gardé depuis plus de deux siècles... Les Aztèques ont préféré vivre dans l'esclavage, dans la pauvreté, plutôt que de le révéler à leurs infâmes oppresseurs.

— Mais alors... comment se fait-il que toi...

— Je comprends ta pensée : tu te demandes pourquoi Talakis veut se départir aujourd'hui du silence que ses ancêtres ont si rigoureusement gardé ?...

— Je me pose, en effet, cette question.

— A laquelle je vais répondre. Sache donc, Français, que Tala est le successeur des empereurs qui ont régné ici. Seul il a le droit de prendre une décision à laquelle se soumettront ses sujets Aztèques. Talakis veut, avec la richesse, conquérir aussi la gloire.

Il veut enfin que la renommée s'attache à son nom et qu'on sache dans le monde qu'il lui a suffi de frapper le sol de son pied, pour en faire jaillir des monceaux d'or !

Et il ajouta, d'un ton d'amertume :

— Voilà pourquoi je me suis adressé à tous ceux qui me paraissaient avoir de l'énergie suffisante pour mener à bien la grande entreprise...

Mais jusqu'à ce jour je n'ai rencontré que des incrédules !

Aujourd'hui je viens t'offrir ce que d'autres ont refusé... Il me reste à savoir si tu as, dans les veines, de ce sang français que tes compatriotes illustres sont venus verser pour l'Indépendance.

Quelque misérable qu'il fut, Delaverne se trouva ressentir une vive sensation de fierté.

Et l'ambition se déchaînant en lui, il lui vint la pensée de se faire livrer le secret de Talakis.

Il insinua, en affectant un ton d'indifférence :

— Je comprends que l'on ait refusé d'entreprendre des travaux pour lesquels il faudra disposer de bras nombreux et de beaucoup d'argent...

— Erreur ! exclama Talakis.

Je t'ai dit que tout l'empire de Guatimozin n'était qu'une vaste mine...

— Mais en quel lieu faudra-t-il commencer l'exploitation.

— Talakis le sait !

— Qu'il parle alors !...

— Tu serais donc disposé à tenter l'entreprise ?

— Peut-être !

Le vieil Aztèque eut un tressaillement de joie.

— J'ai confiance en toi ! dit-il. D'abord parce que tu es Français, puis parce que je lis dans tes yeux et sur ton visage, que tu as en toi de la volonté et de l'énergie.

Bientôt si tu veux tu seras plus grand que les hommes illustres qui ont réalisé les plus grandes entreprises que l'on connaisse.

Talakis te le promet !

L'insistance de l'Aztèque à lui promettre une fortune colossale avait fini par produire une vive impression sur l'esprit de Delaverne.

Il voulut savoir si réellement, ainsi qu'il l'avait déclaré, le soi-disant descendant de l'empereur Guatimozin professait une si grande sympathie pour la nation française,

— Puisque tu me veux tant de bien, lui dit-il, indique-moi d'abord la route qui conduit à l'endroit où se trouve tout cet or qui doit m'enrichir et te procurer à toi la renommée et la gloire auxquelles tu aspires.

L'Aztèque eut un moment d'hésitation et regarda son interlocuteur, comme pour lire dans sa pensée.

— Tu n'as donc pas confiance, que tu tardes ainsi à répondre...

— J'ai confiance parce que tu es Français...

— Alors parle.

— Je le ferais si j'étais certain que tu m'aideras dans l'entreprise que je médite.

— Tu me demandes donc une promesse?

— Un engagement; répondit Talakis...

— Soit! je prends l'engagement que tu exiges de moi...

— Alors je puis te dire que pour arriver dans la contrée où se trouvent en grand nombre les gisements à exploiter, il te faudra d'abord franchir la distance qui sépare le Mexique où nous sommes, d'un pays que les Espagnols de l'infâme et sanguinaire Cortez ont crû avoir découvert et que nous, les Aztèques, nous connaissions depuis longtemps...

— Le nom de ce pays?

— La Californie!...

Puis Talakis, ajouta avec un sourire dédaigneux:

— Ce n'est pas dans ce pays désolé, que se trouve l'or que je t'ai annoncé... C'est plus loin, quand on a traversé un grand cours d'eau auquel les maudits espagnols ont donné le nom de *Rio Colorado*, que l'on se trouve dans un pays tout couvert d'une belle végétation.

— C'est là? demanda Delaverne.

— C'est le commencement de l'immense contrée que tous deux nous aurons à exploiter...

— Et cette contrée se nomme?

— La Californie également; mais c'est une Nouvelle-Californie, tandis que l'autre est la vieille.

— Il me faudra alors pousser au-delà du fleuve?

— Oui!... Mais ajouta Talakis en s'interrompant, que t'importe de savoir, par des indicatisns vagues, ce que je te ferai voir en t'accompagnant...

Mais Delaverne n'était pas de cet avis et il s'empressa de graver dans sa mémoire les quelques indications que venait de lui donner le vieil Aztèque.

Celui-ci manifestait une grande joie d'avoir enfin rencontré quelqu'un qui ne le traitait pas de fou ou d'ivrogne.

Il déclara qu'il était prêt à partir quand son « associé » (c'est le mot dont il se servit) y serait disposé.

En attendant il annonça qu'il repasserait, chaque jour, pour se mettre à la disposition de son « cher Français ».

Toutefois, avant de partir et malgré le grand désintéressement et la hauteur de caractère qu'il avait montrés pendant l'entretien qui venait de prendre fin, le futur potentat qui rêvait une gloire immortelle, pria son « futur associé », de lui donner une « gourde forte » (5 francs environ de notre monnaie), à titre d'avances sur les monceaux d'or à venir.

Force fut à Delaverne de s'exécuter, car, disons-le, il n'était pas fâché de revoir le singulier personnage dont la façon de préciser et d'affirmer, avait quelque peu ébranlé son incrédulité.

Mais à peine Talakis l'avait-il quitté, et mettait-il les pieds dans la rue, qu'une bande de gamins entoura le fils et arrière petit-fils d'empereurs, l'accablant de quolibets et lui faisant subir de mauvais traitements.

Delaverne témoin de ce charivari se prit à penser qu'il avait été la dupe d'un ivrogne, lequel lui avait soutiré fort adroitement la pièce d'argent.

Ce qui le confirma dans cette opinion, c'est que ce fameux Talakis, avec son escorte de gamins, se dirigeait vers un cabaret où il entra comme un habitué.

Il lui resta la ressource, le lendemain et les jours suivants, de congédier l'Aztèque.

. . . .

L'agence ne faisait pas d'affaires et les ressources de Delaverne diminuaient avec une effrayante rapidité.

Il fallait trouver maintenant autre chose de plus lucratif, et promptement. Delaverne essaya, en quelques semaines de plusieurs métiers, sans mieux réussir qu'avec son agence.

C'est alors que notre aventurier eut la pensée de quitter Mexico pour aller dans quelque pays neuf de l'Amérique du Sud. Il avait entendu parler de la Colombie comme attirant beaucoup d'individus, à la recherche de la fortune.

Son parti fut bientôt pris de se joindre à des voyageurs qui partaient pour le Sud. Mais, en route, il changea tout à coup d'idée, sur le conseil d'un compatriote qui, lui, allait en Californie pour s'y établir.

Au surplus Delaverne avait souvent réfléchi à ce que cet ivrogne de Talakis lui avait dit, et il trouvait une occasion de voir cette Californie qui, au dire de l'Aztèque n'était qu'une vaste mine d'or.

Après tout que risquait-il ?

Donc il suivit le conseil de son compatriote et, après un assez long voyage à dos de mule, il arriva sur les bords du *Rio Colorado*.

Il se souvint des indications que lui avait données Talakis et décida qu'il pousserait jusque dans l'autre partie du pays californien, qu'il avait grande envie d'explorer.

Au surplus jusque là il avait pu constater que le vieil Aztèque ne lui avait pas donné de fausses indications : la partie basse, dite vieille Californie, était bien réellement un affreux pays, raviné, et peuplé de « pimos » vivant dans l'oisiveté et la misère.

« Allons plus loin ! » se dit l'aventurier et il partit pour l'intérieur, traversa le *Rio Colorado*.

C'est au delà de ce fleuve qu'il put voir le pays prendre un tout autre aspect.

« Si cet ivrogne d'Aztèque avait dit vrai cependant ? » Telle est la pensée qui ne cessa de le hanter pendant les quelques jours qu'il employa à parcourir le pays.

Il arriva enfin tout près de la côte, dans une petite localité où il y avait un campement de « pimos ». Ces hommes se livraient à la pêche de la tortue dont ils sont très habiles à préparer l'écaille qu'ils vendent ensuite à des voyageurs, pour le commerce.

Delaverne se mit en rapport avec des « pimos » qui offrirent de lui procurer une barque, puisqu'il manifestait l'intention de remonter le fleuve *Rio Sacramento*.

Et c'est ainsi que, guidé par les indications très précises de cette espèce de fou du nom de Talakis, qui était bien réellement le descendant dégénéré des puissants rois des Aztèques, Delaverne était arrivé en nouvelle Californie où le hasard lui avait fait rencontrer Maximo Ricardo.

Car l'étranger auquel ce dernier avait fait part de ses merveilleuses découvertes, des paillettes d'or récoltées dans les eaux du fleuve et l'immense trésor sur la trace duquel il était, cet étranger disons-nous, n'était autre que Delaverne l'aventurier, traître et voleur.

. . . .

Delaverne, pendant que la barque redescendait le fleuve, roulait dans sa tête les projets les plus extravagants.

Il se voyait déjà en possession de l'immense trésor dont l'empereur Guatimozin avait défendu à son peuple de révéler l'existence, par haine des espagnols que le grand vaincu ne voulait pas voir s'enrichir dans le pays même qu'ils avaient volé.

Et Delaverne se demandait s'il ne fournirait pas à Talakis les moyens de l'accompagner dans le second voyage qu'il se proposait de faire au merveilleux pays dont les rivières charriaient des sables et un limon si précieux.

— S'il me prenait la fantaisie de me débarrasser de mon associé, quelle belle occasion
j'aurais là. (P. 736.)

Car à présent il ne doutait plus que les gisements existassent
réellement et en grand nombre. Donc à tout prix il voulait avoir des
indications plus précises qui le dispenseraient de trop longs tâtonnements.

En attendant, il voulait tirer parti de la provision de sable et
de limon qu'il avait emporté.

92. — SEULE!   92.

Il se fit renseigner et se rendit chez un négociant qui importait d'Europe à l'ugage des « pimos » et des indiens, des bijoux faux.

Le négociant reconnut que le sable contenait de l'or dans des proportions extraordinaire, et fit marché avec Delaverne pour toutes les quantités qu'il pourrait lui en fournir.

Notre aventurier accepta, préméditant déjà de s'emparer de tout le stock que possédait Maximo Ricardo, qu'il se proposait de dépouiller sans l'ombre d'un scrupule.

C'était, pensait-il, une occasion inespérée de réunir une forte somme, sans beaucoup de peine.

Son plan consistait à faire travailler Maximo Ricardo pour le renouvellement de la provision de sable aurifère, à mesure qu'il l'écoulerait.

C'est ce qu'accepta de grand cœur Maximo Ricardo. Cet honnête homme avait une absolue confiance en son associé et ne pouvait s'imaginer que Delaverne ne lui donnait qu'une faible partie du produit de la vente.

D'ailleurs l'aventurier avait bien soin d'entretenir cette confiance jusqu'au jour où il jugerait le moment venu de se débarrasser de l'homme qui lui aurait procuré la fortune.

Il rêvait d'une existence opulente dans un avenir très prochain, car déjà, en quelques jours il avait réalisé des sommes importantes.

Il prévoyait même que celui qui lui prenait le sable aurifère ne pourrait pas continuer longtemps, faute d'un capital suffisant, et qu'il viendrait un moment où il lui faudrait chercher d'autres débouchés.

C'était même là chez lui une grande et constante préoccupation dont il finit par s'ouvrir, un jour, à Maximo Ricardo.

Les deux associés tinrent conseil, afin de prendre une prompte décision, de façon à ce qu'il n'y eut pas un trop long temps d'arrêt dans les transactions.

Il fut convenu, d'un commun accord, que Delaverne ferait un voyage sur la côte où abondaient les navires qui venaient s'approvisionner d'écailles de tortue et d'huitres perlières.

Il n'était pas douteux que l'on arriverait à s'entendre avec un des capitaines pour lui fournir une cargaison de sable d'or.

Delaverne voyait, dans son imagination enfiévrée, cette exportation prenant, au bout de quelque temps, des proportions fantastiques, à ce point qu'elle nécessiterait bientôt toute une flottile.

Cette escadre de bâtiments marchands, il en deviendrait le propriétaire et l'armateur à la fois.

Grâce au capital qu'il lui était si facile de réunir, l'achat des bâtiments pourrait se faire tout de suite et les transactions deviendraient régulières entre *Sacramento* et les divers ports, soit de l'Amérique du Nord, soit d'Europe.

Quel rêve pour un aventurier sans scrupule comme l'était Delaverne !

Sans compter que l'entreprise prenant une grande extension, il pourrait y employer autant de bras qu'il serait nécessaire.

Pour cela, n'avait-il pas des légions d'indiens qui se contenteraient d'un très modique salaire.

Il savait où les recruter. Ils se trouvaient en grand nombre dans les environs de Mexico où ils vivaient de chasse et de pêche, très sobrement et sans aucune ambition.

C'étaient les fils dégénérés des premiers habitants de ces riches contrées.

Les tribus s'étaient soumises au vainqueur, et plus tard, elles s'étaient alliées aux espagnols pour marcher contre Guatimozin et faire le siège de Mexico.

C'est de la trahison de ces indiens que Talakis avait parlé à Delaverne.

Celui-ci se disposait donc à partir pour la côte baignée par l'Océan Pacifique, quand son associé Maximo Ricardo changea tout à coup d'avis :

Tout ce que vous allez faire est, je crois, prématuré ; dit-il.

Et comme Delaverne se récriait contre une pareille affirmation, Ricardo ajouta :

— Si je suis resté ici longtemps, sans chercher à tirer profit de ces paillettes d'or charriées par le fleuve, c'est que j'avais une bien autre ambition, c'est que je nourris un immense projet que je me disposais à réaliser lorsque nous nous sommes rencontrés.

— De quoi s'agit-il ? demanda Delaverne vivement intrigué.

— Il s'agit de la découverte d'un immense, d'un incalculable trésor.

L'aventurier eut une exclamation de surprise et regarda fixement son interlocuteur, comme précédemment il avait regardé Talakis.

Et il pensait :

« Lui aussi ! »

Singulière coïncidence et qui amenait notre homme à conclure que très probablement Maximo Ricardo, avant de s'établir dans la Nouvelle-Californie, avait dû passer par Mexico où il s'était entretenu avec le vieil aztèque.

Aussi voulut-il, tout de suite, s'assurer qu'il ne se trompait pas.

— Il y a donc partout des trésors à découvrir, dans ce pays ! s'exclama-t-il avec un sourire d'incrédulité.

— Ne riez pas, dit Ricardo, car ce que je vous ai appris n'est pas le fruit de mon imagination. Ce trésor dont je vous parle a, très positivement existé jadis, et j'ai tout lieu de croire que nul ne l'a découvert jusqu'à ce jour. — C'est un trésor si riche, si grand, si colossal qu'il suffirait à enrichir non plus un ou deux individus ; mais cent, mais mille, mais une nation tout entière !...

— Nul doute, pensa l'aventurier, Maximo Ricardo a rencontré Talakis...

Et, comme il l'interrogeait à ce sujet :

— Non, dit Maximo, aucune bouche humaine ne m'a dévoilé ce secret.

Ce que je sais, je l'ai lu, de mes yeux lu, et la main qui l'a tracé était celle d'un homme digne de toute confiance, de tout respect, et si nous parvenons à retrouver le lieu précis où se trouve l'entrée mystérieuse et cachée du lieu où nous devrons pénétrer, sachez que, vous et moi, nous serons les rois du monde !...

« Comme Talakis ! » pensa Delaverne.

Ricardo continua, parlant avec une extrême animation :

— C'est alors que vous pourrez acheter toute une flotte pour transporter notre trésor où nous jugerons convenable de nous rendre...

Voilà pourquoi je vous priais de remettre à plus tard votre voyage à la côte.

Il est superflu de dire qu'à partir de ce moment, le sinistre aventurier Delaverne ne rêvait plus que l'immense fortune qui lui était promise.

Aussi travaillait-il maintenant à amener Ricardo à lui communiquer le fameux secret.

Pendant plusieurs jours il parut s'absorber dans de longues et profondes réflexions.

Maximo de son côté semblait combiner un plan.

Delaverne finit par prendre de l'inquiétude de cette nouvelle attitude de son associé et voulut en connaître la cause.

— Je réfléchis aux difficultés du voyage que nous allons entreprendre ; lui fut-il répondu.

— Il n'existe pas de difficultés insurmontables, dit Delaverne.

— La distance à parcourir sera longue, très longue...

— Qu'importe !

— Il nous faudra marcher, et chercher peut-être pendant des semaines, des mois même, avant d'arriver à l'endroit où se trouve le
trésor.

— Qu'importe ! répéta Delaverne qui, — soupçonneux comme
tout scélérat. — supposait à son associé l'intention de ne plus l'admettre au partage du trésor.

Voyons, Maximo, quelle idée vous a donc tout à coup traversé
la cervelle, qui vous rende à cette heure hésitant, vous qui m'aviez
naguère communiqué votre enthousiasme ?

A vous entendre, il n'y avait pas une minute à perdre, pour se
mettre en route... Et voici qu'aujourd'hui toute cette belle ardeur
semble s'être évanouie...

— Nullement, mon ami; je prévois des difficultés; peut-être
même allons-nous courir des dangers.

Il faut aussi compter avec la fatigue qui peut nous arrêter, peut-
être, au moment même où nous serions près de toucher au but.

— Contre la fatigue, il y a un moyen à employer. Qui nous oblige
de voyager à pied ?

— Trouverons-nous des chemins tracés dans le pays que nous
aurons à parcourir ? Non, si les indications que je possède sont précises.

— Les mules de ce pays-ci, — je parle de celles que j'ai vues
faisant le trajet de Vera-Cruz à Mexico, — n'ont pas besoin. pour
marcher, d'avoir des chemins frayés... Elles vont longtemps et sont
d'une rare sobriété...

Delaverne s'interrompit pour ajouter :

— Contre les dangers possibles, probables même, n'y a-t-il pas
les armes et le courage ?

Bannissez donc toute crainte et mettons-nous en route.

II

A LA RECHERCHE DU TRÉSOR

Après l'entretien que nous venons de relater, il ne restait plus
aux deux associés qu'à se procurer le nécessaire, en vue d'un voyage
assurément pénible et dont on ne pouvait prévoir la durée, ni les
dangers que l'on pourrait courir.

Delaverne se chargea de rapporter, de la Basse-Californie, des provisions en suffisance, telles qu'on en vend pour la marine, et des armes : fusils et coutelas dont se servent les indigènes mexicains.

Il devait, en outre, se procurer des mules de la grande espèce, — quatre au moins, — dont deux seraient utilisées au transport des provisions et aussi, — il fallait bien l'espérer, — au transport de ce que l'on voudrait emporter du trésor, dans un premier voyage.

En s'éloignant de Maximo, l'aventurier promettait d'être de retour aussitôt que possible.

La comédie qu'avait jouée l'aventurier avec l'homme tout de bonne foi et de droiture qu'était Maximo Ricardo, avait complètement réussi, se disait-il, et décidément il avait été guidé par sa bonne étoile, quand il s'était décidé à partir pour la Californie.

D'ailleurs, le voyage à la recherche du fameux trésor ne dut-il aboutir qu'à une déception, ne trouverait-il pas dans l'exploitation des sables aurifères de quoi se consoler.

Sans compter que, dans cette exploitation, il saurait se faire la part du lion.

Une association dans de pareilles conditions lui procurerait assurément d'immenses ressources, sans qu'il eût à s'inquiéter pour l'avenir, car il était vraisemblable que tant qu'il y aurait du sable dans les cours d'eau, ce sable serait aurifère.

C'est sous l'empire de ces réflexions qui lui laissait entrevoir le plus bel avenir qu'aventurier ait pu rêver, que Delaverne avait songé à faire venir auprès de lui sa femme et ses enfants.

Ce misérable, par un de ces incompréhensibles caprices de la nature, avait des entrailles de fauve, il avait l'amour de ses petits et malheur à qui les eut menacés ou leur eut fait courir quelque danger.

Mais de même que le fauve qui défendrait sa progéniture menacée, se jetterait sans la moindre pitié sur un agneau, de même l'odieux personnage, oubliant qu'il avait lui aussi des filles, s'était jeté sur Thérèse Valomer comme sur une proie, pour satisfaire sa criminelle passion.

Et c'était cet homme qui, depuis que la proie lui avait échappé avait maintes fois senti cette passion inassouvie se rallumer en lui, ce même homme qui, à présent, brûlait du désir d'embrasser ses enfants et de retrouver la vie de famille.

C'est sous l'empire de cette sorte de frénésie d'amour paternel, que Delaverne s'était décidé à écrire à sa femme la lettre dont il a été question dans la première partie de ce récit.

Elle devait vendre tout le mobilier, faire argent de tous les objets qu'il était inutile d'emporter, lui disant qu'il serait facile de trouver à Mexico tout le nécessaire.

Il parlait du séjour de *Sacramento*, comme devant lui plaire infiniment quand il aurait sa famille auprès de lui.

A cette époque où il n'y avait pas de service régulier entre l'Europe et le Nouveau-Monde, les lettres de la Californie étaient quelquefois confiées à des navires qui faisaient la traversée de l'Océan Pacifique et doublaient par conséquent le Cap Horn pour se rendre en Europe par l'Atlantique.

Mais le plus souvent, afin que l'échange des correspondances ne subit pas de retard, un courrier partant de la Californie portait les lettres pour l'Europe à Mexico d'abord et, de là, à Vera-Cruz, pour être expédiées par des navires en partance pour l'Europe.

C'est ce dernier moyen qu'employa Delaverne afin de faire parvenir, le plus tôt possible, à sa femme la lettre dont nous avons donné en partie le contenu.

Plus que jamais à présent l'aventurier avait hâte de se mettre en route pour la recherche du trésor.

Il fit l'acquisition de deux paires de mules provenant de la Colombie, d'une collection d'armes et d'une provision de poudre.

Mais il lui fallut plusieurs voyages pour opérer le transport des mules et des provisions de bouche.

A chacun de ces voyages, Delaverne encourageait son associé à ne plus retarder leur départ pour la contrée qu'il s'agissait d'explorer.

Enfin les préparatifs terminés, les deux associés se mirent en route, un matin, après que Maximo Ricardo eut passé une partie de la nuit à relire le manuscrit du Père Jésuite, afin de se caser dans la mémoire, d'une façon précise, toutes les indications qui s'y trouvaient.

.   .   .   .

Les deux voyageurs, après avoir parcouru des plaines couvertes d'une végétation assez pauvre, eurent à franchir des montagnes faisant partie d'une chaîne qui s'étendait au loin et dont les mules eurent beaucoup de difficultés à gravir les pentes abruptes et rocailleuses.

— Vous voyez, dit Delaverne à son compagnon, comme il nous

eût été difficile de nous passer de mules, pour un pareil voyage; non seulement il nous eut fallu y dépenser un temps précieux, mais à en juger par le peu de ressources qu'offre le pays que nous avons déjà parcouru, je me demande comment nous serions parvenus à y trouver notre nourriture.

— C'est vrai! dit Maximo :

Aussi n'ai-je qu'à me féliciter que vous soyez venu dans le pays où, depuis la disparition de mes compagnons, je vivais, ainsi que vous l'avez vu, dans une absolue solitude.

Mais je me félicite surtout de vous avoir proposé de m'accompagner dans ce voyage.

Delaverne eut un mauvais sourire, comme si, à ce moment, quelque ténébreuse pensée eut tout à coup traversé son esprit.

C'est qu'à cet instant, en effet, les deux voyageurs, pour arriver à un plateau afin de continuer leur route, étaient obligés de passer en file indienne sur une roche plate, mais à ce point étroite, et surplombant un précipice, qu'il suffisait d'un faux pas des mules ou d'une sensation de vertige chez l'un des deux hommes, pour que bêtes et gens roulassent dans l'abîme.

Maximo Ricardo et Delaverne avaient jusque-là marché de front, côte à côte; mais à présent il était indispensable que l'un des deux prît la tête.

Delaverne vit que son compagnon ne manifestait pas la moindre hésitation à pousser sa mule en avant.

Et le misérable pensait :

— S'il me prenait la fantaisie de me débarrasser de mon associé, quelle belle occasion j'aurais là.

La marche sur le plateau n'offrait plus, au delà, de difficultés et nos deux voyageurs purent franchir une assez grande distance avant le coucher du soleil.

— Nous allons camper ici, proposa Delaverne, et demain nous descendrons dans cette plaine qui s'étend devant nous à perte de vue.

On se trouvait à l'extrémité du plateau, dans une gorge tellement tourmentée d'aspect qu'il semblait qu'une éruption volcanique avait dû déchirer les flancs des montagnes, en bouleverser le sol et projeter au loin des blocs de rochers broyés, pendant d'horribles convulsions.

Mais que de siècles avaient dû s'écouler depuis la catastrophe.

Il y avait pour lui danger de perdre l'équilibre, s'il se hasardait sur la pente du rocher.
(P. 744.)

Des arbres gigantesques avaient poussé dans les anfractuosités et leurs troncs couverts d'écorce lépreuse et profondément cicatrisés, témoignaient de leur âge avancé.

Mais ces arbres gigantesques étaient sortis de terre dans des positions si bizarres qu'on eut dit que le sol auxquel ils étaient attachés par les racines, se fut arrêté, à mi-chemin, au milieu de quelque fantastique écroulement.

93. — SEULE!   93.

C'est dans un de ces bois, au milieu d'une excavation, que Delaverne et son compagnon bivouaquèrent pendant la nuit, se croyant là, moins exposés à être attaqués par les carnassiers qui chassent dans les ténèbres.

Delaverne avait proposé, — ce qui fut accepté par son associé — de veiller chacun à son tour.

Les fusils furent chargés, afin qu'on fût prêt s'il fallait repousser une attaque de bêtes féroces.

Mais le plus grand silence régna pendant toute cette nuit, sans qu'aucun cri, aucun rugissement eut annoncé la présence d'un fauve quelconque, même dans le lointain.

D'ailleurs ce n'était pas là un simple hasard car, après plusieurs journées de marche, les deux voyageurs n'avaient pas plus rencontré d'animaux que d'êtres humains.

Il semblait, qu'à la suite d'une catastrophe, tout être vivant eût à jamais fui cette contrée.

Le voyage se continuait, avec cette appréhension en moins. Delaverne et son compagnon pouvaient espérer n'avoir que des difficultés matérielles à surmonter, sur un parcours où serpentaient et se croisaient de nombreux cours d'eau et parfois semé de lagunes et de foudrières qui rendaient la marche lente et pénible.

Plus loin, des taillis impénétrables qu'il fallait contourner, plus loin encore des landes nues, comme si un immense incendie eut tout dévoré jusqu'à ce qu'il se soit éteint faute d'aliment. Non toutefois sans avoir consumé des rochers dont on voyait encore des fragments carbonisés et comme vitrifiés.

Maintenant les steppes succédaient aux steppes, et partout les mêmes traces d'une catastrophe ayant ravagé la contrée, partout des indices attestant le passage de quelque terrible fléau.

Ce spectacle de tout un immense pays offrant l'aspect d'une désolation qui durait depuis des siècles, était bien fait pour impressionner deux hommes voyageant, isolés du reste de l'humanité, dans cette interminable solitude.

. . . .

Jusqu'à ce moment Delaverne avait marché, se laissant conduire, par son compagnon.

Toutefois, comme déjà plusieurs semaines s'étaient écoulées depuis leur départ de *Sacramento*, l'aventurier commençait à se demander sur quelles indications se basait Maximo Ricardo.

— Je cherche les ruines d'une ville disparue, répondit Maximo.

Ne vous avais-je pas prévenu que le voyage serait long et peut-être stérile? Ne m'aviez-vous pas affirmé que vous vous armeriez de l'énergie, nécessaire?

Ces paroles furent un stimulant pour l'aventurier et le voyage continua sans qu'il manifestât le moindre découragement.

Au surplus le moment était proche où nos deux voyageurs allaient voir leurs efforts couronnés de succès.

En effet, un jour, après une marche des plus fatigantes sur un sol rocailleux, hérissé de broussailles et crevé par de nombreuses fondrières, tout à coup Maximo Ricardo qui marchait en avant poussa une exclamation de triomphe.

Delaverne accourut aussitôt, s'informant de la cause de cette joie que manifestait son compagnon.

Maximo accroupi écartait des broussailles et Delaverne put voir une sorte de bloc profondément enchâssé dans le sol.

— C'est le fragment d'une ruine! s'exclama-t-il. Il est certain qu'à cette place où nous sommes s'élevait autrefois quelque solide construction, à en juger par l'état de cette ruine...

Maximo Ricardo, très émotionné se remémorait les indications qu'il avait trouvées dans le manuscrit du Père Jésuite.

Il approuva son compagnon qui proposait de pousser en avant, toujours dans la même direction.

Bientôt ils eurent découvert d'autres vestiges de constructions dont la terre accumulée avait recouvert les fondations.

Et plus on avançait, plus les ruines se succédaient nombreuses et rapprochées.

— Est-ce que nous toucherions au succès! s'écria Delaverne qui partageait à présent l'émotion de son associé.

— Je l'espère! répondit Maximo Ricardo, tout ce que nous avons vu jusqu'ici, tendrait à me prouver que nous atteindrons le but que je me suis proposé en entreprenant ce voyage.

— Alors ne perdons plus de temps, avançons, nuit et jour; qu'importe la fatigue si le résultat est au bout !

Aiguillonnés par l'espoir, les deux voyageurs ne voulurent plus interrompre leur marche à travers ces ruines à fleur de terre, que pendant le temps nécessaire à la préparation de leur nourriture et au repos des mules surmenées.

Enfin, au bout de quelques jours, Maximo Ricardo s'arrêta et désigna du doigt un point qui se trouvait à une assez grande distance.

— Est-ce un rocher ! demanda Delaverne.

— Dieu le veuille ! répondit Ricardo très impressionné.

Il ajouta :

— Si je ne me trompe pas nous découvrirons bientôt le trésor.

— Marchons alors !

Les mules durent subir une nouvelle fatigue, pour répondre à l'impatience de leurs cavaliers devenus sans pitié.

Les pauvres bêtes arrachaient, tout en marchant, des broussailles qu'elles mâchonnaient lamentablement.

Mais rien ne pouvait plus arrêter les deux voyageurs que semblait attirer irrésistiblement ce bloc qui se dessinait en une forme bizarre, à mesure que la distance diminuait.

Maximo Ricardo ne doutait plus qu'il n'eut découvert le rocher dont la description se trouvait dans le manuscrit laissé par son aïeul.

Et lui aussi prononça ces mots qui firent bondir le cœur de Delaverne :

« C'est là ! ».

Il tendait le bras dans la direction de cette roche dont il n'était plus éloigné que de quelques centaines de pas.

Son cœur battait avec violence quand il eut franchi la distance qui le séparait de l'endroit où se dressait le fameux bloc.

Delaverne le suivait de près. Tous deux se jetèrent à bas de leurs montures et attachèrent les mules à des arbres rabougris formant une ceinture au rocher qui les dépassait d'une centaine de pieds.

A distance, il semblait que les arbres et l'énorme roche ne fussent qu'un seul et même bloc.

Les mules s'étaient couchées pour se reposer, se contentant de tondre les mauvaises herbes et les plantes sauvages qui se trouvaient à leur portée.

Les deux voyageurs se mirent alors en devoir comme eussent fait des explorateurs, de reconnaître le terrain sur lequel le rocher s'élevait.

Nous avons dit que la forme en était bizarre.

La base présentait des anfractuosités, semblables à celles que produit la mine qu'on fait jouer dans les carrières.

On eut dit que le sommet avait été taillé tout exprès avec des facettes comme un gigantesque diamant noir.

Mais, détail remarquable bien fait pour mettre en travail l'imagination, des marches qui paraissaient avoir été taillées à vif dans le roc figuraient une succession de gradins, assez larges pour faciliter l'escalade.

Etait-ce là simplement une bizarrerie de la nature ou bien la main de l'homme avait-elle exécuté des travaux dont on retrouvait des vestiges?

Nos deux compagnons ne faisaient pas un voyage d'exploration. Toutefois Maximo Ricardo ne put s'empêcher d'attirer l'attention de l'homme qui l'accompagnait sur ce détail qui l'avait frappé.

— Ne dirait-on pas, s'écria-t-il, en indiquant les gradins, qu'une armée, ayant mis le siège devant ce rocher, le génie ait fait entailler ainsi le roc, afin que les troupes pussent monter à l'assaut?

— J'admire votre imagination, mon cher associé, répliqua Delaverne. Mais en admettant que vous ayez deviné juste, quelle conclusion pouvons-nous en tirer?

Et comme Ricardo réfléchissait, Delaverne ajouta:

— Auriez-vous l'intention d'escalader ce rocher qui a, j'en conviens, l'aspect d'une grande forteresse?

— Peut-être!

Delaverne ayant regardé d'un air de surprise son interlocuteur, celui-ci se reprit pour dire :

— Oui... peut-être.

Il n'en fallut pas davantage pour mettre en ébullition le cerveau do l'aventurier.

Il pressa Ricardo de questions:

— Vous n'êtes pas venu ici à l'aveuglette; vous aviez des indications quelconques; je crois même pouvoir ajouter qu'elles étaient précises, puisque notre voyage s'est accompli sans trop de tâtonnements, sous votre direction...

— C'est vrai!

— Votre objectif était d'arriver à découvrir ce rocher, sans doute?

— Oui!

— Vous avez donc, jusqu'à présent atteint votre but...

— C'est effectivement un premier résultat.

— Mais à cette heure qu'il est obtenu, je vous demande où est le trésor.

— Je l'ignore!... Il faut chercher et le découvrir.

— Delaverne se tut. Tout un monde d'idées se succédaient en son cerveau avec une rapidité vertigineuse.

Le voyant ainsi sous l'empire d'une agitation qu'il voulait essayer de calmer, Maximo Ricardo reprit :

— Tout ce que nous avons vu jusqu'ici me porte à croire que le trésor existe réellement.

— Mais en quel endroit? Est-ce au sommet de ce rocher?... En ce cas n'hésitons pas à l'escalader. Supposez-vous, au contraire, que ce que nous cherchons se trouve sous ce bloc?... Alors il faudrait creuser la terre tout autour, percer des galeries, comme pour l'exploitation d'une mine.

Si nous sommes obligés de faire sauter cette énorme roche, notre provision de poudre ne suffira pas même à l'égratigner...

— Aussi n'est-ce certainement pas le moyen à employer... Celui dont je tiens les renseignements qui m'ont conduit à tenter les recherches pour lesquelles vous avez bien voulu vous joindre à moi, n'eut certainement pas négligé, dans ce cas, de préciser l'emploi de la poudre de mine.

J'en conclus donc que si le trésor existe, nous devons le trouver au-dessus ou au-dessous de ce rocher.

III

C'EST LA

Maximo Ricardo ayant été d'avis qu'il fallait opter pour l'escalade, son compagnon et lui n'eurent pas trop de peine à gravir les premières marches.

Mais à mesure qu'on montait, l'ascension présentait plus de difficultés.

Les gradins avaient subi les effets du temps et on avait, par moments, de la peine à s'y maintenir en équilibre.

Toutefois nos deux voyageurs réussirent, après mille efforts, à atteindre le sommet.

Une suprise les y attendait. Ils se trouvèrent sur un plateau défendu par des morceaux de roche affectant la forme de tourelles.

— Ne dirait-on pas d'une fortification construite tout exprès pour défendre les approches d'une ville! s'exclama Delaverne en mettant le pied sur cette sorte de plate-forme.

Mais Ricardo ne répondait plus aux exclamations et aux questions.

Il était, à présent, occupé à chercher une indication qui lui permît de trouver quelque passage conduisant à l'endroit où l'on découvrirait le trésor.

Mentalement, il répétait ces mots énigmatiques qu'il avait si souvent lus dans le manuscrit :

« C'est là !... »

Quant à l'aventurier, il parcourait du regard les sommets voisins, cherchant lui aussi à découvrir soit une excavation ayant pu, dans le temps passé, servir d'ouverture à quelque galerie de mine, voire à quelque passage secret y conduisant.

Il avait déjà, à plusieurs reprises, fait le tour de la plate-forme en compagnie de Ricardo, et tous deux constataient que des terres apportées par le vent avaient successivement recouvert plusieurs excavations dans lesquelles avaient poussé des plantes, des arbustes et même des arbres qui donnaient un aspect sauvage à ce rocher dont la largeur égalait à peu près la hauteur.

De l'endroit où il se trouvait, l'œil était sollicité par le magnifique paysage qui se déroulait tout autour : d'une part, la chaîne des Cordilières qui servait d'immense contrefort à l'empire du Mexique ; au Nord les Montagnes-Rocheuses, dont les cîmes blanches de neige se confondaient avec les nuages ; au Sud la plaine coupée par le cours du « Rio Colorado » et par cet autre grand fleuve qui allait se jeter, après un long parcours, dans le golfe de Californie.

Enfin la mer, bordant la côte d'une frange ininterrompue d'écume.

Mais ni Maximo Ricardo ni l'aventurier qu'il s'était adjoint comme compagnon, ne songeaient à admirer ces magnificences de la nature.

Ils étaient tout entiers à la préoccupation qui s'agitait, de plus en plus violemment, en leur esprit.

Ils continuaient à chercher et déjà ils avaient minutieusement inspecté chacune de ces sortes de tourelles dont nous avons parlé comme pouvant dissimuler un passage qui permît de pénétrer dans l'intérieur du rocher.

N'ayant rien découvert, ils s'étaient dirigés vers l'extrémité de la plate-forme, donnant sur un bois d'arbres rabougris par les années et dont les branches basses s'enchevêtraient, confondant leurs feuillages empoussiérés.

Delaverne et Ricardo se regardèrent, impressionnés par le silence de mort qui planait tout autour d'eux.

Et pendant qu'ils subissaient cette sensation qui se manifeste,

lorsque l'on se trouve au milieu de vastes solitudes, Maximo Ricardo
avait toujours dans l'esprit ces mots :

« C'est là ! »

Delaverne, à bout de patience, s'était assis, découragé, tandis
que son compagnon s'acharnait à fouiller du regard la profondeur
des branches feuillues, comme s'il eut espéré découvrir quelque chose
derrière ce rideau d'une verdure souillée par des poussières séculaires.

C'était une immense fondrière qui avait dû peu à peu se combler,
comme une gorge qui se serait rétrécie.

Mais son imagination travaillant, Ricardo se demandait si à
l'endroit où cette végétation lépreuse avait poussé, n'existait pas, autrefois, quelque construction cyclopéenne se reliant au rocher.

Il alla communiquer à son compagnon l'idée qui lui était venue
d'explorer la gorge à l'aspect si tourmenté, et il fut convenu que
l'on se séparerait, afin de procéder à cette exploration, par deux côtés
à la fois. On se réunirait au premier appel de l'un d'eux.

Delaverne prit à droite, et pendant quelques minutes son compagnon put le voir debout à l'extrémité de la plate-forme.

De son côté Maximo Ricardo cherchait le moyen de se porter
dans la fondrière.

Il y avait pour lui danger de perdre l'équilibre, s'il se hasardait
sur la pente du rocher. Il cherchait un autre moyen quand tout à coup
en écartant des branches il vit des vestiges d'anciennes ruines qui
attenaient solidement au roc.

Il ne s'était donc pas trompé ; il avait devant les yeux des traces
d'une construction disparue, et cela probablement par le fait de
quelque épouvantable catastrophe ayant tout bouleversé et tout détruit.

Et maintenant qu'il avait une première indication, cette fondrière
à moitié comblée, cette gorge étranglée lui semblaient être des cra-
tères par lesquels se seraient répandues les laves et les cendres
ensevelissant la ville disparue sous un immense linceul.

Maximo Ricardo se prit alors à réfléchir qui si son aïeul était
parvenu à explorer cette gorge, — ce qui était vraisemblable, — lui
Maximo devait pouvoir, à son tour, parvenir à un résultat semblable.

Il se hasarda, par conséquent, à marcher sur les ruines. Bien lui
en prit d'avoir eu cette idée, car il parvint, sans trop de peine, jusqu'à un endroit où les restes de murailles semblaient sortir d'une
excavation profonde où l'on remarquait des débris calcinés et vitrifiés
comme s'ils provenaient d'une fournaise.

Il veut garder la gloire d'avoir, à lui seul, découvert le trésor. (P. 747.)

Maximo Ricardo, s'aidant des branches qui se trouvaient à sa portée, parvint à descendre dans la gorge, aiguillonné par ces mots qui lui martelaient le cerveau :

« C'est là !... C'est là ! »

Le voici dans la gorge, obligé de se baisser, afin de pouvoir se faufiler et avancer au milieu de l'épaisseur des feuillages et de l'entrelacement fantastique des branches.

Par instant, il s'arrête, et du pic dont il s'est armé, il fouille sous la mousse lépreuse qui couvre le sol.

D'autres fois, il frappe sur la terre dans l'espoir que cette terre sonnera le creux.

Puis il s'accroupit et se glisse plus loin, anxieux, angoissé, et se demandant s'il ne va pas tomber épuisé sur ce sol qui s'obstine à garder son secret.

Cependant un espoir vient s'ajouter à celui qui l'a soutenu jusqu'à ce moment. Il pense que la voix de son compagnon va lancer le signal convenu pour le ralliement.

Il écoute pendant quelques secondes ; puis de nouveau il poursuit ses recherches, animé d'une ardeur que rien ne peut plus abattre.

La gorge a été par lui déjà en grande partie explorée. Encore quelques pas et il sera parvenu tout au fond.

A présent les troncs d'arbres sont beaucoup moins espacés, les branches plus étroitement enchevêtrées, le feuillage plus épais et plus sombre. Maximo Ricardo est obligé, pour se frayer un chemin, de casser des branches et de se servir de son pic comme d'une massue afin d'abattre de véritables dômes de feuillage.

C'est dans ces conditions qu'il a pu pénétrer dans la profondeur extrême de la gorge.

Il s'arrête devant un obstacle nouveau.

Un bloc est là, à moitié enfoui dans la mousse. C'est un fragment de roche qui semble avoir été roulé là tout exprès, car il est isolé, au milieu des broussailles.

Même on dirait que des arbres ont été abattus tout autour. En cherchant, Ricardo a trouvé des vestiges qui ne lui laissent plus de doute : il a, en effet, mis à découvert, en écartant la mousse, des racines arrivées à l'état de pétrification.

Pourquoi ce rocher est-il isolé? Pourquoi des arbres ont-ils été abattus? Telles sont les questions qui viennent à l'esprit de Ricardo.

Et il se demande, frappé de ce qu'il voit :

— Serait-ce là ?

Alors une inspiration lui vient. Il essaiera de déplacer cette roche au moyen de son pic.

Après mille efforts, il a réussi à ébranler la pierre sur sa base.

Il se redresse, haletant, et se demande s'il n'a pas été le jouet d'une illusion.

Non !... car tout autour, la terre a été remuée, par le fait d'un déchaussement du bloc.

Alors Ricardo se remet à l'ouvrage et, comme il a trouvé un point d'appui dans une branche, il peut à présent faire une pesée.

Cette fois, plus de doute, le bloc a pu être soulevé et déplacé même suffisamment pour qu'on puisse voir qu'au dessous, le sol est creux.

Rien ne saurait donner une idée de l'émotion qui, à ce moment où il se croit certain du succès, envahit l'âme de Ricardo.

Cette fois, il ne doute plus et, dans son enthousiasme, il s'écrie :

— C'est là !... C'est là !... C'est là !...

Il ne s'agit plus, pense-t-il, que de faire rouler ce bloc de roche, pour mettre à découvert le passage qui le conduira au trésor.

Pour cela, il songe à appeler à son aide son compagnon, afin que leurs efforts réunis rendent le travail moins pénible et donnent un résultat plus prompt.

Mais au moment où il va pousser le cri de ralliement, Maximo Ricardo s'arrête, saisi soudainement d'un sentiment d'orgueil.

Il veut garder la gloire d'avoir, à lui seul, découvert le trésor.

. . . .

Après avoir déplacé le bloc, suffisamment pour pouvoir pénétrer dans l'excavation, Maximo Ricardo chercha un point d'appui pour y poser son pied.

Il ne tarda pas à découvrir des fragments de marches qui pouvaient faciliter la descente.

Décidé à s'aventurer dans les profondeurs de la terre, il reportait sa pensée vers son aïeul et se disait qu'évidemment le père jésuite avait pénétré, lui aussi, dans le souterrain.

Il en concluait que là où avait passé déjà un être humain, il était vraisemblable qu'il passerait bien à son tour.

Il reconnaissait qu'il fallait assurément posséder une bonne dose de volonté et d'énergie pour se hasarder ainsi à l'aventure. Et il sentait en lui cette énergie et cette volonté.

Au surplus, ne touchait-il pas au but ?

Certes il avait tout lieu de le supposer, car après avoir suivi exactement les indications précisées et décrites dans le manuscrit, il était arrivé à ce fameux rocher de forme particulière et bizarre.

C'était bien là !

Le trésor existait, — il n'en pouvait douter, — enfoui dans ce souterrain.

L'imagination de Ricardo se donnait carrière et la fièvre d'ambition dévorait son cerveau.

Il se voyait atteignant définitivement le but, et pour cela il lui fallait faire un nouvel et suprême effort de volonté.

Alors, après avoir essayé de mesurer des yeux la profondeur du gouffre dans lequel il allait se hasarder à descendre, il songea à allumer la lanterne sourde fixée à sa ceinture.

Après quelques coups de briquet, il fit prendre la mèche et la clarté qu'il obtint, se projetant dans le gouffre béant, lui en fit voir la largeur, suffisante pour que plusieurs hommes pussent s'y tenir et manœuvrer, soit pour descendre, soit pour remonter.

Il s'agissait toutefois de prendre des précautions, afin d'éviter les éboulements possibles.

C'est donc avec beaucoup de tâtonnements que Ricardo se laissa glisser jusqu'à ce que son pied eut touché la première marche.

Et c'est en redoublant de prudence qu'il parvint à se soutenir successivement sur une dizaine de ces aspérités.

Il avait pu constater, à mesure qu'avait lieu cette descente, qu'au lieu de se raréfier, ainsi que cela se produit lorsque l'on pénètre dans un puits, l'air devenait plus vif au contraire, comme s'il eut été alimenté par une pompe refoulante.

Cette particularité lui donnait à réfléchir et Ricardo, par une déduction logique, en arriva à supposer qu'il se trouverait, à un moment donné, à l'entrée de quelque galerie d'où devait provenir la ventilation dont il ressentait les effets.

Pouvait-il en être autrement, se demandait-il, si réellement il avait découvert l'endroit où se trouvait le trésor.

Après avoir interrompu pendant quelques instants la descente, afin de reprendre haleine, Ricardo se remit en mouvement, dans l'espoir qu'il trouverait bientôt la caverne ou la galerie qui devait vraisemblablement exister.

Son énergie n'avait pas été le moins du monde émoussée et il se sentait la même force de volonté qu'au moment où il s'était mis en route à la découverte de la ville disparue.

Cette seconde partie de la descente se fit plus facilement, d'abord parce que les marches plus larges offraient plus de sécurité et parce que l'explorateur, ainsi que le soldat qui a reçu le baptême du feu, se trouvait plus hardi et plus entraîné.

Les suppositions qu'avaient faites Ricardo devaient bientôt se réaliser, car, après avoir compté, à mesure qu'il y posait le pied, encore une dizaine de marches, notre homme se trouva tout à coup arrêté par un bruit sourd, comme un grondement lointain, produit par le vent qui s'engouffrait brusquement.

Grâce à la flamme de la lanterne, Ricardo constata qu'il n'existait plus d'abîme sous ses pieds. Il avait rencontré le sol ferme.

En même temps devant lui se trouvait une ouverture haute et large, mais dont il ne pouvait déterminer la profondeur, car tout à coup, au bout de quelque pas qu'il hasarda, ce couloir tournait décrivant une courbe.

Ce n'était pas encore la galerie qu'avait espéré rencontrer Ricardo, mais un corridor qui pouvait y conduire.

D'ailleurs jusque là pas moyen de s'égarer et pour sortir, il n'y avait qu'à repasser par le même chemin.

Nous renonçons à dépeindre l'émotion qui s'empara, à ce moment, de l'homme qui ne pouvait plus douter qu'il allait posséder dans quelques instants, un immense trésor.

Qu'on s'imagine l'ambitieux n'ayant plus qu'une étape à parcourir, pour voir se réaliser le rêve de toute sa vie ; le conquérant qui met le pied dans le pays qui va lui appartenir et qu'il parcourra en vainqueur acclamé ; le savant qui vient de faire une découverte qui doit l'immortaliser.

Maximo Ricardo porta vivement les mains à son front, comme pour s'assurer qu'il n'avait pas perdu la raison et qu'il ne rêvait pas.

Puis une exclamation délirante s'arracha de sa poitrine, laquelle se répercuta d'écho en écho.

Le bruit qui allait en diminuant de force, fut une indication précieuse pour Ricardo.

A présent il pouvait juger de l'étendue du long corridor, par la sonorité, en renouvelant l'expérience.

Il s'était engagé dans le passage tournant et put arriver, sans encombre, à une sorte de vestibule de dimension spacieuse, que l'on avait dû creuser à vif dans le roc, travail de géants, pour lequel il avait fallu briser la pierre dure à coups de marteau, pensait Ricardo. A moins que ceux qui avaient entrepris ces travaux gigantesques, n'eussent eu en leur possession quelque produit semblable à la poudre de mine...

Ricardo se souvenait de certains passage du manuscrit, parlant du degré de civilisation du peuple qui avait habité cette ville disparue, et il s'attendit à découvrir des vestiges de cette civilisation.

Il se disait que ce qu'il avait vu jusque-là ne devait être qu'un faible échantillon, sans doute, de choses bien plus surprenantes et plus merveilleuses.

Il était à présent aiguillonné par l'anxiété et irrésistiblement attiré par cet inconnu.

Et dans son enthousiasme, il se répétait les promesses contenues dans le manuscrit du Père Jésuite :

— J'ai eu la persévérance, l'énergie, la volonté! Maintenant à moi la récompense de tant d'efforts!...

Et comme si, à ce moment, il eût entendu la voix de son aïeul l'exhorter à aller prendre possession du trésor, Ricardo activa le pas, marchant sans hésitation ni tâtonnement dans le cercle lumineux que projetait la lanterne.

Il traversa le vestibule, cherchant une issue, et ne tarda pas à découvrir une ouverture vers laquelle il se précipita comme un fou.

Cette fois il avait trouvé une galerie, une véritable galerie de mine qu'on eut pu croire en pleine exploitation, car il semblait que les ouvriers eussent à peine suspendu le travail pour le repos réglementaire.

Il y avait là, en effet, tout un arsenal d'instruments à l'usage des mineurs, dont les uns creusent les puits, les autres empilent les quartz, tandis que d'autres enfin s'occupent à établir de nouvelles galeries.

Et Ricardo se prit à penser au contenu du manuscrit.

Il éprouvait une indéfinissable impression tenant à la fois de la stupeur et du respect, à l'idée que ceux qui avaient exécuté ces travaux n'existaient plus depuis des milliers d'années!

L'ambitieux avait tout à coup disparu en Ricardo pour faire place au pieux contemplateur de merveilles d'un autre âge.

Et cependant ce qu'il avait vu n'était que peu de chose comparativement aux émotions violentes qui l'attendaient.

Il allait, après avoir parcouru cette galerie, marcher de surprise en surprise, seul au milieu d'une mine immense, et ayant sous les yeux des monceaux d'or, de l'or pur que l'on avait extrait des minerais, et que des travailleurs spéciaux avaient converti en des lingots de même grosseur.

Il semblait que le stock immense eut été réuni là de par la volonté du propriétaire de cette mine.

Quel avait pu être cet homme capable de concevoir et réaliser cette merveille! d'exploiter la mine, de faire travailler le quartz, et d'obtenir enfin l'or pur tout prêt pour la frappe des monnaies ou la fabrication de l'orfèverie et de la grande joaillerie?

Et cet or qui constituait déjà une fortune immense, tout cet or lui appartenait! se disait Ricardo, ébloui à la vue de ce métal amoncelé dans toute l'étendue de l'immense galerie, et auquel la clarté de la lanterne donnait d'éblouissants reflets.

Perdu dans cette contemplation, le descendant du Père Jésuite sentait son esprit s'égarer et ses idées devenir confuses et vagues, comme lorsque les ténèbres de la démence sont près d'envahir le cerveau.

Il fut soudainement pris de l'irrésistible désir d'aller toucher cet or, croyant à une hallucination.

Il se précipita et, les mains en avant, palpant le métal, il s'exclamait, dans un transport confinant à la folie :

— A moi... à moi, cet or... tout cet or!

Et se redressant, il parcourut du regard l'espace devant lui : de l'or partout, des piles qui s'élevaient de distance en distance, comme des obélisques disposés en colonnade.

Partout, jusque dans les trous creusés comme des niches de saints, à même le roc, et jusque sur des terre-pleins de minerais dont on avait comblé les puits hors d'usage.

Ricardo semblait marcher dans un rêve dont les enchantements se succédaient, comme se déroule un panorama sous le regard émerveillé.

C'est sous l'empire d'une exaltation grandissante qu'il arriva au bout de ce vaste espace réservé au magasinage de l'or.

Mais un nouveau spectacle, un nouvel enchantement lui étaient réservés.

Il se trouva tout à coup au seuil d'une pièce d'aspect et de proportions stupéfiantes.

Il était évident, à en juger par ce qui subsistait de l'ornementation et par les vestiges de l'artistique décoration, qu'un architecte de génie avait fait le plan de cette salle et que le goût le plus pur avait présidé à l'exécution de ce plan.

Jamais, ni en Europe dont il connaissait les grandes cités, ni dans les Indes orientales où il avait vu des merveilles, jamais le petit neveu du Père Jésuite Ricardo n'avait vu de construction pareille.

Il se crut transporté dans un de ces palais que l'imagination des poètes donne aux génies et aux fées, et dont les murs seraient d'or et les voûtes du même métal, et que des artistes en orfèvrerie auraient ornés de délicieuses ciselures.

Ici les colonnes supportant les voûtes sont des monolithes d'or, avec des hiéroglyphes en pierres précieuses, merveilleux travail qu'on se figurait n'avoir pu être exécuté qu'au moyen d'une baguette magique.

Ricardo était arrivé au suprême degré de l'enthousiasme et de l'admiration.

L'émotion l'étreignait violemment au cœur.

Il n'avait plus de voix pour exprimer le délire de ses esprits et l'épanouissement de son ambition à ce spectacle qui défiait toute description.

Tout à coup, au milieu de ce silence de mort, un cri éclate, comme si quelqu'un de ceux qui avaient habité ce palais souterrain se fut brusquement réveillé après un sommeil de mille années.

IV

L'ASSOCIÉ

Maximo Ricardo, frappé de saisissement et d'une insurmontable terreur, n'a pu encore se ressaisir, qu'un second cri, plus rapproché, le fait sursauter à nouveau.

Est-ce une menace?... Est-ce un appel?

Ricardo en est encore à se le demander, quand ses regards sont attirés par une clarté provenant de la galerie qu'il avait parcourue, avant de pénétrer dans cette merveilleuse salle.

Puis, comme il se demandait à quel parti il convenait de s'arrêter, car celui qui s'annonçait ainsi pouvait être un ennemi contre lequel il faudrait se mettre en état de défense, Maximo Ricardo vit apparaître dans un cercle lumineux le compagnon qu'il s'était adjoint, l'homme qu'il avait associé à sa fortune et auquel il avait promis une part du trésor, égale à celle qu'il prendrait lui-même.

C'était Delaverne qui, ayant découvert le passage souterrain, avait pu rejoindre son compagnon dans l'intérieur de la mine.

Delaverne s'arrêta un instant, pour contempler cette eau mugissante. (P. 760.)

Comme Ricardo, il avait marché de surprise en surprise. A mesure qu'il pouvait se rendre compte de l'immense agglomération d'or,
l'aventurier fasciné se sentit pris de vertige, et de terribles pensées
s'agitèrent dans son esprit.

En cet homme sans scrupule, capable de toutes les audaces,
de toutes les infamies, se réveillaient brusquement les mauvaises
passions qui en avaient fait le misérable que l'on sait.

Et tandis que son compagnon, en constatant l'existence du trésor, y voyait la réalisation d'un rêve d'ambition, dépassant toute espérance, Delaverne, lui, avait comme une vision du rôle qu'il serait appelé à jouer dans le monde, à présent qu'il allait pouvoir puiser, à son gré, dans cet inépuisable trésor.

Il se voyait devenu plus puissant que les plus riches souverains.

Et pendant que ces pensées se succèdent, vertigineusement, en son esprit frappé d'hallucination, il se croit seul à posséder le trésor, car il ne pense plus à son compagnon, à l'homme qui lui en a révélé l'existence.

Mais voilà que tout à coup il voit briller une clarté au fond de la galerie et, soudain, il se dit que Maximo Ricardo a pris, avant lui, possession du trésor.

Et c'est sous une impression de colère et de haine qu'il a poussé le cri qui vient de frapper de stupeur Maximo Ricardo.

Celui-ci, dans un élan de son cœur généreux, s'est précipité à la rencontre de son compagnon.

Il lui tend les mains, en s'écriant du ton d'un général d'armée qui vient de remporter une victoire éclatante :

— Je l'ai trouvé! Il est à nous ce trésor!... A nous deux!... Partagez ma joie, mon bonheur, mon enthousiasme, puisque vous avez partagé mes fatigues et mes émotions!

Alors ces deux hommes, que le hasard avait réunis, se serrèrent la main comme pour sceller l'association proposée par l'un d'eux.

De la part de Maximo Ricardo, l'étreinte était cordiale et sincère, tandis que la main de Delaverne témoignait, par un léger tremblement, d'une sorte d'hésitation de la part de l'aventurier.

Mais, loin de s'en étonner, Maximo Ricardo mettait cette agitation sur le compte de la fièvre d'émotion que son associé devait éprouver, pensait-il, au même degré que lui.

Aussi s'exclama-t-il avec une extrême animation :

— Nous l'avons enfin trouvée la récompense de nos efforts et de notre persévérance!... J'en suis heureux autant pour vous que pour moi!

Nous voilà unis, fraternellement unis et possesseurs de si colossales richesses, que chacun de nous pourrait se dire l'homme le plus puissant de la terre...

— Si l'autre n'existait pas, répondit le bandit Delamarre en jetant sur son naïf associé un regard qui trahissait sa criminelle rapacité.

. . . .

Il s'agissait, maintenant, d'extraire de la mine souterraine et d'emporter, le plus secrètement possible, l'immense trésor dont étaient devenus possesseurs les deux aventuriers.

L'issue par laquelle ils avaient pénétré dans ce mystérieux séjour était trop exiguë, trop étroite pour qu'ils pussent songer à faire pénétrer par là et sortir, ensuite, chargés de toutes les richesses qu'ils s'apprêtaient à emporter, les chariots et les mules qu'ils emploieraient à cet usage.

Les deux associés décidèrent, d'un commun accord, qu'ils se mettraient à la recherche d'un passage plus praticable.

Mais le plus pressé était, pour le moment, de s'installer dans la mine, ne fut-ce que pour se remettre des fatigues qu'on avait éprouvées, pendant ce long voyage.

Donc les deux associés décidèrent d'établir, dans le bois, des hangars pour abriter les mules pendant qu'on camperait en cet endroit.

Maximo Ricardo et Delaverne se mirent à la besogne et, dès le même soir, les bêtes de somme eurent, pour se reposer, une bonne litière d'herbes fraîches et un toit pour les abriter.

Par mesure de précaution contre la pluie, les provisions, les armes et la poudre de mine furent transportées dans le souterrain.

Le lendemain, et après avoir pris leurs dispositions pour séjourner en cet endroit, Maximo et son compagnon tinrent conseil.

Il fallait, d'abord, trouver un passage facile.

Dans ce but on devait explorer la mine, dans toute son étendue, et c'est à quoi Delaverne et son associé employèrent trois jours sans arriver au résultat qu'ils avaient espéré obtenir.

Le soir du troisième jour, ils résolurent d'explorer, le lendemain, une galerie dans laquelle il leur avait paru imprudent de se hasarder pendant la nuit, surtout dans l'état de fatigue où ils se trouvaient.

Ils économisaient, le plus possible, leurs provisions et, ce soir là, par exception, Delaverne avait proposé de faire un repas plus copieux et plus réconfortant.

Maximo Ricardo, toujours de l'avis que formulait son compagnon, se chargea d'ouvrir les boites de conserve et de confectionner un menu qu'on arroserait d'alcool de grain dont Delaverne avait fait provision en vue du voyage, et qu'on couperait en l'additionnant de l'eau d'une source qui filtrait entre les rochers, dans le petit bois placé au-dessus du souterrain.

C'est pendant qu'ils savouraient les mets composant ce repas, que les deux associés se mirent au courant des projets que chacun, de son côté, caressait pour l'avenir.

Delaverne interrogeant toujours Maximo Ricardo en arriva à ces intimes confidences que l'on fait à un ami en qui on a la confiance la plus absolue.

L'aventurier ignorait l'existence du manuscrit et, grande fut sa surprise, quand son associé la lui dévoila.

— En sorte, dit Delaverne, que grâce à ce précieux recueil, vous considériez le trésor enfoui en ces lieux, comme une sorte d'héritage...

— Légué par mon aïeul — oui, certes, et j'ai résolu, comme vous le savez de vous y faire participer.

— C'est une générosité que j'apprécie fort, mais à mon tour, je vous dois une confidence qui va bien vous surprendre.

— Une confidence? laquelle?

— Sachez donc que... nos immenses richesses n'étaient pas connues de vous seul... sachez que vous n'êtes pas, en réalité, leur unique propriétaire, que j'y ai droit, autant que vous, moi qui étais informé et de leur existence et du lieu qui les renfermait...

— Vous?

— Moi-même!

— Et vous ne m'en aviez pas dit un mot?

— Vous ne m'en voudrez pas de m'être effacé pour vous laisser tout le mérite de l'entreprise! répondit hypocritement Delaverne.

— Comment donc aviez-vous eu connaissance de...

— Vous voulez savoir de qui je tenais le précieux renseignement?...

— Je vais satisfaire votre curiosité.

Maximo Ricardo s'étant apprêté à écouter le récit de son compagnon, celui-ci commença ainsi :

— Votre ancêtre, le très saint et vénéré Père Jésuite, n'était pas seul à connaître l'histoire de ce pays... S'il a, dans le manuscrit qu'il vous a légué, parlé des tribus d'Aztèques qui ont habité, pendant des

siècles, cette contrée, moi j'ai eu l'occasion de m'entretenir avec le
descendant direct du dernier souverain aztèque qui ait régné sur le
Mexique.

Delaverne jouissait de la stupéfaction de son interlocuteur, pendant qu'il lui disait la rencontre qu'il avait faite à Mexico et l'entretien
qu'il avait eu avec Talakis.

— Vous voyez, s'exclama-t-il en terminant, qu'il n'a dépendu
que de moi de devenir l'unique possesseur de « notre » trésor; car le
descendant de l'empereur Guatimozin m'eut, n'en doutez pas, vendu
sa part pour quelques pintes d'alcool.

— Puisqu'il en est ainsi, répliqua Maximo Ricardo, je me réjouis
de vous avoir associé à ce voyage d'exploration et je suis heureux
que vous puissez avoir votre part de « notre » trésor.

— Qui aurait dû m'appartenir en totalité, vous le reconnaissez
bien ?

— Qu'importe, puisqu'il est assez important pour satisfaire nos
deux ambitions !...

— D'accord !... prononça l'aventurier avec un mauvais sourire à
l'adresse de son compagnon.

Maximo Ricardo interpréta cette réponse comme un acquiescement au partage qu'il avait proposé de faire.

Il ne pouvait douter que son associé ne s'en trouvât largement
satisfait.

— Donc, mon ami, dit-il, l'important, à cette heure, est d'aviser
aux moyens de réaliser le plus tôt possible, nos recherches... et, si
vous l'approuvez, dès demain, nous nous dirigerons chacun de notre
côté...

— Et celui qui aura réussi préviendra immédiatement l'autre.

— Par un signal, mais lequel ?

— Nous possédons chacun un pistolet, on se servirait de cette
arme.

. . . .

Delaverne s'était engagé dans la galerie, après avoir pris soin de
charger son pistolet.

Le sinistre personnage ruminait, disons-le, les plus coupables
desseins.

La veille, il avait paru enchanté du partage équitable que lui proposait son associé, mais il avait une arrière-pensée qui maintenant ne
cessait de le hanter : posséder à lui seul le trésor tout entier.

Pour y parvenir, il avait à sa disposition, pensait-il, deux moyens : la ruse et la violence.

Certes, étant donné le caractère que nous lui connaissons, le misérable pouvait se dire certain d'atteindre le but qu'il se proposait.

Il avait parfaitement jugé son homme, il savait que celui-ci, foncièrement honnête, serait on ne peut plus facile à tromper et que rien ne serait plus aisé que d'endormir sa vigilance.

Le brave Ricardo ne songeait même pas à prendre la moindre précaution et sa confiance en Delaverne était sans bornes.

En attendant l'heure où se réaliserait l'odieuse perfidie qu'il préméditait, l'aventurier n'avait qu'une seule préoccupation : la recherche du passage facile dont il avait été question entre lui et Maximo Ricardo.

Il marchait dans la galerie depuis un quart d'heure quand, tout à coup, il lui sembla que le sol s'affaissait sous ses pieds.

Il promena sa lanterne et reconnut qu'il existait, là, une pente dont l'inclinaison s'accentuait de plus en plus.

Delaverne sentit un frisson lui parcourir tout le corps et fut un moment pour rebrousser chemin.

Il se demandait, en effet, si cette pente n'aboutissait pas à quelque puits, véritable gouffre comme il s'en trouve dans les mines abandonnées.

Toutefois, surmontant cette impression de terreur, il reprit, avec d'infinies précautions, sa marche interrompue.

Il se sentait maintenant comme attiré, irrésistiblement.

Au bout de quelques instants, il s'arrêta de nouveau ; cette fois un bruit avait frappé son oreille, — le bruit que ferait une chute d'eau.

Revenu de sa surprise, Delaverne se demanda le motif de ce plan incliné, et si cette galerie n'avait pas été percée à l'extrémité de cette inclinaison.

Persuadé qu'il avait trouvé le passage qu'il cherchait, il continua d'avancer.

Le bruit qu'il avait entendu devenait plus distinct : c'était bien celui que produisait une chute d'eau.

La galerie passait sans doute sous une cascade, peut-être même sous un des nombreux cours d'eau tombant des montagnes pour aller serpenter dans la plaine.

L'aventurier ne devait pas tarder à éprouver une nouvelle émotion de surprise. Il était de nouveau arrêté dans sa marche et, cette fois, par une solution de continuité dans la galerie.

Il se trouvait, à ce moment, au bord d'un gouffre dans lequel se déversait un torrent.

D'où provenait cette eau?

Probablement du sommet de rochers.

Delaverne s'était penché sur l'abîme et cherchait à en mesurer des yeux la profondeur. Mais son regard se trouvait arrêté par un fougueux bouillonnement d'écume.

Que faire?

Retourner sur ses pas? C'était, pensait l'aventurier, ce que conseillait la prudence.

Et cependant la réflexion lui vint que l'on n'avait pas percé cette galerie pour l'amener jusqu'à ce gouffre, sans nécessité.

Dans son indécision sur le parti à prendre, il promenait sa lanterne dans toutes les directions.

Il put alors voir que deux fragments de rochers se trouvaient à sa gauche et très vraisemblablement avaient été roulés et placés là par la main des hommes dans le but d'obstruer le passage.

Et de fait, Delaverne, en se hissant sur l'un de ces rocs, vit que la galerie se continuait en contournant le gouffre.

Ce fut pour notre aventurier comme un trait de lumière qui traversait son esprit.

Pour trouver le passage libre, il n'y aurait, pensa-t-il, qu'à faire rouler dans le gouffre les fragments de rocher.

Mais c'était là un travail qu'il reconnaissait ne pouvoir accomplir sans aide.

Ce qu'il pouvait faire, c'était de passer par dessus l'obstacle, afin de continuer à marcher et d'essayer d'atteindre l'extrémité de la galerie.

Il s'y hasarda, mû par le pressentiment que le succès serait au bout de ce dernier effort.

Il s'y prit avec précaution, s'assurant que l'énorme pierre ne vacillerait pas, au moment de l'escalade.

Puis, rassuré de ce côté, il n'hésita plus. Il s'accrochait aux aspérités et réussit à franchir l'obstacle.

Une fois de l'autre côté, il vit que le sol allait toujours en pente, ce qui devait singulièrement faciliter le transport des lingots d'or placés sur des chariots qui seraient entraînés par leur propre poids.

Tout ce qu'il voyait le confirmait dans cette supposition et l'encourageait à persévérer.

Or, le hasard avait étrangement servi le misérable. Delaverne touchait effectivement au succès.

La galerie aboutissait à un plateau encaissé entre une succession de rochers formant la base de hautes montagnes.

Sur ce plateau, on voyait un cours d'eau, celui qui, selon toute vraisemblance, tombait plus loin en cascade dans le gouffre.

Si notre aventurier se fût engagé sur ce plateau, il eût éprouvé une immense joie, en constatant qu'il s'étendait au loin et pouvait servir de route carrossable pour traverser une longue chaîne de montagnes.

Mais il avait hâte maintenant de retourner dans « sa mine ».

Sa mine !... Elle serait bien à lui, à lui seul, s'il le voulait. Qui donc lui en disputerait l'entière possession ?

Un homme, un seul, connaissait l'existence du trésor : Talakis !

Et de celui-ci il n'avait rien à craindre.

Restait Maximo Ricardo !

Le sinistre personnage qui n'avait pas reculé devant le vol des sommes qui lui avaient été confiées comme un dépôt sacré ; le misérable qui s'était fait délateur, était-il l'homme à hésiter devant un obstacle quel qu'il fût ?

Ricardo le gênait ; il se débarrasserait de l'associé avec lequel il lui faudrait, sans cela, partager le trésor.

Telle est la pensée qui maintenant s'agitait dans l'esprit de Delaverne.

Prompt à concevoir et arrêter un plan, il n'en remettait jamais l'exécution.

Aussi ne s'attarda-t-il pas à réfléchir et retourna-t-il dans la galerie, bien décidé à réaliser la criminelle pensée qui lui était venue.

Il avait de nouveau franchi le rocher et passé tout près du gouffre dans lequel tourbillonnait, avec de terribles jaillissements d'écume, l'eau du torrent.

Delaverne s'arrêta un instant, pour contempler cette eau mugissante.

Puis il reprit sa marche hâtive.

Il n'avait plus que quelques pas à faire pour atteindre l'entrée de la galerie.

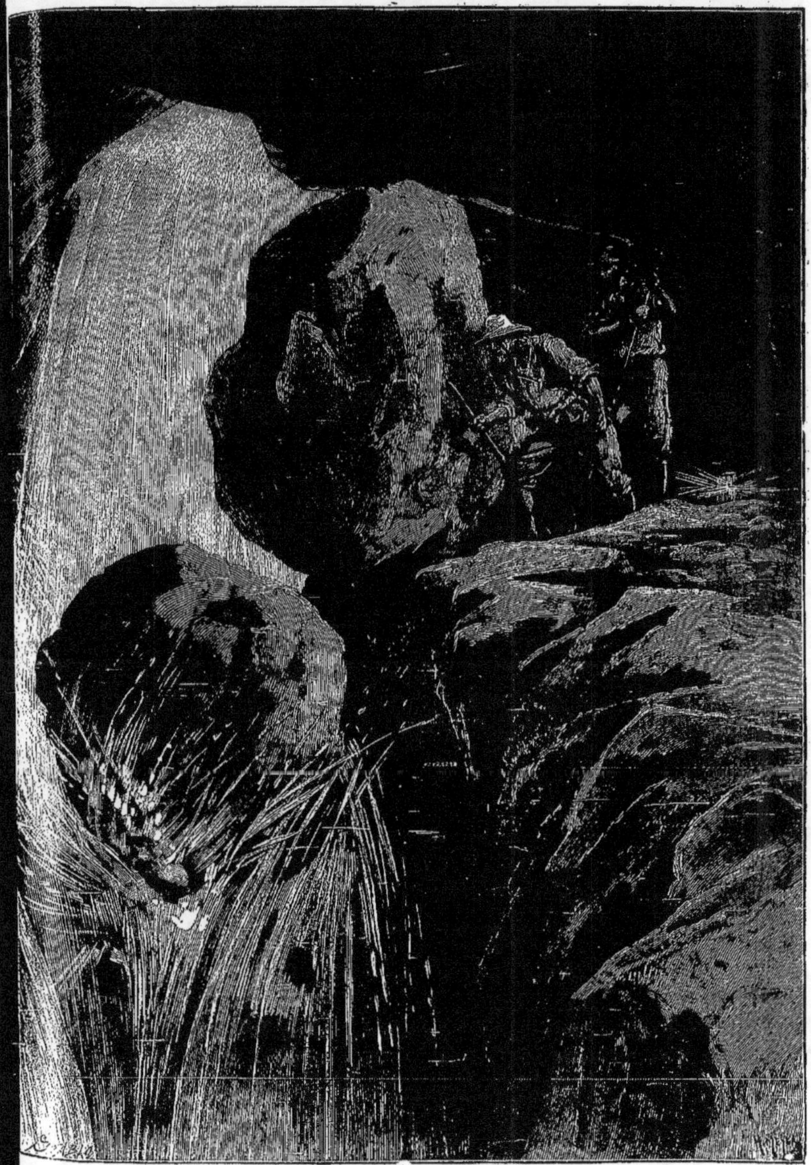

... Et bientôt le rocher roula avec un bruit d'explosion... (P. 768.)

C'était, se dit-il, le moment d'envoyer à son compagnon le signal convenu.

Il arma son pistolet.

Et il en pressa la détente.

Le coup partit et, la détonation se répercutant, produisit l'effet du long roulement de tonnerre.

Quelques secondes s'étaient à peine écoulées qu'une détonation semblable répondait à ce signal.

Delaverne sursauta.

Il n'avait pas été convenu avec Ricardo que celui-ci répondrait ainsi qu'il venait de le faire.

En outre les deux détonations s'étaient succédé à un intervalle si court que l'aventurier en était à se demander si, de son côté, Maximo Ricardo n'avait pas réussi à découvrir quelque autre voie praticable conduisant hors de la mine.

Il eut bientôt l'explication du coup de pistolet tiré par Ricardo.

En effet, celui-ci se précipitait au-devant de lui en s'écriant :

— Ami, partagez ma joie!...

— Avez-vous donc découvert le passage que nous cherchions tous deux?

— Non!...

— Alors quelle est cette joie que vous m'engagez à partager avec vous?

— Sachez-le donc : Ce que nous avons vu du trésor n'est rien en comparaison de ce qui existe dans cette mine immense!...

L'exaltation de Maximo Ricardo atteignait à un degré voisin de la folie.

Jamais, depuis leur rencontre sur les bords du Rio Sacramento, Delaverne ne l'avait vu s'exprimer avec une telle animation.

— Expliquez-vous! dit-il.

Maximo Ricardo s'écria :

— Ah! le vénéré Ricardo, mon ancêtre, avait bien raison de promettre à celui qui entreprendrait cette exploration un merveilleux résultat.

Et le descendant du Père Jésuite ajouta :

— Bénissons la mémoire de cet homme de grand esprit et de grand cœur, à qui, tous deux, nous devrons une richesse sans égale.

— Je ne demande pas mieux que de partager votre joie délirante et de me joindre à vous pour vénérer et bénir la mémoire de votre ancêtre Ricardo, dit Delaverne, mais encore faut-il que je sache quelle merveilleuse découverte vous avez faite.

— Je vous ai dit que j'avais trouvé de l'or en quantité prodigieuse... C'est vrai!... Sachez maintenant qu'en cherchant le passage que nous espérions trouver, j'ai découvert le véritable gisement. La source inépuisable.

— En êtes-vous certain?

— Vous en jugerez par vous-même quand je vous y aurai conduit, tout à l'heure... Tout ce que vous pourriez vous imaginer, resterait, vous pouvez m'en croire, bien au-dessous de la réalité...

Et Maximo s'exclama :

— J'ai vu aussi des vestiges de nombreux travaux qui ont dû être interrompus par quelque grand événement, sans doute une catastrophe...

— Des travaux d'extraction?

— Précisément!.... Et la preuve qu'ils ont été brusquement interrompus, c'est que les instruments et les accessoires employés dans les mines se trouvent en grand nombre dans les différentes galeries que j'ai parcourues...

Il y a là des pics, des pelles, des marteaux ; puis des bâches, des chariots pour le transport des minerais.

J'ai trouvé également des usines où des milliers d'ouvriers pourraient être employés à la fonte des lingots.

Ricardo, n'étant plus interrompu pour son interlocuteur continua :

— Je ne m'arrêtai pas après la découverte d'un premier gisement ; j'étais aiguillonné par un irrésistible besoin de pousser plus loin mes recherches.

La fièvre dévorait mon cerveau et il me semblait qu'une volonté puissante, — peut-être l'âme de mon ancêtre, — m'inspirait cette ardeur et me guidait.

V

LE CRIME

Delaverne avait écouté et un revirement se faisait à présent dans son esprit.

La découverte qu'affirmait avoir faite son associé valait bien, se disait-il, la peine de surseoir à son criminel projet, au moins jusqu'à ce qu'il ait pu s'assurer de l'exactitude du récit de Maximo Ricardo.

— Vous verrez, dit Maximo, que nous aurons à partager un nouveau trésor, cent fois, mille fois plus important que l'autre, car, si je m'en rapporte au contenu du manuscrit de mon ancêtre, il y aurait de l'or, partout de l'or, sous cette immense ville disparue...

— Peut-être !... prononça Delaverne, devenu subitement rêveur.

Et Maximo Ricardo ajouta :

— Quant au passage ?... Nous trouverons bien le moyen d'en ouvrir un. Avec l'or que nous aurons à profusion, les bras ne nous manqueront pas. Il nous suffira de faire appel à ces milliers de travailleurs qui aspirent à être largement rétribués, et nous réaliserons, en peu de temps, les travaux les plus gigantesques.

Sur un mouvement d'approbation de Delaverne, il ajouta, en tendant les mains à son associé :

— Je serai heureux et fier d'avoir fait votre fortune ; et de vous associer à une grande idée et à une grande œuvre !

Si, à ce moment, Maximo Ricardo eut pu lire dans la pensée de celui qu'il voulait associer à sa gloire, après l'avoir associé à sa fortune, avec quelle rapidité, à son enthousiasme et à son exhaltation, eussent succédé le mépris et l'horreur.

Mais Delaverne savait se composer un visage sur lequel on ne pouvait lire les ténébreuses pensées qui s'agitaient en lui.

En ce moment même où il avait la perspective, la certitude même, de devenir, par un miraculeux enchaînement de circonstances, puissamment, fantastiquement riche par le partage des trésors, il s'affermissait dans son intention de s'approprier la part qui devait revenir à son associé.

Sa conscience, depuis longtemps endormie, ne se réveilla pas pour protester contre la préméditation d'un crime odieux.

Il n'eut pas une de ces lueurs qui passent fugitivement dans l'âme des criminels, il ne se dit pas à lui-même que c'était à cet homme qu'il devrait l'extraordinaire fortune qui lui était promise, au moment même où il n'avait en perspective que la misère loin de sa famille et de son pays.

Et c'était à cet homme sans entrailles, capable des plus noirs forfaits, c'était à cet homme que l'infortunée Thérèse Valomer allait bientôt s'adresser suppliante et résignée, d'avance, à tous les sacrifices...

C'était à un misérable de cette espèce que la pauvre créature allait demander l'accomplissement d'un acte de générosité !

.   .   .   .

Quand Maximo Ricardo eut achevé, croyait-il, de convaincre son associé de la nécessité de se mettre tous les deux à l'œuvre, sans davantage perdre un temps précieux à chercher un passage qui n'existait probablement pas, ce fut au tour de Delaverne de se glorifier de sa découverte.

— Vous avez entendu le signal que je vous ai envoyé; dit-il.

— Oui! Il m'est parvenu à l'instant précis où je vous envoyais le mien !

— A mon tour donc de vous faire part du résultat de mes recherches.

— Quoi!... Auriez-vous réussi?

— Le passage que nous cherchions existe !...

— Vous en êtes certain?

— Je l'ai trouvé !

Maximo Ricardo regarda son associé comme pour demander la confirmation de cette bonne nouvelle.

— Je l'ai trouvé, vous dis-je! répéta Delaverne.

— Mais alors, nous allons pouvoir l'utiliser tout de suite...

— Dès demain !

— Où se trouve ce passage?

— Là! prononça Delaverne, en indiquant l'entrée de la galerie. . Il ajouta :

— Je l'ai parcouru dans toute son étendue...

— Et il débouche sur une route? demanda Ricardo avec vivacité.

— Qu'il vous suffise de savoir que nous pourrons faire transporter nos lingots où nous voudrons, dans la ville de Mexico, probablement, car c'est dans cette cité que nous trouverons à les écouler, en attendant que nous ayons d'autres débouchés.

— C'est un second miracle! s'exclama Ricardo... Décidément la providence est avec nous !

Delaverne accueillit cette pieuse exclamation avec un singulier sourire.

— Hasard ou providence, dit-il, l'important est que vous ayez trouvé les riches gisements, et que, moi, j'aie découvert le passage vers lequel je vais vous conduire...

— Je suis prêt à vous suivre.

Delaverne raconta alors à son associé que deux fragments de rocher obstruaient la galerie, et qu'il fallait déplacer ces blocs en les rejetant de côté.

Mais le misérable se garda bien de souffler mot du gouffre.

Les deux hommes renouvelèrent les mèches et mirent de l'huile dans les lanternes.

Puis Delaverne s'engagea dans la galerie, suivi par son compagnon.

Celui-ci éprouvait une grande anxiété, il lui tardait d'arriver à l'endroit où se trouvait l'obstacle indiqué par Delaverne.

Delaverne n'eut pas le moindre frissonnement au cœur, en entendant la voix qui le questionnait, à l'idée que bientôt cette voix s'éteindrait pour toujours !

Il n'eut pas l'ombre d'une de ces irrésistibles terreurs qui s'emparent parfois, au moment du crime, des malfaiteurs les plus endurcis.

Il se contentait, à chacune de ces questions, de répondre d'une voix absolument calme :

— Encore un peu de patience, Ricardo !

Halte ! cria tout à coup Delaverne.

— Nous sommes arrivés ?

— Voici les blocs dont je vous ai parlé.

— Et là ? demanda Ricardo en indiquant le gouffre.

Delaverne s'effaça, en disant :

— Il y a un précipice profond, dans lequel vient se déverser un torrent...

Mais tout cela n'a qu'une médiocre intérêt pour nous.

Voici l'obstacle ! ajouta-t-il en posant la main sur l'un des blocs de pierre.

Maximo Ricardo regardait alternativement les rochers et le gouffre.

— Il s'agit de déplacer ces blocs ; lui dit Delaverne. Pour cela, nous ne serons pas trop de deux, ainsi que je vous l'ai dit.

Maximo Ricardo approuva d'un geste.

— Donc, nous allons, si vous le voulez bien, nous mettre tout de suite à l'œuvre.

Delaverne avait décroché la lanterne de sa ceinture, et engagea son compagnon à en faire autant.

Puis il alla placer une des lanternes sur le second bloc en disant à Ricardo :

— Le principal est que nous procédions avec prudence, aussi n'aurons-nous pas trop de ces deux lanternes pour nous donner une clarté suffisante.

Avant de se mettre à l'ouvrage, les deux hommes se consultèrent sur la façon dont ils devaient procéder pour opérer un travail efficace.

Maximo Ricardo indiqua à son compagnon la façon dont il avait procédé pour déplacer le rocher qui bouchait l'entrée du souterrain.

— Alors, procédons exactement comme vous avez fait...

— Imitez-moi !

Et Ricardo ayant enfoncé le bout de son pic sous le bloc fit une première pesée.

— Ça a remué! dit-il, lorsque de son côté Delaverne eut procédé de la même façon.

— C'est un premier résultat.

— A présent, nous avons la certitude de réussir...

Les deux hommes se remirent à l'ouvrage.

Le fragment de rocher était lourd et, à la longue, depuis tant d'années qu'il avait été placé en cet endroit, il s'était, l'humidité aidant, enfoncé peu à peu dans le sol.

En outre, il fallait procéder avec infiniment de précaution, pour qu'une fois déchaussé, le bloc ne roulât pas dans une direction autre que celle qu'on voulait lui donner.

Plus d'une heure s'était écoulée, quand les deux hommes eurent réussi à amener, progressivement, le bloc sur le bord de l'abîme.

— Encore un peu de courage! dit Maximo Ricardo, pressé d'en finir avec ce premier obstacle.

Delaverne et lui se remirent à l'ouvrage pour ce dernier effort, et bientôt le rocher roula avec un bruit d'explosion et déplaçant une quantité d'eau qui se projeta en l'air comme un jet, pour retomber en pluie.

— Et d'un ! dit tranquillement Delaverne dont le ton calme formait une étrange opposition avec l'exclamation triomphante qu'avait poussée Maximo Ricardo.

— A l'autre! ajouta-t-il en se tournant vers son compagnon qui, penché, écoutait le bruit sourd que produisait le bloc à mesure qu'il roulait dans l'abîme.

— Écoutez, dit-il à Delaverne, il n'est pas encore arrivé au fond...

— Que nous importe, se contenta de répondre l'associé, que ce trou, soit plus ou moins profond, il ne rendra pas ce que... tout à l'heure, il aura englouti...

La deuxième opération ne paraissait pas devoir présenter plus de difficulté que la première.

Et d'un choc violent, il poussait Ricardo qui roula dans l'abîme... (P. 771.)

Et cependant Delaverne affecta de faire à son compagnon la recommandation de procéder avec la plus grande prudence.

Il semblait calculer dans sa tête :

— Avec une dizaine de poussées vigoureuses, nous en verrons
la fin ! dit-il.

— Alors, à l'ouvrage !

Mais avant de s'y mettre, Delaverne voulut reprendre sa lanterne qu'il accrocha de nouveau à son ceinturon.

Puis s'emparant de celle de Ricardo qui se trouvait sur le bloc, il la posa par terre, à côté de lui.

— Maintenant, dit-il, nous pouvons attaquer ce bloc.

Il fit passer Maximo dans l'espace laissé vide par le fragment de rocher dont on venait de se débarrasser.

— Nous attaquerons ainsi des deux côtés à la fois, ajouta-t-il lorsque son compagnon se fut placé : vous à gauche, moi à droite.

Au commandement de Delaverne, tous deux exécutèrent en même temps une première pesée.

Le bloc oscilla de gauche à droite :

— Attention ! s'écria Delaverne.

Une seconde pesée fit avancer le rocher.

— Il ne faudra pas plus de six encore pour le précipiter dans le vide ! dit Delaverne...

Et il compta à mesure qu'ils manœuvraient les deux pics :

— Un !... Deux ! .. Trois !

— Halte ! commanda Maximo Ricardo qui cessa le travail ; se sentant saisi d'une émotion soudaine, inexplicable, comme si un sombre pressentiment avait traversé son esprit.

— Que se passe-t-il donc, demanda avec un peu d'impatience et de rudesse, Delaverne.

— Rien, dit Maximo, un peu de faiblesse, dont je vais être remis, après un instant de repos.

— Soit, reposez-vous, dit Delaverne. J'attendrai

Maximo Ricardo voulut profiter de ce moment de répit pour se faire renseigner par son compagnon :

— Ainsi, interrogea-t-il, une fois que nous aurons envoyé ce bloc rejoindre l'autre, nous aurons le passage libre ?

— Absolument libre, je vous l'ai dit.

— Et au bout de la galerie ?

— L'air et l'espace ! répondit Delaverne.

— Et.. nous pousserons jusque là aujourd'hui !

— Certainement !... prononça Delaverne... A moins toutefois que vous ne soyez trop fatigué !...

— Alors dit Ricardo, remettons-nous à l'ouvrage...

Et se levant, il saisit le pic qu'il avait placé contre le rocher.

— Quelques bonnes pesées suffiront, dit Delaverne.

— J'attends le commandement.

— Attention !

— J'y suis !

Et Delaverne compta :

— Un !... Deux !... Trois !...

Il n'avait pas achevé que le bloc roulait dans le gouffre.

Une même exclamation retentit, poussée par les deux hommes, qui venaient d'accomplir la tâche qu'ils s'étaient donnée.

Delaverne s'approcha de son compagnon, en disant :

— A présent, nous avons le passage libre.

Tout en parlant il s'était placé derrière Ricardo.

Celui-ci se trouvait près du gouffre, regardant le bouillonnement produit par la chute du bloc...

Tout à coup la clarté disparut, et la galerie souterraine se trouva subitement dans les ténèbres.

Delaverne venait d'aveugler sa lanterne sourde.

Et d'un choc violent, il poussait Ricardo qui roula dans l'abîme en poussant un cri terrible.

Le misérable qui avait assassiné le marquis de Ravergy venait de charger sa conscience d'un nouveau crime.

. . . .

Lorsqu'au bout de quelques minutes, Delaverne eut désaveuglé la lanterne, il put voir que l'eau avait repris son niveau...

Il écouta...

Un bruit sourd parvenait jusqu'à lui...

C'était le même bruit qu'il avait déjà entendu au moment de la chute des blocs.

Cette fois c'était le corps de l'infortuné Ricardo qui s'enfonçait dans les profondeurs du gouffre.

— A moi, maintenant, tous les trésors enfouis ici, s'écria le misérable — à moi la toute-puissance, à moi le monde !...

VI

ARCHI-MILLIONNAIRE !..

A partir du moment où il s'était débarrassé de l'homme à qui il devait son immense fortune, tout allait réussir à l'assassin ; il avait d'abord entrepris un premier voyage à Mexico, en traversant les montagnes.

Monté sur une mule, il en poussait devant lui d'autres qui portaient chacune un fort chargement de lingots.

Le voyage s'était accompli sans accident et Delaverne, après une absence que personne n'avait du reste remarquée, réintégra le bureau dont il avait payé la location d'avance.

Le propriétaire de l'immeuble s'inquiétait de ce qu'était devenu son locataire.

Aussi grande fut sa surprise, un matin, de voir arriver chez lui Delaverne cousu d'or et lui proposant, non plus de continuer à être son propriétaire mais de lui vendre sa propriété.

Il offrait un prix devant lequel s'inclina le Mexicain enchanté de l'aubaine.

Mais là ne devait pas s'arrêter la fantaisie de l'aventurier.

Il lui fallait un palais pour abriter son opulence, une demeure qui put rivaliser avec les plus splendides résidences, en grand nombre dans la riche cité.

Avec les sommes qu'il jetait à profusion, son palais s'éleva comme s'il fut sorti de terre « par la vertu d'une baguette magique. »

Architectes, artistes, ouvriers, avaient fait de véritables prodiges de talent et d'activité.

Delaverne ne devait pas s'arrêter là.

Dévoré par la fièvre de l'orgueil, il voulut que son nom fut attaché à de colossales entreprises qui, à peine en germe dans son cerveau, étaient bientôt en pleine activité.

A cet insatiable, il fallait avec la réputation de très grand capitaliste la considération et la renommée des hommes supérieurs et des hommes de génie.

Il voulait l'adulation des masses toujours prêtes à se prosterner devant une fortune éclatante. Pour que sa renommée traversât l'Océan et se répandit sur le continent européen, il avait acheté des navires pour le transport des lingots provenant de la mine qu'il avait volée à Maximo Ricardo.

Bientôt, grâce à l'inépuisable trésor, entassé depuis des siècles par les souverains aztèques, il se proposait d'armer une véritable flotte de commerce, qui étonnerait le monde entier.

Il n'avait pas encore voulu, cependant, ainsi que se l'était proposé l'infortuné Ricardo, faire exploiter les immenses gisements d'or que le neveu du Père jésuite avait découverts.

Il lui suffisait, pour entretenir le luxe effréné qu'il affichait, et pour réaliser toutes les fantaisies de son imagination en délire de folie des grandeurs, il lui suffisait, disons-nous, de puiser dans le trésor dont nous avons donné la description.

Plus tard, il se réservait de frapper un coup retentissant par la mise en exploitation de sa mine.

Il s'était fait une place très éclatante dans la haute société de Mexico.

Le monde officiel l'avait accueilli à bras ouverts et les autorités de la riche cité se faisaient un honneur d'être admises à ses splendides réceptions.

Ce qui étonnait les hauts personnages qu'il fréquentait, c'était que, puissamment riche, Delaverne s'occupât lui-même de ses affaires commerciales et y déployât une infatigable activité.

On le voyait, en effet, continuellement, se mettre en route, soit pour l'un des ports du Pacifique, soit pour la Colombie ou pour Vera-Cruz.

Pour effectuer ces voyages il prenait à son service des guides, parmi les métis qui, d'ordinaire, exercent ce métier.

Il eut assurément pu s'en passer, connaissant parfaitement les routes du pays ; mais il voulait une escorte en cas d'attaque.

Toutefois, le choix des guides n'était pas toujours facile dans un pays où les malfaiteurs se trouvaient en grand nombre et dont les routes pullulaient de bandits.

Delaverne eut, une fois, l'occasion d'en faire l'expérience, et peu s'en fallut que l'archi-millionnaire ne perdît la vie dans la lutte qu'il eût à soutenir contre ses guides pendant le trajet de Vera-Cruz à Mexico.

Le voyageur dont Claude Michot avait raconté à Thérèse la dramatique aventure, qui avait failli lui coûter la vie à lui-même, n'était autre que Delaverne.

On n'a pas oublié que c'est à la suite de cette trahison des guides qui lui avaient proposé de s'adjoindre à eux, que Claude Michot était devenu prisonnier des moines-bandits et qu'il n'avait recouvré la liberté que grâce au gorille, prisonnier comme lui.

Or, il s'en était fallu de très peu, ce jour-là, que Delaverne n'eut payé, en une seule fois, tous les crimes dont il s'était rendu coupable.

Attaqué à l'improviste par deux adversaires, il n'avait dû qu'à son sang-froid et à la justesse de ses pistolets de n'être pas tué à coups de « machette », dont les métis se servent avec une grande adresse.

Claude Michot avait été pour quelque chose dans le salut du riche voyageur, car il eut bien pu se faire, qu'au lieu d'être le brave et honnête garçon que l'on sait, il eut consenti à pactiser avec les métis.

En ce cas, il eut bien vite envoyé une balle dans la poitrine de Delaverne.

Il s'en fallut de peu, comme on voit, pour que le voyage qu'avait entrepris Thérèse n'eut plus aucune chance de succès.

. . . .

Revenons à Delaverne.

Devenu possesseur d'une immense fortune, acquise à force de persévérance, d'audace et de crimes, l'aventurier avait hâte de retrouver sa famille.

Ce fauve aimait ses petits.

Aussi la première lettre que nous lui avons vu écrire à sa femme, avait-elle été immédiatement suivie d'une seconde, plus pressante encore et plus explicite.

Le mari promettait à l'épouse, pour elle et pour ses enfants, la vie la plus heureuse qui se pût rêver.

Par cette seconde lettre, il annonçait à sa femme qu'il l'attendrait à SACRAMENTO, *sa ville à lui*, ajoutait-il en soulignant les mots.

En effet, l'aventurier se proposait de faire, à coups de millions, sortir de la terre californienne où il avait rencontré Maximo Ricardo, une ville toute construite, et cela en quelques mois.

Pour accomplir ce rêve fantastique, il n'aurait, se disait-il, qu'à faire venir, à grands frais, des Grandes et Petites Antilles, les nombreux ouvriers qui avaient été emmenés d'Europe par les Colons anglais, dans le but d'y bâtir des villes et des sucreries.

C'était, se disait Delaverne, les mêmes ouvriers qui avaient travaillé à La Jamaïque, La Barbade, Curaçao, Porto-Rico, Cuba, La Guadeloupe et La Martinique, qui se chargeraient d'édifier la ville de Sacramento.

Delaverne comptait donc y recevoir sa famille dans un magnifique palais qu'il se proposait de faire construire au bord du *Rio-Sacramento*.

C'était comme on voit une fantaisie de souverain du Bas-Empire.

Et jamais le moindre remords ne venait troubler la conscience de cet homme qui avait maintenant le pouvoir de réaliser ses rêves les plus insensés.

Il semblait que la justice divine l'eut oublié ou attendit, pour le frapper, et le précipiter de plus haut, qu'il eut réalisé ses plus ambitieux désirs.

Le premier châtiment vint le frapper enfin… Ce fut le jour où un navire arrivant de France, lui apporta la lettre que lui avait écrite sa femme en réponse à la sienne; lettre dans laquelle, on ne l'a pas oublié, Mme Delaverne lui annonçait que, le cœur brisé et ne voulant à aucun prix partager désormais le sort de ce misérable, ni voir ses enfants porter un nom exécré, elle prenait la terrible détermination de se tuer, après avoir donné la mort à ses enfants.

Cette lettre fut pour Delaverne un véritable coup de foudre.

Le misérable que n'avait pu émouvoir le supplice du marquis de Ravergy et qui froidement, cruellement, avait prémédité la mort de Maximo Ricardo, était secoué jusqu'au plus profond des entrailles en se représentant sa femme et ses enfants gisant, inanimés et sanglants, tués par lui, par son infamie, par ses crimes!

Il éprouvait un réel désespoir, au point que la vie lui apparut tout à coup comme un fardeau trop lourd à porter, avec les horribles souvenirs qui l'écrasaient.

Ce lâche eut un moment de véritable courage.

La pensée lui vint de se faire justice à lui-même.

Pendant plusieurs jours, il s'enferma chez lui, dans le palais féerique où il avait espéré voir sa famille tomber en admiration devant les merveilles qu'il y avait accumulées.

Mais, dans cette nature criminelle, le désespoir et surtout le remords ne pouvaient pas prendre de profondes racines.

Trop de mauvaises passions avaient germé dans son cœur pour que le repentir y trouvât une place réelle et profonde.

Après avoir vécu quelque temps avec la pensée des êtres qu'il pleurait, peu à peu il s'accoutuma à l'idée de ne plus les revoir.

Un jour même, au milieu de ces souvenirs, se glissa la pensée de cette jeune fille qui lui avait inspiré une passion si violente que pour l'assouvir, il n'aurait reculé devant rien, pas même devant un crime.

Ce jour-là il revit Thérèse s'emparant d'un des flambeaux, prête à mettre le feu aux tentures.

Il la revoyait, superbe d'énergie, défendant sa vertu et décidée à mourir plutôt que de céder à la violence.

Et l'imagination du misérable s'exaltait à ce souvenir.

Devant sa passion qui se réveillait plus ardente que jamais, s'évanouissait l'image sanglante de ces deux anges qu'une mère martyre avait immolés en s'immolant elle-même.

Il se dit que, coûte que coûte, il retournerait en France, qu'il reverrait Thérèse et qu'elle lui appartiendrait, cette fois, grâce à son immense fortune qu'il mettrait à ses pieds.

Et il s'habitua à cette idée, au point que sa seule préoccupation maintenant était de retourner en France.

Tel était le rêve que caressait le misérable dont la conscience s'était rendormie profondément.

Des souvenirs qui l'avaient hanté et torturé, pendant la période de désespoir, il ne restait rien...

Tout entier à la pensée de Thérèse, il éloignait de son esprit ce qui pouvait l'assombrir.

C'est ainsi qu'un jour, trouvant dans un secrétaire, la lettre de Mme Delaverne, il l'avait froissée, prêt à la mettre en pièces.

Puis, brusquement et instinctivement, il avait changé d'avis.

La lettre fut replacée dans le tiroir, comme une relique.

Mais ce n'avait été chez Delaverne qu'un passager éclair de sensibilité, aussitôt évanoui.

On n'avait pas été sans s'étonner, dans le pays, de cette fortune si rapide, réalisée par un homme qu'on se souvenait avoir vu, peu de mois auparavant, modestement installé dans un office de « commissionnaire. »

Delaverne, naturellement, devenait pour tous un personnage mystérieux. Mais son immense fortune avait suffi pour lui donner, partout ses grandes entrées.

Il n'avait eu garde de laisser soupçonner la vérité. Ce qui lui avait été d'autant plus facile qu'il s'était débarrassé de son associé, Maximo Ricardo.

Toutefois un homme le gênait dont il lui fallait, le plus tôt possible, se débarrasser ou se faire un allié.

C'était le singulier personnage qui se nommait Talakis et se prétendait, — ce qui paraissait du reste être la vérité, — le dernier descendant de Guatimozin, l'empereur Aztèque, lequel avait régné sur d'immenses contrées, dont faisait partie le Mexique.

Ce n'est pas qu'un nouveau crime à commettre pût beaucoup troubler la conscience de Delaverne. Il n'aurait pas eu grand peine à trouver le moyen de faire disparaître un individu que l'on traitait comme un vagabond grotesque et ivrogne.

Les voleurs d'or allumaient aussi des incendies pour favoriser le pillage... (P. 782.)

Certes, la vindicte publique se fut désintéressée de la mort violente de Talakis.

Mais pour épargner l'aztèque, Delaverne avait un but : prendre ce Talakis à son service et s'en faire un serviteur dévoué corps et âme.

Il avait été à même de juger du caractère de l'homme, et se disait qu'il n'aurait pas grand peine à le façonner à sa guise.

D'ailleurs ce n'était pas chose banale que d'avoir pour chef de sa domesticité un aztèque intelligent et auquel on ferait porter le costume en usage dans les anciennes tribus de cette race.

Donc Delaverne fit rechercher Talakis qui fut littéralement frappé de stupeur en se trouvant en présence du français à qui, par sympathie instinctive, il avait proposé de faire retrouver le trésor des anciens souverains aztèques.

— Vous avez donc sans moi cherché et découvert la ville et le trésor de mes ancêtres ? interrogea Talakis.

— Je ne permets à personne de scruter les actes de ma vie; qu'il te suffise de savoir que je m'intéresse à toi et que je veux bien te prendre à mon service.

Cette réponse de Delaverne ne produisit pas l'effet qu'il en avait attendu.

Sa proposition de prendre « *à son service* », le descendant des puissants chefs devenus des souverains, avait sonné faux aux oreilles de Talakis qui se redressa, dans un mouvement plein de dignité.

— Je comprends ta pensée, lui dit Delaverne. Mais la mienne n'est pas de te traiter en domestique. Mon intention est de te considérer comme un homme de confiance.

Il ajouta :

— Admets que je sois un empereur, tu seras mon premier ministre.

Il y avait là de quoi satisfaire l'amour-propre, voire même l'orgueil du descendant de Guatimozin.

Le poste que lui offrait l'archi-millionnaire était de ceux qu'on peut accepter sans déroger.

Talakis se sentit tout à fait heureux de devenir le premier ministre d'un des rois de l'argent.

Delaverne le fit entrer en fonctions. Et ce ne fut pas le moindre étonnement des habitants de Mexico, que le luxe du millionnaire éblouissait, de voir se transformer comme par enchantement l'ivrogne Talakis.

L'aztèque accompagnait le millionnaire dans presque tous ses voyages, principalement lorsque Delaverne se rendait à Sacramento avec les architectes chargés de l'édification du palais dont il s'était fait faire un plan.

Mais, au retour d'un de ces voyages, Delaverne abandonna l'idée d'une résidence somptueuse à Sacramento.

Talakis n'avait pas été étranger à cette résolution.

Avec la finesse qui distinguait sa race, l'aztèque avait jugé que le territoire de la Nouvelle-Californie, ignoré ou délaissé pendant si longtemps, n'allait pas tarder à être envahi.

Il avait, en effet, entendu causer entre-eux, dans leur idiome qu'il comprenait fort bien, des « pimos » qui faisaient le métier de bateliers, pour remonter le Rio-Sacramento.

Ces bateliers se racontaient leurs espérances d'avoir avant longtemps, un grand nombre de voyageurs à transporter dans leurs embarcations.

Rapportées à Delaverne, ces conversations éveillèrent chez ce dernier la pensée que c'étaient ses allées et venues pour écouler la poudre d'or de Maximo Ricardo qui avaient pu attirer l'attention des explorateurs sur un pays jusque là absolument délaissé.

Il avait donc décidé que, momentanément du moins, il ne donnerait pas suite à son projet de fonder une ville qui deviendrait la capitale du pays de l'or.

Mais, ainsi qu'on va le voir, cette détermination prise en vue d'éloigner les explorateurs, ne devait pas atteindre le but que s'était proposé le millionnaire Delaverne.

VII

SACRAMENTO

Avant l'arrivée de Maximo Ricardo et de ses compagnons sur les bords du Rio-Sacramento, où ils avaient campé, on peut dire qu'il n'existait pas un seul habitant dans toute l'étendue des immenses steppes californiennes, — de la Nouvelle-Californie, s'entend.

Les tribus d'indiens nomades, quand ils y passaient, — à de très longs intervalles d'ailleurs, — avaient hâte d'en sortir.

Les animaux même avaient déserté pour se retirer dans les forêts au delà de la chaîne des Cordillères.

Il avait donc fallu un hasard pour attirer l'attention sur cette contrée abandonnée.

Malgré leur indolence, les « pimos » qui transportaient Delaverne, avaient eu la curiosité, après plusieurs voyages, de savoir ce qui pouvait attirer leur unique voyageur dans cette contrée.

Ils avaient, au retour de l'un de ces voyages, bavardé, éveillant ainsi l'attention de gens infiniment plus intelligents et plus actifs qu'ils ne l'étaient eux-mêmes.

Quelques audacieux voulurent se lancer à l'aventure, dans l'espoir d'opérer de précieuses découvertes.

Après ces premiers explorateurs, en vinrent d'autres alléchés par les succès relatifs de leurs devanciers.

En quelques semaines, les bords du Rio-Sacramento virent arriver et s'installer toute une colonie d'individus qui, n'ayant rien à perdre et seulement leur vie à risquer, y venaient dans l'intention de fouiller le sol qu'on disait contenir de grandes quantités d'or, de « laver » le sable du Rio-Sacramento et de ses nombreux affluents, afin d'en retirer les paillettes métalliques qu'on y voyait disait-on scintiller.

La nouvelle de leur succès se répandit bientôt et ils eurent un assez grand nombre d'imitateurs, venus d'un peu partout, tant de la Colombie que de la Louisiane et aussi des îles du Golfe du Mexique.

C'était l'avant-garde : audacieux pionniers qui allaient ouvrir la voie aux chercheurs d'or venus de tous les pays du monde avec l'intention d'exploiter les riches placers de Mariposa.

Mais au moment où Thérèse allait arriver à Sacramento, les gisements prodigieusement riches n'étaient pas encore découverts, et les premiers chercheurs d'or se contentaient de fouiller le sol aurifère au hasard du pic et de la pelle, et quand on avait eu la chance de trouver un gisement, on s'y installait pour l'exploiter.

Bientôt ces travailleurs durent se mettre sur la défensive contre le vol et l'attaque à main armée, car toute une nuée de « voleurs d'or » s'abattait dans la ville naissante.

Le nombre de ces pirates des placers augmentait de jour en jour.

On voyait arriver là des aventuriers de toutes les catégories, venus d'un peu partout, même d'Europe, car des matelots des navires qui longeaient la côte californienne désertaient pour aller grossir le nombre des rôdeurs de placers.

La terre californienne, naguère encore à peu près déserte, était devenue le rendez-vous des écumeurs de mer, des malfaiteurs mexicains, des aventuriers d'Europe, même des Indiens, paresseux et cruels, à qui la vie de hasard convenait à merveille, étant donné leur caractère aventureux.

Malheur au chercheur d'or qu'on leur signalait comme ayant trouvé quelque riche filon à exploiter!

Les adroits voleurs, toujours à l'affût d'aubaines de ce genre, se chargeaient de dépouiller les travailleurs.

Combien de ces derniers qui avaient réussi à faire une bonne provision d'or, se virent attaqués à l'improviste et obligés d'abandonner le fruit de longs et pénibles travaux.

Même la plupart d'entre eux laissaient leur vie dans ces attaques soudaines.

D'ailleurs, les bandits avaient toute facilité pour continuer leurs attaques et multiplier leurs méfaits, car la police mexicaine ne se dérangeait pas pour aller protéger les quelques poignées d'individus qui se hasardaient dans les steppes californiennes.

Toutefois les sinistres récits qui se colportaient et les sombres détails des attaques réitérées et des assassinats qui se commettaient constamment dans les mines n'empêchaient pas que le nombre des chercheurs d'or n'augmentât de jour en jour.

Maintenant, ce n'était plus seulement les malfaiteurs qu'avaient à redouter les travailleurs des mines. D'autres dangers les menaçaient également.

Comme dans toute ville naissante, on vit arriver à Sacramento de ces industriels sans scrupule qui exploitent les passions et les vices.

En quelques semaines s'ouvrirent des établissements où l'on attirait une clientèle avide de prendre quelque plaisir dans cette localité dépourvue de tout divertissement.

Dans des boutiques où l'on venait s'approvisionner pour le séjour dans les mines, les commerçants exploitaient indignement les travailleurs en leur faisant payer au poids de l'or des conserves avariées et des salaisons de rebut.

Les chercheurs d'or fréquentaient d'infâmes cabarets à l'instar des bouges similaires de Londres, dans lesquels se débitent des « gins » et du « whisky » outrageusement sophistiqués.

Et ces « bar-rooms » ne désemplissaient pas, car des « entraîneurs » à la solde des cabaretiers se chargeaient, après y avoir conduit les clients raccolés, de les saoûler pour que l'on profitât alors de de leur état d'ivresse afin de les dépouiller des lingots qu'ils possédaient.

Les cabaretiers pesaient l'or et lui donnaient à leur gré la valeur qu'ils voulaient, d'après la « tête du client » ou son degré d'ivresse.

Le récalcitrant était jeté à la porte, assommé à moitié quand il ne l'était pas tout à fait.

D'autres établissements, noirs, enfumés, infects, restaient ouverts jour et nuit.

On s'y livrait à un jeu effréné, à des combats qui, invariablement, dégénéraient en de terribles batailles pendant lesquelles pistolets et couteaux fonctionnaient au milieu des vociférations d'une indescriptible mêlée.

Les voleurs d'or allumaient aussi des incendies pour favoriser le pillage qu'ils avaient prémédité. Les pauvres cabanes des travailleurs flambaient comme de la paille sèche dans cette ville construite en planches.

La soif de l'or dévorait toute cette armée de bandits, on s'égorgeait dans le fond des mines et à la sortie, et le précieux minerai appartenait au plus fort ou au plus adroit.

Comme on le voit, il ne suffisait pas d'avoir découvert un filon et de l'exploiter, il fallait encore le défendre au péril de sa vie.

Mais si grande était la préoccupation de chacun de s'enrichir vite pour quitter ce pays qui offrait si peu de sécurité, que tous ces méfaits passaient inaperçus.

L'égoïsme le plus complet était à l'ordre du jour. Chacun se défendait comme il pouvait contre les ruses et les attaques de vive force des bandits, détrousseurs, étrangleurs, incendiaires et *tutti quanti*.

Le mineur qui parvenait à sortir sain et sauf de cette lutte permanente pouvait s'estimer heureux.

Par exemple, malheur à l'imprudent qui avait amené avec lui femme ou fille, avec la pensée de s'établir définitivement dans le pays de l'or.

L'infortunée devenait une proie pour ces hommes internés depuis de longs mois dans cette ville dépourvue de population féminine.

On se la disputait avec l'acharnement que les sujets de Romulus déployèrent lors de l'enlèvement des Sabines.

. . . .

C'est au moment où elle allait arriver dans cette ville de Sacramento que nous retrouvons Thérèse.

La pauvre enfant se croyait enfin au terme de ses épreuves et de ses fatigues, quand le conducteur de la caravane avait annoncé qu'on allait faire la dernière halte.

La caravane ne devait s'arrêter à Sacramento que le temps nécessaire pour déposer les voyageurs et laisser reposer les bêtes.

De Sacramento, elle devait continuer sa route d'abord pour San Francisco et de là pour la Vieille Californie.

Depuis que le capitaine Cardovan avait quitté ses compagnons afin d'aller rejoindre George Ravergy et Claude Michot, le voyage avait continué sans accidents.

La caravane, après avoir contourné la plaine de sable, s'était engagée sur la route qui conduisait directement en Nouvelle-Californie.

Le choc et les terribles émotions que Thérèse avait subis ayant déterminé un état qui nécessitait des soins, les compagnons de voyage de la jeune fille, l'entourèrent de la plus affectueuse sollicitude.

On l'avait transportée dans la voiture la mieux suspendue.

C'était précisément celle qu'occupait la famille Armandier, dont la femme, on s'en souvient, allaitait son enfant en bas âge.

Le jeune ingénieur avait voulu que Thérèse lui fut confiée, car, disait-il, Mme Armandier serait plus apte que tout autre à donner à la jeune fille les soins que nécessitait son état.

Marié depuis deux ans à peine, le couple Armandier avait entrepris ce voyage, dans l'espoir que l'ingénieur se ferait une riche situation en Nouvelle-Californie.

Une importante maison de banque avait envoyé le jeune ingénieur dans la contrée qu'on prétendait riche en gisements. Il était chargé de faire un rapport.

Si le rapport était favorable, c'était peut-être la fortune pour le jeune ménage.

Les parents de l'ingénieur s'étaient, comme on dit vulgairement, saignés aux quatre veines pour lui donner de l'instruction.

Il s'agissait maintenant de récolter ce que l'on avait semé.

C'est ce qu'apprit Thérèse dans les conversations qu'elle avait avec ses deux compagnons de voyage.

Ceux-ci cherchaient à la distraire, la voyant si profondément absorbée et triste.

Mais à l'intérêt qu'ils portaient à la jeune fille, s'ajoutait, nous devons le dire, un peu de curiosité.

Comme tous les autres passagers de l'*Abeille*, les Armandier avaient été fortement intrigués quand le capitaine s'était contenté de l'inscription sur le livre de bord d'un simple prénom pour désigner la jeune passagère.

Eux aussi n'avaient pas été sans remarquer que celle que l'on ne connaissait que sous son prénom de Thérèse avait des allures étranges et paraissait continuellement en proie à de violentes anxiétés.

Maintes fois, pendant les premiers jours de traversée, M. Armandier s'était entretenu de cette étrange jeune fille avec George Ravergy.

Les deux hommes s'accordaient à reconnaître que leur compagne de voyage devait être en proie à quelque grand chagrin, et M. Armandier avait eu la pensée, d'accord avec sa femme, de tâcher de percer le mystère dont elle s'entourait.

Ils se disaient que la traversée devant être longue, on amènerait aisément la jeune fille à révéler le motif qui l'avait obligée à entreprendre seule un pareil voyage.

Mais la catastrophe à la suite de laquelle avait sombré l'*Abeille* était survenue avant qu'aucune révélation pût leur être faite.

Mme Armandier, pour arriver au but qu'elle se proposait, s'était dit qu'une confidence en appelant une autre, c'était à elle de commencer.

Et, pour suivre l'exemple qui lui était donné, Thérèse, à son tour, fit le récit de sa vie passée, de ses angoisses, de ses tortures et finit en disant que, maintenant, il ne lui restait plus qu'à trouver ce M. Delaverne que, sans aucun doute, devait connaître ce John Mathis, si adroit, si avisé, si répandu dans le pays et dont lui avait parlé Claude Michot.

— Eh bien, comptez sur moi, dit l'ingénieur, je découvrirai la demeure de ce John Mathis et, peut-être, votre M. Delaverne lui-même.

. . . .

Depuis le départ de Thérèse, George Ravergy était tombé dans un état de profonde mélancolie.

L'énergie qu'il avait déployée pour décider Thérèse à se mettre en route pour Sacramento, avait usé ses forces déjà très altérées par la fièvre.

C'était le moral chez lui qui était profondément affecté.

La scène qui avait précédé le départ de la jeune fille, les adieux qu'ils avaient échangés et l'impossibilité dans laquelle s'était trouvée Thérèse, de laisser à son amour même une vague espérance, l'avaient atteint au plus profond de son cœur.

... Thérèse !... appartiendrait à ce misérable, à cet infâme, à ce voleur, à cet assassin...
(P. 791.)

Jusqu'à la fin de son existence, vouée désormais aux amers souvenirs et aux plus douloureuses tristesses, il se reprocherait de n'avoir pas tenté l'impossible pour la préserver du nouveau danger qu'elle allait affronter.

Et un sombre désespoir envahissant de plus en plus son âme, Ravergy se demandait s'il ne valait pas mieux en finir tout de suite avec cette vie sans espérance.

Mais le devoir !.., Mais la promesse sacrée faite à son père !
avait-il le droit de les mettre en oubli ?

Il se disait cela et devant lui défilèrent tous les épisodes qui
avaient traversé son existence.

Avait-il un reproche à s'adresser ? une de ses actions à condamner ?

Un seul acte de sa vie jetait le trouble et l'incertitude dans sa
conscience.

Il se retrouva, par la pensée, en présence de son père le jour
où, entraîné par son patriotisme et profondément affligé des malheurs qui fondaient coup sur coup sur la France, il avait annoncé
au marquis de Ravergy qu'il s'était enrôlé dans les légions de la République.

Il se rappelait tout ce que son père avait fait pour l'amener à
abandonner cette résolution.

Il avait résisté aux arguments, aux prières, aux menaces.

Et les paroles d'adieu que lui avait adressées le marquis résonnaient à présent à ses oreilles :

« Je ne me sens pas le courage de vous accabler en ce moment
où nous allons nous séparer peut-être pour toujours !...

« Plaise à Dieu, mon fils, que vous n'ayez pas à regretter, amèrement, un jour, ce fatal entraînement ! »

Il n'avait pas cédé. Il était parti après que son père, remué jusqu'aux entrailles, l'eut saisi dans ses bras et pressé sur son cœur !...

Le pressentiment qui hantait l'esprit du marquis, s'était-il
réalisé ?

Non, mille fois non ! Aujourd'hui la France était glorieuse
et fière. Toutes les nations voisines ou lointaines étaient prosternées
à ses pieds, et ces princes proscrits, pour lesquels le marquis eut
voulu que son fils donnât sa vie, comme il sacrifiait la sienne, ces
princes attendaient, dans l'exil, que les malheurs de la patrie leur
permit de rentrer en France, ramenés, imposés même à la nation
par les baïonnettes étrangères et maintenus jusqu'au jour où ils
seraient expulsés de nouveau.

Georges avait donc sagement et noblement agi en désobéissant
à ce père égaré par un dévouement aveugle donné à la royauté lorsqu'il eut dû l'être à la patrie.

Georges Ravergy se sentait donc exempt de tout remords, de
tout reproche, pour le passé et, malgré les tristes affirmations de
Thérèse, il se demandait si, dans l'avenir, le ciel n'aurait pas, une

fois encore, compassion d'elle et de lui et si, malgré les sombres pressentiments de la jeune fille, les obstacles qui s'élevaient entre elle et lui, ne finiraient pas par s'aplanir.

Il fut, tout à coup, tiré de ses réflexions par la porte qui s'ouvrait bruyamment et donnait passage au fidèle Claude Michot.

— C'est fait, dit celui-ci en entrant. J'ai mis Mlle Thérèse sur la bonne voie; espérons qu'elle arrivera là-bas heureusement.

— Et qu'a-t-elle dit en se séparant de toi, demanda Ravergy.

— Voilà ses propres paroles, répondit Claude :

« Veuillez, mon ami, exprimer à M. Ravergy la profonde reconnaissance que je lui garderai éternellement.

« Cette reconnaissance ne s'éteindra qu'avec ma vie! »

Elle était très émotionnée, cette pauvre demoiselle; et, malgré ça, pas un instant elle n'a manqué de courage...

C'est à ce point que, moi qui suis un homme, je me trouvais faible et petit auprès d'elle!...

— Est-ce tout? demanda Ravergy d'un air de déception.

— Non!... Elle a ajouté, en plus, qu'elle te recommandait, qu'elle te priait instamment d'avoir du courage, de la résignation, et de ne pas te laisser abattre par le chagrin...

Bah! s'écria tout à coup Michot, j'en ai assez de te raconter toutes ces grandes phrases. J'aime mieux te dire, tout net, que cette jeune fille, si frêle, a plus de courage, à elle seule, que toi et moi réunis, mon capitaine!

Claude Michot, après avoir raffermi le morale de son ami, l'entretenait dans l'espoir que sa blessure serait bientôt guérie et qu'ils pourraient tous deux se mettre prochainement en route pour Sacramento.

L'unique préoccupation de Georges Ravergy était maintenant de savoir si Thérèse avait réussi à rencontrer Delaverne et quel résultat elle avait obtenu.

C'était le sujet de toutes les conversations des deux amis pendant les longues journées qu'ils étaient condamnés à passer dans cette auberge abandonnée.

Quelques jours s'étaient écoulés depuis que Thérèse avait quitté ses deux compagnons.

Claude Michot prodiguait au blessé les soins les plus empressés.

Mais outre que les contusions qu'avait reçues Ravergy le faisaient beaucoup souffrir, le blessé était d'une extrême faiblesse qu'il importait de combattre activement.

Or, Claude Michot se mettait, chaque jour, en campagne pour tâcher de rapporter à son malade une nourriture réconfortante.

Et quand il avait réussi à tuer quelque gibier, tels que chamois ou chevreaux, qu'il parvenait à surprendre pendant qu'en troupe ces animaux gravissaient les rochers, c'était jour de fête à l'auberge, pour l'ancien maître-coq.

Il s'ingéniait à trouver des préparations nouvelles pour exciter l'appétit toujours de plus en plus languissant du blessé.

Il voulait, disait-il plaisamment, faire « une guerre énergique » à l'anémie, la combattre et l'anéantir, avec des bouillons consommés et des jus de viande.

— Que ne suis-je aussi bon médecin que bon cuisinier! avait-il l'habitude de dire à Georges, qu'il cherchait à distraire, je saurais comment m'y prendre pour te remettre sur tes jambes!...

Sur celle-ci, au moins, ajoutait-il en désignant celle des deux qui était blessée, car l'autre est en assez bon état.

Toutefois il espérait, disait-il, que les herbes aromatiques infusées dans de l'alcool finiraient bien par produire l'effet qu'il en attendait.

C'était, s'avouait-il à lui-même, un remède de bonne femme, mais qu'il avait vu employer avec succès pour les foulures et les entorses.

Georges Ravergy réagissait à présent contre le découragement qu'il avait ressenti à la suite du départ de Thérèse.

Les exhortations de Claude Michot avaient produit leur effet, à ce point, sur l'esprit du blessé, que maintenant il ne désespérait pas de revoir la jeune fille, malgré l'éternel adieu qu'elle lui avait adressé au moment de leur séparation.

Même cette idée s'affirmait si bien en son esprit que ce fut lui qui rompit le silence que Claude Michot s'était promis de garder sur ce sujet.

Ravergy avait amené son camarade à lui raconter, par le menu, tout ce qui s'était passé pendant qu'il accompagnait la jeune voyageuse.

Claude Michot n'avait garde de ne pas se prêter complaisamment à ces interrogatoires.

Il s'attachait, surtout, dans ses réponses, à exalter l'énergie de Thérèse, à admirer cette force de volonté dont il attendait, disait-il, le meilleur résultat.

Et comme Ravergy, très agité, maudissait la fatalité qui l'avait empêché d'accompagner la courageuse jeune fille, Claude Michot disait, d'un air de profonde conviction :

— Elle ira, *seule*, jusqu'au bout !

Il faut espérer tout d'abord que notre « amie » va arriver à Sacramento, sans éprouver d'accidents...

— Dieu le veuille ! interrompit le blessé...

— Bon !... Par conséquent, la voilà dans le pays de l'or... Elle va trouver l'homme qu'elle cherche... Pour cela, mon ami John Mathis, à qui je lui ai dit de s'adresser, lui sera d'un grand secours !... Bon !... La voilà donc en présence de cette canaille de Delaverne...

Georges Ravergy était devenu subitement très agité. Il se souvenait qu'à tout prix, même au prix de son honneur, c'est-à-dire au prix de sa vie, elle voulait obtenir de ce misérable la lettre qui devait sauver l'honneur et la vie de son père.

Et comme Claude Michot s'apprêtait à continuer, il l'interrompit en disant :

— Ah ! malheureux, tu parles de tout cela avec un calme qui me fait bondir !... Thérèse en présence de Delaverne !... Cette infortunée en face de ce monstre !... Cette frêle créature devant cette bête féroce !... Tout cela n'est donc pas pour toi un sujet d'épouvante ?

Tu connais ce Delaverne pour ce que je t'en ai dit; tu sais ce dont il est capable, et tu ne frémis pas à l'idée de voir Thérèse s'adresser suppliante à lui...

Même tu t'imagines que la malheureuse enfant obtiendra ce qu'elle va demander à cet homme infâme...

— Ne t'emporte pas ainsi, prononça Claude Michot... Je ne fais là que des suppositions...

— Alors où veux-tu en venir avec tes suppositions ?

— Je veux en venir à te communiquer l'espoir que j'ai de pouvoir nous remettre en route, prochainement, à notre tour... Comme nos chevaux auront eu grandement le temps de se reposer, on pourra leur demander de nouvelles fatigues. Nous arriverons au but peu de temps après que Thérèse y sera arrivée elle-même et nous ne la quitterons plus jusqu'à son retour en France. Est-ce possible ? dis...

— Non ! répondit fermement le blessé...

— C'est qu'alors tu ne le voudrais pas...

Georges Ravergy baissa la tête et une expression de douleur se peignit sur son visage.

— Quoi !... tu ne réponds pas !... Tu ne bondis pas de joie à cette pensée de revoir celle que tu aimes!... Car enfin tu l'aimes,... c'est-à-dire que tous les deux vous vous adorez...

— Claude, je t'en supplie, ne me parle plus ainsi... tes paroles sont autant de blessures pour mon cœur!...

— Eh bien! j'avoue que voilà qui dépasse mon imagination!... Il me semble, ajouta le brave garçon avec une expression touchante, qu'à ta place, si j'avais l'espoir de la revoir, je ne pourrai contenir ma joie!...

— Je ne reverrai plus Thérèse, te dis-je...

— Parce que tu ne le voudras pas, alors!

— Parce que... je ne le dois pas, mon ami! répondit le blessé d'un ton de profonde tristesse.

— Tu ne le dois pas?...

— Parce que tu ignores que... c'est la volonté de Thérèse que je t'exprime en ce moment!...

— Sa volonté... de ne plus vous revoir?...

— Oui!...

— C'est qu'alors, dit Claude, il s'est passé entre vous deux, en tête-à-tête, quelque chose de bien extraordinaire...

— C'est vrai!... Une chose terrible, épouvantable.

— Ah! je comprends maintenant pourquoi mademoiselle Thérèse quand nous étions au moment de nous quitter, me chargeait de te dire d'avoir de la résignation...

Pourquoi, lorsque je lui souhaitais de faire bon voyage, elle m'a serré la main comme elle ne l'avait jamais fait encore, depuis que nous nous connaissions!...

Et lorsque je lui ai dit « au revoir, à bientôt, j'espère », elle m'a répondu, d'un ton triste et grave : « adieu! » Et moi, j'étais si émotionné, si troublé, que je ne me suis pas rappelé que l'on n'a l'habitude de dire *adieu* aux gens que lorsqu'on sait qu'on ne les reverra plus!...

Puis, changeant de ton, le pauvre diable, comme si une pensée douloureuse eut traversé son esprit, se prit à dire :

— Qu'elle n'ait eu ni l'intention ni le désir de me revoir, à la rigueur, je le pourrais comprendre... Mais toi?

Ravergy répondit tristement :

Il existe, hélas, de puissants motifs pour que, malgré notre amour, Thérèse ait manifesté la volonté de ne plus nous revoir... jamais!

— Des motifs.... bien puissants ! balbutia Michot, puisque tu n'as pas jugé à propos de les raconter, même à moi !...

— Oui, bien puissants et bien douloureux :

Thérèse est un ange, une sainte, une martyre !...

La pitié filiale arrivée à ce degré, commande plus que l'admiration. C'est à genoux qu'on devrait lui parler à elle qui s'est dit : « Je sauverai mon père et je payerai, ensuite, son salut de ma vie ! »

— Que m'apprends-tu là?

— Si je t'ai caché ce qui s'était passé, entre Thérèse et moi, pendant que tu t'étais éloigné pour faire les préparatifs de son départ, c'est que je voulais être seul à dévorer mon chagrin !

Je voulais garder au fond de mon cœur les paroles qu'elle avait prononcées et qui étaient pour moi comme les « dernières volontés » d'une mourante !...

— Ce que tu me dis me rend fou !... cria Claude Michot en proie à une surexcitation qui, effectivement, semblait tenir de la démence.

« Les dernières volontés d'une mourante !... »

Et c'est de Thérèse qu'il s'agit?...

Il répétait :

— « Une sainte !... Une martyre ! » Voilà donc l'explication de ta tristesse, de ton découragement...

— Écoute, répondit Georges, qui sentait le besoin de décharger son cœur du poids qui l'oppressait. Tu sais à quel homme odieux, infâme, Thérèse va demander une lettre qui doit sauver son père de l'échafaud ; mais ce que tu ignores c'est que cet homme aimait, autrefois, Thérèse d'un amour assez criminel pour qu'il ne craigne pas d'attenter à son honneur...

— Quoi, ce Delaverne !...

— Est parti de France, emportant, sans aucun doute, cet amour au fond de son cœur, et lorsqu'il la reverra, lorsqu'elle le suppliera à genoux, offrant, peut-être, sa vie, en échange de celle de son père, comprends-tu quel autre prix cet homme exigera d'elle... le comprends-tu ?

— Oui, s'écria Claude, avec un cri de rage... Et cet ange de pureté, de candeur, d'innocence, Thérèse enfin, Thérèse !... appartiendrait à ce misérable, à cet infâme, à ce voleur, à cet assassin ; non, mille tonnerres de Dieu ! non, mille fois non, et il arpentait la chambre à grands pas, élevant vers le ciel ses poings crispés et l'œil en feu et, d'une voix menaçante, il s'écriait : « Jamais, jamais,... une pareille infamie !... Jamais !...

Georges, étonné, le regardait, arpentant toujours la chambre comme un fauve devenu, tout à coup, furieux. Il ne soupçonnait pas ce qui se passait en lui, il ne savait pas, en effet, qu'un amour profond, qu'une sainte adoration avait pris, naguère, possession du cœur de Claude.

Le brave garçon, lorsqu'il avait appris que son ami, son frère d'armes était aimé de Thérèse, avait religieusement renfermé au fond de son âme cette pure adoration, il s'était dit :

— Elle l'aime, lui, si bon, si grand, si noble !... Elle l'aime, c'est justice. Et bravement il s'était résigné; mais, en apprenant, tout à coup, que l'odieux Delaverne, que cet homme déshonoré, souillé de crimes pouvait devenir le maître suprême de Thérèse, l'arbitre de son sort, le possesseur enfin, le voleur de sa virginité, son brûlant amour avait jailli subitement des cendres qui le recouvraient, il se réveillait plus ardent que jamais et doublé, cette fois, d'une jalousie féroce, altérée de vengeance et de sang et il s'écriait : « Je ne veux pas, je ne veux pas !... »

Puis il s'arrêta, subitement. Il entendait Ravergy qui, d'une voix douloureuse, lui disait :

— Claude !... mon pauvre Claude ! tu l'aimes aussi !...

— Eh bien, oui, dit Claude, mais n'en sois pas jaloux, va, notre amour n'est pas le même.

Tu l'aimes, toi, avec l'espoir de la posséder, c'est-à-dire : d'être heureux par elle. Je l'aime, moi, et je n'ai qu'un désir, c'est qu'elle soit heureuse par moi.

Et si je vous vois, un jour, mariés ensemble, c'est-à-dire, heureux l'un par l'autre, je ne demanderai plus rien au ciel.

Mais, vois-tu, penser que ce Delaverne, ce honteux criminel tient entre ses mains la vie du père de Thérèse et son honneur à elle, penser à cela et apprendre comme je viens de le faire, qu'il la désire, qu'il la veut, et que bientôt, il n'aura plus qu'à la prendre... ça me rend fou et j'ai comme des envies insurmontables de courir à son secours, oui, de partir... de t'abandonner... toi... toi !...

Et se mettant à pleurer il s'écria :

— Mais je ne peux pas, je ne peux pas !

— Eh bien, si fait, s'écria Georges, pris à son tour d'une rage furibonde. Si fait, tu partiras; mais tu ne seras pas seul.

— Comment?

... Il avait arrêté son cheval et répondait : — Georges Ravergy est-il avec vous ?
(P. 796.)

— Je t'accompagnerai.

— Toi... allons donc, est-ce que c'est possible?

— Je partirai, te dis-je!...

— Mais... tu ne peux te tenir sur tes jambes... Tiens, regarde, tu ne le peux pas.

Le blessé, en effet, avait voulu se lever, et ses jambes avaient fléchi sous le poids de son corps.

100. — SEULE! 100.

Claude Michot se précipita pour le soutenir, en répétant très ému :

— Tu vois bien que c'est impossible.

— Eh bien, tu me porteras jusque dans la cour ; tu me hisseras sur le cheval ; tu m'y attacheras solidement...

Vas-tu me refuser ce service, Claude, vas-tu encore me conseiller la résignation et le calme? tu l'essayerais, vainement, rien ne pourra m'empêcher de partir, je te le répète!...

Claude Michot connaissait le caractère résolu, indomptable, de son ami. Il comprit que ce serait peine perdue d'essayer de le faire revenir sur sa décision.

— Soit! dit-il!... Puisque tu veux risquer un pareil voyage, je suis prêt!...

Le blessé, après l'effort qu'il venait de faire, avait dû s'étendre sur le lit.

— Tu vas te reposer pendant que je m'occuperai des chevaux et du « paquetage », comme dans le temps où nous étions soldats, dit Michot.

— Va! prononça Ravergy avec une fermeté que ne parvenaient pas à altérer les souffrances qu'il éprouvait.

Claude Michot répliqua :

— Au fait, pourquoi pas?... Il n'y a là rien de bien extraordinaire, après tout!... Admettons, pour un instant, que nous soyons sur le champ de bataille. Je suis à côté de toi, mon capitaine, comme nous étions dans le défilé, tu te rappelles, où les balles pleuvaient comme grêle sur nous... Je te vois tomber... Est-ce que j'hésite? Pas un instant : je te charge sur mes épaules et je t'emporte, absolument comme je vais t'emporter tout à l'heure pour te descendre dans la cour...

Mais ce n'est pas tout : on nous poursuit pour tâcher de nous faire prisonniers... Alors, par bonheur, je rencontre un cheval sans cavalier... Qu'est-ce que je fais, sans perdre une minute? Je te hisse sur la bête et je t'attache le plus solidement que je peux, et je saute à mon tour sur le cheval... Et nous voilà partis tous les deux, à fond de train, comme nous le ferons tout à l'heure...

Avec la seule différence que nous avons chacun notre cheval, ce qui sera beaucoup plus commode.

Claude Michot qui tout à l'heure encore s'élevait contre l'intention de son ami, en était arrivé maintenant, étant donné son caractère aventureux, à trouver tout à fait possible ce voyage pour le blessé.

Ce qu'il considérait naguère comme une folie se présentait, à son esprit, comme une chose toute naturelle.

Aussi allait-il s'occuper des préparatifs pour le départ, quand Georges Ravergy le vit hésiter et s'arrêter brusquement juste au moment où il se dirigeait déjà vers la porte.

— Qu'est-ce qui te prend? lui demanda le blessé...

— J'écoute!...

— Quoi?...

Sans répondre, Claude Michot se précipitait vers la fenêtre qu'il ouvrait toute grande.

— Qu'est-ce que c'est? interrogea vivement Ravergy en se dressant à demi.

Michot, le cou tendu, lui fit, de la main, signe de se taire.

Puis au bout d'un moment :

— Le galop d'un cheval!... J'en suis sûr à présent!...

Georges Ravergy s'était mis sur son séant et se disposait à se jeter à bas du lit.

La première supposition qui s'était présentée à son esprit, était que les Peaux-Rouges mis en déroute lors de l'attaque de la caravane, revenaient prendre position pour attendre le passage des voyageurs...

— Nous allons probablement être attaqués ici! dit-il à Claude Michot qui, toujours penché à la fenêtre, continuait d'écouter.

— Je ne sais pas, répondit Michot; en tout cas, mon capitaine, si ce sont des sauvages, nous allons les recevoir de la bonne façon !

Et il ajouta :

— Ils ne peuvent entrer dans cette auberge, qu'en passant sous cette fenêtre... Ce sera comme dans le défilé de Torfou!... Nous les canarderons au passage!...

Par exemple il faudra que chacune balle couche son homme par terre, car nous n'avons pas de poudre à jeter aux moineaux.

Et Claude Michot alla prendre son fusil pour le charger.

Le galop du cheval devenait de plus en plus distinct.

Georges Ravergy pouvait l'entendre de son lit.

Et il fit observer à son compagnon que ce n'était pas le bruit que ferait une troupe en marche.

Claude Michot répliqua :

Tu ne connais pas comme moi les habitudes de ces maudits sauvages... Ils savent marcher sans qu'on les entende venir, et ils vous tombent dessus, avant qu'on ait eu le temps de se mettre en garde pour se défendre...

C'est sans nul doute leur chef qui arrive à cheval, les autres suivent à pied, tu peux en être certain; et tout à l'heure, nous verrons arriver toute la bande dans le défilé... Alors, pif, paf, je te leur enverrai des dragées, en veux-tu en voilà !

A ce moment où il se croyait sûr d'avoir à repousser une attaque, Claude Michot se retrouvait le soldat du défilé de Torfou.

Le canon du fusil appuyé sur le bras, il attendait, calme comme il l'était autrefois, en attendant que le combat s'engage.

— Attention! cria-t-il à Georges Ravergy... voilà le moment !

Le blessé vit qu'il mettait son fusil en joue...

Mais tout à coup Michot baissa l'arme dont il allait presser la détente.

Et se tournant vers Ravergy surpris de ce mouvement, il lui dit :

— Ce n'est pas un sauvage... c'est un blanc, autant que j'ai pu voir... En tout cas, il est seul,.. et vêtu comme toi !...

— Ne tire pas! cria Ravergy.

— Tu vois bien que ce n'était pas mon intention.

— C'est probablement un voyageur... Montre-toi et appelle-le.

Claude Michot obéit, comme le cavalier arrivait, à toute bride, dans le défilé.

A l'appel que lui adressa Claude, il avait arrêté son cheval et répondait :

— Georges Ravergy est-il avec vous ?

Claude Michot n'avait fait qu'un bond de la croisée à la porte et se précipita dans l'escalier.

Au bout d'un instant, le blessé put entendre que les deux hommes gravissait hâtivement les marches.

Il attendait, anxieux.

Soudain il vit apparaître le capitaine Cardovan qui, les bras tendus, courut au lit, en s'écriant :

— Dieu soit loué, je vous retrouve vivant !...

Et se jetant au cou du blessé, Cardovan embrassa son ancien compagnon d'infortune.

Claude Michot ne pouvait contenir l'émotion qui s'était emparée de lui, dès les premiers mots qu'il avait échangés avec le voyageur.

Il cria à Ravergy :

— On nous apporte des nouvelles de Mlle Thérèse !...

Et s'adressant à Cardovan, il lui dit :

— Excusez, mon capitaine, de vous interroger, Parlez-nous bien vite de notre « amie. »

Le capitaine Cardovan lui tendit aussitôt la main, en disant :

— Je vous connais sans vous avoir jamais vu, mon brave !... Je sais tout ce que vous avez fait pour Mlle Thérèse. J'ai appris par elle à quel degré peut atteindre le dévouement d'un homme de cœur...

Claude Michot l'interrompit en s'écriant avec une expression de violente anxiété :

— C'est d'elle, mon capitaine, d'elle seule qu'il faut nous parler, pour l'instant...

Georges Ravergy succombant à l'émotion, ne pouvait prononcer une parole. Disons-le, il avait peur d'apprendre un malheur.

Aussi une exclamation de soulagement s'échappa-t-elle de ses lèvres, quand, répondant à Michot, le capitaine Cardovan, eut prononcé ces mots :

— Mlle Thérèse est en ce moment saine et sauve ; elle doit être tout près d'arriver à Sacramento.

Claude Michot avait approché du lit, une chaise pour le nouveau venu.

— Asseyez-vous, mon capitaine, dit-il.

Cardovan n'attendit pas qu'on l'interrogeât de nouveau.

— Avant tout, dit-il aux deux hommes qui le regardaient anxieusement, je dois vous dire que je n'ai quitté Mlle Thérèse, que quand j'ai été tout à fait rassuré sur son compte, et lorsque je savais la confier à des personnes qui auraient grand soin d'elle.

Elle a continué sa route vers Sacramento en compagnie de M. et Mme Armandier et des autres passagers de l'*Abeille* qui, comme nous, faisaient partie de la caravane que nous avons eu à défendre contre la furieuse attaque des Peaux-Rouges.

Le capitaine Cardovan ajouta, s'adressant à Ravergy :

— Vous n'avez pas besoin de me rien raconter, vous concernant, car je sais, par le menu, tout ce qui vous est arrivé, depuis le moment où vous vous êtes trouvé séparé de vos compagnons.

Alors le capitaine Cardovan fit le récit des dangers qu'avait courus la jeune voyageuse, dans la plaine de sable, et la façon presque miraculeuse dont elle avait été sauvée...

Claude Michot ne put, à ce passage du dramatique récit, s'empêcher d'interrompre le capitaine, pour s'exclamer :

— C'était donc votre tour de secourir et sauver cette pauvre demoiselle !...

Georges Ravergy avait, pendant que parlait Cardovan, passé par des émotions d'autant plus poignantes qu'il savait que Thérèse n'avait échappé à un si grand danger, que pour en affronter plus tard un plus terrible encore.

Se trompant sur le genre d'impression qui se reflétait sur le visage du blessé, le capitaine Cardovan crut le moment venu de transmettre à Ravergy et à son compagnon, les remerciements de Thérèse et les vœux que celle-ci formait pour leur bonheur...

— Alors, elle vous a envoyé auprès de nous, sans doute pour nous conduire à Sacramento? interrompit Michot.

— Non! répondit le marin. Je me suis séparé de mes compagnons que je savais désormais en sécurité, pour m'occuper de celui que je savais blessé et ayant besoin de secours et de soins!...

— Eh bien, mon capitaine, vous avez bien fait d'arriver, car nous allions partir aujourd'hui même,... dans une heure!... s'exclama Claude Michot.

— Partir?... Vous deux? interrogea le capitaine Cardovan.

— Oui! répondit Claude Michot, c'était notre intention.

— Mais vous n'y songiez pas, Ravergy; dans l'état où vous êtes?

— Je vais vous raconter la chose...

— Tais-toi, Claude! interrompit le blessé.

— Mais le capitaine Cardovan insista pour connaître le motif qui avait pu faire prendre à George une détermination aussi folle.

— Vous demandez pourquoi, monsieur le Capitaine? Eh bien, ça n'est pas difficile à deviner...

Nous voulions à tout prix rejoindre mademoiselle Thérèse!..

— Et vous vous prêtiez à une pareille imprudence! ne put s'empêcher d'interrompre Cardovan d'un ton sévère.

— Vous avez raison, mon capitaine; c'était une grande imprudence, mais il n'y aurait pas eu moyen de faire entendre raison à Ravergy, aussi n'ai-je pas essayé.

Voyage inutile, puisque je vous apporte des nouvelles de celle que vous vouliez aller rejoindre!.. dit Cardovan.

Et s'adressant au blessé :

— A présent que vous la savez en sécurité, et en compagnie de gens qui sont au courant de ses malheurs et s'intéressent cordialement à elle, vous allez, je l'espère, retrouver votre calme et vous laisser soigner...

Il ajouta :

— Ceux qui comme moi ont beaucoup voyagé, sont tous un peu médecins... Et j'espère arriver à vous mettre promptement sur pied...

— Vous n'avez rien de cassé, je suppose ?

— Pour ça, je crois pouvoir en répondre, dit Claude car Ravergy n'aurait pas réussi à se mettre debout, comme il l'a fait, par deux fois...

Ensuite, ajouta Claude, la jambe serait plus enflée qu'elle ne l'est...

— Il s'agit donc probablement d'une simple foulure... Eh bien, j'ai subi le même accident au cours de mes voyages aux Indes et c'est une vieille hindoue qui m'a guéri, avec des plantes.

— Juste ce que j'ai fait! s'exclama Claude Michot enchanté.

— Maintenant, ajouta Cardovan, vous allez me montrer cette jambe...

Force fut à Ravergy d'accéder au désir du capitaine Cardovan.

Claude Michot s'empressa de mettre la partie malade à nu.

Au bout d'un instant et après avoir palpé, taté et massé les muscles :

— Je le supposais bien, s'exclama Cardovan, rien de grave; et grâce aux soins que nous allons, votre ami et moi, vous donner, quelques jours de repos que vous vous résignerez à prendre, et nous pourrons nous remettre, tous les trois, en route pour Sacramento.

VIII

LA TAVERNE SANGLANTE

La caravane dont Thérèse faisait partie était enfin arrivée à Sacramento, qu'elle devait traverser pour continuer sa route vers la Vieille-Californie.

Thérèse et la famille Armandier, après avoir pris congé de leurs compagnons, furent immédiatement entourés par un certain nombre de « pimos », toujours à l'affût des chercheurs d'or nouvellement débarqués pour les conduire aux mines, leur promettant de leur indiquer les plus riches placers et les meilleurs gisements.

Il est dans la coutume que ces oisifs, pour gagner quelques pièces se disputent les voyageurs, au point d'en venir aux mains et de se servir de la « machete » qu'ils portent à leur ceinture.

M. Armandier ne trouva d'autre moyen de se débarrasser de ces importuns, que de leur jeter quelques pièces d'argent.

Puis avisant un de ceux qui n'avaient pas pris part à la bataille, il lui fit signe d'approcher et l'accepta pour guide.

Le « pimos » baragouinant un peu toutes les langues, put donner les renseignements qu'on lui demandait.

Il se chargea de conduire les voyageurs dans la meilleure auberge de la ville, où ils trouveraient, disait-il, une bonne nourriture et un bon coucher, moyennant « beaucoup d'argent ».

Ce guide prétendait être le meilleur de la ville et se flattait de connaître par leur nom chacun des habitants, commerçants ou chercheurs d'or.

L'auberge où il conduisit les voyageurs était un de ces établissements où l'on exploitait sans vergogne les individus venus dans le but de s'enrichir aux placers.

Le guide n'avait rien exagéré en disant qu'il fallait « beaucoup d'argent » pour y trouver le nécessaire.

Tout y était débité à des prix fabuleux.

Dans le « bar » qui se trouvait au rez-de-chaussée et qu'il fallait traverser pour arriver à l'escalier tout à fait primitif conduisant aux chambres, on se disputait les consommations absolument à prix d'or.

Même, il arrivait que le débitant mettait aux enchères certaines consommations de luxe et l'on voyait, par exemple, un verre de vin de France être poussé jusqu'à plusieurs *gourdes*.

Thérèse, toute énergique qu'on la sait, n'avait pu se défendre d'une impression de crainte instinctive en traversant cette salle puante et enfumée, encombrée d'individus dont l'aspect et la physionomie n'avaient rien de rassurant.

Il lui fallut surmonter le dégoût qu'elle éprouvait et faire bonne contenance malgré les cyniques regards qu'on attachait sur elle et les ignobles plaisanteries dont on saluait son passage.

Elle se sentit soulagée, lorsque l'on fut arrivé dans la chambre que l'aubergiste destinait à nos voyageurs.

Il n'y avait pas à débattre le prix exigé et M. Armandier dut payer d'avance, pour la semaine, la somme qu'on lui demandait.

Il s'agissait maintenant de s'occuper de Thérèse.

— Vous désirez me parler ?...
— Je désire parler à M. John Mathis ? répondit Thérèse. (P. 806.)

M. Armandier ayant manifesté le désir d'accompagner la jeune fille, apprit d'elle que son intention était d'abord de s'adresser à un nommé John Mathis...

— John Mathis? interrompit le « pimos », je connais ça !..

— Alors, dit Thérèse avec vivacité, vous voudrez bien me conduire chez lui !

Et s'adressant à M. Armandier :

— Je vous remercie, monsieur, de vous être mis à ma disposition pour m'accompagner dans mes recherches...

J'aurais accepté avec plaisir votre offre; mais puisque ce guide connaît précisément la personne que je désire voir, il m'en coûterait de vous déranger en ce moment où vous avez à vous occuper de votre famille...

D'autre part, je suis très pressée de voir ce M. John Mathis à qui je dois m'adresser pour avoir des indications qui me sont indispensables...

Aussi vais-je me rendre tout de suite auprès de lui.

— Soit ! consentit M. Armadier; mais nous espérons vous revoir bientôt.

— Je reviendrai dès que j'aurai vu M. John Mathis; répondit Thérèse.

En exprimant son intention de se rendre tout de suite chez la personne à qui Claude Michot lui avait recommandé de s'adresser pour avoir des renseignements sur Delaverne, Thérèse avait voulu, on l'a compris, taire le nom de ce dernier.

Elle désirait n'être pas accompagnée, par M. Armandier, chez ce misérable.

Elle ne voulait pas qu'un témoin assistât à l'entrevue qu'elle allait avoir avec Delaverne.

Thérèse prit donc congé de ses compagnons de voyage et suivit le « pimos ».

Obligée de traverser, de nouveau, le cabaret, elle fut, cette fois encore, saisie de la même impression de crainte et de dégoût.

On l'apostrophait au passage et des hommes en état d'ivresse cherchaient à la saisir par le bras, tandis que d'autres lui barraient le chemin.

Ce ne fut qu'à grand peine qu'elle pût sortir de ce bouge.

— Hâtons-nous, je vous en prie ! dit-elle au guide.

Dans sa précipitation à s'éloigner de l'auberge, elle ne s'était pas aperçue que plusieurs des individus qui se trouvaient dans le « bar », en étaient sortis peu de temps après elle et la suivaient à distance.

Tout en marchant hâtivement, elle adressait des questions au guide, concernant la personne qu'elle allait voir.

— John Mathis, répondit le « pimos », est un homme très riche, et qui le deviendra beaucoup plus encore.

— Que fait-il ? s'informa Thérèse.

— Tout ce qu'on peut faire pour gagner de l'argent!... ricana le guide.

— Mais... n'est-il pas explorateur ?

— Oui!... ça aussi, avec tout le reste, c'est-à-dire qu'il explore les placers des autres.

— Mais... c'est je suppose, un honnête homme ? demanda la jeune fille avec un instinctif mouvement d'inquiétude.

Elle se demandait si Claude Michot n'avait pas mal placé sa confiance, en l'accordant sans le savoir à à quelque aventurier sans foi ni loi.

Elle eut voulu obtenir du guide quelque parole qui la rassurât.

La réponse que lui fit le « pimos » ne diminua pas son inquiétude.

— Dans ce pays-ci, dit-il en riant, tout le monde est honnête de la même façon.

Il ajouta, toujours sur le même ton énigmatique :

— Pour gagner de l'argent, on fait tout ce qu'on peut!...

— Mais, insista Thérèse, la personne qui m'envoie auprès de M. John Mathis, m'a affirmé que je pouvais avoir pleine et entière confiance en lui...

— Ah! pour ça, vous pouvez être certaine qu'il vous fera,... très bon accueil! répondit le guide avec un singulier sourire.

On continuait à marcher, et Thérèse, très préoccupée, ne s'apercevait pas qu'elle était, de la part des passants, l'objet d'une curiosité toute particulière.

En outre des individus qui la suivaient depuis sa sortie du « bar », d'autres hommes s'étaient également mis à lui faire escorte.

Tout ce manège qui échappait à la jeune fille n'était pas sans inquiéter le « pimos ».

Il n'augurait rien de bon de cette persistance qu'on mettait à suivre la demoiselle.

Connaissant les habitudes de cette population d'aventuriers et de malfaiteurs, il n'était pas sans redouter que la chose tournât à mal, avant qu'il ne soit arrivé chez John Mathis.

Etait-ce réellement par intérêt pour la jeune fille, que le guide avait cette crainte?

Pas le moins du monde. Le « pimos » ne valait, comme moralité, pas beaucoup mieux que les autres individus de sa race, lesquels vivaient dans la plus crapuleuse oisiveté.

Il ne songeait qu'à son propre intérêt, sachant que John Mathis serait d'autant plus large sur la rémunération de sa peine, qu'il lui amenait une voyageuse, jeune et jolie.

Aussi engageait-il celle-ci à activer la marche.

— Avons-nous encore bien loin à aller? s'informa-t-elle voyant que l'on avait déjà dépassé les maisons qui bordaient l'unique rue de la ville.

— Non!... C'est là tout près!...

Il indiquait une maison, à quelques pas plus loin, en disant:

— C'est là!... Vous pouvez d'ailleurs voir d'ici l'enseigne.

Effectivement au dessus de la porte on pouvait lire, sur un tableau noir, cette enseigne, en lettres d'un rouge vif:

JOHN MATHIS

CORRESPONDANT POUR TOUS PAYS

Et au-dessous les indications suivantes:

IMPORTATION. — EXPORTATION. — ÉCHANGES.

En voyant où allait la jeune fille, ceux qui l'avaient suivie à distance s'arrêtèrent.

Le guide et Thérèse étaient arrivés devant la maison à l'enseigne, et le premier fit fonctionner le marteau fixé à la porte.

Mais on n'entrait pas dans l'établissement de John Mathis aussi facilement que dans la plupart des autres.

Il fallait, pour être admis chez l'importateur-exportateur-échangiste avoir montré au préalable patte blanche.

Ce n'est qu'au troisième coup frappé à la porte que s'ouvrit un petit judas grillé.

Thérèse put voir briller deux yeux à travers le grillage.

Peu après la porte s'ouvrait pour livrer passage à la jeune fille et à son guide.

Thérèse fut conduite dans une grande pièce encombrée de ballots de marchandises.

Il s'y trouvait un bureau en bois peint et quelques sièges, — chaises et tabourets.

Le domestique qui l'introduisit était un « pimos » qui après avoir échangé dans leur jargon, quelques paroles avec le guide, dit qu'il allait prévenir le maître.

Thérèse éprouva un saisissement et son cœur se mit à battre avec précipitation à l'idée qu'elle allait bientôt se trouver en présence de l'ancien compagnon de Claude Michot.

Elle ne pouvait se rendre compte de l'impression qu'elle éprouvait. C'était un mélange de satisfaction et de crainte. Il lui tardait de s'entretenir avec ce John Mathis et cependant elle appréhendait de le voir paraître.

Bientôt, en effet, la porte s'ouvrait et un homme vêtu à la mode mexicaine entra.

Son regard avait tout de suite enveloppé Thérèse, à qui il dit :

— Vous désirez me parler ?...

— Je désire parler à M. John Mathis ? répondit Thérèse.

— C'est moi !

— En même temps l'Anglais indiquait un siège à la jeune fille.

— Puis il fit signe au guide de se retirer.

Le « pimos » comprit et alla rejoindre le domestique qu'il savait chargé de lui remettre la gratification qu'on lui accordait d'habitude, en pareil cas.

— Puis-je savoir mademoiselle, demanda l'Anglais, quel est le motif qui vous amène chez moi ?

— Monsieur, balbutia Thérèse, j'ai un renseignement à vous demander...

— Ah ! c'est un... renseignement ?

— Oui, monsieur !

— Et vous saviez donc que je pourrais vous le donner ?

— Je l'espérais, monsieur !...

— Et se remettant peu à peu de l'émotion qu'elle avait éprouvée jusque là, Thérèse ajouta :

— On m'avait dit, monsieur, que vous habitiez ce pays depuis un certain temps déjà, et que vous auriez assurément la bonté de vous occuper... de moi...

— Mais certainement !... interrompit l'Anglais dont le regard s'anima soudain.

Puis, avec un sourire engageant :

— Celui qui vous a adressée à moi me connaît sans doute fort bien...

— Oh ! oui, monsieur !... Il m'a parlé longuement de vous, et je sais beaucoup de choses qui vous concernent...

— J'en suis enchanté, mademoiselle !

Mais, puis-je savoir quelle est cette personne qui... me connaît si bien ?...

— C'est un Français !...

— Un Français ?... J'en connais un, c'est vrai ;... mais je ne suppose pas que celui-là vous ait adressée à moi,... surtout pour avoir des renseignements...

Le nom de cette personne ; je vous prie ?

— C'est... M. Claude Michot !...

L'Anglais parût chercher dans sa mémoire.

Et Thérèse put l'entendre se dire à lui-même : « Claude Michot, un Français,... où diable ai-je rencontré ça ?

Puis se frappant tout à coup le front, l'Anglais s'exclama :

— Ah ! oui,... je sais, je me souviens,... Michot, un Français, un drôle de corps,... une espèce de fou !...

Thérèse s'attendait si peu à cette critique de son ancien compagnon si bon, si dévoué, que sur le moment, elle resta tout interdite.

John Mathis s'en aperçut et voulut corriger ce qu'il venait de dire.

— Au fait, reprit-il, ce Claude Michot, pour être un fameux original, ne manquait pas de courage... J'ai eu l'occasion de le voir à l'œuvre, dans le voyage que nous avons fait de compagnie... Il ne ménageait pas les peaux-rouges qui nous suivaient dans le but de nous dépouiller de nos maigres bagages...

Puis s'interrompant :

— Vous êtes Française, mademoiselle, et rien d'étonnant à ce que votre compatriote vous ait adressée à moi...

— A vous de qui, m'a-t-il dit, il avait conservé un très bon souvenir.

— Oh ! maintenant c'est parfait, mademoiselle, et du moment que vous venez de la part de cet excellent Michot..., nous allons pouvoir nous entendre... Oh !... nous entendre fort bien et tout de suite ; ajouta l'Anglais, dont la face rubiconde s'illumina d'une expression de convoitise.

Thérèse crut devoir se recommander, à nouveau, de son ancien compagnon.

Elle dit à John Mathis :

— Certes M. Michot m'eut accompagnée ici... C'était son intention... Mais, malheureusement, il a dû s'arrêter en route...

— Pourquoi?

— Parce qu'il a éprouvé un accident! répondit, non sans quelque embarras, Thérèse, qui se voyait contrainte de mentir.

— Ah! tant pis!... fit sournoisement l'Anglais. Alors, il vous a laissé voyager seule?...

Thérèse raconta comment elle était arrivée à Sacramento.

— Maintenant, mademoiselle, dit tout à coup John Mathis, je suppose que vous êtes venue ici pour... chercher fortune?...

Thérèse avait pâli; l'Anglais, ne lui laissant pas le temps de répondre, continua :

— Vous réussirez!... Vous réussirez, car vous êtes... dans les meilleures conditions pour cela...

Et, riant d'un gros rire de sceptique bon enfant :

— Excellent article d'importation!... Tout ce qu'il y a de meilleur!... Vous verrez, vous verrez que vous n'aurez pas besoin d'aller aux placers pour trouver de l'or...

Vous en aurez ici à profusion, ma belle demoiselle, à profusion, je le répète, à profusion!...

Et tout en répétant ce mot, John Mathis se frottait les mains, pour exprimer sa satisfaction.

Thérèse pensait à l'interrompre. Mais lui, de plus en plus satisfait, ajouta :

— Mais à présent que la présentation est faite, nous allons, si vous le voulez bien, charmante demoiselle, causer d'autre chose...

Donc, voilà qui est convenu, je vais m'occuper de vous installer le plus convenablement possible... chez moi!...

Ah! ma foi, nous n'avons pas, à Sacramento, tout le confort qu'on peut se procurer à Londres et à Paris...

Malgré ça, je vous promets que vous y aurez la vie aussi agréable que possible...

Thérèse, voyant que son interlocuteur se méprenait sur le but de sa visite, jugea qu'elle ne devait pas le laisser plus longtemps dans l'erreur.

— Je ne suis pas venue à Sacramento dans l'intention que vous supposez, monsieur, dit-elle. Je n'ai ni l'intention de séjourner ici, ni le désir d'y faire fortune.

John Mathis marqua son étonnement par une exclamation.

Thérèse ajoutait :

... Il se tenait prêt à défendre vigoureusement la jeune fille qu'on lui avait confiée.
(P. 816.)

— Si je me suis adressée à vous, c'est, je vous le répète, parce que M. Michot me l'avait conseillé.

Il ne doutait pas qu'habitant Sacramento depuis longtemps, il vous serait facile de m'indiquer la demeure d'une personne...

— Qui est établie à Sacramento? demanda l'Anglais, exprimant par un ton brusque la déception qu'il éprouvait.

— Je le suppose, monsieur ; en tout cas, je suis certaine que cette personne a habité ici...

Il se peut que vous la connaissiez...

— Je connais tout le monde à Sacramento, déclara l'Anglais.

Comment se nomme cette personne ?

— M. Delaverne ! répondit Thérèse avec un tremblement dans la voix.

Elle vit tout à coup un changement subit s'opérer sur le visage de son interlocuteur. Il semblait que ce nom eût fait sur lui une impression profonde.

De brusque qu'il avait été jusque-là, le ton de l'Anglais devint doux et poli.

Et c'est d'un air tout à fait correct, respectueux même, qu'il répondit à Thérèse :

— Je connais effectivement M. Delaverne... J'ajouterai, mademoiselle, que je suis constamment en relations d'affaires avec lui...

Thérèse interrompit vivement John Mathis et lui dit :

— Vous allez donc m'indiquer sa demeure ?

— Pas à Sacramento, mademoiselle ?

Thérèse s'attendait à une réponse toute différente.

— Pourquoi ? demanda-t-elle.

— Parce que M. Delaverne habite maintenant loin de ce pays.

— Loin de ce pays, dit Thérèse, littéralement atterrée.

Elle regardait l'Anglais, qui lui dit, toujours du même ton poli :

— M. Delaverne est, à présent, fixé à Mexico...

— Mexico ? répéta Thérèse.

— Oui, mademoiselle.

— Vous en êtes certain, monsieur ?

— C'est moi qui suis, pour Sacramento, le correspondant de M. Delaverne... J'ajoute qu'il a en moi une très grande confiance, que je m'efforce de mériter... prononça l'Anglais.

Depuis qu'il savait que la jeune Française connaissait M. Delaverne, John Mathis avait immédiatement abandonné toute idée de convoitise.

Il était redevenu l'importateur-exportateur-échangiste, ainsi que l'indiquait l'enseigne placée au-dessus de la porte de son « agence ».

— Oui, mademoiselle, ajouta-t-il, M. Delaverne ne pouvait mieux choisir, car personne ici ne se serait occupé de ses intérêts avec autant de dévouement.

Et ses intérêts sont importants, continua John Mathis, très

importants, je le répète, car M. Delaverne n'opère qu'à coups de millions.

Ces mots qui, dans la pensée de l'Anglais, devaient frapper d'admiration l'esprit de la compatriote de M. Delaverne, ne produisant pas l'effet attendu, John Mathis en conclut que, très probablement, la jeune fille était au courant de l'immense fortune de Delaverne.

Il n'en ajouta pas moins :

— M. Delaverne jouit, là-bas, de la plus haute considération. Votre compatriote est le personnage le plus honoré de Mexico, dont les autorités elles-mêmes lui sont entièrement dévouées.

Thérèse répétait mentalement :

— Millionnaire !... Considéré !... Influent !...

Tout ce que lui avait appris John Mathis l'impressionnait vivement.

Elle se demandait comment la recevrait cet homme qui s'était fait une si grande situation.

Et, dans le désarroi de ses esprits, l'infortunée se voyait ou repoussée par le misérable qui l'avait convoitée ou traitreusement attirée dans l'odieux guet-apens auquel elle n'avait échappé qu'à force de courage et d'énergie.

Il fallait cependant, et à tous prix, que Thérèse se rendît auprès de Delaverne.

— Monsieur, dit-elle s'adressant à l'Anglais, il faut que je voie M. Delaverne, que je lui parle le plus tôt possible.

— Pour cela, mademoiselle, vous devrez vous rendre à Mexico. C'est un long voyage...

— Je n'hésiterai pas à l'entreprendre.

— La route n'est pas sûre.

— Peu m'importe !

Thérèse avait répliqué avec tant d'énergie que John Mathis en demeura stupéfait.

— Vous avez donc absolument besoin de voir M. Delaverne ? demanda-t-il.

— Oui, absolument !

— Mon devoir, mademoiselle, est de vous redire encore que ce long voyage vous exposera à bien des fatigues, à bien des dangers.

— J'en ai affronté d'autres ! répliqua Thérèse en se redressant dans un mouvement qui témoignait d'un courage et d'une force de volonté indomptables.

John Mathis ne pouvait insister davantage.

— Devant une volonté si énergiquement exprimée, il ne me reste plus, dit-il, qu'à vous donner quelques conseils, quelques indications indispensables.

Vous saurez d'abord que, dans ce pays, on ne voyage qu'à dos de mules...

— S'il le fallait, répliqua Thérèse, je n'hésiterais pas à faire la route à pied!

— Vous n'en serez pas réduite à cette extrémité, fit John Mathis. Il m'est facile de vous procurer une mule...

Seulement, cela ne suffira pas; il vous faudra également un guide.

Thérèse eut un regard interrogateur auquel l'Anglais répondit:

— Je m'estimerais heureux, mademoiselle, de vous accompagner, mais s'il m'est impossible de quitter ce pays et de vous conduire moi-même à Mexico, je puis, néanmoins, vous donner cet indispensable guide.

Thérèse, comme si elle n'eut attendu que cette offre, se confondit en remerciements.

— Ah! monsieur, dit-elle, j'accepte... J'accepte avec empressement!...

Grâce à vous, je ne serai pas réduite à voyager... seule!

— Quoi!... Vous auriez osé...

— Sans hésitation, monsieur, je vous le jure!...

— Seule... Jeune et belle comme vous l'êtes... Seule dans un pays aussi peu sûr?... Mais c'eût été une folie!...

— Je n'aurais pas hésité! répéta Thérèse d'un ton de fermeté qui stupéfia son interlocuteur. Puis elle ajouta:

— Il me reste, monsieur, à vous adresser une prière...

— Parlez, et s'il est en mon pouvoir de vous être utile, en quelque autre chose, disposez de moi...

De quoi s'agit-il?

— Je voudrais me mettre en route le plus tôt possible...

— Aujourd'hui?

— Aujourd'hui même!

— Soit!... Je vais m'occuper de tous les préparatifs de votre départ!

— Thérèse joignit les mains, en signe de remerciement.

John Mathis appela.

Le « pimos » qui lui servait de domestique de confiance s'étant aussitôt présenté:

— Gimmah ! lui dit-il, tu vas tout de suite atteler au cacolet la meilleure mule de l'écurie.

Le « pimos » s'inclina.

— Et puis tu te prépareras à te mettre en voyage.

Le domestique indien se courba de nouveau.

— Tu prendras des provisions en quantité suffisante pour nourrir deux personnes, car tu vas te rendre à Mexico, avec Mademoiselle.

— Oui, maître !

Le « pimos » jeta un rapide coup d'œil sur Thérèse.

John Mathis continua :

— Tu me réponds de mademoiselle sur ta tête.

— Oui, maître !

— Tu t'armeras, pour le cas où tu aurais à défendre mademoiselle.

— Maître, Gimmah la défendra...

— C'est bien ! Va !...

Quand l'Indien se fut retiré, John Mathis dit à Thérèse :

— Je vous donne pour guide le serviteur le plus dévoué qu'il y ait dans le pays ; vous pouvez avoir confiance en lui.

Il vous défendra jusqu'à la mort !...

Thérèse tressaillit.

John Mathis s'en aperçut.

— Je ne vous ai pas caché, mademoiselle, dit-il, que le voyage n'est pas sans péril !...

— Si vous m'avez vu tressaillir, dit Thérèse, ce n'est pas que le danger de mourir m'ait un seul instant effrayée ; ma seule crainte a été que quelque événement pût m'empêcher d'arriver jusqu'à M. Delaverne.

Voyant qu'il ne parviendrait pas à dissuader la jeune fille de son projet, John Mathis se mit de nouveau à sa disposition pour tout ce dont elle pourrait avoir besoin.

Il tenait à ce qu'elle pût rapporter à M. Delaverne qu'il avait fait tout le possible pour être utile à une personne qui se recommandait de lui.

Il s'informa si la compatriote du millionnaire avait suffisamment d'argent, et lui dit de ne pas se gêner et de disposer de sa bourse.

Le « pimos » ouvrit discrètement la porte.

— Eh bien, Gimmah ? lui demanda John Mathis.

— Tout est prêt, maître.

J'ai choisi les trois meilleures mules : une pour mademoiselle, avec cacolet ; l'autre pour moi... la troisième pour porter les provisions.

— Et les armes ?

L'Indien répondit par un signe affirmatif.

— C'est bien ! Conduis les mules devant la porte.

Moins de dix minutes plus tard, John Mathis assistait au départ de celle qu'il chargeait de présenter ses très respectueuses salutations à M. Delaverne.

Thérèse remercia une dernière fois l'Anglais.

Puis les trois mules se mirent à trotter, à la voix de l'Indien Gimmah.

John Mathis était resté sur le pas de sa porte jusqu'à ce que Thérèse et son guide eurent tourné la rue pour se diriger vers la montagne.

Nous devons à la vérité de dire que l'Anglais était fortement intrigué.

Mais son égoïsme reprenant le dessus :

— Après tout, se dit-il, tout cela ne me regarde pas !

C'est avec cette pensée qu'il rentra chez lui et referma prudemment la porte.

S'il eût eu l'inspiration d'accompagner la jeune voyageuse seulement pendant quelques minutes, il eût pu voir qu'un certain nombre d'individus suivaient, à distance, la petite caravane.

En effet, les mêmes hommes qui avaient quitté le « bar », à la suite de Thérèse, étaient restés en observation devant l'établissement de John Mathis.

La longue faction qu'ils avaient dû faire ne les avait nullement découragés.

Ils s'étaient tenus à l'affût, comme des chasseurs qui attendent le gibier.

Et quand ils avaient vu Gimmah conduire les mules devant la porte, une même satisfaction avait envahi ces sinistres individus qui méditaient quelque mauvais coup.

. . . .

Ainsi que John Mathis l'avait annoncé à Thérèse, la route qui mène de Sacramento à la capitale du Mexique était loin d'être sûre.

Il fallait traverser toute une longue chaîne de montagnes, passer par d'étroits défilés où les bandits, qui pullulaient dans le pays, pouvaient s'embusquer et fondre sur les voyageurs dont ils avaient le plus souvent raison, par l'intimidation.

Pour peu que les malheureux manifestassent la moindre velléité de résistance, ils étaient impitoyablement massacrés.

En ce cas, les guides, « pimos » pour la plupart, faisaient cause commune avec les malfaiteurs.

Mais ce n'était pas seulement sur la route et dans les défilés de la montagne que les voyageurs étaient exposés à se voir dévaliser.

En effet, au sortir de Sacramento, on rencontrait nombre de ces établissements borgnes, auberges, bars ou tavernes, dans lesquels les chercheurs d'or, au retour des placers, s'arrêtaient pour, à prix d'or, se réconforter l'estomac, après les privations auxquelles ils étaient condamnés pendant leur pénible séjour dans les mines.

Une fois qu'il avait mis le pied dans un de ces établissements que l'on peut appeler « coupe-gorge », le malheureux n'en sortait plus que dépouillé de tout son or, quand toutefois il n'y laissait pas également sa vie.

Le jeu était l'unique occupation des habitués de ces établissements.

Ces aventuriers avaient, à gages, des « rabatteurs » chargés de leur amener les chercheurs d'or qu'ils se chargeraient de dépouiller au jeu.

La bataille du jeu terminée, les chevaliers de la carte biseautée et des dés pipés jouaient entr'eux. Et c'est alors que se passaient des scènes terribles, épouvantables même.

Le gin et le whisky aidant, les têtes s'échauffaient et l'on assistait alors à des véritables tueries.

Il arrivait que, profitant de la bagarre, des « pimos », tentaient de s'emparer des tas d'or qui se trouvaient sur les tables.

Mal leur en prenait, car ceux qui s'en apercevaient leur clouaient les mains sur la table, d'un coup de poignard.

D'autres fois, ils leur coupaient le poignet à coups de « machete ».

Or pour arriver à la route, Thérèse était obligée de passer successivement devant plusieurs de ces établissements.

Gimmah, en guide vigilant qu'il était, dirigeait la petite caravane de façon à se tenir à une certaine distance des auberges dont il connaissait la clientèle spéciale.

Il activait, à coups de fouet, la marche des mules, ne se souciant pas de s'attarder dans ce dangereux voisinage.

D'ailleurs, très prudent et se souvenant des recommandations que lui avait faites son maître, il se tenait prêt à défendre vigoureusement la jeune fille qu'on lui avait confiée.

Outre la « machete » qui ne le quittait jamais, il s'était précautionné d'une paire de pistolets et de munitions en conséquence.

Mais il semblait qu'il n'aurait pas l'occasion de se servir de ses armes.

La rue était absolument déserte.

En effet, les individus mal intentionnés qui, au départ, avaient suivi de loin la caravane, s'étaient dispersés tirant chacun de son côté, dans le but de prendre par le plus court pour gagner de vitesse les mules que conduisait le domestique de John Mathis.

Jusque-là, Thérèse absorbée dans les réflexions que lui suggérait la conversation qu'elle venait d'avoir avec l'Anglais, au sujet de M. Delaverne, n'avait pas échangé une parole avec son guide.

Respectant ce silence, Gimmah se tenait silencieux à côté de la mule qui portait la voyageuse.

Tout à coup, comme la petite caravane venait de dépasser la dernière taverne, Thérèse se mit à interroger son guide.

— Vous comprenez sans doute le français lui demanda-t-elle.

— Oui, maîtresse. Gimmah parle aussi un peu le français...

Et enchanté de pouvoir causer avec la jeune fille, il ajouta :

— Si maîtresse a quelque chose à demander, Gimmah répondra...

Le ton respectueux dont s'exprimait le guide, fit bonne impression sur Thérèse.

— Je vous remercie, dit-elle ; je voudrais, en effet, que vous me renseigniez sur le temps que nous mettrons pour arriver à Mexico...

— Beaucoup de temps, maîtresse !... Mais quand maîtresse sera fatiguée, on s'arrêtera pour que maîtresse se repose, et les bêtes aussi.

— Mais ne pouvez-vous me dire quel sera à peu près le temps nécessaire ?

— Plusieurs jours...

— Quoi !... ce voyage durera plusieurs jours ?

— Oui, maîtresse !... Peut-être dix ou douze...

— Grand Dieu !... douze jours ?...

— Gimmah fera marcher les mules, le plus vite possible... Mais il y a beaucoup de chemin à faire... beaucoup !

Et du fouet qu'il tenait à la main, il montrait la chaîne de montagnes qui se perdait à l'horizon.

... Un homme armé d'un fusil se mettait à la poursuite de la caravane. (P. 822.)

— Il nous faudra traverser tout cela ? demanda Thérèse.

— Oui, maîtresse !... Et nous ne serons pas encore arrivés !

— Puis voyant l'expression de découragement qui se peignit sur le visage de la jeune fille, le guide ajouta :

Mais il ne faut pas que maîtresse aie peur !... Gimmah est dévoué et maîtresse n'a rien à craindre...

D'ailleurs Gimmah connaît bien la montagne et si on est obligé de s'arrêter, il sait où faire halte.

— Oh! ce n'est pas la peur qui m'émeut, s'exclama Thérèse... ni la fatigue!... Je désire, au contraire, voyager en faisant le moins de haltes possible!... Ce qui me tourmente, c'est de ne pouvoir aller plus vite...

On avait marché ainsi, pendant une heure environ.

Devant la petite caravane s'étendait un chemin qui, après avoir fait coude, continuait à travers le bois.

Thérèse eut un mouvement instinctif d'appréhension.

Et s'adressant au guide :

— Nous allons traverser ce bois ? demanda-t-elle.

— Oui maîtresse !

— Il est profond ?

— Oui, maîtresse !...

— Et... nous ne rencontrerons plus de maisons ?...

— Il n'y a qu'une vieille auberge là à gauche ; mais pas sur le chemin... On n'y arrive qu'en prenant un sentier...

— Alors nous ne passerons pas devant cette auberge ?

— Non, maîtresse !... D'ailleurs les voyageurs ne s'y arrêtent jamais !... Ils préfèrent arriver tout de suite à Sacramento.

Puis s'interrompant :

Quand maîtresse aura faim, on s'arrêtera pour que Gimmah prépare la nourriture !... Maîtresse n'aura qu'à parler, Gimmah obéira !

— Je n'ai besoin de rien !... Il est inutile que nous nous arrêtions... J'ai bien trop hâte d'arriver au terme de ce voyage.

— Gimmah est aux ordres de maîtresse !

La caravane s'était engagée dans le bois dont les arbres assez clairsemés, en cet endroit, laissaient apercevoir l'auberge, à travers les branches...

Gimmah avait jeté un coup d'œil de ce côté, et il dit à la jeune fille qui, elle aussi, dirigeait son regard vers la maison :

— Tout est fermé, maîtresse ; il n'y a personne dans la taverne...

Et Gimmah ajouta :

— Tant mieux !

Ces simples mots prononcés d'un air de satisfaction par le guide, produisirent sur Thérèse une impression d'inquiétude.

— Pourquoi dites-vous cela ? demanda-t-elle.

— Oh! je n'ai pas voulu effrayer maîtresse ; répondit le guide... Si j'ai dit « tant mieux, c'est parce que si le maître de cette taverne nous voyait passer, il voudrait bien sûr nous faire ses offres de services. Il n'a pas souvent de voyageurs, voyez-vous, et c'est toujours une bonne aubaine pour lui, quand on veut bien s'arrêter dans sa taverne.

Thérèse n'avait aucun motif pour ne pas se contenter de cette explication.

Néanmoins elle agita la bride, afin de faire prendre une allure plus rapide à la mule.

Gimmah continuait à regarder du côté de la taverne...

— On ne peut donc pas prendre un autre chemin? — s'informa Thérèse.

— Non, maîtresse; il n'y en a pas d'autre... Mais quand on a traversé le bois, la route est meilleure, plus large, et s'étend sur un plateau...

— Y arriverons-nous bientôt?

— Bientôt.

— Mais le jour baisse; est-ce que nous aurons traversé le bois, avant le coucher du soleil?

— Oui, maîtresse!

Toutes les questions que Thérèse adressait à son guide, témoignaient de l'inquiétude qu'elle avait ressentie et qui n'avait fait qu'augmenter, depuis que l'on était entré dans le bois.

A ce moment où commençait la dernière étape, croyait-elle, de ce long voyage marqué par tant de périls, la courageuse fille était envahie par d'instinctives craintes et d'irrésistibles appréhensions, contre lesquelles elle s'efforçait de réagir.

Ce qu'elle avait appris de la situation de Delaverne ne pouvait qu'augmenter cette mauvaise impression.

Thérèse repassait dans sa mémoire tout ce que lui avait dit John Mathis, et la conclusion de ces réflexions n'était rien moins que rassurante.

Elle se demandait ce qu'elle ferait si, lancé comme il l'était dans une existence de luxe et occupé d'affaires colossales, l'ancien banquier de l'Ile Saint-Louis était devenu inabordable?

Pendant tout le voyage, et alors qu'elle avait été aux prises avec des situations terribles, jamais son énergie ne lui avait fait défaut. Il semblait qu'après chaque nouvel assaut donné à son courage et à sa force de volonté, elle se retrouvât plus courageuse et plus forte, pour accomplir la tâche qu'elle s'était imposée.

Et voilà qu'au moment de toucher au but, elle se prenait à douter, à craindre des complications, à redouter des embarras qu'elle n'avait pas prévus.

N'était-ce pas là un de ces pressentiments dont on est assailli, parfois, au moment d'un danger?

Et comme il arrive, en pareil cas, Thérèse cherchait à dégager son esprit de cette pensée qui l'obsédait.

Elle s'efforçait de retrouver le calme, voulant se persuader qu'elle s'alarmait à tort et que, cette fois encore, la providence ne l'abandonnerait pas.

Nous avons dit que le guide avait voulu respecter le silence qu'observait la jeune fille. Cependant, depuis quelques instants, Gimmah n'était rien moins que tranquille et il se demandait s'il ne convenait pas qu'il communiquât à celle qu'on avait confiée à sa garde les remarques qu'il avait faites et les inquiétudes qui en avaient été la conséquence.

Il hésitait encore, l'oreille tendue, comme pour s'assurer qu'il ne se trompait pas.

Puis, tout à coup, la saisissant par la bride, il arrêta la monture de Thérèse, en disant à celle-ci :

— Il ne faut pas aller plus loin, nous allons quitter le chemin pour nous jeter dans le bois.

— Pourquoi? s'exclama Thérèse tremblante à l'idée d'une trahison de la part de son guide.

Mais sans répondre, Gimmah étendit le bras dont Thérèse suivit la direction.

Un homme était à quelques pas, sur le chemin, qui avait manifestement l'intention de barrer le passage à la caravane.

Un cri d'épouvante s'étrangla dans la gorge de Thérèse.

— Fuyons!... fuyons!... balbutia-t-elle en saisissant le bras du guide.

— Je vais passer devant! répondit à haute voix Gimmah qui arma un de ses pistolets.

— Si tu peux! cria une voix partant du bois.

En même temps, à droite et à gauche du chemin apparaissaient deux autres individus armés de gourdins et de « machetes ».

L'un deux lançant un regard féroce au guide, lui cria :

— Tu vas déguerpir si tu ne veux passer un vilain quart d'heure, mauvais « pimos » que tu es.

L'autre individu faisant mine de se jeter sur la mule que montait Thérèse, Gimmah ne perdit pas une seconde.

Il braqua son pistolet sur la poitrine de celui qui menaçait la jeune fille et pressa sur la détente.

Un éclat de rire strident le glaça d'effroi. L'homme dont il croyait s'être débarrassé s'était jeté à plat ventre pour éviter la balle qu'on lui destinait.

Mais prompt à se ressaisir, Gimmah se laissa glisser à bas de la mule et d'un coup de « machete », fendit le crâne du malfaiteur.

Alors il eut à faire face au second assaillant qui, le gourdin levé, l'attaquait vigoureusement.

Avec l'agilité particulière à sa race, le « pimos » prit champ afin d'éviter le coup de gourdin qui l'eut assommé.

Et visant son adversaire, il lança sa « machete » qui alla se planter profondément dans la poitrine du bandit. Celui-ci roula sur le sol, en poussant un sourd gémissement.

Il ne restait plus que l'individu qui, pendant cette scène de bataille, n'avait pas bougé de place, attendant le moment d'agir.

Gimmah, encouragé par le double succès qu'il venait d'obtenir, ne perdit pas une seconde pour décharger le pistolet qui lui restait sur ce troisième adversaire.

La balle atteignit ce dernier, grâce à ce que le « pimos » avait eu la précaution de le viser aux jambes, ne doutant pas que le bandit emploierait la tactique du premier.

A présent, Gimmah espérait qu'on pourrait continuer la route sans être inquiété.

— Vite, vite, maîtresse, dit-il à Thérèse, il faut partir; nous avons le temps d'arriver à un endroit que je connais et où nous serons en sûreté pour la nuit...

Thérèse toute tremblante, pressa sa mule et le guide qui avait enfourché la sienne, se servit vigoureusement de son fouet pour faire prendre le galop aux malheureuses bêtes que les deux détonations avaient affolées.

Gimmah avait pu croire qu'il réussirait à conduire à bon port la jeune fille que John Mathis l'avait chargé d'accompagner, à Mexico, chez M. Delaverne.

Il avait poussé les mules de telle façon que maintenant la petite caravane s'éloignait précipitamment de l'endroit où l'agression avait eu lieu.

Tout à coup Gimmah entendit siffler un projectile à son oreille.

Et avant qu'il eut le temps de se rendre compte de la direction d'où provenait la balle qui l'avait effleuré de si près, un homme armé d'un fusil se mettait à la poursuite de la caravane.

Gimmah n'ayant plus d'armes pour se défendre, ne vit d'autre ressource pour échapper à ce nouvel adversaire, qu'une fuite précipitée.

Le bandit n'avait pas pris le temps de recharger son fusil et s'était élancé à la poursuite de la caravane.

Gimmah put constater avec terreur que l'homme qui le poursuivait finirait par l'atteindre.

Soudain, il poussa un cri terrible, en se sentant enlever de dessus sa monture.

Son adversaire, — un bandit mexicain, — l'avait pris au *lasso*.

La corde, lancée avec l'adresse que déploient à cet exercice, les *gauchos* qui font la chasse au cheval sauvage, s'était déroulée et le nœud coulant s'était serré autour du corps de Gimmah.

En voyant son homme désarçonné et devenu son prisonnier, le Mexicain donna deux coups de sifflet.

C'était un signal convenu, car Thérèse vit, avec effroi, accourir plusieurs individus qui se jetèrent à la bride de sa mule.

. . . .

Le coup de main avait été mené avec rapidité, malgré l'énergie et la décision déployées par le guide.

Les bandits payaient cher leur victoire. Trois des leurs étaient grièvement blessés. Leurs complices ne se montraient pas autrement affligés du malheur de leurs camarades. Ils allaient être moins nombreux à se disputer leur précieuse conquête.

Aussi, ceux accourus au coup de sifflet qui devait leur donner le signal ne s'inquiétèrent-ils pas des blessés. Pas un qui eut la pensée de les secourir, ou tout au moins de les transporter dans la taverne.

Sans se préoccuper de leurs gémissements de douleur et de leurs appels lamentables, chacun voulut être le premier à s'occuper de leur prisonnière, qu'ils avaient comploté de venir attendre au passage et qui tombait entre leurs mains.

Or, tandis que ces hommes se ruaient pour s'emparer de Thérèse, l'infortuné Gimmah, enroulé dans le lasso et jeté sur le sol, se débattait en poussant des cris de rage.

Très vigoureux, il se défendait contre deux des bandits, qui cherchaient à le ligotter.

Ils n'y parvinrent qu'avec la plus grande difficulté.

L'acharnement qu'ils mettaient à cette besogne témoignait d'une intention particulière à l'égard du prisonnier, qu'ils pouvaient si facilement assommer d'un coup de gourdin.

Et Gimmah, qui se doutait du sort qui lui était réservé, ne cherchait, à ce moment suprême où sa vie était entre les mains d'une bande de misérables, qu'à sauver la jeune fille que John Mathis lui avait confiée, sachant en quelles mains la malheureuse était tombée.

Mis dans l'impossibilité de se mouvoir, Gimmah, dans son affolement, allait tenter désespérément un dernier effort.

Connaissant l'âpreté au gain de ces aventuriers, qui faisaient métier de détrousser les voyageurs et d'attaquer les chercheurs d'or au retour des placers, le « pimos » conçut l'idée de les éblouir par une proposition de nature à exciter leur cupidité.

— Écoutez-moi, dit-il aux deux bandits, qui se disposaient à le charger sur leurs épaules pour le transporter dans la taverne, j'ai une belle affaire à vous proposer, « caballeros »...

— Tout ce que tu pourrais dire, chien galeux que tu es, ne nous empêcherait pas de te traiter comme tu as mérité de l'être...

Et, sans vouloir rien écouter de plus, la troupe entière se dirigea vers l'auberge dont nous avons parlé.

— Accordez-moi, au moins, le temps de vous parler...

Gimmah ajouta :

— Vous savez bien que nous autres, Indiens, nous ne craignons pas la mort !...

— Que peut valoir la vie d'un chien tel que toi ? répliqua l'un des bandits.

. . . .

L'infortunée Thérèse, à partir du moment où la bande s'était jetée sur elle pour la transporter dans la taverne, n'avait cessé d'implorer ces misérables.

— Vous n'aurez pas la cruauté de m'empêcher de continuer ma route ! s'était-elle écriée au moment où les bandits l'enlevaient de dessus la mule.

Mais en reconnaissant parmi ceux qui l'entouraient les individus qui l'avaient cyniquement apostrophée dans le « bar », la pauvre enfant ne pouvait se tromper sur la nature du danger qu'elle allait courir.

D'ailleurs, si elle eut pu en douter encore, les sinistres physionomies de ces hommes, les regards dont ils l'enveloppaient et les rires cyniques par lesquels ils accueillaient ses supplications, disaient clairement qu'il ne lui fallait espérer aucun pitié de la part de pareils misérables.

En outre, pendant qu'on la transportait, malgré la résistance qu'elle essayait d'opposer, dans la taverne qui, pensait-elle, allait lui servir de prison, elle avait pu voir de quelle façon on traitait le guide Gimmah, dont elle eut pu attendre quelque secours.

Donc, malgré ses cris, ses supplications et les efforts qu'elle multipliait pour se dégager, l'infortunée fut portée dans l'établissement borgne devant lequel le guide redoutait de passer.

Ce que Gimmah n'avait pas voulu dire à Thérèse, afin de ne pas l'effrayer, c'est que ce bouge avait reçu la dénomination de « Taverne sanglante », à cause des nombreux meurtres qui s'y étaient commis.

Il se racontait, entre autres choses horribles, que l'aubergiste, qui avait créé cet établissement dans le but de détrousser les voyageurs, additionnait de poison les boissons qu'il leur débitait.

Puis il faisait disparaître les cadavres en les enfouissant dans le bois.

Combien de gens avaient disparu de la sorte, quand le misérable empoisonneur reçut enfin le châtiment de ses crimes.

Ce jour-là, un certain nombre de chercheurs d'or s'étaient arrêtés dans la taverne pour se rafraîchir, après une longue route au pic du soleil tropical.

Naturellement, l'aubergiste s'était montré fort empressé à les servir.

Mais il arriva, par hasard, que l'un des voyageurs eut la curiosité d'aller risquer un œil dans la pièce du fond, où le tavernier était occupé à préparer la boisson agréable que l'on appelle le « gingin », sorte de limonade dont le « gin » est la base, avec une quantité égale de jus de « corosol ». Sur le tout, on versait de l'eau fraîche de source.

Bien en prit au voyageur de s'être discrètement arrêté à la porte, au lieu d'entrer bruyamment. Il put ainsi voir l'aubergiste aller prendre dans un bahut de cuisine un pot contenant une poudre blanche, dont il mit dans la boisson autant de cuillerées qu'il y avait de buveurs à servir.

Le voyageur eut tout à coup une inspiration de méfiance, il se retira et vint raconter à ses compagnons ce qu'il venait de voir.

Il avait passé son bras autour de la taille de Thérèse... (P. 832.)

D'un commun accord, il fut décidé qu'on ferait l'expérience sur le tavernier lui-même.

Celui-ci arriva, portant pompeusement, d'une main six verres retenus par les doigts, de l'autre, le pot de « gin-gin ».

Quand il eut posé les objets sur la table et qu'il s'apprêtait à faire le service, le voyageur qui le soupçonnait l'arrêta par le bras, et, s'emparant du pot, il emplit un des verres, qu'il présenta à l'aubergiste en disant :

— Tu dois avoir soif, mon camarade ; nous t'offrons donc ce verre de « gin-gin » pour te payer de la peine que tu viens de prendre pour nous le préparer.

— Je veux bien trinquer avec vous, « caballeros », répondit l'homme, dont le visage avait subitement pâli. Mais comme je n'ai apporté que six verres, je vais aller en chercher un pour moi.

— Que non pas ! fit le voyageur en lui saisissant le bras. Nous voulons que tu boives dans ce verre que je viens de remplir. Et tu vas voir que mes compagnons sont tous de mon avis.

Sans répondre, les voyageurs posaient sur la table, devant eux, les pistolets dont ils étaient armés.

Et pour enlever au tavernier tout espoir de se soustraire par la fuite à ce que l'on exigeait de lui, les voyageurs se levèrent pour lui barrer le passage, tandis que celui qui avait pris la parole au nom de tous lui présentait le verre d'une main et, de l'autre, lui appuyait le canon d'un pistolet sur la poitrine.

De pâle qu'il était, l'aubergiste devint blême. Une convulsion de terreur, agita tout son corps.

Il avait compris que c'était une sentence de mort qu'on venait de prononcer contre lui.

— Bois, ou je tire ! prononça le voyageur d'un ton qui ne pouvait laisser de doute sur sa résolution.

Affolé, le tavernier détourna brusquement l'arme dont on le menaçait, et, d'un bond furieux, se jeta sur le voyageur, qu'il saisit à la gorge.

Vaine tentative. Aussitôt les autres se ruèrent sur lui et l'eurent bientôt réduit à l'immobilité.

Renversé et maintenu solidement, on procéda, à son égard, comme les bourreaux de l'Inquisition procédaient pour le patient condamné à subir la question de l'eau.

De force on lui ouvrit la bouche pour y verser successivement le contenu de tous les verres.

Le misérable subissait ainsi la peine du talion.

Ceux qui avaient, par hasard, échappé à l'empoisonnement prémédité contre eux, furent sans pitié pour lui.

Le poison était d'une violence telle qu'au bout de quelques

minutes l'aubergiste de la « Taverne sanglante » expirait après une courte mais effroyable agonie.

Mais l'exemple ne devait pas être salutaire. Ceux qui, successivement, avaient, après l'empoisonneur, tenu l'établissement, continuèrent les méfaits de leur prédécesseur.

Le propriétaire actuel de la « Taverne sanglante », au moment où Thérèse y était retenue prisonnière, faisait cause commune avec les malfaiteurs qui y étaient venus pour attendre le passage de la jeune voyageuse.

Afin de leur laisser toute liberté, il s'était absenté, après avoir fermé portes et volets, pour faire croire que la taverne était abandonnée et, par cela, donner confiance à ceux qui traversaient le chemin du bois.

Ainsi qu'on le voit, toutes les précautions avaient été prises pour que le coup ne manquât pas, et l'on sait comment les bandits avaient exécuté le plan combiné en commun.

. . . .

Ce n'était pas la vie ou la mort de Thérèse qui allait se décider, dans l'horrible bouge où on l'avait portée.

L'infortunée avait été condamnée à appartenir à cette bande de misérables.

Il ne s'agissait plus que de savoir auquel d'entre eux échérait cette proie convoitée par tous.

L'infortunée avait vainement épuisé toutes les supplications, et les larmes, les paroles qu'elle trouva pour implorer eussent attendri tout autre que ces misérables que leur passion brutale rendait féroces, au point que pour l'assouvir, ils étaient prêts à en venir aux mains.

Après tous les dangers qu'elle avait courus et auxquels elle n'avait échappé que providentiellement, après toutes les souffrances supportées par elle, avec la résignation d'une martyre, il était réservé à Thérèse de subir cette scène terrifiante, sachant, quelle que dût être l'issue de ce combat, elle ne serait pas épargnée.

Que pouvait-elle, en effet, attendre de ces brutes féroces qui, au milieu des invectives échangées, des menaces et des vociférations, allaient se ruer les uns contre les autres à coups de couteaux ?

Déjà chacun cherchait son adversaire pour ce duel sans merci, quand tout à coup l'un des bandits qui, d'une taille de géant, paraissait en imposer à ses compagnons, prit la parole d'un ton d'autorité :

— Bas les couteaux ! s'écria-t-il.

Et il ajouta, avec un ricanement qui alla retentir jusqu'au fond du cœur de Thérèse comme un présage du supplice qui l'attendait :

— D'ailleurs, point n'est nécessaire de se crever la peau, pour se disputer celle qui nous appartient à tous.

— C'est vrai ! hurlèrent les bandits, d'une même voix.

En entendant ces mots, Thérèse jeta un cri d'horreur auquel répondirent les exclamations ironiques et les rires cyniques des bandits.

La malheureuse comprit alors que c'était à la fois son honneur et sa liberté qui étaient en jeu.

Elle sentit s'effondrer toute son énergie, et levant les yeux au ciel :

— Mon Dieu, m'abandonnerez-vous ? murmura-t-elle.

Puis, instinctivement, ses regards se portèrent sur Gimmah, gisant garotté à côté d'elle.

Les yeux de Thérèse rencontrèrent ceux du guide et la malheureuse put y lire le désespoir de cet homme réduit à l'impuissance.

Mais elle vit, en même temps, à la ceinture de Gimmah un large couteau que les bandits avaient négligé d'enlever et dont il n'aurait pu, d'ailleurs, faire usage, puisque ses mains avaient été solidement attachées.

La pensée lui vint de s'emparer adroitement de cette arme. Non qu'elle songeât à se défendre contre de si nombreux ennemis, mais pour mourir s'il ne lui restait qu'à choisir entre le déshonneur et la mort.

C'était la suprême ressource, le seul espoir qui lui restât de ne pas être la victime de ces misérables qui allaient entamer une partie dont elle était l'enjeu.

Pendant qu'elle réfléchissait au moyen d'arriver jusqu'à Gimmah, sans qu'on s'en aperçut, le géant avait continué de pérorer.

— Il faut donc, dit-il, que le sort décide entre nous !

— Accepté !... Accepté ! crièrent en même temps les cinq misérables.

— Nous allons jouer la belle fille ! s'exclama joyeusement le géant, en se tournant pour regarder Thérèse.

Et adressant, à l'infortunée qui ruminait de mettre son projet à exécution, un cynique sourire, il alla la prendre par le bras pour l'amener à la table autour de laquelle les cinq autres bandits avaient déjà pris place.

— Par pitié ! ne me forcez pas à m'asseoir là ! supplia Thésère.

Elle indiquait la table.

Et se dégageant de l'étreinte qui la clouait sur place, elle ajouta :

— Permettez que je reste où se je suis... Je veux prier !...

— En ce cas, la belle, ricana le sinistre individu, prie pour que la chance me soit favorable !

Thérèse s'était agenouillée, espérant profiter de ce que les joueurs seraient tout à leur partie, pour se traîner sur les genoux, jusqu'auprès de Gimmah.

Dès que le géant eut regagné sa place, il avait tiré de sa poche et jeté sur la table un cornet et des dés.

Le jeu étant l'unique occupation de ces oisifs qui attendaient l'aubaine de quelque acte de banditisme, chacun possédait soit des cartes, soit des dés.

Le géant était un ancien forçat évadé et qui avait trouvé un refuge dans la ville de Sacramento, peuplée en majeure partie de gens de sac et de corde.

Grâce à sa force herculéenne, cet individu s'était fait une redoutable notoriété parmi les bandes d'aventuriers dont le nombre grossissait chaque jour.

Il avait l'habitude, en cas de contestation, de trancher les questions toujours par la force et par la violence.

Les regards dont il ne cessait d'envelopper Thérèse, dénotaient de la part de ce bandit, l'irrésistible volonté de gagner le partie dont elle était l'enjeu.

Le géant saisit le cornet, y secoua les dés et, prenant une pose de matamore, il fit rouler les trois dés sur la table.

Toutes les têtes se penchèrent et les joueurs prononcèrent en même temps ces mots :

— Deux six et un cinq !

Le géant poussa un cri de joie qui ressemblait au rugissement de fauve qui va se jeter sur une proie.

Et, de nouveau, il se tourna pour crier son bonheur à Thérèse toujours agenouillée, le front incliné, comme pour la prière.

— Prie toujours, la belle ! lui dit le bandit qui se croyait à présent certain de gagner la partie.

L'annonce du second coup de dés détourna l'attention du géant, et Thérèse profita de ce moment pour se traîner sur les genoux, afin d'arriver jusqu'à Gimmah.

— Six ! Quatre ! Trois ! annonça-t-on.

Et le géant d'éclater de rire en disant au concurrent malheureux qui frappait du poing sur la table :

— Tu peux maudire la mauvaise chance, camarade; ça te sera un soulagement !

Au troisième, ajouta-t-il d'une voix de tonnerre.

Il s'enivrait à ses propres paroles, ce colosse dont la jeunesse et la beauté de Thérèse surexcitait jusqu'à la rage, la passion de brute.

A demi dressé, l'œil ardent, il suivait la marche des dés, dont l'un était allé s'arrêter à l'extrémité de la table.

— Brelan de trois ! annonça-t-il dans un éclat de rire qui augmenta encore la colère du joueur malheureux.

Cette fois il n'eut pas le temps de se retourner pour regarder Thérèse, car celui qui venait d'amener le point de neuf, l'apostrophant avec insolence, s'écriant :

— Il n'est pas étonnant que nous soyons moins favorisés que toi; ces dés t'appartiennent et tu sais certainement la façon de les lancer pour amener les gros points !...

Et les quatre autres de prendre fait et cause pour celui qui venait de porter l'accusation.

Il s'en suivit une discussion violente, dont Thérèse profita pour se rapprocher de Gimmah.

Encore quelques pas à franchir et elle pourrait s'emparer du couteau qui du moins l'affranchirait de la honte !...

Accusé de tricherie, le géant ne parlait de rien moins que de vider sur le champ cette querelle, en se battant contre chacun de ceux qui le prenaient à partie.

Cette menace qu'on le savait capable de mettre à exécution, ramena instantanément le calme.

— A moi les dés ! dit celui dont c'était le tour de jouer.

On lui passa le cornet.

— Six ! Cinq ! Trois ! annonça une voix, à mesure que les dés s'arrêtaient.

Le géant ne put contenir sa joie. Il ne lui restait plus que deux chances à courir.

Saisissant le cornet, il le présenta au cinquième joueur, en s'écriant :

— Remue bien, camarade !... Je t'y engage !

Et d'un regard, ardent il suivit la marche des dés.

— Deux six et un quatre ! hurla-t-il d'une voix que l'émotion avait soudainement altérée.

Et il ajouta en regardant d'un air féroce celui qui venait d'amener ce point élevé :

— J'ai eu peur !

Tout à coup, il se tourna vers Thérèse qui, déjà, allait saisir l'arme qu'elle convoitait.

Le géant poussa une exclamation de surprise et de colère.

Et violemment, il saisit Thérèse dans ses bras et la porta à l'autre extrémité de la chambre, de façon à l'avoir toujours sous les yeux.

— A toi de jeter les dés ! prononça le colosse s'adressant à celui qui, seul à présent, avait chance de l'emporter sur lui.

Tous les regards se portèrent en même temps sur l'homme qui allait jouer.

Cet aventurier offrait un contraste frappant avec l'espèce de géant qu'il avait maintenant pour adversaire.

De taille un peu au-dessous de la moyenne, mais offrant, dans sa structure tous les indices d'une grande force musculaire et la souplesse que l'on acquiert par une gymnastique violente et prolongée.

Et de fait le bandit était un matelot espagnol déserteur.

Il était réputé vindicatif et très habile à se servir du couteau.

Ceux qui l'avaient vu à l'œuvre, dans les nombreuses équipées auxquelles il avait pris part, l'estimaient comme un des plus dangereux malfaiteurs parmi la bande qui exploitait Sacramento.

Aussi attendait-on le résultat du coup de dés, avec une certaine anxiété.

L'espagnol toisa le géant, le regardant en face, pour lui faire comprendre qu'il ne redoutait pas sa force et méprisait ses rodomontades.

Puis, levant son cornet, comme il eut fait d'un verre, il se présenta devant chacun des joueurs ; et se tournant vers Thérèse accablée et comme écrasée sous le poids de l'immense malheur qui la frappait, il lui dit :

— Pour tes beaux yeux, senorita !

Il agita le cornet, il en jeta le contenu sur la table.

— Brelan de six !

A cette exclamation que la surprise et aussi un sentiment de colère contre le géant, arrachaient aux cinq autres joueurs, Thérèse répondit par un cri de désespoir et d'horreur.

Déjà l'espagnol vainqueur allait quitter sa place pour prendre possession de « l'enjeu » qu'il venait de gagner, quand tout à coup.

le colosse furieux se dressa, le couteau levé, et s'élança pour se placer, résolument, entre l'espagnol et la jeune fille.

Et d'une voix vibrante de colère, il s'écria :

— Il ne suffit pas d'avoir gagné la partie, il te faut maintenant conquérir cette belle fille, les armes à la main.

Prompt à se mettre en garde, l'espagnol se ramassant sur lui-même comme le chat-tigre, fit un bond et avant que son adversaire eut eu le temps de parer, il lui enfonçait son couteau dans les chairs.

Le cri de rage poussé par le colosse fut le signal d'une bataille générale.

Chacun voulait prendre part à la lutte, dans l'espoir d'en sortir vainqueur.

Jamais mêlée plus horrible :

Au milieu des vociférations des combattants, des coups meurtrissant les chairs, des gémissements des blessés, des cris de rage de tous ces forcenés qui s'attaquaient avec un redoublement d'acharnement, comme si leur fureur se fut sans cesse retrempée dans le sang qui coulait des blessures.

Et dominant le tumulte, les appels désespérés de Gimmah.

Thérèse, au premier mouvement qu'elle fit vers lui, se trouva tout à coup en présence de l'espagnol qui avait réussi à mettre le géant hors de combat, en l'envoyant, d'un dernier coup de couteau, rouler sanglant à ses pieds.

L'habile combattant eut l'idée d'employer une tactique qui devait, pensait-il, paralyser les moyens des adversaires qu'il lui restait à vaincre.

Il avait passé son bras autour de la taille de Thérèse et se faisait un bouclier du corps de la jeune fille, certain qu'il pourrait éviter ainsi les coups qui lui étaient destinés et en porter à son tour de terribles.

Le combat prenait des proportions fantastiques.

Les adversaires piétinaient dans une mare de sang, foulant dans leurs bonds de fauves, le corps du géant gisant comme une masse.

Tout à coup, à leurs cris répondit une immense clameur, provenant de l'intérieur du bois.

Frappés de stupeur, les combattants cessèrent instantanément de se porter des coups, tandis que Thérèse et Gimmah redoublaient leurs appels.

Alors les bandits songèrent, sans perdre une minute, à s'enfuir en entraînant la jeune fille avec eux.

Leurs corps se balançaient à présent... (P. 840.)

Ils ne voulaient pas lâcher leur proie.

L'espagnol d'un vigoureux mouvement, enleva Thérèse dans ses bras et précipitamment il se dirigea vers la porte du fond qui ouvrait sur la cuisine.

Tous allaient s'enfuir par cette issue, quand brusquement ils durent battre en retraite.

La cuisine était occupée par une troupe d'hommes armés.

Il n'y avait plus d'espoir de fuite qu'en franchissant la porte d'entrée de la taverne.

— En avant! dit l'espagnol à ses compagnons.

Mais avant qu'ils eussent atteint cette porte, un homme en costume de voyage apparaissait sur le seuil, pistolets aux poings.

Et derrière lui, des hommes armés de fusils couchaient les bandits en joue.

Alors, le voyageur s'adressant à ces derniers, leur dit d'un ton de ferme résolution :

— Toute résistance serait inutile; rendez-vous à discrétion!

Thérèse s'écria, s'adressant à celui dont l'arrivée à l'improviste venait de modifier la situation.

— Par pitié, monsieur, sauvez-moi!...

L'espagnol la déposa à terre, en s'écriant d'un air de défi:

— Si vous faites un pas, je la tue!

En même temps, il brandissait son couteau tout maculé de sang.

Mais il avait à peine proféré cette menace, que lui et ses compagnons étaient saisis par derrière et désarmés en une seconde, par les hommes qui, de la cuisine, s'étaient glissés sans bruit dans la salle.

En même temps, le voyageur courait arracher Thérèse des bras de l'espagnol.

— Qu'on s'assure de ces bandits commanda-t-il.

Qu'on les garrotte solidement, en attendant que j'aie décidé de leur sort!

Alors un des hommes sortit des rangs et se présentant, incliné, devant le voyageur :

— Je réponds d'eux, sur ma tête! prononça-t-il d'un ton respectueux.

— C'est bien, mon brave Scipion! dit le voyageur.

Celui qu'on venait de nommer, était un nègre de pure race africaine.

Robuste d'aspect, il avait une physionomie impassible.

Seuls ses yeux, d'une extrême mobilité, témoignaient d'une grande sagacité.

Il était armé d'un fusil porté en bandoulière et d'un sabre dentelé, le *macahuic* qui, d'un coup bien appliqué peut trancher la tête d'un cheval et même couper un homme en deux.

Il paraissait attaché à son maître, comme un chien fidèle.

De son côté, le voyageur semblait l'affectionner tout particulièrement.

IX

LE VOYAGEUR

Après avoir donné ses ordres au nègre qui avait le commandement de l'escorte, le voyageur dont l'arrivée venait de changer la face
des choses s'empressa auprès de la jeune fille.

Thérèse, encore sous l'empire des violentes émotions qu'elle
venait d'éprouver, succombait, à une irrésistible défaillance.

Le voyageur jugea que son état nécessitait quelques soins
immédiats.

Mais au moment où il s'approchait, Thérèse lui dit en indiquant
Gimmah.

— Avant tout, Monsieur, ordonnez qu'on délivre de ses liens cet
Indien qui m'a servi de guide.

— Je vais le délivrer, moi-même ! dit le voyageur.

Il se dirigea vers l'endroit où se trouvaient les prisonniers et
tirant de sa gaîne un poignard damasquiné d'un merveilleux travail
il trancha les liens qui entouraient le corps du guide.

Gimmah, en manière de remerciement, saisit la main qui le rendait
à la liberté et la porta respectueusement à ses lèvres.

Puis il bondit jusqu'auprès de Thérèse.

Dans sa joie il s'était mis à genoux devant la jeune fille et les
bras levés au ciel, il ne trouvait que ces mots qu'il répétait avec
émotion.

— Maîtresse est sauvée !... Maîtresse est sauvée !...

— Oui, par un véritable miracle, répondit Thérèse en regardant
avec une expression de reconnaissance le voyageur, qui, de son côté,
la contemplait d'un air de sympathique curiosité.

Le voyageur dont l'arrivée, à l'improviste, avait donné au drame
qui se jouait dans la « taverne sanglante » un dénouement tout autre
que celui qui s'annonçait, était un homme d'environ cinquante ans.

Sa physionomie portait les traces de fatigue physique et d'une
incessante souffrance morale.

De là, sans doute, une apparence de vieillesse précoce. Il semblait en effet, que ses épaules voûtées eussent été écrasées sous le
poids des plus violentes fatigues et que ses joues pâlies eussent été
creusées par de violents chagrins.

Lorsque le voyageur eut pendant quelques instants regardé la
jeune fille et appuyé ses yeux sur son visage de vierge des douleurs,
son regard prit tout à coup une expression de profonde mélancolie.

Et comme si, à ce moment, un souvenir pénible se fut fait jour
dans l'esprit de cet homme, ses prunelles semblèrent tout à coup se
voiler d'un nuage humide prêt à se dissiper en pleurs.

Le voyageur passa, à la dérobée, les doigts sur ses paupières.

On eut dit qu'en une seconde la pensée de cet homme eut remonté
le cours des années, pour s'arrêter brusquement devant une date
fatale marquant quelqu'épouvantable et irréparable malheur.

Puis, comme s'il eut voulu réagir contre cette impression, il dit
à Thérèse :

— Vous ressentez-vous encore aussi violemment de la secousse
que vous venez d'éprouver, mademoiselle ?... En tout cas, la prudence
exige que le saississement que vous avez ressenti soit vigoureusement
combattu afin d'en éviter les conséquences fâcheuses dont la moindre
serait de vous obliger à prendre un assez long repos.

— Oh ! non, c'est impossible, je ne le veux pas ;... je ne peux pas
me reposer, même une heure s'exclama Thérèse de nouveau très
agitée.

Le voyageur donna un coup de sifflet pour appeler et fit apporter
une boîte qui faisait toujours partie du bagage qu'il emportait dans chacun de ses déplacements.

Cette boîte d'un seul bloc d'acajou admirablement travaillé, était
l'ouvrage des Indiens du Sud.

Elle contenait un merveilleux nécessaire et une pharmacie de
voyage, dont toutes les pièces étaient en or fin.

Quel était la qualité de ce personnage qui voyageait avec une
pareille escorte d'hommes armés, et qui pour la route s'entourait
ainsi de tout le confortable possible ?

Il portait un costume mi-partie civil et mi-partie militaire, joignant la veste de fine étoffe et croisée sur la poitrine par une double
rang de boutons, à la botte à tige molle montant jusqu'au dessus du
genou et maintenue par une petite courroie à boucle d'or.

Comme coiffure une sorte de casque en jonc de panama qui, au
besoin pouvait se couvrir d'une gaîne de toile cirée.

Autour de la taille un ceinturon avec fourreau pour poignard et gaînes pour pistolets.

C'était la tenue des riches explorateurs se rendant dans les vastes territoires encore inconnus du Nouveau-Monde.

Le voyageur prit dans la pharmacie portative un flacon et dans le nécessaire un gobelet d'or dans lequel il versa du cordial.

Et s'adressant à Thérèse dont l'agitation l'inquiétait :

— Buvez quelques gorgées de ce cordial, je vous prie, dit-il d'un ton paternel... Buvez lentement, et vous en éprouverez bientôt l'excellent effet.

— S'il doit me donner des forces pour continuer mon voyage, j'accepte, monsieur, d'en prendre la dose que vous m'indiquerez...

— Buvez lentement! dit le voyageur. Puis vous attendrez que l'effet se produise...

Il ajouta dans le but de rassurer la jeune fille :

— C'est un précieux réconfortant pour les natures éprouvées par de longues fatigues.

Il est souverain, je puis vous l'affirmer par expérience, contre les défaillances aussi bien physiques que morales.

En prononçant ces mots, le voyageur avait un léger tremblement dans la voix.

Au bout de quelques instants, Thérèse, ainsi qu'on le lui avait annoncé, commençait à ressentir l'effet salutaire du cordial.

— Grâce à vous, monsieur, dit-elle, je vais pouvoir continuer mon voyage, car, au moment où mon guide et moi avons été attaqués nous nous rendions à Mexico.

Le voyageur répondit :

— Et moi, j'avais précisément quitté cette ville, avec l'intention de me rendre dans l'Iowa...

En route, la fantaisie m'a pris de changer de direction... Je bénis cette idée, mademoiselle, car elle m'a amené en cet endroit, où, certes, je ne comptais pas venir...

— C'est Dieu qui vous a envoyé cette inspiration! s'exclama Thérèse en joignant ses mains tremblantes pour remercier la Providence.

Le voyageur ne pouvait, à présent détourner ses yeux du visage de cette infortunée dont les traits exprimaient l'anxiété qui la dévorait sourdement.

— Il serait imprudent, dit-il de vous remettre en route avant que vous n'ayez recouvré suffisamment de forces pour supporter les fatigues d'un aussi long voyage...

— Je ne puis m'attarder ici, je vous le répète, monsieur !

Le voyageur insista :

— Quel que soit le motif qui vous appelle à Mexico, vous ne pouvez vous dispenser de prendre le repos, non seulement nécessaire, mais indispensable.

— J'ai subi d'autres fatigues, répliqua Thérèse ; et, cette fois encore, je ne me laisserai pas arrêter par la perspective de fatigues nouvelles...

— Et les dangers ? s'exclama le voyageur essayant d'un argument nouveau.

— Je suis prête à les affronter ! répliqua Thérèse...

Avec l'aide de Dieu ! ajouta-t-elle en levant les yeux au ciel.

— Celui auquel vous venez d'échapper ne vous épouvante-t-il donc pas pour l'avenir.

Excusez-moi de renouveler vos terreurs ; mais je me ferais un cas de conscience de vous laisser vous exposer ainsi !

Voyant que la jeune fille semblait avoir été frappée par ces paroles, le voyageur voulut lui donner le temps de réfléchir.

Et se tournant vers Gimmah.

— Approche ! lui dit-il d'un ton de commandement.

— Le « pimos » obéit.

Thérèse, le coude appuyé sur la table et le front sur la main, éprouvait l'effet du cordial qui avait la propriété de calmer les agitations nerveuses et de provoquer une sorte de somnolence réconfortante des facultés mentales.

Le voyageur en profita pour interroger le guide.

Il se fit raconter par lui tout ce qu'il savait, concernant la jeune fille.

Gimmah dit ensuite la façon dont s'était produite l'attaque, et avec quelle énergie il s'était défendu.

Et l'étranger ayant appelé de nouveau son fidèle Scipion, lui donna quelques ordres à voix basse. — Celui-ci s'inclina et sortit.

. . . .

Lorsque le nègre parut dans la clairière du bois, il trouva les six bandits agenouillés sur un rang, et ayant les mains liées derrière le dos.

Et le nègre s'adressant à la troupe qui gardait les six prisonniers, prononça ces paroles :

— Vous tous, serviteurs du maître bon et puissant, que nous aimons et auquel nous avons promis obéissance et dévouement ; vous tous qui avez entendu l'interrogatoire que j'ai, par ordre de notre maître fait subir à ces coupables, vous allez répondre aux questions que je vais vous adresser.

Après une pause de quelques secondes, Scipion interrogea :

Les coupables ont-ils mérité une condamnation ?

— Oui !

Ce mot avait été prononcé d'une même voix et avec une égale énergie par toute la troupe.

— Bien !

Et Scipion continua :

— Ont-ils mérité un châtiment exemplaire ?

— Oui !

— Quel châtiment ?

— La mort !...

Vous êtes tous du même avis ?

— Tous !

Et afin que le nègre pût être fixé sur l'unanimité, chacun des hommes élevé aux fonctions de juré, pour la circonstance, tendit le bras.

Scipion sembla, pour la forme, se recueillir, pendant quelques instants.

Puis il fit signe qu'il allait parler.

Et d'une voix grave :

— Les coupables ont, à l'unanimité, été condamnés à mort !... Ils subiront le juste châtiment de leurs crimes.

Mais, moi, appelé par la volonté de notre maître, à les juger, je ne veux pas que ces misérables qui se sont attaqués à une femme subissent la mort par les armes, car ce serait les assimiler au soldat.

Ils sont indignes de cet honneur !

Ils se sont montrés scélérats vulgaires, ils subiront le châtiment qu'on inflige aux vulgaires bandits.

J'ordonne, par conséquent, que les six condamnés soient pendus !

J'ordonne, en outre, que l'exécution ait lieu sur le champ.

Une partie de la troupe entoura aussitôt les six condamnés, pendant que l'autre partie choisissait les arbres qui devaient servir de potences et préparait les cordes pour l'exécution.

Les condamnés, saisis de terreur, poussaient des cris de détresse, quelques-uns imploraient la pitié.

A ces cris, à ces prières, à ces supplications désespérées, ceux qu'on avait chargés d'exécuter la sentence, n'avaient garde de répondre.

Ils s'acquittaient de leur sinistre besogne, sans s'inquiéter des injures et des imprécations qui avaient tout à coup succédé aux prières, quant les condamnés avaient vu l'inanité de leurs efforts dans le but de faire surseoir à leur exécution.

Lorsque les cordes furent attachées aux branches, les nœuds coulants prêts, on fit lever chacun des condamnés, pour le conduire au pied de l'arbre dont une des branches allait servir de potence improvisée.

Cette sinistre mise en scène achevée, Scipion fit un signe et les six nœuds coulants furent passés aux cous des condamnés avec une précision militaire.

Alors ceux qui avaient été désignés pour les fonctions d'exécuteur, se mirent à hisser successivement les six bandits, dont la strangulation se produisant avec une certaine lenteur, leur laissait la faculté de pousser des cris déchirants et le temps de maudire leurs bourreaux.

Scipion assistait, impassible, au supplice des six misérables qui avaient mérité le châtiment qu'on leur infligeait avec la dernière rigueur.

Bientôt les cris, les gémissements, les râles cessèrent.

Les six pendus étaient morts en exécution de la loi de lynch.

Leurs corps se balançaient à présent, par le mouvement que les dernières convulsions de l'agonie avaient imprimé aux cordes.

Lorsque Scipion eut constaté la mort, il réunit toute sa troupe, pour la conduire hors de la clairière et lui faire prendre position autour de la taverne « sanglante ».

Et là il attendit que son maître l'appelât.

. . . .

Pendant que la scène que nous venons de raconter se passait dans la clairière du bois, choisie pour lieu d'exécution, Gimmah avait continué de répondre aux questions que lui adressait le voyageur.

Aussi celui-ci était-il suffisamment renseigné pour s'intéresser à cette jeune fille qui faisait preuve d'une énergie si grande.

Il était toutefois un point mystérieux sur lequel Gimmah n'avait pu répondre.

Le guide ignorait, en effet, le motif qui avait déterminé John Mathis à adresser, sans retard, la « senorita » à M. Delaverne.

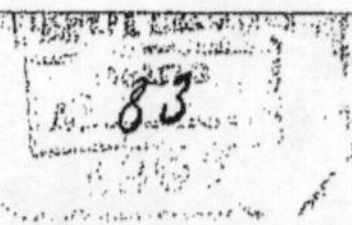

— Oui, condamné... condamné à mourir sur l'échafaud... (P. 846.)

Tout ce que put affirmer le « pimos », c'est que ce motif devait être très sérieux, impérieux même, puisque John Mathis, malgré la fatigue si visible qu'éprouvait la jeune « senorita », avait consenti à ce qu'elle commit l'imprudence de se mettre immédiatement en route.

Thérèse sortait, peu à peu, de l'état d'engourdissement qu'avait amené chez elle le bienfaisant cordial.

Elle regardait, alternativement, avec une expression plus calme, le voyageur assis en face d'elle et Gimmah qui se tenait, respectueusement, à distance.

— Vous devez vous sentir bien mieux que tout à l'heure, dit le voyageur.

— Bien mieux, en effet, et encore grâce à vous, monsieur !

— J'espère qu'en reconnaissance du service que j'ai été heureux de vous rendre, vous voudrez bien écouter mes avis et suivre mes conseils...

— Ils vous sont inspirés, j'en ai la conviction, par l'intérêt que vous prenez à mes malheurs.

— Ils me sont surtout inspirés, interrompit paternellement le voyageur, par la raison qui me dit que je ne dois pas vous permettre, quelle que puisse être la pressante nécessité qui vous appelle à Mexico, de vous exposer à d'imminents dangers.

Thérèse eut une courte hésitation avant de répondre.

Puis elle dit, d'une voix assurée :

— Je vous dois, monsieur, de n'être pas devenue la victime de ces misérables.

Sans vous, se serait arrêtée, ici, avec ma vie, la tâche que je me suis donnée, — une tâche sacrée entre toutes. Aussi vous dois-je la confidence du motif qui m'oblige, malgré votre désir, vos exhortations même, à ne pas différer mon départ pour Mexico.

— Parlez donc, mademoiselle ! dit le voyageur, partagé maintenant entre la curiosité et l'intérêt tout instinctif que lui inspirait la jeune inconnue.

Thérèse regarda Gimmah qui, discrètement, se retira d'abord au fond de la pièce, puis sur un signe du voyageur, sortit de la taverne pour aller se mêler aux hommes qui tenaient faction devant la porte.

— Je vous sais gré d'avoir compris ma pensée, dit Thérèse, ce que je puis confier à vous qui m'avez sauvée, ne doit pas être entendu par tout autre, même par cet homme dont j'ai pu apprécier le courage et le dévouement.

— Je vous écoute, dit le voyageur.

— Vous savez déjà que je me suis donné une tâche...

— Pénible, à ce que j'ai pu comprendre.

— C'est pour l'accomplir que j'ai quitté la France.

— La France?... Ma patrie?

— Oui, monsieur?... Je me suis embarquée au Havre...

— Et pour arriver jusqu'ici?

— J'ai dû traverser d'immenses territoires..., des forêts..., des plaines sans fin...

— Mais... pour ce voyage, vous aviez des compagnons?

— J'en ai eu, en effet, dont j'ai été séparée, à la suite de circonstances terribles...

Et chaque fois que quelque événement nouveau m'obligeait à continuer mon voyage... *seule*, oui *seule*, je m'armais de courage, avec l'idée fixe, immuable, d'accomplir...

— Cette tâche que vous vous êtes imposée...

— Mieux qu'une tâche, un devoir auquel je n'eusse voulu me soustraire, même s'il eût dû m'en coûter l'existence.

Ah! tenez, monsieur, je croirais faillir à toutes les lois de la reconnaissance envers un bienfaiteur, si je ne déchirais, pour vous, le voile mystérieux dont je m'entoure, depuis que je me suis mise en voyage...

Et de même que j'ai été amenée à faire de douloureuses confidences à ceux qui m'avaient porté secours dans des moments où ma liberté et ma vie étaient menacées, de même je vous dois la vérité, à vous qui, — après d'autres dont je garderai le souvenir jusqu'à mon dernier jour, — m'avez arrachée à un péril extrème...

Thérèse parlait avec tant d'émotion, que son interlocuteur dut la prier de s'interrompre par crainte d'une agitation nouvelle.

— Vous savez, lui dit-il, que vous aurez besoin de toutes vos forces... bientôt...

A cette allusion à son départ prochain pour Mexico, Thérèse dut s'efforcer de calmer son émotion.

Elle reprit d'une voix plus assurée :

— Puis-je oublier que, sans votre intervention, je serais à présent au pouvoir de ces misérables et que j'aurais perdu pour toujours, le fruit de ma persévérance et de tant d'efforts !...

Eh bien, continua Thérèse, vous allez savoir à quel point vous m'avez rendu service, et vous jugerez si ma reconnaissance peut avoir une limite.

Apprenez donc, monsieur, que je suis une infortunée, plus mal-

heureuse cent fois que toutes celles qui n'exposent que leur propre
existence...

— Que voulez-vous dire?

— Sachez que d'autres existences sont liées à la mienne...

Ces existences me sont également chères, car il s'agit de la vie de
mon père et de ma mère...

— Et ces existences, dites-vous, sont liées à la vôtre ?

— Si étroitement, monsieur, que ma mort entraînerait la leur !

Mais, continua Thérèse, il ne suffit pas que j'échappe au danger
de mort, pour que ma tâche prenne fin... Encore faut-il que je l'ac-
complisse dans le délai voulu... Et voilà pourquoi je ne puis m'attarder dans mon voyage...

— Et... vous êtes certaine de réussir?

A cette question qui la replongeait brusquement dans l'appréhension et le doute, Thérèse éprouva une violente commotion au
cœur.

Son visage se couvrit d'une pâleur extrême et ses yeux prirent
une expression d'effarement.

— Calmez-vous, lui dit le voyageur d'un ton de paternelle sollicitude.

Il ajouta :

— Si vous deviez rencontrer quelques obstacles, je serais avec
vous pour vous aider à les surmonter...

— Vous vous détourneriez, pour moi, de votre route?

— Ma route sera la vôtre, si je puis vous être de quelque
secours.

— Ce que vous venez de me dire, monsieur, prononça Thérèse,
me rend l'espoir qui m'abandonnait...

— Vous consentez donc à ce que nous vous conduisions, moi et
mes hommes, à Mexico?

— J'accepte et je vous remercie de toute mon âme...

Avec vous pour défenseur, je suis certaine que mon voyage s'ac-
complira sans danger...

Mais, une fois à Mexico, vous me permettrez de me séparer de
vous...

— Pourquoi ?... Vous pourrez encore disposer de moi, mademoiselle, pour vous aider dans les démarches que vous aurez sans
doute à faire !...

— Croyez qu'il m'en coûte cruellement de ne pouvoir accepter
votre offre généreuse.

— Je ne puis m'expliquer votre refus que doit assurément vous imposer un motif sérieux ..

— Sérieux, oh oui !... très sérieux et très grave.

— Il s'agit donc de quelque démarche...

— Que seule je puis entrepreudre, que seule je puis mener à bonne fin.

— Excusez-moi d'insister, mais je vous parle comme un père parlerait à son enfant.

Et la voix du voyageur tremblait en prononçant ces mots...

— Laissez-moi donc ajouter ceci, dit-il : admettez que votre père ait pu vous accompagner jusqu'à Mexico, lui refuseriez-vous de vous aider dans vos démarches ?

— Si mon père eut été libre de m'accompagner,... je n'aurais pas eu besoin d'entreprendre ce terrible voyage...

— Que dites-vous ?

Thérèse ne put résister au besoin de révéler toute la vérité à l'homme qui s'offrait ainsi de remplacer son père auprès d'elle.

— Pour comprendre mes paroles, s'exclama-t-elle, figurez-vous, pour un instant, que mon père soit... prisonnier !..,

— Prisonnier ? interrompit le voyageur...

— Que dis-je, prisonnier ?... Représentez-vous le,... condamné...

— Grand Dieu !...

— Oui, condamné... condamne à mourir sur l'échafaud...

— Votre père ? s'exclama le voyageur en se levant par un mouvement instinctif d'horreur.

Mais prompte à comprendre l'impression qu'éprouvait son interlocuteur, Thérèse fut également prompte à détruire l'effet de ses paroles.

Elle s'écria, d'un ton qui ne pouvait laisser de doute sur sa sincérité :

— Condamné... à mort, mon père mourrait innocent !

— Innocent ?...

— Je le jure !

Et Thérèse ajouta :

— C'est la preuve de son innocence que je vais chercher à Mexico !...

Si je n'ai pas cette preuve sans retard, si je ne puis retourner en France avant l'expiration des délais de procédure, c'est un innocent qui, je vous le répète, portera sa tête sur l'échafaud !...

Comprenez-vous maintenant, monsieur, pourquoi je ne puis rester plus longtemps ici !...

Que m'importent les fatigues !... Que je meure lorsque j'aurai sauvé mon père, et, en expirant, je bénirai Dieu de m'avoir laissée vivre jusque là !...

— Fille sublime ! s'exclama le voyageur, se laissant aller à exprimer ainsi son admiration.

Nous allons nous mettre tout de suite en route pour Mexico...

Le temps de donner mes ordres et nous partirons.

Et il siffla le nègre auquel il alla parler bas.

Puis, revenant auprès de Thérèse, il lui dit :

— Mais cette preuve, ne peut-on vous la refuser ?...

— Il faudra bien qu'on me la donne !...

— Il s'agit donc d'une preuve matérielle ?

— C'est une lettre !

— Mais... si on vous la refusait, ne pourrais-je l'obtenir, moi ; l'acheter,... à n'importe quel prix ?...

Sachez que je suis très riche et sans héritier de ma fortune...

Les miens n'existent plus ! prononça le voyageur en baissant la voix.

Celui qui détient la preuve de l'innocence de votre père peut exiger le prix qu'il voudra... Quelque exagéré que soit ce prix, je l'accepterai...

Que ne donnerais-je pas pour sauver un innocent, moi qui suis impitoyable pour les coupables !...

— Hélas ! monsieur, dit Thérèse, la personne à qui je vais m'adresser est elle-même puissamment riche...

— Elle est peut-être ambitieuse, et je peux l'aider à réaliser ses rêves d'ambition, quels qu'ils soient.

— Cette personne a atteint le plus haut degré de la considération et de la puissance... Elle n'a plus rien à désirer de ce côté...

— Mais, en ce cas, pourquoi refuserait-elle de vous accorder ce que vous allez lui demander ; pourquoi aussi trouverait-elle mauvais que vous soyez accompagnée par moi ?

— Je ne dois pas le dire !

Le voyageur allait insister, Thérèse lui coupa la parole, par ces mots prononcés d'un ton de prière :

— Vous ne voudriez pas compromettre la réussite de la démarche que je vais faire ?... Eh bien ! n'insistez plus, je vous en supplie... Songez qu'il y va de l'existence de mon père !...

— Je m'incline devant une volonté ainsi exprimée et je n'ai qu'à respecter le secret que vous voulez garder!...

J'ai donné des ordres, continua le voyageur, et j'attends que mon nègre Scipion vienne m'annoncer que tout est prêt pour le départ.

Il s'était de nouveau assis en face de Thérèse qui le regardait, à la dérobée, impressionnée par la douleur immense tracée sur ce visage sillonné de rides profondes.

Son cœur tressaillit et, rompant le silence, elle dit à cette homme qui lui avait parlé avec des accents paternels :

— J'ai une grâce à vous demander, monsieur; dites-moi à qui je devrai d'avoir pu accomplir ma tâche jusqu'au bout; dites-moi votre nom, afin que je le répète, avec ceux qui me sont chers, dans les prières que j'adresse au Seigneur....

Le voyageur secoua avec tristesse la tête et un soupir étouffé s'exhala de sa poitrine.

— Qui je suis, pauvre enfant, je vais vous le dire : je suis moi aussi un condamné,... condamné à traîner languissamment mon existence sans but, sans espérance jusqu'à ce qu'il plaise à Dieu de mettre fin à la longue épreuve que je subis...

Puis s'interrompant :

— Mais pourquoi vous attristerais-je en vous parlant de mes malheurs!...

Il sont irréparables ceux-là!...

— Dieu peut y mettre un terme! Je le prierai pour vous!...

— Eh bien! je vais m'efforcer de vous dire, en peu de mots, quels terribles malheurs nous ont frappés, moi et ceux qui m'étaient chers.

Mon père, il y a longtemps de cela, était venu s'établir au Canada et lorsque j'ai eu la douleur de le perdre, il me laissait une fortune importante déjà. J'avais acheté de vastes propriétés, créé d'importantes factoreries, tout réussissait au gré de mes désirs. J'avais une femme accomplie, un enfant que j'adorais et j'entrevoyais un avenir resplendissant d'espérance et de bonheur!...

Hélas! toutes mes espérances se sont évanouies, tout mon bonheur s'est effondré et je n'ai plus au cœur, maintenant, qu'un sombre désespoir qui me mine, plus profond, plus déchirant chaque jour.

Et le voyageur raconta, d'une voix lamentable comment, après avoir perdu sa femme bien-aimée, il s'était vu contraint de s'éloigner de son enfant. De graves intérêts l'appelaient loin de sa demeure et, à son retour, l'attendait le plus épouvantable spectacle.

— Kaïnara voulait sauver le père de ses enfants ! (P. 856.)

Il trouva son habitation saccagée, détruite de fond en comble, ses fidèles serviteurs égorgés, les Peaux-Rouges avaient passé par là !...

— Les Peaux-Rouges ? s'écria Thérèse qui, se souvenant d'un récit naguère entendu, fut prise d'un tremblement convulsif...

Le voyageur continua :

— L'âme remplie de terreur, le cœur tenaillé par les plus terribles pressentiments, je me mis à parcourir ces ruines amoncelées, interrogeant les blessés et les mourants qui gisaient parmi les décombres. Je leur demandai ce qu'était devenu mon enfant, aucun d'eux ne put me le dire : ma pauvre petite Marie avait disparu.

— Marie!... Kaïnara! Kaïnara! s'écria Thérèse hors d'elle-même et incapable de maîtriser la violente émotion qui l'agitait, elle marchait à grands pas, les bras levés vers le ciel et redisant d'une voix où se mêlaient le ravissement et les larmes :

— Kaïnara! Kaïnara!...

Et comme le voyageur la regardait d'un air rempli de stupéfaction.

— Ah! dit-elle, vous vous étonnez de ce nom bizarre que je prononce, vous ne comprenez pas cette joie immense qui éclate en moi, vous me croyez folle peut-être! Eh bien! oui, je suis folle... folle de ravissement, de bonheur et je vous dis ceci :

— Robert Darnis, bénissez le Seigneur!...

— Mon nom! qui vous a dit mon nom? demanda vivement Darnis.

— Vous le saurez bientôt, dit Thérèse, mais je vous le répète : bénissez le Seigneur qui m'a placée sur votre chemin, qui a voulu que je fusse sauvée par vous afin qu'il me fut possible de vous crier :

Robert Darnis, celle qui m'a dit le nom de son père, c'est votre fille bien-aimée.

— Ma fille! s'écria Darnis.

— C'est Marie Darnis qui est vivante!...

— Vos yeux ont vu ma fille, s'écria Darnis ivre de joie.

— Je l'ai vue.

— Elle vous a parlé de moi!

— Elle m'a parlé de son père...

— Où respire-t-elle? où est-elle? oh! dites, dites au nom du ciel, et s'emparant des mains de la jeune fille, les couvrant de baisers et de larmes il répétait :

— Ma fille existe! ma fille existe!

— Oui, elle est vivante, dit Thérèse d'une voix grave.

Et si ma volonté avait pu dominer la sienne, si la voix de la nature, si un sentiment tendre et sacré n'avait parlé, en son cœur, plus haut que les chers souvenirs de son enfance, elle m'aurait suivie, et vous la verriez, en ce moment, auprès de moi, et vous la couvririez de vos caresses, de vos baisers et de vos larmes.

— Expliquez-vous, de grâce; tout ce que vous dites est, à la fois, pour moi, un rêve de bonheur et une énigme impénétrable... Vous connaissez ma fille!..

— Oui, vous dis-je...

— Et vous dites aussi que vous l'avez vue?...

— Oui.

— Où, quand? Parlez, au nom du ciel.

Thérèse alors raconta comment elle était tombée, elle-même, au pouvoir des Peaux-Rouges, comment Kaïnara l'avait prise en pitié, puis protégée, secourue et sauvée enfin.

— Et cette Kaïnara?...

— C'était elle... Elle que les sauvages, après le saccage de votre habitation et le massacre de vos serviteurs, ont emportée, malgré ses supplications, sa terreur et ses cris.

— Et elle a grandi parmi ces misérables ?

— Hélas, oui !

— Sans pitié pour son âge, ils l'auront, sans doute, soumise aux traitements les plus barbares.

M. Darnis, les poings serrés, laissait éclater sa fureur.

Il eut une exclamation déchirante, puis s'adressant à Thérèse :

— Vous qui avez souffert, vous compatissez à ma souffrance, vous comprenez quel désespoir me torture.

— Oui, je comprends votre douleur, et je puis y apporter un peu de soulagement...

L'enfant qu'on avait volée n'a pas été traitée aussi durement que vous pourriez le supposer... Elle a trouvé un protecteur dans la tribu des Peaux-Rouges.

— Un protecteur, parmi ces hommes cruels qui font mourir leurs prisonniers dans les plus atroces tortures?...

— Le chef de la tribu s'était fait amener la petite fille ; il déclara qu'il la garderait dans son wigwam et qu'il se chargeait d'elle.

— Thérèse raconta alors à M. Darnis tout ce que Kaïnara lui avait dit de la sollicitude dont l'avait entourée le chef de la tribu.

Et l'infortuné père se mit à pleurer.

Thérèse ajouta doucement :

— Toute l'affection qu'un enfant peut trouver loin de sa famille, Marie Darnis l'a trouvée auprès du vieillard qui l'avait adoptée.

Elle était si jeune alors que, peu à peu, s'effaçait de sa mémoire...

— Le souvenir de son père, s'écria douloureusement Darnis

— Non... celui-là elle l'avait pieusement gardé. Souvent aussi elle pensait à la bonne négresse à qui vous aviez confié le soin d'élever sa première jeunesse. N'est-ce pas une faveur du ciel que la frêle créature ait vu s'adoucir la douleur qui menaçait de la tuer.

La Providence prend en pitié les pauvres petits êtres éprouvés si jeunes, et elle leur envoie l'oubli...

M. Darnis eut un soupir de soulagement.

Les paroles qu'il venait d'entendre le réconfortaient un peu.

— Parlez-moi d'elle ! dit-il, en regardant Thérèse avec une expression de reconnaissance.

— Vous savez déjà que le chef de la tribu l'avait adoptée. Son enfance s'est donc écoulée dans un bien-être inespéré, étant donné le milieu dans lequel elle vivait.

— Pauvre chère enfant !

— Elle s'était attachée au vieillard qui lui tenait lieu de père, et lui, sentant arriver la fin de ses jours, voulait qu'elle eût, après lui, quelqu'un qui lui continuât la sollicitude et l'affection qu'il avait lui-même ressenties pour elle.

— Mais je n'ignore pas, interrompit M. Darnis, les coutumes barbares des Peaux-Rouges. Je sais quel sort est réservé aux femmes blanches qui, par malheur, tombent en leur pouvoir.

Et l'infortuné s'écria :

— Qu'est-elle devenue après la mort de cet étrange protecteur ?

— Je vais vous rapporter exactement ce que Marie Darnis m'a raconté à ce sujet...

Laissez-moi vous dire, avant tout, qu'au bout de quelques années elle avait forcément oublié la langue de sa patrie. On l'avait élevée selon les coutumes de la tribu ; elle avait pris l'aspect des jeunes filles au milieu desquelles elle vivait et dont elle partageait les jeux.

Et pour que sa transformation devînt complète, pour qu'elle s'assimilât tout à fait aux enfants de la tribu, le chef, en l'adoptant, avait remplacé son nom de Marie par celui de Kaïnara que, tout à l'heure, vous m'entendiez, tout surpris, répéter avec une exaltation de joie si délirante qu'il a dû vous sembler que j'étais atteinte d'un accès de démence.

Le vieux chef voulait, en outre, que l'enfant qu'il avait affectionnée n'appartînt pas, comme esclave ou comme femme, à celui des hommes de la tribu qui l'avait capturée et à qui elle revenait de droit, — car, vous ne l'ignorez pas, c'est le sort des prisonnières blanches, — il la destina, comme épouse à son fils.

De même que son père, le futur chef aimait tendrement l'enfant qu'il avait vu élever à ses côtés, et en la lui accordant comme femme, le vieux chef abdiqua le commandement de la tribu, en faveur de son fils.

Aujourd'hui, Marie Darnis est la femme du chef Rama-Dama!

— Marie!... mon enfant, ma fille bien-aimée, s'écria Darnis. Elle est la femme de cet homme, de ce misérable Peau-Rouge. Ah! je la retrouverai et dussé-je mourir dans une lutte acharnée, je ne l'abandonnerai pas, ma fille !

Et s'adressant à Thérèse, tout émue de l'effet que son récit produisait sur l'infortuné père :

— Où avez-vous rencontré ma fille!... Quand l'avez-vous quittée? Vous comprenez que je veux sans tarder me remettre à sa recherche!... prononça-t-il d'une voix hachée par l'émotion et le désespoir.

— Dieu m'est témoin, dit Thérèse, que ce serait pour moi une joie immense d'apprendre, un jour, que c'est grâce à moi que vous aurez retrouvé Marie Darnis!

La Providence aurait permis alors que je puisse m'acquitter, envers Marie Darnis, de la dette de reconnaissance que j'ai contractée envers Kaïnara !

Il me reste, maintenant, à vous dire comment Kaïnara m'a secourue, protégée, sauvée enfin.

Et sans attendre que M. Darnis l'y ait autorisée, Thérèse reprit le récit interrompu.

Elle fit la narration des terribles émotions qui s'étaient succédé pour elle et pour Kaïnara, pendant cette affreuse nuit, alors qu'on l'avait fait assister à tous les préparatifs de l'épouvantable supplice qui l'attendait au lever du soleil.

Elle lisait sur le visage de Darnis les différentes émotions qu'il éprouvait à mesure qu'il apprenait le courage, l'énergie et le généreux dévouement qu'avait déployés Kaïnara pour arriver à faire évader la prisonnière.

Tout à coup M. Darnis interrompit Thérèse, en s'exclamant :

— Ah! pourquoi ne vous a-t-elle pas suivie dans votre fuite?...

Pourquoi ne l'avez-vous pas décidée à quitter la tribu, à abandonner ce chef qu'on l'avait forcée de prendre pour mari?

Et d'une voix profondément altérée, le malheureux père répétait :

— Pourquoi?... Pourquoi?

Il y avait dans l'expression de son regard autant de reproche que de douleur.

Thérèse répondit :

— J'ai tout fait pour décider Marie Darnis à fuir avec moi!...

— Et elle a refusé?

— Oui !

M. Darnis leva les mains au ciel.

— Ah! quelle fatalité pesait donc sur elle? s'écria le malheureux homme dont le désespoir se réveillait avec une nouvelle violence.

— Quoi, vous n'avez pu la décider?... vous n'avez donc pas eu la pensée de lui faire espérer qu'elle pourrait retrouver son père?

— Hélas! je dois l'avouer, Dieu ne m'a pas envoyé cette inspiration...

— Mais enfin, le motif,... le motif de ce refus?...

Thérèse hésitait à répondre; elle ajouta, continuant le récit que son interlocuteur avait interrompu :

— Je ne songeai, au moment où il allait falloir nous séparer, qu'à l'arracher à l'existence à laquelle, avec le temps, elle s'était habituée. J'espérais l'emmener avec moi, dans ce voyage, et... plus tard la décider à m'accompagner en France... Là, on aurait pu, me disais-je, faire des démarches dans le but de retrouver sa famille...

— Mais quel motif vous a-t-elle donné, pour ne pas vous suivre?

— Je vais, dit Thérèse vous rapporter les propres paroles qu'elle a prononcées.

Comme je la remerciais, l'âme pleine de reconnaissance, elle se jeta à mon cou, en m'exhortant, à ne plus retarder mon départ.

« O Kaïnara! ô Marie Darnis! lui dis-je en la pressant sur mon cœur, pourquoi ne pas m'accompagner, dans ma fuite, pourquoi ne pas vous soustraire à cette existence odieuse, que les Peaux-Rouges vous ont imposée? »

Elle me regarda avec tristesse et répondit ces simples mots :
« Kaïnara est mère! »

Rien ne saurait rendre la profonde impression que ces paroles produisirent sur M. Darnis.

Il semblait que le choc eut à la fois éveillé en lui un sentiment de fureur contre ceux qui lui avaient volé sa fille et un sentiment de compassion pour cet infortunée qui se condamnait à une existence horrible, par amour maternel.

Pendant quelques instants la malheureux père resta comme accablé.

On eut pu croire qu'il se résignait, quand tout à coup relevant la tête, il se mit à presser Thérèse de questions.

Il voulait savoir sur quel territoire elle avait été faite prisonnière par les Peaux-Rouges, afin, disait-il, de s'y rendre sans retard avec les hommes armés qu'il avait à son service.

Fut-ce au prix de sa fortune tout entière, fut-ce au prix de sa vie, il tenterait de reconquérir sa fille bien-aimée.

Il suppliait la jeune fille de rappeler ses souvenirs et de lui dire combien de temps s'était écoulé depuis le jour où Marie Darnis avait réussi à la faire évader.

Thérèse répondit :

— J'ai eu, depuis notre séparation, des nouvelles de Kaïnara.

Une exclamation de joie s'échappa des lèvres de M. Darnis.

— Des nouvelles de ma fille? Par pitié ne me les laissez pas ignorer plus longtemps!

— Je dois vous dire tout de suite, que ces nouvelles ont été pour mon cœur et ma conscience un grand soulagement.

Je pouvais craindre, en effet, que, dans la tribu, l'on ne découvrit que c'était Kaïnara qui avait favorisé ma fuite.

L'homme qui s'était acharné à ma poursuite était ce même Lao-Paw qui avait voué une haine éternelle à celle qu'il convoitait comme femme et que le chef avait donnée pour épouse à son fils Rama-Dama.

La pensée de cet homme me faisait trembler pour les jours de Kaïnara, et j'oubliais mes propres tourments, j'oubliai le danger que je courais de retomber au pouvoir de ce misérable, pour reporter toute ma pensée vers la généreuse créature qui avait eu pitié de moi.

J'éprouvais la plus affreuse douleur à l'idée que, convaincue de trahison, elle subirait le supplice qui m'était destiné.

Je savais que les partisans de Lao-Paw mettraient le chef dans la nécessité de faire justice, et que Rama-Dama, quelque fut son amour pour Kaïnara, ne pourrait sauver cette infortunée.

Par ce que vous venez d'entendre, continua Thérèse, vous pouvez vous faire une idée de ma joie, en apprenant que Marie Darnis avait échappé au châtiment que je redoutais pour elle.

— Mais, qui vous a renseignée?

Êtes-vous bien certaine?...

Thérèse interrompit son interlocuteur pour lui raconter succinctement comment, après avoir été sauvée par Claude Michot, celui-ci avait offert de lui servir de guide et de compagnon.

Elle mit le père de Kaïnara au courant de tous les événements qui s'étaient succédé, depuis qu'elle avait échappé, comme par miracle, au coup de tomahawk qu'allait lui porter Lao-Paw, jusqu'au moment où elle avait rencontré un passager de l' « Abeille », Georges Ravergy.

Elle ajouta :

— C'est par le récit que me fit M. Ravergy du combat que les voyageurs de la caravane avaient dû livrer aux Peaux-Rouges, que j'appris que Marie Darnis était vivante.

— Mais… ce Georges Ravergy connaissait donc ma fille ?…

— Il n'avait jamais vu Kaïnara !…

Le visage de Robert Darnis ayant tout à coup pris une expression d'inquiétude et de doute, Thérèse s'empressa d'ajouter :

— Mon compagnon, Claude Michot m'avait déjà dit que dans sa conviction la caravane avait dû être attaquée par les Peaux-Rouges, dont j'avais été la prisonnière et qui s'étaient bien certainement mis à ma poursuite…

Ce que nous raconta M. Ravergy devait nous confirmer dans l'opinion émise par Claude Michot.

Thérèse fit alors une narration émouvante de l'épisode si dramatique du combat acharné qui s'etait livré entre les compagnons de Georges Ravergy et ce qui restait de la tribu des Peaux-Rouges.

— Je vais, dit-elle, vous rapporter exactement les paroles de M. Ravergy, car je les ai retenues gravées dans ma mémoire.

Comme Claude Michot s'étonnait que celui dont il connaissait l'énergie, eut hésité à tuer l'adversaire qu'il tenait au bout de son fusil, M. Ravergy répondit : « J'ai relevé le canon de mon fusil au moment de tirer…, pour ne pas tuer une femme et des enfants ! »

A ce moment, Claude Michot et moi, nous eûmes la même impression. Nos regards se rencontrèrent; Nous pensions, tous deux, à Kaïnara.

Georges Ravergy continua : « Au moment où j'allais abattre d'un coup de feu un des indiens que j'avais reconnu pour être le chef, je vis une femme, portant un enfant sur chaque bras, traverser comme une folle l'espace sillonné par les balles, pour s'approcher de l'homme que je visais.

M. Darnis avait porté les deux mains à son cœur, dans un mouvement d'effroi.

— Ma fille !… ma fille !… Capable d'un pareil dévouement pour cet homme…

Thérèse ne put retenir cette exclamation:

— Kaïnara voulait sauver le père de ses enfants !

Après une seconde d'interruption, Thérèse reprit :

— Qui êtes-vous? — Français ! répondit celui qui tenait la tête. (P. 862.)

— Il me reste à vous rapporter ce que nous a raconté M. Ravergy . « Ce fut comme une vision, nous dit-il. La femme avait
fait de son corps un rempart vivant, et il me sembla, à ce moment,
entendre des cris de détresse et des supplications.

« Même j'eus l'illusion, pendant cette suprême seconde, qu'à travers l'espace m'arrivaient ces paroles prononcées en français : *Ne
tirez pas !... ne tirez pas !* »

— Ah! sublime enfant! s'exclama le pauvre père saisi d'admiration et succombant à son émotion.

Thérèse ajouta, en s'animant :

— Tout me prouvait que la femme qu'avait épargnée M. Ravergy
n'était autre que Marie Darnis.

Au portrait que m'en avait fait son adversaire, j'avais également
reconnu le chef Rama-Dama.

Robert Darnis interrompit :

— Mais... il ne me suffit pas de savoir que ma fille existe, je
veux la revoir, la reprendre... Qu'est-elle devenue? Le savez-vous?

— C'est précisément la question que j'adressai à M. Ravergy.

Voyant mon anxiété, il s'empressa de répondre : « Lorsque le chef
eut vu le mouvement que j'avais fait, il voulut, en tendant les bras
vers moi, m'exprimer, par ce geste, combien il m'était reconnaissant
de mon acte de générosité. »

M. Ravergy nous dit, à son ami Claude Michot et à moi, qu'il
les avait vus, le chef, sa femme et les enfants, s'éloigner avec la plus
grande rapidité, afin d'échapper aux projectiles qui décimaient les
survivants de la tribu...

— Le combat avait eu lieu dans le voisinage des Montagnes
Rocheuses, m'avez-vous dit? interrogea M. Darnis.

— Oui!... Et c'est sur ce territoire que doit avoir campé la
tribu dont Rama-Dama est le chef, car je me souviens que, pendant
ma captivité, Kaïnara m'avait dit que, chaque année, au retour de l'été,
les Peaux-Rouges se rendaient, en pèlerinage, sur le territoire où
se trouvaient les sépultures des chefs de la tribu...

— C'est donc là que les rencontrerai! s'écria Robert Darnis.

C'est là que j'attaquerai ce Rama-Dama pour lui arracher ma
fille!...

— Quoi! Vous parlez de l'attaquer, dit Thérèse, Vous n'épargne-
rez donc pas celui devant qui s'est abaissée l'arme de M. Georges
Ravergy?

Vous seriez sans pitié pour ce sauvage, qui a su trouver une
façon si touchante de témoigner sa reconnaissance à son généreux
adversaire?... Est-ce que le dévouement sublime de Kaïnara pour
le père de ses enfants n'est pas de nature à adoucir votre haine, à
calmer votre colère, à vous dicter enfin une résolution généreuse?

Et voyant que M. Darnis paraissait méditer ces paroles, Thérèse
ajouta avec véhémence :

— N'oubliez pas que si les Peaux-Rouges ont volé votre enfant,

leur chef en a pris soin ; que ce chef l'avait entourée d'une sollicitude
paternelle.

Vous n'ignorez pas qu'elle a rencontré en Rama-Dama un homme
qui l'a comblée de bontés et dont la tendresse n'a fait qu'augmenter
avec le temps?

Thérèse voulut plaider jusqu'au bout la cause de l'époux de
Kaïnara :

— Après la défaite que lui ont infligée les voyageurs de la caravane,
peut-être la tribu décimée s'est-elle dissoute et les partisans de Lao-
Paw, qui n'attendaient qu'une occasion favorable pour se soustraire à
l'autorité de Rama-Dama, n'auront pas manqué de se séparer de
ceux qui étaient demeurés fidèles à leur chef.

— S'il en est ainsi que vous le supposez, il me suffira d'ajouter
quelques recrues à mon escorte pour avoir promptement raison de
ces sauvages peu nombreux et probablement démoralisés...

M. Darnis avait paru prendre, en cela, une résolution énergique.

— Comment pourrais-je jamais m'acquitter envers vous, mademoiselle, dit-il, en regardant Thérèse avec une expression de sincère
reconnaissance?

Vous avez été l'amie de ma fille bien-aimée, vous lui avez rappelé
son enfance, vous lui avez parlé de son père... Il n'a pas dépendu
de vous qu'en ce moment elle ne soit ici, dans mes bras, sur mon
cœur !...

Et puisque, grâce à vous, j'ai l'espoir de retrouver ma fille, je
vous fais ici solennellement la promesse que ni moi, ni Marie, nous
n'oublierons la dette de reconnaissance que nous avons contractée
envers vous !...

En toute circonstance vous trouverez le père de Marie Darnis
prêt à accourir à votre appel et à vous prouver sa gratitude.

— C'est tout de suite, monsieur, qu'il faut me secourir..., dans
la détresse où je me trouve !... Déjà je vous dois de n'avoir pas été
victime de ces bandits...

Mais il ne suffirait pas que vous m'ayez sauvée, moi !...

Je vous ai indiqué le moyen de retrouver votre fille, aidez-moi à
sauver mon père !

— Mon intention était de vous conduire moi-même à Mexico...
Que pouvais-je faire de mieux que d'employer mon temps à vous
être utile, moi dont la vie errante n'avait plus alors de but...

Mais à présent, je me dois à ma fille..., pour la tentative que je
vais faire, il ne faut pas perdre une heure !...

— Oh! non..., pas une heure! répéta Thérèse.

— Mais si je ne puis, comme vous le comprenez, vous accompagner à Mexico, je veux toutefois que, pendant ce voyage, vous soyez à l'abri de tout danger... Pour cela je vais choisir dans ma troupe des hommes éprouvés qui vous escorteront... Mon nègre Scipion vous servira de guide et sera à vos ordres tant que vous aurez besoin de lui; après quoi, il trouvera bien, sur les indications que je lui donnerai, le moyen de me rejoindre...

Thérèse remercia avec effusion celui qui lui procurait le moyen de continuer sa route en toute sécurité.

— Nous allons donc partir tout de suite! dit Robert Darnis.

Il siffla son fidèle Scipion pour lui donner les ordres nécessaires.

Six hommes furent choisis qui, avec le guide Gimmah et Scipion, accompagneraient Thérèse.

Pendant qu'on faisait les préparatifs du départ, M. Darnis voulut s'entretenir une dernière fois avec elle.

Thérèse lui donna toutes les indications qui devaient l'aider à rejoindre la tribu commandée par Rama-Dama.

Elle fut, alors, amenée à lui parler de nouveau des compagnons qu'elle avait laissés à l'auberge du défilé.

Elle lui dit qu'il trouverait là les deux hommes capables de lui donner tous les renseignements et toutes les indications qui lui pourraient être utiles.

— Je n'ai pas besoin, je crois, de vous faire l'éloge de M. Ravergy, ajouta-t-elle. Son compagnon, Claude Michot, est un homme sur le courage et le dévouement duquel on peut compter... Vous saurez, je n'en doute pas, les décider sans peine à se joindre à vous pour l'expédition que vous allez entreprendre.

— J'accepterais avec joie leur concours...

— Qui ne pourra que vous être très utile, non seulement parce que vous aurez en eux deux compagnons résolus, ayant servi dans les armées françaises et sachant conduire une action militaire, mais encore et surtout parce que Rama-Rama se souviendra de la générosité de M. Ravergy.

Puis elle dit à Robert Darnis :

— Veuillez, je vous prie, vous charger de transmettre à M. Ravergy le bon souvenir et le dernier adieu que je lui envoie...

Je dois retourner en France le plus tôt qu'il me sera possible de le faire!...

Je ne reverrai sans doute... ni vous ni lui...

Mais tant que je serai de ce monde, je penserai à lui, à vous et à Marie Darnis...; je penserai, enfin, à tous ceux qui m'ont porté secours et se sont généreusement dévoués pour moi!

. . . .

Le nègre Scipion étant venu annoncer que tout était prêt pour le départ, Thérèse prit congé de M. Darnis.

Au moment où il lui tenait les mains dans les siennes, elle lui dit:

— Puissé-je apprendre un jour que vous avez retrouvé le bonheur!

X

RENCONTRE

Nous laisserons Thérèse sur la route qui conduit à Mexico, pour suivre le père de Kaïnara qui vient de traverser Sacramento, se dirigeant vers le défilé des Montagnes-Rocheuses.

Avant d'arriver à la plaine de sable, M. Darnis avait pu recruter pour sa troupe un certain nombre de « pimos ».

D'après ce que Thérèse lui avait appris de la valeur des deux hommes qu'il trouverait dans l'auberge, il avait hâte de les voir, ne doutant pas qu'ils ne consentissent à faire partie de la petite expédition.

Aucun incident n'étant venu ralentir la marche de la troupe, Robert Darnis était déjà arrivé à l'extrémité de la plaine de sable, quand tout à coup, l'un des deux hommes qui marchaient en avant, en éclaireurs, signala des cavaliers qu'il avait aperçus à une assez grande distance.

Au moyen de sa lunette d'approche, Robert Darnis put compter ces cavaliers.

Ils étaient au nombre de trois.

Il donna aussitôt l'ordre de se porter à leur rencontre, tout en recommandant à ses hommes de se tenir sur leurs gardes.

De leur côté les trois cavaliers ne semblaient pas prendre de dispositions, en prévision d'une attaque.

Ils se portaient, eux aussi, à la rencontre de la troupe qu'ils venaient d'apercevoir.

Au bout d'une demi-heure, comme on se trouvait à portée de la voix, selon l'usage dans ce pays parcouru par les aventuriers et les chasseurs, les deux troupes s'arrêtèrent.

M. Darnis s'était placé en avant de ses hommes et criait aux cavaliers.

— Qui êtes-vous?

— Français! répondit celui qui tenait la tête.

Et se tournant vers les deux autres, il leur dit :

— C'est un compatriote.

Aussitôt les trois cavaliers avaient remis leurs montures au galop et, quelques instants plus tard, les deux troupes étaient réunies.

Robert Darnis avait tout de suite pris la parole.

— Je suis heureux, dit-il, de rencontrer en ce pays des compatriotes...

— Malheureusement, à ce que je puis voir, nous ne pourrons pas faire route de compagnie, répondit le cavalier.

M. Darnis reprit :

— Je me dirige vers les Montagnes-Rocheuses ; mais je dois faire halte dans une auberge qui se trouve, d'après mes renseignements...

— A l'entrée du défilé !

— Précisément!

— En ce cas, mon cher monsieur, dit un des cavaliers en venant se ranger à côté de celui qui venait de parler, vous y trouverez de la place pour vous et vos hommes, car l'auberge est vide depuis que nous l'avons quittée, le capitaine Cardovan, mon ami Georges Ravergy et moi !

— Cardovan!... Georges !... répéta M. Darnis...

— Et votre serviteur Claude Michot! prononça le cavalier dont le costume bizarre attirait l'attention des « pimos ».

Robert Darnis tendait à présent les mains à ses trois compatriotes, en disant d'un ton d'extrême satisfaction :

— Je bénis le hasard qui me fait vous rencontrer, messieurs, car j'allais à l'auberge du défilé, avec l'espoir de vous y trouver.

— Nous? s'exclamèrent en même temps les trois cavaliers.

— Je savais que M. Ravergy y était avec son ami M. Claude Michot...

— Mais la personne dont vous tenez ce renseignement, ne vous a peut-être pas parlé du capitaine Cardovan!... interrompit ce dernier en ébauchant un sourire...

Il ajouta :

— Vous nous apportez sans doute des nouvelles de Mlle Thérèse...

Claude Michot s'était approché et coupant la parole au capitaine Cardovan, il multiplia les questions avec une volubilité extrême :

— Vous avez vu Mlle Thérèse?... Elle est donc arrivée à Sacramento, sans encombre?... A-t-elle vu mon ami John Mathis?... Est-elle satisfaite?... Vous a-t-elle dit quelque chose pour... pour nous? fit-il en se reprenant.

M. Darnis répondit :

— Tout d'abord, messieurs, je dois être l'interprète de celle qui, en me faisant part des infortunes sans nombre qui se sont succédé pour elle, m'a également parlé, avec... admiration, des nobles cœurs qui se sont intéressés à elle et l'ont aidée à surmonter les obstacles qui s'élevaient devant elle.

En me disant que je vous rencontrerais dans l'auberge du défilé, Mlle Thérèse m'a donné l'assurance que je serais bien accueilli, par vous, sachant que je pouvais me recommander d'elle...

— Ah! certes! s'exclama Claude Michot...

Si vous venez de la part de notre « amie », ... de celle pour qui, tous trois, le capitaine, mon ami Georges et moi, nous donnerions jusqu'à la dernière goutte de notre sang, vous pouvez tout nous demander, sans avoir peur d'être trop exigeant.

Ainsi donc, mon cher compatriote, vous n'avez pas besoin de vous gêner, si vous avez besoin de l'un de nous séparément ou de nous trois à la fois, pour n'importe quel objet...

Et ce que je vous dis là, c'est bien exactement ce que pensent le capitaine et mon ami Georges...

Georges Ravergy et le capitaine voulurent, à leur tour, donner au voyageur la preuve que leur compagnon n'avait rien exagéré en se faisant leur interprète.

Et Robert Darnis n'eut pas de peine à remarquer avec quelle émotion s'exprimait le premier.

Il lui fut aisé de voir que Georges Ravergy s'intéressait d'une façon toute particulière à la jeune fille.

Mais le père de Marie Darnis, comme on le suppose bien, avait hâte de mettre les trois hommes au courant du motif qui l'amenait vers eux.

— Je vais, dit-il, vous entretenir de choses que vous connaissez, car il s'agit d'événements auxquels vous avez pris part, soit ensemble, soit séparément...

L'endroit où l'on avait fait halte était ombragé par un bouquet d'arbres.

M. Darnis donna à ses hommes l'ordre de camper.

Trois des « pimos » se chargèrent des chevaux.

M. Darnis et ses compatriotes s'assirent au milieu du campement improvisé, et la conversation s'engagea aussitôt.

Ce fut le père de Kaïnara qui prit la parole, pour raconter dans quelles circonstances il avait rencontré Thérèse.

A mesure qu'il avançait dans son récit, on pouvait lire sur les physionomies les différentes impressions qu'éprouvait chacun de ceux qui écoutaient.

Claude Michot ne cessait d'interrompre par des exclamations où se manifestait sa colère contre la mauvaise chance qui l'avait empêché d'accompagner son « amie », lui qui s'était donné le rôle de chien de garde...

Il s'écriait, en apprenant le danger qu'avait couru Thérèse, prisonnière des bandits :

— Et tu n'étais pas là, Médor, pour sauter à la gorge de tous ces brigands et les étrangler !...

Le capitaine Cardovan observait Georges Ravergy dont les traits étaient violemment contractés.

Il crut même devoir interrompre le récit pour recommander le calme au convalescent, en s'appuyant sur cette raison absolument péremptoire, qu'il fallait conserver le plus de forces possible pour n'être pas contraint de s'arrêter en route.

— D'ailleurs, tout est pour le mieux, ajouta-t-il, puisque grâce à monsieur, Mlle Thérèse va pouvoir arriver, sans danger, au terme de son voyage...

D'après mes calculs elle ne doit pas être loin d'à moitié route de Mexico.

— Effectivement, elle y sera dans quelques jours, car j'ai recommandé à celui qui commande son escorte de faire diligence.

— Vous avez entendu, monsieur Ravergy, dans quelques jours ! dit Cardovan avec un signe d'intelligence à l'adresse du convalescent.

— Voilà pourquoi nous ne devons pas flâner en route, si nous voulons arriver presqu'en même temps qu'elle ! s'exclama Claude Michot en se levant.

Et regardant Robert Darnis, il ajouta :

— Maintenant que nous savons ce que monsieur notre compatriote avait à nous dire de la part de notre « amie », nous n'avons plus qu'à nous souhaiter mutuellement bon voyage... Et en route !

— Voilà le champ de bataille, dit le capitaine Cardovan. (P. 870.)

Georges Ravergy faisant mine d'approuver son camarade et, de son côté, le capitaine Cardovan paraissant disposé à ne pas prolonger la halte, force fut à Robert Darnis d'aborder la question qui l'intéressait personnellement.

— Je comprends votre impatience, dit-il, et je n'aurais garde de vous faire perdre un temps précieux, si je n'étais chargé de vous faire part d'un désir manifesté par celle qui m'envoie auprès de vous.

— Un désir de Mlle Thérèse! interrompit Claude Michot. Elle vous a chargé de nous en faire part, et, vous le gardez pour vous, mille tonnerres !

Mais vous ne savez donc pas, continua le brave garçon, qu'il suffit que Mlle Thérèse désire quelque chose pour que Ravergy et moi, nous obéissions tout de suite; même si ce qu'elle exigerait de nous devait nous coûter à faire...

— Sachez donc, interrompit Robert Darnis, que loin de vous appeler, Mlle Thérèse m'a chargé de vous exprimer sa reconnaissance et de vous porter les vœux qu'elle fait pour vous...

Voici, au surplus, ses propres paroles :

« Tant que je serai de ce monde, je penserai à tous ceux qui m'ont porté secours et ont fait acte de dévouement pour moi ! »

Claude Michot était littéralement abasourdi.

— Et c'est pour nous dire cela, qu'elle vous a envoyé auprès de nous? demanda-t-il d'un ton de profonde déception.

— Non !... Il me reste à vous apprendre qui je suis et que je vous fasse part du service que Mlle Thérèse désire que vous me rendiez. Et il se mit à raconter tout ce qu'on vient de lire dans les précédents chapitres.

Robert Darnis fut écouté avec stupéfaction par les trois compatriotes.

Seul, Claude Michot manifestait bruyamment, par des exclamations variées, tantôt son étonnement et tantôt sa joie.

Oui, sa joie de savoir que Kaïnara, cette douce créature dont Thérèse lui avait parlé avec tant d'attendrissement, d'émotion et d'inquiétude, allait retrouver son père!

Et le brave cœur s'écriait :

— Ah! j'ai donc été bien inspiré quand j'ai logé une balle dans la poitrine de cette canaille de peau-rouge qui poursuivait Mlle Thérèse...

J'ai donc eu encore une fameuse idée en me jetant, avec notre « amie » dans la forêt, pendant que vous canardiez ces scélérats de sauvages...

Puis, s'interrompant pour regarder M. Darnis dont le visage s'était tout à coup assombri :

— Ah! pardon, excuse, mon cher compatriote; quand je dis scélérat, je fais une exception, comme de juste, en faveur de votre gendre !

Puis revenant à son idée :

— Mais ce que j'ai fait n'est rien en comparaison de ce qu'a fait mon capitaine Ravergy...

— Je sais ! prononça Robert Darnis en tendant les deux mains à celui qui s'était laissé émouvoir par la vue de la mère se jetant, avec ses enfants sur les bras, devant son mari menacé de mort, pour lui faire un rempart de son corps.

— Je sais ! répéta-t-il, ce qu'a fait M. Ravergy, et je l'en remercie de tout cœur.

— Alors, reprit Claude Michot, puisque vous êtes si bien renseigné, il ne me reste plus qu'à vous souhaiter de rencontrer votre fille... et son mari !...

D'ailleurs, mon cher compatriote, laissez-moi vous dire que ce pauvre Rama-Dama n'est pas le chef puissant et redoutable qu'il a été... C'est comme qui dirait un monarque presque sans sujets !...

Mal a pris à ses Peaux-Rouges d'attaquer la caravane que commandaient le capitaine Cardovan et mon ami Georges !

— Mlle Thérèse m'a mis au courant de ce qu'il était intéressant pour moi de savoir...

— Alors, bonne chance !

— Mais, reprit Robert Darnis, il me reste à vous communiquer une idée généreuse que Mlle Thérèse a puisée dans son cœur...

Celle qui avait rencontré affection et dévouement auprès de ma fille, a désiré, à son tour, être utile à Marie Darnis !...

Et c'est à vous, messieurs, qu'elle fait appel afin que vous m'aidiez à retrouver mon enfant et à la reconquérir par force, s'il est besoin !...

— A nous ! s'exclamèrent d'une même voix Georges Ravergy et Claude Michot.

— Mais c'est impossible ! dit ce dernier... Tout à fait impossible, répéta-t-il... Et, c'est la première fois qu'il m'arrive de refuser quelque chose à celle qui a bien voulu m'accepter pour compagnon, pour guide, pour chien de garde...

Ce qu'elle nous demande là... nous ne pouvons le faire... Impossible !... Impossible !...

Robert Darnis crut devoir insister.

Mais Claude Michot lui dit d'un ton de supplication :

— Que Mlle Thérèse me demande mon temps, mon sang, ma vie,... je suis prêt !... Oh ! mais pas ça... pas ça...

Le capitaine Cardovan se vit obligé d'intervenir pour expliquer la situation et faire part à Robert Darnis de la résolution qu'avaient prise Claude Michot et Ravergy d'aller rejoindre Thérèse à Mexico...

— Ne me demandez pas pourquoi, interrompit Michot, car nous ne pourrions vous le dire... C'est un secret entre mon capitaine Ravergy et moi !...

Mais imaginez-vous que votre fille n'a plus son mari pour la protéger et la défendre, que d'autre part vous sachiez qu'un scélérat de peau-rouge s'est mis dans la tête de l'obliger à oublier ses devoirs de mère et d'épouse... Est-ce que vous ne voleriez pas au secours de votre fille, est-ce que vous quitteriez pas tout, pour aller casser la tête au peau-rouge ?...

Eh bien !... nous avons, Ravergy et moi, une tête à casser... Et rien ne nous empêchera d'aller faire notre devoir, rien, rien, rien !

— Mais moi ! s'exclama le capitaine Cardovan, je suis à votre disposition, M. Darnis !

Laissez Michot et Ravergy aller à Mexico, moi je vous reste !...

Sans perdre une minute, nous allons nous remettre en route, et je vous aiderai à retrouver votre fille...

Le père de Kaïnara serra avec effusion la main du capitaine Cardovan.

L'ordre fut immédiatement donné de tout préparer pour le départ.

Alors, au moment de se séparer de Robert Darnis, Georges Ravergy lui dit :

— J'ai toute confiance en la réussite de la tentative que vous allez faire, et je serai avec vous par la pensée !...

Dieu m'est témoin qu'il m'en coûte de ne pas accéder au désir que Mlle Thérèse vous a chargé de me transmettre, car je sais combien est grande l'affection qu'elle porte à Marie Darnis !...

Je souffre aussi cruellement de ne pas tenir la promesse que j'avais faite à Mlle Thérèse de ne pas chercher à la revoir !

Mais tout mon sang se révolte à l'idée que cet ange de vertu et de dévouement, va se trouver seule en présence d'un misérable capable de tous les crimes.

— Viens, Ravergy, viens ! balbutia Claude Michot à qui l'émotion qu'il éprouvait hachait la voix...

Et il entraîna son ami...

Mais, se dégageant, Ravergy se précipita vers le capitaine Cardovan, en s'écriant :

— Je vous remercie de vouloir bien me remplacer dans la tâche que me donnait Thérèse.

Dieu veuille que vous y réussissiez !

Le capitaine Cardovan, très ému, serra longuement les mains de celui qu'il avait vu à bord de l'*Abeille* accomplissant un acte sublime.

Puis, irrésistiblement, les deux hommes se jetèrent dans les bras l'un de l'autre.

XI

FILLE, ÉPOUSE ET MÈRE

Les adieux de Cardovan et de Georges Ravergy avaient produit une vive impression sur Robert Darnis.

Quelle confiance ne devait-on pas avoir en des hommes d'une pareille trempe et dont l'énergie n'avait d'égale que l'estime qu'ils professaient l'un pour l'autre.

Le père de Kaïnara ne doutait pas, qu'avec le concours du capitaine Cardovan, il ne réussirait à mener à bonne fin son expédition contre les Peaux-Rouges.

Avec la troupe bien armée qu'il avait à sa solde et un homme d'expérience pour les diriger et les entraîner, on pourrait, pensait-il, avoir raison d'adversaires que leur récente défaite avait dû démoraliser.

— Je vous donne le commandement, capitaine, et je me place sous vos ordres, avait dit Robert Darnis au moment où l'on se mettait en marche.

— J'accepte, dit Cardovan et il ne dépendra pas de moi, je vous le répète, que la campagne ne soit promptement terminée, à votre entière satisfaction.

Le principal sera de rencontrer bientôt l'ennemi et de ne pas être obligé de battre le pays, au hasard, jusqu'à ce que nous puissions prendre contact avec les Peaux-Rouges.

— C'est, d'après les indications que m'a données Mlle Thérèse, une tribu nomade ; mais je sais aussi qu'il est de tradition dans cette tribu de faire un pèlerinage au territoire où reposent dans leurs sépultures les restes mortels de ses chefs.

Ce pèlerinage a lieu au commencement de la saison d'été... Celle qui m'a fourni les renseignements qu'elle tenait de ma fille, m'a également appris que ces sépultures se trouvaient non loin des Montagnes-Rocheuses.

— Aussi ai-je l'intention de marcher dans cette direction que j'ai d'ailleurs vu prendre aux Indiens dont nous venions de repousser l'attaque furieuse.

Je dois ajouter que, pendant la déroute, ils fuyaient en débandade, pour échapper à une poursuite qui eut eu pour résultat l'anéantissement à peu près complet de la tribu.

— Mais je connais les habitudes des Peaux-Rouges, répliqua Robert Darnis; depuis plus de dix années que je me suis mis à la recherche de ma fille, j'ai pu observer la tactique qu'emploient les Indiens.

J'ai assisté, sans y prendre part, à des rencontres entre tribus ennemies. Or, après s'être disséminés pour éviter la poursuite du vainqueur, les fuyards se réunissaient dans quelque forêt désignée d'avance.

— Il est donc probable que les survivants de la tribu se seront, de nouveau, groupés autour du chef et que l'action pourra être chaude!...

— J'espère que non, répondit Robert Darnis. D'après ce qui m'a été dit, il y aurait eu, depuis longtemps, des menées sourdes contre le chef, qu'un de ses parents voulait remplacer dans le commandement de la tribu, et les dissidents auront profité de la circonstance pour tirer de leur côté.

C'est donc avec l'espoir que l'on n'aurait plus qu'une poignée d'hommes à combattre que le capitaine Cardovan et Robert Darnis hâtaient la marche de leur troupe dans la direction des Montagnes-Rocheuses.

Après plusieurs étapes, — ne prenant que le temps strictement nécessaire pour laisser souffler les bêtes, — on était arrivé à l'endroit où la caravane avait été attaquée.

— Voilà le champ de bataille, dit le capitaine Cardovan.

Et il indiquait à son compagnon la place qu'occupait chaque groupe de combattants, pendant la rencontre.

Il semblait qu'il prit un certain plaisir à rappeler les différents épisodes de la bataille.

— J'avais, racontait-il, réuni, ici, les voitures, les faisant disposer de façon à former une sorte de forteresse qu'il eut fallu prendre d'assaut et que nous aurions pu défendre avec avantage.

J'eus lieu de me féliciter d'avoir pris ces dispositions, car tout l'effort de l'adversaire s'était porté sur mon « camp fortifié », et leurs colonnes vinrent se faire écraser à bout portant.

Mais voici qui vous intéressera davantage, dit en s'interrompant le capitaine.

Il avait conduit Robert Darnis vers un des points du champ de bataille où le sol creusé et piétiné, témoignait de l'acharnement du combat.

— Voilà la place où se trouvait Georges Ravergy.

Il y avait réuni quelques cavaliers, se préparant à fournir une charge à fond.

Et en attendant le moment propice pour l'exécuter, lui et ses hommes faisaient un feu roulant sur les Peaux-Rouges qui tenaient encore vigoureusement.

— Ah!... c'est là? prononça Robert Darnis dont l'émotion faisait trembler la voix.

— Oui!... et vous pouvez voir d'ici la place où se trouvait le chef qu'il était facile de reconnaître aux tatouages qui couvraient son corps et aux plumes qui ornaient sa tête...

Je dois ajouter que ce sauvage a fait preuve, pendant l'action, d'une grande énergie et d'un beau courage... Il ne bronchait pas, excitant ses hommes du geste et de la voix.

Les balles sifflaient autour de lui, sans qu'il parut s'en inquiéter. On eut dit que, se voyant battu, il voulait se faire tuer afin de ne pas être fait prisonnier.

Et le capitaine Cardovan continua :

— C'est un sauvage, mais, à coup sûr, c'est un brave !

Robert Darnis gardait le silence, et, par la pensée, il reconstituait, sur le terrain même où elle s'était passée, la scène que lui avait raconté Thérèse.

Il se trouvait à cette même place où Georges Ravergy avait couché en joue Rama-Dama.

Et lui aussi eut une vision.

A ce moment où son âme tressaillait, il lui sembla voir, comme à travers un nuage, cette courageuse femme qui, portant un enfant sur chaque bras, faisait de son corps un rempart vivant à son mari, au père de leurs enfants...

Il lui semblait entendre ces mots qui avaient eu un écho dans le cœur de Georges Ravergy :

— Ne tirez pas, ne tirez pas !

Et dans l'espace de cette minute, pendant laquelle Robert Darnis avait passé par les plus violentes émotions, un revirement soudain s'était produit dans l'esprit de cet homme qui s'était mis en campagne, le cœur plein de rage, animé d'une haine féroce et se jurant à lui-même de ne pas faire de quartier.

Il se demandait à présent, ce malheureux père, s'il aurait le courage que n'avait pas eu Georges Ravergy et s'il n'allait pas trouver entre lui et le peau-rouge sa fille qui lui crierait :

— Ne tirez pas ! Ne tirez pas !

La voix de Cardovan vint l'arracher à cette douloureuse pensée.

Le capitaine attirait, à ce moment, son attention sur les débris et différents objets qui jonchaient le sol.

— Voilà qui prouverait, dit-il, que les Peaux-Rouges ne sont pas revenus ici, après notre départ. Ils n'eussent pas, en effet, manqué d'emporter ce butin quelque mince qu'il soit.

J'en conclus donc que les fuyards ont dû s'éparpiller dans des directions différentes et que nous avons grande chance de rencontrer un chef sans soldats.

— Dieu veuille que vos prévisions se réalisent ! répondit M. Darnis.

— Toutefois, reprit le capitaine Cardovan, nous ne devons pas nous départir de la plus extrême prudence.

Il ne faut pas oublier que les Peaux-Rouges sont d'une rare habileté dans l'art de s'embusquer, de ramper, et de dissimuler leur présence, pour attaquer par surprise.

C'est grâce à cela qu'il leur arrive souvent d'avoir raison d'adversaires plus forts et plus nombreux qu'eux.

— Je me fie entièrement à vous, capitaine Cardovan ; prenez toutes les précautions que vous jugerez nécessaires.

Cardovan avait fait trois pelotons de la troupe dont on lui avait donné le commandement.

Il échelonna les trois fractions, afin qu'à un signal de celle qui marchait à l'avant-garde elles pussent se réunir pour faire face à l'ennemi, soit que la troupe se formât en ligne pour envelopper cet ennemi en exécutant un mouvement tournant par les deux ailes, soit qu'elle fût obligée de se former en carré s'il arrivait qu'elle soit attaquée par plusieurs côtés à la fois et débordée.

Mais il semblait que ces précautions dussent être inutiles ; la marche par échelons se poursuivait sans que l'on eût encore signalé la présence de Peaux-Rouges dans la plaine qui s'étendait au loin.

Pendant la nuit, on redoublait de surveillance, évitant de passer à proximité des bois et surtout de s'attarder dans les hautes herbes.

On avait maintenant, à gauche, les Montagnes Rocheuses, à

Le « pimos » connaissait tous les passages, et, à mesure que l'on montait... (P. 875.)

droite la plaine, tantôt aride, tantôt coupée de prairies, que Claude Michot avait fait parcourir à Thérèse.

C'était également cette plaine immense qu'avait dû traverser la tribu de Peaux-Rouges qui s'était mise à la poursuite de la prisonnière blanche.

Le capitaine Cardovan se servait de la lunette d'approche dont s'était muni Robert Darnis pour fouiller dans toutes les directions le pays qui s'étendait devant lui.

Après quatre jours de marche dans la direction qu'il avait vu prendre aux Peaux-Rouges en déroute, le capitaine Cardovan tint conseil avec Robert Darnis au sujet de la nécessité de changer immédiatement de direction.

D'un commun accord, on arrêta de se rapprocher de la chaîne de montagnes, M. Darnis ayant fait part à son compagnon des renseignements que lui avait donnés Thérèse.

La distance à parcourir pour atteindre le pied des montagnes était longue, et malgré toute la diligence qu'on pût faire, la troupe avait mis quatre jours à arriver à l'extrémité de la plaine.

Il s'agissait maintenant de longer la chaîne de hautes montagnes qui coupait l'horizon de ce côté.

Cardovan dut modérer l'impatience de Robert Darnis dont l'anxiété et les inquiétudes avaient augmenté de jour en jour.

Il en était arrivé à un degré d'énervement et d'exaltation qui pouvait amener les plus graves complications dans son état de santé, car depuis qu'on avait dépassé l'endroit où la caravane avait été attaquée par les Peaux-Rouges, il luttait contre de violents accès de fièvre.

Le jour arriva où, après une marche forcée pendant la nuit, Robert Darnis donna des signes d'épuisement.

— Nous allons faire halte, lui dit Cardovan.

Et comme M. Darnis insistait pour qu'on n'interrompît pas la marche et qu'on la précipitât même, le capitaine dut employer tous les moyens de persuasion pour le décider à prendre un repos devenu, disait-il, indispensable.

— Songez au but que vous voulez atteindre!... Songez à celle que vous voulez retrouver!... Les forces humaines ont des limites! Voudriez-vous vous exposer à succomber dans les bras de votre fille?...

Robert Darnis se rendit à cet argument, le seul capable de le faire se résigner à ce retard qui le désespérait.

— Mais pendant que vous vous reposerez, je ne resterai pas inactif, moi, lui dit le capitaine Cardovan.

Je laisserai, pour faire bonne garde et vous défendre, au cas où vous seriez attaqué à l'improviste, la troupe tout entière, à l'exception toutefois d'un de vos « pimos », dont j'ai pu apprécier la sagacité!...

— Léotoh!

— Oui, le meilleur et les plus intelligent de vos serviteurs, à ce que j'ai pu juger.

Et quelle est votre intention, capitaine ? demanda Robert Darnis.

— Je vais aller à la découverte. Pendant que vous reposerez ici, j'escaladerai l'un des pics, du haut duquel il me sera possible, le jour venu, d'embrasser tout le pays environnant.

— Je comprends ! s'exclama M. Darnis... C'est une idée que j'approuve.

Partez donc, capitaine !

Le « pimos » Léotoh avait accompagné son maître dans toutes les expéditions qu'avait entreprises M. Darnis.

C'était, après le nègre Scipion, le serviteur sur le dévouement duquel le maître pouvait compter le plus absolument.

Très agile et rompu à tous les exercices du corps, Léotoh pouvait, en outre, lutter de sagacité, d'astuces et de ruses avec le Peau-Rouge le plus rusé.

C'était d'après le conseil de Léotoh que le capitaine avait décidé de faire l'ascension du pic.

Donc, après avoir donné les ordres pour l'installation du campement et prescrit les mesures de précautions, Cardovan s'était, en compagnie de Léotoh, mis en route pour la montagne.

Le « pimos » connaissait tous les passages, et, à mesure que l'on montait, il indiquait les endroits dangereux, les précipices, les chutes d'eau, dont il fallait s'éloigner en toute hâte.

Comme on le voit, l'ascension du pic ne s'accomplit pas sans difficulté.

Mais le capitaine Cardovan eut lieu de se féliciter de l'avoir entreprise.

Comme, au moyen de la lunette d'approche, il promenait son regard dans toutes les directions, tout à coup il passa la longue-vue à Léotoh, en disant :

— Regarde !... Là !... Suis bien la direction de ma main !... Que vois-tu là-bas ?

Le « pimos » avait braqué la lunette sur le point qu'on lui désignait.

— Ça, s'écria-t-il, avec une explosion de joie..., c'est ce que nous cherchons, maître !

— Je ne me suis donc pas trompé ?

— Non, maître.

— Cette fumée indique bien qu'il y a là un campement ?

— Oui, maître !

— Mais ce peut être un campement de chasseurs ou d'explorateurs ? dit Cardovan qui redoutait une déception.

Léotoh avait de nouveau braqué la lunette.

— Non, maître, s'exclama-t-il, certain cette fois de ne pas se tromper, c'est Peaux-Rouges !...

Maître peut regarder !

En effet, le capitaine Cardovan put distinguer un groupe d'Indiens qui, à ce moment, retournaient au campement où ils rapportaient le produit de leur chasse.

— Plus de doute ! s'exclama-t-il.

Et il fit part au « pimos » de son intention de s'assurer de l'importance du campement.

Pour cela, il fallait parcourir un long plateau, au bout duquel se dressait un rocher.

Cardovan et le « pimos » se mirent donc en marche et, du haut du rocher, il leur fut facile de plonger dans le campement et de s'assurer qu'un petit nombre d'Indiens s'y trouvaient réunis.

Tout portait à faire supposer que c'était ce qui restait de la tribu décimée pendant l'attaque de la caravane.

Au surplus, étant donné ce petit nombre d'adversaires, il n'y avait pas grand danger à envahir le campement.

C'est avec cette conviction que le capitaine Cardovan et le « pimos » retournèrent, en toute hâte, à l'endroit où ils avaient laissé Robert Darnis.

— Je vous apporte une nouvelle qui va vous rendre des forces, mon cher compatriote ! s'exclama Cardovan.

Et il fit part à son compagnon des observation qu'il avait faites.

Il fallait, ajoutait-il, se remettre en marche, dès le lendemain, mais il n'était pas nécessaire de trop se hâter, car outre que M. Darnis devait éviter une grande fatigue, il n'y avait pas urgence à précipiter la marche.

— Ces gens-là sont campés dans une vallée où ils doivent se trouver à merveille, affirmait le capitaine.

Il n'y a donc pas à supposer, ajoutait-il, qu'ils lèvent de si tôt le camp.

Robert Darnis se fit raconter par le « pimos » tous les détails de l'ascension et du résultat obtenu.

Léotoh lui ayant confirmé tout ce qu'avait dit le capitaine, M. Darnis dut se résigner à prendre patience jusqu'au lendemain.

Toute la journée fut employée à mettre les armes en état et à fabriquer des cartouches.

J'espère que nous n'aurons pas à en brûler une seule ! disait le capitaine qui, en chef prudent, passait l'inspection de la troupe.

Léotoh avait employé son temps à donner des soins à son maître.

Au point du jour, toute la troupe était sur pied, n'attendant qu'un ordre pour se mettre en marche.

— Nous allons détacher Léotoh en éclaireur, dit le capitaine. Il sait où se trouve le campement.

Le « pimos », qui ne demandait pas mieux, partit avec la rapidité d'une flèche.

Il semblait que l'espoir qu'il avait de revoir bientôt sa fille eût rendu subitement à M. Darnis son énergie et les forces qu'il avait perdues.

Il s'était mis à la tête de la troupe, à côté du capitaine Cardovan.

Il avait pu suivre du regard le « pimos » qui courait en avant.

Puis tout à coup Léotoh avait disparu.

. . . .

M. Darnis, loin de s'étonner de cette disparition, l'expliqua au capitaine Cardovan.

— Je connais Léotoh depuis que j'ai pris la résolution de parcourir tous les territoires occupés par les tribus de Peaux-Rouges, dans le but de rencontrer, s'il se pouvait, la peuplade qui avait envahi et dévasté mon habitation.

Le jeune « pimos » s'était attaché tout de suite à ma personne comme le serviteur le plus dévoué et je n'eus qu'à me féliciter de l'avoir engagé...

Et se reprenant :

— Je devrais dire « acheté », car Léotoh m'a été bel et bien vendu par un chef indien, et j'aurais le droit de le considérer comme esclave, s'il n'avait mérité, par les importants services qu'il m'a rendus et son intelligence remarquable, d'être considéré par moi comme un soldat...

Robert Darnis ne résista pas à son désir de raconter au capitaine Cardovan, comment il était devenu propriétaire du « pimos ».

Comme on avait ralenti la marche afin d'attendre le signal que devait faire Léotoh quand il serait arrivé à proximité du campement, et que, d'autre part, il était important que Robert Darnis ménageât ses forces, Cardovan lui proposa de faire une courte halte, pendant laquelle il écouterait, avec plaisir, ajouta-t-il, l'histoire du « pimos », chez lequel il avait reconnu une grande sagacité.

La troupe profita de la halte pour se procurer quelques légumes frais en parcourant la plaine environnante ; d'aucuns même purent faire des pêches productives dans les cours d'eau, extrêmement poissonneux, qui sillonnaient la plaine.

Robert Darnis et le capitaine Cardovan s'étaient assis sur un tertre, à l'ombre des branches feuillues qui leur servaient de tente.

— A présent je suis tout oreilles pour écouter l'histoire de notre « éclaireur », dit le capitaine.

— Je vous disais donc, commença Robert Darnis, que j'avais acheté ce brave garçon. Et en cela, nous faisions tous deux, le jeune « pimos » et moi, une excellente affaire, ainsi que j'ai pu m'en convaincre par la suite.

En effet, en ce qui concerne Léotoh, il faut que vous sachiez qu'il avait été fait prisonnier par une des peuplades qui se sont établies sur les deux rives du Mississipi.

Vous ignorez probablement que les indiens « pur sang », si je puis m'exprimer ainsi, ont le plus grand mépris pour les « pimos » qu'ils considèrent comme inférieurs, parce qu'ils proviennent d'un croisement.

Mon pauvre Léotoh était traité absolument comme un chien galeux.

Le chef l'avait pris à son service particulier, mais uniquement pour avoir l'occasion, à chaque instant, de le molester, de le brutaliser, usant envers ce malheureux d'une cruauté sans nom.

La moindre de ces cruautés consistait à faire porter au jeune garçon, qui avait à peine dépassé l'âge de l'adolescence, des fardeaux sous le poids desquels une bête de somme eut plié ; et quand il succombait sous ces fardeaux, le malheureux était cruellement battu.

Et ce supplice se renouvelait chaque fois que la fantaisie en prenait au chef de peuplade qui n'avait pas répudié les coutumes sauvages et les procédés barbares des tribus nomades et guerrières.

J'arrivai donc dans le campement, un jour que le chef avait décidé de s'offrir un divertissement dont l'infortuné « pimos » devait faire tous les frais.

Il s'agissait pour ce chef, blasé et cherchant un récréatif à l'ennui qui l'envahissait, de se livrer au maniement de l'arc et de faire admirer son adresse.

Pour cet exercice, Léotoh devait servir de cible vivante.

— Quelle horreur !

— J'éprouvai, ai-je besoin de le dire, un sentiment d'horreur quand je vis que, pour éviter les flèches dont plusieurs lui avaient déjà fait des blessures, le pauvre diable se livrait à des courses folles dans l'enceinte réservée pour le tir. Il procédait par bonds furieux, tantôt cherchant un abri derrière les troncs d'arbres, tantôt se jetant à plat ventre au moment où sifflait la flèche qui lui était destinée.

C'était horrible à voir; horrible surtout en pensant que le dénouement ne pouvait qu'être fatal à cet être humain passé à l'état de gibier.

— Votre présence a dû faire, je suppose, interrompre le lugubre divertissement! dit le capitaine.

— C'est-à-dire que le chef apprenant qu'un étranger voyageant avec escorte, demandait à entrer en relations avec lui, me fit convier au spectacle qui divertissait si fort hommes, femmes et enfants de la peuplade.

— Naturellement, en acceptant, vous aviez déjà un but déterminé?

— Oui, capitaine. Je m'empressai d'aller trouver le chef auquel, pour l'amadouer, selon l'usage, j'offris quelques présents.

Et comme, pour me remercier, le Peau-Rouge qui portait la plume du commandement fixée à sa chevelure, m'avait donné une place d'honneur à côté de lui, je voulus tout de suite intercéder en faveur de la victime du lugubre spectacle auquel il allait me falloir assister.

« — Grand chef, dis-je, quel crime a donc commis ce garçon? »

« — Aucun!... C'est un chien de pimos ».

« — C'est son seul crime? »

« — N'est-ce pas suffisant? »

Et comme je manifestais mon étonnement, par un geste de réprobation, le chef me dit :

« — C'est mon prisonnier, j'avais donc le droit de le tuer ; tu vois que je lui ai laissé la vie! »

« — Oui, répliquai-je, mais pour le faire mourir à petits coups, à ce que je vois aussi! »

Le chef se mit à rire à gorge déployée, de ma sensibilité.

« — Puisqu'il vous appartient, lui dis-je brusquement, et que vous pouvez le tuer, à plus forte raison pouvez-vous le vendre? »

L'œil du chef brilla. L'appât du gain le mettait en belle humeur.

Je m'en aperçus à la façon dont il dégusta l'alcool dont je lui avais fait présent.

« — On pourrait s'entendre, me répondit-il en faisant claquer sa langue... Ça dépendra du prix que vous m'offrirez... »

Et le rusé personnage qui venait de me dire que le « chien de pimos » n'avait pas plus de valeur pour lui, qu'une pièce de gibier, se mit à faire valoir « sa marchandise. »

A présent, le jeune pimos réunissait, à ses yeux, toutes les qualités qu'on recherche chez l'esclave dont on veut faire l'acquisition.

« — Fixe toi-même le prix que tu en veux! » dis-je.

« — Eh bien, combien me donneras-tu de bouteilles d'alcool? »

« — Douze! » répondis-je sans hésitation.

« — Accepté! le pimos est à toi! »

— Voilà comment j'ai pu faire, ce jour-là au moyen d'une douzaine de bouteilles de mauvaise eau-de-vie, à la fois une bonne action et une excellente affaire!

— Coup double! s'exclama le capitaine Cardovan.

— Depuis, mon brave Léotoh, ainsi que je vous l'ai dit, m'a accompagné dans toutes mes expéditions.

Il peut, aujourd'hui, pour l'adresse et l'art de surprendre l'ennemi, rivaliser avec le plus habile des Peaux-Rouges.

— J'ai, en effet, reconnu chez lui les qualités que vous mentionnez.

— Il en a d'autres : Un courage à toute épreuve et un grand dévouement pour moi.

— On peut, je vois, se fier à lui.

— Nous aurons peut-être bientôt l'occasion de le mettre à l'épreuve, capitaine.

— Pour le moment, il suffira qu'il nous rapporte de bonnes nouvelles...

Le capitaine Cardovan s'interrompit tout à coup pour dire :

— Je lui ai recommandé la prudence, car il peut courir des dangers...

— Il saura les éviter; je vous le répète, capitaine, il n'a pas son pareil comme limier.

— Mais le meilleur limier peut trouver plus fort et plus habile que lui...

— Je n'ai pas d'inquiétude à ce sujet...

— Et maître à raison! dit un voix qui partait de derrière le tertre.

En même temps Léotoh se dressait, laissant voir ses vêtements tout mouillés et collant sur la peau

— Maître, je viens de là-bas où sont campés les Peaux-Rouges. (P. 883.)

— D'où viens-tu dans cet état?

— Maître je viens de là-bas où sont campés les Peaux-Rouges.

— Tu as donc voyagé par terre et par eau ?

— Oui, mon capitaine... C'était pour revenir plus vite... J'avais, pour aller, couru et rampé dans les plaines et dans les hautes herbes; pour revenir, j'ai pris la rivière qui coule de ce côté-ci et le courant m'a porté plus vite qu'aurait pu faire cheval ou mule.

— Je reconnais bien là mon brave et fidèle Léotoh.

— Maître savait que je n'allais pas m'amuser en route.

— Et que rapportes-tu comme renseignement.

— Je vais raconter à mon maître ce que j'ai fait : je voulais m'approcher le plus possible du campement sans courir de danger ; pour cela, j'ai pris à travers la plaine d'abord; puis j'ai coupé de façon à arriver à la lisière du bois.

Grâce à l'épaisseur du feuillage, je pouvais marcher sans être vu; et puis, pour m'orienter, de temps en temps, je grimpais sur un arbre.

Comme ça je suis arrivé à un endroit d'où, toujours du haut de l'arbre que j'avais choisi, je pouvais voir dans le campement, avec la lunette du capitaine.

— Me l'as-tu rapportée au moins?

— La voici, mon capitaine. Je l'ai enveloppée et portée attachée sur ma tête, pendant que je nageais dans la rivière.

— Continue! dit Robert Darnis pressé de se remettre en marche.

— Léotoh reprit :

— Il n'y a pas beaucoup de monde dans le campement.

— C'est ce dont je me doutais! dit le capitaine Cardovan. Outre que nous avons fait un véritable carnage de nos adversaires, il y a dû avoir scission, après la déroute.

Et s'adressant au pimos :

— As-tu pu compter à peu près le nombre des individus qui occupent le campement?

— Je crois, mon capitaine, que s'il faut se battre, il n'y aura guère plus de trois Peaux-Rouges pour chacun des hommes de notre troupe.

— Voilà déjà un bon renseignement.

— Je dirai à mon maître que les indiens que j'ai vus n'ont pas l'air de se préparer à la bataille.

— Qu'est-ce qui te fait supposer cela? demanda M. Darnis.

— Il n'y avait pas d'hommes pour garder, comme d'habitude, les abords du campement...

— C'est donc, interrompit le capitaine Cardovan, que ces gens-là ne s'attendent pas à être attaqués...

— Ou bien, qu'ainsi que vous l'avez dit, ils sont découragés.

— C'est à mon avis, le moment de leur tomber dessus par surprise.

Voyons, mon ami, ajouta-t-il, s'adressant au pimos, as-tu d'autres renseignements à donner?

— Oui, mon capitaine, j'ai vu des hommes et des femmes qui étaient occupés à élever des bûchers, pour lesquels les uns et les autres apportaient des branches et des troncs de jeunes arbres...

— Continue, dit M. Darnis soudainement et vivement intéressé.

— C'est pas pour faire la guerre que les Peaux-Rouges dressent des bûchers; mais pour des sacrifices à leurs manitous; répondit Léotoh... Mon maître sait cela aussi bien que moi.

— Tant mieux, s'exclama le capitaine Cardovan, raison de plus pour ne pas hésiter à les attaquer...

Je n'entends pas par là que nous allons les massacrer avant qu'ils aient eu le temps de se mettre sur la défensive, bien qu'à la guerre, c'est à qui surprendra l'autre, à qui usera de ruse pour empêcher que son adversaire puisse se servir de ses armes...

— Vous avez raison, capitaine, il vaut mieux tâcher de faire tous ces indiens prisonniers, sans les tuer...

— Et tu te chargerais de conduire cette affaire?

— Oui, mon capitaine, parce que je sais comment je m'y prendrais pour réussir.

— Eh bien, c'est entendu, tu te mettras, pour la circonstance, à la tête des hommes de la troupe; dit Robert Darnis.

— J'espère que mon maître sera content de moi!

Léotoh se retirait pour aller s'entendre avec les hommes qu'il était chargé de diriger, lorsque Robert Darnis le retint.

— N'as-tu pas fait d'autres remarques? demanda-t-il, préoccupé de savoir si le campement que l'on se proposait de prendre par surprise était bien celui de la peuplade commandée par le chef Rama-Dama.

— J'ai dit, à mon maître, tout ce que j'avais vu.

— Mais as-tu pu t'approcher assez du campement pour distinguer les visages, par exemple?

— Non, mon maître, j'étais trop loin pour cela: mais j'ai vu quelque chose qui m'a étonné.

— Qu'as-tu vu? demanda vivement Robert Darnis.

— C'était sur le bord de l'eau, car la rivière coule tout près du campement, j'ai vu un groupe de Peaux-Rouges...

— Que faisaient-ils? interrogea le capitaine Cardovan.

— Il y avait un homme, une femme et...

— Et deux enfants, peut-être? demanda en s'exclamant M. Darnis.

— Oui, maître; il y avait deux enfants..., pas bien grands.

Et Léotoh indiquait, avec la main, la taille de chacun des petits indiens.

— Vous avez entendu, capitaine, prononça Robert Darnis : un homme, une femme, deux enfants!...

— C'est précisément ce que nous cherchons, n'est-ce pas?

— Continue, Léotoh.

— Je vois que ça intéresse mon maître; aussi je suis content d'avoir eu cette bonne idée de rester à regarder, avec la longue-vue, ce que tout ce monde faisait sur le bord de l'eau.

— Et que faisaient-ils?

— L'homme devait avoir été blessé, parce que la femme lui lavait l'épaule... Après quoi, elle lui appliqua sur la chair, des feuilles que les deux enfants lui apportaient, après les avoir trempées dans l'eau.

Et Léotoh ajouta :

— Ça faisait plaisir à voir, mon maître!

M. Darnis, vivement impressionné, répétait mentalement tout ce que venait de lui apprendre le pimos.

L'espoir pénétrait plus profondément en son âme.

A ce moment où il allait peut-être retrouver celle qu'il avait tant cherchée et qu'il croyait à jamais perdue pour lui, le malheureux père élevait sa pensée, suppliant la providence de lui épargner une déception qu'il n'aurait ni le courage, ni la force de supporter.

— Va, Léotoh, dit-il, va tout disposer pour le départ! Il me tarde maintenant de pénétrer, avec toi et tes hommes, dans le campement dont tu as, avec tant de précision, reconnu l'emplacement et les approches.

Et s'adressant à son compagnon :

— Allons, capitaine, dit-il, nous joindre à notre troupe. Dieu veuille que nous rencontrions dans ce campement, ceux que nous espérons y trouver!

— J'y compte d'autant plus, répondit Cardovan, qu'il y a d'après ce qu'à dit Léotoh, un blessé...

— Une femme aussi...

— Et deux enfants, M. Darnis! Rappelez-vous ce que vous a raconté Mlle Thérèse...

Et Robert Darnis appuyait sa main sur son front.

— Je n'ai rien oublié et je n'oublierai jamais l'acte généreux qu'a accompli M. Georges Ravergy.

— Désormais, ajouta-t-il, l'homme généreux auquel je devrai de retrouver ma fille vivante, occupera une place dans mon cœur!

Le capitaine Cardovan laissa échapper une exclamation et un soupir :

— Qui sait, dit-il, si nous reverrons jamais Georges Ravergy et Mlle Thérèse!

Faisant alors allusion à la scène qui s'était passée, sur le pont de l' « Abeille », au moment où l'on venait d'y tirer au sort les noms de ceux qui devaient s'embarquer à bord de la chaloupe de sauvetage, le capitaine Cardovan ajouta :

— Georges Ravergy est de l'étoffe dans laquelle se peuvent tailler les héros et les martyrs!... Ceux qui l'ont, comme moi, vu à l'œuvre, ont le devoir de l'exalter comme un héros et de le vénérer comme un saint?

Et, devinant le combat qui se livrait dans l'âme du malheureux père, le capitaine Cardovan prononça :

— Georges Ravergy, en épargnant le chef indien qu'il pouvait tuer, a obéi à un sentiment d'humanité que nous devons approuver et admirer!

Il a écouté une voix, cette voix de la femme qui demande grâce pour son mari...

Il a vu ces deux enfants dont il pouvait, n'obéissant qu'à sa colère, faire des orphelins; et il a voulu qu'il n'en fut pas ainsi!...

. . . .

Tandis que Robert Darnis et le capitaine Cardovan se mettaient en route dans la direction du campement des Peaux-Rouges, ceux-ci se préparaient pour la fête religieuse que la tribu avait l'habitude de célébrer, chaque année, pendant le pèlerinage au territoire des sépultures.

Après les désastres qu'il avait éprouvés, Rama-Dama (car c'était effectivement ce qui restait de sa tribu qui campait là) avait voulu que la cérémonie eut, cette fois, un caractère exclusif de deuil.

Il avait donc décidé qu'on supprimerait les danses et autres réjouissances qui suivaient d'ordinaire la cérémonie religieuse.

Pour cela, il réunit autour de lui ceux qui lui étaient restés fidèles, car les amis de Lao-Paw s'étaient d'abord mis en révolte ouverte, puis s'étaient soustraits à l'autorité du chef après la défaite qu'avait subie celui-ci.

Les premiers ils avaient lâché pied, abandonnant le champ de bataille avant même la fin du combat, dans la crainte d'être faits prisonniers.

C'eut été d'ailleurs le sort de Rama-Dama et de ses guerriers, si Georges Ravergy, impressionné par la scène que nous avons relatée, n'avait abandonné l'idée de charger et de se mettre à la poursuite des fuyards.

Grâce à cet acte de générosité de la part du vainqueur, Rama-Dama avait pu, après une retraite précipitée, rallier le petit nombre de guerriers qui l'avaient suivi avec leurs familles.

Ils étaient là, une trentaine au plus, blessés pour la plupart, assis et formant le cercle autour de Rama-Dama.

Le chef portait sur son visage l'empreinte d'une grande douleur qu'il surmontait stoïquement.

— Je vous ai réunis, dit-il parlant avec calme et lentement, ainsi qu'il convenait dans la circonstance présente, afin de vous faire part de la décision que j'ai prise et qui m'est inspirée par la tristesse qui emplit nos âmes à tous.

Le grand Manitou a dû se détourner de nous et nous retirer sa protection, pour qu'en si peu de temps nous ayons éprouvé tant de malheurs et que l'adversité n'ait cessé de nous atteindre de ses coups les plus cruels.

— C'est vrai! répondirent en chœur les Peaux-Rouges.

— Ce ne sera que par nos prières et les sacrifices que nous ferons au Grand Manitou, que nous réussirons peut-être à apaiser sa colère et à nous rendre favorable l'Esprit qui tient dans sa main souveraine et puissante les destinées de tous.

— C'est vrai! répétèrent ceux qui avaient écouté respectueusement les paroles du chef.

— Pas de danses, reprit Rama-Dama; car il ne peut convenir à l'Esprit courroucé que nous nous réjouissions, lorsque tant des nôtres ont péri dans la bataille!

Nous n'avons pas le droit, non plus, de nous livrer aux jeux par lesquels nos anciens avaient l'habitude de célébrer la victoire, puisque nous n'avons pas su vaincre !

— Pas de danses, pas de jeux ! prononça d'une même voix l'assemblée tout entière.

Rama-Dama, après s'être recueilli pendant quelques instants, continua en ces termes :

— J'ai fait dresser l'image du Grand Manitou au milieu du cercle formé par les sépultures de tous les chefs glorieux dont je suis le faible et humble successeur.

Nos femmes et nos filles ont coupé des feuillages en grand nombre et fait ample moisson de fleurs pour orner l'estrade du haut de laquelle nous adresserons au Grand Esprit nos louanges et nos prières.

Vous avez établi des bûchers pour les sacrifices que nous demanderons au Manitou d'accepter et que nous devrons offrir également aux mânes de nos ancêtres vénérés, les chefs que le Grand Esprit a accueillis auprès de lui.

Tous prononcèrent la formule consacrée :

— Honneur au Grand Manitou ! Respect aux chefs qui sont prosternés à ses pieds !

Un vieillard, le plus ancien de la tribu, et dont la parole avait force d'oracle, se leva alors pour demander la parole.

Toute l'assistance s'apprêta à donner une attention respectueuse.

Le vieillard commença :

— Rama-Dama, tu as parlé comme un sage ! Tu as été bien inspiré en disant que nous avions mérité la Grande Colère. Je le sais, parce que j'ai mortifié mon corps, pendant trois jours, sans prendre de nourriture, sans apaiser ma soif, afin de pouvoir communiquer avec le Manitou de la guerre.

— Et il t'a parlé ?

— Il m'a parlé ! répondit le vieillard.

Un murmure d'admiration s'éleva pour saluer les paroles qu'avait prononcées l'ancien de la tribu.

A partir de ce moment, il devenait pour tous l'oracle qui allait transmettre la volonté du dieu qui décidait du sort des batailles.

Rama-Dama animé d'un saint respect pour le vénérable personnage, lui dit :

— Quelle est la volonté du Grand Esprit ? S'il te l'a communiquée, nous nous y soumettrons !

Le bras tendu il désignait l'enfant que Kaïnara pressait sur son cœur. (P. 895.)

Le vieillard leva la main droite vers le ciel.

Puis il dit :

— La Grande Colère s'est abattue sur nous, parce que nous n'avons pas su garder la captive blanche qui devait être offerte en sacrifice au Manitou de la guerre !

Nous avons été punis par la défaite que nous ont infligée les Visages-Pâles.

112. — SEULE !   112.

Nous avons été punis, en outre, par la défection des amis de Lao-Paw à qui appartenait, de droit, la fille au visage pâle, soit comme épouse, soit comme victime à offrir au Manitou !

Rama-Dama gardait le silence, écrasé sous le poids de ce châtiment venu d'en haut.

Puis, avec tristesse, il demanda :

— Où s'arrêtera la colère du Grand Esprit ?...

Le sais-tu ?

— Oui ! Sa colère s'arrêtera quand on aura expié, par le sacrifice qu'il nous impose, les fautes que nous avons commises.

— Quel sacrifice exige-t-il ?

— C'est devant toute la tribu réunie que j'ai mission de rapporter les paroles que le Manitou a prononcées afin que je vous les transmette, comme l'expression de sa volonté toute-puissante.

Tu vas donc appeler ici tous ceux qui sont absents en ce moment : les jeunes gens, les femmes, les enfants.

Il faut que tous entendent, par ma voix, la volonté d'en-haut.

Rama-Dama emboucha la corne de bison dont il se servait pour rallier les membres de la tribu, et en tira, par douze fois, des sons prolongés.

De toutes parts, on vit alors accourir ceux qu'appelait le chef, et qui, sur l'ordre de celui-ci, se groupèrent derrière les anciens.

Sur un signe que lui fit Rama-Dama, Kaïnara, accompagnée de ses deux enfants, vint se placer à côté de son époux.

. . . .

Depuis qu'on l'avait vue sauver le chef d'une mort certaine, en accomplissant un acte de grand dévouement, Kaïnara était l'objet d'une sorte d'affectueuse vénération pour tous, dans la peuplade.

Les femmes et les enfants lui prodiguaient un grand respect.

Toutes ses compagnes avaient voulu lui faire escorte, quand Rama-Dama l'avait conduite à la sépulture où reposaient les restes du précédent chef ; celui qui avait fait élever, dans son wigwam, l'enfant au visage pâle, qu'il avait prise sous sa protection.

Et là, devant ce tertre funéraire, Kaïnara s'était prosternée, pour murmurer, à voix basse, des mots que ceux qui l'entouraient ne comprenaient pas.

La femme de Rama-Dama remplaçait même, au grand étonnement de tous, les démonstratrations qu'il était l'habitude de faire devant les sépultures, par une longue et fervente prière, pendant laquelle elle avait tenu les mains jointes et le front penché, dans un recueillement profond.

Mais la suprise générale avait été grande lorsqu'on avait vu Kaïnara négliger d'appuyer son front sur le tertre, et par observation de la coutume religieuse des Peaux-Rouges, y prendre une pincée de terre pour en frotter le front et les paupières de ses enfants.

Contrairement à cet usage auquel elle s'était soumise l'année précédente encore, Kaïnara s'était contentée, sa prière terminée, de faire le signe de la croix.

Les souvenirs religieux que Thérèse avait réveillés en elle, étaient restés gravés dans sa mémoire.

Et depuis qu'elle avait favorisé l'évasion de son amie, Marie Darnis n'avait cessé de remercier la providence de l'avoir aidée à accomplir la tâche qu'elle s'était donnée.

La transformation qui s'opérait en elle, irrésistiblement, se ressentait des longs entretiens qu'elle avait eus avec la captive blanche.

Elle s'était souvenue des paroles que lui avait adressées Thérèse pour l'exhorter à l'accompagner dans sa fuite.

« Je suis mère! » avait-elle répondu.

Depuis qu'elle avait exprimé ce sentiment, il semblait que le sacrifice qu'elle avait fait à ses enfants, eut encore resserré le lien qui l'unissait à eux.

Mais elle se rappelait aussi ce que Thérèse lui avait dit concernant la sainte mission à laquelle elle s'était vouée, par amour filial, et dans son cœur s'était éveillée la pensée de son père à elle.

Thérèse lui avait représenté le malheureux homme, en proie à un immense désespoir, se mettant à sa recherche, sans relâche; et, depuis, le récit qu'on lui avait fait des souffrances de ce père n'avai cessé de la hanter.

Que de fois, depuis, avait-elle, par des efforts soutenus de mémoire, cherché à se rappeler toute son enfance, pour retrouver, dans son souvenir, l'image de ce père.

Une nuit, pendant son sommeil, elle avait fait un rêve dont elle conservait une profonde impression.

« Elle se revoyait enfant, dans sa petite chambre, écoutant dans une somnolence combattue, les contes de fées que lui narrait une négresse, afin de l'endormir.

« Un homme était là, assis à la fenêtre, lequel tournait fréquemment ses regards vers le lit.

« Puis elle l'avait vu se lever doucement et s'approcher pour la contempler .

« Tout à coup comme, la croyant endormie, il se penchait pour l'embrasser, elle avait ouvert tout grands les yeux...

« C'était son père!...

« Elle le voyait, elle lui parlait; et lui, la prenait dans ses bras, la couvrait de baisers et lui disait :

— « Marie, mon doux ange, maintenant, tu vas dormir, n'est-ce pas? »

Voilà le rêve qu'avait fait Kaïnara.

A son réveil, il lui semblait revoir cet homme qui se penchait sur elle pour l'embrasser de nouveau.

Et, depuis, quand elle fermait les yeux, pour refaire, par l'imagination, le rêve aimé, elle retrouvait dans sa mémoire les traits de celui qui l'avait appelée « Marie, mon doux ange!... »

Maintenant trois sentiments s'épanouissaient, chaque jour un peu plus, dans cette âme ainsi ramenée du fond des ténèbres de l'oubli où elle vivait.

A l'amour maternel s'était joint, insensiblement, l'amour filial dont Thérèse avait fait vibrer la fibre.

Et à côté de ces deux sentiments, Kaïnara trouvait une place à donner, dans son cœur, à l'attachement que lui inspirait l'homme qui l'avait rendue mère.

Elevée dans cette existence sauvage, elle avait grandi à côté de celui à qui elle se savait destinée comme épouse ; elle s'était attachée à lui, subjuguée par sa supériorité sur tous les autres, fière de lui appartenir, heureuse et reconnaissante des preuves de tendresse qu'il ne cessait de lui prodiguer.

Certes, lorsque Thérèse lui eut dessillé les yeux, et qu'elle avait pu juger à peu près de la distance qu'il y avait entre Marie Darnis, la fille blanche, à qui sa naissance promettait une si belle destinée, et Rama-Dama, le Peau-Rouge, condamné à mener la vie errante et sauvage, en dehors de la civilisation.

Parfois, quand elle se rappelait que Rama-Dama avait été contraint, pour obéir aux lois édictées par ses ancêtres, de condamner à un épouvantable supplice la captive blanche, il lui était arrivé d'éprouver un mouvement de réprobation contre son mari.

Mais, instinctivement, elle se rapprochait de cet homme, mue par un sentiment qui la poussait à chercher une excuse à la cruauté de Rama-Dama.

Elle s'expliquait à elle-même qu'il était tenu de donner satisfaction à ceux qui lui demandaient impérieusement de faire observer les lois et de rendre la justice dans toute sa rigueur.

Même elle croyait lire dans le cœur de Rama-Dama, et y trouver un sentiment de compassion dont il lui était impossible de faire profiter la captive désignée comme victime à sacrifier aux dieux.

Quand l'heure eut sonné pour Kaïnara de choisir entre l'époux qu'elle voyait menacé de mort et qu'elle pouvait tenter de sauver, et ses enfants qui se pendaient à ses bras, elle s'était dit, superbe d'énergie et sublime de dévouement :

« On nous épargnera tous les quatre, ou bien nous périrons ensemble ! »

Dans ce moment suprême, elle avait réuni dans une même pensée, tous les êtres qui lui étaient chers : ses enfants, Thérèse et cet homme qu'elle avait vu en rêve et dont les traits étaient restés gravés dans sa mémoire !

. . . .

Quand Kaïnara était venue prendre place à côté du chef, tous les regards s'étaient tournés vers elle, avons-nous dit, l'Oracle laissa s'apaiser le murmure de sympathie dont on avait salué la femme au sublime dévouement.

Puis s'adressant au chef :

— Rama-Dama, dit-il, j'ai le devoir de te communiquer la volonté du Grand-Esprit.

— Tu as désiré que cette communication eut lieu en présence de tous, tu peux donc parler à présent que nous voici tous réunis !...

Et le vieillard laissa tomber de ses lèvres, les paroles suivantes :

— Le Manitou exige qu'on lui fasse un sacrifice qui sera une juste expiation.

Il veut que l'on choisisse pour lui offrir le sang qu'il veut voir couler et les chairs que doit réduire en cendres le feu du bûcher, il veut, dis-je, que l'on choisisse le moins âgé parmi nous.

Une exclamation d'horreur s'échappa de la poitrine de ceux qui venaient d'entendre l'oracle communiquer la volonté du puissant Esprit.

Tous les regards s'étaient tournés vers le groupe formé par Kaïnara, le chef et leurs enfants.

Mais déjà la mère avait poussé un cri de rage, telle une lionne à qui l'on voudrait arracher son petit.

Saisissant le plus jeune de ses enfants, elle le serrait sur son sein, à l'étouffer.

Et, de même qu'on l'avait vue se précipiter, prête à recevoir la balle destinée à son mari, de même on la vit se dresser comme pour s'élancer hors de l'enceinte humaine et emporter son enfant.

L'oracle avait étendu le bras, pour commander à Kaïnara de rester en place.

Il ajouta à ce qu'il venait de dire :

— En désignant le plus jeune pour le sacrifice, l'Esprit tout-puissant dont nul de nous n'oserait enfreindre la loi, a voulu que l'expiation frappe le plus puissant parmi nous !

Rien ne pourrait rendre l'expression du regard que Kaïnara adressa à son mari.

C'était un appel tacite et désespéré aux sentiments, non seulement d'humanité, mais d'amour paternel.

Elle exigeait, par ce regard, la révolte immédiate contre cette atroce coutume, contre l'effroyable sentence qui obligeait une mère à livrer son enfant au couteau du sacrificateur.

Ce regard, qu'aucune expression ne saurait rendre, disait à Rama-Dama :

— Je t'ai préservé de la mort, auras-tu l'horrible courage de permettre qu'on m'arrache notre enfant ?

Un lugubre silence avait succédé à l'explosion de murmures dont on avait accueilli les paroles de l'oracle.

Celui-ci crut voir, dans ce silence, une intention de réprouver la sentence qu'il venait de prononcer.

Il étendit les bras, réclamant ainsi qu'on lui prêtât attention.

Puis il dit, d'une voix prophétique, comme s'il eut répété des paroles qui lui fussent arrivées à travers l'espace et que, seul, il eut eu la faculté d'entendre :

— Malheur à celui qui oserait s'élever contre la volonté du Grand Esprit !...

Malheur à ceux qui ne feraient pas immédiatement justice d'une rébellion criminelle.

Vous avez entendu, vous tous, que frappera, plus cruellement encore qu'elle ne l'a déjà fait, la colère d'En-Haut.

Il faut que l'expiation soit d'autant plus terrible que la faute a été grande !...

Quel est celui d'entre nous qui oserait braver le Manitou dont le ressentiment s'étendrait sur tous les révoltés ?...

Et s'adressant à Rama-Dama qui, secoué par les plus violentes émotions, promenait des yeux hagards sur l'assistance :

— C'est à toi le chef, de donner l'exemple!

Si quelqu'un d'entre nous pouvait éprouver une défaillance et vouloir résister à la volonté que je suis chargé de transmettre, ce serait à toi de le forcer à l'obéissance.

Obéis donc... Obéis!

Le bras tendu, il désignait l'enfant que Kaïnara pressait sur son cœur.

Rama-Dama continuait à garder le silence.

Alors, l'oracle fit un pas pour s'approcher de Kaïnara, comme s'il eut eu l'intention de lui arracher la pauvre petite créature désignée pour le sacrifice.

Et, d'une voix vibrante, le vieillard ajouta :

— Est-ce que tu hésiterais, Rama-Dama? Ne sais-tu pas que c'est un grand honneur pour toi que ton enfant ait été choisi par le Grand Esprit, pour racheter nos fautes?

Tu te tais?... Voudrais-tu désobéir au dieu?

Non! Nous tous qui sommes ici, nous nous refusons à croire que tu voudrais faire tressaillir, dans sa sépulture, les mânes de ton père!

Il t'a, dès ton jeune âge, appris l'obéissance aux dieux, et le respect de nos traditions, de nos coutumes, de nos lois.

Il te préparait ainsi pour le commandement. Il t'a dit cette parole sage : que, pour obtenir l'obéissance des autres, il faut soi-même savoir obéir!...

Chef, tu ne peux te soustraire à la volonté plus forte, plus puissante que la tienne.

N'oublie pas, Rama-Dama, que c'est notre sort à tous qui est, en ce moment, entre tes mains, et accomplis ton devoir.

Ce devoir est d'apaiser le courroux qui, de nouveau, peut s'appesantir sur tous; et, cette fois, le Grand Manitou se détournerait à jamais de nous!

Et, pendant que je te parle, j'entends sa voix gronder et te criant, à son tour : Obéis! obéis!!

Le vieillard, en prononçant ces mots, semblait soudainement saisi d'une sainte terreur.

Après avoir levé les bras au ciel comme pour implorer, il s'était tout à coup affaissé et restait étendu la face contre terre.

Tous les assistants, en proie à un délire religieux, avaient imité l'oracle.

Seul, Rama-Dama restait debout, entouré de sa femme et de ses enfants.

Mais, à l'expression de son visage et au tremblement convulsif qui agitait tout son corps, il était facile de voir que la parole de l'oracle avait jeté un trouble profond dans son âme.

Kaïnara le regardait avec effarement.

Il semblait qu'elle devinât ce qui se passait en l'esprit de cet homme habitué, dès l'enfance, aux pratiques religieuses de la secte païenne.

Elle pouvait, à présent que Thérèse l'avait éclairée, se rendre compte des excès auxquels ces hommes fanatisés par la parole de l'oracle étaient prêts à s'abandonner.

L'attitude et le silence de Rama-Dama l'épouvantaient.

Elle se décida à combattre l'indécision qu'elle redoutait de voir cesser tout à coup, pour faire place à quelque terrible et irrémédiable résolution.

Nous traduisons ici l'appel véhément qu'elle fit à la conscience de son mari.

— Rama-Dama, dit-elle d'une voix vibrante d'émotion, n'écoute pas ces épouvantables paroles au moyen desquelles on voudrait te faire commettre le crime le plus horrible : un père livrant, de ses propres mains, son enfant au couteau qui doit l'égorger.

Peux-tu ajouter foi à ce que tu viens d'entendre comme venant du dieu que vous adorez?

Est-ce qu'un dieu bon et juste ordonnerait une expiation pareille?

Voudrait-il qu'une malheureuse mère puisse se voir arracher son enfant qu'on immolerait devant elle?

Non, Rama-Dama, un dieu juste et plein de miséricorde ne peut vouloir du sang et des chairs carbonisées, pour apaiser sa colère!...

Rama-Dama, ouvre tes yeux à la vérité!...

On t'a parlé de ton père, eh bien, s'il voit et entend de là-haut, son âme doit tressaillir de colère et maudire ceux qui cherchent à te faire commettre un crime monstrueux!

Puis, s'exaltant à ses propres paroles, Kaïnara ajouta avec énergie :

De loin, ils avaient vu se dérouler le drame du sacrifice et avaient précipité leur marche,
sabre au poing... (P. 90i.)

— Mais si, contrairement à l'espoir que je conserve, tu ne te
rendais pas à ma prière, sache bien que, moi vivante, tu ne parviendrais pas à m'arracher mon enfant... Non!... Ne l'espère pas, Rama-
Dama, car, pour le placer sur l'affreux bûcher, il faudrait nous y
porter tous deux!...

Une exclamation de douleur poussée par le chef, alla résonner
jusqu'au plus profond du cœur de Kaïnara.

Avait-elle réussi à émouvoir Rama-Dama?

Ce cri qu'elle venait d'entendre devait-il être interprété par elle comme une révolte de conscience chez le père?

Était-il, au contraire, chez le Peau-Rouge, l'explosion du fanatisme religieux?

Pendant une mortelle seconde la malheureuse mère fut en proie à la plus affreuse incertitude.

Elle en fut soudainement tirée par les clameurs qui s'élevèrent tout à coup et de toutes parts, autour d'elle.

En effet, l'oracle s'était relevé et, à son exemple, les Peaux-Rouges se mettaient en devoir de presser Rama-Dama de se soumettre à la volonté du Grand Esprit devant lequel tous venaient de s'humilier et dont on avait, dans une même prière, imploré la miséricorde.

Maintenant il n'était pas un de ces fanatiques qui ne fut décidé à user de violence même pour que le sacrifice eut lieu et que la victime désignée ne put échapper au sort qui l'attendait.

Conduits par l'oracle, les hommes allaient s'attaquer à Rama-Dama, tandis que, de leur côté, les femmes s'apprêtaient déjà à entourer Kaïnara.

Mais celle-ci avait vu le danger et se préparait à opposer une résistance désespérée.

Alors s'adressant une dernière fois à Rama-Dama, elle lui dit :

— Si tu as encore des entrailles de père,... protège-nous,... défends-nous contre ces forcenés!...

Puisque tu es le chef, fait acte d'autorité, pour ramener la peuplade dans l'obéissance!...

Kaïnara ne devait pas tarder à avoir la preuve que l'autorité du chef ne pourrait rien contre les excitations de l'Oracle.

La rébellion, sourde jusque là, éclatait tout à coup, menaçante pour Rama-Dama, accusé, par le plus ancien de la tribu, de désobéissance au Grand-Manitou.

La clameur, qui avait si fort impressionné Kaïnara, c'était l'arrêt de déchéance qu'on signifiait au chef déclaré indigne de conserver le commandement suprême.

A présent, on allait, des vociférations et des mises en demeure, passer aux actes de violence.

— Si je ne suis plus chef, je suis père! s'exclama Rama-Dama répondant à la véhémente question par laquelle l'avait apostrophé Kaïnara.

Je vous défendrai, toi et mes enfants, tant qu'il y aura une goutte de sang dans mes veines!...

Non! ce ne sera pas en vain que tu te seras adressée à mon amour pour toi et pour nos enfants !

Rama-Dama avait, en ce moment, brandit son javelot, en poussant son cri de guerre.

Il faisait, de son corps, un rempart aux siens, tandis que, superbe d'énergie, Kaïnara l'encourageait, de la voix.

Mais il n'entrait pas dans les desseins de l'Oracle, que le chef fut mis à mort par les révoltés.

Il le réservait pour le faire juger par les anciens de la tribu.

Dans la pensée de ce fanatique, Rama-Dama devait, ainsi que l'épouse qui l'avait contraint à la désobéissance, assister au sacrifice et voir égorger l'enfant désigné pour apaiser la colère du manitou.

Pour cela, il avait ordonné qu'on s'emparât de la personne de Rama-Dama.

C'est alors qu'on eut pu voir les peaux-rouges déployer la plus grande habileté, tant pour éviter les coups que le chef cherchait à porter, que pour se jeter sur lui et le désarmer.

A cette habileté, Rama-Dama opposait une résistance désespérée.

Mais le nombre devait avoir raison, à la fin, de sa force supérieure, de sa résolution et de son inébranlable courage.

Au risque d'être blessés, quelques-uns parmi les jeunes guerriers, l'avaient assailli de tous les côtés à la fois et réussissaient à paralyser ses mouvements.

Désarmé, il fut solidement maintenu et obligé de subir l'humiliation d'être ligoté par ceux qui, naguère encore, étaient ses subordonnés respectueux.

Kaïnara et ses deux enfants étaient gardés à vue par les femmes qui, fanatisées à l'égal des hommes, obéissaient aveuglement aux ordres que leur avait donnés l'Oracle.

Le sinistre personnage allait maintenant presser le sacrifice, afin, disait-il, de se rendre les dieux favorables pendant les cérémonies funèbres en l'honneur des chefs trépassés.

Par ses ordres, Rama-Dama avait été enfermé dans une cabane et gardé à vue. Précaution superflue, car le prisonnier, dont les bras étaient ligotés et les pieds entravés, ne pouvait se mouvoir et marcher qu'avec la plus grande difficulté.

On avait également enfermé Kaïnara et ses enfants et deux matrônes étaient chargées de les garder. On pouvait, pour cela, compter sur leur sévérité et leur obéissance aux recommandations de l'Oracle.

Depuis qu'on avait prononcé la déchéance de Rama-Dama, le commandement revenait de droit au plus ancien, en attendant qu'il soit pourvu au remplacement du chef dépossédé.

De l'endroit où ils se trouvaient, les prisonniers pouvaient voir avec quel entrain, tout le monde mettait la main aux derniers préparatifs pour l'horrible cérémonie.

L'image du Grand-Manitou, représentée par une tête hideuse, grossièrement taillé dans un bloc de bois, se dressait sur un piédestal solidement fiché dans le sol.

Des tresses de feuillages entouraient le piédestal, au milieu d'une épaisse jonchée de fleurs.

Devant le dieu de bois, on avait, ainsi que nous l'avons dit, élevé un bûcher, tout enguirlandé de tresses de feuillages.

Tout autour de l'emplacement réservé pour la cérémonie du sacrifice, on pouvait voir les tertres et tumulus servant de sépultures aux grands chefs qui avaient, depuis son origine, eu le commandement de la tribu.

Ces sépultures avaient été respectées par les nombreuses peuplades qui, successivement, s'étaient établies sur ces territoires.

D'ordinaire, chaque année, le pieux pèlerinage se terminait par des chants, des danses, des jeux athlétiques, dans le but de réjouir les mânes des ancêtres.

Cette fois, on le sait, la cérémonie devait emprunter aux circonstances un caractère exclusivement religieux et singulièrement lugubre.

L'incident qui venait de se produire, lequel s'était terminé par l'arrestation de Rama-Dama et de sa famille, ajoutait encore au côté funèbre de l'horrible solennité.

Enfin les préparatifs sont terminés.

L'heure du sacrifice a sonné.

L'Oracle entouré des anciens de la tribu occupe les places qui leur reviennent de droit.

Le sacrificateur est à son poste, devant le bûcher.

Ceux qui font office de prêtres et les matrones attendent le signal pour aller chercher les prisonniers.

Six femmes choisies parmi les plus récemment mariées ont été désignées pour porter et escorter l'enfant que l'on va purifier pour le sacrifice.

Le signal est donné et les deux cortèges se mettent en mouvement.

Aussitôt s'élèvent vers le ciel, à l'adresse des manitous, des chants sacrés qui vont annoncer aux prisonniers que la cérémonie va commencer.

Rama-Dama ne peut contenir sa fureur et c'est par des cris de rage impuissante qu'il accueille ceux qui viennent le chercher.

Ses muscles se tendent et saillissent dans le puissant effort qu'il fait pour briser ses liens.

Il faut le porter pour l'amener à la place qu'il doit occuper pendant le sacrifice.

Mais ce qui a lieu pour Kaïnara dépasse tout ce qu'on peut s'imaginer.

L'énergique créature semble avoir réservé toutes ses forces pour la lutte qu'elle sait avoir à soutenir tout à l'heure.

Et quand les matrones et les jeunes femmes se présentent, c'est une lionne en fureur qui se dresse devant elles, pour défendre le petit qu'on veut lui prendre par la violence.

Comment décrire cette lutte sans merci, d'une part, sans espoir, de l'autre.

Aux terribles vociférations, aux exclamations de douleur, se mêlent les cris des deux enfants saisis de terreur.

Kaïnara bondit, réussissant à s'échapper pendant quelques secondes, aux mains qui s'étaient accrochées à elle. Puis, ressaisie, elle accomplit des prodiges de force et d'énergie pour se dérober à nouveau.

Tantôt elle presse l'enfant sur son sein. Tantôt elle le lève à bout de bras, au moment où elle voit qu'on va le saisir.

On l'entoure, on la presse de toute part, et le cercle humain se resserre brusquement et l'emprisonne.

Elle lutte encore; elle luttera ainsi jusqu'à son dernier souffle...

Tout à coup un cri terrible s'arrache de sa gorge, un cri qui n'a plus rien d'humain, cri de rage, de désespoir, d'agonie!...

L'enfant a été arraché de ses bras... On l'emporte!... Elle le voit qui tend vers elle ses mains!... Elle l'entend qui l'appelle!...

Et quand elle prend son élan pour fendre le cercle qui l'enserre, elle est, elle aussi, soulevée et emportée...

C'en est fait!

Lorsqu'elle a vu Rama-Dama entouré de liens et maintenu dans l'immobilité, la malheureuse femme comprend que tout est fini et qu'elle ne peut plus rien espérer de ces fanatiques qui ont fermé leurs cœurs à tout sentiment de pitié.

Elle appelle la mort, à grands cris, la mort qui seule peut l'empêcher d'assister au supplice de son enfant !

On l'a placée de force à côté de l'époux qui va partager son martyre.

Elle veut parler, implorer encore, les chants funèbres étouffent sa voix.

Ce sont les cantiques qui accompagnent la cérémonie de la purification de la victime.

Et pendant, qu'atterré, vaincu par l'émotion, Rama-Dama se détourne pour ne pas voir le pauvre enfant saisi de terreur et que la vue des matrones épouvante, Kaïnara, elle, ne peut détacher ses regards de cette pauvre innocente créature qui semble la chercher des yeux au milieu de toutes ces femmes qui l'entourent.

Alors, sa pensée se reporte vers cette autre infortunée, Thérèse, l'amie qui lui avait dit son désespoir d'être retenue captive, alors que les jours de son père étaient comptés...

Et de même qu'elle avait vu la pauvre créature implorer la providence et l'appeler à son secours, de même elle lève les yeux au ciel, implorant la miséricorde divine.

— Mon Dieu !... Mon Dieu !... Mon Dieu ! crie-t-elle, résumant dans ces simples mots toutes les prières dont elle a depuis si longtemps oublié les formules.

Mais tout à coup un cri déchire sa poitrine.

La cérémonie de la purification est terminée.

Des mains des matrones, l'enfant a passé dans celles des prêtres.

La lugubre procession s'ébranle, car à présent il s'agit de présenter à l'image en bois qui figure le Grand-Manitou, la victime que l'on va lui offrir en sacrifice, dans l'espoir qu'elle apaisera sa terrible colère.

Kaïnara ne cesse de pousser des cris qui vont se répercuter au loin, dans les bois et les gorges des montagnes.

Il faut lui maintenir solidement les bras, pour l'empêcher de se déchirer les chairs à coups d'ongles, dans l'accès de folie furieuse que provoque, chez elle, le désespoir arrivé au dernier degré de violence, pendant que la situation à laquelle elle assiste, atteint au plus haut degré de l'horreur.

En effet, la procession vient de prendre fin.

L'Oracle prend un air inspiré, les yeux levés vers le ciel, pour prononcer ces paroles, d'une voix lente et grave :

— Le Grand Esprit a écouté vos prières; il veut bien consentir à pardonner ! Par votre obéissance, vous l'avez désarmé !

Il détourne de vous, dans l'avenir, toutes les calamités !

Le sang que vous allez lui offrir lui sera agréable !

Réjouissez-vous donc, vous tous qui avez écouté sa parole par ma voix, et qui vous êtes soumis à sa volonté que j'étais chargé de vous transmettre; réjouissez-vous de la faveur qu'il vous accorde !

Puis faisant signe au sacrificateur d'approcher, l'Oracle lui dit :

Ce sera pour toi une gloire immortelle d'être l'instrument de cette expiation que veut bien accepter le Grand-Manitou.

Tu dois te montrer reconnaissant de l'honneur qui t'est fait, en ce jour !

Mais de même que la victime a dû être purifiée, il faut que l'arme dont tu vas te servir, le soit également !...

L'Oracle ayant tendu la main, le sacrificateur y déposa le couteau qui va servir à égorger l'enfant de Kaïnara.

Cette arme dont la lame fraîchement affutée brille au soleil, fut placée entre les lèvres du dieu.

On l'y laissa, le temps que dura le cantique adressé au manitou.

Puis l'Oracle reprit le couteau, avec respect et le présenta au sacrificateur, en disant :

— Je te le remets purifié par le souffle du Dieu puissant.

Va !... Et frappe !

Le sacrificateur se dirigea alors vers le bûcher.

Puis il fit signe qu'il était prêt à recevoir la victime.

Aussitôt les deux prêtres qui tenaient l'enfant, se mirent en marche, au milieu d'un silence de mort.

Rama-Dama s'était affaissé sur le sol, comme une masse inerte.

Kaïnara, les yeux hagards, la bouche écumante, murmurait :

— Mon Dieu !... Mon Dieu !... Mon Dieu !...

A ce moment, comme dans une ville prise d'assaut, la troupe commandée par Léotoh, fit irruption dans le campement, par plusieurs côtés à la fois.

Un immense cri d'horreur poussé par les assaillants, à la vue du sacrifice humain qui allait s'accomplir, arrêta la main du sacrificateur, déjà levée sur la victime.

Mais sans prendre le temps de la réflexion, sans attendre qu'on leur en eût donné l'ordre, instinctivement, les hommes qui envahissaient le campement se jetèrent sur les peaux-rouges, bousculant tout, renversant les bûchers, n'épargnant pas même le manitou de bois, grimaçant dans son encadrement de feuillages et de guirlandes.

Telle avait été la *furia* des « pimos », que leurs adversaires n'avaient pas eu le temps de se reconnaître, et que déjà la plupart d'entr'eux, désarmés de force, ne trouvaient d'autre ressource pour ne pas être faits prisonniers que de prendre la fuite.

Pendant que cette déroute avait lieu, l'Oracle et les matrones attendaient stoïquement qu'on leur fît subir le sort des vaincus.

Aveuglés par leur fanatisme religieux, ils s'attendaient à être égorgés sans pitié !

Ils étaient allés se prosterner devant le manitou, la tête contre terre, attendant le coup mortel qui devait, pensaient-ils, les frapper.

Et de fait la colère des « pimos » et leur haine des peaux-rouges, se seraient manifestées d'une façon sanglante si Léotoh n'est, par des coups de sifflet, rallié autour de lui, toute la troupe.

Le capitaine Cardovan et Robert Darnis venaient de rejoindre leurs hommes, comme le campement était envahi par ceux-ci.

De loin, ils avaient vu se dérouler le drame du sacrifice et avaient précipité leur marche, sabre au poing, pour charger la foule avide de l'horrible spectacle qui leur était offert.

Et tandis que, par leur ordre, on s'occupait de l'enfant qui, abandonné au moment du désarroi général, gisait sur le bûcher renversé, en poussant des cris de terreur, Cardoyan et quelques hommes s'étaient dirigés vers Rama-Dama et Kaïnara.

Le capitaine donnait aussitôt l'ordre que l'on débarrassât le chef de ses liens et qu'on traitât les deux prisonniers avec les plus grands égards.

Rama-Dama avait alors levé les yeux sur le capitaine et sa physionomie exprimait l'accablement.

Il avait reconnu, en effet, l'homme qui commandait la caravane, et, supposant que le vainqueur, après réflexion s'était mis à la poursuite, il s'attendait soit à être passé par les armes, soit à être emmené en captivité.

Sortant tout à coup de l'état de stupeur où elle était tombée, Kaïnara, les bras tendus, appelait avec des cris de désespoir son enfant.

La malheureuse mère avait vu, comme dans une vision, la scène qui avait suivi l'irruption des én   dans le campement.

— Marie !... Ma fille !... Mon enfant ! (P. 906.)

Elle avait, au milieu du tumulte, entendu les cris déchirants
que poussait la malheureuse petite créature qu'on avait arrachée de
ses bras pour la conduire au supplice.

Elle retrouvait soudainement toute sa volonté cette femme à qui
son amour maternel donnait une énergie surnaturelle.

— Mon enfant !... mon enfant ! criait-elle, cherchant à se frayer,
par la force, un passage au milieu de la foule qui l'entourait.

114. — SEULE !   114.

Par un effort surhumain, elle était parvenue à se dégager et se précipitait...

Tout à coup elle s'arrêta dans son élan, comme instantanément frappée de stupeur.

Elle avait devant elle l'homme qu'elle avait vu en rêve et dont les traits étaient restés gravés dans sa mémoire.

Et cet homme qui la regardait avait le visage bouleversé et les yeux pleins de larmes...

Cet homme qui semblait, lui aussi, frappé de saisissement et rivé au sol, tendait vers elle ses bras, et ses mains tremblaient...

Cet homme l'appelait :

— Marie!... Ma fille!... Mon enfant!

Et, à son tour, elle se sentit aussitôt envahie par une émotion qui faisait tressaillir son cœur et monter, irrésistiblement, des larmes à ses paupières.

Pendant une seconde, elle se sentit entraînée, fascinée par ce regard voilé de pleurs, comme si elle eut obéi à une suggestion mystérieuse.

Et l'homme qu'elle avait vu en rêve, subissant le même effet d'attraction irrésistible, s'écriait :

— Marie..., Marie Darnis..., je suis ton père!

Alors, secoué par le sentiment qui se réveillait en lui, à la vue de celle qu'il avait tant pleurée, tant cherchée, tant appelée pendant les accès de désespoir qui s'étaient succédé pour lui, Robert Darnis saisit Kaïnara dans ses bras. Il la pressait sur son cœur, dans une longue étreinte pendant laquelle ce père soudainement rendu au bonheur, après de longues années d'un martyre incessant, laissait déborder sa joie dans de frénétiques embrassements.

Témoins de cette scène, les hommes de la troupe regardaient avec stupéfaction leur maître prodiguant des caresses sans fin à la femme du chef, quand soudain l'attention de tout ce monde fut attirée par les cris de fureur que poussait Rama-Dama.

L'époux de Kaïnara, se trompant sur le sentiment qui faisait agir l'homme dans les bras duquel s'abandonnait Marie Darnis, sans résistance et même sans étonnement, faisait des efforts désespérés pour se dégager des mains qui le retenaient et se porter au secours de sa femme.

Ce fut Kaïnara elle-même qui se chargea de faire tomber cette fureur, en mettant Rama-Dama au courant de la situation.

Alors on put voir se peindre sur le visage du peau-rouge une expression où la surprise se confondait avec la joie.

Et cette joie fit tout à coup explosion, quand Rama-Dama vit l'homme blanc qui avait victorieusement défendu la caravane, se détacher du groupe des assistants.

Le capitaine Cardovan s'était, en effet, porté au devant de Léotoh qui tenait dans ses bras l'enfant qu'on destinait au sacrifice, et le portait à Rama-Dama.

Celui-ci, ses deux enfants, et Kaïnara se trouvèrent bientôt réunis devant Robert Darnis et le capitaine Cardovan, qui tous deux leur témoignaient les sentiments dont ils étaient animés pour eux.

Cependant Léotoh s'assurait de la personne de l'Oracle et obligeait le vieux peau-rouge et les matrones à le suivre devant ceux qui allaient être appelés à prononcer sur leur sort.

A la vue de l'homme qui avait prononcé sa déchéance et voulu sa-fier à la colère du Grand Manitou, l'enfant qui venait d'échapper miraculeusement à la mort, Rama-Dama ne put retenir un geste de menace.

Il tendit son poing fermé vers le sinistre vieillard, en s'écriant :

— Tu vas mourir, toi qui as voulu te repaître la vue du sang de mon enfant !...

Tu vas mourir, toi que n'ont pu attendrir les larmes d'une mère, toi qui es resté sourd aux supplications que cette infortunée t'adres-sait désespérément !

— Je suis prêt, répondit stoïquement l'Oracle.

— Et nous t'accompagnerons dans la mort ! prononcèrent les matrones.

Mais alors on vit Kaïnara se lever et se tourner, avec une expres-sion suppliante, vers Robert Darnis.

Joignant les mains, elle lui dit :

— Pitié !... Pitié !...

Très ému, le père qu'on implorait ainsi, répondit :

— Soit, Marie, par amour pour toi, ma fille bien-aimée, je fais grâce de la vie à cet homme. Je lui rends la liberté que tu réclames pour lui... et pour ces misérables créatures en faveur desquelles tu intercèdes ?...

Un rayon de joie passa sur le visage de Kaïnara :

Elle avait compris !

— Marie Darnis heureuse,... Marie Darnis remercie père ! prononça-t-elle d'une voix lente et en cherchant les mots

Robert Darnis, très ému, dit au capitaine Cardovan de faire remettre en liberté les prisonniers.

— Traduis-leur ce que tu viens d'entendre, ordonna-t-il ensuite à Léotoh, et ajoute ce que je vais te dire !

— Bien, maître.

Et s'exprimant avec facilité dans leur langue, le « pimos » communiqua aux peaux-rouges la volonté de M. Darnis, de la façon suivante :

— Mon puissant maître veut bien user de clémence envers vous, à la prière de celle qui vous a implorés en vain !

Kaïnara a plaidé votre cause et elle a su toucher notre cœur.

Partez !... Vous êtes libres !... Allez rejoindre ceux qui ont pris la fuite pour se soustraire à notre juste colère.

Le chef à qui vous avez voulu faire subir le spectacle sanglant que notre arrivée a interrompu à temps, imitera mon maître. Il dédaignera de se venger de votre odieuse conduite à son égard.

Mais il renoncera désormais à commander à des hommes dont il répudiera bientôt les croyances et l'aveugle fanatisme.

Robert Darnis ayant échangé un regard avec Kaïnara, continua à dicter sa pensée au « pimos ».

Léotoh ajouta donc, s'adressant aux prisonniers :

— Rama-Dama a reçu la lumière d'en-haut, et cette lumière l'a ébloui ! Il sait maintenant que, jusqu'à ce jour, il avait marché dans les ténèbres d'un culte qui repousse toute idée de générosité et de charité...

Il a vu l'épouse qui a partagé son existence revenir tout à l'heure à sa foi première, pour implorer la Providence...

C'est le Dieu que, dans son enfance, on l'avait habituée à prier, qui a voulu que nous arrivions à temps pour vous arracher l'innocente victime que vous alliez égorger sous les yeux de sa mère !

Robert Darnis tint son regard fixé sur le visage de Rama-Dama, pendant que Léotoh continuait :

— Rama-Dama a vu s'accomplir ce miracle, et il a compris que Celui qui l'avait ordonné était Tout-Puissant !

C'est pourquoi il s'est incliné devant ce Dieu qui a pu, par sa seule volonté, faire rentrer dans le néant les manitous auxquels, dans votre ignorance barbare, vous accordiez une puissance qui n'existait pas.

Partez, Rama-Dama se sépare à jamais de vous. Il s'inspire, pour vous laisser la vie et la liberté, de la générosité qu'a fait descendre en son âme, le Dieu qu'il adorera à l'avenir.

Kaïnara attendait avec anxiété la réponse qu'allait faire le païen que l'on cherchait ainsi à convertir.

Et comme Rama-Dama gardait le silence, elle lui présenta ses deux enfants, en s'exclamant :

— C'est mon Dieu qui t'a rendu ton fils !... Mon Dieu à moi !...

Alors, transfiguré, rayonnant, Rama-Dama promena, pendant quelques secondes, son regard sur sa femme et ses enfants, puis sur Robert Darnis et le capitaine Cardovan, comme s'il eut cherché les paroles capables d'exprimer sa pensée.

Et se souvenant d'un mot qui l'avait frappé parmi ceux que venait de lui adresser Léotoh, il leva la main droite vers le ciel et prononça :

— Dieu !

L'oracle et les matrones demandaient à grands cris qu'on les immolât pour apaiser le Grand Esprit qui, disaient-ils, allait, pour punir l'offense qui leur était faite par Rama-Dama, exterminer la tribu.

Mais les abandonnant aux « pimos » qui les entraînèrent de force pour les jeter hors du campement, le nouveau converti alla se prosterner, en signe de soumission, devant le père de Kaïnara.

Ce fut alors Marie Darnis qui se chargea d'exprimer la pensée paternelle.

— Rama-Dama, dit-elle à son mari, tu as entendu ce qu'a dit celui qui est venu à notre secours, au moment où nous étions tous deux plongés dans le désespoir et anéantis par la douleur...

Celui qui nous a tous sauvés a le droit de réclamer de toi l'obéissance en tout temps et le dévouement sans limite !

Kaïnara parlait d'une voix saccadée et que l'émotion altérait de plus en plus.

Elle ajouta :

— Celui qui nous a rendu notre enfant est l'homme infortuné à qui ton père avait pris sa fille !...

Regarde-le cet homme, ô toi qui viens de passer par une douleur immense, et demande-toi ce qu'il a dû souffrir quand il n'a plus trouvé, à son retour chez lui, son enfant qu'il aimait comme nous aimons les nôtres.

Regarde-le, Rama-Dama, à présent qu'en me retrouvant il a retrouvé sa fille. Vois le bonheur briller dans ses yeux. Il a déjà oublié toutes les souffrances qu'il a subies pendant des années. Une minute a suffi pour que les douloureux et terribles souvenirs s'évanouissent de son esprit!

Toute une existence de dévouement et de respect de ta part, d'affection ardente de la mienne, suffirait-elle à compenser les larmes qu'il a versées pour moi, par la faute des tiens?

Kaïnara ayant cessé de parler, on vit le peau-rouge saisir la main de Robert Darnis et la porter à ses lèvres, puis l'appuyer fortement sur son cœur.

M. Darnis, initié depuis qu'il parcourait leurs territoires, aux coutumes des Indiens, comprit que Rama-Dama lui promettait obéissance et affection.

XII

LA RECONNAISSANCE DE KAÏNARA

Léotoh ayant été chargé de prendre des précautions militaires, en prévision d'un retour offensif que pourraient vouloir tenter les peaux-rouges, M. Darnis et le capitaine Cardovan allèrent rejoindre Marie Darnis qui s'était retirée avec ses enfants dans le wigwam de Rama-Dama.

Ainsi que l'avait dit Kaïnara, Robert Darnis éprouvait à présent une joie immense qui se lisait sur son visage.

L'heureux père, tout au bonheur qui débordait de son âme, n'oubliait pas cependant à qui il devait d'avoir retrouvé sa fille.

Il avait appelé celle-ci auprès de lui et avait pris les mains de la jeune femme dans les siennes, les yeux fixés sur le visage de Kaïnara, comme s'il eut cherché à retrouver les traits chéris de l'enfant.

Après une muette contemplation, il prononça ces mots :

— Oui, c'est bien toi, ma fille bien-aimée!... Ce sont bien là tes yeux qui me regardaient autrefois, tendrement, comme ils me regardent en ce moment!

— Moi, oui, père, Marie Darnis!... Et t'ai reconnu...

— Toi?... Après tant d'années?...

— Oui, père,... te voyais toujours,... toujours!... Là!... Là!...

Et Kaïnara appuyait la main sur son front.

— Tu te souvenais, veux-tu dire?

— Non !... voyais !... voyais pendant que dormais...

— Un rêve ?

— Oui,... père,... un rêve, un bon rêve !...

Cette fois Kaïnara appuyait, avec une expression de ravissement, les mains sur son cœur.

Robert Darnis aidait sa fille, quand celle-ci était un peu de temps à trouver le mot pour exprimer sa pensée.

Et comme il lui parlait de la jeune fille dont elle avait secondé la fuite et le salut, Kaïnara s'écria vivement : Thérèse ! Thérèse !

— Elle était devenue ton amie, dit Darnis.

— Amie, oui, amie.

— Tu n'espères plus la revoir jamais ?

— Jamais !... Jamais !... dit Kaïnara.

— Et tu l'aimais bien cette jeune fille ? demanda Robert Darnis en échangeant un regard d'intelligence avec le capitaine Cardovan.

— Oh ! oui ! bien aimer !... répondit Kaïnara avec un long soupir...

— Et si tu la revoyais, tu serais heureuse ?

— Oh ! heureuse,... heureuse ! s'exclama la jeune femme en joignant les mains.

Mais Thérèse... partie... partie et... morte !...

— Morte, dit Darnis, qui te fait penser cela, n'avais-tu pas assuré son salut ?

Mais elle... poursuivie... poursuivie par Lao-Paw... morte... alors... oui, morte ! pauvre Thérèse !... Et des larmes coulèrent des yeux de Kaïnara.

— Ne pleure pas, ma fille, ne pleure pas, s'écria Darnis. Ton amie existe :

— Existe ! répéta Kaïnara, qui ne comprenait que vaguement.

— Elle est vivante, bien vivante.

Une joie subite éclaira le visage de Kaïnara.

Elle regardait alternativement son père et le capitaine Cardovan, en répétant avec une joie d'enfant :

— Vivante !

Robert Darnis reprit :

— A présent l'amie de Marie est hors de danger !

— Où ?...

— Bien loin !...

— Marie veut... revoir amie !...

Le regard de Kaïnara interrogeait avec anxiété.

— Oui, dit-elle... revoir Thérèse !...

Elle ajouta :

— A présent... à présent plus danger ici...

Elle regardait Rama-Dama, comme pour faire comprendre que Thérèse ne courrait plus de danger à se trouver avec le peau-rouge.

Mais tout ce qu'avait dit Robert Darnis n'était qu'un préambule pour arriver à faire comprendre à sa fille combien devait être grande sa reconnaissance pour Thérèse.

— Marie, dit-il, ton dévouement pour ton amie... le danger auquel tu t'es exposée pour lui rendre la liberté... Tout cela, Marie, n'a pas été perdu...

— Ah !... pas perdu ?...

— Non, ma fille, car à son tour Thérèse t'a fait retrouver ton père...

— Thérèse ? fait retrouver moi ?

— Si Kaïnara n'avait pas eu pitié de Thérèse... nous ne serions pas réunis en ce moment et ton enfant aurait été immolé...

— Immolé ? répéta la jeune femme cherchant la signification du mot.

— Oui, tué ! dit Robert Darnis avec un geste qui fit tressaillir Kaïnara.

Instinctivement elle avait ressaisi son enfant, comme si le pauvre être eut encore couru un danger.

Voyant la difficulté qu'il aurait à se faire comprendre pour un long récit, Robert Darnis fit appeler Léotoh et lui donna l'ordre de raconter à Kaïnara tout ce qui s'était passé dans la « taverne sanglante. »

A présent Rama-Dama pouvait comprendre ; et à mesure que Léotoh parlait des faits dont il avait été témoin et de l'horrible situation dans laquelle s'était trouvée son ancienne prisonnière, — car Kaïnara lui avait tout de suite appris qu'il s'agissait de la « captive blanche », — on pouvait voir, à l'expression de sa physionomie, combien le peau-rouge était impressionné.

Par instants ses yeux exprimaient la colère, et il regardait Kaïnara à qui le récit de Léotoh faisait pousser des cris d'indignation.

Elle s'adressait alors à Rama-Dama, parlant avec une volubilité qui témoignait d'une grande agitation.

Léotoh interrompait son récit pour expliquer à son maître et au

... Le mari de Kaïnara regarda, une dernière fois, avec mélancolie, le territoire
où reposaient les restes mortels de son père. (P. 918.)

capitaine Cardovan que le chef indien et la jeune femme étaient tous
deux animés du désir de revoir celle qui avait été prisonnière des
peaux-rouges.

Lorsque Léotoh eut cessé de parler, Robert Darnis le congédia,
en lui recommandant de faire bonne garde autour du campement,
dans la crainte d'une surprise de la part des Indiens qu'avait dû rejoindre l'Oracle, pensait-il.

Le capitaine Cardovan partageait à présent l'étonnement et la satisfaction de Robert Darnis, comme il avait partagé sa joie lorsque ce dernier avait retrouvé sa fille.

— Il y a, dit-il, chez ce peau-rouge des sentiments qui contrastent singulièrement avec le genre de vie que mènent les peuplades de la tribu dont il était naguère encore le chef.

L'indignation qu'il a manifestée tout à l'heure et son désir de réunir de nouveau votre fille à Mⁱⁱᵉ Thérèse, ne sont-ils pas la preuve que cet homme est prêt à répudier les mœurs barbares des individus de sa race.

Il est, en outre, intelligent, à en juger par les marques de sensibilité qu'il vient de donner pendant le dramatique récit de Léotoh.

Nul doute qu'il ne se familiariserait rapidement avec notre civilisation européenne.

— C'est également mon avis ! dit Robert Darnis devenu rêveur.

— Si j'ai bien compris vos intentions, monsieur Darnis, vous hésiteriez à séparer cet homme de l'épouse qu'il chérit et qui a trouvé avec lui une vie heureuse, après tout !...

Et comme Robert Darnis semblait réfléchir, le capitaine Cardovan ajouta :

— Comme moi, vous pensez sans doute qu'il y aurait cruauté à séparer de ses enfants ce père dont vous avez vu le désespoir quand il ne pouvait douter que l'horrible sacrifice aurait lieu.

Kaïnara avait écouté, et saisi le sens des phrases qu'elle entendait.

Aussi lorsque le capitaine eut parlé du désespoir de Rama-Dama et de la cruauté qu'il y aurait à le séparer de ses enfants, l'épouse s'approcha du père de ses enfants, et, appuyant la main sur l'épaule du peau-rouge, elle prononça ces mots :

— Marie Darnis, aime Rama-Dama...

Et regardant son père, elle ajouta :

— Rama-Dama bon, Rama-Dama père de mes enfants, — bon père,... comme toi !

Et elle souriait à Robert Darnis.

— Vous l'entendez, dit Cardovan, votre fille pouvait-elle plaider plus éloquemment la cause de son mari ?...

— Et elle l'a gagnée cette cause ! s'exclama Robert Darnis.

Kaïnara alors laissa éclater toute sa joie.

Elle pressait sur son cœur les deux mains de son père.

Robert Darnis voulut alors qu'elle communiquât à Rama-Dama les intentions qu'il avait à son égard.

Lentement, appuyant sur les mots afin que sa fille eut le temps de bien comprendre, il lui dit que, désormais, ils mèneraient tous ensemble la vie de famille.

Il se chargerait de faire l'éducation de Rama-Dama à qui, plus tard, il confierait la gérance des importantes habitations qu'il possédait dans le Michigan.

— J'en ferai! conclut-il, un homme digne de toi, ma fille bien aimée!

Ce fut au tour de Rama-Dama de manifester sa joie, et de grosses larmes de bonheur coulèrent de ses yeux.

— Vous voyez, monsieur Darnis, dit Cardovan, qu'il sait comprendre les sentiments généreux et qu'il sait aussi exprimer sa reconnaissance.

Et se levant, il alla prendre la main de son ancien adversaire et la serra énergiquement dans les siennes.

Puis se tournant vers l'homme qui avait tant souffert, et qui retrouvait enfin un bonheur qu'il croyait à jamais évanoui, le capitaine Cardovan dit à Robert Darnis, en souriant :

— Mon cher compatriote, vous aviez perdu une fille et voilà que vous retrouvez une famille tout entière!

— Grâce à Mlle Thérèse,... grâce à vous qui m'avez accompagné et guidé!

— Parlons surtout de celle qui vous a si bien renseigné.

— J'espère qu'elle est maintenant, tout près d'arriver à Mexico, et que le ciel permettra, qu'un jour, il nous soit donné de la revoir.

Après la journée d'émotion qui venait de s'écouler, on décida de bivouaquer dans le campement abandonné par les peaux-rouges.

Léotoh avait fait bonne garde, mais inutilement, car il n'y eut pas d'alerte.

Le lendemain, le capitaine Cardovan et Robert Darnis tinrent conseil pour décider du parti qu'il convenait de prendre.

On convint de se mettre en route sans retard pour retourner dans le Michigan.

C'était dans cette même habitation qu'avait ravagée la tribu dont le père de Rama-Dama avait été le chef, que Robert Darnis allait conduire sa fille.

En apprenant qu'elle reverrait l'endroit où elle était née et qu'elle se trouverait de nouveau dans cette maison où s'était écoulée son enfance si heureuse et d'où elle avait été enlevée dans les cir-constances dramatiques qui se représentaient à sa mémoire, Marie Darnis ne put contenir son émotion et sa joie.

Cependant une inquiétude vint tout à coup assombrir sa pensée.

— Et Thérèse? demanda-t-elle.

Et comme, embarrassé, son père gardait le silence, elle s'écria avec vivacité :

— Kaïnara veut revoir elle!...

Il fallut que Robert Darnis se résignât à faire un pieux mensonge pour tranquilliser la pauvre créature qui se faisait ainsi une fête de revoir son amie.

Il lui affirma que Thérèse lui avait promis qu'elle viendrait le visiter avant de retourner en France!...

— Oui, en France! répéta Marie Darnis... en France pour sau-ver père à elle !

Elle se souvenait de la terrible confidence que lui avait faite Thé-rèse pour la décider à lui favoriser une évasion!...

Son cœur tressaillait, et elle murmura encore

— Pauvre,... pauvre Thérèse!

Et dans ces simples mots, Marie Darnis avait mis toute son âme.

. . . .

Les préparatifs du départ étant terminés, il n'y avait plus qu'à se mettre en route.

Cardovan manifesta alors l'intention de se séparer de son com-pagnon.

— Quel motif vous oblige donc à me quitter? lui demanda Robert Darnis.

Le capitaine fut ainsi amené à lui raconter le naufrage de l'*Abeille* et les événements qui avaient suivi cette catastrophe.

— En me désignant pour prendre le commandement de la cha-loupe dans laquelle s'étaient entassés les passagers que le sort avait favorisés, l'infortuné capitaine Aubert me donnait une mission sacrée.

J'ai fait tous mes efforts pour me tenir, continuellement, à la hauteur de ma tâche.

Dans les situations les plus désespérées, je me suis efforcé de faire mon devoir!

Cardovan parla alors avec émotion de la jeune passagère dont il avait eu, disait-il, l'occasion d'admirer le courage, pendant les terribles épreuves qu'ils avaient traversées ensemble.

— C'est parce que j'ai vu, ajouta-t-il, Mlle Thérèse à l'œuvre, que j'ai l'espoir qu'elle aura surmonté les difficultés qu'elle a pu rencontrer à Mexico.

Et, faisant allusion à ce qui s'était passé, quand les passagers avaient pu atterrir sur la banquise, il fit un tableau saisissant de la scène, au moment où le bloc de glace sur lequel se trouvait Thérèse, s'était tout à coup détaché et avait été entraîné par le courant.

Très impressionné, Robert Darnis félicita le capitaine de n'avoir pas eu de défaillance et de découragement, pendant les rudes épreuves qui s'étaient succédé pour lui et ses compagnons d'infortune.

— J'étais le chef et c'était à moi de donner l'exemple! répondit avec simplicité le marin.

Et maintenant je n'ai plus qu'à songer à moi, car ceux qui m'avaient été confiés par le capitaine Aubert sont tous à même de se rendre à destination.

Ma tâche, de ce côté, est donc terminée.

— Et quelles étaient vos intentions pour l'avenir? demanda Robert Darnis.

— Reprendre, dès que je le pourrais, mon métier de marin, interrompu par le naufrage de l'*Abeille*.

Je me proposais donc de me rendre dans un des ports du Pacifique, pour tâcher de trouver un commandement!

— Ce commandement, je me charge de vous le procurer, capitaine Cardovan.

— Vous, monsieur Darnis?

— Oui; rien ne me sera plus facile et plus agréable, d'autant plus, mon cher compagnon, que cela nous procurera à tous deux l'occasion de nous revoir, et souvent.

Je vais faire l'acquisition d'un navire de fort tonnage...

— Uniquement pour m'en offrir le commandement?

— Oui, mon cher capitaine, et avec cela un intérêt dans les affaires d'exportation et d'importation...

Acceptez-vous?

— De grand cœur! répondit le marin en serrant avec effusion la main de Robert Darnis.

.   .   .   .

On avait quitté le campement. La troupe s'éloignait maintenant des Montagnes-Rocheuses.

Rama-Dama avait voulu se joindre à Léotoh pour diriger les hommes de l'escorte.

Comme on avait déjà parcouru une assez grande distance, le mari de Kaïnara regarda, une dernière fois, avec mélancolie, le territoire où reposaient les restes mortels de son père.

TABLE DES CHAPITRES

TOME I

PREMIÈRE PARTIE

I.	Le livre du bord.	3
II.	Après la tempête	9
III.	La famille Valomer	17
IV.	Le verdict.	27
V.	Le juré	37
VI.	En détresse,	62
VII.	Le supplice de la soif.	68
VIII.	Chez les Esquimaux	80

DEUXIÈME PARTIE

I.	La Patrie en danger.	90
II.	Le marquis de Ravergy	98
III.	Le poste d'honneur	108
IV.	La colonne mobile.	131
V.	La nuit du 10 Floréal	139
VII.	Le devoir.	157
VIII.	Amen.	175
IX.	L'appel entendu.	190
X.	Expiation.	214
X.	Prisonnière des Peaux-Rouges	244
XI.	Kaïnara.	256
XII.	Les aventures d'une enfant.	283
XIII.	Anxiété!	300
XIV.	Les fêtes de la mort.	326
XVI.	La Poursuite	342

TROISIÈME PARTIE

I. La famille du juré 363
II. M. Delamarre 379
III. Césarine Raimbaud 393
IV. Le compagnon de chaîne 418
V. Le récit de Mordoche 428
VI. Peau neuve 452
VII. Grand cœur 474

QUATRIÈME PARTIE

I. En route 501
II. Impressions de voyage 525
III. L'apparition 540
IV. Le voyage de Claude Michot 556
V. Le bonhomme tropique 572
VI. Terrible surprise 618
VII. La caravane 636
VIII. La plaine de sable 672

CINQUIÈME PARTIE

I. Le pays de l'or 694
II. A la recherche du trésor 733
III. C'est là 742
IV. L'associé 752
V. Le crime 764
VI. Archi-millionnaire! 771
VII. Sacramento 779
VIII. La taverne sanglante 799
IX. Le voyageur 835
X. Rencontre 863
XI. Fille, épouse et mère 869
XII. La reconnaissance de Kaïnara 910

Paris. — E. Kapp, imprimeur, 33, rue du Bac.

www.ingramcontent.com/pod-product-compliance
Lightning Source LLC
Chambersburg PA
CBHW070919100726
47908CB00001B/35